國家古籍整理出版專項經費資助項目
首都師範大學中國詩歌研究中心項目

離騷校詁

（修訂本）

上

黄靈庚 撰

中州古籍出版社
·鄭州·

圖書在版編目(CIP)數據

離騷校詁 / 黄靈庚撰 . —修訂本 . —鄭州 : 中州古籍出版社，2022. 3

ISBN 978-7-5348-9907-2

Ⅰ . ①離… Ⅱ . ①黄… Ⅲ . ①楚辭研究 Ⅳ . ① I207.223

中國版本圖書館 CIP 數據核字 (2021) 第 232775 號

LISAO JIAOGU (XIUDING BEN)

離騷校詁 (修訂本)

出 版 人　許紹山
策劃編輯　高林如　王建新
責任編輯　高林如　翟羽佳
責任校對　岳秀霞
美術編輯　曾晶晶
裝幀設計　張　勝

出 版 社　中州古籍出版社 (地址：鄭州市鄭東新區祥盛街 27 號 6 層
郵編：450016　電話：0371-65723280)
發行單位　河南省新華書店發行集團有限公司
承印單位　河南瑞之光印刷股份有限公司
開　　本　640 mm × 960 mm　1/16
印　　張　53　彩插 1.25
字　　數　860 千字
版　　次　2022 年 3 月第 1 版
印　　次　2022 年 3 月第 1 次印刷
定　　價　280.00 元 (全二册)

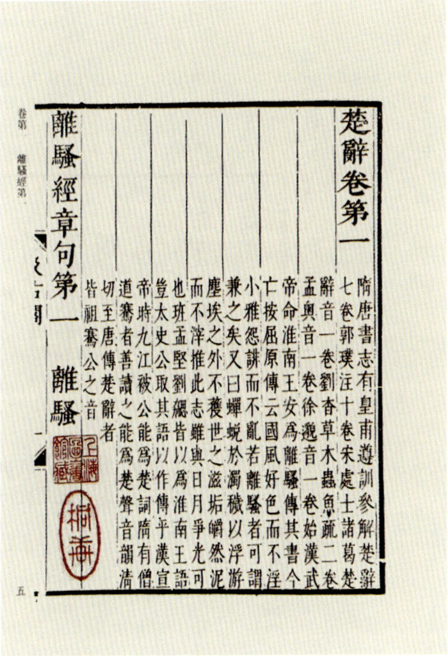

楚辭卷第一

隋唐書志有皇甫遵訓參解楚辭七卷郭璞注十卷宋處士諸葛楚辭音一卷劉杳草木蟲魚疏二卷孟奥音一卷徐邈音一卷始漢武帝命淮南王安爲離騷傳其書今亡按屈原傳云國風好色而不淫小雅怨誹而不亂若離騷者可謂兼之矣又曰蟬蛻於濁穢以浮游塵埃之外不獲世之滋垢皭然泥而不滓推此志雖與日月爭光可也班孟堅劉勰皆以爲淮南王語豈太史公取其語以作傳乎漢宣帝時九江被公能爲楚詞隋有僧道騫者善讀之能爲楚聲音韻清切至唐傳楚辭者皆祖騫公之音

離騷經章句第一　離騷

卷第一　離騷經第一　五

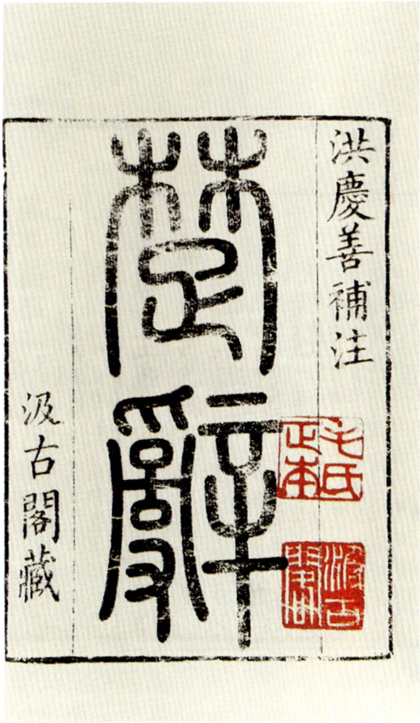

洪慶善補注

楚辭

汲古閣藏

清汲古閣毛表校刻洪興祖《楚辭补注》

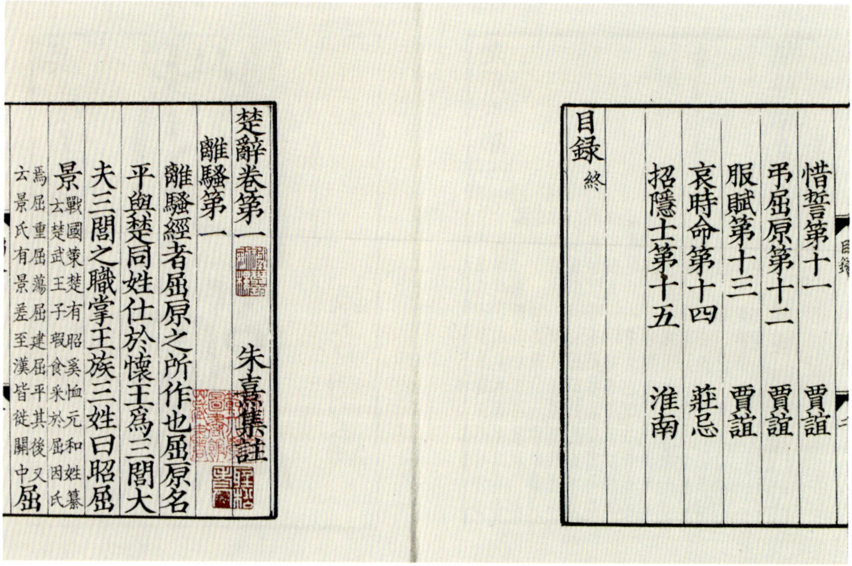

惜誓第十一　賈誼
弔屈原第十二　賈誼
服賦第十三　賈誼
哀時命第十四　莊忌
招隱士第十五　淮南
目録　終

楚辭卷第一　朱熹集註
離騷第一
離騷經者屈原之所作也屈原名平與楚同姓仕於懷王爲三閭大夫三閭之職掌王族三姓曰昭屈景戰國策楚有昭奚恤元和姓纂云楚武王子瑕食采於屈因氏爲屈重屈蕩屈建屈平其後又云景氏有景差至漢皆徙關中屈

宋嘉定六年刻朱熹《楚辭集注》

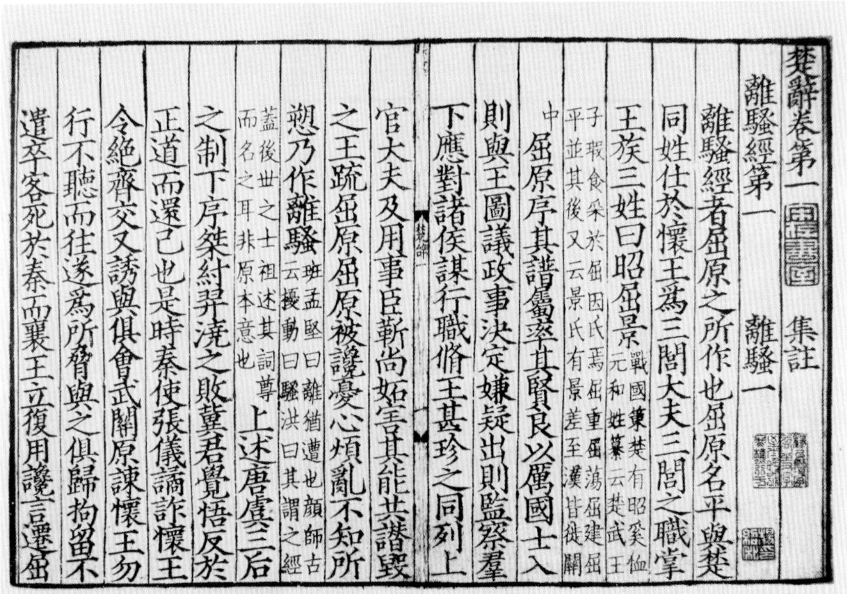

楚辭卷第一　集註

離騷經第一　離騷一

離騷經者屈原之所作也屈原名平與楚同姓仕於懷王爲三閭大夫三閭之職掌王族三姓曰昭屈景戰國策楚有昭奚恤元和姓纂云楚武王子瑕食采於屈因氏焉屈重屈蕩屈建屈平並其後又云景氏有景差至漢皆徙關中屈原序其譜屬率其賢良以厲國士入則與王圖議政事決定嫌疑出則監察羣下應對諸侯謀行職脩王甚珍之同列上官大夫及用事臣靳尚妬害其能共譖毀之王疏屈原屈原被讒憂心煩亂不知所愬乃作離騷班孟堅曰離猶遭也顏師古云擾動曰騷洪曰其謂之經蓋後世之士祖述其詞尊而名之耳非原本意也上述唐虞三后之制下序桀紂羿澆之敗冀君覺悟反於正道而還己也是時秦使張儀譎詐懷王令絕齊交又誘與俱會武關原諫懷王勿行不聽而往遂爲所脅與之俱歸拘留不遣卒客死於秦而襄王立復用讒言遷屈

宋端平二年刻朱熹《楚辭集注》

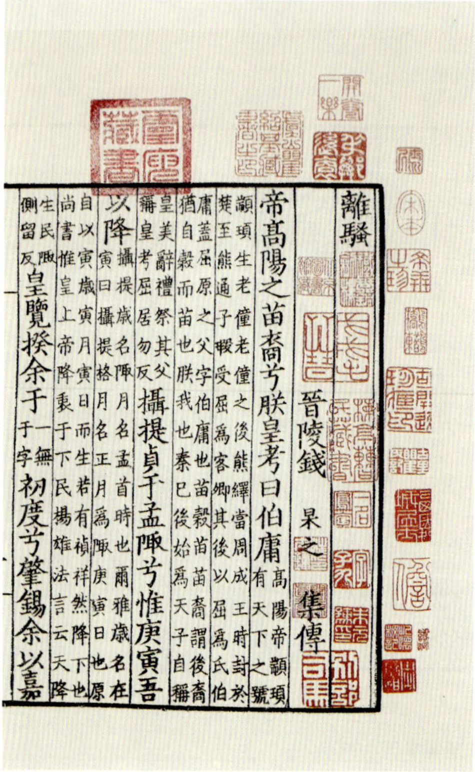
離騷
晉陵錢　杲之　集傳
帝高陽之苗裔兮朕皇考曰伯庸高陽帝顓頊有天下之號
顓頊生老僮老僮之後熊繹當周成王時封於
楚至熊通子瑕受屈爲客卿其後以屈爲氏伯
庸蓋屈原之父字伯庸也苗穀苗苗裔謂後裔
猶自穀而苗也朕我也秦巳後始爲天子自稱
皇美辭禮祭其父稱皇考屈居勿反攝提貞于孟陬兮惟庚寅吾
以降攝提歲名陬月名孟首時也爾雅歲名在
寅曰攝提格月名正月爲陬庚寅日也原
自以寅歲寅月寅日而生若有禎祥然降下也
尚書惟皇上帝降衷于下民揚雄法言云天降
生民陬側留反皇覽揆余于一無于字初度兮肇錫余以嘉

宋刻錢杲之《離騷集傳》

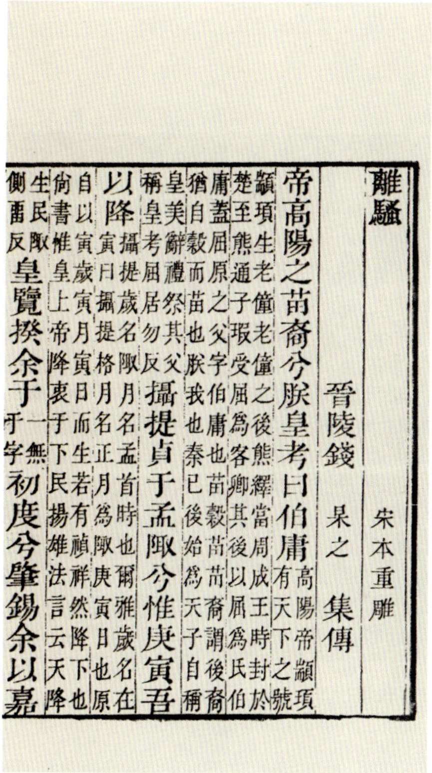

清初據宋本重刻錢杲之《離騷集傳》

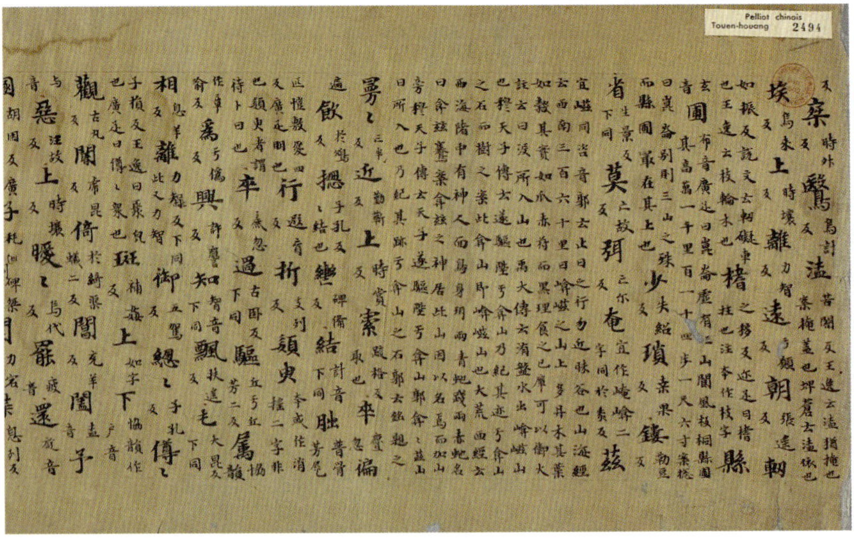

隋智骞《楚辭音》殘卷（敦煌抄本）

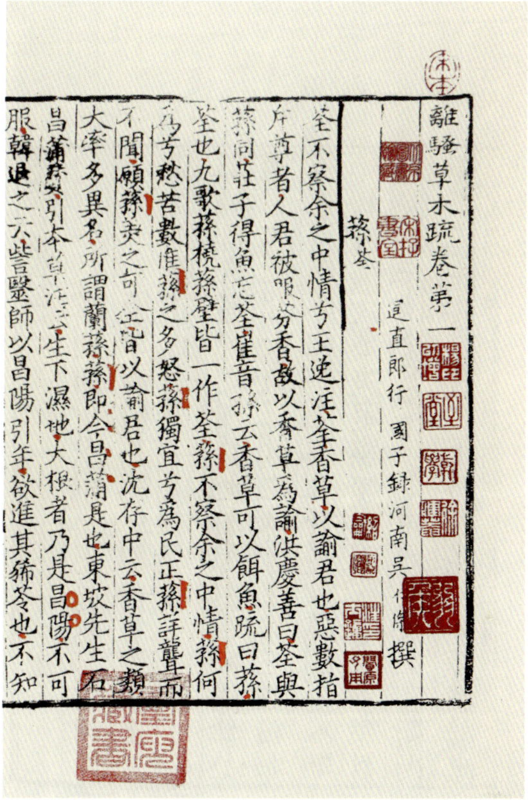

離騷草木疏卷第一

廸直郎行國子錄河南吳仁傑撰

蓀荃

荃不察余之中情兮王逸注荃香草以諭君也惡數指斥尊者人君被服芳香故以香草爲諭洪慶善曰荃與蓀同莊子得魚忘荃崔音孫云香草可以餌魚疏曰蓀荃也九歌蓀橈蓀壁皆一作荃蓀不察余之中情蓀何爲兮愁苦數惟蓀之多怒蓀獨宜兮爲民正蓀詳聾而不聞顧蓀美之可任皆以諭君也沈存中云香草之類大率多異名所謂蘭蓀蓀即今昌蒲是也東坡先生石昌蒲贊引本草注云生下濕地大根者乃是昌陽不可服韓退之云訾醫師以昌陽引年欲進其豨苓也不知

宋慶元六年刻吳仁傑《離騷草木疏》

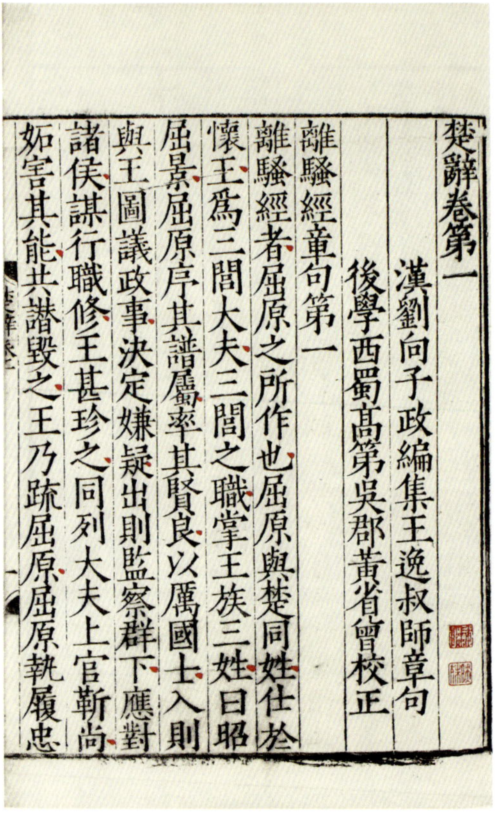
楚辭卷第一
漢劉向子政編集王逸叔師章句
後學西蜀髙第吳郡黃省曾校正
離騷經章句第一
離騷經者屈原之所作也屈原與楚同姓仕於
懷王爲三閭大夫三閭之職掌王族三姓曰昭
屈景屈原序其譜屬率其賢良以厲國士入則
與王圖議政事決定嫌疑出則監察群下應對
諸侯謀行職修王甚珍之同列大夫上官靳尚
妬害其能共譖毀之王乃疏屈原屈原執履忠

明正德十二年刻王逸《楚辭章句》

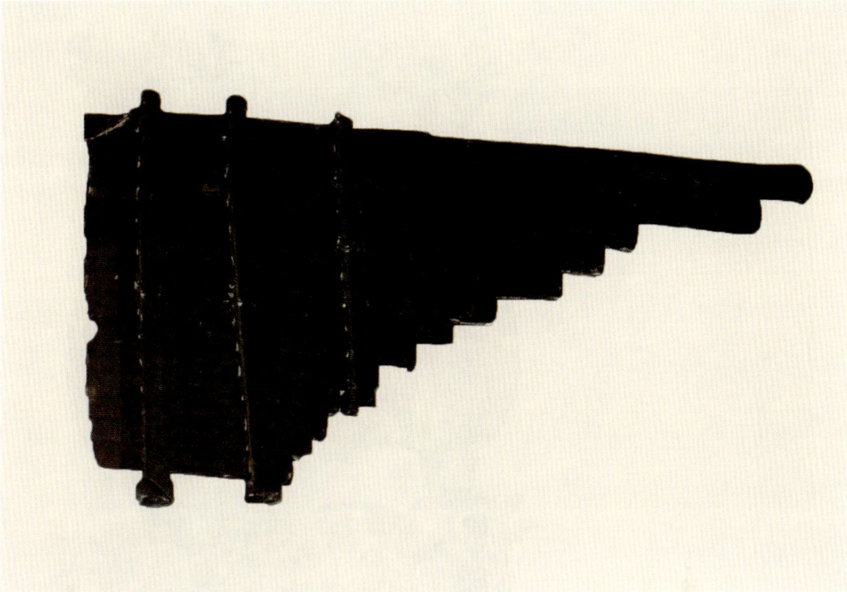

擂鼓墩曾侯乙墓出土排簫

擂鼓墩曾侯乙墓出土漆箱蓋面二十八宿星象圖

信陽戰國楚墓出土
彩繪鳳虎鼓座

長沙子彈庫一號楚墓出土
人物御龍帛畫

長沙馬王堆一號漢墓出土帛畫

長沙陳家大山楚墓出土
人物龍鳳帛畫

江陵馬山一號楚墓出土
錦帛鳳鬥龍虎圖

修訂本序

這是二十多年前的舊稿，現在讀來如見故人。

這本書出版後，在楚學界頗受關注，屢見征引，曾獲得國家新聞出版署第二屆全國古籍整理圖書獎二等獎。我的《楚辭》研究由此起步，後來又陸續出版了《楚辭異文辯證》、《楚辭章句疏證》、《楚辭集校》、《楚辭文獻叢考》及《楚辭文獻叢刊》等著作。我的許多觀點形成於此，至今未改。

這本書是在方格紙上一字一句謄抄的，當時寫了抄，抄了改，前後七八遍，紙稿堆疊起來有一尺多高。前後經歷了八個年頭，且正處於我人生的低谷，其間曲折艱難，不是他人所可想象的。而今年且八秩，垂垂老矣，回憶往事，歷歷在目，尤感親切有味。

湯炳正先生在審閱過初稿之後曾先後來信四次，提出了許多中肯的建議。湯先生建議對書稿斟酌删改，做到『字字珠璣』，對於前賢既成之説，也宜『持謹慎態度』。由於時間倉促，當時未做修訂，留下了諸多遺憾，辜負了先生的期望。值得慶幸的是：中州古籍出版社決定再版此書，而原版已損壞，這無疑給了我一個改錯的機會。湯先生的批評建議是這次修訂的原則。

修訂本在保持初版基本框架的基礎上，做了以下工作：一、正訛補漏。重新核對底本，逐字逐句核對引文，校正文字訛誤。二、字斟句酌，加以删改，争取做到如湯先生所言『字字珠璣』。三、對原書中明顯已爲自己廢棄的不妥説法，做了修改。增補了在新材料、新發現條件下，《離騷》研究的新成果。四、將書後所附詞目索引原來的筆劃爲序改爲以拼音爲序。五、精選約二十幅珍貴的《離騷》文獻書影及相關出土文物圖片，附於書前，書後增附潘嘯龍先生評文《訓釋精當，新見迭出——簡評黄靈庚〈離騷校詁〉》。

感謝中州古籍出版社原編審趙智海先生及現編輯高林如女士爲再版此書所付出的努力。參與此書校勘的門生有：王琨、李鳳立、肖選搏、胡玉萍、周娟等。在此深表謝忱之意。是爲序。時維壬寅仲夏初伏，黄靈庚識於婺州麗澤寓舍。

初版序

湯炳正

黃君靈庚《離騷校詁》既成，來書求序，我説他「研究楚學，走的是前人老路，專攻文字、訓詁、章句，在楚學這圈子裏頗感寂寞」。及讀他寄來的複印《離騷校詁》十數條，又見其中多精闢之言，發前人所未發。對此，我深有所感！

前人有言：「不從小學入經學，則經學爲無本；不從經學入史學，則史學爲無源。」我們雖不贊同尊《離騷》爲「經」之説，但屈賦乃先秦典籍，作爲一門學科，如不從「小學入手」，也只能是無本之木，無源之水；任何高妙的理論，都將是空中樓閣。最近幾年，譯古之風頗盛，有一次，上海古籍出版社的同志跟我談到翻譯《楚辭》的問題。我説：「還有許多文字没有認清楚，怎能談到翻譯？」他説：「我們收到一些翻譯稿子，只能將就出版；等下去，也不是辦法。」我一面感到他的話説得有理，一面又感到楚學界的責任重大。因而，專攻文字訓詁，雖是「前人老路」，仍要堅持走下去，決不能以「頗感寂寞」而停步。

而且，從文字訓詁着手治屈賦，自然是「前人老路」，但由於我們所處的時代條件跟前人不同，故走的雖是老路，卻往往會達到前人所意想不到的目的地。所謂「前修未密，後出轉精」的學術發展規律，對屈賦領域的文字訓詁之學，仍然是適用的。

黄君在《離騷校詁》中，釋「時俗之工巧」的「工巧」爲「工匠」，釋「解佩纕以結言」的「結言」爲「介言」，釋「吾令蹇脩以爲理」的「蹇脩」爲「嶲周」，靈氛之言用兩「曰」字乃「襲卜」之詞，釋「陟陞皇之赫戲」的「陟陞皇」爲「登遐」，等等，皆饒新意，有理有據，自成一家之言。這顯然是新的時代條件加上個人勤奮所取得的豐碩成果。這裏所説新的時代條件，主要是指：我們繼承的學術遺産比前人更豐厚，我們見到的文化資料多爲前人所未見。在這方面，我們比前人確實占了不少便宜，我個人深有感受。例如我在二十世紀七十年代所寫的《釋温蠖》，提出《漁父》中「温蠖」的借字，亦即一本「塵埃」的異文。只可惜「蠖」、「污」通借在先秦兩漢典籍中，僅有間接佐證，並無直接通假之例。但近讀《文物》，得知一九八四年江陵張家山出土的漢簡《引書》中，竟直書「尺蠖」爲「尺污」，成爲「蠖」、「污」通借之鐵證，使結論立於不敗之地。推而廣之，則凡近年新發現的先秦兩漢典籍，尤其是出土於楚地的簡帛，從字形到文義，對於研治屈賦，確有極重要的參考價值。當然，利用時代所提供給我們的新條件，是多方面的，文字訓詁特其一例耳。對此，願與黄君共勉之！庚午之歲年十二月二十二日。

自叙

余夙聞故楚大夫屈平其人，嘉其志而壯其行，慕其才而好其辭。及丙午之亂，世風日頹，時俗多爲權、利二事所趨，則益覺屈子人格之偉大。於是遺落世事，身宅荒陬，終日矻矻，但執一卷《楚辭》而已。余上窮漢師注疏，下稽時賢高論，計所獵涉者，蓋百家之彊矣。然後較互諸説，知其精粗雜糅、得失並存，待吾人脩正者夥頤，吾不無戚戚焉，遂萌生補綴之想。吾讀古書效清人札記法，凡目之所見、心之所寤，輒信手録之。歷時既久，積秩浸多；而後稍稍董理，終成是書，擬名曰《屈賦内篇校詁》，《離騷校詁》爲其卷一。規劃復有《九歌校詁》卷二、《天問校詁》卷三、《九章校詁》卷四；《屈賦外篇校詁》則收《遠遊校詁》、《卜居校詁》、《漁父校詁》，合爲卷五，《楚辭雜説》爲卷六，凡六卷。無奈人事拘牽，時作時綴，不知完稿當在何日。本書名曰《校詁》，實不厭校字、訓詁二事，而於定古本、通訓詁，綜合宗教、神話、民俗、史學、地學諸科考察之、研討之，發其藴奥，推其原委。設立辭目七百三十餘條，則是書亦屬辭書性質，取名《離騷辭典》亦可矣。每條下皆附案語云云，爲余一孔之見。其間覃思極慮，鈎玄索隱，於古今聚訟之端，多所論列。稿凡六七易，未敢輕置一言。余二十餘載心力瘁於是矣。嗚呼！經年無成，青燈長伴，反覆是書，不勝其掩卷太息也。然以樸魯不敏之性，鄙陋淺薄之識，且學無師承，而欲竟是大業，戛戛乎難哉！故求魚而緣木、適燕而南轅亦誠所不免，吾信不自量力者也。幸博雅君子忝錫以昌言，指以津梁，吾當拜而受之矣。時維強圉單閼之歲季秋玄月叙於長城西鄙牛頭山寄廬浦江黄靈庚。

例言

一、本書每二言爲一句，每二句成一韻。每句之下，首校讎，次訓詁，次章句，每韻之下則考訂古韻古音。而於每節、每章、每段之下，則討論其大義之所在也。

二、本書正文以明汲古閣刊印宋洪興祖《楚辭補注》本爲底本，與敦煌舊抄本隋僧智騫《楚辭音》殘卷、日本國藏唐寫本陸善經《文選集注》殘卷、上海涵芬樓藏宋本六臣注《文選》、宋尤袤淳熙本唐李善注《文選》、宋端平本朱熹《楚辭集注》、宋刻錢杲之《離騷集傳》相校。《楚辭》異文考索，世稱姜亮夫《重訂屈原賦校注》最爲完備。其實，姜校所列異文悉出自劉師培《楚辭考異》，且劉誤姜亦誤，一字不差。本書重作搜羅，既正劉、姜校引之誤，又補其所失收者；所得異文，校劉、姜二書，不啻十倍。本書先列宋世以往《楚辭》注本異文，次列宋世以前諸籍注疏引文，而後於案下出其校語。本書所徵諸籍異文皆注明作者、書名、卷帙，校引諸籍版本之異同，亦擇善而從之，不敢鹵莽從事者也。非自親檢而轉引於他書者，必注明之，示未敢掠美也。自信《離騷》異文至此得稱完備，如必欲覆檢所列異文，可稽核《引用書目》。本書校文對唐宋以前注家音注反切亦多作辨析，悉據宋賈昌朝《群經音辨》及《廣韻》諸韻書，求其音切門法異同及古今音、方音之流變。

三、本書以王氏《章句》之訓詁爲基礎，設立訓詁辭目，凡七百三十餘條。每條辭目，先列古今異説，而後於案語下斷自折衷。既訓各辭於文中之特定之義，又以六書之本，究其原委，考覈語根，務求其所以然。其説轉注、假借二事，大異於先達，亦吾治樸學之心得，故於訓詁中特以時時見之，使世人知吾説也。於通訓詁之基礎上，綜合宗教、民俗、神話、史學諸科考察之，變單一平面研究爲綜合立體研究，於其深層之中發掘文明之根，而得力於民俗、神話、宗教三科特多。

四、本書章句之意，悉因訓詁，以求一致，必不得已，乃於注文中增減文字，以意會之矣。

五、本書説韻以先秦古音爲準。古韻分部據王力二十九部説，唯於王氏之浸部分出冬部，凡三十部，曰：之、職、蒸；幽、覺、冬；宵、藥；侯、屋、東；魚、鐸、陽；支、錫、耕；脂、質、真；微、物、文；歌、月、元；緝、浸；葉、談。每入韻之字以國際音標擬其古音值，擬音分四聲。平、上之别在於介音［r］，上聲有介音［r］也。然擬介音，以其排印不便，故省之。去、入之分在於長、短，去聲爲長入，入聲爲短入，去聲之韻尾則有長音符號［:］。擬音亦分四等，一、二等之分在於介音［r］，即二等音有介音［r］也。三、四等之分則在於主要元音之高低。喻紐四等之音值爲［ri］，從李方桂説。凡同部者曰同韻，平、入相協或同類陰陽對轉者曰通韻，異類異部相協者曰合韻。

六、本書分三大段，每段分若干章，每章分若干節，於每節、每章、每段之下概括要旨，闡説大義。

七、本書所采擷之訓詁材料至雜，一般但注明其作者姓氏，而不明其書出處。唯於重要引文則詳明之，以示不敢掠美。必明其所徵引之書，則詳《引用書目》。

目録

離騷題解

「離騷」詁義，最初見《史記・屈原列傳》，曰「離騷者，猶離憂也」。章太炎謂此説本於淮南王劉安《離騷傳》，史公摭之而載本傳。《離騷傳》亡佚既久，誠難質對，究爲誰人之語，未可武斷，宜以《史記》爲正。以是解也爲最古，爲學人矚目。其但有「騷，憂也」之訓，而未爲離字解詁。兹後異説蠭起，而一「離」字爲其爭訟之端。余絡幕獵涉古今注家，蓋能自成其説者約爲四解。

一曰「離騷」爲「別愁」説。王逸注：「離，別也；騷，愁也。」《隋書・經籍志》曰：「言己離別愁思，申抒其心，自明無罪，用以諷諫。」汪瑗曰：「篇内曰：『余既不難夫離別兮，傷靈脩之數化。』此《離騷》之所以名也。」皆因王注。又，戴震曰：「離，猶隔也，騷，動擾有聲之謂。蓋遭讒放逐，幽憂而有言，故以『離騷』名篇。」今人文懷沙、譚介甫「離」訓「離間」，離騷，猶言遭讒佞離間而憂愁之意。錢鍾書「離」訓「離棄」、「擺脱」，離騷猶言「欲脱擺憂思而遁避之，與愁告別，非因別生愁」也。諸説皆據王氏「離，別也」之訓而發揮推演，故合而歸於此。

屈賦題名，大抵可約爲三端。一以遠古聖帝之樂名爲題，《九歌》、《九辯》是也。二以首句之數字爲題，類《詩》三百篇之法，《惜誦》《惜誦》首句「惜誦以致愍兮」，首二字「惜誦」爲題、《思美人》《思美人》首句「思美人兮，擥涕而竚眙」，首三字「思美人」爲題、《惜往日》《惜往日》首句「惜往日之曾信兮」，首三字「惜往日」以爲題、《悲回風》《悲回風》首句「悲回風之搖蕙兮」，首三字「悲回風」以爲題是也。三以一篇大義之概括語爲題，《天問》詰難宇宙天地一切巨細之事，題曰《天問》、《涉江》叙涉江之經歷者也、《哀郢》哀去郢都也、《抽思》叙己之愁思也、《懷沙》懷沙礫以自沈水也是也。離騷，若非古聖帝之樂名，則必爲概括本篇要旨之語詞。然則《離騷》非純爲抒憂瀉愁之什，乃寓言、寓事之詩，類西人史詩。屈子以美人自比，而美人供職「皇輿」之承、礙、輔、弼，盡其奔走先後之力。不意遭讒見棄，百計求歸不得，乃退修初服，將往觀四荒，有棄世以死直之志。而後見詈女嬃、陳詞重華，要在生死二字，曲折其意。下篇上征求帝，三求下女，卜氛問咸及西行求女，畢以生死二字爲歸宿，言屈子決意憤而離俗，反歸楚族先祖之居，不復苟活時世之想也。故於通篇所叙内容言，「別愁」、「離間而憂愁」、「脱擺憂思」云云，皆未足以概其旨。

二曰「離騷」訓「遭憂」説。是説發軔於班氏孟堅，其《離騷序贊》曰：「離，遭也；騷，憂也。」應劭同其説。顔師古《漢書·賈誼傳》注：「離，遭也。擾動曰騷。遭憂而作辭也。」亦以離騷爲遭憂。朱駿聲曰：「離即罹字，或變爲羅也。騷，馬騷動也，此讀爲憂愁。」謂離騷本字本義作罹愁或羅愁。又，錢澄之曰：「離爲遭，騷爲擾動。騷者，屈原以忠被讒，志不忘君，心煩意亂，去住不寧，故曰騷。」亦「罹憂」説之濫觴耳。

「遭憂」云云，亦未足以概言全篇要旨。且班固其人，數惡屈子，斥言「露才揚己，競乎危國群小之間，以離讒賊，然責數懷王，怨惡椒、蘭，愁神苦思，強非其人，忿懟不容，沈江而死，亦貶絜狂狷景行之士」云云，其視《離騷》之作，衹以鳴其不平之聲，舒瀉其牢騷之情而已，乃謂「離騷」但遭憂而作辭也。《漢書·賈誼傳》亦謂「被讒放逐，作《離騷賦》」，則離騷訓遭憂，誠囿於其所成見，而非知人論世之選。是説之謬，無庸多言。

三曰「離騷」爲楚語而訓牢騷説。《漢書·揚雄傳》曰：「又怪屈原文過相如，至不容，作《離騷》，自投江而死，悲其文，讀之未嘗不流涕也。以爲君子得時則大行，不得時則龍蛇，遇不遇，命也，何必湛身哉？迺作書往往摭《離騷》文而反之，自岷山投諸江流，以弔屈原，名曰《反離騷》」。「又旁《惜誦》以下至《懷沙》一卷，名曰《畔牢愁》。」宋祁曰：「蕭該按：浶字旁著水，晉直作牢。」韋昭曰：「浶騷也。鄭氏愁音曹。」則謂牢騷同牢愁。項安世曰：「《楚語》伍舉曰：『德義之不行，則邇者騷離，而遠者距違。』韋昭注曰：『騷，愁也；離，畔也。』蓋楚人之語自古如此。」王應麟曰：「伍舉所謂『騷離』，屈平所謂『離騷』，皆楚語也。揚雄爲畔牢愁，與《楚語》注合。」謂離猶離畔，背離之義。離騷，言畔騷，義同畔牢愁。楊樹達曰：「畔牢愁爲離憂，亦離騷之義。畔訓離，牢愁則騷，畔牢愁即離騷。」皆以「離騷」爲言反牢愁之意也。又，游國恩曰：「牢愁，古疊韻字，同在幽部。韋昭訓爲牢騷，後人常語發泄不平氣者爲發牢騷，蓋本於此。牢愁、牢騷與離騷並以雙聲疊韻通轉。」則謂離騷同牢騷，而非畔牢愁也。姜亮夫因聲求之，不啻離騷與《天問》之離蠥爲一詞，又謂落索、遼巢、蘢蓯、寠數、踉蹡、繹騷、鬱陶、憂愁、懊喪、憚惵，皆其音轉，離騷，猶發牢騷。

諦察是説，以《楚語》「騷離」、揚雄「畔牢愁」爲根基，此二語白，則是解之正確與否亦不言而喻也。案：揚雄摭《離騷》文而反之，曰《反離騷》，謂遇不遇，命也，不得強自爲之，殊有斥屈子不識事理、咎由自取之意。又旁依《惜誦》以下諸文作《畔牢愁》。畔，反也，言反牢愁也。「畔牢愁」句法同「反離騷」，而離騷、牢愁未必同義。蓋《惜誦》以下諸篇，屈子直抒胸臆，瀉其愁思，故揚子概之曰「牢愁」之什，而其反之畔之，曰「畔牢愁」。且反離騷、畔牢愁分别爲文，揚氏離騷是否訓牢愁，似未可武斷。果然，亦不可爲是説，豈《離騷》但以舒瀉牢騷者耶？其陋比班説。至若離騷訓畔牢愁者，益爲荒謬。王念孫曰：「牢，讀爲劉，憂也。畔，反也。或曰《反離騷》、或曰《畔牢愁》，其義一而已矣。」以離騷訓畔牢愁，豈《畔牢愁》之什，與如懸之日月之《離騷》相侔耶？畔牢愁一語不足爲訓離騷確證。又，《楚語》伍舉曰：「德義之不行，則邇者騷離，而遠者距違。」騷離、距違儷偶爲文，距違義白，騷離亦涣若流澌。距借作遽，古書通用。《韓非子·難四》「衛奚距然哉」，《戰國策·秦策》距字作遽。考諸巨聲與豦聲之字古多相通假。《荀子·正論篇》「是豈鉅知見侮之爲不辱哉」，楊倞注：「鉅與遽同。」《春秋》定十五年「齊侯、衛侯次於渠蒢」，《公羊傳》「渠蒢」作「蘧蒢」。《周官·夏官·司爟》「樹渠之固」，王引之曰：「『渠，或作㯫，《廣雅》：「椐，杝也。」』古今字耳。」《説文》、《玉篇》之㯫，《齊民要術》、《本草》同作苣。皆其例。遽，訓恐、訓惶。《漢書·揚雄傳》「熊羆之挐攫，虎豹之凌遽」，顔師古注：「遽，惶也。遽音詎。」本字蓋爲懼。距、遽、懼，音同通轉。《説文·辵部》：「違，離也。」《詩・殷其靁》「何斯違斯」，毛《傳》：「違，去也。」《左傳》成十六年「有淖於前，乃皆左右相違於淖」，杜注：「違，辟也。」則違有避易之義。遽違，言恐懼以避易也。比例可推。騷，訓憂恐，通作慅。離，訓離徙，實避易之意。伍舉謂君不行德義，則遠近左右皆恐懼以離避之，猶衆叛親離之意耳，是騷離非牢騷，不足以離騷爲騷離之倒文之證，而訓牢騷。

四曰《離騷》爲古樂曲名說。浦江清爲是説首倡者，謂《離騷》爲古離别之歌。離，因王注訓别而謂騷爲歌之别稱。游國恩後作新解，曰：「第考本書《大招》云：『伏戲《駕辯》，楚《勞商》只。』王逸注：『《駕辯》、《勞商》，皆曲名也……』按：『勞商』與『離騷』本雙聲字，古音宵、歌、陽、幽並以旁紐通轉，疑『勞商』即『離騷』之轉音，一事而異名者耳。蓋《楚辭》篇名，多以古樂歌爲之，如《九歌》、《九辯》之類。」今人田彬因此得啓悟，謂苗人語詩爲騷，稱苗歌爲「騷熊」，稱漢歌爲「騷乍」，稱古歌爲「騷俋騷傌」，稱婚喪喜慶之歌曰「騷俅」、曰「騷仂」，騷即歌也，亦稱「歌詩」。又，苗語謂叙述曰離，自叙身世際遇，或叙昔人所作歌謡，皆謂之離。今語離、理不分，叙述條敶謂之理，亦謂之離，苗人不别。離騷，猶「言志述懷之歌詩」也。詳《民族研究》一九八七年第二期。蕭兵力倡是説，騷訓歌詩，然離不解作叙述條敶之義，謂離同《山海經》「離朱」之離，即日精赤烏也。楚人崇拜日神，以鳳皇爲圖騰。《離騷》，即太陽神圖騰之歌。

是説有思致，斷非拘守訓詁家法者所能及。考本篇終末有「亂曰」，亂者，樂之卒章名。詳文中「亂」字注。此即《離騷》爲樂曲名之内證。然則《離騷》究係誰人之樂？惜乎未及深考。離，信如蕭君説，同《山海經》之「離朱」。楚人以帝顓頊爲天地宇宙之始祖神，日月星辰皆其所生詳「高陽」注，顓頊，儼如日陽係之楚族之祖，故與離朱鳥有不解之緣。《山海經・大荒北經》曰：「河水之間，附禺之山，帝顓頊與九嬪葬焉，爰有鴟久、文貝、離俞、鸞鳥、皇鳥、大物、小物。」《海外北經》曰：「務隅之山，帝顓頊葬於陽，九嬪葬於陰，一曰爰有熊、羆、文虎、離朱、鴟久、視肉。」離俞，即離朱，郭璞曰：「離朱，今圖作赤烏。」郝懿行曰：「赤烏，疑南方神鳥焦明之屬也。」《史記·司馬相如列傳·集解》曰：「焦明似鳳。」即鸞鳥，皇鳥之儔，《藝文類聚》卷九一《鳥部》「鸞」條引，《春秋元命苞》曰：「火離即鸞。」《漢書·禮樂志》「長麗前掞光耀明」，顔師古注引臣瓚曰：「長麗，靈鳥也。舊説云鸞也。」麗、離古字通。《後漢書·張衡傳》「前長離使拂羽兮」，李賢注：「長離，即鳳也。」《易》曰：「離爲火爲日。」《後漢書·五行志》「則火不炎上」，李賢注引《春秋考異郵》曰：「火者，陽之精也。」《藝文類聚》卷九〇《鳥部》「鳳」條引《鶡冠子》曰：「鳳，鶉火禽，陽之精也。」又曰：「鳳，火鳥。」《論衡·龍虚》曰：「太陽，火也。」《詰術》曰：「在天爲日，在地爲火。」據此，離朱、長離、離，日陽之精，亦帝顓頊之精，顓頊在天爲日神，在地爲火神，在人爲最始之帝。而離、長離、離朱，即顓頊族先民之圖騰鳥。帝嚳所葬亦有離朱之鳥詳《海外南經》，帝嚳即帝俊。《初學記》引《帝王世紀》曰：「帝嚳自言其名曰夋。」又，《世本·王侯大夫譜》曰：「帝嚳次妃，娵訾氏之女曰常儀。」常儀即常羲，帝俊之妻，《大荒西經》「羲和者，帝俊之妻，生十日」是也。知帝嚳、帝俊一人。《大荒東經》曰：「湯谷上有扶木，一日方至，一日方出，皆載於烏。」郭璞注：「中有三足烏。」《淮南子·精神訓》「日中有踆烏」，高誘注：「踆，猶蹲也，謂三足烏。」踆烏，帝俊之精靈。帝俊，日神名，其精爲三足烏。離朱、離，猶日陽之三足烏。帝俊，蓋東夷之先，猶鮌化爲三足能，鮌亦夏后氏之先，皆男性之祖。帝顓頊者，母族之先，女祖也，然則其爲日神信一矣。又，《大荒西經》謂「帝俊妻娥皇，生三身之國」，《海内經》亦謂「帝俊生三身」。三身之國、三身，猶三夋也，例同三足烏、三足能，但以帝俊爲祖耳。《楚帛書》「帝夋」之夋字作「身」，從厶，從身。帝俊即帝舜，《山海經》娥皇爲帝俊妻，又爲帝舜妻，明其本一人分化。詳篇内「重華」注。帝舜之精靈亦烏也。帝舜，東夷崇祀烏族之先。《法苑珠林》卷四九引劉向《孝子傳》曰：「舜父夜卧，夢見一鳳皇，自名爲鷄，口銜米以哺己，言鷄爲子孫，視之如鳳皇。《黄帝夢書》言之，此子孫當有貴者。」鷄，鳳鳥原型。夷族先民視日如一鷄子，謂日陽亦一神鷄所生之子，至今俗猶有公鷄呼太陽之種種奇異傳説，蓋鳳鳥圖騰崇拜之遺聞。日中有俊烏、有三足烏及帝舜自名爲鷄等，實與鷄生日陽傳説爲同一類型耳。今齊魯之地，於古屬東方夷族。其地大汶口遺物陶罐有「」或「」，象烏載日而飛。蓋夷族先民崇拜日陽祖先之實物遺存，是以後世神話傳説，烏與帝舜合爲一體，舜亦離朱，鳳皇之儔。《大荒東經》謂帝舜之後裔有摇民者，摇民即嬴氏之先，鳥足，故《秦本紀》謂秦氏祖帝顓頊。又有戴民國，所居「鸞鳥自歌，鳳鳥自舞」。詳《大荒南經》。《天問》洪《補》引《列女傳》曰：「瞽叟與象謀殺舜，使塗廩，舜告二女。二女曰：『時唯其戕汝，時唯其焚汝，鵲如汝裳衣，鳥工往。』舜既治廩，旋捐階，瞽叟焚廩，舜往飛出。」此即舜爲鳥族圖騰之祖之證。《海内北經》曰：「舜妻登比氏，生宵明、燭光，處河大澤，二女之靈能照此所方百里。」宵明，抑焦明歟？焦明，鳳鳥也。《説文》：「舜，艸也。楚謂之葍，秦謂之藑，蔓地生而連華。」後起分别字作蕣。《艸部》：「蕣，木堇，朝華暮落者。《詩》曰『顔如蕣華』。」此蓋出於夷族先民之神秘聯想，其謂日陽朝陞暮降，猶木堇之華「朝華暮落」，是以視其木爲社，名曰蕣，而以木堇之華爲日陽之華也。故舜又名「重華」。後人復制「蕣」字專之，以别於帝舜者，帝舜、帝俊、帝嚳一人，其神爲日，其精爲赤烏、離朱，其象木堇之蕣華也。楚族出自顓頊族，有崇鷄、崇烏之俗，故亦宗舜爲先祖。《史記·項羽本紀》：「項王軍壁垓下，兵少食盡，漢軍及諸侯軍圍之數重，夜聞漢軍四面皆楚歌，項王乃大驚。」《集解》引應劭曰：「楚歌者，謂《鷄鳴歌》也。漢已略得其地，故楚歌者，多鷄鳴時歌也。」而《正義》引《漢書》顔師古曰：「楚歌，楚人之歌也，猶言『吴謳』、『越吟』，若鷄鳴爲歌之名，於理不可，不得云『鷄鳴時』也。高祖戚夫人楚舞，自爲楚歌，豈亦『鷄鳴時』乎？」庚案：應説是而顔説非。蓋於戰國之世，楚俗信有「鷄鳴時」之楚歌，應氏固已知之矣。考殷商卜辭有祭日之俗，而祭日必在日出或日降之時，「戊戌卜，内乎雀娥于出日，于入日」《乙》二六〇五。「又出日」《存》一·一八二九，「又入日，又入日」《存》一·一八三〇。祭日必有歌。《鷄鳴歌》，猶《九歌·東君》者是也，楚人呼日陽之歌也，亦頌帝舜之歌也。屈子於萬般無奈之際，濟沅湘以節中重華，求其生死、去留與否；於「世溷濁而莫余知」之時，亦「駕青虬兮驂白螭，吾與重華遊兮瑶之圃」，其於帝舜特見推重。又謂「重華不可遌兮，孰知余之從容」，古往今來，知屈子其人者亦但帝舜一人耳。《左傳》昭八年謂「陳，顓頊之族也」。杜預注：「陳祖舜，舜出顓頊。」《左傳》以顓頊、舜爲同族之祖。屈子反復稱引重華、帝舜者，誠出於日族之宗教情愫矣。騷，非解愁、解騷動，然則解作歌詩者，亦在《離騷》之後，騷，帝舜之樂名，假爲簫，古書通用。《漢書・張湯傳》「北邊蕭然」，顔師古注曰：「蕭然，猶騷然，擾動之貌。」《九歎・思古》「風騷屑以摇木兮」，王逸注：「騷屑，風聲貌。」訓詁字作飂飅，省作蕭瑟。《文選・思玄賦》「拂穹岫之騷騷兮」，李善注：「騷騷，風勁貌。」字亦作蕭蕭，《史記・刺客列傳》「風蕭蕭兮易水寒」是也。蕭，亦作簫，二字同肅聲例得通用。羅、黎二本《玉篇》唐寫本《音部》「韶」字引《尚書》「簫《韶》九成」，簫字即作蕭。又，《廣雅・釋詁》：「蕭，邪也。」《曲禮》：「凡遺人弓者，右手執簫。」鄭注：「簫，弭頭也，謂之簫。簫，邪也。」蕭、簫二字同訓邪，是其相通。《九歌・湘君》「吹參差兮誰思」，王逸注：「參差，洞簫也。」洪《補》引《風俗通》曰：「舜作簫，其形參差，象鳳翼。」《説文・竹部》曰：「簫，參差樂管，象鳳之翼。」《六書故》謂簫本字作[illegible]，象編竹之形。《漢書・禮樂志》「簫與群慝」，顔師古注引晉灼曰：「簫，舜樂也。」《書・益稷》「簫《韶》九成」，鄭注曰：「簫《韶》，舜所制樂。」案：簫，樂管，韶，樂鼓，實即鼗字。詳文中「舞韶」注。皆帝舜之樂。據西人弗洛伊德稱言，凡同圖騰之族，其語言習慣之某些奇異特徵與圖騰崇拜大有關係，「在時常舉行的慶典裏，同一圖騰的人跳着正式的舞蹈，模仿且表現着象徵自己的圖騰動物的動作和特徵」。有虞氏祀典大舜，其樂器形如鳳翼，其鳴啾啾，聲亦如鳳，而其舞如「鳳皇來儀」、「止巢乘匹」，皆有鳳皇之特徵，以頌舜之德。簫《韶》，即虞頌也。《九歎・憂苦》：「惡虞氏之簫《韶》兮，好遺風之《激楚》。」王逸注：「言世人愚惑，惡虞舜簫《韶》之樂，反好俗人淫泆《激楚》之音也。」簫《韶》，猶舜頌也，離騷即離簫，離爲離朱赤烏，日神帝舜之精也；簫，舜樂名。離簫連言，例同《九歌》、《九辯》，九者，丩也，龍族之圖騰。《九辯》、《九歌》，頌夏后氏之德，爲禹頌。詳篇内「《九辯》《九歌》」注。離，火鳳皇，亦崇日之楚族之圖騰鳥。簫，帝舜之樂。近年於荆楚腹地，即兩湖境内多有楚樂器排簫出土，如，一九七八年於湖北江陵擂鼓墩曾侯乙墓，出土樂器有「彩繪漆竹排簫」，凡十三管，一端参差，最長與最短之管分别在外側，中十一管亦以長短相次，旁行斜上。横三管以綸之，下二管等長，上一管短三管之徑，如鳳翼之狀。是即所傳言舜之簫樂参差也。離簫，頌有虞氏之德，即舜頌也。由此可知，離騷，古樂歌之名。以楚地《鷄鳴歌》言之，頌舜祭祖之風猶爲昌熾，屈子賦《騷》，雖亦時時見其頌舜情愫，然則非純以頌舜，例同《九歌》，但假其名號即其形式，以發憤而抒情也，似與原始舜樂「離騷」内容無直接聯繫。蕭兵謂篇内陳辭重華之後三度上征飛行，皆以日神冑子盤桓日陽運行、棲息之所，而以求索理想云云。其説有思致，惟失空泛。《離騷》上篇謂「伏清白以死直」、「願依彭咸之遺則」，知屈子之死志已決，乃有「往觀四荒」、「回車復路之想。所謂「復路」，但言復反於始生之時，即謂反本於楚族先祖之居也，誠死亡之忌諱語耳。帝舜，崇日之楚族之始祖也，故屈子陳詞九疑宗廟，令其折中去留、生死，及至「阽余身而危死」、「耿吾既得此中正」，知神諭亦示其不容苟生，而後乃有駕虬乘鷖、上征求帝、求女及西行西海等等超現實之神遊反本故事。此皆屈子設想回歸祖居之死亡夢幻，實亦體現其反本宗神之死亡觀念，未可以泛泛求索理想等列齊觀也。

屈子賦《騷》復有作於見疏懷王世與放逐江南時之訟。案：屈子見疏懷王之世，雖不復在左徒之位，猶任三閭大夫，掌王族諸姓，爲國中冑子師，故於懷王猶存冀幸之心，不忘欲反，斷無輕生絶世之志。然於本篇考之，叙上征飛行求帝、求女、西行遠逝，登假天國，已有棄世之心，亂曰從彭咸，則萬念俱滅，死志決矣。知其不作人世之想久矣。《離騷》當作於放逐江南、即頃襄王十一年前後者爲是。《史記·太史公自序》曰：「屈原放逐，乃賦《離騷》。」是其情實。余于篇内有詳説，讀者當得知之。

帝高陽之苗裔兮　朕皇考曰伯庸

【裔】羅本《玉篇·兮部》「兮」字引此句無裔字，黎本《玉篇》補「裔」字。案：有「裔」字是也。黎氏補「裔」字，終非唐寫《玉篇》之舊。《後漢書》卷八〇下《文苑·邊讓傳》注、《古今合璧事類備要》續集卷四一、慧琳《一切經音義》卷五五、王觀國《學林》卷五「朕」條引亦作「裔」。又，《白帖》卷二三引此「朕皇考」一句亦同今本。

【帝】王逸注：「德合天地稱帝。」案：王説蓋據《逸周書》。《謚法》曰：「德象天地曰帝。」曰「合」、曰「象」誠同。然則皆非「帝」字本義。《説文·上部》：「帝，王天下之號也。从上，朿聲。」考甲文帝字作「」《粹》二·二八，後世學者憑據此構，皆棄許説。周伯琦《説文字原》、吴大澂《説文古籀補》、王静安《觀堂集林》並識爲「花蒂」本字。郭沫若謂「帝」本「花蒂」，殷族先民由崇拜植物之生殖器而嬗變爲崇拜天尊人王，借爲天尊人君之號。詳《甲骨文研究·釋帝篇》。姜亮夫亦云：「自農業時代興，植物性穀稷瓜果，年一來復，觀察所及，遂以窺見春生夏長之植物生態，而蕚蒂實爲結實之關鍵。實又有子，復生新物，智能尚不能脱離宗教之影響，遂以花蒂爲生神。」今考「蒂」，不存許書，未見先秦古書。「蒂」之本字作「蔕」。《説文·艸部》：「蔕，瓜當也。从艸，帶聲。」《文選·吴都賦》「抗白蔕」，劉淵林注：「蔕，花根而綴于枝上。」班孟堅《答賓戲》「上無所蔕，下無所根」。蔕，即「根蒂」之蒂字。蔕，帶聲，月部。帝，錫部。帝、蔕本不同音。蔕之通蒂，當始於六朝支歌二部合流之後，而易諧聲「蔕」爲「帝」。《文選·西京賦》李善注引《聲類》曰：「蔕音帝。」其六朝之音如此。蒂，六朝俗字。以「帝」爲「花蒂」本義，其謬以今律古。陸宗達謂「帝」字古文本象束柴之形，本言燔柴祭天之義，爲「禘」字古文。祭天謂之帝，則祭天之人主謂之帝。詳《説文解字通論》。《説文·示部》有「禘」字，曰：「諦，祭也。从示，帝聲。」又有「祡」字，曰：「燒柴寮以祭天神也。从示，此聲。」祭天爲祡，諦祭爲禘，本二字二義，未可溷淆。殷商卜辭、兩周銘辭言「帝」至夥，而無一字用「祭天」之名。徵於古書，帝字亦無「祭天」之訓。段君《説文》注「禘」字曰：「諦祭者，祭之審諦者也。何言乎『審諦』？自來説者皆云『審諦昭穆』也。禘有三：有時禘、有殷禘、有大禘。時禘者，《王制》曰『春曰礿，夏曰禘，秋曰嘗，冬曰蒸』是也，夏商之禮也。殷禘者，《周》『春祠、夏禴、秋嘗、冬蒸』。以禘爲殷祭，殷者，盛也。禘與祫皆合羣廟之主，祭於太祖廟也。大禘者，《大傳》、《小記》皆曰『王者祭其祖之所自出，以其祖配之』。謂王者之先祖皆感太微五帝之精以生，皆用正歲之正月郊祭之。《孝經》『郊祀后稷以配天，配靈威仰』也。《毛詩》言禘者二：曰《雝》，禘太祖也。太祖謂文王。此言殷祭也。曰《長發》，大禘也。此言商郊祭感生帝汁光紀以玄王配也。云『大禘』者，蓋謂其事大於宗廟之禘。……昭、穆固有定，曷爲審諦而定之也？禘必羣廟之主皆合食，恐有如夏父弗忌之逆祀亂昭穆者，則順紀之也。天子諸侯之禮，兄弟或相爲後，必後之者與所後者爲昭穆，所後者昭，則後之者穆。所後者穆，則後之者昭。而不與族人同昭穆，以重器授受爲昭穆，不以世系蟬聯爲昭穆也。故曰宗廟之禮所序昭穆也，宗廟之禮謂禘祭也。」段君精於三禮，甚得「禘」字之藴奥。據其所言，不論時禘、殷禘、大禘，皆爲祭宗廟之祖神。宗廟之祖神，序次昭穆，不可不審。審列祖先後而後祀之是謂之禘。禘，祭祖之名。禘，從示，帝聲，即「帝」之分别文。祭祖曰禘，帝爲始祖之稱。《禮記·曲禮》：「天王崩，告喪，曰：『天王登假。』措之廟，立之主曰帝。」趙彦衛《雲麓漫鈔》云：「《禮記》：『措之廟，立之主曰帝。』則自商以前，生曰王，立之主曰帝，非是生稱帝也。如李唐生曰帝，措之廟曰宗，後人追記前事亦曰某宗，非生稱宗。」其説是也。帝爲古之王者殁後之號，其生則不稱帝。《禮》謂「立之主」，猶《司筮》「則共匰主」之主，鄭衆注：「主，木主也。」立於宗廟之木主謂之帝，蓋宗神之偶像、標識，所以辯其昭穆次序者，類今俗「靈牌」。故帝猶宗神之統名，又謂之尸。《天問》：「載尸集戰何所急？」王注：

「户，主也。言武王伐紂，載文王木主，稱太子發，急欲奉行天誅，爲民除害也。」姜亮夫謂帝讀如胎，帝、胎雙聲，引伸爲「始祖神」之稱。胎，之部。之、支二部先秦畛域至嚴，絶不相通。之、支合用，宜在隋唐之後，不可執今音以説假借。康殷先生以帝之初文爲象宗廟之神主，甲文上作者，象其首，中作者，象束繫之形。下後木，爲其所用之物。帝字由宗神主「」之圖畫脱胎而來。詳《古字源流淺説·釋帝》其説至爲譎詭，雖與《曲禮》巧合，唯甲文帝字復有「」《乙編》一七三、「」《周甲》八三諸體，金文作「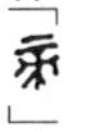」殷器《矦毁》、「」《仲師父鼎》、「」《秦公毁》、「」《戳狄鐘》，皆從上，從束，束亦聲。信陽楚簡字作「」。帝，形聲字，許氏未誤。束，荆棘，無至上義。帝字古或讀定音。《周禮·瞽矇》「世帝繫」，注：「帝讀爲定。」帝、定爲支耕陰陽對轉，端定旁紐雙聲。定，即頞字。《周南·麟之趾》「麟之定」，《釋文》：「定，本作頞。」頞，頂字別文，訓人天之顛，引申之言至上、根柢。《方言》卷六：「頂，上也。」蓋帝字本從上，定聲，而借定爲束。帝，借聲字。《説文》形聲「以事爲名，取譬相成」，聲中有義。其字諧聲不與本義合者，或轉注，或假借，必使聲、形、義三者相符，此六書造字之本也。詳下隨文所釋，此不煩舉例。上，言至高無上也；定，亦上也。合二文爲言始祖字作「帝」，省作丁。《窓齋集古録》三有禮器銘曰：「遅隮▼乙且，癸。」▼，古丁字。▼乙且，帝乙祖。《者減鐘》作▽見《希古樓金石萃編》卷一，《子璋鐘》又作。丁、帝耕錫平入對轉，同端紐雙聲。丁、頂一字繁省。《西清古鑑》卷三有「鼎」，即帝高陽鼎。，羊字古文，借作陽。亦借丁爲帝。甲文帝字或文上從者，丁字古文，非象花蒂之形。帝字或文當從丁，從束，而作「」。帝，始祖之號，是以帝字有言終極、根柢之義。《逸周書·周祝》：「危言不干德曰正，正及神人曰極，世能極曰帝。」《淮南子·詮言訓》：「四海之内，莫不繫統，故能帝也。」而後爲皇皇上帝、至上天尊之號。而至秦始皇藉以統攝兆民，漢世因之，是爲「王天下者之號」也。而東漢今文家好讖緯之言，其説「帝」字則復有「德合天地」、「德象天地」、「招類使神」、「明能見物、高能致物、物備咸至」、「能行天道、事天審諦」種種人神混雜之説，「帝」字古訓遂泯。劉永濟謂此文帝字，同《湘夫人》「帝子」、《天問》「登

立爲帝」、「后帝是饗」、「驚帝切激」之帝，泛指古世聖君。非是。此文「帝高陽」之帝，言始祖神，用其本義，而非稱人王天帝。稱帝高陽，猶謂吾族始祖神高陽。

【高陽】王逸注：「高陽，顓頊有天下之號也。」王氏以「高陽」顓頊爲楚之始祖，非爲無根之說。今於湖南長沙東郊出土戰國楚帛書首言「故祝□□□出自□⿱雨走，凥於毄」云云，繼叙□⿱雨走生日月與帝夋，命其運行，於是判分陰陽，四時和調云云，「□⿱雨走」，誠楚族開天辟地之始祖也。姜亮夫釋「□⿱雨走」爲「耑霱」，耑通顓，霱即頊字。饒宗頤謂「□」字不明，而⿱雨走字從雨，走聲，自可讀爲霱，即炎帝神農氏母任姒有蟜氏見《帝王世紀》。饒氏又引《大戴禮記·帝繫》：「老童娶於竭水氏，竭水氏之子謂之高緺氏，産重黎及吴回。」郭注《山海經》引《世本》作「老童娶於根水氏，謂之驕福，産重及黎，是爲楚先。」謂帛書「□⿱雨走」即高緺氏或驕福。案：上古帝王之名多以「高」「遠」爲義。如堯之爲高，舜之爲夋之類。上海簡（七）《武王踐阼》：「王問於工師尚父曰：不知黄帝、耑琂、堯、舜之道在乎？」耑琂，顓頊也。《新蔡葛陵楚墓》甲三（第一一、第二四）「昔我先出自邭道，宅茲沮漳，以選遷處」。邭道，亦即顓頊也。皆係疊韻連語，與「厜㕒」「嵯峨」「巑岏」「嵔嶉」「崔嵬」「岝崿」「蒼梧」「崝嶒」「崱嶷」屬音之轉，謂高遠之意。其名「耑琂」，猶始祖之高遠者也。邭，通作顓；道，通作頊，猶琂之通頊也。《楚帛書》「□⿱雨走」，行文與楚簡同，□，即耑之壞字。⿱雨走，從走，雨聲，與「頊」音近，而非「霱」字也。洪《補》引張晏曰：「高陽，所興之地名也。」蓋其地名「高陽」者，以太皞族所居也。今考高陽其地，當周秦之世見載經典者約有三：一爲商丘高陽詳《太平寰宇記》，在濮陽，春秋屬衛，即《左傳》「衛，顓頊之虚」是也。濮陽於遠古，屬東夷族。《山海經·大荒東經》：「東海之外大壑，少昊之國，少昊孺帝顓頊於此。」皇甫謐謂帝顓頊始都窮桑。窮桑，或作空桑。其地有二：一在魯北，即青、兖之間。一在中土，莘、虢之間，即伊尹所出。魯北窮桑當其族本土，《史記·周本紀》張守節《正義》亦謂：「顓頊始都窮桑，徙商丘。窮桑在魯北。」而莘、虢之窮桑爲其族或西徙者所居，即居於漢水務隅之山者。二爲崑崙若水之高陽。《山海經・海內經》：「流沙之東、黑水之西，有朝雲之國、司彘之國，黃帝妻雷祖生昌意，昌意降處若水，生韓流。韓流擢首謹耳，人面豕喙，鱗身渠股，豚止，取淖子曰阿女，生帝顓頊。」《竹書紀年》亦曰：「韓流取淖子曰阿女，生帝顓頊。」又云：「帝産伯鮌，是維若陽，居天穆之陽。」《華陽國志》曰：「黃帝爲子昌意娶蜀山氏，後子孫因封焉。」若水，《史記・五帝本紀》唐司馬貞《索隱》、《水經注》並云「在蜀」，《後漢書》注謂「臚水」別名。臚、若一聲之轉。其水出於崑崙之墟，即今四川樂山若水。謂顓頊之祖昌意在蜀之若水，子孫因以居，是以高陽氏在蜀而不在濮陽。三爲今奉節、江陵之高陽。《水經注・江水》：「江水又東，右合陽元之水，水出陽口縣西南、高陽山東。」楊守敬曰：「縣在今奉節西南，注言高陽山在西南，則亦在奉節西南。」《水經注》又曰丙水發縣東南柏枝山，「其水北流，入高陽溪。溪水又東北流注於江，謂之陽元水口」。案：高陽溪、陽元水實爲一水，蓋入於江口爲陽元。陽，高陽之省。綜上三高陽，其地相去遠甚，由此可以推尋顓頊族繁衍及其氏族變遷之踪蹟。顓頊族，本東土夷族最原始之先民，顓頊爲古之日神之號。《説文・頁部》：「顓，頭顓顓謹貌。从頁，耑聲。」「頊，頭頊頊謹貌。从頁，玉聲。」説者據此或謂象帝顓頊「嫥慤」、「信慤」之德容，或謂顓字取義於耑，言始也。頊，同楚語之敫，宵、屋平入對轉，言君也。顓頊猶「始君」之意。蕭兵據郝懿行《山海經・海內經》謂顓頊之父「擢首」箋疏：「然則顓頊命名，豈以頭似其父故與？《説文》十二又云：『擢，引也。』《方言》云：『擢，拔也。』拔引之則長，故郭即郭璞訓擢爲長矣。」乃謂顓頊即「擢首」、「長頭」、「鋭頭」之謂，象其族之圖騰鳥。顓之爲言耑也。《説文》訓「物初生之題」，引申之有鋭、長義。顓，鋭元，月平入對轉，照三喻四旁紐雙聲。頊之爲言玉也。玉，古有高長義。《山海經・西山經》：「玉山，西母之所居也。」蓋玉山猶嶽山，玉，用高峻義。説者謂「此山多玉石因以名」，非是。《文選・吳都賦》「翫其磧礫而不窺玉淵者」，劉注：「玉淵，水深之處，美玉所出也。」玉，唯用深長義，劉氏亦泥。劉向《九歎・離世》「背玉門以奔騖兮」，王注：「玉門，君門。」以君居之門高大，故以玉名。顓頊取名於長首也。「高陽」所以爲名者，蓋取之於日陽，猶謂太皞氏之日陽也。高陽氏居東土，而後其族或南遷江漢者，是爲楚先。今江陵故郢都之包山有一楚懷王世左尹邵㫰大夫墓，出簡策遺文萬餘字，或載述祭祖卜筮之事，謂「禱楚先老僮、祝融、嫿酓即鬻熊各一牂」云云，其禱楚先不自帝高陽始，而自老僮始者，蓋老僮爲高陽氏南遷之始祖。楚族之先民因便宜計，其祭祖不復越漢涉水以反於東土，而於域内立觀建廟以祭之，是以江漢間有地亦名高陽者。而後楚都頻遷及其族之衍變，雖一楚之内猶有數高陽在焉。而顓頊族或西徙居於蜀者，與巴蜀土著民族相融，則「長首」、鳥形之帝顓頊又有豕喙、鱗身之象。其雖與楚族同出一宗，而終非一姓氏，更不得謂楚先出西方、楚族本屬西方民族也說詳岑仲勉、姜亮夫等，且於考古言，無地下遺存得以證明。巴蜀以虎爲圖騰，而楚以鳳鳥爲圖騰，自是兩大世系。又，漢水又有「魚婦」之顓頊，《山海經・海外北經》：「務隅之山，帝顓頊葬於陽，九嬪葬於陰。」《海内東經》：「漢水出鮒魚之山，高陽顓頊葬於陽，九嬪葬於陰。」《大荒北經》：「河水之間，附禺之山，帝顓頊與九嬪葬焉。」務隅、鮒魚、附禺皆「婦魚」之音變。婦魚，水族，蓋出於魚龍族顓頊氏之先民。今西安半坡文化遺址出土仰韶文化之彩陶，畫有人首魚身之圖形，此蓋「魚婦」原型。生息在漢水上游之顓頊先民蓋爲半坡族所異化，其神變鳥身爲魚身之象，與楚族血統亦至密。郝懿行《山海經箋疏》曰：「《北堂書鈔》卷九十二引漢水作濮水，水在東郡濮陽，正顓頊所葬。」帝顓頊葬地非唯濮水一處，漢水「婦魚」氏之顓頊先民，即出自濮陽鳥夷族與仰韶氏合流。楚子熊繹始封丹陽，非在秭歸，亦不在當塗或枝江，蓋在漢北之丹、淅間，即今河南淅川縣下寺。據考古家言，下寺東北數里有古城垣遺址，城垣高二三米，東西長九百餘米，南北寬六百餘米，名爲「龍城」。此蓋楚國始封規模，其地適在「魚婦」族境内。當熊繹之世，丹陽爲楚之政治文化中心，故楚人以漢水境内「婦魚」之山爲高陽祖廟所在。《鄂君啓節》有陽丘，譚其驤謂在今河南方城縣東五里。陽丘，當在丹淅境内，蓋高陽之丘，亦即高丘。及楚文王遷都於郢，陽丘祖廟南徙於巫山之陽，在今奉節、江陵之間。而漢以北陽丘爲高丘。屈子之世，高陽祖廟似指巫山高唐。陽、唐二字古書通用。《齊侯鎛鐘》：「虩虩成唐，有嚴在帝所。」成唐，即成湯。《太平御覽》卷八二、九一二同引《歸藏》曰：「昔者桀筮伐唐，而枚占熒惑曰不吉。」伐唐，即伐湯。湯、陽同諧昜聲，例得通用。唐通湯，當亦通陽。馬王堆漢墓出土《戰國縱横家書》「陽」字一概作「唐」。《説文·口部》：「啺，古文唐。」《春秋》昭十三年「納北燕伯於陽」，《左氏傳》「陽」字作「唐」。杜預注：「陽即唐。」巫山，楚人之崑崙也。屈賦所稱崑崙未必皆在西域。詳下文「崑崙」注。楚人爲帝高陽立觀建廟，世代典祀，尊爲至上神祇。楚之懷、襄二王數遊其居，夢與神女交通，宋玉《高唐賦》、《神女賦》詳載其事，雖屬寓言，蓋其時典祀先祖高陽之遺習。顓頊既爲生日月之父，故其精靈爲鳳鳥之象。《墨子·非攻下》曰：「昔者三苗大亂，天命殛之……高陽乃命玄宮。禹親把天之瑞令，以征有苗。四電誘祇，有神人面鳥身，若瑾以侍，搤矢有苗之祥。苗師大亂，後乃遂幾。」《藝文類聚》卷一〇《隨巢子》略同。「有神人面鳥身」者，即帝高陽。高陽氏之後裔多有以鳥爲姓者，《潛夫論·志氏姓》：「今高陽諸鄘爲著姓。」鄘，通作離，即離朱，鳳鳥之屬。《史記·秦本紀》曰：「秦之先，帝顓頊之苗裔孫曰女脩。女脩織，玄鳥隕卵，女脩吞之，生子大業。」又謂大業生大費，「佐舜調馴鳥獸，鳥獸多馴服，是爲柏翳」。柏翳即伯益，其子大廉曰「鳥俗氏」，「大廉玄孫曰孟戲、中衍，鳥身人言」。《山海經·大荒北經》及《海外北經》皆言帝顓頊葬所有鴟久、離朱、鸞鳥、皇鳥等，蓋皆顓頊族諸裔。離朱，赤鳥，日神帝舜之精。詳《離騷解題》。帝舜、帝俊、帝嚳，《山海經》本一人分化，皆日神原型，帝顓頊所生者，曰「日中皆載鳥」，其爲鳥族故也。日神妻娥皇生少昊，時有五鳳，集於帝庭，因曰玄鳥氏。王嘉《拾遺記》。《左傳》昭十七年亦曰：「我高祖少昊摯之立也，鳳鳥適至，故紀於鳥，爲鳥師而鳥名。」楚族之祖祝融出於帝顓頊《左傳》昭二十九年：「顓頊氏有子曰犂，爲祝融。」祝融爲帝嚳火正，能光融天下《史記·楚世家》，其神「乘兩龍」、「操蛇」、「踐蛇」，凌居龍蛇之上，是即鳥夷族神恒有之象。祝融，亦日神分化。《潛夫論·志氏姓》曰：「夫黎，顓頊氏裔子吴回也，爲高辛氏火正，焞燿天明地德，光四海也，故名祝融。」顓頊、高陽、帝舜、祝融、吴回，於楚人視之，猶一神祇耳，其精靈之象皆鳳鳥。楚俗崇拜鳳鳥，故其凡出自帝高陽者，皆視爲鳥形，即中土夏人之先鯀、禹亦不例外。《山海經》郭璞注引《竹書》曰：「顓頊産伯鯀。」而謂伯鯀後裔有驩頭，「驩頭人面鳥喙，有翼，食海中魚，杖翼而行」。《大荒西經》。鯀亦鳥族之裔。《國語·魯語》曰：「夏后氏禘黄帝而祖顓頊，郊鯀而宗禹。」其龍、鳳雜糅不分。《尸子》則謂「禹長頸鳥喙」《太平御覽》卷八一引，禹亦爲鳥身。楚人好鳳、崇鳳，爲春秋戰國楚墓地下文物所證驗，不論何種類型楚器之造型或紋飾，皆取象於鳳鳥，其地位居於龍、虎之上。於屈賦言，鳳鳥亦優於龍，《天問》於鳳鳥一無所疑，而於龍則多有發難之辭，實亦楚族宗神意識之體現。又「帝高陽」何不言「高陽帝」？友人董楚平、羅漫君謂此等稱謂本出吴越諸族遺習，與中土稱「黄帝」而不稱「帝黄」者異。其可備爲一説，姑存之。

【苗裔】王逸注：「苗，胤也；裔，末也。」朱子曰：「苗裔，遠孫也。苗者，草之莖葉，根所生也。裔者，衣裾之末，衣之餘也。故以爲遠末子孫之稱也。」朱起鳳《辭通》亦曰：「苗者，百卉之芽，根所生也。裔者，衣裾之末，服之餘也，故以爲遠代子孫之稱。」皆以苗裔爲喻詞。案：《説文·艸部》：「苗，艸生於田者。」引申爲言細末、幼小義。《廣雅·釋詁》曰：「苗，末也。」王念孫曰：「禾之始生曰苗，對本言之則爲末也。苗，猶杪也。」朱駿聲亦以「苗裔」之苗讀爲杪。杪，木末也。杪、苗同步而生，未較其有先後。苗之爲言毛也。《公羊傳》僖四年注：「苗，毛也。」《説苑·修文》引《春秋傳》：「苗者，毛也。」又曰：「苗者，毛取之。」《尚書·虞書》「三苗」，《山海經》則作「三毛」。毛有細末、幼小義，今江南俗呼小兒曰毛毛、曰毛頭，即其遺存。《説文·衣部》：「裔，衣裾也。从衣，冏聲。𧘇，古文裔。」又：「裾，衣袌也。」衣裾者謂何義？古未及深考。《説文》或本「衣裾」作「衣裙」。段君注：「帔曰㡔，裳曰下㡔。此衣裾謂下㡔，故《方言》、《離騷》注皆曰：『裔，末也。』《方言》又曰：『裔，祖也。』亦謂其遠也。《方言》又曰：『裔，夷狄之總名。』郭云：『邊地爲裔。』案：《左傳》『衛侯卜繇曰：「裔焉大國」』。言邊於大國也。衣之義如此，言衣裙得以通之。若言衣裾，則何以解焉？小徐云：『裾，衣邊。』蓋小徐作注時本作裙。」案：《爾雅・釋器》：「衱謂之裾。」郭璞注：「裾，衣後襟也。」《禮記・深衣》「續衽鉤邊」，鄭注：「鉤邊，若今曲裾也。」鉤，折曲。「鉤邊」云者，指衣之左幅曲折於背後若燕尾然也。古之深衣無繫結鈕扣，左幅上連於襟，下屬於衽，包裹於背後，繫於帶下，形如燕尾。而燕尾之末端，爲衣之邊遠處，故曰裔也。裔，非泛指衣邊，本指曲裾之末梢也。裾，居聲。居，曲也。故訓「衣裦」，包裹之意。改「衣裙」者非也。裙，下裳，不解「衣邊」。裔之從冏，冏當作「㕯」。古文裔字作冂，從冂。《廣韻》下平聲第十五青韻：冋、㕯同音古熒切。耕部，見紐。去聲第十三祭韻：裔音余制切。月部，喻紐四等，古歸定紐。冂、㕯皆非裔字諧聲。裔，從衣，從㕯或冂。會意字。《冂部》：「邑外謂之郊，郊外謂之野，野外謂之林，林外謂之冂。象遠界也。」引申爲言遠末義。以轉注「衣末」者，則制字從衣、從㕯而爲「裔」，或爲「𧘇」。裔、𧘇皆會意之轉注。《廣雅・釋詁》：「遾、裔，遠也。」王念孫曰：「裔與澨聲近。遠謂之裔，亦謂之遾；水邊謂之澨，亦謂之裔。義相近也。」裔、遾，其語根蓋爲際也。《水經注》卷四〇《三澨》引京相璠曰：「杜預亦云：『澨，水際及邊地名也。』」裔與遾、際比同月部，定禪旁紐雙聲，際爲邊之統名，而水邊謂之澨，衣邊謂之裔。「苗裔」連文，二字平列同義，非喻詞。又，《爾雅・釋詁》：「艾歷，覛胥，相也。」《方言》卷一三：「裔歷，相也。」裔歷、艾歷同，裔、艾二字義同。《九歌・少司命》「竦長劍兮擁幼艾」，幼艾，即幼裔，實苗裔。苗、幼二字義同。而舊注誤釋「艾」爲「老」。王逸引《帝繫》曰：「顓頊娶于騰（墳）隍氏女而生老僮，是爲楚先。其後熊繹事周成王，封爲楚子，居于丹陽。周幽王時生若敖，奄征南海，北至江漢。其孫武王求尊爵於周，周不與，遂僭號稱王，始都於郢。是時生子瑕，受屈爲客卿，因以爲氏。」王説屈氏先世，疑竇百生。既謂瑕爲武王子，又謂「客卿」，自相齟齬。客卿之制，始自戰國而未見春秋。林寶稍易其説，謂「楚武王子瑕食采於屈，因氏焉」。唐林寶《元和姓纂》，宋鄭樵《通志・氏族略》，明董説《七國考》，清張澍《世本按語》及《姓氏尋源》、《姓氏辯誤》皆因林説。然考《左傳》桓十一、十二、十三年載屈瑕本事，言「屈瑕」、言「楚屈瑕」、言「莫敖」，不言「王子」、「公子」或「武王子」。屈瑕稱楚王爲「王」，武王夫人鄧曼稱屈瑕爲「莫敖」，皆以君臣之禮相待，知其非父子或母子之倫。趙逵夫謂屈氏先世始於楚熊渠世子伯庸。據《世本》「熊渠有子三人，其孟之名爲庸，爲句祖王；中子之名爲紅，爲鄂王；其季之名爲疵，爲就章王」。孟，伯也。孟庸，即《史記・楚世家》伯庸，形訛作伯康、毋康。又謂句祖即句亶、句澨，在今湖北鄖縣東，近楚始封地丹陽，居古庸國之北。其説極是，文繁不録。詳《文史》二十五輯《屈氏先世與句亶王熊伯庸》。又近年有《屈子赤角盞》出土於鄖陽之原，屈子赤角，即屈御寇之子息公子朱。春秋晚世屈氏後裔猶在鄖陽句澨。又考安陽殷墟小屯卜辭言「王在𠂤」、「在𠂤」《甲編》二九〇二、二九〇七，𠂤，厥字古文。厥、屈二字通用。《左傳》宣十二年「韓厥」，《公羊傳》襄元年作「韓屈」。《左傳》文十年「厥貉」，《公羊傳》則作「屈貉」。此二例卜辭載殷王南狩而至於「厥」，書命雀使南邦方，以楚熊渠之世楚國推之，厥，在漢北丹、淅之間，蓋屈氏始封句澨。句澨，合音爲厥屈，音變爲句亶。知殷商之世，楚已有屈氏。清華簡《楚居》「至酓罜罣(熊繹)與屈紃」云云，則屈氏在商季已錫氏也。其與卜辭暗合。又，舊謂屈氏采邑在秭歸，其地有屈原坨云云。郭沫若謂此係後入附會《離騷》女嬃而強爲之説。又據《左傳》僖二十六年杜預注：「熊摯，楚嫡子，有疾不得嗣位，故別封於夔。」謂秭歸，古夔子國，非屈氏所封。案：其説是非並陳。秭歸，信熊摯始封。及莊王之世，蓋屈氏或有南徙居夔以避庸亂者，爲其氏姓別一居地。「恐非唯出於後人指袁山松杜撰也。」説詳下文「伯庸」條。

【兮】兮，古之歎辭。清孔廣森曰：「兮，《唐韻》在十二齊，古音未有確證。然《泰誓》『斷斷猗』，《大學》引作『斷斷兮』。似兮、猗音義相同。猗，古讀阿，則兮字亦當讀阿。嘗考《詩》例，助字在韻句下者必自相協。若《墓門》之、止同用，《北門》之、哉同用，《采菽》之、矣同用，皆之咍部字也。兮字則《旄丘》、《君子偕老》、《氓》、《遵大路》皆與也字同用。今讀兮爲阿，於也聲正相類。又《九歌》：『愁人兮奈何，願若今兮無虧。』《天問》：『斡維焉繫？天極焉加？八柱何當？東南何虧？』虧字亦五《支》之當改入《歌》、《戈》者，《説文》本從虧，或從兮，未必非兮聲也。」

其説是也。案：兮字古音屬歌部。虧、虧一字兩體。虧，會意字；虧，形聲，兮，諧聲字。詳下文「未虧」注。郭沫若亦謂「兮」字讀如「呵」。戰國楚簡及馬王堆漢墓帛書《老子》甲本「兮」字一概作「呵」，《老子》多存楚語楚音。蓋《楚辭》本書作「呵」，漢世改用「兮」。然則令九江被公讀之，雖改作「兮」亦猶音「呵」也。

【朕】朕，王逸但釋「我」。呂延濟曰：「朕，屈原自稱也。古人質與君同稱『朕』。」洪氏《補注》引蔡邕曰：「朕，我也。古者上下共之，咎繇與帝舜言稱『朕』，屈原曰『朕皇考』，至秦獨以爲尊稱，漢遂因之。」劉永濟求「朕」字語源，劉氏云：「蓋朕乃發聲之詞，凡自稱、稱人之代名詞，最初皆由於發聲。今北人自稱爲喒，字或作咱，亦發聲之詞。章炳麟謂即朕之聲變。是也。」以「朕我」之「朕」與秦獨尊之「朕」爲一字。案：《史記・李斯列傳》曰：「天子所以貴者，但以聞聲，群臣莫見其面，故號曰朕。」《潛夫論・明闇篇》曰：「秦之二世，務隱藏己，而斷百僚。」又曰：「趙高亂政，恐惡聞上，乃豫要二世曰：『屢見羣臣衆議政事，則黷黷且示短，不若藏己獨斷，神且尊嚴，天子稱「朕」，固但聞名。』二世於是乃深自幽隱，獨進趙高。」肇自秦始皇帝稱「朕」，其取義於「幽深」、「隱藏」之「深」。《老子》「躁勝寒」、「牝恒以静勝牡」、「而哀者勝」、「不戰而善勝」、「弱之勝彊」、「勝人者有力也」、「柔弱勝彊」，馬王堆漢墓帛書《老子》甲、乙二本「勝」字皆作「朕」。《列子・黄帝》「向吾示之以太沖莫朕」，《莊子・應帝王》「莫朕」作「莫勝」。又，《周書・柔武》勝、心協韻，朱駿聲《説文通訓定聲》曰：「勝，讀如深也。」朕、深二字亦通用。《説文》段注：「朕聲古在六部，轉入九部。」六部屬蒸，九部屬東。東部之送字，《説文》謂从辵，倂省聲。則與朕字音同，故段云「轉入九部」。段氏東、冬不分。送，冬部。冬、侵部字多通用，送、朕同侵部。至晚周戰國，於侵部分出冬部，又別於東。朕字古音非蒸部，屬侵部。《説文・火部》：「燂，火熱也。从火，覃聲。」《考工記・弓人》：「欲孰於火而無燂。」注云：「燂，炙爛也。故書燂或作朕。」譚、朕同屬侵部。秦始皇帝獨尊稱「朕」，其義爲深，而諧音「朕我」之朕。「朕我」之朕，爲「台」音變。《爾雅・釋詁》：「台，朕，我也。」台、朕爲之蒸陰陽對轉，定審旁紐雙聲，台，以也。台諧以聲，故二字通用。以，己也。《説文》己字段注：「己，皆有定形可紀識也。引申之義爲人己，言己以别異於人者。己在中，人在外，可紀識也。《論語》『克己復禮爲仁』，克己者，自勝也。」人己、我己，一義貫注。今語謂「我」爲「自己」。蔡中郎既不審「朕深」「朕我」二義，而謂「至秦獨以爲尊稱」，至爲鹵莽。後人又因襲其誤而不察也。又，于省吾嘗考屈賦用「朕」之例，謂「朕」皆作領格，猶「我的」。案：據管燮初、黄盛璋考證，卜辭用「朕」凡三，領格有二，主格有一。金文用「朕」凡五十又九，皆用領格。《尚書》用朕凡五十又五，領格爲三十又三，主格十又九，賓格爲三。蓋時愈下，主格侵多，而領格日少。屈子賦《騷》，去殷、周甲金文，有六七百餘祀，且晚於《尚書》，則未可以殷周句法通例繩之。屈賦七例朕字，非統用領格。下文「回朕車以復路」、「哀朕時之不當」，皆用主格。詳下所釋。惟此「朕皇考」，效三代鐘鼎銘文句法，朕字用作領格。

【皇考】皇考，古來聚訟紛紜，未有確論。王逸注：「皇，美也。父死稱考。《詩》曰『既右烈考』。」吕延濟曰：「父死後稱之曰考。」錢杲之曰：「《禮》：『祭其父，稱皇考。』」王夫之曰：「父曰皇考，皇，大也。」吴世尚曰：「生曰父，死曰考。考，老也，成也。」皆以「皇考」指原父。洪《補》「上陳氏族，下列祖考」云云，以「皇考」指原之先祖。葉夢得《石林燕語》曰：「父没稱皇考，於《禮》本無見，《王制》言天子五廟，曰考廟、王考廟、皇考廟、顯考廟、祖考廟。則皇考者，曾祖之稱也。自屈原《離騷》稱『朕皇考曰伯庸』，則以皇考爲父，故晉司馬機爲燕王告祔廟文，稱『敢昭告於皇考清惠亭侯』，後世遂不改。」葉氏謂父曰皇考，始自屈《騷》，而先屈子之世皇考爲曾祖，蓋欲調停王、洪歧紛。王闓運曰：「皇考者，大夫祖廟之名，即太祖也。」聞一多、饒宗頤據劉向《九歎·逢紛》「伊伯庸之末胄兮，諒皇直之屈原」語，謂「皇考」爲「原之遠祖」。魏炯若引《禮記·祭法》「曾祖曰皇考」及《内則》「凡父在，孫見於祖，祖亦名之」爲證，以「皇考」爲原之曾祖。謂屈子之名爲其曾祖所爲，屈子生時，其曾祖尚在，及至放逐而賦《騷》之日，曾祖已殁，故謂之「皇考」。趙逵夫謂「皇考」指伯庸句亶王，爲屈氏始封之祖。王説未可輕易。蓋王氏引「烈考」爲例，以釋「皇」字之義。皇，光也；烈，亦光也。皇、烈二字義同，皇考，又作烈考。其與《離》所指者無因。《禮記·曲禮》曰：「父曰皇考，母曰皇妣。」《儀禮·聘記》曰：「孝子某，孝孫某，薦嘉禮於皇祖某甫，皇考某子。」皇祖對孝孫言，皇考對孝子言，皇考，謂父也。皆以父死爲皇考之確證，不得言「於《禮》本無見」。姬周吉金銘文，皇考爲父稱，書證至富。《齊侯因資敦》：「皇考孝武桓公。」桓公爲因資之父也，而稱曰皇考。《虢叔旅鐘》「丕顯皇考惠叔」。惠叔，虢叔之父也，而稱曰皇考。《叔夷鐘》「用孝享于皇祖皇妣，皇母皇考。」皇祖，爲叔夷之祖；皇考，爲叔夷之父也。出土於丹淅下寺楚墓之器《王子午鼎》，銘曰：「隹正月初吉丁亥，王子午擇其吉金，自乍鼒彝□鼎，用亯以孝于我皇祖文考。」皇祖文考，爲子午五世祖楚文王。其不稱「皇考」，而稱「皇祖文考」者，皇祖、皇考固不可溷。《九歎·遠逝》：「躬純粹而罔愆兮，承皇考之妙儀。」《愍命》：「昔皇考之嘉志兮，喜登能而亮賢。」言承「妙儀」，言「嘉志」，皇考，宜指原父。王注《九歎》「皇考」亦並謂「原父」。下文「皇覽揆余初度兮」，皇，皇考之省。若以皇考爲遠祖，似與「皇覽揆」語不相接榫。果如魏君所釋，謂「皇考」爲「原之曾祖」，則屈氏一門五世同居，誠無此事。西周銘文，祖對妣言，考對母言。《諶鼎》：「諶肇作其皇考皇母者比君鼒鼎。」《頌鼎》、《毁諸器》曰：「皇考龔叔，皇母龔姒。」《仲叡父毁》曰：「朕皇考釐仲，王母泉母。」又曰：「皇考徲伯，王母徲姬。」《召伯虎毁》曰：「我考我母。」《師趛鼎》曰：「文考聖公，文母聖姬。」皆以皇考爲父死之稱。此文「皇考」，宜指屈子父考，不當爲遠祖之稱。《説文·王部》：「皇，大也。从自。自，始也。始皇者，三皇，大君也。自讀若鼻，今俗以始生子爲鼻子。」金文皇字作「皇」《作册大鼎》、「□」《㝬鐘》、「□」《厧弔多父簋》、「□」《陳貯簋》上非自字，吴大澂《説文古籀補》謂古文象「日出土」，林義光《文源》謂「象日光芒出地形」。然則皇字古文有象者亦有不象者，且不象者居多。于省吾謂皇字由往字演變而來，契文□始變爲□，再變爲□或□，三變作□□或□，四變省作□、□，《吉林大學學報》一九八一年第二期《釋皇》。蓋無根臆説。郭沫若謂皇本訓有五彩羽之王冠，五彩羽亦謂之皇，引申爲輝煌、壯美、崇高、偉大、尊嚴、嚴正、閑暇諸義，秦始皇帝始尊爲君號詳《考古學報》一九六二年第二期《長安縣張家坡銅器羣銘文考釋》。案：郭說有思致。陸宗達謂皇本義爲「五色鳥羽作裝飾」之冠冕，以皇、翌爲一字。《山海經・大荒西經》曰：「有五采鳥三名，一曰皇鳥，一曰鸞鳥，一曰鳳鳥。」，皇，即鳳皇。《書・益稷》「鳳皇來儀」，孔穎達曰：「雄曰鳳，雌曰皇。」《大荒西經》又曰：「有五采之鳥，有冠，名曰狂鳥。」郭璞注：「《爾雅》云：『狂，夢鳥。』即此也。」狂即皇，夢即鳳，音近通用。析言之，雄曰鳳而雌曰皇，渾之不分。皇訓五彩羽之冠，而雌鳳之所以名不可得知。《禮記・王制》「有虞氏皇而祭」，皇，有虞氏之精靈也。帝舜同《山海經》之帝俊、帝嚳，其爲日神，其精爲載日之三足烏。有虞氏先民祀典先祖帝舜，則爲皇舞。《樂師》鄭注曰：「旄舞者氂牛之尾，干舞者兵舞。皇，雜五彩羽如鳳皇色持以舞。」《舞師》孫詒讓《正義》曰：「劉注引《周禮》曰：『翌舞，帥而舞旱暵之事。』鄭玄曰：『翌，赤皁染羽爲之也。』」鄭司農曰：「皇舞，蒙羽舞，書或爲翌。」又注《樂師》曰：「皇舞者，以羽冒覆頭上，衣飾翡翠之羽。」鳥羽或以蒙頭，或以飾衣，或以執持者，祇鳳皇族圖騰崇拜之遺習。西人弗洛伊德曰：「在具有傳奇和宗教目的場合裏，所有的族民都必須裝扮成圖騰的模樣，同時，模仿着它的行爲。」又曰：「在時常舉行的慶典裏，同一圖騰的人跳着正式的舞蹈，模仿且表現着象徵自己的圖騰動物的動作和特徵。」《圖騰與禁忌》。皇舞云者，鳳皇族先民著以皇鳥之飾，模仿皇鳥之狀，以頌祖神之德以徼福祐者也。皇，非冠冕之稱，即鳳鳥也。皇字古文上部從□、□、□諸形，象鳳鳥之首。《甲骨文編》收鳳字五十體，鳳首多作□。下從□、□，即古之王字。甲文往字作□《佚編》二五，古文非從土。王字初文，其形體與「□」、「□」相似，皆古世皇權之象徵。□，古戉字，即鉞字初文。□之與□，祇在橫豎之分。□，象執戉耑坐稱王。吴越地區崧澤、良渚文化遺存，於其大酋墓葬時有製作精美之玉鉞出土，非工器，無使用痕蹟，實禮器，象徵王權，且雕有饕餮紋，當大酋所有，此亦「王」所以象斧而作「□」者也。王者爲萬兆所歸，其孳乳字爲往。東夷先民崇鳥，則於「□」字之上飾以鳥羽，而字作皇，其異體又作翌。又，邃古之初爲母權制，稱皇者皆女酋，故皇字古義訓母，俗字別作媓；而鳥之雌者亦稱皇，以別於雄性之鳳。有虞氏先民祀典先祖帝嚳而「皇舞」，蓋執飾以鳥羽之鉞而舞，例同《詩》之「萬舞」、《天問》之「干舞」，皆武舞也。皇，既有光明義，則以美父考之辭，故父稱「皇考」。考，本父死之稱。《説文·老部》：「考，老也。从老省，丂聲。」許氏釋「轉注」之義，以老、考二字爲例，曰：「轉注者，建類一首，同意相受，考、老是也。」裴務齊輩則謂「考字左回，老字右轉」，以隸釋篆，鄙陋之至。而戴侗《六書故》、周伯琦《六書正譌》因左回右轉説轉注，又以側山爲𠂤、反人爲匕爲例，尤可笑喙。戴震、段玉裁謂考、老二字互訓爲轉注。又謂轉注、假借爲「用字之本」，非造字之法。其説多爲世人所許可，實失六書之旨。老，甲文作「」，象長髮佝僂扶杖之長者，五十、六十、七十則不拘，蓋年邁人之通稱。引申爲父之專稱。《公羊傳》宣十五年「什一行而頌聲作矣」，何休注：「選其耆老有高德者名曰父老。」《周禮·司門》「以其財養死政之老」，注：「死政之老，死國事之父母也。」《顏氏家訓·雜纂》：「先人爲老。」考，从老省，丂聲。「从老省」者，賅其父義。丂，朽也。二字音同通用。朽有死亡之義。《左傳》成三年：「以君之靈，纍臣得歸骨於晉，死且不朽。」死且不朽，猶言不死也。後起分別文又作殏。合老、朽二字以表「父死」之義，則制字爲「考」。而考在老部之內，故曰「建類一首」也；以「父老」之引申義挹注於「父死」之「考」，是謂之「同意相受」也。故「轉注」亦「六書造字之本」，而非用字之法。蓋會意、形聲爲合體字，必會合二獨體字以爲某字之義。人言爲信，止戈爲武，火柔爲煣，辵同爲迵。而惟能直接會合者爲數甚少，大率以「轉注」「假借」二術爲之，帝、考是也。轉注、假借雖不得徑直造字，然則爲會意、形聲之附庸，濟其所未逮。前修説「轉注」「假借」，皆未得其旨，故今略説之。詳拙文《説文「轉注」、「假借」條例試釋》。又，《頌鼎》「用作朕皇考龔叔皇母龔姒寶尊鼎」。《史伯頌父鼎》「朕皇考釐仲，王母泉母」。《魯士商𠭯》「魯士商𠭯肈作朕皇考叔猒父障毁」。《叔向父毁》「余小子司朕皇考」。《仲𠭯父敦》「朕皇考遟伯，王母遟姬」。「朕皇考」，三代典謨通語。

【伯庸】王逸注：「伯庸，字也。屈原言我父伯庸，體有美德，以忠輔楚，世有令名，以及於己。」吕延濟曰：

「伯庸，原父名也。」洪《補》斥之，曰：「又以伯庸爲屈原父名，皆非也。原爲人子，忍斥其父名乎？」案：今覆洪説，不論謂字、謂名，「皆非也」，「皆」字蓋亦概王注言之。姜亮夫曰：「古人斥父之説，不足爲據。司馬遷稱父談，班固號父彪。臨父不諱。此序先世，非同指斥也。」姜説似是而非。史遷、班書皆用史筆，求其真實，雖臨父而不諱。《離騷》，賦也，「假象以盡辭」，率多寓言，未可與遷、固之書同日語。下文自表名字，變言曰「正則」、曰「靈均」，而不徑直稱名「平」字「原」，奚以直言父名父字？惜洪氏未究稱「伯庸」之蘊。今人多不苟同王注，而别創新説。饒宗頤、譚介甫以伯庸爲楚族之先公熊繹、熊通或祝融，聞一多以伯庸爲屈瑕公，趙逵夫以伯庸爲句亶王，各因字義訓詁而強爲之解，尟有可采。郭沫若謂伯庸爲原父考之號，至爲允當。劉永濟曰：「首叙世系及父親之别號。」父考何以「伯庸」爲號？惜郭、劉二氏未深考。《離騷》首二句，「帝高陽」、「伯庸」爲儷偶對文，帝，爲顓頊始祖之號；伯，當非伯仲之伯，實爲原父之五等爵號，即侯伯也。高陽，爲顓頊所興之地名；庸，宜原父封邑。誠上所考，屈氏先公爲熊渠世子句亶王，封於句澨，在古庸國之内，楚人出於庸人之敵愾，名句亶王爲伯庸。惟此「伯庸」，雖與句亶王同名號，而與句亶王非一時一人。句亶王伯庸爲屈氏始封之祖，而此「伯庸」爲屈子父考。伯，猶方伯之伯，五等爵號。包山楚邵㫐墓卜禱之辭有貞問封爵之言，蓋楚封君皆有爵號。伯庸，猶伯鮌、伯禹、伯益之比，伯非仲伯之謂也。庸國，在楚始封丹陽之南，熊渠拓疆南下，首必伐庸。蓋楚熊渠之世，庸已臣事於楚矣。及至文王遷郢，庸又爲楚西北門户。莊王十五年，楚大「饑饉」，庸乘勢「率群蠻以叛楚」，首當兵燹之害者必居於句澨屈氏。屈氏或有率族徙於秭歸者，而後定居其地，與居漢北庸者成南北二族。至衛人吴起佐楚悼王行新法，「禄臣再世而收地」《韓非子·喻老》，「封君之子孫三世而收爵禄，絶滅百吏之禄秩，損不急之枝官，奉選練之士」《和氏》，又流冗官贅吏，令率其族徙居邊鄙之邑。屈氏、鄂氏及越章氏三姓爲楚宗室大族，蓋爲新政所黜之列，屈子父考徙居封庸，即在其時。其爲庸之封君，而號曰「伯庸」。及吴子事敗，蓋伯庸復歸於朝，而復其舊職。考包山楚左尹邵㫐墓楚簡有「女命大莫嚻屈昜爲命」、「郘攻尹屈愓命解舟、歙舟」等語，莫嚻，即莫敖，攻尹，即工尹；皆屈氏世襲之職，位比方伯。屈昜、屈愓一人，蓋屈庸歟？楚語方音，東、陽二部字多通轉。楚器銘文有「侱帀」，朱德熙識爲「工師」，謂「侱」即「剛」字，「剛師當讀爲工師。剛、工雙聲，並屬見紐。工，東部；剛，陽部。東、陽二部通轉是古代楚方言之特徵」。其説至碻，可爲屈陽即屈庸之證。庸、陽並喻紐四等，亦屬雙聲。此以地下文物徵驗之，伯庸信有其人，係屈原父考而非其祖、曾祖或祝融、熊繹之屬，屈庸既爲郘工尹，又爲郘大莫敖，信楚國重臣。郘，蓋郊字，即鄝字，邑名。據簡文，郊屬藍郢，即《國語·楚語》藍尹亹所封之邑，在漢北之鄖，後爲楚王在漢北行宫，故稱藍郢。今湖北鄖縣東二十里有安陽口，抑楚古世之郊邑歟？屈庸居庸稱伯，雖未見《檮杌》，然於屈賦二十五篇猶有鴻爪可志。《九章·抽思》叙屈子退居漢北情事，有言曰：「有鳥自南兮，來集漢北。」屈子以鳥自稱，謂有一楚族胄子自南而上，退居漢北，踵武其父考被黜於庸也。又曰：「初吾所陳之耿著兮，豈至今其庸亡？」庸亡，言亡命於庸也，倒文以協韻。言我初所陳言，耿介光明，有憑有證，而君至今浩蕩不察，流我於庸。觀屈子一生所爲，志在強國立法。《惜往日》曰：「惜往日之曾信兮，受命詔以昭詩。奉先功以照下兮，明法度之嫌疑。國富強而法立兮，屬貞臣而日娭。秘密事之載心兮，雖過失猶弗治。」《史記》本傳亦載，屈子嘗爲懷王「造爲憲令」，庶幾爲吴子再生。故楚宗族嫉之如讎，藉吴子之口實群起毁之。於屈賦二十五篇，於吴子不幸，未著一字，諱莫如深，誠可怪者。屈子本楚族著姓之胄，其視吴子新政，一如楚之宗族，以爲禍楚、亂國之階，故亦從俗置之不以爲然。其首稱父考伯庸者，一以哀父考當年無辜罹憂，流於庸也；二以表白情愫，謂我佐王行「美政」，志在強楚以抗衡中原，且我與楚本同宗，既非「只知其母不知其父」之野合之種，又非「不南走胡即北走越」之外族逋客，不宜視我如吴子。

是二句謂我本楚族始祖帝高陽之胄，生來有日神之靈性，父考爲楚方伯伯庸，得其楚族血脈之正，先在具有宗人之質。蓋二句言屈子先在具有神與人之雙重血統也。

攝提貞于孟陬兮　惟庚寅吾以降

貞《古今事文類聚》前集卷六引作正。案：王逸注：「貞，正也。」王本作貞，後避宋諱改作正。《集注分類東坡先生詩》卷一九、《施注蘇詩》卷二八、《古今合璧事類備要》續集卷四一、《玉燭寶典》卷一、黎本《玉篇・阜部》「陬」字、《爾雅》卷四《釋天》疏引亦作貞。

于 姜校引一本作於，謂「作於是也，《離騷》多用於，少用于」。案：于、於古今字。《離騷》首八句自叙世系，用三代典謨句法，作于是也。王注「于，於也」云云，王本作于。《玉燭寶典》卷一、黎本《玉篇・阜部》「陬」字、《古今事文類聚》前集卷六、王觀國《學林》卷五、《古今合璧事類備要》續集卷四一、《施注蘇詩》卷二八、《集注分類東坡先生詩》一九引亦作于。惟《爾雅》卷四《釋天》疏引作於。

【攝提】「攝提貞于孟陬」，是語也爲考屈子之生年生月，歧説紛繁，而「攝提」爲其聚訟之端。王逸注：「太歲在寅曰攝提格。」王注本《爾雅・釋天》，以攝提爲攝提格，歲所次之名。王觀國曰：「《離騷》云，『攝提貞于孟陬』者，蓋言攝提星順乎斗杓，而不失正朔之紀也。孟陬者，正朔之紀始於此也。言正于孟陬者，不失正朔之紀也。庚寅者，屈平所生之歲也。故曰『攝提貞于孟陬兮，惟庚寅吾以降』。言斗杓順序，正朔不乖，而我之生也，陰陽和平，初無謬戾，故曰皇考錫我以嘉名，而字我以靈均。我之美善如此，而不爲人所知，此作《騷》之意也。」朱熹從其説，曰：「以今考之，日月雖寅而歲則未必寅也。蓋攝提自是星名，即劉向所言『攝提失方，孟陬無紀』，而注謂『攝提之星隨斗柄以指十二辰』者也。其曰『攝提貞于孟陬』，乃謂斗柄正指寅月之位耳，非大歲在寅之名也。必爲歲名，則其下少一『格』字，而『貞于』二字亦爲衍文矣，故今正之。」案：王注以攝提爲攝提格，牽合本文以強就《爾雅》，固非碻論。王觀國謂「正朔」未乖之意，以庚寅爲歲名，則謂屈子生辰，但知其歲而不知其月其日。當亦失之。朱子於句法求之，爲正王注之失，是也，而謂攝提爲建辰之星名，隨斗柄以指十二辰者。此爲「大角攝提」。果然，但知屈子生辰爲寅月庚寅日而不知其爲何歲。顧亭林復因王注以斥朱子，曰：「豈有自叙其世系生辰，乃不言年而止言日月哉？」惜其未深考。蔣驥曰：「且古人删字就文，往往不拘，如《後漢書·張純傳》『攝提之歲，蒼龍甲寅』。時逢建武十三年案：十三年當三十年之乙，逸尚未生，已有此號。可知攝提爲寅年，其來久矣。朱子謂若以攝提爲歲，便少『格』字，非通論矣。況《史記·天官書》，攝提星何嘗不名攝提格乎？」則以攝提爲攝提格省文。姜亮夫云：「謂太歲在寅曰攝提格，《離騷》言攝提者，修辭上之省也。」明清以下注家，或因王注，或承朱説，相爲詆誚，誠難董理。王氏因《爾雅》釋「攝提貞于孟陬」語，爲言寅年寅月，碻然不易。惟以「攝提」同「攝提格」，謂省文者，失之句法。果然，則必改「貞于」二字爲「之」字，而後乃文從意順。若曰「攝提格貞于孟陬」，當非勝語。朱子求之句法，是其所得。惟以「攝提」爲「隨斗柄以指十二辰者」，而不以紀年，則於理言之，亦非其義。考歲星紀年，蓋萌於西周而盛於戰國。所謂歲星紀年，因木星周天十二載之所次爲志。《説文》言之至備。《步部》云：「歲，木星也。越歷二十八宿，宣徧陰陽，十二月一次。」歲，爲木星别名。蓋木星以紀歲，又名歲星。周秦謂之歲，漢謂之木星。二十八宿者，東方蒼龍七宿，角、亢、氐、房、心、尾、箕是也；南方朱雀七宿，井、鬼、柳、星、張、翼、軫是也；西方白虎七宿，奎、婁、胃、昴、畢、觜、參是也；又北方玄武七宿，斗、牛、女、虚、危、室、壁是也。二十八宿布於周天黄道，歲星歷黄道而周天環行，則曰「越歷二十八宿，宣徧陰陽」。古人於周天黄道分十二次，自西而東，其次名曰星紀、玄枵、諏訾、降婁、大梁、實沈、鶉首、鶉火、鶉尾、壽星、大火、析木。歲星歷一次爲一歲，故曰「十二月一次」。歲星至某次，稱歲爲某。古人又建太歲之名，以承十二辰之順者，故太歲自東而西行，與歲星所歷之次相對。《周禮·馮相氏》「掌十有二歲」，賈公彦疏云：「此太歲在地，與天上歲星相應而行。歲星爲陽，右行於天。」又云：「歲星爲陽，人之所見；太歲在陰，人所不覩。既歲星與太歲雖右行左行不同，要行度不異，故舉歲以表太歲。」歲星、太歲相背而行。古人復因太歲所次而名曰攝提格、單閼、執徐、大荒落、敦牂、協洽、涒灘、作噩、閹茂、大淵獻、困敦、赤若奮。又因「斗建」之法，爲推太歲所在之次。《周禮》賈《疏》云：「言歲星與日月次之月，一年之中惟於一辰之上爲法。若元年甲子朔旦冬至，日月五星俱赴於牽牛之初，是歲星與日同次之月十一月斗建子，子有太歲。至後年歲星移向子上，十二月日月會於玄枵，十二月斗建丑，丑有太歲。自此已後皆然。」據此，謂甲子歲之朔旦冬至即十一月朔旦，歲星與日同見東方，同次星紀，歷斗牛女之宿，斗柄建子，太歲必在子，曰太歲在子爲困敦。次歲，歲星歷一次，至玄枵，則十二月朔旦，與日同見東方，斗柄建丑，則太歲必在丑，曰太歲在丑曰赤若奮。次歲，歲星又歷一次，歷室壁奎之宿，至諏訾，正月朔旦，與曰同見東方，斗柄建寅，則太歲必在寅，曰太歲在寅曰攝提格。依次類推，歷二十八宿十二次爲十二歲。是以知太歲所在之次，惟觀斗柄所建之辰及歲星與日同次者，或亦觀昏暮之時斗柄所建之辰及歲星與日同次者。惟歲星與日同次之宿，晝日觀之極不易得，日光赫戲，歲星隱耀，實難志辨。古人乃有歲星與日隔次之説。《周禮》賈《疏》建子以宗周正。屈賦宗夏正，正月建寅。《史記·天官書》曰：「歲陰左行於寅，歲星右轉居丑，正月與斗、牽牛晨出東方。」歲陰，太歲之别名。夏正建寅，歲星之右行則自星紀始，星紀爲斗、牛、女宿，歲星與日「正月與斗、牽牛晨出東方」。太歲左行始自寅位，當攝提之次，太歲在寅曰攝提格。浦江清君則從歲星在諏訾之次爲攝提格，歷危、壁、奎之宿，實周正建子之説。《漢書·天文志》云：「太歲在寅曰攝提格。」注引《石氏》云：「在斗、牽牛。」斗、牽牛爲星紀之次。又引《甘氏》云：「在建星、婺女。」建星、婺女亦在星紀之次。《史記·天官書》唐張守節《正義》引《七録》云：「甘公，楚人，戰國時作《天文星占》八卷。」此楚人歲星次星紀爲寅年之證。石氏，魏人，三晉蓋亦宗夏正。《史記·天官書》又云：「歲星，一曰攝提，曰重華，曰應星，曰紀星。」《石氏星經》云：「歲星他名攝提。」《淮南子·俶務訓》：「攝提鎮星，日月東行。」皆以攝提爲歲星別名。《淮南子》語楚，蓋楚俗謂歲星爲攝提者歟？又，重華，帝舜名，東土夷族之先日神之象。歲星攝提主司日陽之陞降運行，是以復名重華。此文「攝提」有雙重涵意，既指歲星，又寓楚人始祖帝高陽。浦江清曰：「恒星與行星皆有攝提一名，同見於《史記·天官書》，皆古天文占星家所習用。然歲星地位更爲重要，在屈子時代已以歲星紀年，故《離騷》攝提應指主要之歲星，不指大角。然元前三三九年正月十四曰庚寅，以斗建大角，攝提合之。此一年歲星在諏訾庚案：當在星紀，適在正月中合日、年名攝提，太歲在寅，則王逸、朱熹兩説居然合一，是則朱説亦可通云。」千古之訟，於此息喙。馬其昶謂「攝提貞」之貞字，義同格，貞、格同訓止。攝提貞，言攝提格。案：「貞」，述語，不得與「攝提」連文。貞之爲言程也。貞、程耕部，照審旁紐雙聲。《漢書·叙傳》顔師古注：「程，貞也。」《文選·西京賦》「侲僮程材」，李善注：「程，猶見也。」又通作呈。《列子·天耑》「而味味者未嘗呈」，釋文：「呈，示見也。」貞、正、程、呈音近皆可通用。貞于，猶程于、呈于，謂見于也。王逸注：「于，於也。」案：于、於古今字，王氏以今字釋古字。《説文·亏部》：「亏，於也。」段注：「《釋詁》、毛《傳》皆曰：『亏，於也。』凡《詩》、《書》用『于』，凡《論語》用『於』。蓋于、於在周爲古今字，故《釋詁》、毛《傳》以今字釋古字也。」《離騷》多用於，唯首八句用于。此及下文「皇覽揆余于初度兮」是也。自叙世系、生辰，用典誥句法，其文多存古字。姬周吉金銘文但用于。

【孟陬】王逸注：「孟，始也。正月爲陬。」王氏因《爾雅·釋天》。《史記·天官書》「閏餘乖次，孟陬殄滅」。《集解》曰：「正月爲陬。」《漢書·劉向傳》引《大戴禮記·用兵》「攝提失方，孟陬無紀」，孟康注：「首時爲孟，正月爲陬。」陬，《大戴禮記》字作「鄹」。何以「正月」名「陬」？朱子曰：「陬，隅也。正月爲陬，蓋是孟春昏時，斗柄指寅，在東北隅，故以爲名也。」然則何獨「東北隅」爲「陬」，而「東南隅」、「西北隅」不名「陬」？此非唯字義訓詁所能了。郝懿行《爾雅·義疏》曰：「陬者，虞喜以爲陬訾是也。」姜亮夫云：「陬訾，星名，即營室東壁，正月日月會於陬訾，故以孟陬爲説。」又云：「《史記·天官書》『月名畢聚』，聚與陬同，此正月名陬之古義也。」以陬爲陬訾省文，陬之名受於聚。其説是也。《楚帛書·月忌》：「取，乙則至。」取，即陬字，正月也。乙，乙鳥，即玄鳥，燕也。孟春正月，南土燕始至，與中土《夏小正》謂二月「來降燕」者差一月。以楚國地下實物以徵楚曆正月謂之陬，且合於屈賦也。又，雲夢睡虎地秦簡《日書》謂楚曆正月謂之「冬夕」，包山邵㶇墓楚簡謂之「冬栾」，正月建丑，此當别一紀月法。説者或據此以爲《離騷》用殷曆，歲星正月不當在陬訾宮，而在玄枵宮，泥矣。是二語雖紀屈子出生年月日，實以寓其出生之非常。陬訾，即《大戴禮記·帝繫》之「陬訾氏」，又名常儀、常羲、嫦娥，帝俊之配，《太平御覽》卷三七三引王子年《拾遺記》省作「諏氏」，日神之妻。蕭兵謂日神之星「攝提」次於月神「諏氏」之室，象徵日月交會、陰陽參合。屈子乃日月交合之精，故其靈質生來得「與天地兮同壽，與日月兮齊光」也。又「孟陬」之「孟」字古義未顯。《説文·子部》：「孟，長也。从子，皿聲。」吉金銘文孟字作「[illegible]」，象皿器盛子之形。或加「八」，分也，解子而食。《墨子·魯問》云：「楚之南有啖人之國者，橋其國之長子則解而食之。」又《節葬》云：「越之東有輆沐之國者，其長子生，則解而食之，謂之宜弟。」《太平寰宇記》卷一六六《風俗》謂烏滸之夷，「男女川而同浴，生首子即食之。」距今七千餘年浙江河姆渡文化遺址實物遺存，有罐、鼎等炊器，或盛幼孩殘骨，當是食人遺習。山東龍山文化遺址亦於炊器時見幼孩殘骸。言古人「食首子」非誣也。故夏渌釋孟字本義言「食首子」。蓋首子味美，引申之言美、好，又引申之言長、言始。然則陬訾之次，在危、室、壁、奎之宿，歲星正月見陬訾。此爲周正建子説。周正建子，歲星右行自陬訾始，及至寅，已越三次矣。「攝提貞于孟陬」，言正月朔旦歲星與日月會於陬訾也。《離騷》用夏正，歲星右行始於星紀，而非陬訾。蓋歲星紀年，始用於周正，而後亦施於夏正，而名號一依周正。「攝提貞于孟陬」，言歲星與日同次星紀之位，正月朔旦見於東方也。此語藉寅年、寅月之星象爲記出生之年月。湯炳正先生謂

「本文此二句歲星恰恰出現於孟春正月的那個月，庚寅的這一天我降生了。這裏雖然没有正面提出誕生之年，凡夏曆正月歲星晨出東方，正標志着這一年必然是後世所謂『太歲在寅』之年。故古人亦即以此紀年」。其與吾説如桴鼓之相應。洪《補》曰：「《説文》曰：『元氣起於子，男左行三十，女右行二十，俱立於巳爲夫婦。裹妊於巳，巳爲子十月而生。男起巳至寅，女起巳至申，故男年始寅，女年始申也。』《淮南子》注同。」段注謂「此古法」。王楙《野客叢書》卷二六謂此「即陰陽家『五星三命』之説」。案：「五星三命」，今雖不詳其所以，而考之於古書所記，似有遺踪可尋。《論衡·命義》曰：「列宿吉凶，國有禍福；衆星推移，人有盛衰。人之有吉凶，猶歲之有豐耗。……子夏曰『死生有命，富貴在天』，不曰『死生在天，富貴有命』，何則？死生者無象在天，以性爲主，禀得堅強之性，則氣渥厚而體堅強，堅強則壽命長，壽命長則不夭死。禀性軟弱者，氣少泊而性羸窳，羸窳則壽命短，短則蚤死，故言有命，命則性也。至於富貴，所禀猶性。所禀之氣，得衆星之精。衆星在天，天有其象。得富貴象則富貴，得貧賤象則貧賤，故曰在天。在天如何？天有百官，有衆星。天施氣而衆星布精。天所施氣，衆星之氣在其中矣。人禀氣而生，含氣而長，得貴則貴，得賤則賤；貴或秩有高下，富或貲有多少，皆星位尊卑大小之所授也。……天有王良、造父，人亦有之，禀受其氣，故巧於御。」人之始生繫於其時星宿之象。《詩·小弁》「天之生我，我辰安在」？鄭《箋》：「此言我生所直之辰，安所在乎？謂六物之吉凶。」六物，《左傳》昭七年謂歲、時、日、月、星、辰者也，抑亦古之「五星三命」邪？於今觀之，在天之星象與人始生所禀之氣風馬牛不相及，唯古人信之。是以始生之孩，其父必觀其所直之日月星辰以豫其後世富貴與否。王逸注下二句云：「觀我始生年時，度其日月皆合天地之正中，故錫我以美善之名也。」言屈子父考當其始生子之時，度其日月星辰之運行。此即「六物」及「五星三命」遺法。

【惟】惟字，王逸未注，蓋爲句首之語助辭。金開誠釋「惟」爲「發語詞」，無義可求。案：惟，猶亦也，又也，承接之辭。《書·雒誥》：「今王即命曰：『記功宗，以功作元祀。』惟命曰：『汝受命篤弼，丕視功載。』」惟命，又命也，承「即命」言。古書或「又惟」連用，平列同義。《酒誥》「又惟殷之迪諸臣惟工」，言又殷之迪諸臣及工也。皆其例。惟字之訓「又」，多見吉金銘文及《尚書》。此首八句爲三代典謨文法，故存「惟」字古義。

【庚寅】王逸注：「庚寅，日也。」庚寅，爲屈子降生之日。聞一多曰：「《楚世家》曰：『帝乃以庚寅日誅重黎，而以其弟吴回爲重黎後，復居火正，爲祝融。』案：吴回，一曰回禄，火神也，《楚世家》以爲高陽之後，亦楚之先祖。吴回以庚寅日始居火正爲祝融，則庚寅宜爲楚俗最吉之日。」逯欽立謂「庚寅日爲楚族敗而復興之日」。姜亮夫徧考戰國楚器吉金銘文，日載「庚寅」至夥，僅次「丁亥」，謂庚寅日爲「戰國時楚民間習用之吉宜日」，「屈子所以言庚寅日降爲内美者，吉宜之日生，與周金所傳全可調遂，故《離騷》此語，非泛泛之言生之日也」。路百占《楚辭發微》據庚寅誅重黎，謂庚寅日爲「凶日」。《左傳》哀八年：「秋七月，楚子在城父，將救陳，卜戰不吉，卜退不吉。王曰：『然則死也，再敗楚師，不如死。棄盟逃死，亦不如死。死一也，其死讎乎？』將戰，王有疾，庚寅，昭王攻大冥，卒於城父。初，昭王有疾。卜曰：『河爲祟。』王弗祭。」昭王不祭河，蓋忌其日爲「庚寅」，楚俗視庚寅則爲「凶日」。又，《史記·秦本紀》曰：「正月庚寅，孝公生。十一年，周太史儋見獻公曰：『周故與秦國合而别，别五百歲復合，合七十七歲則霸王出。』」周文康君謂「『正月庚寅』生主其必霸，乃至欲取周而代之。就秦孝公言，是可謂之吉」。就六國言，是謂「凶日」，預示「異姓之變」。屈子生同孝公之辰，猶有「易主」嫌疑，是爲「凶日」。詳《屈原生辰非吉辨》，《江漢論壇》一九八六年第十期。案：《簠室殷契類纂帝繫》六十之二云：「丁亥，卜，於翊戊子酒三豕且乙？庚寅用。三月。」此一卜辭，蓋謂先貞於戊子日，得兆不吉，後貞於戊子後之二日庚寅，吉而行之。殷人以「庚寅」爲吉宜之日也。殷出東方夷族，與楚之先祖同宗，楚俗好筮鬼，多與殷人同。蓋以「庚寅」爲吉宜之日者，帝高陽後裔之禮俗。秦亦高陽之胄，故亦以「庚寅」爲吉宜之日。雖然，人之吉凶，不關於日。昔人固知之。《論衡·譏日》：「人殺傷不在擇日，繕治室宅，何故有忌？又學書諱丙日，云倉頡以丙日死也。《禮》『不以子卯舉樂』，殷夏以子卯日亡也。如以丙日書，子卯日舉樂，未必有禍。重先王之亡，日悽愴感動，不忍以舉事也。」信哉其言！

【吾】王逸以下注家皆以「吾」爲屈子自稱之辭，吾即屈子。友人董楚平謂《騷》之「吾」、「余」、「我」，爲屈子「假象以盡辭」之象，猶今云藝術形象。案：文學在戰國仍在朦朧階段，至魏晉而後方陞達爲自覺階段，此爲人所共知之常識，屈子當亦不得超越其時代所賦於局限。《離騷》「吾」、「余」等，皆屈子自稱。唯其於篇内偶用比興、寓言，託意於車右、美人等，雖然，亦未可與後世文學形象同日語。

【降】王逸注：「降，下也。」姜亮夫不猒於此，進以民俗、宗教發其幽隩。曰：「考降字用爲降生義，猶自天而降也。春秋以前，惟帝王大酋之受天命以統方國者用之，在一定意義上，含有甚深厚之宗教之感生意識。至戰國時，因此字爲降生之義，其神秘性仍保持未墜，或僅稍及於有地位之重臣、巨人，即《孟子》所謂『天之將降大任』之大任者用之，自《尚書》、《詩經》、《墨子》諸書，皆可考見。故此字在一定之歷史條件下，不易爲一般人所使用，即以屈子作品論，用『降』字凡十二見，其用爲普通上下者，除『陞降』外，僅《遠遊》『上下列缺兮，降望大壑』。與上字配言，然已不能作一般下降義講。他如《九章·惜往日》之『微霜降而下戒』，《遠遊》之『微霜降而下淪兮』，上天之事也。《東君》『操余弧兮反淪降』，此東君自唱之辭，神也，固可用之。其餘《離騷》之『百神翳其備降』，《雲中君》之『靈皇皇兮既降』，降者，人神也。《九歌》『帝子降兮北渚』，帝子下降也。《天問》中五『降』字，『禹播降』、『帝降』、『夷羿降』、『降省下土四方』、『帝乃降觀』，非上帝，即神王。《離騷》又有『巫咸將夕降』，卜辭巫咸者，通上下之郵之神靈，亦含有豐厚之宗教性。此十二字中，無一不與上帝神靈有關。此決非偶然現象，此足以説明屈子選詞之斟酌允當。又不僅此也，屈賦中更不以生帝王將相之生爲降生，言女媧、言神禹、言夏啓、伊尹，舉賢聖無不有之，而不言降，則屈子亦不多以感生之意義，隨施之於古，而今乃有自命爲天之降生，此在吾人今日爲之，必爲狂誇無疑。然吾人當知古人之忌諱事簡，孔子自稱『天生德於予』、『文不在兹』、『以一齊民』，或破敗之世家子，而曰『天生德』、曰『文在兹』，則屈子以王所甚任之宗子，則出言稍侈，本不足怪。篇首標世祖爲上世神帝，楚爲之後，則己即此神帝『似續祖妣』而秉『康禋祀』之苗裔，則己即與高陽同其性能之子孫，蓋亦天之受與屈氏者也。且初度之美，與生辰之吉，一切條件畢具，則使用『降』字，以比於世之大任，蓋當之而無愧者也。吾人必需體會祖先之宗神對子姓關係之要義，與知生在上世之宗教之傳説，與時日及戰國相人術之勃興，三端會合而定之，則『降』字之大義明，而《離騷》一篇之情思藴釀，亦得有更深之體會。」案：李陳玉曰：「降，舊解從母腹墮地，非也。乃『惟岳降神』之降，此乃屈原自負不淺處，亦高岸不合時人處。」李氏固已識之，姜氏但佐其説耳。屈子本帝高陽裔孫，其生當日神之星「攝提」入於月神「娵氏」之室，而得三寅之正，此乃神靈降生之象。聞一多謂屈子「自託真人」，視《離騷》近遊仙詩，蓋疏於宗教耳。屈子固以日神胄子自負，故其生曰「降」，其行曰「陞」，以昭示其日月交合而生之神格，亦昭示其生年月日之獨異。蓋「人神雙重」血脈，凡楚宗室胄子，不論貴賤賢愚，人皆共之，唯此生辰得三寅之正，爲其所獨有，是其異於常人之處也。《説文·𨸏部》：「降，下也。从𨸏，夅聲。」段注：「此『下』爲自上而下，故厠於『隊』、『隕』之間。《釋詁》：『降，落也。』」甲文降字作「」《乙編》六九六〇，金文作「」《毓且丁卣》，𨸏，大陵也，有高、大義。夅，象足下行。降，謂自高而下。降之對文爲陟，甲文作「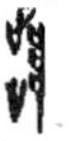」《粹》一六七，象足上𨸏之形，言登高義。陟降言神靈偉人之上下，人之上下則不得侈曰陟降。許云：「夅，服也。从夂、午，相承不敢竝也。」以「夅」從夂、從午。失之。

是二句言歲星攝提正月朔旦與日見於東方，次星紀之位，則爲寅年寅月，又庚寅之日，吾乃降生也。古今學者據此以考證屈子生年，衆説紛紜，大抵前修未密，而後出轉精。鄒漢勛以殷曆推之，謂屈子生年爲楚宣王二十七年戊寅正月二十一日。詳《斅藝齋文存》卷一《屈子生卒年月考》。陳瑒以周曆推之，則年、月同鄒説，而謂日爲二十二日，與鄒説差一日。詳《屈子生卒年月考》。劉師培以夏曆推之，則與鄒説同。林庚考定爲楚威王五年前三三五年正月初七日詳《詩人屈原及其作品研究》。李延陵考定爲楚宣王八年前三六二年正月初一日詳《屈原的生辰和離騷的著作時期》。浦江清考定爲楚宣王二十九年前三四一年，郭沫若始同浦説，後據日人新城新藏東洋天文學史研究所《戰國長曆》，前三四一年正月無庚寅日，又因《吕氏春秋·序意》「惟秦八年，歲在涒灘」，核歲星七十二歲超辰一次，謂自楚宣王二十九年至秦始皇政八年，爲超辰一次，屈子之生年宜退後一歲，爲楚宣王三十年前三四〇年正月二十七日詳《屈原研究》。郭、浦之説影響至鉅，浦氏後謂當戰國之世，歲次諏訾之位爲攝提，因此推覈，屈子之生在楚宣王二十八年前三四二年正月十四日。郭、浦之説影響至鉅，多爲時人采納。近年胡念貽君據《離騷》爲懷王時之作，又深念前三四一年正月無庚寅日，則宜上推一紀十二年爲屈子生年，遂定爲楚宣王十七年前三五三年正月二十三日，屈子賦《騷》時年爲五十以上，亦與本篇「老冉冉其將至」語相符。詳《屈子生卒新考》。案：郭、浦、胡所憑者唯日人新城新藏《戰國長曆》，是曆所據之資料固不甚豐渥，其結論亦未必精碻可信。陳久金别創新法，謂歲星紀年，肇自戰國中葉，不存在超辰之事，乃以科學新法考之，定爲楚宣王二十九年前三四一年。其説精敏有據。又，何浩、劉彬徽以包山邵𠒃墓楚簡所紀楚曆考之，謂楚用殷正建丑，屈子生年在公元前三四三年楚曆正月二十一曰即夏曆十二月二十一曰。其又同於鄒、劉之説。然則屈子生卒終是千古之謎，吾人宜從科學新法兼出於戰國楚墓文獻資料及先秦古書紀年法綜合考之，不知孰能别啓蹊徑而捷足先登者，當拭目以待。

第一韻：庸、降

庸，東部，喻紐四等，古音爲[rioŋ]。王力《楚辭韻讀》喻四擬爲[j]。不知所本。喻四音值，爲[r]。詳李方桂《上古音研究》。陳第、戴震曰：「降，古音洪。」江有誥曰：「降，胡冬反。東中通韻。」案：降，冬部；洪，東部。降、洪古不同音。江説是也。降，古音爲[krəuŋ]。王力擬爲[neuŋ]，謂降爲二等字，有介音[e]。李方桂謂二等字有介音[r]。今從李說。又，清末民初，學界彌滿疑古習氣，乃謂《離騷》非屈子之作，廖平、胡適之啓其端，何天行踵其後，謂《離騷》爲漢人劉安所作。詳《楚辭作於漢代考》。何氏謂冬東合韻萌於前漢，《離騷》首韻冬、東合韻，據爲漢人擬作之碻證。今考《淮南子》一書，碻有冬、東未分之例，由此武斷前漢東、冬爲一部，至爲鹵莽。《淮南子》東、陽合韻富於東、冬，豈謂漢時東、陽亦不分乎？屈賦東部用韻者凡九事：《離騷》縱、巷一例；《天問》功、同，從、通，逢、從三例；《哀郢》江、東一例；《抽思》同、容一例；《懷沙》豐、容一例；《悲回風》江、洶一例；《招魂》從、用一例。冬部用韻者凡六事：《雲中君》降、中，窮、爞二例；《河伯》宮、中一例；《天問》躬、降一例；《涉江》中、窮一例；《卜居》忠、窮一例；《招魂》衆、宮一例。皆分用自韻。《離騷》冬、東合韻，但此一例，未可以偏概全。

皇覽揆余初度兮　肇錫余以嘉名

覽《文選》六臣本云：「五臣覽作鑒。」洪《補》、朱《注》、錢《傳》三本皆作覽，同引一作鑒。案：《説文·金部》鑒又作鑑，大盆也。《見部》覽字訓觀。則作覽者是也，詳注。《文選》卷一〇《西征賦》注、卷三〇沈約《和謝宣城詩》注引作鑒。《古今合璧事類備要》續集卷四一引亦作覽。

余《白帖》卷二三、《嬾真子》卷四、《文選》卷三〇沈約《和謝宣城詩》注、《柳河東集注》卷三七引余並作予。

案：余、予古今字。《離騷》首八句多用古字，作余是也。洪《補》、朱《注》、錢《傳》三家並作余。《文選》六臣注引余一作予。《古今合璧事類備要》續集卷四一引亦作余。

于《洪補》本「余」下無「于」字，云：「一本『余』下有『于』字。」朱《注》本有「于」字，云：「『余』下一本無

『于』字。」錢《傳》本亦有于字。《柳河東集注》卷三七、《古今合璧事類備要》續集卷四一、《記纂淵海》卷八三引並無于字。《文選》五臣注「我父鑒度我初生之法度」云云，蓋「余」下有「之」字。聞一多校云：「當從一本補『于』字。度，即天體運行之宿度、躔度，『初度』，謂天體運行紀數之開端。《離騷》用夏正，以日月俱入營室五度爲天之初度，曆家所謂『天一元始，正月建寅』、『太歲在寅曰攝提格』是也。以『攝提貞于孟陬』之年生，即以天之初度年生。『皇覽揆余于初度』者，皇考據天之初度以觀測余之禄命也。要之，初度以天言，不以人言。今本『余』下脱『于』字，是則以天之初度爲人之初度，殊失其旨。唐人寫本《文選集注》殘卷、今本《文選》、朱《注》本、錢《傳》本、《文選》沈休文《和謝宣城》詩注引並有『于』字，《文選·西京賦》注及馬永卿《嬾真子》四引並作『於』。本篇于、於錯出。」案：其説未易。果無「于」字，辭氣不暢。舊當作于，用古字。《文選》本有「于」字。

【皇】王逸注：「皇，皇考也。」王夫之曰：「皇，皇考省文。」案：據上下文意，蒙上而省「考」字。然則細味此文，又非省字所能概其義。吴世尚曰：「蒙上皇考文。此時父在，故不曰考。」其甚得屈子蘊奧。此乃屈子追憶父在之時情事，言父覽揆余於初度之日，歷歷猶在目前，不知其爲謝世之人，不曰考而稱皇。而上文叙世系，要在紀實，是以稱父曰「皇考」。

【覽】王逸注：「覽，觀也。」後世注家皆同此。朱季海以楚語説之，曰：「王注屈賦『覽』有二義，其一訓望，《九歌·雲中君》『覽冀州兮有餘』是也。此自常語。其一訓『觀』，與『察』與『視』者，義實相近。蓋楚之代語，覽亦察也，故《離騷》又言『覽察』矣。《老子》語楚，其云『滌除玄覽，能無疵乎』。正與《離騷》相應，明乎是，則知『覽揆』、『覽余』一本作『鑒』者，後人不諳楚語，遂循時俗，改舊文耳。」又曰：「《説文》及洪本《章句》並云：『覽，觀也。』《説文》：『觀，諦視也。』然覽本謂諦視，諦視與注目觀、左右兩視義實相成，故楚語謂之『覽揆』矣。」案：

《齊策》「而數覽」、「大王覽其説」，《吕氏春秋・重言》「將以覽民則也」云云，豈《國策》、《吕覽》亦語楚乎？屈賦言覽凡十有一例，猶上「降」字之比，標其神格，謂神觀也，神視也，而非泛泛觀視所能盡者。屈子，日神胄子，猶神也；其父亦爲神，故曰「皇覽」。下文「覽民德焉錯輔」，言皇天大帝之觀也。又「覽余初其猶未悔」、「覽相觀於四極」、「覽椒蘭其若兹」，《九章・抽思》「覽民尤以自鎮」、「覽余以其修姱」，皆「吾」覽也。下文又云「覽察草木其猶未得」，言靈修覽也。靈修，神也。《九歌・雲中君》「覽冀州兮有餘」，言雲神覽也。《遠遊》「覽方外之荒忽兮」，爲叙神遊方外，正神視之意。凡神視謂之覽，《説文・見部》覽字「从見、監，監亦聲。」案：覽、鑑古雖同部而不同聲。覽，從見從監，會意。見，視也。鑑，甲文作「」，金文作「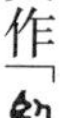」《頌鼎》，象俯首臨盆之形，許云：「鑑，臨下也。」引申之有居高視下義。《詩》謂「天鑑」，言天覽也。《信陽楚簡》謂「神以鑑」，言神以覽也，鑑，皆覽省文，非謂鑑、覽二字通用，神居九天之上，其下也謂之「降」，其下視也謂之「覽」。君居萬民之上，其觀視也亦謂之「覽」。引申爲周流環顧。漢魏六朝以還，謂涉獵書記謂之覽，蓋流覽反復之引申。《後漢書・劉梁傳》：「著破群論，時之覽者。」顔師古《匡謬正俗》曰：「覽，謂習讀之人，猶言學者耳。」案：習，本言鳥之數飛也，引申爲言「學而時習之」之習。習讀者，言反復數讀也，實與「流覽」同。又，《張升傳》「少好學，多關覽」，《孔融傳》「博涉多該覽」，《三國志・魏書・劉劭傳》「該覽學籍」，《吴書・步騭傳》「靡不貫覽」。名事相因，王者所覽之圖籍又謂之「皇覽」、「御覽」，用流覽義也。

【揆】王逸注：「揆，度也。」案：《説文・手部》揆字「从手，癸聲」，亦訓「度」。又《癸部》云：「癸，冬時水土平，可揆度也。象水從四方流入地中之形。承壬，象人足。」周伯琦《字原》曰：「象二木交錯度地取平，與準同意。」考癸字，甲文作「」《粹》一四一五、「」《先周》周甲一，金文作「」《矢方彝》。石鼓文作「」，《六書正義》曰：「以足步量地。從、矢，會意。矢者，以近度遠也。」癸字爲度地取平，引申爲度量。揆，癸之分別字。《爾雅・釋

言》孫炎注：「揆，商度也。」《素問・病能論》：「揆度者，切度之也。」又：「所謂揆者，方切求之也。」蓋揆之爲言規也。《國語・周語》「規方千里以爲甸服」韋昭注：「規畫而有之。」《文選・東京賦》「規遵王度」李善注：「規，摹也。」又「規摹踰溢」李善注：「規，圖也。」規有商切謀畫之義。揆、規二字音近義通，係同根字。「覽揆」連文，覽，爲標父考神格；揆，言切度之也。二字各具其義。朱氏以「覽揆」二字平列同義，乃讀「揆」爲「鑑」，訓「注目視」，譚介甫以「覽」爲「鑑」，謂「鑑揆」爲雙聲謰語，「義皆觀」。好奇之説。

【初度】王逸注：「初，始也。言父伯庸觀我始生年時，度其日月皆合天地之正中。」以「初度」爲概上文「攝提貞于孟陬」。聞一多因王注，曰：「歲陰傍黄道而行，繞天循環，周而復始，本無所謂終始。曆家爲求紀年之便，乃假正月建寅，日月俱入營室五度，以爲歲陰運行之始，謂之『天一元始』，即此所謂『初度』。攝提爲年之初，孟陬爲月之初，庚寅爲日之初。合此三寅，謂之初度。」案：今斷以句法，皇之所覽、所揆，余也，「覽揆」之賓詞。「于初度」，介賓短語，作補格。于，對向之詞。言皇于初度覽余、揆余也。果如王注，則「初度」亦賓詞，似非勝語。徐焕龍曰：「初度，猶初時，日月星辰，各以度成時也。」夏大霖曰：「言寅年寅月庚寅日其降生也。言外秉陽明之氣，得人生之正。」胡鳴玉曰：「初度，猶言初時日月星辰，各以度成時也。」吴世尚曰：「初度，始生之日也。在天爲度，在曆爲日。」皆因王氏「星象」説相發。朱《注》、汪瑗曰：「初度，猶言時節也。」則泛指「時節」，其内涵未可碻指。錢澄之曰：「初度，猶初生也。」蔣驥曰：「初度，初年之器度。」胡文英曰：「初度，初年之氣度也。」王樹枏曰：「初度，謂幼時之心度。」劉永濟曰：「初度，初生之形度也。形度，猶今態度。」皆爲初生時容態。案：錢氏《屈詁》最爲切旨。初度，即初生、初降。姬周之器有名「歸生」《中鼎》、「番生」《番生毁》、「周生」《周生豆》、「吴生」《番仲吴生鼎》、「黄生」《伯君黄生匜》、「魯生」《無麥魯生鼎》、「虢生」《頌鼎》等，姜亮夫謂此「大約以其生之所由，或其初生時之一種情態爲命名之根據，此當即初度一義最確切之時代意義」。《左傳》隱元年：「莊公寤生，驚姜氏，故曰『寤生』。

遂惡之。」朱駿聲謂寤借爲牾，「逆産如手足先見之類，必仍送進産門令其徐轉而順生」。莊公「初度」非常，而卒見母惡而名「寤生」。晉獻公世子名申生，申，順也，順母體而生，則名「申生」。又，《宋書·范曄傳》：「范曄，字蔚宗，順陽人，車騎將軍泰少子也。母如廁産，額爲塼所傷，故以『塼』爲小字。」古世取名遺習。度，無降生義。古書度、宅通用。《中山王嚳方鼎》「考厇隹型」，厇，古宅字，而此借作度。《詩·皇矣》「此維與宅」，《論衡·初稟》引作「此惟予度」。《文王有聲》「宅是鎬京」，《禮記·坊記》引作「度是鎬京」。《堯典》「宅西曰昧谷」，《周禮·縫人》注引作「厇西曰柳谷」。《舜典》「五流有宅，五宅三居」，《史記·五帝本紀》宅字作度。《禹貢》「三危既宅」，《夏本紀》宅作度。《立政》「文王惟克厥宅心」，漢石經宅作度。《顧命》「恤宅宗」，《後漢書·班彪傳》引此宅作度。宅、託同諧乇聲，例得通用。《説文·山部》：「宅，人所託居也。」段注：「宅、託疊韻。」《儀禮·士相見儀》：「宅者，在邦則曰市井之臣，在野則曰草茅之臣。」鄭注：「今宅爲託。」度、託亦相通。信陽楚簡度字作厇。《周禮·縫人·釋文》：「古文厇與度相似。」厇，託字古文，包山楚簡託字作厇。託，言託寄。於屈子父考言之，視生子如受天所託寄，而謂之「初託」。人之所生謂之「初託」，而人死所葬謂之「終宅」，其義相因。屈子「初託」於帝高陽之居，受之於天，而其死當亦以帝高陽之居爲「終宅」。初託，伏下篇「上征」崑崙、叩閶帝丘之事也。董楚平亦讀度爲託，而謂「初受天託，初承大任」云云，爲其自負非凡之意，則得蘊旨。

【肇】王逸注：「肇，始也。」而後注家多承此説。唯聞一多、陳直據劉向《九歎·離世》「兆出名曰正則兮，卦發字曰靈均」，謂屈子名字得於「灼龜視兆」，遂謂肇爲兆之假借。案：此言父覽觀揆度余於初託乃錫余嘉名也。若肇字解始、解兆，則上下辭氣不暢。劉永濟謂劉向文「乃文人增飾之詞」，「屈子本文無此意也，不可以劉易屈，將飾詞作真語」。其説是也。惟劉氏復因王注，訓肇爲始。肇，猶乃也。楊遇夫曰：「余頃董理金文，見文中多用肇字，位於語首，往往無義可采。如，《陳曼簠》曰：『齊陳曼不敢逸康，肇堇經德。』按堇假爲勤。經德者，《書·酒誥》云

『經德秉哲』。肇字無義可說。其一事也。他如《彔伯𢦚毁》云：『王若曰：彔伯𢦚！繇！自乃祖考有捪于周邦，右闢四方，惠弘天命，女肇不家墜。』《師寰毁》云：『今余肇命女率齊𠂤帀贊僰及左右虎臣征淮夷。』《善鼎》云：『余惟肇䌛先王命，命女左世𩁹侯。』《疐鼎》云：『疐肇從趞征。』《叔向父毁》云：『余小子司嗣朕皇考，肇帥井刑先文祖共明德。』《師望鼎》云：『望肇帥井皇考，虔夙夕，出内王命。』《魯士商𪼶毁》云：『魯士商𪼶肇作朕皇考叔猷父猷障毁。』《交君簠》云：『交君子△肇作寶簠。』《鑄子鼎》云：『鑄子叔黑𦣞肇作寶鼎。』《諆鼎》云：『諆肇作其皇考皇母者比君𪔉鼎。』諸肇字皆無義。或有釋肇爲始爲敏者，非也。」其説是也。「肇」字，謂無實義，猶乃也，於是也。此首八句用三代典謨句法，故「肇」字與金文同。信陽楚簡「肇」字作「庫」，從户、聿。

【錫】王逸注：「錫，賜也。」案：錫，本金名，許謂「銀鉛之間」。《説文·貝部》：「賜，予也。从貝，易聲。」錫爲古字，賜爲分別字古書「錫予」中皆爲錫，王氏以今字釋古字。賜字從貝，象所予之物。易，蜥易，類蝘蜓，守宫，無舍予義。楊遇夫以賜爲借聲字，假易爲益，「古易與益同音同影母、錫部。從易聲猶之從益聲也」。案：《廣韻》入聲第二十二昔韻：易音羊益切，喻紐四等；益音伊昔切，影紐三等。易、益同錫部而聲紐殊異。諧易聲字，無讀影紐，如錫、裼、緆、鬄同音先擊切，心紐四等；逷、剔、惕、鬄、鬄同音他歷切，端紐一等。蓋易之爲言施也。《詩·何人斯》「我心易也」，《釋文》：「易，《韓詩》作施。」《皇矣》「施於孫子」，《箋》：「施猶易也。」《禮記·孔子閒居》「施其四國」，注：「施，易也。」易、施爲支歌旁轉，喻四、審紐爲旁紐雙聲。施有施予義。言施予以貝，借易爲施，則制字爲賜。周之古文，賜予之賜多作「」《粹》一八、「」《克鼎》，偶見「」《禹鼎》。蓋借易爲施，借用既久，以致約定俗成，易爲施予義。春秋以還，爲分別蜥易、易予義，因借聲而蓋其貝旁字作「賜」。蓋形聲字之借聲，最初爲用字假借。而後因借字爲諧聲，加意符以造字。此吾國文字發展一緒。《史記·日者列傳》載司馬季主云：「産子，必先占吉凶，後乃有之。」司馬季主，楚人也，其人去屈子之世未遠，季主所言，或楚遺俗。《白虎通義·姓名》：「故《禮服傳》曰：「『生子三日，則父名之於祖廟。』『於祖廟』者，謂子之親廟也，明當爲宗廟主也。」伯庸爲屈子命名，當在祖廟，祈求先祖神靈惠予，是以謂之「賜名」。《國語·晉語》「報賜以力」，韋昭注：「賜，惠也。」《禮記·檀弓上》「中生受賜而死」，鄭注：「賜，猶惠也。」《儀禮·士喪禮》「君若有賜焉」，注：「賜，恩惠也。」錫名，言蒙惠而受嘉名也。

【嘉】王逸注：「嘉，善也。」案：《説文·言部》：「嘉，美也。从壴，加聲。」壴，訓「陳樂」，引申爲美善義。加，訓「語相加」，引申爲增益義。合會壴、加二字引申義，以挹注美善義，制字爲嘉。嘉，形聲兼轉注。包山楚簡字作「□」，從禾、甘，加聲，不從壴。禾，嘉穀也，有美善義。甘，亦善義。美善累加，是謂之□。楚人制字自與中土異。又，姜亮夫謂「嘉名與惡名相對，大體與迷信相關」。屈氏有名「宜咎」者，蓋「惡名之徵也」。嘉名、惡名因吉凶之占見司馬季主語，詳《史記·日者列傳》。占吉爲嘉名，占凶爲惡名。屈子嘉名，即下文「正則」、「靈均」，緣於世系、生辰、「初託」，皆爲「中正」。蓋伯庸卜於宗廟而得「中正」吉占，故命以嘉名。又，湯炳正謂嘉字本義「添丁進口」之義，與「孔」、「乳」爲一義孳演，皆生子之謂。「嘉名」，指屈子生時之「乳名」。案：孔、嘉同義，孔借作好。《爾雅·釋器》「肉倍好謂之璧」，孫炎注：「好，孔也。」《考工記·玉人》「好三寸」，鄭司農注：「好，孔也。」《漢書·食貨志》「肉好皆有周郭」，注引韋昭「其圓好二寸半」注：「好，孔也。」《律曆志》「令之肉倍好者」，注引如淳曰：「體爲肉，孔爲好。」許云「古人名嘉，字子孔」，猶言字子好也，以假借字爲之。乳無嘉美義，孔、嘉與乳不同義，嘉名亦非乳名。

是二句言父伯庸覽觀揆度我於初託之時，乃惠賜我以吉善之名也。

名余曰正則兮　字余曰靈均

【名余曰】《古今合璧事類備要》續集卷四一、《文選》卷一二《江賦》注引「名余曰」二句同今本，馬永卿《嬾真子》卷四引此二句兩「余」作「予」。

【名、字】王逸注：「名，所以正形體，定心意也；字者，所以崇仁義，序長幼也。夫人非名不榮，非字不彰，故子生，父思善應而名字之，以表其德，觀其志也。」案：名、字二字，於古自有深意，未可以尋常之義觀之。《荀子·正名篇》曰：「名聞而實喻，名之用也。累而成文，名之麗也。用、麗俱得，謂之知名。名也者，所以期累實也。」《論語·子路》「必也正名」，鄭玄注：「古者曰名，今世曰字。」《周禮·大行人》：「九歲屬瞽史，諭書名。」名、字亦文、字之稱。名謂之字，而字非名。古人命名，猶許氏《説文》所謂「依類象形」，即王注所謂「正形體」也。名，即「物象之本」之文。字者，因文而孳生者，比之六書之會意、形聲。《春秋繁露·深察名號》曰：「鳴而命施謂之名，名之爲言鳴與命也。」其但就聲音言之。文，據形體而言。名聞而文彰，文彰而實喻。此訓詁家所謂形、音、義參互而用之意。方人之命名亦然。《禮記·内則》曰，子生三月，「父執子之右手，咳而名之」。父命名當因其世系、生辰及「初託」之象，猶總合星象及順生、寤生，皆有物象可依憑也。顔師古《匡謬正俗》亦曰：「名以正體，字以表德。」正體者，概生子之體也。劉向《九歎·離世》：「兆出名曰正則兮，卦發字曰靈均。」言「兆出」，其有物象所憑、有實事可因。屈子「正則」之名，所憑之物象，生辰及初託也。聞一多、湯炳正謂「正則」之名與屈子生年月日有關，名「正則」者，因屈子「生於歲星在正月晨出東方之年」；字「靈均」，與「令月吉日」有關，猶《儀禮·士冠禮》「以歲之正，以月之令」，其皆不概「初託」之生象，但其一端。屈子出生之象一「正」字可囊括之。生爲楚族始祖日神高陽之冑，父考伯庸爲楚方伯，得其世系之正也。生辰年月日皆寅，得其人日之正也，順降母體，上合星命，得其初託之正也：故取名曰「正則」。字者，名之附也。王引之曰：「名字者，自昔相承之詁言也。《白虎通》曰：『聞名即知其字，聞字即知其名。』蓋名之與字，義相比附。」古人命名取字而相比附，名字二字，或同義互訓，如卜商字夏、宋公孫嘉字孔、齊高彊字子良、申黨字周是也。或輾轉爲訓，如晉梁養字餘子。養，長也；長，言久也；餘，引申亦言久長：故名養字餘子也。如齊闞止字子我。止，容止也；我，借爲儀，言容也：故名止字子我。如楚屈到字子夕。到，至也；「朝夕」之夕，引申之言夕終，有至義：故名到字子夕。或相反爲訓，如晉閻没、鄭駟蔑、楚唐蔑皆字明。没、蔑言昧也，爲「明」之反。故名昧字明。蓋易凶名爲吉字之謂。詳王引之《經義述聞》卷二二、二三《春秋名字解詁》。考「正則」之與「靈均」，輾轉爲訓之例。洪《補》引《禮記》曰：「既冠以字之，成人之道也。」洪又曰：「《士冠禮》云：『賓字之，曰：昭告爾字，爰字孔嘉。』字雖朋友之職，亦父命也。」案：字之爲言子也。男子既冠，女子及笄，明已成人，能育子，而行命字之禮也。

【正則】王逸注：「正，平也；則，法也。靈，神也；均，調也。言正平可法則者，莫過於天；養物均調者，莫神於地。高平曰原。故父伯庸名我爲平以法天，字我爲原以法地。言己上能安君，下能養民也。」案：王注精粗雜糅。「正則」以寓「平」者，是也；而謂「正平可法則者，莫過於天」，失之無根。屈子名「正則」，其所憑者，出生之象也，總世系、生辰、初託三事而言。三事皆在「正」之陶鈞之中，故曰「正則」。正則，猶言正也。正、平二字義同轉注。「正則」平列，不當離析爲正平之法則。《説文·刀部》：「則，等畫物也。」段注：「等畫物者，定其差等而各爲介畫也。」引申之言正中義。《左傳》昭七年：「大物不同，民心不壹，事序不類，官職不則，同始異終，何可常也？」不則，猶不等、不正。則，義爲法則。法者，所以正人也。《漢書·張釋之傳》：「法者，天子所與天下公共也。」法，本涵公正義。法雖人所爲，又所以正人，義本貫注。籀文爲𠟭，從刀、鼎。鼎，有方正、正當義。《漢書・賈誼傳》顔師古注引應劭曰：「鼎，方也。」《匡衡傳》「無説詩匡鼎來」，顔注：「鼎，猶言當也。」等同畫分之而爲𠟭。包山楚簡字作𪔂。正謂之平，平亦謂之正。古書或「正平」連文。《吕氏春秋・孟秋》「決獄訟，必正平」是也。

【靈均】王逸釋「靈均」之義言「養物均調者，莫神於地」，則與「正則」之名不相比附。靈均，即「均靈」之乙，趁韻以倒。「均靈」二字寓「原」，又據「高平曰原」，乃謂平、原二字義同。原字無以解「均靈」之例，且平、原二字亦異義，「高平曰原」，而原固不得訓平。包山楚懷王世左尹邵𣄰墓簡文，其所載人名未見先秦古籍者夥，於屈氏，有大莫囂屈昜此蓋原父伯庸、大鮐尹屈遡、沈母邑人屈庚、下隂里人屈犬、郊郜大邑屈舵、東反人屈貯及不詳貫里者屈駱等。簡文所載之人，蓋皆稱其字，若昭陽、公孫鞅是也。又，簡文禱辭所載爲左尹邵𣄰卜筮者，屈氏有屈宜之人，謂「屈宜習之以彤筝爲左尹邵𣄰貞」，又謂「屈宜占之曰吉」。屈宜，蓋屈原也。宜音魚羈切，歌部，疑紐；原音愚袁切，元部，疑紐。歌、元爲陰陽對轉，宜、原音同通用。《詩・小宛》「宜岸宜獄」，鄭《箋》曰：「仍得曰宜。」仍得，言再得，復得。宜無再仍之義。蓋讀宜爲原，原有再義。《禮記・文王世子》「未有原」，《周禮・馬質》「禁原蠶」，注並曰：「原，再也。」簡文作屈宜，漢人讀如屈原。《説文・宀部》：「宜，所安也。从宀之下、一之上，多省聲。，古文宜，，亦古文宜。」金文字作《𤼈作父辛卣》，望山楚簡作、包山楚簡作等，皆從且、從二肉，而不從多聲。從二夕者，肉字省文。古文象祭祖以肉之形。且，古文祖字。《左傳》成十三年「成子受脤於社」，杜注：「脤，宜社之肉也。盛以脤器，故曰脤。宜，出兵祭社之名。」孔疏：「宜者，祭社之名。脤是盛肉之器，『受脤於社』，受祭之胙也。」社神本祖神分化，祭社亦即祭祖。《爾雅・釋天》「起大事、動大罪，必先有事乎社而後出謂之宜」。《漢書・五行志》亦謂「以出師而祭社謂之宜」。古人好鬼神，而視祭、戎爲國之大事，故興戎必先祭祖，以徼神祐；得其神祐者謂之宜。孫炎注《爾雅》：「宜，求見使祐也。」何以識其宜？蓋祭祀藉巫祝貞卜以決之，貞之以吉，示獲祐，謂之宜；

卜之以凶，不可爲宜。引申爲當，《吕氏春秋・當賞》：「爵禄之所加者宜。」高注：「宜，當也。」爲適，《淮南・本經訓》「旁薄衆宜」，高注：「宜，適也。」爲「得所」，《文選・補亡詩》注引《蒼頡》曰：「宜，得其所也。」《説文》爲「所要」，亦引申義。又引申爲肴。宜當、適宜，皆同「正平」義，名平字宜，其義相比。而「均靈」二字亦涵宜平義。均，均平也。古每以「平均」連文，平列同義。《國語・楚語》：「楚國之能平均，以復先王之業者，夫子也。」《詩・節南山》毛《傳》曰：「均，平也。」平正謂之宜，亦謂之均，均亦宜也。宜，又引申爲言善，《禮記・内則》「子甚宜其妻」，鄭注：「宜，猶善也。」靈有善義，古多借令字爲之。《爾雅・釋詁》：「令，善也。」善謂之宜，亦謂之靈，靈猶宜也。史稱屈原，即屈宜歟？屈子字「均靈」，固非唯因其字義訓詁，更藴含民俗宗教之特殊含意。均，古韻字，調和音樂之器。信陽楚簡謂「乃教均」，《國語・周語》：「王將鑄無射，問律於伶州鳩。對曰：『律所以立，均出度也。』」韋昭注：「均者，均鐘，木長七尺，有弦繫之，以均鐘者，度鐘大小清濁也。」音樂最具宗教特徵，有交通祖神、上帝之特殊功用。《山海經》謂「夏后開上嬪於天，得《九辯》、《九歌》以下」。《吕氏春秋・古樂》謂帝堯「命質爲樂，質乃效山林溪谷之音以歌，乃以麋輅置缶而鼓之，乃拊石擊石，以象上帝五磬之音，以致舞百獸」云云，皆是也。《周禮・宗伯・大司樂》「掌成均之法，以治建國之學政，而合國之子弟焉。凡有道者有德者使教焉，死則以爲樂祖，祭於瞽宗。以樂德教國子中和祗庸孝友，以樂語教國子興道諷誦言語，以樂舞教國子舞《雲門》、《大卷》」等云云，即所謂「樂教」也。均鐘即調鐘，均言調也。賈生《惜誓》「二子擁瑟而調均兮」，王注：「均亦調也。」成均即成調，樂之所以成調，當以「中正」爲極致，《周語》所謂「道之以中德，詠之以中音，德音不愆，以合神人，神是以寧，民是以聽」者也。而調和音樂使成均者，必出于「中正」之非常人。屈子名曰「正則」，昭示其出生世系、生辰及初託之象，皆合「中正」，其能平正、均調者也。靈，《説文》字作「䨩」，從玉，霝聲，謂「巫也，以玉事神」。或體從巫。甲文不見靈字，唯春秋時器《庚壺》始出「𩆜」字，從示、霝聲。示，甲文作《輔仁四》、《甲二八二》，金文作「示」，象一石直竪於地，上覆一方石。男陽崇拜遺制，上覆方石、蓋祖神棲息之所，而「丨丨」，象血祭也。示，指石祖，與祏、祊字義同。今俗靈牌、墓碑，蓋其遺制。靈字本言求雨祭祖也。引申爲神靈通名。交通神靈者，巫也。故楚俗巫亦謂之靈。屈子自稱帝高陽之裔，係日月交合所生，得三寅之正，上能通神，下能均調音樂，是以取字曰宜、曰均靈。屈子時以祭師妝飾，出入六合，通人神以上下，儼然爲巫。睡虎地秦簡《日書》八七五簡云：「庚寅生子：女爲賈，男好衣佩而貴。」賈，通作巫。屈宜亦庚寅日生，則具靈巫資質。又，屈子不徑言名平字宜，而變言名正則字均靈者，何也？馬永卿比司馬長卿幼時名犬子之類，以「正則」爲屈子小名，「靈均」爲屈子小字。陳第亦謂「或少時之名」。游澤承斥曰：「小名興於兩漢，盛於六朝，前此未之聞，所謂無徵而不信者。」案：馬、陳之説固不足訓，而必謂小名周秦「未之聞」，蓋亦偏頗，鄭莊公曰「寤生」，楚令尹曰「鬥穀於菟」，若非小名，即不可思議。李陳玉曰：「不説出名字，以『正則』代名，以『靈均』代字，又是一樣寓言。」洞觀幽微，發千古之秘。《離騷》，賦體也，劉彦和曰：「賦，鋪也。鋪采摛文，體物寫志也。」鍾嶸曰：「直陳其事，寓言寫物，賦也。」賦非史筆，假託寓言，寄物宣情，不當直陳其人其事，乃設以隱語，「寓名例」也。詳俞樾《古書疑義舉例》卷三第三十條。《離騷》叙時世皆用「寓名」，靈脩、女嬃、蹇脩等，不當據實。詳下隨文所釋。

是二句言父名我曰「正則」以寓意名「平」；字我曰「均靈」，以寓意字「宜」也。

第二韻：名、靈

戴震曰：「嘉名，讀如民。按：名於《廣韻》見十四清。均見十八諄。一收鼻音，一收舌齒音。顧炎武云：『耕、清、青韻中，往往讀入真、諄、臻韻，當由方言之不同，未可以爲據也。』今吴人讀耕、清、青，皆作真音。」江有誥、王力並曰：「名、均，真耕通韻。」案：耕真通韻，屈賦特此一例，《哀郢》「堯舜之抗行兮，瞭杳杳而薄天。衆讒人之嫉妬兮，被以不慈之僞名」。此二句又見《九辯》，恐錯入此篇。本極可疑。顧、戴説以方言，固不可信。名，古音爲「mieŋ」。靈均，蓋「均靈」倒乙。「均靈」二字平列，趁韻倒爲「靈均」。靈，古音爲「lieŋ」。名、靈古同耕部。

紛吾既有此内美兮　又重之以脩能

紛 朱《注》紛音墳。案：《廣韻》上平聲第二〇文韻：紛音府文切，非紐三等；墳音符分切，奉紐三等。皆合口。朱子清濁互用。《説文》本字作份，音府巾切，非紐三等開口。

美 羅、黎二本《玉篇·糸部》紛字引美作羙。案：羙，六朝俗字。敦煌寫本王梵志詩《奴人賜酒食》「恩言出美氣」，美氣作羙氣可證。《五百家注昌黎文集》卷一、《古今合璧事類備要》續集卷四一引亦作美。

重 洪《補》重音儲用切，朱《注》音直用反，錢《傳》音直龍反。賈昌朝《群經音辨》曰：「再曰重，直龍切。再之曰重，直用切。」案：「重之」之重，猶「再之」之謂，及物動詞，係賓格，音直用切，去聲。錢讀「直龍」之音，平聲。失之。儲用、直用二切音同。

脩 《文選》五臣、六臣本脩字并作修，洪《補》、錢《傳》以下《楚辭》本則脩、修錯忤并出。案：修，修飾本字；脩，假借字。《離騷》古本用假借字脩而不用本字修。《古今合璧事類備要》續集卷四一、《五百家注昌黎文集》卷一引亦作修。

能 洪《補》曰：「能，此讀若耐，叶韻。」朱《注》能音奴代反，曰：「能，一作態，非也。」能字古有三音。《説文·肉部》：「能，熊屬，足似鹿。从肉，㠯聲。」能音以，古本音。

《廣韻》下平聲第十七登韻：能音奴登切。又去聲第十九代韻：能、耐同音奴代切。賈昌朝《群經音辨》曰：「強傑曰能，奴登切。任曰能，奴代切。」案：強傑、忍耐之義相仍，蓋本一音，「讀破」而分二音。又引申爲言容態，音他代切，轉泥爲透，後制態字以專之。《史記·天官書》「三台」，或作「三能」。《漢書·司馬相如傳》「君子之能」，《史記·集解》引徐廣能作態。能又有態音。金文惟作能，不見態字。態，漢世俗字。此文能當讀如態音。詳注。

【紛】王逸注：「紛，盛貌。」王夫之曰：「紛，不一之謂。」案：「不一」云者，猶紛雜也。訓紛盛、紛雜，義本相仍。「吾」之「内美」，指出生之世系、生辰、初託及名字四端，惟一「正」字可得概之。紛，猶悦怡貌。《方言》卷一○：「紛怡，喜也。湘潭之間曰紛怡。」紛之訓喜，楚語。《九章·橘頌》：「緑葉素榮，紛其可喜兮。」紛其，猶紛然，「喜」之疏狀字，喜貌。王逸注：「言橘青葉白華，紛然盛茂，誠可喜也。」以「紛其」爲盛貌。失之。《後漢書·延篤傳》：「紛紛欣欣兮，其獨樂也。」紛紛、欣欣，平列同義，喜貌。紛字本爲「馬尾韜」，不訓盛多，亦無喜悦義。紛盛本字爲份，而紛喜本字爲芬。《説文·屮部》：「芬，屮初生，其香分布也。」引申爲和調、和適義。《方言》卷一三：「芬，和也。」郭璞注：「芬香和調。」《周官·鬯人》鄭注：「鬯釀秬爲酒，芬香條暢於上下也。」錢繹注：「和謂之芬，與人相和亦謂之芬。」和適者必快人意，芬有悦喜義。《荀子·議兵篇》：「而其民之親我，歡若父母；其好我，芬若椒蘭。」歡、芬互文見義，芬猶歡也。吳世尚曰：「楚辭中凡施於句首之字，如紛、汩、忽、羌、謇、耿、溘、時云者，大抵多屬方言，而其意之或承上、或總下、或發端、或繼事、或轉語、或証言、或正疏、或反僕，讀者各就上下文義以意會之，斯可矣。」吳説所立條例，不盡可采。本文句法，「紛吾既有此内美」，紛，爲「有」之疏狀字，言吾既紛有此内美也。屈賦二十五篇，句中述語之疏狀詞多冠於句首，蓋亦楚語異於中土習見者。下文「汩余若將不及兮」、

「謇吾法夫前脩兮」、「耿吾既得此中正」、「溘吾遊此春宮兮」、「忽吾行此流沙兮」等，皆同此。

【既】《穀梁傳》桓三年曰：「既者，盡也，有繼之辭也。」范寧注：「盡而復生謂之既。」案：既，已然承接之辭，前事畢，而後事承之，故屈賦「既」字多與「又」字並用，上句用「既」，則下句用「又」，爲其常見句法。既，甲文作「」《乙編》六六七二，金文作「」《散盤》，象回首輟食之形，謂食事終也。許云：「既，小食也。从皀，旡聲。」小，「不」字之訛。引申言盡、畢、已，而後又虛化爲已然承接辭。既之對文爲即，甲文作「」《簠典》九九，象跽坐將食之形，故許云「即食」。引申言就，虛化爲即就之辭。既、即皆表時態，既爲終止之態，而即爲將就之態，其意相對。

【内美】王逸注「内含天地之美氣」云云，蓋猶「法天」、「法地」之意。吕延濟曰：「内美，謂忠貞也。」錢澄之曰：「内美以質言，脩能以才言。」王夫之曰：「内美，得天之美命，爲親所嘉予。」戴東原曰：「内美，生而質性容度之粹美。」胡文英曰：「内美，本質也。」皆因王注。又，陸善經曰：「内美，謂父教誨之。」案：内美，概上文八句而言，指天性之美。内，對外言，猶謂先天稟受之内在本質。屈子爲始祖帝高陽之胄子，與楚同宗，天生爲「神人合一」之聖種。生年月日皆爲寅，得人日之正；緣其「初託」而受嘉美之名，標其特異之質，皆「内美」之涵義，其核心在於「正」。天地上下之正質皆集於己身之中，是其「内美」也。屈子以「正」爲美，以「直」爲善，而以「忠」爲真；以「邪」爲醜，以「曲」爲惡，而以「佞」爲假。吾人讀之，當以「正」字爲綱領。

【重】王逸注「又重有絶遠之能」云云，以「重」爲「重有」義。錢澄之曰：「重之，言既有其質，又有其才也。」洪《補》曰：「重，再也，非輕重之重。」以「重」爲副詞，猶今云「再一次」。王夫之曰：「重，加也。」朱駿聲曰：「重，讀爲緟，增益也。」姜亮夫謂「又增加脩飾之能」。皆以「重」爲加增義。案：王説不易。「重之以脩能」句法，重，述語。之，代詞，以復指「内美」，「重」之賓也。「以脩能」，介賓之語，「重」之補也。「重」無「有」義，王注「重有」之訓，「有」字蓋承上句「既有」而省。古人行文，往往蒙上而省字，以避繁複。詳俞樾《古書疑義舉例》卷二第二十三條「蒙上文而省例」。下文「既替余以蕙纕兮，又申之以擥茝」。申，猶申替，承上句「既替」而省。《九辯》「秋既先戒以白露兮，冬又申之以嚴霜」。申，猶申戒，承上句「先戒」而省。重，當從洪《補》，猶又也，再也，本非動詞，惟求其句中所居之位，則爲動詞。「又重」平列同義。後二例「申」字亦同此。

【脩能】王逸注：「脩，遠也。又重有絶遠之能，與衆異也。」以脩爲長遠，以能爲才能，朱子曰：「脩，長也。能，才也。」錢澄之曰：「脩能，猶云長才也。」戴震曰：「脩能，好脩而賢能。」林雲銘曰：「言既稟有許多美質，又加以脩治之力。下文許多『脩』字，俱本於此。」龔景瀚曰：「脩，《説文》曰『飾也』。《玉篇》曰『治也』。其義當與《大學》『脩身』同，訓爲飾、治俱可。下文『脩名』、『好脩』皆因此。王訓『遠』，朱訓『長』，俱非。」蔣驥亦以脩爲治，能謂賢能。案：屈賦用「脩」字甚夥，《離騷》一篇凡十八，言「脩能」、「脩名」、「好脩姱」、「復脩」、「信脩」、「蹇脩」各一見，「前脩」二見，「靈脩」三見，「好脩」四見，而脩飾、脩長、美善三義皆備。其訓「脩長」者，下文「路曼曼其脩遠兮」、「路脩遠以周流」，《天問》「東西南北，其脩孰多」，《九章・懷沙》「脩路幽蔽，道遠忽兮」，《招魂》「離榭脩幕，侍君之閒些」。其言美善者，下文「恐脩名之不立」，脩名，猶美名。「余雖好脩姱以鞿羈兮」，好脩姱，言好美。「脩姱」連文平列，脩，猶姱也，美也。又，「余獨好脩以爲常」、「莫好脩之害也」、「苟中情其好脩兮」、「汝何博謇而好脩兮」，好脩，言好美也，例同「好脩姱」。姜亮夫曰：「凡篇中言『好脩』者，皆脩飾、脩養之義。」失之。又，「固前脩以菹醢」、「謇吾法夫前脩兮」，前脩，前賢。脩亦訓美義。又，「孰信脩而慕之」，信脩，言身美。《九歌・湘君》「美要眇兮宜脩」，宜，儀也。儀脩，言容儀美好。《九章・橘頌》「紛緼宜脩」亦同。《哀郢》「憎愠惀之脩美兮」，「脩美」連文，平列同義，脩猶美也。脩言脩飾、脩治者至少，本篇惟「退將復脩吾初服」一例。「靈脩」、「蹇脩」，當爲別解，詳下文。劉永濟曰：「脩有脩飾、美善、長遠諸義，皆可貫注。蓋能飾治則美善，美善則可長遠，注家任主一義，餘即在其中。」其説牽合。蓋脩訓長遠、訓美善，爲一義相因，而脩治之脩當別一字。屈《騷》長謂之脩，美亦謂之脩，楚語。

《方言》卷一:「脩、駿、融、繹、尋、延,長也。陳楚之間曰脩。」《説文·肉部》:「脩,脯也。从肉,攸聲。」脩,無長遠義。脩,通作悠。《吴語》「今吾道路脩遠」,韋注:「脩,或爲悠。」悠有遠義。然悠字爲憂,亦不解長遠。蓋悠之爲言遥也。《詩·泉水》「我心悠悠」,《説苑·辨物》引《詩》作「我心遥遥」。遥言遠也,長也。遠謂之遥,好謂之媱,與脩字音義皆同。脩、遥爲幽宵旁轉,照紐與喻紐四等爲旁紐雙聲。遥爲古今通語,悠,假借字。「脩飾」本字爲修,屈賦脩、修錯出,互用不分,《説文·足部》:「跾,疾也,長也。从足,攸聲。」朱駿聲據此謂「跾」爲脩長本字。案:《方言》卷二:「透,驚也。宋、衛、南楚凡相驚或爲透。」《説文》段注引《文選·吴都賦》「驚透沸亂」,透借爲跾。錢繹《方言箋》:「跾與透聲義並同。」驚透即同驚跾,言驚疾。許氏「跾」字訓「疾」、訓「長」,並同。蓋長之爲言悵也。《説文》許氏釋義之文多有借字,泥之則不通。《天問》:「咸播秬黍,莆雚是營;何由並投,而鮌疾脩盈?」「疾脩」連文,平列同義,脩,讀爲跾,言憂疾。此「脩能」之脩,謂美好。能,對「内美」言,内美,本質之美,能,指外在容儀。下文「扈江離與辟芷兮,紉秋蘭以爲佩」。其是之謂也。能,猶態也。能、態古今字。屈賦二字錯忤雜出。《九章·懷沙》「非俊疑傑兮,固庸態也」,《論衡·累世》引此爲「固庸能也」。蓋王充所見本猶作「能」。《荀子·正名篇》:「所以能之在人者謂之能,能有所合謂之能。」「謂之能」之能,即容態。《書·堯典》「柔遠能邇」,鄭注:「能,姿也。」亦用作態。兩周吉金銘文、鉨文及先秦殘簡遺文,但有「能」字而無「態」。許氏《説文》能、態兩收,蓋周秦曰能,漢曰態。今人楊焕典考上古漢語乏陽聲韻,能字古音爲之部,讀如耐。《詩·賓之初筵》能與又、時協韻。能諧㠯聲,陰聲韻。戰國以下,轉爲陽聲蒸韻,制「耐」、「態」字,以别於「能」。楚語多存古音,以能、佩爲韻。又,能本熊屬之獸,㠯聲,古以字,之部,喻紐四等。李方桂考證,上古喻四音值爲[r],屬日紐。名事相因,能用堅忍義,去聲,音轉泥紐爲耐。引申言容姿義,又音變爲態。《心部》:「態,意態也。」段注:「意態者,有是意因有是狀,故曰意態。猶詞者意内而言外,有是意而有是言也。意者,識也。心有所能必見於外也。」才能在内而未見謂之能，既見在外謂之態。又《招魂》「姱容脩態」，姱容、脩態，平列儷偶爲文，屈賦習語，漢人因之。《文選・西京賦》「要紹脩態」。屈子字稱靈均，而古之靈者必浴芳脩潔，體貌昳麗，婉好如婦人。《莊子・逍遥遊》曰：「藐姑射之山，有神人焉，肌膚若冰雪，淖泃如處子。」《遠遊》曰「質銷鑠以汋約兮」，「玉色頩以脕顔兮」。姿態美好狀若美婦人者，蓋所以通神也。

是二句爲承上啓下之詞。「内美」結首八句，「脩能」領出下采擷芬芳爲容飾諸事。言余既喜有此内美，又有外見之姱容脩態也。

扈江離與辟芷兮　紉秋蘭以爲佩

扈 黎本《玉篇・广部》「廦」引扈作戹。案：六朝俗字。《文選》六臣本、洪《補》、朱《注》扈同音户。

離 《文選》五臣、六臣本，《文選》卷三《吴都賦》注、卷一五《思玄賦》注，《説文繫傳》卷二《艸部》，《古今合璧事類備要》續集卷四一，《後漢書》卷二八下《馮衍傳》注、卷五九《張衡傳》注引離字并從艸作蘺。案：離、蘺古今字。黎本《玉篇・广部》「廦」字、《太平御覽》卷六九二，《施注蘇詩》卷二，《古今事文類聚》後集卷二九，《事類賦注》卷二四、《初學記》卷二六，《唐類函》卷一六八、卷一八五，《藝文類聚》卷八一，《六帖補》卷一〇，《漢書》卷八七《揚雄傳》注，《文選》卷二二左思《招隱詩》注引亦作離，《説文繫傳》卷一二注引作蘺。

辟 洪《補》、朱《注》、錢《傳》辟同音匹亦切。黎本《玉篇・广部》「廦」字引辟作廦，姜校誤作癖。《北堂書鈔》卷一二八、《文選》卷一五《思玄賦》注、《古今合璧事類備要》續集卷四一、《後漢書》卷二八下《馮衍傳》注及卷五九

《張衡傳》注、《説文繫傳》卷二《艸部》、《太平御覽》卷六九二引作薜。案：辟，因王注「辟幽也」改，作薜者涉芷從艸而改。古作辟，《初學記》卷二六，《唐類函》卷一六八、卷一八五，《藝文類聚》卷八一，《事類賦注》卷二四，《六帖補》卷一〇，《漢書》卷八七《揚雄傳》注，《文選》卷二二左思《招隱詩》注、《施注蘇詩》卷二，《古今事文類聚》後集卷二九引亦作辟。

芷 《北堂書鈔》卷一二八引芷訛作茘。

紉 《文選》六臣本紉字作「紐」，云「五臣作紉」，《太平御覽》卷六九二引作紐。《文選》卷三四《七啓》注引作紐。案：紐、組，紉字形訛。《文選考異》曰：「此『紐』字，《楚辭》作『紉』，下載舊音女陳反，洪氏《補注》女鄰切。又下文『矯菌桂以紉蕙兮』，各本盡作『紉』。蓋『紐』爲傳寫僞耳。」《文選》卷一五《思玄賦》注、卷二二左思《招隱詩》注、卷四二應璩《與從弟君苗君胄書》注，《後漢書》卷二八下《馮衍傳》注、卷五九《張衡傳》注、《集注分類東坡先生詩》卷八、卷一四，《施注蘇詩》卷二、卷八，《事類賦注》卷二四，《初學記》卷二六、卷二七，《唐類函》卷一六八、卷一八五，《漢書》卷八七《揚雄傳》注，《藝文類聚》卷八一，《錦綉萬花谷》後集卷三六，《全芳備祖集》卷二三，王楙《野客叢書》卷二一，《記纂淵海》卷九三，黎、羅兩本《玉篇·糸部》引亦作紉。朱《注》紉音女陳反，錢《傳》音尼鄰反。女鄰、女陳、尼鄰音同。

秋 《事類賦注》卷二四引秋蘭無秋字，案：敚訛也。卷二四注引亦有秋字。

佩 《文選》卷一五《思玄賦》注、《太平御覽》卷六九二姜校承劉師培《楚辭考異》之誤作六九三引并作珮。案：佩本字，珮後起分別字。《藝文類聚》卷八一，《唐類函》卷一六八、卷一八五，《初學記》卷二六、卷二七，《文選》卷二二左思《招隱詩》注、卷三四《七啓》注、卷四二應璩《與從弟君苗君胄書》注，《事類賦注》卷二四、《古今事文類聚》後集卷二九、續集卷二〇，《海録碎事》卷五，《施注蘇詩》卷二、卷八，《集注分類東坡先生詩》卷八、卷一四、卷一五，《詩·鄭風·釋文》，王楙《野客叢書》卷二一，《古今合璧事類備要》續集卷四一，《漢書》卷八七《揚雄傳》注，《錦綉萬花谷》後集卷三六，羅、黎二本《玉篇·糸部》「紉」字，《全芳備祖集》卷二三引亦作佩。

【扈】王逸注：「扈，被也。楚人名被爲扈。」陸善經曰：「扈，帶也。」陸氏以疏王注，謂扈訓被，非覆蓋義，猶佩帶。案：其説至碻。《九章·涉江》「被明月兮佩寶璐」，被、佩互文見義，被，猶佩帶也。楚人語佩帶謂之被，又謂之扈。《文選·吴都賦》「扈帶鮫函」，「扈帶」連文，平列同義，扈猶帶也。果以扈爲披覆，謂披覆江離於身，決無是理。今人實誤解王注。《方言》卷四：「帍裱謂之被巾。」郭璞曰：「婦人領衣也。」《廣雅·釋器》：「帍裱，被巾也。」裱，猶表也，上衣之。詳《説文·衣部》。謂「巾」、謂「衣」，皆以詮釋「裱」義。帍，非「巾」、「衣」也。帍，亦被帶之謂。領者，渾言頭頸。頸之狀如蝤蠐，衣領交束如繫帶，而謂之帍，或謂之被。案：《禮記·深衣》鄭注：「古者方領。」段君《説文》注，朱駿聲《説文通訓定聲》并謂「衣之曲袷曰領，不謂衣後也」。曲袷，猶衣領也。即繫帶。扈、帍音同義通。劉永濟曰：「被之名詞爲衾被，動詞爲覆蓋、著衣。此文扈字則著衣也。」其亦誤「扈」爲覆蓋義。聞一多據《説文》「扈」字讀「阡陌」之陌，謂扈、被聲義並通。姜亮夫謂讀扈爲幠，幠有覆蓋義。案：扈，扈從。《封氏聞見記》「鹵簿」條：「百官從駕謂之扈從。」《石林燕語》：「從駕謂之扈從。」《九辯》「扈屯騎之容容」，王注：「群馬分布，列前後也。」猶扈從相隨。而扈從、扈帶，其義相因，楚因謂佩帶曰扈。方言俗語之異，或音轉，或義轉；音轉者，義不變而音變，若羌之與慶、與遽者是也。羌，楚人語，陽部；遽，中土語，魚部。魚、陽陰陽對轉，并見紐雙聲。慶，漢世語，庚部，於陽部分出，古今音之變，今音轉爲竟。然羌、遽、慶三字義同。其義轉者，音不變而義變，即若脩之與長者是也。脩，中土多用脩飾義，而楚長謂之脩，中土或謂之延，或謂之永，罕言脩。 扈，扈從而轉用於佩飾，楚語帶亦謂之扈。或借爲羽。《考工記·弓人》「弓而羽𦉼」，鄭注：「羽，讀爲扈。扈，緩也。」緩，綬字形訛。《莊子·田子方》：「緩佩玦者事至而斷。」《釋文》：「緩，司馬本作綬。」綬，所以貫玉，相承詳《玉藻》注有帶義。《説文》「扈」爲國名，無扈從、被帶義。蓋扈之爲言護也。護，護守，引申爲扈衛、扈從，楚借扈字爲之。

【江離】王逸注：「江離，香艸名。」《説文·艸部》：「蘺，江蘺，蘼蕪。」《廣韻》上平聲第五支韻：「江蘺，蘼蕪別名。」徐之才《藥對》曰：「蘼蕪，一名江蘺。」皆同許説。許氏又云：「茝，虈也。」「虈，楚謂之蘺，晉謂之虈，齊謂之茝。」許氏以江蘺、蘼蕪、茝、虈爲一艸而異名。又，《山海經》郭璞注：「芎藭，一名江蘺。」《爾雅·釋艸》：「蘄茝，蘼蕪。」邢《疏》：「蘄茝，芎藭苗也，一名薇蕪。」復以芎藭、江蘺爲一艸。司馬相如既言「芷若射干，芎藭昌蒲，江離蘼蕪」，又曰「被以江蘺，雜以蘼蕪」，以江蘺、蘼蕪、芎藭爲三艸。洪《補》曰：「《本草》，蘼蕪一名江離，江離非蘼蕪也，猶杜若一名杜蘅，杜蘅非杜若也。」以江離、蘼蕪爲二艸。段君《説文》注曰：「不云謂『茝』爲江蘺也，蓋因《釋艸》有『蘄茝、蘼蕪』之文而合之，茝與蘄茝又未必一物也。」程瑶田《釋艸小記》曰：「茝，江蘺也，蘼蕪也，不得爲一物矣。 故李時珍著《本草綱目》，以爲未結根時爲蘪蕪，既結根爲芎藭，大葉似芹者爲江蘺，細葉似蛇牀者爲蘪蕪。 同中之異，安能不生分別？」古人命物，或異物同稱，或同物異稱者至夥，豈惟「江蘺」哉？一物異名者，蓋或因方域，或因音轉，或因時遷，或因雅俗。 賦家麗文，唯宏博繁褥是務，周納其文，雖一物一草而因其異名而分用之，説者泥之則病也。 芹，蘄也。 陸德明《釋艸·釋文》曰：「蘄，古芹字。」言「似蘄者爲江蘺」，故又謂「蘄茝」。《説文》以虈、蘺、茝、蘼四字連比爲文，蓋許氏以爲一艸而異名，「蘺」字但云「江蘺，蘼蕪」，而不謂又名「虈」、名「茝」者，皆蒙釋「虈」字而省，不可規規焉拘其「江」字之有無。 江，「芎窮」促音。 後以此草苗、根之分而析言之，謂苗謂之蘺、根謂之芎窮。 合「芎窮蘺」三字謂之「江蘺」。 又，取名芳艸，多取離析分散義。 謂香氣溢散之草是爲

「離」，訓詁字别作「蘺」。

【辟】王逸注：「辟，幽也。」朱子曰：「芷亦香草，生於幽僻之處。」聞一多據此改「辟」爲「廦」，劉永濟讀「辟」爲「僻」。游澤承以《離騷》句法用「以」字通例説之，曰：「《離騷》文例，凡句中用一動詞者，則用『與』爲連詞；有兩動詞者，則用『以』爲連詞。前者如『雜申椒與菌桂』、『畦留夷與揭車』。後者如『擥木根以結茝』、『矯菌桂以紉蕙』。此處『扈江蘺與辟芷』，正屬前一類句例，故知辟爲形容詞而非動詞。『辟芷』之構詞法與『幽蘭』同。」又，徐文靖以「辟」爲《爾雅·釋艸》「薜，山蘄」之「薜」，曰：「薜芷，猶言蘄茝也。」案：上列注家皆未允當。「雜申椒與菌桂」句法，與「扈江離與辟芷」亦不盡相同。諦申椒、菌桂爲專名，不可分爲二字，句首用一動詞以共之。而「辟芷」，誠如游説，短語結構，可析爲二字二義，固非一詞。屈賦言「芳芷」、言「蘭茝」、言「幽蘭」、言「蕙蘭」、言「石蘭」，而不以幽僻爲疏狀其芳香。「幽蘭」之「幽」，非幽辟義。幽，窈也。窈，好也，美也。詳下文注。王氏謂「辟芷」爲「芷生幽僻而香」，望文生訓。又，屈賦用「與」通例，亦非如游説。《九章·惜誦》「播江離與滋菊」一句，播、滋皆動詞，而用「與」爲連詞。與、以古書通用詳王之《經傳釋詞》卷一，或用「以」，或用「與」，皆可。此文「扈」、「辟」互文見義，辟，言扈也。《七諫·沈江》曰：「聯蕙芷以爲佩兮，過鮑肆而失香。」《文選·思玄賦》曰：「纗幽蘭之秋華兮，又綴之以江蘺。」「聯蕙芷」、「纗幽蘭」，皆祖構此「辟芷」。辟，猶聯也，纗也。辟，讀如《孟子·滕文公》「妻辟纑」之辟，劉熙注：「緝續其麻曰辟。」見《文選》張景陽《雜詩》注引。「緝續」，猶繫結。或通作擗。《九歌·湘夫人》「罔薜荔兮爲帷，擗蕙櫋兮既張」。罔、擗互文見義，擗，言罔結。王夫之注曰：「辟績爲裳。」辟績，或作襞積。《文選·思玄賦》「美襞積以酷烈兮」，舊注：「襞積，衣縫也。」《後漢書·張衡傳》注謂「衣襵」。襞，言縫綴。《方言》卷六：「擘，楚謂之紉。」擘、擗一字。亦借爲劈。《廣雅·釋訓》：「紉，劈也。」辟、擗、襞、劈皆無「緝續」、「縫紉」義，讀如絣，爲支耕平入對轉、同幫紐雙聲，例得通用。《後漢書·班彪傳》「將絣萬嗣」，李賢注：「絣，續也。」《廣雅·釋詁》：「絣，緋也。」王念孫曰：「緻、緋聲義並同，緋亦縫也，語之轉耳。《燕策》云『王身自削甲札，妻自組甲緋』，蓋緋訓爲縫，因謂縫甲之組爲緋也。」并聲之字多有合併義，并脅謂之骿，調麪使合謂之餅，櫚椶謂之栟，聚合謂之併，駕二馬謂之駢，男女私合謂之姘，以綫縫之使合則謂之緋。《方言》當書「緋，楚謂之紉」，是借擘爲緋。

【芷】王逸注：「芷，香草名。」朱季海曰：「凡《楚辭》言茝，俱謂芷耳。《離騷》云『芳芷』，《九章》作『芳茝』；《離騷》之『蘭芷』，《九章》作『蘭茝』；《内則》亦云『茝蘭』矣。是芷謂之茝，亦齊楚間通語也。」《説文・艸部》有「茝」而無「芷」，許謂茝爲齊語，未聞爲楚語。《廣韻》上聲第十五海韻：茝，音昌紿切，二等開口。詳江永《四聲切韻表》。上聲第六止韻：芷，諸市切，三等合口。茝、從雖一字而音分洪細，蓋齊人開口洪大，讀爲茝，楚語斂口細小，讀爲芷。信陽楚墓殘簡芷作芑，亦不作茝。《楚辭》芷、茝並出，當後人所改。説者或謂屈賦用茝，偶用齊語之證，羌蕪實據。據《説文》，茝，从艸，臣聲。周嘉胄《香乘》卷四「芳香」條引王安石《字説》云：「茝香可以養鼻，又可養體，故茝字從臣。臣音怡，怡，養也。」此名芳草又一術，蓋取義於人之心理感受，言草香爲人所怡，是名茝，借茝爲怡。茝，借聲字。許氏謂茝，猶江離也。一草兩名，賦家並用之，以蔚其文，後人不審又誤爲二。此可概曰「一物因異名而並用例」，補俞氏《古書疑義舉例》所未備。説者或引《荀子・勸學篇》「蘭槐之根是爲芷，其漸之滫，君子不近，庶人不服，其實非不美也，所漸者然也」。謂芷爲「蘭槐之根」。明楊慎《升菴集》「蘭槐」條稱：《荀子》云「蘭槐之根是爲芷」，《大戴禮記》：「蘭氏之根，懷氏之苞，漸之修中，君子不近，庶人不服。」注：「蘭槐，香草名。槐，又作懷。《本草》云：『懷者，即杜衡也，又名蘅，薇香。』唐詩『情人一去無窮已，欲贈懷香恨不逢。』即此也。」似不以「蘭槐」爲芷。又《史記・三王世家》：「《傳》曰：『蘭根與白芷，漸之滫中，君子不近，庶人不服者，所漸者然也。』」史公以蘭根、白芷並舉爲二。洪《補》曰：「芷，一名白茝，生下澤，春生，葉相對，婆娑，紫色，楚人謂之葯。」吴仁傑曰：「《集韻》：『芷，諸市切，香草也。』同音茝字，草名，虈蕪也。今《離騷》茝多作芷。蓋茝有芷音，讀者亂之。茝音芷者，謂蘄茝也。」《廣雅·釋艸》：「白芷，其葉謂之葯。」王念孫曰：「白芷，以根白得名也。蘇頌《本草圖經》云：『白芷根長尺餘，白色，粗細不等，枝幹去地五寸已上，春生，葉相對婆娑，紫色，闊三指許。』是白芷根與葉殊色，故以白芷名其根，又別以葯名其葉也。若然，則《九歌》云『辛夷楣兮葯房』，『芷葺兮荷屋』。《七諫》云『棄捐葯芷與杜衡兮』。《九懷》云『芷閭兮葯房』。當並是根、葉分舉矣。但芷、葯雖根、葉殊稱，究爲一草，故王逸《九歌》注云：『葯，白芷也。』」其説至碻。蓋芷，蘭之根，故《荀子》謂之「蘭槐之根」。《禮記》引《荀子》誤作「蘭氏」、「蘹氏」二物，至史公又分一草爲「蘭根與白芷」也。後人據以解《離騷》，治絲益棼，究不識芷爲何物。然則此言「辟芷」，是爲通稱，用其葉。《名醫別録》謂白芷葉，又名蒚麻。又，蘼蕪、蘄茝本一草，李時珍《本草綱目》辯之至悉。吴氏分爲二物，非是。

【紉】王逸注：「紉，索也。」洪《補》曰：「《方言》曰：『續，楚謂之紉。』《説文》云：『繟繩也。』」案：析言紉、索，各有其義。《惜誓》「并紉茅絲以爲索」，王逸注：「單爲紉，合爲索。」《太平御覽》卷七六〇《雜物部》一《繩》引《通俗文》曰：「合繩曰糾，單展曰紉，織繩曰辮，大繩曰絙。」釋玄應《一切經音義》引《字林》曰：「單曰紉。」《説文·糸部》：「紉，繟繩也。从糸，刃聲。」段注曰：「《方言》曰：『續，楚謂之紉。』蓋單股必以他股連接而成。《離騷》曰『紉秋蘭以爲佩』，注：『紉，索也。』《内則》『紉緘請補綴』，亦謂綫接於緘曰紉。」《方言》又云：「擘，楚謂之紉。」郭璞注：「今亦以綫貫鍼爲紉。」紉，楚語以單股繩緝續他物使之縫合，故《方言》謂之續，又謂之擘。擘，絣也。混言不別。紉，刃聲，本刀刃名，許云「刀堅」是也。引申言堅止、塞礙義。故止車木謂之軔，中心堅止謂之忍，塞滿謂之牣，言語頓滯謂之訒。以繩縷展而續，使物牢止不釋者字爲紉。紉及訒、牣、忍、軔並爲形聲兼轉注。

【秋蘭】王逸注：「蘭，香草也，秋而芳。」陸璣《毛詩蟲魚艸木疏》曰：「《詩》『方秉蕑兮』，蕑即蘭，香草也。

其莖葉似藥草澤蘭，廣而長節，節中赤，高四五尺，漢諸池苑及許昌宮中皆種之。可著粉中藏衣，故天子賜諸侯茝蘭，著書中辟白魚也。」洪《補》曰：「《文選》云『秋蘭被涯』，注云：『秋蘭，香草。生水邊，秋時盛也。』《荀子》云：『蘭生深林。』《本草》亦云：『一種山蘭，生山側，似劉寄奴，葉無椏，不對生，花心微黄赤。』《楚詞》有秋蘭、春蘭、石蘭，王逸皆曰香草，不分别也。近時劉次莊《樂府集》云：『《離騷》曰「紉秋蘭以爲佩」，又曰「秋蘭兮青青，緑葉兮紫莖」。今沅、澧所生，花在春則黄，在秋則紫，然而春黄不若秋紫之芬馥也。由是知屈原真所謂多識草木鳥獸，而能盡究其所以情狀者歟？』黄魯直《蘭説》云：『蘭生深山叢薄之中，不爲無人而不芳，含香體潔，平居與蕭艾同生而不殊。清風過之，其香藹然，在室滿室，在堂滿堂，所謂含章以時發者也。然蘭蕙之才德不同，蘭似君子，蕙似士夫。概山林中十蕙而一蘭也。《離騷》曰：「予既滋蘭之九畹，又樹蕙之百畝。」《招魂》：「光風轉蕙泛崇蘭。」以是知楚人賤蕙而貴蘭矣。蘭蕙叢出，蒔以沙石則茂，沃以湯茗則芳，是所同也。至其發華，一幹一華而香有餘者蘭，一幹五、七華，而香不足者蕙也。蕙雖不若蘭，其視椒、榝則遠矣。』其言蘭蕙如此，當俟博物者。」李時珍《本草綱目》考之至翔，其曰：「蘭有數種，蘭草、澤蘭生水旁；山蘭，即蘭草之生山中者。蘭花亦生山中，與山蘭迥别。蘭花生近處者，葉如麥門冬而春花；生福建者，葉如菅茅而秋花。黄山谷所謂一幹一花爲蘭，一幹數花爲蕙者，蓋因不識蘭草、蕙草，遂以蘭花强生分别也。蘭草與澤蘭同類，故陸璣言蘭似澤蘭，但廣而長節，《離騷》言其『緑葉』、『紫莖』、『素枝』，可紉、可佩、可藉、可膏、可浴，《鄭詩》言『士女秉蕑』，應劭《風俗通》言『尚書奏事懷香握蘭』，《禮記》言『諸侯贄薰，大夫贄蘭』，《漢書》言『蘭以香自燒』也。若夫蘭花有葉無枝，可玩而不可紉、佩、藉、浴、秉、握、膏、焚，故朱子《離騷辯證》言古之香草必花葉俱香，而燥濕不變，故可刈佩。今之蘭蕙，但花香而葉乃無氣，質弱易萎，不可刈佩，必非古人所指甚明。古之蘭似澤蘭，而蕙即今之零陵香。今之似茅而花有兩種者，不知何時誤也。熊太古《冀越集》言世俗之蘭，生於深山窮谷，決非古時水澤之蘭也。陳遯齋《閒覽》言《楚騷》之蘭，或以爲都梁香，或以爲澤蘭，或以爲猗蘭，當以澤蘭爲正。今人所種如麥門冬者名幽蘭，非真蘭也。故陳止齋著《盜蘭説》以譏之。方虚谷《訂蘭説》言古之蘭草，即今之千金草，俗名孩兒菊者。今之所謂蘭，其葉如茅而嫩者，根名土續斷，因花馥郁，故得蘭名也。楊升菴云：『世以如蒲萱者爲蘭，九畹之受誣久矣。』又，吴草廬有《蘭説》甚詳，云蘭爲醫經上品之藥，有枝有莖，草之植者也。今所謂蘭，無枝無莖。因黄山谷稱之，世遂以謬指爲《離騷》之蘭。寇氏《本草》亦溺於俗，反疑舊説爲非。夫醫經爲實用，豈可誤哉！今之蘭，果可利水殺蠱而除痰癖乎？其種盛於閩，朱子乃閩人，豈不識其土産而反辨析如此？世俗至今猶以非蘭爲蘭，何其惑之難解也？嗚呼！觀諸儒之明析如此，則寇、朱二氏之誤可知，而醫家用蘭草者，當不復疑矣。」李氏格物至精，屈賦之蘭，於此已決。惟謂「幽蘭」即今蘭花草，蓋亦未審。詳下「幽蘭」注。《説文·艸部》「蘭」下復有「⿱艹姦」字，云：「香艸也。出吴林山。」《廣韻》上平聲第二十七删韻：⿱艹姦音古顔切。⿱艹姦，蓋《鄭詩》「士女秉蕑」之蕑。蕑，在上平聲第二十八山韻，音古閒切。《衆經音義》引《字書》云：「⿱艹姦與蕑同。」又引《聲類》曰：「⿱艹姦，蘭也。」蘭、蕑、⿱艹姦，本一字三體。《山海經·中山經》云：「又東百二十里曰吴林山，其中多⿱艹姦草。」郭璞注：「亦菅字。」⿱艹姦、菅音同實亦蕑也。蕑，從艸，從閒。閒，猶分也，析也。《莊子·齊物論》「小知閒閒」，《釋文》：「閒閒，有所閒别也。」蘭，從艸，闌聲。闌，言離也。闌、離爲歌、元陰陽對轉，並來紐雙聲。離，分也，析也。言草芳香之氣離分布散者名之蘭。蘭，借聲字。信陽楚墓殘簡字又省作萰。蕑、⿱艹姦皆會意字，音同蘭，不讀「古顔切」，不當從閒聲或⿱艹姦聲。⿱艹姦字從姦，借姦爲閒，會意兼假借。菅又⿱艹姦之借。《詩·溱洧》「方秉蕑兮」，陸璣《疏》：「蕑即蘭，香草也。」《釋文》引《韓詩》：「蕑，蓮也。」《詩·澤陂》鄭《箋》：「蕑，當作蓮。」蓮、蘭古音同。然則蘭本字，蓮借字，非蓮藕之蓮。姜亮夫以蕑爲「古複字」，謂疑蕑者，古當讀[lkian]，後脱去[l]音，或與[k]音而分化成爲蕑、蘭二音。於是本義遂不易明。南楚之獨存蘭音，故戰國以後，蘭之用遂顯，與蕑義多不相屬矣。姜泥許氏析形，以「複輔音」强爲之説。古本無複輔音，但據許書諧聲爲説，學者未審其所析者允當與否，説多舛誤。詳拙文《〈說文〉「轉注」、「假借」條例考釋》所駁。《本草》言「蘭與澤蘭相似，生水傍，紫莖赤節，高四五尺，綠葉光潤，尖長有歧，陰小紫，花紅白色而香，五、六月盛」。則其花事在夏末，何以「秋蘭」爲？考商及周初，四時不備，祇有春、秋兩季。屈賦二十五篇，但有春、夏、秋三季，而不言冬。《九章·涉江》之「秋冬」實「秋終」也。「孟夏」二見，皆在《九章》。屈子賦《騷》蓋用三代曆法。言春則概夏，言秋則舉冬。周正五、六月，當夏正七、八月，於時爲秋，故曰「秋蘭」。而以周正言之，五、六月屬春，故又謂「春蘭」。見《九歌》。屈賦二十五篇猶《詩·七月》之比，夏正、周正雜用，唯用夏正居多。

【佩】王逸注：「佩，飾也。所以象德。故行清潔者佩芳，德仁明者佩玉，能解結者佩觿，能決疑者佩玦，故孔子無所不佩也。」錢杲之曰：「喻己有行能，猶佩香草，爲人所愛媚。」李光地曰：「佩者，隨身取用，以與材能。」劉獻廷曰：「當屈子立志之日，豈爲獨善一身、只完一己之事而已哉？直欲使香澤遍薰天下，與天下之人共處於芝蘭之室也。」案：《說文·人部》：「佩，大帶佩也。从人、凡、巾。佩必有巾，故从巾。巾謂之飾。」段注：「大帶佩者，謂佩必繫於大帶也。古者大帶有革帶，佩繫於革帶，不在大帶。何以言大帶佩也？革帶統於大帶也。」「佩」爲飾物總名。凡者，言皆也，總也。《釋名·釋衣服》：「佩，倍也。言其非一物而倍貳也，有珠、有玉、有容刀、有帨巾、有觿之屬也。」言「其非一物」，即「从凡」義。「巾謂之飾」，佩字從巾。佩之義爲繫飾，名詞，讀上聲。從人，言人所飾者也。包山邵𬀩楚墓簡文字作⿰王𤰈，從玉，𤰈聲。𤰈，備也，有皆、都、凡義。玉，飾物也。今字作珮。本文「以爲佩」，謂江離、芷、秋蘭集佩於一身也。姜亮夫謂古之佩制，「一則所謂事佩，一則所謂德佩。事佩者，工具之尚存其用者也；德佩者，其使用價值已不復存在，僅作爲一種禮制，或變而附以一種新的使用意義，古之所謂佩玉一制，大體即此一事也」。王注「所以象德」，爲德佩也。然則「事佩」在先，「德佩」後出，「德佩」屬審美範疇，於「事佩」中衍變而來。此西哲普烈漢諾夫《没有地址的通訊》論列藝術起源至爲詳備。屈子援引衆芳之草以爲佩，已無「事佩」，即實用工具性質，彰顯道德、宗教意義之「德佩」。今人或於江蘺、白芷、秋蘭之藥性，而謂屈子佩芳在於「延年益壽」、在於「禦災」，或謂服蘭能得子，在於「男女性慾」，其種種無根虛妄之説，一無可取。屈子佩芳，其意亦深矣，約言之有二。一則以芳潔以自勵，是所謂寄寓道德者。《論衡・譴告》曰：「屈原疾楚之臭洿，故稱香潔之辭。」清潔二字，是其佩飾之精髓。陶潛有詩云：「幽蘭生前庭，含薰待清風；清風脱然至，別見蕭艾中。」而當屈子之世，楚國上下，溷濁不分，唯污垢穢惡之氣充塞其間，欲以馡馡之芳香別見於蕪穢，以其獨立之人格行於世，則戛戛乎難哉！此其一。二則佩飾衆芳，頗具宗教民俗之性質。神靈莫不食以香潔、飾以芬芳，而徼神之巫亦且如是，以《九歌》十一篇諸神及徼神之巫覡言之，概莫能外。如雲中君帝服駕龍，爛昭昭而未央，其迎神之巫皆華采衣、浴蘭湯，相應若契也。屈子爲高陽之後裔，字曰「靈均」，「其智能上下比義，其聖能光遠宣朗，其明能光照之，其聰能聽徹之」《國語・楚語》，最具靈巫之質。其孜孜不倦，采擷衆芳以爲佩者，乃自我神化之所需，示其與生俱來非同凡俗之日神氣質，亦示其出自帝高陽、生得三寅之正之異質。馬林諾夫斯基言：「面目，文身，識別符號，裝飾，能把一個演員送到一種神秘的世界去，或賦予人以一種臨時性的特殊的精神狀態。」善哉此言。蓋屈子佩飾衆芳，其於精神狀態，蓋以發顯其神格，而「與日月兮齊光」之境界亦日近矣。故其功用非唯高尚道德之喻詞，復有娛神之宗教性質，爲下篇上征求帝張本。

是二句承上文「脩能」言，彰其外美所在，言我扈帶江蘺、繫結芳芷，紉以秋蘭，雜衆芳以爲佩飾也。

第三韻：能、佩

陳第曰：「能，古音泥。」戴震曰：「能，古音奴異切。」江有誥曰：「能，奴其反。」案：能，之部，泥，歌部；能、泥古不同音。戴音「奴異切」，猶音耐，亦非。能，讀如態，古音爲[ə]。陳第曰：「佩，古音皮。」江有誥曰：

「佩音邳。」案：佩，之部，皮，歌部。佩、皮古不同音。佩，古分上、去聲。上聲爲名，去聲爲事。此前脩所謂「讀破」法。顧亭林謂古無「讀破」，曰：「先儒兩聲各義之説不盡然，凡上去入之字各有三聲或二聲、四聲，可遞轉而上同以至於平。古人謂之轉注，其臨文之用，或浮或切，在所不拘。」其發明「四聲一貫」説。王了一因《釋名》同字之訓，謂「讀破」肇於後漢之末，周秦無「讀破」。「讀破」本因訓詁，一字二讀或三讀，隨字義輾轉引申，字義引申，固非始自東漢，於西周初期已然，春秋戰國之世則大行。蓋字義有引申，則必有「讀破」。《易・序卦傳》：「蒙者，蒙也。」又：「比者，比也。」《禮記・哀公問》：「親之也者，親之也。」《詩・關雎》篇序：「風，風也。」《孟子・滕文公上》：「徹者，徹也。」佩，一字而分名事，故有上、去二聲，於先秦之世已備。下文「民好惡其不同兮，惟此黨人其獨異；户服艾以盈要兮，謂幽蘭其不可佩」。《思美人》「解萹薄與雜菜兮，備以爲交佩；佩繽紛以繚轉兮，遂萎絶而離異」。《惜往日》「何芳草之早殀兮，微霜降而下戒；諒聰不明而蔽壅兮，使讒諛而日得。自前世之嫉賢兮，謂蕙若其不可佩」。「不可佩」、「交佩」之佩，皆動詞，言佩帶也。去聲，與入聲異，戒字協韻。下文「溘吾遊此春宮兮，折瓊枝以繼佩。及榮華之未落兮，相下女之可詒」。屈賦「以爲」句法，「爲」字下皆用名詞，「以爲佩」，言以瓊枝爲佩飾物。佩，上聲，與平聲字「詒」相協韻。屈賦二十五篇固有「讀破」例，平上去入之畛域蓋已分明。此文「以爲佩」，佩爲名，上聲。段懋堂謂古但有平上入三聲而無去聲，古音去入不分。黄季剛謂古但分平、入二聲。江晉三謂古自有四聲，惟古四聲不與今四聲同。案：江説最近事理。惟其未探究古今所以異同者。王了一謂古有舒聲與促聲，古之舒聲有高長調、低短調之分，而高長調爲平聲，低短調爲上聲。古之促音亦分高長、低短之調，高長者去聲，低短者入聲。其説可采，古之去聲屬入聲，去聲韻尾爲[:k]、[:t]、[:p]，[:]爲長音符號，入聲字韻尾爲[k]、[t]、[p]，無長音符號。江氏謂「佩音邳」。佩、邳同之部，而邳平聲，佩上聲，其聲異也。佩，古音爲[bwə]。能、佩，古同之部。

汩余若將不及兮　恐年歲之不吾與

汩《文選》六臣、朱《注》、錢《傳》汩同音於筆切，洪音越筆切。案：「於筆」「越筆」二切音同。又，《九章・懷沙》「浩浩沅湘，分流汩兮」，洪《補》曰：「汩音骨者，水聲也。音鶻者，涌波也。《莊子》曰：『與汩俱出。』郭象云：『洄伏而涌出者汩也。』」《哀時命》「弱水汩其爲難兮」，洪《補》：「汩音骨，一于筆切」。《九歎・惜賢》「江湘油油，長流汩兮」，洪《補》：「汩，于筆切。」汩有三音，蓋洪氏未能釐定。胡鳴玉《訂訛雜録》曰：「字韻書汩音聿，從『子曰』之『曰』，水流也，又奔汩疾貌，與『汨』字異，從『日月』之『日』不同。」案：汩，古音鶻，水流。用作形容詞，狀水聲，音變爲骨。汩，從水，從曰。曰，越也，水流激越而謂之汩。後因許氏析字而讀音「於筆」。詳注。汨，從水，從日，汨羅之汨，無水流義。《古今合璧事類備要》續集卷四一、《東雅堂昌黎集注》卷一、《五百家注昌黎文集》卷一引亦作汩。

不 洪《補》、朱《注》同引一作弗，錢《傳》作弗，引一作不。案：弗，猶不之也。五臣注「若將追之不及」，王本作弗。王觀國《學林》卷五、《東雅堂昌黎集注》卷一、《五百家注昌黎文集》卷一、《古今合璧事類備要》續集卷一四引亦作不。

恐 朱《注》恐音丘用反。

【汩】王逸注：「汩，去貌，疾若水流也。」洪《補》引《方言》曰：「疾行也。南楚之外曰汩。」案：王注謂「汩」

之本義爲水流，引申言去貌。洪《補》進以楚語説之。《説文·水部》：「汩，治水也。从水，曰聲。」汩，無疾流義。《川部》有「𡿯」字，云：「𡿯，水流也。从巜，曰聲。」《廣韻》入聲第五質韻以汩、𡿯一字，同音於筆切。《廣雅·釋訓》：「𡿯𡿯，流也。」《九章·懷沙》「浩浩沅湘，分流汩兮」。王念孫曰：「汩與𡿯同。」以𡿯爲汩字別文。楚簡文水旁之字或移於下，如滔字作㮚，漸字作槧，泊字作泉，濫字作槩，湘字作梊，涉字作汖，淺字作㳄、㳄。𡿯，楚之古文，許氏不能識，以𡿯、汩爲二字。汩訓「治水」，而治水有壅、泄二法，其疏泄法，楚人謂之汩。引申言「水流」，許氏則以「𡿯」字別之。段注謂「𡿯與《水部》『汩』義異」，蓋因許氏。又引申言疾、言亂。《書·洪範》「汩陳其五行」孔傳、《小爾雅·廣言》、《漢書·五行志》顔師古注引應劭、《莊子·徐無鬼·釋文》引司馬注曰：「汩，亂也。」治、亂相反爲訓，美惡不嫌同辭，治亦謂之汩。《天問》「不任汩鴻」，王注：「汩，治也。」汩鴻，猶泄鴻。許氏謂汩諧曰聲。汩，物部，與淈、滑通用。洪《補》曰：「汩音骨者，水聲也。音鶻者，涌波也。」骨、鶻，物部，惟其牙聲有深淺之別。《九章·懷沙》汩、忽協韻，忽，物部，汩爲物部字，從水，從曰，會意。曰之爲言越也。《書·召誥》「越若來三月」，《堯典》「曰若稽古帝堯」，《臯陶謨》「曰若稽古臯陶」。越若、曰若同。《廣雅·釋詁》：「越，疾也。」言水疾流制字爲汩，會意兼假借。後人據許氏析字諧「曰聲」而謂汩音「於筆」耳。南楚之外謂「疾去」爲汩。或通作淈。治又謂之淈。《爾雅·釋詁》：「淈，治也。」亂亦謂之淈。《後漢書·張衡傳》「涉冬則淈泥而潛」，李賢注曰：「淈，亂也。」文物平入對轉又作溷。《説文·水部》：「溷，亂也。」皆一根之語。汪瑗曰：「首句倒文耳，本謂余汩汩乎若將不及也。屈子多以『余』字倒在下，不能盡出，讀者詳之。」此楚俗句法異於中土者，同上文「紛吾既有」例。

【若將】王逸注「心中汲汲，常若不及」，以「若將」爲「若」義。朱《注》同。案：是也。「若將」連文，平列同義，將，猶若也。《韓非子·外儲説左下》：「治齊，此五子足矣，將欲霸王，夷吾在此。」《管子·小匡》：「若欲霸王，夷吾在此。」將即若也。《國語·晉語》：「質將善而賢良贊之，則濟可竢；若有違賢，教將不入，其何善之爲。」

《左傳》隱三年：「將立州吁，乃定之矣；若猶未定，階之爲禍。」《公羊傳》襄二十九年：「將從先君之命與，則國宜之季子者也；如不從先君之命與，則我宜立者也。」《史記・春申君傳》「王將借路於仇讎之韓魏」，又曰「王若不借路於仇讎之韓魏」。以上諸文，將與欲、若、如爲互文，將猶欲也、若也、如也。今讀作倘。「倘若」，今語猶存。將、倘古同陽部，精透旁紐雙聲。

【不】不，當作弗。詳校。《說文》段注曰：「凡云『不然』者，皆於義引申叚借。其音古在一部之部，讀如德韻之『北』，音轉入尤、有韻，讀甫鳩、甫九切，與『弗』字音義皆殊。音之殊，則弗在十五部物部也。義之殊，則『不』輕『弗』重。如『嘉食弗食，不知其旨；至道弗學，不知其善』之類可見。《公羊傳》曰：『弗者，不之深也。』俗韻書謂『不』同『弗』，非是。」案：至碻。弗，兼述語之賓詞，故云「深於不」。弗及，猶不之及。

【恐】王逸不注。洪《補》曰：「恐，疑也。下並同。」錢杲之下文「恐高辛之先我」注云：「又慮帝嚳先我而得簡狄。」以恐爲慮。案：恐、疑、慮三字混言則同，析言各有其義。恐，懼也；疑，惑也；慮，思也。言恐，則深於疑、慮。《說文・心部》：「恐，懼也。从心，巩聲。𢖶，古文。」又：「懼，恐也。从心，瞿聲。愳，古文。」恐、懼爲侯東陰陽對轉，溪羣旁紐雙聲。析言恐、懼亦有別。懼，諧瞿聲；瞿，象鷹隼驚視。古言「懼」，含有驚畏戒備義。《書・呂刑》「朕言多懼」，孔傳：「我言多可戒懼以儆之。」《左傳》桓二年：「百官於是乎戒懼，而不敢易紀律。」戒懼，平列同義。《論語・述而》：「必也臨事而懼，好謀而成者也。」《荀子・脩身篇》：「其避辱也懼，其行道也勇。」恐無戒備義，古但有「戒懼」而不言「戒恐」。恐，猶臨事惶惶無所措，深於懼。《鬼谷子・權》：「恐者，絶腸而無主也。」無主，言不知所措。《左傳》僖二十六年：「室如縣罄，野無青草，何恃而不恐？」《荀子・天論篇》：「星墜木鳴，國人皆恐。」《素問・穢氣法時論》：「善恐如人將捕之。」王冰注：「恐，謂恐懼，魂不安也。」猶今言六神無主。《書・西伯戡黎》：「西伯既戡黎，祖伊恐。」言祖伊恐國將亡，而惶惶然計莫知所出。而不可以「懼」字易之。《莊子·秋水》「惠子相梁，莊子往見之。或謂惠子曰：『莊子來，欲代子相。』於是惠子恐。」言惠子懼將失位，惶然無主，故曰恐。若言「惠子懼」，則其有所戒備。古文志，工聲。巩、工之爲言孔也。孔，大也，甚也。大懼謂之恐。恐、志并假聲字。年命去留，受之於天，非人所能及，臨之則惶惶無主，故謂之「恐」。下文「恐修名之不立」，「恐高辛之先我」，皆同此。

【與】王逸注「不與我相待」，以「與」爲「待」。朱子説同。案：與訓待，書證至富。《詩·召南》「不我以」，又曰「不我與」，以、與爲儷偶對舉。以，猶俟也，待也。與，亦猶待也。與，無待義，讀如儲。與、儲同魚部。與，喻紐四等，歸定紐；儲音直魚切，澄紐三等，歸定紐。與、儲二字音同。《説文·人部》：「儲，待也。从人，諸聲。」《文選·西京賦》「儲乎廣庭」，薛綜注：「儲，待也。」

是二句言吾汩然疾去若不之及，恐年命之逝，而不我待也。

朝搴阰之木蘭兮　夕攬洲之宿莽

【搴】洪《補》引《説文·手部》搴字作攓，謂《方言》字亦作攓。《淮南子·兵略訓》又作攐。朱《注》引《説文》作㩮。錢《傳》引《説文》及《繫傳》亦作攓。案：搴，㩮字省文；攓，㩮字異文；攐，㩮字俗文。《史記》卷九九《叔孫通傳》注，《藝文類聚》卷八九，《唐類函》卷一八九，《爾雅翼》卷二、卷一二，《爾雅》卷八《釋草》第一三疏，《山谷内集詩注》卷七，《古今合璧事類備要》續集卷四一引亦作搴。洪《補》、朱《注》同謂「搴音蹇」，錢《傳》音丘虔反。《廣韻》上聲第二十八獮韻搴、蹇同音九輦切。案：「丘虔」、「九輦」有旻、透之別，「丘虔」出切爲溪紐，透音，「九輂」出切爲見紐，戛音。

阰 《文選》六臣、朱《注》阰同音毗。洪《補》阰音頻脂切，錢《傳》音頻支切。案：《廣韻》上平聲第六脂韻：阰、毗同音房脂切。「頻脂」、「頻支」、「房脂」三切音同，惟「頻脂」、「房脂」屬古音，而「頻支」爲今音。支、脂合韻，宜在隋唐以還，非復古音之舊。又，魏孝文帝《弔比干碑文》阰字作岯，從山。案：上「搴」校所列諸書注引亦作阰。

攬 《文選》六臣云：「攬，五臣作擥。」洪《補》引攬一作擥，又引一作𢹿。朱《注》、錢《傳》二本作𢹿，引一作攬，朱又引一作擥。案：攬，覽聲；𢹿，從監，會意。一字兩體。擥，𢹿字異文。據《說文》字作擥。《藝文類聚》卷八一，《唐類函》卷一八六，《古今合璧事類備要》續集卷四一，《學林》卷五，《爾雅翼》卷二、卷一二，《爾雅》卷八《釋草》第一三疏引作擥。又，《文選》卷三《吴都賦》注引亦作覽，蓋攬字敚誤。洪《補》攬音盧敢切，朱《注》音力敢反。音同。

洲 洪《補》引洲上一有中字，朱《注》引洲上亦一有中字，又引洲一作州。錢《傳》本作中洲，引一無中字。案：王注「夕入洲澤採取宿莽」，王本無中字，州、洲古今字。《爾雅翼》卷二、卷一二，《古今合璧事類備要》續集卷四一，《學林》卷五引亦無中字，州作洲。又，《藝文類聚》卷八一引作「多攬華洲之宿莽」，夕訛作多，且洲上有華字姜校引誤作中。《唐類函》卷一八六載《藝文類聚》引華作中。非是。

莽 洪《補》、朱《注》、錢《傳》莽同音莫補切，錢又音莫黨反。案：《説文·茻部》：「莽，南昌謂犬善逐兔草中爲莽。从犬、茻，茻亦聲。」又：「茻，衆艸也。从四中，讀若與冈同。」《廣韻》上聲第三十七蕩韻：莽、茻同音模朗切。莫黨、模朗音同，古屬陽部。屈賦用韻，《離騷》與、莽相協；《九章·懷沙》莽、土相協。《漢書》卷六《武帝紀》注引孟康曰：「征和三年重合侯馬通，今此言莽，明德馬后惡其先人有反，易姓莽。」顔師古曰：「莽音莫户反。」古屬魚部。羅氏《文選音決》云：「莽音亡古反，楚俗言也。」楚語陽聲多爲陰聲，蓋存其古音。詳上「能」字注。亡古、莫户音同。「亡古」爲「輕重交互」門法。

【朝、夕】王逸注：「言己旦起陞山采木蘭，上事太陽，承天度也；夕入洲澤採取宿莽，下奉太陰，順地數也。動以神祇自勑誨也。」王説雜陰陽感應之説。陳與郊斥曰：「朝夕云者，胡必承太陽太陰，而託諸天之度、地之數耶？且動曰神祇，固矣夫！」其謂「朝」、「夕」爲始朝終夕，實同王注。案：何焯《義門讀書記》曰：「朝、夕，即若將不及之意。」《離騷》「朝……，夕……」句法，「朝」、「夕」爲言汲汲不怠之意，而非謂必朝自某、夕至某，以紀一日之時。朝、夕互文，言朝則概夕，舉夕以及朝。錢大昕《養新録》曰：「古人著書，舉一可以反三，故文簡而義無不賅。姑即許氏《説文》言之。木，東方之行；金，西方之行；火，南方之行；水，北方之行；則土爲中央之行可知也。」《離騷》「朝……，夕……」句法，即其比。言朝夕在阰搴木蘭，又朝夕在洲攬宿莽，自朝終夕，汲汲不怠也。下文「朝發軔於蒼梧兮，夕余至乎縣圃」。言發自蒼梧，至於縣圃，朝夕兼程也。又，「朝發軔於天津兮，夕余至乎西極」。《涉江》：「朝發枉陼兮，夕宿辰陽。」《湘君》：「朝騁騖兮江皋，夕弭節兮北渚。」並其比。俞樾所謂「參互見義例」。詳《古書疑義舉例》卷一第六條。

【搴】王逸注：「搴，取也。」其注文又釋「搴」爲「采」。洪《補》曰：「《説文》：『攓，拔取也。南楚語。』引『朝攓阰之木蘭』。」《説文》段注：「《莊子・至樂篇》『攓蓬而取之』，司馬注：『攓，取也。』《方言》曰：『攓，取也。南楚曰攓』。又曰：『楚謂之攓。』」據段説，「攓」字本義爲「拔取」，引申言取、言采。案：木蘭，香木也。言拔取木蘭之木，設非花上人臂力，安得堪其任？令人噴飯。木曰搴，草曰攬，搴、攬二字各有其義，非泛言「取」、

「采」。若攬草易字謂「搴」，悖於事理。《九歌·湘君》「搴芙蓉兮木末」是也。「搴」非言「上拔」義。許訓「拔取」，拔，讀如披。拔、披爲歌，月平入對轉，滂並旁紐雙聲。《説文·蓐部》：「薅，披田艸也。」《釋文》、《玉篇》、《五經文字》並引作「拔田草」。《手部》：「從旁持曰披。」引申言披折、旁折。《左傳》昭五年「又披其邑」，杜注：「披，折也。」《史記·魏其武安侯列傳》「不折必披」，《正義》：「披，分析也。」元月對轉拔又借爲「𠬜」，古攀字，言攀折義。或爲扳。連語「攀援」之異構作「扳援」，許云「拔取」，即「拔取」、「攀取」、「扳取」，言攀折。《漢書·季布田叔傳贊》「身履軍搴旗者數矣」，注引孟康曰：「搴，斬取也。」錢珝《江行無題詩》一百首：「涉江雖已晚，高樹搴芙蓉。」校云：「搴，一作攀。」《全唐詩》卷七一二。李商隱《寓懷》詩：「搴樹無勞援。」搴樹，言攀樹也。楚人謂攀折、折取爲搴。《説文》作攓，从手，寒聲。寒無攀引義。寒之爲言牽也。牽，引也。手牽引之是爲搴。攓，假聲字。魯筆曰：「搴，仰攀也。」心知其義，以文意會之，唯於訓詁未密。

【阰】王逸注：「阰，山名。」洪《補》曰：「山在楚南。」《玉篇·阜部》、《廣韻》上平聲第六脂韻並曰：「阰，山名，在楚南。」又，《史記·劉敬叔孫通列傳》司馬貞《索隱》引《埤蒼》曰：「阰，山在楚，音毗。」饒宗頤爲詳考，謂即「廬江沘山」。此其一説。周孟侯曰：「阰與洲同，水中之土曰洲，丘阜之阿曰阰。」王夫之曰：「阰與陂同。」劉夢鵬曰：「水邊小山曰阰。」朱珔曰：「《説文》無阰，惟陭、陂、阺皆爲陵阪之名，三字俱與阰音相近，疑即相類。觀下句『洲』字，只通言之，則阰亦未必有專屬之山也。」此其二説。汪瑗曰：「阰與坒同，亦作坒，音陛。地之相次而比者也，對下句『洲』字而言。」朱駿聲曰：「阰，當作陛，高阜也。《説文》：『陛，升高階也。』乃升高阜之轉注。」俞樾曰：「阰者，坒之假字。《説文·土部》：『坒，地相次比也。』地相次比謂之坒，水中可居者謂之洲。皆非實其可指之地。」譚介甫亦讀阰爲陛，謂山有梯級若陛者。此其三説。案：王氏注《離騷》，於人物、山川地理，不盡可信。《埤蒼》、《玉篇》謂山在楚南，皆附會王説。洪氏援之以疏王注，相承其誤。此文阰、洲對舉互文，阰爲泛稱。

饒君弊弊焉雖多用力，徒耗心力耳。王夫之謂阰、陂相通假，疏於音韻。阰，脂部；陂，歌部。古不同音，不可濫假。汪君謂阰爲坒字假借，坒，又通坒、陛。其會心不遠。阰、坒、陛同諧比聲，例得通用。第此文阰、洲，猶朝、夕之比，似只宜虚看，不可坐實。阰，猶言上也；洲，猶言下也。搴於阰而攬於洲，猶上下求索也。

【木蘭】木蘭，王逸未注。洪《補》曰：「《本草》云：『木蘭皮似桂而香，狀如楠樹，高數仞。』任昉《述異記》云：『木蘭州在尋陽江，地多木蘭。』」案：《詩·澤陂》曰：「有蒲與蕳。」鄭《箋》云：「蕳，當作蓮。蓮，芙渠實也。」故《本草》木蘭，又名木蓮。李時珍《綱目》曰：「其香如蘭，其花如蓮，故名。」又曰：《白樂天集》云：「木蘭生巴峽山谷間，民呼爲黄心樹。大者高五六丈，涉冬不凋，身如青楊，有白紋，葉如桂而厚大，無脊。花如蓮花，香色艷膩皆同，獨房蕊有異。四月初始開，二十日即謝，不結實。」此説乃真木蘭也。其花有紅、黄、白數色，其木肌細而心黄，梓人所重。此即今云廣玉蘭。

【攬】王逸注：「攬，采也。」至爲簡賅。案：《説文·木部》：「采，捋取也。」捋以五指，覆掌而五指向下，猶今云「摘」者。許又云：「擥，撮持也。从手，監聲。」撮，或訓「四圭」，或訓「二指撮」，無抓取意。攬音廬改切，來紐；監，見紐。監，非攬字諧聲。擥，從手，監聲，會意。監之爲言兼也，音同通用。兼，束也，併也。斂聚而取是爲擥，會意兼假借。攬，從手，覽聲。覽之爲言斂也。《釋名·釋姿容》：「攬，斂也，斂置手中也。」斂聚而取是爲攬。攬，借聲字。攬、擥一字異體。許云「撮持」，撮，當聚字形訛。最、聚二字多相亂。《莊子·則陽》「聚散以成」，《荀子·彊國篇》曰：「執拘則最，得間則散。」則誤作「最」，楊倞注：「最，聚也。」《戰國策·燕策》「驟勝」，《史記·燕世家》作「最勝」。《史記·殷本紀》「大最樂戲於沙丘」之「大最」，《周本紀》之「周最」，皆「聚」字形訛。《墨子·節葬下》「使面目陷陬」，畢沅曰：「陬，當爲陬。」取、聚古字通用。「撮持」，即「聚持」。持，猶置也。持、置爲之職平入對轉，端定旁紐變聲，《釋名》云「斂置」。楚語尤幽部字多通轉浸、談部。《方言》：「婬，遊也。江、沅之間謂戲爲婬。」婬，浸部；遊，幽部。幽以轉浸。《荀子・勸學篇》「流魚出聽」，《淮南子・説山訓》作「淫魚出聽」。流，幽部；淫，浸部。《淮南子》語楚，幽以轉浸。《説文・糸部》：「禫，除祭服也。」《士虞禮》注曰：「古文禫或爲導。」《喪大記》注曰：「禫，或皆作道。」禫，音徒感切，浸部。道、導幽部。許君，楚人，幽以轉浸。《詩・月出》慘、照、燎、紹協韻，《五經文字》改慘爲懆。慘與宵韻字自本相協，陳楚方音。王力謂冬韻自浸部分出詳王氏《詩經韻讀》，清孔廣森「以東類配侯類，以冬類配幽類」詳孔氏《詩聲類》。攬，談部，轉尤幽讀如流。《詩・關雎》「左右流之」，毛傳：「流，求也。」流，謂攬采。幽冬陰陽對轉又通作攏。《文選・江賦》「攏萬川乎巴梁」，注：「攏，猶括束也。」今語水中采物謂之撈，古語之遺，猶謂撈引宿莽。

【洲】王逸注：「水中可尻者曰洲。」案：因《爾雅・釋水》。《説文》字作州。《川部》：「水中可尻者曰州。水周繞其旁，从重川。昔堯遭洪水，民尻水中高土，故曰九州。《詩》曰『在河之州』。一曰：州，疇也。各疇其土而生也。」州、洲古今字。許云「水周繞其旁」，以事釋名，州之名受於周。周、州古同幽部，同照紐雙聲。《太平御覽》卷一五七引《風俗通》亦曰：「州，疇也。州有長使之相周是也。」許氏又云：「一曰：州，疇也。各疇其土而生也。」以名釋名，與其「名事相受」乖戾。《書・禹貢》孔疏引《春秋説題辭》曰：「州之言殊也。」漢世蓋侯幽不分，非其古義。

【宿莽】王逸注：「草冬生不死者，楚人名曰宿莽。」蓋因「木蘭去皮不死」附會。洪《補》曰：「《爾雅》云：『卷施草拔心不死。』即宿莽也。」案：《爾雅・釋草》：「卷施草拔心不死。」郭璞注：「宿莽也，《離騷》云。」郭注《離騷》，蓋用此説，洪氏即本此。與王注「冬生不死者」亦異。《文選・吴都賦》「《離騷》咏其宿莽」，劉淵林注曰：「《爾雅》曰『卷施草拔其心而不死，江淮間謂之宿莽』。」抑欲調停王、郭歧紛。卷施草，《詩》又謂之「卷耳」，《爾雅》別名「蒼耳」，惡草名，即下文「薋菉葹之盈室」之葹。言屈子采此草爲表芳潔之性，不亦辭以害文乎？錢杲之曰：

「莽，衆草也。宿莽，衆草之既枯者。」戴震曰：「宿莽，猶《禮記》之稱宿草，謂陳根始復萌芽者。」皆與屈子采芳物自勖之旨大相逕庭。木蘭、宿莽儷偶並舉。木蘭，香木；宿莽，芳草。蓋宿之爲言脩也。《釋名·釋飲食》：「脯又曰脩。脩，縮也，乾燥而縮也。」縮字諧宿聲，例得通用。脩，美也。詳上文「脩能」。或作椒，椒亦有芳美之義。莽，草之通名。《方言》：「莽，草也。江淮南楚之間曰蘇，自關而西或曰草，或曰莽。南楚江湘之間謂之莽。」宿莽，即脩莽或椒莽，謂芳草，指蘭茝、杜若之類。《湘君》「采芳洲兮杜若」，《湘夫人》「搴汀洲兮杜若」，又曰「沅有茝兮醴有蘭」。蘭茝、杜若皆生於水洲。

是二句言余上阰折木蘭，下洲采宿莽，朝夕不怠，惟恐時不我與也。

第四韻：與、莽

與，借爲儲，古音爲[ria]。陳第、江有誥同曰：「莽，古音姥。」戴震曰：「莽，音莫補切。」並上聲。案：莽，古音爲[ma]。與、莽古同魚部。

日月忽其不淹兮　春與秋其代序

忽 洪《補》、朱《注》、錢《傳》引忽一作曶。案：曶、忽，古今字。《文選》卷一三《秋興賦》注、卷一六《寡婦賦》注，《古今合璧事類備要》續集卷四一引亦作忽。

其 《文選》卷一三《秋興賦》注、卷一六《寡婦賦》注引并作兮。案：其作兮，不合《離騷》句法。《古今合璧事類備要》續集卷四一引亦作其。

【忽其】王逸注文「忽然不久」，以「忽」爲急疾義，以「其」爲「然」。至塙。案：《説文》字作「昒」，云：「尚冥也。从日，勿聲。」郭璞引《三蒼解詁》云：「曶，且冥也。」《説文》復有「昧」字，曰：「昧，昧爽，且明也。从日，未聲。」勿、未同物部，明紐雙聲，一字異文。《心部》：「忽，忘也。从心，勿聲。」又曰：「忘，不識也。」蓋據「且冥」義引申，後起分別字。又引申言急疾。長言爲忽怳。《淮南子·原道訓》「忽兮怳兮」，注：「忽怳，無形貌也。」倒文曰怳忽。其同篇「騖怳忽」，高注：「怳忽，無之象也。」聲之轉或爲奄忽。詳《韓詩外傳》卷九。或爲感忽。《荀子·議兵篇》：「用兵者，感忽悠闇，莫知其所從出。」楊倞注：「感忽、悠闇，皆謂倏忽之間也。」重言爲忽忽、爲昧昧詳下文「日忽忽其將暮」及《九章·懷沙》「日昧昧其將暮」王逸注，而促言爲忽。《廣雅·釋訓》：「忽，疾也。」下文「忽奔走」、「忽反顧」、「忽臨睨」之忽，皆訓「疾」。下文「芳菲菲而難虧兮」，洪引《釋文》：「而，一作其。」《七諫·沈江》「秋草榮其將實兮」，洪引《釋文》：「其，一作而。」而，猶然也。《莊子·刻意》「澹然無極」，《釋文》引一本「然」作「而」。後人據此謂其、而古同之部，而、然古同日紐，三字音近義同。案：其、而同部而聲不同紐其，屬群紐，而，屬日紐，不得通用。「其」字凡用作形容詞之後綴者，皆「而」字形誤。

【淹】王逸注：「淹，久也。」蔣驥曰：「淹，留也。」案：淹字訓「久」、訓「留」，並同。《孟子》「可以久則久」，趙岐注：「久，留也。」《離騷》言「淹留」，《遠遊》爲「久留」。錢杲之曰：「淹，水不流也。」蓋謂「淹」本訓「水不流」，引申言久留。《説文·水部》：「淹水出越嶲徼外，東入若水。」其不解「水不流」義。朱駿聲謂淹留本字爲延。姜亮夫謂淹、延雙聲通用。延音以然切，元部，喻紐四等。淹音央炎切，談部，影紐。聲韻殊甚，不可通用。《禮記·儒行》「淹之以樂」，鄭注：「淹，謂浸漬之。」《九歎・怨思》「淹芳芷於腐井兮」，王注：「淹，漬也。」《淮南子・脩務訓》「淹浸漬漸，靡使然也」。淹、浸、漬、漸四字平列，淹，浸也，漬也，漸也。《釋名・釋言語》：「淫，浸也。浸淫旁入之言也。」《書・無逸》「則其無淫于觀、于逸、于遊、于田」，孔疏：「淫者，浸淫不止。」引申言泛濫。《方言》卷一三：「漫、淹，敗也。水敞爲敗。」郭璞注：「皆謂水潦漫澇壞物也。」《廣雅・釋詁》：「淹，敗也。」王念孫曰：「鄭注云：『淹謂浸漬之。』今俗語猶謂水漬物爲淹，又謂以鹽漬魚肉爲醃，義並相近也。」濫亦謂之淫。《國語・周語》「聽淫日離其名」，韋昭注：「淫，濫也。」浸漬謂之淹，亦謂之淫；泛濫謂之淹，亦謂之淫。《説文・雨部》有「䨲」字，曰：「久雨也。从雨，兼聲。」兼音古恬切，談部，見紐。淹、䨲同部，聲紐只分喉之深淺，例得通用。而古書多借淹字爲之，䨲字遂廢而不用。錢云「水不流」，爲「淹回」之淹。亦「䨲」字引申義。

【序】王逸注：「序，次也。」朱駿聲因其説，借「序」爲「叙」。案：日月不淹、春秋代序，儷偶對舉，序，即淹之反，言不久、不留。李詳曰：「代序，代謝也。古人讀序爲謝。」游澤承亦曰：「代序，即代謝。序與謝古通用。《詩・崧高》『于邑于謝』，《潛夫論》引作『于邑于序』。是其證。」至碻。何劍薰謂序借爲御。御，進也；代御，遞進。案：序音徐預切。御音魚據切。序、御古同魚部，而序爲邪紐四等，御爲疑紐三等，其不同紐，例不相通。

是二句言日月淹忽不留，春秋遞代以謝，蓋申言上文「年歲不與」，可謂「一唱而三歎」。奚禄詒謂上文「年歲不與」就己言，而「日月不淹」指君言，斥「王説混，令『美人』句不可接」。非也。上四句及此下四句皆就己言。上謂恐歲月之不待，朝夕不怠；而思草木之零落，感春秋之代謝，恐美人遲暮，賢名不彰。果如奚説，上下不可接榫。

惟草木之零落兮　恐美人之遲暮

惟《文選》卷二六謝靈運《富春渚詩》注引惟作唯。案：惟、恐互文，非語詞，訓思，不當作唯。王十朋《集百家注編年杜陵詩史》卷六夢符注，《九家集注杜詩》卷三，《對牀夜語》，《文選》卷二二謝琨《遊西池詩》注、卷二三阮籍《咏懷詩》注引亦作惟。

零洪《補》、朱《注》、錢《傳》同引零一作苓。慧琳《一切經音義》卷九七引作苓。案：作苓者，蓋據王注「草曰零」，以言草而改字從艸。苓，藥名，非是。《爾雅·釋詁》又作「蘦」，包山楚簡亦作「霝」。《廣韻》下平聲第十五青韻又作「霝」。《九家集注杜詩》卷三注、《集百家注編年杜陵詩史》卷六夢符注、《文選》卷二二謝琨《遊西池詩》注、卷二三阮籍《咏懷詩》注、卷二六謝靈運《富春渚詩》注、《古今合璧事類備要》續集卷四一引亦作零。

恐《分門集注杜工部詩》卷一二，王狀元《集百家注杜陵編年詩史》卷一六趙注、卷三一洙注，《九家集注杜詩》卷一〇、卷一三、卷一六，《補注杜詩》卷一〇、卷三六引并作傷。案：今諸本無作「傷」。王十朋《集百家注編年杜陵詩史》卷六夢符，《九家集注杜詩》卷三，《對牀夜語》，《古今合璧事類備要》續集卷四一，《施注蘇詩》卷七，《文選》卷一四《舞鶴賦》注、卷二二謝琨《遊西池詩》注，《白帖》卷一七，《唐類函》卷九一引亦作「恐」。

遟《文選》卷一四《舞鶴賦》注引作遲。姜校謂遟爲《説文》籀文。案：包山楚簡遟作徲，亦籀文。

【惟】王逸注「言天時運轉,春生秋殺,草木零落」,「惟」字無義可繫,蓋爲句首發端語。朱子曰:「至此乃念草木零落,而恐美人之遲暮。」以「惟」爲「思念」義。林雲銘曰:「惟,思也。」案:惟、恐對舉,宜作動詞。朱子以爲思念義,似亦未審。惟、恐義同。惟,言憂傷。惟訓思、訓憂,並同。古多以「思」爲憂慼、哀傷義。《詩·終風》「中心是悼」,又曰「悠悠我思」。悼、思互文,思,猶悼。《小雅·正月》「癙憂以癢」,《雨無正》作「鼠思以泣」。癙憂、鼠思義同,思即憂。《樂記》「亡國之音哀以思」。「哀以思」,言哀以憂。又曰「志微、噍殺之音作,而民思憂」。思憂,平列同義,思即憂。《九章》第四篇名曰「抽思」,抽,道也,思,憂也。抽思,言舒憂。篇末「道思作頌」,抽思,即道思。篇首言「心鬱鬱之憂思」,憂思,即《樂記》「思憂」。惟亦言憂傷義。《説文·心部》:「惟,凡思也。从心,隹聲。」引申言憂傷。而後虚化爲句首發端語。惟諧隹聲,隹,屈尾鳥名,無都凡義。諧隹聲字多含上或下義。《説文·户部》:「雇,高也。从户,隹聲。」《目部》:「睢,仰目也。从目,隹聲」。《虫部》:「蜼,如母猴,仰鼻,長尾。从虫,隹聲。」雇、睢、蜼皆含高上義。《广部》:「雇,屋从上傾下也。从广,隹聲。」《肉部》:「脽,屍也。从肉,隹聲。」脽之爲屍,體之最下。脽含低下義。隹兼有上下義,「凡思」而謂之「惟」。蓋隹之爲言「丨」也。《丨部》:「丨,下上通也。引而上行讀若囟,引而下行讀若退。」「下上通」,猶上下反復。丨、隹音同而義通。惟,亦借聲字。

【草木】黄文焕曰:「草木零落,懼衆芳之未得採也。」案:草,承上文「宿莽」;木,承上文「木蘭」。草木零落,興也,言余哀草木零落,被棄未採,恐美人寂寞無聞。此以託寓不見君用。

【零落】王逸注:「草曰零,木曰落。」王氏以訓詁字義爲解,雖達其旨,而未審「零落」爲連語,不當分拆二義。夫連語之字,義存乎聲。王念孫曰:「夫雙聲之字本因聲以見義,不求諸聲而求諸字,其義即存乎聲。求諸其聲則得,求諸其文則惑矣。」王筠曰:「泥字則其義不備,審聲則會心非遠。」鄧廷楨曰:「泥於其形則岨峿不安,通乎其聲則明辯以晰。」王静安曰:「聯緜字音,合二字以成一語,其實猶一字也。」前脩論之至悉。黄侃曰:「字音之起源，約分二類：一曰表感情之音；二曰擬物形、肖物聲之音。其用之轉變，亦有二類：一曰從一聲轉爲多聲，而義不相遠；二曰依一聲以表物，而義各有因。」又引例曰：「音之擬物形者，如果，木實也，象果形，在木之上。此以音狀其長圓也。從聲以求，則有瓜蓏也，象形。與瓜果義近，在物則有壺、有𩫖；瓜之音衍長之，則曰瓜蓏，在果亦曰果蠃，聲變爲苦蔞。蟲有果蠃，其形大氐似也。苦蔞一變爲壺盧，今俗於物形長圓者，目爲壺盧形，猶古義也。壺盧之字曰瓠。由苦蔞而稍變之，曰科斗、曰活東、曰顆東、曰款冬，所屬不同，而形皆有似者。由科斗出者，有繫繞，絲之結也；今俗以爲紇達；繫繞紙，則曰赫蹏，猶今高麗繭紙耳。繫繞聲變，俗語有胍肫，大腹之貌；有骨朵，或以目花之未舒，或以目器之圓者，北人今猶呼科斗爲蝦蟆骨朵也。此類肖形之音，但據形而更不分辨其所屬。《荀子》云：『物同狀而異所者，予之一名。』即此理也。音之肖形物聲者，節節足足，肖鳥聲也；譆譆，肖火聲也。隆鼓，肖鼓聲也，喌喌，肖鷄聲也；凄凄瀟瀟，風雨聲也；玎玎錚錚，金石聲也；乃至豐隆以肖雷，咆唬以肖虎，鏜鞳以肖鐘，丁寧以肖鉦，砰磅、訇磕以肖水之流，吡劉、暴樂以肖葉之落。此皆借人音以寫物，而物名物義，往往傳焉。」黄氏探賾一切字音字義之本，間或旁及連語之所生，其發軔之功至鉅，亦爲吾人詮釋連語指示門徑。蓋聲因物傳，物以聲顯，而字義明焉。唯字音之肖聲、擬形并無不刊之界，多有交叉，孰本孰末，卒難考究。肖聲、疑形，爲一切字義之本，而字義因肖聲、擬形相互嬗變。此亦爲人之思維所致，即藉人思維之通感、聯想二術。故語言文字之興生與心理學甚爲關係。字義有名、有事。名者，即名詞。事者，即動詞、形容詞。事常先於名，名因事見，此乃字義引申規律。今以「零落」爲例，申而説之。夫琳琳琅琅，肖玉聲也，字或爲玲瓏詳《文選·東京賦》注引《埤蒼》説，則玉名琳琅。《九歌·東皇太一》「璆鏘鳴兮琳琅」，王注：「琳、琅，皆美玉名也。」玉之聲，清麗悦人，藉聯想爲清澈義，字作淋浪、流離。《文選·琴賦》「紛淋浪以流離」者是也。又作憀亮。《琴賦》「新聲憀亮」，李注：「憀亮，聲清澈貌。」由玉之朗潤有澤，藉聯想爲有章采，狀光澤之貌，字作流離。《後漢書·蔡邕傳》「合從者駢組流離」，李賢注：「流離，光彩皃也。」又引申言盛多，字作緜纚、緜縭。

《文選・思玄賦》「珮綝纚以輝煌」，舊注：「綝纚，盛貌。」光之明盛，令人目眩，引申爲參差不齊，字作陸離。《文選・蜀都賦》「澶漫陸離」，李善注：「陸離，猶參差也。」參差有長義，陸離亦訓長。《九章・涉江》「帶長鋏之陸離」是也。或作淋離。《哀時命》「劍淋離而縱横」，王注：「淋離，長皃也。」參差不等，以狀山石錯落，則訓詁字作磊落。《文選・閑居賦》「磊落蔓衍乎其側」是也。或作磥硌。《文選・琴賦》「踸踔磥硌」是也。或作礧硌。《漢魯峻碑》「礧硌彰較」是也。由此聯想或通感，狀言陵阜連緜起伏亦曰磊落。《文選・江賦》「衡霍磊落以連鎮」是也。才能超絶於衆者亦曰磊落。《文心雕龍・品藻》「磊落以使才」者是也。此猶黄氏所謂「物有同狀而異所者，予之一名」者是也。由珠玉琳瓏精巧，比之才智聰慧，訓詁字作伶俐。目之精明曰寥朗。《文選・遊天臺山賦》「恣心目之寥朗」是也。又引申細粹稀疏義，字作料戾。《文選・射雉賦》「衷料戾以徹鑒」，徐爰曰：「料戾，小而澈也。」或作寥落。《文選・謝朓詩》「曉星正寥落」是也。唐韓昌黎詩又作「牢落」。唐人詩多如此。因珠玉形肖人之涕零，則爲垂落義，字作狼戾。《淮南子・覽冥訓》「流涕狼戾不可止」，高注：「狼戾，猶交横也。」或作漣落。《文選・北征賦》「泣漣落而霑衣」是也。肖零雨曰淋灕。《廣韻》上平聲第五支韻「淋灕秋雨」是也。或作流漉。詳《論衡・驗符》。引申爲隕落、飄零義，其訓詁字作零落。亦作灑落。《文選・秋興賦》「庭樹摵以灑落」是也。草木飄零，爲狀蕭條衰敗，字别作牢絡。《文選・魏都賦》「臨淄牢絡」，李注：「牢絡，猶遼落也。」或作留落。《史記・衛將軍傳》「然而諸將常坐留落不遇」，《索隱》曰：「遲留零落，不偶合也。」又引申言飄蕩無所之，有離散播遷義，訓詁字作流離、流浪。比失尊位，蹭蹬失志亦謂之零落。《文選・詠扇》「君子恩未畢，零落在中路」，張銑注：「言君子所愛未畢，而時已涼，故零落於中路。」或作蒡櫟。《文選・長笛賦》「蒡櫟銚憻」，李注：「皆分别節制之貌。」或作流覽。《後漢書・馬融傳》「流覽偏照」是也。或作瀏濫。《漢書・揚雄傳》「正瀏濫以弘漖」是也。或作流爛。《漢書・司馬相如傳》「衍曼流爛」，顔師古注：「流爛，布散也。」或作留連。《文選・琴賦》「留連瀾漫」是也。又引申言放浪不羈，其字作聊浪。《漢書・揚雄傳》「聊浪虖宇内」，顔師古注：「聊浪，遊放也。」流離、陸離亦或遊放義。《文選・上林賦》李善注引張揖曰：「流離，放散也。」此黄氏所謂「從一聲爲多聲，而義不相遠」者也。草木零落，由寒氣威迫所致，藉聯想則爲狀言蕭殺之象，字作栗冽《詩・七月》毛《傳》言「寒貌」是也，

《説文·風部》訓詁字飃颲。狀懷憂恐者，字作懰慄。《九懷·昭世》「志懷逝兮懰慄」，洪《補》：「懰慄，憂貌。」又作憭慄。《九辯》「憭慄兮若在遠行」是也。施受相因，則言踐躪、言侵凌，訓詁字作凌厲。《文選·贈秀才入軍》五首「凌厲中原」是也。又作躪躒。《鶡冠子·王鈇》：「無所躪躒，仁於取予，備於教道。」又作轔轢。《隋書·何妥傳》「今復轔轢太史」是也。又作陵獵。《魏書·恩倖趙修傳》「陵獵王侯」是也。瀏溧又訓清涼。《文選·長笛賦》「正瀏溧以風冽」，李善注：「瀏溧，清涼貌。」其與訓憂恐者相因。引申謂明亮，訓詁字作麗廔。《説文·囧部》：「囧，窗牖麗廔闓明也。」又作離樓。詳《文選·長門賦》李注：「離樓，欑眾木貌。」又作蠡廔。詳《玉篇》。明目善視者名曰離婁。《九章·懷沙》「離婁微睇兮」，王注：「離婁，古明目者也。」此所謂「依一聲以表物，而義各有因」者也。大抵以聲紐爲輪轂，借聯想或通感以繫連之，雖形體紛沓，而其義貫通。解者宜置其形體，據其聲以求其義之相因，則不啻知其然，又知其所以然，而變支離瑣碎之字爲以聲義繫聯之系統，其用鉅矣。

【美人】王逸注：「美人，謂懷王也。人君服飾美好，故言美人也。」吕延濟、洪《補》、朱子、魯筆、賀貽孫、奚禄貽、王夫之、蔣驥、于惺介等并同王注，以美人比楚王。此其一説。黄文焕曰：「美人，原自謂也。」李陳玉曰：「美人舊以況君，味下『靈脩』乃婦悦其夫之稱，復有『衆女嫉予蛾眉，謡諑謂予以善淫』之語。則美人當曰自況明矣。」錢澄之曰：「美人自況爲是，臣之於君，猶女之於夫，故坤曰地道也，臣道也。」紀昀曰：「美人以謂己盛壯之年耳。」皆以美人爲自比。游澤承又因此推衍，發明「《楚辭》女性中心説」，謂「美人之喻，當是屈子自指無疑也」。此其二説。朱駿聲曰：「美人，謂衆賢同志者。」馬其昶曰：「美人泛言賢士。」此其三説。案：自比説最切本旨。下文「好蔽美而稱惡」、「好蔽美而嫉妬」、「兩美其必合」、「孰求美而釋女」，美，皆美人之省。《離騷》稱君曰「靈脩」、曰「荃」，而無稱「美人」例。屈子得以「美人」自稱，其生爲帝高陽之胄，楚之侯伯庸之子，得世系之美；生逢三寅，則得生辰之美；順母體而下，得「初託」之美。名曰「正則」，字曰「均靈」，得名字之美。四者統謂之「内美」。復扈帶江離，綴辟芳芷，紉佩秋蘭，又上攀木蘭，下攬宿莽，朝夕采擷，集衆芳於己身，儀容脩態，成其外美。既有内美，又有外美，稱之曰「美人」，可以無愧。此不當牽合君王。屈子以神靈胄子自況，神之容貌，狀若美人。詳上文「脩能」。然則自稱美人非必自比女性，尤不得謂《離騷》「女性中心説」。詳拙文《離騷形象和情節論》。《説文·羊部》：「美，甘也。从羊大。羊在六畜，主給膳也。美與善同意。」蓋本義爲「大羊」，引申言美好義。姜亮夫曰：「美，乃羊之肥大者，故從大。肥大則味美，至今朔北燕趙之間，亦多尚之。」蓋因舊之誤。「大羊」云者，非「羊大則肥」。許氏又謂：「羊，祥也。」《周禮·考工記》「羊車二柯」，鄭注：「羊，善也。」「大羊」，言大祥、大善。包山楚懷王左尹邵舵墓坑底部有一腰坑，内葬一羊。《周禮·冢人》：「大喪既有日，請度甫竁，遂爲之尸。」鄭司農曰：「既有葬日也，始竁時祭以告后土，冢人爲之尸。」畢墓坑之功，後以羊祭告后土之禮。牲用羊，取吉祥意。又，其墓遺策謂「一輮羊車」，羊車，即《曲禮》「祥車曠左」之祥車，鄭注：「葬之乘車也。」《中山王嚳方壺》「不羊莫大焉」，不羊，即不祥，借羊爲祥。故許云「美與善同意」。美，當從大，從祥。讀羊爲祥，會意兼假借。又，黄侃《説文同文》曰：「旨同美。」謂旨、美一字。黄氏據《曰部》：「旨，美也。从曰，匕聲。」匕與美同屬唇音，脂微旁轉。《廣韻》上聲第五旨韻旨音職雉切，脂部，照紐三等，非唇音。旨，當從曰，匕聲，會意。許云：「匕，亦所以用比取飯，一名柶。」《太玄經》「折其匕」，注：「匕，所以撓鼎。」《儀禮·士昏禮·釋文》引劉注：「匕，器名。」名事相因，言匕而食之則字爲旨，蓋受於至。《左傳》宣十二年「至味也」，孔疏：「旨、致聲相近。」至，致古今字，古作至。至，極至，引申言美善義。《詩·節南山》鄭《箋》：「至，猶善也。」《考工記·弓人》「覆之而角至」，注：「至，善也。」至善之食是謂之旨。旨、至二字同源。黄氏此編，十九類此，拘泥許氏形聲。美之既謂大祥，引申言大。美人又作大人之稱。《詩·簡兮》「云誰之思，西方美人。彼美人兮，西方之人兮」，鄭《箋》：「彼美人，謂碩人也。」碩，謂大。美人、碩人，皆大人之名。神，異於常人，而常人視神爲至高至鉅，故神亦以美人爲名。婦之好者稱美人，而有傑異高標之才者亦稱美人。蓋其用至廣。後爲美婦人所專，「美人」之古義遂晦。

【遲暮】王逸注：「遲，晚也。言天時運轉，春生秋殺，草木零落，歲復盡矣，而君不建立道德，舉賢用能，則年老耄晚暮，而功不成，事不遂也。」以「遲暮」爲晚暮，比君命垂老。陸善經曰：「遲暮，喻時不留，己將凋落，君無與成功也。」戴震曰：「草木零落，美人遲暮，皆過時之慨，即《論語》所云『四十、五十而無聞，斯亦不足畏』是也。」姜亮夫曰：「此組合詞也，而義未相溶和，其用重在暮字，故亦得分釋之。」案：屈子所恐，但見棄冷落，才不盡施，名不得彰耳，非恐己之歲月蹉跎，過時無成。且上言朝夕不怠，惟恐時不我待，於此復何爲晚暮之慨？下文「老冉冉其將至兮，恐脩名之不立」，與此二句相應。屈子所恐，但脩名不立。「遲暮」之義，亦在乎此。古遲、夷二字通用。連語「倭遲」，異體作「威夷」。《詩・四牡》「周道倭遲」，《漢書・地理志》作「郁夷」。「陵遲」，異體作「陵夷」。《淮南子・泰族訓》「山以陵遲」，《漢書・成帝紀》作「陵夷」。顔師古《匡謬正俗》卷八：「遲，即夷也。古者遲、夷通用。」夷、弟古一字。《説文・艸部》：「荑，艸也。从艸，夷聲。」大徐本作「苐」，云：「从艸，弟聲。」黄季剛《字通》云：「荑，後出字作苐。」《魚部》：「鮷，大鮎也。从魚，弟聲。」《爾雅翼》則作鮧，從魚，夷聲。《鳥部》：「鵜胡，污澤也。从鳥，夷聲。鵜或從弟。」《論語》「夷狄」，《鶡冠子・王鈇》作「弟狄」。《釋名》：「娣，弟也。言與己妻相長弟也。」遲、弟亦得通用。夷、弟，甲文作「」《乙編》四八四，金文作「」《臣諫簋》，包山楚簡作「」、「」。弟、夷與叔古字相似，經傳相訛。《禮記・昏義》鄭注：「室人，謂女叔諸婦也。」《正義》云：「女叔謂壻之妹。」女叔，即女弟形訛。叔，古作「」《續甲骨文編》新四八〇八。《尚書・堯典》「申命羲叔」，古文作「申命戲」。《集韻》入聲第一屋韻：「叔，古文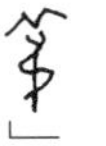」。《左傳》石經遺文「叔」亦作「」《石經文公》。弟、叔不別。「遲暮」，「寂寞」形誤。蓋寂，始訛作夷，聲變爲遲。莫、暮古今字。寂寞遂誤作遲暮。寂寞，連語，《説文・口部》作啾嗼，「無聲之貌」。《淮南子・齊俗訓》曰：「故蕭條者形之君，而寂寞者音之主也。」亦謂無聲。《歺部》有「寂募」，曰「死，寂募也」。猶黄君所謂「依一聲以表物，而義各有因」也。字又作茉莫見《拾遺記》，又作淑莫見《淮南子・原道訓》，又作募寞見《莊子・齊物論》，又作寂滅見《昌黎

文集·原道》，又作寂蔑見《晉書·張俊傳》，又作寂蔓唐木潤《魏夫人碑》，又作嘁嘆《楚辭·哀時命》，又作寂謐《古文苑》司馬相如《美人賦》，皆一字異體。引申言名不彰、身不顯。《文選·齋中讀書》「矧乃歸山川，心跡雙寂漠」，李太白《將進酒》「古來聖賢皆寂寞，惟有飲者留其名」。蹭蹬落魄、遭黜不遇亦謂之寂寞。《漢書·揚雄傳》「惟寂寞，自投閣」。鮑照《詠史詩》「君平獨寂漠，身世兩相棄」。「美人寂寞」，猶《卜居》「賢士無名」。屈平所恐，莫過於美名不揚、才不世用。其汲汲進取立名立功之志於此可見。下文承言「撫壯棄穢」，以壯美自負，委身於君國，不甘沈寂銷聲而默默終身。

是二句言春秋迭代，乃憂衆芳之凋零，傷恐己身寂寞不彰也。

第五韻： 謝、寞

馬其昶曰：「序，徐呂反。暮，莫故反。」案：序，借爲謝，詳注，古音爲[ziak]，鐸部短入。馬説非。暮，古音爲[ma:k]，鐸部長入。

以上五韻二十言爲一章，首八句叙言先在之内美，謂其本出日神帝高陽，皇考又係楚之封君，居庸爲伯，生辰年月日適逢皆在寅，爲日月交逢之時，降生母體，得其暢順；皇考觀其「初託」，既具神靈之質，又合「中正」之德，乃名其爲「正則」，字其爲「均靈」。次叙與其内美相應之外美，即「脩能」，其朝夕采擷芬芳，扈芷佩蘭，一以標其日神胄子之神格，二以象其「中正」之德。終結以「恐美人之遲暮」，其不甘默默，立志干君揚名，冀得一展才能，忠臣事君之心，至此和盤托出。

不撫壯而棄穢兮　何不改此度

不《文選》五臣、六臣本皆無不字，洪《補》、朱《注》、錢《傳》三本皆有不字。錢《傳》引亦一無不字。案：有不字是也。唐寫本《文選集注》有不字。《古今合璧事類備要》續集卷四一引亦有不字。王逸注「言願令君甫及年德盛壯之時，脩明政教，棄去讒佞」，後多謂王本無不字。《離騷》句首用「不」字句法，統領一句否定，類今「共用」辭格。「不撫壯而棄穢兮」，言不撫壯，不棄穢也。下文「不顧難以圖後兮」，言不顧難，不圖後也。下句「何不改此度」，爲反詰句，謂宜改此度。其所改之度，指不撫壯、不棄穢兩端。若無「不」，所改之度，指「撫壯」、「棄穢」，則與本旨相悖矣。

乎《文選》六臣本改下有其字，《古今合璧事類備要》續集卷四一引亦有其字，洪《補》引一本改下有乎字，朱《注》本、錢《傳》本有乎字，錢引乎一作其。聞一多曰：「案：本篇『乎』字凡十五見，『願竢時乎吾將刈』、『延佇乎吾將反』、『歷吉日乎吾將行』等三『乎』字皆在二分句之間，其作用與『覽民德焉錯輔』同。餘皆訓『於』。以上二義於本文皆無施，然則一本『改』下有『乎』字，非是。『何不改此度也』，與《思美人》『未改此度也』，句例略同。」案：聞說是也。王逸注「改此惑誤之度」，蓋王氏本書無乎字。一本乎作其者，益非屈賦用「其」句法。唐寫本《文選集注》無乎或其字，是存其舊。

度《文選》六臣本度下有也字，注云：「五臣度下無也字。」洪《補》、朱《注》二本無也字。洪《補》引一本、錢《傳》本有也字，錢引一本亦無也字。朱季海曰：「尋屈賦句末用『也』也，皆前後呼應，勢不單行。第據《離騷》言之，則『余固知謇謇之爲患兮，忍而不能舍也，指九天以爲正兮，夫唯靈脩之故也』，『忳鬱邑余侘傺兮，吾獨窮困乎此時也；寧溘死以流亡兮，余不忍爲此態也』，『何昔日之芳草兮，今直爲此蕭艾也；豈其有他故兮，莫好脩之害也』。其句末有『也』字以書寫送之致者凡三，皆情尤摯，語尤重，而言之尤痛者也。觀靈均言『也』，而辭氣之於邑可知矣。然此文云『乘騏驥以馳騁兮，來吾道夫先路』。又安取斯於邑之聲邪？」徐仁甫曰：「凡偶用『也』字，上句讀『耶』，爲反詰句，必有反詰副詞，應用問號。下句『也』乃判斷句，爲感嘆句，應用感嘆號。」案：其得失互見。諦此文「不撫壯而棄穢兮，何不改此度也？乘騏驥以馳騁兮，來吾道夫先路」。上二句爲反詰句，句末之「也」信猶「耶」之比，則不可無之。此徐氏所得也。下二句非判斷句，句末亦未必因屈賦偶用「也」之通例而增衍之，此徐氏之所失也。《山谷外集詩注・九豐城》注引亦有也字。唐寫本《文選集注》、《古今合璧事類備要》續集卷四一引無也字。

【不】「不」、「弗」，凡置於儷偶句首者，統貫一句否定，類今脩辭「共用」格。屈賦句法，概莫例外。「不撫壯而棄穢兮」，撫壯、棄穢爲儷偶，「不」統「撫壯」、「棄穢」二事否定。言既不撫壯，又不棄穢也。下文「不顧難以圖後兮」，顧難、圖後爲儷偶，言不顧難，不圖後也。《九章・惜往日》「弗參驗以考實兮」，參驗、考實爲儷偶，言弗參驗、弗考實也。又，「不逢湯武與桓繆兮」，湯武、桓繆爲儷偶，言不逢湯武、不逢桓繆也。他如《九辯》「驥不驟進而求服兮，鳳亦不貪餧而妄食」。驟進與求服、貪餧與妄食，分別儷偶，言驥不驟進、不求服，鳳不貪餧、不妄食也。《九歎・離世》「不從俗而詖行兮」，言不從俗、不詖行也。《逢紛》「不吾理而順情」，言不吾理，不順情也。不啻否定句如此，凡副詞冠於儷偶句首者亦皆然。如忽字句，下文「忽奔走以先後兮」，言忽奔走、忽先後也。「忽馳騖以追逐兮」，言忽馳騖、忽追逐也。「忽反顧以目兮」，言忽反顧、忽遊目也。「寧」字句亦然。「寧溘死以流亡兮」，言寧溘死、寧流亡也。又，「聊逍遥以相羊」，言聊逍遥、聊相羊也。「聊假日以媮樂」，言聊假日、聊媮樂也。知「聊」字句亦然。又

「紛」字句，《九章·惜誦》「紛逢尤以離謗」，言紛逢尤、紛離謗也。《思美人》「遂萎絶而離異」，言遂萎絶、遂離異也。《惜往日》「焉舒情而抽信」，言焉乃舒情、焉乃抽信也。若從一本句首無「不」字，則爲言撫其壯，棄其穢，明君之德，爲屈子所冀望。下句「何不改此度」，此度，即「撫壯而棄穢」。君既行撫壯棄穢之德，又冀其改之，令上下文意相乖。蓋未審「不」字統貫一句否定而删之。然則審王逸注下文「不顧難以圖後」云：「不顧患難，不謀後世。」王氏固知之。此注文蓋唯釋以句意，未及字字落實。雖一人注書，而前後異同如此。欲盡得古人藴奥，唯宜反覆。

【撫】王逸注「言顧令君甫及年德盛壯之時」，以「撫」爲「甫」，始也。閔齊華《文選瀹注》曰：「撫壯，言及時也。」徐焕龍曰：「撫，憑也。年富力強，正可憑之以遷善改過。」俞樾曰：「撫字乃『撫有』之撫。」實大同而小異。劉良曰：「撫，持也。」蓋以撫爲撫助義。錢杲之曰：「撫，據也。」汪瑗曰：「撫字有捫己自省之意，故曰撫壯。」朱冀曰：「撫，乃撫而有之之謂。」姜亮夫謂「撫」爲「按撫」意。案：撫壯、棄穢，儷偶爲文，撫，非「甫及」、「撫憑」、「撫持」、「撫有」、「撫據」、「撫按」，猶帶也、佩也。《九章·涉江》「帶長鋏之陸離兮」，《九歌·東皇太一》「撫長劍兮玉珥」。「帶長鋏」、「撫長劍」並同。撫之爲言扈也。《説文·手部》「撫」字從手，無聲，音芳武切，魚部，明紐三等。扈字從邑，户聲，音胡古切，魚部，匣紐一等。諧無聲或轉讀喉音。《邑部》：「鄦，炎帝大嶽之胤，甫侯所封，在潁。从邑，無聲，讀若許。」包山楚簡許字皆作鄦或鄦，從無聲。許，曉紐屬喉，鄦由唇轉喉。此其一事，《巾部》有「幠」字，從巾，無聲，唇音。《詩·斯干》「幠」字作「芋」，《荀子·禮論篇》「無帾」省作「無」，或作「号」。芋、号並諧于聲，喉音。幠字由唇轉喉。此其二事。《糸部》：「𥿋，履也。一曰青絲頭履也。讀若阡陌之陌。从糸，户聲。」𥿋，喉音；陌，明紐，唇音。𥿋字由喉轉唇。此其三事。撫，由唇轉喉是爲扈。扈，佩帶也。詳上文「扈江離」注。

【壯】王逸注「盛壯之時」，以「壯」指年歲盛壯。「撫壯棄穢」喻詞，承上文「草木」。聞一多曰：「本書『壯』字多訓美，此以撫壯與棄穢爲對文，壯猶美也，穢猶惡也。」案：上言美人不甘寂寞，冀君任之，以壯自比，撫壯棄穢，猶諭舉賢斥讒。壯，讀如莊。《詩・君子偕老》鄭《箋》曰：「顏色之莊與。」《釋文》曰：「莊，本又作壯。」《禮記・檀弓下》「衛大史柳莊」，《漢書・古今人表》作「柳壯」。《説文・艸部》雖收「莊」字，而以「上諱」付之闕如。段注：「其説解當曰『艸大也。从艸，壯聲』。其次當在『葑』、『蘄』二字之間，此形聲兼會意字。壯訓大，故莊訓艸大。」莊義爲「正」。《逸周書・祭公》「汝無以嬖御固莊后」，《釋文》曰：「莊，正也。」艸之正者謂之稼，今云「莊稼」，古語之遺。引申言盛、言美、言大。下文「及余飾之方壯」，壯，言盛美。此「撫莊」之莊，名詞，猶芳草。扈莊，言佩帶芳草，比舉賢任能。王樹枏曰：「撫壯而棄穢者，持正而斥邪也。」徑直以大義爲解，而未知是語蘊涵於「扈芳」，傷其諷諭微旨。

【棄】王逸注：「棄，去也。」案：《説文・華部》：「棄，捐也。从廾，推華棄之。从𠫓，𠫓，逆子也。」本言捐棄逆子。《戰國策・秦策》「故子棄寡人」，《漢書・外戚傳》「武皆表奏狀棄所養兒十一日」。引申言捐去不用。信陽楚簡、包山楚簡皆作「弃」，棄字古文。

【穢】王逸注：「穢，行之惡也。以喻讒邪。百草爲稼穡之穢，讒佞亦爲忠直之害也。」至碻，而謂「穢」爲「行之惡」，於訓詁未密。案：穢，《説文》作薉。《艸部》：「薉，蕪也。从艸，歲聲。」又：「蕪，薉也。」薉、蕪二字義同。蕪，蘼蕪； 名事相因，爲雜草總名。薉亦蘼蕪雜草。雜草敗莊稼，遂改從艸爲從禾，字作穢。薉，許氏謂歲聲，本歲星名，無傷敗義。從歲聲字而多涵傷害義。《食部》：「饖，飯傷熱也。从食，歲聲。」《刀部》：「劌，利傷也。从刀，歲聲。」《老子》「廉而不劌」，《釋文》：「劌，河上公本即作害也。」《口部》：「噦，氣啎也。从口，歲聲。」《實命全形論》「病深者其聲噦」，言害於氣也。薉，於廢切； 害，胡蓋切。薉、害同月部，影匣旁紐雙聲，蓋受義於害。歲，《廣韻》去聲第十三祭韻音相鋭切，心紐，與薉等不諧。歲之爲言戌也。歲字從步，戌聲。戌有刻削義。《史記・司馬相如列傳》「眇閻易以戌削」，《集解》引徐廣曰：「戌削，言如刻畫作之。」引申言傷害。雜草傷稼字作薉，會意兼假借。

【改】王逸注：「改，更也。」王氏統言之。析言改、更有别。王了一因改、更并見紐雙聲，謂其爲同源字。詳王氏《同源字典》。案：凡同源者，聲、韻相近，義相貫注而非謂同義也。改，之部；更，陽部。雖雙聲而不同部，各有所本。改者，自改也，就一物一事而言。《儀禮·士相見禮》「毋改」，鄭玄注：「毋自變動爲嫌。」又：「改居，謂自變動也。」改過、改錯皆用「改」。《左傳》宣二年：「過而能改，善莫大焉。」《論語·學而》「過而勿憚改」。《衛靈公》「過而不改，是謂過矣」。《説文·攴部》：「改，更也。从攴，己聲。」己，自己也。自咎之是爲改。改、革同源。《説文·革部》：「獸皮治去其毛曰革。」《詩·載驅》毛《傳》「有朱革之質而羽飾」，孔疏：「獸皮治去毛曰革。」有毛無毛，但一皮之改。改、革爲之職平入對轉，同見紐雙聲。析言改、革亦有别。改，不因他力所爲；而治革者，而藉他力爲之，皮不得自改。故「革命」不得言「改命」。又，改於心者謂之悔。悔、誨同之部，匣紐，與改亦同根。更，二物二事彼此替代。《左傳》昭十二年「子更其位」，杜注：「更，代也。」《史記·匈奴列傳》「必更匈奴中」，《索隱》：「更，經也。」《文選·西京賦》「祕舞更奏」，薛注：「更，遞也。」《國語·晉語》「姓利相更」，韋昭注：「更，續也。」《漢書·蓋寬饒傳》「願復留共更一年」，注：「更，猶今言上番也。」上番，猶輪番、替代。更，庚陽部，見紐雙聲。《禮記·月令》「其日庚辛」，鄭注：「庚之言更也。」《古書徵》引《詩推度災》：「庚，更也。」《史記·孝文帝本紀》「大横庚庚」，《索隱》：「庚猶更。」言彼此相續謂之更。《説文·攴部》：「更，改也。从攴，丙聲。」丙，兵杏切，幫紐，與更不同紐。丙，非「更」字諧聲。丙之爲言秉也。二字音同例可通用。本訓「禾束」，言合禾爲一束。引申有合併、相續義。更，從攴，丙聲，爲會意兼假借，非諧聲字。連續以擊則字爲更。後云「打更」，存其古義。駁字，金文作「」《盂鼎》，石鼓文作「」。，古更字，言并擊、續擊，故駁字從馬，從更。引申言更替。凡「更番」、「更代」、「更加」，不得言「改」，而「改過」、「自改」、「悔改」亦不得言「更」，渾言不别。

【度】王逸注「改此惑誤之度，脩先王之法也」，以「度」爲「法度」。案：度、塗音同通用。《左傳》隱十一年「工則度之」，度，猶剫也。詳朱駿聲《說文通訓定聲》第九豫韻。古文《尚書》「惟其剫丹雘」，今文《梓材》剫字作塗。或作途，謂道也。「此度」之度，兼法度、路途，一語雙關。上承「不撫壯而棄穢」，爲法度。下啓「乘騏驥以馳騁兮，來吾道夫先路」，言路。《思美人》：「知前轍之不遂兮，未改此度。」既言「前轍」，亦言道路之塗。《離騷》自此以下皆就先導行路生端。屈子以車御自比，以御車行路比政之治亂。「何不改此度」，是冀君王改轍迷途。

是二句言君既不佩服芬芳，又不毁棄惡草，謂君治國之道，不任賢舉能，不斥讒棄佞也。何不改轍此塗也？

乘騏驥以馳騁兮　來吾道夫先路

乘 洪《補》引一本、朱《注》本同作「椉」。朱《注》曰：「椉，一作乘。下同。」《文選》六臣本、錢《傳》引一本及《古今合璧事類備要》續集卷四一引并作「策」。案：《五經文字》曰：「椉，隸省作乘。」王注「言乘駿馬，一日可致千里」。《惜往日》：「乘騏驥而馳騁兮，無轡銜而自載。」「乘騏驥」，屈賦恒語，無言「策馬」。漢人諸賦或見之，後因漢賦妄改。唐寫本《文選集注》亦作椉。

馳 朱《注》、洪《補》、錢《傳》三本同引一作「駝」。案：玄應《一切經音義》卷一一云：「馳，俗用字也。正或作駝。」《說文》作駝。

道 《文選》六臣本作導，洪《補》引《文選》作導，朱《注》引一本亦并作導。案：導，導字俗體。道、導古今字。《文選》卷一四《舞鶴賦》注、《古今合璧事類備要》續集卷四一引亦作導。

【路】唐寫本《文選集注》、錢《傳》、朱《注》引一本路下有也字，錢又引一本無也字。戴震《音義》云：「與上也字，一爲呼，一爲應。俗本刪去者非。」案：無也字是也。《文選》卷一四《舞鶴賦》注、《古今合璧事類備要》續集卷四一引亦無也字。

【乘】乘，王逸未注。《説文·桀部》：「乘，覆也。从入、桀。桀，黠也。《軍法》『入桀』曰乘。」王夫之《説文廣義》曰：「乘，本从入、桀。桀，黠也。從黠而入，乘於危之詞也。故伏兵以邀人之虚曰乘，其本訓也。」甲文乘字作「」《前編》七·三八·一，金文作「」《格伯簋》，从大，从木或从末，象登升木末。許謂「从入、桀」，非也。乘爲登升，訓「覆」，是引申義。登車亦謂之乘，或制「輮」字以專之。詳湖北望山第二號戰國楚墓出土殘簡。黎本《玉篇·車部》「輮」字引《聲類》云：「古文乘字也。」此文「乘騏驥」，言登車。包山楚簡登車字亦作輮。登几亦謂乘，則制「」字。詳《鄂君啓節》《説文》：「，古文乘，从几。」蓋楚之遺文。乘、登音近通用，屬一語根同蒸部，牀端旁紐雙聲。引申言乘凌。《軍法》之乘，即乘凌義。或曰，乘凌之乘，通爲勝。《書序》「周人乘黎」，《左傳》宣十二年，「車馳卒奔，乘晉軍」。《詩·正月》「靡人弗勝」，毛傳：「勝，乘也。」乘、勝同蒸部，牀審旁紐，例可通用。引申言乘虚、乘間。薑齋之説無根。

【騏驥】王逸注：「騏驥，駿馬也。以喻賢智。言乘駿馬，一日可致千里。以言任賢智，則可成於治也。」湯炳正引《韓非子·外儲説右上》：「國者，君之輿也。勢者，君之馬也。」謂此本戰國通喻。甚是。案：《説文·馬部》：「騏，馬青驪文如綦也。从馬，其聲。」段注：「此云『青驪文如綦』，謂白馬而有青黑紋路相交如棊也。綦，《糸部》作綥，白蒼文也。棊者，青而近黑。《秦風傳》曰：『騏，綦文也。』《魯頌傳》曰：『蒼騏曰騏。』蒼騏，即蒼棊，謂蒼文如綦也。《曹風》『其弁伊騏』，傳曰：『騏，騏文也。』《正義》作『綦文』，古多假騏爲綦。」又：「驥，千里馬也。孫陽所相者。从馬，冀聲。」「騏驥」連文，「騏」只言馬紋色，而「駿馬」之義賅於「驥」字。驥，千里馬統稱。冀，本冀州名，在中土，又爲中國之稱，故有大義。《淮南子・墬形訓》「正中冀州曰中土」，高誘注：「冀，大也。」《史記・商君列傳》「築冀闕」，《索隱》：「冀闕，即魏闕也。」馬之絶異者謂之驥，形聲兼轉注。又，「乘騏驥」，非如後世騎馬，言乘車也。張鳳翼曰「乘駿馬」，汪瑗曰「乘此騏驥」，爲乘騎。非也。今考出於戰國楚墓漆器彩畫，多見人物乘輿出行圖，而無乘騎者，亦可得徵矣。

【馳騁】馳騁，王逸未注。汪瑗曰：「直奔曰馳，横奔曰騁，皆疾走也。」案：《説文・馬部》：「馳，大驅也。从馬，也聲。」「驅，驅馬也。从馬，區聲。敺，古文驅，从攴。」「驅馬」，即敺馬。「大驅」，即「大敺」。大敺之，馬則疾走，馳，也聲，通爲攱，同歌部。也，喻紐四等；攱，審紐三等。爲旁紐雙聲。攱，敺也，擊也。攱馬使之疾走，字作馳，借聲字。騁爲「直馳」，而非「横奔」。案：「横奔」爲「騖」。詳下文「馳騖」注。甹，普丁切；騁，丑郢切。同耕部，而聲不同紐，不相諧。騁，从馬、甹，會意字。《丂部》：「甹，極詞也。」段注：「其意爲亟，其言爲甹。」《漢書・兒寬傳》「唯天子建中和之極」，顔師古注：「極，正也。」《逸周書・武順》：「正及神人曰極。」《左傳》文六年「陳之藝極」，孔疏：「極，是中正。」馬之直行曰騁，會意兼轉注。騁、正，同耕部，端透旁紐雙聲。蓋直道行者爲疾速，是以騁又有疾義。或借爲逞。《廣雅・釋詁》：「逞，疾也。」王念孫曰：「《方言》：『逞，疾也，楚曰逞。』《説文》云：『楚謂疾行爲逞。』疾驅謂之騁，義與逞同。文十七年《左傳》『鋌而走險，急何能擇』。杜預注云：『鋌，疾走貌。』鋌與逞亦聲近義同。」「馳騁」連文，義重在「騁」，言正道疾馳也。

【來】王逸注文「願來隨我」，以「來」之主詞屬君，言君來。汪瑗曰：「來者，招邀之詞，欲君棄彼之惡而從此之善也。」周孟侯曰：「來吾道夫先路，來字折句讀，言果能來以相從乎，吾當爲汝前導耳。」王夫之曰：「來，相召告戒之辭。」夏大霖曰：「來，勞之詞。王庶幾速來，吾則引君當道矣。」游澤承曰：「來者，自係引道相招之辭。」胡紹瑛曰：「來，發語詞。」案：王邦采曰：「來吾者，吾來也。《騷》多此句法，自覺矯健。諸解不免沾泥帶水。」其説是也。上言我不甘寂寞終身，以佩芳棄薉爲比，諫君宜任賢用能，改行正路；此承以駕車爲喻，自比車右前導，言吾來導也。其自薦於君朝，與「恐美人之寂寞」語相應。下文「邅吾道夫崑崙」，言吾邅道夫崑崙也。句法與此同。《九歌・湘夫人》「朝馳余馬兮江皋」，言朝余馳馬於江皋也。《九章・涉江》「步余馬兮山皋，邸余車兮方林」，言余步馬於山皋，余邸車於方林也。《國殤》「凌余陣兮躐余行」，言余凌敵之陣，余躐敵之行也。下文「飲余馬於咸池兮，總余轡乎扶桑」，言余飲馬於咸池，余總轡乎扶桑。「屯余車其千乘兮，齊玉軑而并馳」，言余屯車其千乘也。述語置於主語前而在句首，顯以加強述語功用。此亦楚語之句法異於中土者，未可以中土語之句法繩之。

【道】王逸注文「遂爲君導入聖王之道」，以「道」爲言「導引」義。案：《説文・辵部》：「道，所行道也。从辵，从𩠐。一達謂之道。𩠠，古文道，从𩠐、寸。」段注：「道者人所行，故亦謂之行。道之引伸爲道理，亦爲行道。首者，行所達也。首亦聲。」又《寸部》：「導，引也。从寸，道聲。」段注：「此複舉字未删者。」道、導古今字。金文只有「道」字。包山楚簡有「導」字。《哀時命》：「使梟楊先導兮，白虎爲之前後。」「來吾道夫先路」，同《哀時命》「先導」。

【夫】夫，猶彼也。《禮記・三年問》「夫焉能相與群居而不亂乎」，《荀子・禮論篇》「夫」作「彼」。《國語・齊語》「夫爲其君勤也」，《管子・小匡》「夫」作「彼」。《漢書・賈誼傳》：「彼且爲我死，故吾得與之俱生；彼且爲我亡，故吾得與之俱存；夫將爲我危，故吾得與之皆安。」夫、彼互文，顏師古注：「夫，猶彼人也。」「夫先路」屬遠指，上「此度」爲近指。屈子所導先路與君所行之路，其已相違久也。

【先路】王逸注：「路，道也。」注文「遂爲君導入聖王之道也」，以「先路」爲前代聖王之道。吕向亦謂「先王之道路」。周孟侯曰：「《郊特牲》『先路三就』，《左傳》『鄭錫子展先路，子産次路』。先路，乃車名，抑御先路之車以爲導耶？」以「先路」爲車輿名。聞一多亦謂「先路、次路，從者所乘，而先路在前，次路在後。先路一曰導車，次路一曰屬車。先路行於王車之前而爲之導，故曰『導夫先路』也」。案：先路爲車名，説雖有據，而非本旨。果如聞説，「導夫先路」，先路，爲屈子所乘，言導引彼於己所乘之車，不成其辭。方苞曰：「欲君之棄穢，故下言三后之用衆芳；欲導君以先路，故陳堯、舜之遵道，桀、紂之窘步，邪徑之幽險，憂皇輿之傾敗，而奔走先後，以及前王之踵武，皆所謂導以先路也。」朱冀曰：「先路云者，謂古聖賢有已行之成法，如周行大道，明明在先，所當率由者也。下文數『路』字及『捷徑』、『險隘』、『踵武』等句，緊相照應。」方、朱以上下文意會之，甚得藴旨。又據聞氏所考，「先路」亦不當爲君所乘大輿。

是二句言君宜乘駕騏驥之車，直道馳騁，吾來導引，使至彼先王之路。以比任賢舉能，使我爲輔弼，能致先王大治之政。此屈子自負亦自薦之詞。

第七韻：度、路

度，古爲鐸部之短入，古音爲[dak]。江有誥曰：「路，魚部。」案：路，去聲，爲鐸部之長入，古音爲[la:k]。

昔三后之純粹兮　固衆芳之所在

純粹 《文選》卷一五《思玄賦》注引純字作淳，李善注本又作湻。《文選》卷六《魏都賦》劉淵林注引班固《離騷注》曰：「不變曰醇，不雜曰粹。」蓋班本作「醇粹」。案：湻、淳正俗字，湻訓至美本字。純粹，連語，不必泥其形體，詳注。《古今合璧事類備要》續集卷四一、《後漢書》卷二八下《馮衍傳》注、《文選補遺》卷三二《顯志賦》、《庚溪詩話》卷下引亦作純粹。

固 案：王逸注文「言往古夏禹、殷湯、周之文王所以能純美其德而有聖明之稱者，皆舉用衆賢，使居顯職」，固訓皆，蓋本作故。故有皆義。詳注。《古文苑》卷八李陵《録别詩》注、《古今合璧事類備要》續集卷四一引亦作固。

【三后】王逸注：「后，君也。謂禹、湯、文王也。」《説文·后部》：「后，繼體君也。」段注：「許知爲『繼體君』者，后之言後也。開剏之君在先，繼體之君在後也。析言之如是，渾言之則不别矣。經傳多假后爲後，《大射》注引《孝經説》曰：『后者，後也。』此謂后即後之假借。」后，受名於先後，后、後同根。甲文后字作「」《後編》上二〇·二，金文作「」《牆盤》，象婦産子，引申言「繼體君」。包山楚簡后土之后字皆作厍，古侯字。章炳麟曰：「射侯得名，因於諸侯。《六韜》説『丁侯不朝，太公畫丁侯，射之』。《史記》亦説『萇弘設射貍首』，貍首者，諸侯之不來者也。蓋上古神怪之事訖周未息。《禮·射義》言『射中者得爲諸侯』，《春秋》、《國語》言『唐叔射兕於徒林，殪以太甲，以封於晉』。《射義》説亦有徵。此則周道尚文因巫事而變易其義也。蓋本言『辟后』，因射羣后不朝者而作侯。由是借侯爲后，且以爲五等之名焉。」侯、后亦同根，并受義於後。甲文侯字作「」《後編》下三七五，金文作「」《盂鼎》，從矢，言射也。從厂，后之省，亦聲，后，諸侯之不來者。矢以射后，謂之「射貍首」。許君謂侯「从人，从厂，象張布」。非也。后、侯，皆次於君。三后，謂三君。王逸謂「三后」指「禹、湯、文王」三代聖君。朱子斥之，曰：「三后，若果如舊説，不應其下方言堯、舜，疑謂三皇，或少昊、顓頊、高辛也。」朱駿聲稍易其説，謂「三后」爲軒轅、顓頊、帝嚳也。胡文英因《書·吕刑》孔疏，以「三后」指伯夷、禹、稷。王夫之謂「三后」不指三代聖王，爲鬻熊、

熊繹及莊王。戴震曰：「三后，謂楚之先君賢而昭顯者，故徑省其辭，以國人共知之也。其熊繹、若敖、蚡冒三君乎？」逯欽立則謂「三后」爲楚之成王、穆王、莊王，湯炳正謂楚之莊王、康王、悼王。可謂歧説紛雜。案：聞一多曰：「《左傳》成十三年曰：『楚人惡君之二三其德也，亦來告我曰：「秦背令狐之盟，而求盟於我，昭告昊天上帝，秦三公，楚三王。」』《楚世家》『熊渠立其長子康康，當庸字之形訛爲句亶王，中子紅爲鄂王，少子執疵爲越章王』。是爲楚稱王之始。楚三王或即指此。三后，知即三王否？」其説是也。果若「三后」必以指「楚之先君賢而昭顯者」，則不啻三也。包山楚簡紀禱卜之辭謂：「舉禱𦊧王即荆王，楚王也自畬繹即熊繹以庚武王五牛、五豕。」自熊繹至武王有十餘君，似亦不得稱「三后」。然則簡文列武王屬開國之君，頗有深意。后，繼體君，次於君，信如聞説，三后，指熊渠所封三王。楚俗祀近祖，始自其得姓者。包山楚簡言左尹邵𣐿祭祖多自楚昭王始，以其昭氏祖也。屈氏始有其姓之祖，即「三王」句亶王伯庸。屈子稱「三王」之世，爲楚之理想政治，其既以祖述，又以旌表楚先王之政。《荀子·彊國篇》曰：「今楚父死焉楚父，楚懷王也，國舉焉，負三王之廟而辟於陳、蔡之間。」三王，即三后，楚著姓三族始祖。句亶王伯庸，屈氏始祖。詳上文「苗裔」考。中子紅爲鄂王，封於鄂。《漢書·地理志補注》引《九州紀要》曰：「鄂，今武昌也。鄂王城在武昌縣西南二里。」《水經注·江水》：「江之右岸，有鄂縣故城。」《史記·楚世家》張守節《正義》引《括地志》：「武昌縣，鄂王舊都，今鄂王神即熊渠子之神也。」宋政和三年在鄂州武昌、嘉魚之間出土楚公鐘，銘曰：「隹八月甲申楚公逆自作夜雨雷鎛。」王静安謂楚公逆即熊咢。熊紅始封於鄂，其裔相繼居於此《觀堂集林》卷一八，至楚懷王時，鄂王紅之裔孫有名啓者，襲稱「鄂君」，且有舟節、車節傳世。越章王之封，在漳水下游。「越章」之越，《大戴禮記》作「戚」，形訛字。《世本》又因訛字「戚」而作「就」戚、就二字古音同通用。漳水之南，古稱楊越。「越章」合「楊越」、「漳水」而名之。楚宗室或姓陽氏，蓋其裔也。《左傳》杜注謂陽氏出穆王後，不知其所據。《太平寰宇記》卷一四三《房州·房陵縣》曰：「三王冢在縣南。有大墳三，號三王冢。」房，古庸國，句亶王始封。又，《嘉慶湖北通志》引《荆門州志》，當陽縣，「楚三王墓在湮沈湖側」。此越章王始封。三王之遺跡徧布楚南北。當三王之世，楚方強盛，三王於熊渠拓疆之功亦甚偉，遂賜封三族，而後繁衍爲楚三著姓。《左傳》哀四年載晉士蔑執蠻王子與其五大夫，「以畀楚師於三户」。《水經注》卷二〇：「丹水又逕丹水縣故城西南。縣有密陽鄉，古商密之地，昔楚申息之師所戍也，《春秋》之三户矣。」《史記·越王勾踐世家》「乃令大夫種行成於吴」，《正義》引《吴越春秋》謂文種「爲宛令，之三户之里，范蠡從犬竇蹲而吠之」。《史記正義》引《會稽典録》謂范蠡「本是楚宛三户人」，「文種爲宛令，遣吏謁奉」。三户近在丹陽。丹陽，國名；三户，邑名。蓋是地有熊渠及句亶、鄂、越章三氏宗廟在，故後謂之三户。六國末，楚南公曰：「楚雖三户，亡秦必楚。」概楚宗室王族。言楚雖有三族，而亡秦必楚。屈子爲三閭大夫，掌王族三姓。王逸謂「三姓」指「屈、景、昭」。三姓之中，屈氏最著。昭氏爲楚昭王之冑，而景氏是否爲王族，尚有争議。《潛夫論·志氏姓》謂芈姓楚族有四十四氏，不見屈氏、鄂氏，唯録陽氏，未知其故。包山楚簡屈、鄂、陽三姓皆著録，屈氏多任莫敖之官，鄂氏、陽氏皆稱君，蓋楚封君也。昭氏後顯於楚，然昭、景二氏誠不足以概王族。屈子所掌，當指三王之族。三王偉業，屈子耿耿於懷，故引爲門楣。又，《抽思》：「望三五以爲像兮，指彭咸以爲儀。」王逸注：「三王五伯，可修法也。」以「三五」爲三王五伯。亦非。三五、彭咸爲對文，皆指人臣。果屈子以三王爲像，豈非有「易主之變」之嫌邪？三五，三王之訛；三王，楚三著姓之族先公。或曰：三后，即「三楚先」，指老僮、祝融、鬻熊三人。詳參拙著《楚辭章句疏證》，則亦通。又，賦體之文，異於正史，其叙事連類麗文，本不拘先後。本書先「三后」後「堯舜」，爲其叙事所需。「三后純粹」，蓋承上「先路」言。何謂「先路」？曰：「昔三后之純粹兮，固衆芳之所在；雜申椒與菌桂兮，豈維紉夫蕙茝。」「昔三后」以下四句，即自注「先路」。楊樹達曰：「古人行文中有自注，不善讀書者，疑其文氣不貫，而實非也。《史記·田叔傳》叙田仁事云，『月餘，上遷拜爲司直，數歲，坐太子事，時左丞相自將兵，令司直田仁主閉守城門，坐縱太子，下吏誅死』。上文既云『坐太子事』，下文又云『坐太子事』，語意若有複者；其實正文乃爲『坐太子事，下吏誅死』。『時左丞相』三句乃注文，所以詳述『坐太子事』四字者也。今用新標點法表之，則爲『數歲，坐太子事——時左丞相自將兵，令司直田仁主閉守城門，坐縱太子——下吏誅死』。如此，讀者便可一見瞭然。」詳《古書疑義舉例續補》卷二第十四條「文中自注例」。「昔三后」以下四句亦屬此例，類今「插叙」之説。而「彼堯舜之耿介兮」以下四言，但申言何以得路，又何以失路。「惟夫黨人之偷樂兮」以下則叙世路之險隘，其行文縝密，若天衣密縫。又，聞一多謂此四言本在「紉秋蘭以爲佩」之後，錯亂於此。其亦不審「文中自注例」所致。據楊氏所發條例，此文以新式標點志之，若爲：

乘騏驥以馳騁兮，來吾道夫先路——
昔三后之純粹兮，固衆芳之所在；
雜申椒與菌桂兮，豈維紉夫蕙茝？
彼堯舜之耿介兮，既遵道而得路；
何桀紂之猖披兮，夫唯捷徑以窘步。

【純粹】王逸注：「至美曰純，齊同曰粹。」姜亮夫曰：「兩義近字之複合詞。不雜不變也，引申爲精美也。」朱季海曰：「《遠游》『精醇粹而始壯』，王注：『我靈強健而茂盛也。』洪氏《補注》：『班固云：「不變曰醇，不雜曰粹。」』《補注》所引即出班氏《離騷經章句》。然宋世久亡，蓋從《文選·魏都賦》『非醇粹之方壯』，劉淵林注轉引得之。據孟堅此注，知《離騷》故書，本作『醇粹』，與《遠游》同矣。」《文選·思玄賦》「何道真之淳粹兮」，李善注引此文作「淳粹」，《離騷》未必但作「醇粹」。訓「不變」、「不雜」，與王注同。案：「昔三后之純粹兮，固衆芳之所在」二句，承上文「撫壯棄穢」，以佩芳爲比用賢舉能，言三后之所以「純粹」者，固衆芳集佩於身，比群賢濟濟，來就朝也。純粹，猶服飾盛美。果如舊説，令上下二句語意不相接榫。《廣韻》上平聲第十八諄韻：純音常倫切，文部，禪紐。去聲第六旨韻：粹音雖遂切，物部，心紐。文物對轉，心禪旁紐。純粹，雙聲疊韻，連語，不可泥其訓詁字而謂由「不澆酒」、「精米」所引申。文元旁轉，字又作翠璨《莊子·達生》「𩉜然而笑」，《穀梁傳》作「粲然皆笑」。𩉜音軫，文部，粲，元部。二部通轉，言衣聲瑟瑟貌。元月對轉，字又作萃蔡。《文選·子虚賦》李善注：「萃蔡，衣聲也。」又作綷縩。《文選·藉田賦》「綃紈綷縩」是也。又作綷縩。《漢書·孝成班伃傳》「紛綷縩兮紈素聲」，顔師古注：「綷縩，衣聲。」又作倅憏。見《列女傳》。又作璀璨。見《文選·洛神賦》李善注。其字雖異，而其義皆通。狀言紛拏交錯，訓詁字又作崔錯。《文選·上林賦》「崔錯發骫」，郭璞注曰：「崔錯，交雜也。」又作𨭉錯。《文選·江賦》「鱗甲𨭉錯」，李善注：「𨭉錯，間雜之貌。」而聲之嘈雜作啁哳見《文選·藉田賦》、啁哳見《楚辭·九辯》，色之錯雜斑駁作璀璨。《文選·魯靈光殿賦》「汩磑磑以璀璨」，李周翰注：「雜采色也。」狀言盛美，字又作璀錯。《文選，魯靈光殿賦》李善注：「璀錯，衆盛貌也。」狀言衆材濟濟亦謂之璀錯。詳《魯靈光殿賦》李善注。又作摧嗺。《文選·甘泉賦》「摧嗺而成觀」，注引孟康曰：「摧嗺，林木崇積貌。」狀玉有光澤而謂之璀璨。《文選·遊天臺山賦》「樹璀璨而垂珠」。促言爲璀，《韓詩》「新臺有漼」，訓「鮮貌」是也。《毛詩》、《説文》字皆作「玼」，訓「新玉色彩」也。《禮·内司服》鄭注引《詩》又作「瑳」，又作「瑳」，言鮮美貌，并「璀璨」聲轉。純粹，猶璀璨也，狀言衆芳盛美之貌。

【衆芳】王逸注：「衆芳，諭羣賢。」案：此一語兼言二意。上承「撫壯」，言三后佩飾群芳；而實指集於三后朝廷之衆賢。昔人言：「詩以虚涵兩意見妙。」李光地《榕村語録》卷三，王應奎《柳南隨筆》卷五。《離騷》多有此語。是二句言昔我楚族三姓之先公佩服璀璨盛美，以衆芳攬集於一身之故也；比三王至治，集衆賢於一朝。

雜申椒與菌桂兮　豈維紉夫蕙茝

申椒《六帖補》卷一〇引「申椒」同今本。

【菌】洪《補》引菌一作箘，從竹。朱《注》云，菌，「或從竹」。案：王注云：「菌，薰也。葉曰蕙，根曰薰。」王氏以菌桂爲薰桂，薰蓋桂之狀詞而非名詞，但言芳香，五臣謂菌桂爲香木是也。知王注本作菌。《漢書》卷八七《揚雄傳》注，《藝文類聚》卷八九，《唐類函》卷一八八，《古今合璧事類備要》續集卷四一，《庚溪詩話》卷下，《爾雅翼》卷一一、卷一二，《施注蘇詩》卷二九，《續編珠》卷二引亦作菌。洪《補》菌音窘，朱《注》音渠隕反，錢《傳》音其隕反。渠隕、其隕二切并音窘。

【維】朱《注》謂「維當作唯，古通用」。案：用作語詞，維、唯、惟通用不別。《全芳備祖集》卷二三、《記纂淵海》卷九三引并作惟，而《庚溪詩話》卷下、《施注蘇詩》卷二九注、《古今合璧事類備要》續集卷四一引作維。

【蕙】朱《注》本作「蕙」。朱駿聲云：「疑字作蕙。蕙，籀文惠字。」案：朱說是也。惠，甲文作「」《前編》一·八·一，金文作「」《衛盉》、「」《邾大宰匿》，從叀，從心。

【茝】朱《注》引茝一作芷。案：茝、芷本一名，因方音侈斂而判爲二字，齊曰茝，楚曰芷，或本據楚音改也。詳注。《全芳備祖集》卷二三、《記纂淵海》卷九三、《施注蘇詩》卷二九、《庚溪詩話》卷下、《古今合璧事類備要》續集卷四一引亦作茝。

【紉】《文選》六臣本作紐，注云「五臣作紉」。案：紐，紉字形訛。《全芳備祖集》卷二三、《施注蘇詩》卷二九注、《庚溪詩話》卷下、《記纂淵海》卷九三、《古今合璧事類備要》續集卷四一引亦作紉。

【雜】王逸注：「言禹湯文王，雖有聖德，猶雜用衆賢，以致於治。」其注「雜」字，不甚了了。李周翰、朱子并曰：「雜，非一也。」夏大霖曰：「雜，不苟求而廣集也。」皆以「雜」言雜午、紛雜義。案：《説文·衣部》：「雜，五采相合也。从衣，集聲。」段注：「與『䑺』字義略同，所謂五采彰施於五色作服也。引申爲凡參錯之稱，亦借爲聚集字。《詩》言『雜佩』，謂集玉與石爲佩也。《漢書》凡言雜治之，猶今云會審也。」其説是非并陳。雜，本爲「五采相合」引申言集會、和合。而非借爲「集」。《國語·鄭語》「先王以土與金、木、水、火雜」，注：「雜，合也。」《楚語》「古者民神不雜」，注：「雜，會也。」《説文·酉部》：「醇，雜味也。」鄭司農《周禮》注：「涼，以水和酒也。」醇，涼一字，「雜味」猶「和味」。《列子·湯問》「雜然相許」，注：「雜，合也。」雜然，猶今謂「異口同聲」。雜，猶齊同。《方言》：「雜，集也。」《文心雕龍·情采》「五色雜而成黼黻」，五色雜，言配合五色。雜，即用聚集、配合義。謂配合申椒、菌桂以爲佩飾。雜、集古不同部，雜，物部，集，緝部，古不相通。許云雜諧集聲。失之。雜從衣，從集，會意字。譚介甫以「雜」爲「純粹」之反，言排斥，曲會其《離騷》草、木兩黨相傾之説，而視訓詁如兒戲。

【申椒】王逸注：「申，重也。椒，香木也。其芳小，重之乃香。」汪瑗曰：「椒生多重累而叢簇，故曰申椒。」李周翰曰：「申，用也。」以「申椒」爲言「用椒」。朱子曰：「申，或地名，或其美名耳。」朱駿聲則從地名説，曰：「申，山名，《西山經》有申山。」閔齊華曰：「申，香也。」姜亮夫謂申椒爲大椒。案：申椒，新夷也。申、新同真部。心審準旁紐雙聲，例得通用。《漢書·揚雄傳》「是以士頗得信其舌而奮其筆」，顔師古曰：「信，讀曰申。」又，《王子侯表》「新鄉侯」，《王莽傳》作「信鄉侯」。顔師古曰：「古者新、信同音。」椒，夷字形訛，例「寂寞」訛「遲暮」。詳上文「遲暮」注。新夷，或作新雉，香木名。《漢書·揚雄傳》「列新雉於林薄」，服虔曰：「雉、夷聲相近。」又作辛夷。《七諫·自悲》「列新夷與椒楨」，洪《補》：「新夷，即辛夷。」顔師古注：「新雉即辛夷耳，爲樹甚大，非香草也。其木枝葉皆芳。」朱駿聲《説文通訓定聲》謂「樹如杜仲，花如小蓮，一名木筆」。洪《補》曰：「《本草》云：『辛夷樹，大連合抱，高數仞，此花初發如筆，北人呼爲木筆，南人呼爲迎春。』」《本草綱目》曰：「辛夷，《釋名》：辛雉、侯桃、房木、木筆、迎春。」《九歌・湘夫人》「辛夷楣兮葯房」，王逸以「辛夷」爲香草，非格物之選。

【菌桂】王逸注：「菌，薰也。葉曰蕙，根曰薰。」以「菌桂」爲二物。洪《補》、吴仁傑因《本草》「箘」字從竹，謂箘桂，竹名，竹之有如桂之芳香者。王引之因《本草》「正圓如竹」説，謂「竹圓謂之箘，故桂之圓如竹者亦謂之箘」。又，錢杲之謂「菌桂，桂之薄卷者」。李時珍《本草綱目》采用錢説。胡紹瑛曰：「《文選・南都賦》『芝房菌蠢生其限』，注：『菌蠢，是芝貌。』此云『菌』，當是桂貌。桂之鬱積輪⿰車居，謂之菌桂。」歧説紛拏，未知所從。案：王氏「菌，薰也」之注，蓋以通語釋楚言。《屈賦》二十五篇無言「薰」，但言「菌」。菌，楚語；薰，雅言。楚人葉謂之蕙，根謂之菌。本不以「菌桂」爲蕙、桂二物。下文「擥木根以結茝兮，貫薜荔之落蕊；矯菌桂以紉蕙兮，索胡繩之纚纚」。言「矯菌桂以紉蕙」，菌非蕙根名。《七諫・白悲》「飲菌若之朝露兮」，《九歎・怨思》「菀蘼蕪與菌若兮」，「菌若」連文。果以「菌」爲「若」疏狀字，豈若有「正圓如竹」、「鬱積輪⿰車居」者歟？《九懷・匡機》「菌閣兮蕙樓」，菌、蕙互文，取芳潔。菌桂，即芳芷、芳茝、芳椒、幽蘭、石蘭之例。菌，桂疏狀字，猶芳桂也。《説文・艸部》但有薰而無蕙字，朱季海曰：「《淮南・説林》『腐鼠在壇，燒薰於宫』，《漢書・龔勝傳》『薰以香自燒』。上皆薰，不言蕙。《淮南》多記楚語，蓋薰楚語也。」據王注，薰、蕙之别，在於葉與根。屈賦恒言蕙、言菌，而不言薰。薰，非楚語。甲文、金文蕙字從叀，從心，叀亦聲。菌、蕡文部。蕡，唇音；菌，溪紐，淺喉音。蕡之爲菌、爲蕙，由唇轉喉爲薰，文物平入對轉。《漢書・叙傳》注引《三家詩》：「薰勳，帥也。」《後漢書・蔡邕傳》李賢注：「勳，帥也。」薰、勳皆「帉」字假借，帉，諧分聲，唇音。轉喉音字爲薰，又爲蕙。《説文》有「蕡」字，曰：「蕡，雜草香。从艸，賁聲。」古字爲芬，蕙之本字。楚音轉讀爲菌。今閩語、温州語「分」如「昏」，「非」如「徽」，轉唇爲喉，蓋楚音遺存。

【豈維】豈維，本書凡二見。下文「豈唯是其有女」是也。《説文》段注曰：「豈，其意若今俚語之難道。」姜亮夫曰：「楚辭十四見，則皆爲語詞，其含義與近世口語中之『難道』、『何許』、『怎麼』近。其作用以反詰爲主，亦時含推度性之疑問。」案：今語「難道」，雖用反詰疑問，多爲有所疑而問難之。豈者，無疑而問，斷然肯定。《詩·行露》「豈不夙夜」，毛《傳》曰：「豈不，言有是也。」爲決然肯定，一無所疑。豈，猶否也；豈不，謂「有是」也。皆非今語「難道」之所能盡。王注「言禹湯文王，雖有聖德，猶雜用衆賢，以致於治，非獨索蕙茝，任一人也」，以「豈維」爲「非獨」，以「豈」用爲否定反詰之辭，而非「推度性之疑問」。

【蕙茝】王逸注文「非獨索蕙茝，任一人也」，以「蕙茝」爲一草。案：蕙，古芬字。蕙茝，芳茝。蕙、菌皆楚語。上言「菌桂」，此言「蕙茝」，因方音而兩用之，爲賦家宏麗其文之術。至長卿、子雲輩，濫用無則，致令一物或一語而三用、四用者，説者據以格物，必不可通。嵇含、沈括、洪《補》以下注家不審於此，而誤以蕙、菌爲二草，謂蕙爲蘭之一幹數花者。吴仁傑又未知茝、芷一草而强分二物。皆非格物之選。

是二句言三后服飾衆芳，雜和新夷、芳桂爲佩，非獨用芳茝一草也。比三后治致，廣引賢能，非獨一人一黨也。

第七韻：在、茝

陳第曰：「在，音止。」戴震曰：「在，古音且禮切。」江有誥曰：「在，才里反。」案：江説是也。在，之部，從紐一等開口，楚人侈口讀之，爲從紐二等合口。止，之部，而聲爲照紐三等合口，在、止不同聲。「且禮」行韻爲脂部、精紐四等開口，去「在」古音遠甚。在，古音爲[dzrʷe]。陳第、戴震同曰：「茝，古音齒。」江有誥曰：「茝，音齒，之部。」案：茝，楚音芷，爲[tɕiə]。在、芷古同之部。

彼堯舜之耿介兮　既遵道而得路

彼堯舜《文選》卷二七顏延年《始安郡還都與張湘州登巴陵城樓作詩》注、《山谷内集詩注》卷一七注、《古今合璧事類備要》續集卷四一引「彼堯舜」二句并同今諸行本。

耿《文選》六臣本音古迥切。洪《補》、朱《注》音并同，洪、朱又音古幸切。《群經音辨》：「耿耿，憂也，古幸切。耿，光也，工迥切。《書》『上帝之耿命』。又古幸、公永二切。」案：工迥、古迥音同，爲「耿光」之耿。「古幸」爲「耿憂」之耿，蓋悻字。

【彼】，與下文「夫唯」之夫爲對文，遠指，類今語「那」、「那些」。

【堯舜】王逸注：「堯、舜，聖德之王也。」案：堯、舜皆古之聖君，其事人神雜糅。《説文・垚部》：「堯，高也。从垚，在兀上，高遠也。」段注：「堯，本謂高，陶唐氏以爲號。《白虎通》曰：『堯猶嶢嶢也。嶢嶢，至高之皃。』……堯之言至高也。舜，《山海經》作『俊』。俊之言至大也。皆生時臣民所稱之號，非謚也。」段氏謂堯爲「至高」、舜爲「至大」者。《尚書・堯典》《史記・五帝本紀》載言，堯，帝嚳之子。名放勳，封唐侯，號陶唐氏。帝嚳、帝俊、帝舜本一人，東夷先祖。故堯子名丹朱，鳥也。堯，猶嬈也。嬈，姚古一字。《説文・女部》：「姚，虞舜居姚虛，因以爲姓。从女，兆聲。或爲姚，嬈也。」「虞舜居姚墟」，即堯禪帝位於舜也。傳言舜娶堯女娥皇、女英，血緣婚姻遺習，摩爾根所謂「野蠻期」。又，《説文》：「舜，艸也。楚謂之蒚，秦謂之藑，蔓地連華，象形。」《艸部》又有

「蕣」字：「蕣，木堇，朝華暮落者。从艸，舜聲。《詩》曰『顏如蕣華』。」《詩·鄭風·有女同車》作「舜」，毛《傳》曰：「舜，木槿也。」舜、蕣古今字。《山海經·海外東經》：「有薰華之草，朝生夕死。」郭璞注：「薰，或作堇。」《呂氏春秋·仲夏紀》「木堇榮」，高誘注：「木堇朝榮暮落，是月榮華可用作蒸，雜家謂之朝生。」《莊子·逍遥遊》「朝菌不知晦朔」，《釋文》引支、潘説「朝菌」爲「蕣英」。舜本朝生夕落之木堇，稱日陽之木。東夷先民視日升降，猶似木堇之朝榮暮落，遂名其先祖爲舜，蓋其族之社也。此亦符合法人布留爾所謂原邏輯思維之「類似律」或「聯想律」。舜又名重華：重，楚先重黎之重，言燭也，明也。華，言光明也。重華，蓋楚人專稱帝舜之名，亦日陽光明之號。詳下文「重華」注。考屈賦帝堯不入宗教，唯以三代以往之故事、信史稱之，帝舜既見三代信史，又見諸宗教。若出於信史，則稱舜；而見於南楚宗教，則稱重華。

【耿介】王逸注：「耿，光也；介，大也。」蔣驥曰：「耿，明；介，守也。」胡文英曰：「耿介，明而有分辨也。」王樹枏引《文選·射雉賦》徐爰注曰：「耿介，專一也。」楊樹達謂「耿介」二字平列，「耿」即「H」之假借，「H象遠界，即有界義，故古以『H介』連文，耿乃借字也。耿介者，廉潔自持，不妄取與，猶今人言界限分明也」。詳《積微居小學述林·楚辭「耿介」説》。聞一多曰：「耿介，猶高潔也。」案：「彼堯舜之耿介」以下四句，承上「先路」，取義於駕車行路。「耿介」訓「光大」、「明守」、「專一」、「界限分明」、「高潔」者，皆失其旨，耿介，言行路堅確不貌。宋玉《九辯》「獨耿介而不隨」，王逸注：「執節守度，不枉傾也。」不隨，王注「不枉傾」，借隨爲墮。隨、墮古通用。墮，言倒仆。耿介、不墮對舉爲文，耿介，猶不墮。言余行路獨堅確特立而不墮仆。引申言專一、守信、忠貞。《九辯》又云「負左右之耿介」，言君棄左右賢臣之忠貞。王注「恃怙衆士，被甲兵也」。則以「耿介」爲甲胄之名，失之。《七諫·哀命》「惡耿介之直行兮，世溷濁而不知」，言惡忠貞專一之直行。聲轉字作悃款。《卜居》「吾寧悃悃款款朴以忠乎」，王逸注：「竭誠信也。」又作悾款。《晉書·傅玄傳》「苟明公有以察其悾款，言豈在多」。悾款，忠信也。婞直剛愎亦謂之耿介，美惡同辭。《公羊傳》

僖十六年何休注「五石」、「六鷁」曰：「石者，陰德之專也；鷁者，鳥中之耿介者也。皆有似宋襄公之行。襄欲行霸事，不納公子目夷之謀，事事耿介自用，卒以五年見執，六年終敗，如五石、六鷁之數。」焦循《易餘籥録》卷三引此文，謂「古人不重耿介如此，耿介猶云婞直」。又狀情態激昂貌，字又作忼慨。《哀郢》「好夫人之忼慨」，朱熹注云「激昂」是也又作慷慨。《後漢書·齊武王縯傳》「性剛毅，慷慨有大略」是也。又作忼愾。《晉書·陸機傳》「登壇論忼愾」是也。又作慷愾。《文選》陸機《漢高祖功臣頌》言「周苛慷愾」是也。狀言水流激越字作沆溉。《漢書·司馬相如傳》「滂濞沆溉」，司馬彪曰：「沆溉，徐流也。」狀言倔彊不撓字作強項。《後漢書·楊震傳》「卿強項，真楊震子孫」是也。皆堅確不蹞之引申。姜亮夫云：「又由此一義之衍，則曰骨骾，曰骾固，曰剛果，曰果敢，曰鞏固，曰頡傾，曰强項，曰剛介，曰撟健，反義則有詭黠、撟虔、鬼譎、杆格、格杆，聲轉則有句曲、局蹐、局促，以指名物則有滑稽、桔槔、詰詘、蹇吃、詰詰、籧曲、擊觳、鉤格、鉤釪、劇數之不能終其物。」果以其聲轉爲限，局蹐、局促、鉤釪等字不得爲其語之音變，多失之濫。案：局蹐、局促、鉤釪皆非雙聲。

【遵】王逸注：「遵，循也。」案：遵、循古音義并同，其音但有開合之别。遵爲開口，循爲合口。漢世以下，遵、循始分爲二字。遵多言於遵行倫理、道德，其義抽象。循，循行也，其義具體。周秦古世無此分别。《詩·汝墳》「遵彼汝墳」，《騷》下文「遵赤水而容與」。屈賦用「遵」字者有四，皆用循行義。

【道】王逸注以「道」爲「天地之道」。張鳳翼謂「道」指「所由以適於治之路」。雖無礙於義，實失其旨。案：「遵道」之道，同上文「道夫先路」之道，指導引之人。遵道，即遵導，言遵循導者所引。

【路】王逸注：「路，正也。」案：正之爲言征也。正、征古通用，王氏注文以假借字爲之。征，行也。王氏以「路」爲動詞，謂行征義。洪《補》曰：「路，大道也。」洪氏以路爲名詞。案：得路、窘步對舉爲文，窘步，不得通行；路猶步，用作動詞。王注未可移易。

是二句言堯舜之所以耿介不蹞，以其能遵循導者所引而得通行也，喻堯舜所以特立有功、終始未敗者，以能任賢用能而國得治、政得明也。

何桀紂之猖披兮　夫唯捷徑以窘步

猖披《文選》六臣本作昌披，洪《補》引猖一作昌，引《釋文》作倡；披，一作被。洪謂「被音披」。朱《注》本作昌被，引昌一作猖，又引一作倡，被，一作披。朱謂被、披同匹皮切。錢《傳》引猖一作昌，一作倡；披一作被。日本新撰《字鏡》卷六引原本《玉篇》引作昌帔，《施注蘇詩》卷一九、《後漢書》卷二八下《馮衍傳》注、《古今合璧事類備要》續集卷四一、唐寫本《文選集注》、黎氏景元刊朱《注》本作昌披。案：猖披，連語，言行不正貌，其義不在形體，故不必拘其字形。詳注。又《五百家注昌黎文集》卷一注乙作披猖。蓋王氏本作「被」，後因注改「被」爲「披」。被、披古今字。包山楚簡但用被，無披字。《群經音辨》曰：「披，張也，普碑切。披，分也，普彼切。」又：「被，不帶也，普爲切。」又：「所以覆者曰被，部委切。所以覆之曰被，部僞切。」據王注，披讀爲被，音普爲，部委二切。「普爲」之爲讀平聲，普爲、部委、匹皮音同。

夫朱《注》本夫音扶。案：夫音方無切，扶音防無切。朱氏清濁互用。《廣韻》上平聲第十虞韻：夫、扶同音甫無切，不分清濁。而《玉篇》夫音甫俱切，扶音防無切，清濁已分。

唯錢《傳》本作維，云「一作唯」。洪《補》引唯一作雜。案：朱子《辯證》曰：「『惟庚寅吾以降』、『豈維紉夫蕙茝』、『夫唯捷徑以窘步』，據字書，惟從心者，思也；維從糸者，繫也。皆語辭也。唯從口者，專辭也，應辭也。三字不同，用各有當。然古書多通用之，此亦然也。」《離騷》惟、唯、維三字通用者，作語助辭，幾不能別。夫唯，猶此因、因此也，作唯是也。作雜者，非也。《文選》卷九《東征賦》注、卷二六顏延年《和謝監靈運》注，《施注蘇詩》卷四，《後漢書》卷二八下《馮衍傳》注引亦作唯。而《古今合璧事類備要》續集卷四一、《分門集注杜工部詩》卷一七、《九家集注杜詩》卷一二引作惟。

【何】猶何爲也。何桀、紂猖披倒仆也？自問。曰：夫唯捷徑而窘步。自答。二句互成因果，上爲果，下爲因。

【桀紂】王逸注：「桀、紂，夏、殷失位之君。」學者多以桀、紂爲其在位時名。案：《說文·桀部》：「桀，磔也。」《石部》：「磔，辜也。」辜之爲言刳也。《掌戮》「殺王之親者辜之」，注：「辜之言枯也。」段注：「磔，開也，張也，刳其胸腹而張之，令其乾枯不收。」段氏調和磔刳、辜枯二訓，不審枯亦刳字假借。《謚法》曰：「賊人多殺曰桀。」《呂氏春秋·功名》高誘注：「殘義損善曰桀。」蔡邕《獨斷》曰：「殘人多累曰桀。」桀取義刳磔，非其在位時名。蓋後世因其敗德而附會之。桀之爲言舛也。《夕部》：「舛，跨步也。从反夕。舝從此。」段注：「跨，當作夸，夸步，謂大張其兩股也。」舛有張開義。刳人胸腹，張而開之，字作桀。桀、舛爲歌月平入對轉，溪群旁紐雙聲。字又作剮，本爲冎，言鬄人肉而置其骨。夏、殷諸王，皆以甲子爲名，《夏本紀》稱桀爲帝履癸，癸即其名。桀，殷人所加，非其真名。夏桀本事，見載《尚書》、《史記》，言桀不務君德，諸侯多畔，商湯率師伐之；桀走鳴條，遂放南巢而死。屈賦言桀者三，本書有二，此曰「猖披」，下曰「常違」，言桀失德無道。《天問》：「桀伐蒙山，何所得焉？妹嬉何肆？湯何殛焉？」叙言桀失德本事。紂，非名，蓋周人所加，取義於戕害。《呂氏春秋·功名》高誘注：「殘仁多累曰紂。」桀、紂義同。《說文·糸部》：「紂，馬緧也。从糸，肘省聲。」紂本無戕害義，或爲受。《西伯戡黎序》「奔告于受」，孔傳：「受，紂也。」受訓相受，亦無磔戮義。紂之爲言剿也。紂音徐柳切，幽部，邪紐；剿音子小切，宵部，精紐。幽宵旁轉，精邪旁紐。《刀部》：「剿，絕也。」字或作劋。《書·甘誓》「天用剿絕其命」，言剿滅其命。剿，絕斷、傷害義，象殷紂之德。《史記・殷本紀》謂紂爲帝乙之子，名辛。天下謂之紂。亦以紂非其真名。史載紂資辨捷疾，聞見甚敏，膂力過人，知足以距諫，言足以飾非，矜人臣以能，高天下以聲。好酒淫樂，惑於婦人，寵妲妃，用雷開，戮梅伯，醢比干，卒致衆畔親離。武王乘之起事，誅紂於牧野。屈賦言紂，大氐同《史記》。本書亦二見，曰「猖披」，曰「菹醢」，皆紂無道事。《天問》載之甚詳。桀、紂雖信有其人其事，而桀出於殷人所敵愾，紂出於周人所敵愾，非其在位時之名也。

【猖披】王逸注：「猖披，衣不帶之貌。」劉良曰：「昌披，謂亂也。」洪《補》引《廣雅》字作「裮被」，曰：「不帶也。」汪瑗曰：「猖，狂也。披，亂也。」陳遠新曰：「昌披，猶言放肆。」胡文英曰：「猖被，放縱無檢束，如不介馬而馳之類也。」朱駿聲曰：「據王注，是『昌披』讀爲『褰被』。愚按當讀爲倀跛。倀，狂也。跛，行不正也。」詹安泰謂「猖披」之「本義是穿衣不繫帶，引申爲猖狂邪亂」。朱季海謂「以喻桀紂之政教墮弛，法度敗壞」也。朱駿聲謂「行不正」，不與衆同。案：「何桀紂之猖披兮，夫唯捷徑以窘步」二句，就乘輿駕馭爲言，「猖披」意藴宜於此發之。猖披、耿介爲對文，即耿介之反。耿介，言行路堅確不墮；猖披，猶踉蹌不正。錢《傳》曰：「猖披，行不正貌。桀紂失道，彼唯捷行邪路，而自窘急其步。」錢澄之亦曰：「耿介，言不爲捷徑所惑；昌披，言不由道路以行。得路者安坐而至，窘步者覆轍以亡。」頗會屈子本心。猖披，連語，狀摇擺不穩，失蹶倒仆。或文爲傷破。《易林・大畜之睽》「心志無良，傷破妄行」。又作昌披。《觀之大壯》「昌披妄行」。倒文爲披猖。《北齊書・王晞傳》「萬一披猖，求退無地」。披猖，倒仆也。聲變字作崩倀。《廣韻》上聲映韻四十三「崩倀，失道貌」。狀水波動蕩不定字作磅唐。《文選・長笛賦》「硏田磅唐」。又作播蕩，狀遷徙流離無所止。《左傳》襄二十五年「成公播蕩」，杜預注：「播蕩，流移失所。」或作波盪。《文選・西京賦》「河渭爲之波盪」，薛綜注：「波盪，摇動也。」又作波蕩，《後漢書・公孫述傳》「四海波蕩」是也。又作簸揚。《詩・小雅》「不可以簸揚」是也。披猖亦言流宕貌。李山甫《寒食詩》二首「風烟放蕩花披猖」是也。倒文或作揚波。《九歌・河伯》「衝風起兮水揚波」是也。歌月平入對轉爲滯沛，《文選·上林賦》「奔揚滯沛」,李善注:「滯沛,奔揚之貌。」而踣跟倒仆作顛波。《文選·琴賦》「爾乃顛波奔突」是也。又作顛沛。《論語》「顛沛必於是」,馬融注:「顛沛,僵仆也。」又作頓仆。《説文·犬部》:「獘,頓仆也。」又作顛仆。《詩·賓之初筵》鄭《箋》「無使顛仆」是也。又作顛踣。《後漢書·蔡邕傳》「從而顛踣」是也。又作顛狽。《後漢書·馬融傳》「顛狽頓躓」是也。又作猖敗。魏孝文帝《弔比干文》曰「何桀紂之猖敗」是也。又作顛匐。《梁書·王僧孺傳》「顛匐可俟」是也。又作填仆。《魏書·術藝殷紹傳》「填仆溝壑」是也。又作瘨仆。《漢帝堯碑》「輒赴瘨仆」是也。慧琳《一切經音義》卷一五引《聲類》曰:「狼狽,猶蹎跟也。」狼狽,猖披異文。庚案:連語「昌羊」、「倡佯」、「猖洋」之異文,又作「儴徉」、「儴佯」、「襄羊」。襄者息良切,孃音女良切,攘音汝羊切,讓音人漾切,壤音如兩切,曩音奴朗切。則襄聲之字或泥紐,或娘紐,或日紐,或心紐。章太炎謂古泥、日來不别。是以猖又有來紐之聲。則猖披、狼狽爲一聲之變。《説文·癶部》字作「刺癶」,謂「足刺癶也」。《龍龕手鑒·足部》字又作「蹳蹞」,謂「行不正也」。倒文爲撥刺。《淮南子·脩務訓》「琴或撥刺」,高注:「撥刺,不正也。」又作狼貝。《後漢書·任光傳》「狼貝不知所向」是也。又作披攘。《三國志·魏志·陳思王植傳》「九土披攘」是也。狀車覆字爲顛覆。《詩·抑》「顛覆厥德」是也。又爲顛覆。見《北史·裴叔業傳論》。又作敗績。詳下文所釋。其隨文所用,各書以訓詁字,是以異構紛繁,解者宜因聲而求其義。此言桀紂行不由徑,輿覆人仆,以喻其國破人亡。

【夫唯】錢《傳》曰:「夫,猶彼也。」案:夫、彼析言有别,混言則同。「夫」與上文「彼」對舉爲文,夫,近指,類今語「這」、「這些」。夫,此也。故「夫唯」倒爲「唯此」下「惟此黨人其獨異」是也、「惟兹」下「惟兹佩之可貴兮」是也、「惟時」《天問》「惟時何爲」是也。朱季海曰:「『夫唯』以下乃自答曰:『衹以捷徑窘步之故也。』楚人言『夫唯』,猶云『衹以』、『正因』之比,多用於詮釋所由。《老子》凡稱『夫唯』,每與『故』或『是以』連文如云「夫唯弗居,是以不去」,「夫唯不可識,故强爲之容」,不備舉,其義可見已……又云,『夫維猶『夫唯』,上文唯一作維也。聖哲以茂行兮,苟得用此下土』。王注云:『哲,智也。下土,謂天下也。言天下之所立者,獨有聖明之智,盛德之行,故得用事天下,而爲萬民之主。』尋叔師之言,妙達屈平辭氣,其曰『故得』云云,信足爲楚語傳神矣。」案:王逸注「言桀紂愚惑,違背天道,施行惶遽,衣不及帶，欲涉邪徑，急疾爲治，故身觸陷阱，至于滅亡，以法戒君也」，以「故」釋「夫唯」，誠爲「用於詮釋所由」。《玉篇·心部》：「惟，爲也。」惟、唯古通用。《尚書·益稷》「萬邦黎獻共惟帝臣」，《召誥》「無疆惟休，亦無疆惟恤」，《君奭》「惟休，亦大惟艱」。惟，言爲也。爲，因也，以也，表示事由。詳王引之《經傳釋詞》卷一。「夫唯」，同「是以」、「是因」、「是爲」之類，介賓短語，而非今語「正因」、「祇以」也。蓋中土言「是以」、「以是」，而楚語用「夫唯」、「唯夫」也。朱君雖知「夫唯」爲楚語，而合二字爲一義，視如連詞。非也。王注但釋「唯」義，「夫」字蓋略之耳。

【捷徑】王逸注：「捷，疾也，徑，邪道也。」洪《補》曰：「捷，邪出也。《論語》曰，『行不由徑』，徑，步道也。」游澤承謂「捷之義爲速，求速達者，輒循邪徑以行，故曰捷徑」。案：捷徑，猶「遵道」之比，述賓短語，捷，動詞，而非飾語，不解「快速」、「旁邪」。捷之爲言插也。《儀禮·士冠禮》鄭注：「建柶扱柶於醴中。」《釋文》扱作捷，曰：「初洽反，本又作插。」《釋名·釋姿容》：「睫，插也，接也。插於眼眶而相接也。」《國語·晉語》「不如捷而行」，注：「旁行爲捷。」即穿插義。《說文·手部》：「插，刺内也。从手，臿聲。」引申言穿插義。插徑，猶今語「抄小路」。《說文·木部》：「苿，兩刃臿也。」《方言》卷五曰：「臿，宋、魏之間謂之鏵，或謂之鍏，江淮南楚之間謂之臿。」《廣雅·釋器》字作疀，從甾，疌聲。插、捷皆楚語。徑，步道也。車道謂之路，步道謂之徑，徑爲小道之名。後世言「捷徑」，皆祖構《離騷》作「抄小路」解。《後漢書·張衡傳》「捷徑邪至」，《文選》阮步兵《咏懷詩》「捷徑從狹路」，《東征賦》「求捷徑欲從誰」。又《淮南子·本經訓》「接徑歷遠」，高注曰：「接，捷也。」接、捷并讀如插，三字古通用。

【窘步】王逸注：「窘，急也。」陸善經曰：「窘，迫也。」案：《說文·穴部》：「窘，迫也。从穴，君聲。」君無急迫義。君之爲言困也。《史記·季布欒布列傳》「窘漢王」，《集解》引如淳曰：「窘，困也。」《詩·正月》「又窘陰雨」，毛《傳》：「窘，困也。」《玉篇·穴部》：「窘，困也。」又，《孫子·行軍》「數賞者，窘也；數罰者，困也」。窘、困互文見義。困，許云本解「故廬」。段注：「困之本義爲止而不過，引申之爲極盡。」《論語·學而》「困而不學」，孔安國曰：「困，謂有所不通也。」困於穴者謂之窘，窘，假聲字。步，行也。《招魂》「步騎羅些」，王注：「徒行爲步。」窘步，言困窘不得行。

是二句言桀紂輿覆人踣，踉蹡失蹤者，何也？此爲穿插邪徑，困迫不得通行之故也。

第八韻：路、步

路，去聲，古音爲[la:k]江有誥曰：「步，魚部。」案：步亦去聲，古音爲[ba:k]。路、步同鐸部之長入。

惟夫黨人之偷樂兮　路幽昧以險隘

夫《文選》六臣本、朱《注》本、錢《傳》本及《古今合璧事類備要》續集卷四一引「惟」下無夫字。朱、錢引一有夫字，洪《補》本有夫字，引一無夫字。案：王逸注「言己念彼讒人相與朋黨」，以「彼」釋「夫」，王本有夫字。「惟夫」，猶惟此，屈賦常語。下文「惟此黨人其獨異」、「惟此黨人之不諒兮」。屈賦「惟夫黨人」、「惟此黨人」、「黨人」前皆冠以「夫」字者，表示加重語氣，猶今語「這黨棍」。朱季海曰：「此文望余言之，故以黨人爲彼。」亦心知其意。

樂 朱《注》樂音洛，《群經音辨》曰：「樂，五聲八音總名也，五角切。樂，悦也，盧各切。樂，欲也，五教切。樂，治也，音療。《詩》：『泌之洋洋，可以樂飢。』」案：「偷樂」之樂，言悦，音盧各切。《廣韻》入聲第十九鐸韻：

樂、洛同音盧各切。

【險】黎本《玉篇·阜部》引作险。案：险，俗險字。

【隘】洪《補》引《遠遊》作阨，謂「阨、隘一也」。黎本《玉篇·阜部》引作阸、慧琳《一切經音義》卷四一引王注亦作阸。《文選》卷九《北征賦》注引作阨。《古今合璧事類備要》續集卷四一引亦作隘。案，隘、阸、阨一字。阸，俗阨字。朱《注》隘音於懈反。

【惟】朱《注》「惟」字訓「思念」義。案：汪瑗曰：「惟，語詞。」惟，猶因也，爲也，詮釋事由，即同上文「夫唯」之唯。「惟」下當從一本有「夫」字。惟夫，猶惟此非今口語「因此」，倒文爲「夫惟」。

【黨人】王逸注：「黨，朋也。《論語》曰『朋而不黨』。」案：《衛靈公》作「君子羣而不黨」。黨、朋混之則同，析之則別。《述而》「吾聞君子不黨」，《集解》引孔安國、皇《疏》曰：「相助匿非曰黨。」《國語·晉語》「比而不黨」，韋昭注：「阿私曰黨。」《説文·鳥部》：「朋，古文鳳也。鳳飛羣鳥從以萬數，故以爲朋黨字。」鳳，吉祥鳥。衆鳥從鳳，是象從善，故爲友朋之稱。《説文》黨字作攩，曰：「攩，朋羣也。从手，黨聲。」《黑部》：「黨，不鮮也。从黑，尚聲。」姜亮夫曰：「黨訓不鮮，凡陰暗、陳腐、秘密之物，皆不鮮，而人之陰謀，詭詐，自私，謬妄，乃至相結爲私，凡不能正大光明者，皆可曰不鮮。」其析字説義不異荆公《字説》。案：鮮，明也。《易·説卦》「爲番知鮮」，《釋文》：「鮮，明也。」《淮南子·俶真訓》「華藻鋪鮮」，高誘注：「鮮，明好也。」不鮮，猶不明。故黨字從黑，而後以「曭」字專此義。《楚辭·遠遊》洪《補》曰：「曭，日不明也。」又，《方言》卷一〇：「鮮，好也。」不明曰黨，不好亦曰黨，義相貫通。物之好者必稀少，故鮮又爲少義。《尚書·無逸》「惠鮮鰥寡」，孔疏：「鮮，少乏也。」《易·繫辭》「故君子之道鮮也」，《釋文》：「鮮，盡也，又少也，亦善

惟夫黨人之偷樂兮　路幽昧以險隘

也。」少、盡亦謂之鮮，「不鮮」猶不少，是以衆多亦謂之黨。《莊子·繕性》「物之黨來寄也」，崔譔曰：「黨，衆也。」攩，蓋漢世分別文。凡言「朋黨」之禍，必稱漢之「黨錮」或者唐之牛李，屈子固曰「黨人偷樂」，則其時楚國業已有之矣。蓋君子之與小人，雖不相容之若冰炭，其相附麗而須臾不離也，故有君子者則必有小人，有小人必有朋黨。夫君子與君子友，同氣相求也，處事以公以善，則未爲「黨」；小人與小人比，同惡相濟也，行事以私以曲，則稱曰「黨」。忠賢在位則讒佞斥，讒佞得勢則忠賢退，惟在君主之察審與否爾。下文承之曰「荃不察余之中情」，故指斥黨人，實以斥楚懷王昏亂矣。

【偷樂】王逸注：「偷，苟且也。」案：《説文》但作「愉」字，《心部》曰：「愉，薄也。从心，俞聲。《論語》曰：『私覿愉愉如也。』」段注：「此『薄也』當作『薄樂』也，轉寫奪『樂』字，謂淺薄之樂也。引申之，凡薄皆云愉。《唐風》『他人是愉』，《傳》曰：『愉，樂也。』《禮記》曰：『有和氣者，必有愉色。』此愉之本義也。毛不言『薄』者，重樂不重薄也。《鹿鳴》『視民不恌』，《傳》曰：『恌，愉也。』許書《人部》『佻，偷也』。《周禮》『以俗教安，則民不愉』，鄭注：『愉，謂朝不謀夕。』此引申之義也。淺人分別之則制偷字，从人，訓爲偷薄，訓爲苟且，訓爲偷盜，絶非古字，許書所無。然自《山有樞》鄭《箋》云：『愉讀曰偷，偷，取也。』則不可謂其字不古矣。」其説至精。愉，俞聲，本訓「空中木爲舟」見《舟部》，無薄義。俞之爲言逾也。《廣雅·釋詁》：「逾，遠也。」《漢書·叙傳》「福逾刺鳳」，顏師古注：「逾，遠也。」遠則薄，近則厚，義本相通。言樂之逾遠是爲愉，借聲字。又，《説文·木部》：「樂，五聲八音總名，象鼓鞞，木，虡也。」段注：「『音』下曰：『宫商角徵羽，聲也。絲竹金石匏土革木，音也。』鞞，當作鼙，俗人所改也。『象鼓鼙』，謂『𢆶』也。鼓大鼙小，中象鼓，兩旁象鼙也。」姜亮夫曰：「所謂『象鼓鞞』者，指『𢆶』而言，中象鼓，而兩旁𢆶象鞞，下從木者，鼓架之屬也。或以用鼓鞞製，則原始民族，音樂極簡，瓦缶飪器，乃至工作之具，如石斧無不可用爲樂。蓋其始不過爲節奏而已，故初爲扣擊之器。蓋進而有絲竹金石之音，雜合衆器，而求其調，則有五聲八律之製，而音樂全矣。後世群樂雖繁多，而鼓鞞始終爲樂中之領袖。一則因於故習，一則因於節奏之不可無專樂，故樂字乃得象鼓鞞也。」案：姜説考之民俗，可補段君所未備。樂本五聲八音之總稱，當在絲竹金石之器大備、五聲八律齊備之後。甲文樂字作「」《京津》三七二八、「」《續》三·二八·五，金文作「」《樂鼎》、「」《召樂父匜》。𢆶，絲古文。絲以繫木，象琴瑟。據殷周古文，樂字唯瑟之總名，未以概鼓也，故樂字不從白而作𣛧。周秦季世，樂之名概言鼓，故字從而作樂。許氏但據必周秦之文爲説。段、姜因襲其説，亦未之審耳。此文「偷樂」，用引申義，泛言可悦事。

【路】王逸注：「路，道也。」案：此與上言「得路」異。上文「路」，行也。此文「路」，名詞，指世路。是章從「路」鋪開，始言「先路」，次言所以得路，又所以失路，至此轉叙世路，其文環環相扣，無隙可批。

【幽昧】王逸注：「幽昧，不明也。」案：幽昧，連語，聲變字作暗漠《九辯》「下暗漠而無光」是也，又作晻昧《漢書·元帝紀》「三光晻昧」是也，又作扼昧見《韓非子·備内》，又作翳没見《文選·吊魏武帝文》，又作鬱没見《漢書·司馬相如傳》，又作堙没見《史記·封禪書》，皆謂不明貌。其所以不明，以有蔽障故也，訓詁字作幽蔽《九章·懷沙》「脩路幽蔽，道遠忽兮」是也，又作壅蔽《九辯》「猋壅蔽此明月」是也，倒言爲蔽壅《惜往日》「壅諒聰不明而蔽壅」是也，又爲蔽隱《惜往日》「獨彰壅而蔽隱」是也。隱没不見而作動詞者則爲隱伏《悲回風》「獨隱伏而思慮」是也，又作陰伏《漢書·韓安國傳》「陰伏而處，以爲之備」是也，又作隱閔《思美人》「寧隱閔而壽考」是也。隱於中心，澀於宣泄，其訓詁字又作隱憫《哀時命》「然隱憫而不達」是也。溷而不分則爲曹闇《天問》「冥昭曹闇」是也。狀目視朦朧不辨，恍忽迷離者字作嬰茀《天問》「白蜺嬰茀」是也，或作幼眇、要眇、窈妙、杳冥、窈杳等，蓋與怫鬱、怫愲、紛蘊爲一字嬗變。《九嘆·離世》：「羣阿容以晦光兮，皇輿覆以幽辟。」王注：「幽辟，闇昧也。」幽辟、幽昧、闇昧，亦聲轉字。

【險隘】王逸注：「險隘，諭傾危。」又，《七諫·怨世》「何周道之平易兮，然蕪穢而險戲」，王逸注：「險戲，猶言傾危也。」王氏以險隘、險戲同訓傾危，非喻義。雖一人注書而前後錯雜。洪《補》曰：「隘，狹也。《遠遊》云『悲世俗之迫阨』，相如《大人賦》作『迫隘』。阨、隘一也。」朱子曰：「險，臨危也；隘，履狹也。」案：《説文·𨸏部》：「險，阻難也。从𨸏，僉聲。」考「僉聲」字多含收束義。《攴部》：「斂，收也。从攴，僉聲。」《人部》：「儉，約也。从人，僉聲。」《手部》：「撿，拱也。从手，僉聲。」段注：「凡斂手宜作此字。」山𨸏狹如收束者是爲險，隘，《説文》在《𨺅部》，字作「䧢」，曰：「陋也。从𨺅，𦓐聲。𦓐，籀文嗌字。」言山𨸏狹如喉嗌字爲䧢，形聲兼轉注。許氏隘訓「陋」，言攏也。陋、攏二字爲侯東陰陽對轉，同來紐雙聲。阨，爲隘異文，戲、隘屬支歌旁轉，故險隘亦作險阨、險戲。險隘平列同義，引申言傾側、傾危，非喻義。

是二句言以是黨人苟且偷樂，致使世路幽昧不明，狹窄險隘，庶幾同桀紂行邪徑也。

豈余身之憚殃兮　恐皇輿之敗績

身 洪《補》曰：「一無身字。」姜校引誤作王逸校語。朱《注》本有「身」字，曰：「身，一作心。」案：王逸注「言我欲諫争者，非難身之被殃咎」，王本有「身」字，《古今合璧事類備要》續集卷四一引亦有「身」字。

憚 洪《補》憚音徒案切。《群經音辨》曰：「憚，難也，徒旦切。憚，驚懼也，音怛。《禮》『矢參分其羽以設其刀，雖有疾風亦弗之能憚』。又直丹、直旦二切。」案：徒案、徒旦音同，去聲。

殃 朱《注》曰：「殃，一作怏。」案：王逸注：「殃，咎也。」王本作「殃」。《古今合璧事類備要》續集卷四一引亦作殃，怏，懟也，於義不通。

績。案：績，績字形訛。《文選》卷二〇陸雲《大將軍宴會被命作詩》注、《古今合璧事類備要》續集卷四一引亦作

【余身】 王逸注「言我欲諫争者，非難身之被殃咎也」，「余身」二字，各具其義，謂「我之身」。案：《爾雅·釋詁》曰：「卬、吾、台、予、朕、身、甫、余、言，我也。」郝懿行曰：「今時唯獄詞訟牒自呼爲身。身之爲言人也。《世説》載晉時有自稱民者，民亦人耳。今時平民自稱民人，市商自稱商人，亦其義也。然則自稱爲人，亦如自呼爲身也。」《㝬鼎》：「㝬肇從趞征，攻開無啻，省孚人身。」郭沫若釋身爲我。西周金文亦有此用法。包山楚墓簡文言「盡𥟉戠窮身尚毋有咎」、「少又僫窮身」，貞問我尚有咎否？「窮身」平列，言我也。《韓非子·五蠹》：「吾有老父，身死，莫之養也。」言我有老父，若我死，莫之養也。身訓我，我亦訓身，二字同義。「余身」連文，猶我也。王引之曰：「古人訓詁不避重復，往往有平列二字上下同義者，解者分爲二義，反失其恉。」此文「余身」，即屬此例。又，姜亮夫曰：「《離騷》『豈余身之憚殃兮』與『阽余身』、《九章·惜誦》『先君後身』、又『忘身之賤貧』、『側身無所』、『曾思遠身』，《涉江》之『重昏終身』，《惜往日》之『身幽隱』、『思親身』，《遠游》之『晞余身』，《卜居》之『正直危身』，《漁父》之『安能以身』，《招魂》之『身服義』，義皆指己身、自身言。」其可補吾所未備。

【憚】 王逸注：「憚，難也。」張鳳翼曰：「憚，畏也。」蔣驥曰：「二句蓋謂黨人導君非義，於余身非有患害也，特恐有誤國是，而不忍坐觀耳。文理本明，舊解訓憚爲難，謂非難身之被殃。語殊晦澀。《洗髓》謂黨人用事，正類必受其殃，則又多一轉矣。」憚爲何義，終不明了。案：《九章·悲回風》「憚涌湍之礚礚兮」，王注曰：「憚，難也。」與此注同。《思美人》「憚蹇裳而濡足」，王注「又恐汙涗被垢濁」，以憚爲恐懼義。又，《招魂》「君王親發兮憚

青兕」，王注：「憚，驚也。」《説文·心部》：「憚，忌難也。从心，單聲。一曰難也。」段注：「凡畏難曰憚，以難相恐嚇亦曰憚。」憚訓忌難、訓畏、訓驚，一義貫通。許引一曰訓難，猶責難，去聲。蓋難、憚本形容詞，平聲；引申作動詞。王注訓難，讀去聲。《韓非子·難二》：「人有設桓公隱者曰：『一難，二難，三難，何也？』桓公不能對，以告管仲。管仲對曰：『一難也，近憂而遠士。二難也，去其國而數之海。三難也，君老而晚置太子。』」難字皆訓畏怖，作動詞用。又，《説疑》「不難破家以便國」，不難，猶不畏。亦用作動詞。蔣氏未考，輕斥王注。憚諧「單聲」，無忌難義。單之爲言耑也。單、耑同元部、端紐。《説文》：「耑，物初生之題也，上象生形，下象其根也。」引申言蹇難義。忌難曰憚，喘息爲嘽，皆根於耑難義。憚，嘽，借聲字。

【殃】王逸注：「殃，咎也。」案：《説文·歺部》：「殃，凶也。从歺，央聲。」今本《説文》作「殃，咎也」。據段注改。又：「凶，惡也。」凶惡莫甚於凶喪。《書·洪範》「凶短折」，馬注：「凶，終也。」命之終謂之殃。引申言咎、言禍、言敗。殃字諧「央聲」，央，言中義。《冂部》：「央，中也。」引申言終止。《春秋繁露·循天之道》：「中者，天下之所終也。」《九歌·雲中君》「爛昭昭兮未央」，王逸注：「央，已也。見其光容爛然昭明，無極已也。」下文「時亦猶其未央」，王逸注：「央，盡也。」殃，諧聲兼轉注。

【皇輿】王逸注：「皇，君也。輿，君之所乘，以喻國也。」案：考本書言「皇」者九，其義有二：一爲天帝、神靈，「皇考」、「皇天」、「鳳皇」、「鸞皇」、「西皇」、「皇剡剡」是也。一爲大義。而無稱君者。此文「皇輿」之皇，言大。皇輿，猶大輿。《荀子·王制篇》：「馬駭輿，則君子不安輿；庶人駭政，則君子不安位。」《韓非子·外儲説右下》「故國者，君之車也，勢者，君之馬也。無術以御之，身雖勞猶不免亂；有術以御之，身處佚樂之地，又致帝王之功也」，輿皆「以喻國」，戰國之時「通喻」也。

【敗績】王逸注：「績，功也。言我欲諫争者，非難身之被殃咎也，但恐君國傾危，以敗先王之功。」以「敗績」爲言「敗先王之功」，而「先王」，蔓詞，增字以解。張銑曰：「敗績，崩壞。言我所以不難殃咎諫諍者，恐君行事之失，崩壞先王之功。」亦增字解。洪《補》引《左傳》曰：「大崩曰敗績。」出莊公十一年杜預注：「師徒撓敗，若沮岸崩山，喪其功績，故曰敗績。」杜氏望文生義，未發「大崩曰敗績」之蘊。戴震曰：「車覆曰敗績。《禮記・檀弓篇》『馬驚敗績』、《春秋傳》『敗績厭覆是懼』是其證。」其説是也，然剿自趙一清《離騷札記》。《九歎・離世》「羣阿容以晦光兮，皇輿覆以幽辟」。「皇輿覆」，祖構「皇輿之敗績」。蓋劉向亦以「敗績」訓「車覆」。《左傳》言「大崩」，猶大覆。崩、覆古通用。案：《易・繫辭》「古之葬者，不封不樹」。鄭注《地官・遂人》云：「《禮記》謂之封，《春秋》謂之崩。」《史記・秦始皇本紀》「因封其樹爲五大夫」，《正義》曰：「封，一作覆。」崩、覆二字亦通。于省吾據金文字作「敱速」，謂即敗速，「狹義曰車覆，廣義曰大敗」。陸宗達據《三體石經》「敗績」字作「敗𨑹」，定其字作「退迹」。詳《訓詁簡論》。師友郭在貽承陸説，又謂「退迹」即「不迹」，車行不循軌迹。詳《中學語文教學》一九八一年第七期。「敗績」言「車覆」，而「不迹」，車未必傾覆。古字作敗速，以績、速同諧朿聲，例得通用。《説文》「速」字作蹟，又作踈，從責聲或從朿聲并同。績音則歷切，錫部、精紐。朿聲之字或讀舌音。《犬部》：「狄，北狄也，本犬種。狄之爲言淫辟也。从犬，亦省聲。」段注：「按：亦，當作朿。李陽冰云：『蔡中郎以豊同豐，李丞相持朿作亦。』所謂『持朿作亦』，指迹、狄二字言。迹，籀文作速，狄之古文籀文亦必作『狭，』是以《詩・瞻卬》狄與刺韻，屈原《九章》愁與積、擊、策、適、蹟、益韻。古音在十六部也。若從亦聲，則古音在五部，而非其韻。然自李斯變古籀爲篆文，其形已誤。而其聲至今不誤。聖人諭書名之澤長矣。」至碻。狄字從朿聲，音徒的切，定紐，其聲在舌。此其一例。帝及啻、締、禘、諦并從朿聲。帝音都計切，端紐；啻音施智切，審紐三等，歸端詳錢辛楣《十駕齋養新録》；諦音特計切，定紐；締、諦同禘。皆爲舌音。此其二例。績，轉端，猶頂也，顛也，猶帝通定、丁之比。詳篇首「帝」字注。敗績，顛退倒文，連語，與「猖披」屬同一義變體。車覆謂之敗績，又謂之顛退，又謂之猖披，皆同。車覆則人亡，引言敗亡、滅没義。其字作末殺。《漢書・谷永傳》「末殺災異」，顏注：

「謂掃滅也。」《説文・水部》字作「瀎泧」，玄應《一切經音義》卷一三引《埤蒼》作「懱拭」，《國語・周語》作「蔑殺」，《晏子春秋・諫下》作「拂殺」。《漢書・武帝紀》臣瓚注：「瀨，湍也。吴越謂之瀨，中國謂之磧。」磧、瀨一字。敗績亦與刺叭、狼貝、狼狽相通。慧琳《一切經音義》卷九一引《文字集略》云：「狼狽，披猖也。」昌披狀摇擺不定，元、月對轉，末殺又作盤跚、盤姍、蹣跚、盤娑、婆娑、摩娑、便姍、媻屑、勃屑等，以狀舞貌，亦其義引申。類此則不可勝計。

是二句言余本不憚被殃咎，惟恐君輿之傾覆也。以喻不爲己身謀，但懼國破君亡也。

第九韻：隘、績

朱子《集注》曰：「隘音於懈反，叶，於力反。」陳第、戴震、江有誥并曰：「隘，古音益。」案：隘，去聲，爲錫部之長入，當音於懈反。朱子改叶「於力」，行韻在職部，出韻。朱子叶音説多不足信。益，入聲，錫部之短入。陳、戴、江三君蓋不知古世去入一類，自可協韻。隘，古音爲[pie:k]。江有誥曰：「績，古支部。」案：江氏平入不判。績，錫部之短入，古音爲[tsiek]。

忽奔走以先後兮　及前王之踵武

[忽] 洪《補》、朱《注》同引「忽」一作「急」。朱又云：「忽，一作曶」。案：曶，古忽字。「忽奔走」、「忽馳騖」、「忽緯繣」、「忽吾行」、「忽臨睨」，皆《離騷》「忽」字句法，作「忽」字是也。王注「言己急欲奔走先後」，後據王注而

改作「急」。顏師古《匡謬正俗》卷七、《文選》卷五四劉孝標《辨命論》注、《古今合璧事類備要》續集卷四一引亦作忽。

奔 朱《注》奔音布頓反，去聲。《群經音辨》曰：「奔，趨也，逋門切。趨走曰奔，布忖切，又逋悶切。」戴震曰：「奔走，并如字。或讀奔，布頓切。」案：周祖謨言「直往而赴之曰奔，去聲」，外動詞。布忖、逋悶、布頓音同。而讀平聲「逋門切」之奔，内動詞。玄應《一切經音義》卷一六、慧琳《一切經音義》卷三二謂奔，通作犇，古文作驞。

走 錢《傳》、戴震走音奏。《群經音辨》曰：「走，趨也，臧句切。趨嚮曰走，臧侯切。《書》『矧咸奔走』。」案：走分平、去，猶「奔」分平、去之比。平聲者内動詞，去聲者外動詞。走、奏同音臧侯切，去聲。

先 洪《補》先音先見切案：「先」當爲「失」之形訛，朱《注》、錢《傳》同音悉薦切。去聲。戴震曰：「先後，亦并如字。或讀先，蘇薦切。」《群經音辨》曰：「先，前也，思天切。前之曰先，思見切。」案：「先前」之先，形容詞，平聲。「前之」之先，外動詞，去聲。先見切、悉薦切、蘇薦切音同。

後 朱《注》後音下遘切，錢《傳》音胡豆切，去聲。《群經音辨》曰：「居其後曰後，胡苟切。從其後曰後，胡姤切。」案：「居其後」之後，形容詞，上聲。「從其後」之後，外動詞，去聲。胡豆切、胡姤切音同。「下遘」之出切爲匣紐二等；後，爲匣紐一等。朱子以二等切一等，不審其爲何等門法。

之踵武 《文選》卷六《魏都賦》注引此作「踵之武」。案：踵之武，即「之踵武」倒乙。《文選》卷五四劉孝標《辨命論》注、卷五八王儉《褚淵碑文》注、《古今合璧事類備要》續集卷四一，顏師古《匡繆正俗》卷七引亦作「之踵武」。

【奔走】王逸注：「奔走先後，四輔之職也。《詩》曰『予聿有奔走，予聿有先後』，是之謂也。」案：王氏引《詩》，見《大雅·緜》。《毛詩》本作「予曰有奔奏」，謂「喻德宣譽曰奔奏」，借奏爲走。鄭箋曰：「奔走，使人歸趨之。」《正義》曰：「此臣能曉喻天下之以王德，宣揚王之聲譽，使人知，令天下皆奔走而歸趨之，故曰奔走也。」「奔走」於古有特殊之政治含義，謂疾趨使歸附之，外動詞。《尚書·多方》：「今爾奔走臣我監五祀。」孔傳：「監，謂成周之監。此謂所遷頑民殷衆士，今汝奔走來徙臣我，我監五年無過，則得還本土。」《多士》：「亦惟爾多士，攸服奔走，臣我，多遜。」孔傳：「亦惟汝衆士，所當服行奔走臣我，多爲順事。」《酒誥》：「奔走事厥考厥長。」孔傳：「今往當使妹土之人，繼汝股肱之教，爲純一之行，其當勤種黍稷，奔走事其父兄。」《武成》：「駿奔走，執豆籩。」孔傳：「駿，大也，邦國甸侯衛服諸侯皆大奔走於廟執事。」單言曰走。《史記·太史公自傳》「太史牛馬走司馬遷再拜言」，走，亦奔走也，使如牛馬奔趨附歸之，以供王役者。錢辛楣《十駕齋養新録》卷一五曰：「牛馬走，即下走也。」非是。而後走爲自謙，猶臣僕之稱。「奔走」，言使我奔走歸附皇輿，以供王役也。及至漢世，「奔走」又爲官職之名。《漢書·王莽傳》「博士李充爲奔走，諫大夫趙襄爲先後」。

【先後】王逸注引《詩》謂「先後」同「奔走」，皆「四輔之職」。洪《補》曰：「相導前後曰先後。」案：洪因《毛詩》。《周禮·士師》「以五戒先後刑罰，毋使罪麗於民」，注：「先後，猶左右，助也。」前後謂之先後，左右亦謂之先後，是「四輔」之義。聞一多曰：「《詩·小雅·正月篇》曰『其事既載，乃棄爾輔』，又曰『無棄爾輔，員于爾福』。黄生曰：『毛、鄭不爲輔作訓，必當時所共知。《釋詁》：輔，俌也。《説文》云：俌從人，猶僕從人，本以人爲輔。大車載物，以僕御車，必以俌輔行而護持其車，蓋古法如此。載重踰險，下有折輻之患，即上有輸載之虞，爲之輔者或挽或推，所以助其車。兵車有右。右，助也。輔，俌也，亦助也。』案：黄説郅確。本篇自『乘騏驥以馳騁』至此一段，以行路爲喻。『忽奔走以先後』，承上『皇輿』言，謂奔走於皇輿之先後也。注曰『奔走先後，四輔之職也』者，四輔，《尚書大傳》謂之四鄰，曰：『前曰疑，後曰丞，左曰輔，右曰弼。』案：疑之言礙也。礙，止也。丞、承古通。車前覆則礙止之，後傾則承持之，輔弼之義亦然。四輔之名蓋起於車輔，故王引以説奔走先後之義。」其説發前人所未發。王注「四輔之職」，可比《尚書大傳》之「先後左右」，不槩「奔走」。奔走，當别一義，非四輔職事。先後，言前後左右，曰礙、曰丞、曰輔、曰弼。奔走、先後爲二義。王注「奔走先後」連文，蓋因「先後」而及「奔走」。詳俞樾《古書疑義舉例》卷二第二十六條「因此及彼例」。漢世先後泛謂輔弼，不專言輔車。《史記・燕世家》「寡人之國小，不足以爲先後」。《後漢書・伏湛傳》「實足以先後王室」，李賢注：「先後，相導也。」而「弼礙」至於漢亦泛謂輔弼。《漢書・杜鄴傳》「分職於陝，并爲弼疑」，顔師古注：「弼疑，謂左輔、右弼、前疑、後承也。」《王莽傳》又有「師疑」、「傅丞」之職，皆由車輿「四輔」引申。包山楚簡文後字皆作逧，楚古文也。

【及】王逸注「言己急欲奔走先後，以輔翼君者，冀及先王之德，繼續其跡而廣其基也」，以「及」爲繼及義。游國恩引《春秋公羊傳》「一生一及」何休注：「兄死弟繼曰及。」其與王注相發。何劍薰謂「及」借爲「趿」，通作躡、蹀，猶言躡。案：上文「未改此度」，又言「路幽昧以險隘」，蓋皇輿已行迷於非塗。我來導引，但使其改轍，歸於「先路」。似不得謂「繼及」、「追躡」。及之言襲也。《九歌・少司命》「芳菲菲兮襲予」，王注：「襲，及也。」《廣雅・釋詁》：「襲，及也。」襲，言覆也。《史記・賈生傳》「襲九淵之神龍兮」，《集解》曰：「襲，覆也。」覆，反也。《廣雅・釋言》：「覆，反也。」及、反二字同義互用。《禮記・樂記》「武王克殷反」，殷反，殷及也。鄭注：「反，當爲及字之誤。」不知其爲襲覆義。《易・繫辭》「原始反終」，《釋文》：「反，鄭、虞作及。」《論語・雍也》集解「而及如宋朝之美」，《釋文》：「及，本作反。」古書「及反」連文，平列同義。及前王之踵武，言復反先王之路。

【前王】王逸注謂「前王」爲「先王」，未有確指。林雲銘謂「楚先世」之王，朱冀謂「穆、莊以來彊盛之遺跡也」，姜亮夫謂指三后及堯、舜。案：前王，承上文「先路」，指三后，即句亶王、鄂王、越章王。楚自「熊渠甚得江漢間民和」，拓疆開土，爲南土之霸，首封三子爲王。後奉爲不刊之典模，屈子當亦引以爲榮；而言「及前王之踵武」也。

【踵武】王逸注：「踵，繼也；武，跡也。《詩》曰『履帝武敏歆』。言己急欲奔走先後，以輔翼君者，冀及先王之德，繼續其跡而廣其基也。」王氏以「及前王」、「踵武」爲平列儷偶，「之」字無義可繫。朱子曰：「踵，足跟也。武，跡也。」洪《補》曰：「踵，亦跡也。」以「踵武」平列同義。案：此章以車駕爲喻，踵武之義，宜於此發。踵，猶《考工記・輈人》「去一以爲踵圍」之踵，鄭注：「踵，後承軫者也。」戴震言「輈端謂之頸，後謂之踵」。踵在車輿之後、軫之下，登車必先蹈踵，而後升輿，故其木謂之車踵。《戰國策・趙策》「持其踵爲之泣」，言攀持車踵，止車啓行，而爲之泣。古今學者謂趙太后持燕后足踵，非也。馬王堆漢墓出土帛書《戰國縱横家書》作「攀其踵」，攀，引也。踵，本車踵，此以代車。俞樾曰：「又有舉小名以代大名者。《詩・采葛篇》：『一日不見，如三秋兮。』三秋，即三歲也。四時而獨言秋，是舉小名以代大名。」詳《古書疑義舉例》卷三第二十七條「以小名代大名例」。車，大名；踵，小名。舉踵以概車，猶小名代大名之比。武，無足跡義。朱駿聲謂武別義爲跡。姜亮夫曰：「武字從止，止本足趾本字，則履帝武，即履帝足跡矣，故可用作迹字解也。千年未解之秘，一旦得之矣。」案：「止戈爲武」之「止戈」，謂以戈止亂。止，爲弭止，非足跡之趾。武之言步也。《卜辭》有言「余武從侯喜征夷方」《前編》一八・一，武從，即步從，借武爲步。武、步二字古同魚部，明紐雙聲，例得通用。「步武」連文，二字同訓。《文選・于安城答靈運》一首「跬行安步武」，《後漢書・臧洪傳》「相去步武」。

是二句言余急疾奔走爲車右，或礙、或丞、或輔、或弼，先後導引，反皇輿於先王之車轍也。

荃不察余之中情兮　反信讒而齎怒

〔荃〕朱《注》荃音七全反，一音孫。錢《傳》音孫。朱《注》又引一本「荃」作「蓀」。洪《補》曰：「荃與蓀同。《莊子》云『得魚而忘荃』，《音義》云七全切。崔音孫。」案：朱季海曰：「《說文》『荃，芥脃也』，不云芳草。王夫之《說文廣義》云『《楚辭》之荃，皆本蓀』是也。然《說文》無『蓀』字，《莊子》、《楚辭》皆假荃爲之，魏、晉以來，遂一切讀如蓀音耳。敦煌本《楚辭音》於『荃蕙化而爲茅』句出『蓀』字，云：『蘇存反，司馬相如云「葴登若蓀」是也。本或作荃，非也。凡有荃字，悉蓀音，而《字詁》「蕵、荃，今蓀」，復同得也。』尋《離騷》『荃不察余之中情兮』，洪氏《補注》引《莊子·外物篇》『得魚而忘荃』，陸氏《音義》出『崔音孫，香草也』，是騫公荃作蓀音，亦承張、崔以來舊讀爾。古來書字本各其方，稚讓始以荃、蓀爲古今字，自是學者既執今音以讀《楚辭》，寫書者時亦以今字改故書，至如騫之專精，猶不能以『莢』爲非之失也。蓋轉諄入元，正楚聲也。」屈賦用「荃」，但《離騷》二例，他篇曰「蓀橈」、「蓀壁」、「蓀宜爲民正」、「蓀之多怒」、「蓀之愁苦」、「蓀美可完」、「蓀詳聾」，皆用「蓀」，豈謂《離騷》用古字「荃」而他篇用今字「蓀」？張揖「荃、蓀古今字」，無徵不信。六朝多以荃音蓀，而於經傳特作注，蓋其時荃非音蓀。師承既久，後多不識，非得謂「執今音以讀《楚辭》也」。諄、元二部相轉之字，以諄轉元者居多。《儀禮·鄉飲酒禮》「遵者降席，席東南面」，鄭注：「今文遵爲僎，或爲全。」古音爲遵，諄部；而今音爲僎、全，元部；轉元入諄。《文選·魏都賦》「巽其神器」，李善注：「《尚書》曰『將遜於位』，遜與巽同，涓擇也，古玄切。」《尚書》古文作遜，諄部；六朝讀爲巽，元部；轉諄入元。《漢書·賈誼傳》「大鈞播物」，班書好用古字，史遷用今字，故班書諄部之鈞，《史記》則作元部之專，轉諄入元。鰥字，艮聲，諄部，《詩》、《騷》鰥皆與諄部字相協。《廣韻》上平聲第二十八山韻，鰥音古閑切，則轉元部。蓀，古音；　荃，今音。《説文》不録蓀字，固許氏失收，不得謂古無蓀字。《劉子·慎獨》言「荃蓀孤植」，《文選》卷六〇顔延年《祭屈原文》「比物荃蓀」，文家鋪張其事，皆分用作二草。蓀之爲荃，始於漢，而非六朝。荃，當作腠。詳注。《文選》卷二七沈約《早發定山詩》注、卷三六任昉《宣德皇后令》注，《事類賦注》卷二四，《匡謬正俗》卷七，《太平御覽》卷九八三，《古今合璧事類備要》續集卷四一引亦作荃。

察 朱《注》、錢《傳》二本察字作揆，并引一作察。洪《補》引察一作揆。案：不察，《離騷》習語，無作「不揆」者，《文選》卷二七沈約《早發定山詩》注、卷三六任昉《宣德皇后令》注，《事類賦注》卷二四，《太平御覽》卷九八三，《古今合璧事類備要》續集卷四一，《匡繆正俗》卷七引亦作察。

中 洪《補》、朱《注》、錢《傳》三本同引中一作忠。案：中情，屈賦習語。後蓋因王注「忠信之情」而改「中」作「忠」也。

齌 《文選》六臣本、洪《補》、朱《注》同引齌一字作齊，洪引《釋文》、朱又引或本作齋，朱又引一本作欻。案：齌，齊之分別字。詳注。古本作齊。王注齌但訓疾而不言炊餔疾，王本作齊。作齋者，齊字假借；作欻者，忽之俗字，音況物切。唐寫本《文選集注》、《太平御覽》卷九八三、《事類賦注》卷二四、《古今合璧事類備要》續集卷四一引亦作齊。又，崇文書局本《匡繆正俗》卷七引齊字訛作辱，而雅雨堂本、文淵閣四庫本并作齊。洪《補》齌音賫，又音妻，又音在脂、祖西二切。錢《傳》齌音陟西反。朱《注》齌音在詣反。案：「在脂」出切，從紐四等開口；「祖西」出切，精紐四等開口；　妻音七難切，清紐四等開口；　賫音相稽切，心紐四等開口；「陟西」出切，知紐三等開口。此切由「西」字定等，屬「窠切」門法。《廣韻》上平聲第十二齊韻，齊音七稽切，又子兮、才細二切。則「齌」字音切至雜，未能董理，皆列於此，以俟達者。

【荃】王逸注：「荃，香草，以諭君也。人君被服芬香，故以香草爲諭。惡數指斥尊者，故變言荃也。」荃，當作蓀。詳校。朱子曰：「荃亦香草，故時人以爲彼此相謂之通稱，此又借以寓意於君也。」《辯證》曰：「荃以喻君，疑當時之俗，或以香草更相稱之詞，非君臣之君也。此又借以寄意於君，非直以小草喻至尊也。舊注云：『人君被服芬香，故以名之。』尤爲謬説。」游國恩曰：「《離騷》往往以夫婦比君臣，荃蓀者，亦以婦對其夫之美稱爲喻耳。王逸以爲直接喻君，略失之泥。」案：蓀以比君，本書極明，無庸贅言。王注「人君被服芬香，故以香草爲諭」云云，然則何不言蘭芷而用蓀？朱子謂「時人以爲彼此相謂之通稱」，此借以「寓意於君」；游氏因此謂蓀爲「婦對其夫之美稱」。雖去本旨不遠，羌無實據。荃，非喻詞，寓名。音如蓀，讀如峻。古從全聲與從夋聲多通用。《左傳》哀三年「外内以悛」，杜注：「悛，次也。」悛無次義，當作詮稱之銓。《文選·魏都賦》注引《左傳》注字正作銓。《廣韻》下平聲第二仙韻銓，悛同音此緣切。銓、全聲；悛，夋聲。荃、峻亦相通。《老子》「未知牝牡之合而峻作，精之至也」，王弼本峻字作全，是其相通本證。俞樾改全字爲会字，失之。《釋文》：「赤子陰也。」注：「赤子不知男女之合會，而陰作怒者，由精氣多之所致也。」《嶺外三州語》：「三州謂赤子陰曰峻。」《玉篇》字作朘，《聲類》作㞘，訓赤子陰。《離騷》君臣比夫婦，婦以峻稱其夫，而諧音作蓀或荃。通作「俊傑」之「俊」，今謂英俊男子曰帥，蓋其遺義也。《離騷》既多言男女事，不免有瘦語存者，於今觀之，良爲穢惡，似不宜出於大雅。其時民間習俗通語，屈子採之入《騷》，固其宜矣。洪氏《補注》云：「陶隱居云『東澗溪側有名溪蓀者，根形氣色極似石上菖蒲，而葉正如蒲無脊，《詩》詠多云『蘭蓀』，正謂此也。」沈存中《夢溪筆談》曰：「香草之類，大率多異名，所謂蘭蓀，蓀即今菖蒲是也。」李時珍《本草綱目》曰：「此有二種，一種根大而肥白節疏者，白菖也，俗謂之泥菖蒲。一種根瘦而赤節稍密者，溪蓀也，俗謂之水菖蒲。葉俱無劍脊，溪蓀氣味勝似白菖。」

【察】《説文·宀部》：「察，覆審也。从宀，祭聲。」段注：「從宀者，取覆而審之。从祭爲聲，亦取祭必詳察之意。」案：宀，交覆深屋也，引申言覆義。許云「覆審」，猶反覆審之也，故察字從宀。察，諧聲兼轉注。

【反】屈賦句法，「反」字冠於句首者，轉語，類今云「反而」、「卻」。《九章·惜誦》：「竭忠誠以事君兮，反離羣而贅肬。」《楚辭·惜誓》：「悲仁人之盡節兮，反爲小人之所賊。」

【信】言誠也。《晉書·華譚傳》載秦將白起語曰：「非得賢之難，用之難；非用之難，信之難。」信人難於得人、用人。

【讒】王逸注文訓「讒言」。《説文·言部》：「讒，譖也。从言，毚聲。」考「毚聲」之字多含鋭刺義。《金部》：「鑱，鋭也。从金，毚聲。」《刀部》：「劖，斷也，一曰剽也，釗也。从刀，毚聲。」《史記·司馬相如列傳》唐張守節《正義》引顔師古注曰：「巉巖，尖鋭貌。」巉，從山，毚聲。以言傷人而謂之讒。毚，狡兔，無傷刺義。毚之爲言斬也。《禮記·曲禮》「毋儳言」，注：「儳，猶暫也。」《玉篇·山部》「巉岩」，《史記》作「嶄巖」。朱駿聲《説文通訓定聲》謂「巉」即「嶄」異文。《斤部》：「斬，截也。」謂小鑿曰鏨。讒，借聲字。《荀子·脩身篇》：「傷良曰讒。」《莊子·漁父》：「好言人之惡謂之讒。」毚、斬同談部，精審旁紐雙聲，例可通用。許氏謂「讒」爲「譖」，「譖，愬也。从言，朁聲」。朁之爲言兓也。兓，本朁鋭，俗作尖。諧兓聲之字亦多含鋭刺義。故綴物之器謂之鐕，傷痛謂之憯，傷以言語謂之譖。譖音莊蔭切，浸部、莊紐。讒、譖音近義通。屈賦用讒六例。皆謂以惡言賊害人。《天問》「讒諂是服」，《惜往日》「讒妬入以自代」、「使讒諛而日得」、「信讒諛之溷濁」，《卜居》「蔽鄣於讒」、「讒人高張」。而不用譖。讒，楚語也。《潛夫論·明闇》曰：「屈原得君而椒蘭構讒。」

【齎】王逸注：「齎，疾也。」洪《補》引《説文》曰：「齎，炊餔疾也。」引申言急疾義。《文選》各本皆作「齊」字，義同齎。朱駿聲曰：「齊，讀爲齎，如炊餔之疾也。」其以齊爲齎之假借。又，龔景瀚曰：「《説文》：『齎，炊餔疾也。」《玉篇》：『炊釜也。』王但訓爲疾，似未盡其義。蓋其中有物，而氣不可遏，怒之蓄於心者深，而見於色者也。」其因洪《補》發揮。汪瑗曰：「齌怒，言怒氣之盛如火也。」以齌爲喻詞。王遠曰：「齌怒，猶言釀怒，《抽思》所謂『造怒』也。」劉獻廷字作「齎」，曰：「齎，藏也，懷也。」溷齌、齎爲一字。戴震曰：「齊，讀如『天之方懠』之懠。」蔣禮鴻《義府續貂》同戴説。劉永濟亦曰：「又，按《爾雅·釋言》『懠，怒也』，此文之『齊』，或懠之借字。」以懠怒平列同義。姜亮夫又謂齊訓疾，「似與屈子從容婉轉之情不調」。案：考屈賦言君怒有四，皆狀疾怒。《天問》「康回馮怒」，馮讀爲愊，逼，猶迫也。愊怒，謂急怒、暴怒。《抽思》「數惟蓀之多怒」，多，爲朋字形訛。多，古文作朋，與朋字形似，古書相溷。朋怒，即憑怒。朋、憑古書通用。又：「蓋爲余而造怒。」造，借爲速。速怒，疾怒也。唯其「疾怒」，妙肖楚懷王喜怒無常、反復不定之性。《史記》本傳載，「懷王使屈原造爲憲令，屈平屬草藁未定。上官大夫見而欲奪之，屈平不與。因讒之曰：『王使屈平爲令，衆莫不知，每一令出，平伐其功，曰以爲「非我莫能爲」也。』王怒而疏屈平」。又曰：「楚懷王貪而信張儀，遂絶齊，使使如秦受地。張儀詐之曰『儀與王約六里，不聞六百里』。楚使怒去，歸告懷王。懷王怒，大興師伐秦。」其一怒，賢臣見斥；又一怒，興師發衆。《韓非子·内儲説下》：「荆王即楚懷王所愛妾有鄭袖者，荆王新得美女，鄭袖因教之曰：『王甚喜人之掩口也，爲近王，必掩口。』美女入見，近王，因掩口。王問其故，鄭袖曰：『此固言惡王之臭。』及王與鄭袖、美女三人坐，袖因先誡御者曰：『王適有言，必亟聽從王言。』美女前，近王甚，數掩口，王悖然怒曰：『劓之。』御因揄刀而劓美人。」其一怒致令美女無辜受刑。楚懷王其人，性好猜忌，喜怒無常，故屈子斥之「齌怒」。楚之羣臣亦多以此爲憂。包山楚簡《卜筮祭禱記録》數言「出内事王盡卒歲，窮身尚毋有咎」。蓋左尹邵㐌亦有信讒齊怒之虞。齌，訓「炊餔疾」，從火，齊聲。段注：「餔，日加申時食也，晚飯恐遲，炊之疾速，故字從火，引伸爲凡疾之用。」王、洪舊説未可易移，非喻詞。又不當以齌爲齎、懠之假借。齌，訓齊同，引申言敏疾義。《書傳》「多聞而齊給」，鄭注：「齊，疾也。」《史記·五帝本記》「幼而徇齊」,《集解》:「徇,疾; 齊,速也。」言炊餔疾則爲齋,諧聲兼轉注。

是二句言君不察我之中情,反信讒言而疾怒於我也。

第十韻: 武、怒

武,古音爲[mia]。朱子怒叶,上聲。顔師古《匡繆正俗》曰:「怒字,古讀有二音。《詩》云『君子如怒,亂庶遄沮; 君子如祉,亂庶遄已。憂心殷殷,念我土宇; 我生不辰,逢天僤怒。』《離騷》云:『忽奔走以先後,及先王之踵武; 荃不察余之中情,反信讒而齊怒。』此則讀爲上聲也。《詩》云:『亦有兄弟,不可以據; 薄言往愬,逢彼之怒。念彼其人,睠睠懷顧。豈不懷歸,畏此譴怒。』此則讀爲去聲也。略舉數條,其例非一。今山東、河北人讀書,但知怒有去聲,不言本有二讀,曾不尋究,失其真矣。」陳第、江有誥曰:「怒,古上聲。」案: 怒,古有上、去二音。上聲,内動詞; 去聲,外動詞。屈賦怒字入韻四例。《國殤》怒、野協韻,《抽思》怒、姱協韻。怒,皆内動詞,上聲。《天問》:「中央共牧后何怒? 蠭蛾微命力何固?」固,去聲; 「何怒」之怒,外動詞,亦去聲。此言「齋怒」,怒,内動詞,上聲。怒,古音爲[nao]。武、怒古同魚部。

余固知謇謇之爲患兮　忍而不能舍也

謇 朱《注》謇音居輦反,錢《傳》音蹇。洪《補》引《易》謇作蹇。案: 謇、蹇同音居輦切。《離騷》本書作蹇。

又,慧琳《一切經音義》卷八五引王注:「謇謇,威儀貌也。」蓋後因王注「忠言謇謇」改。《匡謬正俗》卷七、《古今合璧事類備要》續集卷四一、《五百家注昌黎文集》卷六、《東雅堂昌黎集注》卷六引亦作謇。

忍 洪《補》、朱《注》、錢《傳》三家同引一本忍上有余字，案：無余字是也。《匡謬正俗》卷七、《古今合璧事類備要》續集卷四一亦無余字。蓋或本忍上衍一兮字，後以余、兮形似，誤改爲余。

而 洪《補》引《文苑》「忍而」無「而」字，朱《注》引一本亦無「而」字。案：《匡謬正俗》卷七、《古今合璧事類備要》續集卷四一引、唐寫本《文選集注》忍下亦有「而」字。「忍而」，屈賦恒見。《九章·惜誦》「蔽而莫之白」，《懷沙》「邈而不可慕」，《橘頌》「姱而不醜」、「横而不流」，《招魂》「厲而不爽」、「敬而無妨」、「麗而不奇」、「亂而不分」。「忍」下有「而」字是也。

舍也 洪《補》、朱《注》、錢《傳》同引一本句末無也字。案：有也字於語氣爲暢。王逸注「然中心不能自止而不言也」云云，王本有也字。《匡謬正俗》卷七、《古今合璧事類備要》續集卷四一引亦有也字。

【謇謇】王逸注：「謇謇，忠貞貌也。《易》曰：『王臣謇謇，匪躬之故。』」注文「言己知忠言謇謇諫君之過」云云，謂直言諫諍義。劉良曰：「謇謇，直言貌。」朱《注》曰：「謇謇，難於言也。直詞進諫，亡所難言而君亦難聽，故其言之出有不易者，如謇吃然也。」劉獻廷曰：「謇者，從塞，從言，欲言而不能言之貌。」胡文英曰：「謇謇，訥言而諍也，數而取辱之義。」龔景瀚曰：「《玉篇》：『謇，難也，吃也。』朱説爲本義，王訓爲忠貞，則轉義也。兼之始備。」案：《説文》無「謇」字，非許氏失收。《足部》有「蹇」字，即「謇」别字。後因王注改從足爲從言。黄生《義府》曰：「《易·蹇》『王臣蹇蹇，匪躬之故』，言人臣履歷險難，知有國而不知有身也。自《晉書·王豹傳》引作『王臣謇謇』，字家遂訓謇爲直言之貌，與卦義相戾矣。《廣韻》：『謇，吃也。』謇，難於言；蹇，難於行。故取其字爲意。今引《易》而省作蹇，又與吃義相戾。」王注引《易》作「謇謇」，謇爲直言、謇吃，始于漢世，而非肇《晉書》。謇，即⿰言蹇字俗體。古但作蹇，許云：「蹇，⿺尢皮也。从足，寒省聲。」其字亦不從塞。劉獻廷失之。引申言難行。《九章·思美人》「蹇獨懷此異路」。言我獨蹇然思懷此異路。《哀時命》「蹇邅徊而不能行」。言蹇難邅徊而不得前行。《易·蹇》「往蹇來連」，言往來詰詘難行。此承上「路幽昧以險隘」。猶言難行貌。姜亮夫以蹇蹇爲諓諓之假借，蹇、諓雖同屬元部，蹇爲見紐，諓爲精紐；其聲不同，且與下句「不能舍」相乖。

【爲】有也。《孟子·滕文公》「夫滕，壤地褊小，將爲君子焉，將爲野人焉」，趙岐注：「爲，有也。雖小國，亦有君子，亦有野人。」又同篇：「夷子憮然爲間。」趙岐注：「爲間者，有頃之間也。」《莊子·大宗師》「莫然有間」，《釋文》曰：「二本亦作『爲間』。」《漢書·張湯傳》「何厚葬爲」，《漢紀》作「何厚葬有」。《國語·晉語》「克國得妃，其有吉孰大焉」，《左傳》昭五年作「其爲吉孰大焉」。又，《孟子·梁惠王》「善推其所爲而已矣」，《說苑·貴德》作「善推其所有而已」。《趙策》「豈非計久長有子孫相繼爲王也」，《史記·趙世家》「爲」字作「有」。爲患，有患也。

【患】《說文·心部》：「患，憂也。从心，上貫吅，吅亦聲。」段注：「此八字乃淺人所改竄，古本當作『从心毌聲』四字。毌、貫，古今字。患字上從毌，或横之作申，而又析爲二中之形，蓋恐類於申也。《春秋繁露》曰：『心止於一中者，謂之忠；持二中者，謂之患。患，人之中不一者也。』董氏所說，固非字之本形矣。」至確。毌，穿物，從一横貫，象毌寶貨。引申言横穿。狀横貫於中心者則字爲患。患，諧聲兼轉注。患，訓「⿱亘心」，事也。此文「有患」，名也。患之爲言害也。《禮記·樂記》「論倫無患」，注：「患，害也。」又，《左傳》成十五年「晉三郤害伯宗，譖而殺之」，言患伯宗直言，則譖而殺之也。襄三十一年「齊子尾害閭邱嬰欲殺之」。昭十五年「楚費無極害朝吳之在蔡也」。哀十五年「莊公害故政欲盡去之」。《楚策》「秦之所害於天下莫如楚，楚彊則秦弱，楚弱則秦彊」。害皆爲患。患、害，元月平入對轉，同匣紐雙聲，例得通用。今患病謂之害病，名事畛域泯矣。於古分用至密，蓋事爲患，訓憂，而名爲害，訓禍害。爲患，有害，謂有禍。禍害云，承上蓀之「齎怒」。禍、害、歌、月平入對轉，同匣紐雙聲。禍、害、患同出一根。

【忍而】猶忍然，而、然古書通用，語綴。詳上文「忽其」注。《説文・心部》：「忍，能也。从心，刃聲。」段注：「凡敢於行曰能，今俗所謂能幹也。敢於止亦曰能，今俗所謂能耐也。能、耐本一字，俗殊其音。忍之義亦兼行止，敢於殺人謂之忍，俗所謂忍害也；敢於不殺人亦謂之忍，俗所謂忍耐也。其爲『能』一也。仁義本無二事，先王不忍人之心，不忍人之政中皆必兼斯二者。」是也。忍字相反爲義。從刃聲字多含止義。詳上文「紉」字注。許云「忍，能也」之能，即耐字，爲忍耐，引申言殘忍。忍，文部；耐，之部；古同日紐。音近義通。之、文古爲旁轉，字多通用。《説文・儿部》：「允，信也。从儿，㠯聲。」允，文部；㠯，之部；之文旁轉。此其一例。《犬部》：「猌，犬張齗怒也。从犬，來聲。」猌，文部；來，之部；之文旁轉。此其二例。《子部》：「存，恤問也。从子，才聲。」存，文部；才，之部；之文旁轉。此其三例。《攴部》：「敏，疾也。从攴，每聲。」敏，文部；每，之部；之文旁轉。此其四例。又見於重文者。《堇部》：「艱，土難治也。从堇，艮聲。」又：「囏，籀文艱，从喜。」艮，文部；喜，之部；文之旁轉。此其五例。又見於古書異文者。《禮記・射義》「旄期稱道不亂者」，《大雅・行葦》「旄期」，字作「耄勤」。《荀子・性惡篇》字作「騹驥」。楊倞注曰：「周穆王八駿馬名騹，讀如騏，謂青驪，文如博棋。」《春秋經》昭十年「季孫意如、叔弓、仲孫貜帥師伐莒」，《公羊傳》字「意如」爲「隱如」。《史記・文帝本紀》「故楚相蘇意」，《漢紀》字「蘇意」作「蘇隱」。《説文・足部》：「䠒，瘃足也。从足，困聲。」《莊子・逍遥遊》「䠒」字作「龜」。《左傳》成十三年「使公子欣時」，成十六年字「欣時」作「喜時」。期、騏、意、龜、喜，之部；勤、騹、隱、䠒、欣，文部；文之旁轉。此其六例。又見於古書讀若者。《禮記・樂記》「天地訢合」，鄭注：「訢，讀爲熹。」訢，文部；熹，之部；文之旁轉。此其七例。本書用「忍」五例，下文「忍尤而攘詬」、「縱欲而不忍」、「余不忍爲此態」、「余焉能忍與此終古」，皆言忍耐。心知有害，猶忍耐之也。

【舍】王逸注：「舍，止也。」王萌曰：「舍，《説文》『釋也』，不必訓止。」金文舍字作「舍」，從口，余聲。包山楚簡亦作舍，或省作谷。《八部》：「余，語之舒也。从八，舍省聲。」許氏解余、舍二字循環爲説，蓋以余、舍一字。案：余，從△，從八，從中。△，口字或文，猶員字作貟、雖字作⿰虽⿱△隹、昌作⿱日△之比。八，分也。中，許氏謂「讀若徹」，通也。詞氣通暢，象氣從口出而分也，字作余。舍，從二口，即余重文。余、舍、舍，信一字。而後借爲我余字，其古義遂泯，而分余、舍爲二。引申言釋、言放，分別字又作舒、抒。《九章·懷沙》「舒憂娱哀」，《史記·屈原列傳》作「含憂娱哀」；《惜頌》「發憤以杼情」。舒、杼并舍之分別文。釋、放謂之舍，相反爲訓。猶徂之爲存、苦之爲快、亂之爲治、去之爲藏之比也。不能舍，舍，止也。仍取意於蹇然先導。

是二句言余固知奔走先後於幽昧險隘之路，蹇難前導，且不蒙君之明察，加怒於己，固知必有禍殃，猶忍耐而不能自止步也。玩味「固知」二字，屈子已置己身不顧，而惟恐大輿是覆，古今第一忠臣。

指九天以爲正兮　夫唯靈脩之故也

唯 錢《傳》本作惟，引一作唯。洪《補》引唯一作惟。案：唯、惟屈賦通用未分。詳上文「夫唯」校。《海録碎事》卷一三引亦作唯。《古今合璧事類備要》續集卷四一引作惟。

也 洪《補》、朱《注》、錢《傳》同引一本無也字。案：《海録碎事》卷一三、《古今合璧事類備要》續集卷四一引故下亦有也字。屈賦句末也字偶用。有也字是也。王逸注「唯用懷王之故，欲自盡也」云云，蓋王本有也字。

【指】王逸注：「指，語也。」案：《九章・惜誦》曰：「所作忠而言之兮，指蒼天以爲正。令五帝以枏中兮，戒六神與嚮服。俾山川以備御兮，命咎繇使聽直。」指、令、戒、俾、命，儷偶語，驅役之詞。指，非告語，亦役使之義。猶言令九天也。指之爲言致也。王引之曰：「《尚書・盤庚》云：『今爾無指告。』指告者，致告也，又曰『凡爾衆其爲致告』是也。《説苑》有《指武篇》，謂致武也。」詳《經義述聞》卷三《尚書》上篇。又，《左傳》昭十二年「底禄以德」，杜注：「底，致也。」孔疏云：「底，音旨。」指，旨聲，指、致相通。自至曰至，使至曰致，至、致本一字。《漢書・公孫宏傳》「致利除害」，顔師古注：「致，謂引而至也。」致九天，言招致九天致神來也。

【九天】王逸注：「九天，謂中央八方也。」朱子曰：「九天，天有九重也。」朱珔引《天問》「圜則九重」，以佐朱説。吕向曰：「九，陽數，謂天也。」徐焕龍曰：「陽數極於九，故有九天。」游國恩謂「此處九字，并非實指，與下文九畹、九死之九相類，皆取虚義。九天者，猶言至高之天，與《孫子・形篇》所言『善守者藏於九地之下，善攻者動於九天之上』，其義無别」。聞一多曰：「九天，中央八方，各有神。此謂之九天之神耳。」姜亮夫謂此九天「猶上天，蒼天云耳」。案：包山楚懷王左尹邵𬀩大夫墓，棺上飾物有九層，均用絲織物。一、二兩層皆爲錦夾衾，三層爲錦帶，四層爲帛類網狀物，五層爲鳳鳥紋綉絹面綺裏夾衾，六層爲二小衾二中衾，七層爲一小衾二中衾，八層爲一中衾一小衾，九層爲鳳鳥紋絹面素絹裏夾衾。九層飾物，象九重天也。五、九二層，一處中位，一處極位，皆綉以鳳鳥，其有導引亡魂來至之意。以地下實物徵驗之，朱子以九天爲九重天者最切合楚人天體宇宙觀。中央八方之説，蓋出於齊稷下學人，非楚人舊説。然則本書「指九天以爲正」，九天能平正人間是非曲直者，信下文「皇天」之比，有意志之天尊神祇。《九歌・少司命》「登九天兮撫彗星」，又曰「蓀獨宜兮爲民正」。王逸注：「言司命執心公方，無所阿私，善者佑之，惡者誅之，故宜爲萬民之平正也。」此「九天」之神，抑「登九天」之少司命與？司命神極受楚人膜拜，江陵天星觀楚番乘墓、包山楚左尹邵㫊墓，其簡文所載祭禱天神，見於《九歌》者，但司命耳。司命非唯主知生死，又輔天行化，誅惡護善，當得爲屈子平正之。

【正】王逸注：「正，平也。」陸善經曰：「指九天以行中正者。」以「正」言「中正」。張鳳翼曰：「正，猶証也。」汪瑗曰：「正，古與證通用。如此解更明白。」徐煥龍曰：「正，証明也。」游澤承謂「正與証通」。朱駿聲曰：「正，讀爲貞，猶問也。」謂上問九天神靈。案：《説文・言部》：「証，諫也。从言，正聲。」蓋今之諍字，無證明義。又：「證，告也。从言，登聲。」證字爲告語，亦無證明義。證，蒸部；正，耕部。蒸、耕音殊，畛域甚密，絶不通用。王夫之曰：「正，徵也。」徵，爲證明、徵驗本字，蒸部。以正爲證、爲徵，皆執今音説假借。王注訓「平正」，未可移易。惟王注「使平正之」云云，以正爲事，蓋失句法。屈賦「以爲」句法，「以爲」之「爲」皆事，而「爲」下一字爲名。上文「紉秋蘭以爲佩」、下文「競周容以爲度」、「製芰荷以爲衣」、「雧芙蓉以爲裳」、「余獨好修以爲常」、「折瓊枝以爲羞」、「精瓊爢以爲粻」、「雜瑶象以爲車」、「指西海以爲期」，又《九章・抽思》「望三五以爲像」、「指彭成以爲儀」等，佩、度、衣、裳、常、羞、粻、車、期、像、儀，皆名也。「爲正」之正，猶中正之人。指九天以爲正，言招致九天如司命之神，使爲中正者。

【夫唯】王逸注文「唯用懷王之故，欲自盡也」云云，以「夫唯」爲「唯用」。案：唯用，猶言唯以、唯因也。詳上「夫唯」注。

【靈脩】王逸注：「靈，神也；脩，遠也。能神明遠見者，君德也，故以諭君。」朱《注》曰：「靈修，言其有明智而善脩飾，蓋婦悦其夫之稱，亦託詞以寓意於君也。」又斥王注：「《離騷》以靈脩、美人目君，蓋託爲男女之辭而寓意於君，非以是直指而名之也。靈脩言其秀慧而脩飾，以婦悦夫之名也。美人直謂美好之人，以男悦女之號也。今王逸輩乃直以指君，而又訓『靈脩』爲『神明遠見』，釋『美人』爲『服飾美好』，失之遠矣。」游國恩濫觴爲「《楚辭》女性中心説」，謂屈子自比棄婦，「靈脩」爲夫君。汪瑗曰：「吾嘗讀《楚辭》所言美人、荃、蓀、靈脩，皆當時平交贊美之通詞，而可共稱之於上下者也。」黄文焕曰：「其曰靈脩者，原自矢以好脩，望君以同脩也。」王夫之曰：「靈，善也。脩，長也。稱君爲靈脩者，祝其所爲善而國祚長也。」徐焕龍曰：「靈脩，美人心靈敏而貌脩飾，以比君德之美也。」朱冀曰：「靈脩，借以況君者，只一『靈』字耳。有尊之爲神明之意。望君脩其美政，故曰靈脩。」王邦采曰：「鄙見宜從二字反面會意，蓋懷王爲讒諂所蔽，心中不靈敏矣，而方正日疏，政不脩治也。靈脩者，大夫頌其君之詞，即借以爲稱其君之詞。」瀚景瀚、王樹枏并謂「在君曰靈脩，在臣曰好脩，其義一也」。朱駿聲曰：「靈脩，靈讀爲令，實爲良善也。脩，治也。猶亂曰之美政。」陳遠新曰：「靈，即靈均，言其性；脩，即脩能，言其學。明蹇蹇出於性、學。」臧庸曰：「靈脩，當是屈原自謂，非指懷王。言余固知謇謇之爲患，但忍而不能自捨，又指天爲平正，若是者何也？夫唯夙受於天，靈神脩遠之故，所以不肯自變耳。篇首云『名余曰正則兮，字余曰靈均』；紛吾既有此内美兮，又重之以脩能』。此靈脩正承上文言之。」陳、臧輩不審屈子自比車右，蹇蹇先導，惟皇輿敗績是恐。「夫唯靈脩之故」，即「恐皇輿之敗績」。靈脩，指登於皇輿之君王。果以「靈脩」爲屈子自況，謂「夫唯靈脩之故」，屈子豈獨善其身而不恤國之安危者邪？案：靈之訓神，王注未易。游國恩又有新解，曰：「考劉向《九歎·離世篇》云：『靈懷其不吾知兮，靈懷其不吾聞。就靈懷之皇祖兮，愬靈懷之鬼神。靈懷曾不吾與兮，即聽夫人之諛辭。』五言『靈懷』，皆謂懷王。所謂靈者，與『靈脩』之靈同有神靈之義。按：《楚辭》凡事涉鬼神，多以靈言之，若靈巫、靈保、靈氛等等。《山鬼》言『留靈脩兮憺忘歸』，亦因山鬼之所戀必其同類。脩者，美也。蓋《離騷》作於頃襄王時見放之後，其曰靈脩者，是時懷王已死，追溯之稱，猶云先王、先帝、先君也。」游氏誠爲良苦，而終非其旨。大抵朱子以「靈脩」爲「婦悦其夫之稱」者最爲切旨，然則朱子猶扼於「明智而善脩飾」訓詁，終不白婦所以悦其夫而稱「靈脩」之由。靈脩寓名夫君，而其所寓之意亦在男女情愛之間。靈，石祖崇拜遺俗。詳上「靈均」注。西南苗、侗所居之地猶存石祖崇拜之風，而漢俗之墓碑、靈牌形制，亦由石祖之脱胎來。故婦悦其夫亦曰靈。脩，非脩飾、脩長，借作州，二字古同幽部，心照旁紐雙聲。州，陰器。《爾雅·釋畜》「白州驠」，注：「州，竅。」字又作魗，《禮記·内則》「鼈去魗」，注：「魗，謂鼈竅也。」《禮記·學記》鄭注：「魗，或爲計。」計，即眉字，詰利反。眉，尻也，男陽根器名。幽覺平入對轉，又有豚、椓、濁等字。婦借以稱其夫，於今爲猥褻，人所羞言，而於古多爲親昵之情，則不忌，未泯淳樸古風云爾。

是二句言余不顧己身之有殃，仍蹇蹇導引，奔走先後，雖堅忍而不能自止，此情此愫，可使九天之神司命爲正平者，但以靈夫君之故也。

第十一韻：舍、故

陳第曰：「舍，音暑。」顧炎武《唐韻正》采其説，謂舍古讀上聲。戴震曰：「舍，古音舒吕切。」亦上聲。孫詒讓《札迻》曰：「《管子·四稱》『讒賊是舍』。舍，當爲予之借字。《隸續》載《魏三體石經大誥》『予惟小子』。予字古文作『舎』。是其證。」予，上聲。于省吾曰：「金文『舍』字也作『舎』，《魏三體石經》古文『予』均作『舎』，《説文》誤以『舍』爲『從亼、中、口』。」其謂予、舎同音本一字。予，平聲；舎，亦平聲。案：洪《補》引顔師古曰：「舍，尸夜切，訓止。息人之屋舍及星辰之次舍，其義皆同。《論語》曰：『不舍晝夜。』謂曉夕不息耳。今人音捨，非也。」《群經音辨》曰：「舍，居也，始夜切。舍，放也。音捨。舍，置也，音釋。」謂舍止之舍，去聲，江有誥曰：「舍，音恕。」恕，去聲。而舍放之舍，上聲，俗作捨。此蓋舒字之義。舍置之舍，入聲，即釋字借義。舍諧余聲，余、舍本一字，因其義引申未必音同，造字之音必與後世孳乳字異。段君謂「同聲必同部」，於古韻之分部，大略得之，而不可謂同諧聲字皆音同。考顒字諧禺聲，侯部，而《詩·六月》顒與公韻，顒字之音在東部。侯東陰陽對轉。儺字諧難聲，元部，而《詩・竹竿》儺與左、瑳韻，儺字之音屬歌部。歌元陰陽對轉。縢字諧朕聲，蒸部，而《小雅・大田》縢字與賊韻，縢字之音在職部。蒸職平入對轉。恒字諧亘聲，元部，而《齊風・甫田》恒字與桀韻，恒字之音在月部。元月平入對轉。沃字諧夭聲，本屬宵部，而《唐風・揚之水》沃字與鑿、襮、樂韻，《小雅・隰桑》沃字與樂韻，沃字之音在藥部。宵藥平入對轉。孫氏引《管子》之「舍」爲言舍予借字，與此文訓止之舍字者異，其義不同，其音亦異。于氏謂舍予、舍止皆從余聲本音同，亦不知音因義而轉。舍，讀去聲，古音爲[sia：k]。江有誥曰：「故，魚部。」案：故，亦去聲，古音爲[gia：k]。舍、故同鐸之長入。

曰黄昏以爲期兮　羌中道而改路

《文選》五臣、六臣本，錢《傳》本無此二句。洪《補》曰：「一本有此二句。王逸無注，至下文『羌内恕己以量人』，始釋『羌』義。疑此二句後人所增耳。《九章》曰：『昔君與我誠言兮，曰黄昏以爲期；羌中道而回畔兮，反既有此他志』。與此語同。」閔齊華曰：「『黄昏爲期』二語，《選》本原無，況於韻亦不協。」王邦采曰：「王之不注此二句者，蓋併此二句而無之也。若此下脱兩句，則王當注云疑有闕文矣。」屈復亦曰：「此二句與下悔遁有他意重，又通篇皆四句，此多二句，明係衍文。」皆從洪説。案：唐歐陽詢碑帖《離騷》有此二句，在隋唐已衍誤。朱子以爲本有此二句，曰：「曰者，叙其始約之言也。黄昏者，古人親迎之期，《儀禮》所謂『初昏』也。羌，楚人發語端之詞，猶言卿，何爲也。中道而改路，則女將行而見棄，正君臣之契已合而復離之比也。洪説雖有據，然安知非王逸以前，此下已脱兩句邪？更詳之。」朱子因夫婦比君臣之成見而強爲之説，不足據。《古今合璧事類備要》續集卷四一引亦衍此二句。

初既與余成言兮　後悔遁而有他

[成]洪《補》曰：「《九章》作誠言。」案：王逸注：「成，平也。」王本作成言。《古今合璧事類備要》續集卷四一引亦作「成言」。

[余]錢《傳》作予。案：余、予古今字。《説文》段注謂周初用余，春秋戰國用予。朱季海謂春秋而還用予，漢人讀余爲予。又曰：「屈賦先秦故書，其始當皆作余，與《尚書》、《春秋傳》古文相應。」屈賦余、予分用，領格及介賓用余，賓格用予。此作余是也。《古今合璧事類備要》續集卷四一引亦作余。

[遁]《文選》五臣、六臣本遁字皆作遯，洪《補》、朱《注》同引一作遯。案：遯，本字；遁，借字。王逸注「遁隱也」，其本作遯。詳注。《古今合璧事類備要》續集卷四一引亦作遯。

[他]《文選》六臣本作佗，洪《補》、朱《注》二本同引他一作佗。姜亮夫謂「他，佗隸變也」。案：慧琳《一切經音義》卷六云：「《説文》作它，隸書作也。」信陽、包山楚簡文他字并作佗，或作㐌。《古今合璧事類備要》續集卷四一引亦作他。

【初】王逸注：「初，始也。」其「懷王始信任己」云云，謂見任爲王左徒時。案：是也。於史指見任左徒之始；於本書，指奔走先後、導夫先路之時。《説文》初字從衣，從刀，訓裁衣之始。然此義字不見書證，許氏亦不之信而泛釋以「始」。

【成言】王逸注：「成，平也。言，猶議也。言懷王始信任己，與我平議國政。」朱《注》曰：「成言，謂成其要約之言也。」蔣驥曰：「以婚姻之無信，比君心之合而復離也。」又，洪《補》曰：「成言，謂誠信之言，一成而不易也。《九章》作『誠言』。」案：據王注，成，讀如訂。《説文·言部》：「訂，平議也。从言，丁聲。」成、訂并從丁聲成，從戊，丁聲，例可通用。引申言訂約義，多假成字爲之。《左傳》隱六年「鄭伯請成於陳」，言訂約於陳也。王氏以「成言」爲「平議」，直以君臣大義説之，朱子解以喻義。《左傳》襄二十七年：「壬戌，楚公子黑肱先至，成言於晉。丁卯，宋戌如陳，從子木成言於楚。」成言，春秋戰國諸侯列國交約之詞。屈子於懷王時，屢使於齊，諳於外交言辭。此施於君臣，指其與「蓀」初成「導夫先路」之約言。《潛夫論·交際》「或中路而相捐」，「負久要之誓言」。屈子與懷王，其是之謂也。洪氏改成言爲誠言，謂君王「初既與余誠言」一句無述語，固非勝語。

【後】王逸注「後用讒言，中道悔恨」云云，謂指見棄於君王時。案：是也。後，對「初」言，徵之《史記》本傳，猶「王怒而疏屈平」之後也。

【悔】王逸注「後用讒言，中道悔恨」云云，以「悔」爲「恨」。下文「悔相道之不察」，王注：「悔，恨也。」《天問》：「受壽永多，夫何久長？」王注：「彭祖至八百歲，猶自悔不壽，恨枕高而唾遠也。」悔、恨互文見義。案：悔、恨統言不分，言憾也。恨，非「怨恨」義，猶今云「遺憾」。《説文·心部》：「悔，悔恨也。从心，每聲。」悔之言改也。悔、改，之部，其聲分喉之深淺，音義皆通。言中心曉寤而後思改則謂之悔。悔，匣紐；每，明紐。悔、每聲不同，不相諧。每，借如謀。《木部》梅字從木，每聲；異文作楳，從木，某聲。某，謀也。慮難曰謀。思謀以改字作悔，會意兼借聲。引申言悔改。《詩·皇矣》「比於文王，其德靡悔」，言其德不改。張銑曰：「悔，改也。」審此二句，初、後各自獨立成詞，不當以「後悔」連文，當以「悔遁」連文。悔，不得解悔恨也。

【遁】王逸注：「遁，隱也。」案：「隱遁」本字作遯。《説文·足部》：「遯，逃也。从辵，豚聲。」《周易》鄭

注：「遯，逃去之名。」而「遁」字許氏訓「遷」，從辵，盾聲。許又云：「遁，一曰逃也。」此即「遯」字借義，許君合而存於「遁」字，蓋多借遁爲遯。遯、遁音同通用。豚，小豕也。《方言》卷八：「豬，其子或謂之豚。」豚之隱爲逃，而字作遯。逐字從足，豚省，會意。逐訓追，與遯相反爲義。《説文》諧聲多相反爲義。詳黄焯《説文形聲字有相反爲義説》。遯、逃二字亦各有專義。去而不隱謂之逃，隱而不見謂之遯。《左傳》「宵遁」「夜遁」皆不言「逃」，而「逃刑」、「逃罪」，亦不言「遯」。於靈脩，不宜謂逃臣。「悔遁」之遁，遷也，移也，改也。

【有他】王逸注「有他志」云云，以「他」爲他志。案：他者，指讒佞。言任用讒佞而爲其前驅導引也。信陽楚墓簡文曰：「附如鼂相保如芥，毋偲。」有他、無他，蓋其時習語。是二句言蓀初既與余訂定約言，後改遷而别有所圖，舉用讒黨爲其奔走之職也。

余既不難夫離别兮　傷靈脩之數化

夫 《文選》六臣本無「夫」字，曰：「五臣本有『夫』字。」洪《補》、朱《注》、錢《傳》同引一無「夫」字。案：《古今合璧事類備要》續集卷四一引有「夫」字。

數 洪《補》、朱《注》二本數同音所角切。《群經音辨》曰：「數，計也，色主切。數，計目也，尸故切。數，屢也，色角切。數，迫也，音促，《禮》『數目顧脰』。又粗角切。數，疾也，音速，《禮》『衛音趨數煩志』。」案：王注「志數變易」云云，用屢數義，音色解切。色解、所角二切音同。

化 洪《補》化音花。《文選音決》化音呼戈反，曰「楚之南鄙言」。案：包山楚簡「過」字皆作「𨑓」，化，楚音咼。

今江南讀化如伙，蓋其遺音。

【不難】王逸注「言我竭忠見過，非難與君離別也」云云，以「不」爲「非」，以「難」爲「難易」之難。案：此二句言我既憚離別，又傷君之數化之意。不，非否定詞，語助辭。不難，猶難也，不字無義可繫。《詩・桑扈》「不戢不難」，毛《傳》：「不難，難也。」與此文同。又，《生民》「上帝不寧，不康禋祀」，毛《傳》：「不寧，寧也；不康，康也。」《卷阿》「矢詩不多」，毛《傳》：「不多，多也。」《爾雅・釋魚》「龜左倪不類，右倪不若」，邢《疏》：「不，發聲也。」《楚辭・招魂》「麗而不奇些」，王注：「不奇，奇也，猶《詩》云『不顯文王』，不顯，顯也。」《秦策》「楚國不尚全事」，高注：「不尚，尚也。」難，猶憚也。憚曰難詳上文「憚」注，難亦曰憚。《釋名・釋言語》：「難，憚也，人所忌憚也。」《易・屯》「剛柔始交而難生」，《釋文》引賈逵「難，畏憚也」。此文難、傷互文見義，不當訓難易。不難離別，言畏與君離別。

【離別】王逸注：「近曰離，遠曰別。」案：《楚語》載伍舉曰：「德義不行，則邇者騷離，而遠者距違。」即「近曰離」本證。兵家言「離間」，不得易言「別間」。《説文・隹部》：「離，離黃，倉庚也。」無離分義。朱駿聲謂離分字爲剺，或作冎。剺字從𠩺，刀聲，之部。離，歌部。音不同部，不得相通。冎，見紐。與離字亦不同，不相通假。離，讀如列。離、列爲歌月平入對轉，同來紐雙聲。《九歎・思古》「曾哀悽欷心離離兮」，王注：「離離，剥裂貌。」《廣雅・釋言》：「離，剮也。」《儀禮・士冠禮》「離肺」，注：「離，割也。」皆列字假借。《説文・冎部》別字作𠛱，曰：「分解也，从冎、从刀。」《丫部》「乖」字下曰：「𠔁，古文別。」《八部》有「𠔁」字，曰：「𠔁，分也。从重八。八，別也。《孝經説》曰『故上下有別』。」𠔁，「从重八」者，言分而又分，故遠謂之別。別重於離，「別等級」、「別親疏」、「別內外」、「別賢愚」，皆不言「離」。故「近曰離，遠曰別」。渾言不分。劉熙載《藝概》卷三《賦概》、汪瑗《集解》並以「離别」爲「離騷」義，其不審「離騷」之離，鳥名，鳳鳥之儔，騷，楚語，通作簫，舜樂也。詳題解。離别，於駕車先導言，謂君王改徙他途，任用他人爲奔走之職，與我分别而去；於史傳本事，謂遭君放逐。

【傷】王逸注「傷念君信用讒言」云云，以傷爲思念義。《爾雅·釋詁》、《詩·卷耳》毛《傳》並云：「傷，思也。」思，有思念、憂愁二義，傷訓思，憂也。詳上文「惟草木」注。《説文·人部》：「傷，創也。从人，𥏻省聲。」引申言傷害、憂慼。朱駿聲謂憂傷本字作慯。案：包山楚簡文有慯、剔二字，剔字有二例，謂「辛未之日不謹陣宔雁之剔之古」、「言胃慯其弟石耴馲」云云，剔，傷害。慯字一例，人名，蓋憂慼義。剔同傷，慯同慯。楚人已别傷害、憂慼爲二字。而説者多誤謂慯始於漢，傷之分别字。

【數】王逸注「志數變易」云云，數猶屢也。《説文·攴部》：「數，計也。从攴，婁聲。」引申言數目、數理、數術，又引申爲頻數、屢數。

【化】王逸注：「化，變也。」案：變、化二字，渾言不分，析言各有專義。下文「固時俗之流從兮，又孰能無變化」，《天問》「伯禹愎鮌，夫何以變化」，「變化」連文，統言謂變更。下文「蘭芷變而不芳兮，荃蕙化而爲茅」，變、化對文，則不可混。化，死而後生。《説文·匕部》：「匕，變也。从到人。」匕，古化字。「到人」，倒人。朱駿聲謂「倒子爲𠫓，生也；倒人爲匕，死也」。蓋死而後生，異物相感生謂之化。《周禮·大宗伯》「以禮樂合天地之化」，注：「能生非類曰化。」《吕氏春秋·過理》「剖孕婦而觀其化」，注：「化，育也。」《素問·天元紀大論》「在地爲化」，注：「化，謂生化也。」《莊子·逍遥遊》謂鯤「化」而爲鵬、莊生夢而「化」爲蝶及雀入水而「化」爲蛤之比。又，《荀子·正名篇》「狀變而實無别，而爲異者謂之化」，揚注：「化者，改舊形之名。」亦猶下文「荃蕙化而爲茅」，改荃蕙本形也。變，但有所改，形質猶存其故態。化深而變淺。《易·繫辭》：「知變化之道。」虞翻注：「在陽稱變，在陰稱化。」陽變者但謂物有所滋生耳。陰化者，謂兩物彼此相感化，一死必一生。《易》又曰：「四時變化。」荀注：

「春夏爲變，秋冬爲化。」春夏萬物有所滋生，猶存故態，則謂之變；秋冬，或實或萎，形質皆變，是以謂之化。「化生」、「造化」、「政化」、「教化」、「坐化」、「物化」，不言「變」；「變易」、「變輪」、「變故」，亦不言「化」。靈脩其人，不復「成言」之初，性質已改，無可振救。若「變」，其質如故，而不至於「不察」、「齎怒」而「有他」也。屈子，蓋於君王絶望之至，故不勝其傷也。

是二句言我既畏不得竭盡車右之職，與君離别，天各一方，又傷君之屢化，一改其當日之志也。

第十二韻：他、化

陳第曰：「他音拖。」戴震曰：「他，一作佗，古音通何切。」案：他，古音爲[tʻai]。朱《注》化音叶，虎瓜反。「虎瓜」之行韻，魚部；化，歌部。陳第曰：「化，古音訛。」戴震曰：「化，古音呼戈切。」江有誥曰：「化音呵。」

案：訛、呵，去聲。化音花，呼戈切，平聲，古音爲[xʷai]。他、化古同歌部。

以上七韻三十言爲第二章。屈子始以「壯美」自許，冀君攬用，使馳騁導引，至彼先路。此章從「路」字入，終於「路」字出。言堯舜之所以得路，桀紂之所以窘步，在乎遵道用賢與否。世路幽昧險隘，車覆人亡，庶幾目前，我乃不畏禍患，爲匡扶既傾之大輿，奔走先後，蹇難而行，使改行大路，惟恐其敗績傾覆。靈脩不察我情，反信讒言，無端疾怒，而後改遷初始約言，從黨人之邪徑，中道别我而去。此章屈子自比執策控轡之車右，字字皆與「路」字相關。「數化」二字，開啓下章「衆芳之蕪穢」。

余既滋蘭之九畹兮　又樹蕙之百畝

余　《事類賦注》卷二四、慧琳《一切經音義》卷九八、《藝文類聚》卷二九、《唐類函》卷一八五、《施注蘇詩》卷二、《太平御覽》卷九八三、《錦綉萬花谷》卷七、《文選》卷六《魏都賦》注引無余字。《五百家注昌黎文集》卷二、《古今事文類聚》後集卷七及卷二九、《山谷内集詩注》卷二及卷一四、《東雅堂昌黎集注》卷八、《漁隱叢話》後集卷一、《白帖》卷三引余并字作予。案：「余既」以下四句，屈子所爲事。若無余字，則語意晦。王注「言己雖見放流，猶種蒔衆香」云云，以「己」釋「余」，王本有「余」字。屈賦主格用余，作予非是。《説文繫傳》卷二六、《海録碎事》卷二二、《古文苑》卷七《枯樹賦》注、《詁訓柳先生文集》卷四三注、《柳河東集注》卷四三、《古今事文類聚》續集卷九、《古今合璧事類備要》續集卷四一、《東雅堂昌黎集注》卷五、《漢書》卷八七《揚雄傳》注引有余字。《太平御覽》卷九八三又引亦有余字。

滋　洪《補》、錢《傳》同引《釋文》「滋」作「⿱艹哉」，音栽。朱《注》曰：「滋，一作⿱艹哉，與栽同。」姜亮夫校曰：「⿱艹哉，乃六朝俗字，字宜作栽，本築牆長板，經傳多借爲茲生字，妄人不知，于上增艸，以應蘭蕙之義，而又誤作從『哉』也。屈賦作滋者，又兹之借字。兹，草木多益也。引申爲種植。」案：滋，即蒔字假借，滋、栽皆非種植本字。詳注。滋音子之切，精紐四等開口；⿱艹哉、栽同音昨代切，去聲，精紐一等開口。滋與⿱艹哉、栽聲同而等調皆異。

畹　洪《補》畹音於阮切，《文選》六臣本、朱《注》本同音於遠反。案：遠字有上、去二音，「於遠」之遠，上聲。「於阮」之行韻，三等開口；「於遠」之行韻，三等合口。同等而不同呼。山東銀雀山漢墓殘簡《孫臏兵法》佚篇《吴王問》畹假作婉，從女，宛聲。宛音於願切，亦三等合口。

又　《藝文類聚》卷八一及《唐類函》卷一八五載引此無「又」字。案：既、又，屈賦常見句法，有「又」字是也。

樹　《錦綉萬花谷》卷七、《古今事文類聚》續集卷九引樹并作植。案：王注「樹，種也」云云，王本作樹。蓋後因樹、植義同而妄改。

畝　洪《補》引《釋文》、朱《注》引一本畝作畮。朱曰：「畮，古畝字。」《漢書》卷八七《揚雄傳》注、《全芳備祖集》卷二三引作畝，慧琳《一切經音義》卷九八引《風俗通義》佚文、引亦作畮。《文選》六臣本、《太平御覽》卷九八三、《唐類函》卷一八五、《藝文類聚》卷八一、《東雅堂昌黎集注》卷五、《施注蘇詩》卷二、《記纂淵海》卷八四及卷九三畝作畆。案：畮，古字；畝，今字；畆，俗字。《説文》畮字又作畞，從田，十、久，訓「步百爲畮」。從十者，蓋象阡陌縱横，猶《詩》所謂「南東其畝」也。久，借爲勼。聚也，謂勼聚廣縱百步。畞，會意，古字。畝，畞之隸省。銀雀山《孫臏兵法》佚篇《吴王問》字作畇，從田，從勿。案：畇，即畛字，非畝字也。《藝文類聚》卷八一、《詁訓柳先生文集》卷四三、《漁隱叢話》後集卷一、《柳河東集注》卷四三注、《古今合璧事類備要》續集卷四一引作畝。

【滋】王逸注：「滋，蒔也。」案：蒔，本字；滋，借字。王氏以本字釋借字。朱駿聲曰：「滋，讀爲蒔，更別種也。分秧匀插曰蒔。」《説文·艸部》：「蒔，更別種也。从艸，時聲。」段注：「今江蘇人移秧插田中曰蒔秧。」蒔，時聲，無更別義。時者，所以叙春秋、分日月、别朝夕也，蓋受義於「代」。時、代，之職平入對轉，禪定旁紐雙聲，例可通用。《莊子·徐無鬼》：「堇也，桔梗也，鷄癰也，豕零也，是時爲帝者也。」《淮南子·説林訓》：「譬若旱歲之土龍，疾疫之芻靈，是爲帝者也。」又，《齊俗訓》：「見雨則裘不用，升堂則蓑不御，此代爲帝者也。」三例句法同，用時用代，知二字通用。代，更也。相更代種謂之蒔。蒔，借聲字。

【九畹】王逸注：「十二畝曰畹。或曰田之長爲畹也。」案：《説文·田部》曰：「二十畝曰畹。」小徐本作「三十畝曰畹」，三，當二形訛。《文選·魏都賦》劉良注引班固云：「畹，三十畝也。」皆異王注。畹，通作頃。《春秋公羊傳》宣十五年：「什一者，天下之中正也。」何休注：「凡爲田一頃十二畝半。」許書及《文選》注引班氏「二十畝」者，蓋「十二畝」之乙。畹，於遠切，元部，匣紐三等合口。頃，去穎切，耕部，見紐四等合口。畹、頃聲紐但分深、淺，喉音，實雙聲。《説文·頁部》：「潁，从水，頃聲。」潁音庚頃切，匣紐三等合口。潁、頃爲見匣旁紐雙聲。耕、元二部旁轉，古多通用。《尚書·吕刑》「苗民弗用靈」，《墨子·尚同》引《書》靈字作練。靈，耕部；練，元部。《詩·東門之墠》「有踐家室」，《韓詩》踐作静。踐，元部；静，耕部。《齊風·還》「子之還兮」，《齊詩》還作營。還，元部；營，耕部。《大雅·大明》「俔天之妹」，《韓詩》俔作磬。磬，耕部；俔，元部。《考工記·梓人》「數目顧脰」，注：「故書顧或作牼。」鄭司農曰：「牼，讀爲鬜。」牼，耕部；鬜，元部。《曲禮》：「急繕其怒。」注：「繕讀曰勁。」繕，元部；勁，耕部。《左傳》僖元年「公敗邾師於偃」，《公羊傳》偃作纓。纓，耕部；偃，元部。《秦策》「莅政有頃」，注：「有頃，言未久。」字或作「有間」。頃，耕部；間，元部。皆元耕旁轉之例。畹、頃例亦通用。又，《玉篇·田部》：「三十步曰畹。」《孫臏兵法·吴王問》云：「孫子曰：『范、中行氏制田，以八十步爲畹，以百六十步爲畛，而伍税之。智氏制田，以九十步爲畹，以百八十步爲畛。韓、魏制田，以百步爲畹，以二百步爲畛。趙氏制田，以百二十步爲畹，以二百四十步爲畛。』」不論范、中行、智、韓、魏、趙，畹皆畛之半。此蓋别一名。「步畹」之畹，與「頃畹」之畹，名同義異。六卿「步畹」之畹，蓋畎之假借。畎，古文作𡿨，音姑泫切，元部，見紐。畹、畎同部，見匣旁紐雙聲。《説文·𡿨部》：「𡿨，水小流也。《周禮》：匠人爲溝洫，相廣五寸，二相爲耦；一耦之伐，廣尺深，尺謂之𡿨。倍𡿨謂之遂，倍遂曰溝，倍溝曰洫，倍洫曰巜。」「甽，古文𡿨。从田、巛。田之巛也。」「畎，篆文𡿨，从田，犬聲。六畎爲一畝。」段注：「《漢·食貨志》曰：『趙過能爲代田，一畝三甽，古法也。后稷始甽田，以二相爲耦，廣尺深尺曰甽，長終畝，一畝三畎，一夫三百畖，而播種於畖中。』按：長終畝者，長百步也。六尺爲步，步百爲畝，『播種於畖中』者，畖中，猶畖間，播種於兩畖之間也。深者爲畖，高者爲田，皆廣尺，三百畖，積廣六百尺。長百步，亦長六百尺，故一夫百畝。其體正方，許云『六畎爲一畝』者，謂其地容六畎耳。與一畝三畎之制，非有二也。」段氏精於《周禮》，格物多得其蘊。晦本正方形，廣、縱皆百步，但因其廣或因其縱計之，則爲畎，長方形，參晦之一，步三十又三之奇，與顧氏《玉篇》「三十步」之數略同。秦制尚六，謂「六畎一畝」，然則非姬周古法。若合廣、縱，則一畝九等分，凡九畎，故《漢書・食貨志》有「一畝三畖」之説。顔師古注：「畖，或作畎。」蓋晉六卿田制，一畝二畎，非《説文》所稱。春秋以還，諸侯力政，車塗殊軌，田疇異晦。楚制又異於中土，今湮没未詳。王注「或曰田之長爲畹也」云云，抑亦説畎義。古多以「畎晦」連文。《莊子・讓王》「居於畎晦之中」，《韓非子・説疑》「親操耒耨，以修畎畝」，《荀子・成相篇》「舉舜畖畝」，《文選・西都賦》「農服先疇之畎畝」，《呂氏春秋・辯土》「大畖小畝」。九畹、百晦對舉爲文，畹，借爲畎，亦畎晦。言蒔蘭、樹蕙於畎晦之中，未必謂蘭九畹而蕙百畝。九、百皆極言畎晦之多，而非實數。

【樹】王逸注：「樹，種也。」吕延濟曰：「樹，藝也。」案：《説文・木部》：「樹，木生植之總名。从木，尌聲。」《寸部》：「尌，立也。从壴，从寸，持之也。讀若駐。」持之，扶之。扶之使立則爲尌。《人部》：「侸，立也。从人，豆聲。讀若樹。」又，《豆部》：「豆，古食肉器也。从口，象形。」段謂豆篆文從‖，「象骹也。《祭統》曰『夫人薦豆執校』，校者，骹之假借字。注云『豆中央直』者是也。豆柄一而已，兩之者，望之則兩也，畫繪之法也。豆柄直立，故豎、侸、豈字皆從豆」。樹、侸、樹皆根於豆。又，人首謂之頭，項謂之脰，亦其一族。倒者死，立者生，則木植立而爲樹。引申爲樹藝草木，樹立功名，《招隱士》「青莎雜樹」，《九歎・愍命》「樹枳棘」、《思古》「樹於中庭」、《七諫・初放》「列樹苦桃」，皆同此。今以樹爲木，非其古義。

【蕙】王逸注上文「菌桂」曰：「葉曰蕙，根曰薰。」自王逸而下，蕙草即薰草。《廣雅・釋艸》直以蕙爲薰，洪

《補》、朱《注》、陸農師《埤雅》及王念孫《疏證》亦同。朱珔力斥之，曰：「余謂上文『雜申椒與菌桂兮，豈維紉夫蕙茝』，王注誤以菌爲薰，蕙爲薰葉。《西山經》云『嶓冢之山有草焉，其葉如蕙』，郭注：『蕙，香草，蘭屬也。或以蕙爲薰，失之。』所駁正是」。案：王注菌曰薰，蕙爲薰葉，固非格物之精，蕙草非薰草。然則上文「菌桂」、「蕙茝」，菌、蕙皆疏狀字，非草名，蕡字假借，芬也，香貌。詳上文「菌桂」注。此文樹百畮之蕙，香草名，未可溷。《惜誦》「檮木蘭以矯蕙兮」，《悲回風》「悲回風以摇蕙兮」，《惜往日》「謂蕙若其不可佩」，《九辯》「竊悲夫蕙華之曾敷兮」，皆作草名。誠如郭注，蕙猶蘭之屬，多與蘭對舉。《招魂》「光風轉蕙，氾崇蘭些」是也。洪《補》引黄山谷曰：「蘭蕙叢出，蒔以沙石則茂，沃以湯茗則芳，是所同也。至其發華，一幹一華而香有餘者蘭，一幹五七華而香不足者蕙也。」山谷所説，今蘭花草，一幹一花者爲春蘭，一幹數華者爲夏蘭，而皆非屈賦所稱。此李時珍辨之至詳至備。詳上文「秋蘭」注所引。邵博《聞見後録》卷二十九駁山谷説，乃謂「楚人曰蕙，今零陵香也。唐人但名鈴鈴香，亦名鈴子香，取其花倒懸枝間如小鈴也」。鄭樵《通志》亦謂以蘭、蕙爲一物，即言零陵香。張淏曰：「諸公見零陵香，有蕙草之名，故斷然以蕙爲零陵香，殊不知《本草》中又自别有蕙實一種，云是蘭蕙之蕙，此正一幹六七花者也。以其實可用，故云蕙實。如此則蕙與零陵香各爲一物可分明。」考本篇言滋蘭、樹蕙，《招魂》言轉蕙、泛蘭，蘭、蕙明爲二草，張氏謂蕙、蘭非零陵香一種，信而有據。惟張復因山谷説，以一幹六七華之夏蘭花屬之，亦未知蘭草、蘭花草之别。李時珍曰：「但蘭草、蕙草乃一類之二種耳。」而以蕙草爲薰草。薰，非蘭草，李氏亦承王注之誤。蕙，從艸，惠聲。惠字古有二音，或物部，或月部。《詩・節南山》惠與戾屆闋協韻，物部，蕡字音變，音轉陽聲作「薰」、「菌」。《瞻卬》惠與厲瘵協韻，《月令》惠與泄達絶協韻，月部，與薰蕙之蕙别一字。《周語》：「惠，所以和民也。」和、惠爲歌月平入對轉。蕙之爲言蔿也。《説文・艸部》：「蔿，艸也。从艸，爲聲。」未詳其爲何草。爲聲字與爰聲字多相通，⿰木爲或作楥，僞或作諼。詳下「爲余駕飛龍兮」注。蔿，萲别字。萲草，萱草。《詩・伯兮》「焉得諠草」，《爾雅・釋訓》引《詩》作「焉得萲草」。《説文》作萱草，引《詩》又作藼草。蕙、萱，元月平入對轉，其聲爲喻三與曉紐旁轉，例得通用。許氏云：「萱，忘憂艸也。」《文選》嵇康《養生論》注引《名醫別録》曰：「萱草，是今之鹿葱也。」《本草》：「萱草，《釋名》忘憂，療愁，丹棘，鹿葱。」李時珍曰：「萱，本作諼。諼，忘也。《詩》云『焉得諼草，言樹之背』。謂憂思不能自遣，故欲樹此草，玩味以忘憂也。吴人謂之療愁。董子云：『欲忘人之憂，則贈之丹棘，一名忘憂故也。其苗烹食，氣味如葱，而鹿食九種解毒之草，萱乃其一，故又名鹿葱。」又曰：「萱下濕地冬月叢生。葉如蒲、蒜輩而柔弱，新舊相代，四時青翠。五月抽莖開花，六出四垂，朝開暮蔫，至秋深乃盡，其花有紅、黄、紫三色。結實三角，内有子大如梧子，黑而光澤。其根與麥門冬相似，最易繁衍。《南方草木狀》言，廣中一種水葱，狀如鹿葱，其花或紫或黄，蓋亦此類也。肥土所生，則花厚色深，有斑文，起重臺，開有數月；瘠土所生，則花薄而色淡，開亦不久。嵇含《宜男花序》亦云：『荆楚之土號爲鹿葱，可以薦菹。』尤可憑據。今江東人采其花跗乾而貨之，名爲黄花菜。」讀月部之蕙，當即此草。

【畝】王逸注：「二百四十步爲畝。」案：《説文・田部》：「六尺爲步，步百爲畮。秦田二百四十步爲畮。」王氏據秦制。秦制蓋據三晉。《孫臏兵法・吴王問》載晉六卿之田制各不相同。范、中行氏百六十步爲畮，智氏百八十步爲畮，韓、魏二百步爲畮，趙氏二百四十步爲畮。六卿分晉在晉昭公六年公元前五二六年，秦孝公任衛鞅，在秦孝公十二年公元前三五〇年以後，去六卿分晉有百又七十餘歲，趙氏二百四十步爲畮之制固先於秦，是爲許氏所疏。鞅，衛人也。後歸於趙氏，鞅當諳趙氏田制；及其相秦，説秦王，則秦亦以畮二百四十步爲律，取法於趙。許云「步百爲畮」，又范、中行六十步，蓋姬周舊制。及戰國爲政，畮制增益，而終至於畮二百四十步，蓋公私二門以益田傾民力。私門增益畮制，以傾公室，猶陳成子「其於民也，上之請爵禄行諸大臣，下之私大斗斛區釜以出貸，小斗斛區釜以收之」者也。

王逸注曰：「言己雖見放流，猶種蒔衆香，修行仁義，勤身自勉，朝暮不倦也。」以二句爲言修治仁義之喻。

案：趙南星曰：「言己平日培植群賢，《序》所謂『率其賢良，以厲國士』者也。」李陳玉曰：「樹衆芳者，樹衆賢之譬也。」錢澄之曰：「從上所稱蘭芷，言己之懷芳以爲德也；此則廣集衆芳，以人事君之義也。屈原序其譜屬，率其賢良，以勵國士，固有進賢之職。」蔣驥亦曰：「以香草喻己所薦拔之士。」屈子罷職左徒，改遷三閭大夫，掌司三王公族大夫「及卿大夫子弟之官」，「專主教誨」，誠《離騷序》所謂「序其譜屬，率其賢良，以厲國士」也。詳宋程公説《春秋分記》第四十二「公族大夫」條。蘭、蕙比屈子所植子弟，而非自喻修潔。

畦留夷與揭車兮　雜杜衡與芳芷

畦 洪《補》畦音攜。錢《傳》畦音于圭反。案：《廣韻》上平聲十二齊韻搜音户圭切。于圭、户圭音同。

留夷 《文選》五臣、六臣本作菑荑，荑音夷。洪《補》引《文選》、朱《注》、錢《傳》同引一本作菑荑。《古今合璧事類備要》續集卷四一引留作菑，夷不從艸，《文選》卷二六顔延年《和謝監靈運》注引夷字作荑，而留不從艸。姜亮夫校曰：「留夷，草木以音命名者也。以其爲草，故加艸。其實此爲專字，古但作留夷。相如《上林賦》『雜以留夷』，是其證。」案：是也。留夷，連語，音以寓義，不在其字從艸與否，古本作留夷。《説文繫傳》卷二、《文選》卷八《上林賦》注、《古今事文類聚》後集卷二九、《藝文類聚》卷六六及卷八二、《唐類函》卷一八五、《事類賦注》卷二四、《白帖》卷一〇引亦作留夷。

揭車 《文選》六臣引五臣、洪《補》引《文選》、朱《注》、錢《傳》同引揭一作藒，洪、朱、錢三家又引一本作藒。《太平御覽》卷九八三揭作藒，《説文繫傳通釋》卷二、《爾雅》卷八《釋草》疏引作藒。案：揭車，連語，例同留夷，古不從艸。《古今合璧事類備要》續集卷四一、《事類賦注》卷二四注、《文選》卷八《上林賦》注及卷二六顏延年《和謝監靈運》注、《藝文類聚》卷六六及卷八二、《唐類函》卷一八五載、《古今事文類聚》後集卷二九、《白帖》卷一〇引亦作揭車。

衡《文選》六臣本作蘅，洪《補》、朱《注》同引一本作蘅。又，《太平御覽》卷九八三、《柳河東集注》卷一九注、《五百家注柳先生集》卷一九注、《全芳備祖集》後集卷三〇、《藝文類聚》卷八二及《唐類函》卷一八五載引并作蘅。案：蘅，分別字，古作衡。《事類賦注》卷二一注、《詁訓柳先生文集》卷一九注、《文選》卷八《上林賦》注及卷二六顏延年《和謝監靈運》注、《古今合璧事類備要》續集卷四一引亦作衡。

芳《後漢書》卷二八下《馮衍傳》注引芳芷訛作芬芷。

【畦】王注列二訓，一爲「共呼種」，一爲古畝制。畦，與下「雜杜衡」之「雜」相對，用作動詞。《說文·衣部》：「雜，五采相會也。从衣，集聲。」指赤黃黑白紫五采相配稱爲「雜」，《文心雕龍·情采》「五色雜而成黼黻」是也。引申爲相配、合共。《漢書·谷永杜鄴傳》「雜焉同會」，顏師古注：「雜，謂相參也。」皆非「混雜」。「雜杜衡與芳芷」，謂既於留夷、揭車間，又套種杜衡、芳芷。《田部》及《蒼頡篇》並云：「五十畝爲畦。」段注：「《離騷》『畦留夷與揭車兮』，王逸注：『五十畝爲畦。』《蜀都賦》劉注曰：『《楚辭》「倚沼畦瀛」，王逸曰：「瀛，澤中也。」班固以爲畦，田五十畝也。』此蓋班固釋『畦留夷』之語，今俗本文選佚之。按：《孟子》曰：『圭田五十畝。』然則畦从圭、田，會意兼形聲。又用爲畦畛，《史記》『千畦薑韭』，韋昭曰：『畦，猶壟也。』」段氏以「五十畝爲畦」者，爲班氏《離騷章句》遺義，是也。王逸輯録之，以存舊説。而段氏以「五十畝」之「畦」，與「畛畦」爲一字。亦非也。沈祖緜云：「畦、圭一字。《孟子・滕文公篇》云：『卿以下必有圭田，圭田五十畝。』趙岐注：『圭，潔也。』圭田即畦田，以植薑韭（見《史記・貨殖列傳》）菜茹者。（見《漢書・食貨志》）同篇：『病於夏畦。』趙注：『病，極也。言其意苦勞極，甚於仲夏之月治畦灌溉之勤也。』得其義。」沈氏以「畦、圭一字」，畦田，即《孟子》「圭田五十畝」者，是也。又「治畦灌溉」云云，亦誤以「畦」爲「菜畦」、「田壟」。清李黼齋《炳燭篇》卷一「圭田」條云：「《說文》：『畦，田五十畝也。』圭，即畦之省。」以「圭田」即「畦田」。《孟子・滕文公上》：「卿以下必有圭田，圭田五十畝，餘夫二十五畝。」趙注：「古者卿以下至於士皆受圭田五十畝，所以供祭祀也。圭，潔也。上田故謂之圭田。所謂惟士無田，則亦不祭，言絀士無潔田也。井田之民養公田者受百畝，圭田半之，故五十畝。餘夫者，一家一人受田，其餘老小尚有餘力者，受二十五畝，半於圭田，謂之餘夫也。」又曰：「方里而井，井九百畝，其中爲公田。八家皆私百畝，同養公田；公事畢，然後敢治私事，所以別野人也。」趙注：「方一里者，九百畝之地也，地爲一井八家，各私得百畝，同共養其公田之苗稼。公田八十畝，其餘二十畝，以爲廬井宅園圃，家一畝半也。先公後私，『遂及我私』之義也。則是野人之事，所以別於士伍者也。」是乃孟子理想田制，非實有其事。畦田，乃獨立於公田以外之私田，爲公室卿大夫及士私家所劈墾者，蓋起於春秋，而盛行於戰國。畦田不爲公室所制，公室不得征稅。《禮記・王制》：「夫圭田無征。」鄭注：「夫，猶治也。征，稅也。孟子曰：『卿以下必有圭田。』治圭田者不稅，所以厚賢也。」孔疏：「圭，絜白也。言卿大夫德行絜白乃與之田，此殷禮也。殷政寬緩，厚重賢人，故不稅之。周則兼通。士稅之，故注云『周官之士，田以任近郊之地，稅什一』。」田之不征，非「厚重賢人」，公室不得已而爲之。明孫蘭云：「《九章・方田》有『圭田求廣從法』、有『直田截圭田法』，有『圭田截小截大法』，凡零星不成井之田，一以圭法量之。圭者，合兩句股之形。井田之外有圭田，明係零星不整者也。」蓋在春秋季世，公室卑微，權移卿大夫，而卿大夫徵民力以開私田，獲取財富厚公室，以至危公室。「畦田」之制，乃春秋社會制度之變革，公室權力已爲卿士替代矣。若魯之季氏即以積蓄財富，終以傾覆魯公室，所謂季孫、孟孫、叔孫三家行魯政者矣。其時「民患上力役，解於公田」，「民不肯盡力於公田」，而競耕於卿士私田，致「公田稼不善」。公室則盡力抑卿士，強征圭田，是以魯有「初稅畝」，秦簡公七年有「初租禾」，皆出於一時之權宜。其初定田制，以一畦爲「五十畝」，禁卿士不得踰侈擴殖；必不得已，則「餘夫二十五畝」矣。卿士則據「夫圭田不征」之法以拒公室。「五十畝」之圭田，絕非「厚賢」也。「圭田」之「圭」，取之於「趌」。《説文·走部》：「趌，半步也。从走，圭聲。」包山楚簡字作「迲」，或作「跬」。《小爾雅·度》：「跬，一舉足也。」《詩·小旻》「是用不得於道」，鄭《箋》「是於道路無進於跬步」，《釋文》：「舉足曰跬。」引申之爲踰越、越度。越侈於井田而不成井者稱之「圭田」，故益从「田」旁而字作「畦」。而「畛畦」之「畦」，取法「圭」形。雖然同一字，而其義有别，未可溷淆。又，《招魂》「倚沼畦瀛」，倚，通作徛，越度也。徛、畦相對，畦，通作趌，亦越過之義。《招魂》是謂越度沼池，非「田五十畝」之稱，段氏引以爲例，誤矣。南楚田制嘗行「畦田」，楚亦遭田制變革。《清華簡》（七）《越公其事》第五章：「王好蓐（農）工（功），王親自耕，又（有）厶（私）畜（畦）。」整理者云：「私畦，親耕之私田。古書又稱籍田。」以「私畦」即「私田」者是也，然又以爲天子所耕「籍田」，非也。籍田者，公田也，非私田。越王勾踐兵敗之後，淪爲比賤民益賤之民，一無所有，苟延於殘山剩水之間。越國公田、城邑既已爲吴國所有，勾踐開墾土地，親耕「私畦」，其不在公田範圍之内明矣。勾踐躬行表率，勤於耕殖，「故王左右大臣乃莫不耕，人又（有）厶（私）畜（畦）。舉越庶民，乃夫婦皆耕，至於邊縣大小遠近，亦夫婦皆耕，越邦乃大多飤（食）」。其「人又（有）厶（私）畜（畦）」云云，蓋越國公田雖爲吴國所有，而越國家家戶戶皆有「私畦」，其已行於勾踐之世矣。嗣後，越爲楚所亡，楚因越制行「私畦」，則無可疑慮，惟名稱有異。《包山楚簡》載田土繼承權訟獄案，如第一五一簡至一五四簡曰：「左馭番戌飤田於邙域戭邑城田一素畔畜。戌死，其子番步後之；步死，無子，其弟番黜後之；黜死，無子，左尹命其從父之弟番款後之。款飤田疠於責，骨得之。左馭遊，唇骨貯之有五段，王士之後王賞閑之，言謂番戌無後。左司馬旨命左令䵣定之，言謂戍有後。口口(啻蘆)之田，南與郙君佢疆，東與蔆君佢疆，北與鄝昜佢疆，西與鄱君佢疆。」「飤田」即「食田」，蓋番氏所有土田，其名本爲公室所賜。《國語·晉語》「公食貢，大夫食邑，士食田」，韋注：「受公田也。」《戰國策·楚策》：「葉公子高食田六百畛，故彼崇其爵，豐其祿，以憂社稷者，葉公子高是也。」鮑彪注：「畛，井上有陌。」吴師道注：「《周禮》：『十夫有溝，溝下有畛。』朱子曰：『溝間千畝，畛爲阡。』」楚賜葉公子高「食田」至「六百畛」，則六千畝矣。惟公田無承襲，臣去職或者死後，皆還歸公室。惟《包山楚簡》番氏「飤田」可承襲，則與《國語》、《戰國策》所載「食田」，名同實異。父死子襲，兄死弟襲，弟無子由從父弟襲。若從父子弟亦無後，則爲無主，則無所歸矣。後之有無，爲判定「飤田」所屬關鍵。而「左司馬旨命左令䵣定之，言謂戍有後」。屬番家私田，已成定讞矣。簡又云「王所舍新大廏以啻蘆之田，南與郙君佢疆，東與蔆君佢疆，北與鄝昜佢疆，西與鄱君佢疆」。番家之「啻蘆之田」，已爲王氏侵吞改造成「大廏」，東南西北四邊各與郙、陵、鄝、鄱四家爲界，爰狀告左尹。番之「啻蘆之田」，雖稱「飤田」，實爲私田，爲楚法律所保護，不可任意侵佔矣。《九店楚簡》云：「𦼰一秜又五來，敔䊮之三簷(擔)。𦼰二秜，敔䊮之四簷(擔)。𦼰二秜又五來，敔䊮之五簷(擔)。𦼰三䅗，敔䊮之六簷(擔)。」李家浩以「𦼰」爲「畦」，甚是。李氏又以《離騷》訓「共呼種」、「五十畝」，「皆與簡文『𦼰』不合。從一號簡以『擔』、『秜』、『䅗』、『來』等爲『𦼰』的量詞來看，『𦼰』似是指某種農作物」。其説非也。𦼰，即「五十畝」之「畦田」。「秜」、「䊮」、「䅗」、「來」、「擔」，皆稼穡量詞。敔，非樂器名，通作御，謂相值、相當。畦田收一秜又五來，相當於䊮三簷(擔)。畦田收二秜，敔(相當)於䊮四簷(擔)。畦田收二秜又五來，敔(相當)於䊮五簷(擔)。簡文其下計量，皆可依次類推。包山楚簡第一五七號簡有「職𦼰」，指職主畦田之吏。又有「𦼰貸」，似指畦田借貸。則楚行畦田，不啻有司職之吏，且可計量征税或者借貸買賣。又，畦，本無「共呼種」之意。王逸以《離騷》「畦留夷」與下「雜杜衡」爲對舉，畦、雜皆用作動詞。畦，種植留夷揭車於私畦，而據「雜」爲「共種」而互言之，是以云「共呼種」。離此語境，則無是義。蓋「畦留夷」四句，謂在私畦共種留夷、揭車、杜衡、芳芷，喻其於私家塾室所培育子弟。上文滋蘭九畹、樹蕙百畝，九畹、百畝，喻楚公室學宮。屈原任三閭之職，顓以培植王室弟子，稱之曰三閭大夫，故滋蘭樹蕙於畹畝；又於私家設壇開塾，故於私畦中共植留夷、揭車、杜衡、芳芷。無論於公抑或於私，皆以培植國家所需人材爲己任，唯薦賢進能爲務，而不爲己身圖謀。蓋於春秋戰國田畝制度中探求，方探得其驪珠矣。

【留夷】王逸注：「留夷，香草也。」洪《補》曰：「《相如賦》云『雜以留夷』，張揖曰：『留夷，新夷。』顏師古曰：『留夷，香草，非新夷。新夷乃樹耳。』一云留夷，藥名。」《廣雅》：「攣夷，芍葯也。」王念孫曰：「攣夷，即留夷。留、攣聲之轉也。張注《上林賦》云：『留夷，新夷也。』新與辛同。王逸注《楚詞·九歌》云：『辛夷，香草也。』郭璞注《西山經》云：『芍葯，一名辛夷。』亦香草屬。然則《鄭風》之芍葯，《離騷》之留夷，《九歌》之辛夷一物耳。」朱季海曰：「留、攣聲轉者，《爾雅·釋器》『衣裗謂之祝』，郭注：『齊人謂之攣。』陸德明《音義》：『裗，本又作流。』留與流、裗雙聲，古韻同在幽部，是留謂之攣，猶裗、流謂之攣矣。大氐楚曰留夷者，齊語正謂之攣夷耳。」案：留夷，香草名，非辛夷。誠如顏注《漢書》所駁，辛夷乃樹。稚讓以留夷爲辛夷，《廣雅》又謂之攣夷，不見他書所載，本極可疑。王氏謂流、攣雙聲通用，無徵不信。朱君謂攣爲齊人語，誤解《爾雅》郭注。《釋器》曰：「衣裗謂之祝。」郭注齊人語祝爲攣，非齊人語裗爲攣。祝，月部，日紐；攣，元部，來紐。祝、攣爲元月平入對轉，日來旁紐雙聲。留夷，芍葯之訛，本作勺樂，樂字聲紐有二，一爲喻四，一爲來紐。流、樂爲幽宵旁紐，同來紐雙聲，例可通用。《孟子·盡心下》「般樂飲酒」，《文選》注引作「盤遊飲酒」。遊，流也。《漢書·項籍傳》顏注引文穎曰：「遊，或作流。」流、樂二字亦通用。故勺樂又音勺流。夷、叔古相亂，當爲叔。詳上文「遲暮」注。勺、叔爲覺藥旁轉，照審旁紐雙聲。勺樂之倒文誤爲流叔，又誤爲流夷。樂、攣形似，又誤爲攣夷。《本草》：芍葯，一名白朮，一名餘容，白者名金芍葯，赤者名木芍葯。李時珍《本草綱目·釋名》曰：「芍葯，猶婥約，美好貌。此花花容婥約，故以爲名。《詩·

溱洧》云：『伊其相謔，贈之以芍藥。』《韓詩外傳》云：『勺藥，離草也。』董子云：『勺藥一名將離，故將別贈之。』俗呼其花之千葉者爲小牡丹，赤者爲木芍藥，與牡丹同名也。」又曰：「昔人言洛陽牡丹、揚州芍藥甲天下。今藥中所用，亦多取揚州者。」陶隱居曰：「出白山、蔣山、茅山最好，餘處亦有而多赤。」

【揭車】王逸注：「揭車，亦芳草，一名芞輿。」王氏本《爾雅·釋草》。臧氏《經義雜記》卷一三曰：「車，即『輿』之駁文。揭車，即芞輿，一聲之轉也，百草權輿。」揭，月部；芞，物部。古曰揭車，漢曰芞輿，古今音之變。揭車蓋受義於權輿。《大戴禮記·誥志》、《太玄經·玄圖》并曰：「百卉權輿。」注曰：「權輿，始也。」百草始生而可識者曰權輿。權、揭爲元月平入對轉。權輿，初始之義。《爾雅·釋詁》：「權輿，始也。」郭璞注：「《詩》曰『胡不承權輿』」，胚胎未成，亦物之始也。此所以釋古今之異言，通方俗之殊語。」引申言表識，訓詁字作揭櫫。《周禮·職金》「辨其物之媺惡，與其數量，楬而璽之」，鄭注：「既楬書，揃其數量，又以印封之，今時之書有所表識，謂之楬櫫。」又作傑著。《墨子·號令》「吏卒民各自大書，於傑著之」是也。又作楬著。《漢書·酷吏尹賞傳》「楬著其姓名」是也。草有異香，表識於衆草，則名之以揭車。陳藏器引《廣志》「藒車香生徐州，高數尺，黃葉白華」。《齊民要術》謂「凡諸樹木蟲蛀者，煎此香冷淋之，即辟也」。李時珍謂「與今蘭香、零陵同類也」。

【雜】王逸以下注家皆未爲「雜」字作注，蓋因上文「雜申椒」而省。案：雜，五色相合，引申言和合、相配義。雜與滋、權、畦平列對舉，雜，猶配植、合種，類今云套種、間作。

【杜衡】王逸注：「杜衡、芳芷，皆香草也。」洪《補》曰：「《爾雅》：『杜土鹵。』注云：『杜衡也，似葵而香。』《山海經》云：『天帝山有草，狀似葵，其臭如蘼蕪，名曰杜衡。』《本草》云：『葉似葵，形如馬蹄，故俗云馬蹄香。』」洪氏雜糅衆說，未加辯證。《九歌·湘夫人》「繚之兮杜衡」，又「搴汀洲兮杜若」。杜衡、杜若爲二草。《本草》：「杜若亦名杜衡。」因《爾雅·釋草》「杜土鹵」而誤。若，鐸部，日紐；鹵，魚部，來紐。魚鐸平入對轉，日來旁紐雙聲。若、鹵音近通用。《爾雅》「鹵」，本衡字。郝懿行《義疏》曰：「衡，古文作奧，與鹵字形近，疑『土奧』缺脱其下，因誤爲土鹵耳。」《虞書·舜典》「玉衡」，《古文尚書》字作「玉奧」，《汗簡》又作「玉奧」。《玉篇》因《爾雅》誤字又作杜蕳。《史記·司馬相如列傳》司馬貞《索隱》引《博物志》曰：「杜衡，一名土杏。其根一似細辛，葉似葵。」王念孫曰：「杜衡與土杏古同聲，杜衡之杜爲土，猶《毛詩》『自土沮漆』，《齊詩》作杜也。衡從行聲，而通作杏，猶《詩》荇菜字從行聲，而《爾雅》、《説文》作莕也。」《廣雅·釋草》：「楚蘅，杜衡也。」楚、杜亦聲之轉，南土又名南楚，是其證。蘇頌曰：「今江淮間皆有之。春初於宿根上生苗，葉似馬蹄下狀，高二三寸，莖如麥藁粗細，每窠上有五七葉，或八九葉，别無枝蔓。又於莖葉間鏄内蘆頭上貼地生紫花，其花似見不見，暗結實如豆大，窠内有碎子，似天仙子。苗葉俱青，經霜即枯，其根成空，有似飦幕密鬧，細長四五寸，粗於細辛，微黄白色，味辛，江淮俗呼爲馬蹄香。」謹按《山海經》云：『天帝之山有草焉，其狀如葵，其臭如蘼蕪，名曰杜衡，可以走馬，食之已癭。』郭璞注云：『帶之可以走馬。』或曰馬得之而健走也。」

是四句言我既蒔種蘭、蕙於畎畮，又藝植留夷、揭車，配種杜衡、芳芷於畦田。蘭、蕙以比在朝之賢，留夷、揭車、杜衡、芳芷以比私淑弟子。言我於公於私，所扶植薦引者，皆國之賢士。此反意上「黨人」。

第十三韻：畮、芷

朱《注》畮，古畝字，音莫後反，叶滿彼反。陳第曰：「畝古音米。」戴震曰：「畝古音美琦切。」案：米，脂部，「美琦」、「滿彼」之行韻，歌部。「莫後」之行韻，侯部。皆非畝字古音。江有誥曰：「畝，明以反，之部。」是也。畝，古音爲[mə]；芷，古音爲[tole]。畝、芷古同之部。

冀枝葉之峻茂兮　願竢時乎吾將刈

冀 洪《補》、錢《傳》冀字同作異，上從八。案：異，俗冀字。朱《注》本作冀。《古今合璧事類備要》續集卷四一引亦作冀。

峻 《文選》六臣引五臣、洪《補》引《文選》、朱《注》、錢《傳》同引峻一作葰。案：姜校謂峻即《説文》陖字，訓陗高，葰乃藥中三柰。原本作俊，後因其言枝葉而增從艸。峻、葰同音俊。《古今合璧事類備要》續集卷四一引亦作葰。

竢 洪《補》引《文選》竢作俟、朱《注》引竢一作俟。案：竢，本字；俟，借字。《古今合璧事類備要》續集卷四一引亦作竢。

刈 《文選音決》曰：「刈，鶱上人魚再反。」一等開口。《廣韻》去聲第二十廢韻：刈音魚肺切。三等合口。案：鶱公語楚，刈音艾，魚蓋反。雅音刈讀魚肺切。

【冀】王逸注：「冀，幸也。」又，《九章・哀郢》「冀壹反之何時」，《抽思》「悲夷猶而冀進兮」，《悲回風》「吾怨往昔之所冀兮」，王注皆以爲冀幸義。《説文・北部》：「冀，北方州也。从北，異聲。」無幸望義。《見部》有「覬」字，段注曰：「覬，幸也。」段注謂「冀同覬」。又曰：「古字多作幾，漢人或作䮎，亦作冀，於從豈取意。『豈下』曰『欲也』。」案：據許氏析字，冀諧異聲，職部。覬、幾、䮎，微部，古不同音。冀字入韻但見宋玉《九辯》，曰：「心搖悦而日幸兮，然怊悵而無冀；中憯惻之悽愴兮，長太息而增欷。」冀、欷協韻。欷，微部。《華嚴經音義》上引《珠叢》：「冀，謂心有所希求也。」以希訓冀，希，微部。《爾雅·釋地》李巡注：「兩河間其氣清，厥性相近，故曰冀。」以近訓冀，近，文部，微部陽聲。《史記·商君列傳》「築冀闕」，《索隱》曰：「冀闕，魏闕也。」冀、魏音同。魏，微部。冀，物部，非職部。許云冀從異聲，非是。段謂冀字古在第一部即之部，亦因許氏而誤。冀，從北，從異，會意。冀幸義本字爲覬，冀，假借字。

【峻茂】王逸注：「峻，長也。言己種植衆芳，幸其枝葉茂長，實核成熟。」其以「峻茂」爲「茂長」。呂向曰：「葰茂，盛貌。」案：王注審矣。《説文》無「峻」字，《𨸏部》有陖，曰：「陖，陗高也。从𨸏，夋聲。」《山部》有陵，曰：「陵，高也。从山，陖聲。」本一字。峻，蓋陵或文。西周禮器《克鼎》有「」字，從山、畯聲，即峻古文。峻之義根於允。《兒部》：「允，信也。」信，猶申、引。引之申之是爲長、爲高。山之高制字爲峻、陖、陵。有絶異之才是爲俊。草之茂者是謂葰。又，《説文·艸部》：「茂，艸木盛貌。从艸，戊聲。」古文爲楙，從林，矛聲。茂、楙皆借聲字。戊、矛，皆言冒也。《文選·新刻漏銘》李善注引《爾雅·釋天》：「太歲在戊曰閹茂。」孫炎、李巡注並曰：「茂，冒也。」峻茂平列同義。

【願】屈賦願字置於句首爲二義。一爲冀幸義。《九歌·大司命》「願若今兮無虧」，《九章·抽思》「願蓀美之可完」，《思美人》「願及白日之未暮」。二爲思念、思慕義。下文「願依彭咸之遺則」，《惜誦》「願陳志而無路」、「願側身而無所」、「願春日以爲糗芳」，《抽思》「願自申而不得」，《思美人》「願寄言於浮雲」，《懷沙》「願志之有像」。冀，願對舉互文。願，言冀幸。言自幸也，而冀，幸人。願訓欲思，自思也。訓幸、訓思，一義相通。《説文·頁部》：「願，八頑也。从頁，原聲。」《繫傳》作「大頭」。清代注家以「八頑」不可解而從《繫傳》「大頭」説。然經典願字無作解「大頭」。《方言》：「願，欲思也。」《説文》：「八，别也。」《一切經音義》引《三蒼》：「愚無所知也。」以「八頑」

釋「願」，别於愚頑無所知欲也。清華簡（七）《越公其事》「思願」字作「忎」。如「孤用忎（願）見越公」。从心，元聲。蓋本字也。《説文・心部》：「忎，貪也。」段注：「貪者欲物也。」有思念、冀欲之義。《離騷》古本，凡思願字，則皆「忎」也。

【竢】王逸注「願待天時」云云，以竢爲待。案：竢之言來也。王懷祖《讀書雜志・漢書志》卷五曰：「《説文『𥝩』字解云：『《詩》曰「不𥝩不來」』，從來，矣聲。』《爾雅》『不俟不來』也。《釋文》『俟』作『𥝩』。𥝩與來同義，故其字從來也。𥝩、竢、俟古字通。」竢時即𥝩時，猶今云來日、日後。包山楚簡𥝩字作戟。

【刈】王逸注：「刈，穫也。草曰刈，穀曰穫。」案：析言刈、穫各有專義。刈，古作乂。《説文・丿部》：「乂，芟艸也。从丿乀相交。刈，乂或从刀。」草爲禾之害，芟去之則曰乂。刈，又通刖，同月部，疑紐。刖，刖足。包山楚簡作「」一一六，引申言芟刈。元月平入對轉字作刓，甲文有「」《前編》六・二〇・三，象持鐮鋸足趾。《禾部》：「穫，乂穀也。从禾，蒦聲。」蒦，護之省。《爾雅・釋地》「因有焦穫」，《詩・六月・釋文》字作「焦護」。穫、隻，同鐸部。隻音之尺切，照紐；穫音胡郭切，匣紐；聲紐不諧。穫當從禾，護省聲。護，助也。草當刈之，禾當護之，相反爲義，刈穀字作穫。

是二句言我培植衆芳，冀其枝葉長茂，幸來日將且刈之爲用；比我爲楚扶植賢能，望其成立，幸來日爲王所用。屈子任三閭之職，教公族弟子，是以有此喻。王逸曰：「言君亦宜蓄養衆賢，以時進用，而待仰其治也。」以比君王蓄養人材，則非其旨。

雖萎絶其亦何傷兮　哀衆芳之蕪穢

【萎】洪《補》、朱《注》萎同音於危切。《古今合璧事類備要》續集卷四一引二句同今本。

【雖】推脱語辭，猶今語「即使」、「縱然」。下文「雖不同於今之人兮」、「雖九死其猶未悔」、「雖體解其猶未變」、「雖信美而無禮」，皆同。《説文·虫部》：「雖，似蜥蜴而大者。」無推脱義。段注：「凡人窮極其欲曰恣睢。雖即睢也。」以語辭雖爲睢。非是。雖蓋根於推。雖、推同諧隹聲。《手部》：「推，排也。」引申言退斥。《詩·雲漢》「則不可推」，毛《傳》曰：「推，退去也。」虚化爲推脱辭，但借「雖」字爲之。

【萎絶】王逸注：「萎，病也；絶，落也。枝葉雖蚤萎病絶落，何能傷於我乎？」陸善經曰：「萎絶，將死也。」張銑曰：「萎絶，黄落也。」洪《補》曰：「萎，草木枯死也。」錢澄之曰：「萎絶，自喻，謂槁死也。」朱駿聲曰：「萎，叚借爲痿。」聞一多曰：「萎，當讀爲餧。《説文·食部》：『餧，飢也。』玄應《一切經音義》二〇引《三蒼》同。經傳通以餧爲之。餧絶，屈子自謂。不種百穀而蒔衆芳，故有餧絶之虞。下文曰『長顑頷亦何傷』，語意、句法並與此同。」又曰：「萎絶猶黄落，謂枝葉解散，先霜已刈者。」案：汪瑗曰：「或曰萎，當作委。委絶，謂人委棄而不知刈以爲用也。」于惺介《文選集林》曰：「萎絶，委棄不用也。」《九章·思美人》「佩繽紛以繚轉兮，雖萎絶而離異」，王注曰：「終以放斥，而見疑也。」以「萎絶」爲委棄義。其一人注書，前後錯見。《説文·女部》：「委，隨也。从女，禾聲。」段注：「隨其所如曰委，委之則聚，故曰委輸、曰委積。」隨，猶隋也，字亦作墮。長沙馬王堆漢墓帛書《戰國縱横家書》「支臺隨」，即墮字假借。墮，垂也，下也。物下垂是爲委，而下之於地曰委積、曰委棄。《廣雅·釋詁》、《後漢書・竇融傳》注、《淮南子・俶真訓》注皆曰：「委，棄也。」又，《後漢書・光武帝紀》注：「委守，謂棄其所守也。」委，微部。禾，歌部，非諧聲。委，從女，從禾，會意，非形聲。絶，亦廢棄義。《左傳》哀十五年「絶世於良」，杜注：「絶世，猶言棄世。」《九歌・湘君》「恩不甚兮輕絶」，輕絶，輕棄也。《九章・惜往日》「卒没身而絶名兮」，言身没名棄也。委絶，平列同義。此言衆芳雖委棄不服未足哀傷，但傷其蕪穢變質。朱季海曰：「萎絶，猶玉賦『萎約』、『萎黄』，蓋楚語如是。」其説無根。案：《九辯》：「離芳藹之方壯兮，余萎約而悲愁。」王逸注：「身體疲病，而憂貧也。」以「約」爲疲病義，蓋因「委」字從艸作「萎」而强解。「萎約」之約，絶字形訛。

【衆芳】總上文蘭、蕙、揭車、留夷、杜衡、芳芷言，比所培植之賢。

【蕪穢】王逸注：「哀惜衆芳摧折，枝葉蕪穢而不成也。」以蕪穢言遭摧折，以比「使衆賢志士失其所」。汪瑗曰：「蕪穢，荒廢也。言有此衆芳而不知用，深可惜耳。」以蕪穢爲斥棄不用義。錢澄之曰：「蕪穢，芳華萎地，與惡草同爲荒穢也。己廢而衆芳俱盡矣，所以傷者不在一己，而在衆芳也。」案：陳第曰：「但恐衆賢之喪氣，若衆芳之蕪穢。」李光地曰：「今則不傷其萎絶，而哀其蕪穢。雖萎絶，芳性猶在也。蕪穢，則將化而蕭艾，是乃重可哀已。」戴震曰：「所云『蘭芷變而不芳』之屬是也。」龔景瀚曰：「蕪穢，則隨俗變化矣。下文『蘭芷變而不芳，荃蕙化而爲茅』是也。」諸説至確。蕪穢，猶言改性變質。

是二句言縱使衆芳見棄不服，而其芳潔自若，本質未改，我有何傷哉？但可哀者，莫甚於化芳香之質爲蕪穢之草。喻我昔日所培植之賢，縱使因己累及斥棄不任，未足爲傷，而可哀者，以其改易其初之質而爲蕪穢之行也。

第十四韻：刈、穢

江有誥曰：「刈音孽，去聲。」馬其昶曰：「刈，魚肺反。」案：刈音五蓋切。楚音。詳校刈，古音爲[ŋa:t]。

陳第曰：「穢，古音意。」案：穢，月部，匣紐；意，職部，喻紐四等；聲、韻俱異。江有誥曰：「穢，祭部。」祭，月之長入。穢，古音爲[r^{w}aːt]。刈、穢古同月部長入。

以上二韻八句爲第三章。是章通體皆喻語，屈子自比藝植者，蓋追叙任三閭大夫之職時，汲汲爲楚培育人才。及己見逐，其所植弟子皆易初背道，與黨人同污，行蕪穢者，其咎即在「靈脩之數化」。夫君臣相染而相效也。《墨子·所染》曰：「染於蒼則蒼，染於黄則黄，所入者變，其色亦變。非獨染絲然也，國亦有染。舜染於許由、伯陽，禹染於皋陶、伯益，湯染於伊尹、仲虺，武王染於太公、周公。故王天下，立爲天子，功名蔽天地。舉天下之仁義顯人，必稱此四王者。夏桀染於干辛、推哆，殷紂染於崇侯、惡來，厲王染於厲公長父、榮夷終，幽王染於傅公夷、蔡公穀。此四王者，所染不當，故國殘身死，爲天下僇。舉天下不義辱人，必稱此四王者。齊桓公染於管仲、鮑叔，晉文染於舅犯、高偃，楚莊染於孫叔、沈尹，吴闔閭染於伍員、文義，越句踐染於范蠡、大夫種。此五君者所染當，故霸諸侯，功名傳於後世。范吉射染於長柳朔、王勝，中行寅染於籍秦、高彊，吴夫差染於王孫雒、太宰嚭，知伯瑶染於智國、張武，中山尚染於魏義、偃長，宋康染於唐鞅、佃不禮。此六君所染不當，故國家殘亡，身爲刑戮，宗廟破滅，絶無後類。君臣離散，民人流亡，舉天下之貪暴苛擾者，必稱此六君也。」以上但就君爲臣所染言之。其實，臣亦染於君也。《韓非子·外儲説左上》引孔子曰：「爲人君者，猶盂也；民，猶水也。盂方水方，盂圓水圓。」言下故於上也。楚靈王好士細腰，則一國之臣皆以一飯爲節，脅息然後帶，扶牆然後起。比其年，朝有黧黑之色。「是其何故也？君説之，故臣能之也。」《墨子·兼愛中》。靈脩，不被屈子染，而爲黨人染。《七諫》曰：「日漸染而不自知兮，秋毫微哉而變容。」是以皇輿改轍，靈脩數化。而已所植之衆芳又爲靈脩所染，終以蕪穢爲茅也。此章雖斥衆芳，實斥靈脩。又，「蕪穢」開啓下章衆人貪婪争競之事。叙其蕪穢之事，蓋亦屬文中自注例。

衆皆競進以貪婪兮　憑不猒乎求索

衆《北堂書鈔》卷三〇、《文選》卷一五《思玄賦》注及卷二六謝靈運《初去郡》注引無衆字。案：王注「言在位之人無有清潔之志」云云，衆字釋在位之人，王本有衆字。玄應《一切經音義》卷二二、慧琳《一切經音義》卷四二及卷四八、《東雅堂昌黎集注》卷五注、《唐類函》卷六四載《北堂書鈔》、《五百家注昌黎文集》卷五注、《古今合璧事類備要》續集卷四一引亦有衆字。

以洪《補》、朱《注》同引以一作而。錢《傳》本作而，曰：「而，一本作以。」案：以、而雖互用，屈賦句法，上句用以，下句用而，上句用而，下句用以。下句「憑不猒」，「憑而不猒」之省，同「忍而不舍」、「姱而不醜」、「横而不流」、「厲而不爽」、「敬而無妨」句法。其作「以」是也。《北堂書鈔》卷三〇、慧琳《一切經音義》卷四二及卷四八、《東雅堂昌黎集注》卷五注、《五百家注昌黎文集》卷五注引亦作以，玄應《一切經音義》卷二二引作而。

婪《文選》六臣本、朱《注》本婪同音力含反，朱又婪音藍。洪《補》、錢《傳》同音盧含切。慧琳《一切經音義》卷四二、玄應《一切經音義》卷二二、《古今合璧事類備要》續集卷四一引婪作惏。案：《廣韻》下平聲第二十二覃韻謂婪、惏一字，同音盧含切，惏爲婪字假借，詳注。《文選》卷一五《思玄賦》注及卷二六謝靈運《初去郡》注、《北堂書鈔》卷三〇、《唐類函》卷六八載《北堂書鈔》、《五百家注昌黎文集》卷五注、《東雅堂昌黎集注》卷五引亦作婪。力含、盧含音同，並來紐一等合口；朱子又音藍，魯甘切，來紐，一等開口。

憑《文選》六臣本憑作凴。朱云「一作馮」。洪《補》憑，一作凴，錢《傳》曰：「憑，一作凴，一作馮。」案：馮、憑古今字。憑，六朝俗字。《古今合璧事類備要》續集卷四一、《古今源流至論》前集卷三注引作憑。

【猒】《文選》六臣本、朱《注》本、錢《傳》本猒作厭。《北堂書鈔》卷三〇、《古今源流至論》前集卷三注引猒作厭，《古今合璧事類備要》續集卷四一引亦作猒。案：猒，本字；厭，借字。猒、厭音同義異。詳注。

【索】洪《補》曰：「《書序》曰『八卦之説，謂之八索』。徐邈讀作蘇故切，則索亦有素音。」朱《注》曰：「若索音素，即妬如字。若索從所格反，則妬叶音跖。」案：素，去聲；索，入聲。先秦去入實一，但分長、短。顧炎武《唐韻正》曰：「《離騷》一篇之中兩言『求索』，而前韻妬，後韻迫，可見去、入之變，與時推移，而無一定。即四聲之周流而互用，亦從此知之矣。末學拘儒自生畛域，不亦昧乎。」古四聲異於今四聲，與時相推，而不可謂古無四聲，而委以「四聲一貫」之説以勉強其事。于省吾謂索本訓糾合繩索，而其所用之艸，質樸素，引申之言素白義，又引申之言求索義，而制索字專之。素、索古當同音。其説碻然。包山楚簡索求字皆作素，而漢簡文字始見𡩠。求索之索，入聲，而樸素之素，去聲。詳注。《玉篇·宀部》字作𡩠。《北堂書鈔》卷三〇、《古今合璧事類備要》續集卷四一引亦作索。

【衆】王逸注「衆」謂「在位之人」。陳本禮曰：「此專指蕪穢之衆芳，言蓋黨人不足責矣，兹所樹之一二君子，猶望其砥礪廉隅，扶持世道，不意衆皆競進，而入於黨人之局，日流於貪婪而不猒。」案：陳説極是。此以下一章斥衆穢行，承上「衆芳蕪穢」。競進貪婪、恕己量人，皆「蕪穢」情狀，是亦「文中自注例」。詳上文「昔三后之純粹兮」二句注。

【競進】王逸注：「競，並也。」洪《補》曰：「並逐曰競。」案：「《説文·誩部》：「競，彊語也。从誩，从二人。一曰逐也。」競，甲文作「」《戩》三三·一二，金文作「」《父乙卣》，皆不從誩。誩，當字形訛，象二人並逐形。

從一、¦¦或巛，皆川字。《毛公鼎》競字作「□」，上從川，下從兢，兢亦聲。川，順也，循也。兢之言彊也。彊争並趨字作競。引申言争逐。王逸訓「竝」，蓋「竝逐」敚文。《莊子·齊物論》「有競有争」，注亦云：「竝逐曰競。」又，《辵部》：「進，登也。从辵，閵省聲。」《門部》有「閅」字，閵古文。許云：「閅，登也。从門、二。二，古文下字。」段注：「言自下而登上也。」案：閵，隹聲。隹之猶言丨也。丨，引而上之謂，讀若囟。詳上文「惟」字注。囟、進音義並同。隹、閵、進爲真微旁對轉。閵，借聲字，閅，會意字；初義言登門，引申之，入内謂之進。金文皆從隹、辵，隹亦聲。未見從閵省者。

【貪婪】王逸注：「愛財曰貪，愛食曰婪。」陸善經曰：「婪，貪之甚。」錢杲之曰：「婪，亦貪也。求得不已曰貪，未得而固得之曰婪。」案：《説文·貝部》：「貪，欲物也。从貝，今聲。」本訓爲欲得物，貝，賅其物義。今，是時也，無貪欲義。《亼部》謂今字，「从亼，从乛。乛，古文及。」林義光《文源》曰：「按：亼、乛義不可曉。古作『今』，即含之古文。『亼』爲口之倒文，亦口字。今象口含物形，含從今得聲，音本如今。含不吐不茹，有稽留不進之象。」今，含之古字，而後借爲「今時」義，復加口而制含字。含，訓「閉口」，謂食不捨也。《法言·至孝》「子有含菽緼絮」，注：「含，食也。」欲物謂之貪。貪音他含切，今音居今切。今、貪聲不同紐，不相諧。貪，從今、貝，會意字。《欠部》：「欿，欲得也。从欠，臽聲。讀若貪。」欿，啗字異文，從欠、臽。臽，臽阱，有含没義。口食如臽者字作欿、啗，或作啖、啗。《一切經音義》卷一六引《字書》曰：「啗與啗同徒濫反。」許氏云啗「讀與含同」。失之。引申之，欿、啗言覬欲義，與貪同，《廣雅·釋詁》曰：「欿、貪，欲也。」啗讀若貪，不讀含，非諧臽聲。又，《方言》卷一：「虔、劉、慘、淋，殺也。楚謂之貪，南楚江湘之間謂之歁。」錢繹引《離騷》此文謂「淋字即婪」，貪淋，即此文「貪婪」。案：《方言》「楚謂之貪」以釋「殺」義，非謂貪婪。貪，通作撢，謂摻揕。楚語謂殺謂之撢，而借貪爲之。歁，錢謂欿之借字。亦非。歁音苦感切。欿音貪，他含切。歁、欿異聲，本二字。欿無殺義。歁讀如戡。《戈部》：「戡，殺也。

从戈，今聲。」《廣韻》下平聲第二十二覃韻戕音口含切。戕、歁，浸部，溪紐雙聲，例得通用。南楚江湘之間謂殺爲戕，而借歁字爲之。歁，即《説文》欿字，訓「食不飽」，讀如坎。引申亦言貪，故《廣雅・釋訓》曰：「歁，貪也。」雖然，亦不以謂歁、貪一字。王念孫云：「欿、欿聲並相近。」因許氏之誤。又，《説文・女部》：「婪，貪也。从女，林聲。杜林説，卜者黨相詐驗爲婪，讀若潭。」段注：「與《心部》之惏音義相同。」以「貪婪」之婪與「㨆殺」之㨆相溷。《心部》：「河内之北謂貪曰惏。」《方言》卷二：「惏，殘也。陳、楚曰惏。」又曰：「晉魏河内之北謂惏曰殘。」惏借爲「殘殺」之㨆。郭璞注曰：「今關西呼打爲㨆。」後誤謂惏訓殘，雖少餘猶欲食，則又誤謂貪食義。詳《説文》段注「惏」字。或改《方言》曰：「殺人而取其財曰惏。」致婪、惏誤作一字。惏，又訓畏懼，是殘殺義引申。許引杜林説，當是別字別義。婪，又通喃。喃喃，語聲也。杜謂卜者黨相詐驗爲喃也。許氏「讀若潭」，是潭借爲譚。《淮南子・墬形訓》「介潭先生龍」，注：「潭讀譚。」許云「婪貪也」之訓，猶喃譚也。譚，説也，語也。《莊子・則陽》「夫子何不譚我於王」，《釋文》引李注：「譚，説也。」字或通談。《莊子・則陽・釋文》：「譚，本亦作談。」《説文》「婪」字含三解。婪訓貪，非其本義。朱駿聲曰：「愛女曰婪。」是也。婪，從女，林聲。林，讀如霖。《爾雅・釋天》：「淫謂之霖。」《左傳》莊十一年「天作淫雨」，杜注：「淫，霖也。」《雨部》：「霖，久雨也。」引申言淫佚、過度。非度於女色制字爲婪，借聲字。王逸訓「愛食」，與訓「愛色」者同。古多以飲食飢飽以喻色欲滿足與否，謂色欲滿足爲食飽，謂色欲不足爲食飢。聞一多揭櫫其藴，曰：「古謂性的行爲曰食，性欲未滿足之生理狀態曰飢，既滿足後曰飽。《衡門篇》曰『可以樂飢』，又曰：『豈其取妻，必齊之姜？』『豈其取妻，必宋之子？』《候人篇》曰：『彼其之子，不遂其媾。』又曰：『季女斯飢。』尋繹詩意，飢謂性欲明甚。本篇曰『未見君子，惄如調飢』，惄如猶惄然。未見君子而稱飢，是飢亦作性欲言。此義後世詩文中亦有之。樂府《西烏夜飛》曰：『暫請半日給，徙倚娘店前；目作宴填飽，腹作宛惱飢。』《隋遺録》曰：『（煬帝）每倚簾視絳仙，移時不去，顧内謁者云：「古人言秀色若可餐，如絳仙，真可療飢矣！」」凡此言飢，並可與《詩》義互證。對飢而言則曰飽。《楚辭・天問》曰：『禹之力獻功，降省下土方。焉得彼嵞山女，而通之於台桑？閔妃匹合，厥身是繼。胡維嗜欲同味，而快鼂飽？』王注曰：『何特與衆人同嗜欲，苟欲飽快一朝之情乎？』案：上言『通之嵞山女於台桑』，下言『快鼂飽』，語意一貫，故文釋飽爲飽情。《吕氏春秋・當務篇》曰『禹有淫湎之意』，蓋猶《天問》曰『快鼂飽』矣。要之，『調飢』謂性欲之飢，『鼂飽』謂性欲之飽，『朝食』謂性欲之食。其單稱飢若食者，乃『調飢』、『朝食』之省。舊解皆失之。」至碻。又，錢鍾書曰：「以飲食喻男女，以甘喻匹，猶巴爾札克謂愛情與飢餓類似也。曹植《洛神賦》：『華容婀娜，令我忘餐。』沈約《六憶詩》：『憶來時，相看常不足，相見乃忘飢。』馬令《南唐書・女憲傳》載李後主作《昭惠周后誄》：『實曰能容，壯心是醉；信美堪餐，朝飢是慰。』小説中常云『秀色可餐』，『恨不能一口水吞了他』，均此意也。西方詩中亦爲常言，費爾巴哈始稍加以理，危坐莊論『愛情乃心與口之啖噬』欲探折義蘊，而實未能遠逾詞人之舞文弄筆耳。」錢氏學貫中西，說尤精到。王氏「愛食曰婪」之愛食，本指色欲言。

【憑】王逸注：「憑，滿也。楚人名滿曰憑。」《説文》注「憑」字曰：「馮者，馬蹏箸地堅實之皃。因之引伸，其義爲盛也，大也，滿也，懣也。如《左傳》之『馮怒』，《離騷》之『馮心』以及《天問》之『馮翼惟象』，《淮南書》之『馮馮翼翼』，《地理志》之『左馮翊』，皆謂充盛，皆『畐』之合音叚借。畐者，滿也。」朱駿聲亦謂「憑當作馮，讀爲畐，下文『憑心』同。」梁章鉅《文選旁證》曰：「憑與馮同。《方言》：『憑，怒也。楚曰憑。』郭注：『憑，恚盛貌。』昭五年《左傳》『震雷馮怒』，杜預注：『馮，盛也。』《文選・長門賦》『心憑噫而不舒兮』，注云：『憑噫，氣滿貌。』皆可證。」畢大琛曰：「楚人謂滿爲憑，言滿猶求索也。」游國恩曰：「憑，於此文爲《離騷》中習見之句前狀語，其含義近似今人口語所謂滿不在乎之滿，以狀黨人之不猒求索，意氣彌盛也。」王夫之曰：「憑，恃也。恃君寵以恣行也。」陳遠新曰：「憑，任勢。」胡文英曰：「憑者，依據也。」以憑爲依據義。陸善經曰：「馮，每也。」馬其昶曰：「憑與馮同。《漢書》注：『馮，貪也。』言其貪求不知猒足也。」以憑通馮，訓貪。案：上列三解，憑訓貪，最爲達詁。「憑不猒」，言貪不知足，承上句競進貪婪言。游氏比今語「滿不在乎」，其不知「滿不在乎」之滿，蠻也，言毫不在乎。非謂滿足。憑，讀如每。憑、每之蒸陰陽對轉，並明旁紐雙聲。《天問》「穆王巧梅，夫何爲周流？」王注：「梅，貪也。」梅，每字借假。《漢書・賈誼傳》「品庶每生」，注：「每，貪也。」《說文・艸部》：「每，艸盛上出也。」每，借爲謀。《言部》「謀」字，古文作「⿱母口」，從母、口；或作「⿱母心」，從母、心。《木部》「梅」字，或體作「楳」。「某，酸果也。」段注：「此是今梅子正字。」信陽楚墓殘簡「梅」字但作「某」。《莊子・知北遊》「媒媒」，《胠篋》則作「每每」。謀，謂圖謀。《論語・衛靈公》：「君子謀道不謀食。」謀道，美義；謀食，惡義，言貪圖。《左傳》宣十四年「貪必謀人」，貪、謀互文，謀，猶貪也。古多借憑、每、梅字爲之。

【猒】王逸注「不知大猒飽」云云，以「猒」爲飽食義。汪瑗曰：「不猒，不以爲足也。」蔣驥曰：「不猒，言永無猒也。」于惺介曰：「不猒求索，未足猒求也。」皆訓猒爲足。案：《說文・甘部》曰：「猒，飽也，足也。从甘、肰。」肰，犬肉，賅其食事。甘，猶足飽也。《甘部》：「甘，美也。从口含一。一，道也。」俞樾曰：「許書說此字，其義甚迂。於口中作一，其本義當爲含，一，即所含之物也。」謂甘美作「苷」，曰：「夫使甘爲甘美本字，則此草以甘美得名，即謂之甘草可矣，何必制此從艸、從甘之『苷』字乎？今定甘之本義爲含，而甘美字作苷，從艸，甘聲，庶各得其本字矣。」《兒笘錄》，轉引自《說文詁林》。其說是也。甘、含音近義通。含，含閉不捨。詳上「貪」字注。甘，從一，一，象所含物，甘聲之字多含禁制不得解釋義。脅持曰拑，劫束之器曰鉗，以竹爲者曰箝，以木銜馬口曰柑。物含於口是謂之塞。甘又有塞澀不通義。《詩・伯兮》「甘心首疾」，毛《傳》：「甘，厭也。」甘心，猶言塞心，謂梗塞而心受塞阻則痛。甘心又謂痛心。食犬肉至塞咽不得下字作猒，會意兼轉注。猒訓飽、訓足、訓止，一義相仍。憑不猒，不專言食事，但言足止可耳。古多借厭字爲之。《國語・周語》「不可厭也」，注：「厭，足也。」《晉語》：「民志無厭。」注：

「厭，極也。」《詩・還序》「從禽獸而無厭」，《釋文》：「厭，止也。」包山楚簡亦作猒，訓厭祭義。厭，古壓字。段君謂「猒、厭古今字」，非也。俗字作懕、饜。《禮記・曾子問》「不厭祭」，《釋文》：「厭，本作懕。」《論衡・知實》引《孟子》「我學不厭」作「我學不饜」。王注因「愛食曰婪」，而以猒言猒飽。

【求索】屈賦恒語，本書二例，倒作索求，《天問》「夫何索求」是也，爲同義複詞，求，訓衣裘，借作索求。《説文・𣎳部》：「索，草有莖葉可作繩索也。」本繩索名，無搜求義。案：索之爲言素也。古書通用。《禮記・中庸》「素隱行怪」，《漢書・藝文志》引作「索隱行怪」。《釋名・釋典藝》：「索，素也。」《書序》之「八索」，《左傳》昭十二年之「八索九丘」，《釋文》並曰：「索，本作素。」信陽楚墓殘簡及包山楚簡求索字皆作素。《糸部》：「素，白致繒也。」引申言空、白。《詩・伐檀》「不素餐兮」，毛《傳》：「素，空也。」《一切經音義》卷三引《蒼頡篇》曰：「索，盡也。」引申亦謂求。其分別字作𡩡。《宀部》：「𡩡，入家搜也。」古書多借繩索字爲之。

是二句言衆芳之穢行。衆皆竝逐争進，貪財婪色，而不知足，求索無已也。

羌内恕己以量人兮　各興心而嫉妬

羌 洪《補》羌音去羊切，朱《注》羌音起羊反。去羊、起羊音同。

己 《文選》六臣本己作巳，非是。朱《注》曰：「一無『己』字。」《古今源流至論》前集卷三注引亦無「己」字。

案：恕己、量人儷偶對舉，有「己」字是也。王逸注「内以其志恕度他人」云云，王本有「己」字。《古今合璧事類備要》續集卷四一、《北堂書鈔》卷三〇、《唐類函》卷六八、《文選》卷五二曹丕《典論論文》注引恕下有「己」字。

量 洪《補》量音力香切，朱《注》同，錢《傳》量音良。皆平聲。《群經音辨》曰：「量，酌也。龍張切。酌之有大小曰量，龍向切。」《古今源流至論》前集卷三注引量人作及人。案：王注「量，度也」云云，王本作量字。豆區斗斛之器，統名量，去聲。以器度物之多少、輕重亦曰量，平聲，動詞。《周禮·考工記》「準之然後量之」，鄭注：「量，讀如『量人』之量。」

各 玄應《一切經音義》卷六、卷一八及慧琳《一切經音義》卷二七、卷七二引「各」作「故」。案：各、興互文，作「各」字是也。故，各之音訛。王注「則各生嫉妬之心」，王本作各字。《北堂書鈔》卷三〇及《唐類函》卷六八載引亦作各。

興 《文選》六臣本曰：「興，五臣作與。」洪《補》曰：「《文選》誤作與。」朱《注》曰：「興，一作與。非是。」案：興、與形似而訛。王逸爲「興」字作注，王本作興。

妬 朱《注》本作妒。姜亮夫曰：「妬，妒之或體。本字當作妒，婦妒夫也。」案：《説文》字作妬，曰：「从女，石聲。」段君因許氏所析改妒作妬，曰：「此如柘、橐、蠹等字皆以石爲聲，户，非聲也。」妒，會意；妬，形聲；一字兩構。詳注。《古今合璧事類備要》續集卷四一、《北堂書鈔》卷三〇及《唐類函》卷六八載引並作妬。玄應《一切經音義》卷六、卷一八引亦作妬，慧琳《一切經音義》卷二七、卷七二引作妒。

【羌】王逸注：「羌，楚人語詞也，猶言卿，何爲也。」案：王氏以羌爲楚人語詞。「猶言卿」，謂漢讀音「羌」如「卿」。又讀如慶。《漢書·揚雄傳》「竣慶雲而將舉」、「慶天顇而喪榮」。顏注：「慶者羌同。」《後漢書·班固傳》李賢注：「慶讀如卿。」「何爲」，釋「羌」字義。後多以「卿何爲」連文，斷爲：「羌，楚人語詞也，猶言卿何爲也。」詳中華書局一九八三年第一版《楚辭

羌內恕己以量人兮　各興心而嫉妬

補注》校點本及一九八〇年第一版《離騷纂義》校點本。又，《九歌·山鬼》「杳冥冥兮羌晝晦」，五臣注：「羌，語詞也。」《九章·惜誦》「羌衆人之所仇」，王注：「羌，然辭也。」陸善經曰：「乃内恕諸己以度人。」吕延濟曰：「羌，乃也。」唐人釋羌爲乃。案：唐人蓋本《廣雅·釋詁》曰：「羌，乃也。」洪《補》曰：「羌，楚人發語端也。一云，歎聲也。」其又異於漢、唐所釋。徐仁甫據王注「何爲」一解，謂《楚辭》之羌，「乃反詰副詞，用與『何』同」。姜亮夫極推其説，然其於詮釋例句又不盡與徐説同，曰：「羌，此南楚獨用之語助詞，或反詰副詞也。凡言羌處，多轉上下文義而爲之辭，故多逆轉之義。惟逆轉之義有強弱，強則羌義近乃，弱者以發端詞釋之亦可。然非泛泛發聲之詞，如維、夫可比。」其説空疏，且不知何以分逆轉強弱。羌，楚語，古今所共知。而羌訓「何爲」、訓「乃」、訓「然」、訓「何」，一義相通。屈賦「羌」字句法，皆用轉折。《玉篇》：「羌，反也。」猶今「反而」，亦轉折。此文言衆皆並逐争進，貪婪求索，反恕己量人，興生嫉妒之心也。下文「余以蘭爲可恃兮，羌無實而容長」。言我本以爲子蘭可怙恃，反無實容長而不可恃也。《大司命》「結桂枝兮延佇，羌愈思兮愁人」，言我結言桂枝，延佇而立，乃愈思使人愁也。《東君》「長太息兮將上，心低佪兮顧懷；羌聲色兮娱人，觀者憺兮忘歸」，言我太息低佪，不忍去扶桑故居而上行，然則聲色娱人，令我憺然忘歸也。《山鬼》「表獨立兮山之上，雲容容兮而在下；杳冥冥兮羌晝晦，東風飄兮神靈雨」，言我在山之上，雲蒸霧障，雖晝猶晦。《惜誦》「吾誼先君而後身兮，羌衆人之所仇」、「壹心而不豫兮，羌不可保也」，《抽思》「昔君與我誠言兮，曰黄昏以爲期。羌中道而回畔兮，反既有此他志」，《思美人》「因歸鳥而致辭兮，羌宿高而難當」、「獨歷年而離愍兮，羌馮心猶未化」，「羌」字皆爲轉折。析言，羌，異於乃、而，有意料不及之意。故上引諸文，皆釋「豈料」、「不料」。《九歌》注「羌，語詞也」，因《離騷》注省，後因謂羌爲「發語端」。徐氏但以「何」義概之，亦失偏頗。案：羌受義於卻。羌、卻爲陽鐸平入對轉，同溪紐雙聲。《説文·虫部》：「蜶，渠蜶，一曰天社。从虫，卻聲。」《爾雅·釋虫》：「蛣蜣，蜣蜋。」蛣蜣即渠蜶。《玉篇·虫部》：「蜶、蜣字同。」蜣，從虫，羌聲。羌、卻亦通用。《卩部》：

「卻，卪卻也。」段注：「卪卻者，節制而卻退之也。」引申言斥退。《九歎・愍命》「卻騏驥以轉運兮」，言斥退騏驥而轉行也。《老子》「卻走馬以糞」，《釋文》：「卻，除也。」虛化爲轉折辭，類今「卻」、「但是」、「不道」。楚人語卻爲羌，漢音轉爲卿、慶，即今語「竟然」之「竟」。吾鄉浦江語羌如卻，其楚語之遺歟？魚陽陰陽對轉，字或作詎。《廣韻》上聲第八語韻：「詎，豈也。」又作距。《韓非子・難四》：「衛奚距？」亦作鉅。《荀子・正論篇》「是豈鉅知見侮之爲不辱哉？」亦作渠。《王制》：「豈渠得免夫累乎！」亦作巨。《漢書・高帝紀》：「公巨能入乎」？詎、距、鉅、渠、巨皆爲反詰疑問。楊遇夫引清人劉淇《助字辨略》曰：「遽，遂也。」遽即詎字。謂「何遽、奚遽之文，『豈』義頗不可通」。新舊《辭海》、《辭源》並采用劉説，釋遽、距、詎等字爲遂。非也。姜亮夫曰：「細繹古籍，凡言巨、詎、鉅、渠諸字，其義皆等於今天言就。就、詎雙聲。尤韻字，古一部入支，則今讀就者，古讀距，古今音之變也。」

案：遽音去倨切，魚部，溪紐。就音疾僦切，幽部，從紐。遽、就聲韻俱異，不相通用。先秦、兩漢及至六朝以下之韻文，就皆不與支部字協韻，不讀距。姜説無根。《廣韻》之尤韻有尤、訧、郵、牛、丘、紑、裘、謀等字，之部。漢世以下於之部分出而與幽部三、四等字合爲尤部。而之支合韻在隋唐以後，六朝之支畛域猶至密。姜氏蓋據於顧炎武十部説，以爲之支古本一部，乃謂「尤韻字古一部入支」。就，不在《廣韻》之尤韻，在去聲第四十九宥韻。姜氏未免千慮一失。詎等亦卻字音變。《説文・口部》：「噱，大笑也。从口，豦聲。」《廣雅・釋詁》「⿰亻卻，笑也。」⿰亻卻，从人，卻聲。卻、遽通用。此其一證。《史記・司馬相如列傳》「徼谻受詘」，徐廣曰：「谻音劇。」谻即⿰亻卻字。劇諧豦聲。卻、遽通用。此其二證。羌及詎、鉅、渠、巨、距、遽等皆爲卻字虛化，用於疑問句，羌訓「何」、訓「豈」、訓「何爲」。而詎、渠、巨、鉅、距、遽但用於疑問句。用於非疑問句，羌訓「乃」、訓「然」、訓「反」、訓「卻」。羌釋「何爲」，蓋爲問句。言何爲内恕己以量他人，皆生嫉妒之心邪？又，姜氏謂羌與謇、蹇爲聲轉，其字通用。濫借也。案：謇，本作蹇，行之難，虛化爲轉折辭。羌與謇、蹇雖同義而非一字。詳下文蹇字注。

【恕】王逸注：「以心揆心爲恕。」猶以心比心。錢杲之曰：「恕己，不責己也。」張鳳翼曰：「恕，乃責己則昏之謂恕。言責己則恕，度人則刻，各生妬心也。」李陳玉曰：「自己本可做好人，而曰我不能，謂之恕己。」皆以「恕」爲寬恕義。案：王説不可移易，釋「恕」爲「寬恕」，非也。《説文·心部》：「恕，仁也。从心，如聲。」段注：「孔子曰：『能近取譬，可謂仁之方矣。』《孟子》曰：『彊恕而行，求近莫近焉。』是則爲仁不外於恕。」仁，从二、人，訓親。二人相親，莫甚於兩心相知，《孟子》曰：「仁，人心也。」許云「恕，仁也」，猶親以己心度他人之心。《賈子·道術》曰：「以己量人謂之恕。」《論語·里仁》「夫子之道，忠恕而已」，皇疏：「恕，謂忖我以於度人也。」《禮記·中庸》「忠恕違道不遠」，疏：「恕，忖也。忖度其義於人。」《左傳》昭六年「誨之以恕」，孔疏：「如心爲恕，謂如其己心也。」《周禮·大司徒》鄭注：「恕言以中心。」孔疏：「如心曰恕，如下從心。」《詩·關雎》鄭《箋》「謂中心恕之」，孔疏：「於文如心爲恕。」《一切經音義》卷二引《蒼頡篇》曰：「恕，如也。」恕，受義於如，謂彼心如己心，必由己而及彼。寬恕之義，蓋始自魏晉。王萌亦曰，寬容之恕，「魏晉以來，始有此説」也。戰國無此義。

【量】王逸注：「量，度也。」案：量、度互訓不分，析言各有專義。《説文·重部》：「量，稱輕重也。从重省，曏省聲。」段注：「《漢書》曰：『量者，所以量多少也。』此訓『量』爲『稱輕重』，有多少斯有輕重，視其多少可辜榷也。」《考工記》：「㮚氏爲量，改煎金錫則不耗，不耗然後權之，權之然後準之，準之然後量之，量之以爲鬴，深尺，内方尺而圜其外，其實一鬴，其臀一寸，其實一豆，其耳三寸，其實一升。」又，《又部》：「度，法制也。」猶據法而制之。段注：「周制寸、尺、咫、尋、常、仞，皆以人之體爲法。寸，法人之寸口；咫，法婦人手長八寸；仞，法伸臂一尋。皆於手取法。」計物輕重、多少曰量，而計物修短曰度。下文「不量鑿而正枘兮」，王注曰：「量，度也。」謂量鑿方圓、大小及枘修短。用引申義。許氏云量，諧曏聲。非也。量，力香切，來紐；曏，許兩、火亮二切，曉紐。聲不同紐，不相諧。量，甲文作「」《京都》二二八九，金文作「」《克鼎》，上從口或，下從重。包山楚簡亦作量。于

省吾謂「量字從日，當是露天從事量度之義」。望文生訓。案：口、日，良字省文。良，古文作「」《乙編》三三三四、「」《格伯簋》，中作口或日，良、量通用。《山海經·海內北經》「犬封國有文馬曰吉量」，注：「量，一作良。」《釋名·釋言語》：「良，量也。量力而勤，不敢越限也。」良亦聲。良，無計度義，讀如商，古字相通。《史記·仲尼弟子列傳》「公良孺」，《索隱》引鄒誕本作襄。襄、商音同通用。《廣雅·釋詁》：「商，度也。」《管子·海王》「禺莢之商日二百萬」，注：「商，計也。」計度輕重字作量。量，借聲字。古鑈文量字或作⿱日章，漢《光和斛》、《曹全碑》字皆作⿱日章，下從章。章亦商字假借。《漢書·律曆志》：「商之爲言章也。」《風俗通·聲音》引劉歆曰：「商者，章也。」顏師古《匡謬正俗》曰：「商字，舊有章音。」量、⿱日章一字。

【興】王逸注：「興，生也。」案：《說文·舁部》曰：「興，起也。从舁、同。同，同力也。」興音虛陵切，起音墟里切。之蒸陰陽對轉，同曉紐雙聲。《走部》：「起，能立也。」段注：「起，本發步之稱，引伸之訓立。」起立者生，蹎跋者死。《夏小正》「匽之興」，《傳》云：「其不言生而稱興，何也？不知其生之時故曰興。」此蓋生、興之所別。興心，即其「不知其生之時」之義。黃文焕曰：「興心者，一觸惡而輒起，必不能一刻容，不待我之開罪也。各興心者，情狀肺肝，忽然勃然不謀而同，不待彼之合商也。」狀言「不知其生之時」，唯於訓詁未密。

【嫉妒】王逸注：「害賢爲嫉，害色爲妒。」案：《說文·人部》：「㑵，妎也。从人，疾聲。一曰：毒也。嫉，㑵或从女。」以嫉字別體爲㑵。疾，病也。引申言害。《左傳》昭九年「辰在子卯謂之疾日」，杜注：「山之林藪毒害者居之。」《史記·屈原列傳》「屈平疾王聽之不聰也」。許氏一曰「毒」，謂惡義。女以色相疾惡者字作嫉，嫉，形聲兼轉注。惡賢字作㑵，其引申義。許氏嫉訓妎。妎之言害也。《叔多父盤》「用錫屯录，受害福」，害福，猶《易·晉》「受茲介福」之介福。介通害，妎亦通害。又，《女部》：「妒，婦妒夫也。从女，户聲。」或體作妬，从女，石聲。許氏以户、石同音。非是。案：妒，當故切，定紐；户，侯古切，匣紐。妒，户聲不同紐，不相諧。段君改妒爲妬，從女，石聲，謂「柘、橐、蠹等字皆以石爲聲」。許訓「婦妒夫」，婦以色障蔽其夫。妒，从女、户。户，門户也，有閉止義。

《釋名·釋宫室》：「户，護也。所以謹護閉塞也。」《小爾雅》：「户，止也。」婦以色閉蔽其夫字爲妒。妒，會意兼轉注，非形聲字。《釋名·釋疾病》：「乳癰曰妬。妬，褚也。氣積褚不通至腫潰也。」《左傳》襄三十年「取我衣冠而褚之」，杜注：「乳癰曰妒。」借妒爲褚。其字作瘏，《説文·疒部》謂氣積塞不通。引申言壅蔽、障蔽，古借妬字。妬，从女，石聲。石，通作瘏。石音常雙切，瘏音同都切。魚鐸平入對轉、定禪旁紐雙聲，例得通用。婦瘏蔽夫謂之妬。妬，借聲字。妒、妬并不見甲文金文，惟馬王漢墓帛書《十六經·稱》有「⿱石女」字，妬字古文。信陽楚墓簡謂：「戔人剛恃，天迲於刑者，有走孯。」孯，古賢字。走賢，障賢，猶妬賢。障、妬屬鐸陽平入對轉、定照三旁紐雙聲。閻簡弼曰：「嫉妬字从女，本專屬女性。此篇多以男女喻君臣，故以衆女喻群小。此處嫉妬正切女子而言。」案：男女喻君臣，於本書，但見此一章中，閻氏謂「此篇多以男女喻君臣」，蓋取於游氏「《楚辭》女性中心説」。說詳下文。然則男女婚姻比政治，蓋戰國兩漢之通喻。《潛夫論·賢難》曰：「且凡士之所以爲賢者，且以其言與行也。忠正之言，非徒譽人而已也，必有觸焉，孝子之行，非徒吮癰而已也，必有駁焉。然則循行論議之士，得不遇於嫉妬之命，免於刑戮之咎者，蓋其幸者也。比干之所以剖心，箕子之所以爲奴，伯宗之以死，郄宛之以亡，夫國不乏於妬男也，猶家不乏於妬女也。近古以來，自外及内，其争功名妬過己者，豈希也！」於此言之，子蘭、子椒、上官、靳尚之屬，皆楚「妬男」也。

是二句言衆皆競進貪婪，不猒求索，固已不堪也，豈料内忖己心以度他人，謂我貪婪亦當如彼，我行正直、清潔，皆與生嫉妬之心也。

第十五韻：索、妬

陳第、戴震、江有誥并曰：「索，古音素。」案：素，去聲；引申言索求，字作索，入聲，即鐸部短入，古音爲

[sak]。朱子曰：「若『索』從『所格』讀，則妬協音跖。」案：朱子叶韻多率意改音，雖偶合古韻，亦不足信。妬，當故切，去聲，爲鐸部長入，古音爲[ta:k]。

忽馳騖以追逐兮　非余心之所急

馳 洪《補》、錢《傳》同引馳一作駝。案：馳，駝字隸省，慧琳《一切經音義》卷六云：「《説文》作它，隸書作也，相因漸變。」包山楚簡馳作駝。慧琳《一切經音義》卷二七、卷三一、卷五一、卷八九，《古今合璧事類備要》續集卷四一引亦作馳。

騖 朱《注》、錢《傳》騖音務。

以 慧琳《一切經音義》卷三一引作「而」，卷二七、卷五一、卷八九引亦作「以」。案：屈賦句法用「而」字者，連接語。「既遵道而得路」、「後悔遁而有他」、「各興心而嫉妬」、「謇朝誶而夕替」、「忍尤而攘詬」、「世竝舉而好朋」。連接動詞則用「以」。「競進以貪婪」、「逍遥以相羊」、「康娱以淫遊」、「幽昧以眩曜」等。《古今合璧事類備要》續集卷四一引亦作以。

【忽】劉良曰：「忽，急也。」聞一多曰：「忽，疾貌。」游澤承曰：「忽，與上文『忽奔走以先後』之忽同。」案：「忽馳騖以追逐」，馳騖、追逐皆有亂義，忽，猶亂貌。《方言》卷六：「伆、邈，離也。楚謂之越，或謂之遠。吴越曰伆。」郭璞注：「謂乖離也。」伆、忽古書通用。

【馳鶩】王逸未注。洪《補》曰：「鶩，亂馳也。」汪瑗曰：「馳鶩，亂走也。」姜亮夫曰：「馳鶩，義近復合詞，猶馳驅也。」案：馳騁言直馳，義重在「騁」；馳鶩訓亂馳，義重在「鶩」。《說文·馬部》：「鶩，亂馳也。从馬，敄聲。」敄無亂義。敄之爲言冒也。《月部》：「冒，蒙而前也。」引申言冒犯、干亂。馬行亂馳字作鶩，借聲字。

【追逐】王逸注「言衆人所以馳鶩惶遽者，争追逐權貴、求財利也，故非我心之所急」云云，以「追逐」言追隨。

案：《說文·辵部》：「追，逐也。」「逐，追也。」二字互訓。析言追，逐各有專義。《方言》卷一二：「追、末，隨也。」《廣雅·釋詁》三：「追、末、隨，逐也。」末隨，猶尾隨。追，𠂤聲。𠂤，堆古文。追、堆古通用。《士冠禮》注：「追，猶堆也。」《文選·七發》李善注：「追，古堆字。」堆，謂次比壘土。段注曰：「《詩》『追琢其章』，追亦同堆，蓋古治金玉突起者爲𠂤。」其說涵胡。「追琢其章」，謂治玉使比次相壘突起者謂之𠂤。𠂤，又通累。堆、累，微部，端來旁紐雙聲。《糸部》：「累，綴得理也。」謂累土而「綴得理」者謂之壘，亦次比相隨義。而末隨之「綴得理」者謂之追。下云「背繩墨以追曲兮」，王注曰：「追，猶隨也。言百工不循繩墨之直道，隨從曲木，屋必傾危，而不可居也。」追，末隨義。追踪、追擊、追溯、追憶，來者猶可追，蕭何月下追韓信，皆用尾隨、末隨而比次綴隨義，是不可易之以逐。歧途亡羊，楊朱曰：「亡一羊何追者之衆？」謂尾隨羊之亡而比次綴行，不得言逐羊。逐羊，驅羊，其義追羊之反。逐，從辵，豚省，訓獵豚。引申言驅逐、棄斥。秦相李斯作《諫逐客令》，逐客，謂驅客，而不得變言追客。追、隨析言亦有別。《孟子·離婁下》：「鄭人使子濯孺子侵衛。衛使庾公之斯追之。子濯孺子問其僕：『追我者誰也？』」庾公之斯，子濯孺子再傳弟子，於衛當驅逐之；而於師，則逐者非禮也，而用隨者又不忠於衛也，故言「追」。追，兼逐、隨二字。又，《韓非子·外儲說左下》：「侯吏者追臣至境上，不及而止。」言既逐且隨於陽虎之末，將出之境而止。《左傳》莊公十八年：「公追戎於濟西。」言逐且隨戎於濟水西。言隨無逐棄義。隨謂之追而不隨謂之逐，追謂之逐而不逐謂之隨。此追、隨、逐之專義。「追逐」連文，猶「馳騁」、「馳鶩」之比，義重在後一字，言争逐也。馳騖追逐、排斥賢能，是衆人貪婪嫉妒之穢行。若「追隨」連言，義重在「隨」也。

【急】王夫之曰：「急，亟也。」案：急，猶及也。急、及古書通用。《説文・心部》急字或作㤂，从心，及聲，及、急例可通用。《釋名・釋言語》：「急，及也。操切之使相逮及也。」《木部》：「极，驢上之負也。从木，及聲。或讀若急。」《彳部》：「彶，急行也。从彳，及聲。」《又部》：「及，逮也。」引申言追逐。《國語・晉語》「往者不可及」，韋昭注：「及，追也。」

是二句言忽然亂馳追逐，貪圖利禄，非余心之所及也。

老冉冉其將至兮　恐脩名之不立

老冉冉《分門集注杜工部詩》卷三注、王狀元《集百家注編年杜陵詩史》卷三洙注、《九家集注杜詩》卷一注引作「悲冉冉」，《事類賦注》卷二引曹丕《九日與鍾繇書》引作「念冉冉」。案：王逸注「我之衰老」云云，王本作老。《漢書》卷八七《揚雄傳》注引晉灼言、《後漢書》卷二八下《馮衍傳》注、《古今合璧事類備要》續集卷四一、《唐類函》卷一二六載《白帖》、《東雅堂昌黎集注》卷七注引亦作「老冉冉」。

其《北史》卷八八《隱逸傳》引作「而」。案：其，古文作亓，與而相似而訛。《分門集注杜工部詩》卷三注、《集百家注編年杜陵詩史》卷三洙注、《九家集注杜詩》卷一注引作之，《九家集注杜詩》卷六注引作以。《漢書》卷八七《揚雄傳》注引晉灼言、《後漢書》卷二八下《馮衍傳》注、《東雅堂昌黎集注》卷七注、《古今合璧事類備要》續集卷四一、《唐類函》卷一二六載《白帖》引亦作「其」。

至《分門集注杜工部詩》卷三注、《集百家注編年杜陵詩史》卷三洙注、《九家集注杜詩》卷一注引作老。案：非是。

脩洪《補》：「脩與修同，古書通用。」朱《注》、錢《傳》二本並作脩。《文選》六臣本亦作脩。案：脩名，美名。本書作脩。《古今合璧事類備要》續集卷四一、《東雅堂昌黎集注》卷七注、《漢書》卷八七《揚雄傳》注引晉灼言、《後漢書》卷二八下《馮衍傳》注引亦作脩。

【老】王逸注：「七十曰老。」郭沫若、游國恩因王注以考屈子作《離騷》之年及屈子卒年，謂屈子作《騷》不在懷王之世，而在頃襄王之世，當其將垂老之時，年壽亦在七十以上。《説文·老部》：「老，考也。七十曰老。从人、毛、匕，言須髮變白也。」又，《論語》「及其老矣」，皇《疏》：「五十以上爲老。」《曲禮》又曰：「五十曰艾。」艾，老也。《廣雅·釋詁》：「艾，老也。」《鹽鐵論·未通》謂「五十以上曰艾老，杖於鄉，不從力役」。又，《管子·海王》注：「六十已上爲老男，五十已上爲老女。」《曲禮》曰：「七十曰老而傳。」又曰：「七十而致事。」雖同一書，而前後錯忤。蓋古稱老，未有一定之限。《禮記·王制》曰：「凡養老，有虞氏以燕禮，夏后氏以饗禮，殷人以食禮，周人脩而兼用之；五十養於鄉，六十養於國，七十養於學。」又曰：「五十始衰，六十非肉不飽，七十非帛不煖。」《曲禮》曰：「五十不致毁，六十不毁，七十唯衰麻在身，飲酒食肉處於内。」《王制》又曰：「五十不從力政，六十不與服戎，七十不與賓客之事，八十齊喪之事弗及也。」稱老者，蓋在五十之上，五十以下不稱老。漢以還，稱老又不拘《禮記》「五十」之限。賈生享年衹三十又三，未及五十，而《惜誓》曰「惜余年老而日衰」也。陸機賦《歎逝》年第四十，而曰「聊優遊以娱老」。杜甫年三十又六歲作《贈比部蕭郎中十兄》詩，曰「歸老任乾坤」。三十又九歲作《贈翰林張四學士垍》詩，曰「垂老獨漂萍」。又，《南史·后妃傳》「徐娘雖老，猶尚多情」，徐娘者，漢元帝妃。太清三年賜死。先是，帝年甫四十，徐娘年亦不在五十以上。林庚據此謂古人稱老本不拘，蓋漢世以下如是言，而先秦未有年五十以下而稱老者。屈子自稱老，其年亦必在五十以上矣。屈子作《騷》，信如郭、游之説，在再放於楚頃襄王，流竄江南之時，下篇求帝、求女及西行皆得徵之。

【冉冉】王逸注：「冉冉，行貌。」徐焕龍曰：「冉冉，漸至而殊不覺也。」聞一多曰：「冉冉，漸進貌。」游國恩曰：「冉冉，歲月流移之貌。」冉之字作冄，許云「毛冉冉」，無漸行義。段注謂漸行之冉，讀如冘。《冂部》：「冘，冘冘，行貌。从儿出冂。」段注：「儿者，古文奇字人也。冘，遠望人若行若不行之貌。」冘，甲文作「□」，楊樹達識爲儋字初文，「象人荷擔，以手持擔木之形」，不訓行進義。冉訓行者，借爲⿺走斬。《走部》：「⿺走斬，進也。」朱駿聲《説文通訓定聲》謂「徐進」義。重言爲漸漸。冉、漸，談部，從日旁紐雙聲。其聲之變或作漸冉。《文選·思玄賦》「恐漸冉而無成兮」，注：「漸冉，進也。」又作荏冉。《文選·悼亡詩》「荏冉冬春謝」，李善注：「荏冉，猶漸也。」又作浸潭。《史記·司馬相如列傳》「浸潭促節」，《索隱》曰：「猶漸冉也。」訓詁字又作趁潭。《玉篇·走部》：「趁潭，驅步也。」又作浸潯。《漢書·司馬相如傳》「浸潯衍溢」，注：「浸潯，猶漸浸也。」引申言乍行乍止，字作冘豫。《後漢書·來歙傳》「久冘豫不決」，李賢注：「冘豫，不定之意也。」蓋與躊躇、峙𨅬、踟躕、夷猶爲一義之變。「冉冉」一詞，屈賦專言年命蹉跎，用作至、極、弛、頹等之疏狀語，解罷極、委弛爲允當。《九歌·大司命》「老冉冉兮既極」，王注：「極，窮也。言履行忠信，從小至老，命將窮矣。」《九章·悲回風》「歲曶曶其若頹兮，旹亦冉冉而將至」，曶曶、冉冉互文，冉冉，猶曶曶，罷頹貌。《九辯》「歲忽忽而遒盡兮，老冉冉而愈弛」，冉冉，猶委隋不振貌。《哀時命》「歆愁悴而委隋兮，老冉冉而逮之」，冉冉，言委墮懈倦貌。冉，用本義似亦通。蓋「毛冉冉」有荏弱義，引申言罷極。

【至】王逸注「言人年命冉冉而行，我之衰老，將以來至」云云，以至爲至止義。案：至，猶極也，窮也。《國語·越語》「陽至而陰」，韋昭注：「至，極也。」將至，即《大司命》之「既極」、《九辯》之「遒盡」。

【脩名】王逸注「恐脩身建德，而功不成、名不立也」云云，以脩爲「脩身建德」，以名爲功名，增字解經。洪《補》曰：「脩名，脩潔之名也。」錢《傳》曰：「脩，亦遠也。」聞一多曰：「脩名，不朽之名。」姜亮夫曰：「脩名，當即脩能所得之名也。則脩乃脩飾，自教自發之義。」案：脩，同「脩能」之脩，美也，善也。脩名，與上言「嘉名」相應。屈子「嘉名」，但一「正」字可概之。言衆皆變志改性，競逐貪婪，惟我守道直行，不改初志，但恐違其稟天之「正」，於此變言「恐脩名之不立」也。《遠遊》曰：「聞赤松之清塵兮，願承風乎遺則。貴真人之休德兮，美往世之登仙。與化去而不見兮，名聲著而日延。」其雖託志登昇，猶未忘「脩名」本色。

【立】王逸注：「立，成也。」案：立之對文爲倒。人立則生，倒則死，事立則成，倒則敗。「恐脩名之不立」，猶上文「恐美人之寂寞」。言恐美名不立，而終身湮没無聞。

是二句言年命冉冉然將極，恐美名未立，而終身寂寞不彰。

第十六韻：急、立

急，借爲及，古音爲[giəp]。立，古音爲[liəp]。急、立古同緝部。

朝飲木蘭之墜露兮　夕餐秋菊之落英

[朝]《事類賦注》卷三引作「曉」。案：上句用「朝」，下句用「夕」，屈賦句法。作「朝」字是也。《全芳備祖集》卷一二、《記纂淵海》卷二及卷四四、王楙《野客叢書》卷一、《文選》卷二二左思《招隱士》注、《事類賦注》卷三注、

《集注分門東坡先生詩》卷一四注、《古今合璧事類備要》續集卷四一及卷一八注、《藏海詩話》、《對牀夜語》、《古今事文類聚》前集卷四、《北堂書鈔》卷一五二及《唐類函》卷五載、《藝文類聚》卷八一、《唐類函》卷一八五及卷一八九姜校引《唐類函》誤作卷一〇引亦作「朝」。

飲 洪《補》飲音蔭，朱《注》飲音於錦反。案：蔭，去聲；「於錦」之音，上聲。《群經音辨》曰：「飲，酒漿也，於錦切。所以歠曰飲，於禁切。」上聲爲名，去聲爲事。飲墜露，事也，音蔭，去聲。朱《注》非是。

夕 《漢書》卷八七《揚雄傳》注引晉灼言，「夕」上衍「予」字。《集百家注編年杜陵詩史》卷三注、《事類賦注》卷二注引曹丕《九日與鍾繇書》引「夕」字作「思」，卷三注、卷二四注引無「夕」字。案：蓋或本上句衍上兮字，後因二兮字遂改下兮字爲余，又作予也。作思，音訛字。無「夕」，敚誤也。

餐 《文選》六臣本、洪《補》、錢《傳》同引一作湌，《北堂書鈔》卷一五二注、《對牀夜語》、《古今事文類聚》後集卷二九、《古今合璧事類備要》續集卷四一、《太平御覽》卷九五八及卷九九六、《施注蘇詩》卷二注引餐作湌，《分類集注東坡先生詩》卷一〇注及卷一四注、《王荆公詩注》卷四八注、《古今事文類聚》後集卷二九引史正志《後序》又作飱，《分門集注杜工部詩》卷三注、《集百家注編年杜陵詩史》卷三洙注引作食。案：王觀國《學林》卷八「餐飧」條云：「餐，千安切，飧音孫，《孟子》『饔飧而治』，趙岐注：『夕食曰飧。』據以當用飧而不用餐。」是也。湌，俗飧字。飱，飧形訛字。食，爛敚字。又，《太平御覽》卷一二引「餐」訛作「採」。《藝文類聚》卷八一，《唐類函》卷一八五、卷五，《辨誤録》卷上，《西溪叢語》卷上，《集注分類東坡先生詩》卷一八注，《爾雅翼》卷三，《山谷内集詩注》卷一注，《漁隱叢話》前集卷三四注引亦作餐。

【飲】洪《補》曰：「飲，啜也。」案：《説文・欠部》字作歓，曰：「歓，歠也。从欠，酓聲。」「⿱今水，古文歓，从今、水。⿱今食，古文歓，从今、食。」洪氏訓啜，蓋因《説文》。古文⿱今水、⿱今食，皆從今，今亦聲。今，古文含字詳上文「貪婪」注，含，入也。《楚語》「若合而含吾中」，注：「含，入也。」水入於口曰⿱今水，《易・蒙》虞注：「水流入口爲飲。」物入於口曰「⿱今食」。歓，从欠，酓聲，酓，訓「酒味苦」，从酉，今聲。酉，酒也。今，讀如咸。含、咸古書通用。《左傳》昭二十一年「窕而不咸」，不咸，言不含。借咸爲含。咸，猶鹹也。言酒味苦如鹹而爲「酓」。酓不解啜義，含之假借。歓，借聲字。

【墜露】王逸注：「墜，墮也。」案：隕墮之露，何以爲飲？於事理不可。姜亮夫曰：「墜露，欲墜之露，猶《詩》言『零露漙兮』，形容露之多也。墜、漙古雙聲。則墜露，猶漙露也。」其説是也。《説文》墜作隊，從𨸏，㒸聲。漙，从水，專聲。《説文》漙字作團，圓也。從㒸聲字與從專聲字，古或通用。《莊子・達生》「死得於豚楯之上」，《雜記》豚字作團。豚，從月，㒸聲。又，專，古通耑。《説文・立部》：「端，从立，耑聲。讀若專。」從㒸聲與從耑聲字亦或相通。《詩・芄蘭》鄭《箋》曰：「遂，端也。」遂從㒸聲，端從耑聲，二字通用。《吳語》「以能遂疑計惡」，注云：「遂，決也。」遂無決義，借遂爲揣。漙露，露之團團纍積然多也。漙，露多貌。

【餐】王逸注：「暮食芳菊之落華，吞正陰之精蕊，動以香浄，自潤澤也。」餐言吞食。洪《補》亦曰：「餐，吞也。」案：《説文・食部》：「餐，吞也。从食，𣦼聲。湌，餐，或从水。」餐、吞析言有別。吞對文爲吐。吞，咽也，言囫圇咽食。餐從𣦼聲。《歺部》：「𣦼，殘穿也。」咀嚼殘碎曰餐。湌，從水，從食，以水澆飯也，蓋饡字別文。《列子・説符》「而下壺餐以餔之」，注：「餐，以水澆飯也。」《食部》：「饡，以羹澆飯也。」饡、湌一字，湌、餐二字。湌，古或訛作飡。湌、飡亦二字。餐，亦作飧。《方言》卷一：「相謁而餐。」郭注：「晝飯爲餐，晚飯爲飧。」其作飧者，蓋附會《離騷》，古無分別。

【秋菊】秋，包山楚簡文作秌。《説文・艸部》：「菊，大菊，蘧麥。」又：「蘜，日精也，以秋華。」其字作蘜。

菊，蘜字假借。又《夏小正》「九月榮鞠」，《月令》「鞠有黄華」。陸佃《埤雅》曰：「菊，本作蘜，從鞠。鞠者，窮也。」鞠、窮爲冬覺平入對轉，同溪紐雙聲。《宀部》：「窾，窮也。从宀，簐聲。」《爾雅·釋詁》：「鞠，窮也。」《天問》「皆歸躲蘜」，王注曰：「蘜，窮也。」華事窮於秋，而蘜以秋華，名曰蘜，受義於窮。《本草》：「菊，一名日精，一名女節，一名女華，一名女莖，一名更生，一名周盈，一名傅延年，一名陰成，一名節花。」崔寔《月令》云：「女華，菊華之名也。日精，菊根之名也。」葛洪《抱朴子》曰：「仙方所謂日精、更生、周盈，皆一菊而根莖花實之名異也。」又名節華，以應節侯。陶弘景曰：「菊有兩種：一種莖紫氣香而味甘，葉可作羹食者，爲真菊；一種青莖而大，作蒿艾氣，味苦不堪食者，名苦薏，非真菊也。華正相似，惟以甘苦别之。南陰酈縣最多，今近道處處有之，取種便得。」《爾雅·釋草》郝懿行疏曰：「《本草》菊有兩種：一種莖深紫色，緑葉肥潤，花深黄而大於錢，俗名燈下黄者，乃真菊也。今秋菊華而艷異，百種千名，大抵蕭艾所爲，都非真菊。」李時珍曰：「大抵惟以單葉味甘者入藥。《菊譜》所戴甘菊、鄧州黄、鄧州白者是也。」

【落】王逸未注「落」字義。蓋因上文「零落」注而省。及至宋，王荆公、歐陽永叔相詆爲口角，由是聚訟紛紛，致成治《騷》一大疑案。李璧《王荆公詩箋注》卷八《殘菊詩》「殘菊飄零滿地金」注曰：「歐公笑曰：『百花盡落，獨菊在枝上耳。』戲賦：『秋英不比春花落，爲報詩人仔細看。』荆公曰：『是定不知《楚辭》「夕餐秋菊之落英」，歐九不學之過也。』」而後大波軒然，愈演愈歧。大氏四解：一以「落」爲「採落」義。洪《補》曰：「秋花無自落者，當讀如我落其實而取其華之落。」姚寛謂「今秋花亦有落者，但菊蕊不落耳」。又，汪瑗曰：「夫落者，不必自落而後謂之落，採而取之，脱於其枝即可謂之落，如取露於木蘭之上亦可謂之墜也。若果謂墜之於地，則露豈可飲乎？」汪説據洪氏濫觴。案：落訓採，無徵不信。屈賦言採、言搴、言攬，而未言落。且如洪説，「夕餐秋菊之落英」一句中用兩動詞，當言夕餐落秋菊之英，方得通順，若作「夕餐秋菊之落英」，非其勝語。二解落爲始義，落英，謂始發英華。孫奕曰：「落與『訪落』及『章華臺落成』之落同。蓋嗣王謀之於始則曰『訪落』，宮室始成而祭則曰『落成』。故菊英始生亦曰落英。設或隕落，豈復可湌？況菊花獨乾死於枝上而不墜，所謂『秋英不比春花落』也。」吴曾曰：「以予觀之，夕餐秋菊之落英，非零落之落。落者，始也。《爾雅》曰：『俶、落、權輿，始也。』」吴仁傑曰：「考落之義，非隕落之落。《爾雅·釋詁》云：『俶、落、權輿，始也。』郭璞引『訪予落止』爲證。蓋成王訪羣臣於朝中，始謀即政之事。」羅大經曰：「古人言語多如此，故以亂爲治，以臭爲香，以擾爲馴，以慊爲足，以特爲匹，以原爲再，以落爲萌。」費袞曰：「然則《楚詞》之意，乃謂擷菊之始英者爾。東坡《戲章質夫寄酒不至詩》云『謾繞東籬嗅落英』，其義亦然。」而後周必大、蔡絛西、于惺介及姜亮夫、劉永濟、季鎮淮等皆以落訓始，落英，謂始發之英。三則承王逸古訓，以落爲隕落義。蔣驥曰：「按：落字與上句墜字相應，強覓新解，殊覺欠安。且此二句，本極言清貧之況，爲下『顑頷』作引，非徒尚芳椒、致滋味也。與精瓊靡、糳申椒立言各别，何必以衰謝爲嫌？」焦循曰：「然則屈子此文，落英與墜露作對，落與墜正一義耳。」朱琦曰：「《本草綱目》載《玉函方》：『服食甘菊，三月采苗，六月采葉，九月采花，十二月采根莖。』並陰乾百日，是已槁落，殆即此所謂落英歟？《離騷》中如下文『貫薜荔之落蘂』，又『及榮華之未落兮』、『惟草木之零落兮』，落字亦俱不作始字解也。」游國恩、錢鍾書力主此説，以斥訓始之非。游氏謂「且古人詩賦，用《離騷》『落英』字，亦未嘗有訓落爲始者，如左思《蜀都賦》云『敷蕊葳蕤，落英飄飄』，又如劉琨《重贈盧諶詩》云『朱實隕勁風，繁英落素秋』。一則以飄飄狀零落，一則以隕對落，非皆墜墮之義乎？夫屈子之文，凡言草木多矣，雖所喻或有不同，亦豈有宋儒格物之意哉？」錢氏謂落訓始，雖古有徵，而不施於草木。又謂詩人咏物「即目直尋」、「眼處心生」，「語有來歷而事無根據矣」，不必科以「菊不落花」。又引下文「及榮華之未落」，謂「天宫帝舍之琅樹琪花更無衰謝飄零之理，又將何説以解乎？比興大篇，浩浩莽莽，不拘有之，失檢有之，無須責其如賦物小品，尤未宜視之等博物譜録」。直斥宋人多事，「吹毛索疵」云云。四則唯以其所託寓爲解。王楙曰：

「士有不遇，則託文見志，往往反物理以爲言，以見造化之不可測也。屈原《離騷》曰『朝飲木蘭之墜露兮，夕餐秋菊之落英』。原蓋借此以自喻，謂木蘭仰上而生，本無墜露而有墜露；秋菊就枝而殞，本無落英而有落英。物理之變則然，吾憔悴放浪於楚澤之間，固其宜也。」其説吊詭，用心良苦。王氏未審此文反意衆皆貪婪求索，明己獨服飲芳潔，不與衆同流，下承言「長顑頷亦何傷」，即飲露餐菊之謂。誠非反物理之意。陳端曰：「《楚詞》雖有落英之語，特寓意朝、夕二字，言吞陰陽之精蕊，動以香净自潤澤爾。」楊慎引謝迭山語曰：「木蘭不常有，得蘭露之墜者，亦當飲之，秋菊不常有，得菊英之落者，亦當飧之。愛之至，敬之至也。」以爲「此説得騷人言外之意」。劉獻廷曰：「露譬諸君子之淚，豈有輕墮？此在其本性則然，到得時事傷心，即鐵石爲懷，於焉有淚矣，譬諸風霜凌進，雖決不萎絶之菊，或者竟有落英，亦未可定。此皆決無者，而今竟有之矣。然我則決不肯落諸于人間，皆一一收拾而飲之食之，朝如此，夕如此，以千萬古聖賢之血淚爲飲，以千萬古聖賢之身命爲飲，此千古忠孝之極則，實見之於此也。」皆亦王楙所謂「反物理之爲言」濫觴。其謬固不待辨。惟落訓始、訓墜，持之有故，言之成理，孰是孰非，不可存而不論。「落英」解始發之華雖不盡允當，而不可違其物之常理而强訓落爲墜落。魏晉詩家文人襲用「落英」，亦不盡解隕落之華。《藝文類聚》卷八八、《初學記》卷二八《松部》同引許恂詩：「青松凝素髓，秋菊落芳英。」凝、落互文見義，凝，凝結也；落英，亦在枝上。《文選》卷二六謝靈運《初去郡詩》：「憩石挹飛泉，攀林搴落英。」言攀木而采枝上之華。若訓落爲隕墜，是英已落於地，無庸言「攀林搴」其華。而言「攀林」，詎非緣木求魚乎？何異於「搴芙蓉兮木末」？「落英」，亦在枝上，而非墜落之華。陶潛《桃花源記》云：「芳草鮮美，落英繽紛。」落英，亦指枝上之華，繽紛，狀花發之盛美。言桃花盛發，正當其時。若解落爲隕墜義，殘紅飄零，狼藉委地，殊煞景致，不足稱道。郭在詒謂桃花凋零，紛紛落下，亦是美景，不知從何入目。又，嵇含《菊花銘》：「煌煌丹菊，翠葉紫莖；詵詵仙種，徒餐落英。」《藝文類聚》卷八一《藥草部·菊》所引。落英，亦未墜之華。然則落訓始華，誠如錢君所言，不施於草木。落訓始，多爲時間名詞，以脩飾述語，上諸家所徵之「訪落」、「落成」是也。落作動詞，羌無書證。「墜露」、「落英」爲儷偶語，露、英皆名詞，墜、落皆脩飾語；必以落訓始，英用作動詞，不合屈賦句法。案：落，累也。《文選·羽獵賦》李善注引晉灼曰：「落，累也。」重言之爲落落，《老子·德經》「落落如石」，河上公注：「落落，喻多。」字作峉峉，《九思·憫上》「山皀兮峉峉」，注：「峉峉，長而多有貌。」落英，言累疊之英。落，狀英盛多貌。

【英】王逸注：「英，華也。」案：《說文·艸部》：「英，艸榮而不實者。从艸，央聲。」《爾雅·釋草》：「木謂之華，草謂之榮；不榮而實者謂之秀，榮而不實者謂之英。」此析言之。菊榮而不實，是謂之落英。英，央聲。央，無「榮而不實」義。通爲景，古影字，象也。《漢書·梅稱傳》「此何影也」，注：「景，象也。」景，言照也。《廣雅·釋詁》：「景，照也。」影象有光采，正「榮而無實」。英，借聲字。聞一多曰：「落英者，即露英、淪英。其爲物也，依陵陽子說，即日没以後之氣，又當於秋時食之，故曰『夕餐秋菊之落英』。英之爲氣，其色本黄，故又以配秋菊。英字一作霙。」以餐落英同《遠遊》「餐六氣而飲沆瀣」、「漱正陽而含朝霞」。其說好奇。

是二句言我朝飲木蘭溥溥之露，夕餐秋菊落落之英。王夫之謂此二語比「食貧」。案：此二語以喻清潔之志。言我飲露餐菊，不肯變節易志，馳騖追逐，爲蕪穢之行。下承言「長顑頷亦何傷」，顑頷，不得志貌，猶上言「萎絶」之比，非「食貧」也。而王逸謂飲露餐菊「輔體延年」，雜以神僊道術，失之益遠。

苟余情其信姱以練要兮　長顑頷亦何傷

【姱】《文選》六臣本、洪《補》、朱《注》、錢《傳》同音苦瓜切。

【要】洪《補》、朱《注》要同音於笑切。案：《群經音辨》曰：「要，約也，與招切。謂約書曰要，於笑切。」

【顑頷】《文選》六臣注上音呼感反，下音平感反。洪《補》、朱《注》、錢《傳》三家上音虎感切，洪、朱又音古湛切；洪《補》、朱《注》下音魚檢切，曰：「頷，一作頜」。案：呼感、虎感音同。呼感、古湛，見曉互用，蓋讀「古湛」爲古音。平感、魚檢，匣疑互用，皆喉音而深淺未判，未審爲何等門法。《方言》卷一〇：「頷、頤，頜也。南楚謂之頷，秦晉謂之頜。頤，其通語也。」頜、頷一字，因方音判爲二。於楚本作頷。《説文》字又作顑顲，《廣韻》作𩔰顲，皆其音變。詳注。《五百家注昌黎文集》卷五注引亦作顑頷。《古今合璧事類備要》續集卷四一引顑作𩔰。

【其】「頷」字下有「其」字。「其亦」，屈賦恒語。「雖萎絶其亦何傷兮」，「不吾知其亦已兮」。顑頷，猶坎坷，不得志貌。若無其字，於語氣不暢。《五百家注昌黎文集》卷五注、《古今合璧事類備要》續集卷四一引亦無其字。

【苟】王逸注：「苟，誠也。」李周翰曰：「苟，且也。」案：王注不易。「苟誠」之苟、「苟且」之苟，本二字，未可溷。《説文·苟部》曰：「苟，自急敕也。从羊省，从包省，从口。口，猶慎言也。从羊，羊與義、善、美同意。」許云「自急敕」，猶「自戒敕」。急，通作戒。《詩·六月》「我是用急」，《鹽鐵論·繇役》引《詩》作「我是用戒」。《爾雅·釋言》：「悈，急也。」悈諧戒聲，急，猶戒也。敕，亦戒也。《説文·攴部》：「敕，誡也。」戒敕平列同義。苟訓戒敕，無誠信義。苟之爲言亟也。《爾雅·釋詁》曰：「寁、駿、肅、亟、遄，速也。」《釋文》：「亟字，又作苟，同居力反。」亟言肅敬義。《廣雅·釋詁》曰：「亟，敬也。」古多借爲苟字。敬字從攴，從苟，亦借苟爲亟。敬，會意兼假借。虚化爲表態詞，是以苟猶誠、信。「苟且」之苟，從艸，句聲。音古厚切，侯部。顔師古《匡謬正俗》曰：「苟，媮合之稱，所以行無隅，不存德義謂苟且。」《艸部》：「苟，媮也。」考從句聲字多有二義，馬二歲曰駒，犬二歲曰狗。句之爲言耦也。《廣雅·釋詁》：「耦，二也。」《禮記·曲禮》「耦坐不辭」，《疏》：「耦，二也。」《左傳》襄二十九年「射者耦」注：「二人爲耦。」句，耦侯部，見疑旁紐雙聲。草之耦合，象薄媮之合，是以苟有僥幸、苟且義。段注引《論語》孔注：「苟，誠也。」又引《燕禮》鄭注：「苟，且也，假也。」皆溷苟誠、苟且爲一字。

【信姱】王逸注：「言己飲食清潔，誠欲使我形貌信而美好，中心簡練，而合於道要，雖長顑頷，飢而不飽，亦何所傷病也。」以「信姱」爲「形貌信而美好」，信爲誠信，姱訓美好。李周翰曰：「且信大擇要道而行，雖長飢苦，亦何傷哉？」信訓相信，姱訓大。錢澄之曰：「信姱，其姱足自信也。」洪《補》申王説，曰：「信姱，言實好也，與『信芳』、『信美』同意。」案：苟，誠也，信也。若信亦訓誠，其語犯複。信姱、練要對舉。信，言順從、依憑義。《吕氏春秋・勸學》「師尊則言信矣」，高注：「信，從也。」《荀子・哀公篇》「明主任計不信怒，闇主信怒不任計」，注：「信，亦任也。」信姱，言從姱、任姱。下文「信芳」、「信美」並同。姱，誠如王注，謂美好。姱字不見《説文》，朱駿聲《説文通訓定聲》以姱爲嫵別字。其説甚是。《文部》：「嫵，媚也。从女，無聲。」《廣雅・釋詁》：「嫵，好也。」嫵音文甫切，魚部，明紐。姱音苦瓜切，魚部，溪紐。姱之爲嫵，例同上文撫之爲扈。姱，又作嫮。《文選》謝惠連《雪賦》「玉顏掩嫮」，注：「嫮與姱同，好貌。」《漢書・外戚・孝武李夫人傳》、《文選》張協《七命》皆作「修嫮」。《後漢書・張衡傳》李賢注：「嫮，美好。音胡故反。」從夸聲字多轉唇音幫類。《爾雅・釋草》：「華，荂。」郭璞注：「荂音敷。」案：荂，從艸，夸聲，溪紐；音轉爲敷，芳無切，唇音滂紐。《爾雅・釋魚》郭璞注：「鮬音步。」案：鮬，從魚，夸聲，溪紐，而音轉爲步，薄故切，唇音並紐。包山楚簡文許字皆作鄦。鄦，從邑，無聲，無本唇音並紐，許音虚吕切，曉紐喉音，唇音轉爲喉。屈賦用姱不用嫵，曰「好脩姱」、曰「姱賢」、曰「姱節」、曰「姱容」，蓋楚語。

【練要】王逸注：「練，簡也。」注「中心簡練而合於道要」云云，語多枝蔓。朱子曰：「練要，言所修精練，所守要約也。」錢杲之曰：「治帛曰練。練要，猶治要也。」錢澄之曰：「練謂老成諳練，要謂提綱絜領。」戴震曰：「練要，精練要約也。」王樹枏曰：「練要，如《法華經》所謂『取要』，謂擇取其要者也。」皆因朱《注》濫觴。案：《大招》曰：「朱唇皓齒，嫮以姱只；比德好閒，習以都只。」嫮姱，類此文「信姱」，閒都，猶此文「練要」。《史記・司馬相如列傳》「相如之臨邛，從車騎，雍容閒雅甚都」。《集解》曰：「閒，讀曰閑，甚得都邑之容也。郭璞曰：『都，猶姣也。《詩》曰：「洵美且都。」』」《漢書》本傳注引張揖曰：「甚得都士之節也。」韋昭曰：「都邑之容也。」顏師古曰：「都，閒美之稱也。張説近之。《詩・鄭風・有女同車》曰『洵美且都』，《山有扶蘇篇》又云『不見子都』，則知都者，美也。韋言都邑，失之遠矣。」都訓都邑、訓美同。都，都邑，引申狀儀態有都市之風，則有雅美義，與鄉俗態、市儈態反對。「練要」，狀其情態。練，通作閒。從柬聲與從閒聲古多通用。《論衡》卷一四《譴告》：「故諫之爲言閒也。」《白虎通・諫諍》：「諫者閒也。」《説文・水部》：「湅，瀾也。」諫、湅，柬聲；瀾，閒聲。《詩・溱洧》「方秉蕑兮」，毛《傳》：「蕑，蘭也。」蕑，閒聲；蘭，柬聲。閒，讀爲嫺。《漢書・司馬相如傳》「雍容閒雅」、「妖冶閒都」，《史記》皆作「嫺」。「嫺雅」連文，猶嫺都。《後漢書・馬援傳》「辭言嫺雅」，李賢注：「嫺雅，猶沈静也。」《抱朴子・行品》「風表閒雅」，《漢書・疏廣傳》「辭禮閒雅」，《後漢書・馬防傳》「進對閒雅」，《李固傳》「才智閒雅」。《説文・女部》：「嫺，雅也。」要，即雅字。《三國志》卷二三《魏書・裴潛傳》注引《魏略》「潛爲人材博，有要容」，要容，即雅容。或曰：要，窈也。《玉篇》、《廣韻》之「偠㒡」，《古文苑》王延壽《王孫賦》字則作「窈褭」。《九歌・湘君》「美要眇兮宜脩」，要眇，《漢書・外戚傳》、《文選・辨命論》字作「窈眇」。《方言》卷二：「美心爲窈，美狀爲窕。」「美心」，中情美。緩言曰要眇、窈眇、幼眇、幺眇、杳眇，言深微詳黄生《字詁義府合按》卷下「幼眇」條，而後狀情態美。「嫺」，容態姱好；「要」，中情姱好。

【顑頷】王逸注：「顑頷，不飽貌。」洪《補》曰：「顑頷，食不飽面黄貌。」案：顑頷，連語，其義存乎聲，言不足、不滿貌，不必扼其字從頁而訓面黄飢瘦。上博簡(五)《苦成家父》兩言「⿴衣咸袞」，意謂落魄不遇。詳拙著《楚辭章句疏證》，實此「顑頷」之異體也。聲轉爲坎窞。《易・坎》：「入於坎窞也。」坎窞，窞井，不足於地。又作峈窞。

《文選・長笛賦》「𡸣窞巖𡾰」，李善注：「𡸣，坎也；窞，坎中小坎也。」又作欿陷。《吕氏春秋・不屈》「人有新取婦者，入於門，門中有欿陷。新婦曰：『塞之，將傷人之足。』」注：「欿從欠，呼濫反。」狀高下不平謂之坎坷。《漢書・揚雄傳》「瀸南巢之坎坷」，顔注：「坎坷，不平貌。」又作頇顩。《玉篇》、《廣韻》並曰：「頇顩，不平也。」狀山嵯峨不平字作嵁巖。《廣韻》下平聲第二十六咸韻：「嵁巖，不平正貌。」《莊子・在宥》或作堪巖。《釋文》：「堪，苦咸反。巖音岩，語銜反。」《古文苑》揚雄《蜀都賦》字作堪巖。狀仕途蹇難不通字作埳軻。《後漢書・馮衍傳》「非惜身之埳軻」，李賢注引《楚辭》「埳軻而滯留」，王注「不遇」是也。狀心志不平謂之欿憾。《哀時命》「志欿憾而不憺」是也。今語遺憾，蓋其遺也。相反爲訓，字作耿介、慊慨。詳上文「耿介」。注花事未足期者字作菡萏。《説文・艸部》：「芙蓉華未發爲菡萏。」又作莟萏。《一切經音義・華嚴經音義下》「字書作莟萏」。食不飽曰顑頷。顑頷，於屈子導引奔走言，狀道路坎坷蹇難，不得於志，猶坎廩不遇。《説文・頁部》：「顑，顑顲，食不飽，面黄起行也。从頁，咸聲，讀如戇。」「顲，顑顲也。从頁，㐭聲。」《炎部》：「㐭，侵火也。从炎，亩聲。讀若桑葚之葚。」《艸部》：「葚，桑葚也。从艸，甚聲。」顲音盧敢切，㐭音力荏切，葚音常衽切。從甚聲字多爲牙音。《欠部》：「歁，食不滿也。从欠，甚聲。讀若坎。」歁音苦感切，溪紐。《土部》：「堪，地突也。从土，甚聲。」堪音口含切，溪紐。《戈部》：「戡，刺也。从戈，甚聲。」戡、堪音同，亦溪紐。蓋顲有二音，牙音字作歁，半舌音作顲。仕途困蹙不通亦謂坎廩。《九辯》「坎廩兮貧士失職而志不平」，《文選》五臣注：「坎廩，困窮也。」又作坎壈，《九歎・離怨思》「志坎壈而不違」，王注：「不遇貌。」又作轗軻。北齊張充《與尚書王儉書》「叔陽敻舉，轗軻乎千載」是也。《玉篇》、《廣韻》字皆作輡轗，訓「車行不平也」。其隨文所用，而各書以訓詁字，不勝其舉。

是二句言我容儀嫺雅合都市之風，中情要眇而姱美，雖常坎頇困窮，其亦何傷乎？

第十七韻：英、傷

朱《注》英音叶於姜反。陳第、戴震、江有誥並曰：「英，古音央。」案：英，古音爲[ʔiaŋ]。傷，古音爲[ɕiaŋ]。英、傷古同陽部。

擥木根以結茝兮　貫薜荔之落蘂

擥《文選》六臣本謂擥，「五臣作掔」，洪《補》引《文選》、朱《注》引擥一作掔。錢《傳》本作擥，引一作掔。案：王逸注：「擥，持也。」擥，攬字異體，王氏上文既注攬字義，不宜於此復注，蓋王本作掔。慧琳《一切經音義》卷四四謂「古文作掔」。誤擥、掔爲一字。《太平御覽》卷九八三引作掔，《古今合璧事類備要》續集卷四一引亦作擥。洪《補》掔音啓妍切，錢《傳》音丘閑反，朱《注》音覽。案：啓妍、丘閑音同。

結《太平御覽》卷九八三引結字作潔。案：羅本《玉篇》糸部「絜」字云：「絜，結束也，清也。」潔，即絜字，有約束義。或本以結、絜義同而改。《古今合璧事類備要》續集卷四一引亦作結。

茝朱《注》引一本茝作芷。姜校謂洪《補》、錢《傳》亦同引一本茝作芷。洪、錢二本無此校語。《太平御覽》卷九八三引亦作芷。《古今合璧事類備要》續集卷四一引亦作茝。

貫《文選》卷四《蜀都賦》注引貫作採。案：王注「貫，累也」云云，王本作貫。《古今合璧事類備要》續集卷四一、《詁訓柳先生文集》卷四二注、《柳河東集注》卷四二注、《爾雅翼》卷三、《漢書》卷八七《揚雄傳》注引亦作貫。

【薜荔】洪《補》、朱《注》、錢《傳》三本上同音蒲計切，下同音郎計切。

【蘂】《文選》六臣本作蕊，《詁訓柳先生文集》卷四二注、《爾雅翼》卷三、《古今合璧事類備要》續集卷四一引亦并作蘂。案：《説文》有惢、桊二字，段注謂花蕊本字作惢，蕊、蘂皆俗字。落蘂，連語，詳注。《文選》卷四《蜀都賦》注引訛作英。

【擥】王逸注：「擥，持也。」據義，字作「掔」。徐焕龍曰：「掔，拔也。」戴震曰：「掔，引也。」掔，俗搴字，引申言采、言持。掔、矯對舉，矯訓舉持，掔訓攀引、訓搴。詳上「朝搴阰」注。或本掔作擥。誤也。

【木根】王逸注：「根以喻本。言己施行，常掔木引堅，據持根本。」王遠曰：「木根喻本，蘂喻末，言本末皆芳也。」洪《補》曰：「《荀子》云『蘭槐之根是爲芷』，注云：『苗名蘭槐，根名芷。』然則木根與茝皆喻本也。」茝，香草，非木，其根亦不稱木。王夫之曰：「木根，惡木之根，結蹴而損之也。」謂持惡木以自勖勵，昏瞶無理。徐焕龍、蔣驥曰：「木，木蘭。」木蘭省稱木，何不言「掔木蘭」而變言「掔木根」邪？案：木根、菌桂儷偶，香木名。劉夢鵬曰：「木根，當作木菌。凡香木之名皆曰菌。」是也。根，借爲菌，實爲薰。古根、槿通用。《老子》「是謂深根固蒂」，長沙馬王堆漢墓帛書《老子》（甲種本）作「深槿固氐」。《周禮·遺人》「故《書》恤民之墐阨」，墐阨，即艱阨。艱，根同艮聲，墐、槿同堇聲，是以通用。槿、薰通用。《山海經·海外東經》「有薰華草朝生夕死」，《釋文》：「薰，或作堇。」根、薰例亦相通。菌，芳也。詳上文「菌桂」注。木根，即木菌，木香也。《本草》：木香，又名青木香、五木香、南木香。《香譜》謂青木香即沈香，「其木類椿櫸，多節，取之先斷其木根，積年皮幹俱朽，心與節不壞者，乃香也。」出《古今事文類聚》續集卷一二。李時珍曰：「昔人謂之青木香。後人因呼馬兜鈴根爲青木香，乃呼此爲南木香、廣木香以別之。《三洞珠囊》云：『五香者，即青木香也。一株五根，一莖五枝，一枝五葉，葉間五節，故名五香。燒之能上徹九天也。』古方治癰疽有五香連翹湯，内用青木香。《古樂府》云『氍毹毾㲪五木香』，皆指此也。」宋寇宗奭《本草衍義》曰：「常自岷州出塞，得青木香，持歸西洛。葉如牛蒡，但狹長，莖高二三尺，花黄一如金錢，其根即香也。生嚼即辛香，尤行氣。」李時珍曰：「木香，南番諸國皆有。《一統志》云：『葉類絲瓜，冬月取根，曬乾。』」

【結】王逸未爲「結」字作注。唐宋注家皆以「結」爲締固義。朱季海曰：「《太平御覽》卷第九八三《香部》三『白芷』下引《楚詞》曰『擥木根以潔芷兮』。潔，當作絜。《禮記·大學》『是以君子有絜矩之道也』，注『絜，猶結也，挈也』是也。又《莊子·人間世》『絜之百圍』，《釋文》：『絜，約束也。』《史記·秦始皇本紀》『度長絜大』，《集解》：『絜，音絜束之絜。』是絜有約束之意。《素問·五常政大論》『是謂收引』，注：『引，斂也。』絜束、引斂，義正相比。今謂《章句》『引』字即釋『絜』矣。王云『引堅』，似謂束茝於根。絜、結古今字。」案：《説文·糸部》：「結，締也。」「絜，麻一端也。」結、絜非古今字，因其引申，而言綴繫、約束，「終結」、「交結」、「結言」、「構結」，不言「絜」；而「絜度」、「絜清」、「絜誠」，不言「結」。結，質部，絜，從㓞聲，月部，二字不同音。《太平御覽》引此字作潔者，蓋以今音改字，王注「引堅」云云，祇釋「擥木根」，語多蔓詞，未可信據。絜訓引，挈字假借。朱君好奇而失中。「擥木根以結茝兮，貫薜荔之落蘂；　矯菌桂以紉蕙兮，索胡繩之纚纚」四句儷偶爲文，結，紉互文見義，結，猶紉、締。毋庸深解。

【貫】王逸注：「貫，累也。」案：累字，《説文》作纍，謂「綴得理」。累，俗體。「綴得理」云，謂綴連比次而得事理。貫，言穿、言綴。此其所以別也，混言不分。《説文·貝部》：「貫，錢貝之毌也。从毌、貝。」又：「毌，穿物持之也。从一横毌。毌，寶貨之形。」段注：「毌者，寶貨之形，獨言『寶貨』者，例其餘。一者，所以穿而持之也。古貫穿用此字。今貫行而毌廢矣。後有串字，有丳字，皆毌之變也。」《田完世家》「宣公取毌丘」，《索隱》云：「毌，音貫。」朱駿聲《說文通訓定聲》曰：「小篆亦作串，縱書之，與目、皿縱橫任作同也。又變作丳，《字苑》『丳以籤』，貫肉炙之者也。按：此字實即貫之古文。」包山楚簡貫字作聑，從耳、串。

【薜荔】王逸注：「薜荔，香草也。」洪《補》曰：「《山海經》：『小華之山，其草多薜荔，狀如烏韭，而生於石上。』注云：『亦緣木生。』《管子》云：『薜荔白芷，蘼蕪椒連，五臭所校。』校，謂馨烈之銳。《前漢》樂章云『都荔遂芳』，謂都良、薜荔俱有芬芳也。」《山海經》今本作「萆荔」，《說文》作「萆歷」，亦謂「似烏韭」。吴仁傑曰：「《本草》有絡石，《嘉祐圖經》云：『今在處有之，宮寺及人家亭圃山石間種以爲飾，葉圓細如橘，正青，冬夏不凋。其莖蔓延，節青處即生根鬚，包絡石上，以此得名。花白，子黑。薜荔、木蓮、地錦、石血，皆其類也。』薜荔與此極相類，但莖葉粗大如藤狀。或以揚雄《反騷》言『卷薜芷與若蕙』，《漢書·房中歌》言『都荔遂芳』，疑薜與荔本二物，故《爾雅》有『薜，山蘄』，而《山海經》有萆荔，萆字與薜音義不同。按：《離騷》云『令薜荔以爲理兮，憚舉趾而緣木』，則薜荔固一物耳。《廣雅》以山蘄爲當歸，非緣木而生者也。」王夫之曰：「薜荔，蔓生，緣古木，葉如碧鱗，結實如瓜，俗謂之木饅頭。」胡文英曰：「薜荔，藤生，葉圓長，開小黄花，好緣壁而生，楚地俱産。」皆以蓮藤爲薜荔。案：木蓮藤，江南在處可見，或緣牆、或緣木，非香草，乃木也。其花亦無芳香，尤不足觀。屈賦稱薜荔，香草。《管子·地員》曰：「薜荔白芷，蘼蕪椒連，五臭所校。」薜荔，猶白芷之類。又，《思美人》曰：「令薜荔以爲理兮，憚舉趾而緣木。」此草緣木蔓生，是以後誤爲木蓮藤。

【落蘂】王逸注：「蘂，實也。累香草之實，執持忠信貌也。」落訓累，蘂訓實。陸善經曰：「蘂，花也。」以「落蘂」言隕落之花。又，吕延濟曰：「蘂，花心也。」洪《補》曰：「花外曰萼，内曰蘂。蘂，花鬚頭點也。」朱子曰：「蘂，花萼鬚粉繠繠然者也。」花蘂其物，細如鍼芒，觸之必碎，采之則敗，不知其何以貫之累之。王念孫曰：「蘂者，蘂、蕊本一字。《文選·藉田賦》注引《倉頡篇》云：『蘂，聚也。』哀十三年《左傳》『佩玉蘂兮』，杜預注云：『繠然服飾備也。』《廣韻》，蕊，『草木叢生貌』。劉逵注《蜀都賦》云：『蘂者，或謂之華，或謂之實。』一曰華鬚頭點。皆聚之義也。」其子引之曰：「案：上文言『餐秋菊之落英』，此言『貫薜荔之落蘂』，蓋俱是華。積累香草之華，文義亦通耳。蕊之言甤也。《説文》云：『甤，草木華垂貌。』『甤，草木實甤甤也。』劉逵《蜀都賦》注云：『蕊者，或謂之華，或謂之實，一曰花鬚頭點也。』《廣韻》云：『花外曰萼，花内曰蕊。』實謂之甤，亦謂之蕊；華謂之甤，亦謂之聚。皆垂之貌也。《説文》云：『聚，垂也。』縈與蘂聲義正同，故《南都賦》『敷華蘂之蓑蓑』，李善注云：『蓑蓑，下垂貌矣。』」案：王氏父子據舊注發微「蕊」義之根，謂蘂同甤、垂，皆下垂義，精確不磨。惟據王注，謂此文「落蘂」，言落花，承舊説之誤。「貫薜荔之落蘂」與下文「索胡繩之纚纚」儷偶爲文，落蘂，纚纚互文見義。落蘂、猶纚纚，狀薜荔委垂美好。屈賦句法，下文「駕八龍之蜿蜿兮，載雲旗之委蛇」。又，「神高馳之邈邈」。《抽思》「傷余心之慢慢」。《悲回風》「漱凝霜之雰雰」、「憚湧湍之磕磕兮，聽波聲之洶洶」、「悼來者之悐悐」。《遠遊》「覽方外之荒忽」。《九辯》「襲長夜之悠悠」、「扈屯騎之容容」等，其爲「動—名—之—疏狀形容詞連語或疊字」句法，「之」下必用疏狀形容詞，非名詞。疏狀形容詞爲狀言「之」字上一名詞，「貫薜荔之落蘂」，言貫落蘂之薜荔。《荀子·勸學篇》：「螾無爪牙之利，筋骨之強。」言螾無鋒利之爪牙，剛強之筋骨。亦其比。落蘂，當薜荔之疏狀詞，連語，委垂美好貌。以狀言疲憊委靡不振，歌、元對轉則字作路亶。《荀子·議兵篇》：「仁人之兵，不可詐也；彼可詐者，怠慢者也，路亶者也。」楊倞注：「路，暴露也。亶，讀爲袒。露袒，謂上下不相覆蓋。」王念孫謂路、露、潞並通，言羸憊。亶、癉並通，病也。皆分析二字爲解。路亶，言羸憊不振之貌。《新序》作「落單」，義亦同。聲變或作鹿亶、隴種、東籠。《議兵》又曰：「圜居而方止，則若盤石然，觸之者角摧，案角鹿埵、隴種、東籠而退耳。」楊倞注：「其義未詳，蓋皆摧敗披靡之貌。或曰鹿埵，垂下之貌，如禾實垂下然。隴種，遺失貌，如隴之種物然。或曰即龍種也。東籠與涷瀧同，沾濕貌，如衣服之沾濕然。」楊氏既謂「皆摧敗披靡之貌」，與訓委垂不振義自本相仍。顧炎武《日知録》卷二七引《舊唐書・竇軌傳》「我隴種車騎，未足給公」，《北史・李穆傳》「籠凍軍士，爾曹主何在」，謂「此蓋周隋時人尚有此語」。實皆出《荀子》。聲變作羸垂。白居易《畫竹歌》：「人畫竹梢死羸垂，蕭畫竹枝葉葉動。」胡文英《吴下方言考》：「按，死羸垂，疲塌不振之貌。吴謂人之不振者曰死羸垂。」聲轉又作落籜。《敦煌掇瑣》一〇三《字寶碎金》「人落籜」。其異文又作落度。《三國志・蜀志・楊儀傳》：「吾若舉軍以就魏氏，處世寧當落度如此邪？」皆落泊不振之意。又作落拓、落託，慧琳《一切經音義》卷九四謂「失節貌」，亦委靡不振。魚陽對轉又作郎當。羅大經《鶴林玉露》卷六《郎當曲》引魏了翁：「問黄旛綽曰：『鈴聲云何？』對曰：『似謂三郎郎當。』」言三郎疲憊不振。其異文又作潦倒、獨漉、藍攙、龍鍾、蘭單、蘭殫、拉搭、邋遢。狀長而不絶，字作落索。《顔氏家訓・治家》：「有諺云：『落索阿姑飡。』」郝懿行謂「緜聯不斷之意」。愁思不繹曰牢愁，言語煩擾曰寠數，鬱結無終極曰遼巢。因聲求之，不可勝記。

是二句言余攀持木香，繫結以芳茝，又貫累之以薜荔，其蕊蕊然甚美好也。

矯菌桂以紉蕙兮　索胡繩之纚纚

【矯菌桂】《藝文類聚》卷八九、《唐類函》卷一八九、《爾雅翼》卷一二、《古今合璧事類備要》續集卷四一引「矯菌桂」一句并同今本。

【索】羅本《玉篇・糸部》「纚」字引索作索。案：索，六朝俗字。洪《補》索音昔各切，錢《傳》同，朱《注》音蘇各切。《群經音辨》曰：「索，糾繩也，蘇各切。索，盡也，求也，史伯切。」昔各、蘇各音同。

【繩】羅本《玉篇・糸部》「纚」字引繩字作繩，《太平御覽》卷九九四引作繩。案：皆俗繩字。

【纚】洪《補》、朱《注》纚同音所綺切，錢《傳》纚音所倚切。《群經音辨》曰：「纚，縚也，色里切。鄭康成説《禮》纚謂以緇帛縚髮也。纚，緌也，力馳切。《詩》『紼纚維之』。」案：纚纚，猶緌垂貌。據賈氏《群經音辨》，音力馳切。洪、朱、錢三家皆非。羅本《玉篇・糸部》、《太平御覽》卷九九四、《詁訓柳先生文集》卷二注、《五百家注柳先生集》卷二注、《古今合璧事類備要》續集卷四一引此句同今本。

【矯】王逸注：「矯，直也。」汪瑗曰：「矯，揉之使柔，易以紉也。」王夫之曰：「矯，反剥之也。」案：矯菌桂、擥木根，儷偶爲文，矯、擥皆謂持。劉良曰：「矯，舉也。」是也。《九章・惜誦》「擣木蘭以矯蕙兮，糳申椒以爲糧」，《抽思》「結微情以陳詞兮，矯以遺夫美人」，王注「矯」皆爲「舉」。矯，本謂「揉箭箝」，無舉持義，通作撟。《九章・惜誦》洪《補》曰：「矯，一作撟。」《漢書・匈奴傳》「詐撟單于令」，顔師古注：「撟與矯同。」《説文・手部》：「撟，舉手也。」引申言舉持、舉引義。

【索】洪《補》引《説文》曰：「草有莖葉，可作繩索。」名事相因，則爲搓索。《詩・七月》「宵爾索綯」。《淮南子・主術訓》「索鐵歙金」，高注：「索，鉤也。」

【胡繩】王逸注：「胡繩，香草也。」未詳爲何草。吴仁傑以胡、繩爲二草名，胡即《説文》之「葷菜」，今大蒜；以繩爲繩毒，即《本草》蛇粟。汪瑗、胡文英曰：「胡繩，謂延胡索。」方以智曰：「結縷，胡繩也。《遊獵賦》云布結縷。《爾雅》傳，横目。注，一名結縷，俗曰鼓箏草。師古曰：『結縷蔓生，著地之處皆生細根。《離騷》「索胡繩之纚纚」，胡繩，蓋結縷也。』」王樹枏曰：「胡繩與鼓箏音近，蓋即是草也。」聞一多謂胡即蚡胡，「胡子之國，在楚旁」。

「胡繩，疑亦因産地而得名。」案：繩，包山楚簡字作𦇖，從糸，從力，乘聲，蒸部；箏，耕部，其音殊異。胡繩，即烏藤。胡、烏魚部，影匣旁紐雙聲，例得通用。何謂之胡？《詩·生民》鄭《箋》：「胡之言何也。」亦謂之烏。《漢書·賈誼傳》顏師古注：「烏，猶何也。」繩、藤，蒸部，定牀旁紐雙聲。《詩·閟宮》「朱英緑縢」，毛《傳》：「縢，繩也。」《莊子·胠篋·釋文》引《廣雅》：「縢，皆繩也。」藤、縢一字。烏藤，《本草》名烏藤菜。又名劉寄奴草、金寄奴草。李延壽《南史》云：「宋高祖，小字寄奴。時伐荻新洲，見大蛇，射之。明日復至，聞有杵臼聲。往覘之，見童子數人皆青衣，於榛中搗藥。問其故，答曰：『我王爲劉寄奴所射，合散傅之。』帝曰：『王神何不殺之？』答曰：『劉寄奴王者不死，不可殺也。』帝叱之，皆散，仍收藥而王反。每遇金瘡傅之並驗。」人因稱此草爲劉寄奴草。鄭樵《通志》云：「劉寄奴曰金寄奴，即烏藤菜。劉寄奴因宋武帝而得名。」李時珍曰：「劉寄奴一莖直上，葉似蒼术，尖長糙澀，面深背淡。九月莖端分開數枝，一枝攢簇十朵小花，白瓣黃蕊，如小菊花狀。花罷有白絮，如苦賈花之絮。其子細長，亦如苦賈子。所云實如黍稗者，似與此不同，其葉亦非蒿類。」

【纚纚】王逸注：「纚纚，索好貌。」錢杲之曰：「纚纚，索繩條理之貌。」汪瑗曰：「纚纚，長好貌。」王夫之曰：「纚纚，繩垂貌。」蔣驥曰：「纚纚，長垂貌。」姜亮夫謂纚，邐之借字，邐訓連屬，有美好義。案：纚，《說文》訓「冠織」，名事相因，即綏垂美好之義，音力馳切，不必改字讀纚爲邐，求其訓詁字。纚，從糸，麗聲。麗，訓「旅行」，即侶行侶、旅古通用，引申言纚聯義。所以縚髮者謂之纚，從糸。形聲兼轉注。包山楚簡字作𦃇，從糸、丽。丽，古文麗字。狀言物相聯續委長貌，故字作纚纚。聲轉字又作縿纚。《文選·海賦》「被羽翮之縿纚」，李善注：「縿纚，羽垂之貌。」又作襂纚，揚雄《甘泉賦》「灕虖襂纚」，李善注：「龍翰下垂之貌。」又作蔘綏。《廣韻》下平聲第十三覃韻：「蔘綏，垂貌。」又作離離。《詩·湛露》「其實離離」，毛《傳》：「離離，垂也。」又作縰縰。《文選·高唐賦》「縰縰莘莘」，注：「衆多之貌，縰與纚同。」又作施施。《孟子·離婁下》「施施從外來」，注：「猶扁扁喜悦之貌。」不可勝計。

是二句言我舉持芳桂，紉以蕙草，又絞索烏藤，纚纚然委垂而美好。

第十八韻：蕊、纚

陳第曰：「蕊，古音里。沈約撰類，蕊在紙韻，見六朝時猶有古音也。」戴震曰：「蘂，如壘切。」案：蕊，歌部；里，之部；「如壘」之行韻，微部。音里、音如里，非蕊字古音。江有誥曰：「蕊，如果反。」是也。蕊借爲垂，古音爲[ziwai]。陳第曰：「纚音徙。」戴震曰：「纚音所綺切。」江有誥曰：「纚音縒。」案：纚，審紉二等，有介音[r]。纚，音[srai]。蕊、纚，同歌部。

謇吾法夫前脩兮　非世俗之所服

謇《文選》六臣注云，謇「五臣作蹇」，洪《補》引《文選》、朱《注》引一作蹇。《施注蘇詩》卷二九注及《古今合璧事類備要》續集卷四一、《文選》卷一七《文賦》注及卷二七張景陽《離詩》注引作蹇。案：洪《補》云：「謇，又訓難易之難，非蹇難之字也。世所傳《楚詞》惟王逸本最古，凡諸本異同，皆當以此爲正。」洪氏所見王本作謇。日本林衡輯《古佚叢書》唐武后《臣軌》上卷唐無名氏注、《五百家注昌黎文集》卷一注、《東雅堂昌黎集注》卷一注引亦作謇。又，《文選》卷四《蜀都賦》注、卷六《魏都賦》注引作攓，《後漢書》卷二八下《馮衍傳》注引作搴，《路史・後紀》卷一《太昊紀》引作簡，皆訛。

夫《文選》卷六《魏都賦》注引訛作失。

世《文選》六臣本作時，注云「五臣作世」。洪《補》引《文選》、朱《注》、錢《傳》同引世一作時。案：洪《補》云：「又李善注本有以世爲時、爲代，以民爲人之類，皆避唐諱，當從舊本。」《五百家注昌黎文集》卷一注、《東雅堂昌黎集注》卷一注、《古今合璧事類備要》續集卷四一引亦作世，《施注蘇詩》卷二九注引作時。

【謇】王逸注：「言我忠信謇謇者，乃上法前世遠賢，固非今時俗人之所服行也。一云，謇，難也。言己服飾雖爲難法，我倣前賢以自脩潔，非本今世俗人之所服佩。」王氏以謇爲直言諫諍，或如難易之謇，兩存之而未能決。吕向、洪《補》同用後一説，以謇爲難。汪瑗復申其説，謂謇有「用心竭力艱難勤苦之意」。錢杲之曰：「謇，不阿世貌。」承王氏前一説。陳與郊亦釋「謇」爲忠直貌。朱子曰：「謇，難詞。」以謇爲語詞。蔣驥曰：「謇，語詞。」孫志祖、胡紹瑛並以謇爲楚語詞。案：謇，楚語，皜然不刊。謇、羌同義，轉折詞，其用陳述句，訓乃、訓然、訓反、訓竟。下文「余雖好脩姱以鞿羈兮，謇朝誶而夕替」，《九歌·雲中君》「謇將憺兮壽宮，與日月兮齊光」，《湘君》「君不行兮夷猶，謇誰留兮中洲」，《九章·哀郢》「慘鬱鬱而不通兮，蹇侘傺而含慼」，《抽思》「軫石崴嵬，蹇吾願兮」，《九辯》「事亹亹而覬進兮，蹇淹留而躊躇」，《哀時命》「車既弊而馬罷兮，蹇邅徊而不能行」。其用於疑問句，訓豈、訓何、訓奚。《思美人》「車既覆而馬顛兮，蹇獨懷此異路」，言何獨懷此異路乎？《九辯》「竊慕詩人之遺風兮，願託志乎素餐；蹇充倔而無端兮，泊莽莽而無垠」，言何失節充倔，無端直之行也？《招魂》「弱顔固植，謇其有意些」，言弱顔而固持，豈其有意於此哉？謇，元部；羌，陽部。不相通用。元月對轉謇又作盍。《東皇太一》「盍將把兮瓊芳」，王逸注：「盍，何不也。」「盍將把」同《雲中君》「蹇將留」句法。盍，亦作蓋。《抽思》「與余言而不信兮，蓋爲余而造怒」。洪《補》、朱《注》同引蓋一作盍，言乃爲余而造怒。王氏引或説訓難，即朱子所云「難詞」，而非「難易」之難。難猶那也。難、那歌元陰陽對轉，同泥紐雙聲，例得通用。《詩・桑扈》「受福不那」，《説文・鬼部》引《詩》則作「受福不儺」。儺，即難字。《周禮・占夢》「遂令始難毆疫」，注：「故書難或爲儺，杜子春難讀爲難問之難。」《月令》「命國難」，《論語》、《吕氏春秋》、《淮南子》並作儺。王引之曰：「那者，柰之轉也。」（《經傳釋詞》）。吴昌瑩曰：「那者，柰何之合音也。直言之曰那，長言之曰柰何也。」（《經詞衍釋》）。難訓何、訓柰何，爲反詰之辭。《左傳》昭十年：「忠爲令德，其子弗能任，罪猶及之，難不慎也？」言何不慎也？難、然古亦通用。《墨子・非攻》：「今攻三里之城，七里之郭，攻此不用鋭，且無殺而徒得，此然也。」借然爲難。《説文》然字或文作𤏙。《漢書・地理志》「高奴有洧水，可𤏙」，顔師古注：「𤏙，古然字。」然，乃也。（《經傳釋詞》卷七。）

【法】王逸注「我倣前賢以自脩潔」云云，法爲倣效義。《説文・鹿部》：「灋，刑也。平之如水，从水。廌所以觸不直者去之从廌、去。法，今文省。」灋、法一字。西周銘文，法言廢義。《大盂鼎》「勿灋朕令」，言不廢我令。《詛楚文》「蔑灋皇天上帝」，言蔑廢皇天上帝。包山楚簡文「僕裝倌夏事酒灋」。言事將廢。灋字從廌。許云：「廌，解廌，獸也，似牛，一角。古者決訟令觸不直者。」亦作「觟觽」。王充《論衡・是應》云：「儒者説云，觟觽者，一角之羊也，性知有罪。皋陶治獄，其罪疑者，令羊觸之，有罪則觸，無罪則不觸。」或作獬豸。《後漢書・輿服志》：「法冠或謂之獬豸冠。獬豸，神羊，能別曲直，楚王嘗獲之，故以爲冠。」《七國考》卷八引《異物志》曰：「東北荒中有獸，名獬豸，一角，性忠直，見人鬬則觸不直者，聞人論則咋不正者。」《墨子・明鬼》曰：「昔者，齊莊君之臣有所謂王里國、中里徼者，此二子者，訟三年而獄不斷。齊君猶謙殺之，恐不辜，猶謙釋之，恐失有罪，乃使之人共一羊，盟齊之神社。二子許諾。於是泏洫，摇羊而漉其血，讀王里國之辭既已終矣，讀中里徼之辭未半也，羊起而觸之，折其腳，祧神之而槀之，殪之盟所。當是時，齊人從者莫不見，遠者莫不聞，著在齊之《春秋》。」廌，羊屬神獸，能去不直，是以灋字從廌、去。周器銘文、包山楚簡文皆存其本義。引申言刑法、效法、法則，廌之決獄，其始於圖騰神決獄，而後演變爲神判。《詩・巷伯》：「取彼譖人，投畀豺虎；豺虎不食，投畀有北；有北不受，投畀有昊。」「投畀豺虎」，虎圖騰神判。《搜神記》卷二：「扶南王范尋養虎於山，有犯罪者，投與虎，不噬，乃宥之。故山名大蟲，亦名大靈。」《南史・扶南傳》：「有罪者，輒以餧猛獸及鰐魚。魚獸不食爲無罪，三日乃放之。」亦此類。《山海經・西山經》有神曰蓐收，郭璞注謂「人面、虎爪、白尾、執鉞」，《晉語》謂「天之刑神也，天事官成」，敷演爲蓐收神判。清人余慶遠《維西聞見録》載言維西彝人以神決獄，云「負約則延巫祝，置膏於釜，烈火熬沸對誓，置手膏內，不沃爛者爲受誣，失物亦以此法焉」。又獨龍族之「撈油鍋」，苗人之「踩斧」，景頗人之「悶水」、「撈燙水」、「煮米」、「鬭田螺」，皆神判遺習。「法夫前脩」，言效法。《中山王壺》「可灋可尚」，灋、尚互文，灋，效也。《荀子・不苟篇》「畏法流俗」，楊倞注：「法，效也。」

【前脩】王逸注謂「前世遠賢」，朱《注》、蔣驥謂「前代脩德之人」，錢杲之謂「前代脩飭之士」。姜亮夫謂：「義與前王、先后諸詞皆相近，皆指古賢而言，前王、先后指君王。」「指賢臣士大夫言。」案：脩，不訓脩治、脩飾，猶好、賢。前脩，即下「願依彭咸之遺則」之「彭咸」，非泛謂前世賢聖。

【服】王逸注訓「服」爲「服行」，又謂「服佩」，兼二義。後世但據其一，而顧此失彼。吕向曰：「服，用也。」徐焕龍曰：「服，事也。」朱冀曰：「服，習也。」用服行義。汪瑗、聞一多、朱季海用服飾義。案：服，承上文「擥木根以結茝」、「矯菌桂以紉蕙」，猶謂佩服、服飾；而於蹇蹇前導、踵跡先賢，則謂服行。兼二義，合之則全，離之則傷。錢鍾書亦曰：「『服』字謂『服飾』而兼謂『服行』，一字兩意，錯綜貫串，此二句承上啓下。上云『擥木根以結茝兮，貫薜荔之落蘂；矯菌桂以紉蕙兮，索胡繩之纚纚』，是脩飾衣服，『法前脩』如言『古衣冠』；下文『雖不周於今之人兮，願依彭咸之遺則』，『今之人』即『世俗』，『依遺則』即『法前脩』，是服行以前賢爲法。承者潔衣服，而啓者服法前賢，正見二論一遮一表，亦離亦即。更下又云：『余雖好脩姱以鞿羈兮，謇朝碎而夕替；既替余以蕙纕兮，又申之以攬茝。』『進不入以離尤兮，退將復脩吾初服；製芰荷以爲衣兮，集芙蓉以爲裳。』『佩繽紛其繁飾兮，芳菲菲其彌章。民生各有所樂兮，余獨好脩以爲常。』『汝何博謇而好脩兮，紛獨有此姱飾。薋菉葹以盈室兮，判獨離而不服。』『户服艾以盈要兮，謂幽蘭其不可佩。』脩謂『潔』，而服謂『衣服』。案：脩，非潔。脩，美也，賢也。服，非衣服之名。服，佩，飾也。『衣服』之義晚出。『孰非義而可用兮，孰非善而可服。』『不量鑿而正枘兮，固前脩以菹醢。』脩謂遠賢而服謂服行。脩與服或作直指之詞，或作曲喻之詞，而兩義均虛涵於『謇吾』二句之中。」案：錢説洞察幽微，極有思致。「服」兼二義，於君臣政治，言服行、服用，爲喻，託寓其懷抱正直、潔白之本質，忠貞事君之志；於民俗宗教，言服飾，切其天生靈巫本色。屈子好脩，服飾芬芳，非唯興寓道德操行，祭司迎神、送神之服飾，爲下篇上征求帝、求女、西行張本。

是二句言我效法前賢，固非世俗之所佩飾者，喻言我行先賢之道，而不爲時世所用也。

雖不周於今之人兮　願依彭咸之遺則

則《文選》卷八《羽獵賦》注引作制。案：王注：「則，法也。」王本作則。遺則，習語，《遠遊》「願承風乎遺則」是也。制，則字音訛，《爾雅翼》卷六、《古今合璧事類備要》續集卷四一、葛立方《韻語陽秋》卷八引亦作則。

【周】王逸注：「周，合也。」案：《説文·勹部》曰：「匊，帀徧也。从勹，舟聲。」又《口部》曰：「周，密也。从用、口。」匊、周音同而義别。段注：「周自其中之密言之，匊自其外之極複言之。凡圓周、方周、周而復始，其字當作匊，謂其極而複也。凡圓冪、方冪、冪積謂之周，謂其至密無疏罅也。《左傳》以周、疏對文，是其義。今字周行而匊廢，概用周字。」「不周於今之人」，謂其爲時世所疏，字當用周。周，甲文作「」甲四三六、「」前六・六三・二，非从用、口。金文或下增口作「」《何尊》。初文象田畝縱横、禾苗繁密之形。引申言親愛、比合。《詩・皇皇者華矣》「皇皇者華，周爰咨諏」，毛《傳》曰：「忠信爲周。」周、比對文，合於非義謂之比。《論語・爲政》「君子周而不比，小人比而不周」是也。匊合之匊，匊帀引申，無親比義。凡周偏、周繞字爲匊。「今之人」，概上靈脩及衆，啓下靈脩浩蕩、衆女謡諑、時俗周容也。

【依】王逸注「願依古之賢者彭咸餘法，以自率厲也」云云，依爲依從、依歸、依附義。案：依，承上「所服」，讀如衣，古書通用。《禮記・學記》「不學博依」，注：「依，或爲衣。」《漢書・外戚傳》「倢伃娙娥傛華充依」，荀悦《漢紀》則作充衣。《國語・晉語》「凡黄帝之子二十五宗，其得姓者十四人，爲十二姓：姬、酉、祁、巳、滕、箴、任、荀、僖、姞、儇、依是也」，《潛夫論》則作衣。衣，上衣，引申言著、言佩、言行。《尚書・康誥》「紹聞衣德言」，衣，言服行。《論語・子罕》「衣弊緼袍」，皇《疏》：「衣，猶著也。」衣，亦一字而兼二義，既言著服，又言服用。

【彭咸】彭咸其人其事，但存屈賦，湮没莫考，注家聚訟紛紜，爲治《騷》一大疑案。要其歧説，即如左表所列：

注者	姓名
〔西漢〕劉向	未詳
〔東漢〕王逸	未詳
〔明〕汪瑗	彭咸、彭鏗、彭翦、彭祖、老彭籛鏗實一人。彭姓也。鏗、咸音近而訛。籛、翦，聲之轉，是其名
〔清〕劉夢鵬	彭咸即《論語》之「老彭」
〔清〕戴震	彭咸，即《論語》之「老彭」
〔清〕俞樾　聞一多	彭祖名鏗，鏗諧堅聲，古賢切，與諸咸聲麙、瑊、鰔音同。彭咸，即彭鏗。《論語》之「老彭」，亦即巫彭
〔清〕王闓運	彭，老彭；咸，巫咸
〔清〕曹耀湘	未詳

注者	生世	死	屈子稱引彭咸之旨
〔西漢〕劉向		諫其君不聽，自投水而死	「思彭咸之水遊」。《九嘆・離世》謂從彭咸「水遊」之志
〔東漢〕王逸	殷賢大夫	投水死	依彭咸之水死以自率厲也。洪《補》謂知其沈江之志已先定
〔明〕汪瑗	殷賢大夫	未詳	孔子「竊比老彭」之意，指删述六經也。屈子慕彭咸者，謂賦《離騷》是擬其好古之志。非從其水死。張雲璈《選學膠言》謂隱居西海
〔清〕劉夢鵬	古之賢人	未詳	遺則實可師承，不周於今，則惟古是依而已。非法其水遊之志
〔清〕戴震	未詳	未詳	猶孔子「竊比」之類也
〔清〕俞樾 聞一多	殷賢大夫，屈子素所師法	未詳	不擊於今之人，即所云「非世人之所服」也。願依彭咸之遺則，即所云「謇吾法乎前脩」。非法其投水而死。姜亮夫則以俞説爲斷
〔清〕王闓運	殷臣傳道德者	未詳	蓋先居夔巫，芈熊受其道，居其地，彭在西、秀之間，巫山在夔，皆楚舊都，故屈原屢稱焉。非從其水死
〔清〕曹耀湘	古之道佚疏遠之忠臣	聞君國之禍難，殺身以殉死，不必投水	從彭咸殺身以成仁之志也

案：彭咸，爲屈子終身所向慕之人，其死亡意識中崇高偶象，屈賦凡言不與世俗合者，必舉彭咸以自明志。其事大較可徵者三：「依彭咸之遺則」，即上文「謇吾法夫前脩」。彭咸，前賢。姓彭，名咸，蓋彭祖鏗之後裔。《史記・楚世家》載，彭祖乃帝高陽顓頊氏玄孫，陸終第三子。《集解》引虞翻注曰：「名翦，爲彭姓，封於大彭。」又，孟康曰詳《史記・集解》引：「舊名江陵爲南楚，吴爲東楚，彭城爲西楚。」《潛夫論・讚學》謂「顓頊師老彭，帝嚳師祝融」，顓頊、帝嚳本一人分化，皆夷族先祖。彭氏、楚芈氏本同宗共祖，屈子屢稱彭咸，不無宗親情愫。然則彭咸非彭

祖，如汪說，自虞至商，達八百餘祀，其年壽近千歲，當指彭姓之族。彭氏在殷商，蓋爲著姓大族，世稱大夫，供職王事，司掌卜貞。《殷墟書契前編》卷五有卜骨載言：「亡囚，卜，彭。」「亡囚，彭，已卜。」三四·四。彭，彭氏，貞卜之人。殷商太卜，巫史之職。《尚書》言「巫咸乂王家」，巫咸，即彭咸。《山海經·大荒西經》有巫彭，又有巫咸。巫彭，彭氏共稱，而巫咸，是其一也。《墨子·貴義》曰：「昔者，湯將往見伊尹，令彭氏之子御。彭氏之子半道而問曰：『君將何之？』湯曰：『將往見伊尹。』彭氏之子曰：『伊尹，天下之賤人也。若君欲見之，亦令召問焉，彼受賜矣。』湯曰：『非女所知也。今有藥此，食之則耳加聰，目加明，則吾必說而强食之。今夫伊尹之於我國也，譬之良醫善藥也。而子不欲我見伊尹，是子不欲吾善也。』因下彭氏之子，不使御。」此彭祖子孫不肖者。《殷墟書契前編》卷一言「出於咸」四·三、「貞出於咸戊」四三·五，《後編》言「貞㞢入自咸」上卷，九·九，羅振玉、郭鼎堂並謂咸、咸戊即巫咸。「出於咸」一條與「出於大甲、出於大丁」爲契於同一甲骨。大甲、大丁皆殷先公，巫咸生當其時。大甲、大丁並祭，云：「丁亥卜，口，貞昔乙酉，服□御大丁、大甲、祖乙百鬯百羊卯三百牛。」《後編》上卷·二八·案見下大甲，殷大宗詳《史記·殷本記》、巫咸並時，巫咸，殷太宗之巫王逸謂巫咸當中宗（祖乙）之世。非是，能通彼神靈。此其一也。《抽思》曰：「望三五以爲像兮，指彭咸以爲儀。」儀，容態、儀表。揚雄《反離騷》曰「撫彭咸之遺則」，撫，言幠、扈，謂佩飾。衣佩彭咸之遺飾。彭咸好脩之賢，當引芳草以自飾，貌若神靈，爲屈子終身所師法。聞一多謂「木根薜荔，菌桂胡繩，並茝蕙之屬，皆養生之靈藥，彭祖佩之，以致壽考，故欲依其遺則焉」。既誣彭咸，又辱屈子。屈子「九死不悔」、「體解不變」，視死如歸，固非唯求長生不死。效法彭咸好脩之則，亦兼二義：既以喻其正直、清潔之性，又以寓其不同凡俗日神胄子之質。此其二也。下文「既莫足與爲美政兮，吾將從彭咸之所居」，不爲時世所知，寧與彭咸爲匹。《悲回風》「淩大波而流風兮，託彭咸之所居」，彭咸塙爲水死，從彭咸所居，猶淩大波而没水。劉向《九歎·離世》言「九年之中不吾反兮，思彭咸之水遊」。水遊，即没水死。王逸之說或本此。劉向去古不遠，當有所本。《太平御覽》卷七九四引《外國圖》曰：「昔殷帝大戊當大甲之誤使巫咸禱於山河『山』字當衍文，巫咸居於此，是爲巫咸民，去南海萬千里。」蓋據彭咸投水死敷演其事。此其三也。餘皆未可考。咸，談部；鏗，真部。不得通用，彭咸固非彭鏗。《廣韻》下平聲第二十六咸韻：咸音胡讒切，緘、𦆽、黬、黵、瑊同音古咸切，談部，俞氏「從咸聲之字緘、𦆽、瑊、黬、黵並音古賢切」云云，非知音之選。彭咸、彭鏗非一名。彭咸何以水死？劉向謂「諫其君不聽」，終不足發其蘊奧。彭咸，帝顓頊裔孫，而帝顓頊集鳥、魚於一身，兼日陽族、魚龍族之祖。彭姓屬魚龍族，宗水畜。豕韋氏出彭姓，以豕爲神獸。豕，水畜。《禮記·月令》鄭注：「彘，水畜。」《易·說卦》：「坎爲豕。」《周禮·小宰》賈《疏》：「《說卦》云『坎爲豕』。是豕屬水。」《埤雅》：「坎性趨下，豕能俯其首，又喜卑穢，亦水畜也。」遼寧牛河梁女神廟古文化遺址出土一玉飾豬龍，屬禮器，象其族所崇拜之祖。「紅山先人」抑與彭氏同宗歟？回人禁忌食豬，亦彭氏之裔歟？彭咸水死，出於血緣情愫，有獻身以祭先祖神之殉葬性質，其於死亡自然形態之認知，尚處在人類童年期，謂人死必終歸於故垞。故垞云者，其族「泰始」之宅，即始祖之居。彭氏系「化爲魚婦」之顓頊之後，其故垞在水中幽宮。人死歸祖，與其族神重合而後求再生。是以遠古先民好輕生，視死真如歸爾。彭咸投水，求其與豬龍神重合，歸於其族之根，與豬龍神共遊江河，與玄冥神同處幽宮。屈子效法彭咸水死，雖爲「伏清白以死直」之理性生命選擇，又不無反本回歸其族之根之原始情愫在也。屈子稱引彭咸亦不盡皆爲法其水死，此唯法其好脩之志，「依彭咸之遺則」，但效法其好脩之行、取芳香爲佩飾之物，而後歸於冥府也。

【遺則】王逸注：「遺，餘也；則，法也。」猶有剩義。案：《說文·辵部》：「遺，亡也。从辵，貴聲。」引申言與、言錫、言餘，相反爲義。許君謂遺字從貴聲。《廣韻》上平聲第六脂韻遺音以追切，又音以醉切，喻紐四等，歸定紐或邪紐。貴音居胃切，見紐三等。貴、遺同微部而聲不同紐，不可諧。遺字從辵、貴。會意。貴之言畏也。《老子》「何謂貴」，《釋文》引顧注「貴大患若身」曰：「貴，畏也。」貴、畏，微部，見影旁紐雙聲，例得通用。畏而亡曰遺。遺，會意兼假借。遺則，同《抽思》「指彭咸以爲儀」之儀。則，非法則，猶儀容，讀如飾。《老子》「聖人抱一爲天下式」，王弼曰：「式，猶則之也。」則、式，職部，精審旁紐雙聲。又，《説文·巾部》：「飾，㕞也。从巾，从人，从食聲。讀若式。」《管子·輕重》「桓公使八使者式璧而聘之」，借式爲飾。則、飾例亦通用。遺則，即遺飾。飾之訓「㕞」，謂刷治使物清潔，今作拭。引申言文飾、容貌、服飾。《史記·秦始皇本紀》「飾省宣義」，《正義》：「飾，謂文飾也。」《太戴禮記·勸學》「遠而有光者，飾也」，《禮記·月令》疏引定本曰：「飾，謂容飾也。」《廣雅·釋詁》：「飾，著也。」此文「遺飾」，槩上文佩著芬芳言，類彭咸徽神服，通神祭巫之服也。

是二句言我之服佩，雖不周於今世之人，願衣先巫彭咸徽神反本之遺飾。

第十九韻：服、則

服，朱《注》叶音蒲北反。陳第曰：「服，古音逼。」戴震曰：「服，古音匐。」江有誥曰：「服，房逼反。」案：蒲北、房逼、逼、匐音並同。服，古音爲[bĭʷək]。江有誥曰：「則，音稷。」案：則，借爲飾，古音爲[srək]。服、飾古同職部。以上五韻二十言爲第四章，承上文「衆芳之蕪穢」，詳叙衆之穢行。謂衆並逐爭入，貪婪求索，不知猒足，性好嫉妬，恕己量人，猜忌忠賢。我獨甘飲木蘭之露，餐秋菊之華，服用芳潔，不與世競，則復擥引衆芳，中情姱好，容態閒都不俗，志在立其脩名。雖坎坷不遇，其亦不足哀傷。此固非衆人之所服，當不容於今世，惟其前脩彭咸之遺飾，我願終身行之。「恐脩名之不立」一句爲是章之旨，下文承言立脩名之難、之艱。

長太息以掩涕兮　哀民生之多艱

以《文選》卷二七鮑照《還都道中作詩》注引作而。案：《文選》卷一〇《西征賦》注、卷二四曹植《贈白馬王彪詩》注、卷二八陸機《門有車馬客行詩》注、卷六〇陸機《弔魏武帝文》注引亦作以。

民《文選》六臣本作人，注云「五臣作民」。錢《傳》引民一作人。案：避唐諱改字。

【太息】游國恩曰：「《漢書·高帝紀》『喟然大息』，大音泰。大亦長也。言長歎息而出氣也。師古讀如大，而云『言其歎息之大』。失之。」案：太息，屈賦常語。大，非大小之大，亦非久長。太、通作歎。《九章·哀郢》「望長楸而太息兮」，一本太作歎。太、歎爲月元平入對轉，同透紐雙聲，例得通用。《文選·西京賦》「雖斯宇之既坦」，薛綜注：「坦，大也。」坦，元部，透紐。坦之通大，猶太借爲歎之比。《史記·蘇秦列傳》「仰天太息」，《索隱》：「太息，謂久蓄氣而大呼也。」小司馬亦以「太」爲「大小」之大，謬同顔籀。屈賦及《楚辭》諸篇皆不言「歎息」，唯言「太息」。《九歌·雲中君》「思夫君兮太息」，《湘君》「女嬋媛兮爲余太息」，《東君》「長太息兮將上」，《九章·哀郢》「望長楸而太息兮」，《抽思》「臨流水而太息」，《悲回風》「傷太息之愍憐」，《九辯》「倚結軨兮長太息」、「卬明月而太息」、「長太息而增欷」，《遠游》「長太息而掩涕」。太息，古語，而後轉陽聲爲「歎息」。楚語多存古，陽聲字多從陰聲。本鄉浦江語「歎」爲「太」，蓋古語之遺。《説文·欠部》：「歎，吟也。」「从欠，鷬省聲。⿰鷬欠，籀文歎不省。」詞氣訥澀不暢而字作歎，聲中有義。《心部》：「息，喘也。从心，从自。自亦聲。」息音相即切，職部；自音疾二切，質部。息、自，不諧。謂「自亦聲」者，後所誤增。自，古鼻字，氣從鼻出字作息，會意。

【掩涕】洪《補》曰：「掩涕，猶抆淚也。」抆，抹也。太息、流涕，屈賦多對舉爲文。《湘君》：「揚靈兮未極，女嬋媛兮爲余太息；横流涕兮潺湲，隱思君兮陫側。」《哀郢》：「望長楸而太息兮，涕淫淫其若霰。」《抽思》：「望丘山而流涕兮，臨流水而太息。」長、掩，互文以見義。王逸注「乃太息長悲」云云，以掩訓長。掩，借爲淹。《説文・艸部》：「荒，一曰艸掩地也。」段注：「一本掩作淹。」朱駿聲《説文通訓定聲・謙部》曰：「掩，淹也。」淹，久長。

詳上文「不淹」。涕，言流涕。

【民生】王逸注「念萬民受命而生遭遇多難」云云，以「民」槩「萬民」，以「生」爲「生計」。李周翰曰：「哀此萬姓，遭輕薄之俗而多屯難。」以「生」言性俗。游國恩曰：「民生，即人生。本書多以民代人，下文『終不察夫民心』、『相觀民之計極』、『民好惡其不同』，《哀郢》『民離散而相失』，皆是也。民生多艱，蓋指廣大楚國人之遭遇言。」聞一多曰：「本篇民字皆訓人，民生即人生。」今世學人及歷史教科書援引是二語爲屈子愛民、重民本證。又，王夫之曰：「民，人也，謂同列之人，如靳尚之黨。」陳本禮曰：「民，泛指孤臣孽子言。」案：下以「余」字領出，曰：「余雖好脩姱以鞿羈兮，謇朝誶而夕替；既替余以蕙纕兮，又申之以攬茝。」謂「余」多艱情狀。下又曰：「怨靈脩之浩蕩兮，終不察夫民心。」「衆女嫉余之蛾眉兮，謡諑謂余以善淫。」皆承此「多艱」而廣言之。民，乃余也，屈子自稱。「哀民生之多艱」，同《九章・涉江》「哀吾生之無樂」。民生，猶吾生。屈子其時斥於荒野，不復在位，降列於下民，故以民自稱。民，隸甿統名；人，貴族、大夫。民、人於先秦畛域至嚴，「民」亦未可一概以「人」易之。生，誠如王注，謂生計，而非性之假借。民生，我之生計。

【艱】王逸注：「艱，難也。」《説文・堇部》：「艱，土難治也。从堇，艮聲。囏，籀文艱，从喜。」段注：「引申之，凡難理皆曰艱。按：許書無墾字，疑古艱即今墾字。狠亦艮聲也。」又曰：「必有喜悦之心而後不畏其艱，而後無不治也。」案：《説文》：「堇，黏土也。从黄省，从土。𡋬，古文堇。」堇，黄土多黏。艮，讀如很。《彳部》：「很，行難也。」艱謂道黏難行。引申言「土難治」、言難。墾，後起分别文。多艱，承上蹇蹇有患，謂難行。下文「路脩遠以多艱兮」，即同此。艱字重文作赾。《走部》：「赾，行難也。从走，斤聲。讀若堇。」借斤爲堇，赾，借聲字。許氏誤判爲二。籀文作囏，從喜，讀作饎。《詩·七月》、《甫田》、《大田》「田畯至喜」，鄭《箋》：「喜，讀爲饎。」《方言》卷七：「饎，熟也。」《字林》：「饎，熟食也。」熟者則黏，饎有黏義。囏字从喜，猶土黏如饎。囏，會意兼假借。甲文字作嬉。《戩壽堂殷虚文字》廿六葉十二片乙辭曰：「戊寅卜，貞，今曰亡來嬉？」來嬉，即來囏。

是二句言我歎息流涕良久不輟，哀傷己之生計多艱，坎坷難行也。

余雖好脩姱以鞿羈兮　謇朝誶而夕替

好 《文選》卷一四《赭白馬賦》注引訛作「小子」，臧庸《拜經日記》謂「好」字爲衍文。詳注。

姱 《文選》六臣姱音苦瓜反。

鞿 《文選》六臣鞿音居依反。洪《補》、朱《注》、錢《傳》鞿同音居衣切。案：居依、居衣音同。

羈 洪《補》、朱《注》、錢《傳》羈同音居宜切。慧琳《一切經音義》卷二四引王逸注别作羇。

誶 洪《補》曰：「誶，今《詩》作訊。」洪、錢音邃，又音信。朱《注》謂誶、訊音同，訊又音粹。戴東原曰：「王逸注引《詩》『誶予不顧』，又《爾雅》：『誶，告也。』《釋文》云：『沈音粹，郭音碎。』則郭本不作訊明矣。今轉寫亦訛。《張衡傳・思玄賦》注引《爾雅》仍作誶。《釋文》於此詩云：『本又作誶，音信。徐：息悴反。』蓋於誶、訊二字未能決定也。」又，聞一多改誶爲綷，訓交縛義。案：羅、黎二本《玉篇》引《詩》亦作誶。

替 陳第改替爲朁，吴辟疆謂當作譖，聞一多改作⿰糹朁。案：替，「扶」字衍訛。詳注。

【雖】王念孫曰：「雖與唯同。言余唯有此脩姱之行，以致爲人所繫累也。唯字古或借作雖。《大雅・抑篇》曰『女雖湛樂從，弗念厥紹』，言女唯湛樂之從也。《無逸》曰：「惟耽樂之從。」《管子・君臣篇》：『故民迂則流之，民流則迂之。決之則行，塞之則止，雖有明君，能決之，又能塞之。』言唯有明君能如此也。《莊子・庚桑楚篇》『唯蟲能蟲，唯蟲能天』，《釋文》曰：『一本唯作雖。』皆其證也。」朱琦復補王説，曰：「余謂於經亦有證，《少儀》『雖有君賜』，《雜記》『雖三年之喪可也』，注並云：『雖，或爲唯。』此皆雖之通唯也。」案：至塙。雖、唯通用亦見金文、帛書。《㝬簋》「有余隹小子」，《中山王嚳鼎》「隹有死辠，及參殜亡不若」，《何尊》「爾有唯小子亡戠」。隹即唯，而皆用作雖。漢帛書《易・豐》初九：「遇其配主，唯旬無咎，往有尚。」今本《周易》唯作雖。

【好脩姱】王逸注「絕遠之智，姱好之姿」云云，以「脩」爲「遠」，以「姱」爲「好」，「好」字無義可繫。洪《補》曰：「脩姱，謂脩潔而姱美也。」亦未釋「好」字。臧庸曰：「按：此當本作『余雖修姱以鞿羈兮』，『好』爲衍文。『余雖修姱以鞿羈兮』，與上『苟余情其信姱以練要兮』同一句法。下文『民生各有所樂兮，余獨好修以爲常』。又，『女何博謇而好修兮，紛獨有此姱節』。又，『苟中情其好脩兮，何必用夫行媒』。又，『豈其有他故兮，莫好脩之害也』。『好修』之文，蓋因此誤衍。」王念孫謂「好」字「今依臧説刪」。案：「好脩姱」連文，猶「好脩」也。「好」字獨立，「脩姱」平列同義。脩猶美，非「絕遠」、「脩治」。姱，猶嫵，亦美。汪瑗曰：「好，愛也。脩姱，皆美好貌。」其説是也。《抽思》「憍吾以其美好兮，覽余以其脩姱」，美好、脩姱對舉爲文，謂美好。倒文則曰姱脩。《大招》「姱脩滂浩，麗以佳只」，姱脩，謂美好。

【鞿羈】王逸注：「鞿羈，以馬自喻。韁在口曰鞿，革絡頭曰羈。言爲人所係累也。」吕延濟曰：「鞿羈，銜勒也。言我雖習聖人之大道，而爲讒人所銜勒。」蔣驥曰：「鞿羈，皆拘束之意，言因好脩被疎而致拘束也。」皆以「鞿羈」喻言被人所繫束者。朱子曰：「鞿羈，言自繩束，不放縱也。」錢澄之曰：「脩姱鞿羈，蓋居身芳潔而動循禮法者，雖自知不能見容，亦不意朝誶而夕廢，如此其速也。」徐焕龍曰：「雖夙昔好脩自問姱美，不敢馳騁其姱，略有一毫放縱，正如良馬之韁在口而鞿，絡在首而羈，即有諫争，何嘗抗言無顧？」魯筆曰：「平生好脩美行，原無可罪之隙，見疏而後愈加拘飭。」詹安泰亦謂「比喻自己約束自己」。游澤承力主此説，曰：「此文好脩姱以鞿羈者，及因好脩而自爲繩檢之謂，非自脩而爲讒人所係累之謂也。其詞則平舉，其義則相承。詞義文勢，均極顯然。《章句》之誤，讀者多未之察，故王氏《雜誌》而尚從其誤也。」案：鞿羈，以喻自繩束者爲允，復承自比前導，固車右詞藻。《九章・惜往日》曰：「乘騏驥而馳騁兮，無轡銜而自載。」轡銜，同此「鞿羈」，以喻自繩束。惟「無轡銜」以斥君王行無檢束，與此文反對。《悲回風》「心鞿羈而不形兮」，義與此文同，以喻自我約束。鞿字，《説文》未收。王注「韁在口曰鞿」云云，爲鞿約義。《木部》：「機，主發謂之機。」段注：「下文云『機持經者』、『機持緯者』，則機謂織具也。機之用主於發，故凡主發者皆謂之機。」《説文》檷絡絲柎也、機、幐機持經也、杼機持緯也、複機持繒者五字連屬，機爲織器，引申言發動之器。《禮記・大學》「其機如此」，注：「機，發動所由也。」《莊子・大宗師》「欲深者其天機淺」，朱駿聲曰：「天機，謂自然之發也。」又引申言機要、約束也。《戰國策・秦策》「存亡之機」，注：「機，要也。」發户者謂機樞，發弩者謂機弩，發物理者謂機關、機巧，發於兵戎者謂兵機、軍機。韁之於馬，以控御也，亦謂之機，而訓詁字作鞿。《漢書・刑法志》「是猶以鞿而御駻突」，顔師古引孟康曰：「以繩縛馬口謂之鞿。」顔又引晉灼曰：「鞿，古羈字。」《説文》羈字作𦊅，曰：「𦊅，馬落頭也。从網、𦊅。𦊅，絆也。」段注：「既絆其足，又網其頭。」𦊅字从網，會其比喻，網絡馬首如絆足者謂之羈。果如段注，馬安得以馳騁。羈字《太平御覽》卷三五八引《埤蒼》云：「羈，勒靻也。」包山楚懷王左尹邵𬊤墓，其所出土車馬器，有絲絡頭一件，交叉編織如網狀。羈之名受於牽。《呂氏春秋・誣徒》「羈神於世」、《決勝》「而有以羈誘之也」，注並云：「羈，牽。」羈、牽爲歌元陰陽對轉，見溪旁紐雙聲。

【謇】王逸注「謇」爲「謇謇直言」。案：非是。王念孫曰：「謇，讀《惜誦》『謇不可釋』之謇，詞也，非上文『謇謇爲患』之謇。」其説是也。謇，猶竟、反、何。詳上文「謇吾法夫前脩兮」注。言我好脩以自繩束，行無過失，竟然朝誶而夕替。

【誶】王逸注：「誶，諫也。《詩》曰：『誶予不顧。』」姜亮夫曰：「誶者，《説文》訓讓，即責攘也，當即『驟諫君而不聽』之驟諫，猶言疾諫，或激諫也。」陸善經、洪興祖訓誶爲告，以誶爲訊。聞一多曰：「訊、誶古同字。《詩經》『執訊』字金文作『[illegible]（[illegible]）』，象人手足受縛形，隸變作訊。名詞受縛者曰訊，動詞縛亦曰訊。疑此誶字當讀爲執訊之訊，而義則訓縛。縛束與鞿羈近也。」一説誶讀爲捽。捽，持也。《翻譯名義集》九引《名義指歸》曰：『持者，執也。』《詩經・周頌・執競篇》《箋》曰：『執，持也。』執持與鞿羈義亦近。以上二説均通，而義亦相表裏，故並存之。」蔣驥曰：「誶，訴。」馬其昶引《漢書》顏師古注：「誶，誚讓也。」《説文・言部》：「誶，讓也。从言，卒聲。」卒，猶猝，言疾也。疾言之是爲誶，有責讓義。字又作訊。訊，從言，卂聲。卂，疾飛。引申言急疾。疾詰之爲訊，而非言泛泛訓問。訊，篆作[illegible]，與誶同。《左傳》文十七年「執訊而與之書」，孔疏：「執訊者，通其訊問之官。」《大玄・玄圖》「乃訊感天」，注：「訊，詰也。」《漢書・王子侯表》「安檀侯福訊未竟」，注曰：「訊，考問之。」引申言鞠治、斥責。《國語・吳語》「乃訊申胥」，韋注：「訊，告讓也。」《漢書・鄒陽傳》「卒從吏訊」，顏注：「訊，謂鞠問也。」今語訓斥，即其遺義。訊，又借爲俊。《尚書・多士》「乃命爾先祖成湯，革夏俊民」，言鞠考夏民。周穆王時器

《牆盤》曰：「達殷畯民。」達，撻也。畯，猶訊也。言笞撻鞠考殷民也。《大盂鼎》「畯正氒民」，畯，訊字假借。又引申言上問下。《公羊傳》僖十年「君嘗訊臣矣」。何休注：「上問下曰訊。」又引申泛言告、問。王逸訓諫，非謂諫諍。諫之言讕也。諫、讕通用。《漢書・藝文志》「《讕言》十篇」，注：「陳人君法度。」借讕爲諫。《言部》：「讕，抵讕也。」段注、朱駿聲並云：「抵讕，猶今言抵賴也。」抵，讀如詆。詆，訶斥。以罪責讓於人，又誣之毀之是爲讕。朱季海曰：「觀《詩》、《騷》之文，知告諫謂之誶，亦陳、楚間通語爾。然漢讀真諄通叶，脂、微通叶，真脂對轉，則訊讀如誶，即借爲誶耳。」誶、訊本一字，不當濫以方言、假借。

【替】王逸注：「替，廢也。」艱、替出韻。聞一多曰：「替，疑⿰糸替之省。⿰糸替，縮也。⿰糸替爲⿱王束之異體。要之，⿱王束、⿰糸替音不殊，而從扶與從幷形同，從系與從束意同。是⿰糸替又即⿱王束之異體。」案：替，蓋扶字形衍。《説文・夫部》：「扶，竝行也。从二夫。讀若『伴侶』之伴。」音薄旱切。扶，侶伴別文，古通拌。《方言》卷一〇：「拌，棄也。楚凡揮棄物謂之拌。」郭璞《音義》曰：「拌音伴。」《廣雅・釋詁》：「拌，棄也。」王念孫曰：「拌之言播棄也。《吴語》云『播棄黎老』是也。播與拌古聲相近。《士虞禮》『尸飯播餘於篚』，古文播爲半，半，即古拌字。謂棄餘飯於篚也。」拌，楚語。夕拌，夕被播棄。

是二句言我惟好脩以自檢束，何朝見鞫治而夕遭拌棄也。

第二十韻：艱、替

江永曰：「古艱字亦有從喜作囏者，因之有基音。」戴震曰：「艱，讀如姬，蓋方音。」戚學標曰：「難，籀文作囏。以籀文从喜推之，與難爲泥音同轉。」劉永濟曰：「按：此二語，歷來聚訟，惟江氏基音與戚氏籀文從喜聲之説可互證。」案：陳第曰：「艱，古音斤。」艱，文部。囏，艱字別文，從堇，從喜，會意字，非諧聲，詳注。艱，古音爲

[krən]。朱子曰：「替，與艱叶，未詳。或云，艱，居垠反；替，他因反。」陳第曰：「替古音侵。」屈復曰：「替《補韻》叶才淫切。」皆改替爲朁字。朁，浸部。艱，朁出韻。周密曰：「以余觀之，若移『長太息以掩涕』一句在『哀民生之多艱』下，則涕與替正協，不勞牽強也。」何焯、姚鼐、方東樹、胡文英、鄧廷楨並用此說。王逸注：「言己自傷所行不合於世，將效彭咸沈身於淵，及太息長悲，哀念萬民受命而生，遭遇多難，以隕其身。」王氏不以「長太息以掩涕兮，哀民生之多艱」二句倒乙。江有誥謂「艱、替脂文借韻」。聞一多改替爲朁，以協艱。亦非。案：替，扶字衍誤，古伴字，借作拌。詳注。拌，音蒲旱切，古音爲[bʷan]。艱、拌爲文元合韻。

既替余以蕙纕兮　又申之㠯攬茝

替 替，即「扶」字衍誤。説詳上「替」字注。

纕 羅本、黎本《玉篇·糸部》「纕」字、《全芳備祖集》卷二三、《記纂淵海》卷四九引「既替」一句同今本。《文選》六臣本纕音先羊反，洪《補》、朱《注》、錢《傳》纕同音息羊切。案：孫愐《唐韻》纕音汝羊切，日紐。《廣韻》下平聲第十陽韻纕音息羊切。纕字有日、心二讀，此讀日紐。

㠯 朱《注》本㠯作以，洪《補》、朱《注》同引一無以字。案：㠯、以，古今字。王注「然猶復重引芳茝，以自結束」云云，王本有以字。《離騷》「既……又……」句法，下句之字下必有以字。詳上「又重」注。「又申之㠯攬茝」，同上文「又重之以脩能」句法，有以字是也。《全芳備祖集》卷二三、《記纂淵海》卷四九引亦有以字。

攬 錢《傳》本攬作擥，引一作攬。洪《補》引亦一作擥。案：《説文》字作擥。詳上文「夕攬」校注。攬、擥，異體字。《全芳備祖集》卷二三、《記纂淵海》卷九三引亦作攬。

茝 朱《注》引一茝作芷。案：楚語曰芷，齊語曰茝。詳上文「蘭茝」校注。《記纂淵海》卷九三、《全芳備祖集》卷二三引亦并作茝。

【替】替，同上文「夕替」之替，當作扶。扶，借爲拚。拚，楚語，言播棄。

【纕】王逸注：「纕，佩帶也。」注「以余帶佩衆香」云云，謂纕字作動詞，洪《補》引下文「解佩纕以結言」，謂「蕙纕」、「佩纕」兩纕字同，用作名詞。案：下文「樧又欲充夫佩幃」，佩纕、佩幃并同，纕，幃之屬，王逸注：「幃，盛香之囊。」作名詞。《説文·糸部》：「纕，援臂也。」《廣雅·釋器》：「絭謂之纕。」《玉篇》：「纕，收衣袖絭。」皆非其義。纕，借爲囊，同諧襄聲，例得通用。《莊子·在宥》「傖囊」，《釋文》云：「崔本作戕囊。戕囊，猶搶攘也。」朱駿聲曰：「纕，讀若囊，香囊也。」蕙囊，言囊以蕙飾之。

【又申】王逸注：「又，復也。言君所以廢弃己者，以余帶佩衆香，行以忠正之故也。然猶復重引芳茝，以自結束，執志彌篤也。」以「申」爲「重」。劉良曰：「申，重。」陳第曰：「言雖以忠信見廢，猶攬芳以自結束。」皆同王注。趙南星曰：「蕙纕已可廢，又重之攬茝，益可廢也。」錢澄之曰：「攬茝，指其樹芳，上所云『擥木根以結茝』是也。言既以孤芳見替，而又以樹芳益加罪焉。」王夫之曰：「謂既譖己，又徧攻擊其善類。」林雲銘曰：「重疊以脩姱得罪，不止一次。舊注君以蕙茝爲賜而遺之，大謬。」董國英曰：「既廢我廉潔之行，又廢我培植之賢。」案：「既替余以蕙纕兮，又申之㠯攬茝」，同上文「紛吾既有此内美兮，又重之以脩能」句法。申，猶申拚。下句動詞承上句而省。游國恩曰：「此二句緊接上文，意甚顯明，蓋謂君之廢余，既因余以蕙爲纕，復因余攬茝爲飾。」上句專就己言，而下句比所植之賢，其時因屈子遭黜而受株連者亦多矣。又，朱季海曰：「《淮南·道應訓》：『墨者有田鳩者，欲見秦惠王，約車申轅，留於秦，周年不得見。』注：『申，束。』《説文·申部》：『申，七月陰氣成體，自申束，从臼自持也。』是申有束義。字亦通作紳。今謂《離騷》此『申』正當訓『束』，與《淮南》之文，故相應爾。蕙纕本謂以蕙爲佩帶，則以此自申束可知，束茝明言申束，則亦以爲佩帶可知。蕙、茝互文，義自見耳。夫既以蕙纕見替，而復束之以攬茝，則其人竟體芬芳，求福不回可知矣。此靈均之志也。」王注未可輕易。朱氏雖辯，失「既……又……」句法，下句動詞承上句而省例。「又申」連文，平列同義。

【攬茝】王逸注以「攬茝」爲「重引芳茝」，攬訓引。劉良曰：「攬，持也。」王夫之曰：「攬，盡取之也。」聞一多曰：「攬與纜同。《文選》謝靈運《鄰里相送方山詩》注：『纜，維船索也。』案：凡索皆可謂之纜，此與纕對舉，纜亦纕之類。纜茝即茝纜，倒文以取韻。」周孟侯謂「攬茝」即「蘭茝」之誤。姜亮夫曰：「《本篇》『蘭芷變而不芳』，《九章·悲回風》『蘭茝幽而獨芳』，《九歎·遠遊》『懷蘭茝之芬芳兮』，《荀子·大略篇》亦云『蘭茝稾本』，古『蘭茝』連文極多，則此攬字當爲『蘭』字之聲誤無疑。且上言以蕙芳見廢，而又重之以蘭茝，蕙、蘭連縷並稱，正見己好芳潔、九死不悔之志，則其必爲『蘭』字無疑。」案：攬，猶總聚義。詳上文「夕攬」注。攬茝，言總聚芳茝，喻鳩聚賢良，結言上「擥木根以結茝」。攬，談部；蘭，元部。古不同音，例不通用。

是二句言我生多艱——朝既遭拌棄，以我佩帶蕙囊，夕又復拌棄我，以我攬聚芳茝也。

亦余心之所善兮　雖九死其猶未悔

其《後漢書》卷一六《寇恂傳》注引無其字。案：其猶，屈賦習用。有其字是也。《記纂淵海》卷四九和卷六

二、《山谷内集詩注》卷四注和卷八注、《古今事文類聚》前集卷五一、《後漢書》卷二八下《馮衍傳》注和卷七九《儒林傳・楊倫》注引亦有其字。

悔 朱《注》悔音虎猥反。《群經音辨》曰：「悔，過也。呼罪切。改過曰悔，呼内切。」案：「呼罪」之悔，内動。「呼内」之悔，外動。此文「未悔」，内動。虎猥、呼罪音同。

【亦】詹安泰謂「亦」猶「實在」、「真正」，引《後漢書・竇融傳》「亦稱才雄」，注：「亦，猶實也。」案：詹氏引《後漢書》注，非「實在」、「真正」。實，猶固；亦，亦猶固。徐仁甫曰：「亦，猶固也。亦訓乃，固亦訓乃；則亦猶固，可推知，副詞。『亦余心之所善』，言固余心之所善也。《韓詩外傳》二、《新序・雜事》五『君子亦讒人乎』，《荀子・哀公篇》作『君子固讒人乎』。此亦猶固之證。《論語・衛靈公》：『子路愠見曰：「君子亦有窮乎？」』「君子固窮。」』固，猶亦也。上下文異詞同義。何晏注『君子固亦窮時』，即以『固』釋『亦』，故『固亦』連文。《述而篇》：『君子亦黨乎？』言君子固黨也。《陽貨篇》：『子貢曰：「君子亦有惡乎？」』言君子固有惡也。《九章・惜誦》：『忠何罪以遇罰兮，亦非余心之所志。』此句下若無『也』字，亦當訓固，言固非余心之所志也。《九辯》：『彼日月之照明兮，尚黯黮而有瑕；何況一國之事兮，亦多端而膠加。』言固多端而膠加也。」其説是也。

【善】王逸注以「善」爲「美善」義。《説文・誩部》：「譱，吉也。从誩，从羊。此與義、美同意。」段注：「《我部》曰：『義與善同意。』《羊部》曰：『美與善同意。』」按：羊，詳也。」案：美，大祥，大善。詳上文「美人」注。故美字從大、羊，借羊爲祥。善字從誩，誩，猶競也。競有壯大、強競義。善字從誩、羊，亦大祥。引申有大義。《詩・桑柔》「覆背善詈」，鄭《箋》：「善，猶大也。」《我部》：「義，己之威儀也。从我，从羊。」從我，賅其「己」義。從羊，借羊爲象，晐其「威儀」義。義，無美善義，儀本字。義理字作宜，與从羊無涉。析言善在於致用；美在於悦娱。義者，指事理，倫理言。

【九死】王逸注「支解九死」云云，訓「九死」爲「支解」。陸善經曰：「九，言其多也。」劉良曰：「九，數之極也。」錢杲之曰：「九死，九死而一生，謂必死也。」吴世尚曰：「九者，數之極，九死，猶言幾死也。」皆以「九」爲極詞，言必死也。案：王氏蓋探下「雖體解其猶未變」，而訓「九死」爲「支解」。九，極詞，九死，猶萬死。《漢書·東方朔傳》「罪當萬死」是也。屈子於此始言以一死殉其中正之美。於理性言，蕙纕、攬茝，唯其中正之喻，此乃己中心所好，果以生命爲代價，則必死以成其志。

是二句言固我之中心所善，雖九死猶不改也。

第二十一韻：茝、悔

茝，當從楚語作芷，古音爲[tɕiə]。悔，古音爲[ɣʷə]。茝、悔古同之部。

怨靈脩之浩蕩兮　終不察夫民心

【脩】《藝文類聚》卷三〇引作循。《考異》、姜校引靈作零，《類聚》本作靈。案：循，脩字形訛。《文選》卷一五《思玄賦》注、《後漢書》卷五九《張衡傳》注、《太平御覽》卷四八三、《分門集注杜工部詩》卷一七載趙注及王洙注、《集百家注編年杜陵詩史》卷二載趙言、《九家集注杜詩》卷一〇注、《補注杜詩》卷一注、《唐類函》卷一二九載《藝文類聚》引亦作脩。

浩蕩《文選》卷一五《思玄賦》注引作皓，《太平御覽》卷四八三引無蕩字。案：王注「浩，猶浩浩；蕩，猶蕩蕩」云云，王本作浩蕩。皓，訛字；無蕩者，敓誤也。《後漢書》卷五九《張衡傳》注引亦作浩蕩。

不《太平御覽》卷四八三引「終不」一句敓不字。

民《文選》六臣本作人，注云「五臣作民」。洪《補》、錢《傳》同引一作人。案：避唐諱。《太平御覽》卷四八三引亦作民。

【**怨**】王逸注：「上政迷亂則下怨，父行悖惑則子恨。」案：怨、恨渾之不別，散之而各有其義。《說文・心部》：「怨，恚也。从心，夗聲。」「恚，恨也。从心，圭聲。」圭，猶言趌。怒趌發而見於外者爲恚。夗，言苑，言蘊積。《荀子・富國篇》「使民夏不宛暍」，楊倞注：「宛讀爲蘊，暑氣也。」《哀公》「富有天下而無怨財」，怨財，言蘊蓄財富。《晏子春秋・內篇》「怨利生孽」，《左傳》昭十年字作「蘊利」。宛、怨皆苑借字。《風俗通》曰：「苑，蘊也。」怒之蘊積於心而未外見者字作怨。怨，借聲字。恨，言憾也。《荀子・成相篇》「不知戒，後必有恨」，楊倞注：「恨，悔。」自致過失而自悔者是爲恨。恨，從心，艮聲。艮之爲言限也。《漢書・叙傳》：「恨，限也。」限，阻難。中心有阻，情不得宣泄是爲恨。怨重而恨輕，怒曰怨，而悔曰恨。此怨、恨之別義。先秦畛域至密，兩漢以還，混之不分。今反以恨爲怨怒，而怨爲埋怨、怨愁，恨甚於怨，則怨古義没矣。洪《補》曰：「孔子曰，『《詩》可以怨』。《孟子》曰，『《小弁》之怨，親親也；親之過大而不怨，是愈疏也』。屈原於懷王，其猶《小弁》之怨乎？」《史記・屈原列傳》曰：「信而見疑，忠而被謗，能無怨乎？屈平之作《離騷》，蓋自怨生也。」屈子怨君之不察忠佞、不分正邪，而終未見其恚怒。其於靈脩終焉有不盡眷眷依戀情愫，終焉不忍怒斥者。而於黨人，雷霆之怒猝發，直斥而不諱。淮南王劉安曰：「《國風》好色而不淫，《小雅》怨誹而不亂，若《離騷》者，可謂兼之矣。」庶幾中正之理矣。

【浩蕩】王逸注：「浩，猶浩浩；蕩，猶蕩蕩，無思慮貌也。《詩》曰『子之蕩兮』。」張銑曰：「浩蕩，法度壞貌。」錢杲之曰：「浩蕩，縱放貌。」劉夢鵬曰：「浩蕩，失據無守之貌。」戴震曰：「浩蕩，散漫無檢柙也。」案：王氏釋「浩蕩」爲「無思慮」，是也。汪瑗曰：「浩蕩，言君心之縱放如水之浩蕩無涯，靡所底止也。狂惑不定之意。」陸時雍曰：「浩蕩，謂無畔岸、無繩尺也。」王夫之曰：「浩蕩，如水渺茫，支派不分也。」林雲銘曰：「浩蕩，放縱於規矩繩墨之外，如水之横溢，即上文『昌被』之義。」徐煥龍曰：「今且至於浩蕩，如水之大潰其防，窮大失居，無所終薄。」皆以「浩蕩」爲喻語，言水浩茫無涯，比君之放縱失據。案：浩蕩，連語，本言混而不分，其訓詁字或作渾沌見《莊子·應帝王》，本書作溷濁。或作鴻洞《淮南子·精神訓》云「澒蒙鴻洞」是也，又作洚洞《孟子》趙岐注、港洞《文選·長笛賦》、虹洞《後漢書·馬融傳》等，狀廣大無際極，聲變字作恢台，《九辯》「收恢台之孟夏」，洪引《文選·舞賦》注：「恢炱，廣大貌。」《後漢書·馬融傳》字又作恢胎。狀器度宏敞，字作閎達《漢書·東方朔傳》，又作浩盪《後漢書·張衡傳》，又作浩蕩，《九歌·河伯》「心飛揚兮浩蕩」，《哀時命》「志浩蕩而傷懷」，王逸並解爲「志放貌」。叔師注《騷》，雖一詞而前後異。游澤承斥之爲「常據上下詞義以求合」，誠非知人之言。王氏「浩蕩」或訓「無思慮」，或訓「志放」，一義相通，而非游説無根也。聲變字作圖傲。《莊子·天下》「圖傲乎救世之士哉」，郭象注：「揮斥高大之貌。」《廣雅·釋詁》作「酳傲」，言大也。又作陶傲。《九思·守志》「遊陶傲兮養神」，注云：「陶傲，心無所繫。」皆浩蕩倒文，猶「無思慮」。又作豁達，狀通暢無礙貌《文選·景福樓民疑賦》，其義與訓不分之溷沌相仍。狀水之迷茫無涯曰泓澄《文選·吴都賦》、浩蕩《文選》潘岳《河陽縣作》二首、灝溔《文選·上林賦》、皓溔《文選·魏都賦》、晶溔《文選·江賦》、浩洋《淮南子·覽冥訓》、曠漾《文選·長笛賦》、瀇洋《論衡·案書》、洸洋《史記·老子韓非列傳》。狀月色朦朧不明曰朦朧，耳不聽曰惝恍，日不明曰埃曀《説文·日部》，雲覆蔽日陽曰靉靆《通俗文》，又作曖曃《文選·七啓》。思慮不清曰貸騃。《釋名·釋姿容》：「貸騃，不相量事者。」又作儓儗。《集韻》：「儓儗，懒怳也。」

又作懛剴。《廣韻》：「懛剴，失志貌。」又作儓儗，《廣韻》：「儓儗，癡貌。」《莊子・山木》又作怠疑，倒文曰癡騃。《周禮・司刺》鄭注「生而癡騃童昏者」是也。魚陽對轉，又作糊塗。孫奕《示兒編》引《呂氏家塾記》曰：「呂端之爲人糊塗。」或作鶻突。王注云「無思慮」，猶「糊塗」。解者宜循聲抽繹，則會心非遠。錢鍾書既以浩蕩比蕩蕩、浪蕩，又謂兼指「距離遥遠」，謂人君居高遼遠，不與我近，故謂之浩蕩。其説曲臆無根。又，朱季海曰：「《文選・七發》：『今如太子之病者，獨宜世之君子，博見強識，承閒語事，變度易意，常無離側，以爲羽翼，淹沈之樂，浩唐之心，遁佚之志，其奚由至哉？』李善注：『唐，猶蕩也。』此云浩唐，與《離騷》言『浩蕩』者正同，李注蓋得其意。第觀其文與淹沈、遁佚相次，則其爲『驕敖放恣』可知矣。枚叔，淮陰人，蓋江淮之閒語，時頗與荆楚同風矣。」浩蕩訓縱佚，實訓志放之謂。朱君但據枚叔江陰人一事，而斷以浩蕩爲荆楚語，亦疏矣。

【終】聞一多曰：「終、從聲近字通。從不，猶曾不也。《春秋繁露・隨本消息》：『由此觀之，所行從不足恃。』即曾不足恃。本篇及《九歌・山鬼》『余處幽篁兮終不見天』之終不，即從不，猶曾不也。」案：終、從通用，古無書證。終，同下文「終然殀乎羽之野」之終然。「終不察」，終字獨立，「不察」爲句。如聞説，「終不」連文，而「察」字獨立，亦不辭。《山鬼》「終不見天」同此。

【民心】王逸注「終不省察萬民善惡之心」云云，泛指萬民。案：汪瑗曰：「人心，屈原自謂也。」屈復曰：「人，三閭自謂。」此承「多艱」言，究我所以「多艱」，而不關萬民事。「民心」之民，同「民生」之民，屈子自稱。

是二句言余怨恨靈脩浩蕩糊塗，志無思慮，終然不察我中心好惡，致我生多艱虞也。

衆女嫉余之蛾眉兮　謡諑謂余以善淫

【嫉】《後漢書》卷五二《崔駰傳》注、《太平御覽》卷四八三引作妬。案：屈賦「嫉妬」連用，平列同義。單用嫉而不用妬。下文「世溷濁而嫉賢」、《惜往日》「遭讒人而嫉之」是也。《古今事文類聚》別集卷二一、《記纂淵海》卷八一、《山谷内集詩注》卷六注、《山谷外集詩注》卷一一注、《海録碎事》卷七引亦作嫉。

【余】《古今事文類聚》別集卷二一引「嫉余」及下句「謂余」兩余字并作予。案：余、予古今字。《離騷》領格用余，賓格用予。作余字是也。《太平御覽》卷四八三、《山谷内集詩注》卷六注、《山谷外集詩注》卷一一注亦作余。《後漢書》卷五二《崔駰傳》注引嫉余上衍皆字。

【之】《記纂淵海》卷八一引無之字。案：余字領格，多用之字繫連中心詞。詳注。無之字，非其句法。

【蛾】洪《補》、朱《注》、錢《傳》同引一作娥，朱云「非是」。《漢書》卷八七《揚雄傳》注引作䖸、《後漢書》卷五二《崔駰傳》注、《山谷内集詩注》卷六注引作蛾。《山谷外集詩注》卷一一注、《太平御覽》卷四八三引作娥。案：王注曰：「蛾眉，好貌。」蓋王本作娥。顔師古《漢書》注：「䖸眉，形若蠶䖸眉也。」顔注本其祖顔之推。作蛾者，蓋因顔氏家傳之説而改。蛾眉，詳注。

【謡】洪《補》、朱《注》謡同音遥，錢《傳》音餘招反。案：音遥、音「餘招」并同。《太平御覽》卷四八三引作譖《考異》引誤作讃，姜校引誤作讒。案：王注：「謡，謂毁也。」注文「譖而毁之」云云，謡無毁義，譖字形訛。詳注。《五百家注昌黎文集》卷八注，《東雅堂昌黎集注》卷八注，《古今事文類聚》别集卷二一，《山谷外集詩注》卷一一注，羅本、黎本《玉篇·言部》「諑」字引作謡。

【諑】羅本、黎本《玉篇·言部》「諑」字引諑作諑。案：諑，六朝俗諑字。《説文繫傳》卷一一椓字引作諑，然注云，剌繫字從木作椓。《文選》六臣本諑音丁角切，洪《補》、錢《傳》音竹角切。朱子《辯證》曰：「諑音卓，則當從豖。」又，許穢反，則爲喙。丁角、竹角屬「類隔」門法，音同。《廣韻》入聲第四覺韻，諑、卓同音竹角切。

【以】《文選》六臣注云：以，「五臣作之」，洪《補》、朱《注》同引一作之，《説文繫傳》卷一一引亦作之。案：王注「譖而毀之，謂之美而淫」云云，王本作之字。羅、黎二本《玉篇·言部》「諑」字、《山谷内集詩注》卷六注、《山谷外集詩注》卷一一注引亦作以。又，《太平御覽》卷四八三引脱以字。

【淫】羅本《玉篇》言部「諑」字引訛作浮，《文選》六臣本、黎本《玉篇》引并作滛。案：滛，六朝俗淫字。

【衆女】王逸注：「衆女，謂衆臣。女，陰也，無專擅之義，猶君動而臣隨也，故以喻臣。」李周翰曰：「衆女，喻讒臣也。」案：本書比喻，疊累而用，比中有比，大喻套小喻。屈子以車右自比，爲前半篇大喻。然屈子本靈巫之傳，能通人神，故其形貌也若處子。則以蛾眉自比，爲大喻中之小喻。其同列衆臣亦因以比女而稱「衆女」。此乃屈子隨文設喻，本書但此一例耳，不得謂車右爲女性，而以夫婦君臣之喻貫於始終矣。下半篇繼上征求帝之後而三求神女，遣媒役理，通彼男女婚姻。雖然，猶以鬚眉求女，而未改其本態。游國恩據此二句發明「《楚辭》女性中心説」，謂屈子以棄婦自比，似失偏頗。

【蛾眉】王逸注：「蛾眉，好貌。」洪《補》引顔師古曰：「蛾眉，形若蠶蛾眉也。」徐焕龍曰：「蛾子眉最修，故女子眉美曰蛾眉。」朱子曰：「蛾眉，謂眉之美好如蠶蛾之眉也。」蔣驥曰：「蛾眉，眉之纖曲如蛾也。」皆以「蛾」爲「眉」飾語。又，姜亮夫曰：「蛾眉，畫眉如蛾。」案：《楚辭》言蛾眉有三。《招魂》「蛾眉曼睩」，蛾、曼互文。曼，同《文選・報任少卿書》「曼辭以自飾」，李善注引如淳曰：「曼，美也。」蛾亦言美。《大招》「嫮目宜笑，蛾眉曼只」，嫮、蛾互文。嫮即姱字，言好、言美。蛾亦言好、言美。先秦兩漢出土文物，如俑、圖畫，亦不見美女之眉有如蠶蛾狀。蛾之爲言娥也。蛾、娥同從我聲，例得通用。《廣雅・釋詁》：「娥，美也。」又《説文・女部》：「娥，帝堯之女、舜妻娥皇字也。秦晉謂好曰娙娥。从女，我聲。」案：娥從我聲，借作峨，言高、言大。古以「高大」爲美、爲善。古帝王之名，多取高大義，堯、舜是也。娥，母權社會女酋通稱，其字從女。娥眉，言好貌，非專狀美眉。六朝以下，多以「蛾眉」爲「美女」統名，鮑明遠《翫月城西門廨中》「娟娟似娥眉」是也。

【謡】王逸注：「謡，謂毁也。」洪《補》引《爾雅》曰：「徒歌謂之謡。」錢杲之曰：「謡，颺言。」李陳玉曰：「讒人害人，必先進飛語中之，謡歌亦其一也。」王夫之曰：「謡，飛語。」謡但言徒歌，無毁譖義。「徒歌」者，且行且歌。類今云「扭秧歌」。劉永濟乃謂「此文謡字，乃謃字之誤。謃，經典多借用毁壞之毁字爲之，遂忘其本字。此文以謃諑連文，則二字同義，其誤爲謡，蓋因二字形近」。案：謃，不解譖毁義，言恚怒。《廣雅・釋訓》：「謃，怒也。」字亦作啰。《廣韻》入聲第十六屑韻：「啰，呵也。」謡，蓋譫字形誤。從䍃、從詹之字多相溷。《周禮・矢人》「夾而摇之」，《釋文》曰：「摇，本又作擔。」擔，即摇字。漢隸定從䍃之字或變從䍇。《漢書・天文志》「元光中天星盡揺」，揺、擔形近相訛。《史記・建元以來王子侯者年表》「千鐘侯劉摇」，《漢書・王子侯表》作「劉擔」。《墨子・經下》「正而不可擔」，擔，摇字形訛。謡、譫亦以相訛。舊本作譫，通作譖。侵、談旁轉，照穿旁紐雙聲。譖，毁也。《九思・逢尤》「被諑譖兮虚獲尤」，蓋因於此。《太平御覽》卷四八三《人事部》一二四《怨》引此作「譖諑」，引王逸注：「譖，毁也。諑，潛也。」其所據本作「譖諑」也。

【諑】王逸注：「諑，猶譖也。」陸善經、洪《補》引《方言》並曰：「諑，愬也。楚以南謂之諑。」陸氏又謂「此以愬爲訴」。案：《説文・言部》：「訴，告也。从言，㡿聲。愬，訴或从朔、心。」愬爲訴字異文，又：「譖，愬也。」諑字訓譖、訓訴，一義相因。譖之爲言殑也，根於鋭刺義，以言刺傷之謂譖。詳上文「信讒」注。《广部》：「㡿，卻屋也。」㡿，俗作斥，引申言斥棄。《漢書・武帝紀》「無益於民者斥」，注：「斥，謂棄逐之。」《江都易王傳》「擊吉斥之」，顔師古注：「斥，謂退棄之。」《廣雅・釋詁》：「斥，推也。」裂土謂之坼，守夜者所擊木謂之柝，以言斥擊之謂之訴，根於斥擊義。引申言告語。聞一多謂「謡諑」同《詩・陳風・墓門》「歌以訊止」之「歌訊」，諑言訊，言告。非是。諑從豖聲，豖聲字多含刺劃義。《爾雅・釋器》：「雕謂之琢。」《招魂》「啄害下人些」，王逸注：「啄，齧也。」《廣雅・釋詁》：「椓，椎也。」椎即今之錐字。言刺劃傷害謂之諑。豖，中也。豖、中爲覺冬平入對轉。《漢書・趙敬肅王劉彭祖傳》顔注、《淮南子・原道訓》「好事者未嘗不中」，高注云：「中，傷也。」諑、啄、琢、椓，皆借聲字。「讒諑」連用，平列同義。

【謂】王逸注「謂之美而淫」云云，以爲告語義。案：謂，猶爲。《禮器》「誰謂由也，而不知禮乎」，《家語・公西赤問》作「孰爲」。《大戴禮記・文王官人》「此之爲考志也」，《逸周書・官人解》作謂。《左傳》莊二十二年「是謂觀國之光」，《史記・陳杞世家》謂作爲。《墨子・公輸》「宋所爲無雉兔狐狸者也」，《宋策》作謂。《莊子・讓王》「其何窮之爲」，《吕氏春秋・慎人》作謂。爲，以也。詳王引之《經傳釋詞》卷一。

【以】當從一本作之。其改「之」作「以」者，蓋以謂言告語所致。「爲余之善淫」，衆女讒諑中傷之詞。若作「以」，非勝語。

【淫】王逸注：「淫，邪也。」李周翰曰：「讒邪之人，謂我善爲淫亂。」案：余以蛾眉自比，淫邪、淫亂，皆指中媾穢行。《詩・雄雉序》鄭箋「淫亂者」，孔疏曰：「淫，謂色欲過度。」《左傳》成二年、《列女傳・孽嬖》並曰：「貪色爲淫。」《小爾雅·廣義》：「男女不以禮交謂之淫。」淫，本爲「浸淫隨理」，引申言越度，言氾濫，縱情欲色謂之淫，後起分別字作婬，從女。

是二句復承「多艱」言，謂我生多艱，靈脩浩蕩不察，又因衆女嫉妬。衆女嫉我蛾眉脩態，以「善淫」之惡語譖諑我。古重女德，謂女子姿容之好者必無德，而有德者必無容冶之色，女子無才便是德，才貌、德行，不可兼備。錢鍾書謂此猶古希臘詩云「美麗之禍殃」，視麗人爲「尤物」。楚之衆女，嫉屈子「蛾眉」之色，而毁以「善淫」，蓋亦女子有色便無德。《左傳》昭二十八年，叔向欲以申公巫臣氏爲妻，其母止之，曰：「吾聞之，甚美必有甚惡。……且三代之亡，共子之廢，皆是物也。」《論衡》卷二二《言毒》載叔向母言：「美色之人懷毒螫也。」又曰：「生妖怪者常由好色。」又曰：「好女説心，好女難畜。」《國語·晉語》，太子晉諫靈王曰：「禍不好不能爲禍。」韋注云：「猶財色之禍生於好也。」《晉語》史蘇論驪戎曰：「雖好色，必惡心。」《魏書·道武七王傳》言清河王紹母「美而麗」，太祖見而悦之，告獻明后，請納；后曰：「不可，此過美不善。」白樂天《新樂府詩》謂李夫人、楊貴妃等麗人爲禍國亂政之「尤物」。如此成見，根深蒂固，牢籠古今中外，嫉妬美人者據爲口實，而讒諑之言一發便中，《荀子·君道篇》曰：「好女之色，惡者之孽也。」《史記·外戚世家》褚少孫補語曰：「美女者，惡女之仇。」揚雄《反離騷》曰：「知衆嫭之嫉妬兮，何必揚纍之蛾眉？」洪《補》斥曰：「此亦班孟堅、顔之推以爲露才揚己之意。夫冶容誨淫，目挑心與，《孟子》所謂『不由其道』者，而以污原，何哉？」夫冶容未必誨淫，目挑未必心與，屈子稟受於天，非矯揉造作、内外相背者可比，豈得妄斥以「揚纍之蛾眉」、「露才揚己」哉？班、揚之輩，《騷》之妬婦也。

第二十二韻：心、淫

心，古音爲[siəm]；淫，古音爲[riəm]。心、淫古同侵部。

固時俗之工巧兮　偭規矩而改錯

【固】劉永濟曰：「固，疑何之誤。此句兩見《九辯》中，皆作何。何有疑怪意，作固，則肯定矣。」聞一多曰：「何、固形近而誤。」徐仁甫亦改固爲何。案：固，猶胡也，渠也，不必校改。詳注。《記纂淵海》卷三引「固時俗」同今本。《文選》卷一五《思玄賦》注引訛作因。

【偭】《文選》六臣、洪《補》、朱《注》、錢《傳》偭並音面。案：《廣韻》偭有上、去二音，上聲，訓背；去聲，訓向。面唯有去聲。敦煌遺書三二一一號卷子王梵志詩「終歸不免死」，五六四一號卷子免字作面，隋唐時面或讀上聲。《文選》卷一五《思玄賦》注引作滅，《記纂淵海》卷三引亦作偭。

【錯】《文選》六臣本錯音倉故切，洪《補》錯音措，朱《注》、錢《傳》同音七故切。《群經音辨》曰：「錯，雜也，倉各切。錯，置也，七故切。《論語》：『舉直錯諸枉。』」案：蓋《論語》或本錯作措。措，置也。王逸注：「錯，置也。」假借措字，音七故切。倉故、七故音同。

【固】王逸注：「言今世之工，才知強巧，背去規矩，更造方圓，必失堅固，敗材木也。」其「固」字無義可繫。案：固，通作故，古書通用。《國語·周語》「咨於故實」，《史記·魯周公世家》作固。《論語》「固天縱之將聖」，《論衡·知實》或本固作故。故，通作胡。《墨子·尚賢中》：「今王公大人之君人民，主社稷，治國家，欲脩保而勿失，故不察尚賢爲政之本也。」下文又曰：「胡不察尚賢爲政之本也。」句例同，而以故爲胡。畢沅校云：「故，一本作胡。」又，《管子・侈靡》「公將有行，故不送公」，故不，猶胡不，亦借故爲胡。固，例亦通胡。《莊子・天地》：「汝將固驚邪？」言汝胡驚邪？《讓王》：「君固愁身傷生，以憂戚不得也？」言胡愁身傷生也。固、故、胡同古聲，例得相通。胡，何也。

【時俗】王逸注文「時俗」釋「今世」，而「俗」字無義。案：《說文・人部》：「俗，習也。從人，谷聲。」段注：「以雙聲爲訓。習者，數飛也。引申之凡相效謂之習。」俗音似足切，谷音古足切。同部不同紐，許云「谷聲」，非是。俗，從人、谷。谷，猶欲也。《老子》「谷神不死」，《釋文》：「谷，河上本作浴。」《易・損》「窒欲」，《釋文》：「欲，孟作浴。」欲，好也。《孟子・告子》：「生，亦我所欲也；義，亦我所欲也。」所欲，所好。人所共好字作俗。俗，會意兼假借。《孝經》曰：「移風易俗。」孔疏引韋昭曰：「隨其趨舍之情欲，故謂之俗。」《周禮・大司徒》「以俗教安」，注：「謂土地所生習也。」習，美惡同辭，俗亦兼美惡。

【工巧】王逸注「言今世之工，才知強巧」云云，以工爲工匠，巧訓佞巧。案：《說文・工部》：「工，巧飾也。象人有規榘，與巫同意。𢒄，古文工，从彡。」段注：「此云『巧飾也』者，依古文作『𢒄』爲訓。彡者，飾畫文；巧飾者，謂如幔人施廣領大袖以仰涂，而領袖不汙是也。惟孰於規榘乃能如是，引伸之凡善其事曰工。」又曰：「𢒄有規榘，而彡象其善飾。巫事無形，亦有規榘。而，象其兩褎，故曰同意。」案：徐鍇云：「爲巧必遵規榘法度，然後爲工，否則目巧也；巫事無形，失在於詭，亦當遵規榘，故曰與巫同意。」段說蓋本此也。此文「工巧」，以工爲「有規榘」、「有法度」，「時俗工巧」謂習俗善於事，行有規榘、法度，與下「偭規矩而改錯」相悖。孔廣居《說文疑疑》曰：「上一，天也；下一，地也；中一，上下通也。天體圜地體方，通乎方圓者工也。天有神地有祇，通乎神祇者，巫也。」以工爲通天徹地之名，𢒄字，不見甲、金文。工，甲文作「」《粹》一二一七，金文作「」《矢彝》，象斤斧。工、斤雙聲。段、孔未見古文，據許書曲爲之說。操斤者謂之工，凡嫻習一事、巧於一藝者亦謂之工。《考工記總目》曰：「巧者述之守之，世謂之

工。」《公羊傳》成元年注：「巧心勞手以成器物曰工。」《漢書・食貨志》：「作巧成器曰工。」《儀禮・燕禮》「席工於西階上」，注：「凡執技藝者稱工。」《周禮・樂木人》：「凡樂事相瞽。」賈《疏》亦云：「能其事者曰工。」《招魄》「工祝招君」，王逸注：「工，巧也。」是與巫同義。《論語・衛靈公》：「三子曰：『公欲善其事，必先利其器。』」皇侃《疏》：「工，巧師也。」許云「工，巧飾」，飾，蓋「師」之訛。巧，亦工師、工匠。《墨子・非儒下》「巧垂作舟」，《事類賦注》引此作「工倕」。《莊子・胠篋》曰「攦工倕之指」，《釋文》：「倕，堯時巧者也。」巧，即工。「工巧」連文，平列同義，工匠通名。《韓詩外傳》曰：「忠易爲禮，誠易爲辭，賢人易爲民，工巧易爲材。」忠、誠對文，而賢人、工巧亦儷偶爲文。工巧，猶謂工匠。《漢書・食貨志》：「過使教田太常、三輔，大農置工巧奴與從事，爲作田器。」言工匠之奴作田器。工巧，即工匠。《顏氏家訓・勉學》：「人生在世，會當有業。農民則計量耕稼，商賈則討論貨賄，工巧則致精器用。」農民、商賈、工巧對文，工巧爲工匠。又，《雜藝論》：「下牢之敗，遂爲陸護軍畫支江寺壁，與諸工巧雜處。」言與衆工匠雜居。《太平廣記》卷二二五「淫淵浦」條：「皆生埋巧匠於塚裏，又列燈燭如皎日焉。先所埋工匠於塚内，至被開時皆不死。巧人於塚裏，琢石爲龍鳳仙人之像及作碑辭贊。」巧匠、工匠、巧人皆一，指工匠。巧，猶工。又，卷三七一「曹惠」條：「當時天下工巧，皆不及沈隱侯家老蒼頭孝忠也。」卷四六三「仙居山異鳥」條：「是日，將架巨梁，工巧丁役三百餘人縛拽鼓噪，震動遠近。」工巧，指工匠。《資治通鑒・宋紀》卷六：「魏主徙長安工巧二千家於平城。」言遷徙工匠二千家於平城。《方言》卷八：「桑飛，自關而東謂之工爵，或謂之女鷗。」郭璞注：「今亦名爲巧婦。」《玉篇》：「女鷗，巧婦也。」既曰「女鷗」，又曰「巧婦」，巧、鷗同義互用。鷗，即匠字。《説文・工部》：「巧，技也。从工，丂聲。」不訓工師、工匠。《方言》卷七：「竘，貌治也。吴越飾貌爲竘，或謂之巧。」《説文・立部》：「竘，一曰匠也。从立，句聲。讀若齲。《逸周書》有竘匠。」《廣雅・釋詁》郭璞注：「語楚聲轉耳。」巧匠本爲竘，楚音轉爲巧。工、竘爲東侯陰陽對轉，巧、竘爲宵侯旁轉，音近義同。

【偭】王逸注：「偭，背也。」錢杲之曰：「偭，面避不正視也。」以偭爲面向義，與王注相反爲訓。李陳玉曰：「偭，面也。當面相看，個個都是規矩之言。」王夫之曰：「偭，面向也。」徐煥龍曰：「身背物曰背，面背物曰偭。」朱冀曰：「《説文》『偭，向也』。與下向背字對待成文。上句是覿面相向，而任意更張；下句是顯然背馳，以逞其機變。若從舊注作『背』字解，其如兩背犯重何？」魯筆曰：「偭有向、背二義。此作向，方不複。似向規矩，卻改而錯置之；明背繩墨，卻周而曲合之，所以爲工巧。」皆同錢説。姜亮夫曰：「偭即面之後起字，而爲象形名詞，加人旁爲偭，則爲動詞。《説文》乃其本義。王訓『背』者，亦如《史記·項羽本紀》之『楚軍四面下』，《通鑒》胡三省注『面，背也』之例。賈誼《吊屈原賦》『偭獱獺以隱處』，應劭亦以背訓偭。」與王氏相發。又，焦竑曰：「古文多倒語。面規榘而改錯，以面訓背也。」胡文英曰：「偭，或曰向也，或曰背也。蓋由面轉背之意，猶《詩》『輾』字之義耳。」游澤承曰：「偭字，許慎訓爲向，王逸訓爲背，此亦以治訓亂，以亂訓治，本皆可通，焦氏之説是也。」案：諸説雖無害於義，東方曼倩《七諫·謬諫》曰：「固借作胡時俗之工巧兮，滅規榘而改錯。」曼倩襲用此文，易偭爲滅。滅，棄也。偭，元部；滅，月部；二字明紐。元月平入對轉。楚月部多轉元部。《説文·心部》：「愃，寬閒心腹貌。」《方言》卷二：「了，快也。」郭璞曰：「今江東人呼快爲愃。」快，月部。愃，元部。江東楚語，轉快爲愃。《泉部》：「⿱䋣泉，泉水也。从泉，䋣聲，讀若飯。」⿱䋣泉音符萬切。《淮南子》「莫鑒于流⿱䋣泉而鑒于澄水」，許慎注：「楚人謂水暴溢曰⿱䋣泉。」⿱䋣泉，實沛字假借。沛，月部；而瀿、⿱䋣泉、飯，元部。楚人語沛爲瀿、⿱䋣泉，月轉爲元。《書·秦誓》「惟截截善諞言」，《楚辭·九歎》王逸注引作「諓諓靖言」。《説文·戈部》引《書》則作「戔戔」。截，月部；戔、諓，元部。王逸、許慎，楚人，多語楚。楚語截爲戔、諓，月轉爲元。《廣雅·釋詁》：「暍⿰日難，愞也。」《日部》：「⿱日難，安⿱日難，昷也。」暍⿰日難、安⿱日難同。暍，月部；安，元部。許書語楚，以安爲暍，月轉爲元。下文「椒專佞以慢慆兮」，慢，猶⿰山蔑。《漢書·文三王傳》「汙⿰山蔑宗室」，孟康曰：「⿰山蔑音漫。」⿰山蔑，通語；漫，楚語；月轉爲元。吾鄉浦江語偭、滅同音[miɛ]，介於元月間，蓋存楚語。張平子《思玄賦》「泯規榘之員方」，易偭爲泯。湎、泯亦聲轉。《書・呂刑》「泯泯棼棼」，《漢書・敘傳》、《論衡・寒温》同引此作「湎湎」。泯，滅，蓋漢音。偭規矩，即滅規矩。

【規矩】王逸注：「圓曰規，方曰矩。」朱子析言曰：「規，所運以爲圓之筳也，矩，所擬以爲方之器，今曲尺也。」呂延濟曰：「規矩，法則也。」渾之不分。《説文・夫部》：「規，規巨有法度也，从夫，从見。」段注：「圜出於方，方出於矩。古『規矩』二字不分用，猶『威儀』二字不分用也。凡規巨、威儀有分用者，皆互文見意，非圜不必矩，方不必規也。規矩者，有法度之謂也。」案：《墨子・天志上》「我有天志，譬若輪人之有規，匠人之有矩。輪、匠執其規矩，以度天下之方圜。」《法儀》曰：「百工爲方以矩，爲圜以規。」《考工記・輿人》：「圜者中規，方者中矩。」《詩・沔水序》「規宣王也」，鄭《箋》：「規者，正圓之器也。」《管子・宙合》「多備規軸者」，注：「規者，正圓器。」《淮南子・脩務訓》「其曲中規」，注：「規，員之也。」皆單用析言。段説不確。「規矩」言「法度」者，類修辭借喻，非謂其義。王逸注「言今世之工，才知強巧，背去規矩，更造方圓，必失堅固，敗材木也。以言佞臣巧於言語，背違先聖之法，以意妄造，必亂政治，危君國也」云云，固爲比喻。魏晉以下，規矩乃爲法則通名。規，從夫，工匠。從見，爲刓也。見、刓古書通用。《易・夬》九五「莧陸夬夬」，《集解》引虞注：「莧，讀『夫子莞爾而笑』之莞。」《論語・陽貨》「夫子莞爾而笑」，《釋文》：「莞，一作莧。」《楚辭・漁父》「漁父莞爾而笑」，洪《補》引一本莞作莧。《列子・天瑞》「老韭之爲莞」，《釋文》：「莞，一作莧。」《文選・辯亡論》「莞然坐乘其弊」，李善注本字作「莧然」。莧，見聲；莞，完聲，實元聲。刓，亦元聲。見、刓例通用。《刀部》：「刓，剸也。」段注：「剸，當作團，團，圜也。」猶《懷沙》「刓方以爲圜」。規字從夫、見，借見爲刓，會意兼假借。又，《工部》：「巨，規巨也。从工，象手持之。榘，巨或从木、矢。矢者，其中正也。，古文巨。」孔廣居《説文疑疑》曰：「巨，爲方之器也。从工，中象方形。榘，从矢，取其直也。唯直然後能方也。」案：孔氏謂「巨，爲方之器」，是也。金文矩字作「」《鄦侯殷》「」、《伯矩卣》，從夫，從巨。夫，工匠，猶規從夫。工，匚字形變，正方本字，古多借方字爲之，匚，亦聲。匚、巨爲魚陽對轉，溪羣旁紐雙聲。正方之器是爲巨、矩。

【錯】王逸注：「錯，置也。」案：錯置字，本作措，錯，借字。王氏以本義釋借字。《説文·手部》：「措，置也。从手，昔聲。」段注：「置者，赦也。立之爲置，捨之亦爲置。措之義亦如是。」措有置立、置廢二義，相反爲言。而假錯爲措者，唯置廢義，無置立義。《尚書·微子序》「殷既錯天命」，馬融注：「錯，廢也。」《論語·顔淵》皇《疏》：「錯，廢也。」改錯，用置立義。措，昔聲，昔無義可求，借爲舍。昔、舍同釋部，心審旁紐雙聲，例得通用。舍有舍止、舍去義。措，借聲字。朱季海曰：「《九辯》：『竊美申包胥之氣盛兮，恐時世之不固；何時俗之工巧兮，滅規矩而改鑿？獨耿介而不隨兮，願慕先聖之遺教。處濁世而顯榮兮，非余心之所樂。與其無義而有名兮，寧窮處而守高。』固，在魚部，此與鑿相叶，是楚音讀鑿如錯。自宵入魚，與諸夏別也。《史記·晉世家》：『定公卒，子出公鑿立。』蓋據《世本》。《史記·六國年表》第三司馬貞《索隱》云：「《系本》名鑿。」《世本》，趙人所作。《史記·趙世家》「幽繆王遷」，《索隱》：「徐廣云：『《系本》《年表》及《古史考》皆云「今王遷」，無謚。』」是《世本》實書幽繆王遷爲今王，明是趙人所記也。書晉君名，當得其實。《史記·六國表》『周元王二年，晉出公錯元年』。字又作錯者，蓋因《秦紀》、《六國年表敘》所謂『余於是因《秦紀》，踵《春秋》之後，起周元王，表六國時事』是也。然則在晉謂之鑿者，在秦直書曰錯也。晉人當亦呼鑿如錯，如秦人受而書之，其聲則是，其文則非也。《離騷》『偭規矩而改錯』，以宋玉之言證之，知故書錯亦當作鑿。以鑿叶度，猶叶固矣。楚音自同部爾。言此者，明俗偭規矩則方圜既謬，譬如枘鑿，難復入也。《離騷》云：『不量鑿而正枘兮，固前脩以菹醢。』又云：『何方圜之能周兮，夫孰異道而相安？』《九辯》云：『圜鑿而方枘兮，吾固知其鉏鋙而難入。』並其義也。夫矩鑿既改，尚何望方枘之能周乎？屈、宋之用心在此，彌見其設喻之巧，猥以錯置字當之，甚無謂也。今書作錯者，當緣漢師不明楚音，秖據關西語定之，以就度韻，遂失其讀耳。觀《秦紀》之書晉君，亦以鑿爲錯，故無足怪矣。《九辯》之文，獨存其真者，徒以下與教、樂相協，故得免於竄改也。《九辯》又云：『何時俗之工巧兮，背繩墨而改錯？郤騏驥而不乘兮，策駑駘而取路。』此以錯、路爲韻，亦在魚部，然變言繩墨，則不必借喻枘鑿，或本是『錯』字，未可知也。東方朔《七諫・謬諫》云：『固時俗之工巧兮，滅規榘而改錯；郤騏驥而不乘兮，策駑駘而取路。』幾全襲《九辯》，而強改其『背繩墨』爲『滅規榘』，不悟宋玉自借喻鑿枘，故言規榘，曼倩云云，徒貌取耳。」案：朱君至辯，求之過深，徒滋歧紛。鑿，藥部，宵之入。錯、措，鐸部，魚之入。屈賦用韻，宵藥與魚鐸，畛域至密，無合用例。朱氏所謂「楚音讀鑿如錯，自宵入魚」云云，無根之説。《史記・晉世家》「出公鑿」，《六國年表》作「出公錯」，非必《世家》據《世本》，而《年表》因《秦紀》。漢世用韻，魚宵與鐸藥或合用。杜篤《論都賦》郊、都叶；傅毅《洛都賦》鋪、鑣叶；班固《幽通賦》謡、廬叶；又處、表叶；又初、符、昭叶；崔駰《達旨》抒、禦、舉、處、楚、趙、脯、女、武、序叶；張衡《蔡湛頌》敘、表叶；馬融《廣成頌》郊、苗、羽叶；王逸《九思・逢尤》如、由、劬、朝叶；又《遭厄》鼓、倒叶；揚雄《解嘲》搜、禹、塗、候、鈇、書、廬、區、陶、吾、渠、夫、島、少叶。皆魚鐸與宵藥合韻。周秦之錯，漢音或如鑿，古今音之變。《史記・晉世家》用古音古字，而《六國年表》用今音今字，故易錯爲鑿。段君亦言「第二蕭部、第三尤部、第四侯部、第五魚部，漢以後多四部合用，不甚區分」。《史記》雖一人之名，或錯、或鑿，以其時音同也。朱氏又謂《九辯》之文，固與鑿、教「協韻」，益非知音之選。江有誥、朱駿聲皆以鑿、教、樂、高爲韻，而謂「固」字無韻。段君《六書音韻表》於《九辯》此韻，以「固」爲「規其字之外」者，亦特標識之。王力《楚辭韻讀》亦謂「固」字「無韻」，從前脩之説。不得據無韻之字而妄改《離騷》有韻之文。《九辯》之鑿，當亦漢音，蓋漢所竄改。又，劉永濟謂錯、鑿通用，此文錯字用治義，「古稱鐫刻玉石爲治，今猶稱刻石作印爲治印。『改鑿』、『改錯』，猶今言改造、改作」。案：錯、鑿於周秦不同音，不可通用；漢世音同相通。錯訓治，言治玉石、治金鐵，不言治木、治作。改錯，即改措，言改置也，無庸深解。

是二句言何時俗之工匠，滅棄規矩之器，而改置更立也，以喻時世佞臣，棄先賢法則，而自作主張，曲意妄爲也。

背繩墨以追曲兮　競周容以爲度

【追】洪《補》、朱《注》同曰：「追，古隨字。」姜亮夫曰：「追、隨聲近，義得相通，決非一字之繁省。洪説誤。朱《注》唯録舊説，未加他語，然注中云：『追，猶隨也。』則亦不以爲一字也。」案：探以語根，追，猶𠂤也；隨，猶垂也。追有逐義，而隨無逐義；追，微部；隨，歌部。則追、隨音義皆別。詳上文「追逐」注。《記纂淵海》卷三引「背繩墨」二句同今本。

【背】王逸注「百工不循繩墨之直道」，「以言人臣不脩仁義之道」云云，以「背」猶「循」之反。洪《補》曰：「背，違也。」案：是也。《説文·肉部》：「背，脊也。从肉，北聲。」《素問·脈要精微論》：「背者，胸中之府。」背讀如北。《説文·北部》：「北，乖也。从二人相北。」《國語》韋昭注：「北，古之背字。」楚簡作伓。

【繩墨】王逸注：「繩墨，所以正曲直。」朱子曰：「繩墨，引繩彈墨，以取直者，今墨斗繩是也。」案：是也。繩墨，同上規矩，皆工器。規矩正方圓，繩墨正曲直。規矩比法度，繩墨喻直道。《禮記》：「繩墨誠陳，不可欺以曲直。」《荀子·勸學篇》曰「木直中繩」，又曰「木受繩則直」。下「循繩墨而不頗」，《九歎·離世》「不枉繩以追曲兮」。《説文·糸部》：「繩，索也。从糸，蠅省聲。」蠅，借爲乘。《詩·緜》「其繩則直」，《釋文》：「繩，本或作乘。」乘，猶因乘。《文選·演連珠》「乘風載響」，注：「乘猶因也。」因絲合爲索字作繩，借聲字。包山楚簡文字作⿰糹⿰乘力，從系，⿰乘力聲。⿰乘力，楚乘字，蓋登乘以力而作⿰乘力，聲中有義。繩受名於直。繩、直爲蒸職平入對轉，審定準旁紐雙聲。《廣雅·

釋詁》、《呂氏春秋・自知》「欲知平直則必準繩」高誘注、《易・說卦》「巽爲繩直」注皆曰：「繩，直也。」《史記・禮書》：「繩者，直之至也。」《漢書・律曆志》：「繩者，上下端直，經緯四通也。」

【追】王逸注：「追，猶隨也。」案：追、隨混之不别，析言各有專義。追有隨從、追逐義，而隨，但言隨從。此文「追曲」同上「追逐」，爲追逐義。詳上文「追逐」注。聞一多曰：「《周禮・追師職》『追衡笄』，注曰：『追，猶治也。』追曲與改錯對文，改亦治也。」追曲、背繩墨爲對文，與改錯非偶語。

【曲】聞一多曰：「曲，謂木之枉曲者。」案：《說文・匚部》曲字作「」，曰：「象器曲受物之形也。」段注：「匚，象方器受物之形，側視之。，象圜其中受物之形，正視之。引申之爲凡委曲之稱。不直曰曲。」包山楚簡字作「」二六〇，側視之形，曲尺也，亦工器。引申言不直。王夫之曰：「追曲，隨意曲直，無定則也。」以追言隨意，曲言曲直。非也。

【周容】王逸注：「周，合也。」注「苟合於世，以求容媚」云云，而以容言容色、容態義。錢杲之曰：「周容，周旋從容也。」聞一多謂周爲同字形誤。周容，即同容、挏搈。言來去不定之意。胡文英曰：「周容，合而取容。」王夫之曰：「周容，比周以求容。」容，非容色。靈脩數化，行無常則，佞人唯其所好是競，争逐周合之，故曰周容。容，佞人醜惡也。姜亮夫説，周容，猶「《詩》夸毗戚施之義，言面柔體柔以隨人意之謂，猶《論語》言『巧言令色孔壬』之義」。聞氏改周容爲挏搈，於文義亦未安。周，非周合義。案：周，借作魗。魗，壽聲，從周聲字或通從壽聲。《說文・示部》：「禂，禱牲馬祭也。从示，周聲。騳，或从馬，壽省聲。」二字古同幽部，照穿準旁紐雙聲。《詩・遵大路》「無我魗兮」，鄭箋：「魗，亦惡也。」惡，非善惡字，醜也。《釋文》：「魗，本亦作𩒨。」孔疏：魗與醜古今字。」容，借作庸。《釋名・釋姿容》：「容，用也。」《詩・南山》「齊子庸止」，毛傳：「庸，用也。」《老子》「孔德之容」《釋文》引鍾注：「容，法也。」而《太元中》「首尾信可以爲庸」，注：「庸，法也。」庸，不言法，即容字假借。《莊子・胠篋》

「容成氏」，《六韜·大明》作「庸成氏」。《方言》卷三：「自關而東，陳魏宋楚之間保庸謂之甬。」或作倯，聲轉也。卷七「燕之北郊曰傑倯」，郭璞注：「倯，羸小可憎之名也。」錢繹謂「今隴右名孏爲倯」，音相容反。楚人庸讀倯，詈語，言劣惡、不解事。《懷沙》「非俊疑傑兮，固庸態也」，王注：「庸，厮賤之人也。」庸態，即倯態，言劣態、惡行。金華謂不解事爲倯，又謂之株頭，言短小不經事。倯、株屬侯東陰陽對轉。與魗、醜、豎爲同根字。周容，即魗倯，平列同義，言醜惡之狀。

【度】王逸注：「度，法也。」錢杲之曰：「度，猶態也。」案：王注不易，錢説非是。朱冀又謂「居官之常度」，錢澄之謂楚之法度，皆繳繞之説。

是二句繼靈脩浩蕩、黨人嫉妒後，又歸結於時俗。言時世工匠滅棄規矩、違背繩墨，追隨枉曲之木，争競醜惡，以爲常度，則我處是世，必多艱虞，蹇難坎坷也。

第二十三韻：錯、度

錯，讀爲措，古音爲[ts'a:k]，鐸長入。度，古音爲[dak]，入聲，鐸短入。

忳鬱邑余侘傺兮　吾獨窮困乎此時也

忳 《文選》六臣忳音屯，洪《補》、朱《注》同音徒渾切，錢《傳》徒昆切。案：徒渾、徒昆同音屯。

鬱 《文選》六臣鬱字作爵。姜亮夫校曰：「隸變俗字也。」案：爵，六朝俗字，非隸體。

【邑】《文選》六臣邑作悒，洪《補》、朱《注》、錢《傳》同引邑一作悒。案：鬱邑，連語，其作悒，以訓詁義爲之。詳注。

【侘】《文選》六臣侘音丑加反，洪《補》、朱《注》、錢《傳》同音敕加切，又同音敕駕反。案：丑加、敕加者同，平聲；敕駕，去聲。《廣韻》下平聲第九麻韻侘音敕加切，又去聲第四十禡韻侘音丑亞切，亦存平、去二音。連語二字或同平聲，參差、幼眇、繽紛、偃蹇是也。或同仄聲，沸慣、緯繣、浩蕩、鬱邑是也。侘傺皆仄聲，侘，去聲。

【傺】《文選》六臣本傺音丑例反，洪《補》、朱《注》同音丑利切，又音勑界切，錢《傳》音勑界切。案：丑例、丑利、勑界音同。慧琳《一切經音義》卷八三引王注亦作侘傺。

【也】洪《補》、朱《注》同引時下一無「也」字。案：有「也」字是也。詳上「何不改乎此度也」校。

【忳】王逸注：「忳，憂貌。一曰自念貌。」洪《補》曰：「忳，悶也。」悶，俗字，古作懣。王夫之曰：「忳，積憂也。」徐煥龍曰：「忳，憂甚貌。」劉夢鵬曰：「忳，心不遂也。」案：諸説同。《方言》卷十：「頓愍，惛也。江湘之間謂之頓愍，南楚飲毒藥懣亦謂頓愍。」郭璞注：「惛，謂迷惛也。頓愍，猶頓悶也。」頓悶，複語，單言之曰頓、曰悶。頓，同此「忳」，楚語。狀憂思積聚於内，不得宣泄，以致迷狂謂之忳。重言之曰忳忳。《惜誦》「中悶瞀之忳忳」，王逸注：「忳忳，憂貌。」今語「渾忳忳」，蓋楚語之遺。頓愍，或作鈍聞。《淮南子·脩務訓》「鈍聞條達」，高誘注：「鈍聞，猶鈍惛也。」《説文》忳字不録。忳，從心，屯聲。屯有屯難不暢義，《廣雅·釋詁》：「屯，難也。」中心憂思蘊積不發字作忳，後起分別字。

【鬱邑】王逸下「曾歔欷余鬱邑兮」，注曰：「鬱邑，憂也。」劉夢鵬曰：「鬱邑，氣不舒也。」徐焕龍曰：「鬱邑，氣不能舒發也。」王夫之曰：「鬱邑，與『於邑』通，讀如嗚咽。」案：鬱邑，根於瘀積不暢義。《文選・報任少卿書》「是以獨鬱邑而與誰語」，李善注：「鬱邑，不通也。」或作於邑。《九章・悲回風》「氣於邑而不可止」，洪《補》引顔師古曰：「於邑，短氣也。」短氣，猶斷氣。又作嗚咽，《後漢書・皇后紀》「因泣下嗚咽」是也。又作歍唈，《淮南子・覽冥訓》「孟嘗君爲之增欷歍唈」，高誘注：「歍唈，失聲也。」又作哽噎，《説苑・敬順》：「尚有哽噎。」又作哽咽，《後漢書・傅燮傳》「哽咽不能復言」是也。狀氣積瘏於内而梗塞不暢義，訓憂、訓悲，實同。倒言爲噫嗚。《後漢書・袁安傳》「未嘗不噫嗚流涕」，注：「噫嗚，歎傷之貌。」狀恚怒又作意烏。《漢書・韓信傳》「項王意烏猝嗟」，顔師古注引晉灼曰：「意烏，恚怒聲也。」《史記・淮陰侯列傳》字作喑噁，《漢書・高帝紀》又作喑嗚。又作湮鬱韓愈《原道》、紆鬱《文選》陸機詩、鬱結《史記・太史公自序》、蘊結《詩・素冠》、抑鬱《漢書・司馬遷傳》、壹鬱《漢書・賈誼傳》、堙鬱《史記・賈生傳》、伊鬱《文選・北征賦》、鬱閼《吕氏春秋・古樂》、餶結《九思・逢尤》、鬱殪《淮南子・精神訓》，未可勝計。《説文》曰：「壹，壹壼也。从凶，从壺，壺不得渫也。《易》曰：『天地壹壼』。」段注：「今《周易》作絪緼，他書作烟煴、氤氳。許釋之曰『不得渫也』者，謂元氣渾然吉凶未分，故其字从吉、凶在壺中。會意。合二字爲雙聲疊韻，實合二字爲一字。《文言傳》曰：『與鬼神合其吉凶。』然則吉凶則鬼神也。《繫辭》曰：『三人行則損一人，一人行則得其友，言致一也。』壹壼，構精，皆釋致一之義，其轉語爲抑鬱。」案：許氏云「不得渫」，言壺口見堵，不得通渫。壹壼從吉凶，非如段云「吉凶未分」也。吉凶，猶詰籥、詰局，連語，言抑塞不暢貌。不可扼之以訓詁字解之。吉凶、壹壼，亦氤氳、絪緼、煙熅異文，長言曰吉凶，其訓詁字爲壹壼；短言曰壹也。王力以「忳鬱邑」比《悲回風》之「穆眇眇」、「莽芒芒」、「藐蔓蔓」、「縹綿綿」等，三字狀語句法。又謂「忳鬱邑」之忳，爲三字狀語中心詞，「鬱邑」屬「忳」字末品，尾綴語。游國恩援引《悲回風》「穆眇眇」句例，曰：「『忳鬱邑』者三字連文爲詞，恒以第一字爲一義，餘二字又爲一詞，以足上一字之義。故此爲憂義，鬱邑當與憂義近，而用以重申其義者。合三字以爲詞義，若可分，若不可分。本書此例正多。」案：「忳鬱邑」不與「穆眇眇」等。「忳鬱邑余侘傺」，鬱邑、侘傺平列，皆「余」述語，言余鬱邑侘傺。「鬱邑」非末品。而「穆眇眇」句法，中心詞爲首字「穆」，「眇眇」爲穆字尾綴。「忳鬱邑」中心詞爲「鬱邑」，「忳」則「鬱邑」脩飾詞，言忳然鬱邑。下文「斑陸離」，《哀郢》「怊荒忽」，《遠遊》「斑漫衍」、「叛陸離」、「怊惝怳」，《九辯》「澹容與」、「猋靡蔽」，《招魂》「⿰黹盍陸離」，《哀時命》「忽爛漫」、「嘆寂默」，皆同。又，吕向以「忳鬱」連文，邑字獨立，曰：「忳鬱，憂思貌。悒，不安也。」失之益遠。

【余】裴學海曰：「余訓而，猶與訓而，亦猶於訓而也。余、與、於古皆同音。」謂下「溘埃風余上征」，同《遠遊》「掩浮雲而上征」句法，余猶而。又謂「忳鬱邑余侘傺」，同《哀郢》「心嬋媛而傷懷」句法，余即而。案：余通與、於，古無書徵。「忳鬱邑余侘傺」、「心嬋媛而傷懷」，非同一句式，余亦非而。「余」在句中者，蓋楚語倒句，《楚辭》恒見。「忳鬱邑余侘傺」，言余忳然鬱邑侘傺也。下文「延佇乎吾將反」、「曾歔欷余鬱邑」，《惜誦》「心鬱邑余侘傺」，《涉江》「乘舲船余上沅」、「入漵浦余儃佪」，皆同。朱冀曰：「此用倒句法，若順解之，當云因我失志而逗留於此，故悶悶若是也。」朱氏則作「余侘傺」倒置於「忳鬱邑」之下，順讀則作「余侘傺忳鬱邑」，亦非。此文句法，同上「來吾道」。其所異者，「來吾道」，主語「吾」倒於動詞下，而「忳鬱邑余侘傺」，主語「余」倒於連語下。

【侘傺】王逸注：「侘傺，失志貌。侘，猶堂堂立貌也。傺，住也。楚人名住曰傺。」洪《補》曰：「《方言》云：『傺，逗也。南楚謂之傺。』郭璞云：『逗，即今住字。』」案：王注「堂堂立貌」之堂，借作瞠。瞠，言直視貌。詳《一切經音義》引《蒼頡篇》及《莊子·田子方》陸氏《釋文》引《字林》。瞠、侘爲陽鐸平入對轉，同透紐雙聲。《方言》卷七：「傺，眙，逗也。南楚謂之傺，西秦謂之眙。逗，其通語也。」傺，遰字假借。遰、傺爲歌月平入對轉。《說文·辵部》：「遰，不行也。从辵，⿰鬲馬聲。讀若住。」許慎，楚人，多存楚語。眙，非視也。借眙爲俟、竢。眙、俟、竢古通用。楚人語住曰傺，本作邁，而秦人語娭立曰眙。唯此「侘傺」不解住立義。方以智曰：「智謂當以聲取之，狀其咄怪爾。趙凡夫曰：『侘傺，本又作諸懘，吴氏言當用吒憶。』」至確。侘傺，叱咤倒文，鬱邑侘傺，言嗚咽叱咤，狀志不平貌。《史記・淮陰侯列傳》「項王喑噁叱咤，千人皆廢」，《索隱》曰：「叱，昌栗反；咤，卓嫁反。或作吒。叱咤，發怒聲。」「喑噁叱咤」，同此「鬱邑侘傺」。《漢書》字作「猝嗟」，《列子・湯問》又作「肆咤」，《後漢書・光武帝紀》又作「嘯咤」，《韓非子・守道》又作「嗟唶」，《孟子》趙岐注又作「咄啐」，《史記・魯仲連傳》又作「叱嗟」，《戰國策・燕策》則作「叱咄」，《後漢書・列女傳》又作「怛咤」，蓋其語根於抑屈不暢通義。狀於行也，其異文有次且，訓詁字作趑趄，又作迩雎、趦趄、踟躕、峙躇、踟躇、躊躇、躊躕、躊佇，經踱，首鼠，首施，蹴踖，踧踖，蹢躅，躑躅，彳亍。引申言佇立卻止，其訓詁字作眝眙、佇眙，狀中心不決，又作猶豫、悇憛、恅憏，不可勝計也。

【獨】王逸注「故獨爲時人所窮困」云云，以「獨」言孤獨義。朱冀曰：「比句無限神情，在『獨』字、『也』字内，蓋大夫遥想從前一片婆心，滿腔熱血，不意今日到此地位。」案：獨，猶何。詳王引之《經傳釋詞》卷六。也，猶言邪。徐仁甫曰：「《史記・魏公子列傳》『獨不念公子姊耶』？『獨……耶』與此『獨……也』同。」王氏於辭氣不暢。

【窮困】《説文・穴部》：「竆，極也。从穴，躳聲。」俗作窮。《吕部》：「躳，身也。从吕，从身。躬，躳或从弓。」吕，當、形變。、，即「」字初文，古之水牢。詳下文「夭」字注。吕，亦聲。身居水牢字爲躳，爲竆，是以竆有困極義。或從弓，借聲也。困，亦言窮。「窮困」連文，平列同義。

是二句言靈脩浩蕩、衆女譖諑、時俗追曲，我忳然嗚咽叱吒，意甚不平，何窮困坎坷於此世邪？

寧溘死以流亡兮　余不忍爲此態也

溘　《文選》六臣本溘音苦合切，洪《補》溘音渴合切，朱《注》溘音苦答反，又音苦合反。錢《傳》溘音克合反。案：音皆同，唯其切語用字異。《廣韻》入聲第二十七合韻引作⿰歹盍，蓋據「溘死」之死字而改從水爲從歹。玄應《一切經音義》卷一九、慧琳《一切經音義》卷五六及卷九三引并作⿰氵盇。⿰氵盇，俗溘字。《文選》卷一五《思玄賦》注、卷一六《恨賦》注、卷五四劉孝標《辨命論》注，《古今事文類聚》前集卷五一，《海録碎事》卷二一，《記纂淵海》卷四九引亦作溘。

以　洪《補》、朱《注》同引一作而，錢《傳》本作而，引一作以。《記纂淵海》卷四九引作而。案：《古今事文類聚》前集卷五一，《文選》卷一五《思玄賦》注、卷一六《恨賦》注、卷五四劉孝標《辯命論》注，《海録碎事》卷二一，慧琳《一切經音義》卷五六及卷九三引亦作以。姜校引訛作卷八二。

亡　慧琳《一切經音義》卷五六引訛作止，卷九三引亦作亡。

余　《古今事文類聚》前集卷五一引作吾。

爲　姜亮夫《校注》本忍下敚爲字。

態也　洪《補》、朱《注》同引一本句尾無也字。案：有也字是也。

【溘】王逸注：「溘，奄也。」注「奄然而死」云云，言奄忽義。奄，一本作淹。洪《補》曰：「溘，奄忽也。」林雲銘曰：「溘，奄也。」游澤承謂「溘死以流亡」同下文「溘吾遊此春宮」句法，溘，奄忽。汪瑗曰：「溘、流二字，猶漂泊之意也。」聞一多曰：「溘死，猶就死也。《廣雅·釋詁四》曰：『溘，依也。』依、就義近。」姜亮夫、徐仁甫以「溘死」同《悲回風》「寧逝死而流亡」之逝死，溘、逝義同，猶速也。案：溘死、流亡儷偶爲文，溘，不訓奄忽，讀作淹。溘、淹爲葉談平入對轉，溪影旁紐雙聲。《韓非子·説林》「周公旦已勝殷，將攻商奄」，商奄，一本作商蓋。《左傳》昭二十七年「吴公子掩餘」，《史記·刺客列傳》作「蓋餘」。淹，猶淹没。《方言》卷一三：「漫，淹，敗也。水敝爲淹。」郭璞注：「皆謂水潦漫澇壞物也。」浦江語水死謂之淹死，蓋其遺義。

【流亡】王逸注「形體流亡」云云，以流言漂流，以亡言奔亡。徐焕龍曰：「流亡，如流之亡也。」游澤承曰：「流放以死也。」姜亮夫據《惜往日》「寧溘死而流亡」，王注「意欲淹没隨水去」云云，謂流亡猶言「隨水流去」。案：流亡，淹死。《爾雅·釋言》：「流，覃也。」覃之爲言潭也，實今沈字。流、沈古書通用。《荀子·勸學篇》「瓠巴鼓瑟而流魚出聽」，《大戴禮記》作「沈魚出聽」。《淮南子·齊俗訓》「故江河決沈」，《羣書治要》作「江河決流」。《淮南子·原道訓》「此齊民之所以淫泆流湎，聖人處之，不足以營其精神，亂其氣志」，《荀子·非十二子篇》「多少無法而流湎然，雖辯，小人也」。流湎，即沈湎。借流爲沈。沈，謂沈没。亡，死也。「寧溘死以流亡」，猶「吾將從彭咸之所居」耳。

【態】王逸注文「爲邪淫之態」云云，言邪惡之態。案：是也。此，上文「競周容以爲度」，此態，言醜態。態，有詐僞義。《國語·晉語》：「天彊其毒，民疾其態，其亂生哉。」言民疾其詐僞。《荀子·臣道篇》：「巧敏佞説，善取寵乎上，是態臣者也。」楊倞注：「以佞媚爲容態。」態臣，猶巧詐之臣。《淮南子·主術訓》：「上多事則下多態。」下多態，言下多變詐。《文選·西京賦》：「盡變態乎其中。」薛綜注：「態，巧也。」錢澄之曰：「上言忍而不能舍，此言不忍爲此態，一忍一不忍，其忠直有不期然而然者矣。」蓋屈子稟中正之質，行忠直、服芳潔，爲其天性所在，亦見其中正理性人格精神，果棄中正而競醜倯，則非屈子也。故其爲人也，與其背中正而生，勿寧懷中正而死。屈子終然溘死沈亡，是以赴汨羅、投水府「有不期然而然者也」。屈子之死，是其人格之必然。

是二句言我寧沈没水死，而不忍爲此醜倯巧詐，背棄中正之質。此以表白心跡，雖生多艱坎坷，猶不改其初衷，寧死而不屈。二「死」字牽引下篇周遊四荒之無限情思。

第二十四韻：時、態

陳第曰：「時，古音是。」案：是，支部，出韻。江有誥曰：「時，去聲。」《詩·賓之初筵》協能又時、《文王》協時右，《越語》協時志，《管子·四時》協時事。時與去聲又、右、志、事爲韻，時，古音爲[ẓiə:k]。態，朱《注》態叶音土宜反。陳第曰：「態，古音剃。」又，胡文英謂上二句倒乙本，作「吾獨窮困乎此時兮，忳鬱邑余侘傺」。傺、態相協。案：「土宜」之行韻歌部，剃，質部；傺，月部；皆非態字古音。江有誥曰：「態，他吏反。」去聲，古音爲[tə:k]。時、態同職部長入。

鷙鳥之不羣兮　自前世而固然

【鷙】洪《補》、朱《注》同音脂利切，錢《傳》音至。案：《廣韻》去聲第六至韻：至、鷙同音脂利切。慧琳《一切經音義》卷八二引鷙作摯，而卷九四引亦作鷙。

【之】《文選》六臣注云：「五臣本無之字」。姜校云：「無之則文義與下句自固諸不相屬矣，省之字非是。」案：有之與否，文義與下句皆相屬。無之者爲平列，有之者爲偏正，強調「不羣」，故之字不可省。慧琳《一切經音義》卷九四、《海録碎事》卷八、《記纂淵海》卷四五引亦并無之字，蓋从《文選》五臣本。《補注杜詩》卷一八注引亦有之字。

【世】《文選》六臣本作代，注云「五臣作世」。錢《傳》引一作代。案：避唐諱改字。《海録碎事》卷八、《記纂淵海》卷四五引亦并作世。

【而】《海録碎事》卷八引作以。案：《記纂淵海》卷四五引亦作而。

【鷙鳥】王逸注：「鷙，執也。謂能執伏衆鳥，鷹鸇之類也。以喻忠正。言鷙鳥執志剛厲，特處不羣，以言忠正之士，亦執分守節，不隨俗人，自前世固然，非獨於今，比干、伯夷是也。」洪《補》曰：「鷙，擊鳥也。《月令》曰『鷹隼蚤鷙』。」謂鷙同鷙。汪瑗曰：「鷙鳥，鵰鶚鷹鳶之屬，此取其威猛英傑、淩雲摩霄之志，非謂悍厲搏執之惡也。」吳世尚曰：「《左氏》曰：『是無禮於其君者，誅之，如鷹鸇之逐鳥雀。』」皆以鷙鳥類鷹鸇猛禽。案：《詩·關雎》「關關雎鳩」，毛《傳》：「雎鳩，王雎也，鳥摯而有別。」鄭《箋》：「摯之言至也。謂王雎之鳥，雌雄情意至，然而有別。」又，《鵲巢》「維鳩居之」，毛《傳》：「鳩，鳲鳩，秸鞠也。鳲鳩不自爲巢，居鵲之成巢。」鄭《箋》：「鳲鳩因鵲成巢而居有之，而有均壹之德，猶國君夫人來嫁，居君子之室，德亦然。」又，《氓》「於嗟鳩兮」，毛《傳》：「鳩，鶻鳩也。」鄭《箋》：「鳩以非時食葚，猶女子嫁不以禮，耽非禮之樂。」又《鳲鳩》「鳲鳩在桑」，毛《傳》：「鳲鳩，秸鞠也。鳴鳩之養其子朝從上下，莫從下上，平均如一。」言執義一，則用心固。」聞一多曰：「案：本篇指《關雎》毛《傳》云『摯而有別』者，雌雄情意專一，不貳其操之謂。《淮南子·泰族訓》曰：『《關雎》興於鳥，而君子美之，爲其雌雄不乖居也。』不乖居，猶言不亂居。《後漢書·明帝紀》注引薛君《韓詩章句》曰：『雎鳩貞潔慎匹。』慎匹，即不亂其匹，亦猶《素問·陰陽自然變化論》曰『雎鳩不再匹』。張超《誚青衣賦》曰：『感彼關鳩，性不雙侶也。』凡此並即專一之意。而《易林·晉之同人》曰：『貞鳥雎鳩，執一無尤。』義尤顯白。此皆『有別』二字之碻解也。《鳲鳩篇》一章曰：『鳲鳩在桑，其子七兮；淑人君子，其儀一兮；其儀一兮，心如結兮。』儀當訓匹，一謂專一。三章曰『其儀不忒』，《釋文》：『忒，本或作貳。』『其儀不貳』，正猶上揭諸書言『不乖居』、『不再匹』、『不雙侶』也。《荀子·勸學篇》曰：『行衢道者不至，事兩君者不容。目不能兩視而明，耳不能兩聽而聰，螣蛇無足而蜚，梧鼠五技而窮。《詩》曰：「尸鳩在桑，其子七兮；淑人君子，其儀一兮；其儀一兮，心如結兮。」故君子結於一也。』《淮南子·詮言訓》曰：『賈多端則貧，工多技則窮，心不一也。有百技而無一道，雖得之，弗能守。故《詩》曰：「淑人君子，其儀一也；其儀一也，心如結也。」君子其結於一乎？』二書均言『結於一』，是訓一爲專一。此魯説也。《易林·乾之蒙》曰：『鵠鶵鳲鳩，專一無尤；君子是則，長受嘉福。』《隨之小過》曰：『慈鳥鳲鳩，執一無尤，寢門内治，君子悦喜。』以『專一』、『執一』釋《詩》『一』字，此齊説也。又曰『寢門内治』，則所謂『執一』者，明指夫婦之情。執一不渝，是其訓儀爲匹，抑又可知。毛讀儀爲義，因不得不訓一爲均一，而釋爲父母對七子之情『平均如一』，失之遠矣。《鵲巢》之鳩，亦以比婦人專一之德。鳩之爲鳥，性至謹慤，而尤篤於伉儷之情，説者謂其一或死，其一亦憂思不食，憔悴而死。封建社會所加於婦女之道德責任，莫要於專貞，故《國風》四言鳩，皆以喻女子。雎鳩既稱鳩，又爲女子之象徵，則必與鳲鳩、鶻鳩同類。乃自來説雎鳩者，咸以爲鷹鷙雕鶚之類，此蓋因《左傳》昭十七年『雎鳩氏司馬也』而誤。不知《詩》之雎鳩，與《左傳》之雎鳩，名雖同物而實則異指。舊傳鷹與鳩轉相嬗化，《左傳》五鳩之雎鳩司馬、爽鳩司寇，皆神話中與鷹相化之鳩。《詩》之雎鳩，以興女子，乃真生物界之鳩。學者不察，混爲一談，過矣。」千古疑獄，於此一決。此文「鷙鳥」，即「雎鳩」之屬，爲屈子自比。鷙，讀如摯，古書通用。《爾雅·釋鳥》注「鳥鷙而有別」，《左傳》昭十七年「鷙而有別」，《釋文》並曰：「鷙，本作摯。」《禮記・儒行》「鷙蟲」，《釋文》曰：「鷙與摯同。」又，《左傳》僖二十六年「熊摯」，《世表》作「熊鷙」。姜亮夫曰：「鷙，當爲執之訛。執與鷙古今字，執者，誠信忠貞之義。」鷙、執本二字。執音之入切，緝部；鷙、摯同音脂利切，質部。執，訓執捕辠人，引申言執着、執一。《釋名・釋姿容》：「執，攝也，使畏攝己也。」執，根於攝。摯，訓握持，從手，從執，會意。引申言專一義，專一之鳥字作鷙。鷙爲後起分別字。摯之言至也。《書・西伯戡黎》疏云：「摯、至同音，故摯爲至也。」《考工記・弓人》：「斲摯必中」，注：「摯之言致也。」至、致古書通用。至，極至，猶不變。《荀子・議兵篇》「夫是之謂三至」，注：「至，謂守一而不變。」擊殺鳥之鷙與摯一之鳩亦二字。擊殺鳥之鷙，根於疾義。疾、摯，質部，從照旁紐雙聲。《禮記・儒行》「鷙蟲攫搏不程勇者」，注：「鷙，從鳥，墊省聲。」墊、摯、至音同，疾之借字。鷙，借聲字。異文作⿱折鳥，從鳥，從折。折，借作逝，言疾逝。⿱折鳥，會意兼假借。此文「鷙鳥」，當作摯鳥，蓋後人因言鳥而改爲鷙字。

【不羣】不羣，王逸言「特處」。至塙。猶《淮南子・泰族訓》之「不乖居」、張超《誚青衣賦》之「性不雙侶」、《後漢書・明帝紀》注引《韓詩章句》之「慎匹」，言不亂其匹。《淮南子・說林訓》亦曰：「鷙鳥不雙。」

【固然】「自前世而固然」，同《涉江》之「與前世而皆然」及《七諫・初放》之「舉世皆然」、《自悲》之「衆人皆然」句法。固然，猶皆然。固，借爲故，古書通用。《論語・子罕》「固天縱之將聖」，《皇疏》：「固，故也。」《禮記・哀公問》「固民是盡」，注：「固，猶故也。」《儀禮・士昏禮》「敢固以敢請」，注：「固，如故。」《禮記・投壺》「敢固辭」，注：「固之言如故也。」《史記・魯周公世家》「咨於固實」，《集解》引徐廣曰：「固，一作故。」故，言皆。《史記・周本紀》：「褒姒不好笑，幽王欲其笑，萬方，故不笑。」言皆不笑也。《淮南子・齊俗訓》：「今之裘與蓑孰急？見雨則裘不用，升堂則蓑不御，此代爲帝者也。譬若舟車楯肆窮廬，固有所宜也。」言皆有所宜也。《左傳》僖二十三年：「晉、鄭同儕，其過子弟，固將禮焉，況天之所啓乎！」言皆當禮也。《賈子・匈奴》：「婦人先後扶侍之者，固十餘人。」言皆十餘人也。《韓非子・姦劫弒臣》：「愚者固欲治，而惡其所以治；皆惡危，而喜其所以危。」固、皆互文，固，皆也。故、固之爲言婞也。《廣雅·釋言》：「婞，權也。」又，《釋訓》：「婞權，都凡也。」字又作沽。《禮記·檀弓》注：「沽，猶略也。」略，猶大略、都凡，亦爲皆辭。是二句言鷙鳥若鳩者，專一不羣，慎其匹也。以比貞士壹志事君，不忍行醜佁巧詐。此自前世而皆然也。

何方圜之能周兮　夫孰異道而相安

圜《文選》六臣本圜字作圓。洪《補》、朱《注》、錢《傳》同引一作圓。姜校據《説文》謂天體曰圜、方圓曰圓，案：今據《説文》，本字作圓。圜、圓皆假借字。詳注。

周錢《傳》本作「同」。洪《補》、朱《注》亦同引一作同。案：王逸注「言何所有圜鑿受方枘而能合者」云云，王本作「周」字。

【方圜】方，《説文》訓「併船」，謂「象兩舟，省總頭形」，無言正方義。正方字作匚。《匚部》：「匚，受物之器，象形，讀若方。」段注：「此其器蓋正方，文如此作者，横視之耳。直者其底，横者其四圍，右其口也。方，本無正字，故自古叚方爲之。」案：甲文作「」《佚編》五九五、「」《粹編》三六八，金文作「」《且己鼎》，篆省作匚，象矩形。段説「本無正字」，失之。古多借方字爲之，而「匚」字遂廢不行。圜，《説文》訓「天體」，自地視之，天似穹蓋，天體之圜，謂穹圜。《淮南子·天文訓》「天之員也不中規」，以天圜似穹蓋故。又，《口部》：「圓，圜全也。从口，員聲。」「圜全」者，猶渾圓。段注：「天屈西北而不全，圜而全則上下四旁如一，是爲渾圜之物。」圓，猶珠丸。「方圜」之圜，字

作圓。《口部》：「圓，規也。」古多借圓、圜爲之，圓字遂廢不行。王逸、朱子以方圜爲圜鑿方枘，吴世尚謂「方底圓蓋」。案：此句以工匠爲比。「何方圜之能周」，猶下「不量鑿而正枘」。《九辯》云：「圜鑿而方枘兮，吾固知其鉏鋙而難入。」方，方枘；圜，圜鑿。

【夫孰】王逸注「誰有異道而相安耶」云云，以夫爲語詞，孰訓誰。劉夢鵬曰：「夫豈别有道可以相安者乎？」夫孰，言夫豈。案：「何方圜之能周兮，夫孰異道而相安」二句爲儷偶，上句主語何，謂語「方圜之能周」；下句主語孰，謂語「異道而相安」。從劉説，則「夫孰異道而相安」一句無主語。

【異道】《説文·異部》：「異，分也。从廾、畀。畀，予也。」段注：「竦手而予人則離異矣。」案：異，甲文作「」《乙編》一四九三，金文作「」《盂鼎》，象手舉箕形。異從畀，畀，畀也。《集韻》：「畀，古作畁。」《説文·廾部》：「畀，舉也。从廾，由聲。《春秋傳》曰：『晉人或以廣墜，楚人畀之。』」黄顥説廣車陷，楚人爲舉之。」《左傳》宣十二年畀字作惎。惎，怨毒，字爲其，古作「」、「」、「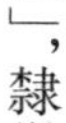」，隸變爲由。畁，即畀字，象舉箕。許云：「畀，予也。」施予曰予，受予亦曰予，相反爲義。舉箕棄物字作異。異，猶彼此相斥、相棄之謂。《墨子·經上》：「異，二體不合不類。」引申言異常、分别。異道，彼此相斥棄之道。

【安】《説文·宀部》「安，竫也。从女，在宀中。」段注：「此與寧同意。」朱駿聲曰：「會意。飲食男女人之大欲存焉，故盌从宀、心、皿，安、旻皆從宀、女。」案：女在宀中爲安竫，女亡外是爲亂，其字作妄；女在旁，害於事，其字作妨；女在宀，寧竫字作安。制字從女，取義夫權，視婦人如玩物、隸僕，於文字中時或可見。包山楚簡文字作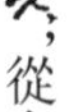，從女、人，象女委順供事於人。字之根蓋同和。安、和屬歌元陰陽對轉，影匣旁紐雙聲。《逸周書·謚法》：「好和不爭曰安。」《後漢書·孝安帝紀》李賢注：「寬容和平曰安。」安、周互文，安，和也。朱駿聲引《釋名》讀安爲晏，非是。

是二句言方枘、圜鑿不能周合，異道互斥，不能相和也。

第二十五韻：然、安

然，古音爲[ȵʑian]。陳第曰：「安，古音烟。」案：烟，真部；安，元部。安、烟古不同音。江有誥曰：「安，音蔫，元部。」《廣韻》下平聲第二仙韻蔫音於乾切，影紐三等合口；上平聲第二十五寒韻安音烏寒切，影紐一等開口。安，古音爲[ʔan]。然、安古同元部。

屈心而抑志兮　忍尤而攘詬

【攘】《文選》六臣本、朱《注》本同音而羊反。案：《群經音辨》曰：「攘，因也，而羊切。攘，饋也，式尚切。《詩》『攘其左右』。」

【忍尤】慧琳《一切經音義》卷八二引訛作「忍詬」。

【詬】《文選》六臣本詬音呼候反，洪《補》引《釋文》字作詢，同音呼漏切。朱《注》詬作詢，引詢一作詬，同音呼漏反。又或作垢。錢《傳》引詬一作詢，同音呼豆反。姜亮夫曰：「詢、詬一也。詬之有詢，亦如⿰口后之有呴矣。至作垢，則形之訛也。」案：《說文·言部》字作詬，或文作詢。然古多作詢。《荀子·非十二子篇》「無廉恥而忍謑詢」，《九思·遭厄》「違羣小兮謑詢」，《漢書·賈誼傳》「臾詬亡節」，《史記·伍子胥列傳》「員爲人剛戾忍詢」，《太史公自序》「能忍詢於魏齊」。先秦古文但見「詢」，《古璽文字徵》未見詬。《釋文》字作詢，存其舊。垢，詬字假借。《後漢書・列女傳》「忍辱含垢」，《文選・上責躬應詔詩表》「忍垢苟全」。皆借詬作垢。《文選・報任少卿書》李善注：「訽音垢」，坸、垢一字。詬作垢者非形訛。慧琳《一切經音義》卷八二引亦作詬。呼候、呼漏、呼豆音同。

【屈】王逸注「言己所以能屈案心志」云云，以屈訓案。案：屈、抑互文見義。《説文・尾部》：「屈，無尾也。从尾，出聲。」又，《亡部》：「𣞣，亡也。从亡，無聲。无，奇字『無』。通於无者，虚無道也。王育説：天屈西北爲无。」段注：「此稱王育説，又『无』之别一義也。亦説其義，非説其形。屈，猶傾也。天傾西北，地不滿東南。見《列子》及《素問》。天傾西北者，謂天體不能正圓也。」許氏「屈，無尾也」之「無」，用「天屈西北爲无」之無，謂傾仄、傾下。《淮南子・原道訓》「使地東南傾」，高注「傾猶下也。」引申言短。無尾，猶短尾。古文屈作「[illegible]」楚《屈叔沱戈》，象有短尾形，非謂「無尾」。《埤蒼》曰：「屈，短尾犬也。」《韓非子》：「鳥有翢。翢者，重首而屈尾。」屈尾，短尾。引申言短竭、枉屈。屈心，心受枉屈。屈從出聲，音赤律切；屈音區勿切。其聲不同，不可諧。屈當從尾、出，會意。出之爲言推也。《釋名・釋言語》：「出，推也，推而前也。」推前謂之推，推後亦謂之推，相反爲義。《素問・六節藏象論》「推餘於終」，注：「推，退位也。」推，隹聲，短尾鳥。從隹聲字有退下義。詳上文「惟」字注。屈，會意兼假借。

【抑】王逸注：「抑，案也。」案：《説文・印部》字作𠨘。曰：「按也。从反印。抑，俗从手。」段注：「按者，下也。用印必向下按之，故字从反印。《淮南・齊俗訓》曰：『若璽之抑埴，正與之正，傾與之傾。』璽之抑埴，即今俗云以印印泥也。此抑之本義也。引申之爲下按之偁。《内則》『而敬抑搔之』，注曰：『抑，按也。』又引申之爲謙下之偁。」《國語・晉語》「叔魚抑邢侯」，注：「抑，枉也。」段又曰：「用印者必下向，故緩言之曰印，急言之曰𠨘。《詩・賓筵》抑與怭韻，《假樂》與秩韻，古音在十二部。𠨘即印之入聲也。」名事相因，印、𠨘分二字，屈子正道直行，竭忠盡智，以事靈脩，而遭衆人讒詠，卒見替拌，其心其志，不可謂不枉屈。

【尤】王逸注：「尤，過也。」王夫之曰：「尤，過謫也。」蔣驥曰：「尤，罪也。」案：《説文·乙部》：「尤，異也。从乙，又聲。」尤，言殊絶。《左傳》襄二十六年「而視之尤」，杜注：「尤，甚也。」《管子·侈靡》「然有知強弱之所尤」，注：「尤，殊絶也。」引申言過度、罪過。名事相因，言譴責。《文選》盧子諒《贈劉琨詩》注引《韓詩章句》曰：「尤，非也。」《論語·憲問》「不尤人」，鄭玄注亦曰：「尤，非也。」皇《疏》：「尤，責也。」後起專字作訧。《詩·緑衣》「俾無訧兮」，毛《傳》：「訧，過也。」《釋文》：「訧，本或作尤。」尤、訧古今字。

【攘詬】王逸注：「攘，除也；詬，恥也。欲以除去恥辱，誅讒佞之人，如孔子誅少正卯也。」朱子曰：「彼方遭時用事，而吾以罪戾廢逐，苟得免於後咎餘責，則已幸矣，又何彼之能除哉？爲此説者，雖若不識事勢，然其志亦深可憐云。」詳朱子《辯證》。朱又曰：「言與世已不同矣，則但可屈心而抑志，雖或見尤於人，亦當一切隱忍而不與之校。雖所遭者或有恥辱，亦當以理解遣，若攘卻之而不受於懷。」皆多蔓語。汪瑗曰：「攘，物自外而取之也。詬，恥也。恥自外來而受之，猶物自外而取之，故曰攘詬。」周孟侯曰：「攘，獲也。忍尤矣，而反獲詢，則情愈苦矣。」王遠曰：「攘，當訓如『其父攘羊』之攘。」林雲銘曰：「攘，取也。」蔣驥曰：「攘詢，即忍尤意。凡非其所有之物，因其自來而取之之謂攘。尤、詬，根謂予善淫。世方嫉惡好脩，而吾欲去其詬，則必亦競爲周容而後可，故尤、詢之來，直受而不却也。」攘，猶忍。攘詬，古多作「忍話」。《莊子·讓王》：「湯曰：『伊尹何如？』曰：『強力忍垢。』」《吕氏春秋·離俗》字亦作「忍詢」。又，《荀子·解蔽篇》「厚顔而忍詬」，《史記·伍子胥列傳》「員爲人剛戾忍詢」，《太史公自序》「能忍詢於魏齊」，《文選·上責躬應詔詩表》「忍垢苟全」，《後漢書·列女傳》「忍辱含垢」。攘不當訓除、訓取。今人朱季海曰：「《爾雅·釋詁》：『儴，仍，因也。』《説文·口部》：『因，就也。』《詩·常武·傳》：『仍，就也。』今俗言『將就』、『遷就』，皆謂因仍，而有忍義。亦其比也。」朱氏輾轉爲訓，不足信據。戴東原曰：「攘，讀爲讓。言不忍爲時俗工巧，誠如鷙鳥不羣，方圜異道，寧受一時之尤詬，而爲前聖所取也。」朱駿聲曰：「攘，讀如囊。囊詬，猶包羞也。」攘、囊，古書通用。《漢書・賈誼傳》「國制搶攘」，《莊子・在宥》「搶攘」字作「傖囊」，《釋文》曰：「崔云：『戕囊，猶搶攘。』」《説文・槖部》：「囊，槖也。从槖省，石聲。」名事相因，囊又言包懷、懷藏。《淮南子・原道訓》「懷囊天地，爲道⿰石鬱門」，《時則訓》「包裹覆露，無不囊懷」，囊懷、懷囊皆平列複語，囊言懷。俞蔭甫曰：「攘之言藏也。《管子・任法篇》曰『皆囊於法，以事其主』，尹注曰：『囊者，所以斂藏也。』以藏釋囊，義存乎聲，攘與囊聲同，亦得有藏義。」案：戴、朱、俞三家皆説以假借，其意雖得之，而未審攘字本有包藏義。攘、讓、囊音義皆通，以同襄聲。焦循《易餘籥録》卷四：「肴饌中有以讓爲名者，皆以他物實之於此物之中。如要以肉入海參中則名讓海參。凡讓鷄、讓鴨、讓藕，無非以物實其中。或笑曰，讓當與瓤通，謂以物入其中，如瓜之有瓤也。説者固以爲戲名，而不知古者聲音假借之義如此也。瓜之内何以稱瓤？瓤從襄者也。瓤從襄猶釀。《説文》：『釀，醖也。』醖與緼通。《穀梁傳》『緼地於晉』，謂地入於晉也。《論語》『衣敝緼袍』，謂絮入於袍也。醖爲包裹於内之義，而釀同之，此所以名瓤名釀也。《説文》：『鑲，作型中腸也。』《釋名》云：『中央曰鑲。』皆以在中者爲義。囊，裹物者也，從襄省聲，即亦與讓同聲。然則讓取、包裹、緼入明矣。夫讓猶容也，容即包也。爭則分，讓則合矣，故四馬駕車兩服在兩驂之中而《詩》曰『上襄』，水圍於陵而《書》曰『懷山襄陵』，俱包裹之義也。不爭則退遜，退遜則却，故讓有却義。能讓則附合者衆，故穰之訓衆，瀼之訓盛，衆則盛也。」焦氏執從襄聲諸字之根，會通諸義，啓人之思者多矣。襄，《説文》謂「解衣耕」。解衣耕者，言去表層之土而耕也。北土少雨乾燥，下種必去表皮之乾土，而後復蓋之，是謂之襄。《左傳》定十五年：「葬定公，雨，不克襄事。」言去表層土下柩葬之，而後行反土之事，以雨，不克葬事也。襄，即「解衣耕」，引申言入、言藏、言包。攘從襄聲，取入謂之攘，而包容、包忍亦謂之攘，不必改字。《説文・言部》：「詬，謑詬也。从言，后聲。詢，詬或从句。」又：「謑，謑詬，耻也。」案：謑詬，連語，或作奊詬。《漢書・賈誼傳》「奊詬亡節」，顔師古注：「奊詬，謂無志分也。」短言曰謑、曰詬。《墨子・法儀》「率以詬天侮鬼」。詬天，猶辱天。《左傳》

昭十三年楚靈王「投龜詬天而呼」，《釋文》：「詬，詈辱也。」襄十七年「重邱人閉門而詢之」，杜注：「詢，罵也。」忍尤、攘詬，皆承上「朝誶夕拌」，尤，責斥；詬，詈、罵。詬從后聲，或從句聲作詢。后、句無恥辱義。后，垢之省；句，均之借字。垢，污垢。詬、詢，皆借聲字。

是二句與下二句一意貫之，言我心受枉屈，忍含謫責、詬詈之辱，猶不改初衷，伏清白以死直也。

伏清白以死直兮　固前聖之所厚

伏清白　聞一多謂「伏字當作服」。案：服、伏古書通用，一字兼二義。詳注。《海録碎事》卷八引「伏清白」二句同今本。

【伏】王逸未爲「伏」字釋義。錢杲之曰：「伏，猶安也。」錢澄之曰：「伏者，伏法之伏。」林雲銘曰：「伏，伏罪也。」劉夢鵬曰：「伏，隱存於中之謂。」皆俯伏義。案：伏，服也。《七諫·怨世》「服清白以逍遥兮」，以「伏」爲「服」。《九歎·遠遊》「服覺皓以殊俗」，覺皓，猶清白。「伏清白」、「服覺皓」義同，劉子政以「伏」爲「服」。蓋本作「服」。伏、服古書通用。《易·繫辭》「包犧氏」，《釋文》引孟京注：「伏，服也。」《文選》陸士衡《吴王郎中時從梁陳詩》「誰謂伏事」，李善注：「服與伏同，古字通。」《荀子·性惡篇》「伏術爲學」，楊倞注：「伏膺於術。」伏膺，即服膺。《禮記·中庸》「得一善，則拳拳服膺而弗失之矣」，《漢書·東方朔傳》「脣腐齒落，服膺而不釋」，《後漢書·張衡傳》「潛服膺以永靚兮」，《班固傳》「服膺六藝」。《韓非子·外儲説左上》「楚服」，或本作「楚伏」。《漢書·宣元六王傳》「悔過服罪」，《後漢書·馮魴傳》作「悔過伏罪」。《論語》「三分天下有其二，以服事殷」，《文選》陸機詩注作「服事」。《漢書·衛青傳》

「捕伏聽者，三千一十七級」，《史記》作「服聽」。《爾雅·釋鳥》「蝙蝠，服翼」，《廣雅》字作「伏翼」。《意林》三：「桓譚《新論》：『諺曰：「伏習象神，巧者不過習者之門。」』」注：「伏，即服字。」《左傳》僖十五年「服習其道」，「伏習」即「服習」。服，同上「非世俗之所服」，一字兼二義，既言服飾、佩服，又言服行、服事。而服行、服事之義多作伏。

【清白】王逸注「清白之志」。錢澄之曰：「服清白，不受污染也。」林雲銘曰：「清白與貪婪相反。」皆失諷喻之旨。案：清白亦兼二義，既言所佩芳物、所飲蘭露、所餐菊英，又反意「貪婪」，言中正之性，純潔之行。《漁父》曰：「新沐者必彈冠，新浴者必振衣，安能以身之察察，受物之汶汶者乎？寧赴湘流，葬於江魚之腹中，安能以皓皓之白，而蒙世俗之塵埃乎？」清白，猶「察察之身」、「皓皓之白」。清，潔也。《文選·東京賦》「京室密清」，李善注：「清，潔也。」《論語》「身中清」，馬融注：「清，純潔也。」白，亦清潔。《漢書·王莽傳》顏師古注：「白黑，謂清濁也。」《漁父》又曰：「舉世皆濁我獨清。」梁啓超謂屈子有「潔癖」，行清白、正直，爲屈子人格個性之立脚點。切中肯綮，蓋屈子死因亦基於是也。

【死直】王逸注「死忠直之節」。案：「死直」，同下「先我」，《天問》「伯禹愎鮌」「愎鮌」句法，謂死於直。《説文·乚部》：「直，正見也。从十、目、乚。[古文字形]，古文直，或从木如此。」段注：「見之審則必能矯其枉，故曰正曲爲直。囧，猶目也。从木者，木从繩則正。」直本工匠正曲語。《禮記·月令》：「先定準直。」《荀子·勸學篇》：「木受繩則直。」《易·説卦》：「巽爲繩直。」姜亮夫曰：「上從十、目者，木工引繩正曲，必先閉一目而邪視，丫，即邪視也。囧，即今之省字。十目視木，即審曲面勢。許君所録古文[古文字形]，爲直之繁文。十即丫，[古文字形]即目之變，架木故曰十目，審木之曲爾。」姜説勝段注。引申言正直、中正。屈子以正直爲美，以邪曲爲醜。蓋其生得天、地、人之正，而其死，歸於其本，是以謂之「死直」。於理性，死直，爲正直道德而死；於宗教，猶反歸其生初始，皈依先祖也，伏下文

「將反」。

【前聖】王逸注「固乃前世聖王之所厚哀也」云云，以前聖泛稱。汪瑗亦曰：「前聖，泛言也。」洪《補》曰：「比干諫而死，孔子稱仁焉，厚之也。」謂比干之倫。案：上曰：「謇吾法夫前脩兮，非世俗之所服。雖不周於今之人兮，願依彭咸之遺則。」與此同義。前聖，前脩彭咸。篇終曰：「既莫足與爲美政兮，君將從彭咸之所居。」亦即此「死直」。彭咸當殷商亂世，正道直行，諫其君不聽，乃投水而死，以反本祖居，其死於直也。屈子以彭咸爲儀，視爲死亡偶像，取「死直」之義。《説文・耳部》：「聖，通也。从耳，呈聲。」引申言聖明，又爲聖君明王、有道君子通稱。姜亮夫曰：「小篆從耳、口、壬，許氏又説『壬象物出挺生』，徐鉉則謂『人在土上𡈼然而立也』。於形爲最得。人在土上挺然而立者，蓋即朝中曰廷之廷本字。金文廷皆作𡈼，又爲徐説張目。此乃象人立於階上(即二)。古者中朝必有堂壇之屬，爲天子降臨之地，以外則以耳聽四岳百牧群臣之告言，而以口命令之者。故以中廷、以耳聽而口命之者，爲聖帝明王矣。」案：姜氏如痴人説夢。聖，許云從耳，呈聲，受義於呈，而非以耳、口、壬。段注：「聖從耳者，謂其耳順。」耳，所以聞也。《白虎通・德論・聖人》：「聖者，通也，道也，聲也。聞聲知情。」《口部》：「呈，平也。」引申之言平正、正直。諧呈聲字有正直義。《漢書・叙傳》注：「程，正也。」直者通，邪者塞。《辵部》：「逞，通也。從辵，呈聲。」言耳通徹字作聖。聖，形聲兼轉注。

【厚】王逸注「固乃前世聖王之所厚哀」云云，以厚爲哀。姜亮夫、詹安泰斥之，引錢杲之「固前聖所厚禮也」云云，厚爲言「厚禮」、「重視」。徐仁甫曰：「厚是動詞，即贊許。《章句》添一『哀』字，把『厚』變成副詞。」湯炳正曰：「這裏憑空加了個『哀』字，就把原來的『厚』字變成了副詞，失掉了本義。」郭在貽曰：「在原文『厚』字後面無端加上了個『哀』字，使『厚』字由原來的動詞變爲副詞，大誤。」案：王注未易。「厚哀」，猶以厚爲哀，厚，非副詞。哀，有愛憐義，與愛字多通用。《呂氏春秋・報更》「人主胡可以不務哀士」，《淮南子・説林訓》「各哀其所生」，高誘注并云：「哀，猶愛也。」《禮記・樂記》「肆直而慈愛」，鄭注：「愛，或爲哀。」《管子・形勢解》「見愛之交，幾於不結」，而《形勢》作「見哀之役」。《三國志》卷二十四《魏書・高柔傳》「又哀兒女，撫視不離」，言愛兒女也。《詩・關雎序》「哀窈窕，思賢才」，哀，愛也。厚哀，即厚愛。平列同義。《説文・㫗部》：「厚，山陵之㫗也。从㫗，从厂。垕，古文厚，从后、土。」厚爲山陵高，㫗，厚重義。厚，㫗分别字。包山楚簡作垕，古文。信陽楚簡作⿱⺮副，從竹，從⿰冨刂。竹，蓋竺省，竺，通作篤，言厚。⿰冨刂，讀作富，豐厚。⿱⺮副，會意兼假借。引申言厚重、厚愛。

是二句言我心志雖遭冤屈，猶含忍詬辱，而不改初志，以服行清白，終守其正直，皆前聖彭咸所厚愛也。

第二十六韻：詬、厚

詬，去聲，爲屋長入，古音爲[ɣo：k]。厚，亦去聲，古音爲[ɣo：k]。詬、厚同屋部長入。

以上六韻凡二十有八言爲是段第五章。審是章也，分三層次。始斥衆人貪婪，追逐利禄，而我惟恐脩名不立，故雖見斥於衆，猶復博采芳香自勵，依彭咸之遺則也。次叙我生「多艱」，言朝誶夕棄，幾無寧日。而後推究「多艱」之由，歸結爲三事：一爲靈脩浩蕩，二爲衆女讒諑，三爲時俗醜偭爲度。此三端禍水，潑我而來，致我窮困多艱虞，無以自立。然則我如鷙鳥不亂匹，方枘圜鑿不可周合，忠貞之士不爲勢利所惑，雖蒙冤受屈，猶忍含詬辱，以厚前聖所厚，服行清白，一死殉其正直。是章也，爲屈子申訴之辭，亦其内心表白，以抒泄離怨之情愫。卒言雖困頓窮蹙，寧忍尤負辱，而服守清白，不容苟活，一「死」字道出矢志汨羅之淵，引出無限情思。下文皆從「死」字切入。

悔相道之不察兮　延佇乎吾將反

相 洪《補》、朱《注》、錢《傳》同音息亮切。《群經音辨》曰：「相，共也，息良切。共助曰相，息亮切。」案：「相道」之相，猶助也。詳注。相，當音息亮切，去聲。

道 錢《傳》音導。案：道，古字，導，今字。

兮 《文選》六臣本無「兮」字，五臣本有「兮」字。案：有「兮」字是也。

佇 洪《補》、朱《注》同音直呂切。《文選》六臣本、元刊朱《注》本作伫。案：伫，俗佇字。

【悔】王逸注：「悔，恨也。言己自悔恨，相視事君之道不明審察，若比干伏節死義，故長立而望，將欲還反，終己之志也。」案：悔訓恨，非上文「悔遁」之悔。《哀時命》「志憾恨而不逞兮」，王注：「憾，亦恨也。」《書・洪範》鄭注：「悔之言晦。晦，猶終也。」終，猶言惆。終、惆爲幽冬平入對轉，同照紐雙聲，例得通用。惆，言惆悵、憾恨也。悔恨連文，平列複語。《太平廣記》卷三二九「張守珪」條：「既而索馱，唯得袈裟，意甚悔恨。」

【相道】王逸注：「相，視也。」以「相道」言「相視事君之道」。朱子謂「相道」猶屈子追悔前日「相視道路」。魯筆曰：「相道，相視導君之道。」聞一多曰：「相，擇也。」謂擇道。游澤承曰：「相道者，以視察路途比審擇自處之道也。」又，陸善經曰：「相道，謂君側之人。不敢言君，指其左右。」錢杲之曰：「相道，擯相先導之人也。時有諫原使少退轉，原將從之，故以爲悔。」以「相道」爲導引之人，其會心非遠。案：李陳玉曰：「相道，即前所云『來吾道夫先路』也。苦心佐助而不蒙察，便當告退，然猶延佇不去，但曰『吾將反』而已。」是也。屈子猶復以車右自比，道，同「來吾道」之道，通作導，導引。相，非相視、擇審，言輔助也。《書·盤庚下》「予其懋簡相爾」《傳》、《吕刑》「今天相民」孔注、《詩·生民》「有相之道」毛《傳》、《雝》「相維辟公」毛《傳》、《周禮·巫馬》「相醫而藥攻馬疾」注、《儀禮·士昏禮》「往迎爾相」注皆曰：「相，助。」「相導」連文，言扶助引導。《詩·緜》毛《傳》「相道前後曰先後」，《後漢書·伏湛傳》李賢注：「先後，相導也。」相導，猶「奔走先後」，爲四輔之職。

【不察】王逸注：「察，審也。言己自悔恨，相視事君之道，不明審。」謂「不察」爲屈子不明審。又，張鳳翼曰：「言己有輔相之道而不見察。」李陳玉曰：「苦心佐助而不蒙察。」錢澄之曰：「悔吾之道夫先路者，其相道容有或差，故使君不見信，至於迷路也。」以「不察」爲言不見君察。案：後解是也。「不察」，同「荃不察余之中情兮」，屬君。屈賦言「不察」至夥，皆屬君。上又云「怨靈脩之浩蕩兮，終不察夫民心」。《九章·惜誦》「又莫察余之中情」，《惜往日》「君無度而弗察」、「弗省察而按實」。又，《九辯》「君棄遠而不察」，《惜誓》「傷誠是之不察」。則擬《騷》之什亦以「不察」屬君王。

【延佇】王逸注：「延，長也；佇，立貌。《詩》曰『佇立以泣』。」洪《補》曰：「佇，久立也。」朱《注》曰：「延，引頸也；佇，跂立也。」《説文》無佇字，惟《目部》有「眝」，曰：「長眙也。从目，寧聲。一曰張眼。」薛傳均《説文答問疏證》曰：「眝即『佇立』之佇。邵氏瑛以爲當作侸。侸，立也，讀若樹。似較錢説得之。《壴部》又有『尌』字，云：『立也，讀若駐。』音義皆同，當亦佇之正體。雖本毛《傳》而字實許書所無也。」案：佇，音直吕切，魚部；而侸、尌、樹同音常句切，駐音中句切，侯部。侯魚分用，畛域至密。漢世侯部之句區禺主取足須朱俞需等字與魚部之具瞿虞夫甫父付無武於羽等字合，爲《切韻》之虞韻。蓋虞部之立，萌於漢而成於六朝，而非古韻。《説文》又有「宁」字，曰：「宁，辨積物也。象形。」甲文作「」《甲編》二六九一，金文作「」《寧禾盂》，即貯古文。段注：「《釋宮》：『門屏之間曰宁。』郭云：『人君視朝所宁立處。』《毛詩傳》云：『宁立，久立也。』然則凡云『宁立』者，正積物之義之引申。俗字作佇、作竚，皆非是。以其可宁立，故謂之宁。」段君又注「眝」字曰：「《外戚傳》『飾新宮以延貯』，此貯正眝之誤。延眝，謂長望也。凡辭章言延佇者，亦皆當作眝。《説文》無佇、竚字，惟有宁字。宁、佇、竚皆訓立，延眝非謂立也。《九章》『思美人兮，擥涕而竚眙』，王逸云：『竚立悲哀。』《文選》注：『佇眙，立視也。』此則訓立，然作眝眙，亦無不可。」據段注，宁、眝爲二字，而延佇當作延眝，訓久視。案：佇、眝皆宁字孳乳。宁訓蓄積，引申言立，加人旁爲佇、立旁爲竚。又引申言久，益目旁爲眝，言久視。此文「延佇」非言長立、長視義，言徘徊不進貌。下文「結幽蘭而延佇」，《大司命》「結桂枝兮延竚」，《文選・洛神賦》「翳脩袖以延佇」，《鸚鵡賦》「望故鄉而延佇」，王融《永明九年策秀才文》「延佇忠實」，沈約《麗人賦》「薄暮延佇，宵分乃至」，亦皆言徘徊不進。延佇，連語。《方言》卷九：「矛，吴揚江淮南楚五湖之間謂之鍦，或謂之鋋。」鍦從施聲；鋋從延聲；延通作施。延、施爲歌元陰陽對轉，延，喻紐四等，古屬定紐或邪紐，施，審紐三等，其聲爲邪審旁紐，例可通用。《詩・大雅・旱麓》「施於條枚」，《吕氏春秋・知分》、《韓詩外傳》卷二、《後漢書・黄琬傳》注引《新序》皆引《詩》「施」作「延」。《詩・丘中有麻》「將其來施施」，毛《傳》：「施施，難進之意。」音變作蹉跎。《廣雅疏證・釋訓》：「蹉跎，失足也。」言難進義。失時亦謂之蹉跎詳《説文・足部》「蹉」字，言趑趄不前。施佇，蓋趑趄、峙躇變體。佇、躇音同，例可相通。《廣韻》上聲第八語韻以佇、䟞爲一字。《周禮・廛人》注「謂貨物䟞藏於市中」，《釋文》：「䟞，本或作貯，又作褚。」《説文・木部》：「楮，穀也。从木，者聲。柠，楮或从宁。」《詩・燕燕》「佇立以泣」，《齊風》佇作著。䟞、楮、著從者聲，佇、柠、貯從宁聲。《説文・足部》：「躇，峙躇，不前也。」音變字作蹢躅。《後漢書・馮衍傳》注：「躊躇，猶蹢躅也。」又作躑躅。《文選・琴賦》注「躊躇，猶躑躅也。」又作跢跦。《廣雅・釋訓》：「蹢躅，跢跦也。」皆一字異文。《詩・静女》「搔首踟躕」，陶淵明《停雲》詩作「搔首延佇」。蓋陶徵士亦不以延佇爲久立、久視。王夫之曰：「延佇，遲回也。」最爲達詁。

【乎】王逸注文未爲「乎」字釋義。姜亮夫謂「乎」字「置句中以舒緩其語氣者，如《騷》『歷吉曰乎吾將行』、『延佇乎吾將返』，此僅於《離騷》中見之，『乎』後多承以代語『吾』及狀詞『將』，成爲『……乎……將……』形式」。又曰：「但『乎』字前置形容詞，則『乎』字又有用作形容詞詞尾者，如『忽乎吾將行』。」案：姜氏發明《離騷》用「乎」字通例，誠爲不刊。唯引例失中，此文「延佇乎吾將反」，延佇，猶踟躕，言行不進貌，爲形容詞，「乎」字非屬「以舒緩其語氣者」，爲形容詞尾綴語。乎猶然也。《涉江》「忽乎吾將行」，《哀郢》「忽若不信兮」，「忽乎」同「忽若」。若，亦然也。楊樹達《詞詮》曰：「乎，助形容詞或副詞爲其詞尾。」楊氏引《易・乾・文言》「確乎其不可拔」、《論語・泰伯》「焕乎其有文章」、《八佾》「鬱鬱乎文哉」等句爲例，蓋姜説所本也。又，《淮南子・道應訓》「蠢乎若新生之犢」，《莊子・知北遊》「蠢乎」作「瞳焉」。焉，言然也。《戰國策・秦策》「有頃焉人又曰：『曾參殺人。』」《新序・雜事二》作「頃然，一人又來告之」。焉、然古書通用。乎猶言焉、言然。屈賦句法，「乎」字在句中而「乎」字前非形容詞，未必一律皆爲以舒緩語氣。然，則也。詳王引之《經傳釋詞》卷七。乎，亦猶則。下文「歷吉日乎吾將行」，言歷選吉宜之日，則吾將行也。然，而也。詳王引之《經傳釋詞》卷七。乎，亦猶而也。《抽思》「獨永歎乎增傷」，《七諫》「涕泣流乎於悒」。「乎」在句中可作連詞。

【反】王逸注「將欲還反」云云，訓反爲還。然則屈子將還反於何處？王注謂「終己之志」。洪《補》曰：「屈原去之，則是不察於同姓事君之道，故悔而欲反也。」錢杲之曰：「反，退轉也。時有諫原使少退轉，原將從之，故以爲悔。」陳與郊曰：「原之佇反行迷，其猶今是昨非之嘆乎？」方苞曰：「既反復審處，謂舍生無他途矣。」又，錢澄之曰：「延佇將反，蓋不忍决絶之詞。」謂不忍與靈脩離别。林雲銘曰：「悔前此視路不審案：林氏以「不察」誤屬己，冀反前所行，少貶和光，再圖進用。」魯筆曰：「將反，欲反乎前行之路。」以反爲歸反君廷，且與《史記・屈原列傳》「雖放流，睠顧楚國，繫心懷王，不忘欲反，冀幸君之一悟，俗之一改」相印證。案：反，緊承上章「伏清白以死直」，開啓下文「退將復脩吾初服」，蓋「死」之忌諱語。故王注「終己之志」，方注「舍生無他途」，稍近其旨。《屈原列傳》曰：「屈平疾王聽之不聰也，讒諂之蔽明也，邪曲之害公也，方正之不容也，故憂愁幽思而作《離騷》。夫天者，人之始也；父母者，人之本也。人窮則反本，故勞苦倦極，未嘗不呼天也；疾痛慘怛，未嘗不呼父母也。」太史公之「天」，蓋天帝，「人之始」之「人」，泛指。於楚，天，即帝高陽；人，概楚族。而「父母者，人之本也」，於屈子，即伯庸夫婦，人，屈子自稱。「人窮則反本」，言屈子生當混濁之世，窮困其時，不忍苟活，寧「死直」而「反」。反，「反本」也。《哀郢》曰：「羌靈魂之欲歸兮，何須臾而忘反。」又曰：「鳥飛反故鄉兮，狐死必首丘。」反故鄉、死首丘，皆「反本」也。古謂人死必歸反於其列祖之居，俗言「回老家」，故其葬也必擇祖宗所在。《周禮・冢人》：「冢人掌公墓之地，辨其兆域而爲之圖。先王之葬居中，以昭穆爲左右。凡諸侯居左右以前，卿大夫、士居後，各以其族。」鄭玄注：「公，君也；圖謂畫其地形及丘壟所處而藏之。先王造塋者，昭居左穆居右。」又曰：「子孫各就其所出，王以尊卑處其前後，而亦併昭穆。」凡王族血脈者，不論貴賤，其死後皆葬於一處，按其爵而各居其位。「公墓之地」又曰「宅」。《儀禮・士喪禮》：「筮宅，冢人營之。」注：「宅，葬居也。」包山楚簡有「宣王之垞」、「王士之垞」、「畏王垞」，皆氏族葬居。宅，亦稱「故居」、「舊鄉」，屈子「反本」、反「舊鄉」，言反歸葬其族公墓耳。下篇往觀四方，上下求索，以歸於西海爲期，皆敷張其「反本」祖居，而非寓言反歸君朝也。

是二句言我先後前導，不蒙靈脩所察審，爲之憾恨不已，乃延佇徘徊，不容苟生將欲還反故居，歸宗於帝高陽也。

回朕車以復路兮　及行迷之未遠

【回】《文選》六臣本作迴，洪《補》、朱《注》、錢《傳》同引一作迴。案：回、迴古今字。《文選》卷四三《與陳伯之書》注、卷四五陶淵明《歸去來兮》注引作迴。《後漢書》卷二八下《馮衍傳》注引亦作回。

【以】《文選》卷四三丘遲《與陳伯之書》注、卷四五陶淵明《歸去來兮》注引作而。案：王逸注「言乃旋我之車，以反故道」云云，王本作以。《後漢書》卷二八下《馮衍傳》注引亦作以。

【行迷】《文選》卷四三丘遲《與陳伯之書》注、卷四五陶淵明《歸去來兮》注引作迷塗。案：非是。《後漢書》卷二八下《馮衍傳》注引作行迷。

【回】王逸注：「回，旋也。」《說文·口部》：「回，轉也。从口，中象回轉之形。」金文回字作「」殷器《父子爵》，《說文》古文作「」，象水回旋形，皆不從口。段注：「淵，回水也。故顔回字子淵。」回、淵一字。淵，古文作，金文作「」戰國《中山王嚳鼎》，亦象水回旋。回、淵爲真微對轉，同影紐雙聲。回，事也；淵，名也。而後分爲二字。回，引申言旋轉。案：大凡詞義之引申，皆由一具體意義引申爲抽象意義，此詞義輾轉不易之通例。若回本爲轉，引申爲水回旋，與詞義發展相悖。又《水部》有「洄」字，曰：「洄，溯洄也。从水，回聲。」《三蒼》曰：「水轉曰洄。」又有「湋」字，曰：「湋，回也。从水，韋聲。」《廣雅·釋水》：「湋，淵也。」洄、湋亦一字。古以回專言回轉，而後制洄、湋爲水回旋、回水義。

【朕】王逸注「乃旋我之車」云云，以朕爲「我之」，用作領格。于省吾據此謂屈賦用「朕」同兩周金文句法，皆作領格。案：《九歎・思古》：「還余車於南郢兮，復往軌於初古。」「還余車」，祖構此「回朕車」，朕，猶余，主格。又，下文「邅吾道夫崑崙兮，路脩遠以周流」。「回朕車」、「邅吾道」句法同，倒句，猶朕回車、吾邅道。

【復路】王逸注：「路，道也。言乃旋我之車以反故道。」謂「復路」爲「反故道」。朱子謂「復路」爲「復於昔來之路」。「故」、「昔來」皆增文。錢澄之曰：「引君以復路。」謂「復路」屬君。魯筆曰：「復路，仍復乎前直道而行之路。」龔景瀚曰：「回朕車以復路，仍爲先路之導也。」于惺介曰：「回車復路，復返本國也。」姜亮夫曰：「乃回朕車以復於初來之路，即下文退脩初服之義。」皆同王注。路無飾語，何以知其爲「故路」、「昔來之路」、「初來之路」？以「復路」爲復反道路，則一句内，兩言回復義，不亦犯複？「回朕車以復路兮」，承「延佇乎吾將反」，謂君不察我相導，憾恨不已，乃延佇將反，決意回車也。乃我回車察審之際，而知其行迷未遠。雖言「回朕車」，未遑發軔啓程，無復反道路之意可言。若不審察，亦無知其行迷不遠。朱冀曰：「言當復於從容詳審之路耳。」復路，猶審察。復，古通覆。《論語・學而》孔安國注：「復，猶覆也。」《戰國策・趙策》「知伯之爲人也，好利而鷙復」，《管子・五輔》作「覆鷙」。《易・乾》「反復道也」，《詩・節南山》鄭《箋》「可反復也」，《公劉》鄭《箋》「言反復之」，《釋文》引一本並作「覆」。《緜》「陶復陶穴」，《説文》引《詩》作「陶覆陶穴」。覆，有察審義。《爾雅・釋詁》：「覆，審也。」《考工記・弓人》鄭注：「覆，猶察也。」朱駿聲《説文通訓定聲》曰：「覆，謂諦察其隱微。」路，借爲露，古書通用。《漢書・古今人表》「曹靖公路」，《春秋》定八年作「曹伯露」。《詩・式微》「胡爲乎中露」，毛《傳》：「中露，衛邑也。」《列女傳》作「中路」。《孟子・滕文公上》「是率天下而路也」，《音義》引張音、丁音並曰：「路與露同。」《釋名》：「路，露也。」又，《淮南子・本經訓》「是以松柏菌露夏槁」，高誘注：「露，讀南陽人言道路之路。」《釋名・釋天》：「露，慮也，覆慮物也。」露、慮，聲之轉。覆露連文，平列複語。《淮南子・時則訓》「包裹覆露，無不囊懷」，

《春秋繁露・基義》「天爲君而覆露之，地爲臣而持載之」，《漢書・嚴助傳》「陛下垂德惠以覆露之」，王引之訓「覆露」爲察審義。詳《經義述聞》卷二十一。

【及】王逸注「及己迷誤欲去之路，尚未甚遠也」云云，及猶趁及義。案：王念孫曰：「及，猶若也。《樂記》曰『樂極則憂，禮粗則偏矣。及夫敦樂而無憂、禮備而不偏者，其唯大聖乎』。及夫，若夫也。《中庸》曰『今夫天，斯昭昭之多；及其無窮也，日月星辰繫焉，萬物覆焉』，及其，若其也。《老子》曰『吾所以有大患者，爲吾有身。及吾無身，吾有何患』，言若吾有身也。又曰『取天下，常以無事；及其有事，不足以取天下』，言若其有事也。」詳《讀書雜志・管子志》第三。及行迷，若行迷。

【行迷】王逸注：「迷，誤也。」又注「及己迷誤欲去之路」云云，以「行迷」言我行迷誤，屬我。上文言我遵繩墨、踵前王、死直道，而此曰我行迷，何牴牾如是？徐焕龍曰：「曰不察、曰行迷，皆反言寄慨。」魯筆曰：「行迷，指『將反』言。」又，錢澄之曰：「倘君翻然以從，則行迷未遠也。」以「行迷」屬君。案：行迷，承上「將反」，言欲離世以反本歸宗也，求一死以釋中心之憂，而全其中正之性。戀時苟活而不惜改志變節，謂之「行迷」。然則避死以就生，固人之天性，雖聖賢於其絶命之際亦不能免。屈子秉性正直，終不改志，視死如歸，未嘗「行迷」。然於生死之際亦不能無眷顧之情，故或傷痛悲泣、或延佇不忍，蓋其「行迷」之謂也。《説文・辵部》：「迷，惑也。从辵，米聲。」從米聲字涵不明義。《淮南子・精神訓》「若眯以生若死」，高誘注：「楚人謂厭爲眯。」厭，借作晻。《荀子・儒效篇》「厭旦於牧之野」，朱駿聲《説文通訓定聲》曰：「厭旦，旦而未明也。」即「晻旦」假借。晻，日不明，引申言暗不明。楚語暗不明爲眯。眯、迷通用。《老子・道經》「雖智大迷」，馬王堆漢墓出土帛書《老子》乙種本「迷」字作眯。行不明別作迷。《惜誦》「迷不知寵之門」，亦同此。米，禾實，無不明義。蓋米之言微也。米、微古同微部，明紐，例得通用。微，隱行，引申言不明。《詩・十月之交》鄭《箋》曰：「微，謂不明也。」迷、眯，借聲字。

是復承「伏清白以死直」，開啓下篇往觀遠行之端。謂我憾恨不已者，以相導之志不蒙君王察審；乃延佇再三，將欲還反，皈依故居，以就死地。於是回旋車輿，覆審觀察，知我迷誤亦未遥遠也。

第二十七韻：反、遠

陳第曰：「反，古音顯。」案：反、顯雖同元部，而不同紐。反，府遠切，幫紐；顯，呼典切，曉紐。反，古音爲[$p^{w}an$]。陳第曰：「遠，古音演。」案：遠音云阮切，元部，喻紐三等，匣紐三等。演音以綫切，真部，喻紐四等，歸定紐或邪紐。遠、演異部異紐。遠，古音爲[$r^{w}an$]。反、遠古同元部。

步余馬於蘭皋兮　馳椒丘且焉止息

於《海録碎事》卷二二下引於作于。案：于、於古今字。《離騷》首八句及下文陳辭一段三代古事多用于，他者多用於。此宜用於者是。《記纂淵海》卷九三、《文選》卷九《北征賦》注引亦作於。

馳椒丘且焉止息洪《補》、錢《傳》同引馳一作駝，隸省字。詳上校。《文選》卷八《上林賦》注引丘字下有兮字，「且焉止息」四字作「焉且」，注云「且，止也」。案：此句作「馳椒丘兮焉且」，不合《離騷》用兮通例，且訓止，羌無書證。《史記》卷一一七《司馬相如列傳》司馬貞《索隱》引服虔引同今本。又，《唐類函》卷一二載《白帖》引椒訛作柳。洪《補》、朱《注》焉同音尤虔切。《群經音辨》曰：「焉，何也，常居語初，音於乾切。焉，已也，常居語末，音於乾切。」於乾、尤虔音同。

【步余馬】王逸注：「步，徐行也。言己欲還，則徐步我之馬於芳澤之中，以觀聽懷王。」以余字爲領格。俞樾曰：「襄二十六年《左傳》曰『左師見夫人之步馬者』，杜注曰：『步馬，習馬。』步余馬於蘭皋，當從此解。字亦作駁，《玉篇·馬部》：『駁，盆故切，習馬。今作步。』」案：習有舒徐義。《詩·谷風》「習習谷風」，毛《傳》：「習習，和舒貌。」《文選·東京賦》「肅肅習習」，薛綜注：「習習，行貌。」步訓徐、訓習同。步，包山楚簡字作□，言徐行。步之猶言撫也。步、撫古同魚部，並滂旁紐雙聲。撫，安也，引申言舒徐和緩。安行舒緩字爲步。駁，後起分別字。「步余馬」，又見《涉江》，言撫馬徐行。《左傳》襄二十六年「左師見夫人之步馬」，《淮南子·人間訓》「上車而步馬」，《説苑·正諫》子西「步馬十里」。此文「步余馬」同上「來吾道」、「回朕車」之倒句，謂余步馬。余，主格，非領格。「余」作領格，其下必加「之」字。上「荃不察余之中情兮」、「衆女嫉余之蛾眉兮」，《懷沙》「羌不知余之所臧」，《抽思》「尚不知余之從容」。蓋詩以音節爲限，節之不足者，則爲「余之」；節之有餘者，則省「之」字。屈賦「余心」，猶「余之心」省。

【蘭皋】王逸注：「澤曲曰皋。《詩》云：『鶴鳴于九皋。』」洪《補》曰：「皋，九折澤也。一云，澤中水溢出所爲坎。《招魂》曰：『皋蘭被徑。』」朱子曰：「澤曲曰皋，其中有蘭，故曰蘭皋。」錢杲之曰：「皋，澤旁岸也。」林仲懿曰：「皋，水邊淤地。」聞一多曰：「水邊淤地曰皋。皋中有蘭，故曰蘭皋。」《説文·夲部》：「皋，气皋白之進也。從白、夲。《禮》：『祝曰皋，登謌曰奏。』故皋、奏皆從夲。《周禮》曰：『詔來鼓皋舞。』」皋無曲澤義。段注：「皋有訓澤者，《小雅·鶴鳴·傳》曰：『皋，澤也。』澤與皋析言則二，統言則一，如《左傳》『鳩藪澤』、『牧隰皋』並舉，析言也。《鶴鳴·傳》皋即澤。澤藪之地，極望數百，沆瀁皛溔，皆白气也，故曰皋。」朱駿聲曰：「此字當訓澤邊地也。从白，白者，日未出時，初生微光也。壙野得日光最早，故从白，从夲聲。」王筠曰：「此以字形説字義也。白解上半，進解下半之夲。而如此立文者，『九皋』、『皋門』之類皆不能于字形中得其義，故以下文所引二《禮》爲主。」許氏本書引《禮》之文，「祝曰皐」，借皐爲嗥，不足以注「九皐」義。案：《左傳》言皋、言澤同。朱季海曰：「皐，本水邊淤地，或漸之水，即成澤坎，鄭《箋》所云是也。當其無水，又近類隰，故左氏云『隰皋』。《漢書·司馬相如傳》『亭皋千里』，顏注亦云：『爲亭候於皋隰之中，千里相接也。』」其説是也。《説文·大部》：「臭，大白澤也。从大、白。古文以爲澤字。」臭，澤字異文。《廣韻》臭字訓「白澤」，而收二音上聲第三十二皓韻臭音古老切，入聲第二十二昔韻臭音昌石切。古一字一義而二音，必有訛誤。皋或作皐，俗字作睾。睾、睪形似而訛。顏元孫《干禄字書》曰：「睾、皐、皋，上俗，中通，下正。」睾即澤字。《左傳》宣四年「楚子與若敖氏戰于皐滸」，《太平御覽》三百八卷《兵部》三十九「皐滸」引作「睾滸」。哀二十六年「越皐如」，《春秋繁露》字作「睾如」。襄十七年「澤門」，《釋文》云：「澤門，本或作皋門。」《荀子·王霸篇》「睾牢天下而制之」，《後漢書·馬融傳》注引作「皐牢」。《書·禹貢》「九澤既陂」，注：「九澤，謂九州之澤。」漢《孫叔敖碑》作「九皐」。《潛夫論·五德志》「少皞氏」作「少暤氏」，「太皞」又作「太暤」，皆誤皐爲睪。《史記·天官書》「澤山」一作「滜山」，《封禪書》司馬貞《索隱》作「澤山」，《集解》引徐廣曰：「澤，一作皐。」蘭皐，即蘭澤。澤中有蘭，謂之蘭澤。《文選·七發》：「游涉乎雲林，周馳乎蘭澤。」周馳乎蘭澤，即此文「步余馬於蘭澤」。《九歌》之「江皐」，《招魂》之「皐蘭」，皆澤字形誤。王氏引《詩》「九皐」，即九澤。《禹貢》「九澤既陂」。臭，訓大白澤，既形誤爲皐，皐有曲義。《廣雅·釋詁》：「皐，局也。」局，曲也。《詩·正月》「不敢不局」，《左傳》：「局，曲也。」以是皐亦誤言曲澤。臭字從白，白無水澤義。白，泊之省。泊，即薄字。古泊、薄通用。《涉江》「露中辛夷，死林薄兮」，王注：「草木交錯曰薄。」《漢書·司馬相如傳》「奄薄水陼」，注：「草叢生曰薄。」薄有鍾聚義。言水鍾聚則作臭。臭，會意兼假借。澤，從水，睪聲。睪訓司視，無鍾聚義，即臭假借字。澤，借聲字，引申言光澤、潤澤。而後分化爲二字。

【椒丘】王逸注：「土高四墮曰椒丘。」以椒言高峻。王夫之曰：「山脊曰椒。」朱駿聲謂椒借作巉，今尖字。椒丘即尖丘。吕延濟曰：「椒丘，丘上有椒也。」洪《補》曰：「《司馬相如賦》云：『椒丘之闕。』服虔云：『丘名。』如淳云：『丘多椒也。』按：椒，山巔也。此以椒丘對蘭皋，則宜從如淳、五臣之説。」朱子亦謂「丘上有椒」。椒訓巔，但存王注，而古無徵驗。其所據。朱豐芑改椒爲巉，無證而不信。覆本書椒丘對蘭皋，椒，指芳木，不當言高、言山巔。洪説確。《説文・丘部》：「丘，土之高，非人所爲也。从北、一。一，地也。人居在丘南，故从北。中邦之居在崐崘東南。一曰：四方高中央下爲丘。象形。垩，古文從土。」丘，甲文作「」《佚編》七三三、「」《前編》一・二四・三，金文作「」《子禾子釜》、「」《商丘叔匿》，象四方高而中央低下形。《鄂君啓節》作「」，包山楚簡文作「」，從丘，從土，古文垩。，即形變，上非從北。《史記・孔子世家》「孔子生而首上圩頂，故因名曰丘，云字仲尼」，《索隱》云：「圩頂，言頂上窊也。」《白虎通義》云：「孔子反宇。」如宇覆反，四方高而中央下。《爾雅・釋丘》：「水潦所止，泥丘。」郭注：「頂上污下者。」《丘部》：「屔，反頂受水丘也。从丘，尼聲。」《繫傳》云：「頂當高，今反下，故曰反頂。」仲尼，即中屔，言中央下。引申言空墟，義同區。《哀郢》「曾不知夏之爲丘兮」，王注：「丘，墟也。」又引申言大。《漢書・楚元王傳》注引張晏曰：「丘，大也。」朱駿聲謂丘訓大，借丘爲巨，非也。《禮記・曲禮》「嫌名」注：「謂音聲相近，若禹與雨、丘與區也。」《釋名・釋典藝》：「九丘，丘，區也。區別九州土氣，教化所宜施者也。」謂丘受於區，因漢音説之。丘，之部；區，侯部。周秦之侯畛域至密，丘、區非同根字。丘之言其也。其，古箕字。《史記・孔子世家》孔箕字子京。京，高丘也。《説文・高部》：「京，人所爲絶高丘也。」《左傳》襄二十五年「辨京陵」，杜注：「絶高曰京。」《爾雅・釋丘》「絶高爲之京」，李巡注：「丘之高大者曰京。」京、丘對文，丘非人所爲，京爲人所爲，「孔箕」之箕，借作丘。是丘、箕相通。甲文字作「」《後編》上二二・一，金文作「」《盂鼎》，象中空四周高形。《荀子・非相篇》：「仲尼之狀，面如蒙倛。」蒙，覆也。倛，箕也。蒙箕，言反箕，即「圩頂」、

「[illegible]丘」。丘、其同根，受義於周高空中。丘，引申言陵墓。《方言》卷一三：「冢小者謂之塿，大者謂之丘。」《水經注・渭水》引《春秋説題辭》：「丘者，墓也。」《鄂君啓節》有「易丘」，蓋陽氏塚墓。包山楚簡文有「高丘」、「下丘」，皆楚族塚墓。《史記・楚世家》有「重丘」，蓋重黎族塚墓。「椒丘」，謂丘墓也。

【且焉】王逸注「遂馳高丘而止息」云云，以「且焉」言「而」。案：且，猶乃，詳裴學海《古書虛字集釋》卷二「且」條、王引之《經傳釋詞》卷二「焉」條。「且焉」連文，平列複語。乃，猶言馳騁椒丘之上，於是止息。

【止息】汪瑗曰：「謂停止而偃息也。」蔣驥曰：「止息，歸隱之意。」案：《説文・心部》：「息，喘也。从心、自。」段注：「此云『息者，喘也』，渾言之。人之氣急曰喘，舒曰息。引伸爲休息之稱。」止，令馬止步不行；息，言我休息。

是二句言回歸途中事。我步馬安驅於蘭澤，馳騁椒丘塚墓之地，乃止步休息。王逸謂馳椒丘而止者，「以須君命也」。失之。止息椒丘，從現世至冥界之過渡語，下文往觀四荒，由是啓端。

進不入以離尤兮　退將復脩吾初服

離 朱《注》離音力智反。《群經音辨》曰：「離，兩也，力支切。兩之曰離，力智切。」案：平聲無賓格，内動，去聲有賓格，外動。「離尤」外動，去聲，力智反。《文選》卷一〇《西征賦》注、《詁訓柳先生文集》卷一八注、《山谷内集詩注》卷九注、《五百家注柳先生集》卷一八注引「進不入」一句并同今本。《分類補注李太白詩》卷二〇注引「離尤」誤作「離龍」。

【復】《文選》六臣本云：「五臣本無復字。」洪《補》、朱《注》同引一無復字。《文選》卷一五《思玄賦》注引亦無「復」字。姜校據王逸注「故將復去脩吾初服」云云，謂王本有「復」字。案：非是。王逸注：「退，去也。」其注「復去」云云，復，退字形訛。退，古作復復，與復形似。《文選》卷一〇《西征賦》注、卷二七謝玄暉《休沐重還道中詩》注、卷三四《七啓》注，《分類補注李太白詩》卷二〇注，《東雅堂昌黎集注》卷一注，《詁訓柳先生文集》卷一八注，《山谷内集詩注》卷九注，《王荆公詩注》卷二六注，《古今事文類聚》前集卷三二，《後漢書》卷二八下《馮衍傳》注、卷五九《張衡傳》注引亦衍復字。

【服】《文選》卷二七謝朓《休沐重還道中詩》注引初下脱服字。

【進不入】王逸注「言己誠欲遂進，竭其忠誠，君不肯納，恐重遇禍」云云，以進爲進仕，借入爲納。言我欲進仕而不爲君朝納受。錢杲之曰：「入，猶納也。進諫不納，以離罪尤，退將脩吾初事。」聞一多曰：「入，讀爲納。」劉良曰：「言我將進入，以相君事，恐重離過患，故將退去。」以進、入平列同義，屬于我。汪瑗曰：「進，謂仕也。入亦進也。進不入，倒文耳，本謂不進而入也。」屈賦無此倒句法。案：進不入，屬「我」，不當進以屬君，而入以屬我。入，緝部，納，物部，不得相通。入，猶中、合。《淮南子·主術訓》「曲直之不相入」，高注：「入，中。」《穆天子傳》「味中麋胃而滑」，注：「中，猶合也。」《魏書·後廢帝安定王紀》「若入格檢覈無名者，退爲平民，終身禁錮」，入格，合格。《南齊書·王僧虔傳》「謝靈運乃不倫，遇其合時，亦得入流」，入流，合流。朱慶餘《近試上張弘水部詩》「畫眉深淺入時無」，入時，合時。不入，同上「不周」、「不羣」。

【離尤】王逸注「恐重遇禍」云云，離訓遇，尤訓禍。洪《補》曰：「離，遭也。」《說文·隹部》：「離，離黄，倉庚也，鳴則蠶生。从隹，離聲。」離，鳥名，無遭遇義。朱駿聲曰：「離，讀爲罹，即羅字也。」《網部》：「羅，以絲罟鳥也。从网，从維。古者芒氏初作羅。」引申言遭、逢，後起分别字作罹，古多借爲離。《方言》卷七：「羅謂之離，離謂之羅。」《天問》「卒然離蠥」，王注：「離，遭也。」《惜誦》「紛逢尤以離謗兮，謇不可釋」，王注：「言己逢遇亂君而被罪過，終不可復解釋而説也。」《思美人》「佩繽紛以繚轉兮，遂萎絶而離異」，王注：「終以放斥，而見疑也。」《惜往日》「何貞臣之無辠兮，被離謗而見尤」，王注：「虚蒙誹訕，獲過愆也。」《山鬼》「思公子兮徒離憂」。《方言》又云「離謂之羅」者，用羅列之義。《招魂》「步騎羅些」，王注：「羅，列也。」《廣雅·釋詁》：「羅，列也。」《史記·五帝本紀》「旁羅日月星辰」，《索隱》曰：「羅，廣布也。」離、羅皆假借字。而離間、離别、離違、離絶等皆不用羅。假借亦有限，不可濫用。

【退】王逸注：「退，去也。」注文「恐重遇禍，故將退去」云云，言自引退。汪瑗曰：「退，謂隱也。屈原恐進而遇禍，故退脩初服也。」又，顧天成曰：「此言仕路不能行其道，隱居獨善，庶乎可也。蓋叙自放之由。」游澤承曰：「此二句承上啓下，謂進仕而未合於君，且遭禍尤，故將退隱以自脩也。」案：退，同上「反」，反本、歸根，死之忌諱語。

【將】王逸注「將欲」。案：將，猶方將、正當，類今語「正在」。古每「方將」連文，平列複語，言正當。《淮南子·道應訓》「襄子方將食而有憂色」，《吕氏春秋·慎大》、《列子·説符》「方將食」並作「方食」，方、將同義。《莊子·大宗師》：「且方將化，惡知不化哉？方將不化，惡知已化哉？」成玄英疏云：「方今正化爲人，安知過去未化之事乎？正在生日，未化而死，又安知死後之事乎？」《莊子》「方將」凡十見，皆訓「正在」。如《天地》「方將被發而乾」，方將，言正當也。《詩·邶風·簡兮》：「方將萬舞。」《墨子·明鬼》：「日中，燕簡公方將馳於祖塗，莊子儀荷朱杖而擊之，殪之車上。」《戰國策·楚策》：「方將調飴膠絲。」「方將脩其碆盧。」單言曰方、曰將。將，無正當、方當義。朱駿聲《説文通訓定聲》曰：「將或借當，方也。」將、當，陽部，清透准旁紐雙聲，例得相通。《儀禮·特牲饋食禮記》「佐食，當事，則户外南面」，鄭注：「當事，將有事而未至。」借當爲將。《戰國策·趙策》：「知伯曰：『兵著晉陽三年矣，旦暮當拔之而饗其利。』」《韓非子·十過》「當」字作「將」。《吴越春秋·勾踐入臣外傳》「越將有福，吴當有憂」，將、當互文，假將爲當。

【初服】王逸謂「初服」爲「初始清潔之服」。案：王注不易。然注家説「初服」，皆不脱興寓脩善窠臼。初，屈子天降之始，概言出生世系、三寅生辰、初托、嘉名嘉字等「内美」及扈芷佩蘭之「脩能」。初服，見其「内美」、「脩能」之佩飾。屈子「復脩初服」，非唯寓言懷守正直，而有其獨特民俗宗教之内涵。屈子「初服」在乎「奇」，《涉江》「吾幼好此奇服」是也，與其爲日神冑子相表裏，每與神靈交接之先，必有一度精心刻意「好脩」奇裝異服之舉。本書下言往觀四方、上徵求帝，則有此「復脩初服」；三度求神女之始，有瓊枝繼佩、榮華未落之點綴；神遊西海，務「及余飾之方壯」。《涉江》篇首大事敘寫高冠長鋏、帶珠佩璐之「奇服」，而後「駕青虬兮驂白螭，吾與重華遊兮瑶之圃」。《九歌》十一篇，祭神之巫於僥神、迎神之先，亦必「復脩初服」。迎雲中君之巫，始則沐蘭浴芳、衣采佩英。迎湘君之巫，始則「美要眇兮宜脩」。迎司命之巫，亦是「靈衣被被」、「玉佩陸離」。迎山鬼之巫，始則「被薜荔兮帶女羅」。初服，祭師邀神、通神之吉宜之服。屈子自稱「均靈」，又衣奇異之「初服」以反本歸宗，亦有其巫術涵意。屈子退反，退於其族始祖之居，即帝高陽、老僮等楚先之故垞。是以「反本」、邀神一事。反歸故宅，必先復脩通祖、徼神之初服。初服，登升之服，亦祭祖之巫服。下言製芰荷之衣、集芙蓉之裳，高冠岌岌，長佩陸離，皆復脩初服情狀。

是二句言我進不合於時世以遭殃禍，退反其初，方當脩我邀神反歸本始之奇服也。

第二十八韻：息、服

息，古音爲[siək]。朱《注》服叶蒲北反。陳第曰：「服，音逼。」江有誥曰：「服，之部。」案：服，古在職部，之之入聲。江氏平入不分。服，古音爲[bʷək]。息、服古同職部。

製芰荷以爲衣兮　雧芙蓉以爲裳

【製】《文選》六臣本製作制，《太平御覽》卷六九六引作制。案，制、製古今字。王注「製，裁也」云云，王本作製。六臣引王逸注文亦作製。又，《爾雅翼》卷六、《山谷外集詩注》卷四注、《嬾真子》卷四、《集注分類東坡先生詩》卷五注、《杜工部草堂詩箋》卷二一注、《藝文類聚》卷六七及卷八二、《唐類函》卷一六九、《北堂書鈔》卷一二九、《文選》卷四三孔德璋《北山移文》注、《古今事文類聚》前集卷三二、《古今事文類聚》後集卷二六引亦并作製。《記纂淵海》卷九三引制訛作懷。

【芰】洪《補》、朱《注》同音奇寄切。

【雧】《文選》六臣本、洪《補》、朱《注》、錢《傳》同引一作集，朱云：「雧，古集字。」《海録碎事》卷八下、《文選》卷四三孔德璋《北山移文》注，《杜工部草堂詩箋》卷二一注，《詁訓柳先生文集》卷四三注，《爾雅翼》卷六，《山谷外集詩注》卷四注，《別集詩注》卷上注，《北堂書鈔》卷一二九，《唐類函》卷一六九，《記纂淵海》卷九三，《太平御覽》卷九七五、卷九九九姜校引誤作九七，《藝文類聚》卷六七、卷八二，《唐類函》卷一八六引作集。案：雧、集一字，非古今字。又，《古今事文類聚》前集卷三二引作緝，音借字。

芙蓉《文選集注》殘卷六三《離騷經》文作「集扶容以爲裳」。案：揚雄《反離騷》曰「被夫容之朱裳」，字作夫容。朱季海曰：「蓋《楚辭》故書，初不從艸。」夫容，連語，以其爲草，益其字艸頭作「芙蓉」。詳注。

以《文選》卷四三孔德璋《北山移文》注引作而。案：非是。

【製】王逸注：「製，裁也。」楊樹達曰：「《説文》四篇下《刀部》云：『制，裁也。从刀，从未。物成有滋味，可裁斷。一曰：止也。』按：八篇上《衣部》云：『裁，制衣也。』『製，裁衣也。』通觀諸訓，制之訓裁，正謂裁衣。裁衣以刀，故從刀。其不從衣者，以初字從衣從刀，不可複也。然從刀從未，裁衣之義終嫌不顯，故後起復有從衣之製字。段君謂裁衣爲裁之本義，制訓裁之爲引伸義，殆非也。果如段君之説，則許君不當云一曰止矣。何者？以裁制即含止義，不容贅舉也。愚按《詩・東山篇》云：『制彼裳衣。』《春秋》鄭石制字子服。《韓非子・難二篇》云：『管仲善制割，賓胥無善削縫，隰朋善純緣，衣成，君舉而服之。』此皆用制字本義者也。裁衣者必量布帛之長短，故引伸之，制又訓匹長。《周禮・天官・内宰》云：『出其度量淳制。』又《地官・質人》云：『壹其淳制。』杜子春訓制爲匹長，是也。裁衣又必量布帛之廣狹，故制又訓布帛幅廣狹。《禮記・王制》云：『度量數制。』鄭注云『制謂幅布帛廣狹』是也。匹長必有定數，故或云四丈，《淮南子・天文訓》故『四丈而爲匹，一匹而爲制』是也。或云丈八尺，鄭注《内宰》引《天子巡狩禮》『制幣丈八尺』是也。緣其表長度，故制又爲表示單位之名，與言匹、言端、言兩、言純爲類。如《管子・乘馬篇》云：『季絹三十三制當一鎰。』《韓非子・外儲説右上篇》云：『終歲布帛取二制焉。』《説苑・復恩篇》云『吴赤市使於智氏，假道於衛，甯文子具紵絺三百製，將以送之』是也。凡此皆由裁衣本義所得引申之義也。如制之本義不爲裁衣而爲裁制之通言，則諸經注諸子所稱制字之義皆不得其源，用字展轉引伸之跡亦無由獲見矣。」《積微居小學金石論叢》卷二案：其説鑿破混沌。制、製古今分別文。制，金文作「」楚器《王子午鼎》，《説文》古文作「」。實字演變。段注：「從彡者，裁斷之而有文也。」，即朱字。朱，古文作「」周暹《魏石經室古鉩印影》、「」《侯馬盟書》。朱，赤心木，引申言鋭刺、絶斷，而分別字作誅、殊。詳《聞一多全集》第二册《釋朱》。又通作祝，斷也。裁衣以刀斷之字作制，會意兼轉注。

【芰荷】王逸注：「芰，蔆也。秦人曰薢茩。荷，芙蕖也。」馬永卿曰：「薢音皆，茩音茍。僕仕於關陝之間，不聞此呼，正恐王逸別有義爾。後又讀《爾雅》『薢茩、英光』。案：英，芙字形誤，史繩祖已正之。注云，英明也。或云蔆也，關西謂之薢茩。以僕所見，芙光者，即今之草决明也。其葉初出，可以爲茹，其子可以治目疾。蓋謂可以解去垢穢，或恐以此得名。又《爾雅》云，『菱，蕨攗』，注云，『菱也，今水中芰』。然則菱自有正名，不謂之薢茩明矣。或曰，然則王逸、郭璞皆誤乎？僕曰，古者信以傳信，疑以傳疑。郭璞多引用《離騷》注，故承王逸之疑，而多出此注，所以廣異聞也。學者幸再考之。」史繩祖、楊升菴皆從其説，芰即芙明。案：《説文·艸部》：「蔆，芰也。从艸，淩聲。楚謂之芰，秦謂之薢茩。」段注：「《周禮》加籩之實有菱，注，蔆，芰也。《子虛賦》應劭注同。《楚語》『屈到嗜芰』，韋曰，芰，蔆也。《釋艸》曰，薢茩，芙光。郭云，芙明也，或曰蔆也。關西謂之薢茩。按：景純兩解，後解與《説文》、《字林》合。《釋草》又曰，菱，蕨攗。郭云，今水中芰。按：蕨攗、芙光皆雙聲，《爾雅》薢茩、芙光，或可以决明子釋之，不嫌異物同名也。而《説文》之『芰，薢茩』，即今蔆角。」案：其説是也。異物同名，芰謂之薢茩，决明亦謂之薢茩。王逸用「芰，薢茩」之義，而不從《爾雅》。不可混芰、芙明爲一物。「薢茩」之促音猶謂「角」。猶秦人語筆爲「不律」、貍爲「不來」之比。漢謂之「薢茩」，是關西語，信而有據，馬氏宋人，上距許、王又千百餘載，其非秦種，但嘗仕秦，安得妄下雌黃，謂「薢茩」非關西語耶？又引《爾雅》文以淆亂之，誠不知通變。史、楊之謬，更不待辨。惟王氏以「芰荷」爲二物，蓋亦失之。《漢書·揚雄傳》：「衿芰茄之緑衣兮，被夫容之朱裳。」應劭曰「芰，蔆也。」師古曰：「茄，亦荷字也。見張揖《古今字譜》。」案：茄、荷一字。《爾雅·釋草》：「荷，芙蕖。」郭注：「别名芙蓉，江東呼荷。」若「芰荷」爲二草，與下句言「芙蓉」同是一物，不亦犯複乎？芰荷、芙蓉對舉爲文，不當離析爲二。洪《補》曰：「芰荷，葉也。游澤承句斷在「芰」字下，標點則爲「芰，荷葉也。」非是。故以爲衣。芙蓉，華也。故以爲裳。」最爲達詁。《本草》云：「嫩者荷錢，貼水者藕荷，出水者芰荷。」單言「芰」，蔆之别名，楚語。「芰荷」連文，出水荷葉。出水之荷，葉大如笠，可得製衣。《本草》引《埤雅》曰：「芰荷，乃藕上出水生花之莖。」芰之言枝也。枝，謂幹、莖。因荷而從草，是以與「芰蔆」字相錯爾。王注「荷，芙蕖」云云，華也。《詩·山有扶蘇》「隰有荷華」，毛《傳》：「荷華，扶渠也。」夫渠，非葉。從可聲字多涵大義。大言謂之訶，大雁謂之鴚，水之大者曰河，大陵曰阿。葉之特大之草名曰荷。荷，何聲，亦可聲。荷，産南國水澤，其根爲藕，可供食用。包山楚簡《遣策》有「蒚（菹）一硆」，蒚，下從禺，藕字古文。

【衣裳】王逸注：「上曰衣，下曰裳。」案：《説文·衣部》：「上曰衣，下曰常。」又《巾部》：「常，下帬也。从巾，尚聲。裳，常或作裳。」常、裳一字，古作常。《周禮·大行人》「建常九斿」，鄭玄注：「常，旌斿也。」《司常》：「掌九旗之物。」鄭玄《春官·序官》注：「司常，主王旌旗。」常，旌旗名。《言部》：「識，常也。」《天官·大宰》「四曰官常，以聽官治」，《宰夫》「旅掌官常以治數」，官常，猶官職。許書「識，常也」之訓，即「職，官常也」。《爾雅·釋詁》：「職，常也。」《左傳》言「本秩禮，續常職」。常又爲官職統名，常伯、太常、常侍之類。《耳部》：「職，記微也。」微，「徽幟」徽字。職之爲言幟也。古氏族畫其所崇拜神怪物於旗幟，爲其族徽記，猶龍旗、虎旌、鳳旗之類。《釋名·釋兵》：「日月爲常，畫日月於其端。天子所建，言常明也。」徽記爲權力象徵。畫物於下帬，以明尊尊卑、等級秩録，天子之帬爲龍衮，畫龍、日形。大臣之帬或畫虎，或畫鹿，或畫靈禽怪獸，各以爲官職徽記，常爲官職之名。而後復製「裳」字專言裙，以別官常、典常。裳，後起分別字。

【雧】又作集。王逸注「集合芙蓉」云云，以集爲合。《楚辭》「集」字凡十二，王氏皆訓集合義。案：《說文·雥部》：「雧，羣鳥在木上也。」引申言合聚。包山楚簡文字作「雧」，從亼、隹、木。亼，合也。象衆鳥合於木。朱駿聲謂集合本字爲雜，借爲集。集，緝部；雜，物部。《說文》謂雜从衣，集聲。雜，从衣，从集，會意。上制衣，此集裳，儷偶對文，集猶制也，借作緝。集、輯古書通用。《左傳》僖二十四年「國未輯睦」，襄十九年「其天下輯睦」，《釋文》並云：「輯，本作集。」成十六年「辑睦以事君」，《釋文》：「辑，本作集。」又，輯、緝古書相通。《文選·褚淵碑文》「衣冠未緝」，注：「緝與輯同。」集、緝例得通用。《古今事文類聚》後集卷三二引正作緝。緝，綴也。言緝綴芙蓉之華爲下帬。

【芙蓉】王逸注：「芙蓉，蓮華也。」洪《補》引《本草》曰：「未發爲菡萏，已發爲芙蓉。」芙蓉、菡萏皆蓮華名，以已發、未發分別之。案：《招魂》「芙蓉始發，雜芰荷些。」發者爲芙蓉。菡萏受名於坎陷、頷顑，根於不足、不飽。詳上文「頷顑」注。芙蓉，菡萏之反，聲變爲豐融。《文選·琴賦》「豐融披離」，注：「豐融，盛貌。」又作布濩。《文選·吳都賦》「布濩皋澤」，劉淵林注：「布濩，遍滿貌。」《上林》李善注引郭璞曰：「布濩，猶布露也。」倒之曰鴻濛。《文選·羽獵賦》「鴻濛沆茫」，李善注引韋昭曰：「鴻濛，廣大貌。」沆茫亦音變字也。又作弘敷。《文選·西京賦》「乃崇隆而弘敷」，薛綜注：「弘敷，延蔓之貌也。」異文又作佛鬱、佛凡、紛媪、馮翼詳下文「喟憑心」注，皆根於盛發、布散義，發敷蓮華，則訓詁字作「芙蓉」。張雲遨謂「芙蓉」非艸，乃木芙蓉，不當與上句「芰荷」相復。衣用荷葉，而裳用華，雖一物而互用之，焉有犯複之嫌？衣裳用荷，其所興寓，亦濂溪先生愛其「出淤泥而不染，濯清漣而不妖，中通外直，不蔓不枝，香遠益清，亭亭浄植，可遠觀不可褻玩」，以應上「伏清白」。

是二句互文。汪瑗曰：「謂取芰荷、芙蓉以爲衣裳耳，非必芰荷可以爲衣，而芙蓉可以爲裳也。」其說最暢達。

不吾知其亦已兮　苟余情其信芳

【芳】洪《補》芳音敷方切。《五百家注昌黎文集》卷一注引「苟余情」一句同今本。

【不吾知】唐張銑注「言君不知我，我亦將止，然我情實美」云云，謂「不吾知」即「不知我」之倒，蓋唐人口語未以「不吾知」句法爲常，五臣從俗以釋之。「不吾知」句法，於今爲倒，於古爲順。句中否定辭「不」、「毋」、「未」、「莫」，若賓語爲代詞「我」、「吾」、「余」、「予」、「爾」、「汝」、「若」、「之」，則居述語前。詳《馬氏文通校注》五〇〇頁。下文「國無人莫我知兮」，《涉江》「世溷濁而莫余知兮」，《懷沙》「世溷濁莫吾知」，皆同。知，猶交知。「不吾知」，承上「獨窮困」、「進不入」，言不與我交也。《墨子・經上》曰：「知，接也。」《莊子・庚桑楚》曰：「知者，接也。」古謂相交接爲友曰知，與人交亦曰知。《左傳》昭二十八年，叔向一見鬷蔑，遂如故知。言如故交、故友也。《九歌・少司命》「樂莫樂兮新相知」，言樂新相交也。又，《後漢書・宋宏傳》「貧賤之交不可忘」，《羣書治要》「交」字作「知」。下「莫我知」，亦同此。又張銑謂「君不知我」，屬君。汪瑗曰：「不吾知，言世俗之溷濁，不知己之奇服也。《涉江》曰『余幼好此奇服兮，年既老而不衰』；又曰『世溷濁而莫余知兮，吾方高馳而不顧』是也。」屬世俗。案：此總上靈脩浩蕩、衆女謠諑、時俗改錯三端，屬靈脩、衆女、時俗之人。游澤承謂「乃泛言概指朝野」是也。

【其】張銑注文「君不知我，我亦將止」云云，釋其爲將。案：《玉篇》：「亓，古文其。」包山楚簡亦作亓或作丌。亓、亦形似，古多相亂。《墨子・公孟》「而去亓冠也」，畢沅曰：「舊作『亦』，知是此字之譌。」又「《子亦》有之曰」，戴望曰：「『子亦』，疑當作『亓子』，亓，古其字。其子即箕子。《周書》有《箕子篇》，今亡。」又，「是亦當而不可易者也」，俞樾曰：「亦，當爲亣，古文其字也」。蓋本作「不吾知亦已」，後衍「亦」字，作「亦亦已」，淺人改「亦」爲「其」，而作「其亦已」也。其，衍文，當删。

【已】張銑訓止，是也。已，本爲「以」别文。已，讀如巳，古書通用。《説文》：「巳，已也。四月陽气已出，陰气已藏，萬物見，成彣彰，故巳爲蛇，象形。」朱駿聲曰：「巳，似也。象子在包中形，包字从之，孺子爲兒，襁褓爲子，方生順出爲，未生在腹爲巳。者，指事；巳者，象形。《淮南·天文》：『巳則生已定也。』《廣雅·釋言》：『子，巳，似也。』此字引申爲止，猶息也，定也，静也。故反巳爲㠯。古巳、㠯同讀，經傳止息之義皆當作此『巳』字。巳者，止也。㠯者，用也，行也。」甲文巳字作「」《前編》七·九·二、「」《佚》二八四，金文作「」《吴王光鑑》，象胞中子，非象蛇。朱子未見甲文，其説與甲、金文吻合。又爲決絶之辭。《左傳》昭十二年：「已乎！已乎！」服注：「已乎，決絶之辭。」又昭十三年「且曰吾已」，杜注：「已，猶決竟。」

【苟】汪瑗曰：「二句乃倒文法，本謂苟余情其信芳，則雖不吾知其亦已矣，又何傷哉！」朱季海曰：「《大戴禮記·曾子立事》第四十九：『人知之，則願也；人不知，苟吾自知也。』孔廣森《補注》：『屈原曰：「不吾知其亦已兮，苟余情其信芳。」』孔君引《離騷》此句，以證《曾子》是也。《曾子》既是散文，又何趁韻之有？明古人自有此句法。於此言苟，止如今俗言『只要』、『但求』耳。初非倒句。此二例仍是主句在後，苟是副詞性連詞，所以領起主句，説者未見《曾子》，不悟苟字可作此用，遂一切以爲倒句趁韻爾。」案：朱説是也。但舉《曾子》，不足立新。補援數事以佐其説。《詩·君子于役》「君子于役，苟無飢渴」。言但求無飢無渴也。《左傳》襄二十八年「小適大，苟舍而已，焉用壇」？言但求舍耳。下「夫維聖哲以茂行兮，苟得用此下土」，言乃得用此下土也。又，「委厥美以從俗兮，苟得列乎衆芳」，言但求列於衆芳也。皆同。惟朱誤「苟」爲「苟」，亦未細審。

是二句言朝野内外皆不我知亦已哉，誠我中情其好芳也。

不吾知其亦已兮　苟余情其信芳

第二十九韻：裳、芳

裳，古音爲［ziaŋ］；芳，古音爲［piaŋ］。裳、芳古同陽部。

高余冠之岌岌兮　長余佩之陸離

余《文選》六臣本卷六《魏都賦》注引余訛作途，李善注本則作餘。又，《文選》卷一五《思玄賦》注兩引、《太平御覽》卷六八四、《海録碎事》卷五兩引、《後漢書》卷七八《宦者傳》注、黎本《玉篇》山部「岌」字引亦作余。《對牀夜語》引作予。

冠黎本《玉篇·山部》「岌」字引冠字作冦。案：冦，俗冠字。

岌洪《補》、朱《注》、錢《傳》岌同音魚及切。

長余《後漢書》卷二八下《馮衍傳》注引「長余」一句余作吾。案：《文選》卷一五《思玄賦》注兩引、黎本《玉篇》山部「岌」字、《對牀夜語》、《海録碎事》卷五兩引、《太平御覽》卷六八四引作余。

佩《太平御覽》卷六八四引作珮。案：佩，本字；珮，佩玉專字。

【**高、長**】王逸注：「言己懷德不用，復高我之冠，長我之佩，尊其威儀，整其服飾，以異於衆也。」王氏以高、長爲外動。高，同《國語·吴語》「高高下下」之「高」，韋昭注：「高高，起臺榭。」高，訓崇高，形容詞，平聲；增高、高起，動詞，去聲。長，同《莊子·庚桑楚》「有長而無乎本剽」之長，《釋文》：「長，增也。」長，音持亮切，去聲，動詞余冠、長余佩，猶上「回朕車」、「步余馬」句法，倒句。余，主格，謂余高冠、余長佩。

【冠、佩】冠，即《涉江》「切雲」冠。一九七三年湖南長沙城東南子彈庫發掘戰國楚墓，帛畫一幅，中畫一髯須男子，側身直立，手執繮繩，駕馭一龍，頭戴高冠，腰佩長劍，仿佛《離騷》屈子再世。朱子曰：「佩，玉佩也。」汪瑗曰：「佩謂雜佩，劍、玉、蘭茝之類皆是。」《九歌·大司命》云：「玉佩兮陸離。」蓋朱子所本。《九章·涉江》云：「帶長鋏之陸離兮，冠切雲之崔巍。」汪氏錯雜《九歌》、《九章》折中爲説。屈賦凡佩劍，皆以長爲美。其飾語亦爲脩長義。《少司命》「竦長劍兮擁幼艾」，《東皇太一》「撫長劍兮玉珥」，《涉江》「帶長鋏之陸離」。玉佩，不以長爲飾語。佩，謂佩劍，省文耳。據郭德維《江陵楚墓論述》（《考古報告》，一九八二年第二期）載：「銅劍是江陵楚墓中最重要的一種兵器，成年男姓墓中幾乎都有一件銅劍隨葬，較大的貴族墓隨葬銅劍更多，如望山 M_2 隨葬七件，天星觀 M_1 隨葬三十二件。」蓋其俗如此。

【岌岌】王逸注：「岌岌，高貌。」「高余冠之岌岌兮，長余佩之陸離」句法，句末疊字或連語，本爲句中名詞「冠」、「佩」飾語，其繫於句末而不在名詞之前者，成「動—名—之—疊字或連語」句式，爲楚辭句法所特有，最富於繪形摹色，其飾語亦必與句首動詞同義。上「貫薜荔之落蘂」、「索胡繩之纚纚」，下「揚雲霓之晻藹兮，鳴玉鸞之啾啾」、「駕八龍之婉婉兮，載雲旗之委蛇」，皆其比。《説文》無「岌」字。《新坿》曰：「岌，山高貌。從山，及聲。」因《爾雅·釋山》「小山岌，大山峘」而增補。郭璞注：「岌，謂高過。」岌，及聲，有極至義。《吕氏春秋·明理》「其福無不及也」，高注：「及，至也。」言山高極至者字作岌。岌，形聲兼轉注。又，《説文·山部》有「崟」字，曰：「崟，山之岑崟也。从山，金聲。」岑崟，高峻貌。金無高義。金，借爲今。《厂部》：「㕂，石地也。从厂，金聲。讀若紟。」紟从今聲。《黑部》：「黔，黄黑也。从黑，金聲。」《廣雅・釋器》字作「黅」。黅，从今聲。金、今二字通用。今，及也。《亼部》：「今，是時也。从亼，从フ。フ，古文及。」今、及爲侵緝平入對轉，見羣旁紐雙聲。崟字從金，借及聲。崟，岌字異文。《爾雅》訓岌爲小山，即極至引申。又引申言危殆。《孟子・萬章上》「天下殆哉，岌岌乎」，注曰：「岌岌乎，不安貌也。」《漢書・韋賢傳》「岌岌其國」，應劭曰：「岌岌，欲毁壞也。」顔師古曰：「岌岌，危動貌。」《説文・山部》復有「岑」字，曰：「岑，山小而高。从山，今聲。」説者或謂岑、崟、岌一字。詳黄侃、黄焯《説文同文》。非是。岑音鉏箴切，照紐，非牙音。岑，或作嶜。《漢書・揚雄傳・音義》引《字詁》曰：「嶜，古文岑。」岑，從山，從今，會意字。借今爲及。岑字，會意兼假借。許氏誤爲諧聲。

【陸離】王逸注：「陸離，猶嵾嵯，衆貌也。」洪《補》引《説文》曰：「陸離，美好貌。」又引顔師古曰：「陸離，分散也。」李陳玉曰：「陸離，所佩光彩不定也。」王夫之曰：「陸離，璀璨也。」汪瑗曰：「陸離，參錯美好之貌也。」錢杲之曰：「陸離，光耀也。」徐焕龍曰：「陸離，光彩分散貌。」蔣驥曰：「陸離，燦爛之貌。」胡文英曰：「陸離，斑駮貌。」皆於玉佩設義。案：王念孫曰：「陸離有二義：一爲參差貌；一爲長貌。下文云『紛總總其離合兮，斑陸離其上下』，司馬相如《大人賦》云『攢羅列聚，叢以蘢茸兮；衍曼流爛，痑以陸離』，皆參差之貌也。此云『高余冠之岌岌兮，長余佩之陸離』。岌岌爲高貌，則陸離爲長貌，非謂參差也。《九章》云：『帶長鋏之陸離兮，冠切雲之崔嵬。』義與此同。」其説碻乎不易。屈賦「動—名—之—疊字或連語」句法，陸離，與句首「長」義同，不解參差而解長貌。或文作淋離，《哀時命》：「冠崔嵬而切雲兮，劍淋離而從横。」王逸注：「淋離，長貌也。言劍則長好，與衆異也。」又作綝纚詳《九懷・通路》、淋灑詳《文選・洞簫賦》注。與零落屬一字音變。詳上文「零落」注。朱季海曰：「然物有長短而參差見，凡言參差則長在其中。」陸離訓參差、訓長，一義相因，隨文所用，義各有專，解者未可一槩以「參差」説之。宜沈吟反復，求其文詞旨所在。

是二句言我方當復修初服，乃冠岌岌之切雲冠，佩陸離之長劍。此同《東皇太一》祭巫「撫長劍兮玉珥，璆鏘鳴兮琳琅」之服飾，皆徵祖神之服，爲下文上征張本。

芳與澤其雜糅兮　唯昭質其猶未虧

糅《文選》六臣糅音女又切。洪《補》、朱《注》糅同音女救切，錢《傳》音忍九切。案：女又、女救音同，去聲。忍九，上聲。糅訓「糅飯」，上聲。引申言混雜，去聲。黎本《玉篇·食部》曰：「䬲，女久反。《楚辭》『芳與澤其雜䬲』，王逸曰：『䬲，雜也。』」案：王逸用「和合」義，非用混雜義，音女久切，上聲。則字作䬲。《説文·米部》：「粈，雜飯也。」《食部》：「䬲，雜飯也。」段注：「此䬲篆蓋俗增，故非其次，宜删。」朱駿聲曰：「粈即䬲之或體。」蓋許書本云：「粈雜飯也。从米，丑聲。䬲，粈或从食。」後析爲二字二義，而分《米部》有粈、《食部》有䬲。慧琳《一切經音義》卷九曰：「糅，古文粈、䬲二形。」粈、䬲爲一字，粈、糅爲古今字。䬲，非俗字。古本《玉篇》引《離騷》，猶存古字。

虧洪《補》、錢《傳》同引一本作𧇾。《文選》六臣本作𧆛，姜亮夫曰：「𧇾，爲虧之或體，𧆛則六朝以爲俗書也。」案：虧，會意，𧇾，形聲。虧、𧇾一字，詳注。慧琳《一切經音義》卷一五亦曰：「虧從亏，或從兮作𧇾。經從虛作𧆛，不成字也。」

【芳與澤】王逸注：「芳，德之臭也。《易》曰『其臭如蘭』。澤，質之潤也。玉堅而有潤澤。」李周翰注文「言我有香潤之德」云云，謂芳澤猶香潤。朱子曰：「芳，謂以香物爲衣裳。澤，謂玉佩有潤澤也。」汪瑗曰：「芳，言其氣之芬芳；　澤，言其色之潤澤。總承上衣裳冠佩而言。」李陳玉曰：「澤，脂粉之類是也。」錢澄之曰：「芳者外揚，澤者內浹。」林雲銘曰：「芳指衣裳，澤指冠佩。」朱冀曰：「芳是香氣，比君子志行芳潔；　澤是芳澤，比小人聲聞過情。」皆因王注濫觴。又，聞一多曰：「澤，所以沐髮者也。」王夫之曰：「澤，垢膩也。」魯筆曰：「澤，垢澤，指小人污穢者。」陳遠新曰：「澤，汗氣，初服無之。」案：其説碻也。澤，承上「朝誶而夕替」、「忍尤而攘詬」。又，姜亮夫曰：「按，澤古字作臭，讀若浩。疑《離騷》本作臭，字形訛作臭，王逸以今文定之，又誤作澤也。」劉永濟、郭沫若借澤爲襗，引鄭《箋》曰：「襗，褻衣，近污垢。」何劍薰以澤爲沃誤字，訓污穢。説雖通，而私臆改字，不如清儒允當。澤，謂水澤，水澤藏污納垢，又爲污穢義。《禮記・曲禮》「共飯不澤手」，謂供飯不污手。不必求諸別字別義。

【雜糅】王逸注：「糅，雜也。言我外有芬芳之德，內有玉澤之質，二美雜會，兼在於己，而不得施用，故獨保明其身，無有虧歇而已。」其多蔓詞。案：「雜糅」連文，言混雜、相亂義，而非和集、和合。糅，古作粈，從米，丑聲。又作飷，從食，丑聲。言「雜飯」，猶和飯。雜，訓五色相合義，引申言合。粈，言柔。粈、柔幽部，透日旁紐雙聲，例得通用。柔，和合。《管子・四時》「然則柔風甘雨乃至」，注：「柔，和也。」粈、飷，借聲字，糅，聲義相合，後起專字。引申言和合、相配。《漢書・劉向傳》注：「糅，和也。」《九章・橘頌》：「青黃雜糅，文章爛兮。」言青黃二色相配合。又引申言混雜、參錯。《史記・曆書》「民神雜擾」，擾即糅。《論衡・累害》「玉石雜糅」。蓋所糅合爲平列者，雜糅謂相配；　所糅爲反對者，雜糅謂混雜。芳、澤相反對，雜糅，言混雜。

【唯】王逸注：「唯，獨也。」案：至碻。唯訓獨，轉折語詞。《九章・思美人》：「芳與澤其雜糅兮，羌芳華自中出。」以「唯」爲「羌」，唯，言羌、乃。羌訓乃、訓反，轉折語辭。詳上「羌」注。《惜往日》：「芳與澤其雜糅兮，孰申旦而別之？」以「唯」爲「孰」。孰，言何，逆轉之意；　獨，亦訓何。詳上「獨窮困」之獨注。《説苑・復恩》：「獻公之子九人，唯君在耳；天未絶晉，必將有主，主晉祀者，非君而何？唯二三子者以爲己力，不亦誣乎？」「唯二三子」，言獨二三子也。唯，逆轉語辭。《左傳》則作「而二三子以爲己力」。而，乃也，卻也。唯、而義同。又，《國語・吴語》：「吾欲與之徼天之衷，唯是車馬兵甲卒伍既具，無以行之。」言而是車馬兵甲卒伍既具，無以行之也。

【昭質】王逸注：「昭，明也。」注「獨保明其身」云云，謂昭質爲己昭明本質。汪瑗曰：「昭，明也。質，性質也。言雜糅其芳澤之佩服，蓋欲昭明其質性之無虧損耳。」徐焕龍曰：「惟此昭明質直之初服，庶乎猶未少虧耳。」皆同王注。聞一多曰：「質，本質；昭，彰著也。芳謂馨香，澤謂光華。二者俱皆秀出，即此昭質未虧之義。」魏炯若謂「脩名既立，昭昭乎若揭日月而行，人皆見之，故稱爲昭質」。因王注濫觴。王夫之曰：「昭質，昭明潔白之標準也。」昭訓明，質訓標準。案：昭，借作卲，同從召聲，例得相通。卲，言美。古皆以卲爲之。《小爾雅・廣詁》、《法言・重黎》「賢者不足卲也」，注並曰：「卲，美。」或通作劭。《爾雅・釋詁》舊注曰：「劭，美也。」從召聲字多涵美好義。昭訓明，亦爲美。《春秋左傳類解》引《謚法》曰：「容儀恭美曰昭。」才能絶異之謂超。《釋名・釋姿容》：「超，卓也。」舜樂名曰《韶》，根於美好義。《説文・卩部》：「卲，高也。」高者明，字作昭；高者遠，字作超。音同而義通。召，言卓也。卓，高也。召、卓爲宵樂平入對轉。邵、卲、昭、超皆借聲字。高曰卲，亦曰卓；明曰昭，亦曰焯；美曰卲，亦曰婥；遠曰超，亦曰趠。音義皆通。卲質，美質。於屈子，質之與情，本屬一體。《懷沙》曰：「懷質抱情，獨無匹兮。」情，有忠情、戀情、怨情、鄉情，内涵至廣泛，而一言以蔽之，宗教血緣之情耳。質，蓋中正本質也。卲質，義同美正。《説文・貝部》：「質，以物相贅。从貝、所。闕。」「以物相贅」，謂物相當值，蕴涵「正」義。「從貝、所。闕」，蓋闕其「所」字音義。《斤部》：「所，二斤也。闕。」所，之日切。質，從貝、所，所亦聲。《九章算術》注曰：「張衡算又謂立方爲質，立圓爲渾。」質，所字假借，象立方體。渾，軍也。古以車爲立圓謂之軍。章太炎先生《小學問答》曰：「立方爲質，則所字也。斤爲砍木斧，今浙東砍柴所用，是其遺法。背厚刃薄，作五面形。依《九章算術》『邪解立方，得兩塹堵。兩塹堵顛倒相補，即成立方』，今斫柴斤成五面者，正中塹堵。立體難象，故只以邪解平方象之，取其側形。其字本當作『』，石鼓、彝器稍變作『』，小篆變作『』，皆篆勢取姿耳。本形『』象邪解平方，實邪解立方也。兩斤顛倒相補，即爲立方矣。故二斤爲所，即立方之義。」章説發前人所未發。「邪解立方」，古人計立方體術數。立方，對邪分之爲二，是爲兩三角體，即「」、「」之形。塹堵者，積於溝渠兩側，如兩三角立體。「顛倒相補」，謂以兩塹堵顛倒相合，成立方體。「兩斤顛倒相補」、「兩塹堵顛倒相補」，皆合爲立方體。斤質、柱下石之質及門限之質，皆用立方體。所，爲立方體，故有正義。通作質。《周禮・大司馬》「質明」注、《司弓矢》「以授射甲革椹質者」注、《廣雅・釋詁》、《小爾雅・廣言》並曰：「質，正也。」又，《禮記・聘義》「君子於其所尊弗敢質」，注：「質，謂正自相當。」二物相當值是作質，從貝，從所。所，賅「相當」義。屈子「昭質」以中正爲憑，亦寓其血緣情愫。「情」與「質」、冥界與現世、生存與死亡，並存俱在。何以使昭質章著於濁世？《惜誦》曰：「檮木蘭以矯蕙兮，糳申椒以爲糧。播江離與滋菊兮，願春日以爲糗芳。恐情質之不信兮，故重著以自明。」蓋藉服飾衆芳爲資。「復脩初服」諸事，亦在使「昭質」滿内而外揚，臻於人格之極致。

【其猶】姜亮夫謂「其猶」之其，代詞。不知「其」字代何物何事。《離騷》「其猶」凡三見上「雖九死其猶未悔」，下「覽余初其猶未悔」，「其猶」連文，平列同義。其，言猶、尚。下文「覽椒蘭其若兹兮，又況揭車與江離」，洪《補》曰：「子椒、子蘭宜有椒、蘭之芬芳，而猶若是，況衆臣若揭車、江離者乎？」訓「其」爲「猶」。蓋單言曰其、曰猶，復言曰「其猶」。

【虧】王逸注：「虧，歇也。」下文「芳菲菲而難虧」、《九歌・大司命》「願若今兮無虧」，王氏亦訓爲虧歇。案：《説文・亏部》曰：「虧，氣損也。从亏，雐聲。虧，虧或从兮。」引申言歇止、毁損。昭質未虧，謂美質未毁損。雐，魚部。虧，歌部。《離騷》虧協離，《天問》虧協加，《莊子・山木》虧協離、挫、議，《韓非子・揚權》虧協靡。皆不與魚部韻。虧、雐古不同音，不相諧。虧，從雐，從亏，會意。雐，無毀損義。雐，借如户，古書通用。户，有歇止義。《左傳》宣十二年「屈蕩户之」，杜注：「户，止也。」氣歇止字爲虧。虧，會意兼假借。或體作虧，從雐，兮聲。兮音胡鷄切，歌部，匣紐四等。虧、兮同部，其聲但分喉之深淺，二字相諧。兮，舒氣。氣舒歇止字爲虧。虧，形聲兼假借。

是二句言芳香與污垢相雜糅，羌美正之質猶未虧損也。

第三十韻離、虧

戴震：「離，謂之羅。」江有誥曰：「離音羅。」案：楚音羅爲離。詳注。離，古音爲[liai]。戴震曰：「虧，古音去戈切。」江有誥曰：「虧音柯，歌部。」馬其昶曰：「《漢學諧聲》云：『虧讀科。』此从陽聲也。从陰則讀戲。《集韻》：『虧與戲通，虙虧即伏犧。』」案：虧音去戈、音柯，皆爲一等合口。戲音許宜切，三等開口。虧音去爲切，二等合口，古音爲[kr^wai]。離、虧古同歌部。

忽反顧以遊目兮　將往觀乎四荒

反《文選》卷二六潘岳《在懷縣作詩二首》注引「反」作「返」。案：反、返古今字，屈騷反顧皆作反。《文選》卷一《西都賦》注、卷七《甘泉賦》注、卷九《東征賦》注、卷一〇《西征賦》注、卷二九張華《情詩》注、卷四五石崇《思歸引序》注，《施注蘇詩》卷一八注引亦作反。

以《文選》卷一〇《西征賦》注引作而。

【遊】《文選》六臣本作游，洪《補》引一本、元刊朱《注》本亦作游，《文選》卷九《東征賦》注引亦作游。案：包山楚簡戲游字亦作庭遊。蓋游、遊已判爲二字。

【目】《文選》李善注本四明林氏校刻本卷二九張華《情詩》注引訛作國，而六臣本涵芬樓藏宋刊本李善注引作目。

【忽】王逸注：「忽，疾貌。言己欲進忠信，以輔事君，而不見省，故忽然反顧而去，將遂遊目往觀四荒之外，以求賢君也。」案：忽字冠於句首者有二義。一爲亂貌。上「忽馳騖以追逐」是也。一爲疾貌。此文「忽反顧以遊目」及下文「忽吾行此流沙」、「忽臨睨夫舊鄉」是也。後解用語辭疾義，同今語「忽然」、「恍然」，狀漫不經心之義。

【反顧】王逸注「反顧而去」云云，訓顧爲回反義，以「反顧」爲平列複語。汪瑗曰：「反顧，回首而視也。」案：反，周旋反覆。《說文・又部》「反，覆也。」引申言往來旋復。詳《詩・何人斯》毛《傳》。《頁部》：「顧，還視也。从頁，雇聲。」「還視」，言周旋而視。《詩・蓼莪》「顧我復我」，鄭《箋》：「顧，旋視也。」反顧，言環視，非回首而視。顧字從頁，首也。從雇聲，本言酬報，引申言周旋往反。形聲兼轉注。

【遊目】吕延濟曰：「故疾反顧，遠視四荒之外，以求知己者。」以「遊目」言「遠視」。汪瑗曰：「游目，謂縱目以流觀也。」案：遊、游一字。《說文・㫃部》：「游，旌旗之流也。从㫃，汓聲。」引申之言流從。《漢書・匈奴傳》「從上游來厭人」，顏師古注引服虔曰：「遊，猶流也。」《項籍傳》「必居上遊」，顏師古注引文穎曰：「遊，或作流。」《史記・蘇秦列傳》「遊說諸侯」，或本「遊說」作「流說」。流有放縱義。《禮記・射義》「夫君臣習禮樂而以流亡者」，注：「流，猶放也。」《尚書・舜典》「流宥五刑」，馬融注：「流，放也。」《晉語》「有直質而無流心」，韋昭注：「流，放也。」《漢書・王褒傳》：「數從褒等游獵。」或本遊作放，以其義同而替用。遊目，即流目，言放目。反顧遊目，言旋首四顧，放目騁望。

【往觀】注家以「往觀」言「往去觀視」。案：往，去也。觀，借爲勸，古字通用。《管子·七法》「立少而觀多」，尹注：「觀，當作勸。」許維遹曰：「觀、勸聲類同，古字通用。《尚書》勸字多作觀。」《禮記·緇衣》「周田觀文王之德」，孔疏：「觀，當作勸。」《荀子·非相篇》「觀人以言」，《藝文類聚·人部》卷一五引作「勸人以言」。《列子·楊朱》「故不爲名所勸」，《釋文》：「勸，一本作觀。」勸，言隨。《莊子·天運》「淫樂而勸是」，《釋文》引司馬注：「勸，讀曰隨也。」勸，去願切；隨，許規切。勸、隨爲歌元陰陽對轉、溪曉旁紐雙聲。隨，言躡、從。往隨，言往行隨從。下「周流觀乎上下」，即同此。

【四荒】王逸注：「荒，遠也。」洪《補》曰：「《爾雅》觚竹、北户、西王母、日下謂之四荒。皆四方昏荒之國。」朱冀曰：「四荒，謂楚之四境。」蔣驥曰：「四荒，舉天下而言。」謝濟世曰：「四荒，以放所四境言。」案：荒，方之借字。荒從亡聲，方、荒陽部、明紐，例得通用。方，方域。《易·既濟》「高宗伐鬼方」，注：「方，國也。」往觀四方，謂往行周偏天下。王逸謂「往觀」以求賢君，陸善經謂「欲之他國」，吕延濟謂「以求知己」。又，洪《補》曰：「當是時國無人，莫我知者，故欲觀乎四荒，以求同志。此孔子『浮海』、『居夷』之意。然原初未嘗去楚者，同姓無可去之義故也。」朱子謂「往觀四荒」，「庶幾一遇賢君」。汪瑗曰：「然屈原當時實有去楚之志。特所以去楚者，謂斂德避難而遁去耳，非謂去楚别求賢君而事之也。」戴震曰：「往觀四荒，猶言無往而不自得也。」張象津曰：「觀乎四荒，以偏考於人也。」陳本禮曰：「忽反顧昭質之未虧，而不忍坐視滔滔之天下，故欲往觀四荒，或有重我之佩飾、好我之芳菲者乎？」夏大霖曰：「忽遊目四荒者，審可仕之國。」游國恩曰：「此處往觀四荒，但云潔身遠游以避尤耳。豈得徑以求君、求賢當之乎？」皆拘局於君臣之義。往行四方，承上「反」、「退」，開啓下篇「上征」縣圃。往觀之旨，宜於反本死亡母題説之。屈子決意反本、退歸其生初始，乃復脩徹神之服。祭服既具，將啓程也。冥界之路何在？其於椒丘之上，登臨四顧，歷徧天下茫茫之路，蓋未知宗神之丘所在。於是欲往行天下四方，踏徧南國之土。往者，去椒丘而往行也。觀者，因楚族發祥之跡而躡行之也。自此以下，見詈女嬃、折中重華、求帝、求女、卜氛、問咸，乃至登遐天國，種種曲折，皆由「往觀」敷演。往觀四荒，讀《騷》之關鑰，不可輕易放過。林雲銘曰：「此二句伏下周流上下數段。」。朱冀曰：「『往觀』句伏上下求索數段也。」林仲懿曰：「一句中有牽上搭下之法。」蔣驥曰：「《離騷》下半篇，俱自『往觀四荒』句生出。只是一意，却翻出無限烟波。」又曰：「《楚辭》章法奇絶處，如《離騷》本意，只注『從彭咸之所居』，却用『將往觀乎四荒』開下半篇之局，臨末以『蜷局顧而不行』跌轉。」葉星衛亦曰：「『忽反顧以遊目』二語，開出下半篇，爲通篇之一大關捩。」先賢皆已識之，惜乎局限於臣君比喻，而置《離騷》反本歸根之不顧也。自此以下，重在生死、去留之間，於君臣已退居次要位置。海寧王静安先生《人間詞話》之「三種境界」，借以説《離騷》段落結構，則無不合。屈子在椒丘之上反顧流目，將往隨列宗列祖，即猶「昨夜西風凋碧樹，獨上高樓，望盡天下路」之第一種境界。下文求帝、求女、卜氛、問咸、西行，敘寫敷張反本歸宗、以求合祖神種種經歷，猶「衣帶漸寬終不悔，爲伊消得人憔悴」之第二種境界。「亂曰」以下二韻則不意「從彭咸之所居」，以揭櫫求女歸宿，猶「衆里尋他千百度。驀然回首，那人却在，燈火爛栅處」之第三種境界。以下記敘反本歸宗、求合始祖，實死亡意識形象化。據其反本歸宗本事，又分三段：嬃詈、陳辭重華二大章敘言反歸求祖之始，是時未遑發軔啓程。求帝、求女、卜氛、問咸、西行五大章詳敘言反歸求宗始末。亂辭以下，言反歸求宗神結局。《離騷》整體結構宜分三大段：自篇首至「雖體解吾猶未變兮，豈余心之可懲」爲第一大段，屈子由先道至被拌以至不忍苟活、欲反本歸宗之種種不幸情狀。「女嬃之嬋媛兮」至「僕夫悲余馬懷兮，蜷局顧而不行」爲第二大段，詳敘反歸求宗遐思。篇末二語爲第三大段，但結其反本結局。雖然，屈子死則死矣，但歸至宗垞即了事，何以遊目反顧而必往觀四荒如是？宜於其習俗宗教言之。反本之路，於古皆謂其先祖始遷之路，亦其族轉輾流播之路。雲南永寧納西族葬禮之《開路經》載，亡魂反本路程，即其族南遷永寧歷史，亡魂即遵其歷程而歸反於始祖。屈子「反本」，亦遵其楚族南徙之歷程。是以始去之前，必得「反顧」詳審，而後「往觀」四荒也。始祖南徙之歷程艱難曲折，則其求索死亡之路途亦必艱難曲折也。

是二句言我佇立於椒丘之巔，忽然環視四方，極目騁望，欲將往去隨行列祖之跡，偏行四海以求回歸於初始之居也。

佩繽紛其繁飾兮　芳菲菲其彌章

繽 羅本、黎本《玉篇·糸部》「繽」字引作繽。案：繽，六朝俗字。《文選》卷一《西都賦》注引亦作繽。

飾 羅本、黎本《玉篇·糸部》「繽」字引飾作餝。案：餝，六朝俗字。《文選》卷一《西都賦》注引亦作飾。

其 《文選》卷一五《思玄賦》注引作兮。案：非《離騷》用兮通例，訛字。又，羅本、黎本《玉篇·兮部》「虧」字引此句作而。

【佩】王逸注「佩玉繽紛而衆盛」云云，佩謂「佩玉」，朱子「佩服愈盛而明」云云，佩謂「佩服」。案：佩，總衣芰荷、裳芙蓉，冠高冠、佩長劍諸事，爲其所復脩之「初服」，不專指佩玉。又，姜亮夫謂此「佩」字同「長余佩」之佩，蓋不審「長余佩」但指佩劍，安得侈言「繁飾」？姜氏又謂「屈賦言佩事，大體皆以表其容儀、德行，即所謂德佩者也。古代佩芳佩玉之説常見，蓋佩玉爲古之定制，佩芳爲民間風習」云云，亦非塙論。屈子佩飾，不論佩玉、佩芳，有雙重涵意，既以表其中正、芳潔本質，又以見其通神列祖之祭司性質。此文「復脩初服」、佩飾衆芳，在於儌神以反本，類禮之所謂喪服也。儌神必薦芳潔，神不潔不芳者不歆。

【繽紛】王逸注：「繽紛，盛貌。」錢杲之曰：「繽紛，多貌。」，下「時繽紛其變易兮」，王逸注「時世溷濁」云云，繽紛訓溷濁。吕延濟曰：「繽紛，亂也。」雖一字而義反對。案：繽紛，連語，根於纏結不釋。《淮南子·俶真訓》「被德含和，繽紛蘢蓯」，高注：「繽紛，雜糅也。」《漢書·揚雄傳》「暗累以其繽紛」，顔師古曰：「繽紛，交雜也。」争鬬不解，訓詁字作「闠閿」。《説文·門部》：「闠閿，連結繽紛相牽也。」《廣韻》上平聲第二十文韻字又作「闠閿」。和合謂之雜糅，亦謂之繽紛。狀舞態柔和、舞步協調，又謂舞好貌。《文選·上林賦》「鄢郢繽紛」，李善注引李奇曰：「繽紛，舞貌。」狀旌旗偃蹇婀娜，訓詁字作翩翻，《説苑·指武》「旌旗翩翻」是也。狀飛鳥之衆亦謂之繽紛，謝靈運《王子晉贊》「與爾共繽紛」是也。引申言疾飛貌。《漢書·揚雄傳》顔師古注：「繽紛，衆疾也。」字或作翩幡。《漢書·司馬相如傳》「翩幡互經」是也。又作翻幡。詳《史記·司馬相如列傳》注。又作繽翻。《文選·吴都賦》「大鵬繽翻」是也。《説文》訓詁字作「覕𧡣」，《見部》：「覕𧡣，暫見也。」暫見，言疾見，與言疾飛相因。又引伸言亂貌，是爲惡語。訓詁字作邠盼。詳《古文苑》揚雄《蜀都賦》。又作汃㚍。詳《尚書·吕刑》。又作湎紛。詳《論衡·寒温》。又作汃芬。詳《逸周書·祭公》注引孔晁曰：「亂也。」又引申爲言盛多、盛大。又作噴勃詳《文選·長笛賦》，又作蓬孛詳《漢書·藝文志》，又作烽勃詳《集韻》平聲第一東韻，又作熢焞詳《集韻》入聲第十一没韻，又作濆薄詳《文選·吴都賦》，又作淵渤詳郭璞《江賦》，又作旁礴詳《莊子·逍遥遊》，又作旁魄詳《史記·封禪書》，又作繁墳詳《淮南子·俶真訓》，又作蔽芾詳《詩·甘棠》，又作畢沸詳《説文》「畢」字，又作澎湃詳《史記·司馬相如列傳》，則不可勝計。

【繁】王逸注：「繁，衆也。」《説文》無繁字，《糸部》有「緐」，曰：「緐，馬髦飾也。从糸，每聲。䋣，緐或从𢍜。」段注：「馬髦，爲馬鬣也。飾亦妝飾之飾。蓋集絲絛下垂爲飾曰緐，引伸爲緐多，又俗改其字作緐。俗形行而本形廢，引申之義行而本義廢矣。」又曰：「各本下有『聲』字，非也。今删。每者，艸盛上出，故从糸、每，會意。」朱駿聲曰：「每，非聲。當从糸、从每，會意。每者，草盛上出，鬣飾如之。《獨斷》：『武冠曰繁冠。』今謂之大冠。疑本義之轉注。或說，《小爾雅・廣詁》：『繁，多也。』係與每皆會衆多意，本訓與『蕃』略同。」案：朱說是也。古珎文作「」《燕陶館藏印》，楚簡文作「」河南信陽長臺關戰國楚墓殘簡，從糸，從每。金文作「」《庚八鼎》，象馬鬣飾，緐字古文。

【飾】王逸注「猶整飾儀容，佩玉繽紛而衆盛」云云，以飾爲動詞，言整治。案：繁飾，名也，非動詞；繁，「飾」疏狀字，盛多之佩飾。《說文・巾部》：「飾，刷也。从巾，从人，食聲。讀若式。」食，無刷義。食音式，借爲拭，拉也。《爾雅・釋詁》：「拭，清也。」郭注：「拉拭，所以爲清潔也。」拭有刷義。從巾，所以拉拭也。《儀禮・士冠禮》「沐巾一」，鄭注：「巾，所以拭污垢。」以巾拭污垢使潔清字作飾。飾，借聲字。《廣雅・釋詁》：「飾，著也。」《大戴禮記・勸學》「遠而有光者飾也」，《月令》疏引定本：「飾，容飾也。」

【菲菲】王逸注：「菲菲，猶勃勃，芬香貌也。」案：游澤承《離騷纂義》標點斷爲：「菲菲，猶勃勃。芬，香貌也」。中華書局一九八三年第一版白化文等點校本《楚辭補注》亦同。案：非是。王氏以「勃勃」釋「菲菲」，猶上文「羌」字注此「卿」釋「羌」之比，古今音之變也，而「芬香貌」三字訓其義爾。劉良曰：「菲菲，香氣也。」《廣雅・釋訓》字作馡馡，云：「香也。」朱季海曰：「惟《離騷》曰『菲菲』，《章句》云『勃勃』者，與今人以白話注文言無異。菲、勃同部，勃即菲之入聲。王援當時語作注，必人所共曉，知漢世楚言，芳菲字正讀入聲也。雅言作菲，轉入他聲者，此書語耳。口語未變，即古楚語之遺。《釋草》：『菲，芴。』《谷風》毛《傳》、《說文・艸部》同。陸氏《爾雅音義》：『菲，芳尾反。芴音物。』菲謂之芴，猶菲菲謂之勃勃矣。然《邶風》與上聲字韻，是菲、芴字雅言不讀入聲，芬芳字作菲，本是假借。依《說文》正篆，字當作苾。許云：『馨香也。从艸，必聲。』《唐韻》：『毗必切。』是其義。《小雅・楚茨》『艸芬孝祀』，《箋》云：『苾苾芬芬，有馨香矣。』苾苾猶勃勃，楚音同耳。字又作飶。《周頌・載芟》『有飶其香』，毛《傳》：「飶，芬香也。」陸氏《音義》『字又作苾』是也。是西周雅言，芳菲字當讀入聲，依王注、鄭《箋》，則季漢齊楚猶存此語矣。以是推之，屈賦『芳菲』字，或漢人依師讀改字，猶拂之爲蔽矣。故書今不可見，未知爲苾、爲勃，要當入聲字耳。」案：朱君謂「勃勃」漢時口語，而謂楚語「菲菲」讀入聲，引《谷風》爲證。失之牽合。《谷風》菲、違韻朱駿聲《説文通訓定聲・説韻》菲叶體、死，不審《谷風》此章爲交錯韻，而體、死爲韻。三百篇「菲」字平聲微部而不讀入聲「勃」。朱君又謂「菲」本字作苾。苾，質部，脂部入聲，而非微部字，苾非菲之入，苾、勃不同音。屈宋脂微、質物分用，無通韻例。《小雅・楚茨》「苾芬」，鄭《箋》釋「苾苾芬芬」，連語「繽紛」音變字。苾、繽爲質真平入對轉，芬、紛音同，苾芬、繽紛本一字。古言芳香者多根植於分散、布散義。芳，從方聲。方之言放也，放有分散義。芬，草初生其香分布也，從分聲，分散也。蕡，雜香草也，從賁聲。賁之言奔也，奔有奔散義。蘭，香草也。從闌聲。闌之言離也。離有分散義。菲字非聲，非之爲言飛也。飛有飛散義。芳香飛散字作菲。苾，諧必聲。必，分極也，引申言分。草香字作苾，飯香字作飶。菲、苾各有所本。朱氏考楚語，失於濫也。

【彌】王逸注「忠信勃勃而愈明」云云，言愈益。案：彌、弭本一字。《文選・羽獵賦》李善注云：「彌、弭古字通。」《漢書・王莽傳》顔師古注：「彌，讀如弭同。」顔注又曰：「彌讀曰弭。」弭，借作靡。《漢書・杜欽傳》顔注：「靡，弭也。」《李廣傳》「彌節自檀」，彌節，本作「弭節」，而《揚雄傳》字作「靡節」。《文選・答客難》「胥靡爲宰」，唐王勃文作「須彌」。《漢書・地理志》「故其俗彌侈」，《韓詩外傳》三「彌侈」字作「靡侈」。靡，言無、言不。《詩・泉水》「靡日不思」、《采薇》「靡室靡家」鄭《箋》、《柏舟》「之死矢靡他」毛《傳》、《爾雅・釋詁》皆云：「靡，無也」。彌、弭亦訓無。《文選・雜潘黄門詩》注引《國語》賈曰：「彌，忘也。」忘，猶亡也，無也。彌章，言無章也。

【章】王逸注：「章，明也。己雖欲之四方荒遠，猶整飾儀容，佩玉繽紛而衆盛，忠信勃勃而愈明，終不以遠故改其行。」訓章爲明，謂忠信章明猶可；而謂芳香章明，則非勝語。朱子曰：「佩服愈盛而明。」佩服言盛猶可，言章明，則勉强也。下「芳菲菲其難虧兮，芬至今猶未沬」，句法與此「芳菲菲其彌章」同。彌章，猶難虧也、未沬也。章，謂歇止也。《説文・音部》：「章，樂竟爲一章。从音、十。十，數之終也。」段注：「歌所止曰章。」又：「竟，樂曲盡爲竟。从音、儿。」段注：「曲之所止也。引伸之凡事之所止。」章、竟同義，訓終止。《雲中君》「聊遨游兮周章」，王注：「周章，猶周徧也。」章，猶周徧。《漢書・王莽傳》「恩施下竟同」，顔注：「竟，周徧也。」章、竟義同。彌章，猶無歇止也、無終極也。是二句言我佩飾繽紛繁盛，芬芳菲菲而無歇止也。此既喻己之才德盛美，又以言徼神之「初服」之好。蓋「初服」退脩既成也。

第三十一韻：荒、章

荒，王力擬古音爲[r^{w}aŋ]，案：荒，從亡聲，明紐，而非匣紐。此文荒借作方，古音爲[plaŋ]。章，古音爲[tɕlaŋ]。方、章古同陽部。

民生各有所樂兮　余獨好脩以爲常

民 《文選》六臣本作「人」。洪《補》、錢《傳》同引一作人。案：避唐諱。《記纂淵海》卷五〇引亦作民。

樂 洪《補》樂音魚教切，朱《注》音五教反。《群經音辨》曰：「樂，五聲八音之總名也，五角切。樂，悦也，盧各切。樂，欲也，五教切。」又曰：「聲和爲樂，五角切。志和爲樂，力各切。」案：所樂，謂所欲，音五教切。魚教、五教音同。

獨《記纂淵海》卷五〇引無獨字。案：王注「我獨好脩正直」云云，王本有獨字。《五百家注昌黎文集》卷一注引亦有獨字。

好朱《注》好音呼報反。《群經音辨》：「好，善也，呼皓切。嚮所善謂之好，呼到切。」案：上聲之好，内動；去聲之好，外動。《釋文序録》卷一：「夫質有精粗，謂之好惡，好惡，並如字；有愛憎，稱爲好惡，上呼報反，下烏路反。」呼到、呼報音同。

脩洪《補》、朱《注》、錢《傳》同引一作循。洪曰：「下文云『汝何博謇而好脩』，又曰『苟中情其好脩』，皆言好自脩潔也。」案：王注「我獨好脩正直」云云，王本作脩，循，脩字形訛。又，《記纂淵海》卷五〇、《五百家注昌黎文集》卷一注引亦作脩。

【民生】王逸注文「言萬民稟天命而生」云云，民指萬民，生謂生存。聞一多曰：「民生，即人生。」朱子「言人生各隨氣習有所好樂」云云，生，氣習。案：朱《注》是也。民，泛言人與民也，不避貴賤、尊卑。生之爲言性也。生、性古通用。《周禮·地官·大司徒》「辨五地之物生」，注：「杜子春讀生爲性。」《吕氏春秋·知分》「立官者，以全生也」，《貴公》「凡主之立也，生於公」，《侈樂》「摇蕩生」，高注並云：「生，性也。」《大戴禮記·子張問入官》「既知其以生有習」，注：「生，謂性也。」又，《左傳》昭十九年「民樂其性而無寇讎」，《正義》曰：「性，生也。」《白虎通義·性情》：「性者，生也。」《孟子·告子上》：「生謂之性。」《論衡·初稟》：「性，生而然者也。」《荀子·正名篇》曰：「性，成於天之自然。」《禮記·樂記》「是故先王本之性情」，孔疏：「自然所感謂之性。」《王制》「以節民性」，孔疏：「性，稟性自然剛柔、輕重、遲速之屬。」即「氣習」之謂。《論衡》卷二《初稟》曰：「命謂初所稟得而生也。人生受性則受命矣。性、命俱稟，同時並得。」又曰：「人性有善有惡，猶人才有高有下也。高不可下，下不可高。稟性受命，同一實也。命有貴賤，性有善惡。至老極死，不可變易，天性然也。」屈子「好脩」之性亦出於「天然」。

【樂】王逸注「各有所樂，或樂諂佞，或樂貪淫」云云，樂言好，動詞。洪《補》曰：「樂，欲也。」案：樂、好互文。樂，五聲八音總名，引申言喜好，動詞。《禮記·禮運》「玩其所樂」，《釋文》：「樂，好也。」《論語·雍也》「知者樂水」，皇《疏》：「樂者，貪樂之稱也。樂，懽也。」《東皇太一》「君欣欣兮樂康」、《少司命》「樂莫樂兮新相知」及上「惟夫黨人之偷樂」、下「聊假日以娛樂」之樂，悅愉義，形容詞，音力各切。音樂音五角切。

【好脩】王逸注「我獨好脩正直以爲常行」云云，以「脩」言「脩治」義。洪《補》、朱子亦謂「脩潔」。案：脩，不解脩治、脩飾義。脩，言姱、言好，形容詞。詳上文「好脩姱」注。脩，承上「昭質」，指美正。言我獨好昭質以爲常性。屈子乃帝高陽之胄子，生得三寅，稟日月之靈氣，能通鬼神，出入天地，信楚國大器。故其以佩飾芳潔爲習氣，唯「好脩」是常。

是二句言人之天性各有所好，我獨好脩以爲習性也。

雖體解吾猶未變兮　豈余心之可懲

雖體解 洪《補》解音古蟹切，朱《注》古買反，音同。《群經音辨》曰：「解，釋也，古買切。既釋曰解，胡買切。」《易·解》陸氏《釋文》：「解音蟹。」孔疏：「解有兩音：一音古買反，一音胡買反。解，謂解難之初；解，謂既解之後。」音義之殊在時態不同。《記纂淵海》卷五〇引「雖體解」一句同今本。

【豈】洪《補》、朱《注》、錢《傳》同引一作非。案：問句作豈，而敘述句作非。五臣「更何所懼」云云，是問句用豈。

【可】《文選》六臣云，五臣本作何。朱《注》、錢《傳》同引亦一作何。案：作何非是。

【體解】王逸注「雖獲罪支解」云云，體言支分義。錢杲之曰：「體解，支裂之也。」案：體，有支分義。《周禮·天官》「惟王建國，體國經野」，鄭注：「體，分也。」《墨子·經上》：「體，分於兼也。」《文選·宋書·謝靈運論》「延年之體裁明密」，李善注：「體，裁制也。」裁制，猶支分義。《說文·骨部》：「體，總十二屬也。从骨，豊聲。」段注：「十二屬，許未詳言。今以人體及許書覈之，首之屬有三，曰頂，曰面，曰頤。身之屬三，曰肩，曰脊，曰尻。手之屬三，曰厷，曰臂，曰手。足之屬三，曰股，曰脛，曰足。合《說文》全書求之，以十二者統之，皆此十二者所分屬也。」體，十二屬統稱，有兼合義，引申言支體，相反爲訓。《國語·周語》「貳若體焉」，注：「體，四支也。」《孟子·公孫》「皆有聖人之一體」，趙岐注：「一體者得一支也。」支分亦謂之體。戰國時器《中山王方壺》體字作「軆」，從身、豊。朱駿聲曰：「體，亦作軆。」豊，行禮之器，無兼合、支分義。豊，借作弟。《釋名·釋形體》：「體，弟也。骨肉毛血表裏大小相次第也。」體，借聲字。

【吾】注家皆以「吾」爲我吾字。案：「吾猶未變」，猶上「其猶未悔」句法，吾，猶其。吾、其古字通用。《禮記·儒行》「終没吾世，不敢以儒爲戲」，言終没其世也。《漢書·王貢傳》：「君平卜筮於成都市，以爲卜筮者賤業，而可以惠衆，人有邪惡非正之問，各因勢導之以善，從吾言者，已過半矣。」言從其者，已過半矣。其，言猶也；

吾，亦言猶也。

【余心】張銑注「亦不能變於我心」云云，以「余」爲領格。案：余，主格。「豈余心之可懲」句法，「豈余」連文，「心之可懲」四字爲頓。余爲主語，「心之可懲」，謂語。

【懲】王逸注：「懲，艾也。」洪《補》曰：「《説文》：『懲，㣻也。』艾與㣻並音乂，謂懲創也。」劉夢鵬曰：「懲，猶戒也。」錢澄之曰：「懲，謂懲楚人之摧抑，應當改道以從時矣。」又張銑曰：「懲，懼也。」案：王夫之曰：「懲，改也。」最爲明快。變、懲儷偶相對爲文，懲，猶變改。《九章・懷沙》「懲違改忿」，懲、改互文，懲，改更。《九歌・國殤》「首身離兮心不懲」，不懲，猶不變心。懲、離互文。《哀時命》：「雖體解其猶未變兮，豈忠信之可化？」莊忌夫子襲用此文，改懲爲化，懲亦訓化。《説文・心部》：「懲，㣻也。从心，徵聲。」又：「㣻，懲也。从心，乂聲。」懲、㣻統言互訓不分，析言而各有專義。㣻，乂聲。乂，訓「芟草」詳上文「刈」字，引申言創殘義。《漢書・淮陽憲王傳》顔師古注：「乂，創也。」心有所創而字作㣻。懲，徵聲。徵，猶證驗、感召。《壬部》：「徵，召也。从壬，从微省。行於微而聞達者即徵也。」段注：「按：徵者，證也，驗也。有徵驗斯有感召。」包山楚簡借陞爲徵。引申言感應。《淮南子・脩務訓》：「夫謌者，樂之徵也。」高注：「徵，應也。」《漢書・五行志》注亦曰：「徵，應也。」創於心而有感應字作懲。懲含改悔義。《易・損》「君子以懲忿窒欲」，《疏》曰：「懲者，息其既往。」猶改過。《漢書・孔光傳》：「欲懲後犯法者也。」顔師古注：「懲，創止也。」言創之使止，蘊含改義。成語云「懲前毖後」之懲，即同此義。㣻，但謂創，無改悔義。創之而止謂之懲，創之而未止謂之㣻。此懲、㣻之所別。改、懲亦異，改者，自責而自改；懲者，受創而後自止。又，《文選・思玄賦》「懲淟涊而爲清」，注：「懲，騰也。懲即徵字」。案：徵、懲、騰三字並蒸部，定澄同紐雙聲。騰言傳遞，引申言更代、替代。《淮南子・繆稱訓》「子産騰辭」，高注：「騰，傳也。」

是二句言我好脩以爲習性，雖遭支解之極刑而猶不悔改。

第三十二韻：常、懲

姚鼐曰：「常，當作恒，避漢諱改。」孔廣森曰：「常，本恒字，漢人避諱改爲常耳。慎勿又據爲陽可通蒸也。」梁章鉅《文選旁證》曰：「常，當作恒，與懲爲韻。此避漢諱改。」楊胤宗曰：「本節第二句，王逸以降各家注本，俱作『余獨好脩以爲常』。常與懲不協韻，常爲陽韻，懲爲蒸韻。按：常本爲恒，漢人書寫避文帝諱改爲常，今改之。」此一説也。又，戴震曰：「懲，讀如長，蓋方音。」江有誥曰：「常、懲謂陽蒸借韻。」聞一多曰：「常、懲元音近，韻尾同，例可通叶。《天問》曰：『荆師作勳夫何長，吴光争國何久余是勝。』長與勝叶，例與此同。《七諫・自悲》曰：『淩恒山其若陋。』《哀時命》曰：『舉世以爲恒俗兮。』此本書不諱恒字之明驗。」姜亮夫、游國恩同此説。此二説也。案：以音理言，陽蒸非韻，宜本作恒字。楚簡恒常字皆作恒，不作常。詳參拙著《楚辭章句疏證》。恒，古音爲[ʑiaŋ]。懲，古音爲[ȡiaŋ]。恒、懲爲蒸韻。

以上六韻二十四言爲是段第六章。此章始以「回朕車」領出，言欲回車反歸，追尋楚族始祖發祥之迹，以求反本歸宗。一個「反」字，道出離世就死之志，文勢至此亦陡轉，由現世而轉入冥界也。屈子且焉延佇椒丘，環顧天下，將往從先祖以去。次叙「復脩初服」，衣芰荷，裳芙蓉，冠切雲，佩長劍，繁飾繽紛盛美，芳香菲菲無歇。屈子「復脩初服」，雖與寓行正直、廉潔之德，然則非唯脩德之喻詞。「初服」，本祭司或祭巫通神、徼神之服。蓋反本始祖之神，比之徼神，必藉巫術而行。及至「初服」既成，往觀之禮亦備，則發軔上征。終言「雖體解吾猶未變」，其從彭咸之死志於此定矣。

以上六章爲第一大段，凡三十二韻，百三十言。屈子始比君王車右，爲靈脩前驅，奔走先後，盡其四輔職事。後遭讒人中傷，靈脩不察，紊我改轍離去。我不忍改遷初志以苟合世俗，決意「伏清白以死直」，則回車反歸於本祖，以就死地，乃追躡先祖遺迹，周流天下而行。是段宜於「路」字入，復從「路」字出，則會心非遠而不致發怪譎之論。注家多未從「路」出入，但據篇中片言只語，謂以某比某、某指某，其説多失中。游澤承發明「《楚辭》女性中心説」，今世學者和者紛沓，乃謂屈子自比棄婦，君比夫君。謂《離騷》但叙棄婦求反夫家事。又，金開誠、潘嘯龍諸君復從《離騷》整體結構討而論之，謂《離騷》「男女君臣之喻」爲其整體構思中之比興綫索。金文載《文學遺産》一九八五年第四期：《離騷的整體結構和「求女」、「問卜」、「降神」解》。潘文見《文學遺産》一九八七年第二期：《論離騷的「男女君臣之喻」》。皆但據其衣飾及篇中「成言」、「衆女」、「蛾眉」數語立説，而置前篇「路」主脈不顧。夫《離騷》，屈子自傳也，偶或隨文設喻，終未改男子本色。《離騷》用喻亦夥頣，或比駕車導路之前導、或比植藝之農夫、或比執性專一之鷙鳥，或比脩態委婉之蛾眉。唯前導自比施於本段二、三兩章，頗爲完整，餘皆因文而言，不成系統。若夫屈子佩飾衆芳宛如美婦人者，非以自比婦人。首章承「脩能」言，見其日神胄子氣質，亦其先在靈性天資。卒章「復脩初服」，如介於人神之間之祭巫，以徼祖神也。下一大段言求女，承此求合祖神，非君臣之喻。本段「内美」、「脩能」、「美人之遲暮」遲暮即寂寞、「道夫先路」、「中道而改路」、「靈脩之數化」、「衆芳之蕪穢」、「脩名之不立」、「民生之多艱」、「回朕車以復路」、「往觀乎四荒」等語，或承上啓下，或總括章旨，或點破題眼，或伏牽照應，爲解《騷》之關鑰，宜咏嘆反復，不可草草放過。

女嬃之嬋媛兮　申申其詈予

【嬃】劉師培《考異》曰：「《詩·桑扈》鄭《箋》云：『胥，有才智之名也。』疏云：『《易》「歸妹以須」，注亦云

「須，有才智之稱」。天女有須女，屈原之妹名女須。鄭志答冷剛云：「須有才智之稱，屈原之妹以爲名。』」是胥有才智之稱。胥、須古今字耳。據《詩疏》所云似鄭君所見之本須字作胥。」案：其説極是，詳注。嬃，須字別文。

嬋媛 洪《補》、朱《注》、錢《傳》同引一作撣援，姜校云：「王逸注『牽引也』，則字作撣援爲是。《九歌》、《九章》王注皆同，後人因指女嬃言，遂改爲女旁爾。」案：嬋媛，連語，若必以訓詁字求之，宜作嘽咺。詳注。《説文繫傳》卷二四、《李太白分類補注》卷二注、《水經注》卷三四《江水注》、《邵氏聞見後録》卷二六引作嬋媛。《白帖》卷六引作嬋娟。

詈 《文選》六臣注云：「五臣作罵。」洪《補》、朱《注》、錢《傳》同引一作罵。案：王注「故來牽引數怒，重詈我也」云云，王本作詈。求之本文，亦當作詈，詳注。《李太白分類補注》卷二注、《説文繫傳》卷二四、《水經注》卷三四《江水注》、《邵氏聞見後録》卷二六引亦作詈。又，《方言》卷一〇作慴，羅本《玉篇·言部》作讁。皆俗字。

予 錢《傳》本作余。洪《補》、朱《注》予同音與，洪《補》又引一作余。案：余、予古今字詳上文「肇錫余以嘉名」校，屈賦余、予分用至密，凡領格、主格用余，賓格用予。作予字是也。《説文繫傳》卷二四、《李太白分類補注》卷二注、《邵氏聞見後録》卷二六引亦作予。《水經注》卷三四《江水注》引作余。予音與，即「相與」、「許與」之與，余吕切，上聲。

【女嬃】王逸注：「女嬃，屈原姊也。」洪《補》曰：「《説文》云：『嬃，女字也。賈侍中説，楚人謂女曰嬃。』前漢有吕須，取此爲名。《水經》引袁崧云：『屈原有賢姊，聞原放逐，亦來歸，喻令自寬全；鄉人冀其見從，因名曰秭歸。縣北有屈原故宅，宅之東北有女嬃廟，擣衣石猶存。』秭與姊同。」謂女嬃爲屈原之賢姊。此其一説。汪瑗曰：「須者，賤妾之稱，以比黨人也。蓋嘗考之《天官書》，天文有織女三星，婺女四星。織女，天女孫也，女之至貴者也。婺女，賤妾之稱，婦職之卑者。《爾雅》曰：『須女謂之婺女。』婺，又一作務。是婺星之爲須女，須女之爲賤妾也明矣。故女嬃者，謂女之至賤者也。嬃，正作須，女傍者，後人所增耳。豈特楚人謂女爲須哉？豈可謂女嬃爲原姊哉？」李陳玉曰：「袁崧因夔州秭歸縣有屈原舊田宅在，遂謂秭歸以屈原姊得名。不知秭歸之地，誌稱歸鄉，原歸子國。《舜典》樂官夔封於此，故郡名曰夔州。《樂緯》曰：『昔歸典叶聲律。』然則歸即夔，後人乃讀爲『歸來』之歸。宋忠曰：『歸即夔，歸鄉蓋夔鄉矣。』酈道元好奇而不能辨，遂兩志之《水經注》，故世互相沿習。按：天上有須女星，主管布帛、嫁娶。人間使女謂之須女。須者，有急則須之謂。故《易》曰：『歸妹以須，反歸以娣。』言須乃賤女，及其歸也，反以作娣。娣者，正妃之次。古者國君一娶九女，娣姪從之。後人加女於須下，猶娣姪之女，本不從女，後人各加女於其旁也。漢呂后妹、樊噲妻名呂嬃，蓋古人多以賤名子女，祈其易養之意。生女名嬃，猶生男名奴耳。屈原所云女嬃，明是從上文美人生端，女嬃，乃美人使喚下輩，見美人遲暮，輒亦無端詬厲。」案：《易·歸妹》「歸妹以須」，《釋文》引陸績曰：「須，妾也。」此蓋汪、李二氏所本。《史記·天官書》張守節《正義》曰：「須女，賤妾之稱，婦職之卑者。」《文選》齊氏《瀹注》、陳遠新《説志》、朱駿聲《補注》及姜亮夫《通詁》皆據此説，謂女嬃即嬃女，屈原之侍女、賤妾。説者或謂嬃即嬬字假借，嬬言柔弱。郭沫若以女嬃爲女侍，其劇目《屈原》有女侍嬋娟者，即因此而構設。又，沈德鴻謂須訓俟，女須，女侍也。游國恩謂女嬃「與屈原有相當關係」之老婦人，猶師傅、保姆。又謂《離騷》屈原以女子自比，以見罪夫君，招致保姆之申申詬詈。不盡與汪、陳同，實因賤妾之説而濫觴。何劍薰補正汪説，謂《離騷》之女嬃，指北斗七宿須女倒文，同望舒、飛廉、宓妃之倫。此其二説。劉夢鵬曰：「嬃，衆女相弟兄之稱，蓋以比朝中士大夫。」此其三説。周拱辰曰：「按《漢書·廣陵王胥傳》，胥迎李巫女須，使下神祝詛。則須乃女巫之稱，與靈氛之詹卜一流人，以爲原姊繆矣。」林昌彝曰：「女嬃似非屈原之姊妹。《漢書·廣陵厲王胥傳》：『胥迎女巫李女須，使下神祝詛……多賜女須錢，使禱巫山。』顏師古注：『即楚地之巫山也。』考《說文》：『嬃，女字也。賈侍中說，楚人謂女曰嬃。』據此則屈《騷》之謂女嬃，非屈子之姊妹。其曰『女嬃之嬋媛兮，申申其詈予』，乃屈原往見女巫，問以休咎，女巫告以明哲保身。此與《離騷·卜居篇》往見太卜鄭詹尹前後爲一例，則女嬃非屈原之姊妹也明矣。」以女嬃爲楚之女巫之通稱。此其四說。段玉裁《說文解字注》「嬃」字曰：「《易》『歸妹以須』，鄭云：『須，有才智之稱。天文有須女。』按鄭意，須與諝、胥同音通用，諝者，有才智也。」劉師培曰：「須，有才智之名。」此其五說。又，《周易》鄭注曰：「屈原之妹名女須。」詳《詩·桑扈》「君子樂胥」，孔疏所引。須，又爲妹之通稱。聞一多曰：「須，古本與沬同字，並音莫沸切。嬃從須聲，與妹從未聲無別。嬃蓋妹之異文。《世本》曰：『陸終取鬼方之妹，謂之女嬇。』以沬又作靧。女嬃似又即女嬇，楚之先妣也。古通稱女曰妹，《世本》鬼方氏之妹即鬼方氏女，《易》歸妹即嫁女。並可證。嬃、妹同字，而妹即女，故賈逵云『楚人謂女爲嬃』。」謂女嬃爲妹之通稱。此其六說。案：周、林之四解及段氏之五解最有思致。王氏《章句》之謬，汪瑗、李陳玉所駁甚當，切中其的，毋庸覼縷。唯江、李之二解以女嬃同天文之須女，賤妾通名，亦不可信。何《騷》不言「須女」而言「女嬃」邪？女嬃同伯鮌之例，屬楚越語，須女，漢世語。《天文》須女云云，蓋漢人因《離騷》而生端，羌無實徵。周秦有否須女星，有待地下實物相驗證。尤不可以漢之須女星比《騷》之女嬃。女嬃詈語，深宏通達，老成世故，儼然明察秋毫、能逆知來日事之大智者，非出於賤妾下女之口。屈子見詈之後，乃不能自決，特托節中重華，足見其鄭重，其不以女嬃爲賤妾待之。且賤妾申申詬辱一朝之大夫，不亦悖乎？屈子賦《騷》，老冉冉其將至，若有師傅、保姆隨其放逐，當百齡之上。豈有百齡老嫗相從流竄之理？尤可笑喙。嬃、須同音私俞切，侯部，妹、須，物部。嬇與妹、嬃非一字。嬃非妹通名。女嬃，猶靈氛、巫咸，亦巫名。《漢書》卷六三《廣夏陵王胥傳》：「楚地巫鬼，胥迎女巫李女須，使下神祝詛，女須泣曰：『孝武帝下我。』左右皆伏。言『吾必令胥爲天子』。胥多賜女須錢，使禱巫山。會昭帝崩，胥曰：『女須，良巫也。』殺牛塞禱，及昌邑王徵，復使巫祝詛之，後王廢，胥寖信女須等，數賜錢物。宣帝即位，胥曰：『太子孫何以反得立？』復令女須祝詛如前。」顔師古曰：「女須者，巫之名也。」何女巫之名嬃耶？段君固已揭其蘊奥。嬃之爲言胥也，有才智之稱。女嬃，有才智女巫。於《離騷》整體結構斷之，自此以下爲言屈子「反本」以就宗神之居。蓋其「往觀」之始，女嬃聞而阻其行，謂不當自就死地也。斷人之去留、生死者，巫也。巫之才智能通神，是以名嬃。死生之事誠大矣，必藉有才智之巫以決之。然則此文女嬃猶子虚、烏有之類，虚構人物，不得坐實而規規求之，謂女嬃爲原姊或原妹。女嬃詈語之旨，但告屈子弃好脩之服，隨從流俗，不當婞直亡身，自招其禍。其識不見有卓然過人處，類世俗愚見。女嬃無才無智而名曰嬃，猶《列子·湯問》愚公不愚而名曰愚，智叟無智而名曰智之比，皆反意爲説，亦上文「正則」、「均靈」之比，屬「寓名例」。俞樾《古書疑義舉例》卷三第三十條「寓名例」曰：「《史記·萬石君傳》：『長子建，次子甲，次子乙，次子慶。』甲、乙非名也，失其名而假以名之也。《漢書·魏相傳》：『中謁者趙堯舉春，李舜舉夏，兒湯舉秋，貢禹舉冬。』不應一時四人同以堯、舜、禹、湯爲名，皆假以名之也。説詳《日知録》。《莊》、《列》之書，讀者以爲悠謬之談，不可爲典要，不知古立言者自有此體也。雖《論語》亦有之，長沮、桀溺是也。夫二子者問津且不告，豈復以姓名通於吾徒哉？特以下文各有問答，故爲假設之名以别之，曰『沮』、曰『溺』，惜其沈淪而不返也。桀之言『傑然』也，沮與桀，指目其狀也，以爲二人之真姓名，則泥矣。」又引劉炫《述義》曰：「莊周之斥鷃笑鵬，罔兩問影；屈原之漁父鼓枻，太卜拂龜；馬卿之烏有、亡是，揚雄之翰林、子墨，寧非師祖製作，以爲楷模者乎？」《離騷》於當世人物多假寓言。「正則」寓言「平」，「均靈」寓言「宜」，「蓀」以寓言「峻」，「靈脩」以寓夫君，此文「女嬃」以爲有才智女巫，下文「蹇脩」寓言媾。豈可求其真名耶？

【嬋媛】王逸注：「嬋媛，猶牽引也。」朱子曰：「嬋媛，猶眷戀牽持之意。」錢杲之曰：「嬋媛，淑美貌。」汪瑗曰：「嬋媛，猶娟妍也。本美女嬌媚美好之稱，亦可以爲妖嬈邪淫之稱。」錢澄之、王夫之曰：「嬋媛，婉而相愛也。」李陳玉曰：「嬋媛，賣弄之態也。」朱亦棟曰：「嬋媛猶嬋娟，美好貌。」陳本禮曰：「嬋媛，賢淑貌。」陳遠新曰：「嬋媛，侍女態。」案：嬋媛，連語。劉永濟曰：「凡解説一詞，必詳審句義，不可但觀字形，方可免望文生義之失。」隨文所用，各有其義。《湘君》「女嬋媛兮爲余太息」，《哀郢》「心嬋媛而傷懷」，《悲回風》「忽傾寤以嬋媛」，不可執一以解之。嬋媛，根於委曲不釋義，因文所用，而異體繁多。狀委曲行不進，訓詁字作儃佪，《涉江》「入溆浦余儃佪」是也。又作邅迴。《楚辭·怨思》「下江湘以邅迴」，王注：「邅迴，運轉也。」又作遲回。《文選》鮑明遠《樂府》八首《放歌行》「臨路獨遲回」是也。《後漢書·光武十王傳》字作遲回。倒言作佪遲。《文選》陸士衡《挽歌》「佪遲悲野外」是也。狀委曲纏繞字作邅迴，《淮南子·原道訓》「邅迴川谷之間」，高注：「邅迴，猶委曲也。」王逸訓「嬋媛」爲「牽引」，亦委曲纏繞義，而訓詁字從手作撣援。《方言》卷一曰：「脅閲，懼也。宋、衛之間凡怒而噎噫謂之脅閲，南楚江湘之間謂之嘽咺。」《廣雅·釋詁》亦曰：「嘽咺，懼也。」聞一多曰：「喘，緩言之曰嘽咺。喘訓疾息，噎噫亦疾息之謂，故亦謂之嘽咺。撣援即嘽咺，亦即喘。喘息者氣出入頻促，如上下牽引然，故王注訓撣援爲牽引。唯《方言》、《廣雅》以嘽咺爲恐懼，似不足該嘽咺之義。凡情緒緊張、脈博加疾之時，莫不喘息，恐懼特其一端耳。本篇云『女嬃之撣援兮，申申其詈予』，此怒而喘息也。《九歌·湘君》『女嬋媛兮爲余太息』，《九章·哀郢》曰『心嬋媛而傷懷兮』，《九嘆·思古》曰『心嬋媛而無告兮』，此哀而喘息也。《悲回風》曰『忽傾寤以嬋媛』，此驚而喘息也。然喘息謂之撣援，其義既生於牽引，則字自當從手。學者徒以《離騷》、《九歌》之撣援者，其人皆女姓遂改從女。」以委曲不釋義以狀喘息者，而非根於喘息。又作擅佪。《悲回風》「忽傾寤以嬋媛」，洪《補》曰：「嬋媛一作擅佪」是也。又作低回。《東君》「長太息兮既上，心低回兮顧懷。」心低回，即心嬋媛也。狀龍蟲屈伸字或作蜑蟺、婉蟺、蜿蟬、蜿蟤、蜿蟺、宛潬、蜿蜒、蜑蜑、冤延等。女以柔弱委婉爲美，訓詁字又作嬋娟。《文選·吴都賦》劉淵林注：「嬋娟，言竹妍雅也。」又作嬗[髟/爰]。詳《説文·女部》「嬗」字注。聲變又爲要紹、夭紹。狀枝葉相連，字亦爲撣援。《文選·西京賦》「垂條撣援」，李善注：「撣援，枝相連引也。」《廣韻》上平聲第二十二元韻：「嬋媛，枝相連引也。」則字亦從女。嬋娟不專言婦人柔弱温順，江淹《去故鄉賦》「情嬋娟而未罷」，嬋娟，猶牽引纏結之貌。而異構又作低回、章回、章皇、彰偟、慞惶，大抵以聲紐爲管鑰，而其韻轉變不限。據文義斷之，「女嬃之嬋媛兮」，信如聞説，嬋媛，即《方言》之嘽咺，怒而喘息貌。智巫女嬃聞屈子將往從四方，弃世歸宗，乃急急匆匆，來至屈子前，以阻其行，怒而喘息不已。

【申申】王逸注：「申申，重也。」錢杲之曰：「申申，重複也。」李陳玉曰：「申申，所詈不一次也。」陸時雍曰：「申申，繁絮貌。」王夫之曰：「申申，重言也。」朱冀曰：「申申，叮嚀反復之意。」林仲懿曰：「申申，猶言刺刺不休。」案：《説文》曰：「申，神也。七月陰氣成體自申束，从臼自持也。吏以餔時聽事，申旦政。，古文申。，籀文申。」甲文申字作「」《前編》四・四・二，金文作「」商器《辛㮂角》、「」《不期𣪕蓋二》，皆不從叉手之臼。申，象電之蜿屈之形。《虫部》「虹」字注曰：「申，電也。」先民敎樸，不識電爲何物，視如神物，故復有「申，神也」之訓。引申言申展、重申、屈申、舒緩義。重言作申申，重復貌。或借作陳陳。《呂氏春秋・慎人》「丈夫女子，陳陳殷殷，無不載説」，高注：「陳陳殷殷，衆友之盛也。」今作「陣陣」，猶其遺語。申申其詈予，言陳陳然詈我。

【詈】朱季海曰：「詈予，當作駡予。詈謂之駡，自是楚語。《淮南子・説山訓》：『烹牛以饗其里，而駡其東家母。』是其證。後人輒疑駡非雅言，改故書耳。」案：朱氏但據《淮南子》，改詈爲駡，而謂駡爲楚語。斷也。黎氏本《玉篇》唐寫本《言部》有「讁」字，云：「《方言》：『讁、恑，欺慢之語也。楚郢以南，東揚之交通語也。』郭璞曰：『亦中國相輕易蚩弄之言也。』」《説文》：「讁詍，多言也。」《埤蒼》爲𢡃字，在《心部》。讁、詈一字。𢡃，俗詈字。詈、駡統言不分。《説文・网部》：「詈，駡也。从网，从言。」又：「駡，詈也。从网，馬聲。」析言各有精義。駡，馬聲。許云：「馬，怒也，武也。」駡言怒斥。《釋名・釋言語》：「駡，迫也。以惡言被迫人也。」駡之義受於迫。《釋言語》又曰：「詈，歷也。以惡言相彌歷也。」案：歷，猶歷數之謂。故《説文》謂「多言」。下「喟憑心而歷茲」，王注：「歷，數也。歷數前世成敗之道而爲此詞也。」詈，謂數斥。詈、歷，錫部、來紐雙聲。凡詈者，歷數故事申申以斥之；而罵者，唯怒而斥。《韻會》曰：「正斥曰罵，旁及曰詈。」「正斥」云者，直言怒斥而不假他事。「旁及」云者，牽引他事而斥之。罵重而詈輕，罵語簡而詈語繁。女嬃之詈，引鮌事而斥之，合其「旁及」之義。此作詈不作罵。

是二句言女嬃聞我將往觀四方，而見我初服繁飾，逆知其必就死地，故急來阻我，嘽咺喘息，申申詈我，而無休止。幻出女嬃之事，爲下陳詞重華張本，亦叩閽求帝之津梁也。

曰鮌婞直以亡身兮　終然殀乎羽之野

鮌 《文選》六臣本鮌作鮌，注云「五臣作鯀」。洪《補》、朱《注》、錢《傳》同引鯀一作鯀，一作⿰骨系。《學林》卷二「鯀」條云：「鯀音袞，亦作⿰骨系，其字皆從骨。諸字書皆曰『禹父名也』。鯀音袞，亦作鮌，其字皆從魚，諸字書皆曰『魚也』。古人多借用字，故《尚書》禹父名用鯀，其實當用⿰骨系字也。」俞樾曰：「然《說文》有鯀無⿰骨系，終疑⿰骨系爲俗字。《廣韻》於『⿰骨系』字下曰『《尚書》本作⿰角系』。乃悟⿰骨系者，⿰角系之變也，⿰角系者，鮌之變也。漢人作隸，往往以角爲魚，《北海景君碑》『元元鰥寡』，《曹全碑》『撫育鰥寡』，鰥字左旁之魚，并變從角。此鯀之所以誤爲⿰角系也。賴《廣韻》『《尚書》本作鯀』一語，而知其致誤之由，然則仍當以作鯀爲正。」案：俞說極是。楚簡作鮌。鮌、鯀一字，⿰骨玄，鮌之俗體。《五百家注昌黎文集》卷三注、《東雅堂昌黎集注》卷五注、《路史·後紀》卷一二《夏后氏》注、《捫蝨新話》上集卷四、《集注分類東坡先生詩》卷一七注引作鯀。景宋本《文選》卷六〇王僧達《祭顏光祿》注引鮌訛作體，而李善注本引作鯀。

【婞】《文選》六臣本婞音胡勁切，洪《補》音下頂切，朱《注》音胡勁、胡冷二反，又音脛，引婞一作悻姜校引朱本訛悻作倖，錢《傳》謂「婞與悻同」。案：胡勁、胡冷、下頂音同。脛有上、去二音，婞音脛，上聲。《五百家注昌黎文集》卷三注、《東雅堂昌黎集注》卷五注、《集注分類東坡先生詩》卷一七注、《路史·後紀》卷一二《夏后氏》注、《文選》卷六〇王僧達《祭顔光禄》注引亦作婞，《捫蝨新話》上集卷四引則作倖。

【亡】《文選》六臣注云，亡，「五臣作方」。洪《補》引《文選》亡作方，錢《傳》引亡一作方。姜校云：「方，古文作匚，與亡形近而誤，字以方爲是。」案：亡身，猶忘身，褒美鮌，非惡語。詳注。其作方者，因《書》改易。

【殀】唐寫本《文選集注》及六臣本《文選》殀作夭，洪《補》、朱《注》、錢《傳》同引夭一作殀。案：作夭是也。詳注。《集注分類東坡先生詩》卷一七注引亦作夭，而《路史·後紀》卷一二《夏后氏》注引訛作歿。

【羽之野】《文選》五臣本「羽之野」作「羽山之野」。洪《補》、錢《傳》同引一本亦作「羽山之野」。案：《天問》曰：「永遏在羽山，夫何三年而不施？」宜有山字。「羽山」不省作「羽」。王逸注「乃殛之羽山，死於中野」云云，王本作「羽山之野」。《路史·後紀》卷一二《夏后氏》注、《集注分類東坡先生詩》卷一七注引亦脱山字。包山楚簡野字皆作埜。

【曰】王逸注：「曰，女嬃詞也。」

【鮌】王逸注：「鮌，堯臣也。《帝繫》曰：『顓頊後五世而生鮌。』」吕延濟曰：「鮌，禹父，堯臣也。」案：

曰鮌婞直以亡身兮　終然殀乎羽之野

《山海經·海内經》曰：「黄帝生駱明，駱明生白馬，白馬是爲鯀。」又曰：「黄帝妻雷祖，生昌意，昌意降處若水，生韓流。韓流取淖子曰阿女，生帝顓頊。」《華陽國志》曰：「黄帝爲子昌意娶蜀山氏，後子孫因封焉。」《竹書紀年》曰：「帝即帝顓頊產伯鯀，是維若陽，居天穆之陽。」鯀，徙居若水之陽之顓頊族之裔。天穆，一作大穆，在蜀中。《書·堯典》載帝堯「放驩兜于崇山」。驩兜，鯀也。孔安國謂崇山在「南裔」，孔穎達《正義》曰：「《左傳》説此事云，『流四凶族，投諸四裔』，則四方各有一人。幽州在北裔，雍州、三危在西裔，徐州羽山在東裔。三方既明，知崇山在南裔也。《禹貢》無崇山，不知其處，蓋在衡嶺之南也。」《連山易》曰：「鯀封於崇。」《竹書紀年》、《國語》皆云「崇伯鯀」。蓋鯀生於若陽《呂氏春秋·越王無余外傳》載鯀「家於西羌，地曰石紐，在蜀四川」也。今四川岷山之西北有石紐村，居若之陽，封於崇，爲帝堯諸侯，號崇伯，卒流於羽山之野。鯀，帝堯水正。《海内經》曰：「洪水滔天。鯀竊帝之息壤以堙洪水，不待帝命，帝令祝融殺鯀於羽郊。鯀復生禹。帝乃命禹卒布土以定九州。」《書》、《史記》載鯀爲帝舜所殛。案：舜，《山海經》之俊，曰神也；祝融，亦曰神也。言舜、祝融實同。鯀之傳説，《山海經》、《書》所載略同，大體盡於此。《天問》記鯀事頗詳，且一再致以歎惋，大爲鯀不平。曰：「不任汩鴻，師何以尚之？僉答：『何憂？何不課而行之？』鴟龜曳銜，鯀何聽焉？順欲成功，帝何刑焉？永遏在羽山，夫何三年而不施？伯禹腹鯀，夫何以變化？纂就前緒，遂成考功；何續初繼業，而厥謀不同？洪泉極深，何以填之？地方九則，何以墳之？應龍何畫？河海何歷？鯀何所營，禹何所成？康回憑怒，墜何故以東南傾？九州何錯？川谷何洿？東流不溢，孰知其故？東西南北，其脩孰多？南北順橢，其衍幾何？」雖歷史、神話雜糅，然則皆與鯀治水有關，而其治水之功不可没，屈子視鯀爲古今偉人，甚於古希臘竊火英雄普羅米修斯。普氏竊火以濟蒼生，而觸怒天帝宙斯；鯀竊帝之息壤以止洪水，拯萬姓於洪滔之中，又「咸播秬黍，莆雚是營」，教民播五穀，德施後世，猶遭帝極刑，能默默無言乎？儒者斥爲「方命圮族」而視如十惡不赦之罪魁。屈子旌鯀之德，於此但「婞直」一端。《九章·惜誦》亦曰：「行婞直而不豫兮，鯀功用而不就。」鯀之爲人，剛直不撓，屈子與其同調。《呂氏春秋・行論》曰：「堯以天下讓舜。鯀爲諸侯，怒於堯，曰：『得天之道者爲帝，得地之道者爲三公，今我得地之道，而不以我爲三公。』以堯爲失論。欲得三公，怒甚猛獸，欲以爲亂。比獸之角，能以爲城；舉其尾，能以爲旌。召之不來，仿佯於野以患帝。」此歷史、神話參雜，而鯀婞直之性可見其一斑。《天問》又曰：「焉有虬龍，負熊以遊？」曰：「阻窮西征，嚴何越焉？化爲黃熊，巫何活焉？」《左傳》昭十七年言鯀「化爲黃熊」。熊，蓋鯀精靈之象，鯀族先民祖先。楚族宗室以熊爲姓，熊繹、熊渠、熊通是也。楚器銘文，楚王之姓氏熊字皆作酓，熊元作酓前、熊通作酓章、熊審作酓審、熊商作酓璋是也。包山楚簡文有酓鹿耗，即熊鹿耗也。楚王熊繹作酓繹。酓，古飲字，蓋借作禽。禽、酓並從今聲，例可通用。禽，鳥獸通稱，而後但稱鳥。《爾雅・釋鳥・釋文》：「禽即鳥也。」《禮記・曲禮》「執禽者左首」，疏：「禽，鳥也。」楚人尊鳥爲其族先祖，是以姓禽氏，而借作酓。中土記其音如熊，而謂楚子爲熊氏。《天問》「化爲黃熊」，即「化爲皇禽」。熊，「禽」字楚音。是以楚人以鯀爲其族之先，其精靈之象同帝顓頊，集鳥、魚於一身。《山海經・大荒南經》謂鯀之後裔有驩頭，「人面鳥喙，有翼，食海中魚，杖翼而行」。《尸子》謂鯀子禹「長頸鳥喙」。皆非龍魚。包山楚簡祭神禱詞有「思攻解於人愚」云云，人愚，即仁禹。蓋楚人以禹象鳥而非蟲形，亦在禱祀之列。屈子於鯀，出於宗教情愫，視其爲類先祖之神。又，《吳越春秋・勾踐陰謀外傳》曰：「黃帝之後，楚有弧父。弧父者，生於楚之荊山，生不見父母。爲兒之時，習用弓矢，所射無脱。以其道傳於羿，羿傳逢蒙，逢蒙傳於楚琴氏。琴氏以弓矢不足以威天下。當是之時，諸侯相伐，兵刃交錯，弓矢之威，不能制服，琴氏乃横弓著臂，施機設樞，加之以力，然後諸侯可服，琴氏傳之楚三侯，所謂句亶、鄂、章，人號麇侯、翼侯、魏侯也。自楚之三侯傳至靈王，自稱之楚。累世蓋以桃弓棘矢而備鄰國也。」琴氏，即禽氏，楚王族之裔。《國語・晉語》謂鯀「化爲黃能」，黃能即黃熊，楚謂之皇禽。漢世或謂爲三足鼈，猶三足烏，日中俊烏。後因漢三足鼈説，謂鯀死「化爲玄魚」《拾遺記》卷二，皆以中土魚龍族神話釋之，而皇禽之鯀遂泯矣。《海内經》郭璞注引《歸藏・啓筮》曰鮌死「化爲黄龍」。黄龍，大禹也。於中土言，烏化爲魚，魚爲主，烏爲客，象魚龍族厭勝鳳鳥族。於楚言，魚化爲烏，烏是主，魚是客，象鳳鳥族厭勝魚龍族。《莊子・逍遥遊》謂北冥有鯤，化而爲鵬，徙於南冥。其深層意義即在後者。屈子褒鮌、頌鮌，不以鮌爲四凶之列，蓋南國之學異於中土孔儒，未可執六經以解屈子言鮌禹事也。

【婞直】王逸注：「婞，狠也。」謂「婞直」猶「婞很自用」。而「直」字無可着落。李陳玉曰：「婞訓狠，非。乃女子不肯低眉、才色自負之態。」鮌，禹父也，而視爲女，謬矣。周孟侯曰：「婞直，剛愎倔强，即所云怒悻悻見於其面也。」徐焕龍曰：「婞，婞婞自好。直，不知委蛇。」劉夢鵬曰：「婞、悻通。舉世習爲軟媚，反譏守道端行爲婞直也。」以「婞直」爲惡語，斥鮌剛愎自負而不遵帝命。案：朱子曰：「女嬃以屈原剛直太過，恐亦將如鮌之遇禍也。」謂「婞直」爲「剛直」，是也。婞，借爲緈，古書通用。《説文・糸部》：「緈，直也。从糸，幸聲。讀若陘。」《玉篇》下卷《糸部》亦曰：「緈，直也。」「婞直」連文，平列複語，謂正直，應上文「死直」。剛直，亦正直。婞直，所以褒鮌勝語。緈字，幸聲。幸，無直義。緈之字作經。《糸部》：「經，織從絲也。从糸，巠聲。」從，縱也；縱，直也。《大戴禮記・易本命》曰：「凡地東西爲緯，南北爲經。」東西爲横、爲邪，南北爲縱、爲直。《文選・魏都賦》「延閣允宇以經營」，劉淵林注：「直行曰經。」《公羊傳》昭十三年「靈王經而死」，杜注：「經，謂懸縊死也。」段注曰：「以繩直縣而死。」經亦藴直義。凡從巠聲字多含直義。《頁部》：「頸，頭莖也。从頁，巠聲。」謂頭之直如莖曰頸也。而圓中之直曰徑《周髀・算經》上注，直波曰涇《爾雅・釋水》，人體直而長如莖者謂之脛《釋名・釋形體》，温器圜直曰鋞《説文・金部》，枝柱曰莖《説文・艸部》。《川部》：「巠，水脈也。从川在一下，一，地也。壬省聲」。案：壬，他鼎切；巠，古靈切。壬、巠同耕部，而不同紐，不可諧。巠當從川、從一、從壬，會意。《説文》：「壬，一曰象物出地挺生也。」藴含直義。考諧壬聲之字廷、庭、脡、侹、珽亦含直義。謂水直注而下則字作巠。水脈注而下，巠有直義。後以區别經緯、經直義，制緈字以屬之，借幸爲巠。婞，借聲字。婞直，出女嬃詈語，後改緈爲婞。緈訓直，直則剛正、狠戾，美惡同辭。而後又衍生悻字，專其惡義。

【亡身】王逸據《堯典》「方命圮族」，注謂「亡身」爲「不順君意」。後又據王注改亡爲方、改身爲命，謂「亡身」即「方命」之訛。案：非是。亡身，旌表鮌德勝語，非惡語。亡身，非方命。《惜誦》曰：「行婞直而不豫兮，鮌功用而不就。」不豫，謂不猶豫。亡身、不豫義同。言鮌行直道而不猶豫，即此云忘身不復反顧也。亡，從聞一多校作忘。亡、忘古書通用。《戰國策·趙策》「秦之欲伐韓、梁，東闚於周室，甚惟寐亡之」，《韓非子·難三》「晉文公慕於齊女而亡歸」，《淮南子·要略訓》「齊景公獵射亡歸」，亡，假爲忘。《詩·假樂》「不愆不忘」，《説苑·建本》引《詩》忘作亡。《荀子·勸學篇》「怠慢忘身」，《大戴禮記》字作「亡身」。《吕氏春秋·權勛》「是忘荆國之社稷而不恤吾衆也」，《韓非子·十過》忘作亡。《史記·平津侯主父列傳》「天下忘干戈之事」，《漢書》忘作亡。《秦策》「今忘之秦」，《韓非子·内儲説下》忘作亡。忘身，謂不恤己身，猶奮不顧身云爾。

【終然】汪瑗曰：「終然，猶書畢竟耳，決詞耳。」黄文焕曰：「終然者，悻直之人其勢必至於是也。」朱冀曰：「終然云者，鮌有取亡之道，故終至乎此也。」陳遠新曰：「終然，徒然。」案：馬其昶曰：「終然，猶終焉。」是也。然、焉古書通用。《禮記·檀弓》「穆公召縣子而問然」，鄭注：「然之言焉也。」《詩·大東》「潸焉出涕」，潸焉，潸然也。《漢書·景十三王傳》字作「潸然」。《禮記·大學》「見君子而後厭然」，《荀子·王霸篇》注引作「厭焉」。《列子·楊朱》「亡介焉之慮」，介焉，《漢書，陳湯傳》作「介然」。焉，乃也，於是也，然亦乃也，於是也。詳王引之《經釋詞》卷二。終然，亦同《天問》「卒然身殺」之卒然，卒乃也。

【殀】王逸注：「蚤死曰殀。」吕延濟曰：「堯使鮌治水，鮌狠戾不用堯命，終被殛於羽山之野，而早死焉。」又，汪瑗曰：「不得善終而死曰殀。」王夫之曰：「不以考終曰殀。」蔣驥曰：「不盡天年謂之殀。」案：非是。《史記·五帝本紀》曰：「於是舜歸而言於帝，請流共工於幽陵，以變北狄；放驩兜於崇山，以變南蠻；遷三苗於三危，以變西戎；殛鮌於羽山，以變東夷。四辠而天下咸服。」流、放、遷、殛四字儷偶爲文，殛，流放之義。殛，讀如極，言放也。《左傳》云「流四凶族，投諸四裔」，鮌則四凶族之一，書流而不書殺、殛也。《説苑》亦云「舜有四放之罰」。《禮記・祭法》孔氏《正義》引鄭志《答趙商問》曰：「鮌非誅死。鮌放居東裔，至死不得反於朝。」《天問》曰：「永遏在羽山，夫何三年而不施？」王注曰：「言堯長放鮌於羽山，絶在不毛之地，三年不舍其罪也。」不以鮌爲殀死。聞一多曰：「殀，當從一本作夭。夭之爲言夭遏也。夭遏雙聲連語，二字同義。此曰『夭乎羽之野』，猶《天問》『永遏在羽山』矣。」姜亮夫曰：「夭，當讀如《左傳》宣公十二年『盈而不竭，夭且不整』之夭，杜注：『水遇夭塞，不得整流，則竭涸也。』則夭爲擁塞之義。長言之則曰夭遏。《淮南・俶真訓》『陶冶萬物，與造化者爲人，天地之間、宇宙之内，莫能夭遏』。字又作夭閼。《莊子・逍遥遊》『而後乃令培風，背負青天而莫之夭閼』。以訓詁字易之，則曰擁閼、擁遏。而《天問》之『永遏』，則雙聲之變而又以訓詁字加甚其義者也。」聞、姜之説皆是。夭，遏也。義同而音異，不相通假。姜氏引《左傳》杜注借夭爲擁，爲邕字。夭，宵部；邕，蒸部。孔廣森《詩聲類》曰：「蒸侵又之宵之陽聲。」夭訓和舒。《論語・述而》「申申夭夭，《集解》引馬融注：「夭夭，和舒之貌。」」和舒亦謂之廱。《爾雅，釋訓》：「廱廱，和也。」廱，從邕聲，夭、邕通用。《説文・川部》：「邕，四方有水，自邕城池。从川，从邑。讀如雝。𡿺，籀文邕如此。」段注曰：「池沼多由人工所爲。惟邑之四旁有水來自擁抱旋繞成池者是爲邕。引申之凡四面有水皆曰邕。」籀文𡿺，從川、○○。邕，或從隹，金文作雝，從水口或從二口，從隹，言「王在雝居」，「在璧雍」。詳郭沫若《兩周金文辭大系》。劉心源《奇觚室吉金文述・盂鼎》曰：「案，邕即雍之正字，○○象池形，巛即川，古刻從水，與川同意。此銘省水，仍是雝字。」又，「璧雍」，見《大雅・文王有聲》及《魯頌・泮水》，鄭《箋》曰：「辟辟、璧通用，雍、廱通用者，築土雝水之外圓如璧。」羅振玉先生《殷契書例考釋》曰：「𡿺從巛從口，古辟雍字如此。辟雍有環流，故從巛，或從巜，乃巛省也。金文或增口作，口象圜土形，外爲環流，中斯爲圜土矣。」蕭兵謂「辟雍」同「夏臺」，亦作均臺、圜土、重泉、泮宫、靈沼，爲環水牢獄。詳蕭文《論璧雍、泮宫、靈臺起源於水牢》，載《上海師範大學學報》一九八四年四期。《水經注》謂羽山有羽淵，即囚鮌水牢。邕，水牢，引申言囚拘、言擁塞義。夭乎羽之野，因於羽山之野。《天問》「永遏在羽山」，亦同。借夭爲邕，誤作殀而訓早死。《史記》「殛鮌於羽山」之殛，借作極。《左傳》僖二十八年「明神殛之」，又，昭七年「昔堯殛鮌於羽山」，《釋文》：「殛，本作極。」極，言放、出。《儀禮·大射義》「朱極三」，注：「極，猶放也。」《太元元圖》「催極萬物」，注云：「極，出也。」後人改極爲殛，附會《離騷》，謂鮌被舜誅死而早殀。《晉語》韋昭注曰：「殛，放而殺也。」《韓非子·外儲説右上》「殺鮌於羽山之郊」，殺，當敖之誤。殺，古文作鼔，敖，篆文亦作鼔，因而訛爲一字。《墨子·尚賢中》「賊殺萬民」，一本作「賊敖萬民」。《魯問》「賊敖百姓」，《太平御覽·兵部》卷七七引作「賊殺」。敖，借作夭。聲近通用。言夭鮌於羽山之野。同《離騷》。又，《墨子·尚賢中》曰：「昔者，伯鯀，帝之元子，廢帝之德庸，既乃刑之羽之郊。」刑之，猶囚之、遏之，亦不言殺。

【羽】羽，當從一本作羽山。洪《補》曰：「羽山，東裔，在海中。」《山海經·南山經》「又東三百五十里曰羽山」，郭璞曰：「今東海祝其縣西南有羽山，即鮌所殛處，計此道里不相應，似非也。」然郭氏但存疑而已，仍用舊説。《水經注》：「羽山，在東海祝其縣南也。」縣，即王莽之猶亭也。《書》殛鮌於羽山，謂是山也。山西有羽淵，禹父之所化，其神爲黄能，以入淵。此東土夷族羽山。案：《天問》曰：「阻窮西征，巖何越焉？化爲黄熊，巫何活焉？」王逸注：「言堯放鮌羽山，西行度越岑巖之險，因墮死也。」此中土傳説，謂羽山不在東而在西。洪《補》曰：「此云『西征』者，自西徂東也。」乃強爲之説也。朱子曰：「然羽山東裔，而此云『西征』，已不可曉。」其猶存疑而未從洪氏。羽山，蓋委羽之山。《淮南子·墬形訓》：「北方曰積冰，曰委羽。」高誘注：「北方寒冰所積，因以爲名；委羽，山名，在北極之陰，不見日也。」《墬形訓》又曰：「燭龍在雁門北，蔽於委羽之山，不見日。」高誘注：「龍銜燭以照太陰。」委羽之山，乃北極陰晦不明之地。《墨子·尚賢中》謂帝刑鮌於羽之郊，「乃熱照無有及也」。「熱照無有及」，日照不及，與委羽山「不見日」者同。鮌，玄冥。玄冥，水神也。鯀字作鮌而從玄，蓋玄冥之玄。《左傳》昭二十九年：「水正曰玄冥。」《國語·魯語》：「冥勤其官而水死。」《呂氏春秋·孟冬紀》：「水神玄冥。」鮌治水不成，化爲黄能，即黄

曰鮌婞直以亡身兮　終然殀乎羽之野

熊，三足鼈。《史記·夏本紀·正義》曰：「鮌化羽山，化爲黄能，鼈三足曰能。」能、熊同。其神爲玄冥。高誘注《吕覽》曰：「玄冥，官也。少昊氏之子曰循，爲玄冥師，死祀爲水神。」循，「脩」字之誤。脩，蓐收，西方神，鮌之師。鮌之形爲鼈，黿屬。鮌、黿相合爲鮌黿，省形爲玄黽。《國語·鄭語》：「化爲玄黿。」韋昭注：「黿，或爲蚖。蚖，蜥蜴，象龍。」蜥蜴亦曰玄黿。或作玄黽，省變作玄冥。玄、冥皆有黑義，又作玄昧。《左傳》昭元年：「昔金天氏有裔子曰昧，爲玄冥師。」冥，又通晦，實爲海。晦、海同每聲，例得通用。《博物志》曰：「海之言晦，昏無所睹也。」水神玄冥爲海師禺強。《莊子·大宗師》注：「北海之神，名曰禺強，靈龜爲之使。」《山海經·海外北經》郭璞注：「禺強字玄冥。」禺強居幽都詳《海内經》，主司「不周風」。《淮南子·墬形訓》：「禺強，不周風之所生也。」《史記·律言》曰：「不周風居西北，主殺生。」玄冥爲冥王，北方黑帝也。又，丁惟汾《俚語證古》：「武，古音讀没，爲冥之雙聲音轉。」玄冥爲玄武。《禮記·曲禮》「前朱鳥而後玄武」，孔穎達注曰：「後須殿捍，故用玄武。武龜也，龜有甲，能禦侮也。」其猶存鮌「婞直」本色。所過之地委羽之山宜在西北，不在東也。《天問》曰「西征」，西，猶西北。《天問》又曰：「日安不到，燭龍何照？」王逸注：「言天之西北，有幽冥無日之國，有龍銜燭而照之也。」《山海經·大荒北經》：「西北海之外，赤水之北，有章尾山。有神，人面蛇身而赤，直目正乘，其瞑乃晦，其視乃明。不食不寢不息，風雨是謁。是燭九陰，是謂燭龍。」章尾山，《海外北經》作鍾山，即委羽之山，在西北，故曰「西征」。

【野】《説文·里部》：「野，郊外也。从里，予聲。」《邑部》：「距國百里曰郊。」《冂部》：「邑外謂之郊，郊外謂之野，野外謂之林，林外謂之冂。」又，《釋地》：「郊外謂之牧。」牧，牧放也。野爲郊外之牧田。羽山，邑名。《山海經》謂之羽郊，若以羽爲山名，何以山有郊、有野哉？

是二句爲女嬃之詈語。女嬃詈曰：「前脩鮌行正直之道，不顧身命，卒乃囚乎羽山之郊野也。」謂汝好脩不變，當亦如此，宜以鮌爲鑒。此二語反意上文「伏清白以死直兮，固前聖之所厚」，是阻屈子就死地。黄文焕曰：「原自負曰死直清白，前聖所厚；　嫛曰婞直亡身，前聖所誅。」其是之謂也。

第三十三韻

予、野，陳第、江有誥曰：「予，古上肇。」案：予，古者爲[ria]。陳第曰：「野，古音署。」戴震曰：「野，古音與。」江有誥曰：「野音宇。」案：野音承與切，禪紐；署音舒呂切，審紐；宇音王羽切，喻紐三等，古屬匣紐；與音余呂切，喻紐四等，古屬定紐或邪紐。野、署、宇、與雖同部而不同紐。野，古音爲[ʐ̧a]。予、野古同魚部。

汝何博謇而好脩兮　紛獨有此姱節

汝　《路史・後紀》卷一《太昊紀》注引脱汝字。

謇　《文選》六臣注謂謇，「五臣作蹇」。洪《補》引《文選》、朱《注》引一作蹇。朱云「非是」。案：朱説本王注「博采往古、好脩謇謇」，然求其文意，當作搴字。詳注。《路史・後紀》卷一《太昊紀》注、《柳河東集注》卷二注引作蹇。《五百家注昌黎文集》卷一注、《詁訓柳先生文集》卷二注、《五百家注柳先生集》卷二注引亦作謇。

好　朱《注》好音呼報反。詳上文「好脩」校。

姱　《後漢書》卷二八下《馮衍傳》「纂前脩之夸節兮」，祖構此文，婞字作夸，注文引此亦作姱。案：夸，當姱字爛敓。慧琳《一切經音義》卷八八引王逸注、《五百家注昌黎文集》卷一注、《路史・後紀》卷一《太昊紀》注、《五百家注柳先生集》卷二注、《詁訓柳先生文集》卷二注、《柳河東集注》卷二注引亦作姱。

節 劉師培《考異》謂節當作飾，云：「《天問》王注：『脩玉鼎以事於湯。』案：《類聚》九〇引注作『脩飾玉鼎』，此敚飾字。《御覽》八六一引作『脩節玉鼎』，亦飾訛。」案：是也。《論衡·自紀》「適時則酒」，劉盼遂曰：「則，當爲節，聲之誤也。古則與即同聲，通作節。節從即聲。」《禮記·玉藻》「童子之節也」，《儀禮·士冠禮》作「童子之飾」。《列子·崇學》：「遠而光華者，飾也。」原本、程榮畿輔本皆誤作節。節、飾相亂之證。又，《說文·魚部》：「鰂，烏鰂魚也。从魚，則聲。」或文作鯽，从魚，即聲。鰂，職部；鯽，質部。《後漢書·李膺傳》「欲令屈節以全亂世」，《鍾皓傳》作「屈志」。節，質部；志，之部，職之平。《論語》「朋友切切偲偲」，偲從人，思聲，之部。毛《傳》字作「切切節節」。王逸注「姱異之節」云云，王本亦誤飾爲節。

【博謇】王逸注「博采往古，好脩謇謇」云云，「博謇」爲「博采」。陸善經曰：「博謇，寬博偃蹇也。」呂尚曰：「汝何博好古道，於蹇難之世，好脩直節。」朱子曰：「博蹇，謂廣博而忠直。」張鳳翼曰：「博謇，謂博洽而謇諤。」汪瑗曰：「博者，罵其立志太高遠廣大；而謇者，罵其不避艱險，獨爲人之所難爲也。」錢澄之曰：「謇，難於言而必欲言也。博謇，知無不言也。」王夫之曰：「博，過其幅量之謂，猶言過也。」林雲銘曰：「博學忠言。」徐焕龍曰：「學問廣博，立心忠謇。」吴世尚曰：「博謇，猶雷矯鷙卓厲也。」馬其昶曰：「博謇，謂謇諤之甚。」又，聞一多曰：「博謇，蓋行步合節，安舒自得之貌。《遠遊》『音樂博衍無終極兮』，博謇與博衍同。聲音安舒謂之博衍，動作安舒謂之博謇，皆有節度之貌也。」《遠遊》「博衍」非言「有節度」。洪《補》曰：「衍，廣也，達也。」謂「博衍」平列複語，言廣大。水之無涯曰莽沆，倒文作沆茫，言音樂傳騰不絕曰博衍。博謇，非博衍。劉永濟曰：「博，本廣大也。

今用作太甚義。謇，忠也。」謂「博謇」爲「太忠」。無徵不信。案：博謇，博采。王注不易。博，謂廣博、衆多。謇，讀如上文「朝搴阰之木蘭」之搴，言采。搴與謇、蹇通用。《九章・思美人》「搴長洲之宿莽」，朱《注》搴字作蹇。《管子・四時》「毋蹇華絶芋」，尹注：「蹇，拔也。」用搴字義。王念孫《讀書雜志・管子》「絶芋」條曰：「攓、搴、蹇，皆𢶀之或字。」《爾雅・釋言》陸氏《釋文》：「搴與攓同，又作蹇。」博搴，承上佩飾繽紛盛多之「初服」，女嬃斥其好脩之態。

【紛】王逸注：「言汝何爲獨博采往古，好脩謇謇，有此姱異之節，不與衆同，而見憎惡於世也。」王氏訓紛爲而，逆轉之辭。譚介甫曰：「紛獨，猶下云『判獨』，聲同韻近通用，義猶反獨。」案：紛不解而、反。洪《補》曰：「紛，盛貌。」紛，猶繽紛。長言曰繽紛，短言曰繽、曰紛。「紛獨有此姱節」，同上「紛吾既有此内美」句法。

【姱節】姱節，當從朱駿聲説，字作姱飾。節，即飾之誤。姱，言美、言好，概言上衣芰荷、裳芙蓉、高余冠、長余佩諸事。

是二句言女嬃斥我「初服」繁飾，曰：「汝何廣采衆芳，好脩如此，獨紛然有此姱好之佩飾？」

薋菉葹以盈室兮　判獨離而不服

薋《文選》六臣本薋音茲，洪《補》音甆，朱《注》音自資反，引一作茨。錢《傳》薋音茨。姜亮夫曰：「王引《詩》曰『楚楚者薋』，洪《補》今《詩》薋作茨，《爾雅》亦作茨。則王本固作薋也。此三家詩説。今作茨者，毛氏説也。然以文義類之，當爲『薋』之誤。」又曰：「薋，蓋資字誤。」朱引一本作茨，則脱下貝而增艸。案：茨、薋，一義相仍。茨訓「茅蓋屋」，名事相因，言積聚，又制薋字以屬之。薋，茨分別字。劉永濟亦曰：「薋同茨，積聚也。」《爾雅翼》卷二兩引、卷三，《東雅堂昌黎集注》卷五注，《五百家注昌黎文集》卷五注，《分類補注李太白詩》卷二注引亦作薋。又，甆，瓷字或文。《廣韻》上平聲第六脂韻薋、茨、瓷同音疾資切，第七之韻兹音疾之切。自資、疾資、疾之音同。

菉葹《文選》六臣本上音禄，下音失移切。洪《補》上音録，下音商支切。朱《注》上音力玉反，下音同洪《補》，錢《傳》上音同洪《補》，下音失支切。案：《廣韻》入聲第一屋韻禄音盧谷切，一等合口。入聲第三燭韻，菉、録同音力玉切，三等合口。録、禄不同等。失移、商支、失支音同。唐寫本《文選集注》引陸善經本菉字作緑。案：以文義斷之，作緑是也。詳注。《爾雅翼》卷二兩引、卷三，《分類補注李太白詩》卷二注，《五百家注昌黎文集》卷五注，《東雅堂昌黎集注》卷五注引亦作菉葹。

【薋】王逸注：「薋，蒺藜也。《詩》曰『楚楚者薋』。」王氏以薋爲蒺藜，惡草。案：薋之爲蒺藜，《説文》作薺。「薋菉葹以盈室」句法，同「擥木根以結茝」、「矯菌桂以紉蕙」、「攬茹蕙以掩涕」、「折若木以拂日」、「折瓊枝以繼佩」、「索藑茅以筳篿」、「蘇糞壤以充幃」，句首一字動詞。「薋菉葹」三字非名詞連用，薋，動詞，段君《説文》注亦曰：「《離騷》『薋菉葹以盈室』，據許君説，正謂多積菉葹盈室，薋非草名。」又，姜皋、胡紹瑛、聞一多、姜亮夫皆因段注，以薋言積聚義。薋，《説文》訓「草多貌」，形容詞。或本作茨。王氏引《詩》「楚楚者薋」，《小雅·楚茨》毛《傳》作「楚楚者茨」。《爾雅·釋草》陸氏《釋文》曰：「茨，或作薋，同。」茨、薋古字通用。《説文·艸部》：「茨，茅蓋屋也。从艸，次聲。」次有次比義。屋上之草次比相重字作茨，形聲兼轉注。名事相因言積聚。《小雅·甫田》

毛《傳》：「茨，積也。」積草曰薋。積禾曰穦。《禾部》：「穦，積禾也。从禾，資聲。」蓄財曰資。《史記·信陵君列傳》「如姬資之三年」，《索隱》云：「資，蓄也。」益土曰垐。《土部》：「垐以土增大道上也。从土，次聲。」績緝曰欳。《糸部》：「欳，績所緝也。从糸，次聲。」積餅曰餈。《周禮·天官》「糗餌粉餈」，鄭注：「此二物皆粉稻米黍爲之，合蒸曰餌，餅之曰餈。」《釋名》：「餈，漬也。蒸糝屑使相潤漬餅之也。」漬之言積也。漬餅云者，猶言積餅之也。漬、積同諧責聲，例得通用。資、垐、薋、穦、欳、餈，皆茨後起分別文。

【菉】王逸注：「菉，王芻也。《詩》曰『終朝采菉』。」洪《補》曰：「《爾雅》云：『菉，王芻。』注：『菉，蓐也。』《本草》云：『藎草，葉似竹而細薄，莖亦圓小，俗名菉蓐草。』」案：《本草》「菉竹」條，蘇恭曰：「葉似竹而細薄，是以有『綠竹』之稱。」又曰：「莖亦圓小，生平澤溪澗之側，俗名菉蓐草。荆楚人此草煮以染黄色，知其可爲染也，而古者貢草入染，故呼之曰『王芻』。」胡文英曰：「菉，王芻也。楚名淡竹葉，又名竹葉菜。豫名菉草，秦名翠蛾兒，吴名水淡竹。」《説文》無「菉」字，唯「菮」字，曰：「菮，艸也，可以染留黄。」菉、菮雙聲通轉。字或作盭。《漢書》「金璽盭綬」，顔師古注引晉灼曰：「盭，草名也，出琅邪平昌縣，似艾，可染綬，因以爲綬名。」菉、菮，盭聲同。漢尚土德，色黄，因以染黄爲綬。則當漢世，是草不賤。「薋菉葹」句法，「菉葹」類「菌桂」、「茹蕙」、「蕿茅」、「瓊枝」，菉，即「葹」字疏狀詞。菉，借爲綠。日本國唐寫本《文選集注》殘卷陸善經注菉字作綠。《招魂》曰：「菉蘋齊葉兮白芷生。」菉蘋、白芷儷偶對文，菉猶綠。沈約《郊居賦》「陸卉則紫鱉綠葹」，其亦作綠葹。

【葹】王逸注：「葹，枲，耳也。」洪《補》曰：「形似鼠耳，詩人謂之卷耳，《爾雅》謂之苓耳，《廣雅》謂之枲耳，皆以實得名。《本草》枲枲耳，一名葹。」吴仁傑曰：「葹，《爾雅》卷耳，一名苓耳，亦云胡枲，江東呼爲常枲，形似鼠耳，叢生如盤。陸璣《詩疏》云：『葉青白色，似胡荽，白華細莖，蔓生，四月中生子，如婦人耳璫，幽州人謂之爵耳。』《本草》：枲耳，一名葹，一名地葵，一名蒼耳，一名常思菜。陶隱居云：『一名羊負來。「昔中國無此，從外國逐羊毛中來。」』《圖經》云：『其實多刺，俗呼道人頭。』按，沈約《郊居賦》云『陸卉則紫鼈綠葹』是也。《永嘉志》

一名菉絲。」李時珍《本草綱目》曰：「葹，其葉形如葈麻，又如茄，故有枲耳及野茄諸名。其味滑如葵，故名地葵，與地膚同名。詩人思夫賦《卷耳》之章，故名常思菜。張揖《廣雅》作常枲，亦通。」思、枲音同通用，常葈，即常思。朱珔《文選集釋》考之至詳，謂葹又名卷耳、苓耳、枲耳、胡枲、胡葸、常枲、蒼耳、爵耳、璫草。文繁不録，可參。《詩》之卷耳，采之可食，可寄寓情思即婦思夫之情，似非惡草。葹，非卷耳。《廣雅》謂之枲耳，亦非常思菜，常思菜即卷耳。枲耳，即闒茸。闒、枲爲之緝旁對轉，同透紐雙聲，茸，耳聲，可得通用。闒茸，習俗比小人、佞人。《史記·賈生列傳》「闒茸尊顯」，《索隱》引應劭、胡廣曰：「闒茸，不才之人，無六翮翺翔之用而反尊貴。」《字林》曰：「闒茸，不肖也。」《漢書·司馬遷傳》：「爲埽除之隸，在闒茸之中。」顔師古注：「闒茸，猥賤也。闒，下也；茸，細毛也。言非豪傑也。」闒茸，自是草名。師古以訓詁字解之，謂細下至賤之義者，非是。《九歎·憂苦》「雜班駮與闒茸」，王逸注：「闒茸，駑頓也。言君不明智，斥逐忠良，而任用佞諛，委棄明珠，而貴魚眼，乘駑羸，雜駿馬，重班駮，喜闒茸，心迷意惑，終不悟也。」洪《補》曰：「闒茸，弱劣也。」闒茸，枲耳音轉。周秦謂枲耳，漢謂闒茸。促言之曰苔。《淮南子·泰族訓》「生以青苔」，高注：「青苔，水垢也。」《説文》字作菭，謂「水衣」，從艸，治聲。《漢書·外戚傳》「華殿塵兮玉階菭」，注：「菭，水氣所生也。」緑葹，即緑苔。葹，通作薛。葹、薛爲歌月平入對轉，心審旁紐雙聲。《史記·司馬相如列傳》「薛莎青薠」，《集解》引《漢書音義》曰：「薛，藾蒿也。」《爾雅·釋草》：「蘋，藾蕭。」郭璞注：「今藾蒿也。」葹，亦蘋屬。蘋始生時采之可食，而葹不可食。蘋但生水中，葹或生水中，或生澤地，類今地苔。大徐本《説文·艸部》曰：「薋，卷耳，毒草也。」徐文靖謂《離騷》葹，薋之訛。小徐本但言「薋，惡草也」，無「卷耳」二字。《後漢書·劉聖公傳》注引《字林》、《廣韻》並曰：「薋，毒草也。」亦無「卷耳」二字。段注：「此孫強、陳彭年輩據俗本《説文》增之。今改正篆文作『薋，毒草也』，而删『薋，卷耳也』云云。卷耳果名薋，則當與『苓，卷耳也』同處矣。」所駁至當，葹非薋形訛。王逸注以「菉葹」比讒佞之輩，又注「女嬃言衆人皆佩薋菉枲耳，爲讒佞之行，滿於朝廷，而獲富貴，汝獨服蘭蕙，守忠直，判然離別，不與衆同，故斥棄也」云云，比讒佞德行。案：女嬃詈語，緣上文繁飾繽紛、好脩爲常而發，緑葹惡草，世俗服用物，比其穢惡之行，而不當比人。果比菉葹爲佞人，則與下句「判獨離而不服」之服，意不相貫。

【盈室】王逸注文「滿於朝廷」云云，盈訓滿、室訓朝廷。案：「盈室」同「結茝」、「紉蕙」、「充幃」、「繼佩」。盈猶充滿，用作動詞。楚簡字作「浧」。猶下「户説」之户，家室。下文「盈要」之盈字同此。

【判】王逸注文「判然離別」云云，判謂分判。注曰：「判，別也。」孫詒讓曰：「又《九歌·抽思》《九歌》即《九章》之誤曰：『好姱佳麗兮，牉獨處此異域。』注云：『背離鄉黨，居他邑也。』洪校云：『牉，一作叛，一作柈。』《補注》云：『牉音泮，舊音伴。』又《悲回風》云：『氾潏潏其前後兮，伴張弛之信期。』注云：『伴，俱也，弛，毁也，言己思君念國，而衆人俱共毁己；言内無誠信，不可與期。』洪《補》注云：『伴，讀若「背畔」之畔，言己嘗以弛張之道期於君，而君背之也。』案：判、牉、伴、叛字皆相通，蓋分別離散之意，即《遠遊》注所謂『叛散』也。云『判獨離』、『牉獨處』者，言叛散而獨離處也。云『伴張弛之信期』者，言張弛任時，叛散無定也。諸篇字舛異而義實同。《悲回風》注説亦未得其旨。」又，姜亮夫以判爲拌，言揮棄。聞一多曰：「判，違棄貌。」朱季海曰：「《方言》：『拌，棄也。』楚凡揮棄物謂之拌。』郭音伴，又普槃反。諸書判、牉、伴、叛讀與拌同，皆揮棄之意。」劉永濟曰：「判，別異也，今用之以形容獨離。」又，何劍薰曰：「判假爲偏，此即今語偏要、偏不要之偏。『偏獨離而不服』者，即偏獨棄而不用也。盧照鄰《長安古意》『意氣由來排灌夫，專權判不容蕭相』，判字亦是這個意思。」案：何氏解判爲語辭，其勝人多矣。而訓判爲「偏要」、「偏不要」之偏，無徵不信。「薋菉葹以盈室兮，判獨離而不服」，同上「荃不察余之中情兮，反信讒而齌怒」句法。又《惜誦》云：「竭忠誠以事君兮，反離羣而贅肬。」《抽思》曰：「羌中道而回畔兮，反既有此他志。」《東君》曰：「操余弧兮反淪降。」賈誼《惜誓》曰：「悲仁人之盡節兮，反爲小人之所賊。」判，猶反。二字音近，例得通用。從半聲與從反聲古多通用，半，古稱半律，樂律名，或借作反。《曾侯乙編鐘》：「割肄之宮反。」割肄，姑洗也。謂姑洗之宮半律也。借反爲半。《説文·肉部》：「胖，半體也。从肉，半聲。」《周官·腊人》注：「鄭大夫云，胖，讀爲判。」杜子春讀胖爲版。版，从肉，反聲。半、反相通。《詩》「隰則有泮」，毛《傳》：「泮，坂也。」坂，從土，反聲；泮，從水，半聲。反、半相通。《莊子·秋水·釋文》曰：「反，本作畔。」畔，從田，半聲。又，《論衡·治期》「負畔其上」，《吕氏春秋·知士》字作「背反」。反，轉折詞，猶「反而」、「卻」。詳上文「反信讒」注。《抽思》曰：「好姱佳麗兮，牉獨處此異域。」言反而獨居異域也。《悲回風》曰：「氾潏潏其前後兮，伴張弛之信期。」言氾濫潏潏，水涌前後，反爲張弛之信期也。水潮漲落，有其信期爾。孫氏注謂「張弛信時，叛散無定」，意相反也。伴、牉皆借爲反。

【獨離】王逸注文比上文「紛獨有」之獨，謂獨一人。離，言離別。王夫之、聞一多曰：「離，棄也。」戴震曰：「薋菉葹，喻衆之所尚，原獨判然捨棄之。」亦訓離爲棄。案：獨離，連語，言疲憊不振貌。倒文爲鹿埵、落單、路亶、隴東、籠涷、落拓、落度、羸垂、蘭嘽。詳上文「落蘂」注。女嬃謂屈子不從世俗，以求富貴。反見斥棄而窮困其時。胡文英曰：「獨離，離南也。《爾雅》離南、活莌、倚商、活脱，一物也。又名通脱木，今婦人取以爲通草花。女嬃引之，蓋欲其學通脱以自全，非欲其爲惡行也。自王叔師以薋爲茨，遂令嬃蒙屈千載，且使『判獨離』三字義無歸宿也。通脱木，楚中産。」胡氏以無根之説譏斥叔師，益見其陋。

是二句言衆人積聚緑苔惡草，盈環家室，汝反見窮迫落拓而不佩也。王逸注下「衆不可户説兮，孰云察余之中情」曰：「屈原外困羣佞，内被姊詈，知世莫識，言己之心志所執不可户説人告，誰當察我中情之善否也。」以女嬃詈語至此。洪《補》、朱《注》、錢《傳》並同。周孟侯、方伯海、王萌、方廷珪、徐焕龍、何焯等亦皆曰：「女嬃詈詞至此。」而謂「衆不可户説兮」以下四句爲屈原自歎之語。非是。女嬃詈語終「夫何煢獨而不予聽」句。舊注不審下四句「余」、「予」所稱而誤。説詳下文。

第三十四韻：節、服

陳第曰：「節，古音即。」戴震曰：「節，讀如則，蓋方音。」江有誥、王力謂此二句無韻。案：節，當作飾。詳校「飾」字，音賞識切。古音爲[ɕi ək]。服，借作佩。佩，去聲，爲職部長入，古音爲[bi ə:k]。飾、佩古同職部。

衆不可户説兮　孰云察余之中情

説 朱《注》説音輪芮反，錢《傳》音始鋭反，一如字。《群經音辨》曰：「説，釋也，失拙切。説，怡也，音悦。説，舍也，音税。説，解也，吐活切。説，悦也，如鋭切，又如字。」案：户説，用説解義，同遊説之説，音税，舒芮切。輪芮、始鋭、舒芮音同，去聲。如字，則音失拙切，入聲。《文選》卷三八庾亮《讓中書令表》注及卷六〇任昉《齊竟陵文宣王行狀》注、《五百家注昌黎文集》卷一注、《東雅堂昌黎集注》卷一注引同今本。

余 《文選》卷三八庾亮《讓中書令表》注引作予。案：余、予古今字。《離騷》用作領格，且後繫以「之」字者，皆作余。予，《離騷》四見，皆用賓格。作余是也。《文選》卷六〇任昉《齊竟陵文宣王行狀》注引亦作余。

【户説】王逸注「不可户説人告」云云，户訓家户。洪《補》引《管子》「聖人之治於世，不人告也，不户説也」及《淮南子》「口辨而户説之」二事以疏王注。聞一多曰：「户説，謂逐户曉諭之。」又，姜亮夫謂户借作扈。扈，偏也；户説，猶偏告義。案：王説未可輕易。户雖通扈，楚人語被曰扈，無周偏義。《韓非子·難勢》曰：「堯、舜户説而人辯之，不能治三家。」《尹文子·大道上》：「出羣之辯，不可爲户説。」《史記·貨殖列傳》：「雖户説以眇論，終不能化。」《説苑·政理》：「衆不可户説也，可舉而示也。」户説，或作户告。《列女傳》：「梁國豈可户告人曉也？」又作户辯。《淮南子·泰族訓》：「非户辯而家説之也，推其誠心，施之天下而已矣。」「户説」同「野死」《國語·魯語》、「隅坐」《禮記·檀弓》句法。《説文·言部》：「説，説釋也。一曰，談説。从言、兑。」案：蓋説而能釋疑者，必詳言之，反覆數説之謂。《毛詩傳》：「説，數也。」《荀子·勸學篇》「誦説以貫之」。誦説，猶誦數。或本作「誦數」。兑聲之字多含頻數反覆義。《門部》：「閲，具數於門中也。从門，兑聲。」「閲兵」、「閲歷」、「閲讀」，猶存其義。《禾部》：「税，租也。从禾，兑聲。」斂税必有具數，税亦含數義。或曰「談説」，言責斥。《大戴禮記·曾子立事》「不説人之過」，注：「説，解説也。」《周禮·大祝》：「五曰攻，六曰説。」鄭司農注：「攻、説，則以辭責之。」説之爲言鋭也。言語鋭刺人過字作説。談之言剡也，亦根於鋭刺義。説釋、談説雖一字，而義各有因，後混之匙能別。

【孰云】聞一多曰：「云，猶今語『還』也。」案：是也。云，猶有。云、有聲轉，古書通用。《廣雅·釋詁》：「云，有也。」《文選》卷二四陸士衡《答賈長淵詩》注引《漢書》應劭注：「云，有也。」詳王引之《經義述聞》卷二四《春秋公羊傳》及《經傳釋詞》卷一。有、又古通用。又，還也。孰云，猶誰又。下文「世幽昧以眩曜兮，孰云察余之善惡」，亦同此。

【余】王逸注「察我中情之善否」云云，謂屈子自稱。趙南星曰：「女嬃言人不能察屈原之情。舊説『余』字，以爲屈原之言。《論語》荷蕢曰：『莫己知也。』非言孔子耶？」案：是也。余，既爲女嬃自稱，亦槩屈子。余，猶我輩、我儕。詳郭沫若、聞一多説。不言「察汝之中情」，而言「察余之中情」，女嬃發其惻隱，親媚之辭。錢澄之曰：「上『余』字爲原言也，下『予』字自指。」王夫之曰：「『察余』之余，代原自稱；『予聽』之予，代世人自稱。」未審「余」爲複數而强爲分別。

是二句爲女嬃詈語。言衆不可户説人告，誰又察我輩之中情乎？

世並舉而好朋兮　夫何煢獨而不予聽

【煢】《文選》六臣本作惸，朱《注》本亦作惸，云：「一本作煢。」惸、煢同音渠營反。洪《補》、錢《傳》同引一作惸，亦音渠營切。案：惸，正體；煢，惸之誤。煢，俗惸字。詳注。

【不】朱《注》謂「不字疑衍」。案：無「不」字不辭。

【予】洪《補》、朱《注》同引一作余。錢《傳》本作予。姜校引錢本誤作余。王泗原謂予本作余，余即爾字形訛。案：《離騷》賓格用予，作予是也。

【並舉】王逸注「言世俗之人，皆行佞僞，相與朋黨，並相薦舉」云云，並言並相，舉言舉引。劉永濟、徐仁甫、聞一多謂舉借作與，並與謂並相黨與。又，王樹枏引《國語》韋昭注：「舉，起也。」案：錢澄之曰：「世並舉，猶言舉世也。」是也。並，皆。《廣雅·釋言》：「並，俱也，皆也。」舉，亦皆。《九章·涉江》「舉前世而皆然兮」，舉、皆互文同義。《左傳》襄六年「君舉不信羣臣乎」，杜預注：「舉，皆也。」《禮記·内則》「濡炙之舉燋」，孔疏：「舉，皆也。」「並舉」連文，平列複語。並，包山楚簡文作䇘，從双，從日，象二人競逐日形。引申爲俱詞。舉，包山楚簡文作⿱與止，從止，與聲。止，借作寺。寺，有扶持義。相與扶持字作舉。世並舉而好朋，言世皆好朋也。而字，蓋衍文。

【好朋】王逸注：「朋，黨也。」又注「相與朋黨」云云，好訓相與。案：好，有相與義，蓋喜好義引申。《詩·小明》「好是正直」，鄭《箋》：「好，猶與也。」好，用「好脩」之好。言喜好。洪《補》曰：「《説文》云：『朋，古鳳字。

鳳飛羣鳥從以萬數，故以爲朋黨字。』」朋，甲文有「□」《前編》五・四・七、「□」《乙編》六七三八，金文有「□」《犅刦尊》、「□」《□叔𣪘》，即古朋字。郭沫若謂象繫貝環於頸形，同《說文》之賏、嬰，後爲貨貝通稱。《小雅・菁菁者莪》「錫我百朋」，鄭《箋》：「古者貨貝，五貝爲朋。」鐘彝銘文有賜朋之語。《矢令簋》：「姜賞令貝十朋。」《己酉方彝》：「商貝十朋。」《陽亥彝》：「陽亥曰遣叔休于小臣貝三朋。」甲文本有鳳字，作「□」，從鳥，凡聲。不可謂「朋，古鳳字」。朋，鳳字假借。《杜白簋》：「孝於皇申且孝於好朋友。」《希古樓金石萃編・金卷四》「朋友」之朋字作「□」，從人、朋。借朋貝爲鳳，倗，借聲字。衆從以善謂之朋，衆從以惡謂之黨。詳上文「黨人」注。此文「好朋」之朋，用本義，謂貨貝。好朋，謂好貨財，比黨人貪婪。世並舉好朋，世人皆貪婪財富，以反意我「好脩」清潔。

【夫何】王逸注文「何肯聽用我言」云云，以「夫」爲句首語助，未釋其義。姜亮夫曰：「夫與疑問代詞『何』、『孰』、『誰』、『焉』等詞連文，置於上或下句之首，以作發問，乃《楚辭》疑問句之一形式，雖徧及於屈宋與漢賦，而屈宋爲最多，如『夫何索求』、『夫何皋尤』、『夫何惡之』皆是。《離騷》有『夫何煢獨而不予聽』，《抽思》有『夫何極而不至兮』。漢賦如《七諫》之『夫何執操之不固』，《哀時命》之『夫何予生之不遘時』。」案：「夫何」，與「夫誰」、「夫孰」、「夫焉」，不盡同義。「夫何」之夫，代詞，一句主語。何，位居述語前作狀語，猶「怎麼」、「爲什麼」，非疑問詞。「夫孰」、「夫焉」之夫，句首語助，而孰、焉皆疑問代詞，且多爲主語。《天問》：「永遏在羽山，夫何三年不施？」言彼鮌爲何三年不施也。又：「伯禹腹鮌，夫何以變化？」言彼禹爲何變化也。又：「水濱之木，得彼小子；夫何惡之，媵有莘之婦？」言彼有莘氏爲何惡伊摯也。彼、夫互文同義。又：「湯出重泉，夫何皋尤？」言彼湯爲何得皋尤也。又：「穆王巧梅，夫何爲周流？」夫，獨立，何爲連文，言彼穆王何爲周流也。又：「環理天下，夫何索求？」言彼穆王如何索求也。又：「受壽永多，夫何久長？」言彼彭鏗爲何久長不死也。夫，皆代詞。何，爲何，詮釋因由。《抽思》：「望三五以爲像兮，指彭咸以爲儀。夫何極而不至兮，故遠聞而難虧？」言我何極不至也。《悲回風》：「夫何彭咸之造思兮，暨志介而不忘？」言我因何造思彭咸也。夫，皆爲我。何，因何。此爲女嬃詈屈子語，夫，代屈子，猶汝。錢杲之曰：「汝何煢苦獨處而不聽我言？」訓夫爲汝，甚得其藴。姜氏一槩相量，疏也。

【焭獨】王逸注：「焭，孤也。《詩》：『哀此焭獨。』」劉永濟曰：「焭，孤獨也。」案：《説文·卂部》：「煢，回疾也。从卂，營省聲。」案：煢，本訓鳥疾飛，引申之言疾，故從卂，賅其疾義。營，猶言回也，從營省聲，則賅其回義。俗作焭，非是。煢，無孤獨義。段注：「回轉之疾飛也，引申爲煢獨，取裴回無所依之意。」其説繳繞。《小爾雅·廣義》曰：「寡夫曰煢。」此即鰥字，或作鱞。《書·堯典》「有鱞在下」，《孝經》鄭注：「丈夫六十無妻曰鱞。」鰥、鱞同音古頑切。或據《説文》皆謂鱞正字，鰥，俗字。鱞，魚名，鯤古字。鱞夫之鱞，本字作鰥。鰥，從魚，魚爲古俗「兩性間互稱對方之廋語」詳聞一多《古典新義》，魚有匹偶義。《管子·小問》曰：「桓公使管仲求甯戚。甯戚應之曰：『浩浩乎！育育乎！』管仲不知，至中食而慮之。婢子曰：『公何慮？』管仲曰：『公使我求甯戚，甯戚應我曰：「浩浩乎！育育乎！」吾不識。』婢子曰：『《詩》有之，浩浩者水，育育者魚，未有室家，而安召我居？甯子其欲室乎？』」尹注曰：「水浩浩然盛大，魚育育然相與而游其中，喻時人皆得配偶，以居其室中。甯戚有伉儷之思，故陳此詩以見意。」魚喻伉儷，即匹偶義。從睘，睘之爲言悹也。睘、悹古書通用，詳朱駿聲《説文通訓定聲》。悹，患字别文，謂憂。言夫憂無妻字作鰥，借聲字。引申言孤獨。從睘聲與從營聲字多相通。《詩·閔予小子》「嬛嬛在疚」，《漢書·匡衡傳》作「煢煢在疚」。《釋文》：「嬛，崔作焭。」《左傳》哀十六年「煢煢余在疚」，《周禮·大祝》注：「嬛嬛在疚。」嬛通煢，猶鰥通煢。鰥、煢爲耕元旁轉。詳上文「九畹」注。煢獨連文，平列複語。又《方言》六：「介，特也。楚曰儝，晉曰絓，秦曰挈。物無耦曰特，獸無耦曰介。」儝，即煢字。煢、絓、挈、介、鰥皆音變字，因方音而轉。錢繹《方言箋疏》曰：「《衆經音義》一煢古字惸、傑二形。傑即儝之訛。《洪範》《焭獨·孟子》作惸獨。《杕杜》『獨行睘睘』，《周頌·閔予小子》『嬛嬛在疚』，《漢書·匡衡傳》引作『煢煢』。哀十六年《左傳》『煢煢在疚』，《説文》及《周官·大祝》注引並作懁懁。《説文》：『趋，獨行也。讀若煢』。儝、煢、惸、睘、嬛、懁、趋古字通用。」煢字《詩》、《書》、《春秋》、三禮皆存之，似又未可斷爲楚語。

【予】王遠、錢澄之、聞一多謂予爲「女嬃自予」，至碻。不予聽，謂不從我言。

【聽】王逸注「何肯聽用我言」云云，聽訓用。汪瑗曰：「自是衆人不肯聽信我之言耳。」聽訓信。又，朱子曰：「不字疑衍。案：非是。若無「不」字，則作「聽予」，出韻也。世人又方並爲朋黨，何能哀我煢獨，而見聽乎？」見聽，猶見信。案：《天問》「鮌何聽焉」，《九章·惜往日》「聽讒人之虚辭」，《抽思》「敖朕辭而不聽」，《悲回風》「驟諫君之不聽兮」，皆同此。《説文·耳部》：「聽，聆也。从耳、㥁，壬聲。」引申言聽從、信任。壬，猶正，審察治理之謂。言耳聞音聲，正治以得曲直，則字作聽。聽，借聲兼轉注。

是二句言世人皆貪婪好財，爲溷濁之行，汝何爲孤特不羣，不信從我言。女嬃詈語終止。

第三十五韻：情、聽

情，古音爲[dzieŋ]； 聽，古音爲[tieŋ]。情、聽古同耕部。

此以上三韻十二言爲第一節，緣上文往觀四荒出。言屈子將欲往觀天下乃復脩初服，繁飾菲菲，以追尋楚族先祖以去。女嬃聞之，乃申申詈斥，以阻其行。屈子爲君王所拌，要在「好脩」二字；而往觀就死，復以「好脩」爲本，不肯降志。女嬃詈語字字句句，皆因「好脩」而發，勸其隨俗改飾、與衆競逐貪婪。洪《補》斥王逸曰：「觀女嬃之意，蓋欲原爲甯武子之愚，不欲爲史魚之直耳，非責其不能爲上官、椒、蘭也。而王逸謂女嬃罵原以不與衆合，不承君意，誤矣。」朱子謂「此意甚善」。其爲女嬃遮護，用心甚苦。今諦「薋菉葹以盈室兮，判獨離而不服」語，詈斥屈子不肯從黨人服行菉葹，如此穢惡之行，豈但「欲原爲甯武子之愚」？嬃詈要在阻屈子就死，以求苟活。然則是耶？非耶？屈子非不知，而假前聖以節中，下文乃盪出陳詞重華、令其折中波浪。

依前聖以節中兮　喟憑心而歷兹

【以】《文選》六臣本作之，洪《補》、朱《注》、錢《傳》同引一作之。案：《九章·惜誦》：「令五帝以枡中兮，戒六神而嚮服。」句法同此，其作「以」字是也。

【節中】周拱辰《離騷草木史》乙作「中節」。誤。

【喟】洪《補》、朱《注》喟同音丘愧反。

【憑】《文選》六臣本作慿，洪《補》、錢《傳》同引一作慿，又一作馮。案：馮、憑古今字。慿，六朝俗字。《文選》卷九《北征賦》注引亦作慿。洪氏又引《天問》「康回憑怒」，憑音皮冰切；又引《説文》「憑，懣也」，並音憤。憑音皮冰切，不音憤。懣、憤音同，憤非音憑。

【歷】《文選》六臣本作厯。案：厯，俗歷字。

【依】王逸注「言己所言，皆依前聖之法」云云，依訓依從。汪瑗曰：「依，遵也。」案：《説文·人部》：「依，倚也。从人，衣聲。」引申言依循、依從。依、倚混言不分，析言，依就心理情感等精神狀態立言，倚就形質立言。依較倚抽象，所憑無形。

【前聖】王逸注謂「前聖」泛指「前世聖人」。江瑗曰：「前聖，泛言也；下指舜，專言也。」案：前聖，即下重華。此言前聖，下言重華，變言避複。聞一多曰：「前聖，即下重華。」姜亮夫曰：「考聖字甲文未見，小篆從耳、口、壬。許氏又説『壬象物出挺生』，徐鉉則謂『人在土上全然而立也』，于形爲最得。人在土上挺然而立者，蓋即朝中曰廷之廷本字。金文廷皆作全，又爲徐説張目。此乃象人立於階上（即二）。古者中朝必有堂壇之屬，爲天子降臨之地。以外則以耳聽四岳百牧羣臣之告言，而以口命令之者。此正政治組織已漸完備，帝王但在中朝治事，非復雜羣衆之中，親臨指揮之時可比。故以中廷，以耳聽而口命之者，爲聖帝明王矣。則此字當始於周之混一，中原之後……其後明明德之人，有在下位者，社會亦遂以聖哲稱之。其分化時期，大約在周中葉之前；至春秋之中，而以指道德純備、智能通顯之義益大，蓋亦以社會發展此時至不尚力而尚德，故曰以德服人者王，以力服人者伯而已矣。」案：姜説繳繞。聖，從耳，呈聲。詳上「前聖」注。前聖，用「聖帝明王」義。

【節中】王逸注「節其中和」云云，節訓節制、中訓中和。陸善經曰：「皆依前聖節度中和之法。」其同王注。劉良注「依前代聖賢節度而不得用」云云，節訓度，中訓得。錢杲之曰：「節，制也。」謂「節制其中」。汪瑗曰：「節中，謂樽節至於中道，不使有太過不及之弊也。」王夫之曰：「節中，節剛柔得中也。」徐煥龍曰：「節中者，不同俗，亦不矯俗，節於中道也。」林仲懿謂「節中」同「《中庸》執兩用中確義」。又，詹安泰曰：「節是適切，中是中情。《吕氏春秋·仲春紀·情欲》：『欲有情，情有節。聖人脩節以止欲，故不過行其情。』注：『節，適也。』又：『不過其適。』這是『節中』二字很好的解釋。」林雲銘曰：「節中，即折中，乃持平之意。」朱駿聲曰：「節，讀爲折。」吴汝綸曰：「節中，當爲折中。《反騷》『將折衷乎重華』，即用此文也。」龐石歸曰：「《惜誦》『令五帝以枅中』，與此語意全同。」聞一多亦曰：「節中，猶折中。」注家皆謂節中、折中同。揚雄《反離騷》「將折衷乎重華」，祖構此文，而易節中爲折中，揚氏亦謂義同。又謂節、折通用。節，有測度義。測，言度。《國語·晉語》「抑欲測吾心也」，注：

「測，猶度也。」《淮南子·原道訓》「深不可測」，高注：「度深曰測。」《周禮·大司徒》「測土深」，注：「測，猶度也。」節，亦言測度義。古多以「節度」爲對文。《墨子·尚賢中》：「居處無節，出入無度。」節、度互文，節，度也。中，非當中義，借作終，死也。節終，測度生死。《説文·竹部》：「節，竹約也。从竹，即聲。」又《卩部》：「即，即食也。从皀，卩聲。」節、卩爲一字。《卩部》：「卩，瑞信也。門關者用符卩。象相合之形。」《漢書·杜欽傳》、《管子·君臣上》、《尹子·四儀》、《荀子·儒效篇》、《淮南子·人間訓》字並作「符節」。《説文解字後叙》：「其弘如何，節彼南山。」段注：「言大道聖門之大，比於南山之高峻也。節，高峻貌。《山部》：『𡴀，高山之𡴀山也。』《詩》之節，蓋𡴀之假借字。」𡴀從山、卩聲。亦節、卩相通之例。又，《糸部》：「絶，斷絲也。从刀、糸，卩聲。」節、絶同卩聲，音同義通。絶，謂斷也。《吕氏春秋·孟春紀》「無絶地之理」，高注：「絶，猶斷也。」《斤部》：「斷，截也。从斤、㡭。㡭，古文絶。」《三國志·蜀志·關羽傳》「猶未及髯之絶倫逸羣也」，「絶倫」之絶，《漢苑鎮碑》則作「繼」。節，猶斷。「節族」連文。族，借作祝。《左傳》成十六年杜注：「三族强。」《疏》引劉炫曰：「族者，屬也。」宣二年杜注：「以其故族。」《疏》曰：「族，即屬也。」《國語·齊語》「工立三族」，注：「族，屬也。」又《釋名·釋言語》：「祝，屬也。」《白虎通義》：「祝者，屬也。」族、祝當亦通用。族、祝同屋部，從照旁紐雙聲。祝，言斷。《公羊傳》哀十四年「天祝予」，《穀梁傳》哀十三年「祝髮文身」，何、范並注曰：「祝，斷也。」「節族」猶「斷祝」，平列複語。節、祝亦通用。《水經注·沭水》：「即丘縣，故《春秋》之祝丘也。」節言測度、言斷、言制，一義相仍。中、終，冬部、知照準旁紐雙。《漢書·遊俠傳》「解貧，不中訾」，師古注：「中，充也。」《儀禮·士冠禮》「廣終幅」，鄭注：「終，充也。」中、終同訓充，是其相通。節終，承㜸詈不當「死直」來，與折中非一義。折中，謂決斷。《惜誦》「令五帝以枏中」，王逸注：「言己復命五方之帝分明言是與非也。」又，《史記·孔子世家》「折衷於夫子」，《索隱》引《惜誦》爲證，曰：「折中，正也。宋均曰：『折，斷也；　中，當也。』言欲折斷其物而用之，與度相中當，故言折中。」細味「折斷其物」云云，蓋用占斷之法。巫覡占卜，或斷草，或節竹，而視其吉凶之兆。下文「索藑茅以筳篿兮，命靈氛爲余占之」。王逸注：「楚人名結草折竹以卜曰篿。」節終，謂斷竹以卜死生。屈子見詈女嬃之後，乃就重華古廟，獻陳所疑，蓋廟有巫覡，令折竹決斷其生死，是謂之節終。下言「得此中正」，蓋得「吉占」，其與此相應。

【喟憑心】王逸注：「喟，歎也。」謂「喟憑心」爲「喟然舒憤懣之心」。劉良曰：「憑，滿也。」謂「喟憑心」猶言「歎息憤滿」，而心字無義可繫。洪《補》引《説文》曰：「憑，懣也。」謂憑、懣「並音憤」。「『喟憑心而歷茲』者，歎逢時之不幸也。」朱子曰：「喟，歎也。憑，滿也，恚盛貌。《左傳》、《列子》、《天問》皆云『憑怒』是也。」劉永濟曰：「喟，歎也。馮，憤積於中，楚人謂之馮。」錢杲之曰：「憑，據也。」以「喟憑心」爲言「喟然憑據己心」。夏大霖曰：「憑，當如字，作憑依解。」李光地曰：「憑心，則撫心也。」汪瑗曰：「憑者，充塞盈滿之意。憑心，言極其本心之量。」王夫之曰：「喟，歎其不然之詞。憑心，猶言任意。」劉夢鵬曰：「憑，信也。」以「憑心」爲言「信心自姱」。何劍薰曰：「喟同愲，憂也，憤也，慨也。《説文》無『愲』，古假『喟』爲之。《廣雅·釋訓》：『愲，慨也。』《玉篇》曰：『愲，不安也。』《淮南子·脩務訓》『發憤而成仁，愲憑而爲義』，高誘注：『愲憑，盈滿積思之貌』。愲憑二字與《楚詞》同。高以『積思』釋愲，以『盈滿』釋憑。積思，猶積憂。故此處之憑，亦當訓滿或盈。本篇『憑不厭乎求索』，王逸注：『憑，滿也。』是其證。」聞一多、譚介甫説同此，且先於何氏，謂「喟憑與愲憑、愲恲同，氣盈滿之貌」。其説至碻。「喟憑心」當「心喟憑」之乙。蓋本作「心喟憑」，後因憑字從心，衍作「心喟憑心」，而後删句首心字，而乙作「喟憑心」。心字獨立，喟憑連文。喟憑，連語，不必求其訓詁字義。或作愲恲。《廣雅·釋訓》：「愲恲，忼慨也。」王念孫《疏證》曰：「愲之言喟然也。《玉篇》：『恲，滿也。』王粲《從軍行詩》云：『夙夜自恲性。』合言之則曰愲恲。《説文》曰：『忼慨，壯士不得志也。』《楚辭·九章》：『好夫人之忼慨。』」愲恲、喟憑，聲之轉。王氏離析二義，非也。聲變字又作鬱佛詳《九嘆·離世》，又作鬱彌詳《楚辭·大招》，倒作憤盈《後漢書·崔駰傳》，又作佛愲《後漢書·馮衍傳》，又作佛鬱《文選·琴賦》，又作勃鬱《文選·風賦》，又作馮翼《天問》，又作愊臆《方言》郭璞注，又作紛紜《楚辭·九嘆》，又作汾沄《文選・長門賦》，又作煩寃《九章・思美人》，又作菀藴《九懷・蓄思》，又作服臆《史記・扁鵲傳》，又作愊抑《文選・夏侯常侍誄》，又作弗鬱等，皆狀氣紆結不暢，隨文所用，而各書以訓詁字。狀紆屈行不進，字又作徘徊、盤桓、方皇。心者，思也。屈賦或「思心」連文，平列複語。《悲回風》：「糺思心以爲纕兮，編愁苦以爲膺。」又曰：「憐思心之不可懲兮，證此言之不可聊。」思，憂也，愁也。詳上文「惟草木」之「惟」注。心，亦猶憂、愁。《悲回風》「思心」、「愁苦」互文，思心、愁苦義同。心喟憑，愁思憒憑，不得暢泄。

【歷兹】王逸注：「歷，數也。」謂「歷數前世成敗之道而爲此詞」。有增字之嫌。聞一多曰：「數，猶説也。」引《抽思》「歷兹情以陳辭兮」以佐王注。似是而非。《抽思》「歷兹情」句法，歷字獨立，「兹情」連文。未可比此「歷兹」。劉良曰：「歷，行也。」謂「行吟澤畔」。洪《補》曰：「歷，猶逢也。」謂「逢時不幸」。朱子曰：「歷，經歷之意。」謂「經歷於兹」。錢杲之又謂「歷觀兹事」，指下啓、羿數事。朱冀曰：「歷兹者，謂歷進退而兩難之意也。」劉夢鵬曰：「歷，至也。憑心歷兹，歎其信心自姱，以至讒廢也。」張渡《然疑待徵録》曰：「兹，年也。」謂「經年」。此説爲何劍薫張本，曰：「兹，當訓年，係載字之假。兹、載同屬精母，爲雙聲，故可相假。『喟憑心而歷兹』者，即懷着滿腔怒氣以度歲月耳。」案：歷兹，連語，聲變字作歷斯。兹、斯同訓此，雙聲通轉。詳王引之《經傳釋詞》。《説文・木部》：「櫪，櫪撕，柙指也。从木，歷聲。」又，「撕，櫪撕也。从木，斯聲。」《一切經音義》卷一二引《通俗文》曰：「考具謂之櫪撕。」猶後所稱「手枷」。楊遇夫曰：「歷訓離，二字音近，斯訓析，二字音亦近。以木離析罪人之手指而束之，故謂之櫪撕。櫪撕之爲言離析也。」歷兹、離析，聲之變，言支分之意。狀沙礫分散或曰磧歷，是其倒文。《漢書・司馬相如傳》「下磧歷之坻」，顔師古注：「磧歷，沙石之貌。」又或作離跂、離蹤。《荀子・非十二子篇》楊倞注：「離跂，違俗自絜之貌。」王念孫曰：「離跂、離縱皆疊韻字，大抵言自異於衆之意也。」或作離遏、離逖。《書・多方》「離逖爾土」，《左傳》襄十四年「豈敢離遏」，皆離分自逝義。狀冰之分解字作流澌詳《九歌・河伯》，又作流澌《淮南子·泰族訓》，作流㶇《論衡·實知》，狀敬謹股戰字作栗斯，《卜居》王逸注，訓詁字又作慄𢢈《玉篇·心部》。此文歷茲，意同離跂，言違俗自逝也。

是二句蓋趁韻倒乙，本作「喟憑心而歷茲兮，依前聖以節中」。言我憂心怫鬱，乃離遏世俗而去，依前聖大舜，令決斷生死也。

濟沅湘以南征兮　就重華而敶詞

濟　《分門集注杜工部詩》卷四注引作済。案，済，俗濟字。《補注杜詩》卷三五注引亦作済。

沅　洪《補》、朱《注》、錢《傳》三本沅同音元。

敶　洪《補》、朱《注》、錢《傳》同引敶一作陳。《文選》六臣本敶作陳。案：敶，朱云「古陳字」。《補注杜詩》卷三五注、《分門集注杜工部詩》卷四注引亦作陳。

詞　洪《補》、錢《傳》同引詞一作辭。案：辭，本字；詞，假借字。《九嘆·遠遊》、《九章·抽思》字作敶詞，而《補注杜詩》卷三五注、《分門集注杜工部詩》卷四注引亦作陳辭。

【濟】王逸注：「濟，渡也。」案：《説文·水部》：「濟水出常山房子贊皇山，東入泜。从水，齊聲。」濟無濟渡義。蓋濟之言至也。濟、至爲脂質平入對轉，精照旁紐雙聲，例得通用。濟諧齊聲，古齊、資通用。《周官·考工記》「或通四方之珍異以資之」，注：「故書資作齊。」《儀禮·少牢饋食禮》「資黍於羊俎兩端」，注：「今文資作齎。」齎諧齊聲。又，古至、資通用。《書·君牙》

「夏日暑雨，小民惟曰怨。資冬祁寒，小民亦惟曰怨」，《緇衣》注：「資當爲至。」資冬，至冬也。至、濟亦通用。《吕氏春秋・權勛》「則大忠不至」，注：「至，猶成也。」《爾雅・釋言》、《禮記・樂記》注並曰：「濟，成也。」至、濟音同義通。至，行也，通也，達也。《禮記・樂記》「樂至則無怨」，注：「至，猶達也。」《楚語》「至於神明」，韋昭注：「至，通也。」蓋渡水字作涇，而借齊爲至，則字作濟，是與濟水名合爲一字。古或「跮踱」連文，《史記・司馬相如列傳》「跮踱輵轄，容以委麗兮」，《索隱》引張揖曰：「跮踱，疾行貌。」跮踱平列複語，跮，猶踱。濟，亦渡。濟一曰水名，一曰渡水。而渡水之濟，借聲字。楚簡及馬王堆漢帛書「濟」作「淒」。

【沅湘】洪《補》曰：「《山海經》云：『湘水出帝舜葬東，入洞庭下；沅水出象郡鐔城西，東注江，合洞庭中。』《後漢志》：『武陵郡有臨沅縣，南臨沅水，水源出牂牁且蘭縣，至郡界分爲五谿。』又：『零陵郡陽朔山湘水出。』《水經》云：『沅水下注洞庭，方會於江。』《湘中記》云：『湘水之出於陽朔，則觴爲之舟，至洞庭，則日月若出入於其中。』」蔣驥曰：「沅水出今思州府施溪長官司，東北至常德沅江縣入洞庭。湘水出今廣西興安縣，北至長沙湘陰縣，入洞庭。重華，舜號也。舜葬九嶷山，今跨衡、永二府之界，在沅、湘南。」案：稽今圖牒，沅水出今湖南吉首鳳凰，東北流，經漵浦，折西北流；至武溪，又折東北流，經武陵、桃源縣，折東，經常德縣，而入於洞庭也。湘水出廣西靈川縣之海洋山，東北流，經零陵，東北流，至衡陽，直北流，踰長沙，折西北流，越湘陰縣，而入注洞庭也。沅、湘二水在楚南，今湖南境内，古今無異辭。唯錢穆以曲會其所倡屈子放漢北而非放江南説，乃謂沅、湘二水皆在漢北。沅水，漢北淯水，沅、淯音同字通。又據《楚策》「蔡聖侯南遊乎高陂，北陵乎巫山，飲茹溪之流，食湘波之魚」，乃謂湘波即湘水，在南陽上蔡，即漢北瀷水。湘從相聲，相有視義；瀷，瞿聲，言驚視。湘、瀷義同互通。又以湘爲襄字假借，謂「滄浪」合音。詳錢氏《論湘澧諸水》、《再論湘澧諸水》等文。錢氏之説，至爲譎詭，方授楚詳《洞庭諸水仍在江南屈原非死江北辯》、饒宗頤詳《楚辭地理考》、游國恩詳《再論沅湘諸水》諸賢既已斥其謬，文繁不録。事雖已去七十餘祀，今猶有拾錢餘唾而大張其説者，故不可存而不論。以訓詁言，錢氏之謬有三：錢謂沅、湞通用，謂沅水即湞水，無徵而不信。又謂襄爲「滄浪」合音，師心所自，游説無根。此其一也。錢謂湘、濯二字之聲符各訓視，謂湘、濯互用。同義同訓而不同音之字，不得通用，且相、瞿亦非同義字瞿但訓大視、瞪視、驚視，相訓審視、擇選，湘、濯安得互通？此謬於訓詁。爲其二也。其三，錢引《楚策》「食湘波之魚」，乃謂湘波即湘水，在南陽上蔡。未審《國策》之高蔡，非楚之上、下蔡，而在楚西。即在今湖北巴東、建始之間。《荀子》「西伐蔡」可證。蓋楚滅上、下蔡，乃遷徙蔡之餘民於巫山之陽而邑居之，猶滅鄒而徙其民於江夏之間，故江夏復有郗氏之邑。《楚策》之湘波，在江南，與《荀子》「西伐蔡」地貌吻合。沅、湘二水必在江南而非在漢北猶有三事可援爲佐證。「濟沅湘以南征兮，就重華而敶詞」，承嬃詈「鮌婞直以亡身兮，終然殀乎羽之野」來。因鮌者，舜也。屈子乃就重華敶詞，令其決斷之，蓋有繫鈴解鈴之意。錢澄之曰：「姊所言殛鮌者，舜也。試濟沅、湘，就重華而叩之，鮌以婞直見誅，豈伏清白而死直者，亦在所誅乎？」賀寬曰：「就鮌就舜，文心最密。」李陳玉曰：「爾以予爲鮌，請即質於舜！」又曰：「蓋當日殛鮌者，重華也。吾所以事君者，有一不合中正，則果是婞直，與鮌同歸，爲重華之罪人矣。」蔣驥曰：「因女嬃之言而自疑，故就前聖以正之。又以鮌爲舜所殛，而九嶷於楚最近，故正之於舜也。」重華，顓頊族後，屈子於重華，思慕之情至篤，於「世溷濁而莫余知」之際，則思「駕青虬兮驂白螭，吾與重華遊兮瑶之圃」。其視重華爲古今能傳其心事者唯一之人。《懷沙》：「重仁襲義兮，謹厚以爲豐。重華不可遌兮，孰知余之從容。」生死之事大矣，屈子見嬃詈之後，不敢魯莽，令重華折中，蓋亦出於宗教之情，不唯繫鈴解鈴而已。陳辭重華，必濟沅湘之水，以舜祠在沅湘之南也。王逸注引《帝繫》曰：「舜葬九嶷山，在沅湘之南。」果如錢説，本篇「南征」，猶南轅北轍耳。朱冀曰：「舜崩蒼梧之野，故沅湘南有廟在焉。」劉夢鵬曰：「楚人廟祀於沅湘之南，故借此爲言。」碻乎不刊。《水經注·湘水》謂九嶷之山，「南山有舜廟，前有石碑，文字缺落，不可復識」。長沙馬王堆漢墓出土《輿地圖》，以山形綫及魚鱗狀紋畫九嶷山地貌，山南畫有象石柱者有九，蓋九嶷山之九峰也。柱石之下有廟，題曰「帝舜」，猶前漢舜廟所在。《水經注》所載，良有所據。譚其驤謂所畫九柱石，即舜廟前九碑。抑《水經注》所云「石碑」乎？據此圖所載，當戰國楚俗祀舜之風至久，九嶷有舜廟，及魏晉六朝，其勝蹟尚存。屈子就舜陳詞，先濟沅湘；陳詞既畢，又朝發蒼梧，九嶷並迎；其文前後所叙地理桴鼓相應，沅湘必在江南而非漢北溳、襄二水。此其一事也。又以屈賦他篇考之，沅湘宜在江南。《九歌・湘君》曰：「令沅湘兮無波，使江水兮安流。」下文承曰：「駕飛龍兮北征，邅吾道兮洞庭。」沅、湘北流而入洞庭，是以「北征」而至洞庭。若沅、湘在漢北之溳、襄二水，不得云「北征」。沅、湘在洞庭南，始「北征」順流而上，故言令沅、湘無波，又繼言使江水安流，由洞庭而入於大江也。其文所叙與南楚地理相合。且湘君、湘夫人爲舜妃而死洞庭已見安徽大學所藏楚簡，更不宜在漢北也。《懷沙》曰：「浩浩沅湘，分流汨兮。」今溳、襄二水，涓涓細流，舟楫不運，安得侈言「浩浩」？溳、灈本一脈之水，上曰溳，下曰灈，又安得言「分流汨」也？「分流汨」云，必是二水。沅、湘之水得曰「浩浩」、得曰「分流汨」，而非漢北之溳、襄。此其二事。又以漢人構擬《離騷》之作考之，沅、湘必在江南。此最可稱道者莫如賈生《弔屈原賦》，云：「恭承嘉惠兮，俟罪長沙。」造託湘流兮，敬吊先生。」湘流，踰長沙之湘水。賈生距屈子但百二十餘祀，其黜居長沙，因訪屈子遺蹟，所言最可信。劉向《九歎・遠遊》曰：「違郢都之舊閭兮，回湘、沅而遠遷。」言去郢都而邅道沅、湘，向南遷徙。亦以沅、湘在江南。《越絶書》卷一五：「屈原隔界，放於南楚，自沈湘水。」南楚，《史記・貨殖列傳》之江南、豫章、長沙三郡，不槩漢北，亦以湘水在江南，而非漢北。此其三事也。沅、湘二水在江南，絶非漢北之溳、襄，屈子流於江南，死於江南，而非死於漢北。「沅湘」連文，非言既濟湘又渡沅也，但指沅也。湘字無義可求，沅之襯語耳。聞一多曰：「湘爲南方諸水之大名，古言沅湘、江湘、瀟湘，猶言沅水、江水、瀟水也。」古有此例。《漢書・楚元王附劉向傳》：「然公卿大臣絳灌之屬，咸介胄武夫，莫以爲意。」《文選》李善注謂「絳灌」自是一人，非指絳侯、灌嬰。二名之中必一名爲襯語。《左傳》昭二年：「昔文襄之霸也，其務不煩諸侯，令諸侯三歲而聘，五歲而朝，有事而會，不協而盟。」孔《疏》曰：「襄是文公子，能繼父業，故連名之。其命朝聘之數，吊葬之使，皆文公令之，非襄公也。」「文襄」連文，襄爲襯語。《論語·憲問》：「禹稷躬稼而有天下。」躬稼而得行天下者，稷也，非禹。「禹稷」連文，禹爲襯語。《孟子·離婁下》：「禹稷當平世，三過其門而不入。」三過其門不入者，禹也，而非稷。「禹稷」連文，稷爲襯語。《書·禹貢》：「江漢朝宗於海。」朝宗於海者，江也，而非漢。漢爲襯語。二名連文而單用一名者，前脩目爲「連及」例。詳楊樹達《中國修辭學》第十四章。本書「沅湘」連用，即屬此例。

【南征】王逸注：「征，行也。」謂「南征」爲南行。案：征、行統言不別，析言各有專義。《説文》征字作延，《辵部》曰：「延，正行也。从辵，正聲。征，延或从彳。」延，甲文作「」《存下》八四八，金文作「」《盂鼎》，征、延一字。上從口、■、▼，皆丁字古文，即釘字。釘以固木，其有準的。下從止，足所止。正，言止於準的，是以爲正中義，引申言正直、方正、平正。行有準的，目標字作征。於兵事，討伐有準的，謂征伐、征討。《禮記·月令》「以征不義不義，征之準的。鄭注：「征之言正也，伐也。」南征，非泛言南行。南征就舜，信有準的。下文「上征」同此。

【就】王逸注「故欲渡沅湘之水南行，就舜𠡠詞自説」云云，謂歸依義。案：就重華、依前聖對文，就、依義同。《孟子·離婁上》「猶水之就下」，《晉書·段灼傳》作「猶水之歸下」，就，謂歸依。《廣雅·釋詁》：「就，歸也。」《説文·京部》：「就，高也。从京、尤。尤，異於凡也。」不言歸依。就之爲言造也。古書通用。《大戴禮記·保傅》「造然失容」，《新序》作「蹴然易容」。造，言比舟渡水義詳下文「告」字，引申言歸附、造至。《書·盤庚》「咸造勿褻在王庭」，孔《傳》：「造，至也。」《小爾雅·廣詁》：「造，適也。」古多借就字爲之。

【重華】王逸注：「重華，舜名也。《帝繫》曰：『瞽叟生重華，是爲帝舜。』」《史記·五帝本紀》謂舜名重華。邱光庭曰：「按，《舜典》云『若稽古帝舜曰重華，叶於帝』，孔安國云：『華謂文德。言其文德光華，重合於堯，俱聖明也。』據安國所言，重華，謂功業德化，不言是其名也。」洪《補》曰：「先儒以重華爲舜名。按，《書》曰『有鰥在下曰虞舜』，與帝之咨禹一也，則舜非謚也，名也。又曰『若稽古帝舜曰重華』，與堯爲放勳一也，則重華非名也，號也。羣臣稱帝不稱堯，則堯爲名，帝稱禹不稱文命，則文命爲號。伊尹稱尹躬暨湯，則湯號也。湯自稱『予小子履』，則履，名也。《楚詞》屢言堯、舜、禹、湯，今辨於此。」又，《史記·項羽本紀》「舜目蓋重瞳子」，《集解》引《尸子》曰：「舜兩眸子，是謂重瞳。」張守節《正義》曰：「目重瞳子，故曰重華。」謂「重華」由於重瞳形相。聞一多謂重華爲歲星別名。案：帝舜，殷商卜辭作夋。帝舜，即帝夋。夋，舜音近通用。夋，甲文作「𡕥」，鳥首人身。夋，玄鳥，爲殷人先祖。玄鳥猶神鳥鳳凰，日神之精。《山海經·大荒東經》「帝舜生戲」，戲，日神羲和。又，《大荒南經》曰：「羲和者，帝俊之妻，生十日。」又曰：「帝俊妻娥皇，生此三身之國，姚姓，黍食，使四鳥。」《海内經》：「生三身。」三身，三夋。身、夋音近通用。《楚帛書》帝夋作帝身，從厶，從身。三夋，日中三足烏。《大荒西經》曰：「帝俊妻常羲，生月十有二，此始浴之。」常義，日神，而後分化爲月神。常，尚也，言配匹。配尚於義曰常義。而後書以訓詁字作嫦娥。屈子於三代正史，稱舜不稱重華；於宗教世系，稱重華不稱舜。重華之重，即重黎之重。重，「祝融」促音，楚之先也。楚人祀祖亦祭祝融見《左傳》僖二十六年，祝融，帝嚳火正，德能光融天下，日神之號也。包山楚簡謂「楚先老僮、祝融」。老僮之童，即重華之重。先於祝融曰老僮，亦日神之號，皆非其名。華，言光華。重華，融合楚先名號合於帝舜者而非中土之舜也。重華，楚人稱舜之名，亦楚化之帝舜。一聲之轉，重通作燭。重、燭東屋平入對轉，定禪旁紐雙聲重華，亦名燭光。《海内北經》：「舜妻登比氏，生宵明、燭光，處河大澤，二女之靈能照此所方百里。」宵明、燭光，重華神話化分也。

【陳詞】王逸注文「就舜陳詞自説」云云，以陳詞爲自説。案：《説文·阜部》：「陳，列也。从攴，陳聲。」陳，陳國名，無陳列義。陳之言申也。陳諧申聲，例可通用。申有引申、施列義，而後製陳字以專之。陳，借聲字。古多借作陳，陳字遂廢不用。《文選・古詩十九首》「歡樂難具陳」注：「陳，説也。」詞，亦謂説。《禮記・曾子問》「其詞于賓」，《釋文》：「詞，告也。」《説文・言部》：「詞，意内而言外也。」告語之詞，借作辭。《辛部》：「辭，訟也。从辛、𤔔，𤔔猶理辜也。𤔔，理也。」引申爲自訴、自告。《禮記・檀弓上》「使人辭於狐突」，注：「辭，猶告也。」「陳辭」爲文，用「訟辭」本義。謂申訴非辜。陸善經曰：「陳詞，謂興亡之事也。」林雲銘曰：「陳詞者，求其折中也。」舜廟有巫祝，屈子申訴其情，令其節終生死。古世巫史同職，是以下文陳辭，牽引三代以往興亡史蹟。然則屈子果有未明不釋之疑慮邪？上云「雖不同於今之人兮，願依彭咸之遺則」，「伏清白以死直兮，固前聖之所厚」，「民生各有所樂兮，吾獨好脩以爲常」，「雖體解吾猶未變兮，豈余心之可懲」，忠佞正邪、是非曲直，觀若洞火，了然無礙。不疑而疑、不惑而惑，是爲設疑。《卜居》叙屈原設疑於太卜鄭詹尹而難，此文設疑於重華而難其廟祝，令文勢變化多端，起落有致，即其獨具匠心處，開漢世《子虛》、《兩京》、《兩都》、《答難客》諸賦之設疑之體。此其一。屈子獻疑重華，蓋出於宗親情愫。每疑必卜，其卜必在祖廟。殷商貞卜，皆問於先祖。包山楚左尹邵㸔墓簡文貞卜，亦多貞於先祖。其貞於遠祖者有老僮、祝融、熊繹；貞於近祖者有武王、昭王。南楚巫風昌熾，多存筮人習俗。且生死之大事，雖知去留之分，猶託決於祖神。示不敢專。此其二。聞一多曰：「所陳之詞疑被省略，以下重華答詞。」謂「啓《九辯》與《九歌》兮」以下爲重華釋疑之詞。非也。以下當屈子所陳訴之訟辭。

是二句言我濟渡沅水，南向征行，歸於舜廟，令巫祝決斷其訟辭也。

第三十六韻：茲、詞

茲，古音爲[tsiə]。詞，古音爲[ziə]。茲、詞古同之部。

啓九辯與九歌兮　夏康娛以自縱

【啓九辯與九歌】姜亮夫謂「啓《九辯》與《九歌》」二句中無述語，不合文法；又謂《九辯》之名，不存先秦古書，但見屈賦及《山海經》，乃據本書下文「奏《九歌》而舞《韶》」及《遠遊》「二女御《九韶》、《歌》」語，則以辯字爲韶字形訛，改此句爲「啓舞《韶》與《九歌》」。案：非也。「啓《九辯》與《九歌》」，言啓娛樂《九辯》與《九歌》也，述語探下句「康娛」而省。俞樾曰：「夫兩文相承，蒙上而省，此行文之恒也。乃有逆探下文而預省上字，此則爲例更變，而古書往往有之。《堯典》：『舜生三十徵庸，三十在位，五十載。』因下句有『載』字，而上二句皆不言『載』。」詳《古書疑義舉例》卷二第二十四條「探下文而省例」。此亦屬此例，不可謂上句無述語。屈賦，韻文也，約其字數，句中常省字，《九歌》十一篇至爲明顯。《大司命》「壹陰兮壹陽，衆莫知兮余所爲」，上句無主語，探下句「余」字而省，《少司命》「荷衣兮蕙帶」，言服荷衣與蕙帶也，省述語。《湘君》「桂棹兮蘭枻，斲冰兮積雪」，言舉桂棹與蘭枻也，探下句「斲冰」而省述語。凡此不得謂其句法「不合常規」、「文法錯誤」、「幾至不可讀」。姜氏妄改本書，雖弊弊焉千餘言，徒瘁心力之勞耳。《路史・後紀》卷一三上《夏后紀》注引辯作辨，《記纂淵海》卷七八引亦作辯。

【娛】《考異》姜校同謂《路史・後紀》卷一三上《夏后紀》注引作娛作豫。案：明萬曆本《路史・後紀》卷一三上《夏后紀》注引作娛不作豫，《記纂淵海》卷七八引亦作娛。

【啓】王逸注：「啓，禹子也。」張銑曰：「啓，開也。言禹開樹此樂，而太康娛樂自縱而喪。」汪瑗曰：「啓，開也，與上『陳』字義同。蓋承上句變文而更端之詞也。」并以啓爲述語，訓開啓。案：王注不可輕易。《世本》云：「啓，禹子。」張澍注：「按，《紀年》『啓名會』，《連山易》名余，《年代歷》名建。」《離騷》言啓，但此一例，《天問》載啓事有五，曰「啓棘賓商，《九辯》、《九歌》」，與本文同，言啓淫樂失國事。而此爲儒書所闕。又曰：「啓代益作后，卒然離蠥，何啓惟憂，而能拘是達？皆歸䠶籟，而無害厥躬，何后益作革，而禹播降？」據《竹書紀年》、《山海經》及南楚《檮杌》佚聞所載，益干啓位，啓殺之而自立，立則樂天樂。夏后氏以龍爲圖騰，禹即句龍。益者，翳也，鳳皇之儔，東土殷族先祖。益、啓争位，龍、鳳二族之争。蓋其始，鳥族替代龍族，故曰「后益作革」，後則龍族滅益，得有天下，故曰「禹播降」。《山海經・海外西經》：「大樂之野，夏后啓于此儛《九代》，乘兩龍，雲蓋三層。左手操翳，右手操環。」龍族降服鳥族之象，「操翳」，降益象徵。《天問》又曰：「何勤子屠母，而死分竟地？」《繹史》卷一二引《隨巢子》：「禹娶塗山，治鴻水，通轘轅山，化爲熊。塗山氏見之，慚而去，至嵩高山，化爲石。禹曰：『歸我子！』石破北方而生啓。」啓破母脅而生，象徵母系氏族解體、父系社會之興起。蕭兵謂勤子即晴子、旱子。屠母以祭旱神，有禳災祈豐之意。其説譎詭無根。啓，開帝王世及權與，興家天下社會，是以名曰啓。𠯈詞始啓，非信手拈來，蓋有其招質所矢。朱冀曰：「要知大夫一言一淚、一字一血，全是爲楚王對癥發藥，並非心間無事，坐古廟中，對土木偶人攀今弔古也。此一章對楚王不思繼穆、莊伯業，而耽樂是從。」

【九辯、九歌】王逸注：「《九辯》、《九歌》，禹樂也。言禹平治水土，以有天下，啓能承先志，纘叙其業，育養品類，故九州之物，皆可辯數，九功之德，皆有次序，而可歌也。《左氏傳》曰：『六府三事，謂之九功。九功之德，皆可歌也，謂之《九歌》。水、火、金、木、土、穀，謂之六府；正德、利用、厚生，謂之三事。』」朱子曰：「《九辯》不見經傳，不可考；而《九歌》著於《虞書》、《周禮》、《左氏春秋》，其爲舜禹之樂無疑。至屈子爲《騷經》，乃有啓《九辯》、《九歌》之説，則其爲誤亦無疑。王逸雖不見《古文尚書》，然據《左氏》爲説，則不誤矣。顧以不敢斥屈子之非，遂以啓修禹樂爲解，則又誤也。」汪瑗曰：「《九辯》，即九敘也。《九歌》，九德之歌，禹樂也。見《尚書·大禹謨》。不言禹者，既曰《九辯》、《九歌》，則不待言禹而可知其爲禹之樂矣。」徐焕龍曰：「《九辯》、《九歌》，皆禹樂名。九州攸同，九土咸辯，故曰九辯。九功惟敘，九敘惟歌，故曰九歌。」皆據經義謂《九辯》、《九歌》爲禹樂。屈子所載啓事，本不以啓爲賢君，與經義所言殊異。《天問》曰：「啓代益作后，卒然離蠥。何啓惟憂，而能拘是達？皆歸躰籟，而無害厥躬，何后益作革，而禹播降？」斥啓背棄禹德，殺益自立，亂以干戈，開「家天下」之首罪。又曰：「啓棘賓商，《九辯》、《九歌》；何勤子屠母，而死分竟地？」斥啓耽樂荒政，不慈不孝，生而破母，罪同十惡。㘓詞重華，由啓發端，意旨深遠，朱冀固已識之。女嬃，以鮌爲比，謂鮌婞直忘身，爲帝舜囚於羽野。㘓詞探嬃詈以難舜。《天問》褒美鮌禹之功，曰「伯禹愎鮌」，曰「遂成考功」，禹之煌煌功績，肇創於鮌。鮌、禹爲夏后氏聖君。而禹子啓不遵鮌禹緒業，康娛永日，卒致家國之亂。屈原斥啓亦爲鮌翻案。啓以下至后辛，皆失德無道之君。《天問》亦以啓干益政與后羿、寒浞、后辛同類，視爲無道。王逸謂「啓能承先志，纘敘其業」云云，以經義強解此文，多致扞格。朱子反斥屈子誤識，尤爲鄙陋。洪《補》曰：「《山海經》云：『夏后開上三嬪于天，得《九辯》與《九歌》以下。』注云：『皆天帝樂名，啓登天而竊以下用之。』《天問》亦云：『啓棘賓商，《九辯》、《九歌》。』王逸不見《山海經》，故以爲禹樂。《騷經》、《天問》多用《山海經》，異乎經典。」以《九辯》、《九歌》屬天帝之樂。錢杲之亦曰：「原詞多用《山海經》，不專據《尚書》也。」王逸博學君子，當見《山海經》，以其「怪誕」不經，故注屈賦棄之不用，似不得謂其「不見《山海經》」云爾。又，戴震曰：「言啓作《九辯》、《九歌》，示法後王，而夏之失德也。康娛自縱，以致喪亂。」謂《九辯》、《九歌》爲啓樂。翁方綱曰：「《山海經》言夏后開上三嬪於天，得《九辯》與《九歌》以下，此事雖惝怳，然必有所本。《天問》云『啓棘賓商，《九辯》、《九歌》』，亦正用此。」王引之曰：「洪《補》《九辯》、《九歌》郅確矣。解者誤以『啓《九辯》與《九歌》』爲美啓之詞。」游國恩曰：「考之本書有以《九辯》、《九歌》題篇名者矣，又本篇及《天問》，《九辯》凡兩見，《九歌》凡三見。而《大招》又有『伏羲《駕辯》』，《駕辯》是否即《九辯》，雖不可知，然即以本書證之，《歌》與《辯》之爲古樂，殆無疑也。且屈子兩言《九辯》、《九歌》，皆屬之啓，而不屬之禹，證以《山海經》，若合符節。則屈子當日必有異聞，而非空據儒家經傳爲言可知也。」案：《九辯》、《九歌》爲禹樂、爲天帝之樂、爲啓樂，實同。《山海經・大荒西經》曰：「西南海之外，赤水之南，流沙之西，有人珥兩青蛇，乘兩龍，名曰夏后開。開上三嬪於天，得《九辯》與《九歌》以下。此天穆之野，高二千仞，開焉得始歌《九招》。」此雖爲衆家所引，而「天穆之野」爲人所忽略。郭璞曰：「《竹書》曰『顓頊産伯鯀，是維若陽，居天穆之陽』也。」又，伯鯀封崇，在「衡嶺之南」。即在天穆之野内，既包蜀中若水以北，又槩南楚衡、湘，夏后氏伯鮌發祥之居，夏后氏之聖地。《九辯》、《九歌》是爲夏后氏創世之歌。猶殷商之《玄鳥》，姬周之《生民》、《緜》之比，蓋夏頌也。禹又稱宓，通作禖，《帝王世紀》謂禹又名高密，即高禖。宓、密古通用。高，太皞、少皞之皋。皋禖，言太昊族禖神，即伏羲。伏、禖通用。羲，羲陽也，言日陽族之禖神。禹爲皋禖、伏羲，當出鳥夷族先民創世傳説，非出於夏后氏也。是以於鳥夷族，禹、伏羲時或混爲一人，而謂《九辯》亦伏羲氏之歌。《大招》，「伏羲《駕辯》」是也。於夏后氏，曰《九辯》；而於鳥夷氏，曰《駕辯》也。駕之言鵝也，二字古同歌部，例可通用。鵝，鳥也。古世氏族相互融合，以至各族創世之神及創世神話相互雜糅而張冠李戴。然則夏啓「得《九辯》與《九歌》以下」，何以「將將鍠鍠，筦磬以方」，「渝食于野，萬舞翼翼」，樂《九辯》、《九歌》於天穆之野邪？《天問》曰：「啓棘賓商，《九辯》、《九歌》。」棘，亟也，急也。賓，借爲擯，擯斥也。商，商殷始祖后益。啓急擯逐后益以自立，乃大樂《九辯》、《九歌》於天穆之野，意有「衣錦還鄉」，獻武功於祖廟，以旌其武績者。《山海經》「三嬪於天」，謂夏啓巡狩天穆，數郊祀於宗廟。三，虛數，非謂三次。本文斥曰「康娱以自縱」。啓方其黜益以自立，榮歸天穆，陳功先廟，告以成功，意氣之盛，洋洋自得，幾於忘形。及其五子家鬨，社稷傾頹。古人言：「憂勞可以興國，逸豫可以亡身。自然之理也。」辯，非辯數、辯叙之謂。辯之爲言變也。《吕氏春秋・古樂》「禹命皋陶作夏籥

《九成》」，高誘注：「九成，九變也。」《海外西經》曰：「大樂之野，夏后開于此儛《九代》。」大樂之野，即天穆之野。代，替代也。《九代》，猶九變。九成，疑九代形訛。《淮南子・齊俗訓》「夏后氏其樂夏籥《九成》」，成，亦代字之訛。郭璞注曰：「九代，馬名；儛，謂盤作之令舞也。」李善注王融《三月三日曲水詩序》引此文作「舞《九代》馬」。或云馬字衍文。馬，白馬也，鮌也。《海内經》曰：「白馬是爲鮌。」鮌之精靈爲龍，《周禮・庾人》：「馬八尺曰龍。」馬，即龍也。《九代》，鮌樂也，舞名。舞列變替因於「九」者，故曰《九辯》。《九辯》、《九歌》皆爲夏后氏宗廟之樂，以頌鮌、禹之德。至夏后氏滅，又演變爲民間祀神、娛神之樂，而流播於南楚沅湘及川蜀若水之間，是屈子《九歌》、宋玉《九辯》之淵藪。夏后氏之《辯》、《歌》又何以名「九」？一説九乃極數，非實指。馬其昶曰：「九者，數之極。」一説九乃實數。九，謂六府三事、九州、九功之類。案：九，甲文作「九」，象龍形。別作虯。《史記・賈生列傳》：「夫禍之與福兮，何異糾纆。」《索隱》引《字林》曰：「糾音九。」糾、虯同丩聲。虯，龍屬，俗作虬。《天問》曰：「焉有虬龍，負熊以遊？」王注曰：「有角曰龍，無角曰虬。」虬龍，禹也；熊即能，指鮌。夏人以龍魚爲圖騰物，虬龍、能皆夏后氏圖騰。《九辯》，即《虬辯》，《九歌》即《虬歌》，皆有夏氏祀天、祭祖之歌也。又，徐仁甫曰：「啓《九辯》與《九歌》，謂禹子啓九次辯又九次歌也。九謂次數多，不必定爲九次。」不知九爲虬之借字也。

【夏康娛】王逸注：「夏康，啓子太康也。娛，樂也。」以「夏康」連文，「娛」字獨立。陸善經、張銑及洪《補》、朱子、錢杲之等皆同王注。汪瑗曰：「夏，禹有天下之號。而此曰『夏』者，猶曰夏之子孫，指太康而言也。康娛，猶言逸豫也。」「夏」字獨立，而「康娛」連文。戴震曰：「『康娛』二字連文，篇内凡三見。」王遠曰：「『康娛』二字下皆連用，『夏』字少住亦可。」并同汪説。唯「夏」字義甚涵胡。王引之曰：「今案夏當讀爲下《左氏春秋傳》僖二年「虞師晉師滅下陽」，《公羊傳》、《穀梁傳》皆作「夏陽」，即《大荒西經》所謂『夏后開上三嬪於天，得《九辯》與《九歌》以下』。此大穆之野，高二千仞，開焉始得《九招》者也。郭璞注引《開筮》曰：『不得竊《九辯》與《九歌》，以國於下。』亦其證也。

自「啓《九辯》與《九歌》」以下，皆謂啓之失德耳。」胡紹瑛曰：「竊謂『夏』當讀如《尚書》『須夏之子孫』之夏，《禮記·鄉飲酒義》：『夏之爲言假也。』《釋名》：『夏，假也，謂寬假也。』蓋暇豫之意，即《墨子》所謂『淫溢康樂』者也。」謂「暇康娱」三動詞連用。又，姜亮夫謂夏借爲嘏，嘏，大也。嘏康娱，言大康娱。郭沫若謂夏爲「陽夏時分」。劉永濟曰：「夏，大也，太甚也。」聞一多曰：「夏，疑日之誤。」案：夏，夏后氏之夏，不煩改字。然則夏非指夏之子孫。游國恩曰：「上言啓而下言夏，變詞以避複耳。況互文見義之例，古人正復不少。」是也。啓、夏互文，夏，夏啓。屈賦句法。凡上下二句同叙一事，主語相同而不省者，則上句與下句之句首主語雖異詞而同稱。下「后辛之菹醢兮，殷宗用而不長」，后辛、殷宗同稱，殷宗，即后辛。詳俞樾《古書疑義舉例》卷二「參互見義條」。「康娱」連言，平列複語。倒爲樂康。《九歌·東君》「君欣欣兮樂康」是也。下曰康娱，同此。夏康娱，言夏啓得意忘形，康樂《九辯》、《九歌》於天穆之野。《墨子·非樂》引武觀曰：「啓乃淫溢康樂。于野飲食，將將銘莧以力，湛湎於酒，萬舞奕奕，章聞於天，天用弗式。」于野，即于天穆之野。《竹書紀年》亦曰：「帝啓十年，帝巡守舞《九招》《九招》即《九辯》也。非舜樂。於大穆之野。」大穆，即天穆。

【縱】王逸注：「縱，放也。」汪瑗曰：「縱，放恣也。」案：《說文·糸部》：「縱，緩也。一曰舍也。从糸，從聲。」朱駿聲《說文通訓定聲》曰：「凡絲持則緊，舍則緩，緊則理，緩則亂，一意之引申也。」又引申言行不檢束。秦《詛楚文》曰：「今楚王熊相即楚懷王也，康回無道，淫佚甚亂，宜侈競縱，變輸盟刺。」《戰國策·楚策》曰：「莊辛謂楚襄王曰：『君王左州侯，右夏侯，輦從鄢陵君與壽陵君，專淫逸侈靡，不顧國政，郢都必危矣。』」又曰：「君王因是左州侯，右夏侯，輦從鄢陵君與壽陵君，飯封祿之粟，而載方府之金，與之馳騁於雲夢之中，而不以天下國家爲事。」皆類夏啓康娱自縱。又，楚懷王好大喜功，爲五國之縱長，率山東諸侯以伐秦，可謂意氣洋洋。其亦如夏啓，獻功於太廟，日康娱而自無檢束，不知秦兵迫在眉捷。

是二句言夏后啓敗益自立之後，獻功祖廟，康娱夏頌《九辯》、《九歌》，自縱而無檢束也。此藉以諷刺楚君好大喜功、得意忘形，被一時之勝衝昏頭腦，而於祖廟之中康樂聲色。

不顧難以圖後兮　五子用失乎家巷

難　洪《補》、朱《注》、錢《傳》難同音乃旦反，去聲。《群經音辨》曰：「難，艱也；乃干切。動而有所艱曰難，乃旦切。」周祖謨曰：「案經典相承，難易之難，與問難、難卻、患難之難音有不同。難易之難爲形容詞，讀平聲。問難、難卻之難爲動詞，讀去聲，患難之難爲名詞，亦讀去聲。此本爲一義之引申，因其用法各異，遂區分爲二。」「顧難」之難，患難，去聲。《路史·後紀》卷一三《夏后紀》注引此句同今本。

用失乎　當作「用夫」。詳注。

巷　朱《注》本作「衖」，引一作「巷」。洪《補》、朱《注》、錢《傳》同引一作「居」。案：衖、巷古今字。包山楚簡文作⿺辶芇、⿰彳芇。巷，隸省字。一本作「居」。蓋因王逸注「兄弟五人家居閭巷」而改，作「居」字，出韻。巷，本作閧，今作訌。詳注。

【不顧難】王逸注文「不顧患難，不謀後世」云云，「不」字統領全句，既否定「顧難」，又否定「圖後」。陸善經注文「不顧禍難，以謀其後」云云，以「不」字唯以否定「顧難」，而不兼否定「圖後」。案：王氏得屈賦句法。屈賦句首語詞，多統括全句。「不顧難以圖後」，言不顧難、不圖後也。顧，還視，引申爲思念、思慮。難，患難也。不顧難，王逸謂「不顧患難」，自是碻詁。姜亮夫曰：「《天問》：『啓代益作后，卒然離蠥，何啓惟憂，而能拘是達？』《竹書》：『益代禹立，拘啓禁之。反超殺益，以承禹祀。』《戰國策》：『禹受益而以啓爲吏。及老，而以啓不足任天下，傳之益。啓與友黨攻益而奪之天下。』」此事又見《韓非子·外儲説》、《史記·燕世家》。蓋戰國所傳啓、益争立之故事也。不回顧其得天下之不易，即指此事爲説，且與《天問》相應。「以圖後」者，言啓圖謀不善，子姓姦回，至有五子失於家鬨之事，即所以引起下文一句而言，爲下句「用」字設辭也。不顧難以圖後，謂夏啓沈湎一日之勝，以爲萬世之業已固，日日沈溺於頌聲中，不復顧念玄鳥氏作亂於其後。難，非指啓創業之艱難。難，猶下文五子家鬨，羿浞相亂及夏桀逢殃諸事。《新語·術事》：「夫進取者，不可不顧難；謀事者，不可不盡忠。」《春秋繁露·王道》：「虞公貪財，不顧其難，快耳悦目，受晉之璧、屈産之乘。」不顧難，蓋通語。

【圖後】王逸注：「圖，謀也。」以後爲後嗣。劉永濟曰：「圖後，計畫未來也。」案：不圖後，生前不管身後之憂。《説文·口部》：「圖，畫計難也。从口，从啚。啚，難意也。」段注：「啚，嗇也。嗇者，愛濇也，慎難之意。」圖字從口，口，回也，言圍繞、周旋。會口、啚以爲「畫計難」者，則爲圖，會意兼轉注。

【五子】王逸注：「言太康不遵禹啓之樂，而更作淫聲，放縱情慾，以自娱樂，不顧患難，不謀後世，卒以失國，兄弟五人，家居閭巷，失尊位也。《尚書序》云：『太康失國，昆弟五人，須於洛汭，作《五子之歌》。』此佚篇也。」王逸依據今文《尚書》，故曰「佚篇」。洪《補》曰：「《書》云：『太康尸位，以逸豫，滅厥德，黎民咸貳，乃盤遊無度，畋于有洛之表，十旬弗反。有窮后羿，因民弗忍，距于河。厥弟五人，御其母以從，徯于洛之汭；五子咸怨，述大禹之戒以作歌。』逸不見全書，故以爲佚篇。他皆放此。」洪《補》所引之《書》，乃古文《尚書》也。王、洪二本皆以五子爲太康昆弟五人，謂此二句斥太康而非斥啓。案：五子，非《尚書》「《五子之歌》」之五子，《墨子·非樂》謂之「武觀」，《楚語》又謂之「五觀」，韋昭《國語》注曰：「五觀，啓子，太康昆弟也。」五觀，與《書序》「《五子之歌》」之五子，當非一人，全祖望、翁元圻皆有詳考。翁氏曰：「全謝山《經史問答》二，以有扈氏與觀並稱，見於《春秋內傳》；以朱、均、管、蔡並稱，見於《外傳》。而東郡之縣，名畔觀，則其不良，亦復何説？惟是以五觀遂指爲太康之五弟，而因指洛汭之地爲觀，則古人亦已疑之。厚齋曰，五子述大禹之戒，仁人之言藹如也，豈若世所云乎？但厚齋亦但以《尚書》詰之，而即韋昭之説，其自相悖者，未盡抉也。夫東郡之畔觀，非洛汭也。觀既爲侯國，則五觀者，五國乎？抑一國乎？五國則不聚於一方，一國則不可以容五子，况五觀據國以逆王命，又何須於洛汭栖栖也？是按之地與事而不合者也。蓋五觀特國名，猶之三朡。今以太康之弟適有五，而以配之，則誣矣。然《內傳》尚無此語，《外傳》始以爲夏啓之姦子。夫以追隨太康之弟，而反曰姦、曰畔，則必其從羿而後可矣。蓋嘗讀《續漢書・郡國志》曰：『衛故觀國姚姓。』乃恍然曰，畔觀非夏之宗室也，而况以爲太康之同母乎？是足以輔厚齋之説者也。愚謂《左傳》『夏有觀扈』，杜注止云觀國、今頓邱衛縣，並不言爲啓子。且趙孟舉三苗、姺、邳、徐、奄皆指畔國而言，見諸侯之向背不常，以諷楚免見叔孫耳。不應於叛國之中，忽雜以姦子，今證以全氏之説，信矣。然《外傳》以『五觀』與朱、均、管、蔡並言，而明曰『五王皆有姦子』，則韋注未可全非也。竊謂《內傳》之觀扈，是二國名；《外傳》之五觀，是啓子。而非作歌以述大禹之戒者也。案：《竹書紀年》：『帝啓十一年，放王季子武觀於西河。武觀以西河畔，彭伯壽帥師征西河，武觀來歸。』則即《楚語》之五觀也。然《竹書》曰『王季子武觀』，明是一人不得爲五。或武、五聲近而誤。否則以其爲季子而以五系之歟？《書》曰『母弟』，則必有不同母者，其武觀是歟？或武觀是五子之一，必來歸之後，能率德改行。如太甲之悔過也。」其説大抵得之。上海博物館藏《戰國楚竹書・容成氏》云：「禹有子五人，不以其子爲後，見咎繇之賢也，而欲以爲後。咎繇乃五讓以天下之賢者，遂稱疾不出而死。禹於是讓益，啓於是乎攻益自取。」則五子，禹五子、啓兄弟五人也。

【用失乎】王逸，但以意解，「用失乎」三字無可着落。陸善經注「大康但恣娛樂，不顧禍難以謀其後，失其國家，今五弟無所依」云云，「用」、「乎」二字無義可繫。武延緒曰：「失乃『先』字之訛，言家先亂而國隨之也。」于省吾謂失借爲佚，五子「只貪于目前享受，逸樂乎家巷。『佚』字是承『康娛』爲言，一意相貫」。又，王引之曰：「『五子用失乎家巷。』失字因王注而衍。注內『失國』、『失尊位』，乃釋『家巷』二字之義，非以文中有『失』字而解之也。『五子用乎家巷』者，『用乎』之文，與『用夫』、『用之』同。下文云『日康娛而自忘兮，厥首用夫顛隕』、『后辛之菹醢兮，殷宗用之不長』是也。若云『五子用失乎家巷』，則是所失者『家巷』矣。注何得云『兄弟五人，家居閭巷，失尊位』乎？」王氏謂「用乎」同「用夫」、「用之」，未爲穩妥。乎，不解夫、之。又，郭沫若曰：「余意『失』字實『夫』字之訛。蓋古本一作『夫』、一作『乎』。作『夫』者訛爲『失』，後録書者遂合二本而成爲此語。」亦以「用夫」、「用乎」一意，其字作「夫」、「乎」者皆通。案：高亨曰：「用與因同意，失當作夫，語助詞。乎字當刪。」聞一多、譚介甫、詹安泰亦謂「夫字誤作失字，後復增一乎字。」其説是也。失、夫形似而訛。《戰國策·齊策》「奚以薛爲？夫齊……」，《韓非子·説林》、《淮南子·人間訓》並作「失齊」。「用失乎」，本作「用夫」，「乎」字因「用夫」訛爲「用失」而誤衍。用夫，即用此、用之。用、以，聲之轉。詳王引之《經傳釋詞》卷一「用」字。下「日康娛而自忘兮，厥首用夫顛隕」，言厥首由此而顛隕也。「后辛之菹醢兮，殷宗用之不長」，言殷宗由此而不久長也。「苟中情其好脩兮，又何必用夫行媒」，言何必由此行媒也。「用夫」、「用之」連文，則詮因由。若作「用失乎」、「用乎」，其非勝語。

【家巷】王逸注根柢已謬，了無可采。朱駿聲曰：「《竹書紀年》云：『啓十一年放季子武觀于西河。』西河，今山西汾州府，而今太原府榆次縣有武觀。啓十一年，乃太康三年；十五年，乃太康七年，是啓之第五子嘗封於觀，今直隸大名府也。故稱之五觀。家衖，即《爾雅》所云『宮中』。言失河北家而居河南也。」亦不可信。案：王引之曰：「揚雄《宗正箴》作曰：『昔在夏時，太康不恭。有仍二女，五子家降。』降與巷古同聲而通用。亦足證『家巷』之文爲實義。巷，讀《孟子》『鄒與魯鬨』之鬨，劉熙曰：『鬨，構也。構兵以鬭也。』五子作亂，故云『家鬨』。家，猶内也。若《詩》云『蟊賊内訌』矣。案：家訓内，書證至富。《詩·緜》「未有家室」，毛《傳》：「室内曰家。」《爾雅·釋宮》：「牖户之間謂之扆，其内謂之家。」《易·雜卦》「家人内也」，《左傳》昭二十九年注：「家謂宮室之内。」鬨字亦作閧。《吕氏春秋·愼行篇》『崔杼之子，相與私閧』，高誘曰：『閧，鬭也。』私閧，猶言家閧。鬨之爲閧，猶鬨之爲巷也。鬨之通巷，猶巷之通鬨。《法言·學行》「一鬨之市」是也。《宗正箴》作『五子家降』，降亦鬨也。《吕氏春秋·察微篇》：『楚卑梁公，舉兵攻吴之邊邑，吴王怒，使人舉兵侵楚之邊邑，吴楚以此大隆。』大隆，謂大鬭也。降與隆通。《書大傳》「隆谷」，鄭注云：「隆，讀如『厖降』之降。」《荀子·天論篇》「隆禮尊賢而王」，《韓詩外傳》「隆」作「降」。《齊策》「八月降雨下」，《風俗通·祀典》「降」作「隆」。是知隆、降互通。《吕氏春秋》「吴、楚大隆」，高誘注：「隆，當作格。格鬥也。」案：隆亦好鬭之名，字可不改。《逸周書·嘗麥解》曰：『其在殷之五子殷當作夏，忘伯禹之命，假國無正，用胥興作亂，遂凶厥國，皇天哀禹，賜以彭壽，思正夏略。』五子胥興作亂，所謂家鬨也。《竹書》：『啓十一年，放王季子武觀於西河。十五年，武觀以西河叛，彭伯壽帥師征西河，武觀來歸。』是五觀之作亂，實啓之康娱自縱，有以開之，故云『啓《九辯》與《九歌》兮，夏康娱以自縱；不顧難以圖後兮，五子用乎家巷』也。王注以家巷爲家居閭巷，失之矣。五子家巷，即當啓之世。揚雄《宗正箴》及王注以爲太康時，亦失之矣。」案：王説泰山不移。《逸周書·嘗麥解》以五子亦謂禹五子也。《廣韻》去聲第四絳韻巷、鬨同音胡絳切，云：「鬨，俗作閧。」其本字鬨，巷、訌、降、隆皆假借字。閧，後起借聲字。又，胡紹瑛曰：「揚雄《箴》『五子家降』，正檃括此語。降，讀如『降在皁隸』之降，不與鬨、巷義同。」以斥王説之鑿。案：《離騷》「降」字，皆神靈之降下，有特殊宗教色彩，則巷當非「降」字假借，而訓巷爲貶斥、黜降，胡氏仍囿經傳以説《騷》，謂五子爲太康時兄弟五人「降須洛汭」，猶躡舊注之謬。

是二句言啓不顧患難、不謀身後之事，五子由此内鬨作亂也。以上一韻四句爲陳訴重華之第一事也。藉夏啓事以諷楚王沈醉於一日之勝，日日歌舞昇平，頌聲貫耳，而不知内亂驟作。《吕氏春秋·介立》：「莊蹻之暴郢也，秦人之圍長平也,韓、荆、趙此三國者之將帥貴人皆多驕矣,其士卒衆庶皆壯矣。因相暴以相殺。」《韓非子·喻老》:「莊蹻爲盜於境内而吏不能禁,此政之亂也。」莊蹻,楚莊王苗裔。莊蹻暴郢作亂,不亦家鬨乎?莊蹻暴郢之事,疑在楚懷王世。

第三十七韻: 縱、巷

縱,古音爲[tsioŋ]。陳第曰:「巷,古音諷。」案:戴震曰:「巷,古音胡貢切。」諷音方鳳切。巷、諷異韻。巷,東部;諷,冬部異紐。巷,匣紐;諷,幫紐,古不同音。巷,匣紐二等,古音爲[ɣroŋ]。二等音有介音[r],從李方桂説。縱、巷同去聲,爲屋部長入。

羿淫遊以佚畋兮　又好射夫封狐

羿 洪《補》、朱《注》羿同音五計切。

佚 朱《注》佚音逸。

畋 《文選》六臣本作田,洪《補》、朱《注》、錢《傳》同引一作田。朱駿聲曰:「畋,爲畋獵本字;田,假借字。」

案:稼穡曰田,畋獵亦曰田。甲文、鐘鼎彝器及先秦鉨印文唯作田。後世田以主稼穡,畋以專狩獵。《説文》有田、畋,漢世已判然爲二。詳注。唐寫本《文選集注》亦作田。

又好射 洪《補》、朱《注》、錢《傳》同音食亦切。《山谷外集詩注》卷一一注引「又好射」一句同今本。

【羿】王逸注：「羿，諸侯也。」不言其爲何世。《天問》：「羿焉彈日？烏焉解羽？」王逸曰：「《淮南》言堯時十日並出，草木焦枯，堯命羿仰射十日，中其九日，日中九烏皆死，墮其羽翼，故留其一日也。」羿爲堯射官。又曰：「帝降夷羿，革孽夏民。」王逸注曰：「夷羿，諸侯，弒夏后相者也。言羿弒夏家，居天子之位，荒淫田獵，變更夏道，爲萬民憂患。」羿爲東夷主，夏世諸侯。夏啓以下皆夏后氏事，羿，夏世諸侯，而非堯世之射官。陸善經曰：「羿，夏諸侯。《左傳》云：『羿因夏人以代夏政。』」洪《補》曰：「羿，《説文》云：『帝嚳射官也，夏少康滅之。』賈逵云，羿之先祖也，爲先王射官。帝嚳時有羿，堯時亦有羿，羿是善射之號。此羿，商時諸侯，有窮后也。《天問》曰：『帝降夷羿，革孽夏民。馮珧利決，封豨是射。』」洪氏又謂商世諸侯。案：羿非一時一世之人，蓋羿姓之族，其歷唐虞至夏商，居東土，出東夷族也。羿人善射，佐堯射日。帝堯居陶唐。《説文・阜部》：「陶，再成丘也，在濟陰。从阜，匋聲。《夏書》曰：『東至于陶丘。』陶丘有堯城，堯嘗所居，故堯號陶唐氏。」陶唐故國在東土。《左傳》哀六年引《夏書》曰：「惟彼陶唐，帥彼天常，有此冀方。」冀州在今邯鄲，近東土。堯，姚也。堯、舜皆東夷族之先，爲同族二氏。堯、舜禪讓，出於儒家杜撰，實二氏争帝。唐劉知幾《史通》辯析精到，可參。羿氏佐帝堯射日，日爲帝舜之精；佐堯伐舜，非真有射日。《淮南子・本經訓》曰：「逮至堯之時，十日竝出，焦禾稼，殺草木，而民無所食，猰貐、鑿齒、九嬰、大風、封豨、脩蛇皆爲民害。堯乃使羿誅鑿齒於疇華之野，殺九嬰於凶水之上，繳大風於青丘之澤，上射十日而下殺猰貐，斷脩蛇於洞庭，擒封豨於桑林。萬民皆喜，置堯以爲天子。」猰貐氏、鑿齒氏、嬰氏、風氏、封豨氏、蛇氏及九日皆帝堯敵國。羿氏、帝舜氏亦世爲仇讎。及舜黜堯而有天下，羿氏則降在隸甿之列，是以不彰。帝舜與伯鯀争帝及夏禹代帝舜爲王天下，羿氏佐夏有功，是以復爲夏后氏諸侯，封有窮，爲東夷主。及夏啓殺益自立爲王、五子家閧，夷羿異圖以謀夏。《天問》曰：「帝降夷羿，革孽夏民；胡射夫何伯，而妻彼雒濱？」王逸注：

「雒嬪，水神，謂宓妃也。傳曰，河伯化爲白龍，游於水旁，羿見而射之，眇其左目。河伯上訴天帝，曰爲我殺羿。天帝曰，爾何故得見射？河伯曰，我時化爲白龍出游。天帝曰，使汝深守神靈，羿何從得犯？汝今爲蟲獸，當爲人所射，固其宜也。羿何罪歟？羿又夢與雒水神宓妃交接也。」此出夷羿戕害夏民史實。河伯化白龍，白龍，白馬也，白馬是爲鮌。又《九歌·河伯》曰：「與女遊兮九河，衝風起兮横波。乘水車兮荷蓋，駕兩龍兮驂螭。」河伯水神，其駕龍驂螭，出魚龍族，伯鮌之裔，夏后氏同姓諸侯。《帝王世紀》載夏禹「納翕山氏女曰女媧」。女媧出庖犧氏。禹娶女媧，爲異族婚；河伯亦娶虙犧氏女，稱雒嬪，亦異族婚。蓋二族結通家之好。及夏后氏之衰也，夷族有窮后羿乘其亂而弑夏后相，居天子之位而臨夏政，奪夏之家室，娶河伯之妻。后羿娶雒嬪，屬族内婚。許慎謂羿屬帝嚳諸侯，帝嚳，太皞氏也。夏尊伏羲爲太皞，《左傳》昭十七年「太皞氏以龍紀，故爲龍師而龍名」。案：太皞氏以鳥紀，出鳥夷族。帝嚳、帝皞一人。夏人融合鳥夷，視夏禹、伏羲爲一人，猶夷民以鮌、禹爲鳥喙人身之比。《淮南子·覽冥訓》：「羿請不死之藥於西王母，姮娥竊以奔月，悵然有喪，無以續之。」高誘注：「姮娥，羿妻。羿請不死之藥於西王母，未及服食之，姮娥盗食之，得仙，奔入月中爲月精也。」姮娥即嫦娥，帝堯長女娥皇，帝俊妻，生三身國者。見《大荒南經》。帝俊即帝舜，羿佐帝堯伐舜族，復納姮嫦爲妻。后羿、姮嫦本仇讎。西王母，殷商卜辭稱西母，亦夷族先祖。其後，夷人堯族爲舜族所迫而西遷，於其新居立觀建社，奉其先爲西母。夷人融合土著，西母之象爲虎首豹尾，唯其「戴勝」尚存夷氏遺存。夷羿氏發祥地曰有窮，在魯，及至有夏，其一族亦西遷，居窮石，在今山丹，與西母同居西土。姮娥，西母族女，帝舜妻，其後雖見迫於后羿，其情猶存舜而不改，故竊羿爲西王母所饋不死藥而奔歸南土沅湘之間，以從舜。後道死沅、湘，因爲湘夫人。娥皇奔舜，後演變爲嫦娥奔月神話。三代佚史，多存於荒誕不經之神話，不可不信，不可盡信。若據各族圖騰演變以推究各族之蹟，庶幾得其情實。羿，《説文》作𢏚，从弓，幵聲。謂「羽之羿風，亦古之諸侯也。一曰射師。从羽，幵聲」。從羽，猶從鳥；𢏚、羿一字，音五計切，質部，疑紐。幵音古賢切，元部，見紐。羿、幵不相諧。䍧、羿，從幵，會意字。幵，借作貫。《淮南子・本經訓》高注：「干音貫。」幵，從二干，音如干。幵亦音貫，言彎。《史記・伍子胥傳》「貫弓執矢嚮使者」，《索隱》：「劉氏音貫爲彎，謂張滿弓也。」《陳涉世家》「士不敢貫弓而報怨」，《漢書》「貫」字作「彎」，彎弓以射之諸侯，號曰羿、曰䍧。《墨子・非儒下》：「古者羿作弓。」《吕氏春秋・勿躬》：「夷羿作弓。」羿爲善射統名。《山海經・海内經》「羿是始去恤下地之百艱」，郭璞注：「有窮后羿慕羿射，故號此名也。」《荀子・儒效篇》：「羿者，天下之善䠶者也。」《淮南子》亦云：「古有善射者名羿，夷羿慕之，乃亦名曰羿。」《史記・夏本紀》張守節《正義》引《帝王世紀》云：「帝羿，有窮氏，未聞其姓。」《左傳》襄四年杜預注謂「夷氏」。《山海經・海内西經》：「海内昆侖之虚在西北，帝之下都。昆侖之虚，方八百里，高萬仞。非仁羿莫能上岡之巖。」仁羿即夷羿。仁、夷古通用。《水經注・河水》：「大河故瀆。西流逕鬲縣故城西。《地理志》曰，鬲津也。故有窮后羿國也。應劭曰，鬲，偃姓，咎繇後。」《路史》亦謂「羿，偃姓。女偃出皋陶」。偃之爲言燕也。戰國金文燕字皆作郾。燕，玄鳥，鳳皇之儔，夷族商人之祖。燕氏即玄鳥氏。夷者非其姓氏，岑仲勉謂「羿之號」。極塙。鬲、羿同姓，故與靡氏共謀輔立少康，傾滅寒浞，以報弒后羿之讎。又，姜亮夫謂羿即伯益，伯益即伯翳。羿、翳一字。案：趙翼《陔餘叢考》卷五「伯益伯翳一人」條云：「惟《史記》之大費，不見於《尚書》，胡應麟據《汲冢書》有『費侯伯益』之語，則大費乃伯益之封國。《史記》既云『大費即柏翳』，而伯益實封於費，可見柏翳即伯益也。又按《國語》：『嬴，伯翳之後也。』韋昭注：『即伯益也。』《漢書・地理志》又曰：『秦之先爲伯益，佐禹治水，爲舜虞官。』則伯翳、伯益之爲一人，尤明白可證。」其説是也。清華簡（二）《繫年》第三章：「周武王既克殷，乃設三監于殷。武王陟，商邑興反，殺三監而立彔子耿。成王屎伐商邑，殺彔子耿，飛廉東逃于商盍（蓋）氏，成王伐商盍（蓋），殺飛廉，西遷商盍（蓋）之民于邾吾（朱圉），以御奴且之戎，是秦先人。先人殜（世）作周屈。周室既卑，坪（平）王東遷，止于成周，秦中（仲）焉東，居周地，以守周之墳墓，秦以始大。」伯益，東土夷族，與夷羿同宗。啓、益争帝，益氏敗而徙居西土，是爲秦先。益、羿同族而異氏。姜説不可信。

【淫遊】王逸注「荒淫遊戲」云云，淫訓荒，遊訓戲。汪瑗曰：「淫，過也。無事而漫遨曰遊。」劉良曰：「淫，淹也。」淹，久也，長也。淫遊，言久遊。案：淫，猶遊也。《荀子・勸學篇》「流魚出聽」，《淮南子・説山訓》作「淫魚出聽」。《詩・板》、《文選》謝朓《和伏武昌登孫權故城詩》、馬融《長笛賦》之「遊衍」，《漢書・孝武李夫人傳》作「淫衍」。《史記・范雎傳》「遊説諸侯」，《韓非子・説疑》「遊説」作「淫説」。《招魂》「不可以久淫些」，王逸注：「淫，遊也。」《方言》卷一〇：「遥，淫也。九疑荆郊之鄙謂淫曰遥。」又曰：「媱，遊也。江、沅之間謂戲爲媱。」遥同媱，言逍遥，淫同遊，言戲遊，皆謂戲也。楚人語戲曰淫，亦曰遊。「淫遊」連用，平列複語。下文「日康娱以淫遊」，同此。

【佚畋】王逸注：「畋，獵也。」注「言羿因夏衰亂，代之爲政，娱樂畋獵，不恤民事」云云，佚言娱樂。汪瑗曰：「佚，縱恣也，《書》多作泆。」朱駿聲曰：「佚田，讀爲泆田。」劉永濟曰：「佚同逸，荒逸好田獵。」案：佚與泆、逸通用。《禮記・坊記》「淫泆而亂於族」，《釋文》：「泆，又作佚。」《莊子・天地・釋文》：「泆蕩，司馬本作佚蕩。」《荀子・性惡篇》「骨體膚理好愉佚」，注：「佚與逸同。」訓娱樂爲佚，訓放恣爲泆。逸，泆字假借。「佚畋」同「顧難」、「圖後」句法，不訓縱恣、放蕩。佚，如字，訓娱樂、喜好。《説文・人部》：「佚，佚民也。从人，失聲。一曰佚，忽也。」安樂無所羈束之民謂之佚民，引申言樂。《文選・東京賦》「居之者逸」，薛綜曰：「逸，樂也。」逸、佚、泆皆通用。蔣禮鴻曰：「有土田之田字，有田獵之田字，義不相涉。田獵之田字，後世加攴作畋以爲別。謂有田獵之田字者，《説文》：『畢，田網也。从華，象畢形。微也。或曰由聲。』又云：『𠦒，捕鳥畢也。象絲網，上下其竿柄也。』訓𠦒爲捕鳥畢者，析言之；渾言之則捕鳥獸之網皆曰畢。畢，金文作『』、作『』、作『』，甲文作『』、作『』、作『』。篆文畢下之𠦒，即甲文諸形之稍異者，非《説文》所云推糞之器也。其上半之，則徐鉉以爲即《説文》鬼頭之甶，段氏直以爲土田之田，云

田、畢古韻同部，皆不可據。此實即田網之形，植而旁視之則爲□，探網口而視之則爲□，加□於□而爲畢，此字形之複緟，古字類然。」其説至塙。土田、獵田雖一文而二義矣，古本未溷。獵田，以網致鳥獸，引申言捕獵。後世以爲田獵事亦在土田中，故捕獵鳥獸亦曰田，謬矣。包山楚簡文畢字作□、□，上從网，下從田、□，田亦網也，與網相緟以表意。

【夫】夫，猶彼也。《禮記・三年問》「夫焉能相與羣居而不亂乎」，《荀子・禮論篇》「彼安能相與」，「夫」作「彼」。《齊語》「夫爲其君動也」，《管子・小匡》「夫」亦作「彼」。《漢書・賈誼傳》「夫且爲我死，故吾得與之俱生；彼且爲我亡，故吾得與之俱存」，夫、彼互文見義。

【封狐】王逸注：「封狐，大狐也。」劉永濟曰：「封，大也，大狐也。」朱駿聲謂封「大」義作豐。《莊子・山木》「夫豐狐文豹，棲於山林」，《韓非子・喻老》「翟人有獻豐狐玄豹之皮於晉文公」，皆作豐。《説文・豆部》：「豐，豆之豐滿也。」引申言豐厚、豐大。《説文》「豔」字曰：「豔从豐，豐，大也。」《方言》卷一：「凡物之大貌曰豐。」王闓運曰：「封，豐茸，毛盛貌。」非是。又，「狐」字。自王逸以下皆讀其本字，而不疑。姜亮夫據《天問》「封豨是射」，謂狐即豨字形訛。出韻。聞一多曰：「狐，疑當爲豬，字之誤也。篆書者作□，缺其上半，與□相仿，而豕旁與犬旁亦易混，故豬誤爲狐。《天問》説羿事曰：『馮珧利玦，封豬是射。』《淮南子・本經訓》曰：『堯乃使羿禽封豬於山林。』封豨，即封豬也。其在《左傳》，則神話變爲史實。昭二十八年稱樂正后夔之子伯封『謂之封豕，有窮后羿滅之』。封豕，亦即封豬也。《古文苑》揚雄《上林苑箴》曰：『昔在帝羿，佚田淫遊，弧矢是尚，而射夫封豬，不顧於愆，卒遇後憂。』字正作豬。揚文語意全襲《離騷》，『封豬』之詞，或即依本篇原文。若然，則漢世所傳《離騷》猶有作豬之本。」案：豬，未見先秦古書。《爾雅・釋獸》曰：「豬，豕子。」固非豕統名。豬之爲豕，漢世通語。狐、豬二字同部不同聲，不可通用。竊疑狐即猳音訛。狐、猳同魚部，牙匣旁紐雙聲。封狐，即封猳。《説文・豕部》：

「豭，牡豕也。从豕，叚聲。」《左傳》哀十一年「輿豭從之」，孔疏：「豭，是豕之牡者。」又爲豕之統名。昭四年「深目而豭喙」，《釋文》：「豭，豬也。」《詩·何人斯》「出此三物」，毛傳「三物豕犬雞也」，孔疏：「豭即豕也。」湯炳正曰：「由『豨』、『豕』、『猪』演化而爲『狐』，如果從古代神話演化慣例來看，則語言因素所起的媒介作用，還是有痕蹟可尋的。例如，《方言》八云：『猪，北燕朝鮮之間謂之豭，關東西或謂之彘，或謂之豕，南楚謂之豨。』由此可見，《天問》所謂『封豨是射』，或係后羿神話流傳於『南楚』者，故據《方言》稱『封豨』，《淮南子·本經訓》也謂羿射『封豨』當顯係『南楚』之傳説，至於《左傳》昭公二十八年，晉人又稱后羿滅『封豕』，則或係神話之流行於北方者，已向歷史化發展，故《方言》稱爲『封豕』。至於揚雄《上林苑箴》謂羿射『封猪』，則係用通語，故稱猪。但根據《方言》所記，又謂『猪，北燕朝鮮之間謂之豭』，而且現在看來，春秋時稱猪爲『豭』者，也並不限於『北燕朝鮮之間』，如《左傳》昭公四年謂穆子夢見一人『深目而豭喙』，哀公十五年亦有『輿豭從之』之語，可見齊魯之間當時稱猪爲『豭』，因此，很可能后羿射『封豨』的神話流傳於齊魯之間者，或據《方言》稱『封豨』爲『封豭』。而『豭』與『狐』古係同音字，皆屬喉紐魚部。由於『豭』、『狐』同音無别，故后羿射『封豭』的神話，以語言爲媒介，從『封豨』轉爲『封豭』，又由『封豭』演化爲『封狐』。屈原在《天問》裏稱『封豨』，可能是用南楚傳説；而在《離騷》裏又稱『封狐』，或齊魯傳説之流入楚地者。」湯氏與鄙説不謀而合，其進以神話演化之蹟説之，發前人所未發，勝吾多矣。方言俗語之異，或因音，或因義。因音者，雖一字而異讀之。因義者，不關字音，數字共一名。豭之與豨，因音而異者也。蓋齊、魯、北燕朝鮮曰豭，而楚人謂豭如豨。豨，中土據楚音而記。新蔡葛陵楚簡、包山楚簡有「𧱏」、「豬」二字。𧱏，即豭字。於北土，𧱏猶豨音，而楚人讀魚部之𧱏。猪，小豕名。楚亦謂小豕曰猪。先秦不以猪爲共名。豕之與猪，古今義之變，先秦統稱豕。《招魂》：「魂兮歸來，南方不可以止些；蝮蛇蓁蓁，封狐千里些。」封狐，亦封豭之訛。《天問》曰：「馮珧利決，封豨是射；何獻蒸肉之膏，而后帝不若？」王逸注曰：「后帝，天帝也。若，順也。言羿獵射封豨，以其肉膏祭天帝，天帝猶不順羿之所爲也。」王逸釋「封豨是射」、「又好射夫封狐」，但就事論事。后羿所射，非真「封豨」。《天問》既謂「䠶夫河伯」，又謂「封豨是射」，封豨即河伯。河伯，又名馮夷，《穆天子傳》作「無夷」，《竹書紀年》作「冰夷」。據殷商卜辭祀河，禮同殷族先公先王，蓋夷族之先，故稱曰夷。夷，非其名。《説文·馬部》：「馮，馬行疾也。从馬，仌聲。」疾行之馬亦謂之馮，古或借作風。馮、風音近通用。風，鳳也。又，《周禮·夏官·庾人》：「馬八尺以上爲龍。」河伯氏以疾行之馬爲稱龍。河伯化白龍，猶鮌化爲白馬之比。然則河神之精，非馬，豬也，故又稱封豨、封豭。河伯氏與彭氏同宗。馮、冰、無、彭，皆聲之轉。河伯居於河，在桑林、濮上之間，屬顓頊之虚。羿射河伯，同出顓頊夷族羿氏與豬龍族河伯氏同室操戈以相殘。《天問》曰「后帝不若」，帝，帝顓頊。言帝不忍子孫相戕害，是以不若。「射夫封豭」，出於后羿、河伯相殘，非唯無稽之寓言神話。

是二句言有窮諸侯后羿戲娛好畋，又好射彼封豭氏而淫其妻室也。

固亂流其鮮終兮　浞又貪夫厥家

固　錢《傳》本作國，洪《補》曰：「固，一誤作國。」朱《注》云：「固，一作國，非是。」案：洪、朱是也。

鮮　洪《補》、朱《注》、錢《傳》同云：「鮮，一作尠。」姜亮夫曰：「王訓『鮮，少也』，則尠乃本字，鮮則借字也。然經典多借鮮爲尠。王逸本作鮮，尠則後人據字書改也。」案：《説文》字作「尟」，段注謂「尠者，尟之俗」。尠，尟字形訛。是、甚形似而誤。敦煌變文《燕子賦》「你甚頑嚚」，王重民曰：「甚，原作是，據戊、己兩卷改。」《易·乾》注「尟克有終」，《繫辭》「故君子之道鮮矣」，《釋文》「鄭作尟」。《爾雅·釋詁》：「鮮，善也。」《釋文》：「郭《音義》本或作尠。」蓋六朝誤尟爲尠。

浞《文選》六臣本浞音任角切。洪《補》、朱《注》同音食角切。錢《傳》音仕角反。姜亮夫校曰：「任字誤。浞無日紐者也。且古聲紐無『任』字用爲切者，當爲『仕』字之誤。」案：是也。仕角、食角音同。

【亂流】王逸注：「言羿因夏衰亂，代之爲政，娛樂畋獵，不恤民事，信任寒浞，使爲國相。浞行媚於内。施賂於外，樹之詐慝，而專其權勢。羿畋將歸，使家臣逢蒙射而殺之，貪取其家，以爲己妻。羿以亂得政，身即滅亡，故言鮮終。」王氏既謂「羿因夏衰亂」，又謂「羿以亂得政」，雖二「亂」字而前後錯綜，未知歸指。洪《補》引《傳》曰：「以德和民，不聞以亂；以亂易亂，其流鮮終。」以「流亂」爲暴亂之流。錢澄之曰：「亂流，謂亂逆之流，統諸凶言也。」高亨曰：「亂流，淫亂之風氣。」游國恩曰：「亂流，淫亂之輩。」季鎮淮曰：「亂流，荒淫作亂之流。」詹安泰謂「横行胡亂」曰「亂流」。皆同洪説。王夫之曰：「横流而渡曰亂流，言不順理也。」徐焕龍曰：「亂流，不由川澮之流，喻羿之以亂易亂。」劉永濟曰：「流，亦亂也。羿之放逸無度，故曰亂流。」又，聞一多曰：「《爾雅·釋水》：『正絶流曰亂。』郭注曰：『直横渡也。』疑此所謂『亂流』，或亦實有所指，特其詳弗可考耳。」案：王雲璐女士著文曰，亂流，施之於《水經注》多言「合流」義。《濟水》一：「濟水又東徑原城南，東合北水，亂流東南注。」《濟水》二：「盟津河别流十里，與清水合，亂流而東，徑洛當城北，黑白異流，涇渭殊别，而東南流注也。」《沁水》：「而東會絶水，亂流東南入高都縣，右入丹水。」《滱水》：「渚水東流，又合洛光水，水出洛光溝，東入長星水，亂流東徑恒山下廟北。」《聖水》：「水出西山東，南徑之廣陽縣故城南，東入廣陽水，亂流東南至陽鄉縣，右注聖水。」《巨馬水》：「又東南至泉州縣西南，東入丈八溝，又南入巨馬河，亂流東注也。」謂亂流言合流，亂有混合義。至塙。又，

《河水》：「自西南逕故城北，右入南水，亂流東北注灉水。」「湟水又東，左合承流，谷水南入，右會達扶東西二溪水，參差北注，亂流東出，期頓鷄谷二水。」「定水又東注于黑水，亂流東南入于河。」「又東北入辱水，亂流注于河。」「有小水西南注沙澗，亂流逕大陽城東，河北郡治也。」《汾水》：「水出祀山，其水殊源共舍，注于嬰侯之水，亂流逕中都縣南，俗謂之中都水。」「又西北流與勞水合，亂流西北逕高粱城北，西流入于汾水。」《洞過水》：「又西合涂水，亂流西北入洞過澤也。」皆可輔王氏之説。亂，有總聚義，樂章之終所謂合樂者曰亂詳下文「亂曰」注是也。《招魂》曰「士女雜坐，亂而不分些」，言合而不分。亂亦訓合聚義。亂流，施之於人事，猶同流合污之意耳。流，不解流水，猶邪僻也。流，有邪僻鄙俗義。《禮記·鄉飲酒義》「知其能和樂而不流也」，注：「流，猶失禮也。」《樂記》「使其聲足樂而不流」，注：「流，猶淫放也。」《荀子·君子篇》「貴賤有等，則令行而不流」，注：「流，邪移也。」《彊國》「其聲樂而不流汙」，注：「流，邪淫也。」又，《九章·橘頌》「蘇世獨立，橫而不流兮」，王逸注：「言屈原自知爲讒佞所害，心中覺寤，然不可變節，猶行忠直，橫立自持，不隨俗人也。」流，訓流俗、邪僻。

【鮮終】王逸注：「鮮，少也。羿以亂得政，身即滅亡，故言鮮終。」汪瑗曰：「鮮終，謂少有得善其終也。」以「鮮終」同《詩·蕩》「鮮克有終」。又，聞一多曰：「《天問》曰：『浞娶純狐，眩妻爰謀，何羿之䠶革，而交吞揆之？』案：《左傳》昭五年『葬鮮者自西門』，杜注曰：『不以壽死曰鮮。』《列子·湯問》『其長子生，則鮮而食之』，張注曰：『人不以壽死曰鮮。』然則此言羿『鮮終』，蓋即指《左傳》『殺而亨之』及《天問》『交吞揆之』之事。」何劍薰曰：「鮮終，古語，與『令終』爲對文。令終者，善終也。《史政父爵》：『用祈介眉壽永令靈終。』即用祈求長命令終。鮮終，即《論語》『不得其死』。王逸訓鮮爲少，即使解少爲年少之少，亦不明確。因年少而死謂之夭。鮮終，則爲死於非命，不論老少皆然。杜預《左傳》注：『人之不以壽死曰鮮終。』亦不明確。因不以壽死，亦可謂夭，不當言鮮。故鮮當訓爲殺。或徑讀爲殺。因鮮、殺同屬心母，爲雙聲，故可通用。故書中有假鮮爲殺者。《墨子·魯問篇》：『楚之南有啖人之國者橋，其國之長子生，則鮮而食之，謂之宜弟。』又《節葬篇》：『越之東有亥沐之國者，其長子生，則鮮而食之。』兩『鮮』字皆當訓殺或讀爲殺。」案：其說是也。《文選·蜀都賦》「割芳鮮」，李善注：「鮮，新殺者也。」王逸鮮訓少，尐字形訛歟？尐音姊薛切，月部、精紐，與殺字音近，例得通用。

【浞】王逸注：「浞，寒浞，羿相也。」《左傳》襄四年載魏絳對晉侯曰：「寒浞，伯明氏之讒子弟也。伯明后寒棄之，夷羿收之，信而使之，以爲己相。浞行媚於內，而施賂於外，愚弄其民，而虞羿於田，樹之詐慝，以取其國家，外內咸服。羿猶不悛，將歸自田，家衆殺而亨之，以食其子。其子不忍食諸，死於窮門。」杜注：「寒，寒國也。北海平壽縣東有寒亭。」《漢書·古今人表》作「韓浞」。寒、韓音同通用。伯明氏，今不可考。竊疑伯明即博父音變。《山海經·海外北經》：「博父國在聶耳東，其爲人大，右手操青蛇，左手操黄蛇。鄧林在其東，二樹木，一曰博父。」博父，即夸父，出炎帝氏，宗鳳鳥。炎黄之戰，夸父佐炎帝，爲應龍所殺。事出《大荒東經》、《大荒北經》。夸父嘗與日逐走，道渴而死，化爲鄧林。詳《大荒北經》。《北山經》言梁渠之山有鳥「狀如夸父，四翼一目，犬尾，名曰囂，其音如鵲，食之已腹痛，可以止衕」。《西山經》謂崇吾之山有獸，「狀如禺而文臂，豹虎而善投，名曰舉父」。郭璞注：「或作夸父。」郝懿行疏曰：「《爾雅》云：『豦，迅頭。』郭注云：『今建平山中有豦，大如狗，似獮猴，黄黑色，多髯鬣，好奮迅其頭，能舉石擿人，貜類也。』如郭所説，惟能舉石擿人，故經曰善投，亦因名舉父。舉、豦聲同，故古字通用；舉、夸聲近，故或作夸父。」後多以夸父類獮猴。似是而非。夸父象鳥。蓋或西徙者與西土犬、豹、獮猴諸族融合，其象遂雜以犬、豹、禺諸形。雖然，其「迅頭」猶在。迅，卂也，鳥飛也。韓浞，夸父之裔。生而棄之，羿氏收而養之。先民不養異族棄子。伊尹，出東夷族，棄於空桑，有莘氏收而養之。有莘氏出東夷。《遠遊》：「奇傅説之託星辰兮，羡韓衆之得一。」洪《補》引《列仙傳》：「齊人韓衆，爲王採藥，王不肯服。終服之遂得仙也。」韓衆即韓浞。浞、衆爲覺冬平入對轉，照牀旁紐雙聲。齊語名韓衆，楚語名韓浞。浞殺后羿，屬同室操戈，亦類家鬩。遠古氏族相亂多因婦人，「浞因羿室」，亦母權社會遺習。

【貪】王逸注「貪取其家」云云，貪訓貪取，非謂貪取家財。案：蓋取之言娶也。古書通用。貪，猶貪色、好色，與上「貪婪」之貪同。

【厥】王逸注「貪取其家，以爲己妻」云云，厥訓其。劉良曰：「厥，其也。」案：厥、其聲之轉，古書通用。金文厥字作「」，隸定作「氒」。本篇用「厥」者四，皆同金文，厥猶其也。《天問》用「厥」至夥，曰「厥利」、「厥謀」、「厥大」、「厥首」、「厥萌」、「厥弟」、「厥兄」、「厥嚴」是也。「厥」先於「其」，故《尚書》多用「厥」，《詩》用「厥」者但存《雅》、《頌》而不見《國風》。厥，三代古語。陳詞及《天問》所載，皆三代古史，是以用「厥」而不用「其」，猶篇首用「于」而不用「於」之比。

【家】王逸注：「婦謂之家。」聞一多曰：「家謂妻室。浞貪厥家，即《左傳》浞因羿室，《天問》浞娶純狐事。」又，朱季海曰：「《玉燭寶典·正月孟春第一》：《歸藏·鄭母經》云：『昔者浞射羿而賊其家，久有其奴。』注：『浞，本羿臣之名。奴，子也。』是據《歸藏》，浞不惟『貪夫厥家』，又并『有其奴』也。王注略本《左傳》襄四年傳，唯《傳》不云逢蒙殺之耳。《傳》言『羿猶不悛，將歸自田，家衆殺而烹之，以食其子，其子不忍食諸，死於窮門』。是羿子死於難，而云『久有其奴』者，蓋魏絳所聞《夏訓》與《歸藏》異辭也。《傳》又曰：『浞因羿室，生澆及豷。』或謂之家，或謂之室，其實則一，方言殊矣。觀魏絳所云，先澆及豷，則澆自居長。更有嫂者，《天問》有云：『浞娶純狐，眩妻爰謀。』王注：『言浞娶於純狐氏女，眩惑愛之，遂與浞謀殺羿也。』是浞賊家之前，已娶純狐，其兄蓋即純狐之子。又浞既有羿奴，即羿子於澆，亦爲同母兄弟，故澆得至女歧之户矣。」案：羿妻，嫦娥也，帝舜妻，堯女娥皇、女英是也。夏禹代舜，羿因其室。嫦娥不忍委身於羿，是以奔之投舜，而道死沅、湘之間。羿伐封豨氏河伯，又取其婦洛嬪爲妻。《天問》曰：「浞娶純狐，眩妻爰謀。」王逸注：「言浞娶於純狐氏女，眩惑愛之，遂與浞謀殺羿也。」純狐，后羿之妻。實河伯封豭氏之婦，出伏羲氏，稱虙妃，又稱封豭婦。純，言大。《爾雅·釋詁》疏引《尸子·廣澤》：「純，大也。」《詩·賓之初筵》「錫爾純嘏」，鄭《箋》：「純，大也。」狐，借爲豭，猶上封狐爲封豭之比。純狐氏，即封豭氏。雖委身於羿，而心懷異謀，思報其射，於羿爲「眩妻」。終與寒浞通，而謀殺后羿。「貪夫厥家」，猶《天問》之「浞娶純豭」。家，借作豭。家字从宀，豭聲，例亦相通。

是四句爲隃詞之第二事，言有窮后羿雖得有夏天下，而樂於田獵，濫征諸侯，背逆而行，以仇讎之婦爲妻，卒被眩妻所銜，與伯明氏子寒浞相謀，而見殺戮也。此蓋就懷、襄二王迎秦婦之事而發。懷王二十四年，秦昭王初立，乃厚賂於楚，楚往迎婦。二十八年，二十九年，三十年，秦三伐楚，取楚地。乃又遺楚書曰：寡人與楚，故爲婚姻，相親久；今秦楚不歡，無以令諸侯，願會武關。蓋懷王久以秦女爲妻故也。頃襄王七年，楚迎婦於秦，秦楚復平。秦婦雖適於楚，而心存異志，猶純豭之於后羿者。屈子因以諷諫楚王。

第三十八韻：狐、家

狐，借作豭，古音爲[xia]。家，朱《注》叶古胡反。陳第、江有誥曰：「家，古音姑。」案：家，即豭字，古音爲[kra]。豭、家古同魚部。

澆身被服強圉兮　縱欲而不忍

澆《文選》六臣本澆音五弔反，洪《補》、朱《注》、錢《傳》三本亦同音五弔反，又同引一作奡，音五耗切。洪《補》：「奡即澆也，聲轉字異。」姜亮夫曰：「洪氏以《論語》『奡盪舟』附會此澆，與《左傳》、《竹書》皆不合。《論語》之奡，自是與丹朱同惡之傲，與此夏時之澆非一。舊説皆非。」案：《論語》、《説文》、《漢書》、《古今人表》、《潛夫論》皆作「奡」，漢人奡、澆相溷，非自洪氏始。楚簡作泆。澆、奡二字同音同紐同呼，但不同等耳。

被服強圉 洪《補》曰：「被服強圉，一本作『被於強圉。』」朱《注》、錢《傳》同云：「服，一作於。」姜校云：「被服古謰語，作於者非。」案：「澆身被服強圉」，不合嗽詞句法，當作「澆跋扈以强圉兮，身縱欲而不忍」。王注不爲「被服」作注，本極可疑。蓋古作跋扈，後因王注「楚人名被爲扈」，而改作「被於」。於，爲「扈」字音訛，而後又誤「於」爲「服」。詳注。圉，洪《補》、朱《注》、錢《傳》同音魚吕切。

欲 《文選》五臣本作慾。《説文》段注曰：「古有欲字無慾字，後人分別之，制慾字，殊乖古義。」案：欲、慾古今字。欲本訓冀欲，引申言情慾，而以欲字專之，不得謂「殊乖古義」也。洪《補》、朱《注》同引一本「欲」下有「殺」字，朱云「非是」。錢《傳》「欲」字一作「殺」，一本作「欲殺」。案：王逸注「縱放其情，不忍其欲」云云，王本無「殺」字。王注又云「以殺夏后相也」，乃援《左氏傳》以解《騷》，不關字義訓詁，後據此而增「殺」字。

而 洪《補》、朱《注》、錢《傳》同引而一作以。案：《詁訓柳先生文集》卷二注、《五百家注柳先生集》卷二注、《柳河東集注》卷二注引并同今本。

【澆】洪《補》謂澆即《論語》「奡盪舟」之奡。聞一多曰：「《尚書·皋陶謨》曰：『無若丹朱傲，惟慢遊是好，傲虐是作，罔晝夜頟頟，罔水行舟，朋淫於家，用殄厥世。』澆、傲音同。澆與丹朱實一人之分化。此所言丹朱傲與澆事合，『朋淫於家』，即淫於嫂，并其餘各事，亦即所謂縱欲不忍，康娱自忘也。」奡，誠與丹朱傲爲一人，而與澆則非一人。姜氏駁之甚當，詳校。趙翼《陔餘叢考》卷五「羿奡非夏時人」條云：「澆之盪舟，不見所出。《正義》云：

『孔注謂陸地行舟者，以此文云奡盪舟，盪，推也。以此知其多力，能陸地推舟。』然則孔注以澆能盪舟，不過就《論語》本文，而别無所據依也。而陸德明《音義》於『丹朱傲』云：『字又作奡。』蓋古字少，傲、奡通用。宋人吴斗南因悟即此『盪舟』之奡，與丹朱爲兩人也。蓋禹之規戒，若但作『傲慢』之傲，則既云『無若丹朱傲矣』，下文何必又曰『傲虐是作』乎？以此知丹朱與傲爲兩人也。曰『罔水行舟』，正此『陸地行舟』之明證也。曰『朋淫于家』，則丹朱與奡二人同淫樂也。吴氏之説，真可謂鐵板注脚矣。傲之不得其死，雖無可考，然傲與奡之音相同，既不比澆與奡之但音相近，且罔水行舟之與盪舟，尤針孔相對。則南宫适所引『奡盪舟』，實指丹朱所與朋淫之人，而非寒浞子，斷可識也。』其説韙矣。《論語》之奡與《離騷》之澆，固非一人，洪氏非也。案：王逸注：「澆，寒浞子也。」浞因羿妻純狐氏而得澆，《左氏》所謂「浞因羿室生澆及豷」是也。《歸藏·鄭母經》曰：「昔者浞射羿而賊其家，久有其奴。」注：「奴，子也。」即《左傳》「生澆及豷」也。澆，蓋羿遺腹子，堯氏也。其母娥皇，帝舜之妻。后羿娶而生澆。豷從豕，蓋河伯封豨氏遺腹子。其母處妃，即純狐氏婦。后羿妻處妃得其遺腹子豷。寒浞因羿室，澆、豷爲浞所得。

【身被服】王逸注：「言浞取羿妻而生澆，彊梁多力，縱放其情，不忍其慾，以殺夏后相也。」王氏訓「身被服」，甚爲涵胡。汪瑗曰：「被，如《書·康誥》『紹聞衣德言』之衣字，亦服也。服，事也。被服强圉，謂專尚猛力，如被服之在身而不舍也。」朱冀曰：「被服者，習用之意。」劉夢鵬曰：「被服，襟帶之謂。」游國恩曰：「力之在身，猶衣之被體，故以『被服』言之。」劉永濟曰：「被服同義。此文『被服』當作負解。負者，澆負恃其勇武也。」衛瑜章《離騷集釋》據《漢書·景十三王傳》「河間獻王被服儒術」，顔師古曰：「被服，言常居處其中也。」又，文懷沙謂「被服」爲「負矢」，服，猶矢服。案：以「被服强圉」言負恃多力，與下句「縱欲而不忍」不相接榫。屈子陬詞一章句法，「澆身被服强圉」一句之中，「被服」、「强圉」之間宜有連與辭「以」或「與」。且「被服」、「强圉」爲儷偶對文，意亦相同，被服，猶强圉。「身」字本在下句之首，誤置「澆」字下。此文本作「澆被服以强圉兮，身縱欲而不忍」，同上文「羿淫遊以佚畋兮，又好射夫封狐」句法。然則「被服」無「強圉」義。被之言拔也。被、拔歌月平入對轉，幫滂旁紐雙聲。連語「婆娑」異文作「拔屑」者是也。婆、被同諧皮聲。婆通拔，則被亦得通拔也。詳上文「昌披」注。服，當從一本作於，扈字音訛。於、扈，魚部，匣紐雙聲。被服，即拔扈。《文選・西京賦》「睢盱拔扈」，李善注：「拔與跋古字通。」或作跋扈。《後漢書・馮衍傳》「誚始皇之跋扈兮」，注：「跋扈，猶彊梁也。」又作伴換。《集韻》上聲第二十九換韻「伴」字注：「伴換，不順也。」又作畔換。《漢書・叙傳》「項氏畔換」，顔師古曰：「畔換，強恣之貌，猶言拔扈也。《詩・大雅・皇矣》『無然畔換』。」《文選・魏都賦》作叛換，《玉篇・糸部》作絆換，《人部》又作伴換。《論衡・程材》作眦戲，濊怒貌，《西京賦》作贔⿰石豙，壯猛貌。《莊子・外物》作勃溪，盛怒相争貌。《大雅・蕩》作咆哮，彪休，怒貌。《易・大有》干寶注作「彭亨」，驕滿貌。《莊子・知北遊》作馮閎，虛曠貌。倒曰桓發，《韓詩外傳》卷四：「《詩》曰『玄王桓發』。」桓發，武毅貌。又作桓撥。《商頌・長發》「玄王桓撥」是也。毛《傳》、鄭《箋》皆據訓詁字義，而解廣大政治之義。皆一字異文。

【強圉】王逸注：「強圉，多力也。」洪《補》曰：「《詩》曰『曾是彊禦』，彊禦，彊梁也。」案：彊梁，亦言多力貌。強，本作勍，陽部，羣紐，例得通用。《説文・力部》：「勍，強也。从力，京聲。」京，絶高丘，引申有大義。《爾雅・釋訓》：「京，大也。」力大字作勍。包山楚簡、鄂君啓節字皆作弫，從弓、口，工省聲。工，通作鴻，言大。楚人東部字轉陽部。工，猶言高大義。弫，借聲字。圉，本作禦。圉、禦古書通用。王夫之曰：「謂力可禦人。」禦，言抵禦，從示，御聲。力禦字作御。殷契卜辭曰：「鼎，疒齒邘于父乙。」言齒有疾，禦祀父乙以禳疾。又：「辛酉，邘大水于土。」言祭社神以禦大水。邘，即御字，而借爲禦。《説文・彳部》：「御，使馬也。从彳、卸。」馬逸以力制之使馴謂之御，抵御之引申，專字作「馭」。又，《史牆盤》「谻圉武王」，駿御，言多力。強禦，平列同義。或曰：強禦，連語。王念孫曰：「凡連語之字，皆上下同義，不可分訓。」而「強禦」但書以訓詁字。或作堅禦。《管子・地員》：

「格，堅禦也。」形體高大字作魁梧，《文選・三都賦序》「魁梧長者」，李善注引《漢書音義》曰：「魁梧，丘墟壯大之意也。」狀山峻高字又作嵬峨、嵬嶷、嶢阢。堅確不拔字作強項，《後漢書・楊震傳》「卿強項，真楊震子孫」，李賢注：「強項，不屈也。」拘禁辠人之所曰囹圄，不可勝計。

【身】非身體或我身之身，借爲申。《春秋名字解詁》曰：「《元和姓纂》，曹叔孫申，字子我。」《爾雅・釋詁》：「身，我也。」曹叔孫申之申，身字假借。《釋名・釋天》：「申，身也。」《白虎通義・五行》：「申者，身也。」申，承接之辭，言又、再。《書・堯典》「申命羲叔」，言又命羲和也。「申縱欲而不忍」，同「又好射夫封豭」、「浞又貪夫厥家」句法，申、又互文見義。

【縱欲】王逸注：「縱，放也。」蔣驥曰：「縱欲，如淫於女岐之類。」又，吕向謂欲爲殺欲，言殺夏后相。朱冀則比之「殺斟灌、滅斟尋之類」。案：縱欲，即從容。從、縱古今字，古祇作從。容、欲同從谷聲，例得通用。王念孫曰：「從容有二義：一訓爲『舒緩』，一訓爲『舉動』。其訓爲『舉動』者，字書、韻書皆不載其義。今略引諸書以證明之。《九章・抽思篇》云：『理弱而媒不通兮，尚不知余之從容。』《哀時命》云：『世嫉妒而蔽賢兮，孰知余之從容。』此皆謂己之舉動，非世俗所能知，與《懷沙》同意。《懷沙》曰：「重華不可遌兮，孰知余之從容。」王逸注曰：「從容，舉動也。言誰得知我舉動欲行忠信也。」王氏訓「舉動」。《後漢書・馮衍傳・顯志賦》：『惟吾志之所庶兮，固與俗其不同；既俶儻而高引兮，願觀其從容。』此亦謂舉動不同於俗。李賢注云：『從容，猶在後也。』失之。又案《中庸》云：『誠者不勉而中，不思而得，從容中道，聖人也。』『從容中道』，謂一舉一動，莫不中道，猶云動容周旋中禮也。《韓詩外傳》云：『動作中道，從容得禮。』《漢書・董仲舒傳》云：『動作應禮，從容中道。』王褒《四子講德論》云：『動作有應，從容得度。』此皆以從容、動作相對成文。《中庸正義》云：『從容閑暇，而自中乎道。』失之。《緇衣》云：『長民者衣服不貳，從容有常。』引《都人士》之詩云：『彼都人士，狐裘黄黄，其容不改，出言有章。』從容與衣服相對成文。『狐裘黃黃』，『衣服不貳』也；『其容不改』，『從容有常』也。《正義》以從容爲舉動。得之。《都人士序》曰：『古者長民衣服不貳，從容有常。』義與《緇衣》同。鄭《箋》以從容爲休燕。失之。《大戴禮·文王官人》云：『言行亟變，從容謬易，好惡無常，行身不類。』從容與言行相對成文。『從容謬易』，謂舉動反覆也。盧辯注曰：『安然反覆。』失之。《墨子·非樂篇》曰：『食飲不美，面目顏色不足視也；衣服不美，身體從容不足觀也。』《莊子·田子方篇》云：『進退一成規，一成矩，從容一若龍，一若虎。』《楚辭·九章·悲回風》云：『寤從容以周流兮。』傅毅《舞賦》云：『形態和，神意協，從容得，志不劫。』《漢書·翟方進傳》云：『方進伺記陳慶之從容語言，以詆欺成罪。』此皆昔人謂『舉動』爲『從容』之證。舉動謂之從容，跳躍謂之竦踊，聲義并相近，故竦踊或作從容。《新序·雜事篇》云：『元蝯居桂林之中、峻葉之上，從容遊戲，超騰往來。』從容即竦踊也。自動謂之從容，動人謂之慫慂，聲義亦相近。故慫慂或作從容。《史記·吳王濞列傳》：『鼂錯數從容言吳過可削。』從容即慫慂。《漢書·衡山王傳》『日夜縱臾王謀反事』，《史記》作從容。」其說是也。慧琳《一切經音義》卷六五曰：「從容，舉動也，今取其義也。」從容訓「舒緩」，事也；訓「舉動」，名也。此借作「從容」，言澆之舉動，猶今語「行爲」、「所作所爲」，名詞。

【不忍】王逸注文「不忍其欲」云云，忍訓忍止。張鳳翼、聞一多曰：「不忍，不能自制也。」王夫之曰：「忍，戢也。」戴震曰：「不忍，謂不能自止其欲也。」劉永濟曰：「不忍，不節制也。」楊胤宗曰：「不忍，謂縱欲不能節制也。」案：段氏《説文》「忍」字注曰：「凡敢於行曰能，今俗所謂能幹也。敢於止亦曰能，今俗所謂能耐也。忍之義亦兼行止，敢於殺人謂之忍，俗所謂忍害也，敢於不殺人亦謂之忍，俗所謂忍耐也。其爲能一也。仁義本無二事，先王不忍人之心，不忍人之政，中皆必兼斯二者。」忍兼殘忍、仁愛義，故仁愛謂之忍。《呂氏春秋·去私》「忍所私以行大義」，注：「忍，讀曰仁行之忍也。」《釋名·釋言語》：「仁者，忍也。好生惡殺善含忍也。」不忍，言不仁愛。

是二句言澆拔扈強圉，其舉動行爲不仁愛也。蓋澆憑其勇力，嗜殺成性，不以仁慈爲本。

日康娱而自忘兮　厥首用夫顛隕

而 洪《補》、朱《注》、錢《傳》同引一作「以」。案：以上「夏康娱以自縱」句法斷之，舊本作「以」。《詁訓柳先生文集》卷二注、《柳河東集注》卷二注引「日康娱」一句同今本。

夫 洪《補》、朱《注》、錢《傳》同引一無「夫」字，又同引一作「以」。案：「用夫」，恒語。詳上文「用夫乎」注。

顛 洪《補》引《釋文》、朱《注》云：「顛，一作巔。」案：顛、巔古今字。

【日康娱】，王逸注「日康娱」言「澆既滅夏后相，安居無憂，日作淫樂」。案：「日康娱」有本事可憑，《天問》曰：「惟澆在户，何求於嫂？」又曰：「女歧縫裳，而館同爰止。」澆淫其嫂女歧，放浪情欲，謂之「日康娱」。康娱，指淫樂聲色。

【自忘】王逸注「忘其過惡」云云，謂自忘猶無憂慮。汪瑗曰：「自忘，謂忘其脩身之道也。」王夫之、聞一多曰：「自忘，忘其身之危也。」朱冀曰：「坦然自娱，忘其國恤也。」陳本禮曰：「自忘，忘羿之被殺。」游國恩曰：「康娱自忘，即上文『康娱自縱』之意。自忘，當從王夫之説。」案：游氏謂「自忘」比「自縱」，不無有識。其又謂同王夫之忘失，亦失其旨。忘無言放縱，借作亡，古書通用。詳上「亡身」注。亡，猶《孟子·梁惠王下》曰：「樂酒無厭謂之亡。」謂放縱無所約束，不知厭足。朱熹曰：「亡，猶失也。言廢時失事也。」失之。亡有亂義。《淮南子·説林訓》「驪戎以美女亡晉國」，注：「亡，猶亂也。」自亡，同自縱，猶自亂也。

【顛隕】王逸注：「自上下曰顛。隕，墜也。」洪《補》曰：「顛，倒也。隕，從高下也。」案：《説文・頁部》曰：「顛，頂也。从頁，真聲。」顛，即天字。天，甲、金古文作「」，象人頂。《易・睽卦》「其人天且劓」，馬融注：「剠鑿其額曰天。」引申之言蒼蒼之天，而天字本義遂晦。其後天額字作顛，天、顛判爲二字。頂巔曰顛，倒亦曰顛，相反爲義。考其語源，蓋受於「丨」。《丨部》：「丨，下上通也。引而上行讀若囟，引而下行讀若退。」楊樹達曰：「此字爲囟、退二字初文。其以『引而上行讀若囟』，孳乳者皆有上義，以『引而下行讀若退』，孳乳者皆有下義。今分別言之。《説文》十篇下《囟部》云：『囟，頭會匘蓋也。象形。』按，《釋名・釋形體》云：『囟，峻也，所生高峻也。』是囟在上之説也。古人名動相因，在上爲囟，向上陟高亦爲囟，故囟孳乳爲䙴。三篇上《舁部》云：『䙴，升高也。从舁，囟聲。』或从卩作䙴。又孳乳爲遷。二篇下《辵部》：『遷，登也。从辵，䙴聲。』按，二篇上《癶部》云：『登，上車也。』又孳乳爲僊。八篇上《人部》云：『僊，長生僊去。从人、䙴。䙴亦聲。』《史記・封禪書》記黃帝僊去，乘龍上天。是長生僊去者必升高。此僊从䙴聲之説也。囟，古音在真，䙴、遷、僊古音在寒，部居雖異，然䙴从囟聲，其爲囟之孳乳字無疑。僊還真又孳乳爲真。八篇上《匕部》：「真，僊人變形而登天也。」從真聲類孳乳之字有顛。九篇上《頁部》云：『顛，頂也。从頁，真聲。』顛又孳乳爲槙，六篇上《木部》云：『槙，木頂也。从木，真聲。』按，囟爲頭會匘蓋，顛爲頂，義相近。僊爲長生僊去，真爲僊人變形而登天，義又相同。古字義訓之交流互映有如此者。其以『引而下行讀若退』孳乳爲復。二篇下《彳部》云：『復，卻也。从彳、日、夊，或作衲。又或作退。』又孳乳爲隊、䃍、隤、㢈。十四篇下《𨸏部》云：『隊，從高隊也。从𨸏，㒸聲。』九篇下《石部》云：『䃍，陊也。从石，㒸聲。』又，《𨸏部》：『隤，下隊也。从𨸏，貴聲。』九篇下《广部》云：『㢈，屋從上傾下也。从广，隹聲。』十四篇上《金部》云：『鐜，下垂也。』从敦聲而讀音在微。此皆引而下行之義也。又人體最下者爲脽。故「丨」又孳乳爲脽。四篇下《肉部》云：『脽，屁也。从肉，隹聲。』體之在最下者爲脽，猶體之在最上者爲囟矣。十四篇下《金部》又有鐓，云：『矛戟柲下銅鐏也。』从敦聲而讀音亦在微。亦以在下義受名。脽對轉痕孳乳爲屍。八篇上《尸部》云：『屍，髀也。从尸下丌尻几。』或作脾，又或作臀。對轉痕又孳乳爲頓。九篇上《頁部》云：『頓，下首也。从頁，屯聲。』其在痕部而聲變不在舌音者有隕、磒二文。十四篇下《𨸏部》云：『隕，從高下也。从𨸏，員聲。』九篇下《石部》云：『磒，落也。从石，員聲。』」據聲求義，多所創獲。然謂隕、磒亦根於「丨」，蓋濫也。隕、磒同員聲，於敏切，匣紐三等，雖與囟、退同韻而不同聲。員之爲言玄也。員、玄音近通用。玄有懸下義。《釋名·釋天》：「天又謂之玄。玄，縣也，如縣物在上也。」《釋親屬》：「玄孫，玄，縣也，上縣於高祖，最在下也。」《釋疾病》：「眩，縣也。目視動亂，如縣物搖搖然不定也。」隕、磒及殞皆假聲字。「顛隕」連言，平列複語，言倒落。引申言死、傾覆、失敗。《後漢書·馮衍傳》「社稷顛隕」，《潛夫論·思賢》「豈有不顛隕者哉」、《忠貴》「思登顛隕之臺」、《釋難》「父母將臨顛隕之患」，字亦作顛殞。《後漢書·隗囂傳》「妻子顛殞」，《鄧析子·轉辭》「終顛殞乎混冥之中」。此「厥首顛隕」，言澆首隕落，即用死義，《左傳》襄四年曰：「浞因羿室生澆及豷，恃其讒慝詐僞，而不德于民，使澆用師，滅斟灌及斟尋氏。靡自有鬲氏收二國之燼，以滅浞，而立少康。少康滅澆於過，后杼滅豷於戈，有窮由是遂亡。」洪《補》引《論語兼義》曰：「羿逐后相自立，相依二斟，夏祚猶尚未滅。及寒浞殺羿，因羿室而生澆，澆長大，自能用師，始滅后相。相死之後，始生少康，少康生杼，杼又年長，始堪誘豷，方始滅浞而立少康。計太康失邦，及少康紹國，向有百載，乃滅有窮。」案：少康滅澆，《天問》最詳。曰：「惟澆在户，何求于嫂？何少康逐犬，而顛隕厥首？女歧縫裳，而館同爰止。何顛易厥首，而親以逢殆？」女歧，女艾也。《左傳》哀元年云：「使女艾諜澆。」歧、艾爲支月旁對轉，見疑旁紐雙聲。《竹書紀年》作「汝艾」。蓋澆嫂女歧，類西施，爲少康作間諜，以色誘澆，與淫亂，而少康因逐犬入其室，遂顛隕澆首也。

是四句爲敶詞之第三事，蓋諫崇武及淫亂也。《戰國策·楚策》曰：「張子曰：『王徒不好色耳。』王曰：

『何也？』張子曰：『彼鄭、周之女，粉白黛黑，立於衢閭，非知而見之者以爲神。』楚王曰：『楚，僻陋之國也，未嘗見中國之女如此其美也。寡人之獨何爲不好色也？』乃資之以珠玉。」懷王固是「好色」之君，而舉澆縱情好色而首身異處以諷諫之。言澆飛揚拔扈、強梁多力，舉止不仁，日日康娛，縱情欲色，其首由此顛隕。

第三十九韻：忍、隕

忍，古音爲[ȵzien]。隕，古音爲[ɣien]。忍、隕古同文部。

夏桀之常違兮　乃遂焉而逢殃

【常違】王逸注「上背於天道，下逆於人理」云云，以「常違」言背逆。惟「常」字無背逆義。李周翰曰：「言常背天違道。」以「常」言常常、時常，而益「天道」以足其義。錢杲之曰：「常違，背天道也。」錢澄之曰：「常違，無往不違也。」并同五臣。汪瑗曰：「常違，謂屢背乎道也。或曰，倒文耳，謂背乎常道也。」朱冀曰：「常違，謂違背其常道，用倒字法也。」魯筆曰：「常違，違其五常之道，用倒字法。」聞一多曰：「違，謂違棄天命。」又，朱駿聲謂「常違」同《周書·前大匡》「有常不違」。王夫之曰：「常違，與常道相違。」案：嗽詞三代信史，皆有實事，非空泛語。常，借作倀。二字同陽部，端禪旁紐雙聲。《晏子春秋·外篇·重而異者》「此國之常患也」，《羣書治要》作「此治國之長患」。《史記·屈原列傳》「寧赴常流」，《索隱》：「常流，猶長流也。」《說文·二部》：「恒，常也。」段注：「常，當作長，古長久字祇作長。」《說文·人部》：「倀，狂也。」俗作猖，言猖狂。違，通作回，言邪辟、不正。《詩·小旻》「謀猶回遹」，毛《傳》：「回，邪也。」《禮記·禮器》：「禮釋回。」注：「回，邪辟也。」悵回，同上「桀紂之猖披」之猖披，言行不由直道。

【遂焉】王逸注文「乃遂以逢殃咎」云云，「遂焉」爲「遂以」。錢杲之曰：「遂，不反也。」以遂言遂往，而「焉」字無義可繫。汪瑗曰：「遂焉，猶忽然，易詞也。」朱冀曰：「遂，謂遂非也。言遂非而不改。」王夫之曰：「遂，長惡不悛。」魯筆曰：「遂，遂其常違而不改。」龔景瀚曰：「遂，《玉篇》，安也。遂焉者，任其性而不改。」游國恩曰：「《廣雅·釋詁》：『遂，竟也。』又《漢書·陳平傳》：『漢王召平而問曰：「吾聞先生事魏不遂。」』師古注：『遂，猶竟也。』遂焉逢殃者，言畢竟遭放代之咎也，文義與上文『終然殀乎羽之野』同。」何劍薰亦以「遂焉」同「終焉」。又，朱駿聲曰：「遂，聆遂也，地名。《周語》『其亡也，回祿信於聆遂』，《竹書紀年》『聆隧災』，聆作聆，誤。隧即遂之俗。《墨子·非攻篇》：『天使陰暴，毀有夏之城，命融隆火於夏之城間西北之隅。』據《竹書》，是湯征昆吾之年也。明年，桀出奔王朡，獲之焦門，放於南巢。」謂遂焉爲聆遂災。聞一多同此說。案：上博簡《容成氏》「湯陞自戎遂，入自北門，立於中[illegible]。桀乃逃之鬲山氏。湯又從而攻之，降自鳴條之遂，以伐高神之門」。戎遂，即《尚書序》之陑遂。鳴條之遂，有娀之虛。于省吾曰：「遂，應讀作墜。金文『墜』字均作『㒸』，墜乃後起之孳乳字。《廣雅·釋詁》訓『墜』爲『失』。」墜，本作隊。《說文》段注：「隊、墜，正俗字，古書多作隊。」隊、遂同㒸聲。皆有失義，不煩改字。《說文·辵部》：「遂，亡也。」引伸言亡失。《墨子·非命下》「暴逆百姓，遂失其宗廟」，遂失，平列同義，遂，猶言失。或借作遺。《詩·角弓》「莫肯下遺」，《荀子·非相篇》引《詩》作「莫肯下隧」。隧即遂。《詩·桑柔》「大風有隧」，陸德明《音義》「隧音遂」。焉，通作夷，古書通用。《周禮·行夫》「焉使則介之」，注：「故書曰『夷使』。」遂焉，猶遂夷，九夷之一。夷，東夷諸族。《爾雅·釋地》：「九夷、八狄、七戎、六蠻，謂之四海。」郭璞注：「九夷在東。」邢疏：「《》『夷有九種，曰畎夷、于夷、方夷、黃夷、白夷、赤夷、元夷、風夷、陽夷。』」《竹書紀年》，帝相征淮夷、畎夷、風夷、黃夷、于夷。又，后芬三年，「九夷來御」。《說苑·謀權》載其本事言：「湯欲伐桀。伊尹曰：

『請阻乏貢職，以觀其動。』桀怒，起九夷之師以伐之。伊尹曰：『未可，彼尚猶能起九夷之師，是罪在我也。』湯乃謝罪請服，復入貢職。明年，又不貢職。桀怒，起九夷之師。九夷之師不起。伊尹曰：『可矣。』湯乃興師，伐而殘之，遷桀南巢氏焉。」當夏后氏末世，東夷諸族日見強盛，夏得夷則存，失夷則亡。楚出東夷，故亦稱九夷。《文選》李斯《上秦始皇書》「包九夷，制鄢郢」，注：「九夷，屬楚夷也。」殷商出東夷，亦藉九夷以傾夏政。夏桀無道，蓋九夷之師盡歸於湯矣。《墨子·非命下》下引《仲虺之告》曰：「我聞有夏，人矯天命，於下，帝式是增，用喪厥師。」《尚書·湯誓》曰：「夏王率遏衆力，率割夏邑，有衆率怠弗協，曰：『時日曷喪，予及汝皆亡。』」言「厥師」、言「衆力」、言「有衆」，皆九夷也。

是二句言夏桀猖狂邪辟，不依正道，乃失九夷之衆，而逢條放之咎也。

后辛之菹醢兮　殷宗用而不長

菹 《文選》六臣本作葅。洪《補》、錢《傳》同引一作葅。元刊朱《注》本作葅，宋端本作菹。洪《補》菹音臻魚切，朱《注》音側魚反，錢《傳》音子魚反。案：葅，俗菹字。《説文》但作菹，或體作䔾，亦後起俗字。楚簡作蔖。臻魚、側魚、子魚音同。「臻魚」屬「正音憑切」門法，「子魚」屬「精照互用」門法。

醢 朱《注》醢音海，錢《傳》醢音呼海反。

而 洪《補》、錢《傳》同引一作之。案：而，當作「夫」，形訛字。夫，篆體作「」，與而字形似。「用夫」，《離騷》恒語。或本作之者，因義而改。

【后辛】王逸注：「后，君也。辛，殷之亡王紂名也。」《史記・殷世家》云：「帝乙崩，子辛立，是爲帝辛，天下謂之紂。」殷先公先王皆以十干爲名，曰上甲、曰大乙、曰祖丁、曰武丁、曰康丁、曰祖辛者是也。王國維曰：「疑商人以日爲名號，乃成湯以後之事，其先世諸公生卒之日，至湯有天下後定祀典名號時，已不可知，乃即用十日之次序，以追名之。故先公之次，乃適與十日之次同，否則不應如此巧合也。」《殷卜辭中所見先公先王續考》。殷族取十日爲名，蓋本於日陽次舍，出其圖騰宗教禮俗。然則殷人名十干者，亦非專名，其氏族所以序先後輩分名。同族之人必以昭穆分輩分，而輩分皆各有專稱，同族同昭穆者皆共之。若吾族黄姓，輩分之名有應、徵、方、以、兆、紀、幾、尚、遵、祖、世、可、必、有、成，凡十五名，尊卑皆共有之，同某輩者即名某。辛，非紂專名，名辛者，亦非紂一人，乃與紂同輩之統名。成湯名天乙詳甲骨文、《荀子・成相篇》、《史記・殷本紀》等，乙，輩名；天，本名。湯父名主癸，癸，輩名；主，本名。紂本名佚不可考。甲文辛字作「」《後編》上一七・一、「」《粹》九・六、「」商器《辛爵》，金文作「」《臣辰卣》、「」《禽胄卣》，象刀鉞，爲刑戮殘殺利器。名事相因，辛猶言戕害。《白虎通義・五行》：「辛，所以煞傷之也。」從辛之字多涵刑罰義，如辠字訓「犯法」，辜字訓辠。周人敵愾之，而謚其號曰紂，則本名遂廢。

【菹醢】王逸注：「藏菜曰菹，肉醬曰醢。」吕延濟曰：「菹醢，肉醬也。」洪《補》曰：「菹，《説文》：『酢菜也。』一曰：麋鹿爲菹。蘁菹之稱，菜肉通。《爾雅》曰，肉謂之醢。」案：「菹醢」連文，但言肉醬。菹，無義可求。單用各有專義。藏菜曰菹，肉醬爲醢。《周禮・醢人》「七菹」，鄭注：「韭、菁、茆、葵、芹、菭、筍，凡醯醬所和，細切爲齏，全物若牒爲菹。」唐五臣吕氏但知「菹醢」爲「肉醬」，改菹爲葅，洪氏謂「菜肉通」，皆未詳審。菹，王訓「藏菜」、許訓「酢菜」，而鄭訓「以醬和菜」，一義相仍。菹字从艸，沮聲。沮無藏義。沮之爲言藏也。沮、藏爲魚陽對轉，精照旁紐雙聲。沮通藏，例同且通將。詳王引之《經傳釋詞》。言菜和鹽而掩藏之曰菹菜。菹菜味酸，而謂之酢，俗字又作醋。酢菜，亦名酸菜，酢、藏聲轉義通。其汁液謂之醬。醬之言藏也。故醬肉亦謂之菹。《説文·魚部》：「鮺，臧魚也。」《釋名·釋飲食》：「鮓，菹也。以鹽米釀即醬字魚以爲菹。」《説文》一曰「麋鹿爲菹」，即用此義。後因以改字作葅，以别於「藏菜」，包山楚簡文字作蘆，从艸、又，虘聲。楚古文也。《禮》有「七菹」簡文，《遣策》有「苋蘆」即葱菹、「萬蘆」即藕菹、「茜菰之蘆」即蕕芤菹，其名物不盡與《禮》同，蓋楚産也。居延漢簡《倉頡篇》字亦作菹，不作葅。《爾雅·釋器》曰：「肉謂之醢。」《説文·酉部》：「醢，肉醬也。从酉，𥁕聲。」案：肉醬，猶藏肉。𥁕，小甌也，無藏義。許氏𥁕讀若灰，一曰若賄。𥁕之言晦也。《一切經音義》云：「賄，古文晦同。」《儀禮·聘禮》「賄在聘于賄」，鄭注：「古文賄皆爲晦。」𥁕音賄，猶𥁕音晦。《釋名·釋飲食》：「醢，晦也。晦，冥也。封塗使密冥乃成也。」醢，借聲字。《周禮·醢人》，掌醯醢、麋臡、鹿臡、麇臡、蠃臡、蠯醢、蚳醢、魚醢、雁醢。鄭注：「作醢及臡者，必先膊乾其肉，乃復莝之，雜以粱麴及鹽，漬以美酒，塗置瓶中，百日則成矣。」包山楚簡字作醢，從酉、有聲。其《遣策》有「魦醢」、「[illegible]肉醢」、「蕺醢」。皆楚字、楚物，然醬肉之法則同也。居延漢簡字作「𥁕」。此所醢者，非禽獸之肉，乃人肉也。蓋古食人遺俗，於禮不載。然則紂所醢，皆忠良之臣，其指以斥其戕殘忠賢也。下「固前脩以菹醢」，亦同。《天問》曰：「梅伯受醢。」又曰：「受賜兹醢。」《涉江》曰：「比干菹醢。」賈誼《惜誓》曰：「梅伯數諫而致醢。」《九歎·怨思》：「王子比干之逢醢。」則所醢者，有梅伯、比干二人。又，《周官·明堂解》：「夫商紂暴虐，脯鬼侯以亨諸侯。」《國策·趙策》：「昔者鬼侯、鄂侯、文王，紂之三公也。鬼侯有子而好，故入之於紂；紂以爲惡，醢鬼侯。鄂侯争之急，辯之疾，故脯鄂侯。」《吕氏春秋·過理》：「刑鬼侯之女而取其環，殺梅伯而遺文王其醢。」《韓非子·難言》：「文王説紂，囚之，翼侯炙、鬼侯脯、比干剖心、梅伯醢。」《史記·殷本紀》張氏《正義》引《帝王世紀》曰：「伯邑考質於殷，爲紂御。紂烹以爲羹，賜文王。謂曰：『文王聖人，當不食其子羹。』文王得而食之，紂曰：『誰謂西伯聖者？食其子羹，尚不知也。』」《韓詩外傳》曰：「昔紂王殘賊百姓，絶逆天道，斮朝涉，刳孕婦，脯鬼侯，醢梅伯。」《春秋繁露・王道》：「桀紂殺聖賢而剖其心，生燔人聞其臭，剔孕婦見其化，斮朝涉之足察其拇，殺梅伯以爲醢，刑鬼侯之女取其環。」《墨子・明鬼下》：「昔者殷王紂，貴爲天子，富有天下，上詬天侮鬼，下殃虐天下之萬民，播棄黎老，賊誅孩子，楚毒無罪，刳剔孕婦。」《淮南子・俶真訓》：「逮至夏桀殷紂，燔生人，辜諫者，爲炮烙，鑄金柱，剖賢人之心，析才士之脛，醢鬼侯之女，菹梅伯之骸。」又《説林訓》：「紂醢梅伯，文王與諸侯構之。」則紂殺人雖衆，而見醢者，蓋但梅伯耳。聞一多引《天問》「受賜茲醢，西伯上告；何親受上帝罰，殷之命以不救」事，乃謂「紂醢伯邑考而賜其羹於文王，文王受而食之，後知其子，悲憤而告於上帝，帝怒紂無道，殷竟以亡也」。謂見醢者爲文王世子伯邑考。伯邑考事始載《帝王世紀》，晉人所杜撰。王逸注云：「言紂醢梅伯，以賜諸侯，文王受之，以祭告語於上天也。」漢人祇言醢梅伯。

【殷宗】王逸注「武王杖黄鉞，行天罰，殷宗遂絶，不得長久」云云，以宗言宗緒。汪瑗曰：「宗，猶統也。」案：宗訓緒、訓統實同。《説文・宀部》：「宗，尊祖廟也。从宀，从示。」段注：「尊莫尊於祖廟，故謂之宗廟。」又，祖廟者，所以序昭穆，别統紀，故又謂宗緒、宗屬。同宗爲同族。《文選・爲袁紹檄豫州》「所愛光五宗」，注：「宗，亦族也。」《荀子・王制篇》「百宗城郭立器之數」，注：「百宗，百族也。」殷宗，猶殷族。

【用而】而，當「夫」字形誤。詳校。錢《傳》曰：「用，以也。」用夫，猶以此、因此、由此也。

是四句爲敶詞之第四事，言夏桀猖狂邪僻，而失衆師，殷紂暴虐醢梅伯，以失賢良，皆致亡身滅國。此蓋諷斥楚懷、襄二王昏庸無道、用讒棄賢。秦《詛楚文》斥楚懷王「内之則暴虐不辜，刑戮孕婦，幽刺親戚，拘圉其叔置諸冥室櫝棺之中」，蓋有實事。《新書・春秋》謂「楚懷王心矜好高，人無道而欲有伯王之號」。懷、襄其人，庶幾桀紂也。

第四十韻：殃、長

殃，古音爲「ʔiaŋ」。長，古音爲「ȡiaŋ」。殃、長古同陽部。

自「啓《九辯》與《九歌》兮」至此十六句，皆反意爲説，託言夏啓驕蹇縱放，后羿好畋、浞澆淫亂、夏桀佷回、殷紂菹醢，以諷楚之懷、襄二君昏庸無道也。下文正説之。

湯禹儼而祇敬兮　周論道而莫差

儼《文選》六臣本謂「五臣作嚴」。錢《傳》儼同作嚴，引一作儼。洪《補》、朱《注》同引一作嚴，并音魚檢切。姜亮夫校曰：「嚴，蓋儼之借字，古經典多以嚴作儼。」案：朱季海校曰：「日本古寫本《文選集注》殘卷第六十三《離騷經》及王注并作嚴。《集注》：『《音決》：「嚴，鶱上人魚檢反。」』又云：『今案陸善經本嚴爲儼』，是道鶱、李善、公孫羅字并作嚴。蓋故書如是。今本儼者依音改字，殆始於陸善經耳。」是也。下「湯禹嚴而求合兮」，王注曰：「嚴，敬也。」字亦作嚴。嚴、儼古今字，非通假字。

祇《文選》六臣本祇作祗。王念孫曰：「祇字從氏，與祗字不同。祗音脂，敬也，字從氐。此兩字一屬五支，一屬六脂，聲義既殊而字形亦異。」案：王逸注「皆畏天敬賢」云云，訓敬，王本作祗。祇，形訛字。

而朱季海校曰：「日本古寫本《文選集注》殘卷六十三《離騷經》文作『周論道既莫差』，《集注》云：『今案陸善經本既作而。』是道鶱、李善、公孫羅本字并作既。蓋《楚辭》故書如是。經本既作而者，當出陸生臆改，後人又以《文選》改《楚辭》耳。」案：是也。

差 洪《補》曰：「差，舊讀作蹉。五臣以爲差殊，非是。」案：是也。朱《注》差音七何反。

【湯禹】王逸注「言殷湯、夏禹、周之文王」云云，湯謂商湯，禹謂夏禹。姜亮夫别創新解，曰：「古無倒稱『湯禹』之例，此兩語乃詰上文而反言之，上不言殷湯事，此文不宜忽出湯。案：《莊子·逍遥遊》『湯之問棘是已』，簡文注：『湯，廣大也。』重言曰湯湯，《詩·載驅》『汶水湯湯』，《傳》：『大貌。』則湯禹猶後言大禹也。又下言曰：『湯禹嚴而求合兮，摯咎繇而能調。』句法與此同。下文禹得咎繇而能相調，亦當訓湯爲大。古書皆言禹湯，已成通例，無言湯禹者。如《墨子·公孟篇》：『魚聞熱旱之憂則下，當此雖禹湯爲之謀，必不能易矣。鳥魚可謂愚矣，禹湯猶云因焉。』他如《左傳》、《荀子》、《韓非》、《吕覽》諸書皆然，而決無倒言湯禹者。則此湯必不指商湯言明矣。」姜説似是而非。案：屈賦言「湯禹」有三，本篇二例，又《九章·懷沙》一例，云：「湯禹久遠兮，邈而不可慕。」而皆不言「禹湯」。又，《吕氏春秋·審分》：「堯舜之臣不獨義，湯禹之臣不獨忠。」《韓非子·五蠹》：「然則今有美堯舜湯武禹之道於今之世者，必爲新聖笑矣。」《漢書·宣元六王傳》：「大王誠賜咳唾，使得盡死，湯禹所以成大功也。」《貨食志》：「今海内爲一，土地人民之衆不避湯禹。」唐天后《蔡州鼎銘詩》：「唐虞繼踵，湯禹乘時。」皆言「湯禹」，則不得謂古書決無倒言湯禹之例。大禹爲湯禹，古無書徵。然則何以「禹湯」倒言「湯禹」耶？惜前脩皆未深考。《世説新語·排調》云：「諸葛令、王丞相共争姓族先後。王曰：『何不言「葛王」而云「王葛」？』令曰：『譬言「驢馬」，不言「馬驢」，驢寧勝馬邪？』」余嘉錫曰：「凡二名同言者，如其字平仄不同，而非有一定之先後，如夏商、孔顏之類，則必以平聲居先、仄聲居後，此乃順乎聲音之自然，在未有四聲之前，固已如此。故言『王葛』、『驢馬』，不言『葛王』、『馬驢』，本不以先後爲勝負也。如『公穀』、『蘇李』、『嵇阮』、『潘陸』、『邢魏』、『徐庾』、『燕許』、『王孟』、『韓柳』、『元白』、『温李』之屬皆然。」鑿破溷沌，泰山不移。湯音吐郎切，平聲；禹音王矩切，上聲。平聲居前而上聲居後，故此作「湯禹」而不作「禹湯」。又，王逸《九思·逢尤》「吕傅舉兮殷周興」，聞一多曰：「『吕傅』疑當作『傅吕』，傳寫誤倒也。上文『思丁文兮聖明哲』，先武丁，後文王，此云『傅吕舉而殷周興』，先傅説、後吕望，二句相承爲文也。」非是。吕音力舉切，上聲；傅音方遇切，去聲。蓋二名同言，其字雖皆仄聲，則上聲居前，去聲、入聲居後。「吕傅」亦同此例，本不以時之先後爲次序。又，《荀子·賦篇》：「法禹舜而能弇迹者耶？」禹，上聲；舜，去聲，故曰「禹舜」，亦不較其時之先後。屈賦之蘭蕙、蘭芷、蘭茝、荃蕙、草木、雲霓、鸞皇、燕雀、江夏、幼艾、猿狖等兩名排列，皆以平上去入爲先後次序。《史記·殷本紀》曰：「主癸卒，子天乙立，是爲成湯。」《索隱》曰：「湯名履，《書》曰『予小子履』是也。又稱天乙者，譙周云：『夏殷之禮，生稱王，死稱廟主，皆以帝名配之。』天亦帝也。殷人尊湯，故曰天乙。」甲文作天乙。天，本名，非帝也。乙，乃輩名。殷人以十日爲輩名。《帝王世紀》曰：「成湯，一名帝乙，豐下鋭上，倨身而揚聲，長九尺，有聖德。」湯「豐下鋭上」，猶《荀子·非相篇》之「湯偏」，象鳳鳥形，出於其族宗教也。湯，子姓，契之後。殷自契以下十四世，凡八遷其居。湯都亳，以伊尹爲相。當是時，夏桀暴虐，囚湯於重泉，而後出，乃率九夷之師伐夏，敗桀於有娀之虚，桀奔南巢，湯乃踐天下位。禹，鯀子。夏商周三代之始有天下者，史稱三王，而禹居三王之首。《史記·夏本紀》曰：「夏禹，名曰文命。」《帝王世紀》曰：「伯禹，夏后氏，姒姓也。生於石紐，虎鼻大口，兩耳參漏，首戴鉤，胸有玉斗，足文履巳，故名文命，字高密，身長九尺二寸，長於西羌。西羌，夷人也。其父既放，降在匹庶，有聖德，夢自洗於河西，四嶽師舉之，舜進之堯。堯命以爲司空，繼鯀治水，乃勞身涉勤，不重徑尺之璧，而愛日之寸陰。手足胼胝，故世傳禹病偏枯，足不相遇，至今巫稱『禹步』是也。又納禮賢人，一沐三握髮，一食三起。堯美其績，乃錫姓姒氏，封爲夏伯，故謂之伯禹。天下宗之，謂之大禹。年百歲崩於會稽，因葬會稽山陰縣之南，今山上有禹冢并祠，下有羣鳥芸田。」禹之神爲句龍。《左傳》昭二十九年「共工氏有子曰句龍，爲后土」，共工氏，鯀也。《國語·魯語》亦曰：「共工氏之伯九有也，其子曰后土，能平九土，故祀以爲社。」禹爲后土神，爲社神。包山楚簡稱「人禹」，即仁禹，禹亦在楚人祭祀之列。又有侯土，即后土，禹神。《天問》載禹事頗詳，不與北土所傳盡同。《天問》曰：「伯禹愎鯀，夫何以變化？纂就前緒，遂成考功；何續初繼業，而厥謀不同？」又曰：「洪泉極深，何以寘之？地方九則，何以墳之？應龍何畫？河海何歷？鯀何所營？禹何所成？」又曰：「禹之力獻功，降省下土四方；焉得彼嵞山女，而通之於台桑？閔妃匹合，厥身是繼；胡維嗜不同味，而快鼂飽？」又曰：「何后益作革，而禹播降？」案：愎鯀，言腹鯀。或據此謂鯀爲女姓之神（龔維英《鯀爲女姓説》載《活頁文史叢刊》一三號），泥也。腹生禹之説雖至爲詭異，出古產翁習俗。婦人生子，其夫易婦坐月子。（《太平廣記》卷四八三引唐尉遲樞南楚新聞曰：「南方有獠，婦生子便起。其夫臥牀褥，飲食皆如乳婦，稍不衛護，生疾亦如孕婦。妻反無所苦，炊爨樵蘇自若。越俗，婦人誕子，經三日便澡身於溪河。返具糜以餉婿。婿擁衾抱雛，坐於寢榻，稱爲產翁。」周去非《嶺外代答》卷十引唐人房千里《異物志》亦曰：「獠婦生子即出，夫憊卧，如乳婦，不謹其妻則病，謹乃無苦。」）鯀腹生禹，正此類也。《歸藏·啓筮》曰：「鯀殛死，三歲不腐，剖之以吳刀，是用出禹。」《世本》曰：「禹母脩己，吞神珠如薏苡，胸拆生禹。」則神話信史化。禹一生最大功績在治水。《山海經·海内經》曰：「鯀復生禹，帝乃命禹卒布土以定九州。」其所「布」之「土」，爲鯀所竊帝息壤。《淮南子·墬形訓》云：「禹乃以息土填洪水以爲名山。」故《天問》言「纂就前緒」、「續初繼業」，明禹承父志。又言「洪泉極深，何以寘之」，言禹用息壤填洪。然又云「應龍何畫」，蓋禹治水堙、疏并用，而鯀但用堙法。《詩·信南山》「信彼南山，維禹甸之」，《韓奕》「奕奕梁山，維禹甸之」，《文王有聲》「豐水東注，維禹之績」，《長發》「洪水芒芒，禹敷下土方」，則禹爲洪水神話創世神。禹名「高密」，高禖神號。本文稱禹湯，但「舉賢而授能」事。《吕氏春秋·求人》曰：「禹東至榑木之地，日出九津青羌之野，攢樹之所，揩天之山，鳥谷青丘之鄉，黑齒之國；南至交趾孫樸續樠之國，丹粟漆樹，沸水漂漂，九陽之山，羽人裸民之處，不死之鄉；西至三危之國，巫山之下，飲露吸氣之民，積金之山，共肱一臂三面之鄉；北至人正之國，夏海之窮，衡山之上，犬戎之國，夸父之野，禺彊之所，積水積石之山；不有懈墮，憂其黔首，顔色黧黑，竅藏不通，步不相過，以求賢人，欲盡地利，至勞也。」

【儼】儼，本作嚴。詳校。王逸注：「嚴，畏也。」注「畏天敬賢」云云，以嚴爲敬畏天命。王夫之曰：「儼，莊恪也。」案：《説文・吅部》：「嚴，教命急也。从吅，厰聲。」引申言敬畏、莊嚴。《人部》：「儼，昂頭也。」嚴急之分別字。金文但有嚴。敬畏曰嚴，使人敬畏亦謂之嚴，施受同辭。《禮記・大學》「其嚴乎」，注：「嚴乎，言可畏敬也。」《左傳》昭六年疏：「嚴，謂威可畏也。」《文選・羽獵賦》「犯嚴淵」，注：「嚴，可畏也。」《史記・司馬相如列傳》載《封禪文》曰「湯禹至尊嚴，不失肅祇」，襲用此語，以嚴爲尊嚴，猶可畏也。

【祇敬】王逸注：「祇，敬也。」案：祇，《説文・示部》从示，氏聲。氏之爲言低也。低首俯身所以敬字作祇。祇，借聲字。金文作「□」，象二□相牴，《蔡侯䪡鐘》字又作「□」，其形漸改。□，甾之古字。二□相牴則傾仄，比祇敬義，會意字。祇言俯首與儼言「仰頭」爲對文。《郾侯簋》：「祇敬⿰示喬祀。」《尚書・皋陶謨》：「日嚴祇敬六德。」言湯武、夏禹嚴然可畏，受人敬也。

【周】王逸注：「周，周家也。」謂周文王。洪《補》曰：「言『周』，則包文、武矣。」姜亮夫曰：「『周論道』句，正是祇敬之事。『周』乃『論』之疏狀字。《説文》：『周，密也。』」以「周論道」爲周密擇道。案：周，猶終。王念孫曰：「《淮南子・俶真訓》『智終天地』，謂智周天地也。《左傳》昭二十年『吾將死之，以周事子』，杜注曰：『周，猶終竟也。』《管子・弟子職》『周則有始』，言終則又始也。終、周一聲之轉，故《大戴禮記・盛德》『終而復始』，《後漢書・光武帝紀》注引『終』作『周』。《史記・高祖紀贊》『終而復始』，《漢紀》作周。」詳王引之《經義述聞・通説》卷三一。周、終爲幽冬陰陽對轉，同照紐雙聲。

【論道】王逸以「論道」言「論議道德」，朱子則解「講論道義」。汪瑗曰：「此亦互文，非謂禹湯能祇敬而不能論道，文武能論道而不能祇敬也。」聞一多訓謀，又借道爲討。論道即論討，猶討論。案：「周論道而莫差」，喻詞，譬駕輿行路，同上「既遵道而得路」。論，猶循。論字從言，侖聲，從侖聲字或通循。《説文・木部》：「棆，母杶也，从木，侖聲，讀若《易》卦屯之屯。」又：「楯，从木，盾聲。」論、循音同通用。道，路也。周論道，言終焉循道。

【差】王逸注：「差，過也。」劉良曰：「論議道德，無有差殊，故得永年。」錢杲之曰：「莫差，無差失也。」案：洪《補》曰：「差，舊讀作蹉。」《離騷》本作「蹉」。差、蹉古書通用。《禮記・曲禮》注：「重蹉跌也。」《釋文》曰：「蹉，本亦作『差』，同。」蹉，言失足、倒仆。長言之曰蹉跌。《漢書・朱博傳》「不敢蹉跌」是也。又作蹉跎，《文選・西京賦》「鯨魚失流而蹉跎」，李善注：「《楚辭》曰：『驥垂兩耳，中坂蹉跎。』蹉跎，失足也。」又，失氣長歎曰猗嗟、咨嗟，不齊曰差池、參差，皆其異文。

是二句言湯禹聖王，嚴然可敬可畏，終焉循行正道，而莫蹉跌也。

舉賢而授能兮　循繩墨而不頗

舉賢 朱《注》、錢《傳》「賢」下皆有「才」字，洪《補》引「舉賢」一作「舉賢才」。姜亮夫校曰：「『舉賢授能』，戰國常語，見於《儒行》、《莊子・庚桑楚》，蓋賢與能對，則『才』字誤衍也。」案：王逸、吕向注并云「舉賢用能」，漢、唐古本無「才」字。

授能 朱駿聲謂「授」爲「援」之訛，引《禮記・儒行》「其舉賢援能有如此者」爲證。聞一多曰：「朱説非也。

《莊子・庚桑楚篇》曰『且夫尊賢授能，喜義與利，自堯舜以然』，《荀子・成相篇》曰『堯授能，舜遇時，尚賢推德天下治』，『授能』之語，并與此同。《吕氏春秋・贊能篇》『舜舉皋陶而堯受之』，高注曰：『受，用也。』受、授古同字。授能猶用能也。《左傳》閔二年「授方任能」，《管子・幼官》「尊賢授德則帝」。授，亦猶用也。本篇王注曰『舉賢用能』，訓授爲用，與高説正合。然則《儒行》『舉賢援能』，實『授能』之誤。漢《曹全碑》、《永受嘉福瓦》及《陳受印》『受』字皆作『受』，與爰形近，故授、援古書多相亂。《九歌・東君》『援北斗兮酌玉漿』，《御覽》七六七引誤援作授。《吕氏春秋・知分篇》『授綏而乘』，《意林》引誤授爲援也。當據本篇及《莊子》、《荀子》之文以訂正，朱氏反欲援彼以改此，疏矣。」案：是也。唯其謂《儒行》「援能」爲「授能」形誤，削足適履。援，猶引也。援能、授能同義。此可謂存之則全，引彼改此則傷也。

循　《文選》六臣本作脩，云「五臣作循」。洪《補》、朱《注》、錢《傳》同引一作脩。案：洪又曰：「《思玄賦》注引《楚詞》『遵繩墨而不頗』，遵亦循也，作『脩』非是。」朱子《辯證》曰：「循、脩唐人所寫多相混，故《思玄賦》注引『修繩墨』而解作『遵』字，即『循』字之義也。」其始誤自唐。《哀時命》「履繩墨而不頗」，履亦循也，不當作脩治。《文選》卷一五《思玄賦》注、《後漢書》卷五九《張衡傳》注引亦作循。

頗　洪《補》、朱《注》、錢《傳》同引一作陂，同普木切。姜校云：「頗、陂實後起分別字，王逸訓偏，則兩字皆可用。頭偏曰頗，與陂偏曰陂蓋同。然經典多用頗，少用陂。」案：陂，楚語。朱季海曰：「《方言》第六：『陂、傜，衺也。陳楚荆揚曰陂。』此自楚，字正作陂，一本是也。陸德明《周易音義・泰卦》出『不陂』云：『彼僞反，徐，甫寄反，傾也。注同。又，破何反，偏也。』陸氏雖出又音，而不破字，知所見諸本，亦皆作陂也。今《章句》引《易》作頗者，蓋後人不曉陂字古音，讀《離騷》不諧，遂變其舊文，并改王注也。」是也。然則陂、頗皆跛字假借，詳注。洪、朱同音「普木」，木，當禾字爛脱。《文選》卷一五《思玄賦》注、《後漢書》卷五九《張衡傳》注引亦作頗。

【舉】王逸注「舉賢用能」云云，舉、用互文，舉，猶用。《禮記・儒行》「懷忠信以待舉」，注云：「舉，舉用也。」《國語・周語》「唯能釐舉嘉義」韋昭注、《吕覽・遇合》「凡舉人之本」，高誘注并曰：「舉，用也。」

【賢】王逸注賢訓賢士。《説文・貝部》曰：「賢，多才也。从貝，臤聲。」段注：「財，各本作才，今正。賢本『多財』之稱，引申之凡多皆曰賢。人稱賢能，因習其引申之義而廢其本義矣。」案：賢訓「多財」，古無書證，段氏據形強解。楊樹達曰：「三篇下《臤部》云：『臤，堅也。』古文以爲賢字。據此知臤乃堅之初文。人堅則賢，故即以臤爲賢，後乃加形符之貝爲賢字耳。十篇上《能部》云：『能，熊屬，足似鹿。从肉，㠯聲。能獸堅中，故稱賢能而彊壯稱能傑也。』今按，能與耐古字同。惟堅乃能耐也。九篇下《𢑚部》云：『𧰨，𧰨豕，鬣如筆管者，从𢑚，高聲。』或從豕作豪，今通作豪。按，豪豕以毛鬣堅剛如筆管，故引申爲豪傑之豪。賢、能同義，賢、豪亦同義，能義受自堅中，豪稱緣於剛鬣，賢之受義於堅，以二文互證而益明矣。」賢根於堅，字从貝，喻詞。貝爲至寶，以喻才高。賢，形聲兼轉注。信陽楚簡文字作「孯」，从子，美稱也。

【授】授，朱駿聲謂援字形訛，非是。授，王逸注文訓用。本字作受。《説文・受部》：「受，相付也。从𠬪，舟省聲。」𠬪，古摽字。受，甲文作「」《後編》上一七・五，金文作「」《毛公鼎》，姜亮夫云：「受者以盤，即。」其説是也。舟，即盤字。盤取象於舟，故舟亦爲盤。《周禮・司尊彝》：「春祠，夏礿，祼用鷄彝、鳥彝，皆有舟。」「秋嘗，冬烝，祼用斝彝、黄彝，皆有舟。」鄭注曰：「舟，尊下臺，若今時承槃。」受，象雙手捧槃。《盂鼎》曰：「受天有大令。」《毛公鼎》曰：「膺受大命。」《詩・天保》：「受天百禄。」《禮記・王制》：「受命於祖，受成於學。」《左傳》閔二年：「受命於廟，受脤於社。」杜注：「脤，宜社之肉，盛以脤器也。」皆用本義。引申言「相付」，兼受之、付之。授，

付之也，以别於施予。則受、授判爲二文。姜亮夫謂「爰」字受以玉，「即後世之瑗字，皆相授受之義，故二字經典多通用不别」。案：爰，甲文作「」《乙編》七·〇一四反，金文作「」《辛伯鼎》，不从玉，而象牽引犬形。犬亦聲。引申言舉引、任用。授能、援能同。《中山王嚳壺》曰：「舉孯逨能。」逨，古使字。又曰：「進孯散能。」散，即措字，亦任用義。《涉江》曰：「忠不必用兮，賢不必以。」

【頗】王逸注：「頗，傾也。《易》曰『無平不頗』。」吕向頗訓僻邪，洪《補》以頗爲陂。王夫之曰：「頗，傾仄不安也。」案：《文選·思玄賦》「遵繩墨而不頗」，一本作「遵繩墨而不跌」。頗，猶跌也，蹉跌也。頗、陂，跛字假借。《公羊傳》襄三十年「蓮頗來聘」，《釋文》：「頗，本用跛。」《一切經音義》一引《字林》曰：「跛，蹇行不正也。」《説文》字作⿺廴彼，云：「行不正也。」《禮記·王制》「瘖聾跛躃斷者」，孔疏云：「跛躃，謂足不能行。」不跛，同上「莫蹉」，變言以避複。

是四句爲陳詞之第五事，自兹此下皆正言之，謂殷湯、夏禹嚴然可敬可畏，終焉遵循直道，舉賢任能，而行不跛躃失躆也。

第四十一韻：差、頗

差，陳第、戴震、江有誥并音嗟。案：差，借作蹉，古音爲「tsrai」。頗，借作跛，古音爲「pai」。蹉、跛古同歌部。

皇天無私阿兮　覽民德焉錯輔

【無】黎本《玉篇·阜部》阿字引天下敚無字。

【民】《文選》六臣本作人，注云「五臣本作民」。洪《補》引《文選》、錢《傳》引一作人。案：避唐諱改字。

【德】洪《補》引一作悳。姜亮夫曰：「悳，即德之本字也。」

【錯】洪《補》、朱《注》、錢《傳》錯同音七故反。

【皇天】王逸注：「言皇天神明，無所私阿，觀萬民之中有道德者，因置以爲君，使賢能輔佐，以成其志。」以「皇天」爲有靈性、意志之天帝。案：《九章・哀郢》「皇天之不純命兮」，王注曰：「德美大稱皇天。」皇訓美大，美辭；天，猶德合天地之帝，天尊也。《天問》：「皇天集命，惟何戒之？」《九辯》：「賴皇天之厚德兮，還及君之無恙。」皇天，亦同。雖然，篤信「皇天」存在，能祐善罰惡；而於《天問》、《哀郢》，既言「反側」，罰祐失中，又言「不純命」，又似不信皇天。蓋於天命，屈子在信與不信間，亦其精神相悖所在。

【私阿】王逸注：「竊愛爲私，所私爲阿。」錢杲之曰：「偏愛曰私，徇私曰阿。」案：析言，阿甚於私；渾言不別。《説文・厶部》：「厶，姦邪也。韓非曰：『倉頡作字，自營爲厶。』」今本《韓非子・五蠹》作「自環者謂之私，背私謂之公」。厶、私古今字。自營、自環同，營、環，皆言周幣。厶之爲言自也。厶音疾二切，自音息夷切。厶、自同脂部，心從旁紐雙聲。自營謂之厶，厶就自我言，故云「自私」、「私己」、「私獨」。王注「竊愛」，即「自私」。私人曰阿。《淮南子・主術訓》「是以執政阿主」，高注：「阿，曲從也。」《管子・重令》「不阿黨」，尹注：「撓法從私謂之阿黨。」《禮記・月令》「是察阿黨」，鄭注：「阿黨，謂治獄吏以私恩曲橈相爲也。」又借作何。《天問》「雷開何順，而賜封之」，何順，即阿順。王逸訓「所私」，錢氏訓「徇私」，皆私人、曲從義。《阜部》：「阿，曲阜也。」引申言曲。阿之爲言和也。和、阿歌部，同匣紐雙聲。和有和柔義，美惡同辭，則曲會謂之和，亦謂之阿。

【覽】皇天上帝之察視也。詳上文「皇覽揆」注。

【民德】王逸注「觀萬民之中有道德者，因置以爲君」云云，「民德」屬君。錢澄之曰：「民德，是民之有德，足以利賴萬民者。」夏大霖曰：「民德之民，指君；對天言，故以人民概稱也。」又，劉永濟以德爲得，民得，言人民所得。案：林雲銘曰：「見爲民所德者，而默置佑助，此定理也。」王邦采曰：「民德，民心之所歸也。」其説至碻。民德，謂民所德者。德，本作悳。《説文·心部》：「悳，内得於己，外得於人也。从心、直。」段注：「『内得於己』，謂身心所自得也；『外德於人』，謂惠澤使人得之也。」意兼内外。《周禮·師氏》「以三德教國子」，鄭注：「德行内外之稱，在心爲德，施之爲行。」施受同辭，施行亦謂之德。《禮記·玉藻》疏引賀氏曰：「德，有所施與之名也。」《管子·心術》曰：「舍之之謂德。」又，《左傳》僖二十四年「王德狄人」，孔疏：「荷其恩者謂之爲德。」成三年「然則德我乎」，孔疏：「德加於彼，彼荷其恩，故謂荷恩爲德。」皆謂受荷。於民，猶報恩、報德。於皇天，謂之天德。《墨子·天志中》：「夫愛人利人，順天之意，得天之賞者誰也？若昔者三代聖王，堯、舜、禹、湯、文、武者是也。觀其事，上利乎天，中利乎鬼，下利乎人，三利無所不利，是謂天德。」天德對天賊，民德對民賊也。

【錯輔】王逸注：「錯，置也。輔，佐也。」王氏注以錯言「置君」，輔，言「使賢能輔佐」。洪《補》曰：「上天祐之，爲生賢佐，故曰錯輔。」朱子曰：「猶言『惟德是輔』也。言皇天神明，無所私阿，觀民之德有聖賢者，則置其輔助之力，而立以爲君也。」又《辯證》曰：「『覽民德焉錯輔』，但謂求有德者，而置其輔相之力，使之王天下耳。注謂『置以爲君』，又生賢佐以輔之，恐不應如此重複之甚也。」以「錯輔」言置賢。又，劉永濟曰：「錯，廢也。輔，佐也。此言或廢棄之或佐助之。」案：張鳳翼曰：「二語即皇天無私，惟德是輔。」明快無滯。錯輔，平列複語，言佐助。錯，本作措，古多通用。《禮記·禮器》「錯則正」，《樂記》「舉而錯之」，《釋文》：「錯，本作措。」《説文・手部》：「措，置也。从手，昔聲。」引申言扶助。輔，佐也。輔佐不干賢臣，實自皇天，謂皇天觀民所德者乃佐助之也。

是二句言皇天大帝觀民所德者乃佐祐之，而無所私阿也。歷數亡君失國，歸咎天命，不罪己行。桀紂臨亡，纍呼「天命殛之」，終不引躬深責。楚之懷、襄二君不圖自彊而祈諸鬼神，要河伯以禦秦師，兵挫地削，延及殞身敵國，而猶不寤也。故騷詞設此二語以諷諫時君，治國之本，在乎重民望、順民心，而不在天命、鬼神。脱若有天命、鬼神，當亦佐助萬民所德者，而刑罰萬民所賊也。屈子民本重德思想於此一見。《墨子・非命中》：「古之聖王，舉孝子而勸之事親，尊賢良而勸之爲善，發憲布令以教誨，明賞罰以勸沮。若此，則亂可使治，而危者可使安矣。若以爲不然，昔者桀之所亂，湯治之；紂之所亂，武王治之。此世不渝而民不改，上變政而民易教，其在湯武則治，其在桀紂則亂，安危治亂，在上之發政也，則豈可謂有命哉！夫曰『有命』云者亦不然矣。」差同此意。

夫維聖哲以茂行兮　苟得用此下土

以 朱《注》本作之，引一作以。案：作以是也。詳注。元刊朱《注》本亦作以。

行 洪《補》、朱《注》、錢《傳》三本同音下孟切。

【聖哲】王逸注「獨有聖明之智」云云，聖訓明，哲訓智。洪《補》曰：「睿作聖，明作哲。」謂平列複語，指「聖明之人」。林仲懿曰：「聖哲，指禹、湯、周。」案：聖，借爲聽，古書通用。《尚書・無逸》「此厥不聽」，漢石經作「不聖」。《禮記·樂記》「小人以聽過」，《釋文》：「聽，本作聖。」包山楚簡聖皆作聽。聽，從也，順也。哲，賢智也。齊、宋謂之哲。聽哲，言順從賢智。

【茂行】王逸注：「茂，盛也。」謂「盛德之行」。錢杲之曰：「茂行，美行也。」劉夢鵬曰：「茂行，盛德也。」案：吴世尚、戴震、胡文英、吴汝綸并曰：「茂，勉也。」其説碻也。茂，本作懋。《爾雅·釋訓》：「茂，勉也。」《釋文》：「茂，本作懋。」《釋訓》：「懋懋、漠漠，勉也。」《釋文》：「懋，本作茂。」《説文·心部》：「懋，勉也。从心，楙聲。」楙，訓木盛，實同茂，無勸勉義。蓋楙之爲言冒也。《爾雅·釋天》「太歲在戊曰閹茂」，孫炎注《爾雅》：「冒，茂也。」冒，訓「蒙而前」，引申言上行、上進，則爲勸勉。懋，借聲字。行，德行也。

【用】王逸注用訓「用事」。案：汪瑗、劉夢鵬曰：「用，有也。」用此下土，謂有此下土也。朱駿聲求本字，讀用爲龓，龓，有也。裴學海謂用借爲容，猶言容受。皆爲多事。《莊子·齊物論》：「庸也者，用也；用也者，通也；通也者，得也。」得之者，有也；失之者，無也。展轉遞訓，用之言有，不煩改字。

【下土】王逸注：「下土，謂天下也。」案：於皇天上帝，而變言「天下」爲「下土」。

是二句言人君但從賢哲以勉懋其行，宜有此下土也。清華簡《厚父》：「古天降下民，設萬邦，作之君，作之師，惟曰其助上帝亂下民之慝。」其是之謂也。

第四十二韻：輔、土

輔古音爲[ba]；土，古音爲[t'a]。輔、土古同魚部。

瞻前而顧後兮　相觀民之計極

瞻前《文選》卷一五《思玄賦》注、《施注蘇詩》卷一九注、《後漢書》卷五九《張衡傳》注引「瞻前」一句同今本。

相 洪《補》、朱《注》、錢《傳》三本同音息亮切，去聲。

民《文選》六臣本作人，洪《補》、錢《傳》同引一作人。案：避唐諱改字。《施注蘇詩》卷一九注引作人。

計 湯炳正改計爲所，計極，所極之訛。案：是也。詳注。

【瞻、顧】王逸注：「瞻，觀也；顧，視也。」案：觀、視義同，王氏渾言。洪《補》引《説文》曰：「瞻，臨視也。」段注：「許别之云『臨視』，今人謂『仰視』，此古今義不同也。」謂瞻爲俯臨而視，今云「仰視」，與古義相反。然考《詩·燕燕》「瞻望弗及」、《瞻彼洛矣》「瞻彼洛矣」、《雄雉》「瞻彼日月」，瞻，訓仰視。又，《禮記》「日月星辰所瞻仰也」，《漢書·朱雲傳》「萬民所瞻仰」，《師丹傳》「四方所瞻卬也」，《後漢書·梁竦傳》「瞻望車騎」，瞻仰連文，瞻，亦仰視。許訓「臨視」，亦言仰視。臨之爲言隆也。《詩·皇矣》「與爾臨衝」，《釋文》：「臨衝，《韓詩》作隆衝。」臨、隆爲侵冬旁轉，同來紐雙聲。隆，高也。《小爾雅·廣詁》「隆，高也。」《國策·齊策》「雖隆薛之城」注、《史記·高祖本紀》「隆準而龍顏」《集解》引應劭説、《孟子音義》引丁音説、《呂氏春秋·期賢》高誘注并曰：「隆，高也。」《易·大過》「棟隆」，虞注：「隆，上也。」隆視，猶高視、上視。許但以假借字爲之。瞻，从目，詹聲。詹訓多言，無高上義。通作产。詹，从言，从八，产聲。據段君改。

《説文・户部》：「户，仰也。」瞻，借聲字。引申言前視，以前爲上、爲高，以後爲下、爲低。又，顧訓視，非專義。洪《補》引《説文》：「顧，還視也。」顧，周旋而視，引申言反顧，類今「回頭看」。《詩・匪風》「顧瞻周道」，毛《傳》：「回首曰顧。」《禮記・曲禮》「而顧命車右就車」，《疏》：「顧，回頭也。」瞻前顧後，《論語》「瞻之在前」，《詩》「不顧其後」。

【前、後】王逸注：「前，謂湯、禹；後，謂桀、紂。」朱子曰：「前謂往昔之是非，後謂將來之成敗。」皆失其旨。案：錢杲之、聞一多曰：「前謂古也，後謂今也。」王邦采曰：「前後，只是古往今來耳，不必黏定禹、湯、桀、紂，亦不必以是非貼往昔，以成敗貼將來。」其説明快。上博簡《鮑叔牙與隰朋之諫》：「且盛于從，弗顧前後。」《用曰》：「視前顧後，九惠是貞。」《武王踐阼》：「見其前，必慮其後。」古之辭藻如此，前、後亦臨文爲義。瞻前，結上啓、羿、浞、澆、紂之所以亡，禹、湯之所以興也。顧後，回首反顧時世楚國。

【相觀】王逸注：「相，視也。」洪《補》曰：「相觀，重言之也。下文亦曰『覽相觀於四極』，與《左傳》『尚猶有臭』、《書》『弗遑暇食』語同。」案：「相觀」連文，平列複語。朱冀、譚介甫并以相爲「交相」、「相互」，相觀，猶「交互參觀」、「互相觀察」。汪瑗曰：「相者，視之審也。觀者，視之周也。」其析相觀，未爲精當。《説文・木部》：「相，省視也。从目、木。《易》曰：『地可觀者，莫可觀於木。』《詩》：『相鼠有皮。』」説者謂「从目、木」，爲視木，非相本義。《論語・季氏》「則將焉用彼相矣」，《集解》云：「相，瞽者之相也。」即相本義，象瞽者持木而行，代目視功用，故「从目、木」。引申言視、言助。許云「省視」，即引申義。古書相字言審擇義，亦瞽相之引申。《周禮・犬人》「凡相犬牽大者屬焉」，注：「相，謂視擇知其善惡。」《大司徒》「以相民宅而知其利害」，注：「相，占視也。」相、擇同根。《考工記・矢人》「凡相笴」，注：「相，猶擇也。」《尚書・盤庚》「相時儉民」，相時，擇時。《召誥》「惟大保先周公相宅」，相宅，擇居。《荀子・儒效篇》「相高下」，擇高下。《王制篇》「相地而衰政」，相地，擇地。《吕氏春秋・孟春》「善相丘陵」，言善擇丘陵。相、擇爲陽鐸平入對轉，心澄旁紐雙聲。又，《説文·見部》：「觀，諦視也。从見，雚聲。」從雚聲字多含卷曲義。曲脊而行曰趯，弓曲曰彏，枉道合義曰權，萑亂之萌句曲不直曰虇。雚不訓曲。雚之爲言𢍏也。《目部》：「眷，顧也。从目，𢍏聲。」顧視則曲其頸，而字作眷。諦審而視必反覆環顧字作觀。眷、觀受名於𢍏。《釋名·釋姿容》：「觀，翰也。望之延頸翰翰然也。」翰，借作旋。旋視反顧謂之觀。引申言周覽。《禮記·禮器》「觀天下之物」，《疏》云：「觀，猶覽視也。」又引申言眺望。《論語·爲政》「觀其所由」，皇《疏》：「觀，廣瞻也。」所以觀望謂之觀。《左傳》哀元年「宫室不觀」，杜注：「觀，臺榭也。」宣十二年「以爲京觀」，杜注：「積尸封土其上謂之京觀。」《釋名·釋宫室》：「觀，觀也。於上觀望也。」又，《穀梁傳》隱五年及《淮南子·原道訓》高誘注：「常事曰視，非常曰觀。」常事，常覗也，直視也，注視也。非常，言不直也。非常視，猶反覆顧視，猶存觀字古義。混言不別。

【計極】王逸注：「計，謀也；極，窮也。言前觀湯、武之所以興，顧視桀、紂之所以亡，足以觀察萬民忠佞之謀，窮其真僞也。」洪《補》曰：「言觀民之策，此爲至矣。計，策也；極，至也。」汪瑗曰：「計，謀策也；極，窮至也。言世俗工巧之甚也。」閔齊華曰：「計極，推究其極也。」王夫之曰：「計極，計其興亡得失之度數也。」徐焕龍曰：「計極，人事計謀之究竟。」朱冀曰：「計極者，民困已極，計無復之之謂。」魯筆曰：「極，盡也。瞻視前爲君者，以鑒顧後之爲君者，相其所以示民而作之覩者，其爲計謀亦已盡於此治亂兩途。」蔣驥曰：「極，標準也。」謂計謀標準。邱仰文曰：「計，策；極，至也。謂策民之至當恰好也。」陳遠新曰：「極，窮也。民遭亂主，計窮無奈。」又，聞一多改「之」爲「而」，謂「考校終極」。吴汝綸曰：「計極，猶言紀極耳。文十八年《左傳》『聚斂積實，不知紀極』，謂不知終止也。」計，脂部；紀，之部。計、紀不得相通。于省吾謂「計」即「信」字形訛。計，古鉨文作「訃」，信作「[illegible]」，形似而譌。「計極，即信極，與信姱、信美、信芳等語相同。」則「相觀民之信極」非勝語。游國恩曰：「蓋『計極』者，即極計，猶上文之『常違』，即『違常』也。屈子文多用倒語，此不曰『極計』而曰計極者，或倒詞以取韻耳。『極計』云者，猶言極則。此承上言覽察往古興亡之事，以推斷成敗之極則也。」又，朱駿聲曰：「計，讀爲既，實爲訖，猶終也。」劉永濟亦曰：「計極，猶既極也，有究竟至極義。」皆非其旨。案：湯炳正謂計，許之形誤，「金文『許』字，如《五祀衛鼎》作『許』，《中山王譽方鼎》作『許』，尤易與『計』互訛」。許，借作所。《墨子·非樂》「吾將惡許用之」，惡許，即何所。《詩·伐木》「伐木許許」，《説文·斤部》引作「伐木所所」。所極，同「所急」、「所厚」、「所止」、「所同」句法。極，借作亟。《易·説卦》「爲亟心」，《釋文》：「荀本作極。」《書·微子》「亟行暴虐」，《釋文》：「亟本作極。」《莊子·盜跖》「亟去走歸」，《釋文》：「亟，本作極。」《廣雅·釋詁》：「亟，敬也。」又，《方言》卷一：「亟，愛也。」所亟，同《招魂》「人有所極，同心賦些」，言所敬愛。千古疑讞，於此決矣。《論衡·變虛》「設國君計其言，令其臣歸罪於國」，劉盼遂《集解》：「計爲許之壞字。」《太平廣記》卷一七七《器量》二「董晉」條：「晉乃且罷，又委錢穀支計於判官孟叔度。」注：「計，原作許。據《唐書》卷一五五《董晉傳》改。」杜甫《義鶻》：「人生許與分，只在顧盼間。」《全唐詩》第四函第一册注：「許與，一作計有。」韓偓《別緒》：「月好知何計，歌闌歎不禁。」何計，當作何許。皆許、計相訛之例。其雖出漢唐後，蓋亦可佐助湯氏之説。「民之所極」，謂有道之君。楚器《王子午鼎》：「緊民之所亟。」所亟，通語。或省作「民極」，《周禮》謂「設官分職以爲民極」，《潛夫論·班禄》「故作典以爲民極」。下文「夫孰非義而可用兮，孰非善而可服」，兩「孰」字皆承此來，「民之所極」之君也。

是二句言瞻前顧後，覽博古今，審察民之所敬愛也。

夫孰非義而可用兮　孰非善而可服

【孰】據上「夫孰非義而可用兮」句法，蓋「孰」上脱「夫」字。

【服】朱《注》服音叶蒲北反。

【夫孰】王逸注：「言世之人臣，誰有不行仁義，而可任用；誰有不行信者，而可服事者也？」張銑曰：「言人臣誰有不義不善而可任用者也？」朱子曰：「言瞻前顧後，則人事之變盡矣，故見民之計謀，於是爲極，而知唯義可用，唯善可行也。」皆以孰爲言人臣。閔齊華曰：「言非義與善，必不可也。此因太康縱娛以下諸人，而指爲君者言也。注謂人臣非義善不可服用，以用爲用舍之用，服爲服事之服，於義未安。」張鳳翼曰：「以上皆憂君之意也。」則不啻孰謂君，且用、服亦屬君。汪瑗曰：「二句猶言無往而非義之所在，吾人所當體用；無往而非善之所在，吾人所當服行者也。承上章而泛言之，則所以責當時之君臣，勵自己之節義，而湯武桀紂之興亡，古今之是非成敗，俱見於言表矣。指而實之則狹矣。」謂孰概君臣。吴世尚曰：「言我前瞻往古，後顧今兹，再四思惟，其所以爲民之至計，決未有非義、非善而可用可行者，此固無論其爲君、爲臣，而其理皆莫之或易矣。」其同汪説。案：朱駿聲曰：「義、善謂臣，用、服謂君。」言人君誰用非義、非善之臣。其説是也。孰，承上「民之所極」，概有道之君，義、善皆有道之臣。人君治國爲政，首在舉賢，舉賢之道，而在知賢，即知人臣義善與否。義者用之，善者服之。

【義】王逸注文「誰有不行仁義」云云。義訓仁義。朱冀曰：「非義，反映舉賢任能；非善，反映繩墨不頗。」

徐焕龍曰：「義以事宜言，善以心德言。」案：「夫孰非義而可用兮，孰非善而可服」句法，義、善俱可用可服，義，猶美善芳物，喻賢能。善亦同。《墨子》有《法儀》，法，義也。義、儀古今字。《墨子・天志下》「視吾先君之法美」，法美，即法義。又，《禮記・少儀》「言語之美」，鄭注：「美，當爲儀。」《招魂》「身服義而未沫」，身服義，言身服芳美也。《説文・我部》：「義，己之威儀也。从我，从羊。羛，墨翟書義从弗，魏郡有羛陽鄉，讀若錡，今屬鄴，本内黄北二十里鄉邑。」案：从我，賅其「己」義，己，我也。羊之爲言像也，賅其「威儀」義。我，亦聲。義，形聲兼假借，而非假聲字。或文羛，从弗，猶佛也。弗、佛古書通用。《詩・敬之》「佛時仔肩」，《韓詩》作「弗時仔肩」。佛，仿佛也，意之筌也。佛、像義同。羛，从羊，从弗，會意兼假借。

【善】與義同。服善，言佩服芳美也，喻舉用賢能。姜亮夫謂「服善」爲舉用善臣，則失諷喻義。

【用、服】王逸注文用訓任用，服訓服事。張銑曰：「服，用也。」朱子注服訓行事。聞一多曰：「用，即上『用此下土』之用，言孰有非義非善而能服用此下土者哉？」案：用，猶佩用也；服，佩服也。任用、舉用，爲喻義。《九章・涉江》：「忠不必用兮，賢不必㠯。」《涉江》賦體，直言其旨。

是四句一氣而下，言瞻顧古今，凡人君必爲萬民所敬愛，孰非義而用之，孰非善而服之也。謂皆任用賢能也。申上「聽哲以懋行」。

第四十三韻：極、服

極，古音爲[giək]。服，朱《注》蒲北反。陳第曰：「服，古音逼。」案：服，古音爲[b^wak]。極、服古同職部。

阽余身而危死兮　覽余初其猶未悔

【阽】《文選》六臣本、洪《補》、朱《注》、錢《傳》阽同音簷，朱《注》又音余廉反，蔣驥阽音亦淹切。案：余廉、亦淹音同。《廣韻》下平聲第二十四鹽韻簷音余廉切。又，《漢書音義》阽音相念反。

【而危】黎本《玉篇·阜部》「阽」字引而作以，危字作危。慧琳《一切經音義》卷九八引亦作以。案：危，六朝俗危字。《詁訓柳先生文集》卷二注、《五百家注柳先生集》卷二注、《玉燭寶典》卷二注引同作而。

【死】洪《補》、朱《注》、錢《傳》同引「死」下一有「節」字。案，節，衍文。慧琳《一切經音義》卷九八、《玉燭寶典》卷二注引亦無「節」字，黎本《玉篇·阜部》「阽」字、《詁訓柳先生文集》卷二注、《五百家注柳先生集》卷二注有「節」字。王逸注「正言危行，身將死亡」云云，王本無「節」字。

【悔】朱《注》悔音呼磊反。《羣經音辯》曰：「悔，過也。呼罪切。改過曰悔，呼内切。」《正字通》曰：「凡言人有悔吝，此悔字上聲讀。凡言人能改悔，此悔字去聲讀。今人混讀者非。」案：悔咎，猶自悔，内動，上聲。改悔，外動，言改之，去聲。悔，自悔也，上聲。呼罪、呼磊音同。

【阽】王逸注：「阽，猶危也。或云，阽，近也。言己正言危行，身將死亡，上觀初世伏節之賢士，我志所樂，終不悔恨也。」王氏列二解，而注用「阽危」説，蓋「阽近」説，舊注也。陸善經曰：「阽，臨也。」洪《補》曰：「阽，臨危也。《小爾雅》曰：『疾甚謂之阽。』《前漢》注云：『阽，近邊欲墮之意。』」訓危，訓近，一義相仍。閔齊華曰：

「阽，亦危也。言置身危死之地也。」徐焕龍曰：「阽，阸。」戴震引《説文》曰：「阽，壁危也。」引申言危。皆同王注。案：「阽余身」、「覽余初」，儷偶對舉，阽，猶覽。阽之爲言貼也，二字從占聲，例可通用。《廣雅・釋詁》：「貼，視也。」《方言》卷一〇：「貼，伺視也。凡相竊視南楚或謂之貼。自江而北謂之貼，或謂之覗，凡相候謂之也。」貼，楚語。阽，貼字假借。又作覘。《説文・見部》：「貼，窺視也。」《淮南子・俶真訓》：「其兄掩户而入覘之。」高誘注：「覘，視也。」覘、貼一字，《淮南》、《説文》亦語楚。或作佔。《禮記・學記》「呻其佔畢」，鄭注：「佔，視也。」

【余身】王逸注「言己正言危行，身將死亡」云云，余訓己，身訓身體、人身。案：身言我也，己也。「余身」連文，平列複語，我也。詳上「豈余身之憚殃」注。覘余身，言視己也。

【而】聞一多釋「而」爲「於」，謂「阽余身而危死」，同《漢書》「阽於死亡」。非是。案：而，連詞，猶乃也。詳王引之《經傳釋詞》。

【危死】王逸「正言危行，身將死亡」云云，危訓正，謂死於正言危行。朱子曰：「危死，言幾死也。」汪瑗曰：「危，險難之意，尚未至於死也。死，既死也。二字平看。言雖阽余身而置於險難之中、死亡之地。」閔齊華曰：「言置身危死之地也。」徐焕龍曰：「危，殆。」言「危死」爲「殆及於死」。皆同朱《注》。案：王注不易。危，非危險、庶幾義，言正也，直也。《廣雅・釋詁》：「危，正也。」《論語・憲問》曰：「邦有道，危言危行。」危言危行，言正言直行。《莊子・繕性》「危然處其所」，注：「危然，獨正之貌。」《後漢書・黨錮傳》注：「危言，謂不畏危難而直言也。」危，危難，於危險艱難之際而行之不顧，則爲正直。又，《韓非子・有度》：「忠臣危死於非罪，奸邪之臣安利於無功，忠臣危死不以其罪，則良臣伏矣。」危死，言死於正直之道。

【初】王逸注釋「初世」，汪瑗、閔齊華同訓「初志」。蔣驥曰：「初，指始之以好修事君言。」夏大霖曰：「初，指初服。」陳本禮曰：「初，指被疏被替言。」龔景瀚曰：「初，初度也，所謂昭質未虧也。」案：初，同上「初度」、「初服」之初，指「内美」本始之質，即成就其「中正」之初始也。

【悔】王逸注訓悔恨。閔齊華曰：「未悔，終無所悔也。」以悔爲所悔恨事。案：悔，猶改也。未悔，不改也，不變也。

是二句言視余乃爲正道而死，覽我初始中正「内美」之質，猶不改志。

不量鑿而正枘兮　固前脩以菹醢

量 洪《補》量音力香切，朱《注》量音良。

鑿 洪《補》鑿音漕，朱《注》音漕，錢《傳》音造。案：《廣韻》下平聲第六豪韻曹音昨勞切，去聲第二十七號韻漕音在到切，造音七到切，又音昨早切。三切皆異。《羣經音辯》曰：「鑿，穿也，在各切。鑿，精也，子洛切，《春秋傳》『粢食不鑿』。鑿，穴也，在報切，《禮》『凡輻量其鑿深』，又七報切。」量鑿用鑿穴義，音在報切。在報、在到音同，去聲，從紐一等開口。七報、七到音同，去聲，清紐四等開口，蓋或音。昨早，上聲，從紐一等開口。昨勞，平聲，從紐一等開口。洪氏鑿音曹，漕字爛脱。

正 朱《注》曰：「正，一作進。」案：王逸注：「正，方也。」王本作「正」字。《記纂淵海》卷五二、《五百家注昌黎文集》卷一注、《東雅堂昌黎集注》卷一注、《山谷外集詩注》卷二注引「不量鑿」一句亦作正。

枘 《文選》六臣本、洪《補》、朱《注》枘同音而鋭切。錢《傳》枘音芮。案：《廣韻》去聲第十三祭韻枘、芮同音而鋭切，去聲第十六隊韻内音奴對切。《集韻》去聲第十三祭韻謂内爲汭字省文，音儒税切。而鋭、儒税音同。又，《淮南子·氾論訓》「是猶持方柄而周員鑿也」，高注：「方柄，一本作方枘。」柄，即枘形訛。《九辯》洪《補》曰：「柄音汭，柄也。」音義俱失。《新序·雜事》作「方内」，借内爲枘。

菹《文選》六臣本菹作葅，洪《補》、錢《傳》同引亦一作葅。案：本作菹，葅，葅肉分别字詳上文「菹醢」校。《記纂淵海》卷五二、《五百家注昌黎文集》卷一注、《東雅堂昌黎集注》卷一注引作葅。延居漢簡殘篇《蒼頡篇》字作菹盇、猶存本形，包山楚簡作蕧。

【量】王逸注：「量，度也。」朱駿聲曰：「量，尺寸也。」案：量鑿、正枘，述賓短語，量，述語也。量，爲稱輕重，引申爲計度長短、大小、輕重。

【鑿】王逸注「言工不量度其鑿，而方正其枘，則物不固而木破」云云，鑿訓鑿穴。陸善經曰：「枘將入鑿，須度其方圓。」鑿，穴孔。洪《補》曰：「鑿，穿孔也。」爲穿穴義，動詞。案：王説不刊。鑿，孔穴也。《説文·金部》：「鑿，所以穿木也。从金，糳省聲。」段注：「穿木之器曰鑿，因之既穿之孔亦曰鑿矣。」引申言洞穴。《漢書·劉向傳》「羊入其鑿」，顔師古注：「鑿，謂所穿冢臧。」《荀子·哀公篇》「五鑿爲正」，注：「謂耳目鼻口及心之竅也。」鑿，糳省聲，糳，舂米，古多借作鑿。《九章·惜頌》「糳申椒以爲糧」，洪《補》：「糳，一作鑿。精細米。」糳，無穿穴義。糳之爲言搯也。糳、搯爲宵藥平入對轉，透從旁紐雙聲。《手部》：「搯，捾也。从手，舀聲。」搯，猶剜也。俗字作掏。工匠捾穴之器謂之鑿，借聲字。

【正】王逸注：「正，方也。」朱子曰：「正，謂審其正而納之也。」戴震曰：「《史記》曰：『持方枘欲内圜鑿，其能入乎？』不量鑿而正枘之謂也。」以正爲方正。聞一多引《吕氏春秋·順民》高誘注：「正，治也。」案：王注蓋因《九辯》「圜鑿而方枘」。正，述語，「正枘」非《九辯》「方枘」。不訓治。《説文·正部》：「正，是也。从止，一以止。……疋，古文正，从一、足，足亦止也。」甲文正字作「」《佚》三七四，金文作「」《盂鼎》。正，從▽、■、□，丁字古文，而非从一，猶鐕也。木爲之作朾，金爲之作釘。釘，所以固木。丁有入義。丁、正同耕部，端照準旁紐雙聲。丁，亦聲。《説文·木部》：「朾，橦也。」《通俗文》曰：「撞出曰朾。」俗作打。《廣雅·釋詁》：「打，刺也。」又：「打，擊也。」《釋言》：「打，掊也。」正枘，打枘。朾、打，皆俗字，先秦但借正字爲之。正，一本作進，進，入。正、進義同互易。浦江語擊木枘以入鑿孔者謂之「挣柄」。

【枘】王逸注：「枘，所以充鑿。」洪《補》曰：「枘，刻木端所以入鑿。」案：枘，《説文》未收。《考工記·輪人》注「謂其鑿内而合之」，《釋文》：「内，本作枘。」《説文·入部》：「内，入也。从冂、入，自外而入也。」自外而入鑿孔之木謂之枘。枘，内分别字。《史記·孟子荀卿列傳》司馬貞《索隱》曰：「方枘是筍也。」浦江語枘謂之筍頭，古語遺存。《説文·本部》：「榫，大木，可爲鉏柄。」段注：「未詳。」榫，筍古文，筍、枘一字。枘音而鋭切，榫音詳遵切。枘、榫爲文物平入對轉，日邪旁紐雙聲。周秦曰枘，漢世曰榫，今俗作榫。王夫之曰：「枘鑿，榫也。」榫即榫。不量鑿而正枘，言不計度鑿孔大小方圓，而撞挣木枘，强使之入，則必兩敗。王逸謂「臣不度君賢愚，竭其忠信，則被罪過而身殆也」。洪《補》曰：「夫邪佞在前，而己以正直當之，其君不察，得罪必矣。」徐焕龍曰：「臣之諫君，猶枘之入鑿，必量鑿之淺深廣狹，然後可以吾枘正之。余中情切激，未免不量鑿而正枘矣。」夏大霖曰：「比君不嚮義善，不審量而諫正之，徒取危死也。」詹安泰喻「人臣不審察君主之賢愚而一味忠諫，就必然招來禍殃」。皆於人臣干竭言。案：「不量鑿而正枘」，喻君之用臣，承上「夫孰非義而可用兮，孰非義而可服」。謂君不計量己鑿之大小方圓，而强撞臣之枘，以使之入，必傷臣之志。

【固】王逸注：「言工不量度其鑿，而方正其枘，則物不固而木破矣。臣不度君賢愚，竭其忠信，則被罪過而身殆也。」王氏固訓則。劉夢鵬不敏，因注文「物不固而木破」云云，乃曰：「固，堅守也。言己雖與世不合，而固守其修，不避菹醢也。」案：王注「物不固而木破」，以意申之，非釋「固」義。固，借作故，古書通用。《國語·周語》「咨於故實」，《史記·魯世家》作「固實」。《論語》「固天縱之將聖」，《論衡·知實》「固」作「故」。《戰國策·燕策》「則天下固不能謀齊矣」，長沙馬王堆漢墓帛書「固」作「故」。《禮記·曲禮》「故君子戒而不失色於人」，孔疏：「故，承上起下之辭。」《禮運》「故政者」，《學記》「故安其學而親其師」，《郊特牲》「故天子牲孕弗食也」，孔疏并曰：「故，因上起下之辭也。」言君好以己之好惡取人，故前脩離咎也。

【前脩】王逸注言「前世脩名之人」，指龍逢、梅伯之屬。聞一多曰：「前脩如比干、梅伯之輩。」汪瑗曰：「前脩，指往古之忠臣義士也。」案：前脩，即前賢。脩不訓脩名，詳上文「前脩」注。敶詞重華，緣女嬃之詈，首引伯鮌殀羽之事以難之。言舜雖聖明之君，而鮌秉性剛直，不爲舜用，終殀羽野，故云「前脩以菹醢」。敶詞結語，呼應其始。前脩，即鮌。鮌之遭咎，非其婞直所致，重華「不量鑿而正枘」，不審之過。

【菹醢】王逸注「則被罪過而身殆」、「以獲菹醢，龍逢、梅伯是也」云云，錯雜二義。案：菹醢以言離尤、逢殃，而非肉醬如梅伯、比干。居延漢簡《蒼頡篇》「菹盇離異」連文，菹醢，即「離異」。異，尤也。

是二句言工不量鑿孔之大小方圓，撞打木枘，必齟齬不入，而敗木也。喻君不察臣而強就己意，臣必逢殃，故前賢伯鮌遭羽野之囚，非婞直之過。屈子敶詞終此，「前脩以菹醢」以言其必死無疑。

第四十四韻：悔、醢

陳第曰：「悔，古音喜。」案：悔，呼賄切，古音爲[$x^wə$]。陳第曰：「醢，古音以。」戴震曰：「醢，古音虎唯切，醢音喜。」皆非。案：醢，音呼改切，古在之部，曉紐二等開口呼。以，羊已切，古在之部，而喻紐四等開口呼。喜音虛里切，亦在之部，而曉紐三等開口呼。「虎唯」之行韻，古在微部，明紐三等開口呼。皆非醢字古音。醢，古音爲[erx]。悔、醢古同之部。

自「湯禹儼而祇敬兮」至此四韻十六句，敶詞重華一節，首舉禹湯任賢得治，諷喻楚王舉賢授能。謂君王用政，宜循禹湯繩墨，舉賢爲輔。而舉賢之要，在乎別賢愚、察善惡。太史公曰：「人君無愚智、賢不肖，莫不欲求忠以自爲，舉賢以自佐，然亡國破家者相屬，而聖君治國纍世而不見者，其所謂忠者不忠，賢者不賢也。」其是之謂也。屈子秉受「中正」美質，復有姱好容態，爲時世大賢，宜君舉用，爲國弼臣，雖偃蹇失志，至於危死，猶不改初性。據此，屈子終不從女嬃申申之勸，改佩菉葹，變節從俗，投君所好以苟活。然則人君之智固有所蔽，雖聖若帝舜亦不能免，鯀行婞直，猶離咎見囚。屈子當楚亂世，靈脩浩蕩，忠臣菹醢是其宜。屈子亦唯「死直」一途。前脩菹醢，開下篇「上征」冥途飛行。

曾歔欷余鬱邑兮　哀朕時之不當

曾　洪《補》、朱《注》、錢《傳》同引一作增。王薑齋、徐焕龍曰：「曾與增同。」朱冀曰：「曾，從別本作增。」游國恩曰：「本書曾與增多通作層。層者，重累不已之意，當從《章句》。諸家多謂此曾字與增同，而釋爲增益悲痛，非也。」案：曾、增古今字。《漢書》卷八七《揚雄傳》注、《文選》卷一三《鸚鵡賦》注、卷三四《七發》注引亦作曾。

歔欷　洪《補》、朱《注》、錢《傳》同上音許居切，下音許毅切。洪《補》下又音香衣切，朱《注》又音許衣反。案：

許穀、許衣、香衣音同。《文選》卷三四《七發》注引《方言》作唏嘘，謂古字通。慧琳《一切經音義》卷二四引王逸注、《漢書》卷八七《揚雄傳》注、《文選》卷一三《鸚鵡賦》注亦并作歔欷。

鬱邑 《文選》六臣本作欝悒。洪《補》、錢《傳》同引一作悒。案：欝，鬱俗字。作悒，以訓詁字爲之。《漢書》卷八七《揚雄傳》注、《文選》卷一三《鸚鵡賦》注、卷三四《七發》注引亦作鬱悒。

當 洪《補》、朱《注》當同音平聲。《群經音辨》曰：「當，宜也，都郎切。得宜曰當，都浪切。」案：平聲之當，內動；去聲之當，外動。「時之不當」，內動，平聲。

【曾】王逸注：「曾，累也。」林仲懿曰：「曾，猶重也。」王夫之、徐煥龍、朱冀俱從別本，改曾爲增，游國恩據王注「重累」之訓，改曾爲層。劉永濟曰：「曾，本形容出氣舒長，此以形容歎聲。」又，錢杲之曰：「曾，語助。」案：《方言》卷一〇：「曾，何也。湘潭之原、荆之南鄙謂何爲曾，若中夏言何也。」《九章・哀郢》：「曾不知夏之爲丘兮，孰兩東門之可蕪？」曾、孰互文，曾，猶孰也，何也。《抽思》「曾不知路之曲直兮，南指月與列星」，豈不知路之曲直。曾不猶今語「怎不」。《詩・河廣》「誰謂河廣？曾不容刀；誰謂宋遠？曾不崇朝」，曾不，猶乃不。施於陳述句，訓乃、訓卻，施於問句，訓何、訓豈，例同「羌」。楚語施於問句，不用則，而用曾。「曾歔欷余鬱邑兮」，問句，曾，猶何也。謂何歔欷嗚咽？下「哀朕時之不當」，答句，謂哀我生不逢時。古人有自問自答例詳楊遇夫《古書疑義舉例續補》卷三第十二條「誤解問答之辭例」條。

【歔欷】王逸注：「歔欷，懼貌。或曰，哀泣之聲也。」注「言我累息而懼」云云，用前一解。又，《九章・悲回風》「曾歔欷之嗟嗟兮」，王注：「歔欷，啼貌。」《七諫・自悲》「過故鄉而一顧兮，泣歔欷而霑衿」，王注：「言己遠行猶思楚國而悲泣也。」皆訓泣貌，用後一解。錢杲之曰：「歔欷，短息也。」趙南星曰：「歔，出氣也。欷、唏同，哀而不泣也。歔欷者，悲泣氣咽而抽息也。」汪瑗曰：「出曰歔，入曰欷，哀泣之聲也。」林仲懿曰：「歔欷，悲泣氣咽而抽息也。」戴震曰：「歔欷，悲者口鼻出氣。」胡文英曰：「歔欷，欲泣聲。」朱駿聲曰：「歔欷，歎息也。」譚介甫曰：「《説文》歔欷二字轉注，『歔』下云：『一曰，出氣也。』按：出氣即息，故王注言『累息而懼』云云。」案：歔欷，連語，不必判爲二字。歔欷，狀歎息聲，引申言哀泣、悲戚。倒作唏於，《方言》：「唏於，哀而不泣也。」聲之轉作於戲，《文選・非有先生論》注云：「於戲，歎詞也。」顔師古《匡謬正俗》曰：「《今文尚書》悉爲『於戲』字，《古文尚書》悉爲『嗚呼』者，而《詩》皆爲『於乎』字。」嗚呼、於乎，又其異體。或作呼豨，《漢樂府》「妃呼豨」，注曰：「即嘻噓嚱也。」又作噓唏，《文選・七發》「噓唏煩醒」是也。《漢樊敏碑》字作歍噓，《北海相碑》作歍歔，《韓詩外傳》作惡乎，《漢書・五行志》作烏嘑，《鼂錯傳》作烏虖。不可勝舉。歔欷，狀哀泣貌，猶哽噎也。

【余】裴學海務好奇之説，謂余猶而。誠不可信。詳上文「忳鬱邑余侘傺」所駁。

【鬱邑】王逸注：「鬱邑，憂也。」王觀國曰：「邑字讀音遏，其義則鬱塞也。」案：鬱邑、歔欷義同，哀泣貌。鬱邑，猶於邑，嗚咽也。詳上文「忳鬱邑」注。邑、遏異音，不得相通。朱季海曰：「蓋王讀於邑與鬱邑同，楚音故如是。《説文・艸部》：『菸，鬱也。从艸，於聲。』是楚於聲同鬱，許書有徵矣。其於《楚辭》，則《九辯》之七章，蔽、汙當韻，而不得其韻，自來學者莫能通其説，故江有誥直以爲無韻。夫豈無韻哉？江自不知耳。」朱君但據二事，發明楚音「魚脂旁轉」，猶纍臺於沙土，岌岌乎危殆。許云「菸，鬱也」，非聲訓，義訓。菸、鬱義同，不關聲韻事。《九辯》之第七章，蔽、汙不協韻，江晉三謂無韻，碻乎不易。鬱，物部，微部之入，非脂部。菸，魚部。魚、物合韻，不啻《楚辭》所無，徵之先秦羌無根據。

【朕】王逸注「言我累息而懼、鬱邑而憂者，自哀生不當舉賢之時、而值菹醢之世」云云，朕猶我，主格。于省吾援引此文以證《離騷》「朕」字皆用領格。案：于説非是。「哀朕時之不當」句法，哀字獨立，「朕時之不當」爲句，朕，主格，「時之不當」，述語，猶不當時也。層次圖解如左：

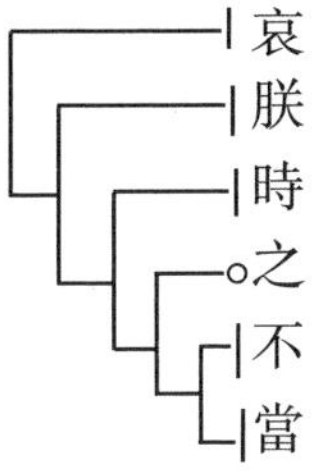

上「恐脩名之不立」，言恐不立脩名也。「豈余心之可懲」，言豈余可懲心也。《九章・惜往日》「得罪過之不意」，言不意得罪過也。又，《左傳》宣十二年「非子之求而蒲之愛」，言非求子而愛蒲也。昭三十一年「寡君其罪之恐，敢與知魯國之難」，言寡君其恐罪也。莊三十二年「虢多涼德，其何土之能得」，言其何能得土也。僖十五年「君亡之不恤，而羣臣是憂，惠之至也」，言君不恤亡，惟憂羣臣也。僖二十八年「勞之不圖」，言不圖勞也。《莊子・養生》「枝經肯綮之未嘗」，言未嘗枝經肯綮也。《論語・先進》「吾以子爲異之問，曾由與求之問」，言吾以子爲問異事也，則問由與求。皆同此句法。

【當】王逸注訓當值。王夫之曰：「朕時不當，言不得逢舜禹湯武之時也。」林仲懿、聞一多并曰：「當，遇也。」訓爲逢遇。陸善經曰：「自哀不與時合也。」當訓合。案：一義相仍。《九章・涉江》「時不當兮」，與此同。哀我不逢時，猶《懷沙》「重華不可遌兮，孰知余之從容」，「湯禹久遠兮，邈而不可慕」。

是二句承敶詞結語「不量鑿而正枘兮，固前脩以菹醢」，由鮌無辜遭咎，而哀己不當明君。前脩伯鮌不蒙聖君之察，無端受囚，千古奇冤。我因此歔欷嗚咽，哀泣久之者，何也？傷己生不逢聖君，則逢殃甚於鮌，其必死矣。前脩菹醢，哀及己必死，類醉吟先生聞潯陽之曲而哀泣不已，「同是天涯淪落人」，能不歔欷嗚咽乎！

攬茹蕙以掩涕兮　霑余襟之浪浪

攬《文選》六臣注云，攬「五臣作擥」。洪《補》引《文選》攬作擥，姜校引訛作擥，洪又引一作擥，朱《注》引攬一作擥，一作擥。元刊本朱《注》字作攬。錢《傳》作擥，引一作攬，一作擥。案：攬、擥、擥一字；擥，形訛字。詳注。唐寫本《文選集注》、《漢書》卷八七《揚雄傳》注引晉灼言、《文選》卷一九《洛神賦》注引攬并作擥，《詁訓柳先生文集》卷二注引作擥，卷一九注引亦作攬，《五百家注柳先生集》卷二、卷一九注引作擥。

茹《漢書》卷八七《揚雄傳》「臨江瀕而掩涕兮」，晉灼曰：「《離騷》云『擥茄蕙以掩涕』。」茹作茄。朱季海曰：「尋《反離騷》『衿芰茄之緑衣兮，被芙蓉之朱裳』。正旁《離騷》『製芰荷以爲衣兮，雧芙蓉以爲裳』。師古曰：『茄，亦荷字，見張揖《古今字詁》。』是也。平既茄衣而蕙纕，故云『擥茄蕙以掩涕兮，霑余襟之浪浪』也。晉灼本於義爲長。灼當典午中朝，《離騷》舊本，班、賈之書，大抵具在，故其見聞，或出《章句》之外。然自茄、荷相貿，茄之爲茹，不復可知者，亦已久矣。」案：據文義宜作「茹蕙」。晉灼引《騷》作「茄蕙」，茄，茹字形訛。《文選》卷一九《洛神賦》注、《詁訓柳先生文集》卷二注及卷一九注、《五百家注柳先生集》卷二注及卷一九注、《東雅堂昌黎集注》卷一注引亦作茹。

霑余《漢書》卷八七《揚雄傳》注引晉灼曰、《文選》卷一九《洛神賦》注引霑作沾、余作予。案：游國恩云：「沾、霑古通用，作予者誤。《楚辭》凡領格皆用余不用予。」案：是也。《詁訓柳先生文集》卷二注及卷一九注、《五百家注柳先生集》卷二注及卷一九注、《五百家注昌黎文集》卷一注、《東雅堂昌黎集注》卷一注引亦作「霑余」，《九家集注杜詩》卷一二注引霑訛作淚。

【浪浪】《文選》六臣本浪音平聲，洪《補》、朱《注》、錢《傳》三本皆音郎，平聲。案：《廣韻》下平聲第十一唐韻「郎」下收「浪」字，同音盧當切。浪，又音盧宕切。《說文》段注謂「滄浪」之浪，「當爲平聲」，形容詞。波浪、流浪、放浪之浪，去聲，動詞。浪浪，形容詞，平聲。

【攬】王逸注「猶引取柔耎香草，以自掩拭」云云，攬，言取。或作擥、作㩜，皆同。案：攬，借作覽，古書通用。《莊子・在宥》「此攬乎三王之利」，《釋文》：「攬，本作覽。」《尚書序》「懼覽者之不一」，晉王羲之《蘭亭序》作「攬者」。《三國志・魏書・阮瑀傳》「太祖覽筆欲有所定」，《後漢書・禰衡傳》「衡覽筆而作」，借覽爲攬。《漢書・揚雄傳》「方擥道德之精剛兮」，顏師古注：「擥，音覽。」覽，神察、神觀也。屈子自擬以神。

【茹蕙】王逸注：「茹，柔耎也。」謂柔耎之蕙。呂延濟曰：「茹，臭也；蕙，香草。比喻忠貞之心。」洪《補》從王說而斥五臣，曰：「《玉篇》云：『茹，柔也。』一曰菜茹。五臣以茹爲香，誤矣。《呂氏春秋》曰：『以茹魚驅蠅，蠅愈至而不可禁。』則茹又爲臭敗之名，非香也。」吳仁傑曰：「茹，香草名也。《本草》名茈胡，一名地薰，一名山菜，其葉名芸蒿，辛香可食。」茹蕙爲二草。錢杲之曰：「茹，猶藏也，納也。」徐文靖曰：「按，《易・泰・初九》云『拔茅連茹』，王弼曰：『茹，相牽引貌。』《程傳》曰：『茹，根之相連者。』茹蕙，謂以連根之蕙而拭涕。」魯筆曰：「茹，即《易》『拔茅連茹』之茹，蕙即平日所獎拔之衆賢也。」朱冀曰：「茹與蕙是兩物。茹，茅根之相牽引者。」茹蕙爲茅蕙。王闓運曰：「茹，萌也。」聞一多曰：「茹，讀爲帤。《說文》曰：『帤，巾帤也。』以蕙爲帤謂之茹蕙，猶上文以茝爲纕謂之攬（纕）茝。」案：「攬茹蕙以掩涕」，緣上「哀朕時之不當」，茹蕙，可刈而未刈之草，蓋失其芳香之時，喻己當任不任，亦失其時。「攬茹蕙」，同上「冀枝葉之峻茂兮，願竢時乎吾將刈；雖萎絶其亦何傷兮，哀衆芳之蕪穢」。茹蕙，萎絶之蕙。茹，萎棄、斥廢之義。《文選》左思《魏都賦》「神惢形茹」，劉淵林注：「物自死曰茹。」引申爲萎敗。掩涕，即淹涕，言久涕。詳上文「掩涕」注。《説文·艸部》：「茹，飤馬也。」無萎敗義。蓋茹之爲落也，古書通用。《竹部》：「篍，鳥籠也。从竹，奴聲。」奴、如同根字。《九章·懷沙》「鳳皇在篍兮」，王注：「篍，籠落也。」篍、落，聲之轉。《釋名·釋采帛》：「絮，胥也，胥久能解落也。」茹、落亦通用。茹、落爲魚鐸平入對轉，日來旁紐雙聲。落，墮也，廢也。

【掩涕】王逸以下皆訓「拭涕」。案：掩，通作淹，久也，長也。淹涕，謂久涕也。詳上文「長太息以掩涕」注。言覽察芳蕙凋落萎敗，而久涕泣也。喻己久棄在野，不用於朝，命將隕落，而久哀泣之。

【霑】王逸注：「霑，濡也。」《説文·雨部》：「霑，雨霑也。从雨，沾聲。」許訓「雨霑」、王訓「濡」，實同。《水部》：「沾，沾水。一曰，沾，益也。从水，占聲。」沾或訓益，段注謂「添」字，「沾、添古今字，俗制添爲沾益字，而沾之本義廢矣」。沾無濡染義。沾，通作㙉。《土部》：「㙉，下入也。」或爲墊。《廣雅·釋詁》：「墊，下也。」㙉音敕立切，沾音張廉切。沾、㙉，談葉對轉，端透旁紐雙聲。霑，借聲字。又，《水部》：「溼，幽溼也。从水一，所以覆也。覆而有土，故溼也。从㬎，省聲。」溼、霑義同，以同根於㙉。析言之，水自外濡染物謂之霑，水入濡於土謂之溼。而物浸於水謂之漬。渾之不别。

【襟】王逸注：「衣眥謂之襟。」案：《文選》李善本作「衣皆謂之襟。」皆，眥字形訛。《爾雅·釋器》：「衣眥謂之襟。」陸氏《釋文》曰：「眥，才細反，又，子移反。」《詩·鄭風·正義》引《爾雅》作「衣皆」，亦誤也。洪《補》曰：「《爾雅》『衣眥謂之襟』，襟，交領也。」案：《説文·衣部》襟作裣。曰：「交衽也。从衣，金聲。」段注：「《釋器》曰：『衣眥謂之襟。』孫、郭皆曰：『襟，交領也。』《鄭風》『青青子衿』，毛曰：『青衿，青領也。』《方言》：『衿謂之交。』按：裣之字一變爲衿，再變爲襟，字一耳。而《爾雅》之襟，毛《傳》、《方言》之衿，皆非許所謂裣也。《爾雅》、《詩傳》、《方言》皆自領言之。《深衣》：『曲袷如矩以應方。』注：『袷，交領也。』古者方領，如今小兒衣領。《玉藻》：『袷二寸。』注：『曲領也。』《曲禮》：『天子視不上於袷。』《玉藻》：『侍於君，視帶以及袷。』注皆云『交領也』。袷者，交領之正字，其字从合。《左傳》作襘，从會與从合一也。交領宜作袷，而《毛詩》、《爾雅》、《方言》作衿，殆以衿、袷爲古今字與？若許云：『裣，交衽也。』此則謂掩裳際之衽，當前幅、後幅相交之處，故曰『交衽』。裣本衽之稱。因以爲正幅之裣；正幅統於領，因以爲領之偁。此其推移之漸，許必原其本義爲言。凡金聲、今聲之字皆有禁制之義，禁制於領與禁制前後之不相屬，不妨同用一字。」段氏以「交領」本字爲袷，而《說文》訓「交衽」之裣爲「掩裳際」之衽之別體，二字二義，殷周古文字作「[illegible]」，包山楚簡亦作裣，或作䘳，從系，金聲，無衿、襟。裣，本字； 襟，後起分別字； 衿，借字。《顏氏家訓·書證》曰：「古者斜領下連於衿，故謂領爲衿。」衿爲「交領」。《爾雅·釋器》訓「衣眥」，李巡云：「衣眥，衣領之襟也。」洪頤煊謂「衣眥」即「衣前」之訛，不可信。眥，目之角也。目瞼上下交合處曰眥，近鼻者謂內眥，近鬢者謂外眥。《說文》訓「目匡」者，就左右目睫整體而言也。《素問·氣交變大論》「目赤痛眥瘍」，注：「眥，謂四際瞼睫之本。」交領如目眥，故曰衣眥。此文謂涕泣沾下於交衽，當從《顏氏家訓》「自領斜下至衽」謂之裣，衣之前幅也。裣，金聲，禁也。《白虎通義·五行》：「金之爲言禁也。」《釋名·釋天》：「金，禁也。」禁制前、後兩幅謂之裣，借聲字。

【浪浪】王逸注：「浪浪，流貌也。」《文選·洛神賦》「淚流襟之浪浪」，陳思王襲用《離騷》，李善注：「浪浪，涕下貌。」案：《說文·水部》：「浪，滄浪水也。」浪，無流逝義。大徐本浪音來宕切，去聲。段注謂滄浪讀郎，平聲； 流浪，去聲。是也。滄浪，連語，根於委曲義，狀行步不暢字作躑踉，倒爲踉躑。陽鐸平入對轉爲落拓、落度、落擇，疲憊不振貌。與落蕊、路亶、龍鍾、蘭單爲一字。促言曰浪，重言曰浪浪。段又云：「古四聲不同今韻，猶古本音不同今韻也。考周秦漢初之文，有平上入而無去。洎乎魏晉，上入聲多轉而爲去聲，平聲多轉入仄聲。於是乎四聲大備，而與古不侔。有古平而今仄者，有古平上入而今去者。細意搜尋，隨在可得其條理。」又云：「古平上爲一類，去入爲一類，平與上一也。上聲備於三百篇，去聲備於魏晉。」古有四聲，惟古四聲不盡與《切韻》同，古平聲分長短，長平爲平聲，短平爲上聲；古入聲亦分長短，長入爲去聲，短入爲入聲。不得言「去聲備於魏晉」也。浪、長平，非去聲。林雲銘謂「求折中之詞止此」。案：此以下四句爲前後過渡。屈子自知生不逢時，必遭斥棄，終至殺身菹醢，無復生全苟活之理，唯「死直」耳，是以涕泣浪浪、哀悼不已。下發軔上征，承此叙反本祖神之居，溝通現世與冥界之關捩，不當屬「折中之詞」。

是二句言我覽察芳蕙，萎絶不刈，失其芳時，由此傷己不逢明時，命將隕墜久涕泣下，霑我衣衿，浪浪不已也。

第四十五韻：當、浪

陳第曰：「當，平聲；浪，平聲。」戴震曰：「浪，音郎。」案：當，古音爲[taŋ]；浪，古音爲[laŋ]。當、浪古同陽部。

跪敷衽以陳辭兮　耿吾既得此中正

跪 洪《補》、朱《注》跪同音巨委切。《廣韻》上聲第四紙韻跪音去委切，又音渠委切。案：巨委、渠委音同，并羣紐三等合口，去委，溪紐三等合口。二切分清濁。蓋「渠委」，古音也，「去委」，今音。

衽 《詁訓柳先生文集》卷一九注引作袵。案：袵，俗衽字。《五百家注柳先生集》卷一九注、《文選》卷五〇沈約《宋書・謝靈運傳論》注引亦作衽。

【辭】錢《傳》作詞，引一作辭。洪《補》、朱《注》同引一作詞，案：辭，本字；詞，借字。詳上「嗽詞」注。《文選》卷五〇沈約《宋書・謝靈運傳論》注、《柳河東集注》卷一九注、《詁訓柳先生文集》卷一九注、《五百家注柳先生集》卷一九注引亦作辭。

【耿】朱《注》耿音古迥反，錢《傳》謂「耿與炯同」。《群經音辨》曰：「耿耿，憂也，古幸切。耿，光也，工迥切。《書》：『上帝之耿命。』又古幸、公永二切。」案：耿訓光明，音工迥切。工迥、古迥音同。炯，亦工迥切。

【跪】王逸注「乃長跪布衽，俛首自念」云云，訓長跪，長跪謂之跽。《説文・足部》：「跪，拜也。从足，危聲。」段注：「《手部》：『拜，首至地也。』按：跪與拜二事，不當一之。疑當云『所以拜也』，後人不達此書『所以』字，往往刪之。《釋名》：『跪，危也。兩膝隱地，體危陧也。』」案：《廣雅・釋詁》、《一切經音義》卷六引《字林》皆曰：「跪，拜也。」亦無「所以」二字，豈亦後人刪之邪？析言之，跪，兩股著地，所以拜也。跪之而後拜，拜則必先跪。混言互訓不別。《文賦・月賦》李善注引《聲類》曰：「跪，跽也。」《説文》跽訓「長跽」，段注：「係於拜曰跪，不係於拜曰跽。《范雎傳》四言秦王跽，而後乃云『秦王再拜』是也。長跽乃古語，長，俗作踉。人安坐則形弛，敬則小跪聳體若加長焉，故曰長跽。《方言》：『東齊海岱北燕之郊，跪謂之踉蹬。』郭曰：『今東郡人亦呼長跽爲踉蹬。』《廣雅》：『踉蹬，跪拜也。』」此統言之，許跪、跽析言之。」《史記・范雎傳》「秦王跽而請」，《索隱》曰：「跽者長跪，兩膝枝地。」跽，所以敬也；跪，所以拜也。跪字危聲，猶正也、直也。股不着蹠，腰直不屈，故從危聲，形聲兼轉注。

【敷】王逸注：「敷，布也。」案：敷、布古書通用。《史記·夏本紀》引《禹貢》「篠蕩既敷」作「竹箭既布」，引《皐陶謨》「敷同日奏罔功」作「布同善惡則毋功」。《晉世家》引《文侯之命》「敷聞在下」作「布聞在下」。《書·顧命》「敷重篾席」，《説文·苜部》引作「布重莧席」。《詩·長發》「敷政優優」，《左傳》成二年、昭二十年、《春秋繁露·循天之道》引作「布政優優」。《説文·巾部》：「布，枲織也。」枲麻所織，而謂之麻布。《攴部》：「敷，𢻫也。」敷，本字；布，假借字。叔師以借字釋本字。敷𢻫字後多以布爲之。《釋名·釋采帛》：「布，布也。布列衆縷爲經，以緯橫成之也。」布之名根於敷。敷見戰國鉨文，字作「」詳黄賓《濱虹草堂藏古鉨印》，布首出漢初。段注謂布，「引伸之凡散之曰布，取義於可卷舒也」。亂其始末，泯其序次。

【衽】王注「衣前」云云，謂裳衽也。衽有上衽、下衽。上衽屬衣，稱「衣衽」；下衽屬裳，稱「裳衽」。然則衽之義博且雜也，宜逐一考辯之。蓋衽本爲斜裁總名，《説文》衽與裣（襟）、縷、褽三字互訓。《衣部》：「裣，交衽也。从衣，金聲。」《顔氏家訓·書證》：「古者斜領下連於衿，故謂領爲衿。」又：「褸，衽也。从衣，婁聲。」段注：「衽者，殺而下者也。故引伸之衣被醜弊。或謂之褸裂、或謂之襤褸、或謂之致。」衽以斜裁正幅，割裂爲上狹下寬之斜幅，故引申爲弊壞之義，而字作襤褸。又：「褽，衽也。从衣，尉聲。」褽之訓衽，謂斜裁之也，秦簡《制衣》作「尉」，通用字。斜領曰襟，衣弊襤褸曰褸，斜裁曰褽，皆取義旁斜。衽之形制曰「交輸」，交輸者，裁剪正幅爲斜幅，即一端寬、一端狹之謂。《漢書·蒯伍江息夫傳》：「充衣紗縠禪衣，曲裾後垂交輸。」顔師古注引如淳云：「交輸，割正幅，使一頭狹若燕尾，垂之兩旁，見於後，是《禮記·深衣》『續衽鉤邊』。」秦簡《制衣》作「交窬」，其字通用。裳衽之斜幅，上狹下寬，若折疊裠襬云，長曳於地，故又稱底衽。行則「扱衽」、「持衽」，跪則「歛衽」、「斂衽」。《禮記·問喪》「扱上衽，交手哭」，鄭注：「上衽，深衣之裳前。」孔疏：「上衽，謂深衣前衽，扱之於帶，以號踴履踐爲妨，故扱之。」上衽，猶今云提裠，裠襬提起來再扱（插）於要帶，以便於行走。故登高亦必「扱衽」，《文選·運命論》：「扱衽而登鍾山藍田之上。」跪拜則「斂衽」，《戰國策·楚策》：「見君莫不斂衽而拜，撫委而服。」斂，謂束也。人之跪拜之前，手斂其衽，下跪則布衽於前。是皆指裳衽也。又，《詩·芣苢》「薄言袺之」，毛《傳》：「袺，執衽也。」又，「薄言襭之」，毛傳：「扱衽曰襭。」孔疏：「《釋器》云：『執衽謂之袺。』孫炎曰：『持衣上衽。』又云：『扱衽謂之襭。』李巡曰：『扱衣上衽於帶。』衽者，裳之下也。置袺，謂手執之而不扱，襭則扱於帶中矣。」《公羊傳》昭公二十五年「以衽受」，何休注：「衽，衣下裳當前者。」謂手持裳之前衽，使成包囊形，可以包物於中。《列女傳·母儀傳》魯季敬姜「文伯引衽攘捲而親饋之」，引衽，謂引下裳之衽以包裹物也，故云「攘捲」。《離騷》「跪敷衽」，亦「衣下裳當前者」，而非洪氏《補注》引《爾雅》「裳際」也。「掩裳際」之衽，指衣衽，在衣之左右兩側，下垂於裳際，其不可以「袺」、「襭」也。衣衽，平居屈於身後，狀若燕尾，且扱於要帶，所以使衣裳束於身而不致散亂也。《方言》：「縷謂之衽。」郭注：「或曰裳際也。」錢繹云：「《喪服記》曰：『衽二尺有五寸。』注云：『衽，所以掩裳際也。上正一尺，燕尾一尺五寸，凡用布三尺五寸。』《深衣篇》云：『續衽鉤邊。』注云：『續，猶屬也，衽在旁者也，屬連不殊裳前後也。』《玉藻》云：『深衣衽當旁。』鄭注：『衽謂裳幅所交裂也。』凡衽者，或殺而下，或殺而上，是以『小要』取名焉。衽屬衣，則垂而放之，屬裳，則縫之以合前後，上下相變。江永曰：『以布四幅，正裁爲八幅，上下各廣一尺一寸，各邊削幅一寸，得七尺二寸，既足要中之數矣。下齊倍於要，又以布二幅斜裁爲四幅，狹頭二寸，在上寬頭二尺，在下各邊削幅一寸，亦得七尺二寸，共得一丈四尺四寸。』此四幅連屬於裳之兩旁，所謂衽當旁也。是凡言衽者，皆謂裳之兩旁也。」皆指衣衽也。又，衽或謂之袂、謂之袖。《廣雅·釋器》：「衽，袖也。」又云：「衽，袂也。」《哀時命》：「衣攝葉以儲與兮，左袪挂於榑桑；右衽拂於不周兮，六合不足以肆行。」袪、衽對文，衽亦袂也。朱駿聲《說文通訓定聲》云：「凡衽皆言兩傍衣際裳際，正當手下垂之處，故轉而名衽焉。」其說非也。袪、袖所以名「衽」，亦因其形制爾。若雙臂直，則深衣之袖，上狹而下寬，其狀若小腰也。又，《釋名·釋喪制》：「旁際曰小要，其要約小也。小要又謂之袵。袵，任也。任制際會，使不解也。」袵、衽同。蓋因衽「或殺而下或殺而上」之形，狀若「束腰」者，連接棺板際之楔亦謂之衽，或謂之「小腰」也。又，《釋衣服》：「衽，襜也，在旁襜襜然也。」襜襜，猶冉冉。謂衽之在裳兩旁，冉冉然掉摇也。劉氏以形況字釋其名也。衽、冉，亦聲之轉。又，沈從文《中國古代服飾研究》謂「裁兩塊相同大小的矩形衣料作『嵌片』（長三七厘米，寬二四厘米左右）。然後，將其分別和四周的縫接關繫處理得非常巧妙，縫合兩短邊作反方嚮扭轉，『嵌片』横置腋下，遂把上衣兩胸襟的下部各推移嚮中軸約十厘米，從而擴大了胸圍尺寸」。「衣片的平面縫合却因兩『嵌片』的插入而立體化」，「便是古深衣制度中百注難得其解的『衽』。衽，通常所指爲交領下方的衣襟，故左襟叫『左衽』，右襟爲『右衽』」。果若其解，衽既已藏之於衣内，則不見於外，《招魂》「衽若交竿」，狀其「舞者回旋，衣衽掉摇」，則何以爲説耶？蓋不可通矣。吾博士生李鳳立謂沈氏所云「嵌片」，即「袼」也。袼，非「衽」之别名。其云：「且《説文·肉部》：『胳，亦下也。』段玉裁注：『衣袂當胳之縫，亦謂之胳，俗謂之袼。』胳指腋下，袼指腋下衣袂當胳之縫。鄭玄深衣注亦云：『袼，衣袂當腋之縫也。』又，沈先生認爲嵌片與棺衽形似用同，但從形制來看，衣服上的嵌片『正視形狀近似三角形』，而合棺縫的木榫爲一端窄一端寬的梯形；就功能而言，嵌片是爲了『便於上下活動』，而木榫是爲了固定棺木，二者並不全然相同。」其説甚確，沈氏未及深考矣。

【耿】王逸注：「耿，明也。」劉夢鵬曰：「耿，著也。」其説不刊。朱冀曰：「耿，不安也。心有所存，不能忘之貌。」林仲懿曰：「耿，耿介也。」皆失其旨。又，聞一多曰：「耿，昭著也。一説借爲幸。幸，匣母；耿，見母，又同真部，音最近。」或説亦非。耿、幸同耕部，非真部。《騷》言冀幸，但用「冀」。《説文·耳部》：「耿，耳箸頰也。从耳，烓省聲。杜林説，耿，光也，从火，聖省聲。」許氏，引杜林説爲光明義，蓋謂「耳箸頰」之耿與光明之耿，同字異體。案：耿，古迥反；見紐。聖，式正反，審紐。耿、聖同部異聲，不諧。耿通作炯。《哀時命》「夜炯炯而不寐」，《遠遊》則作「夜耿耿而不寐」。《文選》顏延年《始安郡還都與張湘州登巴陵城樓詩》「炯介在明淑」，李善注：「耿與烔同。」烔，明也。從火，同聲。《冂部》：「冂，邑外謂之郊，郊外謂之野，野外謂之林，林外謂之冂，象遠界也。」冂，即同字，或作坰。界限分則事理明，故有明義。烔，形聲兼轉注。「耿吾既得此中正」，同「紛吾既有此内美」句法，耿，「得」字疏狀字，明貌。

【中正】王逸注「得此中正之道，精合真人，神與化遊」云云，以「中正」言「神與化遊」之「中正之道」。汪瑗曰：「中者，無過不及之謂；正者，不偏不倚之謂，指己所陳之詞得聖人中正之道也。」蔣驥曰：「中正，理之不偏邪者，指守其所脩以擇君言。」姜亮夫曰：「《離騷》此言，蓋總括上文『就重華』所陳之辭而言，則中正者，不自縱，不淫佚，不強圉，不違天道，不妄殺戮，而祇敬如禹，繩墨不頗，義用而善服，皆正道也。此中正之大義如是。」案：清華簡《保訓》記文王臨終之訓詞，有「昔微假『中』於河，以復有易，有易服厥罪，微無，乃追『中』於河」云者，中，猶《論語·堯曰》「允執其中」也，亦《離騷》「中正」也。故占卜以爲吉兆之象。《易·訟象傳》：「訟元吉，以中正也。」又曰：「利見大人，尚中正也。」《豫象傳》：「不終日貞吉，以中正也。」《艮象傳》：「艮其輔，以中正也。」中正，蓋卜占而獲朕兆吉象。「得此中正」，應上「節中」，折竹貞卜，而「得此中正」之兆。《易·姤四十四》：「九五：以杞包瓜，含章，有隕自天。」《象傳》曰：「九五、含章，中正也；有隕自天，志不舍命也。」高亨謂不通否，言「閉塞不通」。「含章者，有正中之德也。文章以正中之德爲質，人有正中之德而後成文章之美。有隕自天者，事昏暴之君，正中之志閉塞不得行，故舍棄生命而隕亡也。」《象傳》及高亨釋此卦爻辭，皆可爲「得此中正」注脚。屈子卜於舜祠，巫祝貞得「中正」，而託以重華神諭，曰：「身逢濁世，遭遇昏君而行『中正』之道，必壅塞不通，隕身菹醢。」楚人貞卜，亦多用《易》。楚懷王世左尹邵⿰方它大夫墓簡策有貞卜祭禱之文，其貞問出入事王盡卒歲及躬身尚毋有咎、心疾尚毋有恙，令⿸广鄉會貞得《易》之《豫》、《兑》，令五生貞得《易》之《損》、《臨》，令陲乙貞得《易》之《蠱》、《剥》，又令五生貞得《易》之《隨》、《離》，又令五生貞得《易》之《恒》、《需》。《易》道行於楚，「中正」之語，出於

《易》無疑。朕兆既得，不須延佇，下文幻出乘鷖上征，反本求帝之夢。王注云「神與化遊」，最得蘊奧。

是二句言余跪拜敷衽，嗽訴既畢，使巫祝占卜決疑昭然得此「中正」之朕兆，勉我往觀復路以求歸列祖，無庸首鼠不決。亦呼應上「節終」語。

駟玉虬以椉鷖兮　溘埃風余上征

虬 洪《補》、錢《傳》同引一作虯，朱《注》：「虬，一作蚪。音渠幽切。」姜亮夫曰：「虯，本字；而虬，俗字也。虯即𧈢，皆從丩聲，作虬者無義也。」案：《廣雅·釋魚》：「有角曰蘢龍。」其字從艸，𧈢字形訛，古從丩。《山海經》卷一八《海内經》注引虬作虯，《後漢書》卷二八下《馮衍傳》注、王應麟《急就篇補注》卷四注、《路史·餘論》卷三「鸞鷖」條引亦作虬。

以 《離騷後序》、《山海經》卷一八《海内經》郭璞注引作而。案：以，猶與，其作「以」是也。

椉 敦煌《楚辭音》殘卷作椉。《文選》六臣本作乘，而洪《補》、錢《傳》同引一作乘。《楚辭音》殘卷乘音時升反。案：椉，古字；乘，隸省字。《山海經》卷一八《海内經》注、《路史·餘論》卷三「鸞鷖」條、《後漢書》卷二八下《馮衍傳》注、《急就篇補注》卷四注引作乘。楚簡登車字作𨌤。《群經音辨》曰：「乘，登車也，食陵切。謂其車曰乘，食證切。」時升、食陵同韻同調同等同呼，「時升」出切爲禪紐，「食陵」出切爲牀紐。蹇公音楚，「時升」，楚音。

鷖 敦煌《楚辭音》殘卷、《文選》六臣本鷖同音烏計反。朱《注》音同，又音烏鷄反。洪《補》鷖音於計、烏鷄二切。錢《傳》鷖音於兮反。又，洪《補》、朱《注》、錢《傳》同引一作翳，《後漢書》卷二八下《馮衍傳》注、《山海經》卷一八《海内經》郭璞注引、《文選集注》殘卷六三作翳。《路史·餘論》卷三「鸞翳」條引作「翳」。《考異》、姜校引《路史·餘論》卷三同訛作卷一、翳同訛作鷖。王應麟《急就篇補注》卷四引亦作鷖。案：《説文·鳥部》：「鷖，鳧屬也。」《羽部》：「翳，華蓋也。」鷖、翳二字。《廣韻》上平聲第十二齊韻鷖音烏奚切。去聲第十二霽韻翳音烏計切。烏奚、於兮音同，鷖字本音。於計、烏計、烏鷄音同，翳字本音。《楚辭音》殘卷字作鷖。《廣韻》翳又音烏奚切，音與「鷖」字同，爲鷖别文，與訓「華蓋」者異。鷖之爲翳，猶翿之爲䎁、鶡之爲翶者，從鳥、從羽多相替用。

溘埃 溘，敦煌《楚辭音》殘卷音苦閤反，洪《補》音渴合切。朱《注》引一作𡒍。姜亮夫校曰：「作𡒍，涉下文埃字从土而誤也，仍當作溘。」案：《説文》盍作盇，溘作𣹳，嗑作嗑，𣹳爲古字；溘，隸變字。《説文》段注曰：「盇，其形隸變作盍。」慧琳《一切經音義》卷三四引王逸注亦作溘。《考古質疑》引𣹳作𡒍。《文選》卷五《吴都賦》注，卷一五《思玄賦》注，卷二六謝靈運《初發石首城詩》注、謝脁《郡内高齋閑坐答吕法曹詩》注、又《在郡卧病呈沈尚書詩》注，卷三一江淹《雜體詩·張黄門協》注及吴曾《辨誤録》卷下引溘作溢，埃作飋。溢，溘字形訛。《文選》卷六《吴都賦》劉淵林注引作「溢飋風兮上征」，班固曰：「飋，疾也。」亦訛作溢，班本埃作飋。飋，漢人未考埃爲唉應字而改。詳注。葉太慶《考名質疑》亦誤埃作飋。苦閤、苦合、渴合音同。王逸爲埃作注，舊本作埃。敦煌《楚辭音》殘卷埃音烏來反。

余 《文選》卷五《吴都賦》注引作兮。卷二六謝靈運《初發石首城詩》注、謝脁《在郡卧病呈沈尚書詩》注引作而。案：兮，余字形訛。作而者，因《遠遊》「掩浮雲而上征」而改。《文選》卷一五《思玄賦》注，卷二六謝脁《郡内高齋閑坐答吕法曹詩》注，卷三一江淹《雜體詩·張黄門協》注、《在郡卧病呈沈尚書詩》注，以及吴曾《辨誤録》卷下、《考古質疑》引亦作余。

【上】敦煌《楚辭音》殘卷上音時攘反。《群經音辨》曰：「居高定體曰上，時亮切；自下而升曰上，時掌切。」案：上征，用上升義，音時掌切，去聲。「時攘」之下字有二音，「擾攘」音如兩切，上聲。「攝攘」音人樣切，去聲。騫音「時攘」，下字當如「攝攘」之攘。時掌、時攘音同。

【駟】王逸注「言我設往行遊，將乘玉虬，駕鳳車」云云，言乘駕義。汪瑗曰：「駟，猶乘也。如驂字亦可虛實兩用。」又，洪《補》曰：「駟，一乘四馬也。」《説文·馬部》：「駟，一乘也。从馬，四聲。」段注：「《周禮·校人》鄭司農注云：『四馬爲乘。』按：乘者，覆也。車軛駕乎馬上曰乘。案：乘，本訓登木。詳上文「乘騏驥」注。許氏乘訓覆，察也，乘，有察諦義。《周禮·宰天》「乘其財用之出入」，注：「乘，計也。」《周禮·槀人》「乘其事」，鄭司農注：「乘，計也。」馬必四，故四馬爲一乘，不必已駕者也。引伸之，凡物四曰乘，如『乘矢』、『乘皮』、『乘韋』、『乘壺』皆是。駟者，馬一乘之名，鄭清人箋：『駟，四馬也。』」名事相因，駕四馬亦謂之駟。《哀時命》「駟跛鼈而上山兮」，言駕跛鼈也。又，《九章·涉江》「駕青虬兮驂白螭」，駕青虬，同此「駟玉虬」，駟，猶駕也，乘也。

【玉虬】王逸注：「有角曰龍，無角曰虬。」又，《天問》「焉有虬龍」，王注同。洪《補》引《説文》曰：「虬，龍子有角者。」《廣雅·釋魚》：「有鱗曰蛟龍，有翼曰應龍，有角曰虬龍，無角曰螭龍。」《淮南子·覽冥訓》高注：「有角爲龍，無角爲虬。」朱駿聲《説雅》曰：「龍雄有角，雌無角。龍子一角者蛟，兩角者虯，無角者螭也。」《一切經音義》卷五引《抱朴子》曰：「母龍曰蛟，子曰虬，其狀魚身蛇尾，皮有珠。」卷一九引《熊氏瑞應圖》：「虬，龍黑身無鱗甲也。」諸説牴牾，未知孰是。段注《説文》據《韻會》、《文選·甘泉賦》李善注引《説文》改「虯，龍子有角者」爲「虯，龍子無角者」，謂「他家所引作『有角者』皆誤也」。又斥《廣雅》「有角曰虬龍」「其説乖異，不爲典要」。案：

《文選》謝靈運《登池上樓》注引《説文》作「虯，龍有角者」，沈濤《説文古本考》謂《甘泉賦》注引《説文》「無角」當作「有角」。《漢書・司馬相如傳》「六玉虯」，顔師古注引張揖曰：「龍子有角曰虯。」同《廣雅》。段君顧此失彼，似失武斷。王念孫曰：「其於所不知，蓋闕如也。」終不置一字。以是亦知段、王二家治學優劣。簡言之，虬，龍之屬，夏后氏圖騰神獸。錢杲之曰：「玉虬，色白如玉也。」王夫之、聞一多曰：「玉虬，白龍也。」玉之色澤也或青、或赤、或碧、或白。玉，不專指白玉。《涉江》「青虬」，言虬如青玉也。玉虬，但虬如玉也。又，洪《補》曰：「《相如賦》云『六玉虯』，言駕六馬，以玉飾其鑣勒，有似玉也。」此文開下篇乘龍上征、遨遊天庭之行，玉虬，神獸，非指馬。

【鷖】王逸注：「鷖，鳳皇別名也。《山海經》云：『鷖身有五采，而文如鳳。』鳳類也，以爲車飾。」洪《補》曰：「《山海經》云：『九疑山有五采之鳥，飛蔽一鄉。』五采之鳥，鷖鳥也。又云：『蛇山有鳥，五色，飛蔽日，名鷖鳥。』」朱季海曰：「《離騷》有云『百神翳其備降兮，九疑繽其並迎』，王注：『翳，蔽也。』是蔽謂之翳，故楚語也。尋《釋木》曰：『蔽者翳。』郭注引《詩》云：『其椔其翳。』見《大雅・皇矣》，依平聲呼之，蓋古之遺語矣。據洪引經本，或云『飛蔽一鄉』，或云『飛蔽日』，此正翳鳥之所以得名。洪引鷖鳥，本出九疑之山，屈賦降神，亦云九疑並迎，尋其謡俗，故在蒼梧、零陵間矣。《釋鳥》：『鶠，鳳也，其雌皇。』《説文・鳥部》：『鶠，鳥也，其雌皇。从鳥，匽聲。一曰，鳳皇也。』亦即斯鳥矣。泰、寒對轉，故翳或謂之鶠。然名從主人，則作翳爲正。蓋鷖、鶠字行，而斯鳥得名之故，益幽隱難知，雖段、郝之精鑒，於此猶未能疏通證明也。」又曰：「蓋鷖既『五彩之鳥』，鳳亦『五色備舉』，鷖鳥得名，既以『飛蔽一鄉』，夫鳳之爲言猶朋也，故古文亦以爲朋黨字，是鳳鳥得名，又緣『鳳飛羣鳥從以萬數』也。自《漢書》宣帝詔以下，或言『羣鳥從以萬數』，或言『羣鳥列侍以萬數』，校其名實，本無二致。頗謂原是一鳥，方俗不同，傳聞異辭，遂衍爲數名。」案：朱説得失雜糅。鷖鳥名受義於翳蔽義，確乎不易。又謂鷖、翳一字。非也。

翳，華蓋名，所以蔽遮，亦受名於蔽義。不得謂鷖受義於翳，鷖、翳同根於蔽義，皆後起分別文。朱君又謂翳、鶠爲一鳥，二字「泰、寒對轉」，非知音之選。鷖，脂部；翳，去聲，質部長入，非泰部字。鷖、翳與鶠非陰陽對轉。鷖、翳皆根於曀。平聲是鳥字作鷖；去聲華蓋字作翳。去入一類，聲分長短，翳、曀古多通用。《文選》張景陽《雜詩》「翳結繁雲」，注：「翳與曀古字通。」《詩·皇矣》「其菑其翳」，《釋文》：「翳，《韓詩》作殪。」殪，曀也。《釋名》：「殪，翳也，就隱翳也。」又：「曀，翳也。言雲氣掩翳日光，使不明也。」緩言曰壹壹，狀氣藴積貌。聲變作壹鬱、抑鬱、於邑。詳上文「鬱邑」。鷖、翳從殹聲，皆曀字假借。鷖、翳并借聲字。又，《説文·鳥部》：「焉鳥，黄色，出於江淮。象形。凡字，朋者羽蟲之長。烏者，日中之禽。舄音，知太歲之所在。燕者，請子之候，作巢避戊己。所貴者故皆象形。焉，亦是也。」焉是何鳥，許氏未置一言，其所不知，蓋闕如也。焉，戰國器《中山王譻壺》作「[illegible]」，《詛楚湫淵》作「[illegible]」，[illegible]、正，正字古文，楚器《酓折鼎》作「[illegible]」。《詩·猗嗟》「不出正兮」，《釋文》：「畫五采曰正。」正有五彩義。《書·舜典》「月正元日」，孔疏：「正，訓長也。月正，言月之最長；正月，長於諸月，月正還是正月也。」《周禮·大宰》「而建其正」，孔注：「正，長也。」焉字从正，从鳥，象其五采而爲羣鳥長也，會意。焉，亦鷖屬。《乙部》：「乙，玄鳥也。齊、魯謂之乙，取其鳴自呼。」段注：「乙，本音烏拔反，十五部，入於筆反者，非是。」乙，月部。焉、乙元月對轉。焉，鶠字别體。蓋楚謂鷖，齊、魯謂乙，江淮之間謂焉，而中土謂鶠。伯翳氏以此鳥爲神。《秦詩譜》曰：「堯時有伯翳者。」又曰：「伯翳爲舜虞官，掌上下草木鳥獸。」孔疏：「伯翳，伯益，聲轉字異，猶一人也。」《史記·秦本紀》：「大費佐舜，調訓鳥獸，鳥獸多馴服，是爲伯翳。」《後漢書·蔡邕傳》「伯翳綜聲於鳥語」，李賢注：「伯翳，秦之先伯益也，能與鳥語。」《漢書·地理志》：「伯益知禽獸。」益爲鳥獸長，後尊爲「百蟲將軍」。蓋翳爲鳥夷族始祖，而後神化爲鳳皇。益、啓争帝，緣鳥龍争天下信史。詳上文「啓」注。又，《漢書·宣帝紀》：「南郡獲白虎、威鳳爲寶。」朱季海曰：「泰脂旁轉，威鳳猶翳鳳耳。蓋楚人謂之翳，南郡楚地，故謡俗相承矣。」威，微部。先秦脂質與微物分用。詳王力《古韻脂微質物月的分部》所考。漢世脂質、微物合爲一部。威鳳，漢世通語。而許氏謂鷖爲「鳧屬」，即《詩·大雅》「鳧鷖在涇」之鷖，與《離騷》、《山海經》「鳳屬」之鷖本二鳥。又，王夫之曰：「虬、鷖，喻己所欲進之君者，施行之美，若乘龍駕鳳以登天。」神獸靈鳥，爲下求帝張本，無意託寓君臣。然乘龍駕鳳非侈誇之辭，求之於楚俗宗教，别有深意。蓋龍車、龍舟，引渡亡靈登升之憑藉也。楚人登升皆乘龍，楚墓出土帛畫有引渡飛升之龍舟，作「乙」字形。詳出土於長沙子彈庫一號墓《人物御龍帛畫》。龍舟，亦龍車。北土乾燥少水，曰龍車；南土多水澤，曰龍舟。乘虬，乘龍舟也。南土端陽之節大興龍舟競渡，超渡亡靈飛升習俗，不關祭奠屈子自沈事。鷖鳥，楚人神鳥，導引亡魂登升反本天使也。楚人歸根，必以是鳥使先導。此亦見於楚墓帛畫也。詳出土於長沙陳家大山楚墓《人物龍鳳帛畫》。又，楚俗棺柩形體，象舟船也。棺飾多畫以龍、鳳，蓋象龍舟也，載以飛升反本，而鳳爲導引之使。包山楚懷王左尹邵舵墓内棺側板，繪以龍鳳紋，以四龍四鳳爲單元，以象一乘四馬。鳳皆昂首展翅，且居於龍之上，從其尊鳳崇祖之俗。

【溘】王逸注：「溘，猶掩也。」洪《補》曰：「《遠遊》云『掩浮雲而上征』，故逸云『溘，猶掩也。』按：溘，奄忽也。言忽然風起，而余上征，猶所謂『忽乎吾將行』耳。」案：郅墒。王氏訓掩，即奄字，古書通用。溘，謂奄忽。上「寧溘死以流亡兮」，王注：「溘，猶奄也。」騫公《楚辭音》殘卷：「掩，猶蓋，奄也。」又，《孟子·滕文公》「周公相成王，誅紂伐奄，三年討其君」，奄，商盍之盍。《説文·疒部》：「⿸疒盍，讀若掩。」《左傳》昭八年「蒲姑、商奄，吾東土也」，《韓非子·説林上》、《墨子·耕柱》作「商盍」。昭二十七年「吴公子掩餘」，《史記·刺客列傳》作「盍餘」。楚語奄讀盍，同能讀耐，存古音也。《方言》卷二：「奄，遽也。陳、潁之間曰奄。」長言曰奄忽。《韓詩外傳》九「奄忽龍變」是也。或作感忽《荀子·解蔽篇》「必以其感忽之間」是也，或作感忽《淮南子·繆稱訓》「感忽至焉」是也，或作闇忽《大戴禮記·五帝德》「闇昏忽之意，非君子之道」是也。一聲之轉作恍惚、怳惚，不可勝計。「溘埃風」，同「忽反顧」、「猋遠舉」句法，言忽然埃埃訓承風。騫公《楚辭音》曰：「溘，依也。」聞一多同其説。案：溘，無依憑義，亦非勝辭。

【埃風】王逸注：「埃，塵也。」注「掩塵埃而上征」云云，風字無義可繫。洪《補》謂「忽然風起」，蓋以埃爲飈也。錢杲之曰：「盍然塵埃風氣之表。」言塵埃、風氣，尤非勝語。周拱辰曰：「《莊子》云云：『野馬也，塵埃也。生物之以息相吹也。』野馬、塵埃，縕絪吹息，即所云『埃風』也。」胡文英曰：「埃風，自然之風。」塵埃可謂野馬，而埃風不謂野馬。徐煥龍曰：「風起則塵生，故曰埃風。」朱冀曰：「奄忽之間，與隨風之塵埃同其飛揚，余遂冉冉上行也。」王夫之曰：「埃，當作竢，傳寫之訛。」謂待風上征。若「待風」，安得言「奄忽」？姜亮夫改「埃」爲「飈」，謂「淹忽飈風之起」。劉永濟謂「飈，風高之名」。聞一多曰：「《淮南子·墬形訓》『正土之氣御乎埃天』，《御覽》三五引注曰：『正土，中土也。其氣曰埃。』又曰：『黃泉之埃上爲黃雲』，『青泉之埃上爲青雲』，『赤泉之埃上爲赤雲』，『白泉之埃上爲白雲』，『玄泉之埃上爲玄雲』。是埃即雲氣。風起則雲興，故曰埃風。」何劍薰曰：「埃爲焥字之誤，焥風即熱風。」案：沈德鴻曰：「埃，疑『培』之訛。培，讀爲馮。馮，乘也。溘培風上征，謂忽然乘風而上也。」暢快無滯，然謂埃、培相訛，無徵不信。《說文·口部》：「唉，譍也。从口，矣聲。讀若埃。」唉、埃古通用。譍，本應對字，唉，亦通應。唉、應爲之蒸對轉，喻三、影爲旁紐雙聲。埃風，即應風。《爾雅·釋樂》注：「小者聲音相承故曰應，應，承也。」應風，言承風。《遠遊》「聞赤松之清塵兮，願承風乎遺則」，承風，同此埃風。唉，通作欸。《方言》卷十：「欸，然也。南楚凡言然者曰欸。」《九章·涉江》「欸秋冬之緒風」，洪《補》：「欸，然也。」然，應承之語。《涉江》之欸，通作應，言承。謂因承歲終緒風。蓋楚語應讀如陰聲之唉，借作埃。溘埃風，言忽然承風也。

【上征】洪《補》曰：「征，行也。」案：上，去聲，自下而登升也。《易·需·象》「雲上於天」，《釋文》引干寶注：「上，升也。」包山楚簡、鄂君啓節皆作让，以別上下之上。征，行有準的。詳上文「南征」注。屈子沉湘，反本之路在水中而不在天上，於是何以言「上征」？《悲回風》於「淩大波而流風兮，託彭咸之所居」之後，亦攀登上征飛行：「上高巖之峭岸兮，處雌蜺之標顛。據青冥而攄虹兮，遂儵忽而捫天。吸湛露之浮源兮，漱凝霜之雰雰。依風穴以自息兮，忽傾寤以嬋媛。馮崑崙以瞰霧兮，隱岐山以清江。」彭咸所居不在水中，而在天上。或謂屈子從終彭咸，非以投水自沉，彭咸、屈子皆非水死云云。此庸人自擾。楚人謂人死皆反本、歸於族祖之居。高陽、老僮、稱、重黎、祝融、吴回皆居於崑崙之上，裔孫回歸祖居必「上征」飛升，《論衡・紀妖》「上天猶上山也」。今鄂西土家族葬俗以出殯爲「上山」或「上天」。是以屈子以玉虬爲舟杭，鷖鳥爲天使。

是四句古今注家分段皆歸於下段之首。謂陳辭重華一段終於「霑余襟之浪浪」句。案：上二句言哀痛無路可走，陳辭節中，其於亂世而得「中正」朕兆，其必不容苟生，遂駕虬乘鷖，承風上征，啓程反本，嚮冥界飛行。

第四十六韻：正、征

朱《注》正叶音征。案：正、征古音同。《廣韻》下平聲第十四清韻正、征同音諸盈切。陳第曰：「正，古音征。」正、征古音同爲[tieŋ]，古爲耕部。

自「依前聖以節中兮」至此十有一韻，凡四十有四句，爲第二節，叙屈子正將啓程遠行，見詈女嬃，而後濟渡沅湘，依重華之祠而陳訴其疑，令廟祝節中貞卜，謂賢能必爲時世所用、必爲明君所任，而我生不逢時，遭昏暴之君而「得此中正」，則必致菹醢，誠無生理。於是疑慮頓釋，乃駟虬駕鷖，乘風上征，啓程求歸宗神之居。上段言登臨椒丘，遊目反顧，往觀四荒，既爲「昨夜西風凋碧樹，獨上高樓，望盡天涯路」之第一種境界，則此段「阽余身而危死兮，覽余初其猶未悔」，猶「衣帶漸寬終不悔，爲伊消得人憔悴」也，轉入第二種境界。而「上征」以下，即叩閽求帝，三度求女、卜氛問咸、西遊求女，是「衆里尋他千百度」之種種經歷也。

以上嬃詈、節中重華二小節爲第二大段之第一章，叙寫啓程「反本」之死亡飛行前之經歷。女嬃勸其苟生，而重華勉其反本。

朝發軔於蒼梧兮　夕余至乎縣圃

朝 敦煌《楚辭音》殘卷朝音張遥反。《群經音辨》曰：「旦日曰朝，陟遥切。且見曰朝，直遥切。」案：張遥、陟遥音同，朝，三等，而反切下字「遥」四等，用「寄韻憑切」門法。

軔 《文選》六臣本、洪《補》、朱《注》、錢《傳》三本軔音刃，敦煌《楚辭音》殘卷軔音如振反。案：《廣韻》去聲第二十一震韻刃、軔音而振切。如振、而振音同。反切下字「振」有二音，訓仁厚之振音側鄰切，平聲；訓振動、振救之振音之刃切，去聲。二切之振字皆讀振動之振，去聲。玄應《一切經音義》卷二〇引「朝發軔」，謂「軔又作杒」。杒，俗軔字。慧琳《一切經音義》卷七四，《分門集注杜工部詩》卷一六注，王狀元《集百家注編年杜陵詩史》卷二〇載蒼舒注、卷二九載洙注、卷三二載洙注，《補注杜詩》卷四注、卷五注、卷二六注，《九家集注杜詩》卷四注及黎氏《玉篇》車部「軔」字引亦作軔。

於 《九家集注杜詩》卷四注、《補注杜詩》卷五注引作于。案，于、於古今字。而《補注杜詩》卷四注引亦作於。

縣 敦煌《楚辭音》殘卷縣音玄，洪《補》、朱《注》二本同。蔣驥縣音元。《文選》六臣謂五臣本縣作懸，洪《補》、朱《注》、錢《傳》同引一作懸。朱季海曰：「《招魂》曰『懸火延起兮玄顔烝』，《文選集注》殘卷『懸』作『縣』，出《音決》：『縣音玄。』又引陸善經曰『懸遠放火連延上起』云云，是唐本自李善、公孫羅諸家字并作縣，《楚辭》故書正當如是，今本作懸，蓋昉於陸善經耳。」案：「縣圃」之作「懸圃」，亦屬此例。縣、懸分別字。《廣韻》下平聲第一先韻縣、玄同音胡涓切，上平聲第二十二元韻元音愚袁切。元、縣，元部；玄，真部。縣音玄，古今音之變。《分門集注杜工部詩》卷一六注，王狀元《集百家注編年杜陵詩史》卷二〇載蒼舒注、卷三二載洙注，《補注杜詩》卷四注、卷二六注引縣作玄，以今音改也。而《九家集注杜詩》卷四注引作縣。

【圃】敦煌《楚辭音》殘卷圃音布。案：《廣韻》上聲第十姥韻圃音博古切，去聲第十一暮韻圃、布同音博故切。騫公音楚，蓋楚音圃讀布，去聲。

【朝、夕】王逸注「朝發帝舜之居，夕至縣圃之上」云云，以朝、夕言始朝終夕，猶一日計。謝濟世謂朝、夕爲「第一日朝發夕至」，金開誠亦謂朝、夕爲計「一天之行程」。又，吕向曰：「言朝夕遠遊神仙之山。」謂朝、夕言朝朝夕夕。案：吕説是也。朝、夕對舉爲文，舉朝則槩夕，舉夕則槩朝。此文言朝夕不怠，日夜兼程。詳參上「朝夕」注。自蒼梧至縣圃，不知其幾千幾萬里，雖爲神遊，不得一日可至。

【發】王逸注「言己朝發帝舜之居」云云，訓發出。案：發，猶撥也，古書通用。《詩・長發》「玄王桓撥」，《韓詩》作「桓發」。《釋名・釋言語》：「發，撥也。撥，使開也。」撥，謂播開。《釋名・釋言語》：「撥，播也。播，使移散也。」包山楚簡發字作𤼽，從癶，從又。癶，象四足發動；從又，引也。楚古文。

【軔】王逸注：「軔，搘輪木也。」陸善經曰：「軔，止車木也。」案：《説文・木部》：「榰，柱底也。」引伸言支柱。《楚辭音》殘卷引王逸注：「軔，枝輪木也。」即支柱義。《爾雅・釋詁》：「榰，柱也。」榰輪，猶止輪也。軔，止車木，置於輪下，行則去之，《淮南子・兵略訓》「車不發軔」是也。又，吕向曰：「軔，車輪也。」以發軔言發輪、發車。《説文・車部》：「軔，礙車木也。从車，刃聲。」六朝俗體作杒。大徐曰：「止輪之轉，其物名軔。」刃，含礙止義。詳上文「忍」注。止車之木是謂之軔，聲中有義。《文選・懷舊賦》注引顔延年《纂要解》曰：「車輪謂之軔。」此吕氏所本。《説文・車部》：

「輮，車軔也。」車軔，即車輪，《荀子・勸學》「輮以爲輪」是也。軔、輪，文部，日來旁紐雙聲。軔訓輪，借字。撥軔，用止車木之軔，非車輪。

【蒼梧】王逸注：「蒼梧，舜所葬也。」洪《補》曰：「《禮記》曰『舜葬于蒼梧之野』，注云：『舜征有苗而死，因葬焉。』蒼梧於周，南越之地，今爲郡。如淳曰：『舜葬九嶷，九嶷在蒼梧馮乘縣，故或曰舜葬蒼梧也。』」以爲南楚零陵蒼梧山。吴仁傑引相如《上林賦》「左蒼梧、右西極」，乃謂「零陵在長沙之南，不得云左」，而以蒼梧在郁州，今山東臨朐縣云。饒宗頤據吴説而發揮之，云：「朝發蒼梧，及假設馳騁之辭，與濟沅、湘事無涉；蓋即所謂『將往觀乎四荒』之一事也。發軔蒼梧之上文，爲『駟玉虬以乘鷖兮，溘埃風余上征』，是其明證。觀其對文縣圃爲西方地名，誠以『朝發軔於天津兮，夕余至乎西極』句例之，蒼梧殆如天津屬東方，當即指郁州之蒼梧山也。」案：東西之限，因地而異，於楚，西極、縣圃皆在楚西，故曰右，而蒼梧在西極東，故曰左。姜亮夫曰：「舜葬蒼梧之説，《困學紀聞》五及諸家注，言之極悉。云：『舜葬蒼梧之野。』薛氏季宣曰，『《孟子》以爲卒於鳴條』，《呂氏春秋》『舜葬於紀』，蒼梧山在海州界，近莒之紀城。鳴條亭在陳留之平邱，今考《九域志》海州東海縣有蒼梧山。海州蒼梧山即《山海經》之郁州，無舜葬於此之説。《集證》：『高誘《呂覽・安死篇》注曰：「《傳》曰：舜葬蒼梧九嶷山。」』此云於紀市，九嶷山下亦有紀邑。元圻案：畢氏沅曰：『《墨子》云：「舜葬南己之市。」《御覽》五百五十五作「南紀」，引《尸子》作「南己」。案：《路史》注紀即冀，故紀后爲冀后，今河東皮氏東北有冀亭冀子國也。鳴條在安邑西北，其地相近。《記》謂舜葬蒼梧，《皇覽》謂在零陵營浦縣，尤失之。梁伯之子云《困學紀聞》五引薛氏言蒼梧在海州界，近莒之紀城。亦非。』」吴薛之説，抑本於薛季宣歟？朝發蒼梧，緣上陳詞重華宗廟。屈子往觀上征，肇自舜廟啓程。舜廟在九疑山，九疑亦名蒼梧。其上下文正相接榫。上博簡《容成氏》「湯又從而攻之，遂逃，去之蒼吾之埜」。蒼吾在洞庭之南。安徽大學藏簡有重華、蒼梧、二妃及沅、湘之名，尤證《離騷》之蒼梧在九疑，不在郁州。

吴、饒舉《墨》、《孟》以強説《騷》，削足適履。自蒼梧至縣圃，由現實轉入神遊，由生界轉入死塗。不必拘於地學。蒼梧，亦作倉吾，《逸周書・王會》「倉吾翡翠」是也。又作蒼吾，《漢書・揚雄傳》「云走乎彼蒼吾」是也。蒼梧，連語。《淮南子・氾論訓》「昔蒼吾繞娶妻而美」，高注：「蒼吾繞，孔子時人。」蒼吾，名也；繞，字也。繞，猶嶢，磈磊不平貌。蒼梧亦猶高而不平。其聲之轉又作岝崿《文選・吴都賦》「雖有石林之岝崿」是也，又作岝嶅《文選・南都賦》「窄嶅宂嵬」是也，又作岝嶺《文選・海賦》「啓龍門之岝嶺」是也，又作岝嶀《文選・琴賦》「岝嶅嶇崯」是也。歌魚旁轉字又作嵯峨、厜㕒、嶵隗、宂隗、陮隗、嶵隗、崔嵬，不可勝計。山高而綿延不絶名曰蒼梧，蓋高山之通稱也。

【縣圃】王逸注：「縣圃，神山，在崑崙之上。《淮南子》曰：『崑崙縣圃，維絶，乃通天。』」《楚辭音》殘卷引《廣雅》云：「崑崙虛有三山，閬風、板桐、縣圃。其高萬一千百一十四步一尺六寸。」乃謂「總曰崑崙，別則三山之殊，而縣圃，最在其上也」。洪《補》曰：「《山海經》云：『槐江之山，上多琅玕金玉，其陽多丹粟，陰多金銀，實惟帝之平圃。南望崑崙，其光熊熊，其氣魂魂，西望大澤，后稷所潛。』平圃，即縣圃也。《穆天子傳》云：『春山之澤，清水出泉，溫和無風，飛鳥百獸之所飲食，先王之所謂縣圃。』《水經》云：『《崑崙説》曰：「崑崙之山三級：下曰樊桐，一名板松；二曰玄圃，一名閬風；上曰層城，一名天庭。」』層音增。《淮南子》言『傾宮旋室，縣圃、閬風、樊桐，在崑崙閶闔之中』。樊音飯。又曰：『崑崙之丘，或上倍之，是謂涼風之山，登之而不死；或上倍之，是謂懸圃之山，登之乃靈，能使風雨；或上倍之，乃維上天，登之乃神，是謂太帝之居。』東方朔《十洲記》曰：『崑崙山有三角，一角正北，上干北辰星之燿，名閬風巔，其一角正西，名曰玄圃臺；其一角正東，名曰崑崙宫。』玄與縣古字通。《天問》曰：『崑崙縣圃，其凥安在？』」案：縣圃傳説備於此。縣圃，太帝先王之居，而後神化爲不死之山。錢杲之曰：「縣圃，即玄圃也。」《水經注・黑水》引《淮南子・墬形訓》、阮籍《達生論》皆作元圃。元，正字；縣，假借字。元，天也。《淮南子・原道訓》「執玄德於心而化馳若神」，注：「玄，天也。」《九思・守志》「食元氣兮常存」，

注：「元氣，天氣。」元、原古字通用。高平曰原，元圃又謂之平圃。

是二句言余上征歸於宗神之居，朝夕兼程，發軔蒼梧，終至崑崙天圃也。

欲少留此靈瑣兮　日忽忽其將暮

少 朱《注》引一作夕。案：王注「言己欲少留於君之省閤」云云，王本作少。《文選》卷九《北征賦》注引亦作少字。《考異》引《北征賦》注少訛作去，姜校亦誤作去。

瑣 敦煌《楚辭音》殘卷瑣音桑果反，《文選》五臣、六臣兩本瑣同作璅，音先果反。洪《補》、朱《注》、錢《傳》同引一作璅。案：《說文·玉部》：「瑣，玉聲。从玉，肖聲。」大徐本瑣音先火切。「璅，石似玉者。从玉，巢聲。」大徐本璅音子草切。瑣、璅本二字。瑣，當璅形訛。詳注。桑果、先火音同。鶱公本誤璅作瑣。王逸注曰：「瑣，門鏤也。文如連瑣，楚王之省閤也。一云：靈，神之所在也。」瑣、璅無門鏤處所義，王本未必作瑣或璅。據其前一說，字蓋作藻，俗作藻，有文采義。據後一說，字作巢，訓鳥巢，引申言居所。

暮 敦煌《楚辭音》殘卷作莫。案：莫、暮古今字。《漢書》卷八七《揚雄傳》引晉灼語、《後漢書》卷二八下《馮衍傳》注引「日忽忽」亦作暮。

【少留】王逸注「故欲小住門外」云云，少訓稍，留訓止。案：靈璅，屈子所歸依之居，安言「少留」？少留，周流聲轉。少，小也。古字通用。小之爲言叔也。《爾雅·釋親》「父之罤弟先生爲世父，後生爲叔父」，王引之曰：

「叔、小雙聲，世、大疊韻，世父、叔父相對成文，則叔爲小，世爲大也。」小、叔宵覺旁對轉。而叔、周通用，俶儻異文作倜儻，是其明證，少、周例亦相通。留，借作流。《易・繫辭傳》「旁行而不流」，《釋文》：「流，京作留。」《荀子・王制》「無有滯留」，《韓詩外傳》作「流滯」。《君子》「貴賤有等，則令行而不流」，《羣書治要》作「令行而不留」。《詩・旄邱》「流離之子」，《爾雅・釋鳥》注作「留離之子」。《莊子・天地》「留動而生物」，《釋文》：「留，或作流。」《文選・上林賦》「步櫩周流，長途中宿」，李善注：「周流，同徧流行也。」《甘泉賦》「據軨軒而周流兮」，李善注：「周流，流行周徧也。」《漢書・禮樂志》「周流常羊思所并」，《文選・羽獵賦》「章皇周流」，周流、常羊、章皇對舉爲文，周流，猶常羊、章皇。《禮記・仲尼燕居》「使女以禮，周流無徧也」，言相羊無不徧也。或作舟流，《詩・小弁》「譬彼舟流，不知所屆」是也。狀纏綿相比次，言稠密貌。訓詁字作綢繆，《文選》李陵《與蘇武詩》「與子結綢繆」，李善注引《毛詩傳》曰：「纏緜之貌也。」《吴都賦》「綢繆縟繡」，劉淵林注：「綢繆，花采密貌。」《思玄賦》「察二紀五之綢繆遹皇」，李善注：「綢繆，連緜也。」狀情思纏綿不釋字作愺恅，《洞簫賦》「愺恅瀾漫」是也。狀言語繁絮字作落索，今作囉蘇。《顏氏家訓・治家》卷五引諺云：「落索阿姑餐。」郝懿行曰：「落索，蓋緜聯不斷之意，今俗語猶然。」又，《爾雅・釋詁》：「貉縮，綸也。」貉縮，亦其字聲轉。郭璞注：「綸者繩也，謂牽縛縮貉之，今俗語亦然。」因聲推求，可得其字引申條貫。又，流、遊通用詳上文「遊目」注，或作周遊。《淮南子・主術訓》「進退周遊，莫不如志」是也。周流靈璅，言周遊靈璅。下「周流乎天」即同此。

【靈瑣】王逸注：「靈以喻君。瑣，門鏤也，文如連瑣，楚王之省閤也。一云：靈，神之所在也。瑣，門有青瑣也。」蓋王氏不能折中，備列二解以存疑。張銑曰：「璅，門閤也。」洪《補》曰：「《漢舊儀》云：『黄門令日莫入對青瑣、丹墀拜。』《音義》云：『青鎖，以青畫户邊鏤也。』」蔣驥曰：「《山海經》『崑崙山帝之下都，面有九門，百神之所在』，故曰靈瑣。」屈復曰：「靈瑣，神靈之門。」劉夢鵬曰：「瑣，鎖闥也。縣圃登之則靈，故稱靈瑣。」戴震曰：「瑣，琅當也。户邊青鏤爲瑣文，謂之青瑣。《漢舊儀》『黄門令日莫入對青瑣、丹墀拜，名曰夕郎』是也。」胡文英曰：「靈瑣，閶闔之瑣闥也。」朱駿聲曰：「瑣，讀爲𨸏，門户疏窗也。靈瑣，猶言神居也。」聞一多謂瑣當作璅，通作藪，謂元圃爲古九藪之一，「以其爲神靈所居，故曰靈藪」。又，朱季海曰：「𨸏，古音在魚部，瑣在歌部者，虧從虘聲，當在魚部，《離騷》以韻離，《天問》以韻加，見段玉裁《詩經韻分十七部表》。又《九辯》亦以瑕韻加。是於楚音，古魚部字，多有讀入歌者矣。以聲言之，則𨸏之於瑣，猶朔之於蘇也。」案：《説文·玉部》瑣訓玉聲，璅爲玉似石者，無門鏤、處所義。瑣，璅字形誤。據王注前説，璅讀爲藻。《艸部》：「藻，水艸也。从艸、水，巢聲。」引申言文縷、文采，俗體作藻。《禮記·玉藻》注：「雜采曰藻。」《文選·七啓》「華藻繁縟」，李注：「藻，文采也。」據王氏後一解，讀璅爲巢。巢，鳥巢。鳥在木爲巢，在穴曰窠，混言不别。引申言居所。《墨子·辭過》曰：「古之民未知爲宫室時，就陵阜而居，穴而處。」《韓非子·五蠹》：「上古之世，人民少而禽獸衆，人民不勝禽獸蟲蛇，有聖人作，構木爲巢，以避羣害，而民悦之，使王天下，號之曰有巢氏。」《莊子·盜跖》：「古者禽獸多，而人民少，於是民皆巢居以避之。晝拾橡栗，暮栖木上，故命之曰有巢氏之民。」《太平御覽》卷七八引項峻《始學篇》曰：「上古皆穴處，有聖人教之巢居，號大巢氏。今南方人巢居，北方人穴處，古之遺俗也。」上古帝王非穴居則必巢居，穴居者，魚龍族之先，在北土、西土；巢居者，鳳鳥族之先，在東土、南土。有巢氏、大巢氏屬鳥夷族。日神羲和以扶桑爲檻見《九歌·東君》，離朱居瓊枝，赤帝之女居於桑、赤松棲於松，皆巢木而居也。去今約七千年前浙東餘姚河姆渡文化遺址有干欄式居室，象巢居。吕思勉曰：「寒地之民多穴居，熱地之民多巢居；寒地之民，多食鳥獸之肉；熱地之民，多食草木之實。」其説韙也。《禮記·禮運》：「昔者先王未有宫室，冬則居營窟，居則避橧巢。」是合南北之俗，不唯有冬夏之别。屈子居南土，敘其事皆南楚之俗，其先祖所居必「橧巢」。神農后稷、西王母，皆西土之先，因西土之俗，故皆穴居，《詩·緜》「陶復陶穴，未有家室」是也。縣圃，楚先神靈所居，是以楚俗又謂之靈巢。《遠遊》曰：

「順凱風以從遊兮，至南巢而壹息。」王逸注：「觀視朱雀之所居也。」朱雀棲居南巢，出有巢氏先民之宗教。叔師注「少留於君之省閤」云云，用其前解。斷以文義，當用後解，靈巢，猶先祖神靈之居。後附會神居多産玉，益玉旁字作璅，又誤作瑣，靈巢古義遂晦。又，湯炳正謂「靈瑣」當作「靈曜」，「瑣即曜之同音異字」，「靈曜」，指日光，古世神化日陽，稱日爲「曜靈」，《天問》「角宿未旦，曜靈安藏」是也。稱日光爲「靈曜」，《文選・陳太丘碑文》「稟嶽瀆之精，苞靈曜之純」是也。案：瑣、曜異部，非同音字。巢、曜爲宵藥平入對轉，羌無例證。唯其説頗有思致，姑并存之。

【忽忽其】王逸注：「言己誠欲少留於君之省閤，以須政教，日又忽去，時將欲暮，年歲且盡，言己衰老也。」以「忽忽其」言疾去貌。案：忽忽其，《楚辭》通語。《九辯》：「歲忽忽而遒盡兮，恐余壽之弗將。」王注：「年歲逝往若流水也。」又：「歲忽忽而遒盡兮，老冉冉而愈弛。」王注：「時去晻晻，若鶩馳也。」《七諫・自悲》：「隱三年而無決兮，歲忽忽其若頹。」王注：「歲月迫促，去若頹下，年且老也。」《惜誓》：「惜余年老而日衰兮，歲忽忽而不反。」王注：「歲月卒過，忽然不還，而功不成，德不立也。」忽，或作曶。《悲回風》「歲曶曶其若頹兮，旹亦冉冉而將至」是也。或借作昧。《懷沙》「日昧昧其將暮」是也。忽、曶、昧音義并通。《説文》作昒，曰：「昒，尚冥也。从日，勿聲。」王筠引《三蒼解詁》曰：「昒，且明也。」「且明」、「尚冥」義同，言將明而未明也。又，《説文》：「昧，昧爽，旦明也。从日，未聲。」旦明，亦猶「且明」。勿、未物部，明紐，曶、昧亦通用。《心部》：「忽，忘也。从心，勿聲。」「忘，不識也。」不識，即不明，與曶、昧相貫。引申言怳惚疾逝。單言曰忽，重言曰忽忽。其當作而，然也。詳上文「忽忽其」注。

【暮】敦煌《楚辭音》殘卷本暮作莫。莫、暮古今字。《説文・茻部》：「莫，日且冥也。从日在茻中，茻亦聲。」且冥，將冥，日猶未入。王逸注：「日又忽去，時將欲暮，年歲且盡，言己衰老也。」以喻年命將畢。方苞曰：「念日之將暮，仍冀輔君及時圖治耳。」謂諫君及時圖治。胡文英曰：「日將暮，託言時之晚也。蓋是時强秦吞并之勢已成，若不早圖，噬臍無及也。」喻楚將亡。案：屈子周遊縣圃，旨在求帝，謂日將暮者，正其見帝時也。古俗見鬼神，皆在晚暮，詳下巫咸夕降注。然此文又應上「哀朕時之不當」。下文令日神弭節、折木拂日，寓託求得其明時，不遽死也。時之既得，則乃叩閽求之，能得見乎？屈子反歸先祖，死且死矣，何以待時爲？於生命意識，生不逢其時而自沈致死，而魂歸先祖之居，謂日忽忽將暮，蓋其不遇於世之情愫不期而見於反本求帝之死亡夢幻，屬潛意識洩露，而非理性之喻也。

是二句言我欲周遊神靈之所，而日忽忽疾去，將晚暮也。

第四十七韻：圃、暮

王力《楚辭韻讀》圃擬音爲[pua]，暮擬音爲[mak]。案：魚部一等音皆開口，圃，不當有介音[u]。圃音布，博故切，去聲；暮，亦去聲。圃，古音爲[pa:k]；暮，古音爲[ma:k]。同鐸部長入。

吾令羲和弭節兮　望崦嵫而勿迫

吾令《文選》卷三四《七發》注兩引此句無「吾令」二字。案：王注「言我恐日暮年老，道德不施，欲令日御按節徐行」云云，王本有「吾令」二字。又，《文選》卷三《東京賦》注，卷九《北征賦》注，卷一一《遊天台山賦》注，卷二〇曹植《應詔詩》注，卷二一顔延年《秋胡詩》注、郭璞《遊仙詩》注，卷二四曹植《贈徐幹詩》注、曹植《贈王粲詩》注、江淹《雜體詩・郭弘農璞》注，卷四二曹植《與吴質書》注及《山谷外集詩注》卷一一注引亦有「吾令」二字。

弭 敦煌《楚辭音》殘卷弭音亡爾反，洪《補》、朱《注》同音彌耳切。案：亡爾、彌耳音和，「亡爾」上字「亡」字爲三等，爾，屬支韻日紐，「亡爾」之出切爲四等，用「通廣」門法。

崦嵫 敦煌《楚辭音》殘卷本作奄兹，曰：「宜作崦嵫。奄，於炎反，兹音咨。」黎本《玉篇・山部》「崦」字、玄應《一切經音義》卷二〇引亦作「崦嵫」，又同謂「崦，又作嶮」。案：嶮，崦字異體。慧琳《一切經音義》卷七四、《山谷外集詩注》卷一一注引亦并作崦嵫。唐寫本《文選集注》殘卷、宋胡穉《簡齋詩集注》卷五注引作奄兹，省文也。《文選》六臣上音於廉反，下音兹。洪《補》、朱《注》崦同音淹，嵫同音兹。於炎、於廉音同。崦，四等字，而二切上字「於」字爲喻紐三等，下字炎、廉皆四等，二切同爲四等，於炎，用「喻下憑切」門法，於廉，用「廣通」門法。淹亦音於炎切。《廣韻》上平聲第七之韻嵫、兹同音子之切，第六脂韻咨音即夷切。嵫、咨古不同音，嵫音咨，古今音變。

勿 洪《補》、朱《注》、錢《傳》同引一作未。朱《注》云「非是」。案：朱《注》是也。斷以文義，作「勿」是也。

迫 慧琳《一切經音義》卷七四引作迫。案：迫，迫字形訛。玄應《一切經音義》卷二〇、《山谷外集詩注》卷一一注、《簡齋詩集注》卷五注、黎本《玉篇》山部「崦」字引亦作迫。

【羲和】王逸注：「羲和，日御也。」洪《補》曰：「《山海經》『東南海外，有羲和之國，有女子名曰羲和，是生十日，常浴日於甘淵』，注云：『羲和，天地始生，主日月者也。故堯因是立羲和之官，以主四時。』虞世南引《淮南子》云：『爰止羲和，爰息六螭，是謂懸車。』注云：『日乘車駕以六龍，羲和御之，日至此而薄於虞淵，羲和至此而回。』」洪氏列羲和爲三解：有生十日之羲和，有堯時主司四時之天官羲和，又有神遊日御之羲和。朱子斥王注，曰：「羲和，堯時主四時之官，賓日、餞日者也。」汪瑗復因王注，曰：「此所用羲和，當如望舒、飛廉等號同看，朱子以爲堯主四時之官名，非是。」又曰：「羲和二字亦本日義以命名，而爲主曆時之官之號也。其以爲日御者，蓋亦借羲和之官名以爲日御名耳。如以羲和不爲日御，則望舒亦不當爲月御，飛廉亦不當爲風伯矣。朱子奚爲後二説從之，而獨不從羲和之説邪？」若以爲堯主四時之官，又焉能使日不望崦嵫而迫也？」案：屈賦羲和有三義：一爲日神。《九歌·東君》爲祭日之詩，東君，羲和也。二爲日之代名。《天問》「羲和之未揚，若華何光？」言日未揚其光，若華何照乎？三爲日御。即令弭節羲和也。此爲南國所傳舊聞。洪氏謂主四時羲和，本於《尚書·堯典》「乃命羲和，欽若昊天，曆象日月星辰，敬授民時」，而《書》又分羲和爲羲仲、羲叔、和仲、和叔四人，宅東西南北四土。此蓋北土所習者。《淮南子》「爰止羲和」，與此文同，劉安生於楚望，習楚舊聞。汪氏謂「羲和二字亦本日義以命名」，甚是。惟未委其所以命名之由。姜亮夫謂羲和爲「本伏羲、女媧傳説之混合，與日月生成人類始祖皆相關涉之一故事中派生成分也。最早爲生日、生月之人先帝俊之妻，因生日月而主日月。進入男性社會，爲人羣之大酋者，已變爲男子，斯帝俊妻之説，只見南土，尤爲北土儒者所不言。於是屈子筆下之羲和爲日御。儒者以政治爲學説之中心，羲和遂又由天神變爲人間之官司，原本二姓之合，至此遂又反復其二姓之本，而爲《尚書》之羲氏、和氏矣」。又曰：「羲和之音變，則爲常娥，爲常儀，爲纖阿，爲西王母，乃至爲無夫生九子之女岐，亦爲九子母也。」姜説得失並存。羲和爲帝俊生十日演變，此其得之。帝俊，日精之象，夷族圖騰。生十日之俊，神烏也。詳上文「舜」注。十日，猶十卵也。帝俊生十日，蓋出於夷族先民神秘聯想。其謂日陽狀如鷄子，爲一碩大之烏所産。鷄鳴而卵産，鷄鳴而日陽出，二者神秘互滲，乃謂日精之象爲鷄，而後神化爲鳳皇。河姆渡骨匕雕有兩鳥交媾生産日陽之圖，蓋神鷄産日神話之實物遺存。西南滇貴之侗、苗、傣、壯諸族傳言公鷄呼太陽故事，即其神話演變。生十日之帝俊，其原型即鷄也。姜又謂羲和爲伏羲、女媧之混合，音變爲常儀、嫦娥云云，失之粗疏。伏羲，即祼曦，夷族之高禄神。女媧，人首蛇身，魚龍族之先祖神。伏羲、女媧成夫婦，始於漢世。《天問》曰：「登立爲帝，孰道尚之？女媧有體，孰制匠之？」屈子固不以女媧爲帝，尤不信其爲伏羲之婦也。戰國夷族之伏羲、魚龍族之女媧二人，未可混也。羲和，日陽之號，本爲連語，歌魚旁轉字作赫羲，光明盛貌。《文選》潘岳《在懷縣作》二首「隆暑方赫羲」，李善注：「赫羲，盛也。」和、赫聲之轉。和通赫，猶和通猳也。《史記・十二諸侯表》「秦共公和」，《秦本紀・索隱》和作猳。或作赫戲，下「陟陞皇之赫戲兮」，王注曰：「赫戲，光明貌。」歌元對轉字作赫宣。《韓詩・淇奥》「赫兮宣兮」，《毛詩》作赫咺，曰：「威儀容止宣著也。」亦盛明義。倒作諠赫，《後漢書・酷吏傳論》「威譽諠赫」是也。又作輝赫，李白《古風》「冠蓋何輝赫」是也。又作顯赫，《三國志・吴書・孫權傳》「光寵顯赫」是也。又作烜赫，《漢紀》「無烜赫之惡」是也。又作翕赫，《文選・甘泉賦》「翕赫曶霍」，李善注：「盛貌。」《琴賦》則作翕艴，《魯靈光殿賦》作歙艴，潘尼《瑇瑁椀賦》作熻艴。或作於赫，《漢書・韋玄成傳》「於赫有聲」是也。鐸陽對轉，訓詁字作輝煌。羲和之名受義於光明盛大。羲和主日，而日月陰陽相配，是月神曰常羲。常之言尚也。《史記・衛綰傳》「劍尚盛未嘗服也」，《漢書》尚作常。《漢書・賈誼傳》「尚憚以危爲安，以亂爲治」，《賈子・宗首》尚字作常。尚，言匹也，耦也。《易・泰》「朋亡得尚乎中行」，注：「尚，猶配也。」《漢書・陳餘傳》顔師古注：「尚，配也。」《史記・司馬相如列傳》「卓王孫喟然而歎，自以得使女尚司馬長卿晚」，朱駿聲曰：「尚，猶耦也，對也。」尚羲，羲和之配耦，而非羲和之音變字。

【弭節】王逸注：「弭，按也。按節徐步也。欲令日御按節徐行，望日所入之山，且勿附近，冀及盛時遇賢君也。」錢杲之曰：「使羲和止節，而勿急行。」弭訓止。汪瑗曰：「節，旌節也。」林仲懿謂「節，《秋官》所謂道路用旌節也。」以弭節爲按弭旌節。蔣驥曰：「節，行車進退之節。」聞一多曰：「弭，弛也。節，謂車行之節度。節度弛緩而行徐。」胡念貽曰：「弭節，爲放低旌節，表示徐行。」案：《潛夫論・愛日》：「所謂治國之日舒以長者，非謂義和而令安行也。」祖構「弭節」，言徐步安行。《説文・弓部》：「弭，弓無緣可以解轡紛者，从弓，耳聲。㢴，弭或从兒。」段注：「弭可解紛，故引申之訓止，凡云弭兵、弭亂者是也。」許氏弭從耳聲，之部。或體㢴字從兒，支部。《楚辭・遠遊》「思舊故以想像兮，長太息而掩涕；氾容與而遐舉兮，聊抑志而自弭」，涕、弭叶韻。涕，脂部；弭，亦脂部。弭，古作彌。《周禮・男巫》「春招弭以除疾病」，鄭注：「杜子春讀弭如『彌兵』之彌。」《漢書・王莽傳》「彌躬執平」，顏師古曰：「彌，讀與弭同。」又「以彌亂發姦」，顏師古注：「彌，讀曰弭。」《文選・羽獵賦》「望舒彌轡」，李善注：「彌與弭古字通。」彌，爾聲，脂部。弭，或借作敉。《周禮・男巫》杜注：「弭，讀爲敉。」或借作迷。《淮南子・道應訓》「絶塵弭轍」，注：「弭轍，引迹疾也。」敉、迷皆脂部。弭，亦脂部，而非支部。弭，從弓，從耳。會意。耳之言已也。長言曰而已，短言曰耳、曰已。弓可解轡止亂謂之弭，會意兼假借。彌，從弓，爾聲。爾，訓靡，引申言松弛、松懈。彌，形聲兼轉注。㢴，從弓，從兒。兒，孺子，引申言小、弱。《荀子・禮論》「寢兕，持虎，蛟韅，絲末，㢴龍，所以養威也」，楊倞注：「弭，末也。謂金飾衡軛之末爲龍首也。」猶木之端也，有弱小義。《吕氏春秋・精論》「淺智者之所爭則末矣」，注：「末，小也。」「㢴龍」之㢴，即《説文》之「𦖋」字。𦖋，車輿之金耳，在衡軛之末，故𦖋之名受於末。㢴，實𦖋字別體。𦖋，從耳，麻聲。麻，讀如末，歌月平入對轉，同明紐雙聲。𦖋，借聲字；㢴，從弓，從兒，兒，賅「末、小」義，會意兼轉注。《荀子》誤㢴爲弭，許氏又誤弭、㢴一字，故弭又因以誤靡，而弭節又作靡節。弭、彌一字，許氏誤分爲二字；㢴、弭二字，而許氏誤爲一字。節，非節度、旌節義，猶止也。《易・未濟》「亦不知節也」，虞注：「節，止也。」《吕氏春秋・大樂》「必節嗜樂」，高誘注：「節，止也。」《廣雅・釋言》：「節，已也。」弭節，平列同義。令義和弭節，言使義和止步不行，令日留止不迫降也。

【望】王逸注「望日所入之山，且勿附近」云云，望，言幸望、冀望義。屈賦冀望字但用冀，而不用望。望，猶至。《廣雅・釋詁》：「望，至也。」蓋借爲方。《莊子・秋水》「望洋」，異文作「方羊」。借望爲方。《淮南子・天文訓》

「方諸見月，則津而爲水」，高注：「方諸，陰燧，大蛤也。熟摩拭令熱，月盛時以向月下，則水生。」朱駿聲曰：「方，或曰借爲望。」《禮記・表記》「以人望人」，孔疏云：「望，比也。」《史記・天官書》「日方南」，《正義》引鄭玄曰：「方，猶向也。」虛化將至之辭。方崦嵫而勿迫，言將至崦嵫。

【崦嵫】王逸注：「崦嵫，日所入山也。下有蒙水，水中有虞淵。」騫公《楚辭音》曰：「《大荒西經》云：『西海陼中有神，人面鳥身，珥兩青蛇，踐兩赤蛇，名曰弇茲。』騫案：弇茲之神居此山，因以名焉，而加山旁。」弇茲之神，亦日神之屬，故其爲鳥身，而「珥兩青蛇，踐兩赤蛇」，象鳥族厭勝龍族。洪《補》曰：「《山海經》曰：『鳥獸同穴山西南曰崦嵫。』又曰：『西曰崦嵫之山。』《淮南子》云：『日入崦嵫，經細柳，入虞淵之汜。』」案：崦嵫爲日入山名，而弇茲之神，掌日降之神也。《穆天子傳》郭璞注字作弇茲，《西山經》謂「玉山」，郭璞注則作奄山。其山之名非以有奄茲之神故也。《説文・大部》：「奄，覆也，大有餘也。从大、申。申，展也。」引申言覆蓋。《淮南子・脩務訓》「而知不足以奄之」，高注：「奄，蓋之也。」奄之覆之則生闇昧，又訓闇。《文選・舞賦》「闇復輟已」，李善注：「闇，猶奄也。」奄、闇，侵談旁轉，同影紐雙聲。日不明爲晻。《日部》：「晻，不明也。从日，奄聲。」遮蔽日陽之山爲崦。晻、崦皆分別文。字又作弇、穽，葉談對轉，古字通用。合則不明，與晻字同。茲，黑也。《左傳》哀八年「何故使吾水茲」，《釋文》：「茲，黑也。」茲，借爲滓。《水部》：「滓，揞也。」引申言黑，俗作淄。《太玄》「白於泥淄」，注：「淄，黑也。」古或以緇字爲之。《論語》「涅而不緇」是也。《釋名・釋采帛》：「緇，滓也。泥之黑者曰滓，此色然也。」茲、滓之部，精照旁紐雙聲。日入之山曰奄茲，並受義於黑闇。居是山之神，則亦曰奄茲。訓詁字作崦嵫。騫公始末顛倒。何新君謂崦嵫山「取義於天門之關掩」詳《文學遺産》一九八六年第一期《一組古典神話的深層結構》，則「嵫」字無義可繫。

【迫】王逸注：「迫，附也。」騫公引郭璞曰：「勿近昧谷也。」陸善經曰：「勿迫，令急也。」錢杲之曰：「迫，急也。」聞一多曰：「疾赴曰迫。」案：《説文・辵部》：「迫，近也。从辵，白聲。」又：「近，附也。」迫訓近、訓附、訓急，一義相因。從白聲字多有附義。舟附岸曰泊，神附形爲魄，使人附爲伯，撫手曰拍。迫從白，聲中有義。白之爲言薄也。《涉江》「芳不得薄兮」，王注：「薄，附也。」《易・説卦》「雷風相薄」，《釋文》引陸注：「薄，相附薄也。」白、薄，鐸部、明紐。迫，借聲字。引申言入、言降。

是二句爲驅神之辭。言我方當周遊於神居，而日忽然將暮，我急令日御羲和止步，將至崦嵫之山而勿入也。

路曼曼其脩遠兮　吾將上下而求索

曼曼 敦煌《楚辭音》殘卷作㬅㬅，音亡半反。《文選》六臣本作漫漫，洪《補》引《釋文》、《文選》五臣本、朱《注》、錢《傳》同引一作漫漫。洪氏又曰：「曼作漫，曼、漫并音莫半切。」姜校云：「曼本字，漫則俗借字。」案：慧琳《一切經音義》卷五一引王逸注曰：「漫漫，長也。」其所見本作漫漫。曼，本字；漫，後起分别字；㬅，六朝俗字。《文選》卷九《北征賦》注引亦作曼曼、卷六〇顏延年《祭屈原文》注引作漫漫。亡半、莫半音同，亡半，用「輕重交互」門法。

上 敦煌《楚辭音》殘音卷上音時賞反。去聲。案：上，下二字皆動詞，上去聲，音時賞切。

索 敦煌《楚辭音》殘卷作索，音疏格反。洪《補》、朱《注》同音所格切。案：索，本字；索，借字。古皆用索，索字首見於此。近出土於湖北、湖南二省秦漢簡策文索求字皆作索。疏格、所格音同。

【路】王逸注「言天地廣大，其路曼曼，遠而且長，不可卒至」云云，以路爲泛指天地之路。案：路，上征求帝之路，通往冥界之塗也。

【曼曼】王逸注「其路曼曼，遠而且長」云云，曼曼，猶長遠義。《悲回風》「終長夜之曼曼兮」，王注曰：「曼曼，長貌。」《哀郢》「曼余目以流觀兮」，王注曰：「曼，猶曼曼，遠貌。」《説文·又部》：「曼，引也。从又，冒聲。」《目部》：「冒，冢而前也。」冒有引延、伸展義。冒音目報切，幽部。曼，元部。冒，非曼諧聲。段君謂「此以雙聲爲聲」，而韻部不嫌，強傅許説。曼，從又，從冒，會意。引申言長、言遠。曼之義與邁同根。《辵部》：「邁，遠行也。从辵，萬聲。」邁，莫話切；萬，無販切。萬、曼音同，例可通用。《文選》司馬遷《報任少卿書》李善注：「曼，音萬。」《左傳》莊十一年宋有南宫萬字長，借萬爲曼，亦言長也。《荀子·正論》「曼而饋」，楊倞注：「曼，當爲萬。」六朝以萬作万，曼字作㬅，從冒，万聲。㬅雖俗字，聲中有義。

【脩遠】王逸注：「脩，長也。」脩遠，平列複語。《墨子·非攻中》「與其塗道之脩遠」。

【將】王逸注「吾方上下左右，以求索賢人」云云，將，方將，猶方當、正當。吴世尚曰：「且吾尚有如許未畢之事，將上下而求索焉。」董國英曰：「且值此仙靈聚會處，將乘吾餘閒而上下求索之。」將，皆欲將、願將。譚介甫、詹安泰、金開誠釋「將要」。案：王説不易。將，猶方也，當也。詳上文「退將復脩吾初服」注。

【上下】王逸注「吾方上下左右，以求索賢人」云云，以上下統括四方。王夫之曰：「上下求索，徧在廷在野而冀遇之。」謂上指朝廷，下指下野。張惠言曰：「上謂君，下謂臣。」魏炯若曰：「上指天，下指地。」案：魯筆曰：「吾急令日御止其旌節，勿遽入崦嵫山，蓋帝閽路遠，俟吾乘餘閒，或上或下，旁求意外之遇合，先少抒其情愫，有何不可？」上下，謂或上或下，動詞。戴震曰：「上下，猶云登降。」其説精賅。或上或下，忽左忽右，以狀天路曲折脩長、艱難多虞。

【求索】平列複詞。詳上文「憑不猒乎求索」。屈子上下奔走，何以求爲？王逸謂「以求索賢人與己合志者」，朱子謂求賢君，朱冀謂「求折中」，李光地、魯筆謂「旁求意外之遇合」，夏大霖謂「求同心同德之君臣」，陳本禮謂「既求之於崑崙下都，又求之於昊天金闕也」，王邦采謂「求索天神之所在」，聞一多謂「上求求帝女，下求求虙妃、有娀、二姚輩」，胡念貽謂女爲屈子理想，求索即求女，追求理想。言人人殊，莫衷一是。案：下承此「上下求索」，而税駕咸池、總轡扶桑，又折枝若木，拂日永駐。咸池、扶桑，日陽所浴，所棲之所，即日陽楚族先祖之神居。屈子所求，先祖神也。據湖南侗族、苗族及雲南納西族之葬俗之送魂儀式，人死反歸於先祖之居，巫師誦《開路經》以導引。《開路經》以勸勉亡靈往先祖所由來，詳敘送魂之路程，乃其族遷徙之歷史。靈魂必循其路回歸於其先祖之居。觀楚自開國至屈原之世已久矣，在殷商，甲骨卜辭已有記載，若武丁世之卜骨有「舞于楚」、「于楚又雨」，陳夢家《殷墟卜辭綜述》云，楚、京，卽是《鄘風·定之方中》「升彼虛矣，以望楚矣，望楚與堂，景山與京」之楚與京，在衛之濮上。楚族先人由衛之楚丘西遷，經陳留、雍丘之老丘，再經鄭之祝融之墟，再經漢之附禺之山而後南征。至周，其「先王熊繹，闢在荆山，篳路藍縷，以處草莽，跋涉山林，以事天子」（見《左傳》昭十二年），據有丹、淅之地，備歷開創之艱辛。歷春秋至戰國，開拓疆土，富國強兵，遂崛起南國，與中原諸侯抗衡。此諒爲漫長且艱難之路。楚之始祖，在濮陽之帝高陽，屈原魂歸先居之冥塗，乃循其先人南遷之歷程而一路上征，令羲和、望崦嵫、經咸池、拂扶桑，皆日神所經所止，然其跋山涉水，則可謂脩遠且多艱也。皆不關「求賢」或「求君」也。

是二句言余既令日御留止勿迫，不顧道路之曼曼，脩長多艱，上下求索楚先祖神。

第四十八韻：迫、索

陳第曰：「迫，古音薄。」戴震曰：「迫，古音博。」江有誥曰：「迫，補入聲。」案：迫，古音爲[prak]。陳第曰：「索，音朔。」江有誥曰：「索，素入聲，魚部」案：《廣韻》入聲第二十陌韻索音山戟切，又音蘇各切。入聲第四覺韻朔音所角切。去聲第十一暮韻素音桑故切，入聲，則音桑各切。蘇各、桑各音同，心紐一等；山戟、所角音同，審紐二等。索，古音當如江説，讀如[sak]。迫、索古同鐸部。江謂魚部，以其平入不分也。

飲余馬於咸池兮　總余轡乎扶桑

飲 敦煌《楚辭音》殘卷飲音於鴆反，洪《補》、朱《注》、錢《傳》同音於禁切。陳第曰：「飲，去聲。」案：《群經音辨》曰：「飲，酒漿也，於錦切。所以歠曰飲，於禁切。」於鴆、於禁音同，去聲。

於 《文選》卷二八陸機《前緩聲歌》注、卷三〇陸雲《擬東城一何高詩》注引作乎。案：作乎者非。説詳下。《鼠璞》引脱於字。

總 敦煌《楚辭音》殘卷本、《文選》六臣本作揔，《鼠璞》引亦作揔。《杜工部草堂詩箋》卷七注引作揔。案：總，本字；揔，六朝俗字。揔，揔字形訛。《記纂淵海》卷四四，《文選》卷二八陸機《前緩聲歌》注、卷三〇陸雲《擬東城一何高詩》注，《漢書》卷八七《揚雄傳》注引晉灼語亦作總。《群經音辨》：「總，聚東也，子董切。總，絲數也，子公切。」子孔、子董音同。

轡 敦煌《楚辭音》殘卷作轡。案：羅本、黎本《玉篇》亦作轡，蓋六朝俗字。

乎 《記纂淵海》注引作於。案：屈賦句法，於、乎分厝上下二句者，必上句用於，下句用乎。下「夕歸次於窮石兮，朝濯髮乎洧盤」，「覽相觀於四極兮，周流乎天余乃下」。《遠遊》「軼迅風於清源兮，從顓頊乎增冰」。季鎮淮曰：「若於、乎二字任用一字，亦必於在上句，乎在下句。『雖不周於今之人兮，願依彭咸之遺則』，『步余馬於蘭皋兮，馳椒丘且焉止息』，『説操築於傅巖兮，武丁用而不疑』。於字皆在上句。『冀枝葉之峻茂兮，願竢時乎吾將刈』，『衆皆競進以貪婪兮，憑不猒乎求索』，『忳鬱邑余侘傺兮，吾獨窮困乎此時也』，『悔相道之不察兮，延佇乎吾將反』，『反返顧以遊目兮，將往觀乎四荒』，『鯀婞直以亡身兮，終然夭乎羽之野』，『何所獨無芳草兮，爾何懷乎故宇』，『委厥美以從俗兮，苟得列乎衆芳』，『及余飾之方壯兮，周流觀乎上下』，『靈氛既告余以吉占兮，歷吉日乎吾將行』，『國無人莫我知兮，又何懷乎故都』是也。」其説極是。此文上於下乎，合其通例，下句作「乎」字是也。《鼠璞》引脱乎字。

扶 朱《注》曰：「扶，《説文》作榑。」《文選集注》殘卷六三引《音決》曰：「榑，音扶。」陸云：「今案《音決》扶爲榑。」案：榑，古字；扶，俗字。《文選》卷二八陸機《前緩聲歌》注、卷三〇陸雲《擬東城一何高詩》注，《漢書》卷八七《揚雄傳》注載晉灼語，《鼠璞》，《杜工部草堂詩箋》卷七注引亦作扶。

【飲余馬】王逸注「言我乃往至東極之野，飲馬於咸池」云云，余，主格。案：是也。飲余馬，同「步余馬」句法，猶余飲馬，下「總余轡」同此。馬，即上虬龍，變文以避複。

【咸池】王逸注：「咸池，日浴處也。《淮南子》曰：『日出湯谷，浴乎咸池。』」又，《九歌·少司命》「與女沐兮咸池」，王注曰：「咸池，星名，蓋天池也。」洪《補》曰：「按，下文言扶桑，則咸池乃日所浴者也。《山海經》云：『黑齒之北曰湯谷。』」案：洪氏見《海外東經》。湯谷，即暘谷。湯，本作昜，甲文作「」《前編》七·一四·一、「」

《乙編》六六八四，金文作「」《嘉子昜伯匿》、《昜叔盤》，象旦日出雲氣之形。丁山曰：「昜者，雲開而見日也。從日，一者，雲也。」《中國古代宗教與神話考》。昜谷，日陽之谷。《海外東經》云：「昜谷上有扶桑，十日所浴。」谷，猶浴，非洗沐。《説文》段注曰：「浴也者，飛乍高乍低也。」又，《大荒東經》曰：「有谷曰温源谷。」即湯谷。《十洲記》見《分類補注李太白詩》卷四《古有所行》注引云：「扶桑在東海之東岸，登岸一萬里東復有碧海，海廣狹浩汗與東海等。水既不鹹苦，正作碧色，甘香味美。」咸池又名甘淵。咸、甘古通用。池、淵同義。又名甘水。又稱天池，又爲星名。《甘氏星經》曰：「咸池三星，在天潢西北。」《晉書·天文志》：「其中五星曰大潢，天潢南三星曰咸池。」《史記·天官書》：「西宫，咸池曰天五潢。」《困學紀聞》云：「西宫，咸池。」錢大昕謂古言咸池，「皆兼五車、天潢、三柱而言」。咸池即天潢。日出於東而没於西，咸池無東西之别，古人以傳會日陽升降，分咸池、暘谷爲二水，暘谷在東，咸池在西。王氏引《淮南子》謂暘谷東，咸池西，正與《史記》「西宫咸池」説同。咸池，又堯樂名。《遠遊》「張《咸池》」，王注：「《咸池》，堯樂也。」堯，夷族先祖，日神。咸池，日神之樂。又爲神名。《七諫·自悲》「屬天命而委之咸池」，王注：「咸池，天神也。」皆日浴神話敷演。咸通作非甘甜義。甘，象口含物之形，猶含也。《釋名·釋言語》：「甘，含也。」日所出入之居曰甘，蓋取象於陰陽交合。

【總】王逸注：「總，結也。言結我轡於扶桑也。」汪瑗曰：「總攬六轡於手以控乎馬，自扶桑而啓行耳。」王夫之曰：「總轡，總握六轡，驅車行也。」朱冀曰：「總轡者，謂升車啓行，六轡在手。注訓結，謬。」今人游澤承、金開誠亦同此説，謂總訓總握義。案：總之訓結，不可易。言結轡於扶桑也。上言日將晚暮，周流神居，乃急令羲和留止，勿入崦嵫之山，上下求索日神之所，卒至日浴之咸池、日棲之扶桑，乃飲馬、結轡，税駕於斯，下承以折若木拂日，令其回反滯留其時。其上下文意自相貫接。果如汪氏等説，我總攬六轡，去離日陽之居，往適他所，其求索之旨遂晦。《説文·糸部》：「總，聚束也。从糸，悤聲。」段注曰：「謂聚而縛之也。」言繫結義。《史記·司馬相如列傳》

「總光耀之采旄」，《集解》引《漢書音義》、張揖曰：「總，繫也。」《廣雅・釋詁》、《漢書・揚雄傳》顔師古引應劭曰：「總，結也。」段又謂總，悤聲，「悤有散意，繫以束之」。悤借爲㚇，古書通用。《周禮・掌客》注「十筥曰總」，《釋文》：「總，又本作緵。」《詩・長發》陸氏《釋文》亦曰：「總，亦本作稯。」《詩・九罭》「緵罟」，《釋文》「緵，字又作總。」《莊子・則陽》陸氏《釋文》：「稯，本作揔。」《夊部》：「㚇，斂足也。鵲鶪醜其飛也㚇。」引申言聚。《廣雅・釋詁》：「㚇，聚也。」斂而束之字作總，借聲字，俗作緫、揔。

【轡】王逸轡訓車轡。《説文・絲部》曰：「轡，馬轡也。从絲，从軎。《詩》曰『六轡如絲』。」段君校轡字作䜌，曰：「各本篆文作轡，解作从絲从軎，《五經文字》同。中从軸末之軎也。惟《廣韻》五《至》『轡』下云：『《説文》作䜌。』此蓋陸法言、孫愐所見《説文》如此，而僅存焉。以絲連車，猶以扶輓車，故曰䜌與連同意。祇應從車，不煩從軎也。」案：甲文有䜌字，作「」《京津》一五六八、「」《粹》二二五，《石鼓文𨍭𩏂》作「」，湖北望山戰國楚墓出土竹簡及包山楚墓竹簡皆作「」，轡古文。䜌，但存周器《公貿鼎》作「」，從車，叀字形變。轡，隸省字。䜌，從絲，從叀。叀，小謹也，引申言專壹而分别字作專。絲以繫馬，使叀謹專壹而行則字作䜌，會意兼轉注。《詩・皇皇者華》「六轡」毛傳曰：「言調忍也。」段注「如絲，則是以絲連車，故其字從絲」云云，如扣盤捫燭。許訓「馬轡」，因其所用而非本義。又，《一切經音義》卷三引《字書》曰：「轡，馬縻也，所以制牧車馬也。」《曲禮》「執策分轡」，孔疏：「轡，御馬索也。」《家語・執轡》「六官在手以爲轡」，注：「轡，轡繫軾前者。」《説苑・脩文》：「轡者所以御馬也。」《太平御覽》引劉芳《詩説》：「轡是御者所執者也。」轡之一端繫於馬鑣，一端繫於軾，車御攬之以制馬。《釋名・釋車》：「轡，拂也。牽引拂戾以制馬也。」轡、拂爲質物旁轉，同明紐雙聲。總余轡，言余總轡。包山楚左尹邵尨墓簡文《遺策》有「紫𩌏」或「紫拜」，皆御具。𩌏，古發字，發、拜皆轡假借。其車有「𦼮甬車一乘」，即葬葦車也，以載任器；又有「一乘羊車」，即祥車也，古之喪車，所謂玉虬之車。

【扶桑】王逸注：「扶桑，日所拂木也。《淮南子》曰：『拂于扶桑，是謂晨明，登于扶桑，爰始將行，是謂朏明。』言我乃往至東極之野，飲馬於咸池，與日俱浴，以潔己身；結我車轡於扶桑，以留日行，幸得不老，延年壽也。」洪《補》曰：「《山海經》云：『黑齒之北曰湯谷，有扶木，九日居下枝，一日居上枝，皆載烏。』郭璞云：『扶木，扶桑也。天有十日，迭出運照。』東方朔《十洲記》曰：『扶桑在碧海中，葉似桑樹，長數千丈，大二千圍，兩兩同根，更相依倚，是名扶桑。』《説文》云：『榑桑，神木，日所出。』」案：扶桑，或作空桑。《山海經》郭璞注引《啓筮》曰：「空桑之蒼蒼，八極之既張。乃有夫羲和，是主日月，識出入，以爲晦明。」《吕氏春秋·古樂》：「帝顓頊生自若水，實處空桑，乃登爲帝。」空桑爲帝顓頊之居，夷族之先民以空桑爲其發祥之地，而夷族裔孫生自空桑，死亦當歸空桑。空桑，類屈子所歸本居、故宅。《九歌·大司命》亦言「君迴翔兮以下，踰空桑兮從女」。空，大。空桑，大桑，夷族社木。或名蟠木。《大戴禮記·五帝德》：「顓頊東至于蟠木。」蟠、扶聲之轉。秦漢以下，演變爲桃都樹。《玄中記》：「蓬萊之東，岱輿之山，上有扶桑之樹，樹高萬丈，樹巔常有天鷄，爲巢於上。每夜至子時則天鷄鳴，而日中陽烏皆應之。陽烏鳴，則天下之鷄皆鳴。」《太平御覽》卷九一八引此作：「東南有桃都山，上有大樹，名曰桃都，枝相去三千里。上有天鷄，日初出照此木，天鷄即鳴，天下之鷄皆隨之鳴。」天鷄，載日踆烏。其合鷄生十日神話與日陽棲息空桑神話爲一體，而鳥夷族先民創世神話及其原邏輯思維之迹猶存。《玄中記》：「天下之高者，有扶桑無枝木焉；上至於天，下通三泉。」見《事類賦注》卷二五所引。《齊民要術》卷一〇、《太平御覽》卷九五五同引云「通三泉」。以扶桑爲頂天立地之神木。四川三星堆遺址出土銅制扶桑，上有十烏棲息於木巔。長沙馬王堆漢軑侯墓帛畫上部右側有扶桑之木，上有九日，一日居上枝，載烏，八日居下枝。扶桑自下而上，碻乎「上至於天」，唯其爲畫面所限，無以畫「下通三泉」，然則據其勢，必通貫天地。又，河南濟源縣軹成鄉漢墓有一陶樹，通體施釉，上呈暗緑色，下呈黄色。樹末一鳥，鳥首淺冠，長頸。枝九出，上三枝皆有一鳥。漢世扶桑造型，其下有錐形之居，三裸人在焉，象鴻荒原始先民生於此木。扶桑，高禖神也，司掌男女。《禮》言桑間、濮上有祭社之俗，仲春媒氏令會男女於桑林，行夫婦之禮，「奔者不禁」，「若無故而不用令者，罰之」。《吕氏春秋・本味》謂伊尹生於空桑之木，後爲有莘氏所收。伊尹，男女合會於桑林所生，祭社之遺腹子，知其母而不知其父，是以見棄。然則其出夷族，與商同宗共祖，雖至賤猶「尊食宗緒」，死歸一居。以其血緣同也。《漢武故事》又合蟠木、桃都爲一體，演變爲西王母蟠桃之木，食之壽千歲。《説文・木部》：「榑桑，神木，日所出也。」《淮南子・墬形訓》「暘谷，榑桑在東方」，扶木作榑木。《山海經・東山經》「無皋之山，東望榑木」，《吕氏春秋・求人》「禹東至榑木之地」，榑，通作溥。溥，大也，以其言木，故從木。《説文》：「叒，日初出東方湯谷所登榑桑。叒，木也。象形。」叒，從又，非木。又，手也，蓋葉象人手掌；叒，象衆掌之形。叒、掌古同陽部，審牀旁紐雙聲，音義并通。掌者，撑也。撑託日陽之木謂之叒。包山楚左尹邵𬀩墓出土之器子母口奩，其蓋外壁畫木五，葉兩兩相對，委垂皆象人掌形，蓋榑叒也。李嘉言謂扶桑本雲氣所化，日陽初旦，雲華映照，象一大桑之木。非出於東土、南土，蓋中土黄帝神話。《洛書》：「蒼帝起，青雲扶日；赤帝起，赤雲扶日；黄帝起，黄雲扶日。」《淮南子・墬形訓》：「扶木在陽州，日之所曊。」高注：「曊，猶照也。」言扶木爲日曊所致。《古今注》：「黄帝與蚩尤戰於涿鹿之野，常有五色雲氣，金枝玉葉，止於帝。」黄帝，中土先民之先，通謂皇帝。皇，日之精靈，然中土不以烏爲日精。黄帝號縉雲氏，縉雲，日陽所曊之雲氣，而「雲從龍」，故象龍，謂日陽爲龍所含之珠。黄帝其官名雲，亦以象龍，中土宗教神話謂扶桑象雲氣也。山東大汶口文化屬東夷先民文化遺存，出土陶罐外壁刻畫「」文，于省吾釋旦字，唐蘭釋炅字。蓋大汶口先民圖騰符號。上從，象三足烏載日而飛行也。下從，象人手掌也。手掌伸有五指，上以託日，溥叒原型也。

是二句言余飲馬於咸池，繫轡於扶桑，盤桓於日神之所也。

國家古籍整理出版專項經費資助項目
首都師範大學中國詩歌研究中心項目

離騷校詁

（修訂本）

下

黄靈庚　撰

中州古籍出版社
·鄭州·

折若木以拂日兮　聊逍遥以相羊

【若木】《事類賦注》卷二四引作若華。案：王注「若木在崑崙西極，其華照下地」云云，王本作若木也。《文選》卷四二曹植《與吴季重書》注、應璩《與從弟君苗君胄書》注，《苕溪漁隱詩話》前集卷二〇，《藝文類聚》卷八九，《唐類函》卷一八九，《太平御覽》卷九六一引亦作若木。

【以拂】《事類賦注》卷二四引以作而。案：王逸注「折取若木以拂擊日」云云，王本作以字。《文選》卷四二曹植《與吴季重書》注、應璩《與從弟君苗君胄書》注，《苕溪漁隱詩話》前集卷二〇，《藝文類聚》卷八九，《唐類函》卷一八九，《太平御覽》卷九六一引亦作以。

【逍遥】唐寫本《文選集注》、《文選》六臣本作須臾，又引五臣本作逍遥。敦煌《楚辭音》殘卷作嬃臾，曰：「本或作消摇二字，非也。嬃臾者，謂待卜日也。」洪《補》、朱《注》、錢《傳》同引亦一作須臾。姜亮夫曰：「漢以前用須臾皆逍遥之意，漢以後乃有以須臾作俄頃解者，非本義矣。故須臾與逍遥無殊也。此乃義存於聲，不必定有專字。」案：逍遥、須臾、消摇皆聲轉，其義勿殊。《荀子·勸學》「不知須臾之所學也」，須臾，謂俄頃。漢世以往亦解須臾爲俄頃。聞一多曰：「義仍是逍遥，作須臾者，古字假借。」逍遥作須臾，屬音變，非假借字。朱季海曰：「楚人讀宵部字或如侯。消摇，《離騷》或作須臾。須臾，漢《郊祀歌》作須摇。《漢書·郊祀歌·天地》：「神奄留，臨須摇。」注引晉灼曰：「須摇，須臾也。」六臣注云，「五臣作逍遥」，凡消摇、須臾、須摇之於楚言，音義初無分別，實一語也。蹇公《楚辭音》必以須臾爲是，消摇爲非，徒據後師所讀以爲言，豈探微之論乎？」蹇公據以訓詁，而非因楚音。《楚辭》宵侯眕域至嚴，無通韻例。漢世宵侯合韻，則逍遥作須臾，古今音之變。《文選》卷二《西京賦》注、卷四二曹植《與吴季重書》注、卷四二應璩《與從弟君苗君胄書》注，《苕溪漁隱詩話》前集卷二〇，王觀國《學林》卷九「省文」條引亦作逍遥。《漢書》卷八七《揚雄傳》注引晉灼語作消揺。

【相羊】洪《補》、朱《注》、錢《傳》同引羊一作佯，朱又引《玉篇》相羊作儴佯。又，《文選》卷四二曹植《與吴季重書》注、應璩《與從弟君苗君胄書》注引羊作佯。案：相羊，連語，從彳或從亻者，以訓詁字爲之。《文選》卷二《西京賦》注、《漢書》卷八七《揚雄傳》注引晉灼語、《苕溪漁隱詩話》前集卷二〇、王觀國《學林》卷九「省文」條引作相羊。

【折】王逸注文「折取若木以拂擊日」云云，言折取。《説文・艸部》曰：「𣂚，斷也。从斤斷艸，譚長説。，籀文𣂚，从艸在仌中，仌寒故折。，篆文𣂚，从手。」段注：「按：此唐後人所妄增。斤斷艸，小篆文也。艸在仌中，籀文也。從手，從斤，隸字也。《九經字樣》云：『《説文》作𣂚，隸省作折。』《類篇》、《集韻》皆云隸從手，則折非篆文明矣。」案：段説與甲金古文如桴鼓相應。甲文折字作「」《前編》四・八・六、「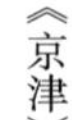」《京津》二七三七，金文作「」《小盂鼎》、「」《兮甲盤》，皆不從手。又，籀文「」從仌，仌，非冰字，象艸斷形，同古文𢇍作𢇍《拍敦蓋》，象斷也。引申言取。

【若木】王逸注：「若木在崑崙西極，其華照下地。」王氏本《淮南子・墬形訓》「若木在建木西，末有十日，其華照下地」，洪《補》曰：「《山海經》：『南海之内、黑水之間，有木名若木，若水出焉。』又曰：『灰野之山，有樹青葉赤華，名曰若木。日所入處，生崑崙西，附西極也。』然則若木有二，而此乃灰野之若木歟？」錢杲之曰：「此言折木拂日，使不亟入，則指謂灰野之若木也。」王觀國曰：「《玉篇》、《廣韻》皆曰：『叒，而灼切。榑桑，叒木也。』然則榑叒即扶桑也，叒木即若木也。」《説文》段注曰：「《離騷》『總余轡乎扶桑』、『折若木以拂日』二語相聯，蓋若木即謂扶桑，扶若字，即榑叒也。」朱駿聲謂「若，讀爲叒」。皆以叒、若爲一木。甲文叒字作「」《甲編》九九〇，金文作「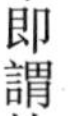」《散盤》。而若字，甲文作「」《甲編》二〇五，金文作「」《盂鼎》，楚墓信陽竹簡作「」。若、叒，古文形似。又，若，鐸部，而紐；叒，陽部，心紐。音亦相同。扶桑本日出之所，在東，若木何以在西？蓋出夷族先民扶桑天地之説，其較蓋天、渾天、宣夜之説尤古。謂天圜九重，每重一門。日出之所曰暘谷、曰咸池、甘淵、甘水。天地之中有巨木曰建木。《淮南子·墬形訓》：「建木在都廣，衆帝所自上下，日中無景，呼而無響，蓋天地之中也。若木在建木西，末有十日，其華照下地。」建之言鍵也。鍵木，謂天地鍵轄。《海内經》曰：「有木名曰建木，百仞無枝，上有九欘，下有九枸。」屈賦未見建木。日入之所曰崦嵫、曰昧谷，水名蒙汜、昧水、若水、西海，木曰若木，以與扶桑相對，漢世以下曰細柳、桑榆。扶桑、建木、若木，一木而分爲三，以日之升降出没，而分扶桑在東，建木居中，若木在西。《天問》曰：「羲和之未揚，若華何光？」蓋屈子謂其非理而難之。言若木在西，不見日曠，其華何以有光？於楚已分東西二木。若木爲西土神木，其海神亦名若，《莊子·秋水》「海若」是也。《遠遊》王逸注：「海若，神名。」然此文「折若木」，因上文「總余轡乎扶桑」，變言以避複，似未判東、西二木。

【拂日】王逸注：「拂，擊也。一云蔽也。」注文「折取若木以拂擊日，使之還去」云云，用「拂，擊也」之解。吕向、陳第「擊日御使迴」云云，并取王注。朱子、錢《傳》亦同。汪瑗引《悲回風》「折若木以蔽光」，謂「與此同意」，拂日猶蔽光，陳遠新謂「折若木以拂日」言「蔽使不得過也」。則用後一解。又，周拱辰曰：「拂日，非擊日。《左傳》曰『靡旗摩壘』，拂即摩字之義。言折若木之幹，上摩日光，藉其蔭以逍遥也。」則以拂爲摩之借字。錢澄之曰：「折若木以拂日，猶麾戈以返日也。」王夫之曰：「拂，揮之使勿没也。」拂爲麾字之借，麾、揮古今字。又，徐焕龍曰：「拂，拭也。」朱冀曰：「日欲入則光微，拂拭之欲其明也。」皆以拂日爲揩拭日塵。案：王逸「拂……一云蔽也」，是前漢舊説，抑或出《淮南子》、揚雄，未可知，與訓拂不異。拂、蔽音近義同，故相通用。《九章・懷沙》「脩路幽拂」。拂，或作蔽。《説文・手部》：「拂，過擊也。从手，弗聲。」徐鍇曰：「擊而過之。」朱駿聲云：「隨擊隨過，蘇俗語謂之拍也，與拭略同。」拂之訓擊、訓拭同。蔽非隱蔽，亦拂拭也。蔽，從艸，敝聲。《説文・㡀部》：「敝，帗也，一曰敗衣。从攴，从㡀，㡀亦聲。」《詩・鴻雁序》鄭《箋》「宣王承厲王衰亂之敝而起」，孔疏云：「衣服破壞謂之敝。」今作弊。甲文敝作敳《拾》六・二，象擊巾除塵。蓋衣敗壞多塵垢，引申言敗衣。敝從巾，引申言帗。帗，大幅巾也。又引申言擊，其字作撆。《説文・手部》：「撆，別也。一曰擊也。」亦作撇。《文選・四子講德論》「故膺騰撇波而濟水」，注云：「撆與撇同。」《文選・甘泉賦》注引張揖《三蒼》云：「撇，拂也。」又，《説文・水部》：「潎，於水中擊絮也。从水，敝聲。」折若木以拂日，言拂拭塵垢而非驅擊。

【聊】王逸注：「聊，且也。」案：聊之訓且，猶略且、權且。《詩・泉水》「聊與之謀」，鄭《箋》：「聊，且略之辭。」聊賴之虛化。《説文・耳部》：「聊，耳鳴也。从耳，卯聲。」無聊賴義。段君謂聊賴本字即憀，「憀，憀賴也。」姜亮夫同段説。《心部》：「憀，憀然也。」憀然，言懰然。段君謂「了然」，朱駿聲謂「憭然」。連語「憀亮」作「懰亮」，是其比。懰，哀也。《漢書・外戚傳》「懰慄不言」，顏師古注：「懰慄，哀愴之意也。」憀然，哀傷貌。《説文》憀字與憃、窻、慺連比爲文，皆憂懼義。憀，亦非憀賴字。《文選・七發》「聊兮慄兮」，李善注：「聊慄，恐懼之貌。」借聊爲憀也。聊賴字實爲留。聊、留同從卯聲。《田部》：「留，止也。」引申言賴恃，而古多借聊字爲之。《九章・惜往日》「恬死亡而不聊」，言恬於死亡而不賴生也。《悲回風》「證此言之不可聊」，言此言不足賴恃也。《招隱士》「歲暮兮不自聊」，言歲晚暮不可待也。虛化爲姑且、且略。或借作俚。《方言》卷三：「俚，聊也。」郭璞注：「俚、聊，謂苟且也。」俚、聊爲之幽旁轉、同來紐雙聲。《莊子・天地》「執留之狗成思」，《釋文》：「留，本又作貍，一本作狸。」聊通俚，同狸通猶、留。

【逍遥、相羊】王逸注：「逍遥、相羊，皆遊也。」其注「且相羊而遊，以俟君命也」云云，謂戲遊屬我。洪《補》曰：「逍遥，猶翱翔也；相羊，猶徘徊也。」錢杲之曰：「逍遥，自得貌；相羊，翱翔貌。」汪瑗曰：「逍遥、相羊，皆優遊求索之意，非行樂之意。」張象津曰：「逍遥、相羊，言詳審也。」皆同王注。案：自「日忽忽其將暮」至此，屈子倥偬奔走，以求日時，令日陽勿迫降也。上言折若木以拂日，使重見光明，而此謂「聊逍遥以相羊」，猶幸日陽「望崦嵫而勿迫」。逍遥、相羊者，日陽也。逍遥，連語。或作消遥《太玄經・翕音》「雖欲消遥天不之兹」是也，或作消揺《禮記・檀弓》「消揺於門」，《釋文》：「本又作逍遥。」、消揺《漢書・司馬相如傳》「消揺乎襄羊」是也。或作招揺《史記・司馬相如列傳》「招揺乎襄羊」是也。又作須揺《漢書・郊祀歌・天地》：「神奄留，臨須揺。」、須臾晉灼《郊祀歌》注：「須揺，須臾也。」。倒之曰揺捎《淮南子・俶真訓》「揺消掉捎、仁義禮樂」，掉捎，亦其異構、梟捎《文選・洞簫賦》「攪搜㶿捎，逍遥踊躍」是也、踊躍同上、翹遥《文選・蜀都賦》「翹遥遷延」，李注：「翹遥，輕舉貌。」。不可勝計。於日陽，猶翱翔之意，洪説是也。相羊，亦連語，或又作相佯《九懷・危俊》「聊假日兮相佯」是也、翔佯《莊子・山木》「徐行翔佯而歸」是也、相翔《周禮・周官・禁暴》「有相翔者誅之」，鄭注：「相翔，猶昌翔。」、昌翔同上、儴佯《後漢書・張衡傳》「儴佯乎五柞之館」是也、襄羊《史記・司馬相如列傳》「招揺乎襄羊」，《索隱》引郭璞曰：「猶仿佯。」、尚羊《楚辭・惜誓》「託回飆乎尚羊」，王注：「尚羊，猶遊戲也。」、常羊《漢書・禮樂志・郊祀歌》「雙飛常羊」，顔師古曰：「常羊，猶逍遥也。」、尚佯《淮南子・覽冥訓》「尚佯冀州之際」是也、倘佯《九歎・思古》「且倘佯而氾觀」是也、儴佯《集韻》下平聲第十陽韻：「儴佯，逍遥也。」、倡佯魏晉郭遐周詩「逍遥以倡佯」是也、猖洋柳宗元《天對》「猖洋以遊」是也、尚陽《古文苑》黄香《九宫賦》「聊優遊以尚陽」是也。譌作當年，實作當羊。《文選・高唐賦》「當年遨遊」，年，即羊之形訛。又作周章。《九歌・雲中君》「聊翱遊兮周章」，王注：「周章，猶周流也。」阜陽漢墓出土殘簡《蒼頡篇》字作戠章，之幽旁轉也。又作舟張《尚書大傳・虞夏傳》「舟張辟雍」是也、倜傽《集韻》第十八尤韻：「倜傽，行貌。」」。今俗語遊蕩，蓋其遺者。東陽旁轉字作從容、從臾、踈踴，魚陽對轉字作儲與、猶豫、躊躕，踟躕等，未可勝計。

是二句言我折取若木之枝，拂拍日陽，光明重見，略且翱翔戲遊，而勿遽暮也。

四十九韻：桑、羊

桑，古音爲[saŋ]；羊，古音爲[riaŋ]。羊，喻紐四等，古紐讀如[r]，從李方桂説。王力擬羊如[jiaŋ]，非也。桑、羊古同陽部。

以上三韻十言託言拂日不降，求趁及其時。時之既得，下文轉言求先祖之神。

前望舒使先驅兮　後飛廉使奔屬

前望舒　《北堂書鈔》卷一五〇引「前望舒」一句誤作「吾令望舒先駈兮」。

驅　敦煌《楚辭音》殘卷驅音丘于、丘芳二反。案：「丘芳」之芳，即「芌」字形訛。芌，芋字，音王遇切，去聲。音「丘于」之驅，言馳驅也，内動，平聲。音「丘芋」之驅，猶《詩·小戎》「游環脅驅」之驅，言驅使也，外動，去聲。「先驅」，内動，宜平聲。《北堂書鈔》卷一五〇，《文選》李善注本卷八《羽獵賦》注、六臣本卷三五《七命》注引驅皆作駈，俗驅字。《文選》六臣本卷八《羽獵賦》注、卷一八《嘯賦》注、卷二四陸機《贈尚書郎顧彥先詩》注、卷二九張景陽《雜詩》注，李善本卷三五張景陽《七命》注、卷五八謝朓《齊敬皇后哀策文》注，《五百家注昌黎文集》卷一，《東雅堂昌黎集注》卷一，《後山詩注》卷六，《山谷外集詩注》卷八引亦作驅。

廉《文選》卷二九張景陽《雜詩》注引廉下有兮字。案：非是。應劭《風俗通義佚文》「風伯」條，《漢書》卷八七《揚雄傳》注引應劭云，《文選》卷八《羽獵賦》注、卷五五陸機《演連珠》注，《東雅堂昌黎集注》卷二，《山谷外集詩注》卷六引廉下亦無兮字。

【前、後】王逸注「言己使清白之臣如望舒先驅求賢，使風伯奉君命於後，以告百姓」云云，以前後爲名，謂「於前」、「於後」。案：前望舒、後飛廉互文對舉。前望舒，望舒或前或後也；後飛廉，飛廉亦猶或前或後也。前、後皆動詞。前，猶先也。前後同先後，四輔之職。詳上文「忽奔走以先後」注。包山楚簡文前後字作歬遂，蓋别於名詞前後也。

【望舒】王逸注：「望舒，月御也。月體光明，以喻臣清白也。」洪《補》引《淮南子》曰：「月御曰望舒，亦曰纖阿。」王注神遊，多據《淮南子》，而《淮南子》「月御曰望舒」之説，未見《山海經》，蓋附會《離騷》。先秦古書皆未言月御名望舒，亦不見作神遊先驅者。姜亮夫謂望舒、纖阿聲之轉，又謂望舒亦常羲、羲和音變。案：望，陽部、明紐；舒，魚部、心紐；纖，談部、心紐；阿，歌部、影紐。何以通轉？非審音之選。《楚辭》及漢儒擬《騷》之什，凡言神遊驅役神怪異獸，皆以風、雨、雲、雷連類。《九歎·遠遊》：「淩驚靁以軼駭電兮，綴鬼谷於北辰。鞭風伯使先驅兮，囚靈玄於虞淵。」揚雄《羽獵賦》：「飛廉雲師，吸嚊潚率。」張衡《思玄賦》：「豐隆軯其震霆兮，列缺曄其照夜。雲師䨴以交集兮，凍雨沛其灑塗。」《藝文類聚》卷二《天部下》「雨」字引《楚辭》曰：「令飄風兮先驅，使湅雨兮灑塵。」《淮南子·原道訓》：「令雨師灑道，使風伯掃塵。」先驅者，非風伯即必雨師，而無月御望舒。望舒爲月御，與飛廉并舉不類。揚雄《反離騷》曰：「鸞皇騰而不屬兮，豈獨飛廉與雲師？」「豈凋飛廉與雲師」，旁摭《離騷》「前望舒使先驅兮，後飛廉使奔屬」反言之，揚雄不以望舒爲月御，而爲雲師，風興而雲起，其亦相類。《九歌・雲中君》五臣注曰：「雲師，屏翳也。」望舒，蓋屏翳之訛。望之爲言方也。引例詳上文「望崦嵫」之望字注。方者，并也。《説文》：「方，併船也。」方、并音同，例得通用。《爾雅・釋言》孫炎注：「方木置水爲柎栰也。」方木，言併木。《文選》陸雲《日出東南隅行》「方駕揚清塵」，鮑照《結客少年場行》「方駕自相求」，方駕，即併駕。《説文・糸部》：「縑，并絲繒也。」段注：「謂駢絲爲之，雙絲繒也。《吕氏春秋》：『昔吾所亡者，紡緇也；今子之衣，禪緇也。以禪緇當紡緇，子豈有不得哉？』任氏大椿曰：『禪緇即單緇也。』余謂此紡即方也。并絲曰方，猶併船曰方。」《管子・霸言》：「夫先王之争天下也，以方心；其立之也，以整齊。」方心，即《後漢書・趙岐傳》「并心同力」之「并心」。《淮南子・氾論訓》高注：「方，并也。」《尚書・微子》「小民方興，相爲敵讎」，《史記・宋世家》方作并。《荀子・正論》「故象刑殆非生於治古，并起於亂今也」，《漢書・刑法志》并作方。《尚書・吕刑》「方告無辜于上」，言并告無罪於上。《儀禮・鄉射禮》「不方足」，言不并足。皆方、并相通碻證。望，例亦通屏。望、屏爲陽耕旁轉，幫并旁紐雙聲。舒，本作羽。《爾雅・釋木》：「栩，杼。」《詩・鴇羽》「集于苞栩」，毛《傳》：「栩，杼也。」栩，從羽聲，杼、舒同從予聲；舒之通羽，猶杼之通栩。羽，「翳」敓誤，爛敓上部殹而作羽，音變爲舒。屏翳，雨師名。《天問》：「蓱號起雨，何以興之？」《補注》：「顔師古注：『屏翳，一曰蓱號。』」屏翳、蓱號亦聲之轉。倒言曰號屏。《文選》張協詩「豐隆迎號屏」是也。考神怪所名，或因聲音，或摹形狀。風伯名飛廉，而「飛廉」乃「風」緩言，因其聲音爲名。電名列缺，猶連蜷。《雲中君》「靈連蜷兮既留」，連蜷，屈伸貌。列缺，肖電之形。雨師名屏翳，屏翳，蓋「畢」緩言。《風俗通》：「雨師者，畢星也。」《周禮・大宗伯》「以槱燎祀司中、司命、飌師、雨師」，注：「雨師，畢也。」蔡邕《獨斷》：「雨師神，畢星也。其象在天能興雨。」《詩・漸漸之石》「月離于畢，俾滂沱矣」，言月至畢宿，爲興雨之兆，是以雨師名畢，長言曰屏翳。平入對轉畢作媚。殷商卜辭有「多媚從雨」之占。媚，雨師名。

蓋殷商之世，雨師爲女神。周人稱爲畢，以附會星宿之象。屏翳亦雲師名。《史記·司馬相如列傳》載《大人賦》「召屏翳，誅風伯，而刑雨師」是也。蓋屏之言蔽也。雲之爲狀，蔽翳蒼蒼，訓詁字作屏翳。又，《洛神賦》「屏翳收風，川后静波」，注引曹植《誥咎文》「河伯典澤，屏翳司風」。曹子建以屏翳爲風伯名。《文選》李善注引虞喜《志林》云：「韋昭云：『屏翳，雷師，喜雲雨師。』」不知其所據。姜亮夫謂《騷》之屏翳爲風伯，非是。雨師之精曰應龍。《山海經·大荒東經》：「應龍處南極，殺蚩尤與夸父，不得復上，故下數旱。旱而爲應龍之狀，乃得大雨。」《大荒北經》：「應龍已殺蚩尤，又殺夸父，乃去南方處之，故南方多雨。」郭璞注：「應龍，龍有翼者也。」《天問》：「應龍何畫？河海何歷？」王逸注：「有翼曰應龍。禹治洪水時，有神龍以尾畫地，導水所注，當決者因而治之也。」洪《補》引《山海經圖》云：「犂丘山有應龍者，龍之有翼也。」案：應龍治水，出於疏導之法，決之使注於海，禹之治水法也。應龍佐禹以尾畫地泄鴻之神話，出於先民雨神崇拜意識。蓋鴻荒之世，先民於自然水旱之變百思不解，以爲受制於超驗之神靈。於是有雨師主司鴻水，而名之禹，其精爲句龍；又尊其子啓爲「堇子」，主司干旱之晴神（詳蕭兵説）。應龍，合龍、鳳爲一體，雜糅南北神話因子也。北土尚龍，南土、東土尚鳳。斷之以楚，雨師之精，鳳鳥之儔。漢以下多謂赤松子爲雨師，詳《列仙傳》、《搜神記》。赤松，鳥首人身之形，猶存夷族宗神雨師故態也。

【先驅】洪《補》曰：「《史記·周本紀》云：『百夫荷罕旗以先驅。』顔師古云：『先驅，導路也。』李善云：『先驅，前驅也。』《周禮》：『王出入，則辟左右而前驅。』」錢杲之曰：「先驅，居先而驅也。」案：此文「使先驅」，先驅，猶漢先行官，主司導引。《史記·絳侯周勃世家》：「亞夫爲將軍，軍細柳以備胡。上自勞軍，天子先驅至，不得入。先驅曰：『天子且至。』」包山楚左尹邵㐌大夫墓出土之器《子母口奩》，其蓋外壁畫人物車馬禽獸圖。胡雅麗謂分五組，爲先秦「聘禮」事，類出行、迎賓圖。觀其圖，本一長軸，所繪事一以貫之，不當割分五組。其畫，實邵柁反本先祖之居之喪葬圖。車輿自右嚮左行者有三，首一輿有三人，著黃衣、軾於欄者，蓋墓主邵柁也。車右亦著黃衣，侍於邵柁側。御者著青衣，執策控轡作御狀，三馬馳驅安行。車前有一人在扶桑下，跪拜作迎接狀，蓋「先驅」也。車後一人持殳隨行，蓋「先戒」也。「先戒」後復有三人作奔走狀，蓋「奔屬」也。車上有青黃之旌，蓋導引亡魂幡旗也。此猶《遣策》所載羊車也。羊車即祥車，喪車也。「奔屬」後有一車，亦三人，然駕二馬，亦有幡旌。蓋媵車也。車主較邵柁矮小，狀似婦人，蓋邵柁妻妾也。車後又有扶桑之木，蓋作冥間之界也。其後尾隨一車，亦三人，駕三馬，而無幡旌，蓋送喪車也。邵氏所乘之前有十一人，五人側立，屬冥界侍者，二人右嚮行，冥界出迎之使。有一車右嚮止息，御者在上，而二人下車左嚮行，亦「先驅」也，其前一人爲主使，後一人屬參乘。一人與「主使」相對行，當冥界出行主使。八鳥左嚮飛行，一鳥右嚮欲止於扶桑，可謂「鳳鳥之飛騰兮，繼之以日夜」，當係導引之使。執屈子上征求帝之文以釋《子母口奩》畫圖，似無不合也。唯畫以寫實，而屈子狀以神遊。

【飛廉】王逸注：「飛廉，風伯也。」洪《補》引《吕氏春秋》曰：「風師曰飛廉。」姜亮夫曰：「飛廉之合音即『風』字。風，今讀東韻者，古讀從凡聲，在咸韻，與廉爲古疊韻，故得相變也。風神之名由此起。」案：其説猶有剩義。風，古在冬韻，而非東韻。嚴可均、章炳麟併冬於侵，當三百篇，冬侵猶合而未判，《詩·小戎》叶中驂，《豳風·七月》叶冲陰，《大雅·公劉》叶飲宗，《蕩》叶諶終，《漢》叶蟲宫宗臨。屈賦《涉江》叶風林，《招魂》叶楓心。皆冬侵合韻。惟《離騷》首韻叶庸降，爲二十五篇冬東合韻孤證，不足以斷其冬東未分。冬部獨立於侵，與陰聲幽部相配，而異於配侯之東部。「飛廉」之合音，談韻，而非侵韻。談、侵旁轉，是「飛廉」合音爲風也。其聲之轉，飛廉或作孛纜。《止園筆談》引宋孫穆《鷄林類事》：「風曰孛纜。」以「孛纜」爲朝鮮語。李朝詩人黃胤錫《頤齋遺稿》曰：「風曰波嵐，古曰勃嵐。此則西域所呼迅猛風爲毗嵐，亦爲毗藍之轉音也。」波嵐、勃嵐、毗嵐、毗藍，皆一字。李氏「西域」之限，於朝鮮，指中國，而非漢人所稱西域。「孛纜」非朝鮮語，由中土傳之。又作焚輪。《爾雅·釋天》：

「焚輪謂之頹。」郭注：「暴風以上下。」《詩·谷風》「習習谷風，維風及頹」，毛《傳》曰：「頹，風之焚輪者也。」聲之轉又作毗劉。《爾雅·釋詁》：「毗劉，暴樂也。」暴樂，猶剥落《漢書·五行志》注，皆一字。《大雅·桑柔》又作爆爍，訓飛散義。究其語根，與披離、爛漫爲一系。詳下文「及榮華之未落」注。狀電曰霹靂、潎裂，狀雷曰豐隆，狀雨、狀雲亦曰豐隆，并受名於散布義。狀風則曰孛纜、焚輪，而風神名飛廉。洪《補》曰：「應劭曰：『飛廉，神禽，能使風氣。』晉灼曰：『飛廉，鹿身，頭如雀，有角，而蛇尾、豹文。』」《淮南子·俶真訓》「騎飛廉而從敦圄」，高注：「飛廉，獸名，長毛有翼。」沈括《夢溪筆談》曰：「予昔年在姑蘇王敦城下土中得一銅鉦。其鉦中間鑄一物，有角、羊頭。其身亦如篆文，如今時術士所畫符。傍有兩字，乃大篆『飛廉』字。篆文亦古怪。則鉦間所圖蓋飛廉也。飛廉，神獸之名。」《天問》：「撰體協脅，鹿何膺之？」案：撰，《易·巽卦》之巽，應劭《風俗通·祀典》「風伯」條曰：「《易》巽爲長女也。長者伯，故曰風伯。鼓之以雷霆，潤之以風雨，養成萬物，有功於人，王者祀以報功也。戌之神爲風伯，故以丙戌日祀於西北。」飛廉，鳥首、有翼而鹿身。洛陽有漢石獸，頭有角，如雀，身有翅，似鹿，爲奔騰狀，飛廉神造型。出土於長沙馬王堆漢墓T形帛畫，於其上部日月之下，二龍之間各有一著衣神獸，頭有角，似鹿，作飛行狀，蓋亦飛廉也。河南信陽以及湖北江陵望山、天星觀包山楚墓皆有虎座鳳鳥鼓架，鳳鳥踞虎之上，振翅欲飛。張氏正明謂象鳳鳥族厭勝虎族，象徵楚人征服巴人。楚以鳳鳥爲圖騰，而巴人以虎爲圖騰。《鳳鬬龍虎圖象考釋》，載《江漢考古》一九八四年第一期。鳳，鳳族飛廉。姜亮夫云：「飛廉即風伯，風，卜辭之鳳也。鳳頭有[illegible]形，故似角。」飛廉，鳳鳥屬。《墨子·耕柱》：「昔者夏后開使蜚廉折金於山川，而陶鑄之於昆吾。」此夏時諸侯也。商紂亦有飛廉，爲賊臣亂子。飛廉蓋夷族之後。

【奔屬】王逸注「使風伯奉君命於後，以告百姓。或曰駕乘龍雲，必假疾風之力，使奔屬於後」云云，屬，訓告，蓋借作奏。後一解屬訓連屬。陸善經曰：「奔屬，奔走以屬繼也。」錢杲之曰：「奔屬，奔而相連屬也。」汪瑗曰：

「奔，疾走也。屬，連續也。」林仲懿曰：「屬，從也。」聞一多曰：「屬，續也。奔屬，即屬奔，倒文以取韻。」何劍薰曰：「屬，當釋爲隨，或從。」皆取王氏後一説。案：先驅、奔屬，儷偶對舉，先驅，先行官；奔屬，亦官名。屬，借作走。《書・梓材》「至于屬婦」，《説文》引作「媰婦」。又，《走部》：「走，趨也。」媰、趨同從芻聲，屬通媰，宜亦通趨，通走。屬、走屋侯對轉，照精旁紐雙聲。奔屬，即奔走，趁韻而讀走如屬。走，猶走卒也，隸僕之稱。《文選・報任少卿》「太史公牛馬走」，注：「走，猶僕也。」《左傳》襄三十年《釋文》：「走，走使之人也。」《東京賦》「走不敢敏」，薛綜注：「走，公子自言，走使之人，如今言僕矣。」奔走，走卒隸僕也。《書・君奭傳》「胥附奔走」，《管子・君臣上》「官不勝任，奔走而奉其敗事」，《尚書大傳》卷二《商傳》「孔子曰：自吾得賜也，遠方之士日至，是非奔輳乎？」奔走皆僕從。漢臣自謙亦稱奔走。詳上文「忽奔走以先後」注。

是二句言雨師屏翳使爲先驅，風伯飛廉使爲奔走，忽前忽後，以輔佐我行也。王逸謂望舒以喻臣之清白，飛廉比君命急疾。夏大霖曰：「望舒，隱喻立后也。飛廉，隱喻趨風承旨之臣。」王闓運曰：「望舒、飛廉，皆喻諸侯也。」遊説無根，皆不可信。朱子斥之曰：「望舒、飛廉、鸞皇、雷師、飄風，但言神靈爲之擁護服役，以見其仗衛威儀之盛耳，初無善惡之分也。」此二句但役使神怪之辭，無君臣可託寓。然亦非信口拈來，有民俗宗教之意，詳下文所釋。

鸞皇爲余先戒兮　雷師告余以未具

皇 洪《補》、朱《注》同引一作凰。案：皇、凰古今字。《漢書》卷八七《揚雄傳》注引應劭亦作皇。

爲 敦煌《楚辭音》殘卷爲音兮僞反，朱《注》音於僞反。洪《補》爲音去聲。《群經音辨》曰：「爲，造也，委支切。造而有所徇曰爲，于僞切，」案：徇，求也。有所徇，介辭。兮僞、於僞、于僞音同，去聲。爲，喻紐三等，唯鶱公反切上字兮爲匣紐四等。《切韻指掌圖檢例》云：「匣缺三、四，喻中覓；喻虧一、二，匣中窮。」則「兮僞」切三等，用「匣喻互用」門法。然則匣但缺三而不缺四，喻無一、二而但有三、四。喻三補匣之缺。「匣喻互用」但限於喻三字。喻四古歸定邪，不得與匣互用。

先 洪《補》、朱《注》、錢《傳》同引先一作前。朱又引余先一作我前。案：王逸注「言己使仁智之士如鸞皇，先戒百官」云云，王本作「先」字。

雷師 朱季海曰：「《漢書·揚雄傳·反離騷》云：『鸞皇騰而不屬兮，豈獨飛廉與雲師？』應劭曰：『《楚辭》云「鸞皇爲余先戒兮」，「後飛廉使奔屬」，「雲師告余以未具」。飛廉，風伯也。雲師，豐隆也。鸞皇，俊鳥也。』晉灼曰：『已縱其轡，使之奔馳，鸞皇迅飛，亦無所及，非獨飛廉雲師，言莊嚴未具，使君適道也。』尋揚雄所賦，應劭所引，是《楚辭》故書，雷師實作雲師。晉灼注『言莊嚴未具，使君不適道』者，即探『告余以未具』言之，蓋漢師舊說，必有以雲師爲斥君側佞人，詭言誤君，使君不適道者，故灼得而稱之。《離騷》下云：『飄風屯其相離兮，帥雲霓而來御。』以雲霓喻佞人，與此雲師告言，語正相應，明應、晉之所以申揚者，於義實長也。」案：朱氏言之有據。《離騷》下「吾令豐隆乘雲兮」，王注曰：「豐隆，雲師，一曰雷師。」豐隆，雷師也。詳下文。後人據此，而強改注文，又改本文「雲師」爲「雷師」。

余 《文選》六臣注云，「五臣作我」，洪《補》、朱《注》同引余一作我。案，作我，據王逸注文而改。《漢書》卷八七《揚雄傳》注載應劭引亦作余。

【鸞皇】王逸注：「鸞，俊鳥也。皇，雌鳳也。以喻仁智之士。」洪《補》曰：「《山海經》：『女牀山有鳥，狀如翟而五采畢備，聲似雉而尾長，名曰鸞。見則天下安寧。』《瑞應圖》曰：『鸞者，赤神之精，鳳皇之佐也。』《爾雅》曰：『鶠，鳳，其雌皇。』」以鸞皇爲二鳥。錢杲之曰：「鸞皇，亦鸞之雌也。」徐焕龍曰：「雄曰鳳，雌曰凰。鸞，總其名。鸞凰，謂雌者。」以鸞皇爲一鳥。聞一多、高亨謂鸞皇即下鳳鳥，譚介甫謂鸞指車輿之鈴，聲如鸞鳴。案：鸞皇與望舒、飛廉、雷師爲儷語，宜一鳥名，不兼鸞、皇二鳥。徐氏「雄曰鳳」，師承漢儒。先秦但謂「雌曰皇」，無「雄曰鳳」。皇，斧鉞之形，象徵鳥族大酋權力、神祇。詳「皇考」注。鳳爲百鳥之長，鳳亦謂之皇。鳥爲神女之象，《詩·玄鳥》「天命玄鳥，降而生商」是也，實母系氏族遺習。秦漢以下，鳳皇遂分雌雄，以配陰陽。李周翰曰：「鸞皇，靈鳥。」鸞從䜌聲，古從䜌聲多通練。《説文·門部》：「闌，妄入宫掖也。从門，䜌聲，讀若闌。」練、靈古書通用。《尚書·吕刑》「苗民否用靈」，《墨子·尚同》引作「苗民否用練」。靈、鸞亦得通用。《鳥部》：「鸞，赤神靈之精也。赤色五采，鳴中五音，頌聲作則至。周成王時氐羌獻鸞鳥。」從䜌聲猶從靈聲，借聲也。鸞鳥，神鳥，蓋楚先祝融之精。祝融，帝嚳火正，亦火神也。《路史·餘論》引《春秋元命苞》：「火離鸞鸞。」《太平御覽》卷九一六引作「火離爲鸞」。離、鸞爲歌元陰陽對轉，來紐雙聲。字或作麗。《漢書·禮樂志》「長麗前掞光耀明」，臣瓚曰：「長麗，靈鳥也。舊説云，鸞也。」孫柔之《瑞應圖》謂之赤神之精，鳳皇之佐。「鳴中五音」，故《禮》多象車鈴之聲，鸞亦以爲車鈴，字作鑾，下「鳴玉鸞之啾啾」是也。鸞皇，鸞鳥。皇爲大名，無義可求。《大荒西經》又云：「有五采鳥三名，一曰皇鳥，一曰鸞鳥，一曰鳳鳥。」《廣雅·釋鳥》：「鸞鳥，鳳皇屬也。」《藝文類聚》卷九〇引《決録注》：「象鳳者有五，多青色者鸞。」據此，鸞猶相思鳥，非其古説。姜亮夫謂鸞鳥同鳳皇，「爲吾民古昔傳説中之靈禽，與龍之爲靈獸，同爲兩種重要支配吾族數千年含神秘性之古物。而鳳龍分屬東西兩方，鳳屬東方民族傳説，以春秋戰國以後五行説推之，東方屬青，鸞亦名曰青鸞，後世更附會爲多青色者爲鸞之説」。青鸞出齊魯，非楚物。許云鸞爲「赤神靈之精」，即楚産。

【先戒】王逸注「言己使仁智之士如鸞皇，先戒百官」云云，戒借爲誡，告誡。錢杲之曰：「鸞皇既誓，戒前後驅從之神。」劉永濟曰：「先戒，先行告期也。」聞一多曰：「先戒，猶先容也。鸞皇先戒者，將求帝女，令鳳爲媒也。」又，汪瑗：「戒，謂戒嚴其道，先戒，猶先驅也。」錢澄之曰：「鸞皇先戒，併望舒、飛廉、雷師俱戒也。」姜亮夫曰：「先戒，戒路警蹕也。」訓戒嚴義。案：先戒、未具對舉，戒，猶具備。《左傳》襄三年「不虞之不戒」，十三年「必易我而不戒」，哀元年「甚澆能戒之」，杜預注并曰：「戒，備也。」《禮記·曾子問》「以三年之戒」，鄭注：「戒，猶備也。」《廣韻》去聲第十六怪韻：「戒，具也。」《詩·大田》「既種既戒，既備乃事」，既戒，既備也。

【雷師】王逸注：「雷爲諸侯，以興於君。」陸善經曰：「雷聲赫赫，以興於君也。」洪《補》：「《春秋合誠圖》云：『軒轅主雷雨之神。』」一曰，雷師，豐隆也。」案：《古微書》引《河圖帝紀通》曰：「雷，天地之鼓也。」又曰：「黄帝以雷精起。」《史記·天官書》「權軒轅」，《正義》曰：「陰陽交感，激爲雷電，和爲雨，怒爲風，亂爲霧，凝爲霜，散爲露，聚爲雲氣，立爲虹蜺，離爲背璚，分爲抱珥。二十四變，皆軒轅主之。」以雷師爲主宰風雨雲霧之神，而帝軒轅氏司之。軒轅，猶權也。《史記·天官書》曰：「權，軒轅。」緩言曰軒轅，促言曰權。權宰天地、至高無上之帝曰軒轅。雷象君之威，軒轅氏又爲雷師。此北土所傳宗教也。南土夏日酷熱，山林險隘，多迅雷急電飄風暴雨，《山鬼》「靁填填兮雨冥冥」是也。楚俗猶敬雷、畏雷，亦隆祀雷神。雷神之位唯次於皇天大帝高陽氏。楚人之雷神，取象火，祝融也。《左傳》昭二十九年：「火正曰祝融。」《國語·鄭語》：「以淳燿敦大，天明地德，光照四海，故命之曰祝融。」祝融之名，猶豐隆之比，狀雷鳴。《楚公逆鐘》有「吴雷」，即《楚世家》吴回，亦謂之祝融。詳《史記·楚世家》。吴，猶巨也，大也。詳王念孫《廣雅疏證》「吴魁」條。吴雷，大雷也。長沙子彈庫楚墓出土帛書謂「炎帝乃命祝融以四神降」，又命雷師祝融下降播火，當取象於雷電自天而下，象天神播火。雷師類西人竊火神普羅米脩斯，楚人英雄神，象徵光明、威望、偉力。《論衡》曰：「圖畫之工，圖雷之狀，纍纍如連鼓形，又圖一人若力士之容，謂之雷公。使之左手引連鼓，右手推椎，若擊之狀。其意以爲雷聲隆隆者，連鼓相扣擊之音也。其魄然若敝裂者，椎所擊之聲也。」包山楚簡作「靁」，象連鼓也。《山海經・大荒南經》「橛以雷獸之骨」，注：「雷獸，即雷神也。」飛禽亦謂之獸。《爾雅》「獸」字在《釋鳥篇》，《孟子・離婁上》「獸之走壙也」，《晉書・段灼傳》作「禽之走曠野」。於楚，雷師亦神鳥。圖畫雷公鳥喙，身有翼，猶存其遺習。《海内東經》：「雷澤中有雷神，龍身而人頭，鼓其腹，在吴西。」《淮南子・墬形訓》：「雷澤有神，龍身人頭，鼓其腹而熙。」又，《海外南經》：「南方祝融，獸身人面，乘兩龍。」乘兩龍，象生兩翼。祝融精象火離，鳳皇之儔。而後龍、鳳交融演變，火離爲赤龍替代，雷師易爲龍也。雷師，當從朱季海校，雲師之訛，亦天帝下神也，卜辭有「尞于雲」《遺珠》四五一、「尞于帝雲」《續》二・四・一一、「庚子，⿰酉彡，三嗇雲」《燕》二祭雲神之禮，其神由來亦尚。楚人稱雲中君，僅次於始祖東皇太一，足見神格之尊。《左傳》哀六年：「是歲也，有雲如衆赤鳥夾日以飛，三日。」雲師，象赤鳥。《雲中君》亦云「聊翺遊兮周章」，又云「猋遠擧兮雲中」，又云「覽冀州兮有餘，横四海兮焉窮」，皆狀鳥之騰飛。

【告】王逸注「言己使仁智之士如鸞皇，先戒百官，將往適道，而君怠墮，告我嚴裝未具」云云，告訓告語。案：古告、造多相溷。《列子・楊朱》「密造鄧析而謀之」，《釋文》：「造，本作告。」《禮記・曲禮》「主賓客告請」之告請，《史記・酷吏列傳》則作「造請」。《楚郢陵君豆》「郢所告」，所告，言所造。又，《楚郢陵君鑑》：「攸[illegible]⿰告攵金監。」⿰告攵，亦造字。《説文・辵部》：「造，就也。从辵，告聲。譚長説，造，上士也。艁，古文造，從舟。」艁、造，皆⿺辶艁之省。《爾雅・釋水》：「天子造舟。」郭璞注：「造舟，比船爲橋。」孫炎注：「造舟，比舟爲梁。」李巡注：「比其舟而渡曰造舟。」《詩・大明》「造舟爲梁」，孔疏：「造舟者，比船於水加板於上，即今之桴橋。」《文選・東京賦》「造舟清池」，薛綜注：「造舟，以舟相比次爲橋也。」造爲比舟爲梁。引申言造致。「造其未具」，言致其所不備。

《孟子·離婁下》「君子深造之以道」，趙岐注：「造，致也。」《尚書·呂刑》「兩造其備」，《周禮·大司寇》「以兩造禁民訟」，注并曰：「造，至也。」至、致，古通用。許云造，告聲。造音七到切，告音古到切。告、造不同紐，不可諧。䑩字從舟、從告。告之言靠也。《説文·非部》：「靠，相違也。从非，告聲。」段注：「相違者，相背也。今俗謂相依曰靠，古人謂相背曰靠，其義一也。猶分之合之皆曰離。」相違，猶相偎也。違、偎，古書通用。比舟相依字作䑩，會意兼假借。

【具】王逸注「告我嚴裝未具」云云，具，具備。汪瑗曰：「具，備也。指車駕而言。告以未具，正言其將具而尚未具，非不備之謂也。下章飄風帥雲霓而來迎，則具之謂矣。」周拱辰曰：「鳳皇爲予先戒，戒雷師也。雷師告余以未具，雷師承鳳皇之戒，急切未能率徒屬以備衛。」魯筆曰：「鸞鳳音遠，爲我預先戒敕衆神，令其阻行者去，扶行者來。阻行如雷雨，扶行如風雲。雷師果受戒來告其未具，則晴明不礙行迹矣。」蔣驥、劉夢鵬、陳本禮亦以「未具」言行裝未備，「託辭以阻之也」。聞一多曰：「雷師主爲天帝施號令者。鸞皇先戒，而雷師告言未具，意欲阻己之行也。」游國恩曰：「必以雷師言者，謂號令一發，即便啓行。今雷師告以未具，意若曰，行裝尚未部署停當，且稍待耳。故文章之頓挫，非有託辭阻之之意矣。」何劍薰曰：「具假爲䡢，大車。未䡢，猶無䡢，謂無大車也。或者雷神無大車爲借口，意欲阻止屈子之行。」徐仁甫謂「未具」當「末具」之訛。末，隨也。「言雷師告余以以借爲已隨後而具矣。」案：「雷師告余以未具」，猶「鸞皇爲余先戒」，言雲師致我以鸞皇所不備，雲師無阻我之意。屈子上征，乘鷖駕虯，安得無舟無車？具，備也，不必改字。《説文·収部》：「具。共置也。从収，貝省。古以貝爲貨。」共，供也。供置，置之以足給也。引申言具備。《淮南子·原道訓》「各有其具」，注：「具，猶備也。」《廣雅·釋詁》：「具，備也。」《文選·東京賦》「禮舉儀具」，言儀禮備也。《左傳》隱元年「具卒乘」，言備卒乘也。《史記·留侯世家》「使人先行，爲五萬人具食」，具食，備食也。具、供爲侯東對轉、溪羣旁紐雙聲。具，從貝省，収聲。収，供也。具，借聲字。上言役使雨師、風伯，使奔走導引，此言驅令鸞鳥、雲師爲我備供行裝。鸞鳥備於先，雲師供於後也。

是二句言鸞鳥爲我備裝在先，雲師又致我以未具備者也。皆驅役神怪之辭，無深意可託。

第五十韻：屬、具

敦煌《楚辭音》殘卷屬協韻，章喻反。朱《注》音叶，章注反。錢《傳》屬叶音注。皆去聲。陳第亦曰：「屬，古音注。」江有誥曰：「屬，去聲。」案：屬，借作走，外動，去聲。古音爲「tɕio : k」具，古音爲「gio : k」。走、具古同屋部之長入。

吾令鳳鳥飛騰兮　繼之以日夜

[令] 錢《傳》引一作命。案：「吾令」，《離騷》恒語，其作「令」是也。

[鳳鳥] 《文選》五臣、六臣本「鳳鳥」作「鳳皇」，洪《補》引《文選》、錢《傳》引一本亦作「鳳皇」，錢又引皇一作凰。

案：王逸注「言我使鳳鳥明智之士」云云，王本作「鳳鳥」。

[繼] 《文選》六臣本、洪《補》引《文選》繼上有又字。錢《傳》亦引一本繼上有又字。案：據王逸注，其本亦無又字。

【鳳鳥】王逸注以鳳鳥比明智之士，而未釋其爲何鳥。《文選》五臣、六臣本皆作鳳皇。洪《補》曰：「《山海經》云：「丹穴之山有鳥焉，其狀如鷄，五彩而文，曰鳳鳥。是鳥也，飲食則自歌自舞，見則天下大康寧。」上言鸞皇，鸞，鳳皇之佐，而皇，雌鳳也。以喻賢人之同類者，故爲命先戒百官，此云鳳鳥，以喻賢人之全德者，故令飛騰，以求同志也。」邱仰文曰：「鳳鳥又在鸞皇上，喻同志。」姜亮夫曰：「鳳鳥，靈鳥也。」金開誠以鳳鳥爲鳳車，以應上「乘翳」。詹安泰曰：「鳳鳥，一種大鳥，古人把它比喻有全德之聖人。這裏作靈鳥解。」案：「吾令鳳鳥飛騰」，總括屏翳先驅、飛廉奔走、鸞皇先戒、雲師後具，鳳，非鳳皇，鳳鳥，衆鳥也，屏翳、飛廉、鸞皇、雲師皆鳥身，鳳皇之儔，故概言曰鳳。《説文·鳥部》：「鳳，神鳥也。从鳥，凡聲。」鳳之從凡聲，二字通用。《二部》：「凡，聚括也。」段注：「聚括者，總聚而絜束之也。」引申言衆多。《禮記·檀弓下》注「凡祭墓爲尸」，《疏》：「凡，非一。」《周禮·冪人》「凡王巾」，疏：「言凡非一。」古從凡聲字多涵衆義。風，從虫，凡聲，而訓「衆」，以「凡衆」、「風衆」、「凡猥」連文，平列複語。《禮記·仲尼燕居》「凡衆之動得其宜」，《漢書·兒寬傳》「嘗爲弟子都養」，顔師古注：「都凡，衆也。」《廣雅·釋詁》：「風，衆也。」《抱朴子·塞難》「辨凡猥之所惑」，猥，衆也。凡猥，平列同義。鳳亦有衆義，許云「鳳飛羣鳥從以萬數」是也。鳳，古或通朋。《尚書·益稷》「鳳皇來儀」，《古文尚書》作「朋皇來儀」。《虞書》「朋淫于家」，孔傳曰：「朋，羣也。」《國語·吴語》「請王厲士以奮其朋勢」，韋注：「朋，羣也。」屈子反本以衆鳥爲引魂使，其民俗宗教之義，深且遠矣。《大招》：「魂乎歸徠，鳳皇翔只。」王逸注：「言所居園圃，皆多俊大之鳥，咸有智謨，魂宜來歸，若鳳皇之翔歸有德，就同志也。或曰：鸞皇以下，皆大鳥，以喻仁智之士。言楚國多賢，魂宜來歸也。」招魂用「多俊大」鳳皇，蓋王氏鳳訓多也。鳳鳥，楚族先祖之精，反本必以鳳皇爲導。清陳元龍《格致鏡原》卷八一引崔豹《古今注》曰：「楚魂鳥，一名亡魂，或云楚懷王與秦昭王會於武關，爲秦所執，因咸陽不得歸，卒死於秦，後於寒食月夜，入見於楚，化而爲鳥，名楚魂。」楚魂鳥，或曰亡魂鳥，皆導引楚人亡魂歸宗飛升之使，楚懷王死而化爲鳥，亦歸宗於先祖之意，非謂「楚魂」之鳥自懷王出。招魂有「秦篝」之具，楚魂鳥棲息之所。長沙陳家大山楚墓《人物龍鳳》帛畫、包山邵㐌大夫墓棺蓋繡以鳳紋之衾，内壁畫以鳳皇之飾，象導引死者魂魄反本歸宗。鳳皇，楚魂鳥也。

【飛騰】王逸注「飛行天下，以求同志」云云，騰，言行。汪瑗曰：「騰，飛之速也。」案：《説文·馬部》「騰，傳也。从馬，朕聲。」飛騰，猶且飛且傳，同下「鳴誓」句法。騰，亦同下「騰衆車使徑待」，謂傳也。朱季海曰：「《説文》：『驛，置騎也。』『馹，驛傳也。』『騰，傳也。』文相次比，蓋騰之本義云爾。此騰正當訓傳。騰衆車者，謂傳車相屬，如置郵矣。」羣鳥飛騰，亦如置郵相傳。朕，無傳義。朕之言代也，古字通用。幐之爲帒、黱之爲黛、螣之爲蚮。代，相遞代也。車輿依次遞代謂之騰，借聲字。

【繼】王逸注「續以日夜，冀相逢遇」云云，繼，言續。下「折瓊枝以繼佩」，王注亦云：「繼，續也。」《説文·糸部》：「繼，續也。从糸、㡭。繼，或作𢇍。反㡭爲𢇍。」段注：「從糸、㡭者，謂以繫聯其絶。」案：㡭，絶古文，許云「象不連體絶二絲」。𢇍，繼字古文。包山楚簡亦作𢇍。「反㡭爲𢇍」，繼，絶之反。《墨子·非命上》：「絶長繼短。」絶、繼相對，非謂其形體相反。統言繼、續不分。析言絶而後接連謂之繼，凡繼者二物不同在。「繼之以日夜」，謂日既已盡，而後續之以夜。下「折瓊枝以繼佩」，取瓊枝使之絶，而後繫於佩帶。引申言繼絶、過繼。許云：「續，連也。从糸，賣聲。賡，古文續，从庚、貝。」彼此相連謂之續，凡續者二物俱在，無先後之分。引申言補綴、延續、陳遞。是以「日以繼夜」，不謂「日以續夜」，而「續紹」、「續弦」、「續命」不謂繼。「繼母」云者，繼其所絶，則不謂「續母」。此繼、續二字所以别。

是二句言我令羣鳥導引，且飛且騰，日以繼夜，不休止也。

飄風屯其相離兮　帥雲霓而來御

飄 敦煌《楚辭音》殘卷飄音扶遥反，錢《傳》音毗遥反。案：扶遥、毗遥音同，「扶遥」，用「輕重互用」門法。

屯 敦煌《楚辭音》殘卷屯音大昆反，洪《補》、錢《傳》同音徒昆切，朱《注》音徒渾反。《群經音辨》曰：「屯，難也。徒倫切。屯，聚也，徒門、徒本二切。」案：大昆、徒昆、徒倫、徒門音同，平聲。徒渾、徒本音同，上聲。「屯聚」之「屯」，音徒渾切。

相 敦煌《楚辭音》殘卷相音息羊反。案，《群經音辨》曰：「相，共也，息良切。共助曰相，息亮切。」息良、息羊音同。

離 敦煌《楚辭音》殘卷離音力智反。《群經音辨》曰：「離，兩也，力支切。兩之曰離，力智切。」案：音「力支」之離，内動，平聲。「力智」之離，外動，去聲。「相離」字，借作麗，音力計切。詳注。力計、力智音同。

帥 洪《補》、朱《注》、錢《傳》同引一作率。姜亮夫校曰：「此當爲將𧗿字。率、帥皆假借字也。經傳多以帥爲之。率則僅見於《荀子·富國》『將率不能，則兵弱』是也。」案：甲文但有率字，其作「」《粹》二三，金文率、𧗿雜用，然西周早期器《盂鼎》作「」，同卜辭。晚期器《毛公鼎》作「」，戰國但作𧗿，《詛楚文·亞駝》作「」，包山楚簡、阜陽漢簡《蒼頡篇》作「𧗿」。率、𧗿古今字。帥，假借字。

霓 洪《補》霓音五稽、五歷、五結三切，通作蜺。朱《注》音五稽、五歷、五結三反，引霓一作蜺。錢《傳》霓音五稽反，霓一作蜺。朱又云：「此從五稽反。」案：慧琳《一切經音義》卷八曰：「蜺，《離騷》或作霓。」蓋其所見本亦作霓。《爾雅·釋天》陸德明《經典釋文》：「霓，五兮反，如淳五結反，郭五擊反，本或作蜺，《漢書》同。」五稽、五兮音同，平聲。五結、五擊、五稽音同。去聲。五歷，入聲。《七諫·自悲》「載雌霓而爲旌」，洪《補》：「《梁書·王筠傳》：『沈約製《郊居賦》，要筠讀至『雌霓連蜷』，約曰：『僕常恐人呼爲霓。』上五激、下五雞切。」五鷄同五稽，五激同五歷。霓，入聲，六朝轉爲平聲。唐宋已未能辨。霓，本字；蜺，借假字。

御《楚辭音》殘卷：「御音五駕反。」洪《補》御「讀若迓」。錢《傳》：「御音迓。」朱《注》：「御叶音迓。或如字。」案：御，借字；迓，俗字。本作訝，楚簡作迎，音同御。詳注。「吾駕」亦音迓也。

【飄風】王逸注：「回風爲飄風，無常之風，以興邪惡之衆。」洪《補》引《爾雅》注：「飄風，旋風。」夏大霖曰：「飄風，乃回旋之風。」胡文英曰，「飄風，驟然之風也。」又，朱冀曰：「飄風，乃輕風，非回風也。所謂風飄飄而吹衣者是矣。」《説文·風部》有飄、飆二字：曰：「飄，回風也。从風，票聲。」「飆，扶搖風也。从風，猋聲。」段注曰：「回者，盤旋而起之風，《莊子》所謂『羊角』，司馬云：『風曲上行若羊角也。』《釋天》云：『回風爲飄。』《匪風》毛《傳》同。按：《何人斯·傳》曰：『飄風，暴起之風。』依文爲義，故不云回風。」又注「飆」字曰：「司馬注《莊子》云：『上行風謂之扶搖。』《釋天》曰：『扶搖謂之猋。』郭云：『暴風從下上。』按：《爾雅》、《月令》用古字，陸云：『《字林》作飆。』不言《説文》，此等舉一以包二耳。」飄、飆似爲一字。飄，票聲。許云：「票，火飛也。从火、囟。𤐫與䙴同意。」䙴，遷也，謂自下而上升也。票有上升義。火飛則回旋、輕疾，飄訓回風，輕揚之風，義本相因。飆字，猋聲，犬走貌。引申言疾奔。飆訓暴風。飆訓扶搖羊角之風，言風從下而上，飄字假借。促言曰飄，緩言曰扶搖。訓詁字作䬝颻。《玉篇・風部》：「風自上下爲之䬝颻也。」或作搏搖。梁元帝《玄覽賦》「且搏搖以九萬」是也。或作扶輿。《九懷・昭世》「登羊角兮扶輿」是也。魚陽對轉作方羊、望羊、仿佯、彷徉，根於回旋之義。飄風狀屈子反本行遊，未有君臣寄興。王氏謂「以興邪惡之衆」云云，不可信。

【屯】王逸注「相與屯聚，謀欲離己」云云，屯訓聚義。朱駿聲改讀爲⿱竹屯，謂屯聚本字。案：「屯其」，同上「忽其」「紛其」句法，狀飄風疾遽貌。屯，頓字省文。頓其，猶頓然，謂俄傾。《漢書・賈誼傳》「賤人安宜得如此而頓辱之哉」。《世説新語》「陶一見便改觀，談宴竟日，愛重頓至」，注引《高坐別傳》「然神領意得，頓在言前」。屯訓聚，猶驟也，言急遽義。

【相離】王逸注：「屯其相離，言不與己和合也。」相言相與，離言分離。徐焕龍曰：「相離，與鳳飛所向相乖。」案：錢杲之曰：「屯其相離，言前後驅從之神，屯然相離，以次而來。」離言附從義。王夫之、朱駿聲、聞一多曰：「離，麗也，附也。」游國恩亦曰：「飄風屯其相離者，謂上征于天，天高風急，聚於太空，緊相追逐，如附麗於車駕然也。」是也。離、麗古字通用。《詩・兔爰》「雉麗于罦」，《論衡》引此作「雉離于罼」。《戰國策・燕策》「高漸離」，《論衡》作「高漸麗」。《廣雅・釋言》：「麗，離也。」《易・卦傳》：「離者，麗也。」相，猶我也，非相互也。《史記・張耳陳餘列傳》「始吾與公爲刎頸交；今王與旦暮且死，而公擁兵數萬，不肯相救」，言不肯救我也。相，張耳自稱也。《陳涉世家》「苟富貴，無相忘」，相，指傭耕，言勿忘爾等也。《三國志・魏書・武帝紀》注引《曹瞞傳》：「執帝手曰：『不能復相活耶？』」相，郗慮自稱，言不能復活我也。《後漢書・伏侯宋蔡馮趙牟韋傳》「今歲垂盡，當選御史，意在相薦，子其宿留乎」？相薦，言薦汝也。《朱樂何傳》「穆居家數年，在朝諸公多有相推薦者」，言推薦之也。相離，謂附麗我也。

【帥】《説文・巾部》：「帥，佩巾也。从巾，𠂤聲。」無將帥義。本字作衛。《行部》：「衛，將衛也。从行，率聲。」段注：「衛，導也，循也。今之率字，率行而衛廢矣。」以衛、率爲古今字，顛倒其序。甲文但作率，衛，始出晚周。詳校。《説文・率部》：「率，捕鳥畢也。」鳥之羅网，牽而引之，猶《左傳》襄十年云「牽畢」是也。是以率有牽引、將率義，後復製衛字爲之。

【雲霓】王逸注：「雲霓，惡氣，以喻佞人。」雲霓同上飄風，狀神遊儀式，無寄意君臣。洪《補》曰：「霓，通作蜺。《文選》云『雲旗拂霓』，又云『俯而觀乎雲霓』。沈約《郊居賦》云『雌霓連蜷』。并讀作側聲。司馬温公云：『約賦但取聲律便美，非霓不可讀爲平聲也。』《爾雅》『霓爲挈貳』。《説文》：『霓，屈虹，青赤或白色，陰氣也。』郭氏云：『雄曰虹，謂明盛者；雌曰蜺，謂暗微者。』虹者，陰陽交會之氣，雲薄漏日，日照雨滴，則虹生也。」案：霓有平、入二音，古讀入聲，不關沈約製律。詳校。宋玉《舞賦》協絶、蜺、列、悦。霓，許氏訓「屈虹」，屈者，短也，小也。其字從兒聲，兒，小兒也，引申言小。從兒聲字多含劣小義。老人小齒落盡而更生細如小兒齒者曰齯。雄爲大，雌爲小，鯨之雌者謂之鯢。蟲似蟬而小青赤者謂之蜺，鹿子曰麑，虹之雌而色暗弱者字作霓。霓，聲中兼義。《爾雅・釋天》：「蜺爲挈貳。蜺，雌虹。」挈貳，貳匹也。貳，兒亦聲之轉。霓之名受義於貳。又，《釋名・釋天》：「霓，齧也。其體斷絶見於非時，此災氣也。傷害於物，如有所食齧也。」謂霓之名根於齧。甲文霓字作「」《菁》四・一，象兩首蛇，不祥之物，《山海經》所載蛇有六種，皆凶物。霓亦凶物。《詩・蝃蝀》：「蝃蝀在東，無敢指之。」蝃蝀，虹霓也。言不可以指語之，指語之則犯禁忌。據毛《傳》、鄭《箋》所言，犯禁忌則夫婦之道不得善終。《月令章句》謂虹霓爲陰陽交接之氣，若陰陽不調，婚姻失序，生虹霓之象。是以王氏斥之惡氣，以喻佞人。此文雲霓，非雲與霓二物，猶雲也。霓，襯辭，無義可繫。《孟子・梁惠王下》「民望之，若大旱之望雲霓也」，謂民望君若大旱之望雲也。俞樾曰：「古人之文，省者極省，繁者極繁，省則有舉此見彼者矣，繁則有因此及彼者矣。《日知録》曰：『古人之辭，寬緩不迫。得失，失也。《史記・刺客列傳》：「多人，不能無生得失。」利害，害也。《史記・吴王濞列傳》：

「擅兵而別，多佗利害。」緩急，急也。《史記・倉公傳》：「緩急無可使者。」《遊俠傳》：「緩急，人所時有也。」成敗，敗也。《後漢書・何進傳》：「先帝當與太后不快，幾至成敗。」異同，異也。《吴志・孫皓傳》注：「蕩異同如反掌。」《晉書・王彬傳》：「江州當人強盛時，能立異同。」贏縮，縮也。《吴志・諸葛恪傳》：「一朝贏縮，人情萬端。」禍福，禍也。晉歐陽建《臨終詩》：「成此禍福端。」』按：此皆因此及彼之辭，古書往往有之。《禮記・文王世子篇》：『養老幼於東序。』因老而及幼，非謂養老兼養幼也。《玉藻篇》：『大夫不得造車馬。』因車而及馬，非謂造車兼造馬也。」詳《古書疑義舉例》卷二第二十六條「因此及彼例」。又，《列子・楊朱》「無毛羽以御寒暑」之寒暑，《孟子・梁惠王上》「今恩足以及禽獸」之禽獸，《楚策》「將以爲楚國妖祥乎」之妖祥，賈誼《論積貯疏》「世之有饑穰」之饑穰，皆其比。下「揚雲霓之晻藹兮」，同此。

【御】王逸注：「御，迎也。」洪《補》曰：「御，讀若迓。」蓋楚迎讀如御，陽轉陰，存其古音。朱季海曰：「《離騷》下文：『百神翳其備降兮，九疑繽其並迎。皇剡剡其揚靈兮，告余以吉故。』洪氏《補注》曰：『迎，魚慶切，迓也。』此今音也。屈賦迎與故協，即讀如御。此七國時楚音。『來御』依《章句》即謂『來迎』，與下文同。」亦削足適履。楚音迎如御，多陰聲韻，而謂「來御」同「來迎」，非也。案：御，謂抵御，無迎義。洪《補》讀御爲迓，不見《説文》。迓，訝俗字。《左傳》成十三年「迓晉侯於新宫」，《公羊傳》成二年「使眇者迓眇者」，《思玄賦》「僉供職而來迓」，《爾雅・釋詁》：「迓，迎也。」陸德明《釋文》皆曰：「迓，本作訝。」《言部》：「訝，相迎也。从言，牙聲。」牙，牡齒也，象上下相交錯形，引申言接連義，言語相接是爲訝。魚鐸平入對轉字作逆。《方言》卷一：「逆，迎也。自關而東曰逆。」《説文・辵部》：「逆，迎也。關東曰逆，關西曰迎。」包山楚簡字作迎。迎，從辵，卸聲。卸音御。楚音逆爲御，而字作迎也。來御，即來訝、來迎。聞一多據馬其昶説，讀御作禦，抵禦。不成其辭。

是二句言飄風忽然附麗於我，率雲霓而來迎接也。

第五十一韻：夜、御

朱《注》叶夜音羊茹反。陳第曰：「夜，古音裕。」江有誥曰：「夜，音御。」案：《廣韻》去聲第四十禡韻夜音羊謝切，屬鐸之長入。「羊茹」之茹，有平、去二音。若讀去聲，則羊茹、羊謝音同。若讀平聲，則與「羊謝」不同調。裕爲屋部之長入，夜、裕古不同音。夜、御同部，御音牛倨切，疑紐，與夜不同聲。陳、江皆非。戴震曰：「夜，古音豫。」二字音同，讀爲[ria：k]。敦煌《楚辭音》殘卷御音五駕反，朱《注》、錢《傳》叶音迓。案：御，借爲訝，古音爲[ŋra：k]。夜、訝古同鐸部長入。

紛緫緫其離合兮　斑陸離其上下

緫緫 敦煌《楚辭音》殘卷緫音子孔反。羅本、黎本《玉篇·糸部》「紛」字引緫作緫。案：緫、緫，皆俗總字。《群經音辨》曰：「緫，聚束也，子董切。緫，絲數也，子公切。」子孔、子董音同。

斑 敦煌《楚辭音》殘卷斑音補姦反。《文選》六臣本斑作班。洪《補》、朱《注》、錢《傳》同引一作班。案：王注曰：「斑，亂貌。」則王本作斑。班，分也，斑字假借。《説文》字作辬。斑爲二等，反切上字「補」爲一等，「補姦」爲「外轉」門法。

【紛】王逸注：「紛，盛多貌。」吕向曰：「紛，亂也。」案：紛訓盛多、訓亂，一義相因。以文義斷之，「紛緫

「總」，狀行遊儀仗盛美，不解紛亂。王注未易。

【總總】王逸注：「總總，猶僔僔，聚貌。」錢杲之曰：「總總，俱至之貌。」陳本禮曰：「紛總總者，天門外之神祇衆多也。」案：「紛總總」三字句法，狀神遊儀仗至盛至美，結上羣鳥飛騰、飄風雲霓來御諸事。總總，信如王注，「猶僔僔，聚貌」。《説文·人部》：「僔，聚也。」重言爲僔僔，訓聚貌。《説文·糸部》：「總，聚束也。从糸，悤聲。」引申言聚。重言曰總總。總，借聲字，借悤爲㚇。詳上文「總」注。

【離合】王逸、陸善經、錢杲之并爲「乍離乍合」，王邦采謂「若離若合」，游澤承謂「或斷或續」。案：「離合」連文，平列複語。離，同上「飄風屯其相離兮」之離，通作麗，猶附也、合也。離合，與三字狀語「紛總總」之義相接榫。紛總總其離合，言紛然總總，相合附麗。

【斑】王逸注：「斑，亂貌。」又，《遠遊》「斑漫衍而方行」，王注「繽紛容裔以并升也」云云，斑訓繽紛，亦猶亂也。洪《補》曰：「斑，駁文也。」案：《説文》作辬。《文部》：「駁文也。从文，辡聲。」段注：「謂駁雜之文曰辬也。引申爲凡不純之稱。辬之字多或體。《易卦》之賁字，《上林賦》之斒字，《史記》璸斒，《漢書》、《文選》玢豳，俗用之斑字，皆是。斑者，辬之俗。今乃斑行而辬廢矣。」從文、辡聲。此舉形聲包會意。辡，謂辠人相與爭訟，引申言紛挐糾錯。斑，同《易·屯》「乘馬班如」之班，孔疏引《子夏傳》：「班如者，謂相牽不進也。」或通作般。《易·屯》「班如」，《釋文》云：「班，鄭本作般。」《文選·甘泉賦》「般倕棄其剞劂兮」，注：「般與班同。」《西京賦》「奮鬣被般」，注：「般與班古字通。」《史記·賈生傳》「般紛紛其離此尤兮，亦夫子之故也」，《集解》引孟康曰：「般音班。或曰：盤桓不去。」《索隱》亦曰：「般音班，槃桓也。」促言曰般，緩言曰盤桓，聲之轉爲徘徊、裵回、裴回、方皇、彷徨，《遠遊》之「漫衍」，叔師訓「容裔」，亦一字。

【陸離】王逸注：「陸離，分散也。」陸善經訓參差。聞一多引《廣雅》曰：「陸離，參差也。」錢杲之曰：「陸離，光耀也。」案：陸離，連語，隨文所用，訓散、訓參差、訓脩長、訓光耀，一義相貫。此文陸離，義同《遠遊》之漫衍，謂行不進貌。陸離，猶流離也。《漢書·司馬相如傳》「衍曼流離」是也。斑陸離，言盤桓往來，流離曼衍也，三字狀語句法。

【上下】王逸注文「上下之義，斑然散亂」云云，上指君，下指臣。董楚平曰：「上下，天地。」皆以上下爲代名詞。案：陸善經、錢杲之、王邦采、陳本禮等謂「上下」爲「或上或下」，動詞。是也。然則上下，非必或陞或降，猶忽前忽後、忽左忽右，狀行不進之貌。

是二句言衆鳥、雲霓，紛然總總，聚合而至，盤桓流離，忽上忽下也。

吾令帝閽開關兮　倚閶闔而望予

吾令《説文繫傳》卷二三引作「叫帝閽使開關兮，依閶闔而望予」，「吾令」作「叫」。《考異》謂「所引上句似《遠遊篇》『命天閽其開關』異文」。案：《文選》卷七《甘泉賦》注引作「令帝閽開閶闔而望予」。《文選》卷一五《思玄賦》注、《分門集注杜工部詩》卷三、王狀元《集百家注編年杜陵詩史》卷二九載洙注、《九家集注杜詩》卷一一及卷三三引「吾令」一句同今本。

閽敦煌《楚辭音》殘卷、錢《傳》本同作「閽」。騫公閽音虎昆反。案：從昏與從昬字多相亂。閽，閽字形訛。

使《説文繫傳》卷二三引「開」上有「使」字，案：王逸注「言己求賢不得，疾讒惡佞，將上訴天帝，使閽人開關」云云，王本有「使」字。

【倚】《説文繫傳》卷三三引倚作依。敦煌《楚辭音》殘卷倚音於綺、渠蟻二反。《群經音辨》曰：「倚，依也，於綺切。倚，立也，其綺切。」案：倚音於綺切。渠蟻、其綺，音同，訓倚立也。倚、依混之不分，析之有别。詳上文「依彭咸」注。

【閶闔】敦煌《楚辭音》殘卷閶音充羊反，闔音盍。

【予】《文選》卷一五《思玄賦》注、卷一六《寡婦賦》注引作兮。案：兮，余字形訛。屈賦句法，領格用余，賓格用予。作予字是也。

【帝】王逸注：「帝，謂天帝。」朱子亦曰：「帝，謂天帝也。」案：帝，即篇首「帝高陽」，楚族之先，亦其族至上天神，猶《九歌》之東皇太一。屈子自稱帝高陽之苗裔，其本居在高陽之丘。反本云者，反於高陽之居也。帝，即始祖義，非天帝之謂。求帝，猶反本，死亡隱語。

【閽】王逸注：「閽，主門者也。」洪《補》引《説文》曰：「閽，常以昏閉，門隸也。」案：《周禮・天官序》「閽人」，鄭注：「司昏晨以啓閉者，刑人墨者使守門。」《穀梁傳》襄二九年「閽門者」，范注：「以主門晨昏開閉謂之閽。」《公羊傳》襄二九年：「閽者何？門人也，刑人也。」《太平御覽》卷六四八引《周禮》：「刖者使守門。」《孔子家語・致思》：「刖者守門焉。」《説苑》：「刖者守門。」《左傳》莊十九年，鬻拳自刖，「楚人以爲大閽」。刖，斷足趾。甲文有「」《前編》七・九・四、「」《前編》六・二〇・一、「」《前編》六五五・五，象刀斷足趾，即刖字。閽人無足趾，無憑不立，是以「倚閶闔」而立。《説文》復有「閹」字，曰：「門豎也。宮中奄昏閉門者。」奄昏，閹閽也。閹，始於秦而不見三代。秦宫人侍人皆閹毁其陰，閽人亦未免。則司門之隸又謂之閹人。此帝閽主司通帝丘之門，司人生死，

蓋司命下屬也。

【開關】《說文·門部》：「開，張也。从門，幵聲。閞，古文。」段注：「張者，施弓弦也。門之開如弓之張，門之閉如弓之弛。」又曰：「按：大徐本改爲從門，從幵，以幵聲之字古不入之咍部也。玉裁謂此篆幵聲，古音當在十二部，讀如『攑帷』之攑，由後人讀同闓，而定爲苦哀切。」段氏又說「閞」字：「一者，象門閉，從𠬞者，象手開門。」案：開，開户，許氏訓張，引申義。段氏謂「門之開如弓之張」云云，附會許說。開字從幵。幵之爲言間也。《說文·東部》：「𣝣，小束也。从束，幵聲。讀若繭。」音古典切，與間同音。門户有間是爲開，無間是爲閉。古文「開」字，從門，從閂。閂，從一、𠬞，一，門之關鑰，所謂「从木横持門户」者也。閂，象去關之形。段謂「一者象門閉」。非也。開與閉爲對文。閉，從門、才，十也，象植與關縱横交午形，下一短畫，象楗横互。《墨子·備城門》「行棧内閈」，孫詒讓曰：「閈，即閉字。疑當作閈，王羲之書《黄庭經》，閉字如此作，與閈閭字異。」閈，從門、午，交互。審繹開閉，亦見古門楗形制。《方言》：「開户，楚謂之闓。」開、闓一字，開，内而深，闓，外而淺，音分洪細。蓋楚人急氣讀之，音開爲闓。又，段謂開字古音在真部，讀如攑。攑，元部，非真部。開，脂部。開、幵不諧。開，從門，從幵，借幵爲間，會意兼假借。間，包山楚簡文省作「𠈌」。包山楚簡又有「閔」字，從門，從戈，猶從開也，蓋楚古文「開」字。開，有陳列義。簡云「閔於大門一白犬」，言陳祭於大門一白犬。《考釋》謂閔爲閥。非是。又，《門部》：「關，以木横持門户也。从門，𢇍聲。」《絲部》：「𢇍，織絹。从糸丱杼也。从絲省，丱聲……丱，古磺字。」丱之言毌也。段注曰：「杼者，機之持緯者；毌，穿物持之也。以絲貫於杼中而後織，是之謂𢇍。杼之往來，如關機合開也。」𢇍有横穿義。《毌部》：「毌，穿物持之也。从一横𠙴。𠙴，象寶貨之形。」以木横毌門户謂之關，受義於毌，古字通用。《大戴禮記·子張問入官》「情邇暢而及乎遠，察一而關於多」，《孔子家語》作「察一而物貫乎多」。《史記·儒林列傳》「履雖新必關於足」，《漢書》「關」作「貫」。《漢書·何武王嘉師丹傳》「大臣括髮關械」，顔師古注：「關，貫也。」《儀禮・鄉射禮》、《大射儀》「不貫不釋」，鄭注并曰：「古文貫作關。」毌、貫古今字。鄂君啓節、包山楚簡皆作⿵門串，從門，串聲。串，毌字竪書。關，借聲字。關，或作櫎，俗則作栓，門閂。引申言機關、關隘、關閉、關白。

【倚】《説文・人部》：「倚，依也。」又：「依，倚也。」二字互訓。對文言各有别。依物爲倚，依事爲依。《禮記・禮器》「有司跛倚以臨祭」，注：「依物曰倚。」《論語・衛靈公》「在輿則見其倚於衡」，《皇疏》：「倚，猶憑依也。」引申言倚辟、偏倚、倚賴，而皆不以依爲之。依者，謂依循事理，其義抽象。詳上文「依前聖」。《論語・述而》「依於仁」，《詩・那》「依我磬聲」，引申言依助、依歸、凖依、依慕，而不易之以倚也。閽人足無趾，無憑不立，倚，猶憑恃也。朱季海謂「倚閶闔」同《公羊傳》成二年「相與踦閭而語」之踦閭，至碻。踦閭，謂倚門。《戰國策・齊策》：「王孫賈年十五事閔王。王出走，失王之處。其母曰：『女朝出而晚來，則吾倚門而望女，暮出而不還，則吾倚閭而望女。』」倚門、倚閭、踦閭、倚閶闔并同。又，《遠遊》：「命天閽其開關兮，排閶闔而望予。」王逸注：「立排天門而須我也。」排訓立。排之言棐也，同非聲，例可通用。《管子・輕重中》「彼十鈞之弩，不得棐檠」，《荀子・性惡》、《説苑・建本》并作「排檠」。《木部》：「棐，輔也。」謂旁也，依也。排閶闔，同此倚閶闔，謂傍依閶闔也。

【閶闔】王逸注：「閶闔，天門也。」洪《補》曰：「《説文》云：『閶，天門也。』『闔，門扇也。』『楚人名門曰閶闔。』《文選》注云：『閶闔，天門也。王者因以爲門。』屈原亦以閶闔喻君門也。」王夫之曰：「閶闔，西北乾位爲天門，即帝閽也。」案：朱駿聲曰：「閶，亦門也。《騷》言『帝閽』，漢人因有『閶，天門』之訓，望文生義耳。」《説文・門部》：「閶，閶闔，天門也。从門，昌聲。楚人名門皆曰閶闔。」許列二解，前一訓蓋通義，緣《騷》出。後一訓則爲楚語。《吴越春秋》卷四載伍子胥造城，「立閶門者以象天門，通閶闔風也」。《吴郡志》卷三曰：「昌門者，闔閭所作，名曰閶闔門。」《孫權傳》「闓閶門」，趙一清注：「閶門，吴西郭門，夫差作，以天門通閶闔，故名之。」子胥楚人，相吴，其所營造皆楚舊制。吴名門爲閶闔，從楚俗也。《吴越春秋》、《吴郡志》皆出於漢後，説者因漢「天門」説牽合之，則謂「閶闔，天門，以通閶闔風」以附會《離騷》。姜亮夫曰：「以音義求之，閶闔蓋即開合。閶從昌聲，有開義。闔則古書多訓閉也。」案：其説韙也。閶，從門，昌聲。昌，《説文》訓「美言」、「日光」，非本義。古字作昌，俞樾謂唱字初文，「古字蓋止作『昌』」，從日，從口，會意。蓋夜羣動俱息，寂然無聲，至日出而人聲作矣，故其字從日、從口，而其義則爲導矣」。王獻唐《那羅延室稽古文字》曰：「歌唱以口，故昌字從口。其上作日者，原始人羣，衣褐難給，多取暖於日。黑夜伏處，苦乏燈燭。曉起見日初升，陽和被體，出幽暗之中，頓啓光明，不覺鼓舞歡呼，引其呼聲，而歌唱生焉。」又曰：「原始人曉起見日而喜，喜而發唱，同類聞聲報曉，呼醒衆人，其制沿爲周代鷄人，《周禮·春官·鷄人》『夜呼旦以嘂百官』是也。唱時天光初明，人豫知爲明發呼號，循聲而起，若由唱以引之。故引申字有導義。」其説至精且賅。楚夷先民有以鷄聲呼日迎日之俗，故崇拜鳳皇及祭日陽之禮興焉，詳《離騷解題》。故至漢初猶有《鷄鳴歌》傳其地。商之卜辭，亦有「又出日」之祭。《禮記·郊特牲》：「郊之祭也，迎長日之至也。」《拾遺記·炎帝神農》：「築樂圓丘以祀朝日。」《九歌》祀東皇有「浩倡」之禮，祭東君亦陳「聲色」之娱。蓋皆緣自鷄呼日之俗。昌，本爲呼日，引申言開啓、導引。閶亦取於呼日、迎日之昌，言開户呼日出也。引申言開啓。闔，從門，盍聲。盍，合也。門户合閉字作闔。《天問》「何闔而晦」，言闔則日落。閶闔言日升降之門，閶則日升而明，闔則日降而晦。閽者，司掌日陽升降之門也。閶闔，或省作昌盍。《白虎通義》曰：「昌盍風至，戒收藏也。」戒收藏，猶備收藏。昌盍，閉合義，偏義複詞，但用闔義。或作當寒。《春秋考異郵》：「閶闔，當寒，天收也。」闔，寒聲之轉。或作闛閤。漢《帝堯碑》「排啓闛閤」是也。或作闛闔，《漢書·揚雄傳》「西馳闛闔」是也。倒爲闛闍。《説文》闛闍謂「城曲重門」是也。闍、闛爲魚陽陰陽對轉。

【望】王逸注「言己求賢不得，疾讒惡佞，將上訴天帝，使閽人開關，又倚天門望而距我，使我不得入也」云云，望，蓋謂距。汪瑗曰：「望予，須己之至也。」馬其昶曰：「望予，言欲令帝閽倚門相覗望。」周孟侯曰：「曰倚、曰望，若與我漠無關切者。」王夫之曰：「望予，謂勞予之凝望。」皆爲觀望義。又，徐焕龍曰：「望予，猶跂予之謂。」案：斷之以義，望予，猶距我。望不訓距，借爲方。詳上文「望崦嵫」注。方，即《孟子·梁惠王》「方命虐民」之方，趙岐注：「方，逆也。」《尚書·堯典》「方命圮族」，《史記·五帝本紀》作「負命毀族」。方猶負，皆抵距。望予，距我也，阻我也。

是二句言我命帝閽去關而開門，閽人倚門而立，距我使不得入也。蓋帝閽亦不令其死，阻我之行也。此本虛誕之言，無帝閽阻其行事，而設此意，蓋其於死生間猶有所不定也。

第五十二韻：下、予

《楚辭音》下協韻音户，洪《補》、朱《注》叶下音户。陳第曰：「下，音虎。」案：日本國《文選集注》殘卷「周流乎天余乃下」注引《音決》曰：「下，楚人音户。」下、虎同部，而虎爲滂紐，户爲匣紐，其聲不同。下，古音爲[ɣra]。《楚辭音》予音與，洪《補》、朱《注》皆叶予音與。案：我予之予，同與與之與，音以諸切，平聲。而賜予之予，同待與之與，音余吕切，上聲。此我予字，平聲，不必強叶而讀上聲。予，古音爲[ria]。下、予古同魚部。

時曖曖其將罷兮　結幽蘭而延佇

曖 敦煌《楚辭音》殘卷音烏代反，洪《補》、朱《注》同音愛，去聲。朱季海曰：「《楚辭·哀時命》『時曖曖其將罷兮』，洪云：『曖，一作薆。』下文『衆薆然而蔽之』，洪引《方言》云：『掩、翳，薆也。』則《楚辭》宜本作『薆』也。然道騫卷子本及《文選集注》殘卷本已作『曖』，蓋後人因指時之昏昧而改從日旁矣。」案：《説文》字作薆。詳注。

《文選》卷一六《寡婦賦》注引亦作曖。

罷 敦煌《楚辭音》殘卷音疲，《文選》六臣注云，「五臣作疲」。洪《補》、錢《傳》同引一作疲。洪《補》、朱《注》罷音皮。案：王氏罷訓極，其本作罷。《文選》卷一六《寡婦賦》注引作罷。詳注。

而 洪《補》、錢《傳》引一作以。《事類賦注》卷二四引作兮。案：《離騷》句法，其、而對舉，上句用其，下句用而。「路曼曼其脩遠兮，吾將上下而求索。」「飄風屯其相離兮，帥云霓而來御。」「曰兩美其必合兮，孰信脩而慕之？」「屯余車其千乘兮，齊玉軑而并馳。」上句用而，則下句用其。「阽余身而危死兮，覽余初其猶未悔。」以、其亦並用，以作介詞，非連詞。下文「蘇糞壤以充幃兮，謂申椒其不芳」，「皇剡剡其揚靈兮，告余以吉故」。此文「結幽蘭而延佇」，而，連詞，不可以「以」字易之。《文選》卷一〇《西征賦》注、卷一三《鸚鵡賦》注、卷二八陸機《君子有所思行》注、卷二九張華《情詩》注、卷三一江淹《雜體詩·張司空華離情》注、卷三六王融《永明九年策秀才文》注引作而。

佇 元刊朱《注》本作伫。案，《説文》字作佇。伫，俗佇字。

【曖曖】王逸注：「曖曖，昏昧貌。」陸善經曰：「曖曖，光漸微之貌。」洪《補》曰：「曖，日不明也。」錢杲之曰：「曖曖，日昏也。」案：《説文》字作⿱竹愛。《竹部》，「⿱竹愛，蔽不見也。从竹，愛聲。」段注：「其字從竹，竹善蔽，《九歌》曰『余處幽篁兮不見天』是也。」愛，訓行，無遮蔽義。愛之言隱也。《詩·烝民》「愛莫助之」，毛《傳》：「愛，隱也。」《爾雅·釋言》：「薆，隱也。」薆、愛古字通用。《詩·静女》「愛而不見」，《方言》卷六郭注引作「薆而不見」。《史記·司馬相如列傳》「觀衆樹之蓊薆」，《索隱》：「薆，謂隱也。」《漢書》「昧薆之末」，顏師古注：「薆字或作隱。」愛、隱爲文物平入對轉，同影紐雙聲。謂叢竹隱翳，蔽不見日作薆。日陽隱昧不明字作曖。薆、曖皆借聲字。重言曰曖曖，訓昏昧、訓光微、訓日不明，並同。月物旁轉作藹藹。《文選·上林賦》「望中庭之藹藹兮」，注：「藹藹，月光微暗之貌。」聲之轉作晻曖。《方言》：「掩，薆也。」掩，通晻。晻、掩與薆，聲之轉。《玉篇·日部》：「晻曖，暗貌。」或作暗藹。《後漢書·張衡傳》「臨舊鄉之暗藹」，李賢注：「暗藹，遠貌。」又作蓊鬱。下「揚雲霓之晻藹」，王注：「晻藹，猶蓊鬱，蔭貌。」又作翳薈。《廣雅·釋詁》：「晻薆，翳薈，雍蔽障也。」，其與夭閼、夭遏、雍害、壅偃爲一系之變體。詳上「天乎羽之野」注。

【罷】王逸注：「罷，極也。」言窮極、窮盡義。李周翰罷借作疲，注「周行疲極」云云，言疲憊、困倦義。洪《補》、朱駿聲同此，以罷爲疲。汪瑗曰：「罷，休也。讀如欲罷不能罷。」夏大霖曰：「罷，休歇也。」姜亮夫曰：「按：罷當讀爲覇，即魄之假借字。魄，月初生也。此借言月光繼日而生，則上下文義，皆相次矣。」案：將罷，同《大司命》「老冉冉兮既極」之「既極」、《九辯》「歲忽忽而遒盡」之「遒盡」也。王注不易。罷，不訓疲罷、罷散。《説文·冂部》：「罷，遣有辠也。从网、能。网，辠网也。言有賢能而入網，而貫遣之。《周禮》曰『議能之辟』是也。」段注：「引申之爲止也，休也。」又曰：「罷之音亦讀如疲，而與疲義殊。」休止、困窮謂之罷，疲憊、困倦謂之疲。罷，支部；疲，歌部。其音亦殊。罷、疲相溷，蓋肇自六朝支歌合用。罷之言卑也。古字通用。卑，賤名，引申言下也、小也。從卑聲之字多涵短小義。小鼓曰鼙，兩旁高中央低下之舍曰庳，女之賤者曰婢，傾首曰頼，短脛之犬曰猈，螳螂子曰蜱，城上小垣曰俾倪，細米曰粺。日陽將暮西傾者曰罷。《方言》卷一〇：「呰䙓，短也。桂林之中謂短䙓。」郭璞曰：「言䙓雉也。」《周官·典同》鄭興注：「讀爲人罷庳之罷。」䙓，從矢，因短從矢。《説文》作𧿒𧿒。《立部》：「短人𧿒𧿒貌。」桂林，南楚故地，罷極，南楚通語。時曖曖其將罷，謂日曖曖不明，而將西傾也。夜幕既降，正是見神時也。

【結】王逸注「故結芳草長立有還意也」云云，結，締結。魯筆曰：「結，收固之意，先準擬剖此中正呈帝，今既不得呈，且收結起來。」案：結，結言，猶寄情也。《抽思》：「結微情以陳詞兮，矯以遺夫美人。」結，言寄也，達也，託也，非締結、收結。結之言紒也，古字通用。紒，實爲介，媒介也。介言，納徵問聘。詳下「結言」注。介幽蘭，謂介以幽蘭也。

【幽蘭】王逸、李周翰幽蘭但訓芳草，未爲幽字釋詁。洪《補》引劉次莊云：「蘭喻君子，言其處於深林幽澗之中，而芬芳郁烈之不可掩，故《楚辭》云云。」訓幽隱義。魯筆曰：「幽蘭，喻闇脩之善。」蔣驥曰：「蘭草多生深林幽澗中，故曰幽蘭。」案：幽，非幽隱義，借作窈。《春秋元命苞》：「幽之爲言窈也。」《大戴禮記・誥志》：「幽，幼也。」《史記・曆書》：「幽者，幼也。」《禮記・玉藻》「再命赤韍幽衡」，鄭注：「幽，讀爲黝。」《莊子・天運》「居於窈冥」，《漢書・劉歆傳》作「幽冥」。《老子》「窈兮冥兮」，《淮南子・原道訓》作「幽兮冥兮」。《廣雅・釋詁》：「窈，好也。」緩言曰窈眇。《文選》劉峻《辨命論》「觀窈眇之奇舞」是也。又作要眇。《九歌・湘君》「美要眇兮宜脩」，王注：「要眇，好貌。」幽蘭，要眇之蘭，例同「芳芷」、「芳蘭」、「芳椒」句法。洪氏又以幽蘭爲屈子自喻芳潔。錢澄之曰：「幽蘭之佩，可以結言也。」至碻。帝高陽爲遠古神女，求帝，求女也。男女以芳草相貽，託思慕、愛戀之情。《詩・東門之枌》：「視爾如荍，貽我握椒。」《溱洧》：「維士與女，伊其將謔，贈之以勺葯。」《木瓜》：「投我以木瓜，報之以瓊琚；匪報也，永以爲好也。」楚俗猶如是。《湘君》：「捐余玦兮江中，遺余佩兮醴浦；采芳洲兮杜若，將以遺兮下女。」《大司命》：「折疏麻兮瑶華，將以遺兮離居。」又曰：「結桂枝兮延佇，羌愈思兮愁人。」蘭，所佩芳草，以爲求帝邀神之信物。

【延佇】王逸注「長立有還意也」云云，延訓長，佇訓久立。案：延佇，猶躊躇，言乍行乍止貌。詳上文「延佇乎吾將反」。

是二句言我見距帝閽不得入，時曖曖其將下，猶寄言芳草以託情思，躊躇徘徊，冀其一遇以而歸帝居也。

世溷濁而不分兮　好蔽美而嫉妬

【溷】敦煌《楚辭音》殘卷、洪《補》、朱《注》同音胡困反，《文選》六臣本音呼本反。案：《廣韻》去聲第二十六慁韻溷音胡困切。「呼本」之溷，即混字假借，上聲。蓋六臣本溷作混。《記纂淵海》卷五〇引亦作溷。

【好】敦煌《楚辭音》殘卷謂好、耗同音。朱《注》音呼報反。案：《廣韻》去聲第三十七號韻耗音呼到切。呼報、呼到音同。好，愛也，去聲。

【美】《記纂淵海》卷五〇引美作賢。案：王注「不別善惡，好蔽美德」云云，王本作美。

【妬】朱《注》本妬作妒。案：妒、妬一字。《記纂淵海》卷五〇引亦作妬。

【世】王逸注謂時世。案：是也。上「時曖曖」，言日將罷休，正當謁帝，而見距於帝閽。帝不得見，其反本亦不得遂。而後自神遊復歸於現世，但見污穢溷濁，不容其苟生。一死復一生，求死既不遂，求生亦不忍。下承此求三女，繼之以反本，故又轉入遠古鴻荒之神遊。

【溷濁】王逸注：「溷，亂也。濁，貪也。言時世君亂臣貪，不別善惡，好蔽美德，而嫉妬忠信也。」案：溷濁，連語，亂不分貌。或作混濁，《漁父》「舉世混濁而我獨清」是也。或作混沌，《鶡冠子·泰鴻》「兩儀未分，其氣混沌」是也。或作渾沌，《太玄經·馴首》「渾沌無端，莫見其根」是也。或作困敦，《爾雅·釋天》「太歲在丁曰困敦」，孫炎

注：「困敦，混沌也。」無德行之人名渾敦，《左傳》文十六年：「帝鴻氏有不才子，掩義隱賊，好行凶德，天下之民謂之渾敦。」杜注：「謂驩兜。」孔疏曰：「混沌與渾敦，字之異耳。《傳》言『掩義隱賊，好行凶德』。」渾沌、驩兜亦聲之轉。倒曰濁穢，《後漢書・袁紹傳》注「濁穢薰后土」是也。其與浩蕩、荒唐、胡涂、昆侖、囫圇爲一字。

【不分】王逸注「不分」訓「不別」。汪瑗曰：「不分，猶言無別也。」案：分訓別，是其本義。引申言分明。《吕氏春秋・察傳》「是非之經不可不分」，高注：「分，明也。」

【蔽美】王逸注「好蔽美德」云云，蔽言遮蔽，美言美德。吕延濟曰：「蔽，隱也。」案：下「好蔽美而稱惡」，蔽、稱對文，蔽，稱之反。稱，媚也，諂也。說詳下。蔽，猶惡也，毁也。蔽，本言遮蔽，引申言毁斥。古或借憋。《方言》：「憋，惡也。」錢繹《箋疏》曰：「《廣雅》：『憋，惡也。』憋與獘通。《周官・大司寇》『以邦成獘之』，故書獘爲憋。又，《司弓矢》云：『句者謂之獘弓。』鄭注云：『獘，猶惡也。』徐邈音扶滅反，是獘與憋同。又通作敝。《後漢書・董卓傳》『敝腸狗態』，李賢注：『言心腸敝惡也。』《續漢書》敝作憋。漢司隸校尉楊孟文《石門頌》云『惡虫蔽狩』，與『憋獸』同。」蔽、憋、獘、敝，音義併通，皆有惡義。美，非德美。美，美人之省。蔽美，猶謂惡斥美人。

【嫉妬】王逸注「好蔽美德，而嫉妬忠信」云云，案：蔽、嫉妬爲對文，嫉妬，猶蔽也，其所嫉妬者亦美人。美因「蔽美」省，同上「嫉余之蛾眉」。

是二句由神遊至真實、由冥界至現世梁津過渡之語。屈子於死亡神遊中，求帝反本，見拒於閽人，是求死不得，於夢幻中猛然醒寤來，眼前仍復溷濁污穢，好嫉妬美人，不容其苟活，是欲生亦不能。下登閬風、遊春宮、相下女，是再度入其反本之行也。

第五十三韻：佇、妬

佇，古音爲[dia:k]。妬，朱《注》叶音丁五反，上聲。江有誥亦曰：「妬，上聲。」案：《廣韻》去聲第十一暮韻妬音當故切，本篇上妬、索相協，去聲，古音爲[da:k]。佇、妬古同鐸部之長入。

自「朝發軔於蒼梧兮」至此七韻二十八言，是第二章之第一小節，叙屈子求帝之經歷，亦屈子反本經歷。言我發自蒼梧，至於玄圃，朝夕兼行不怠，方周流祖神之居，而日將晚暮。我乃急令日神弭節，使日陽須留，勿追崦嵫之山。於是乎不憚脩路曼曼，周流轉輾，上下求索。雨師先驅，飛廉奔走，鸞皇先戒，雲師致我不備，飄風、雲霓相迎，紛紛揚揚，盤桓流離，終至帝居，乃令帝閽開啓關鑰，而帝閽距之，使我不得入閶闔之門而歸至帝居。旋而日陽將下，帝居曖曖不見，寄意芳草，延佇徘徊，不忍棄去，無奈終不可得見。是求死亦難矣。然則時世溷濁不明，上下皆嫉妬美人，是又不容其苟生，是生亦難矣。下文承此開啓三求女征途，繼其反本歸宗心事也。清人吴世尚謂《離騷》後半篇是「白日幻夢」，「『耿吾既得此中正』，乃入夢之始；其入也，何其明白而從容。『焉能忍與此終古』，乃出夢之終；其出也，何其瞀亂而迫蹙」。善哉其言！唯吴氏泥其積習成見，強以君臣之義附會之，終不白其夢之旨在於反本歸宗，在於求得一死。而其反本之夢，有三入三出。求帝一節，一入復一出；三求女一節，亦一入復一出；篇末西行一節，又是一入復一出。其入也，由現世至神遊；其出也，由神遊歸現世。故入夢之始，駕龍乘鳳，逍遥自如；而出夢之終，鬱悒欷歔，疾痛慘怛，成一唱三歎之妙。

朝吾將濟於白水兮　登閬風而緤馬

於 洪《補》姜校誤《補注》本「補曰」上所列異文爲王逸校文。非是、錢《傳》同引一作乎。季鎮淮曰：「《離騷》句法，凡二句中連用介詞於、乎二字時，必上句用於，下句用乎。」案：極確。《文選》卷一五《思玄賦》注引亦作於。

閬 羅本、黎本《玉篇·糸部》、劉師培《考異》引閬作浪，姜校亦引閬作浪。案：閬、浪音同而訛。《文選》卷一三《鷦鷯賦》注及卷一五《思玄賦》注、《六帖補》卷二、《史記》卷一〇〇《司馬相如列傳·正義》引張揖云、《漢書》卷八七《揚雄傳》注引蘇林云亦作閬。又，慧琳《一切經音義》卷七三、卷九六有「閬風」，出《離騷》，其所見本亦作閬。敦煌《楚辭音》殘卷閬音力宕反，洪《補》、朱《注》閬音郎，又同音浪。錢《傳》閬音浪。案：《廣韻》去聲第四十二宕韻閬、浪同音來宕切。力宕、來宕音同。閬音郎，平聲，蓋涼借字。

緤 《文選》六臣本緤字作絏，洪《補》、朱《注》、錢《傳》同引一作絏。案：羅、黎兩本《玉篇·糸部》「紲」字引緤作紲，《考異》引緤作絏。案：紲，古緤字。緤、絏異體字。《史記》卷一〇〇《司馬相如列傳·正義》引張揖云、《漢書》卷八七《揚雄傳》注引蘇林云、《文選》卷一三《鷦鷯賦》注及卷一五《思玄賦》注引亦作緤。《後漢書》卷五九《張衡傳》注引作絏。敦煌《楚辭音》殘卷本亦作緤，音息列反。洪、朱同音薛，錢音私列反。私列、息列音同。薛，《廣韻》入聲第十七薛韻亦音私列切。

【朝】蔣驥曰：「朝者，承時曖曖言，蓋明晨也。」案：上謂曰陽將罷極，此文承言朝日。「朝」字，復由時世轉入夢遊。

【濟】王逸注：「濟，渡也。」詳上「濟沅湘」注。

【白水】王逸注引《淮南子》曰：「白水出崑崙之山，飲之不死。」劉良曰：「白水，神泉也。」洪《補》曰：「《河圖》曰：『崑山出五色流水，其白水入中國，名爲河也。』」戴震曰：「白水，謂河源。《爾雅》『河出昆侖虛，色白』是也。」朱珔曰：「然則白水即河水，故《左傳》晉文投璧於河，而曰『有如白水』，《晉語》即作『有如河水』，是其證也。」皆謂白水爲河源。又，汪瑗曰：「白者，西方之色，與下春宫皆泛言無所指。」案：白水，神話中神水，不必坐實。水所以名「白」者，猶王注「白水潔浄，閬風清明，言己脩清白之行」，反意上「世溷濁」。濟白水，超脱於溷濁，而來此清白之居也。

【閬風】王逸注：「閬風，山名，在崑崙之上。」劉良曰：「閬風，仙山也。」洪《補》引《道書》曰：「閬野者，閬風之府是也。」錢杲之曰：「閬風，即縣圃也。」王夫之曰：「閬風，亦在崑崙，或云即縣圃。」蓋皆本於《水經注》「玄圃，一名閬風」。蔣驥曰：「閬風，臺名，在崑崙山上。」劉夢鵬曰：「閬風，亦仙臺，西爲縣圃。登閬風，即至縣圃之變文耳。」案：閬風，通作涼風。《淮南子·墬形訓》：「縣圃、涼風、樊桐在崑崙閶闔之中。」高注：「縣圃、涼風、樊桐，皆崑崙之山名也。」又曰：「崑崙之丘，或上倍之，是謂涼風之山，登之而不死；或上倍之，是謂縣圃，登之乃靈，能使風雨。」《淮南子》以閬風、縣圃爲山名，在崑崙之墟，閬風其在縣圃之下。《淮南子》是説，與屈賦同。帝居縣圃，帝之下者居閬風。閬風，宜在縣圃下。阮籍《達莊論》作「閬峰」。《玉篇》字作浪風。其山名「閬風」，非以多清涼風。閬風，連語，言廣衍無際貌。倒曰罔㝗。《淮南子·道應訓》「若我南遊乎罔㝗之野」是也。《論衡·道虚》作罔浪，《文選》左思《吴都賦》作莽㝗，《廣韻》去聲第四十二宕韻作漭浪，言廣蕩無垠貌。聲之轉字作漭瀁，《家語》「使齊楚合戰於漭瀁之野」，注云「廣大之類」是也。又作罔象，《文選·洞簫賦》「罔象相求」，注云「虛無」是也。狀思慮廣蕩不精細曰孟浪，《莊子·齊物論》「夫子以爲孟浪之言」，李頤注「猶較略也」。倒曰浪孟，《文選·笙賦》「罔浪孟以惆悵」，注云「失志貌」是也。魚陽對轉作摹略、莫絡、勿慮、無慮，與披離、爛漫相涉。詳下文「末落」注。荒誕無稽之精怪取名方良，《周禮·方相氏》「毆方良」，鄭注：「方良，罔兩也。」罔兩亦聲之轉。《玉篇》訓詁字作魍魎，《廣韻》上聲第三十六養韻作蝄蜽，《史記·孔子世家》作罔閬，言恍惚迷茫、無所憑依。《七諫·哀時命》「哀形體之離解兮，神罔兩而無舍」，王注：「罔兩，無所據依貌也。」山無涯際、廣瀁無垠者名曰閬風。

【緤馬】王逸注：「緤，繫也。」洪《補》曰：「《左傳》曰：『臣負羈紲。』紲，馬韁也。」案：《說文·糸部》曰：「紲，犬系也。从糸，世聲。緤，紲或从枼。」紲、緤一字。段注：「緤本犬系，引申之，馬亦曰紲，故上文『繮』下曰『馬紲也』。」繫馬亦曰紲。世，無繫牽義。《禮記·少儀》「犬則執緤，牛則執紖，馬則執靮」，注：「緤、紖、靮，皆所以繫制之者。」《釋名·釋車》：「紲，制也，牽制之也。」世，蓋借爲制。世、制，月部，心照旁紐雙聲。紲，借聲字。緤馬，同上總轡，言稅駕止息。是二句言我朝旦濟渡白水，登升閬風之山，繫馬聊且止息也。

忽反顧以流涕兮　哀高丘之無女

涕　敦煌《楚辭音》殘卷涕音恥禮反。

女　敦煌《楚辭音》殘卷女音紐吕反。《漢書》卷八七《揚雄傳》注引蘇林曰引二句同今本。

【高丘】王逸注：「楚有高丘之山。或云，高丘，閬風山上也。舊説，高丘，楚地名也。」王氏備列三説。注文「顧念楚國無有賢臣」云云，似用前一説。《九歎·逢紛》「懷蘭蕙與蘅芷兮，行中壄而散之。聲哀哀而懷高丘兮，心愁愁而思舊邦」，王注：「言己放斥山野，發聲而唫，其音哀哀，心愁思者，念高丘之山，想歸故國也。」《惜賢》「望高丘而歎涕兮，悲吸吸而長懷」，王注：「言己遥望楚國而不得歸，心爲悲歎，涕出長思也。」《思古》「還顧高丘，泣如灑兮」。王注：「顧視楚國，悲慼泣下，如以水灑地也。」蓋據劉向説。于省吾復徵《鄂君啓節》，謂高丘在今安徽西北、河南東南之間，楚地名。聞一多據「或云」，謂「閬風之上即帝宫，是高丘即帝宫所在，以其崑崙最上層，故謂高丘也」。汪瑗曰：「丘，土之高者，故曰高丘。或曰，高丘在閬風山上；或曰，高丘即高唐，楚之地名。劉向《九歎·逢紛篇》曰『聲哀哀而懷高丘兮，心愁愁而思舊邦』是也。」周孟侯曰：「既云登閬風矣，又曰反顧興哀，則舊訓以高丘爲閬風，謬矣。王叔師注『楚有高丘之山』是也。疑即楚之高唐山。」錢澄之曰：「高丘，楚地，疑襄王前即有陽臺神女之説，故以寓言。」魯筆曰：「高丘，明指閬風，暗指楚國。」蔣驥曰：「高丘，即指閬風。」林仲懿曰：「高丘，楚地，宋玉《高唐賦》：『巫山之陽，高丘之阻。』」屈復曰：「高丘，楚地名。」劉夢鵬曰：「高丘，即《淮南子》所謂最高一重坫，太帝之居，原欲上征開關者。」朱駿聲曰：「或謂高丘即高唐，亦無根據。疑指閬風而言，《爾雅》所謂『三成崑崙丘』也。」衆説紛紜，根柢未出王氏三解。屈賦凡言「反顧」，皆有登高臨下、舒瀉愁思之意。上文「忽反顧以遊目兮，將往觀乎四荒」，言登陞椒丘之上，反顧四荒也。《九章·涉江》「乘鄂渚而反顧兮，欸秋冬之緒風」，言登陟鄂渚，環顧下視也。高丘非閬風，其在閬風上。高丘爲高唐之山，蓋近其旨。高唐，即高陽，唐、陽古通用。高陽，楚族始祖。高者，皡也，太皡、少皡之謂也。高陽，日神也，出夷族，蓋顓頊族南徙者。丘，丘墓。高丘，帝高陽之丘陵所在。於楚，高丘非一處，漢北有「附禺」之山，顓頊居於此。《鄂君啓節·車節》謂「自鄂往，庚陽丘，庚方城，庚象禾，庚畐焚，庚緐陽，庚高丘，庚下蔡，庚居巢，庚郢」。陽丘，譚其驤謂即漢堵陽，在今河南方城東六里。

高丘，即《水經注·淮水》高塘坡，在今安徽臨泉縣北。陽丘，高陽之丘。於楚文王遷都前，蓋在「鮒魚」之山；而當屈子時，在高唐之山。高丘，近漢北「附禺」之山，亦高陽之丘。楚都始丹陽，在丹淅之間，其地有高丘，以祀始祖高陽。後遷於江陵，高丘亦南遷於近郢之高唐。且陽丘爲自郢往首地，近郢，不宜遠在方城。高丘即《鄂君啓節》之陽丘。屈子反本歸宗，亦當在此。於中土，高丘，則在濮水。《左傳》昭十七年梓慎謂：「衛，顓頊之虚，故爲帝丘。」《水經注·瓠子河》：「河水舊東決，逕濮陽城東北，故衛也，帝顓頊之虚，昔顓頊自窮桑徙此，號曰商丘，或謂之帝丘。」楚族之先自此出，其次經丹淅，而後終於郢；而濮上帝丘移至漢北附禺爲高丘，又移於江陵爲陽丘。高丘又何以在崑崙之墟、閬風之下？聞一多謂「古所謂崑崙，初無定處，諸民族各以其地内大山爲崑崙」。又據《高唐賦》「妾在巫山之陽、高丘之阻」，唐寫本《文選集注》引此謂「高丘」，乃謂楚之崑崙在巫山。其説甚韙。《大招》曰：「魂兮歸來，定空桑只。」王逸注：「空桑，瑟名也。《周官》云：『古者絃空桑而爲瑟。』言魂急來歸，定意楚國，聽瑟之樂也。或曰，空桑，楚地名。」案：王氏二説同。空桑，地名；其地出琴瑟之材，而琴瑟亦謂之空桑。然據《大招》，空桑，宜從後一説，楚地名，或作窮桑，帝顓頊之虚，東土夷族之發祥地，在魯西。今其地有史前文化遺址，大汶口文化是其一。楚有空桑，必因其先南徙而來。大凡部落先民之遷徙，必將其文化習俗、宗教祖廟，重建於新辟之地，且擇境内名山大川而建觀立廟，而其名猶仍其舊。楚之空桑亦宜在崑崙之山，與陽丘、高丘同實而異名。高丘、陽丘、空桑，於宗教言，皆其族之精神故居。《招魂》：「魂兮歸來，反故居些。」又曰：「歸來反故室，敬而無妨些。」所謂「故居」、「故室」，指楚族精神故居、故室，即高丘、空桑也。楚族出於是，終當反歸於是。劉向《九歎·逢紛》：「聲哀哀而懷高丘兮，心愁愁而思舊邦。」，高丘、舊邦並舉，蓋劉向亦以高丘爲宗教聖地，屈子魂歸之所。包山楚懷王左尹邵𬀩大夫墓竹簡記貞卜禱祀之辭曰：「舉禱楚先老僮、祝融、𡢃酓各兩羖，亯祭，筥之高丘、下丘各一全豢。」高丘，楚族大宗廟，高陽、老僮以下先祖皆在焉，祭老僮用兩羖，祭高丘用全豢，其禮優於老僮。其不言禱楚先高陽，而言高丘，蓋高丘已概帝高陽，楚祀遠祖自高陽始。其禱辭又曰：「冓醢吉之祭，亯祭，簹之高丘、下丘各一全豜。」而省老僮等，以「簹之高丘、下丘」概之矣。古今學者不於民俗宗教入眼，而拘守其君臣大義，謂高丘比楚國朝廷，求帝比求君。殊失其旨。

【女】王逸注「無女」謂「楚國無有賢臣」，女以比臣。吕向曰：「女，神女，喻忠臣也。」閔齊華、戴震、李安溪、何焯皆同此説。朱熹曰：「女，神女，蓋以比賢君也。」陳與郊曰：「哀女，哀無君也。」汪瑗、李陳玉、徐焕龍、奚禄詒同此説。蔣驥曰：「神女，喻賢諸侯也。」陳遠新曰：「女當比大國之賢君可入事者。蓋上征喻往西周，帝即西方美人。周爲秦有，已無賢君，故謂之無女，言秦不可入而事也。」此又一解也。趙南星、黄文焕、錢澄之、方楘如、屈復、顧成天、魯筆輩以女謂真女，無女比楚鄭袖專弄權柄，君無賢妃。聞一多、潘嘯龍謂求帝即求上帝宫之玉女，而高丘無女，是求巫山神女，求女比求君。游國恩據其「《楚辭》女性中心説」，謂「高丘之無女」，承上文帝閽望予，帝閽，比君側之佞人，無女，猶謂君側無賢臣。女，比君側之人。又謂下求「下女」，指虙妃、簡狄、二姚，皆比君側。求女，求可通君側之同志，藉求通君側以反歸君朝。其説根柢實出王注求賢説。案：屈子上篇「伏清白以死直」、「延佇乎吾將反」、「退將復脩吾初服」，其死志已決，及「耿吾既得此中正」而駕虬上征，不復有苟活之想，其於時世君王亦不寄任何希望，蓋從彭咸之死志已不可移矣，於此何來求賢、求君心思？憑其一國之棄臣，且時時有「阽余身而危死」之虞，而爲君求賢、進賢，於事理亦不可思議。果如朱子所説，求女比求君，益見其荒謬可笑。天無二日，國無二主。楚國朝廷但有懷、襄，别無賢君在。且君貴而臣賤，夫尊而婦卑，在戰國禮儀大備於楚，楚人所共知之通義。以臣爲夫君，而女以比君王，不倫不類，豈終身篤行「中正」之德若屈子者所忍爲哉？游氏所言，較舊爲密，於理不通。女，唯同列之臣耳。然則屈子下文所求神女，位至煊赫，皆出邃古帝王之妃，似非區區君側之臣所可擬者。求女必媒理先行、禮數周備，如求君側，亦不必如是鄭重其事。趙南星輩謂求女爲真求女，諷諭楚頃襄王七年迎秦婦，以斥鄭袖擅權。尤不可信。又，趙逵夫謂求女，但「尋求知音，尋求理想」，不必坐實所求之人。其不知屈子於求女前，屢歎「不周於今之人」、「衆不可户説」，何「知音」、「同志」之有？學者皆矚目於君臣時世而疏於民俗宗教，其説求帝、求女底藴，如霧中觀花，固其宜矣。「哀高丘之無女」，言哀高丘之居不見其先祖在矣。女，帝高陽。蒙昧之世，先民視死如歸反家居。其所謂「家居」，固異於文明之世一家之居，實一族之家，或一血親之家。居於一家之人皆出「一個確定的女祖先——即氏族的創立者」恩格斯語，人之生命受於女先祖，終將回歸於女先祖。此乃「回老家」之通義。屈子生自帝高陽，死亦反歸於高丘之居。於楚，高陽猶「女祖先」，其精靈之象爲赤皇，而非金鳳，即同魚龍族夷人始祖帝顓頊之精爲「死而復蘇」之魚婦見《山海經·大荒西經》，皆屬女神。求帝，猶求女，與言回歸空桑、反本高丘並同。《遠遊》：「高陽邈以遠兮，余將焉所程？」高丘不見高陽在，則轉求下女虙妃、簡狄、二姚。虙妃，伏羲之女；簡狄，高辛氏少皞之妃；姚氏出帝舜，日神之女。詳見下文所考。三女，皆出日陽夷族之先。求三女，祇是反本歸宗之意，不關君臣時世。

是二句言我登升閬風之上，忽然環顧，涕泣久之，哀高丘之居不見高陽女祖在也。

第五十四韻：馬、女

敦煌《楚辭音》殘卷曰：「馬，協韻作媽，音同亡古反。」洪《補》、朱《注》馬同音滿補切。陳第、江有誥曰：「馬，古音姥。」戴震曰：「馬，古音莫補切。」案：《廣韻》上聲第三十五馬韻馬音莫下切。楚語下音户。馬二等，有介音[r]，古音爲[mra]。女，古音爲[ŋ̊ia]。馬、女古同魚部。

溘吾遊此春宮兮　折瓊枝以繼佩

【溘】敦煌《楚辭音》殘卷溘音苦閤反，洪《補》引一作壒，洪曰：「壒，塵也，無奄忽義。」錢《傳》曰：「溘作𡎝者非。」姜亮夫曰：「壒、溘形近而謁。壒，塵土也，與此不合。」案：壒、𡎝皆「溘」形訛。《北堂書鈔》卷一二八注引訛作𡎝。《考異》、《太平御覽》卷六九二引脱水旁字作盍。

【瓊】姜校引《太平御覽》卷六九二引瓊作琼。案：琼，俗瓊字。今檢《太平御覽》卷六九二作瓊。不審姜氏所據本。

【繼】敦煌《楚辭音》殘卷繼音古系反。

【佩】《太平御覽》卷六九二引佩作珮，《文選》卷一五《思玄賦》注引作珮。案：珮，佩玉專字。《文選》卷七《甘泉賦》注、《北堂書鈔》卷一二八、《後漢書》卷五九《張衡傳》注引亦作佩。

【溘】王逸注：「溘，奄也。」案：溘、奄爲談葉對轉，同影紐雙聲。奄，奄忽，疾貌。詳上文「溘埃風」溘吾遊，吾忽然戲遊也。

【春宮】王逸注：「春宮，東方青帝舍也。」汪瑗曰：「春宮，東方青帝之宮，神女之所居者也。」夏大霖曰：「春宮，東方青帝之舍，寓言少女所居，比王妃后之宮。」陳本禮曰：「春宮，巽方青帝長女之宮。」周孟侯曰：「春宮，非東方青帝宮，即高丘神女與下女栖息之宮。」劉夢鵬曰：「春宮，仙苑之稱，蓋縣圃、閬風之類。緤馬閬風，遊春宮也。」陳遠新曰：「東方青帝，喻齊。」王樹枏曰：「《初學記》云：『青宮，一曰春宮。』太子宮也。時懷王爲秦劫留，太子横爲質於齊，楚大臣欲立懷王庶子在國者。」又，聞一多曰：「春宮蓋亦在崑崙墟中。宮者，苑囿之名。謂之春宮，蓋以四時温和，百卉不凋乎？」案：楚俗尚東，天帝太一神曰東皇太一，日神曰東君。《新序》曰：「昭奚恤發精兵三百人，陳於西門之内。爲東面之壇一，爲南面之壇四，爲西面之壇一。秦使者至，昭奚恤曰：『君，客也。請就上位東面。』」戰國楚墓不論貴賤者皆朝東。楚俗又尚左，亦東也。此皆出於楚人崇祖崇日禮俗。春宮，青帝之宮。青帝，猶東皇太一也，楚先祖神。春宮，東皇所居，例同「高丘」、「陽丘」、「空桑」，楚人精神故居。《遠遊》：「集重陽入帝宮兮，造旬始而觀清都。」王注：「得升五帝之寺舍也。」洪《補》引《文選注》曰：「上爲陽，清又爲陽，故曰重陽。」余謂積陽爲天，天有九重，故曰重陽。」重，老僮也。陽，高陽之丘。帝宮，高陽之居，言止於高陽、老僮之居而入帝宮也。帝宮，猶青帝之宮。下文求三女，所求者皆夷族之先或日神之妃，其居於東，緣此文「春宮」來。説者比附太子、比附王妃、比喻親齊，皆非其旨。春，包山楚簡文皆作「芚」，省從日。楚古文。宮，非苑囿名。《説文·宮部》：「宮，室也。从宀，躳省聲。」段注：「《釋宮》曰：『宮謂之室，室謂之宮。』郭云：『皆所以通古今之異語，明同實而兩名。』按：宮，言其外之圍繞；室，言其内。析言則殊，統言不別也。《毛詩》『作於楚宮』，『作於楚室』，《傳》曰：『室，猶宮也。』此統言也。宮自其圍繞言之。庚案：《禮記·喪大記》「君爲廬宮之」，注：「宮，圍障之也。」《爾雅·釋山》「大山宮」，注：「宮，謂圍繞之。」《周禮·小胥》「王宮縣」，鄭司農注：「四面有牆，故謂之宮。」則居中謂之宮。五音宮商角徵羽，劉歆云：『宮，中也，居中央，唱四方，唱始施生，爲四聲綱也。』」又曰：「説宮謂從宀、吕，會意，亦無不合。宀，繞其外，吕，居其中也。吕者，脊骨也，居人身之中者也。」甲文宮作「」《前編》四·二五·二，金文作「」《矢方彝》，非躳省聲。宮，從宀，從吕，吕亦聲。吕，非脊骨。字形變，羅振玉《殷虚書契考釋》謂「象有數室之狀」，「象此室達於彼室之狀，皆象形也」。楊樹達謂「象房屋」。、吕、，宮古文。馬叙倫謂宮即吕字後起分別文

《讀金器刻詞·王母鬲》。姜亮夫謂[illegible]、吕、[illegible]「象原始民族居穹廬」，而「後世住室之制益精，集多室而爲之匑桓，匑桓之内統名曰宫」。案：方濬《益綴遺齋彝器款識考釋》識吕即邕字，曰：「篆文變吕爲邑，經典作雝，俗作雍。」其説碻切。《説文·川部》：「邕，四方有水，自邕成池者，从巛，从邑。」籀文邕從巛，從吕。劉心源《奇觚室吉金文述·孟鼎》云：「邕即雍之正字。吕象池形，巛即川，古刻從水與川同意。此銘省水，仍是雝字。」羅振玉曰：「從水、從口，從口、從巛，古辟雍字如此。辟雍有環流，故從巛，或從く，乃巛省也。口象圓土形，外爲環流，中斯爲圜土矣。」蕭兵謂邕以拘囚戰俘，「原始環水土牢」，象「重泉」形。「言其『環流』非一處，或竟『土』外有『水』，『水』外有『圍』，『圍』外復有『水』，重疊環衛，使囚虜不得逃逸，瘐死獄中。」詳《論璧雍、泮宫、靈臺起於水牢説》。其發明宫室所興，盡去譎詭。宫從吕，古邕字。而後爲居室、皇宫，雖經優化，其形制猶仍邕也，是以宫有環繞意。

【瓊枝】王逸曰：「言己行遊，奄然至於青帝之舍，觀萬物始生，皆出於仁義，復折瓊枝以續佩，守仁行義，志彌固也。」以瓊枝喻仁義。張銑謂「瓊枝」爲「瓊草之枝」。胡文英曰：「瓊枝，瓊樹之枝也。」洪《補》曰：「瓊，玉之美者。《傳》曰：『南方有鳥，其名爲鳳，天爲生樹，名曰瓊枝。高百二十仞，大三十圍，以琳琅爲實。』《後漢》注云：『瓊枝，玉樹，以喻堅貞。』下文云『折瓊枝以爲羞』。」謂瓊枝爲玉樹，比堅貞。段注曰：「《説文》：『瓊，亦玉也。』亦，各本作赤，非。如李賢所引：『珍，亦視也。』《鳥部》：『鸞，亦神靈之精也』之類。此上下文皆云玉也，則當瓊亦玉名。倘是赤玉，當厠璊、瑕二篆間矣。《離騷》曰『折瓊枝以爲羞』，《廣雅》玉類首瓊支，此瓊爲玉名之證也。唐人陸德明、張守節皆引作『赤玉』，則其誤已久。《詩》瓊琚、瓊瑶、瓊華、瓊瑩、瓊英、瓊瑰，毛《傳》云：『瓊，玉之美者也。』蓋瓊支爲玉之最美者，故《廣雅》言『玉首瓊支』，因而引伸凡玉石之美皆謂之瓊。應劭曰：『瓊，玉之華也。』是其理也。」以瓊枝爲美玉名。案：《莊子》佚篇：「吾聞南方有鳥，名爲鳳。所居積石千里，天爲生食，其樹名瓊枝，高百仞，以璆琳琅玕爲實。」見《太平御覽》卷九一五所引。則同洪氏所引《傳》。瓊枝，玉樹名，非美玉。又，

《淮南子·墬形訓》，崑崙虛中有增城，上有木禾，珠樹、玉樹、璇樹在其西。璇、瓊古字通用。瓊枝，猶璇樹。下言「及榮華之未落」，瓊枝有榮華，爲木名。求女先佩瓊枝之玉，緣於神遊春宫靈囿來。古俗求女，其所貽多用玉。《詩·木瓜》：「投我以木瓜，報之以瓊琚；匪報也，永以爲好也。」女求男，則投木瓜以致情；男求女，則報瓊琚以達意。又二章云：「投我以木桃，報之以瓊瑶。」三章云：「投我以木李，報之以瓊玖。」瓊瑶、瓊玖，皆所以求女。《鄭風·女曰鷄鳴》：「知子之來之，雜佩以贈之；知子之順之，雜佩以問之；知子之好之，雜佩以報之。」毛《傳》：「雜佩者，珩、璜、琚、瑀、衝牙之類。」皆玉。謂女之來、之順、之好，則贈玉通情。《九歌·湘君》：「捐余玦兮江中，遺余佩兮醴浦。采芳洲兮杜若，將以遺兮下女。」湘君，贈玉玦、玉佩於江中、於醴浦，致情湘夫人。曹子建《洛神賦》：「無良媒以接懽兮，託微波而通辭。願誠素之先達兮，解玉佩以要之。」言我解玉佩，以要洛神。秦嘉《贈婦詩》：「詩人感《木瓜》，乃欲答瑶瓊。媿彼贈我厚，慚此往物輕。雖知未足報，貴用叙我情。」用《木瓜》古義。求女一節，屈子爲男子，故折取瓊枝爲信物。女冀其夫君壹心不貳，而夫以玉明志，佩瓊枝「以喻堅貞」。又，瓊枝，於宗教，蓋扶桑、若木之屬，東夷族之社也。折扶桑之木以拂日，折瓊枝以求女，其意一也，有血緣氏族認同之巫術性質。河南信陽楚墓出土錦瑟，繪以彩色人物，於瑟首一長衣廣袖、鳥喙人身之巫師，手持一枝，枝末唯一葉，狀如桑。說者謂「巫師所持法器」，不識其爲何物。實楚族社樹扶桑之枝，亦即瓊枝也。又，包山楚簡祭禱之辭有言，祭先祖或用玉，謂「賽禱□備玉一環，厌土、司命、司禍各一少環。大水備玉一環，二天子各一少環，峗山一珏」。□，簡文或作□，稱鰪□或鰪□。祭用全豕之禮，其神格同高坒、下坒之神。□，太一神，蓋楚先也。祭先祖用玉，猶求女用瓊枝，執其社木以徼神也。

【繼】王逸注：「繼，續也。」詳上「繼之以日夜」。

是二句言我奄然戲遊日神青帝之宮，折取瓊枝，以續繫於佩帶也。

及榮華之未落兮　相下女之可詒

【及】慧琳《一切經音義》卷八四引脱句首「及」字，《北堂書鈔》卷一二八引亦有及字。

【相】敦煌《楚辭音》殘卷、洪《補》、朱《注》、錢《傳》相音息亮反。

【女】敦煌《楚辭音》殘卷女音紐古反。

【詒】敦煌《楚辭音》殘卷本、《文選》六臣本詒作貽，騫公曰：「與貽同，餘之反。」洪《補》、錢《傳》同引一作貽。姜亮夫曰：「貽，乃詒或亦字。《詩・静女》『貽我彤管』，《斯干》『無父母貽罹』，《釋文》俱作詒。《説文》：『詒，一曰遺也。』《爾雅・釋言》：『貽，遺也。』」案：詒、貽分别字。詒，見戰國《中山王嚳方壺》。貽，見顧廷龍《古匋文孴録》及劉鶚《鐵雲藏陶》，亦戰國時文。《文選》卷一六《寡婦賦》注、《北堂書鈔》卷一二八引亦作詒。

【榮華】王逸注：「榮華，喻顔色。言己既脩行仁義，冀得同志，願及年德盛時，顔貌未老，視天下賢人，將持玉帛而聘遺之，與俱事君也。」汪瑗曰：「榮華之未落，喻顔色之未衰也。」徐焕龍曰：「榮華，喻美人顔色。」案：榮華，玉樹瓊枝之華，無託寓可求。畢大琛謂榮華未落比楚尚未亡，譚介甫謂比「齊、楚國交尚未決絶之時」。遊説無根，皆不可信。《説文・華部》：「華，榮也。从艸、𠌶。」段注：「《艸部》曰：『葩，華也。』《舜部》：『䑞，華榮也。』按：《釋艸》曰：『蕍、芛、葟、華，榮。』渾言之也。又曰：『木謂之華，艸謂之榮，榮而實者謂之秀，榮而不實者謂之英。』析言之也。」俗作花，其字起於北朝。榮華連文，渾言。《木部》：「榮，桐木也。从木，熒省聲。一曰，屋梠之兩頭起者爲榮。」榮，非華名，借爲熒。《釋名·釋言語》：「榮，猶熒也，熒熒照明貌也。」艸之英熒熒有光謂之熒，而借榮字爲之，榮多涵光明義。《吕氏春秋·振亂篇》「且辱者也而榮」，高注：「榮，光明也。」《國語·晉語》「華則榮矣」，韋注：「榮者，有色貌也。」《文選·南都賦》「會九世而飛榮」、《羽獵賦》「翡翠垂榮」，注並曰：「榮，光榮也。」華字古亦多含光采義。《淮南子·墬形訓》「末有十日，其華照下地」，高注：「華，猶光也。」《荀子·正論》「琅玕龍玆華覲以爲實」，楊注：「華，謂有光華者也。」《書·顧命》「華玉仍幾」，孔《傳》：「華，彩也。」《天問》：「羲和之未揚，若華何光？」王注：「言日未出之時，若木何能有明赤之光華乎？」華，金文作「」《仲姞鬲》，不從艸，石鼓文作「」。𠌶、華，古今字。許云：「𠌶，艸木華也。从𠂹，虧聲。」𠂹，古垂字，象草木委垂貌。虧無光明義，借作皇。虧、皇魚陽對轉、同匣紐雙聲。𠌶通皇、珵，是其明證。皇，光明。草木之英皇然而美者作華，借聲字。

【未落】王逸注：「落，墮也。」瓊枝之華，絶不枯敗、凋落。於句法斷之，「及榮華之未落」，同「貫薜荔之落蘂」、「索胡繩之纚纚」、「揚雲霓之晻藹」、「載雲旗之委蛇」。未落，「榮華」之飾語，而非述語。落，借作絡，古字通用。《説文·糸部》：「繯，落也。」段注：「落者，今之絡字，古叚落不作絡，謂包絡也。」《革部》：「勒，馬頭落銜也。」馬落銜，馬絡銜，借落爲絡。未絡，絡幕倒文。《文選·蜀都賦》「罽羅絡幕」，劉良注：「絡幕，施張之貌也。」或作絡縸，《後漢書·馬融傳》注：「絡縸，張羅貌也。」或作落莫，釋辨才詩「披雲同落莫」，宋謝逸《西江月》「落莫寒香滿院」。又作莫絡，《古列女傳》「莫絡連飾」是也。又作幕絡，《釋名·釋采帛》曰：「煮繭曰莫。莫，幕也。貧者著衣可以幕絡絮也。或謂之牽離，煮熟爛牽引，使離散如綿然也。」幕絡言分散、施張義，不必求以訓詁字。《招魂》作綿絡，亦其音變。魚陽對轉字作孟浪，《莊子·齊物論》「夫子以爲孟浪之言」，《釋文》：「向云，孟浪音漫瀾，無所趣舍之謂。李云，猶較略也。崔云，不精要之貌。」《文選·吴都賦》劉逵注：「孟浪，猶莫絡也，不委細之意。」《墨子·小取》字作摹略，爲總括之辭。孟浪、漫瀾、莫絡、摹略，皆聲之轉，其義與訓施張、分散相仍。狀虛誕不實，倒作浪孟。《文選·笙賦》「罔浪孟以惆悵」，李注：「浪孟，虛誕之聲。」陶淵明《歸園田居詩》字作浪莽，今語之浪漫。狀分散隕墜義，訓詁字作剥落，《水經注·汾水》「文字剥落」是也。或作毗劉、暴樂，《爾雅·釋詁》：「毗劉，暴樂也。」《詩·桑柔》則作爆爍。狀草木枝葉布散字作蒙龍，月色較略不明曰朦朧。又，《爾雅·釋詁》：「覭髳，茀離也。」郭注：「茀離，即彌離；彌離，猶蒙龍耳。」俗作迷離，言不精細貌，皆其聲變字也。《射雉賦》字作幎歷，晉夏侯湛《獵兔賦》作覓歷。狀雷電則作霹歷《爾雅·釋天》郭注，《論衡·雷虛》作敝裂。狀風作勃覽、飛廉。潦倒無憑作落魄，《史記·酈食其傳》「家貧落魄」，應劭注：「落魄，志行衰惡之貌也。」《漢書·王莽傳》如淳注字作洛薄，《南史·杜稜傳》字作落泊，皆根於分散義。及榮華之未落，趁及榮華爛漫發放也。

【相】王逸注：「相，視也。」汪瑗曰：「相，審視也。」案：相，猶擇也。《春官·簭人》「上春相簭」，鄭注：「謂更選擇其簭也。」《犬人》「凡相犬牽犬者屬焉」，鄭注：「相，謂視擇知其善惡。」《考工記·矢人》「凡相笴」，鄭注：「相，猶擇也。」相，去聲，鐸部擇長入，相下女，猶選擇下女也，同今俗「相親」云。

【下女】王逸注「視天下賢人」云云，指天下賢者。洪《補》曰：「下女，喻賢人之在下者。」王夫之曰：「故相下女，求草澤之賢。」皆同王說。朱子曰：「下女，謂神女之侍女也。」林仲懿謂下女指西王母之女華林、媚蘭、瑶姬、王巵。聞一多引相如《大人賦》「載玉女而與之歸」，謂求女爲求玉女。又曰：「下女指宓妃、有娀及二姚等。此輩本皆下土之人，對帝女爲上天之神女言，故曰下女也。」趙南星曰：「下女，女媭之類。遺之玉帛，冀以上達淑女，求配君王也。」下女，大約言淑女之難得。」黄文焕亦謂求下女爲君求賢妃，「蓋寓意在斥鄭袖耳」。案：下女，對高丘無女，指帝高陽以下女先，不關君臣之義。蔣驥曰：「下女，指下虙妃諸人；對高丘言，故曰下。」下，猶包山楚簡禱詞「下垤」也。高垤，帝高陽之垤；下垤，高陽以下女先之垤。高丘之於下丘，猶大宗之於小宗、旁宗。下女虙妃、簡狄、二姚雖皆出高陽氏，而於楚言，屬旁親之祖。

【詒】王逸注：「詒，遺也。」閔齊華曰：「貽，即貽之以瓊枝之佩也。」案：詒、貽一字。《説文·言部》：「詒，相欺詒也。一曰遺也。从言，台聲。」訓「相欺詒」，詒本義，訓遺者，别一字。詒之爲言贈也。詒、贈爲之蒸陰陽對轉，喻四、從紐雙聲。古用詒，贈，今語，類態之爲能。屈賦贈與但作詒。《天問》「玄鳥致詒」，《惜誦》「固煩言不可結而詒」，《思美人》「遭玄鳥而致詒」。朱駿聲《説文通訓定聲》謂詒與字作饋。詒，之部；饋，物部，即微之入也。之、微古不同音。

是二句言我及東皇神木之瓊枝之華爛漫紛放之時，相擇居於下丘神女，以詒與之也。

第五十五韻：佩、詒

朱《注》佩叶音備。陳第曰：「佩，古音皮。」江有誥曰：「佩，音邳。」馬其昶曰：「佩，古音疲。」案：佩音備，去聲，佩帶。「繼佩」之佩，佩物，上聲。詳上「紉秋蘭以爲佩」。皮、疲歌部，與佩古不同音。邳，符悲切，與佩同之部，而不同調。佩，古音爲[brʷə]。朱《注》詒叶音異。案：《左傳》文十六年「年自七十以上無不饋詒也」，《釋文》：「詒，以支反，又以志反，遺也。」孔疏云：「饋、詒皆是與人物之名也，與貽通，有平去二音。」詒饋之詒，平聲。所詒之物亦曰詒，去聲。可詒，詒與也，平聲。詒，古音爲[riə]。佩、詒古同之部。

吾令豐隆椉雲兮　求宓妃之所在

【椉】敦煌《楚辭音》殘卷椉音時升反。姜校録誤作「時外反」。《文選》六臣本作乘，洪《補》、錢《傳》引一作乘。朱《注》作椉。案：椉，古字；乘，隸省字。《漢書》卷八七《揚雄傳》注，《文選》卷五《吴都賦》注、卷一五《思玄賦》注、卷二一郭璞《遊仙詩》注、卷二九張景陽《雜詩》注，《太平御覽》卷五四一，《北堂書鈔》卷一二八，《古今合璧事類備要》前集卷三，《文選補遺》卷三一《大人賦》注引作乘。又，《古今事文類聚》前集卷三引椉訛作磔。《群經音辨》曰：「乘，登車也，食陵切。謂其車曰乘，食證切。」乘雲，用登車義，時升、食陵，平聲。惟騫公以禪紐「時」，切牀紐「乘」，爲門法所闕。

宓 敦煌《楚辭音》殘卷宓音亡筆反，《文選》六臣本、朱《注》、錢《傳》宓作虙，引一作宓。洪《補》引宓一作虙。洪曰：「《漢書·古今人表》有宓羲氏，宓音伏，字本作虙，《顔氏家訓》云：『虙字从虍，宓字從宀，下俱爲必。孔子弟子宓子賤，即虙羲之後，俗字以爲宓，或復加山。《子賤碑》云『濟南伏生，即子賤之後』。是知虙之與伏，古來通用。誤以爲密，較可知矣。」汪瑗亦云：「虙之與宓，誠爲傳寫之誤。」案：《説文·虍部》：「虙，从虍，必聲。」又，「宓，从宀，必聲」。虙、宓一字。《廣韻》入聲第一屋韻虙音房六切，屋部。其字諧聲，質部。屋、質古不同音。段注：「虙羲或作宓羲，其爲伏羲者，如《毛詩》『苾』字，《韓詩》作『馥』，語之轉也。宓子賤之當作虙子賤，則出黄門臆測，而陸氏《釋文》、張氏《五經文字》從之，蓋古未有虙子賤者。若論其同从必聲，則作虙子賤亦無不可。」虙非必聲，虙從虍、從必，會意字，古作虙、宓，漢作伏。張揖、孟康曰：「虙、伏古今字。」不可謂「古未有作虙子賤」也。《漢書》卷八七《揚雄傳》注引作虙。猶存古本。《文選》卷二一郭璞《遊仙詩》注引亦作虙，《文選》卷五《吴都賦》注、卷一五《思玄賦》注、卷二九張景陽《雜詩》注，《古今事文類聚》前集卷三、後集卷一三引作宓，而《太平御覽》卷五四一引作密。

所《古今事文類聚》前集卷三引「所在」敚所字，後集卷一三引亦有所字。

【豐隆】王逸注：「豐隆，雲師，一曰雷師。」注「言我令雲師豐隆乘雲，周行求隱士」云云，則用前解。洪《補》曰：「《九歌·雲中君》注：『雲神，豐隆。』五臣曰：『雲神，屏翳。』按：豐隆，或曰雲師，或曰雷師。屏翳，或曰雲師，或曰雨師，或曰風師。《歸藏》云：『豐隆筮雲氣而告之。』則雲師也。《穆天子傳》云：『天子升崑崙，封豐隆之葬。』郭璞云：『豐隆筮師，御雲得《大壯》卦，遂爲雷師。』《淮南子》曰：『季春三月，豐隆乃出，以將其雨。』張衡《思玄賦》云：『豐隆軯其雷霆，雲師䨴以交集。』則豐隆，雷師也。雲師，屏翳也。《天問》曰：『蓱號起雨。』則屏翳，雨師也。《洛神賦》云『屏翳收風』，則風師也。又，《周官》有飌師、雨師。《淮南子》云『雨師灑道，風伯掃塵』，説者以爲箕、畢二星。《列仙傳》云：『赤松子，神農時爲雨師。』《風俗通》云：『玄冥爲雨師。』其説不同。據《楚詞》，則以豐隆爲雲師，飛廉爲風伯，屏翳爲雨師耳。」聞一多亦謂豐隆爲雲師。又，朱子曰：「豐隆，雷師。」朱子謂取其「雷迅疾而威震」。王夫之、陳本禮並從朱説，謂豐隆爲雷師。胡紹瑛曰：「《説文》：隆，豐，大也。豐、隆疊韻，二字義同。《大雅·雲漢》「藴隆蟲蟲」，毛《傳》『隆隆而雷』，《漢書·揚雄傳》『隆隆者絶』，顔注：『隆隆，雷聲也。』合言之亦得爲豐隆。《水經注·河水》亦云：『豐隆，雷公也。』」姜亮夫曰：「豐，古當爲重唇，則讀如蓬。蓬隆，正狀雷聲。亦如風神之名飛廉，飛廉亦狀風聲矣。以爲雲神，則無所取義。」則並以豐隆爲雷師。

案：朱説是也。求虙妃而「令豐隆」，固其宜也。虙羲氏生雷澤。《太平御覽·皇王部》卷七八引《詩含神霧》：「大跡出雷澤，華胥履之生伏犧。」《淮南子·墬形訓》：「雷澤有神，龍身人頭，鼓其腹而熙。」《山海經·海内東經》：「雷澤中有雷神，龍身而人頭，鼓其腹。在吴西。」虙妃出雷澤，雷澤有雷神，令雷神求虙妃所在則必達，蓋亦血親認同之意。豐隆，肖雷鳴聲。《淮南子·天文訓》「季春三月，豐隆乃出」，謂始震雷也。司馬相如《大人賦》：「貫列缺之倒景兮，涉豐隆之滂沛。」列缺，猶連蜷也，狀電形。豐隆，肖雷鳴聲。張衡《思玄賦》「豐隆軯其震霆兮」，豐隆，象雷霆聲。今語轟隆，即其音變。雷者，回也。楚先公吴回，《楚公屰鐘》則作吴靁。吴回，祝融，火神。雷公，火神之精。果如洪注，豐隆爲雲師，不宜云「乘雲」。若雲師乘雲，從其司職；則風伯乘風，雨師乘雨，雷師乘雷，日神乘日，不成其辭。《遠遊》云「載營魄而登霞兮，掩浮雲而上征。……召豐隆使先導兮，問太微之所居。」豐隆非雲師。「浮雲」在登霞之後，而豐隆在登霞之先；浮雲、豐隆二物，故下又云：「左雨師使徑侍兮，右雷公以爲衛。」其有雨師、有雷師，而無雲師，則豐隆即右衛之雷公。《思美人》曰：「願寄言於浮雲兮，遇豐隆而不將。」洪氏引此以豐隆爲雲師之證，浮雲既爲雷師所遣，而雷師不從，是無以寄言於浮雲。豐隆當爲雷師而非雲師。楚俗尊雷師，蓋出自對祝融之崇拜。《離騷》雷師居雲神之右，既驅雲霓，又總轄雨師、風伯、鸞皇，能「造其所未具」。此文「豐隆椉雲」，揚其神格之高，猶《東君》「駕龍輈兮乘雷」，狀其行遊之壯。

【宓妃】王逸注：「宓妃，神女，以喻隱士。」吕延濟曰：「宓妃，洛水神。」洪《補》引《洛神賦》注：「宓妃，伏犧氏女，溺洛水而死，遂爲河神。」屈復曰：「下文佚女爲高辛妃，二姚爲少康妃，若以此意例之，則虙妃當是伏羲之妃，非女也。」游國恩力倡此説，曰：「後人乃以爲虙羲氏女，然既云虙妃，必虙羲氏之妃無疑。若云女也，則措詞之例，不當以妃稱之，後人自妄耳。屈氏説甚有理。」案：《史記・司馬相如列傳》「若夫青琴虙妃之徒」，《集解》引如淳曰：「虙妃，虙羲氏之女，溺死洛水有神。」其事傳説由來亦尚，非漢人杜撰。《潛夫論・志氏姓》：「伏羲，姓風。」風，鳳也，伏羲出東夷，又稱太昊氏。《太平御覽》卷七八引《遁甲開山圖》：「仇夷山，四絶孤立，太昊之治，伏羲生處。」《水經注》卷一七引榮氏《開山圖》注：「伏犧生成紀，紀徙治陳倉也。」又曰：「成紀水故瀆，東逕成紀縣，故帝太皞庖犧所生之處也。」《左傳》昭十七年：「陳，太皞之虚也。」《水經注・沙水》：「陳城，故陳國也。伏犧、神農並都之，城東北三十許里，猶有犧城。」伏羲之迹在東土。吕思勉云：「古代帝王，踪迹多在東方，而其後率傳之於西，蓋因今所傳者，多漢人之説。漢世帝都在西，因生傅會也。而伏犧之都邑，亦不能外此。」其説韙也。伏羲，與少昊相對。《禮記·月令》「其帝太皞，其神句芒」，孔疏：「東方生養，元氣盛大；西方收斂，元氣便小。故東方之帝，謂之太皞；西方之帝，謂之少皞。」《左傳》文十八年「少皞氏有不才子」，杜注：「少皞，金天氏之號。」孔疏引譙周曰：「金天氏能脩太皞之法，故曰少昊也。」昊、皞一字，皆日神之號。太皞、少皞並夷族之先，其分太、少者，於民族心理，蓋出於夷族先民對生死陰陽神秘聯想，其直接産生於日陽升降出没與萬物生死之神秘互滲。日升東方，象徵生命誕育；日降西方，象徵生命滅寂。居東之日神曰太皞，爲青帝，居春宫，司生育；居西之日神曰少皞，爲白帝，居西海，司刑殺。伏者禖也。伏、禖，之部，明紐雙聲。禖，媒也，主司男女社神。羲、犧一字，猶曦也，日陽號，伏羲，夷族高禖神，故其神司生養。虙妃，日陽族女。求虙妃，祇求歸其本。虙妃溺死洛水爲神，後配河伯，蓋出於祭河禮俗。殷商卜辭禮河有「沜嬖」禮。沜嬖者，沈嬖幸於河也。卜辭復有「河妾」，猶虙妃之比也。《莊子·人間世》曰：「不可以適河。」《釋文》引司馬彪曰：「適河，謂沈人於河祭也。」《史記·六國年表》秦靈公八年：「初以君主妻河。」《索隱》：「嫁之河伯也。」又，鄴守西門豹敗巫爲河伯娶婦，戰國猶行於鄴。詳《史記·滑稽列傳》。虙妃適河伯，祭河沈嬖本事所化。《天問》曰：「帝降夷羿，革孽夏民；胡䠶夫河伯，而妻彼雒嬪？」夏民，即河伯，以其爲夏后氏諸侯。虙妃，夏后氏之婦，而非夷族之先。夷族后羿滅河伯、娶虙妃，固非貞節之婦，是以屈子有「夕歸次於窮石兮，朝濯發於洧盤」之譏。

是二句言我令雷神駕雲而行，求日神之女虙妃所在也。

解佩纕以結言兮　吾令蹇脩以爲理

【解】敦煌《楚辭音》殘卷解音古蟹反。《群經音辨》曰：「解，判也，工買切。解，散也，户買切。解，釋也，古買切。既釋曰解，胡買切。」案：古蟹、古買音同。

纕 敦煌《楚辭音》殘卷本、朱《注》本音息羊反，《文選》六臣音相。案：相與之相，音息羊反。《北堂書鈔》卷一二八、《太平御覽》卷五四一、《海録碎事》卷五、《文選》卷二一顏延年《秋胡詩》注引「解佩纕」一句同今本。

蹇 敦煌《楚辭音》殘卷蹇音居展反。《五百家注柳先生文集》卷二注、《詁訓柳先生文集》卷二注引「吾令蹇脩」一句同今本。《柳河東集》卷六注引「以」作「而」。《路史·後紀》卷一《太昊紀》注、《古今事文類聚》後集卷一三引脱吾字，《浩然齋雅談》卷上引脱「吾令」二字。

【佩纕】王逸注：「纕，佩帶也。」注「則解我佩帶之玉」云云，以佩纕爲佩玉。陸善經、洪《補》、朱《注》同王注。馬茂元曰：「佩纕，佩用之絲帶。」案：佩，玉珮，即上「折瓊枝以爲佩」之瓊珮。纕，非絲帶，讀如囊，香囊也。詳上「蕙纕」注。佩纕，飾以瓊珮之香囊，求女信物。

【結言】王逸注「以結言語」，結訓締結。錢杲之曰：「結，猶約也。」汪瑗曰：「結言，通二家之言而相結以爲好者也。」錢澄之曰：「解佩結言，古者託人通言，以佩取信，使爲結而合之，上文言『結幽蘭』亦是也。」聞一多曰：「佩纕，猶古世結繩之遺。九家《易》曰：『古者無文字，其有約誓之事，事大大其繩，事小小其繩，結之多少，隨物衆寡，各執以相考，亦足以相治也。』《左傳》哀十二年曰：『盟所以周信也，故心以制之，玉帛以奉之，言以結之，明神以要之。』《公羊傳》桓三年：『古者不盟，結言而退。』《春秋繁露·王道篇》：『追古貴信，結言而已。』《九思·疾世》曰：『秉玉英兮結言。』或曰結言，或曰結誓，並即九家《易》所謂結繩以考約誓之意。男女相要亦約誓之類，故亦有結言之事。」皆同王注。又，于省吾據簡牘封緘古制，結，猶封緘；言者，書諸簡牘之文。案：朱季海曰：

「尋《後漢書·崔駰傳》駰所著二十一篇中有《婚禮結言》，王先謙《集解》：『惠棟曰：「鄭仲師有《婚禮謁文》，駰因之作《結言》，蓋納徵問名之辭也。」侯康曰：「《藝文類聚》四十引《崔駰結言》曰：『乾坤其德，恒久不已，爰定天綱，夫婦作始。乃降英媛，有淑其儀；姬姜是侔，比則姚嬀；載納嘉贄，申結鞶褵。』」』王引惠説見《後漢書補注》，侯説見《補注續》，今謂二氏説皆是也。蓋《離騷》『結言』，漢世猶行於婚禮矣。崔駰與班固同時，苟考伯之文，即漢《楚辭》先師舊義可知矣。然云『述禮意』，惠云『納徵問名之辭』者，意皆近之。」案：是也。然以「結言」爲「納徵問名之辭」，疏於訓詁。結，無「納徵問名」義，借爲介，今作紒。《士冠禮》「采衣紒」，注云：「古文紒爲結。」介，媒介。《左傳》哀十四年「介達之」，《釋文》：「介，媒介也。」《文選·運命論》「不介而自親」，李善注：「介，紹介也。」介言，紹介聘問之言，猶《抽思》之「寄言」、《思美人》之「致辭」。介言以信物，是以解佩纕。

【蹇脩】王逸注：「蹇脩，伏羲氏之臣也。」洪《補》申其義，曰：「宓妃，伏犧氏之女，故使其臣以爲理也。」朱子斥之曰：「王逸以宓妃喻隱士，即非文義；又以蹇脩爲伏犧之臣亦不知其所據也。」汪瑗曰：「蹇脩，博蹇好脩之人，設爲此名耳。」王樹柟引「博蹇好脩」爲佐證。周孟侯曰：「蹇脩，猶亡是公、烏有先生之類，《九章》云『令薜荔以爲理』，謂薜荔亦人名，可乎？」徐焕龍曰：「蹇脩，古之勤奔走、工詞令，善於媒妁者。」朱冀曰：「蹇脩，疑是古之善爲人作合者也。」戴震曰：「蹇脩，媒之美稱，蹇蹇而脩治，不阿曲也。」皆因朱《注》相發。又，章太炎《菿漢閒話》曰：「今謂蹇脩爲理者，謂以聲樂爲使，如《司馬相如傳》所謂『以琴心挑之』。《釋樂》：『徒鼓鐘謂之脩，徒鼓磬謂之蹇。』則此蹇脩之義也。」聞一多曰：「案：《路史·後紀》注引《文選》五臣本蹇作謇，最是。謇，吃也，蓋謂令蹇吃之人爲媒，結言而往求彼美，必難信任，亦後文理弱媒拙，導言之不固意也。求宓妃則蹇脩不良於言，求有娀則鴆鳩皆讒佞難任，求二姚又理弱媒拙，三求女而三無成，總坐無良媒故爾。合觀三事，義可互推。」案：求宓妃不果，非拙於蹇脩，以宓妃淫遊無禮。於宗教，慮妃非夷先，夏后氏河伯婦也。「吾令」云云，蹇脩，爲我所遺，若其謇吃不足堪任，豈有「令之」之理？以下文求有娀推之，所遣之理之媒皆非人，曰鳳皇，曰鴆、曰雄鳩，悉是鳥。《思美人》：「願寄言於浮云兮，遇豐隆而不將。因歸鳥而致辭兮，羌宿高而難當。高辛之靈盛兮，遭玄鳥而致詒。欲變節以從俗兮，媿易初而屈志。」屈子固以鳥爲通男女媒使。謇脩，非人名，宜鳥名。姜亮夫曰：「頗疑謇脩乃某一特定媒理所用之詞，可能即爲『鳩』字之緩言。謇、鳩雙聲，脩、鳩疊韻，故鳩緩言爲謇脩耳。先秦以鳩爲媒鳥。」其説有思致，惟緩言云云，失之無根。謇脩，猶巂周。《説文・足部》蹇字從足，寒省聲，胡寒切，元部、匣紐。蹇、浣古字通用。《莊子・秋水》「與道大蹇」，《釋文》：「蹇，崔本作浣。」巂音户圭切，支部、匣紐。支元旁對轉，字多通用。詳上文「九畹」注。瓗，從巂聲，或文作琬，宛聲。脩、周，幽部，心照旁紐雙聲。《爾雅・釋鳥》：「巂周，燕燕，鳦。」郭舍人曰：「巂周，燕燕，又名鳦。」郭璞注：「巂周鳥，出蜀中。」孫炎曰：「巂周、燕燕，鳦，別三名。」《文選・高唐賦》「姊歸思歸，其鳴喈喈」，李善注引《爾雅》郭璞注：「巂周，或曰即子規，一名姊歸。」子規、姊歸，巂周倒文，類鶺鳩也。詳下文「鶺鳩」注。巂周，燕鳳之屬，神鳥。楚俗尚鳥，以鳥爲其族精靈，屈子反本帝居，以鳥爲引魂之使，亦以鳥爲媒使，固緣於楚俗尊崇鳥遺習。

【理】王逸注：「理，分理也。述禮意也。」陸善經理亦訓「分理」，承王氏前説；而劉良理訓「辭理」，因王氏後説。朱子曰：「理，爲媒以通詞理也。」錢杲之曰：「理，猶陳説也。」以理爲説理，不合《離騷》「以爲」句法。周密《浩然齋雅談》上曰：「按，《九章》：『令薜荔以爲理兮，憚舉趾而緣木；因芙蓉以爲媒兮，憚蹇裳而濡足。』亦以媒、理對言。《左傳》『行理之命，無月不至』，注：『行理，行使也。』」顧炎武曰：「古者行人爲行李，亦曰行理，《左傳》僖三十年『行李之往來，共其乏困』，襄八年『亦不使一介行李於寡君』，皆作『李』。昭十三年『行理之命，無月不至』，作『理』。《國語》周之秩官有之，曰：『敵國賓至，關尹以告行理，以節逆之。』賈逵曰：『理，吏也，小行人也。』」蔣驥曰：「理，媒使也。」戴震曰：「理，猶治也，主治事者之稱。」孫詒讓曰：「理，即行理之理，亦猶言使也。與媒義略同。《廣雅・釋言》云：『理，媒也。』理，詳言之則曰行理，猶媒亦曰行媒，下文云『又何必用夫行媒』。」又，朱駿聲曰：「理，讀爲使。使，從也，猶曰伻也。」案：以理爲行理、行李、信使是也。混言理、媒不別；析言則別。理，猶通也，達也。謂通彼此之使曰行理，通男女亦曰行理，單稱理。理曰「弱」，而媒言「拙」、「不通」，媒繼理而行，先理而後媒。郭沫若曰：「蓋古提婚人與媒介人有別，提婚人謂之『理』。」理，提婚人。媒，謀也。謀合男女使爲婚姻是爲媒；媒，紹介之使。然則「理」何以爲「述理」？前脩多以爲「治玉」之引申。理，通作李。《説文・木部》：「李，果也。从木，子聲。杍，古文。」李結果之時，正暮春三月，令男女合會行高禖之祭，提婚人謂之「李氏」，而借爲理人。媒，取義於梅。説詳下。李實先於梅子，先理而後媒。屈子三求神女，意在求反女祖先。何以遣媒役理，通彼男女情思，以必成婚姻而後止耶？究其因蓋有二。盛傳於楚國朝野之巫山神女薦枕頃襄王神遊、充斥原始性愛之雲夢祠高禖之禮俗，皆可説明楚人與鬼神交往之宗教禮儀中，男女交合之「淫祀」即爲風行一國上下、且習以爲常之祭典儀式，楚人與司掌生死之神交往亦不例外，以男女交合之禮貫於始終矣。據《九歌》，鍾情於司掌壽夭之神大司命之巫，與司命期約「空桑」之居。巫乃「折疏麻兮瑶華，將以遺兮離居」，通其情思，然則兩情不偶，交合無緣，令巫怨嗟傷懷，曰：「結桂枝兮延竚，羌愈思兮愁人。」此與「結幽蘭而延佇」之屈子何其相似乃爾。屈子與其族先祖女神交往亦不得遊離於「淫祀」禮俗外，使反本空桑之居之死亡夢幻充溢男歡女愛情調，而以通情先祖女神「淫祀」之禮替而代之。此其一。屈子在生之年蓋爲獨身者，無妻無子、無室無家，不者，必於「發憤以抒情」之二十五篇中爲後世示其妻子家室之情狀。然屈子亦人也，有常人之七情六欲。於生命意識，屈子内蓄之情欲，因其「中正」人格意志化爲輔佐朝政之内在驅力，君臣之情替代男女之情，於是乎君王化爲戀人，稱其爲「荃」、「美人」、「靈脩」，「結微情以陳詞兮，矯以遺夫美人。昔君與我誠言兮，曰黄昏以爲期」。《抽思》。此亦《離騷》偶用男女君臣之喻之心理背景。誠如郭沫若所言，「假使屈子不係獨身，則美人芳草之幽思不會煥發」。同理，屈子以其愛情之痛苦亦帶入其死亡意識中，時時在反本女先之「淫祀」禮俗中宣瀉受抑之欲，以堂堂正正「吉士」身份，以楚魂鳥爲媒妁，通情於所悦神女，在「哀高丘之無女」、「理弱而媒拙」、「好蔽美而稱惡」之怨嗟中傾訴不偶怨情，達到心理能量平衡。其無意識之内在衝動，因其天性而發，於「發而有言不自知爲文」中，極少受理性所制，而展示一個不合傳體、譎怪詭異之世界。此其二。如必欲以後世之禮俗、常人之心理以及文章尋常開合承接之法説其求女底蘊，豈可得哉！

是二句言我解瓊珮之囊以爲通聘問之辭，令巂周之鳥爲通婚之使也。

第五十六韻：在、理

在，朱《注》叶音才里反。陳第曰：「在，古音止。」案：《廣韻》上聲第十五海韻在，存也，居也，昨宰切。又去聲第十九代韻在，所在，昨代切。「所在」之在，猶存也，居也，上聲。才里、昨宰音同，古音爲[dzə]。理，古音爲[liə]。在、理古同之部。

紛緫緫其離合兮　忽緯繣其難遷

緯繣 敦煌《楚辭音》殘卷曰：「緯，宜作敦，同許韋反。繣，宜作㦓，同火麥反。」洪《補》引《博雅》作敦㦓，引《廣韻》作徽繣，緯音徽，繣音呼麥氏。朱《注》引緯一作徽，繣一作㦓，又引二字作敦㦓。錢《傳》緯音徽，繣音呼麥切，引緯一作敦，繣一作㦓。《文選》六臣繣音呼陌反。洪《補》繣又音畫。案：《廣雅》曰：「敦㦓，乖剌也。」騫公所本。緯繣、敦㦓，一字變體。《五百家注昌黎文集》卷九注、《東雅堂昌黎集注》卷九注引亦作緯繣。呼麥、火麥、呼陌音同。《廣韻》入聲第二十一麥韻畫音胡麥切。繣音畫，曉匣清濁互用。

【紛總總】王逸注：「言蹇脩既持其佩帶通言，而讒人復相聚毁敗，令其意一合一離，遂以乖戾而見距絶。」比附拘牽，其説無根。觀其注文，「紛總總」謂相聚義。吕向曰：「紛，亂也；總總，聚也。」錢杲之曰：「總總離合，慮妃始至，儀從之盛也。」又，汪瑗曰：「紛總總二句總承上三章，亦泛指仗衛服役而言，借之以寓己意也。」黄文焕曰：「『紛總總其離合』者，無女則爲離。『相下女之可詒』，則離而若可合。『求所在』，託蹇脩，則在於合與離未定之間，情緒交錯，則『總總』之謂也。」李陳玉曰：「紛總總其離合，所言無頭緒，忽離忽合，不能結合之狀也。」錢澄之曰：「蹇脩既以爲理，而其左右各爲一説，或離或合，亦蒙乘雲而言。」徐焕龍曰：「蹇脩千言萬語，如絲緒之多，或紛然而離，與妃判不相入。或總總而合，與妃似亦投機。或離或合之間，豈意忽然變卦？如染成五采之緯繣，各定於一色而不可遷移，非復蹇脩所能動矣。」朱冀曰：「紛總總句，言兩人初相見時言論往復，紛然甚多，爾時彼此意見尚在或離或合之間也。」屈復曰：「紛總總句，言議論紛紜，忽離忽合，猶未定也。」陳本禮曰：「紛總總，見媒理之往返也。其離合，言辭未定之象。」譚介甫曰：「紛總總其離合兮，與上文不同義。此大約説蹇脩爲理，交涉時異見滋多。」案：紛總總，王、吕舊説，謂紛然相聚。紛訓盛多，總總訓聚貌，同上「紛總總」義。「紛總總其離合兮，忽緯繣其難遷。夕歸次於窮石兮，朝濯髮乎洧盤」四句，狀慮妃無禮，不當爲言蹇脩行理事。總總離合，狀慮妃始來，紛然僔僔，附麗合聚甚衆。下句「忽緯繣其難遷」，謂宓妃忽然離去，又不可得求。其義平平，無意託寓，深求之皆鑿。

【離合】王逸以下注家離合皆狀「乍離乍合」。案：離合，即麗合，謂合聚也。詳上文「離合」。謂紛紛然來附。

【緯繣】王逸注：「緯繣，乖戾也。」洪《補》曰：「《博雅》作敹憒，《廣韻》作徽繣。」錢杲之曰：「緯，織絲也。

纏，結礙也。」李陳玉曰：「緯纏，糾纏不相交之狀。」王夫之曰：「緯纏，如緯絲之纏結，乖戾不就緒也。」朱冀曰：「凡織絲者，縱曰經，横曰緯。纏，大匠斗中所引之墨繩也，故書法從糸、從畫。蓋織先經而後緯，則分寸不能移，匠引繩以定畫，則廣狹不踰矩。緯纏者，守其一定之意，非乖戾也。」《説文》段注：「《説文》無纏，緯、徽，皆敦之假借也。」朱季海曰：「緯纏，猶婔譎，其聲同耳，恐且數怒，則乖戾可知矣。」董楚平云：「緯纏，拒絶。」案：緯纏，連糸語，敦憒、徽纏、婔譎，但一字，不可泥以訓詁字義。緯纏，猶疾貌。或作徽嫿，《後漢書·馬融傳》「徽嫿霍奕」，李賢注：「並奔馳貌。」霍奕，亦聲之轉。或作潏湟。案：《周禮·眡祲》「三曰鑴」，注：「謂日旁氣刺日也。」朱駿聲曰：「司農注謂『四面反鄉如暈狀』，則謂借爲規，或爲艘，或爲遹。」鑴，猶潏也。纏、遹當通用。《文選·江賦》「潏湟潨泱」，李善注：「皆水漂流疾之貌。」或作遹皇，《文選·思玄賦》注引李賢注：「遹皇，行貌。」聲之轉作惐汩，《文選·思玄賦》「惐汩飄淚」，李善注：「惐汩，疾貌。」又作聿越，《文選·吴都賦》「嶅嶕聿越」，劉淵林注：「豹走貌。」「忽緯纏」三字狀語，其義同。忽，疾也。緯纏不訓乖戾，猶疾也。狀人忿恚疾怒，字作嫛盈。《方言》：「嫛盈，怒也。凡言呵叱者謂之嫛盈。」引申言乖戾，一義相仍。或作回遹，《詩·小旻》「謀猶回遹」，毛《傳》：「回，邪；遹，辟也。」毛氏解以訓詁字義，無礙於文。《韓詩外傳》卷二作回鴥，《文選·西征賦》作回泬，李善訓「邪僻」，亦一字。狀淑女體態輕盈嫺雅謂之婉嫿，《文選·神女賦》「既婉嫿於幽静兮」，李善注引《説文》：「静好貌。」又作爲嫿，《文選·魏都賦》「爲嫿人物」是也。聲之轉作瑰瑋，《後漢書·班固傳》李賢注引《埤蒼》云：「瑰瑋，珍奇也。」猶美好義。又作傀偉、譎詭，隨文有義，則不可勝計。

【遷】王逸注：「遷，徙也。」洪《補》「其意難移」云云，則遷訓移也。錢杲之曰：「遷，變也。」案：遷，借作選，古字通用。《逸周書·允文》「遷同氏姓」，《玉海》卷五〇引作「選同氏姓」。選，擇也，求也。《荀子·儒效》「遂選焉而進」，注：「選，簡擇也。」難遷即難選，謂不可擇求。

是二句言宓妃紛紛總總，始來附合，忽然疾去，不得擇求。

夕歸次於窮石兮　朝濯髮乎洧盤

夕　《六帖補》卷二引「引歸」一句同今本。

濯　敦煌《楚辭音》殘卷濯音徒角反。《群經音辨》曰：「濯，瀚也，直角切。濯，濡也，直孝切。」案：徒角、直角音同，用「類隔」門法。

洧　敦煌《楚辭音》殘卷洧音胡軌反，《文選》六臣本音於鬼反，洪《補》、朱《注》音於軌反。案：於軌、於鬼音同，胡軌，用「匣喻互用」門法。

盤　《文選》六臣本作槃，注云「五臣作盤」。洪《補》、朱《注》、錢《傳》同引一作槃。姜亮夫曰：「槃，本字；盤，乃槃之籀文也。」案：《說文·木部》槃古作鎜，籀文作盤。甲文有盤，作「[illegible]」《戩》四五·一，金文作「[illegible]」《虢季子白盤》，從皿，春秋以還，青銅、鐵器大行，則盤從金。信陽楚簡有槃，從木，槃、盤始於春秋，不可謂不古。洧盤，當作「有盤」，實鈎盤，九河之一。詳注。《詁訓柳先生文集》卷一八注、《五百家注柳先生集》卷一八注引「洧盤」訛作「湯谷」。《白帖補》卷二引亦作槃。

【夕、朝】王逸注「言宓妃體好清潔，暮即歸舍窮石之室，朝沐洧盤之水」云云，夕訓暮，朝訓晨。汪瑗曰：「先言『夕歸』者，承上『朝濟白水』而來也。」案：夕、朝，猶朝、夕倒也。先「夕歸」，非承上「朝濟」。所以倒夕、朝，以協韻也。二句本作「朝濯髮於洧盤兮，夕歸次乎窮石」，以與上遷字韻，二句倒之。夕、朝，同朝、夕，互文，狀宓妃朝夕無定、淫遊無禮。

【歸次】王逸注：「次，舍也。再宿爲信，過信爲次。」聞一多亦曰：「次，猶宿也。」錢澄之曰：「歸次濯髮，是女不見許，有此無聊之情。」屈復曰：「言其始也，猶在離合不定間，而終則乖戾，必不可移，乃夕歸朝沐，將改求也。」其以二句主屬「我」而非宓妃。案：歸次、濯髮，連類比事，非歸宿，亦治髮事。王萌曰：「歸次二語，正見宓妃遨遊自恣之意。」劉夢鵬曰：「夕歸、朝濯，即下淫遊之意。」馬茂元曰：「濯髮洧盤，雖無本事可考，但亦似屬於一種炫耀自己美色，引誘別人的放蕩行爲。」差得其旨，第疏於詁義。朱駿聲曰：「歸，讀爲饋。次，髮髢也。如《周禮·追師》『爲副編次』之次。歸次，如今俗花髻盤有結髮髲子也。」雖言及髮事，亦非碻詁。歸，借爲䰎。《説文·髟部》：「䰎，屈髮也。从髟，貴聲。」《方言》曰：「絡頭，帞頭也。紗繢、䰎帶、䰉帶、帑、㡌、幧頭也。自關以西，秦、晉之郊曰絡頭，南楚江湘之間曰帞頭，自河以北，趙、魏之間曰幧頭。或謂之帑，或謂之㡌。其偏者謂之䰎帶，或謂之䰉帶。」《説文》段注曰：「䰎者，髻短髮之稱。《方言》之䰎帶，謂帞頭帶於髻上也。帞頭之制，自項中而前交於額卻繞髻。」《廣雅·釋詁》曰：「䰎，髻也。」髻，頭髻，綰髻亦曰䰎。次，借爲𩬆。《説文·髟部》：「𩬆，用梳比也。从髟，次聲。」段注：「比者，今之篦字，古祇作比。用梳比謂之𩬆者，次第施之也。凡理髮先用梳，梳之言疏也。次用比，比之言密也。《周禮·追師》『爲副編次』，注云：『次者，次第髮長短爲之。』疑次即𩬆。」朱君次訓髲髢，鬄也。《廣雅·釋器》：「鬄，謂之髲。」王念孫曰：「《説文》：『髲，益髮也。』『鬄，髲也。』或作髢。《釋名》云：『髲，被也。髮少者得以被助其髮也。』『鬄，剔也，剔刑人之髮爲之也。』《周官·追師》『掌王后之首服，爲副編次』，鄭注云：『次，次第髮長短爲之，所謂髲髢。』《少牢·饋食禮》『主婦被錫』，鄭注云：『被錫，讀爲髲鬄。古者或剔賤者刑者之髮，以被婦人之紒爲飾，因名髲鬄焉。』《召南·采蘩篇》『被之僮僮』，鄭《箋》亦以爲髲鬄。《鄘風·君子偕老篇》『鬒髮如雲，不屑髢也』，哀十七年《左傳》『公見己氏之妻髮美，使髡之，以爲呂姜髢』，鄭《箋》、杜注並云：『髺，髮也。』」⿱髟次言髮髺，假髮別名，包山楚墓有假髮出土。次，不解髮髺，次第梳比也。纚髮挽髻曰鬢。《曲禮》曰：「女子許嫁繫纓。」鄭注：「女子許嫁繫纓，有從人之端也。」繫纓，猶《方言》「鬢帶」、「幍頭」。又，《士昏禮》曰：「主人入，親說婦之纓。」未婚女子綰髮繫纓，但「明其有繫屬」。及婚，夫解其鬢帶，而後成其夫婦。歸次，猶解纓梳比。浙江鄉間婚禮，合巹之時猶行解鬢禮目。夕歸次於窮石，隱語，言宓妃爲窮石后羿說纓，成其夫婦，斥其淫亂無貞節。鬢次，猶言情小說「梳弄」云爾。「其陰陽人鬼之間，又或不能無褻慢淫荒之雜。」朱子《辯證》。

【窮石】王逸注：「《淮南子》言『弱水出於窮石，入於流沙』也。」洪《補》曰：「郭璞注《山海經》云：『弱水出自窮石。窮石，今之西郡刪丹，蓋其別流之源。』《淮南子》注云：『窮石，山名，在張掖也。』《左傳》曰：『后羿自鉏遷於窮石。』」案：《山海經》、《淮南子》所稱「窮石」，《說文》謂「磯山」，今祁連山，在西北。《左傳》「窮石」，在今安徽霍邱縣。洪氏雜糅其文，蓋未能辯。王應麟《地理通釋》曰：「弱水出吐谷渾界，窮石山自甘州刪丹縣西到合黎山，與張掖縣河合。」《史記・正義》引《括地志》：「蘭門山，一名合黎山，一名窮石山。」其合二山爲一。洪氏《圖志》曰：「窮石山在今甘州縣山丹縣西南，一名蘭門山。」《說文》段注曰：「左氏之窮石，杜不言其地所在，蓋非《山海經》、《離騷》、《淮南子》所云弱水所出之窮石也。」而姜亮夫謂窮石、有窮兩地。夷羿氏發祥於東土，不與西王母國毗鄰而居。堯時夷羿，居東夷，國稱有窮，猶窮也。有，同「有虞」、「有夏」之有，無義可求。窮，窮桑也，在魯西。羿氏佐夏滅有虞，爲夏之諸侯。因夏亂代夏政，則徙居中土。故霍丘有窮石，《左傳》所載是也。又，《水經注・河水》引《地理志》有窮在鬲津，亦在中土。後爲浞所滅，舉族徙居西土，則山丹亦有窮石，大抵因氏族遷移而變。此「窮石」當其代夏政「革孽夏民」之時，未遑西徙，宜在東土或霍丘。石、桑爲陽鐸平入對轉，審禪旁紐雙聲。桑，又名柘。柘，石聲。羿氏祖述顓頊，故國稱「窮桑」，音變作「窮石」。虙妃通后羿，屬血親同婚，斥其淫亂耳。

【濯髮】王逸注「朝沐洧盤之水」云云，濯訓沐。案：濯髮曰沐，濯身曰浴。《說文・水部》：「沐，濯髮也。」

《九歌·少司命》：「與女沐兮咸池，晞女髮兮陽之阿。」《漁父》：「新沐者必彈冠，新浴者必振衣。」《荀子·不苟》：「新浴者振其衣，新沐者彈其冠。」《漁父》又曰：「滄浪之水清兮，可以濯吾纓；滄浪之水濁兮，可以濯吾足。」沐髮、洗足皆曰濯，不分別也。《水部》：「濯，澣也。」「澣，濯衣垢也。」「浣，今澣从完。」濯，滌除污垢。《方言》：「濯，汰也。荆吴揚甌之郊曰濯。」段注曰：「《釋詁》：『汰，墜也。』汰之則沙礫去矣，故曰墜也。」汰、濯聲之轉。江浙語洗衣曰汰衣，洗面曰汰面，沐髮曰汰頭，猶存其義。濯之言擢也。《手部》：「擢，引也。」反復曳引以滌垢是爲濯，借聲字。

【洧盤】王逸注：「洧盤，水名。《禹大傳》曰：『洧盤之水，出崦嵫之山。』」朱珔曰：「《西山經》『崦嵫之山，苕水出焉』，苕或作若。郝氏云『疑即蒙水也』。郭注引《禹大傳》與此注同。是郭以洧盤即苕水矣。余謂苕與若字形易混，作若者，似即《海内經》之若水，郝疑蒙水，本之王逸注崦嵫山下有蒙水，水中有虞淵。然則洧盤亦西極之地説近是。」案：洧，非水名。洧之言有也。有，句首語助。盤，水名，九河之一。王引之曰：「一字不成詞，則加『有』字以配之，若虞、夏、殷、周皆國名，而曰有虞、有夏、有殷、有周是也。」詳《經傳釋詞》卷一。古多有此例，水名或加有字，《左傳》僖二十一年「有濟」是也。洧，蓋因盤爲水而益水旁。或作鉤盤。《爾雅·釋水》「河曲」有九河，其八曰「鉤盤」。郭璞注：「水曲如鉤，流盤桓不直前「不直前」三字據《釋文》本補也。」鉤，句也，句首語助，猶吴稱句吴。盤，盤桓委曲。單言曰盤，長言曰有盤、曰句盤。《漢書·地理志》平原郡有「般水」。《水經注·河水》：「河水故瀆川脈東入般縣爲般河。」《元和志》曰：「棣州陽信縣鉤般河經縣北四十里。」《後漢書·公孫瓚傳》「遂出軍屯槃河」，《袁紹傳》「還屯槃河」，章懷太子注：「槃，即《爾雅》『九河』，鉤槃之河也。其枯河在今滄州樂陵縣東南。」又曰：「故河道在今德州昌平縣界，入滄州樂陵縣，今名枯槃河。」濯髮有盤，委身河神，爲河伯婦。

是二句言宓妃朝夕濯髮有盤之河，是爲河伯之婦，又梳比鬢髻，陰與后羿淫亂也。

夕歸次於窮石兮　朝濯髮乎洧盤

第五十七韻：遷、盤

遷，古音爲[tʃian]。朱《注》叶盤音蒲延反，陳第、江有誥曰：「盤，古音便。」案：《廣韻》上平聲第二十六桓韻盤音薄官切，古音爲[b^{w}an]。遷、盤古同元部。

保厥美以驕傲兮　日康娛以淫遊

【以】「以驕傲」之以字，周孟侯《離騷草木史》作之。

【驕傲】敦煌《楚辭音》殘卷驕音紀招反，傲音五秏反。洪《補》、朱《注》引傲一作敖，朱《注》又引一作驁。慧琳《一切經音義》卷一八引王逸曰：「倨傲曰憍，侮慢曰傲。」則其所見本作憍傲。案：傲，本字；敖，借字；驁，蓋緣驕字從馬而改。憍傲，易之以訓詁字。

【日】敦煌《楚辭音》殘卷日音馹。

【保】王逸注：「言宓妃用志高遠，保守美德，驕傲侮慢，日自娛樂以遊戲自恣，無有事君之意也。」保訓持守。

案：王邦采曰：「既云『美』矣，又加一『保』字，正是恃爲驕傲處也。」林仲懿、陳本禮、聞一多曰：「保，恃也。」至碻。王邦采持作恃。保，甲文作「」《京津》二〇・六四，金文作「」《父丁毁》，象曲肱負子於背形，抱字古文。長沙馬王堆《戰國策》帛書「齊採社稷事王」，採，保字，亦抱異字。引申言負恃、憑藉。《荀子・富國》「境内之聚也保固視

可」,《後漢書・侯霸傳》「霸保固自守」。保固,恃固負險也。又,《漢書・廣陵厲王胥傳》「其人輕心揚州保彊」,顏師古注引李奇曰:「保,恃也。」《左傳》僖二十三年「保君父之命」杜注、《呂氏春秋・誠廉》「阻兵而保威」高注並曰:「保,猶恃。」

【美】王逸注訓美德。案:美,猶美貌。信美無禮,但有姿色,而無貞操之德,猶云「金玉其外,敗絮其中」。屈子天性行中正之道,求内美與外脩一致,情與質相副,言與行不變,内容與形式相彰。

【驕傲】王逸注:「倨簡曰驕,侮慢曰傲。」朱駿聲曰:「驕,讀爲喬,爲高。神女無夫,故曰驕傲。」案:驕傲,連語,不必求以訓詁字義。緩言曰驕傲,促言曰驕、曰傲,猶高標、特出。或作夭蟜,《文選・魯靈光殿賦》「傍夭驕以横出,互黝糾而搏負」,李善注:「夭蟜,黝糾,特出之貌。」黝糾,亦聲之轉。或作叫奡,《史記・司馬相如列傳》「糾蓼叫奡蹋以艐路兮」,《索隱》引小顏曰:「叫奡,高舉貌。」引申言縱逸放蕩,字作驕豪,《三國志・先主傳》「公路驕豪」是也。《史記・司馬相如列傳》「低卬夭蟜据以驕驁兮」,《索隱》引張揖曰:「驕驁,縱恣也。」怙恃自大,目空一切亦曰驕傲。聲之轉字作驕睨,《文選・江賦》「冰夷倚浪以驕睨」,李善注:「自寬縱不正之貌。」又作傲睨,嵇康《卜疑》「將傲睨滑稽」是也。或作揭驕,《文選・射雉賦》「眄箱籠以揭驕」,李注:「揭驕,志意肆也。」元、月對轉字作傲岸,《晉書・郭璞傳》「傲岸榮悴之際」是也。或作憍蹇,《公羊傳》襄十九年「爲其憍蹇」是也。又作驕蹇,《漢書・張湯傳》「驕蹇縱恣」是也。又作偃蹇,《左傳》哀六年「彼皆偃蹇將棄子命」,杜注:「偃蹇,驕敖也。」《玉篇・人部》字作偃[illegible]。《荀子・非相》楊倞注又作偃却。類此隨文爲解,不可勝計。

【淫遊】王逸注:「日自娱樂以遊戲自恣,無有事君之意也。」淫遊訓戲遊。李周翰曰:「淫,久也。」淫遊訓久遊。洪《補》曰:「《説文》云:『淫,私逸也。』《爾雅》:『久雨謂之淫。』故淫亦訓久。」洪氏録兩解,蓋未能決。錢杲之曰:「淫,猶恣也。」案:王氏淫遊訓戲遊,非今遊戲,言淫亂。宓妃夕歸窮石、朝濯髮洧盤,斥其婚媾非禮，淫亂無度。淫，同上「善淫」之淫，色欲過度。分別字作婬。《方言》曰：「婬、惕，遊也。江、沅之間謂戲爲婬，或謂之惕。」惕猶婸也，或作蕩，浪蕩、放蕩。俗謂輕薄兒爲浪蕩子。遊戲亦放蕩義。又，《説文·毋部》：「毐，士之無行者。从士、毋。賈侍中説，秦始皇母與嫪毐婬，坐誅，故世罵婬曰嫪毐。讀如娭。」《女部》：「娭，戲也。」戲謂之婬，亦謂之婸，又謂之娭；猶婬謂之婸，謂之娭也。貪色曰淫，曰婸，統言也。析言女婬男曰婬，男誘女曰毐。淫，統名。

是二句言宓妃怙恃其姿色之美，驕傲侮慢，日日康樂，放蕩婬亂也。

雖信美而無禮兮　來違棄而改求

雖信美《文選》卷一一《登樓賦》注引「雖信美」一句同今本。

違敦煌《楚辭音》殘卷音胡歸反，又曰：「本或作遥字，與招反。《方言》：『遥，遠也。梁楚曰遥。』《字書》『逍遥』也。」案：王逸注：「違，去也。」王本作違。或作遥，非其勝語。《廣韻》平聲第八微韻違音雨非切。雨非、胡歸「喻匣互用」門法。

棄《文選》六臣本作弃，洪《補》引一作弃。姜亮夫曰：「棄，本作弃，上從𠫓，又省作棄，從云，從苿。苿，所以盛子而棄之也。下從廾，象兩手推苿形。更省則作弃矣。故弃、棄、弃一字矣。」案：甲文棄作「」《後編》下三·一四，金文作「」《散盤》，戰國作「」劉鶚《鐵雲藏印》，信陽、包山楚簡作「」。

【信美】王逸注「言宓妃雖信有美德」云云，信訓有，美爲美德。錢杲之曰：「隱士信有美德，而無事君之禮。」于惺介曰：「言宓妃雖有美德。」信訓有，美爲美德。又，朱駿聲曰：「信美，猶《詩》云『洵美且好』。」借信爲詢。劉夢鵬曰：「信美，自信其美。」信，相信。游國恩曰：「『信美』之信，與上文信姱、信芳之信同。」信爲誠信。案：信，借作申，古字通用。《穀梁傳》隱元年「信道而不信邪」，何休注：「信，申字。」《文選・吴都賦》「闔閭信其威」，劉淵林注：「信，讀爲申，古通用字。」《後漢書・桓帝紀》李賢注：「信音申，古字通。」《漢書・高惠高后孝文功臣表》顔師古注：「古信、申同字。」《釋名・釋天》：「申，身也，物皆成其身體，各申束之使備成也。」《白虎通義・五行》：「申者，身也。」《釋名・釋形體》：「身，伸也，可屈伸也。」《詩・大明》「大任有身」，毛《傳》：「身，重也。」借身爲申。包山楚簡《集箸言》曰：「小人取愴以解小人之桎，小人逃至州槃，州人將敷小人，小人信以刀自剔，州人女以小人告。」信，借作身，小人身以刀自剔。身，形體也。美，同上「保厥美」之美，指姿色，非美德。身美，形貌有姿色。

【禮】王逸、錢杲之並謂禮爲事君。徐焕龍曰：「顔色雖信乎美好，然禮無往而不答。」猶《論語》「來而不往，非禮也」。案：《荀子・大略》：「禮，節也。」《致仕》：「禮者，節之準也。」《白虎通義・禮樂》：「禮，所以防淫佚，節其侈靡也。」《禮記・樂記》：「禮者，所以綴淫也。」無禮，猶淫亂非度，而無貞節之操。

【來】王逸注：「來復棄去，而更求賢也。」來言我來。錢杲之曰：「隱士信有美德，而無事君之禮，呼其徒來，而違之棄之，更求其人。」來謂宓妃來。汪瑗曰：「來者，呼其仗衛服役之詞也。」董楚平曰：「來，招呼從者之詞。」朱冀曰：「來違棄而改求者，謂前此聞所聞而來。」劉夢鵬曰：「來，猶致也。」游國恩曰：「來者，猶歸去來也。」案：馬茂元、季鎮淮、聶石樵並以來借作乃，碻乎不易。來、乃，之部，來泥旁紐雙聲。來訓是，是訓乃，以二字相通也。詳王引之《經傳釋詞》。來違棄，言乃違棄。

【違棄】王逸注：「違，去也。」龔公曰：「《詩》曰『何斯違斯』，毛曰：『違，去也。』又曰『中心有違』，毛曰：『違，離也。』《廣雅》：『違，偝也。』」一字三解，蓋未能決。汪瑗曰：「違者，去其地也。棄者，舍其人也。」劉夢鵬曰：「違棄，不合也。」案：違，借作回。《書·堯典》「静言用違」，《左傳》文十八年引作「靖譖庸回」。《詩·大明》「厥德不回」，《常武》「徐方不回」，不回言不違，借回爲違。回，轉也，返也。棄，去也。回棄，復轉而離去也。是二句言宓妃雖身美好而無貞節，乃復回而離去，以更求他女也。

第五十八韻：遊、求

遊，古音爲[riəu]；求，古音爲[giəu]。遊、求古同幽部。

自「溘吾遊此春宮兮」至此四韻十六言，言求虙妃本末。求之不遂，以宓妃無貞操，非關媒理鈍拙。屈子求女，必皆其族遠祖，旨在反本歸根，婚姻之事，從其祭神禮俗。虙妃雖出太皞族，然適河伯，爲夏后氏之先，非其楚先，其性淫亂無禮，故回轉而他求。

覽相觀於四極兮　周流乎天余乃下

【覽】敦煌《楚辭音》殘卷作覽，音力敢反。案：覽，六朝俗字。

【相】敦煌《楚辭音》殘卷音息亮反。洪《補》曰：「相，去聲。」朱冀曰：「相讀平聲，交相、互相之意，讀去聲者非也。」案：相觀連用，相猶觀也，二字平列。相，息亮反，去聲。洪《補》、錢《傳》同引「覽相」一作「求覽」。姜亮夫曰：「相觀，乃《離騷》習語，則作『求覽』者非。」案：騫公爲「覽相觀」注音，《楚辭音》固作「覽相」。王逸注「言我乃復往觀視四極，周流求賢」云云，後因以改「覽相」爲「求覽」。

乎天《文選》六臣本引五臣作「天乎」，洪《補》引一作「天乎」，又引一無「乎」字。

下敦煌《楚辭音》殘卷、洪《補》、朱《注》下音户。案：楚音也。

【覽相觀】王逸注「言我乃復往觀視四極」云云，覽爲「復往」。猶周覽，相觀連文，平列同義，言觀視。汪瑗曰：「覽，視之速也。相，視之審也。觀，視之遍也。重言之也。」以「覽相觀」爲三字述語。錢澄之曰：「覽，遠視；相，平視；觀，諦視。」王夫之曰：「覽也，相也，觀也，重疊言者，明旁求不止也。」徐焕龍曰：「曰覽、曰相、曰觀，則徧視詳察無遺矣。」朱駿聲曰：「『覽相觀』三疊字，猶《詩》『儀式型文王之典』，《左傳》『繕完葺牆』，亦三疊。」案：聞一多曰：「覽，俯視貌。」覽，言神之視。神居九天之上，下視人寰，故曰覽。屈子日神之裔，亦神也，上遊春宮，其視下也謂之覽。詳上文「皇覽」。相觀平列，謂審視也。

【四極】張銑謂「四極」猶「四方之極」。洪《補》曰：「《爾雅》：『東至於泰遠，西至於邠國，南至於濮鈆，北至於祝栗，謂之四極。』又，《淮南子》曰：『東方東極之山曰開明之門，南方南極之山曰暑門，西方西極之山曰閶闔之門，北方北極之山曰寒門。』」朱子曰：「四極，四方極遠之地。」其斥洪氏曰：「《爾雅》説四極，恐未必然。邠國近在秦隴，非絶遠之地也。」而汪瑗駁朱子，謂「古人之文不可拘拘而視之」，「大抵屈子所言四極，猶言四方耳。觀其下所指，不過有娀、有虞二國可見」。案：閔齊華曰：「四極，天之四極也。前帝閽、白水、閬風、春宮，皆在天也。」下承言「周流乎天余乃下」，則其所覽相觀者，在天不在地。四極，即《淮南子》之開明之門、暑門、閶闔之門、寒門也。

【周流】張銑「周流」言周遍。汪瑗曰：「周流，遍遊也。」案：周流，連語，不必泥其字義訓詁。《漢書・廣川惠王越傳》「行周流，自生患」，《後漢書・張衡傳》「歷衆山以周流兮」，《范升傳》「孔子尚周流遊觀」，《逸民・梁鴻傳》「纘仲尼兮周流」，《吕氏春秋・介立》「晉文公出亡，周流天下」，《遇合》「孔子周流海内」，《論衡・儒增》「周流遊説七十餘國」。周流，皆言播遷流離。又，流、遊古字通用，周流亦作周遊。聲之轉作周章。遊、章爲喻四、照紐雙聲。《雲中君》「聊翺遊兮周章」，王逸以周章爲周流。阜陽漢墓出土竹簡《蒼頡篇》云：「遊敖戠章。」戠章，周章之音轉。美惡同辭，彷徨謂之周章，戲遊亦謂之周章，周流猶翺翔也，夷猶也。聲之轉作尚羊，猶徘徊不進貌。狀纏綿不釋而字作綢繆。《文選・李陵與蘇武詩》「與子結綢繆」，李善注引毛《傳》：「纏綿之貌。」狀情思糾纏不解，字作慞恅，《文選・洞簫賦》「慞恅爛漫」是也。倒爲牢愁、落索、咣喨、愴悢，則未可窮盡也。

是二句言我觀視四極，周流彷徨，而乃下降也。此爲上下過渡語。言我覽視周流，於天無所不至，所求者非宓妃一人，其間省却許多文字。「余乃下」，啓下文求有娀佚女、有虞之二姚也。

望瑶臺之偃蹇兮　見有娀之佚女

[瑶] 敦煌《楚辭音》殘卷瑶音與招反。

[之] 《後漢書》卷八〇下《邊讓傳》注引作而。案：瑶臺之偃蹇，猶偃蹇之瑶臺，若作而，不辭。《文選》卷二八陸機《前緩聲歌》注、卷三一鮑照《學劉公幹體詩》注、卷五七謝希逸《宋孝武宣貴妃誄》注，《爾雅翼》卷一六，《施注

蘇詩》卷六注，《漢書》卷八七《揚雄傳》注，《海録碎事》卷七引亦作之。《六帖補》卷四引脱之字。

偃蹇 敦煌《楚辭音》殘卷偃音於甗反，蹇音渠偃反。

娀 敦煌《楚辭音》殘卷娀音骨戎反，《文選》卷二八陸機《前緩聲歌》注、《海録碎事》卷七引訛作娥。洪《補》、朱《注》娀同音嵩。案：《淮南子·墬形訓》「有娀在不周之北」，高誘注：「娀，讀如『嵩高』之嵩。」《廣韻》平聲第一東韻娀、嵩同音息弓切。反切上字無用「骨」字，騫公「骨戎」，當作「胥戎」，骨、胥形似而訛。

佚 敦煌《楚辭音》殘卷佚音與壹反。唐鈔《文選集注》引《音决》：「佚，以一反。」洪《補》曰：「佚，《釋文》作妷。佚音逸。」朱《注》引佚一作妷，並音逸。姜亮夫曰：「妷，蓋六朝俗譌字，以其與女字連文，遂改佚爲妷也。」又曰：「古皆作佚，《呂覽》所謂『有娀二佚女』是也。」案：妷，俗佚字。「與壹」、「以一」音同。

【瑶臺】王逸注：「石次玉曰瑶。《詩》曰：『報之以瓊瑶。』」瑶言美石。洪《補》引《説文》曰：「瑶，玉之美者。」瑶爲美玉。詹安泰曰：「瑶是美玉。一説美石，僅次於玉。」其首鼠未能決。馬茂元曰：「瑶臺，用美玉砌成之臺，極言其華貴。」董楚平曰：「瑶臺，猶瓊樓。」皆從洪説。案：《説文》段校本曰：「瑶，石之美者。」注曰：「各本石譌玉，今依《詩音義》正。《衛風》『報之以瓊瑶』，《傳》曰：『瑶，美石。』《正義》不誤。王肅某氏注《尚書》、劉逵注《吴都賦》皆曰：『瑶、琨，皆美石也。』《大雅》曰『維玉及瑶』，云『及』，則賤於玉。《周禮》『享先王，大宰贊王玉爵，内宰贊后瑶爵』，《禮記》『尸飲五，君洗玉爵獻卿；尸飲七，以瑶爵獻大夫』，是玉與瑶等差明證。《九歌》注云：『瑶，石之次玉者。』凡謂瑶爲玉者，非是。」段君格物至精，可息衆喙。瑶，類今漢白玉。渾言瑶、玉不别。《九章·涉江》「吾與重華遊兮瑶之圃」，王注：「瑶，玉也。」《尚書·禹貢》「瑶琨篠簜」，孔《傳》：「瑶、琨，皆美玉。」瑤臺，非瑤石之臺。《淮南子·本經訓》「紂爲璇室瑤臺」，璇，猶旋，非美玉名。璇、瑤儷偶，瑤亦回旋義。瑤，借爲搖，二字同從䍃聲。搖有回旋義。《莊子·逍遥遊》「搏扶搖而上者九萬里」，《文選》江文通《雜體詩》注引司馬彪云：「搏，團圜也。扶搖，上行風也。圜飛而上行者若扶搖也。」扶搖風，旋風，今俗謂龍卷風。或借作姚。《荀子·榮辱》「其功盛姚遠矣」，注：「姚與遥同。」緩言曰橈挑。《莊子·大宗師》「橈挑無極」，《釋文》引李注：「橈挑，猶宛轉也。」又引簡文注：「橈挑，循環之名。」瑤臺即搖臺，言旋臺，同《詩·大雅》之「靈臺」。靈臺，有靈沼之水，同璧雍。金鶚《求古録禮説·明堂考》「《三輔黄圖》謂文王靈臺、辟雍皆在長安西北四十里」。《白虎通義》：「辟者，璧也，象璧圜，以法天也。」《大戴禮記》：「明堂外水爲辟雍。」《漢書·郊祀志》謂明堂「通水，水圜宫垣」。搖臺，類「水圜宫垣」。《左傳》昭四年「夏啓有鈞臺之享」。或作均臺，夏之牢獄，亦名夏臺。《禮·月令》孔疏引鄭志《崇精問》：「獄，周曰圜土，殷曰羑里，夏曰均臺。」蔡邕《獨斷》：「夏曰均臺，殷曰牖里，周曰囹圄，漢曰獄。」均臺，又名重泉。《天問》「湯出重泉，夫何辠尤」？吕思勉曰：「《墨子·尚賢篇》下言傅説居北海圜土之上，則古之放逐之人，固有於水中洲、圜土之上者。《左氏》哀公八年，吴囚邾子於樓臺，栫之以棘，則夏臺於亭山之上，正洲上之圜土也。《天問》曰：『湯出重泉，夫何辠尤？』則桀囚湯於水中。」瑤臺之古制類水牢，以囚辠人而後優化爲學宫、明堂。大而言都城，外有池，亦取諸水牢。瑤臺爲婦人閨房，亦牢獄所優化。《説文·至部》曰：「臺，觀四方而高者也。从至，从高省，與室屋同意，之聲。」段注：「《釋名》曰：『觀，觀也，於上觀望也。』觀不必四方。其四方獨出而高者，則謂之臺。《大雅》『經始靈臺』，《釋宫》、毛《傳》曰：『四方而高曰臺。』《傳》意高而不四方者則謂之觀、謂之闕也。《釋名》：『臺，持也。築土堅高能自勝持也。』古臺讀同持。心曰靈臺，謂能持物。《淮南子》『其所居神者，臺簡以遊太清』，注：『臺，持也。』又，『臺無所鑒，謂之狂生』，注：『臺，持也。』此皆作臺自可通。」又曰：「臺不必有屋，李巡注《爾雅》曰：『臺上有屋謂之榭。』然則無屋者謂之臺，築高而已。云『與室屋同意』者，室屋篆下皆云从至者所以止也，是其意也。」案：段氏析臺、觀、榭、室屋之義極精。臺之言持也。持，手之自下而上託扶，故有「上」義。《尚書·召誥》：「夫知保抱攜持厥婦子，以哀吁天，徂厥亡出執。」保，負也；抱，懷也；攜，提也；持，扶也。《論語·季氏》「危而不持，顛而不扶，則將焉用彼相矣」，持、扶互文。《莊子·漁父》「左手據膝，右手持頤」，持頤，言託頤也。臺，當從持聲，其從之聲，借聲字。

【偃蹇】王逸注：「偃蹇，高貌。」魯筆曰：「偃蹇，孤特貌。」王夫之曰：「偃蹇，高遠貌。」胡文英曰：「偃蹇，翹起貌。」皆同王注。林雲銘曰：「偃蹇，儃佪貌。自上望下，見其塊然，如儃佪不動也。」徐煥龍曰：「偃蹇，美好衆多，若隱若現，不可枚舉之形。」案：屈賦言「偃蹇」者四：或言衆盛貌，下「何瓊佩之偃蹇」是也。或言舞貌，《九歌·東皇太一》「靈偃蹇兮姣服」，王注：「偃蹇，舞貌。」或言連蜷貌，《遠遊》「服偃蹇以低昂」是也。此言高貌。瑶臺偃蹇，猶《吕氏春秋》「高臺」也。偃蹇與驕傲、夭驕爲一字。《左傳》哀六年杜注、《文選·思玄賦》李善注並曰：「偃蹇，驕傲也。」驕傲，「高」之緩言，有崇高、孤特義，偃蹇亦訓高，訓孤特。《文選·上林賦》「偃蹇杪顛」，《魯靈光殿賦》「飛梁偃蹇以虹指」，《西都賦》「遂偃蹇而上躋」，《琴賦》「偃蹇雲覆」，陸倕《石闕銘》「偉哉偃蹇」，《漢書·禮樂志》「偃蹇驤」，皆孤特貌。偃蹇言連蜷，狀舞委婉貌，即「㫃」字緩言。《説文·㫃部》：「㫃，旌旗之斿㫃蹇之貌。」引申言蜷曲。《招隱士》「偃蹇連蜷兮枝相繚」是也。狀舞姿翩翩然，則訓舞貌。聲之轉爲窈糾，《詩·月出》「舒窈糾兮」，毛《傳》：「窈糾，舒之姿也。」或爲蚴虬，《惜誓》「蒼龍蚴虬於左驂兮」是也。又爲蚴蟉，《文選·上林賦》「青龍蚴蟉於東廂」，郭璞曰：「蚴蟉，龍行貌也。」偃蹇之訓盛，與晻藹、蓊藹、幽藹、夭遏、窈藹爲一字。詳下文「晻藹」注。義各有本。王念孫《廣雅疏證》但知「夭橋謂之偃蹇，故驕傲亦謂之偃蹇，崇高亦謂之偃蹇」，而未審各有所本。

【有娀】王逸注：「有娀，國名。」王夫之曰：「有娀，簡狄姓。」又，《説文·女部》：「娀，帝高辛之妃，偰母號也。《詩曰》『有娀方將』。」《詩・商頌》「天命玄鳥，降而生商」，毛《傳》：「春分玄鳥降，湯之先祖有娀氏女簡狄，配爲高辛氏帝，帝率與之祈于郊禖而生契，故本其爲天所命，以玄鳥至而生焉。」《説文》段氏注：「有娀，諸家説爲國名，《長發》鄭《箋》云『有娀氏之國亦始廣大』。許氏偰母號者，以其國名爲之號，故《長發傳》曰：『有娀，契母也。』」謂國名、契母號或契母姓並同。案：有娀，娀也。有，句首語助。娀之言戎也。簡狄爲女，其字益以女旁作娀。戎之言龍也，古字通用。《爾雅・釋畜》「馬八尺爲駥」，又「絶有力駥」，《釋文》：「駥，本作戎。」《周禮・庾人》：「馬八尺以上爲龍。」《爾雅》注引作「馬八尺以上爲駥」。有駥，即有龍。或作有扔《漢書古今人表》作有扔、或作有仍《史記・吴世家》、《竹書紀年》作有仍，皆能借字。能，龍屬，夏后氏精靈。或作有易。易之言蜴也，蜥蜴也，俗稱變色龍。簡狄之狄，借作易，古字通用。《史記・殷本紀》「母曰簡狄」，《索隱》：「狄，舊本作易，又作逷。」簡，亦易也，平列同義，「簡易」連文。《易・繫辭下》注：「乾坤皆恒一其德，物由以成，故簡易也。」《史記・萬石君傳》：「慶於諸子中最爲簡易也。」《李將軍列傳》：「李廣軍極簡易。」蓋易不足成句，則因其義而作簡易。簡易、有娀，皆其族號，出於夏后氏。鳳凰，殷族精靈。詳下文「高辛」。高辛致詒簡狄，龍、鳳二族通婚。又，《韓非子・十過》：「昔者桀爲有娀之會，而有緡氏叛之。」《史記・殷本紀》：「桀敗於有娀之虚，桀奔於鳴條，夏師敗績。」《正義》引《括地志》曰：「高涯原在蒲州安邑縣北三十里南坂口，即古鳴條陌。」又曰：「有娀當在蒲州。」蒲州，在今山西臨汾。《淮南子・墬形訓》謂「有娀在不周之北」。《張掖記》曰：「黑水出縣界雞山，有娀氏女簡狄浴於玄丘之水，即黑水也。」則又在西域，蓋因其族西徙而改。以商之興，有娀之國蓋在東土，曲阜壽光縣有簡狄吞鳦卵之池，宋立無字巨碑，即其遺跡，不宜遠在蒲州或西域。

【佚女】王逸注：「佚，美也。謂帝嚳之妃、契母簡狄也。配聖帝、生賢子，以喻貞賢也。」。又曰：「言己望見瑶臺高峻，睹有娀氏美女，思得與共事君也。」汪瑗曰：「屈子之意，直取佚女之美以喻賢君耳，無關於嚳與契也。」

方苞曰：「佚女，蓋以喻王之親暱，未在位而爲王所信，或故舊之臣已去位而爲王所重者。」胡文英曰：「有娀逸女，高辛世妃，皆不妬之人，故欲求以達吾忱。」游國恩曰：「佚者，昳之借字，《釋文》作佚。《戰國策·齊策》『騶忌脩八尺有餘，身體昳麗』。《章句》訓爲美，是也。」鶱公《楚辭音》曰：「《書》曰『無教佚，欲有邦』，孔安國曰：『佚，豫也。』又曰『内淫于佚』，《國語》曰『佚則淫』，賈逵曰：『佚，樂也。』《蒼頡篇》曰：『佚，惕也。』王逸曰：『佚，美也。』」鶱公臚列諸解，蓋不能決。又，王夫之曰：「佚，遊也。」徐焕龍「見彼有娀氏有佚羣之女」云云，言超佚。朱冀曰：「佚，遺佚也」。林仲懿曰：「佚女，蓋言隱也，猶《易·屯卦》二爻辭『女子貞而不字』之義。」佚非美、惕、遺之謂，借作逸，古字通用。聞一多曰：「逸，奔逃也。佚女即奔女也。《吕氏春秋·音初篇》曰：『有娀氏有二佚女，爲之九成之臺，飲食必以鼓。』謂女有淫行，禁居之臺上，食時則鳴鼓以爲號，使來就食也。《列女傳·辯通論·齊威虞姬傳》曰：『周破胡，惡虞姬嘗與北郭先生通，王疑之，乃閉虞姬於九層之臺，而使有司窮驗問。』虞姬以有淫行而閉諸臺上，事與有娀氏同符。《左傳》僖十五年杜注曰：『古之宮閉者，皆居之臺而抗絶之。』然則佚女臺居殆即女子宮刑之濫傷。」案：其説是也。初民婚姻亂倫，母子兄弟姊妹皆可交合。而後文明進化，族内婚姻禁行而爲族外婚姻所替代，而後成文明禮俗。然則其初興外婚，必有強制禁令。佚女居瑶臺，禁制之一也。蔣驥曰：「《楚辭》簡狄事凡三見，《離騷》曰：『望瑶臺之偃蹇兮，見有娀之佚女。』又曰：『鳳凰既受詒兮，恐高辛之先我。』《天問》曰：『簡狄在臺，嚳何宜？玄鳥致詒，女何嘉？』《思美人》曰：『高辛之靈晟兮，遭玄鳥而致詒。』推其指，蓋謂簡狄居有娀之瑶臺，嚳聞其美且賢，遣玄鳥爲媒致聘，而女樂從，因得爲妃，生契而啓商祚，是蓋原説《詩》之旨也。與《史記》吞卵孕契所傳各異。臺自指有娀之臺，時方未嫁，故曰女。王叔師《騷經》注，既用《吕氏春秋》有娀高臺之説，及注《天問》又云侍帝嚳於臺上，其魯莽固不足論。朱子亦兩取其説，何也？因高辛有玄鳥致詒事，故《騷經》用鴆、鳩、鳳皇渲染。鴆、鳩既不堪使，自適又非所宜，躊躇之後，方及鳳皇，其勢已晚，却恐高辛玄鳥之使已在我先，因止而不遺。鳳皇本在前驅，一似忘却，故借鳩、鴆紆折生波，正欲爲先我作地耳。朱子乃謂鳳皇受高辛之詒，則與玄鳥致詒戾矣。」蔣氏辯簡狄事亦粗疏。《天問》、《思美人》玄鳥，即鳳皇。詳下文「玄鳥」。非謂鳳皇爲我所遺，而玄鳥爲高辛所遺，以玄鳥先於鳳皇者。屈賦二十五篇，鳳皇之地位特高，龍未可與相埒。或以鳳皇爲真善美之化身，《九章·涉江》：「鸞鳥鳳皇，日以遠兮，燕雀烏鵲，巢堂壇兮。」《懷沙》：「鳳皇在笯兮，鷄鶩翔舞。」或以鳳皇爲通神之使，本篇「鸞皇爲我先戒兮，雷師告余以未具」，「揚雲霓之掩藹兮，鳴玉鸞之啾啾」，「鳳皇翼其承旂兮，高翱翔之翼翼」。屈子每以鳥自況，《抽思》：「有鳥自南兮，來集漢北。好姱佳麗兮，牉獨處此異域。」鳳皇，日精之象，楚族之祖神。而此文改殷族玄鳥爲鳳皇，以從楚俗所尚。乃謂我求簡狄，鳩、鴆俱不堪爲媒，而鳳皇既受高辛之詒，恐彼求在我之先。王叔師謂求有娀佚女比「思得與共事君」，當非其旨。屈子求女在反本，無寓意於君臣。有娀簡狄，夏后氏女，非高陽氏女。高辛，即帝嚳，東夷之先，與楚同宗；然其妃終非楚先，求簡狄，非其本族，當不遂。簡狄配高辛，比諸滇西納西人，猶「阿注」之類。簡狄生契，「野合而生」，其父未必是帝高辛。又，饒宗頤據《江水注》「宋玉所謂天帝之季女瑶姬」，及《竹書紀年》「后桀氏伐岷山，進女於桀二人，曰琬、曰琰，桀受其二女，而棄其元妃於洛，曰末喜氏。末喜氏以與伊尹交，遂以間夏」云云，乃謂有娀佚女即岷山女。岷山，巫山也。岷山女亦即巫山神女。謂瑶臺即高唐之觀，言娀女在高唐之上，與高辛合而生契。果如其說，上謂高唐無女，此何來奔女？好奇之說，如扣盤捫鼓，不著邊際。

是二句言我遥望瑶臺，偃蹇而高，見有娀氏之逸女也。

第五十九韻：下、女

陳第曰：「下，古音虎。」案：下音户，讀爲[ɤra]；女，古音爲[ɳia]。下、女古同魚部。

吾令鴆爲媒兮　鴆告余以不好

令 朱《注》令音零。

鴆 《海録碎事》卷七引兩鴆皆訛作鶴，《漢書》卷八七《揚雄傳》注引《楚辭》、《爾雅翼》卷一六、《五百家注昌黎文集》卷八注、《東雅堂昌黎集注》卷八注亦作鴆。敦煌《楚辭音》殘卷鴆音丈沁、徒陰二反，洪《補》、朱《注》、錢《傳》音直禁切。案：丈沁、直禁音同，用「類隔」門法，與「徒陰」同音。

媒 敦煌《楚辭音》殘卷媒音亡回反。

好 敦煌《楚辭音》殘卷好音呼老反。洪《補》曰：「好，讀如『好人提提』之好。」案：皆同上聲。

【鴆】王逸注：「鴆，運日也，羽有毒，可殺人。以喻讒佞賊害人也。」洪《補》曰：「《廣志》云：『其鳥大如鴞，紫緑色，有毒，食蛇蝮。雄名運日，雌名陰諧，以其毛歷飲巵則殺人。《淮南》言『暉日知晏，陰諧知雨』，蓋類小人之有智者。」案：蔣驥曰：「因高辛有玄鳥致詒事，故《騷經》用鴆、鳩、鳳皇渲染。」謂借以渲染，不須比附深求。又，王引之曰：「《廣雅》鴆鳥，其雄謂之運日，其雌謂之陰諧，此用《淮南》注也。《淮南·繆稱訓》『暉日知晏，陰諧知雨』，高誘注云：『暉日，鴆鳥也。晏，無雲也。天將晏靜，暉日先鳴也。陰諧，暉日雌也。天將陰雨則鳴。』暉與運同。案：《繆稱訓》云：『鵲巢知風之所起，獺穴知水之高下；暉日知晏，陰諧知雨。』四句各舉一物，四物各爲一類，鵲與獺非牝、牡，暉日與陰諧非雌雄也。偏考諸書，言鴆鳥别名者多矣，皆言運日而不及陰諧，亦可知鴆鳥無陰諧之號，而《繆稱訓》注非確詁矣。」《繆稱訓》「鵲巢知風之所起，獺穴知水之高下」云云，謂鵲之巢築於木末，則知風之所興也；獺之穴在水裔，則知水之深淺也。鵲巢、獺穴，皆偏正短語，各表一事，而非鳥名或獸名。運日、陰諧亦宜偏正短語，各述一事。暉，鳥名。蓋暉之言翬也。《爾雅·釋鳥》：「伊雒而南，素質五采皆備成章曰翬。」郭璞注：「亦雉屬，言其毛色光鮮。」《文選·射雉賦》「聿采毛之英麗兮，有五彩之名翬。」鴆，蓋翬别名。《山海經·中山經》曰，「琴鼓之玉山」，「其鳥多鴆」。又，「瑶碧之山有鳥焉」，「其狀如鷄，恒食蜚，名曰鴆」。郭璞注曰：「此非食蛇之鴆也。」即「五采成章」之翬。《説文·隹部》：「雉有十四種：盧諸雉、鷮雉、卜雉、鷩雉、秩秩海雉、翟山雉、翰雉、卓雉、伊雒而南曰翬、江淮而南曰摇、南方曰𠷎，東方曰甾、北方曰稀、西方曰蹲。」段注：「《釋鳥》：『江淮而南，青質五彩皆備成章曰鷂。』」又曰：「賈逵、杜預注《左傳》『𠷎作翟』。按：𠷎與翟韻部相近，但上文已有翟，則作『𠷎』爲得也，今《爾雅》作𠷎。」案：摇、鷂字通用摇、鷂古同宵部，喻紐四等雙聲。𠷎，直由切，幽部，定紐。翟，徒歷切，藥部，定紐。鷂、翟爲宵藥平入對轉，𠷎、翟爲幽宵旁轉，皆一鳥名。南楚幽侵通轉，流之爲攬、導之爲覃、遊之爲淫是也。詳上文「夕攬」。幽部之𠷎轉侵部，字作鴆，楚語。江淮以南復轉宵部，而字作鷂。翬，伊雒通語。是鳥也，蓋鳳鳥之儔。《説文·鳥部》：「鷸，知天將雨鳥也。」引《禮記》「知天文者冠鷸」，謂「鷸或從遹」。陰諧，蓋鷸之諧。陰、鷸亦聲之轉。言鷸鳥知天將雨而喈喈然鳴。暉日非鳥名，言一事。叔師但知食蛇之鴆，而未審復有名翬之鴆，强以比附讒佞毒害賢良，而求女反本之旨遂晦。

【不好】王逸注：「言我使鴆鳥爲媒，以求簡狄，其性讒賊，不可信用，還詐告我言『不好』也。」好爲好惡之好。朱子曰：「告予以不好者，其性讒賊，不肯爲媒，而反間我也。」聞一多曰：「好，猶美也。鴆不願往，乃妄言有娀不好，意謂其不足求耳。」皆同王注。魯筆曰：「告余以不好，凡小人言我事者。」王樹枏曰：「告余以不好，謂己不好，不可以求有娀也，非謂有娀不好。」以「不好」爲鴆鳥毀我之詞，非詐告之言。案：不好，乃鴆鳥不受我遣而設爲推諉之詞。告余以不好，同《九歌·湘君》「告余以不閒」。好，借作孔。《爾雅·釋器》：「肉倍好謂之璧。」孫炎注：「肉，邊；好，孔。」《左傳》昭十六年引《爾雅》李巡注曰：「好，孔也。」又，《考工記·玉人》「尺好三寸」，鄭衆注：「好，璧孔也。」《漢書·律曆志》「令之肉倍好」，如淳曰：「體爲肉，孔爲好。」好、孔爲幽冬陰陽對轉，溪匣旁紐雙聲。孔，間隙。《爾雅·釋詁》：「孔，間也。」冬東旁轉字作空。《老子》「孔德之容」，王弼注：「孔，空也。」《後漢書·馮衍傳》注：「孔之爲言空也。」不好，即不孔、不空，言不閒也。告余以不孔，鴆鳥推諉無間暇，而不欲行謀也。簡狄非東夷之先，雖東夷後裔求之，亦不爲也。此猶《禮》所謂神不歆非類，禮亦不祭異族也。

是二句言我令鴆鳥行媒求有娀簡狄，鴆鳥告我以無間暇，而不受我遣也。

雄鳩之鳴逝兮　余猶惡其佻巧

雄 敦煌《楚辭音》殘卷本、《文選集注》唐寫本同作鳻，騫曰：「或雄字也。」洪《補》、錢《傳》引《釋文》作鳻姜校引洪校鳩訛作鳻。朱《注》一作鳻，音羽弓反；又引黃云呼故反，曰：「然則鳿字歟？」姜亮夫校曰：「古隹、鳥一字，自小篆而分，從隹者或又從鳥，則雄、鳻蓋一字也。」案：雄、鳻，皆作翃，從羽與從隹、從鳥往往不分。翃即翯字。詳注。其一作鳿者，鳻字形訛。鳿，扈之或體，音呼故切。

鳩 敦煌《楚辭音》殘卷鳩音居尤反。《漢書》卷八七《揚雄傳》注引《楚辭》云鳩作鴆。清武英殿本引宋祁曰：「鳩，江南本作『鳩』，監本作『鴆』，今從監本作『鴆』。」《考異》謂「鴆字王氏無注，似作鴆爲正」。案：王注「言又使雄鳩銜命而往」云云，王本作鳩。《爾雅翼》卷一六、《詁訓柳先生文集》卷一八注、《柳河東集注》卷一八注、《五百家注柳先生集》卷一八注引亦作鳩。雄鳩，即蒙鳩。詳注。

猶《柳河東集注》卷一八注引作獨。案：王注「其性輕佻巧利，多語言而無要實，復不可信用」云云，猶訓復，王本作猶。《漢書》卷八七《揚雄傳》注引《楚辭》、《詁訓柳先生文集》卷一八注、《五百家注柳先生集》卷一八注引亦作猶。獨，猶字形訛。

惡敦煌《楚辭音》殘卷惡音烏故反，朱《注》音烏路反。《群經音辨》曰：「惡，否也，烏各切。心所否謂之惡，烏路切。」案：「烏路」之惡，與好相對，動詞，而「烏各」之惡，與善相對，形容詞。

佻敦煌《楚辭音》殘卷佻音他雕反，《文選》六臣音他周反。洪《補》、錢《傳》音吐凋切，朱《注》音吐雕反。洪《補》、朱《注》又音土了反。錢《傳》音吐了反。案：他雕、吐雕、吐凋音同。「他周」之周，蓋凋字爛敚。「土了」之佻，實趒字。「土了」、「吐了」音同。或作朓，皆非其義。

【雄鳩】王逸未爲「雄鳩」作注。蓋其義平平，故省略之。洪《補》曰：「《説文》云：『鳩，鶻鵃也。』《爾雅》云：『鵃鳩，鶻鵃。』注云：『似山鵲而小，短尾，青黑色，多聲。』《月令》：『鳴鳩拂其羽。』即此也。」以雄鳩爲鶻鵃。汪瑗曰：「或曰，鳩不能爲巢，常逐鵲以居，是天下之鳥莫拙於鳩也。」汪氏蓋本於《詩》「惟鵲有巢，爲鳩居之」。則鳩必捷猛於鵲，誠非斑鳩、鶻鵃小鳥比。姜亮夫謂雄鳩同《詩》之雎鳩，曰：「古以鳩爲匹鳥，故以喻士之求匹者。《關雎》求女，故輒以雄鳩爲興，非泛泛興焉者比也。」然則雄、雎古不通用，雄鳩，非雎鳩。朱季海引《淮南子·天文訓》「孟夏之月，以熟穀禾，雄鳩長鳴，爲帝候歲」，高誘注：「雄鳩，蓋布穀也。」《爾雅·釋鳥》：「鳲鳩，鴶鵴。」郭璞注：「今之布穀也。」《太平御覽》卷九二一引陸璣疏云：「布穀，一名桑鳩。」桑、睢魚陽陰陽對轉，精心旁紐變聲。桑鳩，即睢鳩。雄鳩訓帷鳩，雄，帷字形訛，故朱《注》引一本雄音呼故反，即鳸字。然亦與本文不符。案：林仲懿曰：「《左傳》五鳩，備見《詩經》，皆於佻巧意無取。又，蒙鳩，鷦鷯也。揚子《方言》：『自關而東謂之巧雀，自關而西謂之巧女。』《説苑》：『鷦鷯巢於葦苕，繫之以髮，取茅秀爲巢，以麻紩之，如刺韈然。』小鳥之巧於爲巢者也。雄鳩鳴逝蓋指此。」碻也。雄鳩即蒙鳩。惟林氏以巧於爲巢附會。雄，從隹，厷聲。從厷聲字或轉明紐。翃，從羽，厷聲。《廣韻》下平聲第十三耕韻音户萌切，音如宏。而翃或體作狘，又作薨。薨，從羽，夢省聲，由匣紐轉明紐。雄、蒙例可通用。《荀子・勸學》：「南方有鳥焉，名曰蒙鳩。」楊倞注：「蒙鳩，鷦鷯也。」《方言》曰：「鷦鷯，自關而西謂之桑飛，或謂之懱爵。」蒙鳩、懱爵亦聲轉字。或作鸎雀。《玉篇・鳥部》：「鸎雀，亦巧婦。」或作韈雀，陸璣《毛詩疏》：「鴟鴞似黄雀而小，關西謂之韈雀，或曰巧婦。」《方言》郭注：「即鷦鷯也。」今語云麻雀。之、蒸陰陽對轉，蒙鳩作鴀鳩。《廣韻》下平聲第十八尤韻鴀字注：「鴀鳩，鳥也。」之、幽旁轉則作鴉鳩，尤韻鴉字注：「鴉，鴉鳩。」幽宵旁轉字作鵃鳩。蒸陽旁轉字作蛑鳩，《大戴禮記・勸學》「南方有鳥名曰蛑鳩」是也。月元平入對轉，鸎雀作斑鳩。《吕氏春秋・季春紀》「鳴鳩拂其羽」，高誘注：「鳴鳩，斑鳩也。」或作鴅鳩，《方言》：「鳩，自關而西，秦、晉之間，其大者謂之鴅鳩。」亦作鶝鳩。《廣雅・釋鳥》：「鶻鵃，鶝鳩也。」鳩之爲媒使，出於氏族崇拜。《易林・明夷・家人》曰：「使鳩求婦，頑不我許。」蒙鳩淫佚，斥之曰「巧婦」，詐譌之婦也，人故惡之。

【鳴逝】王逸注：「逝，往也。言又使雄鳩銜命而往。」屈子但將且遣蒙鳩，而雄鳩固未「銜命而往」；後惡其佻巧，則知其性而終未遣之。錢杲之曰：「鳴逝，鳴而逝也。」錢澄之曰：「飛鳴而往。」下云：「媒弱而理拙兮，恐導言之不固。」惡其佻巧，惡其不堪導言。逝，通作誓。《詩・碩鼠》「逝將去女」，言誓將去汝。《邶風・日月》「逝不古處」，言誓不古處。《大雅·桑柔》「逝不以濯」，言誓不濯也。《公羊傳》昭十五年徐彥疏引《詩·碩鼠》作「誓將去女」。《說文·辵部》：「逝，讀若誓。」鳴逝，即鳴誓，義同信誓、發誓。因其爲鳥，是以謂「鳴誓」。

【佻巧】王逸注：「佻，輕也。巧，利也。言其性輕佻巧利，多語言而無要實，復不可信用也。」案：是也。《說文·人部》：「佻，愉也。从人，兆聲。」《心部》：「愉，薄也。」言樂之薄也。苟且則輕薄，亦謂之佻，是以佻、輕互訓。從兆聲字多涵小義，馬三歲爲駣，蜃小者曰珧，魾小者曰鮡。兆，無小義，借聲也，蓋讀如小。物小則輕，而行輕薄字作佻。古或借窕字爲之。《左傳》成十六年「楚師輕窕」。引申言虛假。《韓非子·難二》引李兑曰：「語言辯聽之說而不度於義者，謂之窕言。無山林澤谷之利而入多者，謂之窕貨。」《文選·魏都賦》注引《李兑書》曰：「言語辯聽之說而不度於義者，謂之謬言。」謬，猶欺也，詐也。窕言，欺詐虛假之言；窕貨，虛假不真之貨。又，《方言》：「窕，淫也。沅、湘之間謂之窕。」窕、佻，楚語。《廣雅·釋詁》云：「窕，婬也。」窕言，猶淫辭，多言浮語。《言部》：「誂，相呼誘也。从言，兆聲。」《廣雅·釋詁》：「誂，誘也。」「誂，戲也。」蓋誘呼不實，是謂之誂。淫辭若戲，亦謂之誂，假爲佻。巧，便巧也。《說文·言部》：「謳，便巧言也。」引申爲詐謬不實義。利謂之巧，詐亦謂之巧。「佻巧」連文，平列同義。

是二句言蒙鳩鳴誓旦旦，我又惡其言辭佻巧虛詐而不實也。

第六十韻：好、巧

戴震曰：「好，古音呼口切。」江有誥曰：「好，呼叟切。」案：好，借作孔，詳注。古讀陰聲，則作好，音爲[xəu]。戴震曰：「巧，古音去九切。」江有誥曰：「巧，苦叟反。」案：巧，古音爲[kʻəu]。好、巧古同幽部。

心猶豫而狐疑兮　欲自適而不可

猶 洪《補》猶爲由、柚二音。朱《注》猶音如字，又音柚。案：《廣韻》下平聲第十八尤韻猶、由同音以周切。去聲第四十九宥韻柚音余救切。猶豫之猶音由，平聲。

適 敦煌《楚辭音》音失亦切。《群經音辨》曰：「適，之也。施隻切。適，正也，丁歷切。適，匹也，徒滴切。適，過也，張革切。」案：施隻、失亦音同。

而 《文選》卷三四《七發》注引作以。案：《錦綉萬花谷》卷三八、《爾雅翼》卷一六、《文選》卷四三孫楚《爲石仲容與孫皓書》注及卷五三嵇康《養生論》注、《記纂淵海》卷四八、《顏氏家訓》卷六《書證》、王觀國《學林》卷九引亦作而。

【猶豫、狐疑】王逸未爲猶豫、狐疑作注，而於《湘君》「君不行兮夷猶」、《抽思》「悲夷猶而冀進兮」及「低佪夷猶」注曰：「夷猶，猶豫也。」《顏氏家訓·書證》曰：「《禮》云：『定猶豫，決嫌疑。』《離騷》曰：『心猶豫而狐疑。』先儒未有釋者。案：《尸子》曰：『五尺犬爲猶。』《說文》云：『隴西謂犬子爲猶。』吾以爲人將犬行，犬好豫在人前，待人不得，又來迎候，如此返往還，至於終日，斯乃豫之所以爲未定也，故稱猶豫。或以《爾雅》曰：『猶如麂，善登木。』猶，獸名也，既聞人聲，乃豫緣木，如此上下，故稱猶豫。狐之爲獸，又多猜疑，故聽河冰無流水聲，然後敢渡。今俗云：『狐疑虎卜。』則其義也。」洪《補》曰：「《水經》引郭緣生《述征記》云：『河津冰始合，車馬不敢過，要須狐行，云此物善聽，冰下無水乃過。人見狐行，方渡。』按《風俗通》云：『里語稱：「狐欲渡河，無如尾何。」且狐性多疑，故俗有狐疑之説，未必一如緣生之言也。』然《禮記》曰：『決嫌疑，定猶豫。』《疏》云：『猶是玃屬，豫是虎屬。』《説文》云：『豫，象之大者。』又，《老子》曰：『豫兮若冬涉川，猶兮若畏四鄰。』則猶與豫皆未定之詞。」《文選》李善注、顔師古《漢書》注、司馬貞《史記·索隱》、朱子《集注》、王楙《野客叢書》、葉夢得《巖下放言》、玄應《一切經音義》、慧琳《華嚴經音義》、《集韻》皆從《顔氏家訓》，謂猶豫訓未定，取義於犬子，狐疑方之狐性多疑。案：王觀國《學林》卷九曰：「字書猷亦作猶。《離騷》曰：『心猶豫而狐疑兮，欲自適而不可。』《漢書·蒯通傳》曰：『猛虎之猶與，不如蜂蠆之致蠚；孟賁之狐疑，不如童子之必至。』此析《離騷》之句以爲之文也。《漢書·高后紀》曰：『禄然其計，使人報産及諸吕，老人或以爲不便，計猶豫。』顔師古注曰：『猶，獸名，性疑慮，善登木，故不決者稱猶豫。』《顔氏家訓》曰：『《爾雅》：「猶如麂，善登木。」』猶對狐，以獸對獸也。觀國案：猶豫者，心不能自決定之辭也。《爾雅·釋言》曰：『猷，圖也。』《釋獸》曰：『猶如麂，善登木。』所謂『猶，圖』者，圖謀之而未定也。猶豫者，《爾雅·釋言》所謂『猶，圖』是也。顔師古注《漢書》與《顔氏家訓》，不悟《爾雅·釋言》自有『猷，圖』之訓，而乃引《釋獸》『猶如麂』以訓之，誤矣。《廣韻》去聲曰：『猶音救。』庚案：猶讀去聲者，當音余救反。蓋觀國所見《廣韻》，敓「余」字，而誤猶音救也。且先事而圖之爲猶，後事而圖之爲豫，故《曲禮》曰：『卜筮者，所以使民決嫌疑、定猶豫也。』以嫌疑對猶豫，則猶非獸也。《離騷》曰『心猶豫而狐疑兮』，此一句文也，非以猶豫對狐也。猶或爲冘。《後漢書·馬援傳》曰：『諸將多以王師之重，不宜遠入險阻，計冘豫未決。』《廣韻》曰：『冘豫，不定也。』以此觀之，則猶非獸益明矣。《爾雅》曰：『猷，圖也。』郭璞注曰：『《周禮》：「以猷鬼神祇。」謂圖畫。』觀國案：《周禮·春官》：『凡以神仕者，掌三神之法，以猷鬼神示之居。』鄭氏注曰：『猷，圖也。』謂制神之位次，而爲之牲器時服以圖之，乃謀圖之圖，非圖畫也。郭璞誤矣。庚案：畫，策畫也，亦謀也。圖畫平列。郭氏不誤。猶、猷、冘三字通用，豫、預、與三字通用。」其説差勝《家訓》，而謂猶、猷、冘及豫、預、與皆言圖謀義，引申言不定，亦非。王念孫曰：「猶豫字或作猶與，單言之則曰猶、曰豫。《楚辭·九章》『壹心而不豫兮』，王注云：『豫，猶豫也。』《老子》云：『與兮若冬涉川，猶兮若畏四鄰。』《淮南子·兵略訓》云：『擊其猶猶，陵其與與。』合言之則曰猶豫，轉之則曰夷猶、曰容與。《楚辭·九歌》『君不行兮夷猶』，王注云：『夷猶，猶豫也。』《九章》云：『然容與而狐疑。』容與亦猶豫也。案：《曲禮》云：『卜筮者，先聖王之所以使民決嫌疑、定猶與也。』《離騷》云：『心猶豫而狐疑兮。』《史記·淮陰侯列傳》云：『猛虎之猶豫，不若蜂蠆之致螫；騏驥之蹢躅，不如駑馬之安步；孟賁之狐疑，不如庸夫之必至也。』嫌疑、狐疑，猶豫、蹢躅皆雙聲字。狐疑與嫌疑，一聲之轉耳。後人誤讀『狐疑』二字，以爲狐性多疑，故曰狐疑。又因《離騷》猶豫、狐疑相對成文，而謂猶是犬名，犬隨人行每豫在前，待人不得，又來迎候，故曰猶豫。或又謂猶是獸名，每聞人聲，即豫上樹，久之復下，故曰猶豫。或又以豫字從象，而謂猶豫俱是多疑之獸。夫雙聲之字本因聲以見義，不求諸聲而求諸字，固宜其説之多鑿也。」《説文》段注曰：「古有以聲不以義者，如猶豫雙聲，亦作猶與，亦作冘豫，皆遲疑之貌。」劉盼遂曰：「猶豫與狐疑，皆雙聲連綿字，以聲音嬗衍，難可據形立訓也。猶豫，於《説文》作冘淫，《冖部》『冘』字説解云：『冘淫，行皃。』即遲遲其行之意。於《易》作由豫，《易·豫卦》九四爻《象傳》：『由豫大有得，志大行也。』馬融注：『由豫，猶疑也。』於《禮》作猶與、作猶豫，《曲禮》：『卜筮者，先聖王之所以使民決嫌疑、定猶與也。』《釋文》：『與音預，本亦作豫。』於《楚辭》作夷猶，作容與，作夷由，《九歌·湘君》『君不行兮夷猶』，王逸《章句》：『夷猶，猶豫也。』《九章》『然容與而狐疑』，《涉江》『船容與而不進兮』，張銑《文選》注云：『容與，徐動貌。』《後漢書·馬融傳》『或夷由未殊』，李賢注引《楚辭》作夷由。於《後漢書》作冘豫，《馬援傳》『計冘豫未決』。案：冘豫，亦猶豫也。於《水經注》作淫預，《江水》第一：『江中有孤石爲淫預石，冬出水二十餘丈，夏則没，亦有裁出處矣。』今案：此堆特險，舟子所忌，夏水洄洑，沿泝滯阻，故受淫預之名矣。俗亦作𪊲預字。庚案：淫，喻紐四等；𪊲，喻紐三等。淫預作𪊲預，其在喻三喻四混合之後。凡此皆冘、淫二字之因聲演變，等同喉音斯可矣。庚案：冘、淫二字非喉音，劉説非也。狐疑者，《史記・淮陰侯列傳》云：『猛虎之猶豫，不若蜂蠆之致螫；騏驥之蹢躅，不如駑馬之安步；孟賁之狐疑，不如庸夫之必至也。』狐疑與猶豫、蹢躅，皆雙聲字。狐疑與嫌疑爲一聲之轉，顔氏誤以猶豫爲犬子豫在人前，狐疑爲狐聽河冰，特望文生訓，而不知溝通於羣籍也。」其説是也。猶豫，連語，義存諸聲，不可泥以字義訓詁。其字異文至夥，或作遊豫《文選》盧子諒《贈崔温詩》一首、或作游譽《左傳》昭三年、或作優與《管子・小匡》、或作容裔《文選・吴都賦》、或作涌裔《文選・七發》、或作儲與《淮南子・本經訓》。猶豫，同喻紐四等字，歸定紐或邪紐，其聲之轉或作躊躇、踟躕、跱躇、躑躅、踶蹰、首鼠、首施、次且，未可勝記。狐疑，亦連語。狐，匣紐；疑，疑紐。皆喉音。聲之轉作佁擬《文選・長笛賦》注，魚陽對轉作惶惑《漢書・王嘉傳》注，或作遑惑《晉書・褚翜傳》，陽耕旁轉作營惑《漢書・淮南王安傳》，或作營或《吴王濞列傳》，或作熒惑《史記・淮南王安傳》，倒作惑營《淮南子・齊俗訓》，音嬗作疑元《荀子・正論》，元月對轉作闕疑《論語・爲政》，或作闕殆《論語》别本，狀心中疑慮未決，一義相仍。劉永濟謂「聯緜字可分用，《老子》『與兮』、『猶兮』是也。又可重疊用，《淮南子・兵略訓》之『猶猶』、『與與』是也。屈賦亦有此例，如《少司命》『儵而來兮忽而逝』，即『儵忽』一詞之分用也。《山鬼》『風颯颯兮木蕭蕭』，即『颯蕭』一詞之疊用也」。案：劉説似是而非。凡連語若可分用，則必非連語。古書連語雖或分用，實亦單用，乃音促所致。促言則單用曰猶、曰豫，緩言曰猶豫。《老子》之「與兮」、「猶兮」，猶「猶與兮」、「與猶兮」也。猶、豫本雙聲，故或作猶猶，或作豫豫。

【適】王逸注：「適，往也。」《説文・辵部》：「適，之也。从辵，啻聲。」段注：「《釋詁》：『適、之，往也。』《方言》：『逝、徂、適，往也。適，宋魯語也。』按：此不曰往而曰之，許意蓋以之與往稍别。逝、徂、往，自發動言之。適，自所到言之。故變卦曰『之卦』，女子嫁曰『適人』。」案：段氏析義至精。往者，自此之彼之稱，無賓格。適，亦自此之彼之謂，而有賓格。《詩・緇衣》「適子之館兮」，《叔于田》「叔適野」，《碩鼠》「適彼樂土」，《株林》「匪适株林」，《甫田》「今適南畝」，《論語·子路》「子適衛」，《左傳》閔二年「成季以僖公適邾」，僖公七年「無適小國」。引申言嫁女。《儀禮·喪服》「子嫁反」，注：「凡女行於大夫以上曰嫁，行於士庶人曰適人。」《文選·寡婦賦》「適人而所天又殞」，李善注：「適，謂往嫁也。」此文「欲自適」，言自往嫁於有娀佚女而不待行媒也。蓋走訪婚之遺俗也。脱胎於血親同姓婚，乃野蠻向文明進化之過渡婚制。異姓男女不加選擇、彼此通婚。而婚姻性質屬母系羣婚之遺，其主動權猶在女子一方，由女方以招贅方式娶異姓男子爲夫，而男子適嫁於女方，爲其贅婿。《天問》：「堯不姚告，二女何親？」《孟子·萬章》：「萬章曰：『舜之不告而娶，則吾既得聞命矣；帝之妻舜而不告，何也？』曰：『帝亦知告焉，則不得妻也。』」蓋戰國於堯舜婚姻已不可知。帝舜、帝堯雖同出夷族，然已判分二姓。帝舜爲堯之二女所招贅，即堯族「贅婿」也。蓋堯之告姚，姚必不與，「則舜不得妻也」。其不告，乃避姚而招贅入婿。堯行亞血族婚，而姚氏行血親婚。堯招舜爲婿，亞血族婚制以勝血族婚制之標志。招贅猶存羣婚之習，舜弟象云：「二嫂，使治朕棲！」《天問》亦謂「眩弟并淫」，兄弟共妻，或娣妹共夫，皆無礙於禮。滇西納西人至今猶行招贅婚，其室有專供女子招贅偶居，而婿居無定所。竊意納西女子居室猶「瑶臺」也。高辛宿止瑶臺，蓋有娀氏簡狄贅婿。南楚苗蠻、百濮諸族，蓋猶存贅婿之俗，時人不以爲怪。於屈子視贅婿婚俗「無禮」荒謬，故云「欲自適而不可」。求女所敘多存遠古婚俗，未可以常道爲解，下「及少康之未家兮，留有虞之二姚」。少康亦二姚贅婿，其自適於虞氏二姚。適，適嫁也。適，啻聲，無往義。啻之爲言征也，行之有準的。啻、征爲錫耕平入對轉，照審旁紐雙。適，借聲字。往行有的，正有匹配義。《禮記·禮器》「匹士大牢而祭謂之攘」，《釋文》：「匹，本或作正。」正，即匹偶。又，《緇衣》：「唯君子能好其正，小人毒其正。」言君子好其匹偶，而小人惡其匹偶。鄭注：「正，當爲匹字之誤。」鄭氏不審正有匹偶義而妄改。匹偶謂之敵，亦根於正。段君説「逝」、「徂」未密。逝與去近，《尚書·大誥》「若昔朕其逝」，《論語·子罕》「逝者如斯夫」，皆去離之謂。而徂與適字同。《詩·豳風》「我徂東山」，《九章·懷沙》「汨徂南土」

是也。徂，有賓格，外動詞。言徂者，雖往而未至；言適者，往而必至其所。故徂從且聲，且，將且。此徂、適所以别也。

是二句言欲自適簡狄，爲贅婿，中心猶豫而狐疑，踷躚不定，於禮不可也。

鳳皇既受詒兮　恐高辛之先我

詒　錢《傳》作詔，引一作詒。洪《補》、朱《注》引一作詔，朱云「非是」。案：詔，詒字形訛。《天問》、《九章》皆作詒。《爾雅翼》卷一六引亦作詒。敦煌《楚辭音》殘卷詒下又出遺字。詒、貽古今字。詒、遺，蓋至六朝音已不别矣，先秦絶不混同。

【鳳皇】王逸注：「言己既得賢智之士若鳳皇，受禮遺將行，恐帝嚳已先我得有娀簡狄也。」王氏以鳳皇爲我所遣之使，比賢智之士。蔣驥申王注，曰：「鳳凰本在前驅，一似忘卻，故借鳩鴆紆折生波，正欲爲先我作地耳。」以鳳皇爲上先戒鸞皇。朱子曰：「鳳皇又已受高辛之遺，而來求之，故恐簡狄先爲嚳所得也。」其駁王注曰：「審爾，則高辛何由而先我哉？正爲己用鴆鳩，而彼使鳳皇，其勢不敵，故恐其先得之耳。」其謂鳳皇爲高辛所遣。聞一多、郭沫若、姜亮夫據《天問》「簡狄在臺嚳何宜？玄鳥致詒女何嘉」、《思美人》「高辛之靈晟兮，遭玄鳥而致詒」及《詩·商頌》「天命玄鳥，降而生商」，謂鳳皇即高辛所遣之玄鳥也。案：是也。鳳皇即玄鳥，高辛求簡狄之媒使，當爲高辛所遣。殷人、楚人同出高陽東夷族，皆尊鳥爲其族之先，殷人稱玄鳥，而楚俗稱鳳皇。屈子改玄鳥爲鳳皇，蓋從楚俗。《天問》、《思美人》仍復因殷習而稱玄鳥。玄鳥，即元鳥，燕也。《説文》字作乙。《乙部》「孔」字曰：

「乙，請子之候鳥也，乙至而得子，嘉美之也。」又，「乳」字曰：「乙者，乙鳥。《明堂・月令》：『乙鳥至之日，祠于高禖以請子。』故乳從乙。請子必乙至之日者，乙春分來，秋分去，開生之候鳥，帝少昊司分之官也。」鄭注《月令》曰：「高辛氏之世，玄鳥遺卵，簡狄吞之而生契，後王以爲媒官嘉祥，而立其祠焉。」《左傳》昭十七年亦謂「玄鳥氏，司分者也」。案：玄鳥，殷族高禖，帝高辛之精靈。《爾雅・釋鳥》燕字作鷾，謂「鷾鳳，其雌皇」。玄鳥、鳳皇，一也。殷商之人於春分燕至日有祭高禖求子之俗，令男女合會於社。殷之先多野合生，契但其一。孔子，宋人，殷之裔，其「野合而生」，春秋猶存其高禖求子遺風。燕，至今爲禁捕殺，非唯益鳥，蓋出殷人崇祖禁忌。春分燕至日，浙南鄉間猶行請燕、迎燕之禮，雖已不關生子，而推其所以，蓋殷俗高禖之遺。殷、楚同根共祖，其文化習俗亦多相通，崇鳥爲其一。故玄鳥，殷人反本歸宗之使。舊注比附賢智，不可信。

【受詒】王逸注「受禮遺將行」云云，受言承受，詒言禮所遺。朱子注「鳳皇又已受高辛之遺」云云，受亦言承受，詒言遺予。案：受詒，同《天問》、《思美人》「致詒」，受，猶致。《説文・受部》：「受，相付也。从𠬪，舟省聲。」「𠬪，物落也。上下相付也。从爪、又。」段注：「付，與也。以覆手與之，以手受之，象上下相付。凡物移落皆如是觀。」「𠬪者，自此言；受者，自彼言；其爲相付一也。」案：受兼受之、付之，而後判爲受、授二字。「受詒」之受，付也，後起分別字作授。詒，所詒之物。《搜神記》卷二：「戚夫人侍兒賈佩蘭，説十月十五日共入靈女廟，以豚黍樂神，吹笛擊築，歌《上靈》之曲。既而相與連臂踏地爲節，歌《赤鳳皇來》。乃巫俗也。」歌《赤鳳皇來》，冀鳳皇致詒也。此蓋祭高禖遺風，類簡狄吞玄鳥卵而生契創世神話。屈子求女之詒，瓊佩也。而高辛遺玄鳥致詒者，鳳子也。《史記・殷本紀》謂簡狄等「三人行浴，見玄鳥墮其卵，簡狄取吞之，因孕生契」。高辛氏以卵爲聘禮。《月令》孔疏引鄭志焦喬答王權云：「娀簡狄吞鳳子之後，後王以爲媒官嘉祥，祀之以配帝，謂之高禖。」鳳子即燕卵，亦求子卵。浙江婺州民間婚俗，夫家必貽婦家鷄子，且皆染以朱赤，呼之曰「紅卵」，爲聘婦之禮。蓋玄鳥致詒之遺俗。悠悠數千餘年，文化習俗信如江河之水，源流一脈相連。鳳皇既受詒，言玄鳥既承高辛之命，致鳳子於簡狄，鳳鳥，高辛之使，而非我所遣也。

【高辛】王逸注：「高辛，帝嚳有天下之號也。《帝繫》曰：『高辛氏爲帝嚳，帝嚳次妃有娀氏女生契。』」洪《補》曰：「皇甫謐云：『高辛都亳，今河南偃師是也。』張晏云：『高辛，所興之地名也。』」案：帝嚳號高辛，同顓頊號高陽，皆因所興地名。羅泌《路史・後紀》卷九上曰：「帝嚳高辛氏，姬姓，曰嚳，一曰逡。父僑極，取陳豐氏曰裒，履大跡而傷生嚳。方嚳之生，握裒莫覺，生而神異，自言其名，遂以名。方頤龐覭，珠庭仳齒，戴干。厥德神靈，厥行祗肅。年十有五而佐高陽氏，受封于辛，爲侯國。」嚳之名，取義於覺。覺，非穎悟之謂。覺，猶皞也，日神之號，帝嚳，即帝皞。其所興之地所以名高辛者，高，亦皞也，例高陽之高。辛，逡字假借。辛、逡真文旁轉，精審旁紐雙聲。高辛，帝皞逡也。郭沫若曰：「《山海經》自《大荒東經》以下，帝俊之名凡十五見。郭璞於首出之『帝俊生中容』下注云：『俊亦舜字，假借字音也。』而於《大荒西經》『帝俊生后稷』下則注云：『俊，宜爲嚳，嚳第二妃生后稷也。』王國維作《卜辭中所見殷先公先王考》及《續考》，發現卜辭有『高祖[illegible]』；初釋爲夋，謂即帝嚳名帝夋之夋，即《山海經》之帝俊。後又改釋爲夒字，讀納告反，與嚳同告音，謂即嚳之本字，夋與俊均因形近而訛。説雖改變，然於帝俊與帝嚳爲一人，則倍有見地。帝俊與帝嚳爲一人，則帝舜與帝嚳亦當爲一人。《禮記・祭法》稱『殷人禘嚳而郊冥，祖契而宗湯』，而《魯語》云『殷人禘舜祖契』，此正其明證。蓋同一『[illegible]』字，或讀爲嚳，或讀爲夋，或讀爲舜，或讀爲俊，故夋遂爲嚳之名，而舜與嚳復由後世儒家分化而爲二帝也。」（《卜辭通纂》）碻乎不可移易。《路史》之逡，亦舜字。帝嚳、帝堯，蓋亦一人。《史記・五帝本紀》謂帝嚳係顓頊族子，帝堯生父。考上古帝王世系，父子往往一人分化。帝舜即日神羲和，而《山海經》謂「舜生戲」。詳上文「重華」。《史記》謂堯「乃命羲、和，敬順昊天，數法日月星辰，敬授民時」云云，與帝舜幾不別。高辛，即帝嚳舜，與帝嚳、帝堯、帝舜本一人。帝堯不見卜辭及兩周金文，其於宗教，陶唐氏之於楚，疏遠於有虞氏帝舜也。屈子致意於重華，而於放勳鮮有宗親情愫。《左傳》昭十七年：「秋，郯子來朝。公與之宴，昭子問焉：『少皞氏鳥名官，何故也？』郯子曰：『我高祖少皞氏摯之立也，鳳鳥適至，故紀於鳥，爲鳥師而鳥名。鳳鳥氏，曆正也。玄鳥氏，司分者也。伯趙氏，司至者也。青鳥氏，司啓者也。丹鳥氏，司閉者也。祝鳩氏，司徒也。鴡鳩氏，司馬也。鳲鳩氏，司空也。爽鳩氏，司寇也。鶻鳩氏，司事也。』」案：少皞氏帝摯，高辛次子、堯弟也。詳《史記·五帝本紀》。以鳥爲其族圖識。叜，金文或作「」商器《䕫卣》，甲文或作「」，象首插鳥羽，猶皇作重「」之比，冠以鳥羽，所謂「戴干」也。帝舜，夷鳥族先祖神。《太平御覽》卷九一五引《尚書帝命驗》：「舜授終，赤鳳來儀。」《山海經·大荒南經》謂帝舜之裔有巫臷氏。臷即摯字，鸞鳥也。其所居則「鸞鳥自歌，鳳鳥自舞」。《海内北經》謂「舜妻登比氏，生宵明、燭光，處河大澤」。大澤，乃「羣鳥所生及所解」。《海内西經》。又，《山海經》堯、嚳、舜并舉而言。《海内北經》：「帝堯臺、帝嚳臺、帝舜臺，在昆侖東北。」《大荒南經》：「帝堯、帝嚳、帝舜葬於岳山。」《海外南經》：「狄山，帝堯葬于陽，帝嚳葬于陰。」蓋證其爲一族之祖也。

是二句言鳳皇既授詒簡狄，恐高辛之求在我之先也。

第六十一韻：可、我

可，古音爲[k'ai]。我，古音爲[ŋai]。可、我古同歌部。

自此以上三韻十二言所以敘次求簡狄之不果。言簡狄誠好，而我所遣之媒皆不當，高辛則使鳳皇先我而求也。

鳳皇既受詒兮　恐高辛之先我

欲遠集而無所止兮　聊浮遊以逍遥

集《文選》六臣謂五臣本集作進，洪《補》、朱《注》、錢《傳》同引一作進。朱云「非是」。案：王逸注：「欲遠集它方，又無所之。」則王本作集。進，集字形訛。集，當作離。詳注。

止　據王逸注「又無所之」云云，蓋王本止作之。詳注。

浮遊　玄應《一切經音義》卷一四、慧琳《一切經音義》卷六一引作「彷徉」。案：據王注，浮遊訓戲遊。則作浮遊是也。若作「彷徉」，出韻。

【遠集】王逸注：「言己既求簡狄，復後高辛，欲遠集它方，又無所之，故且遊戲觀望以忘憂，用以自適也。」王氏不爲集字作注。蓋訓集止。案：汪瑗曰：「遠集，猶言遠去也。《惜誦》曰『欲高飛而遠集』是也。」集，不訓去，本作雜，古字通用。《孟子·公孫丑上》「是集義所生者」，注：「集，雜也。」《方言》：「雜，集也。」《莊子·天下》「而九雜天下之川」，《釋文》：「雜，本作襍。」襍，集字古文。《爾雅·釋鳥》：「爰居雜縣。」《釋文》：「雜字亦作集。」雜，當作離，形似相訛。《淮南子·俶真訓》「澆淳散樸，雜道以僞」，王念孫曰：「雜，當爲離字之誤也。《莊子·繕性篇》『德又下衰，澆淳散樸，離道以善，險德以行』，此正《淮南》所本。」又，《周禮·形方氏》：「無有華離之地。」杜注：「離，當作雜。《書》亦或爲雜。」遠離，言遠去。《惜誦》「欲高飛而遠集兮」，亦同此。

【止】王逸注「又無所之」云云，止，言之。案：是也。《惜誦》「欲高飛而遠集兮，君罔謂汝何之」，亦作之字。

《涉江》「入溆浦余儃佪兮，迷不知吾所如」，王注：「如，之也。」所如、所止義同，止，猶如也，之也。止、之古字通用。《詩・車舝》、《禮記・表記》「高山仰止」，《釋文》并曰：「止，本作之。」《詩・柏舟》「之死矢靡它」，鄭《箋》：「之，至也。」即用止字。之，適也，往也。

【聊】王逸注「故且遊戲觀望」云云，聊訓故且。案：故且，即姑且。故，姑字假借。聊，姑且也。詳上文「聊逍遥」注。

【浮遊】王逸注言「遊戲觀望」。劉良言「浮觀」。汪瑗曰：「浮遊、逍遥，皆優遊自適之意。」錢澄之曰：「浮遊、逍遥，不用皇皇也。」案：《廣雅・釋訓》：「翱翔，浮遊也。」《齊風・載驅》「齊子翱翔」，毛傳曰：「翱翔，猶彷徉也。」浮遊，猶彷徉，亦戲遊也。浮遊、彷徉，亦聲之轉，猶滬上語作「白相」。朝生暮死之蟲曰蜉蝣，義取於死生無定。《曹風・蜉蝣》「蜉蝣之羽」，毛傳：「蜉蝣，渠略也。」孔疏引舍人《爾雅・釋蟲》注：「南陽以東曰蜉蝣，梁宋之間曰渠略。」陸璣《義疏》云：「蜉蝣，方土語也，通謂之渠略。」聲之轉作復育。《論衡・論死》：「蟬之未蜕也爲復育；已蜕也，去復育之體，更爲蟬之形。」又，《無形》：「蠐螬化爲復育，復育轉而爲蟬。」狀其變化無常，猶「靡定」也。南陽以東，包括南楚、江淮，浮遊，楚語。《爾雅・釋文》：「遊，本作流。」遊、流古字通用。浮遊，或作浮流，謂流浪靡所居止。《後漢書・班彪傳》「浮遊近縣」，李賢注：「浮遊，謂周流也。」或作浮揚。《淮南子・俶真訓》「而浮揚乎無畛崖之際」，高誘注：「浮揚，猶遨翔也。」或作播蕩，《左傳》襄二十五年「成公播蕩」，杜注：「播蕩，流移失所也。」幽侵旁對轉作浮沈，《爾雅・釋天》「祭川曰浮沈」是也。因聲推求，不可勝舉。

【逍遥】戲遊謂之逍遥，彷徉亦謂之逍遥，其義相仍。逍遥，義同浮遊，猶流遷無定居也。

是二句言我欲遠離而去，而莫知所之，姑且周流彷徉也。

及少康之未家兮　留有虞之二姚

及　錢《傳》本作又。案：王逸注「幸若少康留止有虞而得二妃」云云，陸善經注「幸及少康未有室家」云云，王本、《文選集注》本皆作「及」字。又，「及」字形訛。

少　敦煌《楚辭音》殘卷音失炤反，朱《注》音失炤反。《群經音辨》曰：「少，鮮也，書沼切。少，稚也，施照切。」案：書沼、失炤與「施照」音同。

姚　洪《補》、朱《注》同音遥。

【少康】王逸注：「少康，夏后相之子也。昔寒浞使澆殺夏后相，少康逃奔有虞，虞因妻以二女，而邑於綸，有田一成，有衆一旅，能布其德，以收夏衆，遂誅滅澆，復禹之舊績。屈原設至遠方之外，博求衆賢，索宓妃則不肯見，求簡狄又後高辛，幸若少康留止有虞，而得二妃，以成顯功，是不欲遠去之意也。」洪《補》曰：「二姚事見《左傳》。」案：《左傳》哀元年曰：「昔有過澆殺斟灌以伐斟鄩，滅夏后相。后婚方娠，逃出自竇，歸于有仍，生少康焉。爲仍牧正，惎澆能戒之。澆使椒求之。逃奔有虞，爲之庖正。以除其害，虞思於是，妻之以二姚，而邑諸綸。」此夏后氏信史，爲王氏叔師所本。王注「幸若少康留止有虞，而得二妃，以成顯功」云云，與屈子所言少康本事殊異。「及少康之未家」，言冀及少康未有家室，未娶二姚之時，我先求之也。朱駿聲謂少康比頃襄王，時懷王留秦，太子質齊未歸，猶少康奔逃有虞也。李光地謂少康未有家室，「爲之定有虞之二姚，蓋寓意於嗣君，欲及其未繼而爲之求賢以導輔，庶幾異日如少康之赫然中興，不失舊物也」。案：少康比頃襄王，謂求二姚以喻「求賢以導輔」云云，非其本旨。屈子求女，但求女先以反本故宅，無意託寓君臣。少康，夏后氏之先，非楚族之祖。求二姚必得趁及少康未家，例上求簡狄必在高辛令玄鳥致詒之先，求反其祖居皆假託婚姻。少康逃奔有虞，妻以二姚，姚氏贅婿。林仲懿、魯筆以此二句斥鄭袖擅政，益不可信。

【家】陸善經《文選集注》家指家室。錢杲之曰：「未家，未有室家也。」汪瑗、于惺介、聞一多曰：「未家，猶未娶也。」案：家，許氏《說文》訓居，段注謂「處止」之義。家字從宀，豭省聲。豭，牡豕也，叚爲男子之稱。遠古之世，男子無定居，亦無家。男子有居室謂之「有家」、「有室」。甲、金文靡不符合。卜辭：「戊辰卜㱿，貞，員出往家乎？」《金》六七五、「匚于上甲家。……家，祖辛佐王。……家，祖乙佐王。」《乙編》三一六二。「載于母辛家。」《前編》一·三〇·七。「丙午卜爭貞，效兄㛍不死在丁家，出子。」《明》三八七。「辛子卜，貞，王其母，亡𢦏，在家。」《粹》九六〇。「匚于上甲家，其㞢。」《拾》一七。「其㞢匚于上甲家。」《鐵拾》一三七。「丁口凡毋辛歲于䄔家。」《叕存》二四。「余若茲朕于家。」《甲編》二〇三七。「我其已家乍帝降若。我勿已家乍帝降不若。」《前編》七·三八·一。「乙家冈已若。」《鐵拾》八九。家皆訓居室，而非妻室。《詩·緜》：「古公亶父，陶復陶穴，未有家室。」「乃召司空，乃召司徒，俾立家室。」家室，居處。《采薇》：「曰歸曰歸，歲亦莫止。靡室靡家，玁狁之故。不遑啓居，玁狁之故。」靡室靡家，言無居所。《尚書·盤庚中》：「盤庚乃登進厥民，曰：『往哉生生，今予將試以汝遷，永建乃家。』」其與殷族遷都相驗，家，居所。《盤庚下》：「盤庚既遷，奠厥攸居，乃正厥位，綏爰有衆曰：『爾謂朕曷震動萬民以遷。肆上帝將復我高祖之德，亂越我家！』」家，居室。《淮南子·脩務訓》：「舜作室築牆茨屋，辟地樹穀，令民皆知去巖穴，各有室家。」室家，居室。引申言家廟、家族、臣妾、妻室。少康初爲澆所逼，亡命奔逃，謂之「未家」。

【留】王逸注訓留止。案：留，借作流，古字通用。《易·繫辭傳》「旁行而不流」，《釋文》：「流，京作留。」

《詩·旄丘》「流離之子」，《釋文》：「流離，鳥名。」《爾雅·釋鳥》郭璞注字作「留離」。《莊子·天地》「留動而生物」，《釋文》：「留，或作流。」《荀子·王制》「無有滯留」，《韓詩外傳》作「無有流滯」。又，「令行而不流」，《羣書治要》作「令行而不留」。《爾雅·釋詁》：「流，擇也。」《釋言》及《詩·關雎》「左右流之」，毛《傳》：「流，求也。」流，本無擇求義。其字作㨨。《説文·手部》：「㨨，引也。从手，留聲。抽，㨨或从由。」《匡謬正俗》卷八：「㨨，即古文抽字。」引申言擇求。留，㨨字省文。

【有虞】王逸注：「有虞，國名，姚姓，舜後也。」洪《補》曰：「杜預云：『梁國有虞縣。』皇甫謐云：『今河東大陽西山，上有虞城。』《説文》云：『虞舜居姚墟，因以爲姓。』」案：《左傳》昭八年「陳，顓頊之族也」，杜注：「陳祖舜，舜出顓頊。」陳氏爲周初所賜胡公氏姓，舜之後。《潛夫論·志氏姓》曰：「帝舜姓虞，又姓姚，居嬀。」後姓氏陳。《説文·女部》：「姚，虞舜居姚虚，因以爲姓。从女，兆聲。或以爲姚，嬈也。《史篇》以爲姚易也。」又曰：「嬀，虞舜居嬀汭，因以爲氏。从女，爲聲。」段注：「舜既姚姓，則嬀爲舜後之氏可知。按：依《史記》當云因以爲氏姓。尋姓氏之禮，姓統於上，氏别於下。鄭駁《五經異義》曰：『天子賜姓命氏，諸侯命族。』族者，氏之别名；姓者所以統系百世不别也；氏者，所以别子孫之所出。故《世本》之篇言姓則在上，言氏則在下也。此由姓而氏之説也，既别爲氏，則謂之氏姓。」又謂「《史記·陳杞世家》『舜爲庶人時，堯妻之二女，居於嬀汭，其後因爲氏姓，姓嬀氏』」。舜之姓姚，其後爲嬀氏。有虞，國名。既爲姓，非本姓，亦氏姓，故史稱有虞氏。《路史·國名紀》「餘姚」條云：「《風土記》云：『舜支庶所封，今縣隸會稽，在餘姚山之西。以河東有姚，故曰餘姚。』」又，「上虞」條云：「今縣隸會稽，距餘姚七十里，酈道元所謂『虞濱西三十有虞山』，以宋之虞曰上虞，上虞故城則在餘姚。」又，「餘虞」條云：「即虞吴，今長興東北四十二里有餘虞浦，周處云：『諸漁浦，一名餘吴溪。』舜虞時人化之徠居，故《記》每作餘漁。」有虞氏之後，似或由中土南徙吴越。江、浙史前文化遺址極爲豐富，去今七千餘年前有餘姚河姆渡遺址，其俗崇鳥、崇日，於象牙骨匕或陶器多刻雙鳳朝陽、雙鳥交合生日圖飾。其次爲崧澤遺址、良渚遺址，去今亦四千至五年餘祀，與河姆渡遺址有銜接之跡，於禮器或炊器外壁，亦時見鳳鳥紋飾。蓋姚姓先民文化遺存也。史傳越人爲夏后氏之後，吴人出自周姬姓先公太伯。河姆渡、崧澤、草鞋山、馬橋、良渚先民皆在夏后氏、周太伯之先，且復在堯、舜傳説之前。東土之陶唐氏、有虞氏或爲河姆渡人之後，亦未可知也。當俟來日以地下出土文物徵之。姚，桃也。猶扶桑、空桑之比，有虞氏之社也。《水經注·洮水》謂姚姓居洮水，《後漢書·郡國志》謂「有洮水絳邑」。洮，因姚爲名。洮水近汾，與虞國地望亦符。

【二姚】王逸注「少康逃奔有虞，虞因妻以二女」云云，爲姚姓二女。然二女究爲一人，抑姊妹二人？終不白。袁珂謂「虞即虞思，有虞之君」，「二姚，虞思之二女」，「此二女佐少康而成功」。亦不白其究爲一人抑二人。案：二姚，姊妹二人，共事一夫，例堯女娥皇、女英共事帝舜，屬亞血族羣婚。二姚出帝舜，比東夷之先。然則適夏后氏少康，爲夏民先妣。反本求二姚，誠非所當，其不合固宜矣。

是二句言我冀及少康未有居室之時，求有虞姚姓之二女也。

第六十二韻：遥、姚

遥、姚古音同爲[riau]，古同宵部。

理弱而媒拙兮　恐導言之不固

拙　敦煌《楚辭音》殘卷拙音止悅反。《浩然齋雅談》卷上引「理弱」一句同今本。

【導】敦煌《楚辭音》殘卷導音徒到反。《五百家注昌黎文集》卷一注、《東雅堂昌黎集注》卷一注引「恐導言」一句同今本。

【弱】王逸注：「弱，劣也。」案：《説文・彡部》：「弱，橈也。上象橈曲，彡象毛氂。橈，弱也，弱物并，故从二彡。」段注曰：「橈者，曲木也。引申爲凡曲之稱。直者多強，曲者多弱。《易》曰：『棟橈，本末弱也。』弱與橈疊韻。」引申言劣小、卑微。

【媒】王逸注：「言己欲效少康，留而不去，又恐媒人弱鈍，達言於君不能堅固，復使回移也。」王氏理、媒同訓「媒人」。案：統言，理、媒不别；對文，各有專義。理，李人，猶提婚人。詳上文「理」注。媒，謀合兩姓之人。《説文・女部》：「媒，謀也，謀合二姓者也。从女，某聲。」段注：「以疊韻爲訓。」《周禮・序官》「媒氏」鄭注：「媒之言謀也，謀合異類使和成者。今齊人名麴麩曰媒。」媒，名；謀，事也。言謀合二姓使成婚姻。媒、謀并某聲。某，古梅字。梅字異文作楳，即某也。包山楚簡有「呆」字，梅字古文，象梅結子之形。梅結子之日，適暮春三月燕至，而夷族先民祀高禖令會男女之時，媒、謀皆受義於梅，猶行理、李人受義於李之比。

【拙】王逸注：「拙，鈍也。」案：《説文・手部》：「拙，不巧也。从手，出聲。」《釋名・釋言語》：「拙，屈也，使物否屈不爲用也。」屈，亦作詘。《莊子・知北遊》「問乎狂屈」，《釋文》：「屈，崔本作詘。」《文選・長楊賦》「迺展人之所詘」，李善注：「詘，古屈字。」《漢書・揚雄傳》下《音義》：「詘，古屈字。」《荀子・勸學》「詘五指而頓下」，注：「詘與屈同。」詘，猶詰詘，引申言枉橈。《吕氏春秋・壅寒》「宋王因怒而詘殺之」，注：「詘，枉也。」《漢書・司馬相如傳》「詘折隆窮」，顔師古注引張揖曰：「詘折，曲委也。」使物之詘而無所用則曰拙。拙，詘聲，而從出聲，借聲字。引申之，才之低劣亦謂拙。拙訓鈍，即頓，下也。拙、鈍爲文物對轉，定紐雙聲。從出聲字多有短下義，受義於頓。「理弱而媒拙」，互言之，謂媒理劣鈍。言弱、拙，不堪任用。

【導言】王逸注「達言於君」云云，謂達引之言。聞一多曰：「釋『導言』爲『達言』謬甚。《詩・召南・野有死麕篇》『有女懷春，吉士誘之』，《傳》曰：『誘，道也。』《箋》曰：『吉士使媒人道成之。』《吕氏春秋・決勝篇》高注曰：『誘，導也。』道與導通。道言，即媒人所以道成之之言也。《莊子・漁父篇》曰『希意道言謂之諂』。《禮記・少儀篇》『頌而無讇』，疏曰：『讇謂横求見容。』横求見容，即『導言』之確詁。故曰『恐導言之不固』也。」案：導言達、言誘，一義相仍。《論語・爲政》「導之以政」，皇《疏》：「導，謂誘引也。」導引謂之導，誘引亦謂之導，美惡同辭。導之則達，致之亦達。《九章・思美人》「因歸鳥而致辭兮」，王注云：「思附鴻雁，達中情也。」導言、致辭亦同。

【固】王逸注「達言於君不能堅固」云云，言堅固。汪瑗訓固結。閔齊華曰：「導言不固，不能使有虞之信從也。」朱冀曰：「不固者，或志奪於衆咻，或氣靡於一蹶也。」王樹枏曰：「導言之不固者，謂己之忠言不能見信於太子。」案：「恐導言之不固」，同上「恐脩名之不立」句法，倒句，言恐不固導言也。《思美人》：「因歸鳥而致辭兮，羌宿高而難當。」不固，猶難當，謂不堪任。固，借作婟，二字古聲，例得通用。《説文・女部》：「婟，保任也。从女，辜聲。」引申言堪當、勝任。

是二句言我求有虞姚姓二女，理弱媒鈍，恐其不堪達情通辭也。

世溷濁而嫉賢兮　好蔽美而稱惡

世《文選》六臣作時，注云「五臣作世」。洪《補》、朱《注》、錢《傳》同引一作時。姜亮夫曰：「時、世聲近易相亂。作世字是也。」案：時，之部。世，月部。古不同音，非音訛字。唐人世作時，猶民作人也，避太宗諱。王逸注「再言『世溷濁』者」云云，王本作「世」字。《分門集注杜工部詩》卷一注、《九家集注杜詩》卷一注引敚世字。

溷敦煌《楚辭音》殘卷溷音胡困反。

嫉賢《記纂淵海》卷五〇引嫉賢作嫉妒。案：《分門集注杜工部詩》卷一注、《九家集注杜詩》卷一注引亦作「嫉賢」。

好敦煌《楚辭音》殘卷好音耗，朱《注》音呼報反。案：好，外動，去聲。《釋文》：「夫質有精麤，謂之好惡；心有愛憎，稱爲好惡。」《禮記·大學》：「如好好色，如惡惡臭。」《釋文》：「好好，上呼報反。下如字。」耗，亦音呼報反。

美洪《補》、朱《注》、錢《傳》同引一作善。案：美與惡對，猶美與醜對，詳注。《記纂淵海》卷五〇、《九家集注杜詩》卷一注、《分門集注杜工部詩》卷一注引亦作美。

稱敦煌《楚辭音》殘卷作偁，云「又稱同」。案：偁，揚舉本字，稱訓銓，古多借稱爲舉揚字。

惡敦煌《楚辭音》殘卷惡音烏故反。洪《補》惡，去聲。朱《注》惡叶烏路反。案：惡，借作亞。詳注。亞，音衣嫁反。

【世溷濁】王逸注：「再言世溷濁者，懷、襄二世不明，故羣下好蔽忠正之士，而舉邪惡之人。」以「世溷濁」直斥懷、襄。洪《補》曰：「再言『世溷濁』者，甚之也。屈原作此，在懷王之世耳。」下復有一歎，曰：「世幽昧以昡曜兮，孰云察余之善惡？」豈斥考烈王乎？屈子於懷王，又何以「甚之」？案：言「世溷濁」，以三求女之不遂而反本之遊中斷。上一歎因反本高丘而不見高陽；此一歎因歸下丘而皆不見諸祖。求帝之夢，入於上征縣圃，而出於「時曖曖其將罷」；而三求女之夢，入於戲遊春宮，而出於「世溷濁而嫉賢」。求帝、求女爲反本之二夢，不關君臣時世。三求女之不果，謂冥途無門。然則再出冥界而入時世，仍復溷濁不分，賢人見嫉，而無以立足也。屈子之歎，在生死兩難之間，無以處身也。

【蔽美】蔽，毀也，惡也。美，自況美人也，比「忠正之士」。詳上文「蔽美」注。

【稱惡】王逸注：「稱，舉也。」其注「舉邪惡之人」，惡言善惡。洪《補》曰：「言可美者蔽之，可惡者稱之。」徐焕龍曰：「往古名妃，悉成畫餅；至于當世，豈復堪言？正如閶闔望中所見，溷濁不分，惟賢是嫉；好蔽人美，轉稱爲惡。」朱冀曰：「今云『蔽美稱惡』，則公然惡直醜正，惟奸宄是崇矣。」胡文英曰：「稱惡，稱我所見惡于君之事也。」諸説同王注。案：稱，對蔽言，猶好也，媚也。《荀子·禮論》：「使死生終始莫不稱宜而好善，是禮義之法式也，儒者是矣。」稱、好互言。《論衡·幸偶》：「無德薄才，以色稱媚。」稱媚，平列複語。《定賢》：「或骨體媚麗，面色稱媚。」媚麗、稱媚，儷偶對文，平列複語。《逢遇》：「偶以形佳骨嫺，皮媚色稱。」媚、稱互言之，二字同義。《宣漢》：「非以身生漢世，可褒增頌歎，以求媚稱也。」媚稱，平列複語。稱，所以稱輕重，無媚好義，借作偁，古字通用。《人部》：「偁，揚也。从人，爯聲。」段注：「揚者，飛舉也。《釋言》：『偁，舉也。』郭注引《尚書》『偁爾戈』，《玉篇》引《左傳》『禹偁善人』。凡古偁舉、偁謂字皆如此作。《自序》云『其偁《易》，孟氏。《書》，孔氏』。『子』篆下云『人以爲偁』。自稱行而偁廢矣。稱者，今之秤字。」案：《言部》云：「譽，偁也。」引申言揚舉。蔽美、稱惡對文，惡，非善惡，通作亞。包山楚簡惡皆作亞。《説文》：「亞，醜也，象人局背之形。賈侍中説，以爲次第也。」段注：「此亞之本義。亞與惡音義皆同，故《詛楚文》『亞駝』，《禮記》作『惡池』。《史記》『盧綰孫他之封惡谷』，《漢書》作亞谷。宋時玉印曰周惡夫印，劉原甫以爲即條侯亞父。」王筠《説文釋例》申許説曰：「醜也，象人局背之形。醜是事而不可指，借『局背』之形以指之，非惟駝背，抑且鷄胸，可云醜矣。」饒坰《説文部首訂》曰：「王筠説亞象人龜背鷄胸，其言是也。蓋醜惡之義，其事難狀。聖人造字，乃近取諸身以明人事，如龜背鷄胸之人，無不仰面蹙項，醜惡畢出者。據亞形全篆觀之，本從工，而變象其局背鷄胸之形，例與鼎下説象析木意同。若亞不從工，則上下二劃無着矣。」包山楚簡字作「亞」，象龜背鷄胸形。賈侍中亞訓次，言次第義。「亞醜」、「亞次」義不相因，當非一字。「亞次」之亞，弗字形誤。弗，古作亞，從二弓，一正一反，而後誤作亞。《漢書·韋賢傳》顔師古注：「亞，古弗字。」弗，借作佛。《詩·敬之》「佛時仔肩」，《韓詩》作「弗時仔肩」。佛，仿佛也，相當也，估摸之辭。兩婿相謂之亞《左傳》昭二十五年注，引申言亞次。亞，或作必。《列子·湯問》「亞學視而後可視小如大」，《釋文》：「亞學，本作必學。」弗、必爲質物旁轉，同并紐雙聲。後因賈侍中説而釋亞或爲廟室宋人張掄《紹興内府古器評·商父乙觚篇》，或識作「庌之古文」林義光《文源》、或爲「花邊」郭沫若《殷周青銅器銘文研究·殷彝中圖形文字之一解》、或爲「墓穴」康殷《文字源流淺説》、或爲「隅角」于省吾《甲骨文字釋林·釋亞》，皆望文生義。亞醜之亞，古多借惡字爲之。《莊子·德充符》「衛有惡人焉」，《呂氏春秋·去尤》「魯有惡者」，高注并曰：「惡，醜也。」《左傳》昭二十八年「鬷蔑惡」、哀二十七年「惡而無勇」，杜注并曰：「惡，貌醜也。」惡行而亞廢。亞，比邪佞小人。《九歎·愍命》：「蔡女黜而出帷兮，戎婦入而綵繡服。」亞，猶「戎婦」也。又，《七諫·怨世》：「親讒諛而疏賢聖兮，訟謂閭娵爲醜惡。」醜惡，平列複語。惡，亦亞字。

是二句言屈子於求下丘神女夢幻中醒來，唯見時世溷濁如故，美醜不分，不容苟延其生也。

第六十三韻：固、惡

固，借爲嫴，古音爲[ka]。朱《注》惡叶音烏路反。錢《傳》曰：「惡，協韻，宜烏路反。」陳第曰：「惡，古音污。古讀美惡之惡，多如好惡之惡。」案：惡，借爲亞，古音爲[ʔra]。嫴、亞古同魚部。

閨中既以邃遠兮　哲王又不寤

以《文選》六臣云「王逸本無以字」，洪《補》引既下一無以字，朱《注》、錢《傳》既下無以字，同引既下一有以字。姜校引朱《注》本既下有以字，引一本無以字。誤。案：《山鬼》：「既含睇兮又宜笑。」《國殤》：「誠既勇兮又以庚案：此以字借作用，有也。言有武也武。」《九辯》：「秋既先戒以白露兮，冬又申之以嚴霜。」《招魂》：「華酌既陳，有即又字瓊漿些。」既，已也，以也。蓋因既訓已，已通以而衍以字。

邃敦煌《楚辭音》殘卷邃音雖醉反，洪《補》音雖遂切，朱《注》音息遂反。案：三切音同。慧琳《一切經音義》卷二七云：「邃，古文作㒸。」詳注。

又朱駿聲曰：「尋叔師此注，是『又』字當作『猶』字也。」案：「既……，又……」句法，《離騷》恒見，而未見『既……，猶……』者。

【閨中】王逸注：「小門謂之閨。言君處宮殿之中，其閨深遠。」又，《九思・逢尤》：「念靈閨兮隩重深，願竭節兮隔無由。」靈閨，謂君宮室。呂延濟曰：「閨中，宮門中也。言宮中深遠，視聽難通，故哲智之士不能覺察忠佞。」洪《補》曰：「《爾雅》：『宮中之門謂之闈，其小者謂之閨。』」洪氏本《爾雅・釋宮》，亦以閨中喻君宮門。

案：閔齊華云：「閨中邃遠，哲王不寤，總結上『朝濟白水』以下數段也。」李陳玉曰：「閨中邃遠，既不能自與二姚親訂，有虞之君雖明智，誰爲寤寐發之？」徐焕龍曰：「閨中，即神妃所處，既深邃遼遠，不可復通，承上求虙妃至導言不固而總結之。」李光地曰：「羣女深藏，是閨中邃遠也。」夏大霖曰：「閨，内室也。但玩『既』字、『又』字，便知二句不平説，則知上文三求女皆爲閨中也。」胡文英曰：「閨中邃遠，不能見賢女以達吾之忱也。」馬茂元謂「閨中」指「女子所居之處」，以代稱女子，例同後世女子所稱「閨閣」。閨中，對上閶闔言。閶闔，天門，帝高陽所居高丘之門；閨中，下丘神女所居之室。皆通冥途之門。《説文・門部》：「閨，特立之户，上圜下方有似圭。从門、圭，圭亦聲。」《左傳》襄十年「篳門閨竇之人」，杜注：「閨竇，小户；穿壁爲户。上鋭下方，狀如圭也。」許云「特立」，獨立之户，猶今單扉之門。大者雙扉，小者單扉，故小門謂之閨。從圭聲字多含半分義。《荀子・勸學》「故不積跬步，無以至千里」，楊倞注：「半步曰跬。」跬，或作蹞，同。跬，從足，圭聲。《田部》：「畦，田五十畝曰畦。从田，圭聲。」五十畝，半百畝。亦半分義。閨，非象圭玉。

【邃遠】王逸注：「邃，深也。」案：《説文・穴部》：「邃，深遠也。从穴，遂聲。」《心部》：「⿰忄㒸，深也。从心，㒸聲。」⿰忄㒸，又作⿰忄遂。段注：「⿰忄㒸與邃音義皆同。从穴者，爲室之深；从心者，爲意思之深。」遂之訓往，引申言長、言遠。邃、⿰忄㒸皆根於遂。邃遠，謂下丘女先所居之門深且遠也。

【哲王】王逸注：「自明智之王尚不能覺悟善惡之情，高宗殺孝己是也。」哲言明智，哲王爲明智君王。洪《補》

曰：「『哲王又不寤』者，言不知忠臣之分。懷王不明而曰『哲王』者，以明望之也。太史公所謂『冀幸君之一悟，俗之一改』也。韓愈《琴操》云：『臣罪當誅兮，天王聖明。』亦此意。」王應麟曰：「以楚君之闇，而猶曰『哲王』，蓋屈子以堯舜之耿介、湯禹之祇敬望其君，不敢謂之不明也。」趙南星曰：「哲王，本國臣子之詞也，猶云『聖上』。」葉星衛曰：「哲王，當指懷王。舊泛言明哲之王，於義未協。」胡文英曰：「哲王，懷王也。」龔景瀚曰：「哲王，統懷、襄二世言之。」姜亮夫曰：「此四句乃總結求女一段。而再振篇首，作爲前段總收來。閨中句，緊承上諸節言；哲王句，反合篇首言。自此一轉下文遂將欲求之賢女與賢王，糾合言之，此文章脈絡之所在也。」又，朱子曰：「哲王不寤，蓋言上帝不能察司閽壅蔽之罪也。言此以比上無明主，下無賢伯。」李光地曰：「帝閽不開，是哲王不寤也。」并謂哲王指上求帝，比明君。案：《離騷》稱君皆用隱語，曰「荃」、曰「靈脩」，何以破例明言「哲王」？果以「哲王」爲君、爲上帝，則上句結三求女，此句結求帝，何其次序顛倒如此？屈賦「既……，又……」句法，一事相承，上下不當分言二事。「哲王又不寤」，亦結求女不果。哲，借爲逝，二字同折聲，例可通用。《逸周書》「我聞在昔有國，誓王之不綏于卹」，王念孫曰：「誓，與哲同。」《逸周書・皇門》「有國誓王」，誓王，亦哲王。朱起鳳曰：「哲字從折聲。折有逝音，如《禮記・曲禮》『立則磬折垂佩』，又，《祭法》『瘞埋於泰折』，《釋文》并云：『折，舊音逝。』哲王，假借作誓王，亦其類也。」《番生簋》有「誓」字，曰：「不顯皇且考穆穆克誓氒德。」柯昌濟曰：「此字從折，從言，余釋誓，假爲哲字。」王，通作往。《穀梁傳》莊三年：「王也者，民之所歸往也。」《吕覽・下賢》：「王也者，天下之往也。」又，《順説》：「桓公則難與往也。」高誘注：「往，王也。」《漢書・刑法志》：「歸而往之是爲王矣。」《詩・板》「及爾出王」，毛《傳》：「王，往也。」《韓詩外傳》：「王者何也？曰往也。天下往之謂之王。」《莊子・山木》「而王長其間」，《釋文》：「王，司馬本作往。」《逍遥遊》注「順物而王矣」，《釋文》：「王，本作至。」即往至之往也。逝往，言逝而往行。

【寤】王逸、吕延濟釋省寤、覺悟。洪《補》引《説文》曰：「寐覺而有信曰寤。」案：戴震曰：「寤，猶逜也。」王闓運曰：「寤，遻，遇也」。《爾雅・釋言》：「逜，寤也。」《釋文》：「本作遻，寤。」逜、遻一字。又，《左傳》隱元年「莊公寤生」，寤生，猶遻生也。《史記》作「生之難」。遻、寤相通。《九章・懷沙》「重華不可遻」，不寤，言不可遻。《辵部》：「遻，相遇驚也。从辵，从咢，咢亦聲。」引申言逢遇。遻，包山楚簡作迎。是二句結言求女之不遂。言下丘閨中神女，所居既深且遠，我往逝又不得逢遇也。謂反本下丘神女之居亦不能。上謂生既不得，此謂死又不能，生死兩難也。

懷朕情而不發兮　余焉能忍與此終古

忍《文選》六臣本引五臣本「忍」下有「而」字，洪《補》引「忍」下一有「而」字。朱《注》、錢《傳》「忍」下有「而」字，又同引一無「而」字。案：「余焉能忍與此終古」句法，余字獨立，焉字獨立，「能忍」爲句，「與此」爲句，「終古」爲句。則此句無「而」字也。若有「而」字，「忍而」成句，能字獨立，辭氣不暢。能忍，忍耐也。詳注。後人不審能、耐通用，於「忍」下益「而」字。王逸注「安能久與此」云云，王本亦無「而」字。

【懷】汪瑗曰：「懷，匿也。」案：「懷朕情」之懷，同下「僕夫悲余馬懷」之懷。王逸注：「懷，思也。」思，非思念，言憂也。詳上文「惟草木之零落」注。懷亦言憂。且悲、懷互文，懷，言悲思。《遠遊》：「僕夫懷余心悲兮，邊馬顧而不行。」懷、悲互文義同。又，《哀郢》：「心嬋媛而傷懷兮，眇不知其所蹠。」傷懷連言，平列複語。王逸注：「言己顧視龍門不見，則心中牽引而痛也。」以痛釋「傷懷」，懷言傷痛。《詩・卷耳》「維以不永懷」，「維以不永傷」。永懷、永傷，儷偶對文，懷，言憂傷。《終風》「願言則懷」，毛《傳》曰：「懷，傷也。」《懷沙》「傷懷永哀兮」，《哀郢》「出國門而軫懷兮」，傷懷、軫懷，皆憂思義。《説文・心部》：「懷，念思也。从心，褱聲。」段注：「念思者，不忘之思也。」思之不能忘，是爲憂也。懷朕情，例「回朕車」句法，言朕懷情。夏大霖曰：「『懷朕情』者，指三求女之情也。」下「思九州之博大兮，豈唯是其有女」，「和調度以自娱兮，聊浮游而求女」，亦承此「懷情而不發」。

【發】王逸注「不得發用」云云，言發用。朱《注》同。然施於「情」字，齟齬不安。王夫之曰：「發，伸也。」姜亮夫曰：「發，發洩也。」案：發，猶致也，達也。汪瑗曰：「不發，不達也。」夏大霖曰：「不發者，三求俱不遂其情也。」最爲達詁。發言致、言達，書證至富。《吕氏春秋・報更》「因發酒於宣孟」，高注：「發，猶致也。」《左傳》隱七年「戎朝于周，發幣於公卿」，《周語》「劉康公聘於魯，發幣于大夫」，《魯語》「賓發幣于大夫」，發幣，謂致幣。則發情，致情，達情。

【能忍】王逸注「安能久與此闇亂之君」云云，「能忍」爲「能」。洪《補》曰：「此言當世之人，蔽美稱惡，不能與之久居也。」説同。錢杲之曰：「已往爲古，方來爲今，焉能隱忍，與此闇世遂終爲古哉？」「能忍」爲二字 。案：能，猶耐也。能、耐古今字。《禮記・禮運》「故聖人耐以天下爲一家」，注：「耐，古能字。」《樂記》「故人不耐無樂」，注：「耐，古書能字也。後世變之。此獨存焉。」《荀子・正名》：「能，有所合謂之能。」注：「能，當爲耐，古字通也。」《説文》：「能，熊屬，足似鹿，从肉，目聲。能獸堅中，故稱賢能，而強壯稱能傑也。」《漢書・高帝紀》「恐能薄」，顔師古注：「能本獸名，形似熊，足似鹿，爲物堅中而強力，故人之有賢材者，皆謂之能 。」唯其「堅中而強力」引申，是爲能耐、忍耐，而後制「耐」字以别於才能字。此文「耐忍」蓋忍耐之乙，平列複語，忍也。

【與此】與，猶如也，若也。《廣雅・釋言》：「與，如也。」《史記・司馬相如列傳》「楚王之獵，何與寡人」，《集解》引郭璞曰：「與，猶如也。」《漢書・匈奴傳》「單于自度戰不能與漢兵」，顔師古注：「與，猶如也。」此，代「懷朕情而不發」。言如此憂情之不達也。

【終古】王逸注：「安能久與此闇亂之君，終古而居乎？」終古，言久。洪《補》曰：「終古，猶永古也。《考工記》注曰：『齊人之言「終古」，猶言常也。』《集韻》：古音估者，故也。音故者，始也。」朱子曰：「終古者，古之所終，謂來日之無窮也。」又，《辯證》曰：「或問終古之義。曰：開闢之初，今之所始也。宇宙之末，古之所終也。《考工記》曰：『輪已崇，則於馬終古登阤也。』注曰：『終古，常也。』正謂常如登阤，無有已時，猶釋氏之言盡未來際也。」案：終古，言永久義。《莊子・大宗師》曰：「維斗得之，終古不忒，日月得之，終古不息。」崔云：「終古，久也。」《吕氏春秋・樂成》：「終古斥鹵，生之稻粱。」言永久斥鹵也。屈賦「終古」三見。《九歌・禮魂》「長無絶兮終古」，《哀郢》「去終古之所居」，終古，亦皆永久義。《論語・堯曰》「天禄永終」，皇《疏》：「終，卒也。」《周語》「司民協孤終」，韋注：「終，死也。」終藴含久義。古，對初言，亦久義。終古連文，平列複語。汪瑗曰：「終古，是舉己之終而言，猶曰終身之耳。」何義門曰：「終古，言没世不可待也。」馬茂元曰：「終古，猶言到死。」與言永久義相仍。

是二句言我悲傷中情不得達彼神女，安忍如此苟活終古？謂其生死兩難，中心惶惑不能自決，然又不忍永久如是。下承以去留生死，一憑氛、咸所決。

第六十四韻：寤、古

寤，借作遻，古音爲[ŋa：k]。敦煌《楚辭音》殘卷曰：「古，協韻，作故音。」洪《補》引《釋文》曰：「古音故。」朱子古叶音故。江有誥：「古，去聲。」案：古，讀如故，古音爲[ka：k]。遻、古同鐸部之長入。

求女一節終於此，凡七韻二十八句。求女之不遂，謂反本下丘、求其旁系宗親亦不遇，託寓求死不能，皆不關及君臣時世。求帝不果是一夢，謂歸高丘之不得； 三求女不遂亦是一夢，謂反下丘之無成。是知欲死而無門可入。二夢醒來，唯有溷濁之世，則苟生亦不能。蓋其天性必以死直也，然死之而又不知其途。是以下文託靈氛、巫咸貞卜以決。又，三求下丘神女，雖係遠古神話，因此可蠡測先民婚姻之跡。虙妃，伏羲氏之女，出東夷太皞氏，其適配夏后氏同姓諸侯河伯。《尸子》、《酉陽雜俎》皆謂河伯「人面魚身」，當是魚龍族。爲龍、鳳異姓婚。宓妃沈洛爲水神，死而後嫁河伯，蓋通婚考驗之禮俗也。藉沈洛之禮，令宓妃由鳥化而爲魚，變異姓爲同姓，以求血脈認同。此等習俗猶復存族内血親婚姻之遺跡。有窮氏出東夷，后羿通宓妃，屬亞血親婚，其與河伯爭宓妃，蓋族内婚與族外婚之爭，而后羿敗河伯，於婚姻史言，當是倒退。有娀氏簡狄，魚龍族之女。高辛者，少鳳氏帝舜。簡狄配高辛，係異姓族外婚。二姚，帝舜之後； 少康，夏后氏之裔。二姚適少康，亦係異姓族外婚。高辛、少康，於其婚姻家庭中，非處尊位，行使婚姻主動權即在簡狄、二姚，其性質蓋類「走訪婚」，高辛、少康屬贅婿。屈子求女，必係出於鳥夷族之先，故其所言婚姻，亦必係同姓血親婚。宓妃、二姚，雖屬同姓氏之先，而其各適異姓之家； 簡狄雖爲同姓先祖之妃，而其本出異姓之女，非楚先也。反本下丘之不果，固其宜矣。

高丘求帝、下丘求女二節爲第二大段之第二章，屈子設此二夢之遊，言往觀先祖丘宅、以求反本歸宗，而卒皆不果。其於生死猶在然疑之間，而不忍卒死也。

索藑茅以筳篿兮　命靈氛爲余占之

[索] 敦煌《楚辭音》殘卷作索，音疏格反。《文選》六臣、洪《補》音所革切，朱《注》音所格反。案： 索本字，索借

字。疏格、所格音同。

藑《文選》六臣本作瓊，洪《補》引《文選》、朱《注》、錢《傳》同引一作瓊。敦煌《楚辭音》殘卷作藑，姜校引《爾雅·釋草》「葍藑茅」，謂「藑者本字」，而「作瓊者聲借字」。案：以言草，故字從艸作藑，瓊字後起分別文。《太平御覽》卷七二六、《五百家注昌黎文集》卷七注、《東雅堂昌黎集注》卷七注、《雲麓漫鈔》卷一、《漁隱叢話》後集卷一、《玉燭寶典》卷八、《漢書》卷八七《揚雄傳》注晉灼云、《記纂淵海》卷八七、《後漢書》卷八二《方術傳》注、《柳河東集注》卷一四注引作瓊。又，《藝文類聚》卷八二及《唐類函》卷一八六載引作靈，蓋以同義改字。《考異》謂「涉注而誤」。

筳篿聞一多《校補》引《五百家注韓昌黎集》卷八案：八，當七字之誤《城南聯句》祝注、《東雅堂昌黎集注》卷七注引筳篿作筳蓴，《藝文類聚》卷八二及《唐類函》卷一八六載引作蓬蓴，《玉燭寶典》卷八引作莛蓴，引《字林》云：「莛，筳也，大丁反。」又，《後漢書》卷八二《方術傳》注引作挺專。案：本作挺篿，以言折竹，改字作筳篿也。《雲麓漫鈔》卷一、《漁隱叢話》後集卷一引亦作筳篿。詳注。筳，騫上人音丈丁反，六臣音廷。洪《補》、朱《注》、錢《傳》亦同音廷。又，騫上人篿音之㳂、大官二反，六臣、洪、朱、錢同音專。案：《廣韻》下平聲第十五青韻廷音特丁切。丈丁、特丁音和，爲「類隔」門法。又，下平聲第二仙韻專、篿同音職緣切。篿，卜名。之沿、職緣音同。「大官」之篿，竹器名而非卜名。㳂，俗沿字。

氛敦煌《楚辭音》殘卷氛音敷分反，《玉燭寶典》卷八引氛作氣。案：氣，氛字形訛。《海録碎事》卷一四、《雲麓漫鈔》卷一、《記纂淵海》卷八七引亦作氣。

爲敦煌《楚辭音》殘卷爲音于嬀反。案：爲，去聲。

【索】王逸注：「索，取也。」王闓運曰：「索，繩也。」于省吾謂索即「索繩」、「搓繩」，索藑茅，猶清世金川彝人繫八條牛毛繩以占卜之法。魏炯若謂索同「索胡繩」之索，言編繩之謂。案：王説未易。「索藑茅以筳篿」爲儷偶語，索、筳互文。筳，言取説詳下文；索，亦言取求。索求字作索，敦煌《楚辭音》殘卷本作索，猶存古字。索，索字假借。詳上文「求索」。

【藑茅】王逸注：「藑茅，靈草也。」洪《補》曰：「《爾雅》云：『葍，藑茅。』注：『藑，葍一種。花有赤者爲藑。』」案：《説文·艸部》：「藑，藑茅，葍也。一名舜。」又：「舜，艸也。楚謂之葍，秦謂之藑。」名藑，不以其華色，因其地異。藑，秦語。《九歌·湘夫人》「辛夷楣兮葯房」，《木部》：「楣，秦名，屋櫋聯也。齊謂之檐，楚謂之梠。」亦用秦語。秦楚毗鄰，民人交接往來，言語溝通，雖仇讎之邦不忌。且語言，彼此相交之利器，不可以好惡爲則。屈賦用齊語特多。楚齊交歡之國，且屢使於齊，與稷下學人從容論道，閫通齊言，其賦亦時時得見。楚曰葍，「苞茅」促音。苞茅，幽部；葍，職部。苞茅之爲葍，之職與幽覺爲旁轉。周章，雅言也，而楚曰裁章。詳阜陽漢簡《蒼頡篇》，載《文物》一九八三年第二期。周、裁爲幽職旁轉。《左傳》僖四年：「爾貢苞茅不入，王祭不供，無以縮酒，寡人是徵。」杜注：「茅，菁茅也。」《書·禹貢》「荆州包匭菁茅」，孔《傳》：「其所包裹而致者，匭，匣也。菁以爲菹，茅以縮酒。」《穀梁傳》「菁茅之貢不至」，何休注：「菁茅，香草也，所以縮酒。」苞，非包裹，即琛茅。苞、琛音同通用。包山楚簡謂卜具有「保豪」、「琛豪」，保、琛皆同苞，寶也。豪，作「□」、「□」，豪字古文，借作茅。琛豪，寶茅，亦謂瓊茅。以其爲草，而易瓊爲藑。言寶、言藑，取其神貴，故又謂靈茅。或作舜，亦藑字音轉。或通作旋。《説文》瓊字重文作旋。《本草》「旋花主治面皯黑色媚好」，蜀本注：「旋，葍花也。」《名醫别録》曰：「一名美草。」或通作荀。《詩·擊鼓》「于嗟洵兮」，《韓詩》洵作敻。《莊子·德充符》「少焉眴若」，《釋文》：「眴，本亦作瞬。」藑、旋、荀音近通用。

《山海經·中山經》：「有草焉，其狀如荔，而方莖黄花赤實，其本如藁本，名曰荀草，服之美人色。」蕢茅，靈草，供王祭祖，楚爲筵具，靈氛因以貞占。

【以】汪瑗曰：「以，猶與也。」戴震亦曰：「以，猶與也。語之轉。」案：是也。以、與古字通用。王引之《經傳釋詞》卷一。

【筳篿】王逸注：「筳，小折竹也。楚人名結草折竹以卜曰篿。」「索蕢茅與筳篿」句法，以「索蕢茅以筳」爲句，而篿字獨立，言「索取蕢茅與折小竹以篿卜」也，則非勝語。《漢書·揚雄傳》「又勤索彼瓊茅」，顔師古注：「莛蕁折竹，所用卜也。」顔氏以莛蕁爲折竹，固有所據。《後漢書·方術傳》亦謂「日者挺專」，挺專、莛蕁、筳篿同。李賢注曰：「挺專，折竹卜也。」又引王逸注：「筳，八段竹也。」寫本《楚辭音》、龐元英《文昌雜録》引王逸注皆曰：「筳，小破竹也。」騫公《楚辭音》曰：「筳，小蠶也。」蠶，即籤字。又引王逸注又曰：「筳，又破竹也。」筳，借作挺，蓋因篿字從竹而改爲筳。挺，折也。《後漢書·方術傳》「挺篿折竹」，挺、折互文，挺篿，折竹。《説文·手部》：「挺，拔也。」引申言折。《吴語》「挺鈹搢鐸」，注：「挺，拔也。」折謂之挺，折竹謂之筳。「八段竹」云，亦云折竹。《八部》：「八，別也。」別，猶拔。《説文新坿》「捌」字，即古拔字。八，即拔字，段借作斷。《説文》段注：「段爲分段字，讀徒亂切。分段字自應作斷，蓋古今字不同如此。」朱駿聲亦曰，今所用大段、分段字，即斷之假也。八段，即扷斷，謂攀折。「小破竹」，即「八破竹」。小，八字形訛。今本王注作「小折竹」，小亦八字形訛。「又破竹」之又，亦八字形訛。王注「楚人名結草折竹以卜曰篿」云云，則非其義。索蕢茅、筳篿，儷語對文，蕢茅，草也，筳篿，竹也，各是一物。《説文·竹部》：「篿，圜竹器也。」本作專。《寸部》：「專，六寸簿也。」段注：「六寸簿，蓋笏也。《釋名》：『笏，或曰簿，可以簿疏物也。』徐廣《車服儀制》曰：『古者貴賤皆執笏，即今手版也。』杜注《左傳》：『珽，玉笏也。若今吏之持簿。』《蜀志》：『秦宓見廣漢太守，以簿擊頰。』裴松之曰：『簿，手版也。』」專之爲笏，受義於斷。

專，斷音義并通。《易・繫辭上傳》「其靜也專」，王弼注：「專，專一也。」《廣雅・釋言》：「專，齊也。」又《釋詁》曰：「斷，齊也。」《漢書・卓茂傳》「援納斷斷之介」，顏師古注：「斷斷，猶專一也。」斷竹以爲笏，而笏亦名專。專有折竹義，從竹作篿，猶挺之作筳之比。《荀子・大略》：「天子御珽，諸侯御荼，大夫服笏，禮也。」珽、篿、笏皆折斷義。筳篿，平列複語，折竹也。索藑茅，結草；筳篿，折竹。靈氛爲余占之，初筮以草，繼占以折竹。其繇辭亦承此用二「曰」爲別。包山楚簡載竹制卜具有「彤笿」。折竹貞卜，非獨行於楚。周初成王器《𣄰尊》云：「武王既克大邑商，則廷告於天，曰：『余其宅兹中或。』」廷，借作筳。筳告，折竹貞卜而告。篿亦非楚語。惟其法今佚，不可附會「抽籤擲校」之類。《太平御覽》卷七二六引《荆楚歲時記》曰：「秋分以牲祠社，其供帳盛於仲春之月，社之餘胙，悉貢饋鄉里，周於族。社餘之會，其在兹乎？此其會也，擲教於社神以占來歲豐儉。或折竹以卜。」其「擲教」、「折竹」分別爲言，明折竹非「擲校」也。又，聞一多曰：「莛蓴，動詞，字本作挺摶。挺摶雙聲連語，猶摶也。摶與揣同，數也。又通作端。挺摶，猶定數也。」姜亮夫謂「折竹而卜曰篿，省言之則折竹亦得言篿」，猶《卜居》「端策」。聞氏以挺篿爲挺摶，動詞。姜氏挺篿訓折竹。皆確。然比之「定數」、「端策」，未免削足適履。端策，猶正策，非謂折竹。

【靈氛】王逸注：「靈氛，古明占吉凶者。」錢杲之曰：「靈氛，古善占氛氣者，如周眡祲之類也。」徐焕龍曰：「靈氛，古之明占吉凶者，謂靈察氛祥也。」王闓運曰：「氛，望氣者。」案：《山海經・大荒西經》：「大荒之中，有山名曰豐沮玉門，日月所入。有靈山，巫咸、巫即、巫肦、巫彭、巫姑、巫真、巫禮、巫抵、巫謝、巫羅十巫，從此升降，百藥爰在。」袁珂曰：「《經》言『十巫從此升降』，即從此上下於天，宣神旨、達民情之意。」靈氛，即巫肦。靈，巫也。《九歌・雲中君》「靈連蜷兮既留」，王逸注：「楚人名巫爲靈子。」王念孫曰：「《廣雅》：『靈，巫也。』古者卜筮之事亦使巫掌之，故靈、筮二字并從巫。《楚辭・離騷》『命靈氛爲余占之』，靈氛，猶巫氛耳。」其説是也。氛、肦同分聲，例得通用。《説文·氣部》：「氛，祥氣也。从气，分聲。雰，氛或从雨。」段注：「謂吉凶先見之氣。《左傳》曰：『非祭祥也，喪氛也。』杜注：『氛，惡氣也。』《晉語》曰：『見翟柤之氛。』注：『氛，祲氛，凶象也。』凶曰氛，吉曰祥。』玉裁案：統言則祥氛二字皆兼吉凶，析言則祥吉氛凶耳。許意是統言。《左傳》又曰：『楚氛甚惡。』杜注：『氛，氣也。』可見不容分别。」古有「望氣」占兆之法。氣有白、赤、黑、黄之分，望之以占吉凶。光亦曰氣。《太平御覽》卷八七二引《春秋合誠圖》曰：「五光垂采，天下大嘉。」五光，五采之氣也。《左傳》昭二十年：「春，王二月己丑日南至。梓慎望氛曰：『今兹宋有亂，國幾亡，三年而後弭。蔡有大喪。』」巫專藉氛氣之狀以貞吉凶者名曰靈氛，非一巫名，乃巫職通名。望氛之巫職，已見卜辭，置設亦久。《殷虚書契後編》上卷五之二云：「△午，在害，其用巫奉且戊，若？」楊遇夫曰：「《易·巽》云：『用史巫紛若。』與此辭用巫同，向皆以紛若二字連讀，以卜辭證之，疑紛爲史巫之名，若，一字爲句，貞神之順否，與此辭同例也。」巫史同職，奉、紛，皆氛字假借。卜辭巫奉、《易》之巫紛、本篇靈氛，皆巫職名。

【占之】汪瑗曰：「占與上句篿爲韻，慕與下『有女』句爲韻，『釋汝』與『故宇』爲韻。未知其審。」王遠曰：「篿、占爲韻。」王樹枏曰：「或謂二『之』字爲韻。案：下文蔽之、折之，以蔽、折爲韻，則此文占之、慕之亦當與彼同。占，當爲卜，與慕爲韻。後人誤從下文『欲從靈氛之吉占』句，妄添口於卜下耳。」姜亮夫、文懷沙亦以占爲卜字訛衍。案：屈賦言占不言卜，下文「吉占」，緣此占字來，不得斥爲「妄添口於卜下」。卜，屋部，侯、東之入。慕，魚部。屈賦侯屋、魚鐸分用至密，不合韻例。改占爲卜，亦出韻。占，談部。篿，元部。元、談古音殊，占、篿非韻。且《離騷》四句一韻，不當以比爲上下二句韻，占、篿非協韻字。占，非入韻字，不必校改。此四句以之、思協韻。説詳下。

是二句言我索取藑茅與折竹，命靈氛爲我占之，求開啓致情先祖之道也。

曰兩美其必合兮　孰信脩而慕之

[兩美]《古文苑》卷五《遂初賦》注引「兩美」一句同今本。

【曰】王逸注：「靈氛言：以忠臣而就明君，兩美必合，楚國誰能信明善惡，脩行忠直，欲相慕及者乎？己宜以時去也。」以「曰」字屬靈氛，「曰」下爲靈氛占語之詞。張銑曰：「曰，靈氛語辭也。」又，魯筆曰：「此『曰』字乃原問辭，下章『曰』字是靈氛答詞。」清人戴震、陳本禮及今人湯炳正同魯説。案：此「曰」字及下「曰」字，皆靈氛占告之辭。王注未易。王引之曰：「曰字，有一人之言自爲問答者，則加『曰』字以別之也。有非問答而亦加『曰』字以別之者，語更一端也。《禮記·檀弓》云：『公瞿然失席曰：「是寡人之罪也。」曰：「寡人嘗學斷斯獄矣。」』」靈氛之占語而用兩「曰」者，猶「語更一端」，以筵草、貞竹用兩占所致。筵草爲一占，此一「曰」爲筵草之繇辭。貞竹又爲一占，下文二「曰」爲貞竹之繇辭。説詳下。

【兩美】王逸注「靈氛言以忠臣就明君」云云，美比君臣。朱子曰：「兩美，蓋以男女俱美，比君臣俱賢也。」錢杲之曰：「靈氛謂：兩賢必相合，如原之賢，孰有忠信脩潔，知慕之者乎？」兩美比兩賢。朱冀曰：「兩美必合，謂兩賢相遭，志同者其道自合。若一人獨美，而求同志之乎，此勢所必無者也。」又曰：「靈氛開口兩句，專破上文求女之無益。下章又作轉語，如云縱使意在必得，亦當爲有益之求，故用『兩美』、『求美』等句，迴顧求女數章，點染映襯。《集注》又因此牽合男女君臣，謬甚。」案：朱子「蓋以男女俱美」云云，至塙。屈子自比美人。詳上篇「美人」注。女，承上三求女，神女，楚族女先。求女反本，通以男女婚姻，蓋楚人祀遠祖禮俗。懷、襄二王祀高陽而通以薦枕之情，《九歌》祭祀二司命亦通情於男女交合節目，不關時世君臣。

【合】王逸言和合義。案：朱子曰：「兩美必合，此亦託於男女而言之。注直以君臣爲説，則得其意而失其辭也。」甚韙。合，猶匹耦。《天問》：「女岐無合，夫焉取九子？」王逸注：「女岐，神女，無夫而生九子也。」合，夫君，用匹對義。又：「閔妃匹合，厥身是繼。」王逸注：「言禹所以憂無妃匹者，欲爲身立繼嗣也。」匹合，平列複語。下文「湯禹嚴而求合兮」，王逸注：「合，匹也。」又，《春秋繁露·基義》：「百物皆有合偶，合之偶之，仇之匹之。」《詩·大明》「天作之合」，《荀子·富國》「男女之合」，注并曰：「合，配也。」《周禮·媒氏》鄭注：「得耦爲合。」《漢書·貨殖傳》「糵麴鹽豉千合」，注：「合者，相配耦之言耳。」《説文·亼部》：「合，合口也。从亼，从口。」徐鍇曰：「亼、口，合口也。會意。」「合口」即「亼口」。桂馥曰：「合口也者，言兩口對合也。《漢書·律曆志》『合龠爲合』，謂兩龠之口相合爲一合。」亼，亦口字，或作△，如員作貟、雖作錐、遠作遠。《説文》云：「亼，三合也。从人、一，象三合之形。」亼，象上下兩唇，以兩爲度，亼口，猶兩口。包山楚簡合作合，象兩口相合。饒炯曰：「部屬合即亼之別義，轉注以口；謂其專以言合者，猶詥，即合之本義，轉注以言；而佮以人合，則轉注以人；敆以會合，則轉注以文；祫以神合，則轉注以示；匌以幣合，則轉注以勹。而『亼』義皆足以統之是也。」兩重衣謂之袷，兩片殼對合謂之蛤，斂雙翼謂之翕，兩小門謂之閤，河與瀵兩水相匯之所名郃縣，兩兩相耦，每生兩卵之鳥謂之鴿，兩美必合，美男美女，必相匹耦，成其夫婦也。

【信脩】王逸注「楚國誰能信明善惡、脩行忠直」云云，信訓信明、脩訓脩行。朱子信訓相信，錢杲之信訓忠信、脩訓脩潔。又，戴震曰：「信脩，洵能好脩者也。」龔景瀚曰：「信，誠也，信脩，誠能好脩也。」案：信脩，猶上「信姱」、「信芳」，信，猶從也，依也。脩，姱也，美也。詳上文「信姱」注。

【慕之】慕、占二字出韻。汪瑗曰：「按：慕下爲㣺，慕可協作參謁之參音，與占爲韻也。」郭沫若以「慕」爲

「莫心」之訛。聞一多復申郭説，曰：「慕與占不叶，義亦難通。郭沫若氏謂當爲『莫心』二字，因下一字缺壞，寫者不慎，致與『莫』誤合爲一而成慕字。案：郭説是也。唯謂所缺一字，耽欽琛探尋朋等必居其一，則似不然。知之者，此字必其音能與『占』相叶，其義又與『求美』之事相應，此固不待論，而字形之下半尤必須能與『莫』相合而成慕。今郭氏所擬，音固合矣，義亦庶幾近之，於形則殆無一能與『莫』相合而成慕者。於以知其不然。余嘗準茲三事以徧求諸與『占』同韻之侵部諸字中，則惟『念』字足以當之。『念』缺其上半，以所遺之『心』上合於『莫』，即慕之古代體『慕』《楊統碑》、《繁陽令碑》慕字如此矣。念，思也，戀也。『孰信脩而莫念之』，與上下文義正相符契。郭氏殆失之眉睫耳。」屈賦「莫」字句法，若賓格用代詞，則必在述語之前。下文「國無人莫我知兮」，《九章·惜誦》「又蔽而莫之白」、「退静默而莫余知兮，進號呼又莫我聞」，《涉江》「世溷濁而莫余知兮」、「哀南夷之莫吾知兮」，《懷沙》「世溷濁莫吾知，人心不可謂兮」。「莫念之」，非《騷》句法。何劍薰曰：「余意此『慕』字或爲『弇』字誤文。《説文》：『弇，蓋也。从廾，合聲。，古文弇。』弇之古文與慕字形近，因以致誤。弇，《廣韻》音烏感切。占，章豔切。古音皆讀談部，故韻。」弇之，亦非其義。案：金小春曰：「『慕之』當是『莫之思』之脱誤。『曰兩美其必合兮，孰信脩而莫之思』，思與上句『索藑茅以筳篿兮，命靈氛爲余占之』之『之』字押韻。」其説破千古疑獄。之、思，之部。《楚辭》用韻，「之」字與它字相協，乃其常例，下「欲從靈氛之吉占兮，心猶豫而狐疑。巫咸將夕降兮，懷椒糈而要之」。之、疑協韻。金氏又曰：「『曰兩美其必合兮，孰信脩而莫之思？思九州之博大兮，豈唯是其有女？』『莫之思』之下復有一個『思』字，兩『思』字相重而常遺其一，合俞樾《古書疑義舉例》第七十二條『字以兩句相連而誤脱』之例。後人未審，又改『莫之』爲『慕之』也。」金氏謂誤自王逸。詳《杭州大學學報》一九八三年第三期。《方言》曰：「凡言相憐哀，江濱謂之思。」憐哀平列，言憐愛。又曰：「凡相敬愛謂之亟，陳楚之間曰憐。」憐哀，即憐愛。哀，愛也。詳上「厚」字注。思，猶憐愛義。王逸「相慕及」云云，思舊訓愛。王氏猶作「莫之思」，而後效一「思」字，因王生改「莫之」

爲「慕之」。思之訓慕，男女相慕也。《詩·桑中》「云誰之思」，《我行其野》「不思舊姻」。下思通覗，猶劉師培《古書疑義舉例補》第六條「二語相聯字同用別例」。

是二句言靈氛用藑茅以筳，其辭告我曰：兩美必配成夫婦，誰從美而莫我思乎？

第六十五韻：之、思

朱子曰：「兩『之』字自爲韻。」江有誥、王力謂「無韻」。案：之、思爲韻。之，古音爲[tɕiə]。「慕之」，「莫之思」之誤。思，古音爲[ɕiə]。之、思古同之部。

恖九州之博大兮　豈唯是其有女

恖 洪《補》思作恖，曰「古文思」。錢《傳》引恖一作思。《文選》六臣本、朱《注》本作思。案：楚簡思作恖，古文，隸變作思。

博 《文選》五臣、六臣本訛作愽。

唯 朱《注》本作惟。洪《補》、錢《傳》引一作惟。姜校誤以錢《傳》作惟，引一作唯。案：唯、惟、維雜用不分。詳上文「夫唯捷徑以窘步」校引朱《注》。

女 敦煌《楚辭音》殘卷音紐吕、而與二反。洪《補》音紐吕切。朱《注》女，如字。案：音「紐吕」之女，如字；音「而與」之女，汝字之音。女，當如字。

【恖】王逸注「言我思念天下博大」云云，思，思念、思懷義。案：恖，古思字。借作司，古字通用。《釋名·釋言語》：「思，司也。凡有所司捕，必静，思忖亦然也。」《周禮·司市》「上旌於思次」，注：「思次，當爲司次。」司，猶察視也。《周禮·師氏》「居虎門之左司王朝」，注：「司，猶察也。」實作覗字。《方言》：「視，自江而北或謂之覗。」江而北，亦楚之域内，蓋楚語。司、覗古今字。

【九州】王逸注「言我思念天下博大」云云，泛指天下。案：是也。《尚書·禹貢》九州指冀、兖、青、徐、揚、荆、豫、梁、雍，《爾雅·釋地》承商殷之制，改青州爲營州，餘同。《周官》則改梁州爲并州，餘同夏制。九州未出中國方輿外。又《史記·鄒衍傳》曰：「鄒衍著書云：『所謂中國者，於天下乃八十一分居其一分耳。中國名曰赤縣神州，赤縣神州内自有九州，禹之叙九州是也。不得爲州數，中國外如赤縣神州者有九，乃所謂九州也。乃是有裨海環之，人民禽獸莫能相通者如一區中者，乃爲一州。如是者九，乃有大瀛海環其外，天地之際焉。』」以是有大九州、小九州之别，爲戰國齊魯稷下地學觀，蓋出於稷下學人杜撰，而非實録，其説多虚幻之想。州，象水中環土。水繞其周而人居其中謂之州，今作洲。詳上文「洲」字注。中國爲大環土，東、西、南、北四海繞其周。九州，爲中國别稱，非鄒子大九州。

【博大】《説文·十部》：「博，大通也。从十，从尃。尃，布也，亦聲。」《黄帝内經·標本病傳論》「淺而博」，王冰注：「博，大也。」博大，平列同義。博，借聲字，借尃爲布。布，敶也，施也。施敶之則通達，大通謂之博。

【是】王逸注：「豈獨楚國有臣而可止乎？」以是代楚國。汪瑗駁之，曰：「豈惟是，指前所經上下四方之處而言，則楚在其中矣。舊獨指楚言，非是。言既有兩美，終當必合，孰謂有信脩之美而在他人不愛慕之者乎？決無是理也。況九州之博而且大，豈無美女，何獨此所遊之等處之有美女，不獨此所遊之等處之有美女，則宜及時而去，歷九州而求之，以應此所占之吉兆可也。要之，屈子所遊九州已略遍矣，此所言者，不過設言也。」上文求女已逾楚域，其遍歷九州，但未及遍求耳。案：是，承上三求女，未出虙妃、簡狄、二姚所在。上求高丘、下丘之女，但以反歸其族之先。唯虙妃、有娀簡狄、二姚皆非楚先，高丘不見高陽，求之不遂。是，結求帝、求女，指楚先之居。

【其】王逸注「豈獨楚國有臣而可止」云云，其釋而。姜亮夫曰：「此『其』字用法甚奇，以今語釋之，可作『才』字解。言可是獨有這地方，才有女人？詞句甚順。但義仍未足。此當作『豈惟是其有女』解，言豈獨獨此地乃有此等女人乎？」案：其，猶乃也。王氏《經傳釋詞》引證至富，不煩贅引。乃，而也。其釋乃、釋而，同。乃，方，才也。《穀梁傳》莊十年「乃深其怨於齊，又退侵宋以衆其敵」，言方深其怨於齊也。《大戴禮記·保傅》：「太子乃生，固舉之禮。」《賈子》「乃」作「初」。《呂覽·義賞》：「天下勝者衆矣，而霸者乃五。」高注：「乃，猶裁也。」

【女】王逸注文女以比臣，以女如字。張鳳翼以女爲汝，代屈子。案：「豈唯是其有女」，承求女不果，女，所求之女，指楚族祖神。蓋謂「青山處處埋忠骨」，不必狐死首丘，唯高丘是依。

是二句言觀視天下博大，豈唯是丘方有美女在耶？以上四句占辭以筳靈茅，靈氛猶承屈子求女反本爲説，蓋於生死之間，勉其「死直」矣。氛之繇辭，謂天下之大，皆有歸處，不必唯先祖之居是求。

曰勉陞降以上下兮　孰求美而釋女

曰勉陞降而上下一句，原在巫咸告辭中。今本《楚辭》作「勉遠逝而狐疑」，而此語移於巫咸告語。當是錯簡。王逸不注，甚可怪也。探下巫咸吉告「曰勉陞降以上下兮」句下，王逸始注：「勉，强也。」敦煌《楚辭音》殘卷曰「曰，于月，曰，靈氛之詞。」則謂「勉陞降以上下」爲靈氛占語，蓋騫公所見本猶未錯亂於巫咸告語，特移於此，以復其舊。

曰 敦煌《楚辭音》殘卷音于月反。

陞 敦煌《楚辭音》殘卷：「陞，升音。」《文選》六臣、錢《傳》作升，洪《補》、朱《注》同引一作升。姜亮夫校曰：「陞，本字。升，借字也。《廣雅·釋詁》：『陞，上也。』字亦作昇。經傳多借升爲之。」案：陞字《説文》未録。《侯馬盟書》有「□」、「□」，陞字古文。羅振玉《磬室所藏鉨印》作「□」，顧廷龍《古匋文舂録》作「□」，包山楚簡作□，陞在升後。蓋登陞字，古借升爲之，後以升爲聲，益其義旁爲陞。升、陞古今字，非假借字。昇，俗陞字。

降 敦煌《楚辭音》殘卷降音古巷反。

上下 敦煌《楚辭音》殘卷曰：「上下二字依文讀。」朱《注》上音時掌反，下音遐駕反。案：騫公謂「依文讀」，讀破也。上、下，去聲。詳上「上征」校。上音時掌切。下音户，亦去聲，朱音遐駕，乃今音。

而釋 洪《補》引《文選》吕延濟注「誰有求忠而不擇取汝者」云云，「而釋女」，《文選》五臣本蓋作「而不汝擇」。案：隸書而、不形似，古書相亂。《淮南子·主術訓》「而被甲兵，不隨南畝」，王念孫曰：「而，當作不。」《論衡·明雩》「慈父之於子，孝子之於親，知病不祀神，疾痛不和藥」，劉盼遂《集解》曰：「二『不』字疑當爲『而』，形近之誤。」蓋本書作「而不汝擇」，不訛作而，作「而而汝擇」，則芟一「而」字，誤改擇作釋。敦煌《楚辭音》殘卷本亦作釋。

女 敦煌《楚辭音》殘卷女音而與反。案：女，讀作汝。詳上文「有女」校。

【曰】騫公曰：「曰，靈氛之詞。」案：是也。洪《補》曰：「再舉靈氛之言者，甚言其可去也。」汪瑗曰：「此又靈氛因占兆之吉，復推其説，以勸屈子之詞，而决其遠遊之志也。」王夫之曰：「再言『曰』者，卜人申釋所占之義，謂原抱道懷才，求賢者自不能舍。」蔣驥曰：「再言『曰』者，叮嚀之辭。」案：靈氛繇語所以用兩「曰」者，以貞問二卜。初用草以筮，次用竹以貞。二占繇詞，用兩「曰」字以別之。此「曰」以下四句，用筳以卜繇詞。二占皆合，是爲「吉占」。殷商卜辭，有「習二卜」法。詳郭沫若《卜辭通纂·別録一·何叙甫》第十二片。習之言襲也。習、襲古字通用。習二卜，言襲占二卜。《曲禮》：「卜筮不過三。」《穀梁傳》哀元年：「郊三卜，禮也。四卜，非禮也。五卜，强也。」楊疏曰：「僖三十一年以十二月下辛卜正月上辛，不從，則以正月下辛卜二月上辛，不從，則以二月下辛卜三月上辛。所謂三卜，禮也。今以三月以前不吉，更以三月下辛卜四月上辛，則謂四卜，郊，非禮也。成十年以四月以前四卜不吉，又於四月下辛卜五月上辛，則五卜，强也……四卜云『非禮』，五卜變文云『强』者，四卜雖失，猶去禮近，容有過失，故以『非禮』言之。若至五卜，則是知其不可而强爲之，去禮已遠，故以『强』釋之。」蓋貞卜有「三占從二」法。或者「三人貞從二人」，如包山楚簡貞辭載型层之月乙未之日貞卜有醢吉、石被裳、鄜會三人，三人占皆吉；夏柰之月乙丑之日貞卜有五生、醢吉、苛嘉三人，三人占皆吉；　臮月乙酉之日占卜有䜣吉、苛光、郙蒫三人，三人占皆吉。或者一人三占從二，則必用「習卜」法也。若二卜皆吉或皆凶，則不再卜。若一吉一凶，則以三卜决之。兩卜皆吉爲大吉；兩吉一凶者小吉，兩凶一吉者小凶，而兩卜皆凶爲大凶，故曰「卜筮不過三」。四卜，非禮；五卜，猶爲勉强不得意而爲。包山楚簡謂「屈宜習之以彤箬爲左尹邵㕙貞」。箬字從竹，以彤箬貞卜，蓋亦折竹卜也。習，襲卜，其亦有「三筮二卜」法。屈宜，爲邵㕙貞問，以徵驗此文二用「曰」字，係習卜法。又，《史記·龜策列傳》：「卜先以造灼鑽，鑽中已，又灼龜首，各三；又復灼所鑽中曰正身，灼首曰正足，各三。」「各三」云，占卜皆以三爲限。《易經》以三爻爲一卦，演八卦之圖，亦是卜筮限於三也。靈氛用二卜，以其皆吉，是以不卜三。

【勉】王逸注：「勉，强也。」案：《説文·力部》：「勉，勥也。从力，免聲。」段注：「凡言勉者，皆相迫之意。自勉者，自迫也。勉人者，迫人也。」免，下也。從免聲字多含下義。日下曰晚，前下後高之冠曰冕，汙謂之浼，傾身引車曰輓，産子下身曰娩。言以力相迫使俯下謂之勉。《方言》卷一：「釗、薄，勉也。南楚之外曰薄努。」薄努，迫字緩言。勉、迫、薄，聲之轉。《方言》又曰：「自關而東，周鄭之間曰勔。」勔、勉同。魚侯旁轉，薄作勖。《力部》：「勖，勉也。」勔，亦作愐。《心部》：「愐，勉也。」元、文旁轉作忞，《心部》：「忞，強也。」《玉篇》：「忞，自勉強也。」愐、忞專以自勉，非勉人。微文對轉字作亹，《爾雅·釋詁》：「亹亹，勉也。」《易·繫辭》虞注：「亹，勉也。」真文旁轉字作敃，《攴部》：「敃，強也。」亦作暋。《爾雅·釋詁》：「暋，強也。」亦作昬，又：「昬，強也。」敃、暋、昬一字。民人之民，蓋取名於強迫。緩言曰閔免，《漢書·谷永傳》「閔免遁樂」，顔師古注：「閔免，猶黽勉也。」閔免、黽勉並同。又作僶俛，《新書·勸學》「然則舜僶俛而加志」是也。又作黽没，《爾雅·釋詁》：「黽没，勉也。」又作密勿，《漢書·劉向傳》「密勿從事」，顔師古注：「密勿，黽勉也。」《楚辭·大招》：「長袂拂面，善留客只。」王注曰：「言美女工舞，揄其長袖，周旋曲折，拂拭人面，芬香流衍，衆客喜樂，留不能去也。」拂面，黽没倒文，勉也。言美女以長袖黽没相勸，善留賓客也。魚陽對轉，薄或作孟。《爾雅·釋詁》：「孟，勉也。」孟，通作明。《尚書·盤庚》「明聽朕言」，言勉從我言也。《九章·惜誦》：「恐情質之不信兮，故重著以自明。」自明，自勉也。《懷沙》：「明告君子，吾將以爲類兮。」明告，猶勉告也。「疑於義者以聲求之，疑於聲者以義正之」，則遂無滯澀。

【陞】王逸以陞降言上下，陞本作升。升、陞古今字。升之言登也。陞，借聲字。《釋名·釋姿容》：「乘，陞也，登亦如之也。」《易·升卦》：「升，元亨。」孔疏：「升者，登也。」《爾雅·釋畜》「騉蹏趼善陞甗」，舍人注：「善陞甗者，能登山隒也。」古假升爲登升字，後以區別升斗義，益從阜，從土，而字作陞。文字孳生，先行假借，而後以假借字爲聲，增其部首以明其類別，考《説文》形聲字之聲，若無義可求者，皆係其借聲法。又，《説文·阜部》有「隥」字，曰：「隥，仰也。从阜，登聲。」段注：「仰者，舉也。登陟之道曰隥。」隥，陞之或字。西周初器《班毀》字作「[illegible]」，先於陞。古人言陞，多含宗教色彩，猶登天、僊逝義，其多爲偉人、神人、靈怪及王公貴族，與「降」字同格。詳上文「惟庚寅吾以降」注。凡胎俗夫不言「陞降」。陞降二字，庶見屈子升天入地、回歸始祖之靈性。

【上下】王逸注：「上謂君，下謂臣。言當自勉強上求明君，下索賢臣，與己合法度者，因與同志共爲治也。」朱子曰：「陞降上下，陞而上天，下而至地也。」又曰：「陞降上下謂上君下臣者，亦繆説。」王夫之曰：「上下，援古以證今也。」案：王氏「上下」説以君臣，殊失其旨，朱子「上下」説以天地，亦不可信。薑齋「上下」説古今，探下巫咸告語三代而附會。案：洪《補》曰：「陞降上下，猶所謂經管四荒、周流六漠耳，不必指君臣。」是也。陞降、上下，互文，周流也。《禮記·樂記》：「升降上下，周還裼襲。」

【釋女】吕延濟曰：「誰有求忠臣而不擇取汝者？」蓋吕氏所見本作「不女擇」，今誤作「釋女」。詳校。《説文·手部》：「擇，柬選也。从手，睪聲。」段注：「柬者，分别簡之也。簡者，存也。」《幸部》：「睪，司視也。从目，从㚔。今吏將目捕辠人也。」睪涵柬選義。擇，形聲兼轉注。求女、擇女，互文，女，吕氏訓汝。至碻。女、汝古今字。

是二句言靈氛以竹卜，則其占辭告我曰：「勉旃，升降上下，周流六合，誰求美人而不擇汝乎？」屈子求女，意在反歸列祖，與遠古女先同在。靈氛告勉其升降上下，切其求女本旨，於生死之間猶勉其死直之志。然二占不盡與屈子求女意旨同者。靈氛勉屈子去故宅而之九州，言不必唯先祖是求而終志於是，「青山處處埋其骨」之謂也。朱冀曰：「大夫求女，是望折中於楚國之賢人。靈氛故告之以楚地無賢，何不向九州而求索？大夫惟志不欲離宗國，所以下文又要巫咸再求折中也。直至巫咸降神，方露九州相君之説，實爲大夫不入耳之談。章法由淺入深，逐節生出，如耳目口鼻，位置天然，不容顛倒。」果如其説，上三求下丘之女，豈亦求賢折中之意耶？何以屈子再三遣媒役理必以成夫婦之道而後可？下文從靈氛吉占而歷遊崑崙，詔西皇、期西海，終致登遐赫戲之上，據是亦可推知靈氛吉占在於登遐以卒志，而非求賢折中也。

第六十六韻，女、擇

女，古音爲[ṇia]。戴震曰：「釋女，音汝。」案：「釋女」當作「不女擇」。擇，古音爲[ḍiak]。女、擇古魚鐸合韻。

何所獨無芳草兮　爾何懷乎故宇

草 敦煌《楚辭音》殘卷草作艸，音七老反。洪《補》曰：「草，一作艸，舊作卉。《爾雅》云：『卉，草。』疏云：『別二名也。』《文選》注云『卉，百草總名，楚人語也。』」錢《傳》引草一作卉。姜亮夫曰：「艸，正字，草，假字。卉亦草也。屈賦言『芳艸』不言『芳卉』，則卉蓋艸之形似而譌。」案：楚簡草木字悉作「芔」。則作「卉」者，舊本存真也。《記纂淵海》卷五一、卷九四引亦作草。

爾 洪《補》引爾一作尒。姜亮夫曰：「此訓『爾汝』之爾，作爾是也。六朝以來俗借尔爲之。尔者，必然之詞也。經傳多借爾爲之。」案：《周書·文侯之命》今本「賚爾秬鬯」，《説文》引古本《周書》作「賚尔」。徐鉉曰：「尔，通作爾」。爾汝字作爾，非肇自六朝。尒，俗尔字。《記纂淵海》卷五一、卷九四引亦作爾。

宇 敦煌本《楚辭音》殘卷作宅，曰：「宅，如字，或作宇音。」洪《補》、朱《注》引一作宅。洪曰：「若作宅，則與下韻叶。」朱子曰：「宅，待洛反。《尚書》、《周禮》古文宅、度多通用也。」姜亮夫曰：「王注：『宇，居也。』考古無訓『宇』爲居者，王逸蓋用《爾雅・釋言》『宅，居也』之訓，因正文誤作宇，故後人乃改注從之也，則王本蓋亦作宅矣，惟洪、朱以作宅爲入韻而宇不入韻，則非。宇、惡、宅皆魚模平、上、入通韻，皆無殊也。然作宅爲王舊本。」案：庶幾是也。唯謂「平、上、入通韻，皆無殊」者，非知音之選。屈賦用韻，平上相叶、去入不分，尟有出格。或平上去入相叶者，蓋古四聲異於今四聲，而不得謂「皆無殊」。段君《六書音均表》第五部入聲引《離騷》此文用韻，宇亦作宅。宅，塋域，詳注。《記纂淵海》卷五一、卷九四引亦作宇。

【何所】王逸釋何處。案：玄應《一切經音義》卷二引《三蒼》曰：「所，處也。」《説文・斤部》：「伐木聲也。从斤，户聲。《詩》曰：『伐木所所。』」所爲擬聲辭，無處所義。處借爲所。所、户聲不諧，户，非所諧聲。所，通作許，《詩・伐木》作「伐木許許」。户、許音同。古借户爲伐木聲，或借户爲許，而後益其形旁斤字作所。處所之所與伐木聲之所，二義二字，同形相溷耳。

【爾】爾，汝也。靈氛代稱屈原也。

【懷】王逸注：「懷，思也。」案：婦思夫謂之懷，夫思婦亦謂之懷，男女思戀之辭。《詩・野有死麕》：「有女懷春，吉士誘之。」毛《傳》：「懷，思也。」《東山》：「不可畏也，伊可懷也。」鄭《箋》：「懷，思也。」爾何懷乎故宅，言爾不必獨思懷故宅之女。

【宇】從一本作宅。詳校。王逸注：「宅，居也。」案：《説文・宀部》：「宅，人所託尻也。从宀，乇聲。」段注：「託者，寄也。《人部》亦曰：『侂，寄也。』引申之凡物所安皆曰宅。宅、託疊韻。」宅取義於託，乇，借聲也。宅、託古字通用。《儀禮・士相見禮》：「宅者，在邦則曰市井之臣，在野則曰草茅之臣。」鄭注：「今宅爲託。」蓋事曰託，而名曰宅。託、宅同鐸部、定透旁紐雙聲。故宅，非泛言居室。宅，包山楚簡或作垞，曰「愄王之垞」、曰「宣王坨」、曰「肅王坨」、曰「王士之坨」，指葬所，猶丘墓也。「愄王之坨」，楚威王丘墓；「宣王坨」，楚宣王丘墓；「肅王坨」，楚肅王丘墓；「王士之坨」，王士丘墓。《儀禮・士喪禮》「筮宅」，鄭注：「宅，葬居也。」《孝經》「卜其宅兆」，唐明皇注：「宅，墓穴也。」《禮記・喪服小記》「祔葬者不筮宅」，鄭注：「宅，葬地也。」同姓葬於一地而謂之宅，猶今「公墓」。大姓有大宅，氏姓有氏宅，族有族宅。高丘，楚大宅也，其氏姓之先皆葬其宅，子孫以昭穆繼葬於是。屈子「故宅」，係楚族大宅高丘。其生於高陽，死亦歸其宅也。

是二句言天下之大，處處皆有同姓先祖在，汝何猶懷思高丘、下丘之居耶？靈氛貞卜之辭終此，草筮、竹貞，告其求女以歸本宅，寓意死也。

世幽昧以昡曜兮　孰云察余之善惡

世《文選》六臣本作時，注云「五臣作世」。洪《補》、錢《傳》引一作時。姜校引朱《注》亦引一作時，誤。案：避唐諱改。王逸注「當世之君」云云，則王本作世。《文選》卷一一《景福殿賦》注、卷三四《七發》注引亦作世。

昡曜敦煌《楚辭音》殘卷、《文選》六臣本、朱《注》昡作眩，洪《補》引昡一作眩。案：作眩是也。昡涉下曜从日而訛。《文選》卷一一《景福殿賦》注、卷三四《七發》注引亦作眩。慧琳《一切經音義》卷五三引王逸注作眩。

善惡《文選》六臣本、洪《補》引《文選》作美惡，朱《注》引一作美惡。洪、朱又引一作中情。錢《傳》作中情，引一作善惡，一作美惡。案：承上「蔽美而稱惡」來，作「美惡」是也。中情，美惡之訛。朱季海力倡一作中情。謂「魚耕合韻」，是「楚之遺音」。今徵於《檮杌》遺文，不見魚耕合韻，且情、素異義，未可相溷。《惜誦》之中情，善惡形訛。情字右文爲青，古作靑。惡，古作𢙣。情或作⿱靑心，形與惡相似。惡既訛作情，後改善作中。敦煌《楚辭音》殘卷惡音烏谷反。則騫公所見本亦不作中情。王逸注「當世之君，皆闇昧惑亂，不分善惡，誰當察我之善情，而用己乎」云云，既言「善惡」，是存本書；而云「善情」，乃其釋語。淺人未審，妄改作中情也。

【幽昧】王逸言闇昧。案：幽昧、闇昧聲之轉，言不明貌。詳上文「幽昧」注。

【眩曜】王逸注：「眩曜，惑亂貌。」錢杲之曰：「幽昧眩曜，暗中時一光也。」汪瑗曰：「眩曜，猶炫耀，言世人喜僞飾於外而不能脩也。」徐焕龍曰：「眩曜，目當日曜，眩然不辨黑白也。」閻簡弼曰：「眩，音義同炫，從日不從目。眩曜，本指日光强烈，此處解爲『惑亂貌』。」案：幽昧、眩曜互文，並言不明貌。眩曜，溷濁之音轉。眩、溷爲真文旁轉，曜、濁爲藥屋旁轉。與困敦、混沌、驩兜、濁穢、浩蕩、胡塗爲一字，皆不分貌。眩曜訓惑亂，不明義引申，唯存漢世，而先秦未見，而訓詁字作眩曜、眩曜，未能定也。或作眩燿、眩耀。《漢書·東方朔傳》「童兒牧豎莫不眩燿」。《淮南子·氾論訓》「嫌疑肖象者，衆人之所眩耀」。《潛夫論·潛歎》「猶炫燿君目，變奪君心」。《後漢書·西南夷傳》「山神海靈，奇禽異獸以眩燿」。眩燿、炫燿一字。或作眩瞞，《玉篇》卷四《目部》：「瞞，眩瞞也。」《漢書·司馬相如傳》省作玄燿，《史記·孝武本紀》作淵耀，《廣韻》入聲第十八藥韻作煜爚，梁武帝《鳳臺曲》作昱耀，《文選·笙賦》倒作耀韡，並一字。

【孰云】王逸注：「誰當察我之善情，而用己乎？」案：孰云，猶誰有也。誰有，誰又也。詳上文「孰云察余之中情」。

【善惡】當從《文選》本作美惡，即美亞，言美與醜也。詳上文「稱惡」注。王逸謂是二句爲屈子答靈氛之語。案：朱子曰：「幽昧眩曜二句，乃原自念之辭。」是也。屈子因靈氛吉占，謂不當苟生，遠適九州求女，猶不免旁生戀世之情，故臨死反顧時世。言我思忖楚國時世，幽昧不明，溷濁不分，孰又察審我之美惡否？果如靈氛吉占，遠逝勿用疑也。

第六十七韻：宇、惡

宇，當從一本作宅，古音爲[dia:k]。陳第曰：「惡，古音污。古讀美惡之惡，多如好惡之惡。趙王友《幽歌》：『我妃既妬兮，誣我以惡；讒女亂國兮，上曾不寤。』」戴震曰：「惡，烏路切。」江有誥曰：「惡，上聲。」

案：惡，讀爲亞，去聲，古音爲[ʔa:k]。宅、亞古同鐸部長入。

民好惡其不同兮　惟此黨人其獨異

民《文選》六臣本作人，謂「五臣本作民」。洪《補》、錢《傳》引一作人。案：避唐諱改字。

好惡 敦煌《楚辭音》殘卷好音耗，惡音烏故反。《文選》六臣好去聲，惡音烏路反。洪《補》、朱《注》曰：「好惡並去聲。」案：好、耗同音呼到切。烏故、烏路音同。顧炎武《唐韻正》曰：「先儒謂一字兩聲，各有意義。如惡字，爲愛惡之惡則去聲，爲美惡之惡則入聲。《顏氏家訓》言此音始於葛洪、徐邈，乃自晉宋以下，同然一辭，莫有非之者。今考惡字如上七見案：指《離騷》固、惡，宅、惡等七例，皆美惡之惡而讀去聲。若漢劉歆《遂初賦》：『何叔子之好直兮，爲羣邪之所惡；賴祁子之一言兮，幾不免乎徂落』。魏丁儀《厲志賦》：『嗟世俗之參差兮，將未審乎好惡；咸隨情而與議兮，固真僞以紛錯。』《文苑英華》梁人無名氏《七召篇》：『若五秀稟其生靈，六情通其愛惡；

憎共集於鄙老，嗜同歸於美樂。今足下羣鳥獸以爲娛，處貧賤而不怍；欲賓實於孤介，乃貽譏乎隕穫。』唐王建《傷韋令孔雀詞》：『如今憔悴人見惡，萬里更求新孔雀；熱眠雨水飢拾蟲，翠尾蟠泥金彩落。』則愛惡之惡而讀入聲。乃知去、入之别不過發言輕重之間，而非有此疆爾界之分也。」所謂「發言輕重」云云，雖同入而音分舒促也。詳上文「善惡」校注。嚴之有别，寬之則不分畛域。及梁陳而下，四聲大備，去、入二聲畛域劃然定也。

【民】王逸注：「言天下萬民之所好惡，其性不同，此楚國尤獨異也。」民指萬民。案：其説是也。民、黨人儷偶對舉，民，猶人也，泛指時世。

【好惡】王逸注「好惡」謂「所好惡」，猶所好、所惡也。好惡，雖動詞而視如名詞。吕向曰：「好，愛；惡，憎也。」又，張鳳翼、余蕭客謂好惡猶「好善惡惡」。案：王説碻乎不磨。好惡，動詞，而此釋爲所好所惡，動詞名物化，然則萬民之所好所惡，皆非好善而惡惡也。或好惡、或惡善，謂或好或惡，兩可未定。

【其】王逸注「其性不同」云云，其，代萬民。張鳳翼曰：「人豈有不同者乎？」其，猶豈，詰辭。案：其，或也，不定之辭。《左傳》成三年「王送知罃曰：『子其怨我乎？』」言子或怨我乎？《列女傳·齊傷槐女傳》：「嬰其有淫色乎？」言嬰或有淫色乎？又，《左傳》哀元年：「天其或者正訓楚也。」其或連文，平列同義。言天或正訓楚也。詳裴學海《古書虚字集釋》。其、或之部，羣匣旁紐雙聲。民好惡其不同，言萬民所好所惡或不同也。

【惟此】同上文「惟夫」，言獨此，詮釋事由。

【其】王逸注「此楚國尤獨異」云云，其猶尤。朱子曰：「言人性固有不同，而黨人爲尤甚也。」案：其，即上「豈唯是其有女」之其，猶而也。而，猶則也，乃也。逆轉之辭。

【異】異、不同爲對文。異，非常也。詳上文「異道」注。

是二句言人之所好所惡，或不同也，謂萬民之中或有好善惡惡之賢，獨此楚國黨人特異，皆一槩好惡惡善，是非顛倒，無同志者在，必不容我活也。蔣驥曰：「言世情暗惑，固未必能察余之善惡，然其好惡，容或不齊，未有如楚人之舉國相似，猶異於世也。」爲知言之選。

户服艾以盈要兮　謂幽蘭其不可佩

【户】《藝文類聚》卷八二姜校誤亦作八三及《唐類函》卷一八六載、《事類賦注》卷二四注引作扈，《事類賦注》卷二四正文引無户字。案：作扈者是，作户者敚誤也。《海録碎事》卷五、《全芳備祖集》卷二三、《爾雅翼》卷四、《記纂淵海》卷九三、《古文苑》卷九王融《奉和南海王殿下詠秋胡妻七首》注引亦作户。

【以】《事類賦注》卷二四引作而。案：《藝文類聚》卷八二及《唐類函》卷一八六載、《全芳備祖集》卷二三、《爾雅翼》卷四、《古文苑》卷九王融《奉和南海王殿下詠秋胡妻七首》注、《海録碎事》卷五、《記纂淵海》卷九三引亦作以。

【要】洪《補》云：「要，與腰同。」朱《注》云：「要，古腰字。」錢《傳》引一作䙅。又，《藝文類聚》卷八二、《唐類函》卷一八六、《海録碎事》卷五、《事類賦注》卷二四注、《全芳備祖集》卷二三引作腰。案：要、腰古今字。䙅，俗字。《爾雅翼》卷四、《古文苑》卷九《奉和南海王殿下詠秋胡妻七首》注、《記纂淵海》卷九三引亦作要。

【其】洪《補》、朱《注》、錢《傳》引一作兮，又引一作之。案：「謂幽蘭其不可佩」，同下「謂申椒其不芳」句法，作其字是也。若作兮字，非《離騷》用「兮」通例。《藝文類聚》卷八二、《唐類函》卷一八六、《爾雅翼》卷四、《全芳備祖集》卷二三、《事類賦注》卷二四、《古文苑》卷九王融《奉和南海王殿下詠秋胡妻七首》注引亦作其。《海録碎事》卷五引脱其字。

【户服】王逸注「言楚國户服白蒿」云云，户之義未白。錢杲之曰：「户服，家家佩服之也。」户訓家户。案：姜亮夫、蔣禮鴻曰：「户，通扈。言被服也。」户、扈古字通用。《莊子·大宗師》「子桑户」、《九章·涉江》、《風俗通義》並作桑扈。《書·甘誓》「有扈氏」，《史記·夏本紀》張守節《正義》作「有户亭」。扈，被也，楚人名被曰扈。詳上文「扈江離」注。扈服，平列複語，佩也，帶也。「户服艾以盈要」同「依前聖以節中」、「攬茹蕙以掩涕」、「折若木以拂日」、「折瓊枝以繼佩」、「解佩纕以結言」、「蘇糞壤目充幃」、「委厥美以從俗」句法，若户解家户，非其通例。

【艾】王逸注：「艾，白蒿也。或言：艾，非芳草也，一名冰臺。」案：艾，賤草名。扈服艾，同上佩菉葹，比穢惡之行。艾或名冰臺，出《爾雅·釋草》。《名醫别録》曰：「削冰臺使圜，舉以向日，以艾承其影得火，故號冰臺。」説又見《博物志》。吴仁傑曰：「《爾雅》郭璞注：『艾，即今艾蒿也，逸以艾爲白蒿。』按：艾蒿與白蒿不同。白蒿，《詩》所謂蘩也。詩有采蘩，有采艾，《本草》有『白蒿』條，又别出『艾葉』條。《嘉祐圖經》云：『艾初春布地生苗，莖類蒿，而葉背白。』又云：『白蒿葉上有白毛，從初生至枯，白於衆蒿，頗似細艾。』按：蒿與白蒿相似耳，便以艾爲白蒿，則誤矣。」吴氏格物至精。白蒿，類蕭也，萩也。蒿屬而似艾，是以《説文·艸部》云：「蕭，艾蒿也。」説詳下文。艾似白蒿，而終非蒿屬也。郭璞《爾雅》注曰：「艾，艾蒿也。」艾蒿謂之艾，艾蒿謂之白蒿，自是有别。《詩·王風·采葛》「彼采艾兮」，毛《傳》：「艾，所以療疾。」《本草》「艾」條李時珍注：「醫家用灸百病，故曰灸草。」

【盈要】王逸注：「盈，滿也。」案：王注句法通例。盈，同上「盈室」之盈，借作嬴。嬴，縈繞也。嬴腰，縈匝於腰也。《釋名·釋形體》：「要，約也。在體之中約結而小也。」又，《釋喪制》：「棺束旁際曰小要，其要約小也。」要之語根即約。案：要，影紐；約，喻紐四等。要、約不同聲，非同源字。凡同源之字，聲韻必皆相通。要，本腰字，引申言要約義。劉氏云「在體之中約結而小」、「其要約小」，則要含小義。要之爲言幺也，幺、要宵部、影紐。人身幺小而謂之要。蘄春黃季剛先生曰：「名事同源，其用不別。名者名詞，事者動詞、形容詞。凡名詞必皆由動詞來。如羊，祥也；馬，武也。祥、武二字雖爲後製，而其義則在羊、馬之先，故古時嘗以羊代祥，亦或以馬爲武也。又如燕之名由宴來，古即以燕爲宴字。兔善逃失，而即以爲脱、免字。蓋古代一名之設，容涵多義。凡若此者，其例實多也。」要、幺，亦其比。

【幽蘭】幽借作窈。幽蘭，猶芳蘭。詳上文「幽蘭」。

是二句承黨人獨異言，詳叙黨人獨異之情狀。言楚人扈帶艾草，嬴繞要帶，而謂幽蘭芳草不可佩也。喻黨人皆行穢惡，反謂賢智之士不可舉用也。

第六十八韻：異、佩

陳第曰：「異，平聲。」案：異，古音爲[riək]，入聲。陳第曰：「佩，古音皮。」江有誥曰：「佩，音備。」案：佩、皮古不同部。佩古有二音。名物之佩，上聲；動詞之佩，去聲。詳上文「紉秋蘭以爲佩」注。佩、備古音同，讀爲[bʷəːk]，爲職部長入。王力讀佩爲[buə]，不别平仄。異、佩古同職部。

覽察草木其猶未得兮　豈珵美之能當

覽 朱《注》、錢《傳》同引一無覽字。案：王逸注「察，視也。言時人無能知臧否，觀視衆草尚不能別其香臭，豈當知玉之美惡乎」云云，覽言觀，察言視今洪本王注無視字，從《文選》補，王本有覽字。敦煌《楚辭音》殘卷曰：「觀，音古丸反。」則騫公所見王注有觀字，王本有覽字也。

草 洪《補》引一作艸，又引一作卉。錢《傳》引一作艸。案：艸，本字；草，借字。楚簡「草木」之字悉作「芔」，隸定作「卉」。或本存舊也。

猶 洪《補》、朱《注》、錢《傳》同引一作獨。錢云「唐人多誤」。案：其猶，《離騷》恒語。「雖九死其猶未悔」、「唯昭質其猶未虧」、「覽余初其猶未悔」。獨，猶字形訛。

珵 敦煌《楚辭音》殘卷珵音除京反，曰：「本或作瑶字，非也。郭本止作程字，取同音。」《文選》六臣珵音池貞反，洪《補》、朱《注》、錢《傳》珵音呈。案：郭本作程，存舊本。詳注。《五百家注昌黎文集》卷八注、《東雅堂昌黎集注》卷八注引亦作珵。《廣韻》下平聲第十四清韻呈音直貞切。池貞、除京、直貞音同。又，戴震曰：「珵，他頂切。」蓋借珵爲珽。

當 敦煌《楚辭音》殘卷當音丁唐反，引王逸注曰：「豈當知玉之美惡乎？」借當爲黨。詳注。《群經音辨》曰：「當，宜也，都郎切。得宜曰當，都浪切。」丁唐、都浪爲平、去之別。

【覽察】王逸注：「察，視也。言時人無能知臧否，觀視衆草尚不能別其香臭，豈當知玉之美惡乎？」則覽訓觀。案：覽，有特殊宗教義，非一觀字可了。覽，專示神格。詳篇首「覽揆」注。屈子，高陽之裔，是以曰覽。察，細審也。「覽察」連文，各具其義，非平列複語。

【草木】案：草，承上幽蘭；木，承上申椒。草木，芳草、香木也，比賢智之士。

【珵】王逸注：「珵，美玉也。《相玉書》言：『珵大六寸，其耀自照。』」洪《補》曰：「珵美，猶《九章》言蓀美也。一曰，珮珩也。」周孟侯曰：「珵，楚玉也。魯之玉以璠璵，晉之玉以垂棘，楚之玉以珵美，即珂玉，趙簡子所問白珩是也。」王夫之曰：「珵美，寶玉，喻霸王之大業。」戴震曰：「珵，玉笏之首，不杼者也。凡六寸，通下玉笏，共長三尺。鄭康成注《禮》引《相玉書》曰『珽玉六寸，明自炤』是也。」魏炯若引《説文》：「珽，大圭也，長三尺。」以珽爲天子所執大圭，比屈子所搠之法令云。聞一多亦以珵借作珽，又謂「美笏聲近」，美即笏假借，或音誤字。珵笏，佩玉名。案：果以珵爲玉名，非增字解則不得通其意。屈賦玉曰瑶、曰琳琅、曰明月、曰寶璐、曰瑾瑜，而無言珽玉、珽圭。《楚辭音》引郭璞《楚辭注》珵作程。珵、程同呈聲，例得通用。且覽察、程爲儷語。珵，非美玉名。《九章・懷沙》「伯樂既没，驥焉程兮」，王注：「程，量也。」《漢書・東方朔傳》「程其器能」，顏師古注：「程，謂量計之也。」程美，品量美人臧否。王逸望文生義，千載而下莫識其訛。幸《楚辭音》殘卷存其舊。

【當】王逸注「豈當知玉之美惡」云云，當言知。李周翰曰：「豈能辨玉之臧否而當之乎？」當言當值。朱子曰：「豈能知玉之美惡所當乎？」張鳳翼曰：「豈能辨玉而得其當乎？」閔齊華曰：「安能識玉而得其當乎？」林雲銘曰：「草木且不辨其香臭，況美玉之價值。」朱冀曰：「當謂定其聲價，如《漢書》所云『廷尉當』是也。」皆同五臣説。又，聞一多曰：「當，遇也。」胡念貽謂當爲「評斷」之意。案：王注未可移易。朱季海曰：「當，知也，讀與黨同。《方言》：『黨，曉，哲，知也。楚謂之黨。』」當亦楚語。「豈程美之能當」，同上「哀朕時之不當」句法，倒句。言豈能知曉美醜之臧否也？

是二句言楚之佞人覽察草木其猶未得，豈能知曉審量美醜之臧否乎？草木易識，人心難知。不識草木，安能知人？

蘇糞壤巳充幃兮　謂申椒其不芳

蘇　敦煌《楚辭音》殘卷曰：「蘇，宜作穌，同私胡反。」案：穌，本字；蘇，借字。

巳　洪《補》、錢《傳》引一作以。案：巳，古字；以，隸省字。

幃　羅、黎二本《玉篇·糸部》「緯」字曰：「緯，禹畏反。《説文》：『横織絲也。』《楚辭》或以此幃字。幃，香囊也，音呼遠反，在《巾部》。」又，下文「榝又欲充夫佩幃」，敦煌《楚辭音》殘卷云：「幃，又褘，又緯，同許韋反。」騫公所見本或作緯。《文選》六臣、朱《注》幃音暉，洪《補》、錢《傳》幃音許歸切。案：幃，本字；緯、褘借字。詳注。暉亦音許歸切。許歸、呼韋音同。

其　《海録碎事》卷五引「謂申椒」一句敚其字。

【蘇】王逸注：「蘇，取也。」《廣雅·釋草》：「蘇，蘆，草也。」王念孫曰：「《方言》云：『蘇、芥，草也。江淮、南楚之間曰蘇。』郭璞注曰：『蘇猶蘆，語轉也。』《素問·移精變氣論》云：『十曰不已，治以草蘇。』草謂之蘇，因而取草亦謂之蘇。《莊子·天運篇》『蘇者取而爨之』，李頤注云：『蘇，草也，取草者得以炊也。』」王念孫以蘇取爲蘇草引申，疏而不密。蘇，桂荏《爾雅・釋草》，非草通名。借作穌。《尚書・仲虺之誥》「後來其蘇」，《釋文》：「蘇，本作穌。」《説文・禾部》：「穌，杷取禾若也。从禾，魚聲。」段注：「禾若散亂，杷而取之。」引申言索取。《廣雅・釋詁》：「穌，取也。」古多借作蘇。王氏以本字説借字。穌字非魚聲，穌音素孤切，魚音語居切。穌、魚聲不同紐，不相諧。或通作逆。《九章・橘頌》「蘇世猶立，横而不流兮」。蘇，猶逆也。《荀子・議兵》：「故順刃者生，蘇刃者死，奔命者貢。」順、蘇對文，蘇即逆。《商君書・賞刑》「萬乘之國不敢蘇兵於中原」，高亨注：「蘇，逆也。」屰無取義。屰之言索也。屰、索魚部，心審旁紐雙聲。蘇、索亦通用。《淮南子・俶真訓》「以摸蘇牽連物之微妙」，高注：「摸蘇，猶摸索也。」《脩務訓》「蘇援世事」，高注：「蘇，猶索也。」穌，從禾，從魚，借魚爲屰，實爲索，會意兼假借。

【糞壤】王逸注：「壤，土也。言蘇糞土以滿香囊，佩而帶之，反謂申椒臭而不香，言近小人、遠君子也。」謂糞壤爲糞土，其説有罅。申椒、糞壤對舉爲文。申椒，香木；糞壤，猶惡草或惡木。糞土，非其類。案：糞壤，「拜商」音轉。《説文・土部》：「坌，掃除也。从土，弁聲。讀若糞。」段注：「坌字，《曲禮》作糞，《少儀》作拚，又皆作攢。」坌、拚、糞古通用。糞之爲言弁也。《説文・兒部》作兑，「兑，冕也。周曰兑，殷曰吁，夏曰收。[illegible]，或兑字」。或作卞。《左傳》成十八年「弁糾御戎」，《釋文》：「弁，本作卞。」《詩・小弁》，《漢書・杜欽傳》引弁字作卞。卞、弁元部，坌、糞文部，文元旁轉，亦楚音特徵。包山楚簡《遺策》有「紫拜」、「紫發」，拜、發，紛字假借。拜、發月部，元之入。紛，文部，大巾也，或作帉。又，「夕伴」或作「夕攢」。伴，元部。元月平入對轉，弁又作拜。拜、抃音義相通。壤，借作藹。壤或作墒。《説文・𠂤部》：「㠯，㠯墒，小塊也。」㠯墒，即㠯壤。《爾雅・釋草》：「拜藹，藋。」《説文・艸部》曰：「藋，一曰拜藹藋。」段注：「拜藹藋，爲今之灰藋也。灰藋似藜，《左傳》斬之蓬蒿藜藋。」《莊子・徐無鬼》稱曰藜藋，類蒿，惡草也。

【充】王逸注：「充，猶滿也。」案：《説文・儿部》：「充，長也，高也。从儿，育省聲。」充，冬部，穿紐；育，覺部，喻紐四等。冬覺平入對轉，穿喻四旁紐雙聲。育，養也。《說文・肉部》：「育，養子使作善也。」引申爲養育。《易象上傳》「君子以果行育德」，虞注曰：「育，養也。」養之則長、則高。《書・盤庚中》「無遺育」，傳曰：「育，長也。」充，形聲兼轉注。引申言充實、盈滿。

【幃】王逸注：「幃，謂之幐。幐，香囊也。」案：幐字從巾，朕聲。蒸職平入對轉，又作帒。《巾部》：「帒，囊也。从巾，代聲。」俗作袋。朱季海曰：「幐、帒古今字。幐之爲帒，猶黱之爲黛矣。《說文》幐、黱并從朕聲，古音同在蒸部，對轉入之，故今字以代聲耳。」其說與余若桴鼓相應。敦煌殘卷本《切韻》卷二下平聲第二十四登韻「滕，徒登切」下有「幐，囊可帶香」，《刊謬補缺切韻》卷一平聲第五十登韻「騰，徒登反十一」下有「幐，囊可帶者」。幐、幐一字，朕聲。朕，從舟。幐，俗字。「囊可帶者」云云，帶下敚香字。朱季海謂幃、徽通假，引《爾雅》「婦人之徽謂之縭」，郭注：「即今香嬰也。徽邪交絡帶繫之於體，因名爲徽也。」案：香嬰，香纓，而非香囊。縭，猶纚也。徽，三糾繩，亦非香囊，不可充塞拜蕳之草。幃，韋聲。韋之言圍也。《廣雅・釋詁》：「圍，裹也。」《吕氏春秋・本生》「無不裹也」，高注：「裹，囊也。」「以事爲名，取譬相成」，囊俗謂之幃。幃，借聲字。幃之訓囊，唯見《離騷》、《說文》，蓋亦楚語。楚人名囊爲幃；囊，雅言；幐，漢世通語。包山楚簡《遣策》有「絅縞之緯」，緯，即幃，絅（綺）縞之囊。又謂「一生縳完，一圩縳完，皆⿱韋巾」。圩，臬字，臬麻也；縳，縠字；完，冠字；⿱韋巾，借爲幃，囊也。言一生絲縠冠、一臬麻縠冠，皆囊之也。《遣策》凡囊幐字作幃，係楚語本證。汪瑗曰：「或曰『蘇糞壤』二句宜在『不可佩』下，當是錯簡。」聞一多《離騷解詁》亦從汪說。是也。「覽察草木其猶未得兮」一句，結幽蘭不可佩、申椒不芳，宜在「謂申椒其不芳」下。由草木之不察而及美人之不知，比興義也。

是四句言索取藜藿惡草，充當佩囊，而謂申椒不芳，棄而不用。其觀察草木尚不得，豈知程量品評美人之臧否乎？

第六十九韻： 當、芳

當，借爲黨，古音爲[traŋ]。芳，古音爲[p'iaŋ]。黨、芳古同陽部。

此以上五韻二十言爲一節，承上文不忍終古幽閉其情而卜於靈氛。靈氛爲之二占，皆告其陞降上下，遠逝九州，不必唯故宅之女是依。屈子權衡其言，乃反覆時世，皆服用蒿艾、拜蔏惡草，斥棄幽蘭、新夷之芳，楚國莫知我美，如氛之占告，必死無疑。或死故宅以求其先，或之九州以求他女，則猶未決。

欲從靈氛之吉占兮　心猶豫而狐疑

[氛]《文選》卷一五《思玄賦》注引作氣。案：氣，氛字形訛。《漢書》卷八七《揚雄傳》注、《太平御覽》卷七三五引亦作氛。

[而]《文選》卷三四《七發》注引作以。案：《漢書》卷八七《揚雄傳》注引晉灼語，《文選》卷四三孫楚《爲石仲容與孫皓書》注、卷五五嵇康《養生論》注，《太平御覽》卷七三五引亦作而。

【吉占】王逸注「言己欲從靈氛勸去之吉占」云云，吉占謂勸其去。洪《補》曰：「靈氛之占，於異姓則吉矣。」意謂靈氛占辭之吉凶不在於義理，言留楚者凶，去楚者吉。錢澄之曰：「原以靈氛之占爲然，故曰吉占。」案：吉字，甲文作「」，金文作「」，上象兵器戈戟斧鉞之屬，下象⿱竹去籚、飯器形。兵器收藏於⿱竹去籚之中而不用，示無殺

伐事，以爲吉。許氏謂吉字從士，從口，非是。包山楚簡文作「吉」，亦不從士。人臽於地窖謂之凶，相反爲義。靈氛貞卜，習用二占，始以草筮，後折竹貞卜：二占繇辭承求女勉屈子宜去離時世，毋戀苟生，故曰「吉占」。若二占勉其滯留待時，棄其死直，則爲「凶占」。若一占勉其死，一占告其生，吉凶參半，必待三卜以決之。繇辭吉凶，不以死生爲則，以屈子「死直」、反本爲斷。既謂之「吉占」，死且死矣，何以猶豫狐疑、首鼠不決耶？王逸曰：「心中狐疑，念楚國也。」錢澄之曰：「知遠逝之當從，復去國之不忍，戀闕之情，未能決絶，故復決於巫咸。」王夫之謂「不忍背宗國」、「不忍絶君臣之義」。此其一説。朱子曰：「考上文但謂舉世昏亂，無適而可，故不能無疑於氛之言耳。同姓之説，上文初無來歷，不知何所據而言，此亦求之太過也。」徐焕龍曰：「目擊楚事如此，未知遠逝何如，故欲從吉占，中心未決，猶豫狐疑。」此其二説。案：舊説唯執其君臣時世以爲説，而置反本歸宗不顧，其根基已誤。屈子高丘求帝、下丘求三女，邂逅不遂，是生是死猶未決，乃貞問靈氛。靈氛繇詞，不啻告其復求美女，勉其「伏清白以死直」，且告其求女不限於故垞，宜之九州，求所宜者，而非狐死首丘、身歸先祖故垞也。此與屈子反本故垞大有出入，不率然從其告，猶豫狐疑，以待巫咸顯靈。

是二句言我既得靈氛之吉占，欲從之以去，以「之九州」云云，不愜我意，心中猶豫狐疑，不忍遽行。下藉巫咸決疑，而開巫咸夕降一段。是承上以啓下之語。

巫咸將夕降兮　懷椒糈而要之

【降】敦煌《楚辭音》殘卷音古巷反。案：《群經音辨》曰：「下謂之降，古巷切。伏謂之降，户江切。」

【椒糈】敦煌《楚辭音》殘卷云：「椒，又梂，又茮，同子遥反。糈，依字宜先吕反；今以祠神米爲糈，音駛吕反。王逸云：『糈，精米所以享神也。』宜作稰字，駛吕反。《説文》：『祭具也。』見《示部》。或從貝，《字林》：貾字所音，從貝。」《文選》六臣糈音所。洪《補》曰：「糈，俗作糈。音所。」朱《注》糈亦音所。案：梂，古椒字；茮，椒別字。稰，糈後起別字；糈，六朝俗字；貾，賲異文。《説文繫傳》卷一引作桂稰姜校引《繫傳》不録「楈」字，卷一二引作桂糈。桂，梂字形訛。又，《漢書》卷八七《揚雄傳》注引晉灼糈作稰。《文選》卷一五《思玄賦》注、《後漢書》卷五九《張衡傳》注、《太平御覽》卷七五三、《賓退録》卷七、《海録碎事》卷六、《五百家注昌黎文集》卷一注、《東雅堂昌黎集注》卷八注、《爾雅翼》卷一一、《山谷外集詩注》卷七注、《山谷別集詩注》卷下注引亦作椒糈。《廣韻》上聲第八語韻糈，所音，踈舉切，又音私吕切。踈舉、駛吕音同，私吕、先吕音同。蓋祠神米審紐，精米心紐也。

【要】敦煌《楚辭音》殘卷音於遥反。《群經音辨》曰：「要，約也，與招切。謂約書曰要，於笑切。《禮》『聽出入以要會』是也。故惣聚之稱皆曰要。」案：「要約」，平聲，三等。「於遥」用「喻下憑切」門法，「與招」，上字喻四，下字照三，出切非三等，不合門法。與，當作於。「於招」用「喻下憑切」門法。朱《注》亦音於遥切，洪《補》音伊消切，用「喻下憑切」門法。

【巫咸】王逸注：「巫咸，古神巫也，當殷中宗之世。」案：《山海經・海外西經》載有巫咸國，「羣巫所從上下」。羣巫，《大荒西經》靈山十巫，巫咸居其首，「羣巫」之長也。故巫咸降，而百神、九疑皆下。巫咸神術在靈氛上，故屈子卜氛未決，而後乃要巫咸。郭璞注：「巫咸知天道、明吉凶。」其非唯望氛氣卜而已。或在黄帝世。《太平御覽》卷七九引《歸藏》「昔黄神與炎神争鬭琢鹿之野，將戰，筮於巫咸」是也。或在神農世。羅泌《路史・後紀》

謂神農使巫咸主筮是也。或在帝堯世。《太平御覽》卷七二一引《世本》「巫咸，堯臣也，以鴻術爲帝堯之醫」是也。巫咸氏歷世爲遠古帝王卜筮之職，至殷商猶不衰。而後尊爲大神，秦《詛楚文》「丕顯大神巫咸」是也。王注「當殷中宗之世」，蓋因《書序》：「伊陟贊于巫咸，作《咸乂》四篇。」孔安國曰：「巫咸，臣名。」馬融曰：「巫，男巫也，名咸，殷之巫也。」孔氏《書序》巫咸，巫戊形訛。王引之曰：「《白虎通》曰：『殷以生日名子何？殷家質，故直以生日名子也。以《尚書》道殷家太甲帝武丁也。於民臣亦得以生日名子何？不使亦不止也。以《尚書》道殷臣有巫咸、有祖己也。』據此則巫咸當作巫戊。巫戊、祖己皆以生日名也。《白虎通》用今文《尚書》，故與古文不同。後人但知古文之作咸，而不知今文之作戊，故改戊爲咸耳。不然，則咸非十日之名，何《白虎通》引以爲生日名子之證乎？《漢書·古今人表》巫咸亦當作巫戊，《漢書》多用今文《尚書》也。今本作咸，亦後人所改。」《經義述聞》卷四《尚書下》「巫咸乂王家」條。蓋漢世既以《書序》巫戊誤作巫咸，又與《離騷》、《山海經》相亂，致令人神不分。果巫咸在殷中宗時，其告語言及湯禹、伊摯、咎繇、武丁、傅説猶可，安知百世後呂望鼓刀、甯戚謳歌事邪？巫咸，神巫通名，不必坐實。咸，咸池之咸，猶甘也、含也，象陰陽交合、孕育萬物。咸池，日浴之所，在昆侖西。巫咸國亦在西土。巫咸，東夷族之能斷人生死之神巫也。

【夕降】王逸注「言巫咸將夕從天上來下」云云，夕降猶夕暮而下。洪《補》曰：「言『夕降』者，神降多以夜，陳寶之類是也。」案，洪説極塙。楚俗降神必在夜，始於熊繹竊鄀人牛童牛夜祭先祖，且造字曰「⿱亦示」或作「⿱夜示」，後因不改。詳清華簡《楚居》。徵以《九歌》亦無不合。《雲中君》：「靈連蜷兮既留，爛昭昭兮未央。」又云：「靈皇皇兮既降，猋遠舉兮雲中。」雲神夜降而有「昭昭」、「皇皇」之光。《湘夫人》：「帝子降兮北渚，目眇眇兮愁予。」又云：「白薠兮騁望，與佳期兮夕張。」帝子夕降，以與佳人期約於夕夜。《少司命》：「夕宿兮帝郊，君誰須兮雲之際。」少司命於夜宿止帝郊而待降。《東君》：「暾將出兮東方，照吾檻兮扶桑。撫吾馬兮安驅，夜皎皎兮既明。」東君降臨在夕夜，蓋昧旦時。《河伯》：「日將暮兮悵忘歸。」河伯於夜戲遊而降。《山鬼》：「杳冥冥兮羌晝晦，東風飄兮神靈雨。」山鬼降下亦於晝晦既夕之時。巫師降神亦必在夜。《史記》、《漢書》載，齊人少翁以巫術「夜致王夫人及竈鬼之貌」，欒大「常夜祠其家，欲以下神」。李大明《九歌夜祭考》有詳考，可參。巫咸，古世神巫，其要百神備降，亦必在夕夜。

【懷】王逸注「原懷椒糈」云云，懷，懷藏。汪瑗曰：「懷，包藏也。」案：懷，借作歸，古字通用。《禮記·緇衣》「私惠不歸德」，鄭注：「歸，或爲懷。」《詩·匪風》「誰將西歸，懷之好音」，毛《傳》：「懷，歸也。」《泮水》「懷我好音」，鄭《箋》：「懷，歸也。」《釋名·釋姿容》：「懷，亦言歸也。」《國語·周語》「無所依懷」，韋昭注：「懷，歸也。」《漢書·外戚傳》引作「無所依歸」。歸，饋也。《儀禮·士虞禮》「特豕饋食」，注：「饋，歸也。」《聘禮》「歸饔餼五牢」，注：「今文歸爲饋。」又「夫人歸禮」，注亦曰：「今文歸爲饋。」又，《論語·陽貨》「歸孔子豚」，《釋文》：「鄭本作饋，魯讀爲歸。」《玉篇·食部》：「饋，祭名也。」《儀禮·特牲饋食禮》鄭注：「祭祀自孰始曰饋食。」《周禮·籩人》「饋人之籩」，注：「饋食，薦孰也。」饋椒糈，饋薦椒糈。糈，孰食，享神之物。

【椒糈】王逸注：「椒，香物，所以降神。糈，精米，所以享神。」以椒、糈分爲降神、享神二物。洪《補》曰：「糈，祭神米也。孟康曰，椒糈，以椒香米饎也。」椒、糈一物，椒，取芳香。錢杲之曰：「糈精米置椒，取其芬香以禮神。」亦同洪説。案：椒糈，猶《九歌·東皇太一》「蕙肴」、「蘭藉」、「椒漿」之比，上字取其芬芳。糈中亦必有椒，但取芳香。《淮南子·説山訓》「巫之用糈」，高誘注亦曰：「糈，精米，所以享神。」《山海經·南山經》「凡䧿山之首，糈用稌米」，郭璞注：「糈，祀神之米名。」《淮南子》語楚，《南山經》多記楚俗風物。糈，楚産，祀神精米。清左暄《三餘偶筆》「握粟出卜」條曰：「糈，祀神之米名。古者卜筮用精鑿之米以享神，謂之糈。而祀神用米，見於《山海經》者尤多。《南山經》曰『糈用稌米』，又曰『糈用稌』。《西山經》曰『鈐而不糈』，又曰『糈用稷米』，又曰『糈用稻米」。《北山經》曰「瘵而不糈」，又曰「投而不糈」，又曰「皆用稌糈米祠之」。《東山經》曰「其祠米用黍」。《中山經》曰「痊而不糈」，又曰「投而不糈」，又曰「糈用稌」，又曰「祈而不糈」，又曰「其祠用稌」，又曰「糈用五種之精」。郭璞注：「糈，祭神之米名。不糈，祀不以米也。」而《史記》云「卜而有不審，不見奪糈」，豈糈用以祀神，即持以與卜，故云然與？《莊子·人間世》亦云「鼓莢播精，足以食十人」，猶可證也。《詩》「握粟出卜，自何能穀」，亦貧困自傷之辭耳。」糈有享神、卜神二用。惠氏《禮論》但以卜神，曰：「《淮南子》『巫用糈藉』，《中山經》曰『糈用五種之精』，《離騷》注『糈，精米』是也。云『以享神』，似非。古者卜以茅，或用糈，故靈氛占以茅，巫咸要以糈。《詩》曰『握粟出卜』，《管子》『守龜不兆，握粟而筮者屢中』。然則糈米古用以卜矣。《莊子》所謂『鼓莢播精』也，鼓莢探蓍，播精卜卦，皆卜之法。其法用六觚爲握，故曰『握粟』。《日者傳》云『卜有不審，不見奪糈』，此卜以糈之明文。」《山海經》，巫覡所作書。魯迅曰：「《山海經》今所傳本十八卷，記海内外山川神祇異物及祭祀所宜。以此書爲禹益作者固非，而謂因《楚辭》而造者亦未是。所載祠神之物多用糈米，與巫術合，蓋古之巫書也。」祀神、卜神相因。於求神者，糈爲祭神用；於巫覡，糈爲卜神、降神，謂之「祭具」而非祭品。江南習俗，巫事神行卜，用精米盛於盌，外裹以巾，倒持嚮神龕搖之數匝，唇吻張翕，叩齒有詞。詞畢，揭巾，視盌中朕兆，以占吉凶。蓋糈卜遺法。然則惠氏引一説云：「糈與䝼通，《説文》『齎財卜問爲䝼』。古以米爲財，故其文或從貝，或從米，皆以疋得聲。讀若所，握粟猶齎財也。」非是。糈，從米，胥聲。從「胥聲」字多有去麤存精義。茜酒謂之湑是也。糈，猶簸糳使精也。卜吉凶之物亦曰糈。胥無精選、審擇義。胥，相也。《爾雅·釋詁》：「胥，相也。」《賈子·禮》：「胥者，相也。」《穀梁傳》桓三年：「胥之爲言相也。」「胥命者何？相命也。」胥、相魚陽對轉，同心紐雙聲。糈，借聲字。洪《補》引孟康謂糈爲饊。《廣雅·釋器》亦曰：「糈，饊也。」《説文·食部》：「饊，熬稻粻餭也。」段注：「《楚辭》、《方言》皆作餦餭，古字蓋當作張皇。《招魂》『有餦餭些』，王曰：『餦餭，餳也。』《方言》曰：『餳謂之餦餭。』郭云：『即乾飴也。』諸家渾言之，許析言之。熬，乾煎也。稻，稌也。稌者，今之稉米，米之黏者。鬻稉米爲張皇，張皇者，肥美之意也。既又乾煎之，若今煎粢飯然，是曰饊。飴者，熬米成液者。一濡一小乾相盉合則曰餳。此許意也。」張皇，「餳」字緩音。「餳，飴和饊者也。」段注曰：「不和饊謂之飴，和饊謂之餳。」饊，制餳米，是二物。乾煎稌米曰饊，俗呼「炒米」。先精擇之，故又謂之糈。江南舊俗，巫事鬼神，或用炒米，蓋其遺俗。《米部》又曰：「糈，糧也。」糧，通作粻。《爾雅·釋言》、《詩·崧高》「以峙其粻」鄭《箋》、《禮記·王記》「五十異粻」鄭注並曰：「粻，糧也。」糧，謂乾糒。《周禮·廩人》「則治其糧與其食」，注：「行道曰糧，謂糒也。」《詩·公劉》「乃裹餱糧」，《釋文》：「糧，糇也。」糇、餱一字，亦炒米類，下「精瓊靡以爲粻」是也。糈亦謂之粻。唯粻爲乾糒，非制餳米，此粻、饊所異。粻、饊不以卜神、祭神，卜神、祭神，必糈也。渾言不别。李陳玉謂「椒糈，即今之粽子，以椒裹之」。劉夢鵬謂椒糈爲「椒目」。皆非格物之精。

【要】王逸注文「願懷椒糈要之」云云，要謂邀求。汪瑗曰：「要，猶邀也。如《孟子》『使數人要於路』之要，謂中道要截之，而使爲己卜占也。」王夫之、戴震曰：「要，迎也。」王樹枏曰：「要，讀如《孟子》『以要人爵』之要，趙岐云：『要，求也。』」案：邀，今字；要，古字。要無求義，通作徼。《文選·西京賦》「微行要屈」，薛綜注：「要，或爲徼。」徼、邀一字。《彳部》：「徼，循也。从彳，敫聲。」段注：「《百官表》曰『中尉掌徼循京師』，如淳曰：『所謂游徼禁備盜賊也。』按：引申爲徼求、爲邊徼。」案：徼，敫聲。《放部》：「敫，光景流也。从白，从放。」有景有跡，敫有踪跡義。循跡而行以掩捕盜賊字作徼也。徼，形聲兼轉注。或借作僥。《莊子·在宥》「此以人之國僥倖也，幾何僥倖而不喪人之國乎」，《釋文》：「僥字或作徼。徼倖，求利不止之貌。」成玄英疏曰：「僥，要也。」

是二句言我欲依從靈氛之吉占，陞降上下，周流求女，猶中心狐疑，躊躇不行。大神巫咸夕暮而下，我饋椒糈以邀之，使占卜也。

第七十韻：疑、之

疑，古音爲[ŋiə]；之，古音爲[tɕiə]。疑、之古同之部。

百神翳其備降兮　九疑繽其並迎

百《文選》卷一五《思玄賦》注引「百神」句百訛作白。《後漢書》卷五九《張衡傳》注、《白帖》卷五引亦作百。

翳洪《補》、朱《注》翳音於計切。

降敦煌《楚辭音》殘卷音古巷反。

疑洪《補》、朱《注》、錢《傳》引一作嶷。洪又云：「嶷，與疑同」。案：嶷，後起分別字。《白帖》卷五引亦作疑。

繽其敦煌《楚辭音》殘卷繽作繽。《白帖》卷五引「繽其」作「紛兮」。案：繽，俗繽字。王注：「繽，盛也。」王本作繽其。

迎《白帖》卷五引作帀，爛敚也。

【百神】王逸注：「言巫咸得己椒糈，則將百神蔽日來下，舜又使九疑之神紛然來迎，知己之志也。」百神、九疑爲二。汪瑗謂百神爲「天之羣神」。案：百神、九疑互文，猶九疑百神也。《九歌・湘夫人》曰：「九疑繽兮並迎，靈之來兮如雲。」百神，如雲之靈也。靈，巫也。百神，羣巫也。巫以通神亦曰神。九疑爲楚之靈山，十巫從此陞降。《山海經・大荒西經》：「大荒之中。有山名曰豐沮玉門，日月所入。有靈山，巫咸、巫即、巫朌、巫彭、巫姑、巫真、巫禮、巫祇、巫謝、巫羅十巫，從此升降，百藥爰在。」百神，指巫咸以下羣巫。

【翳】王逸注：「翳，蔽也。」案：翳，曀也。鳥飛翳蔽一鄉曰翳，蔽兵之器、脅楯之屬亦曰翳，目翳病曰瞖，羽葆幢曰翳，根於蔽障義。引申言衆盛、盛多。翳、繽互文，翳，猶繽紛、衆盛貌。

【備】王逸注「將百神蔽日來下」云云，無義可繫。汪瑗曰：「備降，猶言齊來也。」錢澄之「百神皆降」云云，備言皆，俱詞。陸侃如、金開誠亦曰：「備，齊，皆。」案：是也。備降，並迎互文，備，亦猶並。《儀禮・宗人》「主人備答拜焉」，注：「備，盡也。」《方言》：「備，咸也。」《詩・有瞽》「簫管備舉」，言簫管齊舉也。《説文・人部》：「備，慎也。从人，葡聲。」《用部》：「葡，具也。从用，苟省。」段注曰：「具，供置也。《人部》曰：『備，慎也。』然則防備字當作備，全具字當作葡。義同略有區別。今則專用備而葡廢矣。」包山楚簡字作「[illegible]」，從人、從苟省而不從用，下象鳳字，蓋亦聲。鳳，蒸部；備，職部；平入對轉，並紐雙聲。鳳，有衆義。言人亟戒於衆，是謂之備。

【九疑】王逸注：「九疑，舜所葬也。」注又謂「舜又使九疑之神紛然來迎」，九疑，言九疑諸神。錢杲之曰：「九疑，九疑山之神也。九疑，舜所葬也。時原南征其地。」汪瑗曰：「九疑，楚之山名。此言九疑者，謂九疑山之土神也。」錢澄之曰：「九疑有地主之誼也。」案：九疑，又名蒼梧，帝舜所葬之垞，其山多存帝舜遺跡及祠舜神廟。詳上文「蒼梧」注。屈子南征九疑，陳詞重華，令舜祠巫祝節中，得其行「中正」之卜，而後上征昆侖縣圃，周流春宮，皆由九疑發其端。於宗教，九疑，不啻重華故垞，亦楚族「高丘」之山，猶楚之昆侖也。九疑之神，巫咸以下巫即、巫肹、巫彭「羣巫」也，非山神土地之屬。洪《補》引《漢書》顔師古注曰：「疑，似也。山有九峰，其形相似。」《山海經·海内經》郭璞注：「其山九谿皆相似，故云九疑。」《水經注·湘水》謂其山「岫壑負阻，異嶺同勢，遊者疑焉，故曰九疑山」。又，《太平御覽》卷四一引《郡國志》曰：「九疑山有九峰：一曰丹朱峰；二曰石城峰；三曰樓溪峰，形如樓；四曰娥皇峰，峰下有舜池，池傍春月百鳥生卵，人取之則迷路，致本處可得還；五曰舜源峰，此峰最高，上多紫蘭；六曰女英峰，舜墓於此峰下；七曰簫韶峰，峰下即象耕鳥耘之處；八曰紀峰，馬明生遇安期生授金液神丹之處；九曰紀林峰，周義山字秀通。開石函得《李山經》，讀之得仙也。九水，七則流歸嶺北，二則翻注廣南。」據「九」字而生附會。九疑，猶蒼梧取名於岝崿、齟齬之比，即狐疑、謙疑、夭橋聲變，亦得於盤繞屈折義。謂山紆曲盤繞，不可計極，而名曰九疑。九疑，雙聲連語也。

【繽】王逸注：「繽，盛也。」朱季海曰：「繽，故書當爲賓，讀如『賓于四門』。王逸以爲繽紛字，非也。《漢書·郊祀歌·華爗爗》十五云『神之揄，臨壇宇。九疑賓，夔龍舞。』此楚聲也，字正作賓。楚俗降神，蓋有使巫飾爲九疑之神以賓迎尊神者。」案：王注未易。翳其、繽其，互文對舉，繽，「並迎」飾語，非賓從義。繽其，猶繽然也。改繽作賓，非其勝語。繽其，同「忽其」、「屯其」、「翼其」、「紛其」、「班其」、「梗其」句法，屈賦常見。繽，繽紛，盛貌。緩言曰繽紛，促言曰繽、曰紛。

【迎】洪《補》曰：「迎。迓也。」汪梧鳳曰：「迓，古音御，或僞作迎，因《九歌·湘夫人》文誤。」方績曰：「迎，必迓字之誤，漢儒讀御爲迓。迓、御一字也。」朱珔曰：「迎，當爲御，與上文『帥雲霓而來御』一例。御，本迓之借字。迓訓迎，字形亦與迎近，傳寫遂爲迎。《史記·天官書》『迎角而戰者不勝』，《集解》引徐廣曰：『迎，一作御。』是其證也。後《湘夫人篇》『九疑繽兮並迎』與此處語同。迎亦當爲御。」陳第曰：「迎，或恐是遻之誤。」張雲遨曰：「迎與故協，不可解。或云恐是遻字之誤。考遻訓遇、訓逢，有迎之義。其説似可從。」案：迎，去聲，鐸部長入。逆字音轉。《説文・辵部》：「逆，迎也。關東曰逆，關西曰迎。」《方言》：「逆，迎也。自關而東曰逆。」屈賦不言逆，而曰御、曰迎。御，鐸部長入。迎，陽聲。御，陰聲。楚語多存古音，陽聲字多讀陰聲，猶能爲態，迎、御一音。江南俗音，陽聲多讀陰聲，陽部之長音[diau]、羌音[k'iau]，元部之寒音[ʔau]、看音[kau]，楚之遺音。迎，楚讀如御，與故字相協，非迓、遻之形訛字。包山楚簡字作迎，楚本音也。

是二句言羣巫翳然齊下，繽然同來迎我也。王逸上句主語爲巫咸，下句主語爲舜，滯矣。

皇剡剡其揚靈兮　告余以吉故

剡剡　敦煌《楚辭音》殘卷音羊冉、示冉二反。《文選》六臣音琰。洪《補》、朱《注》、錢《傳》音以冉切。《廣韻》上聲第五〇琰韻剡音以冉、時冉二切。案：羊冉、以冉音同，用「喻下憑切」門法。示冉、時冉音近。騫公上字爲牀紐，《廣韻》上字爲禪紐，三等，有透、轢之異。《文選》卷一五《思玄賦》注、《後漢書》卷五九《張衡傳》注引同今本。

告　敦煌《楚辭音》殘卷音苦毒反。

【皇】王逸注：「皇，皇天也。」朱子謂皇爲百神，林仲懿謂皇爲尊神。閔齊華曰：「皇，大也。」王樹枏曰：「皇，讀如『先祖是皇』之皇，鄭《箋》曰：『皇之言往也。』」案：張詩曰：「皇，猶煌也。」姜亮夫曰：「皇，神靈光大也。」案：是也。皇，猶光也。《白虎通義・皇霸》：「皇，光也。」皇、煌古今字。《一切經音義》卷七引《蒼頡篇》：「煌，光也。」皇剡剡，光剡剡也。同「芳菲菲」、「老冉冉」、「日忽忽」、「時曖曖」句法，首字名詞，然非皇天、百神。

【剡剡】王逸注:「剡剡,光貌。」汪瑗曰:「剡剡,猶錟錟,煇光貌。」閔齊華曰:「剡剡,光盛也。」案:《説文·刀部》:「剡,鋭利也。从刀,炎聲。」不訓光輝。《炎部》:「炎,火光上也。」段注:「《洪範》曰『火光炎上』,其本義也。」許氏「火光上」,火光之末,猶《後漢書·蔡邕傳》李賢注「烟火之細微者」是也。又:「錟,火行微錟錟也。从炎,臽聲。」炎、錟一字。錟,從炎、臽。臽,下也,亦上也。火炎下者曰錟,猶「火行微錟錟」也。微,猶末也。錟,會意兼轉注。或作爓爓,《火部》:「爓,火爓也。」俗作火焰,火之微末。剡、炎、錟有末義,根於臽。臽,鍇也,俗作尖,有鋭義。詳上文「信讒」注。火光之末如芒鍇者爲炎、爲錟。剡,借作炎、錟。光如芒鍇,不可迫視,謂之覢。《見部》:「覢,暫見也。从見,炎聲。」《目部》:「睒,暫視皃。从目,炎聲。」覢、睒一字,俗字作閃,猶忽閃,狀言乍明乍闇,光不定貌。「皇剡剡」,宜作「皇覢覢」、「皇睒睒」,謂光不常定貌。聲之轉作閃尸,《文選·海賦》「蝄象暫曉而閃尸」,注:「閃尸,暫見之貌。」或作陝輸,《後漢書·列女傳》「視聽之陝輸」、李賢注:「陝輸,不定貌。」張文虎《舒藝隨筆》卷三:「陝輸,今詞曲家作閃尸。」今語閃爍、閃灼,是其音變。又作熠燿,《詩》「熠燿宵行」,毛《傳》:「熠燿,粦也。」粦,螢火也,狀光乍明乍暗貌。又作焯汋、汋約、婥約、綽約、䪙約、淖弱,柔美貌,與狀光微弱之義者相因。又,游國恩謂「皇剡剡」,同「紛總總」、「斑陸離」、「穆眇眇」、「莽芒芒」句法。非也。

【揚靈】王逸注「揚其光靈」云云,揚,飛揚、揚舉,靈,神光。劉夢鵬曰:「揚靈,靈氣發揚之謂。」張詩曰:「見巫咸輝煌剡剡,發揚其精靈。」朱冀曰:「剡剡揚靈,即所謂如在其上,如在其左右也。」案:揚,猶顯也,明也。《淮南子·覽冥訓》「不揚其聲」,高注:「揚,明也。」《詩·江漢》「對揚王休」,朱駿聲曰:「揚,猶明顯也。」揚,讀如陽。《詩·正月》「燎之方揚」,《漢書·谷永傳》作「燎之方陽」。《左傳》文八年「晉解揚」,《漢書·古今人表》作「解陽」。《詩·野有蔓草》「清揚婉兮」,《説苑·尊賢》引作「清陽婉兮」。《左傳》昭二十五年「次于陽州」,《公羊傳》作揚州。《釋名・釋天》：「陽，揚也。氣在外發揚也。」陽，明也，顯也。《大司命》「壹陰兮壹陽」，王注：「陽，明也。」陽靈，同《詩・生民》「以赫厥靈」，猶後言顯聖。神靈升降出入，必皆有光。《山海經・中山經》謂神鼉圍「恒遊於雎漳之淵，出入有光」。又謂神耕父「常遊清泠之淵，出入有光」。謂神于兒「常遊于江淵，出入有光」。《南山經》：「處於海，東望邱山，其光載出載入。」光者，神至之象，凡俗不見神，但見其光，光至則神降。《漢書・郊祀志》云「其夜若有光」、「神光又興於房中如燭光」、「陳寶祠自秦文公至今七百餘歲矣，漢興世世常來，光色赤黄，長四五丈」。神以光顯其靈也。《湘君》「横大江兮揚靈」，《郊祀歌》「揚金光，横泰河」，「靈殷殷，爛揚光」。亦同。又，古人舉事欲藉鬼神之威以懾衆，亦以火以光。《史記・陳涉世家》陳涉「閒令吴廣之次所叢祠中，夜篝火」是也。

【吉故】王逸注：「言皇天揚其光靈，使百神告我，當去就吉善也。」不爲「故」字釋義。汪瑗曰：「吉故，謂兩美必合也。不言占卜之事及占兆之詞，而只曰『告余以吉故』者，承前章也。」夏大霖曰：「吉故者，致吉自有故也。」李陳玉曰：「靈氛説吉，不知其故，此下乃告之。」閔齊華曰：「吉故，即靈氛吉占之故。」皆以故爲言因故。案：王邦采曰：「『告余以吉故』者，是會下文之意以立言。大夫欲求吉之故而不得，百神告以如下文槼矱之同云云也。」龔景瀚曰：「故者，已然之蹟也。下文傅説、吕望等是也。吉故，前事之吉者也。」是也。故，猶事也。《左傳》昭二十五年「昭伯問家故」杜注、《公羊傳》昭三十一年「習乎邾婁之故」何注、《周語》「且故求治之」韋注、《易・繫辭上傳》「而察於民之故」孔疏、《管子・心術》「去智與故」尹注、《吕氏春秋・節喪》「不以便死爲故」高注曰：「故，事也。」又，《易・繫辭下傳》「又明於憂患與故」，鄭注：「故，事故也。」《周語》「《太誓》故曰」，韋注：「故，故事也。」故，古也。古事曰故。混言事亦曰故。吉故，往古吉事，下禹與咎繇、湯與伊摯、武丁與傅説、周文武與吕尚、齊桓與甯戚君臣相合而臻大治之故事。

是二句言巫咸及衆神巫齊來降下，神光閃爍，顯揚其靈，告我以往古吉事也。

第七十一韻：迎、故

朱《注》迎叶音御。陳第曰：「迎，古音寤。」汪梧鳳謂迎即迓字形訛。段玉裁《六書音韻表》曰：「迎，本音在第十部，《離騷》合韻『故』字，讀如魚。」王筠曰：「蓋魚部字與陽部字，古亦相轉。如《離騷》『九疑繽其並迎』與『告余以吉故』韻，迎，卬聲，古音在陽部。《春秋寶乾圖》『移河爲界在齊呂，填閼八流以自廣』，呂、廣爲韻。皆魚陽通轉之證。」江有誥曰：「迎，當作迓，音寤。」案：楚語迎如御，不煩改字。迎，古音爲[ŋia:k]。故，王力擬古音爲[ka]。案：故。去聲。《詩・式微》叶故露、《遵大路》叶路祛惡故、《羔裘》叶祛居故、《采薇》叶作莫故、《雲漢》叶去故莫怒、《易・繫辭》叶度懼故、《曲禮》叶呼舍故、《天問》叶錯洿故、《懷沙》叶故慕、《招魂》叶夜錯假賦故居、《莊子・知北遊》叶度舍居故、《荀子・成相》叶惡度途故、《素問・離合真邪論》叶故慕護處補又叶處度路忤布故處寫、《文子・原道》叶度舍居故。故，古音爲[ka:k]。迎、故同鐸部長入。

曰勉遠逝而無狐疑兮　求榘矱之所同

曰 敦煌《楚辭音》殘卷曰音于月反。

狐疑 《文選》六臣注：「王逸本無狐字。」洪《補》、朱《注》、錢《傳》引亦一無狐字。案：狐疑，屈賦恒語，有狐字是也。「勉遠逝」一句錯亂於靈氛占詞中，今移於此，復古本之舊。

榘矱《文選》六臣本作矩矱，矱音紆縛反。洪《補》、朱《注》、錢《傳》引榘一作矩，音俱雨反；矱音紆縛反。錢《傳》上字音矩，下字音艧。朱《注》下字又一作彠，音同烏郭反。敦煌《楚辭音》殘卷下字作㸕，曰：「宜作彠，又蒦，同紆縛、於虢、居薄三反。《廣疋》曰：『彠，度也。』度，徒各反。《字林》曰：『彠，郭也。』」姜亮夫曰：「巨、矩、榘一字之繁省也。矱，當作蒦，或彠。《説文繫傳》十引此作矩矱。」案：《説文繫傳》卷七（姜校引誤七作十）、《五百家注昌黎文集》卷一注引亦作榘矱。榘，金文作矩，象夫持巨形，省作巨。後訛從矢而作矩。詳上「規矩」注。矱，本作蒦，因矩從矢而益矢旁。彠，蒦或文。《廣韻》入聲藥韻彠音憂縛切，與音「紆縛」同。陌韻彠音一虢切，與音「於虢」同。麥韻彠音胡麥切，與「居薄」同。彠一字三音，蓋陸詞不能決。疑矩彠字作蒦，音之石切。詳注。

【曰】吕延濟曰：「曰，巫咸辭也。」案：騫公曰：「曰，靈氛之詞。」此錯簡也。「勉陞降以上下」句，靈氛繇辭語，後亂於此。道騫所見不誤，猶以「勉陞降以上下」爲靈氛之告。

【榘矱】王逸注：「榘，法也；矱，度也。」洪《補》曰：「《淮南子》『知榘彠之所周』，注云：『榘，方也；彠，度法也。』」朱子曰：「榘與矩同，所以爲方之器也。矱，度也，所以度長短者也。」王夫之曰：「矩，曲尺。矱，兩截尺，屈伸以定度者，皆謂法也。」李光地曰：「榘矱，前文所謂規矩繩墨者也。」案：榘，規矩之矩，正方器名。（詳上文「規矩」注。）矱，㸕字形訛，蒦也。《説文・萑部》：「蒦，規蒦，商也。一曰蒦，度也。彠，蒦或从尋，尋亦度也。《楚辭》曰『求矩彠之所同』。」商，猶量也，度也。《廣雅・釋詁》：「商，度也。」《曲禮下》「囊魚曰商祭」，鄭注：「商，猶量也。」許氏「蒦，規蒦，商也」云云，謂蒦爲規蒦，度量之器。蒦、商爲陽鐸平入對轉，照審旁紐雙聲。而「一曰蒦，度也」，爲其引申義。蒦，所以量長短之器。蒦之爲言尺也。蒦、尺鐸部；照穿旁紐雙聲。《説文》：「尺，十寸也。人手卻十分，動脈爲寸口，十寸爲尺。尺，所以指尺規榘事也。」工之量度長短之器曰工尺、曲尺，又名蒦。或文作彠，從尋，從蒦。八尺曰尋。彠，會意字。矩彠，因矩字從矢，則彠字亦訛從矢作矱。又訛作獲。《管子·宙合》「成功之術必有巨獲」，房玄齡注：「巨獲，炬矱也。」矱，工之器名，以喻法度。

【同】王逸注「與己合法度者」云云，訓合。洪《補》引《淮南子》「知榘彠之所周」，蓋以同爲周。案：是也。上文「雖不周於今之人兮」，王注：「周，合也。」王氏此注蒙上省，其本書作周。東方朔《七諫·謬諫》「恐榘矱之不同」，洪《補》曰：「同，一作周。」孫詒讓曰：「此同並當作周，與下『調』協韻。同、周形近。上文云『何方圜之能周兮』，注云：『言何所有圜鑿受方枘而能合者。』洪校亦云：『周，一作同。』以彼及《七諫》別本證之，知此同亦當作周也。《淮南子·氾論訓》云：『有本主於中，而以知榘彠之所周者也。』淮南王嘗爲《離騷傳》，《氾論》所云，必此文本。然則西漢本作周矣。」至碻。同、周相亂，古書習見。《墨子·非儒下》「深慮同謀以奉賊」，俞樾曰：「同乃周之誤。深慮周謀相對爲文，言其慮深沉，其謀周密也。」《莊子·讓王》「乃自投稠水而死」，《釋文》：「稠水，直留反，本又作洞水。徐音同，又徒董反，又音封。本又作椆。司馬本作洞，云洞水在潁川，一云在范陽郡界。」《史記·建元以來侯者年表》「常樂肥侯稠離」，《衛將軍青列傳》字作「銅離」，徐廣曰：「銅離，一作稠離。」稠，周聲，洞、銅，同聲。《韓非子·揚權》「周合刑名」，《主道》訛作「同合刑名」。《方言》：「綷，同也。」《玉篇》：「綷，周也。」《類篇》：「同乃周之誤字。」段玉裁謂同、調通韻，不必改字。非知音之選。

是二句言巫咸告屈子曰：「勉之哉，遠逝九州，無生狐疑之心，求法度之所周合者。」然則巫咸承靈氛吉占，勉其遠逝九州，而其旨則異。靈氛勉其求女以反本，而巫咸勉其求君以待時。一勉以死，一勉以生。

湯禹嚴而求合兮　摯咎繇而能調

【嚴】《文選》六臣本、朱《注》本、錢《傳》本作儼，朱、錢同引一作嚴；洪《補》引一作儼。案：嚴、儼古今字。敦煌《楚辭音》殘卷字作嚴，音魚檢反。

【摯】敦煌《楚辭音》殘卷音止示反。

【咎繇】《文選》六臣本作皋繇，注云「五臣本皋作咎」。洪《補》、朱《注》、錢《傳》引一作皋陶。案：咎繇、皋繇、皋陶，皆一字。

【調】敦煌《楚辭音》殘卷音徒雕反。

【湯禹】王逸以湯禹爲商湯夏禹，倒夏湯爲湯禹者，以平仄故也。詳上文「湯禹」條。姜亮夫訓湯爲大，謂湯禹爲大禹。非是。

【嚴】王逸注：「嚴，敬也。」案：上「湯禹儼而祇敬兮」，王注曰：「儼，畏也。」雖一字而隨文異解。上儼，外動，使人畏也。此文嚴，内動，肅敬、恭敬義。嚴而，嚴然也而、然古書通用，恭敬貌。

【合】王逸注：「合，匹也。」案：合有匹耦義。詳上文「兩美其必合」注。求合，求匹耦也。君以臣爲其輔弼，亦猶匹耦。《春秋繁露·基義》：「臣者，君之合。」《楚莊王》：「百物皆有合，合之偶之，仇之匹之，善矣。」《詩·假樂》「率由羣匹」，羣匹即衆臣。鄭《箋》：「循用羣臣之賢者，其行能匹耦己之心。」《左傳》成八年：「魯季、文子餞晉侯使韓穿，私焉，曰：信以行義，義以成命，小國所望而懷也。信不可知，義無所立，四方諸侯其誰不解體？《詩》曰：『女也不爽，士貳其行。士也罔極，二三其德。』」泯以比晉侯，女以比四方諸侯。又，昭十六年：「夏四月，鄭六卿餞宣子於郊。宣子曰：『二三君子，請皆賦，起亦知以鄭志。』子齹賦《野有蔓草》，宣子曰：『孺子善哉，吾有望矣。』子產賦鄭之《羔裘》，宣子曰：『起不堪也。』子大叔賦《褰裳》，宣子曰：『起在此，敢勤子至於他人乎？』」又，三大夫賦《風雨》、《有女同車》、《蘀兮》，宣子喜曰：「鄭其庶乎，二三君子以君命貺起，賦不出鄭志，皆昵燕好也。」六詩言男女思慕，以託意於韓宣子。《新序·雜説》：「宋玉因其友以見楚襄王，襄王待之無以異。宋玉讓其女。其友曰：『夫薑桂因地而生，不因地而辛；婦人因媒而嫁，不因媒而親。子之事王未耳，何怨於我？』」以君比夫君，臣比婦人。求合，男女君臣之喻，比求賢置輔。

【摯】王逸注：「摯，伊尹名，湯臣也。」姜亮夫不以爲然，曰：「依王逸説摯爲名詞，則而『能調』二字不甚通。《離騷》句法，兩句明一義者，下句首字多爲動字。如『户服艾以盈要兮，謂幽蘭其不可佩』，『及少康之未家兮，留有虞之二姚』。皆是。則摯必爲動字無疑。又用『而』字成句者，其上必有一動詞，如『遭周文而得舉』、『偭規矩而改錯』、『就重華而敶詞』、『望崦嵫而勿迫』、『帥雲霓而來御』、『倚閶闔而望予』等句法與此相同，則摯者無作名詞用之理。摯者，《廣雅·釋詁》：『引也。』王逸不知湯禹之湯宜訓大，故以摯爲湯臣伊尹之名；不知湯禹連文爲不辭，更未審摯作名詞用則全句爲不通矣。故不從。此言大禹敬求匹合，故能摯引皋陶，而能與之和調也。」姜説謬矣。湯、禹求匹，伊摯、咎繇而能調，一句二事。上句屬湯與禹，下句屬摯與咎繇。摯，名詞。姜氏既誤湯禹爲大禹，則又強訓摯爲摯引，以牽就己意。凡二名連用，單名者必在雙名前，不以時代先後較也。屈賦言賢君用臣，曰舉、曰授、曰稱，而不曰摯。《天問》曰：「帝乃降觀，下逢伊摯。」又曰：「初湯臣摯。」固以摯爲湯臣名。伊摯事頗多神話色彩。《天問》：「成湯東巡，有莘爰極。何乞彼小臣，而吉妃是得？水濱之木，得彼小子。夫何惡之媵，有莘之婦？」「初湯臣摯，後茲承輔。何卒官湯，尊食宗緒？」王注曰：「伊尹母妊身，夢神女告之曰：『臼竈生蛙，亟去無顧。』居無幾何，臼竈中生蛙，母去，東走，顧視其邑，盡爲大水。母因溺死，化爲空桑之木。水乾之後，有小兒啼水涯，人取養之。既長大，有殊才。有莘氏惡伊尹從木中出，因以送女也。」又曰：「湯初舉伊尹，以爲凡臣耳。後知其賢，乃以備輔翼承疑，用其謀也。」《吕氏春秋·本味》曰：「有侁氏女子採桑，得嬰兒於空桑之中，獻之其君。其君令烰人養之，長而賢。湯聞伊尹，使人請之有侁氏。有侁氏不可。伊尹亦欲歸湯，湯於是請取婦爲婚。有侁氏喜，以伊尹爲媵送女。」伊摯之母，越夷族之蛙女也。《韓非子·内儲説上》：「越王慮伐吴，欲人之輕死也，出見怒蛙，乃爲之式。從者曰：『奚敬於此？』王曰：『爲其有氣故也。』」「一曰：越王勾踐見怒蛙而式之，御者曰：『何爲式？』王曰：『蛙有氣如此，可無爲式乎？』」《國語·越語》范蠡諫勾踐曰：「王孫子，昔吾先君，固周室之不成子也。故濱於東海之陂，黿鼉魚鼈之與處，而蛙黽之與同渚。」越夷出夏后氏，屬魚龍族。蛙，水族之蟲。伊摯母，蓋夏后氏女，與東夷有莘氏通於桑林之社而生伊摯。有莘氏惡其野合而媵女。有莘，亦作有侁、有㜪。《路史·國名紀·上世妃后之國》曰：「有㜪，鮌納有㜪氏，生伯禹。《唐韻》云國名，《帝繫》作有莘，今陳留有莘城，《國語》之莘虚。」韋昭《國語》注：「莘，虢地也。」莘，即辛字，《墨子》莘作辛，高辛之辛，竣烏之竣，空桑是其社。伊摯母溺水死而「化爲空桑之木」，例同虙妃溺水死而爲河伯婦，皆異姓婚姻考驗儀式。摯，猶鷙鳥之鷙，故伊摯之尸配湯廟，「尊食宗緒」，以同姓也。《墨子·尚賢中》：「伊摯，有莘氏女之私臣，親爲庖人。」《尚賢下》：「昔伊尹爲有莘氏女師僕，使爲庖人。」《韓詩外傳》曰：「伊尹，故有莘氏僮也。」《天問》所謂「小臣」、《墨子》所謂「私臣」，有莘氏僮僕也。湯娶有莘氏女，意在得伊摯。湯「舉以爲己相，與接天下之政，治天下之民」，見用如此，可謂「能調」也。《淮南子·泰族訓》謂伊摯「五就桀、五就湯」，蓋事出有因。《吕氏春秋》載之極詳，《慎大》曰：「桀愈自賢，矜過善非，主道重塞，國人大崩。湯乃惕憂天下之不寧，欲令伊尹往視曠夏，恐其不信，湯由親自射伊尹奔夏，三年，反報於亳。

曰：『桀迷惑於末嬉，好彼琬、琰，不恤其衆，衆志不堪。上下相疾，民心積怨，皆曰：上天弗恤，夏命其卒。』湯謂伊尹曰：『若告我曠夏盡如詩高注曰：「詩，志也。」』湯與伊尹盟，以示必滅夏。伊尹又往視曠夏，聽於末嬉。末嬉言曰：『今昔天子夢西方有日，東方有日，兩日相與鬥，西方日勝，東方日不勝案：當作「東方日勝，西方日不勝」。』伊尹以告湯。商涸旱，湯猶發師以信伊尹之盟，故令師從東方出於國，西以進。未接刃而桀走，逐之至大沙，身體離散，爲天下戮。」伊尹「五就」桀、湯，以諜於夏。末嬉「與伊尹交」，爲之内應，以敗夏政。然則湯得天下唯用伊摯，而殊殺末喜，《天問》曰：「妺嬉何肆？湯何殛焉？」言二人皆有功於商，何其功罰不同如是？《史記・殷本紀》曰：「伊尹名阿衡，欲干湯而無由，乃爲有莘氏媵臣，負鼎俎，以滋味説湯。」伊摯傾覆夏桀之志，固在媵女之先，非出於一時之懟。

【咎繇】王逸注：「咎繇，禹臣也。」案：堯之世，咎繇爲大理卿《説苑・君道》，作《五刑》《世本》。咎繇，「糾」字緩音。《左傳》昭六年「糾之以政」，疏：「糾，謂舉治也。」《荀子・富國》「則必有貪利糾譎之名」，注：「糾，察也。」《周禮・寺人》「相道其出入之事而糾之」，《宮正》「掌王宮之戒令糾禁」，鄭注曰：「糾，猶割也，察也。」割，斷也。斷，決也。決斷訟獄，糾察曲直，大理卿之職，故名糾，緩言曰咎繇。咎繇其人，馬喙《淮南子・脩務訓》，瘖不能言《主術訓》，狀如削皮之瓜，青緑色《荀子・成相》及注。其罪或有不明而疑者，則令觟䚦觸之。《論衡・是應》：「觟䚦者，一角之羊也，性知有罪。皋陶治獄，其罪疑者，令羊觸之。有罪則觸，無罪則不觸。斯蓋天生一角聖獸，助獄爲驗。故皋陶敬羊，起坐事之。」觟䚦，即解廌、獬豸。詳上文「法」注。咎繇決獄，求助於神判，其人「馬喙」，蓋象觟䚦，亦神化之象。咎繇本事，備載於《尚書・咎繇謨》。

【而能】王逸注「得伊尹、咎繇，乃能調和陰陽」云云，而訓乃，能爲願詞。案：而，乃也。能，非願詞，亦乃也。能、乃古通用。詳王引之《經傳釋詞》「能」字條。而能，平列同義。

【調】王逸、騫公曰：「調，和也。」案：合、調互文，調，猶適也。朱季海曰：「調，當訓適，此楚語也。《淮南·説林訓》『梨、橘、棗、栗不同味，而皆調於口』，注：『調，適也。』今謂此調字與《淮南》書同，言湯禹求匹，而摯、咎繇能適也。」至碻。調之訓適，調和引申。《素問·上古天真論》「調於四時」，注：「調，謂調適。」又，《賈子·道術》曰：「合得周密謂之調。」

是二句言商湯、夏禹，嚴肅恭敬，以求匹耦，伊摯、咎繇於是適之也。反意上「欲自適而不可」語。

第七十二韻：同、調

朱子曰：「調，協音同，《詩·車攻》之五章有此例。」陳第曰：「調，古音同。」戴震曰：「江慎脩《古韻標準》云：『《小雅》：決拾既佽，弓矢既調，射夫既同，助我舉柴。』以首句與第四句韻，中二句非韻。猶之『民之未戾，職盜爲寇，涼曰不可，覆背善詈。』戾，詈韻，而寇可非韻也。屈子蓋效《詩》中之韻。古人讀書，不必無偶相涉誤。東方朔《七諫》『恐榘矱之不同』、『恐操行之不調』，則又誤效《離騷》耳。」其謂同、調爲屈子誤韻。江有誥謂「無韻」。又，段君《六書音韻表》曰：「調，本音在第三部，讀如稠。《車攻》以韻同字，屈原《離騷》以韻同字，東方朔《七諫》以韻同字，皆讀如重。此古合韻也。潘岳《藉田賦》以茅韻農，束皙《勸農賦》以曹韻農，《韓詩》『横由其晦』，毛《傳》作『横從』。毛《詩》狃聲之峱，《漢書》作嶩。《史記·衛青傳》『大當户銅離』，徐廣曰：『一作稠離。』《汝南》『鮦陽』之鮦，見《腫韻》，亦見《有韻》。皆第三部、第九部關通之義。」朱季海曰：「《離騷》同字，《淮南》作周者，楚音東或入幽，是同讀若周也。此與下文調字爲韻，猶《天問》以龍韻游矣。」案：同，周字形訛。詳注。同，東部。調，幽部。同、調非合韻。段君引農、嶩爲例，皆冬部。段氏東冬不分。冬爲幽部之陽韻，東部爲侯部之陽韻。故農、嶩與曹、狃合韻，不可證同、調合韻。《天問》龍、游非韻。曰：「焉有虬龍，負熊以游？倏忽焉在？雄虺九首？儵忽焉在？何所不死？長人何守？」游、首、守爲韻也。段、朱二君非審音之選。周，古音爲[tɕiəu]；調，古音爲[diəu]。周、調古同幽部。

苟中情其好脩兮　又何必用夫行媒

好 敦煌《楚辭音》殘卷音耗，朱《注》音呼報反。案：耗音呼報反。《文選》卷一五《思玄賦》注、《五百家注昌黎文集》卷一注引「苟中情」一句同今本。

又 《文選》六臣本無「又」字，謂「五臣本有『又』字」。洪《補》、朱《注》、錢《傳》引一無「又」字。案：王逸注「言誠能中心常好善，則精感神明，賢君自舉用之，不必須左右薦達也」云云，王本無「又」字。

夫 敦煌《楚辭音》殘卷扶音。《群經音辨》曰：「夫，丈夫也。甫無切。夫，語辭也，防無切。」案：扶亦音防無切。

行 敦煌《楚辭音》殘卷音遐盲反。

【行媒】王逸注：「行媒，喻左右之臣也。」朱子曰：「行媒，喻左右之先容也。」案：媒，喻左右之臣；行者，非左右之臣也。行，猶用也，使也。《周禮·司爟》「掌行火之政令」鄭注、《國語·吳語》「無以行之」韋注曰：「行，猶用也。」《淮南子·説文訓》「及其於銅則不行也」，高注：「行，猶使也。」行媒，猶用媒、遣媒。王逸曰：「賢君自舉用之，不必須左右薦達也。」朱冀曰：「承上文言而况士果好脩，則身有伊尹之德，九州之大，豈必無同德之君？同德自孚，又何必用旁人之作合乎？言隱然見得楚王矩矱不同，縱有行媒，終難調合，前此之皇皇求女，不惟不得，且不必也。巫咸之語，比靈氛俱進一層。前説止勸去國，此説重在擇君。前是就大夫求女之意，而勸其廣之于九州。此則翻求女之案，而直欲其追踪前哲也。」游國恩曰：「此二句正針對前段，求宓妃、有娀、二姚以爲通君之介者言之。蓋言士苟懷抱好脩之德，必有如傅、吕之遇丁、文，不期而邂逅之，又何須用媒理乎？」皆以媒爲謁君之介，謂巫咸告以不必求通君側之臣，直欲自適求君。巫咸吉故，緣靈氛吉占出。靈氛於反本歸宗言，告勉其死矣，不必唯先祖之居是求，走九州、歷天下，必有其歸身之地在。屈子反顧楚國，美惡不分，信不容其苟且偷生，然心中猶豫不決者，蓋死於非地，屈子不忍也。其出於高丘，終當歸於高丘。於是貞問大神巫咸。巫咸吉故，於君臣相合言，告勉其生，滯留待明，求合明君。故「行媒」云云，與三求下丘之女異。三求女所遺媒理，導引反歸先祖之宅之亡魂鳥也。而此「行媒」，干謁君王之介也。《荀子·大略》曰：「諸侯相見，卿爲介。」卿大夫相見，士爲介。而卿、士見君，亦必有介。無介而進，非禮也。衛鞅見用秦孝公、范睢見用秦昭王，皆藉介。巫咸言君臣矩矱相合者，大不必行介、藉媒而見也。乃牽引湯與伊摯、禹與咎繇、説與武丁、吕尚與周文、甯戚與齊桓以勉之，皆無媒而自適先例。下言屈子歷選吉宜之日，從靈氛吉占而不言從巫咸吉故，可知二巫之意自是不同。且貞問巫咸之後，極言蘭茝不可恃，椒榝變易不芳，數斥黨人蔽美嫉賢，乃絶望曰：「時繽紛其變易兮，又何可以淹留！」於三代君臣相遇，以決無可能，立成虚幻，必死無疑，故曰從氛不從咸。

是二句言女誠中情好脩，則不必藉媒介而求君也。

説操築於傅巖兮　武丁用而不疑

説　敦煌《楚辭音》殘卷、洪《補》、朱《注》同音悦。

操　敦煌《楚辭音》殘卷音七曹反。洪《補》、朱《注》操音七刀切。案：七曹、七刀音同。玄應《一切經音義》卷一九謂「操，又作敪」，古操字。

而　夫字形訛。詳上「因而」注。《記纂淵海》卷七〇引「説操築」二句同今本。

【説、傅巖】王逸注：「説，傅説也。傅巖，地名。言傅説抱道懷德，而遭遇刑罰，操築作於傅巖。武丁思想賢者，夢得聖人，以其形像求之，因得傅説，登以爲公，道用大興，爲殷高宗也。《書序》曰：『高宗夢得説，使百工營求諸野，得諸傅巖，作《説命》。』是佚篇也。」張銑曰：「説，賢人，代胥靡刑人操築於傅氏之巖。」案：逸云「佚篇」，不見《今文尚書》也。傅説未顯時，蓋於名傅巖之地版築，服苦役，無姓無名，其居止鄉里，皆無從考知。其傅姓來由有二説。《書·傅説》上「得諸傅巖」，孔疏云：「此巖以傅爲名，明巖傍有姓傅之民，故云傅氏之巖也。」以「傅」爲其本姓。司馬遷《殷本紀》載，「是時説爲胥靡，築於傅險，見於武丁。武丁曰：『是也。』得而與之語，果聖人，舉以爲相，殷國大治。故遂以傅險姓之，號曰傅説」。孔穎達《正義》引鄭云「得諸傅巖，高宗因以傅命説爲氏」。則「傅」之姓氏爲武丁所賜。後説較近事實。傅説姓傅，從其當日服役之地名傅巖，非其本姓也。其名曰説者，舊説無異。武丁得其人，因大喜悦，故名曰説，讀作悦。《説命上》孔疏引皇甫謐云：「高宗夢天賜賢人，胥靡之衣蒙之而來，且云：『我徒也，姓傅名説，天下得我者，豈徒也哉？』武丁悟而推之曰：『傅者相也，説者歡悦也，天下當有傅我而説民者哉！』」《漢書・郊祀志》：「後十三世，帝武丁得傅説爲相。」顔師古注：「説，讀爲悦。」據出土文獻，傅説之名，别有一説。郭店楚墓竹簡《窮達以時篇》：「卲繇衣胎蓋帽絰冢巾，釋板築而佐天子，遇武丁也。」其所載者，傅説故事，卲繇，即傅説，何以作卲繇？或傳寫之訛，或他名，不可考。「衣胎蓋帽絰冢巾」云云，猶《墨子・尚賢中》「被褐帶索」，傅説著苦役者服飾。「釋板築而佐天子」，釋，脱也，釋脱於隸役，佐輔武丁，居相位也。説，讀如「解脱」之「脱」。古字通用。《詩・甘棠》「召伯所説」，釋文：「説，又作脱。」《荀子・正名》：「説故喜怒哀樂愛惡欲以心異」，楊倞注：「説，讀爲脱，誤也。」脱釋於傅巖，因名「脱」，而以「説」字爲之。《清華簡》（三）《敚命》三篇，與今本《古文尚書・説命》多異，蓋《説命》三篇於戰國時有不同版本也，《古文尚書》非悉爲晉人僞造。「説」字皆作「敚」，脱、奪古文。傅説之名始於身顯之後，確切無疑矣。其未顯前，傅説是否有别名，已無從考知。叔師叙武丁得傅説因緣，始則武丁「夢得聖人」，與《古文尚書》「恭默思道，夢帝賚予良弼其代予言」及《竹書紀年》武丁三年「夢求傅説得之」同，《清華簡・敚命》上篇亦謂「王原比厥夢」。據夢得人，實有其事。殷、周盛行占夢術。卜辭屢見占夢，云：「壬午卜，王曰貞，又夢。」《鐵藏》二六三。曰：「丙戌卜，㱿貞，王出夢示，不囗。」《遺珠》五一三。云：「庚戌卜，㱿貞，王㞢夢，不隹囚。」《遺珠》五一四。云：「癸酉卜，㱿貞，旬亡囚。王曰叀，王占曰俞！㞢求夢，五日丁丑，王嬪中丁，示降在客阜。十月。」《菁》三。蓋殷、周時帝王夢必告，必令卜官占。《漢書・藝文志》：「衆占非一而夢爲大，故周有其官。」顔師古注：「謂大卜掌三夢之法，又占夢中士二人，皆宗伯之屬官。」《周禮・占夢》：「掌其歲時，觀天地之會，辨陰陽之氣，以日月星辰占六夢之吉凶。」宋玉《招魂》有「掌夢」之巫，與巫陽同列。卜辭復有武丁師傅㝱父，董作賓甲骨文斷代研究例謂傅説即父説，「㝱父」，即夢傅，因夢得傅説。武丁夢得傅説，爲殷商貞卜所載，證據鑿鑿，非傳聞矣。叔師以傅説「遭遇刑罰」，蓋嘗遭受嚴懲囚犯，比凡民更賤。又「抱道懷德」云云，則其爲懷才不遇之士。《墨子・尚賢下》謂「傅説居北海之洲，圜土之上」。水中可居者曰洲，圜土者，猶洲也，四周環水，古時牢獄如此。《周禮・閭胥》「若無授無節，則圜土内之」，鄭注：「圜土，獄城也。」傅説既已淪爲「胥靡」，「築於傅險」，因於北海圜土。其有如此高尚道德，因何事而拘囚於圜土？傳世文獻無一語記載。《清華簡・敚命》上篇，謂説本爲名失仲者服役，屬失仲部族賤奴。失仲置其於「北海之州，是惟圜土」，操築傅巖。圜土爲失仲家族囚禁罪徒牢獄。然武丁命傅説伐失仲，大勝之，於是武丁舉以爲相。失仲者誰？《敚命》謂失仲敗後，淪爲赤俘之戎，則武丁時居於商國西北鄙之部族。武丁時期，卜辭所載征討者，多在西北諸方國，如土方、邛方、鬼方、亘方、羌方、龍方、御方、印方、黎方等。或亦以稱「戎」，如御方，西周時器《不其簋》曰：「白氏曰：不其，馭（御）方玁狁廣伐西俞，王令我追於西。」御方者，玁狁所屬之一。又曰：「女彶戎大敦搏。」則御方又稱「戎」。據陳夢家先生考證，御方等國多「似在今豫北之西，沁陽之北，或漢河東郡、上黨郡；易言之，此等方國皆在今山西南部，黄土高原的東邊緣（晉南部分）與華北平原西邊緣（豫北部分）的交接地帶」。失仲成「赤俘之戎」，是否屬於御方玁狁部族，有待於更深入研討。而其國及傅説服役於傅巖，當在其域之内，與傳世文獻所載「在虞、虢之界」，若合符鍥。《竹書紀年》武丁六年「命卿士傅説」。若因西周政治制度，王室卿士，屬同姓諸侯，而「周因於殷禮，損益可知也」。傅説官至公卿，蓋其與殷商同姓共族。《清華簡》（三）《良臣篇》，傅敚之「敚」作「⿰兑鳥」，從兑，從鳥。傅説其人，蓋因於殷商部族崇鳥禮俗。殷商族先祖崇禮於鳥，如先王有名亥者，甲文字作「⿱隹亥」《佚存》八八八，或作「⿱隹亥」《拾掇》四五五，皆從隹，短尾鳥。「傅⿰兑鳥」字從「鳥」，爲殷商族標誌，明其爲商族後裔矣。《敚命》上篇狀其身「鵑肩如惟」，整理者讀「鵑」作「腕」，讀「惟」作「椎」。形容其臂力大。則不成其義。且「腕肩如椎」云云，不見其有臂力大之意。「鵑肩」，即北大漢簡《妄稽》之「鳶肩」。《國語・晉語》「鳶肩而牛腹」，韋昭注：「鳶肩，肩並斗出。」其雙肩如鳥翅上拱狀，象孔武有力之貌。鵑、鳶，二字音異，古不通用。鵑字，未見於《説文》，出土古文字，於此始見，固非後之「杜鵑」也。

「杜鵑」之名，始於南朝，《離騷》稱「鵜鴂」，字又作「鷤鴂」、「鶗鴂」等。古字從「肙」與從「干」，或通用。鵑，宜讀如鳱。鳱，古寒反；鵑，古玄反。古同元部、見紐雙聲。鳱，類鴻鴈，大鳥也。《鹽鐵論·結和》：「《詩》云：『雍雍鳴鳱，旭日始旦。』」今本《詩·匏有苦葉》「鳱」字作「鴈」。又，《周禮·司裘》「設其鵠」，鄭玄注引《淮南子》曰：「鳱鵠知來。」孫詒讓《正義》曰：「《釋文》引劉宗昌：鳱音鴈。金鶚亦謂：鳱與鴈通，鵠與鶴通。鳱鵠，猶鴻鵠，非小鳥也。」鳱，鷂鷹，大鳥也。《爾雅·釋鳥》：「鳶，鳥醜，其飛也翔。」郝懿行《義疏》：「鳶，鴟之類，鷂鷹也。」故「鳶肩」義同「鵑肩」。「鵑肩如惟」之「惟」，不當作椎，讀如隼，以其同「隹」聲故也。《易·解》「射隼於高墉之上」，陸德明《釋文》引陸璣《毛詩草木鳥獸疏》：「隼，鷂。」「鵑肩如隼」，謂傅説身如鳶鳥兩肩高拱，似鷹隼孔武有力，甚爲兇猛矣。又，《荀子·非相》狀傅説「身如植鰭」。王先謙《集解》云：「鰭在魚之背，立而上見，駝背人似之。然則傅説亦背僂歟？」非是。鰭，讀如翅。古字從「支」與從「耆」或通用。《離騷》「朝發軔於蒼梧兮」，王逸注：「軔，搘輪木也。」《文選》本「搘」作「支」，洪氏補注引「搘」一作「支」。《詩·小旻》「是用不潰於成」，孔疏引王逸注亦作「支輪木」。智騫《楚辭音》殘卷引王逸注：「軔，枝輪木也。」支、枝，古今字。搘，耆聲；枝、支，支聲。據例，鰭、翅通用。植翅，猶「鳶肩」，像鳥張兩翅直立，若鳶肩聳立也。據清華簡《敚命》、《良臣》，則出土文獻「鵑肩如惟」及傳世文獻「身如植鰭」，涣然冰釋，庶無遺藴矣。傅説蓋初淪爲北戎失仲之賤奴、囚徒，或是失仲戰俘，發配於傅巖之地服役，且囚禁於北海圜土之獄。武丁「惟弼人得敚於傅巖」，且滅失仲。其不啻戰功赫赫，且又爲宗親，故武丁舉以爲公卿也。

【操】王逸注「操築作於傅巖」云云，訓操作。案：《説文·手部》：「操，把持也。从手，喿聲。」段注：「把者，握也。」《九歌·東皇太一》「盍將把兮瓊芳」，王注：「把，持也。」對文操、把、握、持各有其義，散文不分。握之言屋也。手掌向下，五指合攏如屋者謂之握。持之言寺也。手自下而上託扶謂之持。把，猶秉也。手旁握之謂之把。把、秉亦有别。持之使平曰秉，故秉有秉公、秉燭義，把但持之，不嫌傾仄，故把錐、把鉞皆曰把。操，既有把之姿，又持平不傾之蘊，持之穩當、把之嫻熟也。《莊子・達生》「開之操拔篲以侍門庭」，操拔篲，把拔帚而使之至熟也。《國殤》「操吴戈兮被犀甲」，言熟練執持吴戈。引申言操作、操縱、操行、節操，皆涵嫻熟義。操築，熟練操作。包山楚簡操作「[illegible]」，從又，從喿，省一口。又，手也。

【築】王逸注「操築作於傅巖」云云，器具名。洪《補》曰：「築，擣也。」錢杲之曰：「築，築土也。」案：王注不刊。《説文・木部》：「築，所以擣也。从木，筑聲」段注：「築者，直舂之器。鄭注《周禮》引《司馬法》云：『輂一斧、一斤、一鑿、一梩、一鋤。周輂加二版二築。』《正義》曰：『築者，築杵也。』」《左傳》宣十一年「稱畚築」，孔疏：「築者，築土之杵。」《九歎・離世》「破荆和以繼築」，王注：「築，木杵也。」

【武丁】王逸注：「武丁，殷之高宗也。」案：《史記・殷本紀》謂武丁，小乙子，《詩・商頌・玄鳥》稱殷武，《竹書紀年》名昭。武丁因傅説而顯，三代每以武丁、傅説連舉。卜辭有武丁，或作父丁。《殷本紀》載其事，謂「武丁夜夢得聖人，名曰説。以夢所見，視羣臣百吏，皆非也。於是乃使百工營求之野，得説於傅巖中，舉以爲相，殷國大治」。《潛夫論・五德志》曰：「武丁即位，默以不言，思道三年，而夢獲賢人以爲師。乃使以夢像求之四方側陋，得傅説。」據夢求賢，事出占夢禮俗。《尚書・説命》亦謂高宗「夢帝賚予良弼，其代予言，乃審厥象，俾以形旁求於天下。説築傅巖之野，惟肖。爰立作相」。《國語・楚語》載其事，謂「昔殷武丁能聳其德，至於神明」，「如是而又使以象夢，旁求四方之賢聖，得傅説以來」。

【疑】汪瑗曰：「不疑，不以無媒而疑也。或曰，不以賤役爲嫌也。」周拱辰曰：「《傳》曰『傅説胥靡』，又曰『彌衡罪同胥靡，不能發明王之夢』。明乎傅説有罪而操築矣。故曰『武丁用而不疑』。何以『不疑』乎？有罪而能不疑，故賢也。」案：疑猶嫌也，惡也。《增韻》：「疑，嫌也。」《説文・女部》：「嫌，一曰疑也。」《禮記・坊記》

「使民無嫌」，注：「嫌，嫌疑也。」嫌，惡也。《荀子·正名》「其累百年之欲，易一時之嫌，惡也。」疑亦猶惡也。《太玄·玄衝》：「格，好也，是；而疑，惡也，非。」疑惑、嫌惡，一義相仍。不疑，謂武丁不以説之至賤而惡之也。

是二句言傅説操築勞作於傅巖之穴，武丁舉用之而不以其賤且無媒惡之也。

第七十三韻：媒、疑

朱《注》媒叶音莫悲反。陳第曰：「媒，古音迷。」案：「莫悲」之行韻及迷脂微部；媒，之部。江有誥曰：「媒，明丕反。」古音爲[mʷə]。疑，古音爲[ŋiə]。媒、疑古同之部。

呂望之鼓刀兮　遭周文而得舉

鼓 鼓，當作鼓，形訛字。詳注。《記纂淵海》卷七〇引「呂望之鼓刀」二句同今本。

【呂望】王逸注：「呂，太公之氏姓也。或言呂望。太公，姜姓也。」太公姓姜；呂，氏姓。洪《補》引《史記》曰：「太公望呂尚者，東海上人，本姓姜氏，從其封姓，故曰呂尚。」又，《齊世家》載其事，「周西伯獵，果遇太公於渭之陽，與語，大悦，曰：『子真是牙，吾太公望子久矣。』故號之『太公望』。」望，爲其號。又，魏譙周《古史考》據文王「子真是牙」，牙，爲太公名。司馬貞《史記·索隱》謂太公名望，字牙。案：王注不易。姜族以羊爲精靈，後分數氏，呂則其一，即《山海經·北山經》「其獸多閭」之閭，郭注：「即羭也。一名山驢。」呂，非地名。文王「子真是牙」，牙，邪也，語助詞。又，「言太公望子久矣」，望，冀望也。牙、望皆非太公名字。尚，上也。文王舉太公爲師，武王尊稱「師尚父」。尚，武王時尊號，亦非名。未顯時，賤同匹夫，其名字不彰。

【鼓刀】王逸注：「鼓，鳴也。」汪瑗曰：「鼓，動也。」鼓刀，動刀。王夫之曰：「鼓，動也。鼓刀，屠也。」姜亮夫曰：「鼓刀，諸家皆以爲爲屠而鳴其刀也。王訓鼓爲鳴，言其擊刀而得聲，故曰鳴也。今市朝屠案切肉，用一刀，裂骨則左持刀，準骨際，而右刀剁切之，挫挫有聲，即鼓刀也。」案：刀動則鳴，訓鳴、訓動，同。又，聞一多曰：「鼓刀者，刀謂鸞刀。《詩經·信南山》『執其鸞刀』，《傳》云：『鸞刀，刀有鸞者，言割中節也。』《禮記·郊特牲》：『割刀之用而鸞刀之貴，貴其義也。聲和而後斷也。』《公羊傳》宣十二年『右執鸞刀』，注云：『鸞刀，宗廟割切之刀，環有和，鋒有鸞。』疑古者祭祀割牲，以大臣掌之，鼓刀屠牛，本太公職司所當爲，後世遂以爲太公未遇時，乃市肆中屠牛爲生者。」此太公未遇時所爲營生，鼓刀，太公落魄市肆、屠牛爲生本事，不當爲司祭祀割牲。鼓，樂器名，當作鼓，形似而訛。《説文·攴部》：「鼓，擊鼓也。从攴、壴，壴亦聲，讀若屬。」段注：「壴者鼓之省，攴者擊。壴，古音在四部，侯韻。鉉本無『讀若屬』三字，非也。屬，之欲切，故鼓讀如敹，與擊雙聲。庚案：擊，古歷切，見紐，屬、敹同照紐，與擊非雙聲。大徐以其形似鼓，讀公户切，删此三字，其誤蓋久矣。《玉篇》云：『之録切，擊也。』此顧氏原文。庚案：日本僧人空海《篆隸萬象名義》鼓字音同《玉篇》，其本因《玉篇》，猶存顧氏舊音。云又『公户切』，此孫強所增也。《佩觿》云：『鼓，之録、工五二切。』沿孫之謬。至《廣韻》乃姥韻有鼓，而燭韻無鼓；至《集韻》、《類篇》乃以朱欲、珠玉二切歸之從『豈』聲之『鼓』字，而不知二切皆本《説文》。鼓讀如屬，鼓安得有此二切也？皆由沿襲徐鉉，遂舛誤至此。至乎南宋毛晃又云『鼓舞』字從攴，與『鐘鼓』字不同，岳珂刊九經三傳，凡鼓瑟、鼓琴、鼓鐘於宫，弗鼓弗考，鼓之舞之，皆分別作鼓。《經典釋文》、《五經文字》、《九經字樣》、《開成石經》，皆無此例也。《周禮·小師》『掌教鼓鼗柷敔塤簫管弦歌』，注：『出音曰鼓。』按：鼓，郭也。故凡出其音皆曰鼓。若鼓訓擊也。鼗、柷、敔可云鼓。塤、簫、管、弦、歌可云鼓乎？亦由鼓切公户，寢成異説，滅裂經字，以至於此。」案：破千古疑獄。鼓、鼓二字，其誤爲一字久矣。王力《同源字典》亦謂鼓、鼓同音同源。鼓，本訓擊鼓，引申之言動、擊、鳴。鼓之，奏也。《禮記・檀弓下》「鼓鐘」，鄭注：「鼓，猶奏也。」《左傳》襄四年「金奏肆夏之三」，孔疏：「奏，謂作樂也。」成十二年注：「擊鐘而奏樂。」孔疏：「作樂謂之奏。」《周禮・鼓人》「以晉鼓鼓金奏」，鼓、奏互文。鼓、奏屋部，精照旁紐雙聲。鼓刀，猶《莊子・養生》「奏刀騞然」是也。或言舞刀。擊之有節，鼓又言舞。《説文・文部》「竷」字引《詩》「竷竷鼓我」，今作「舞我」。洪《補》曰：「《戰國策》云：『太公望，齊之逐夫，朝歌之廢屠，子良之逐臣，棘津之讎不庸，文王用之而王。』注云：『呂尚爲老婦之逐，賣肉於朝歌，肉上生臭不售，故曰廢屠。』《淮南子》曰：『太公之鼓刀。』注云：『太公河内汲人，有屠釣之困。』《天問》云：『師望在肆，昌何識？鼓刀揚聲，后何喜？』注云：『呂望鼓刀在列肆，文王親往問之，對曰：「下屠屠牛，上屠屠國。」』」太公鼓刀事盡備於此。

【遭】王逸注「於是出獵而遇之」云云，遭，言遇。李周翰曰：「遭，遇也。」案：猶有剩義。《孟子・離婁》上曰：「伯夷辟紂，居北海之濱，聞文王作興，曰：『盍歸乎來！吾聞西伯善養老者。』太公辟紂，居海之濱，聞文王作興。曰：『盍歸乎來！吾聞西伯善養老者。』二老者，天下之大老也，而歸之，是天下之父歸之也。」其不言遇而言歸。《路史・發揮二》曰：「其爲人也，博聞而内智，蓋亦嘗事紂矣。紂之不道，去而遊於諸侯，退居東海之濱，聞文王作興，翻然起曰：『吾道信矣！』」亦同《孟子》。遭，造也。《尚書・大誥》「予造天役」，《漢書・翟方進傳》引作「予遭天役」。《史記・周本紀》「兩造具備」，《集解》引徐廣曰：「造，一作遭。」造，就也。造周文，歸就周文王也。

【周文】王逸謂周文王。案：《天問》曰：「伯昌號衰，秉鞭作牧。」王注：「伯昌，謂文王也。」又「師望在肆昌何識」，王注：「昌，文王名也。」文王載於《詩》、《論語》、《周書》、《墨子》、《荀子》、《孟子》、《呂氏春秋》、《韓非子》、《禮記》，春秋戰國時所傳頌之聖明君王。屈賦言文王二事：一則「秉鞭作牧」，一則舉呂尚於市肆。《史記·周本紀》謂文王爲古公亶父長孫，古公取太姜，「生少子季歷，季歷娶太任，皆賢婦人」。太任生昌。古公卒，季歷立，是爲公季。「公季卒，子昌立，是爲西伯。西伯曰文王，遵后稷公劉之業，則古公、公季之法，篤仁，敬老慈少，禮下賢者，日中不暇，食以待士，士以此多歸之」。後崇侯虎譖西伯於紂，「紂乃囚西伯於羑里。閎夭之徒患之，乃求有莘氏美女、驪戎之文馬、有熊九駟，他奇怪物因紂嬖臣費仲而獻之紂。紂大喜，曰：「此一物足以釋西伯，況其多乎！」乃赦西伯，賜之弓矢、斧鉞，使西伯得征伐。……明年伐犬戎，明年伐密須，明年敗耆國……明年伐崇侯虎，而作豐邑，自岐下而徙都豐」。文王子發、旦者皆聖。發，武王也；旦，周公也。

【舉】王逸注「用以爲師」云云，訓舉用。汪瑗曰：「舉，拔而用之也。」案：舉訓對舉，引申言任用。文王舉太公，王逸有二說。王注曰：「言太公避紂，居東海之濱，聞文王作興，盍往歸之。至於朝歌，道窮困，自鼓刀而屠，遂西釣於渭濱。文王夢得聖人，於是出獵而遇之，遂載以歸，用以爲師，言『吾先公望子久矣』。因號爲太公望。」此其一說，王氏雜糅《孟子》、《史記·齊世家》而爲之。又曰：「或言周文王夢天帝立令狐之津，太公立其後。帝曰：『昌，賜汝名師。』文王再拜，太公亦再拜。太公夢亦如此。文王出田，見識所夢，載與俱歸，以爲太師也。」此其二說。文王因夢占而得太公。《六韜·文師一》：「文王將田，史編布卜曰：『田於渭陽，將大得焉，非龍非彲，非虎非羆，兆得公侯，天遺汝師，以之佐昌，施及三王。』文王曰：『兆致是乎？』史編曰：『編之太祖史疇，爲禹占得臯陶，兆比於此。』文王乃齋三日，車馬田田，乘駕田於渭陽，卒見太公坐茅以漁。……乃載與俱歸，立爲師。」此其三說。得太公爲文王卜兆之徵。《搜神記》：「文王以太公望爲灌壇令，期年，風不鳴條。文王夢一婦人，甚麗，當道而哭。問其故，曰：『吾泰山之女，嫁爲東海婦，欲歸，今爲灌壇令，當道有德，廢我行；我行必有大風疾雨。大風疾雨，是毀其德也。』文王覺，召太公問之。是日果有疾風暴雨從太公邑外而過，文王乃拜太公爲大司馬。」以泰山麗人爲其君臣相合之媒介。後人杜撰，録之以廣異聞云爾。

是二句言太公舞刀爲屠，無媒自適，歸依文王而舉以爲師也。

甯戚之謳歌兮　齊桓聞以該輔

甯 敦煌《楚辭音》殘卷音泥定反。

歌 《記纂淵海》卷七〇引「謳歌」無歌字。案：脱誤也。《五百家注昌黎文集》卷三八注、《東雅堂昌黎集注》卷三八注引亦有歌字。

該 敦煌《楚辭音》殘卷音古來反。

【甯戚】王逸注：「甯戚，衛人。甯戚脩德不用，退而商賈，宿齊東門外。桓公夜出，甯戚方飯牛，叩角而商歌。桓公聞之，知其賢，舉用爲客卿，備輔佐也。」洪《補》曰：「《淮南子》云：『甯戚欲干齊桓公，困窮無以自達。於是爲商旅，將任車以商於齊，暮宿於郭門之外，飯牛車下，望見桓公，乃擊牛角而商歌。桓公聞之，曰：「異哉，歌者非常人也。」命後車載之。』桓公召與語，悦之，以爲大夫。」案：《吕氏春秋·舉難》曰：「甯戚欲干齊桓公，窮困無以自進。於是爲商旅，將任車以至齊，暮宿於郭門之外。桓公郊迎客，夜開門，辟任車，爝火甚盛，從者甚衆。甯戚飯牛居車下，望桓公而悲，擊牛角疾歌。桓公聞之，撫其僕之手曰：『異哉，之歌者，非常人也。』命後車載之。桓公反至，從者以請。桓公賜之衣冠，將見之。甯戚見，説桓公以治境内；明日復見，説桓公以爲天下。桓公大説，將任之。」蓋爲《淮南》、王注所本。然則甯戚非商賈，干桓公而一時權爲商。《晏子春秋·内篇·問上》第三：「田野不脩，民氓不安，則甯戚不侍。」《問下》第四：「昔吾先君桓公……聞甯戚歌，止車而聽之，則賢人之風矣，舉以爲大田。」《淮南子·繆稱訓》：「甯戚擊牛角而歌，桓公舉以爲大田。」大田，農師也。《韓非子·外儲説左下》曰：「墾草仞邑，辟地生粟，臣不如甯武。」甯武，即甯戚。武，戚字形訛。《管子·小匡》載管仲告桓公，「墾草入邑，辟土聚粟，多衆盡地之利，臣不如甯戚」。是其所長。桓公盡其才能，任以農正。《小匡》又謂甯戚與隰朋、王子城父、賓胥無、東郭牙爲桓公五大夫。甯戚，《吕氏春秋·勿躬》又作甯遬，音變字。訛作甯越、甯籍。《太平寰宇記》卷二十言萊州膠水縣西鳴角埠，是其葬地。

【謳歌】王逸注「叩角而商歌」云云，行商之歌。《楚辭·大招》「謳和揚阿」，王逸注：「徒歌曰謳。」王注又曰：「或曰，《謳和》、《揚阿》，皆歌曲也。」王氏未能決。徒歌者，且行且歌。謳訓徒歌，古書無徵。《爾雅·釋樂》：「徒歌謂之謡。」注曰：「謡，謂無絲竹之類，獨歌之。」《詩·園有桃》「我歌且謡」，毛《傳》：「曲合樂曰歌，徒歌曰謡。」不言「徒歌曰謳」。案：《説文·言部》：「謳，齊歌也。从言，區聲。」段注曰：「師古注《高帝紀》曰：『謳，齊歌也。謂齊聲而歌。或曰，齊地之歌。』案：假令許意『齊聲而歌』，則當曰『衆歌』，不曰『齊歌』也。李善注《吴都賦》引曹植《妾薄相行》曰：『齊謳楚舞紛紛。』《太平御覽》引《古樂志》曰：『齊歌曰謳，吴歌曰歈，楚歌曰豔，淫歌曰哇。』若《楚辭》『吴歈蔡謳』，《孟子》『河西善謳』，則不限於齊也。」是也。歌分謳、歈、豔、哇，以其地不同風格、不同唱法。謳，嘔也。《文選·聖主得賢臣頌》「以嘔喻受之」，李注引應劭曰：「嘔、喻，和悦貌。」《大戴禮記·文王官人》「其貌固嘔」，注：「以躭色下人，謂形柔而人苟。」齊風舒緩和柔。其音舒而長，其歌謂之謳。班孟堅《漢書·地理志》謂齊土「舒緩洞達」，《詩·還》「子之還兮，遭我虖嶩之間兮」，「竢我於著乎而」。爲「其舒緩之體」，「謳」字注腳。洪《補》引《三齊記》載甯戚歌曰：「南山矸，白石爛，生不遭堯與舜禪，短布單衣適至骭，從昏飯牛薄夜半，長夜漫漫何時旦！」考《文選・嘯賦》李善注引《淮南子》甯戚歌，曰：「出東門兮厲石斑，上有松柏兮清且蘭。麄布衣兮緼縷，時不遇兮堯舜。牛兮努力食細草，大臣在爾側，吾當與爾適楚國。」與洪引《淮南子》別。又，《藝文類聚》卷四三載甯戚歌曰：「滄浪之水白石粲，中有鯉魚長尺半。敝布單衣裁至骭，清朝飯牛至夜半。黄犢上坂且休息，吾將捨汝相齊國。」又別於二者。其歌皆不類春秋古風，係出漢季落拓書生，而假以甯戚，發其塊磊也。高誘注《吕氏春秋》曰：「謂甯戚所歌，乃《碩鼠》之詞。」《後漢書・馬援傳》注引《説苑》亦曰：「甯戚飯牛於康衢，擊車輻而歌《碩鼠》。」《碩鼠》，魏風，齊、魏毗壤，風謡相謳，庶幾是也。《詩序》云：「《碩鼠》，刺重斂也。國人刺其君重斂，蠶食於民，不脩其政，貪而畏人，若大鼠也。」甯戚藉《碩鼠》「無食我黍」、「無食我麥」、「無食我苗」發其塊磊，蓋其屬甿隸，知稼穡之苦。又，甯戚歌《碩鼠》，既操齊風，舒以商音。商，哀音也《荀子・王制》注，故曰「商歌」，非商賈之歌也。

【齊桓】齊桓公，春秋五霸之一，字小白，齊襄公弟，衛姬之子，時稱公子小白，在位四十三年，九會諸侯，一匡天下。事載《左傳》、《史記・齊世家》、《繹史》卷四四《齊桓公霸業篇》。齊桓死葬齊城南二十里，女水西，在臨淄縣東南二十三里鼎足山。屈賦載齊桓事跡有二：一則舉甯戚，得賢人之助而至大治；二則「齊桓九會，卒然身殺」《天問》，其善始而不得善終。

【該輔】王逸注：「該，備也，備輔佐也。」《招魂》「招具該備」，王逸注：「該，亦備也。」案：《説文・言部》：「該，軍中約也。从言，亥聲，讀若心中滿該。」該不訓備，借作戒。《鐘師》鄭注：「裓，讀如陔鼓之陔。」《周官・大僕》「戒鼓傳達於四方」，鄭注：「故書戒爲駭。」駭，或作駴。該、陔、駭同亥聲，駴、裓同戒聲，該、戒亦通用。戒，具也，備也。詳上文「先戒」注。該輔，戒輔。古戒備字多作該。又，朱季海曰：「該，備，於楚故爲代語。」亦不知該爲戒之借。

是二句言甯戚以謳歌爲介，聞於齊桓，而舉以爲客卿，備輔佐也。洪《補》曰：「屈原舉呂望、傅説、甯戚之事，傷今之不然也。」其以此韻四句爲屈子語。非是。此四句爲巫咸語。

第七十四韻：舉、輔

舉，古音爲[kia]；輔，古音爲[ba]。舉、輔古同魚部。

及年歲之未晏兮　時亦猶其未央

晏 敦煌《楚辭音》殘卷音烏鴈反。

猶其 《文選》六臣注謂「猶其」其字，「五臣本作而」，洪《補》、朱《注》、錢《傳》引其亦一作而。案：聞一多曰：「『猶其』二字當互乙。」是也。「其猶」，《離騷》恒語。上「雖九死其猶未悔」、「惟昭質其猶未虧」、「覽余初其猶未悔」、「覽察草木其猶未得」。王逸注「然年時尚未盡」云云，以「猶其未」爲「尚未」，王本亦作「其猶」。《白帖》卷一七及《唐類函》卷一九一載引亦乙作「猶其」。

【晏】王逸注：「晏，晚也。」錢杲之曰：「晏，暮也。」案：《説文·日部》：「晏，天清也。从日，安聲。」猶云天晴。《文選·羽獵賦》「天清日晏」，李善引《淮南子》許慎注：「晏，無雲之處也。」《淮南子·繆稱訓》「暉日知晏，陰諧知雨」，晏、雨對文，晏，晴也。晏不訓晚暮，借作晚，屈賦用晏不用晚。《山鬼》「歲既晏兮孰華予」，《九歎·

離世》「懼年歲之既晏」。《淮南子》亦然。楚人語晚爲晏。《説文·日説》：「晚，暮也。」免音亡辨切，非影紐字。而從免聲字多涵低下義，俯首曰俛，水污曰浼，生子下曰娩，傾身引車曰輓，日下曰晚。晚從日，從免，會意字。朱駿聲謂晏暮字作旰，從日，干聲。干無低下義。或曰：晏，晚字或體。晏，從日，安聲。安，按也，抑也，有下義。而與晏清字合爲一體，多不能别。

【央】王逸注：「央，盡也。」洪《補》曰：「《説文》：『央，久也。《詩》曰「夜未央」。』」錢杲之曰：「央，中也。未央，謂其時未過中，尚可有爲。」案：汪瑗曰：「屈子此章，上句是言其既往之年歲尚未至於遲暮，將來之時光方至而未遽已。互文也，是央解作盡者，近之，而《説文》之訓非也。」汪氏謂上句言「既往之年歲」，下句言「將來之時光」。則非其旨。未央，未終、未盡，書證至富。《管子·輕重丁》「賈人蓄物而賣爲讎，賈爲取市，未央畢」，言未終畢也。又，《吕氏春秋·知化》「其後患未央」，言後患不盡也。陶淵明《讀山海經詩》：「方與三辰游，壽考豈渠央？」渠央，言豈已也，豈渠複語。今人逯欽立曰：「渠央，遽央，馬上完了。」非是。《述行賦》「邈悠悠之未央」，言未有終極也。《雲中君》「爛昭昭兮未央」，王注：「央，已也。」阜陽出土漢簡《蒼頡篇》「口業未央」。成詞既久，漢初字書録之。朱駿聲謂古文終作「」，與央字形似互訛。甲文央字作「」《菁》二·一，「」《珠》八三八，金文作「」《虢季子白盤》，包山楚簡作，形不似「」。《説文·八部》：「央，中也。一曰，久也。」央之訓久，亦終已。《詩·庭燎》「夜未央」，《釋文》引《説文》：「央，已也。」央之訓中，含藴二解：一爲中央、中半。一爲充滿。《漢書·郭解傳》「貧不中訾」，顔師古注：「中，充也。」《李廣傳》「多中首虜」，顔引如淳曰：「中，猶充也。」《宣帝紀》「中二千石」，顔注：「中者，滿也。」《史記·外戚世家》「婬何秩比中二千石」，《索隱》引崔浩曰：「中，猶滿也。」滿則止、則終、則極。《小爾雅·廣詁》：「充，竟也。」竟即終。《吕氏春秋·審時》「多粃而不滿」，注：「滿，成也。」成者則終，中亦訓終、訓已。《春秋繁露·循天之道》：「中者，天下之所終始。」央有終止義。許氏「央，中也」，兼半中、

終止二義。猶《爾雅·釋詁》「林、烝、天、帝、皇、王、后、辟、公、侯，君也」之比。林、烝訓君，借爲羣；而天、帝、皇、王、后、辟、公、侯訓君也。一字兼二義。又：「亶，展，信也。」亶訓信，專一誠信也；展訓信，伸引也。亦一字而兼二義。許氏依《爾雅》訓詁之法，後人不審，其説宜多鑿也。

是二句但言年歲未及終盡，猶有可爲也。意謂屈子不當就死，滯留以待時世舉用。

恐鵜鴂之先鳴兮　使夫百草爲之不芳

恐《事類賦注》卷二四注引作懼，而注引亦作恐。《史記》卷二六《曆書·索隱》引作慮。案：《離騷》用恐不用懼、慮。王注「言我恐鵜鴂以先春分鳴」云云，王本作恐。《漢書》卷八七《揚雄傳》注、《集注分類東坡先生詩》卷五注引脱恐字，而卷一四注、卷一五注引有恐字。

鵜鴂敦煌《楚辭音》殘卷、《文選》六臣本鵜作鶗，洪《補》、朱《注》、錢《傳》引鵜一作鶗，錢又引一作鷤，鴂一作鴂。《事類賦注》卷二四注、《文選》卷一五《思玄賦》注及卷二三阮籍《詠懷詩》注、任淵《山谷内集詩注》卷六注引作鶗鴂，《玉燭寶典》卷五引作鶗鴂，《史記》卷二六《曆書》作秭鴂，《集解》引徐廣云子鴂，《索隱》引作鷤鴂，《宋景文公筆記》卷中引作鷤鴂。《漢書》卷八七《揚雄傳》注、《後漢書》卷五九《張衡傳》注、王十朋《集注分類東坡先生詩》卷一五注及卷一七注、《錦綉萬花谷》卷三七、羅願《爾雅翼》卷一四、任淵《山谷内集詩注》卷一二注引并作鶗鴂。又，王十朋《集注分類東坡先生詩》卷五注、卷一四注引作鷤鴂。案：鵜鴂、秭鴂、子鴂、鶗鴂、鷤鴂，皆一字。詳注。《施注蘇詩》卷一八注亦作鵜鴂。

【夫】《文選》六臣本無夫字，注云「五臣本有夫字」。洪《補》、朱《注》、錢《傳》引一無夫字。案：王注「使百草華英摧落」云云，王本無夫字。《事類賦注》卷二四注、羅願《爾雅翼》一四引無夫字。王十朋《集注分類東坡先生詩》卷一四注引無「使夫」二字，敚誤也。卷五注、卷一七注引有「使夫」二字。

【草】洪《補》引草一作艸，一作卉。案：說詳前「覽察草木」句校。

【爲之】《文選》六臣注「五臣本無爲字」。洪《補》、朱《注》同引一無爲字，錢《傳》引一無之字。姜校引錢《傳》一無爲字。非是。案：無爲或無之，不辭。王十朋《集注分類東坡先生詩》卷五注、卷一七注引亦敚爲字。卷一四注引有「爲之」二字。又，《事類賦注》卷二四注引「爲之」作兮字，亦非。

【芳】《藝文類聚》卷八二及《唐類函》卷一八六載引作芬。

【鵜鴂】一作鶗鴂《廣韻》入聲第十六屑韻、鶗鳺《廣韻》去聲第十二霽韻、田鵑《藝文類聚》第三歲時上春引《臨海志》曰：「鶗鴂，一名田鵑。」。今名杜鵑、杜宇，爲其音嬗。或作鶗鴃《廣韻》上平聲第十二齊韻、鶗鴂《古文苑》枚乘《梁王菟園賦》，倒作巂周。《文選·高唐賦》「姊歸思婦，其鳴喈喈」，李善注引郭璞《爾雅》注曰：「巂周，或曰即子規，一名姊歸也。」巂、規古同支部，見匣旁紐雙聲。子、周爲之幽旁轉，精照旁紐雙聲。巂周、子規相通。姊歸亦其音轉。又作子規《爾雅·釋鳥》郭璞注、子鳺《廣雅·釋鳥》、子巂《太平御覽》引《蜀王本紀》、子鵑《華陽國志》，別名鷶鴂、買鵤、鵙鴂、謝豹。湯炳正「鵜鴂，一作鷶鴂」，謂當鷆鴂之訛。典、買形似，典、單音同。鷤鴂或作鷆鴂，後訛作鷶鴂。其説極塙。其鳥又名博勞、百勞、百鷯、伯鷯、伯趙，促曰鵙。王逸謂是鳥也，「常以春分鳴也。言我恐鵜鴂以先春分鳴，使百草華英摧落，芬芳不得成也。以喻讒言先至，使忠直之士蒙罪過也」。顔師古謂鶗鴂「常以立夏鳴」。又，《文選·思玄賦》「鶗鴂鳴而不芳」，舊注：「以秋分鳴。」而《詩·七月》「七月鳴鵙」，《詩》用周正，七月，夏正九月，亦以秋分鳴。朱子曰：「子規三月鳴，乃衆芳極盛之時；鵙以七月鳴，則陰氣至而衆芳歇矣。」朱子誤子規、鵙爲二鳥，謂《離騷》鵙以「七月鳴」。以春分鳴與下百草不芳不相棱榫。游國恩曰：「且《騷》詞恐其先鳴，則其當以秋分時鳴審矣。劉禹錫《鶗鴂吟》云：『鶗鴂催衆芳，畏聞先入耳。秋風白露晞，從是爾啼時。如何上春日，唧唧滿庭飛？』明確如此，堪爲此文注腳。」聞一多折中舊説，謂「百物多以春秋爲配偶期，故其鳴也，亦常在春秋二季。《廣韻》曰：『春分鳴則衆芳生，秋分鳴則衆芳歇。』此專指秋言。先鳴，謂先秋分而鳴也」。又，王引之曰：「今案《離騷》言此者，以爲小人得志則君子沈淪，野鳥羣鳴則芳草衰謝。此乃假設爲文，不必實有其事。亦如《九章》云『鳥獸鳴以號羣兮，草苴比而不芳』耳，豈謂鳥獸羣號之時實有不芳之草哉？若然，則子規争鳴而衆芳歇絶，可無以春鳥爲疑矣。而顔師古《漢書》注乃牽就其説云：『鶗鴂常以立夏鳴，鳴則衆芳皆歇。』《思玄賦》舊注則云：『鶗鴂以秋分鳴。』《廣韻》又云：『鶗鴂春分鳴則衆芳生，秋分鳴則衆芳歇。』此皆於王、服兩家不能決定，故爲游移兩可之説，而不知鶗鴂春月即鳴，不得遲至立夏，物侯皆言其始，又不得兼言秋分也。」其説雖辯，實亦不確。《文選·思玄賦》：「恃己知而華予兮，鶗鴂鳴而不芳。」張平子襲用《離騷》此文，以鶗鴂爲「鳴而不芳」之物侯鳥。「恐鶗鴂之先鳴兮」二句，與《九章·悲回風》「鳥獸鳴以號羣兮」，未可同日語。「恐鶗鴂」一氣連下，上下證成因果，上是因，下是果，由「使」字可知。而「鳥獸」二句平列。王注未易。案：恐、使相對爲文，使，通作思，楚簡通用。包山楚簡《祝禱》：「舉禱行宫一白犬，酒食，思（使）攻敘于宫室。」又曰：「思（使）攻解於水上與溺人。」思，憂也。言恐鶗鴂先鳴，而憂彼百草因之不芳，因聞鳥鳴而憂及百草也。何劍薰曰：「王逸以鶗鴂爲春鳥，即秭歸，當不誤。《史記·曆書》：『昔自在古曆建正作於孟春。於時冰泮發蟄，百草奮興，秭鴂先滜，物乃具生於東，次順四時。卒於冬分時。鷄三號卒明，撫十二節卒於丑。』《大戴禮記·

詰志》亦有這樣一段，稱爲『虞史伯夷曰』，『百草奮興，秭鳺先滜』二句作『百草權輿，瑞雉無釋』，則是誤字。這是一種古代的曆書，以秭鳺先鳴以占春侯，宜其爲春鳥。但何以此鳥先鳴，草木因之不芳，此乃古人以鳥鳴占歲的一種習俗，這種風俗在川北閬中尚還存在。以正月元日早晨聽何種鳥類開始鳴叫以占本歲豐歉，川北人叫做『開山』。如貓頭鷹開山，主豆類豐收；斑鳩開山，多疾病；等等。或古代楚國也有這種風俗。草木不芳，當是旱災之徵兆。鵜鴂先鳴，始能産生這種現象，如不先鳴，即無此徵。這個『先』字最爲要緊。因此，此鳥不一定是凶鳥，也不一定爲吉鳥，主要的是看它是否先鳴，先鳴者凶，後鳴者吉，故屈子取此作爲『佞人先己』的一種比喻。」其説有致，啓人思者夥頤。吾鄉浦江呼鶗鴂爲鵖鷄，謂此鳥鳴於元月晨旦者，歲必凶，故俗見此鳥必毆之使去，無令其鳴。蓋其風遺存。鵜鴂，報凶鳥，其鳴爲死亡之徵。或曰，鶗鴂非鳥也，即蛥蚗。《方言》：「蛥蚗，齊謂之螇螰，楚謂之蟪蛄，或謂之蛉蛄，秦謂之蛥蚗。自關而東謂之虭蟧，或謂之蝭蟧，或謂之蜓蚞，西楚與秦通名也。」蛥蚗、蟪蛄聲之轉。《説文》作伊蚗，謂「蛁蟟」，俗名知了，屬蟬也。《莊子·逍遥遊》「蟪蛄不知春秋」，盧文弨曰：「司馬彪注云，『蟪蛄，寒蟬也。一名蝭蟧，春生夏死，夏生秋死。』崔注誤云：『蛁蟧也，或曰山蟬。秋鳴者不及春，春鳴者不及秋。』」蟬蜕化蛾時始鳴，鳴則死也。春生者夏鳴，羣芳歇也；夏生者秋鳴，百草盡衰。備列於是，以俟博學君子正之。

【爲之】以是也，由此也，同上「用夫」、「用之」。爲、以、由、因，聲之轉。詳王引之《經傳釋詞》卷一。是二句言歲時未盡，猶可作爲。恐凶鳥鵜鴂先鳴，思夫芳潔之士大命隕落而不復在世也。或曰，恐寒蛩凄切而鳴，晚暮來至，憂羣芳凋零，不留芳名於世也。朱子謂此二句恐死期先至，及時行事。其是之謂也。巫咸告語終止。

第七十五韻：央、芳

央，古音爲[ʔiaŋ]；芳，古音爲[piaŋ]。央、芳古同陽部。

恐鵜鴂之先鳴兮　使夫百草爲之不芳

以上四韻十六言爲巫咸告以吉故繇辭。巫咸於勸勉屈子滯留待時，求「榘矱之所同」之君，乃牽引三代君臣相遇故事，謂不必藉媒介。歲時不晚，猶可作爲，不當自暴自弃、作輕生絶世之遊，恐凶鳥先鳴，年命亦將隕墜也。巫咸吉故，反意靈氛吉占；吉占告其死以求女；吉故告其生而求君。錢杲之、吴尚世、夏大霖、余蕭客、梅曾亮、李光地、馬其昶、郭沫若、詹安泰等謂巫咸語止下「恐嫉妒而折之」，吴汝綸謂止「莫好脩之害也」。非是。

何瓊佩之偃蹇兮　衆薆然而蔽之

佩《文選》六臣本作珮，洪《補》、朱《注》、錢《傳》引一作珮，案：珮，因瓊字從玉而改。

偃蹇 敦煌《楚辭音》殘卷偃音於甗反，蹇音渠便反。

薆 敦煌《楚辭音》殘卷音烏概反，《文選》六臣、洪《補》、朱《注》音愛。案：愛亦音烏概切。

蔽 朱《注》蔽如字。又叶音鱉。

【瓊佩】王逸注「言我佩瓊玉」云云，瓊，玉名；佩，佩飾。案：瓊佩，即「折瓊枝以繼佩」也，言瓊枝之佩，所以反本求女信物。屈子聞巫咸告語，乃復忖之，而從「瓊佩」起，與「苟中情其好脩兮，又何必用夫行媒」相應。

【偃蹇】王逸注：「偃蹇，衆盛貌。」錢杲之曰：「偃蹇，高長貌。」胡文英曰：「偃蹇，傑出貌。」蔣驥曰：「偃蹇，亦高倨之意。」皆同錢説，謂同上「瑶臺之偃蹇」。案：偃蹇之訓盛、訓高，別爲二字。其訓盛衆者，闇藹、隱藹音嫿。詳上「時曖曖」注。其訓高者，夭驕音嫿。詳上「偃蹇」注。後混爲一字。

【薆然】王逸注「衆人薆然而蔽之」云云，言蔽貌。張銑曰：「薆，亦盛也。」洪《補》曰：「《方言》云：『掩、翳，薆也。』注云：『謂薆蔽也。』」朱子曰：「薆，亦蔽之盛也。」胡文英曰：「薆然，盛障貌。」王夫之曰：「薆然，草葉叢翳貌。」案：薆然，「蔽」字狀語，義同。薆訓蔽、訓盛，一義相貫。薆，隱也。草隱曰薆，竹隱曰䈕，日隱而不明曰曖，皆後起分別字，古但訓隱蔽。詳上「時曖曖」注。薆然蔽之，既斥衆人障蔽我佩，又謂黨人嫉妬毁我行也。下黨人不諒承此。

【蔽】蔽，通憋。慧琳《一切經音義》「憋妬」條引《方言》云：「憋，惡也。」

是二句言我瓊枝之佩，偃蹇盛好，何衆人薆然蔽之，使不得彰也，以斥黨人深文周納，讒言毁我。使不得見君朝也。自此以下皆屈子聞巫咸後，自忖自度之語。

惟此黨人之不諒兮　恐嫉妬而折之

[諒] 敦煌《楚辭音》殘卷、《文選》五臣及六臣本作亮，洪《補》、朱《注》、錢《傳》引亦引一作亮。敦煌《楚辭音》殘卷云：「亮，宜作諒，同力仗反。」姜亮夫曰：「諒，即倞之或字，諒、倞又後起分別文也。《説文》訓倞爲明，即今亮字通訓。倞從人，京聲。亮則移倞之人於京下，而省中直，此錢大昕説也。今經典多書作亮，倞字僅《禮記・郊特牲》『祊之爲言倞也』一見。此處言不諒，當用《爾雅・釋詁》舊注『諒，知之信也』一義，是則亮又爲諒之借也。《説文》：『諒，信也。』是。經典又借涼爲之，《詩・柏舟》『不諒人只』，《御覽》四百三十九引作涼。（庚案：宋本《御覽》作諒，不知姜氏所據）又《桑柔》『職涼善背』，鄭《箋》：『信也。』是。」案：諒、亮一字，詳注。其謂倞爲亮別

字。亮爲諒借字，倞亦諒借字乎？倞，甲文作「」《甲編》三九三九，亮、諒未見。倞、亮古今字。諒，倞之别字。《説文》倞訓明，引申言信，以諒字爲之。錢辛楣以倞爲亮隸省字，謬矣。騫公謂宜作倞，亦以倞爲古文。倞、諒力讓反，去聲。

【恐】湯炳正據王逸注「言楚國之人，不尚忠信之行，共嫉妬我正直，必欲折挫而敗毁之也」云云，謂本作「共」。

【折】敦煌《楚辭音》殘卷折音支列反。案：《廣韻》入聲第十七薛韻折音常列切。支列，出切爲照紐三等；常列，出切爲禪紐三等。蓋楚音折爲照紐三等，與北音異。今江浙人語折如制音，猶存其遺音。

【諒】王逸注：「諒，信。言楚國之人，不尚忠信之行。共嫉妬我正直，必欲折挫而敗毁之也。」案：《方言》：「諒，信也。衆信曰諒，《周南》、《召南》之語也。」《周南》、《召南》，在楚北，近汝南、陳，後皆屬楚。諒之訓信，楚語。古作倞，今作亮，通作諒、涼。詳校。慧琳《一切經音義》卷一七引《字詁》曰：「諒，今作亮，同力尚反。」《漢書·五行志》「盡涼陰之哀」，顔師古曰：「涼，讀曰諒。」《説文》但作諒，《言部》：「諒，信也。从言，京聲。」又，《人部》：「倞，彊也。从人，京聲。」彊，借作景。《史記·秦始皇本紀》載賈生《過秦論》「齊明、周聚、陳軫、昭滑、樓緩、翟景、蘇厲、樂毅之徒」，《戰國策》翟景作翟彊。《春秋考異郵》：「景風至，景者，彊也，彊以成之。」《逸周書·諡法》曰：「布義行剛曰景。」又曰：「景，武之方也。」並用彊義。日光曰景，引申言光明。《詩·車舝》「景行行止」，鄭《箋》：「景，明也。」《文選·嘯賦》「陵景山」，李善注：「景，明也。」明之爲盟也。《詩·黄鳥》「不可與明」，鄭《箋》：「明，當爲盟。」《釋名·釋言語》：「盟，明也。」盟，信誓，信誓必衆，楚語衆信曰倞。又，《郊特牲》曰：「祊之爲言倞也。」祊，猶盟也。祊、盟陽部，滂明旁紐雙聲。倞，猶衆盟。京非諧聲。從人、京，會意。京借景。倞，會意兼假借。引申言光明，字又作亮。盟信、誠信字作諒，別於訓光明之倞。又，林仲懿、何劍薰借諒爲良，不良，不善，斥黨人居心險惡。亦通。

【恐】當從湯炳正校作共。「共嫉妬而折之」，猶上「衆薆然而蔽之」，二句儷偶。共，猶衆也，皆也。

【折】王逸注「折挫而敗毁」云云，既訓折爲挫折、折斷，又訓敗毁，一字兼涵二義，甚得其旨。案：於瓊佩，折猶斷也，挫也。而於中情好脩，折猶毁也，敗也。

是二句言惟此黨人姦險，不可相信，恐其生嫉妬之心而毁折之也。

第七十六韻：蔽、折

朱《注》蔽又叶音鼈，江有誥曰：「蔽，鼈，去聲。」案：《廣韻》去聲祭韻蔽音必袂切，入聲薛韻鼈音并列切。蔽、鼈月部，但分長、短，故不必改叶讀鼈。蔽，古音爲[pia:t]，月部長入。陳第曰：「折，古音爲制。」案：楚音折如制。古音爲[tɕiat]，月部短入。

時繽紛其變易兮　又何可以淹留

其 洪《補》、錢《傳》引一作以，朱《注》作以，引一作其。姜亮夫曰：「作其是也。以，古文作㠯。其，古文作丌，形似而亂。」案：其，形容詞尾，「繽紛其」、「冉冉其」、「菲菲其」、「忽忽其」、「申申其」、「總總其」、「陸離其」、「剡剡其」、「忽其」、「繽其」、「翼其」、「翩翩其」、「荒忽其」、「淫淫其」是也。若作以，非其句法。《杜工部草堂詩箋》卷七注引亦作其。

何可以 案：王逸注「言時世溷濁、善惡變易，不可以久留，宜速去」云云，以「不可以」釋「何可以」。可，似衍文。《杜工部草堂詩箋》卷七注引作「何以」。

【繽紛】王逸注：「言時世溷濁、善惡變易」云云，繽紛猶溷濁，亂貌。吕延濟曰：「繽紛，亂也。」劉夢鵬曰：「繽紛，變易也。」案：上「佩繽紛其繁飾兮」，王逸注：「繽紛，盛貌。」與此相反，一義相仍，美惡不嫌同辭。

【變易】王逸注「善惡變易」云云，變易，猶變化，變改。汪瑗曰：「變易，猶變化，謂改節也，該下『蘭芷』四句總而泛言之也。」案：變、易、化，渾言不分；析言有别。變者，言物有所改，未離故形、未改本態。化者，彼此相克相生，異類相感生。詳上文「數化」注。易者，言物物相贅。《荀子·正名》：「易者，以一易一。」楊倞注：「易謂以物相易。」引申言變改。《左傳》哀十一年「無俾易種於茲邑」，杜注：「易種，轉生種類。」變易，平列複語。

【淹留】王逸注「不可以久留」云云，淹訓久。吕延濟曰：「淹。久也。」案：淹留，平列複語，不必析爲二義。詳上「不淹」注。

是二句言時世繽紛而亂，變易無常，不可留止以生。蓋巫咸待時求君之告，不愜屈子之心，其從靈氛求女以死之志遂決矣。

蘭芷變而不芳兮　荃蕙化而爲茅

芷 敦煌《楚辭音》殘卷音之視反。

芳 《藝文類聚》卷八二引及《唐類函》卷一八六載芳作芬。案：屈子唯用芳，如信芳、芳菲菲、衆芳、芳草。上「謂申椒其不芳」，與此同。作芳是也。《太平御覽》卷九九六、《北堂書鈔》卷三〇、《唐類函》卷六八、《後漢書》卷八〇下《文苑傳·趙壹》注、《漢書》卷八七《揚雄傳》注、《古今事文類聚》後集卷一三及卷二九、《記纂淵海》卷九三、《全芳備祖集》卷二三兩引、《詁訓柳先生文集》卷一九注、《五百家注柳先生集》卷一九注引亦作芳。

荃 敦煌《楚辭音》殘卷作蓀，云：「本或荃姜校引誤荃作苓，非也。」案：蓀本字、荃借字。詳前「荃不察」校注。《北堂書鈔》卷三〇、《文選》卷二六顏延年《夏夜呈從兄散騎車長沙詩》注、《古今事文類聚》後集卷一三及卷二九、《後漢書》卷八〇《文苑傳·趙壹》注、《太平御覽》卷九九六、《五百家注昌黎文集》卷二注、《藝文類聚》卷八二、《唐類函》卷六八及卷一八六、《詁訓柳先生文集》卷一九注、《五百家注柳先生集》卷一九注引作荃。

蕙 敦煌《楚辭音》殘卷音胡桂反。

茅 敦煌《楚辭音》殘卷音亡交反。

【蘭芷、荃蕙】王逸注：「言蘭芷之草，變易其體而不復香。荃蕙化而爲菅茅，失其本性也。以言君子更爲小人，忠信更爲佞僞也。」王氏以蘭芷比君子、荃蕙比忠信。案：荃作蓀，蘭、芷、蓀、蕙，芳草名，比貞潔好脩之士。王注是也。或説：蘭、芷、蓀、蕙，即篇首所叙滋蘭、樹蕙，比屈子所植之賢。蘭芷變而不芳，謂蘭芷其草，形貌猶存，視之若昔日所樹之物，然則其芳香不存，非復舊時之草也，故謂之「變」，猶「金玉其外，敗絮其中」，内無美質，而外有脩態，内外不副，亦即下斥「無實而容長」也。蓀蕙化而爲茅，其形質俱敗，甚於蘭芷，故謂之「化」。化爲茅，亦上

「衆芳之蕪穢」也。蘭芷、蓀蕙之變化，其程度甚有區別。

【茅】王逸謂菅茅。劉良曰：「茅，惡草，以喻讒臣也。」吴仁傑曰：「《説文》：『茅，菅也。』《爾雅》：『藗，一名牡茅。』郭璞曰：『白茅屬。』邢昺云：『茅之不實者也。』《本草》『茅根』條云：『一名蘭根，一名茹根，一名地菅，一名地筋，一名兼杜。』陶隱居云：『此即今白茅。《詩》云「露彼菅茅」，其根如渣芹，甜美。』《嘉祐圖經》云：『春生芽，布地如針，俗間謂之茅針，亦可噉，夏生白花，茸茸然，至秋而枯。其根至潔白。』又有菅，亦茅類也。陸璣《草木疏》云：『菅似茅而滑澤，無毛，根下五寸，中有白粉者。柔韌宜爲索，漚之尤善。其未漚者名野菅，《詩》「白茅菅兮」是也。』」案：茅，楚産。《禹貢》言「包匭菁茅」，《左傳》僖四年「苞茅不貢，無以縮酒」，靈氛以茅占卜吉凶。茅，非惡草，然此斥蓀蕙化爲茅，異類相變，與下「今直爲此蕭艾也」相應，碻爲惡草，類同蕭艾。茅，蓋莽也。《儀禮·士相見禮》「在野曰草茅之臣」，《孟子·萬章下》作「在野曰草莽之臣」。《左傳》定四年「越在草茅」，《釋文》：「茅，本作莽。」《國語·齊語》「首戴茅蒲」，韋注：「茅，或作萌。」萌，即莽。莽，草也。《左傳》哀元年「暴骨如莽」，杜注：「草之生於廣野莽莽然，故曰草莽。」《周禮·翦氏》「以莽草熏之」，鄭注：「莽草藥物，殺蟲者以熏之則死。」謂莽草有毒，能殺蟲，惡草。莽草，或名茅，與包茅，同名異實。抑楚語歟？抑以叶留字韻而易「茅」音如「莽」歟？今并存之。

是二句言蘭芷變其質，而無芬芳之氣也；蓀蕙形質俱化，與莽草爲類。言我昔時所樹之賢，皆失節隨從世俗，與黨人同流。蕭兵謂此二句及下文「何昔日之芳草兮」二句，自嗟自傷之語，我本俱蘭芷蓀蕙之芳，而時俗之人視如茅草、蕭艾也。非是。案：蓀蕙化茅、芳草爲艾，緣「時繽紛其變易」，斥時俗溷濁。果如其説，下言蘭不可恃、椒專佞等語，遂爲無頭緒之文。

第七十七韻：留、茅

留，古音爲[lieu]。《楚辭音》茅音亡交反，朱子叶茅音莫侯反。陳第曰：「茅，古音侔。」戴震曰：「茅音某侯切。」江有誥曰：「茅音矛。」案：茅，幽部。而「亡交」行韻，宵部，「莫侯」行韻，侯部。茅，古音爲[mreu]。留、茅古同幽部。

何昔日之芳草兮　今直爲此蕭艾也

草 洪《補》引草一作艸，一作卉。案：艸，本字；草，借字；卉，楚古芔字。《爾雅翼》卷四、《藝文類聚》卷八二及《唐類函》卷一八六載、《全芳備祖集》卷三、《古今事文類聚》後集卷二九引亦作草。

兮 《古今事文類聚》後集卷二九引「芳草兮」，兮訛作也。

蕭 《文選》六臣本謂「蕭艾」，五臣本無蕭字。洪《補》、朱《注》、錢《傳》引一無蕭字。《藝文類聚》卷八二引作「此艾」，亦無蕭字。《唐類函》卷一八六載《藝文類聚》引乙作「艾蕭」。案：王逸注：「言往昔芬芳之草，今皆直爲蕭艾而已。」王本有蕭字。或以「蕭艾」爲一草而敚之。《爾雅翼》卷四、《全芳備祖集》卷二三引亦有蕭字。

艾 敦煌《楚辭音》殘卷艾音五蓋反。

也 《文選》六臣本謂「艾也」、「害也」，五臣本無二「也」字，洪《補》、朱《注》、錢《傳》引一無二「也」字。《藝文類聚》卷八二及《唐類函》卷一八六載引無「也」字。案：徐仁甫斷以《離騷》句法，謂有「也」字者爲反詰句。曰：「『余固知謇謇之爲患兮，忍而不能舍也。』洪興祖《補注》：『一本無也字。』按：『舍』下有『也』字者是，《楚辭》通例。也字無單用者，凡偶用也字，上句讀耶，爲反詰句，必有反詰副詞，應用問號；下句也字乃判斷詞，爲感歎句，應用感歎號。如上文『撫壯而棄穢兮，何不改乎此度也。乘騏驥而馳騁兮，來吾道夫先路也。』下文『何昔日之芳草兮，今直爲此蕭艾也？豈其有他故兮，莫好脩之害也』可證。不但《離騷》如此，《九辯》、《九章》、賈誼《弔屈原賦》亦然。不但《楚辭》如此，《莊子》亦然。」其説有思致。句末有「也」字是也。《爾雅翼》卷四、《全芳備祖集》卷二三、《古今事文類聚》後集卷二九引亦有「也」字。

【芳草】芳草，總上蘭、芷、蓀、蕙。昔日芳草，比昔日己所滋樹之賢能。

【直】王逸注「今皆直爲蕭艾而已」云云，直，謂皆。汪瑗曰：「直者，變易太甚之意。一曰，猶但也。」馬茂元直言簡直，情態副詞。亦猶汪氏「變易太甚」之意。案：王注不易。直有故義。《漢書·張陳王周傳》：「有一老父衣褐至良，直墮其履圯下。」顔師古注曰：「直，猶故也。」《史記·留侯世家·索隱》引崔諧亦曰：「直，猶故也。」故，或訓皆。《史記·周本紀》：「褒姒不好笑，幽王欲其笑，萬方，故不笑。」言皆不笑也。《淮南子·齊俗訓》「譬若舟車楯肆窮廬，故有所宜也」，言皆有所宜也。直，亦皆也。直、故之訓皆，遞相爲注。直，借爲首，古字通用。《爾雅·釋詁》：「道，直也。」王引之曰：「直，道一聲之轉。《説苑·脩文篇》：『樂之動於内，使人易道而好良；樂之動於外，使人温恭而文雅。』易道，即易直也。《樂記》曰：『致樂以治心則易直，子諒之心油然生矣。』是也。《文子·自然篇》『行道者而被刑』，《淮南子·主術訓》道作直。是道與直同義。或曰道，古首字也。《郊特牲》曰：『首也者，直也。』古聲道與首相近，故字亦相通。《史記·秦始皇紀》會稽刻石文『追首高明』，《索隱》曰：『今碑文首字作道。』是《史記》借首爲道也。《逸周書・周月篇》『周正歲道』，道即歲首。《芮良夫篇》『予小臣良夫稽道謹告』，稽道即稽首。是《逸周書》借道爲首也。」其説爲直、首相通之證。直、首爲幽職旁對轉，定審旁紐雙聲。猶周章之作「戠章」之比。首者，始也。事之始，亦事之終，故道、首皆有終極義。《尚書・君奭》「其終出於不祥」，今文作「道出於不祥」。《康誥》：「人有小罪，非眚，乃惟終，自作不典，式爾，有厥罪小，乃不可不殺；乃有大罪，非終，乃惟眚災，爾適既道極厥辜，時乃不可殺。」道極，言終極。首訓始，又訓終，相反爲義，猶落之訓始，亂之訓治。其終極義虚化爲俱詞皆也。《孟子・告子》「是君臣父子兄弟，終去仁義，懷利以相接」，言皆去仁義也。《淮南子・説山訓》「鼻之所以息，耳之所以聽，終以其無用者爲用矣」，言皆以無用爲用者也。首、道，皆也，而古或借直字爲之。今直爲此蕭艾，言今皆爲此蕭艾也。

【蕭艾】王逸注謂喻明智之士「佯愚，狂惑不顧」。《洪補》曰：「顔師古云：『《齊書》太祖云：「詩人采蕭。」蕭，即艾也。蕭，自是香蒿，古祭祀所用，合脂爇之以享神者。艾，即今之灸病者。名既不同，本非一物。《詩》云「彼采蕭兮」、「彼采艾兮」是也。』《淮南》曰：『膏夏紫芝，與蕭艾俱死。』蕭艾，賤草，以喻不肖。」聞一多曰：「茅與蕭艾亦皆香草，特其品質視蘭芷荃蕙爲下耳。」又，吴仁傑曰：「按：祭用鬯酒，諸侯以薰，大夫以蘭芝，士以蕭，庶人以艾。謂蕭艾爲賤草，固有自來。《詩・正義》引《爾雅》：『蕭，荻。』李巡曰：『荻，一名蕭。』陸璣云：『今人謂之萩蒿，或謂之牛尾蒿，似白蒿，白葉，莖粗，科生，多者數十莖，可作燭。有香氣，故祭祀以脂爇之。許叔重以爲艾蒿，非也。《郊特牲》云『既奠然後爇蕭』，王氏云：『取蕭祭脂是也。』』」案：《爾雅・釋草》：「蕭，萩。」誤作荻。《釋文》：「萩音秋。」《説文・艸部》：「萩，蕭也。从艸，秋聲。」萩之爲蕭，猶楸之爲櫹。詳《山海經・中山經》郭璞注。萩、蕭一字，蒿也。《韓非子・十過》「公宫之垣，皆以萩今本作荻，非。蒿楛楚牆之」是也。王念孫謂蕭、萩，語之轉。《離騷》用蕭不用萩。蕭，楚語。《説文》：「萩，蕭也。」以雅言釋楚語。許慎，楚人。故於訓釋存楚語。李時珍曰：「白蒿有水陸二種，《爾雅》通謂之蘩，以其易蘩衍也。春時各有種名，至秋老，則皆呼爲蒿矣。曰藾、曰蕭、曰萩，皆老蒿之通名。」艾，白蒿。蕭、艾皆賤草名，士、庶服之，以比賤者也，非惡草，不可與莽草相亂。是二句言何昔日之芳草，今皆爲蕭艾也？以斥賢士失節、美人易志。

豈其有他故兮　莫好脩之害也

他 包山楚簡他字作侶，或佗，古字；他，隸省字。

好 敦煌《楚辭音》殘卷好音秏。

也 洪《補》、朱《注》、錢《傳》引一無也字。案：有也字是也。

【豈其】張銑曰：「言明智之士佯愚者，豈有他故，爲君不好脩潔之士，而自損害。」案：是也。其，猶豈也。《尚書·盤庚》：「若火之燎於原，不可嚮邇，其猶可撲滅？」《酒誥》：「我其可不大監撫於時？」《多士》：「我其敢求位？」《左傳》文四年：「其敢於大禮以自取戾？」成二年：「其敢廢舊典以忝叔父？」其，皆言豈。《禮記·檀弓》：「則豈不得以？其毋以嘗巧者乎？」豈、其互文。豈其，平列複語，豈也。洪《補》曰：「時人莫有好自脩潔者，故其害至於荃蕙爲茅，芳草爲艾也。」以其爲指時世之人，傷於辭氣。

【他故】汪瑗曰：「他故，別由也。」案：他，同上「後悔遁而有他」，旁指之辭。《墨子·經上》：「故，所得而後成也。」《左傳》莊三十二年：「秋七月，有神降於莘。惠王問諸內史過曰：『是何故也？』」閔六年：「夏六月，葬莊公。亂故。是以緩。」僖二十八年：「不協之故，用昭乞盟於爾大神以誘天衷。」他故，别因。《史記·龜策列傳》：「此無他故，其祟在龜。」

【莫】王逸注：「言士民所以變直爲曲者今本皆訛作「變曲爲直者」，特正之，以上不好用忠正之人，害其善志之故。」王氏釋「上不」，爲無定稱代辭，斥君上。朱子以爲斥小人，曰：「世亂俗薄，士無常守，乃小人害之，而以爲莫如好脩之害者何哉？蓋由君子好脩，而小人嫉之，使不容於當世，故中材以下，莫不變化而從俗，則是其所以致此者，反無有如好脩之爲害也。東漢之亡，議者以爲黨錮諸賢之罪，蓋反其詞以深悲之，正屈原之意也。」朱子説以義理。雖一莫字，或「莫不」、或「無有」，游移不定。錢杲之曰：「小人豈有他故，而不爲賢者之害，言必害也。」汪瑗曰：「莫，猶不肯也。」蔣驥曰：「莫好脩之害，言莫如好脩之被害也。」游國恩曰：「莫，無也，不也。讀如《詩》『莫我肯顧』及《論語》『小子何莫學夫《詩》』之莫。莫好脩之害，言不好脩之害也。」皆以莫爲否定副詞。朱冀曰：「此一章乃咏上文之歎意。上二句自問，下二句自答，皆驚疑駭惋之詞。言何故昔之正人，皆一旦改節如是，諒無他故。莫非見我好脩之賈售，故盡喪其生平耶？是真不可解也。」莫猶「或然」。案：屈賦莫字夥頤，皆無定稱代辭。「孰信脩而莫之思」、「國無人而莫我知兮」，《九章·惜誦》「又蔽而莫之白」、「又莫察余之中情」、「退靜默而莫余知兮，進號呼又莫吾聞」，《涉江》「世溷濁而莫余知兮」、「哀南夷之莫吾知兮」，《懷沙》「莫知余之所有」。此承蘭芷蓀蕙蕪穢，究其變化，非唯斥君上。莫，不當釋「上不」，通作明。魚陽對轉，同明紐雙聲。《説文·水部》：「漠，清也。从水，莫聲。」《莊子·知北遊》「漠而清乎」，郭慶藩曰：「漠亦清也。古人自有複語耳。漠亦通作莫。昭二十八年《左傳》『德正應和曰莫』，杜注：『莫然清静也。』」《詩·巧言》「聖人莫之」，《釋文》：「莫，又作漠。」莫之，猶明之。《禮記·内則》鄭注：「魄，莫也。」《莊子·齊物論》郭注：「取其寂漠無情。」《釋文》：「漠，本作莫。」楚語陽聲多爲陰聲，故明字音如莫。明，勉也。詳上文「勉」字注。《懷沙》「明告君子，吾將以爲類兮」，言勉告君子也。《七諫·怨世》「行明白而曰黑兮」，白、黑對文，明，猶勉也。言我勉行清白而謂之黑也。明好脩之害，言勉行好脩之害也。此應上「余獨好脩以爲常」。或曰，莫，通作摸。《方言》卷一：「張小使大謂之廓，陳楚之間謂之摸。」郭璞曰：「摸音莫。」摸，猶拓延、擴充。言拓張好脩之害也。亦通，並存之。

【害】王逸害訓危害。張銑害訓損害。汪瑗曰：「害，猶弊也。」案：害，患也。害、患爲月元對轉，同匣紐雙聲。《淮南子·脩務訓》「時多疾病毒傷之害」，高注：「害，患也。」《墨子·兼愛中》「除去天下之害」，言除去天下患也。又，《禮記·樂記》「論倫無患」，《呂氏春秋·重己》「此陰陽不適之患也」，《貴生》「惡爲君之患也」，《誣徒》「此不能學者之患也」，高注皆曰：「患，害也。」害，名；患，事。明好脩之患，言勉行好脩之患也。患，憂也，懼也。《天問》「終然爲害」，同此。

是二句言昔日賢智之士，今淪爲小人者，無他故，誠患勉行好脩也。蓋時世皆變，確無好脩之人可託，待之何得？應上巫咸「苟中情其好脩兮，又何必用夫行媒」。

第七十八韻：艾、害

戴震曰：「艾，古音刈。」江有誥曰：「艾，去聲。」案：艾，古音爲[ŋa：t]。江有誥曰：「害，胡列反。」案：害，古音爲[ɣa：tt]。艾、害古同去聲月部長入。

余以蘭爲可恃兮　羌無實而容長

恃 敦煌《楚辭音》殘卷作怙，音户。案：王注曰：「恃，怙也。」王氏爲恃作注，其本作恃，騫公因王注而改。

《文選》卷六〇顔延年《祭屈原文》注、《山谷外集詩注》卷五兩引、《東雅堂昌黎集注》卷二注引亦作恃。

羌 敦煌《楚辭音》殘卷音祛姜反。

容 《文選》卷六〇顔延年《祭屈原文》注引作害。案：害，容字形訛。王注「不意内無誠信之實，但有長大之貌」云云，容訓貌，王本作容。《山谷外集詩注》卷五注兩引、《東雅堂昌黎集注》卷二注引亦作容。

長 敦煌《楚辭音》殘卷長音徒良反。案：長，騫公音「徒良」，存其古音。今音持良切，「定澄類隔」門法。

【蘭】王逸注：「蘭，懷王少弟，司馬子蘭也。言我以司馬子蘭、懷王之弟，應薦賢達能，可怙而進，不意内無誠信之實，但有長大之貌，浮華而已。」洪《補》曰：「《史記》：『秦昭王欲與懷王會，屈平曰：「秦，虎狼之國，不可信，不如無行。」懷王稚子子蘭勸王行，「奈何絶秦歡？」懷王卒行。入武關，秦伏兵絶其後，因留懷王。子頃襄王立，以其弟子蘭爲令尹。』然則子蘭乃懷王少子、頃襄之弟也。」案：蘭、椒、樧、揭車、江離，承「何昔日之芳草兮，今直爲此蕭艾也」；「豈其有他故兮，莫好脩之害也」來，具言衆芳蕪穢情狀，誠如朱子曰：「此即上章蘭芷變而不芳之意。」蘭，不當特指子蘭。朱子駁其繆，曰：「此辭之例，以香草比君子，王逸之言是也。然屈子以世亂俗衰，人多變節，故自前章蘭芷不芳之後，乃更歎其化爲惡物。至於此章，遂深責椒、蘭之不可恃以爲誅首，而揭車、江離亦以次而書罪焉，蓋其所感亦以深矣。初非以爲實有是人，而以椒、蘭爲名字者也。而史遷作《屈原列傳》，乃有令尹子蘭之説，班氏《古今人表》又有令尹子椒之名，既因此章之語而失之，使此詞首尾横斷，意思不活。王逸因之，又訛以爲司馬子蘭、大夫子椒，而不復記其香草臭物之諭。流誤千載，遂無一人覺其非者，甚可歎也。使其果然，則又當有子車、子離、子椒之儔，蓋不知其幾人矣！」其説息千古之訟。《潛夫論·明闇》曰：「屈原得君而椒、蘭構讒。」亦以蘭、椒爲子蘭、子椒。《離騷》人物，除三代外，皆不顯名字，必不得已，用化名代之？伯庸、正則、靈均是也。或用隱語，君王稱蓀，稱靈脩是也。果有子蘭、子椒其人，亦不宜直呼其名。錢鍾書謂蘭、椒爲雙關語，既謂芳草，又隱子蘭、子椒。欲折中調停。樧、揭車、江離，豈亦雙關語？似工實拙。蘭，芳草，比好脩之士。

【恃】王逸注：「恃，怙也。」又，《九章·惜誦》「君可思而不可恃」，《悲回風》「聊逍遥以自恃」，《九辯》「諒城郭之不足恃」，王注並同。案：《説文·心部》：「恃，賴也。从心，寺聲。」「怙，恃也。从心，古聲。」遞相爲注。析言亦有别。恃，持也。古恃、持通用。《莊子·徐無鬼》「恃源而往者也」，《釋文》：「恃，本亦作持。」《左傳》昭十九年「以持其世而已」，《釋文》：「持，本作恃。」《文選·東京賦》「西朝顛覆而莫持」，薛綜注：「持，扶也。」《荀子·解蔽》「故能持管仲而名利福禄與管仲齊」，楊注：「持，扶翼也。」《漢書·劉向傳》「及丞相御史所持」，顔注：「持，扶持，佐助也。」中心可依賴可依憑字作恃，借聲字。怙，古文怘，从心，故聲。故，居也。《莊子·齊物論》「何居乎」，《釋文》引司馬注曰：「居，猶故也。」居，人所依憑也。其分别字作據，或作据。《説文·手部》：「據，杖持也。」段注：「謂倚杖而持之也。杖者，人所據，則凡所據皆曰杖。據或作据。《揚雄傳》『三摹九据』，晉灼曰：『据，今據字也。』按：何氏《公羊傳》注：『據，亦作据。』怙，居聲。亦借聲字。怙，但言有所憑居，無扶助義。」《莊子·列禦寇》「河上有家貧恃緯蕭而食者」，恃緯蕭，助於緯蕭，不可易以怙。又，《堯典》「怙終賊刑」，《左傳》僖十五年「怙亂」，不可以恃爲之。散文不别。

【羌】王逸釋「羌」爲「不意」，轉折之詞，出人意外之意。

【實】王逸注：「實，誠也。」注謂「誠信之實」。李周翰釋「材能」。王萌曰：「無實，即秀而不實意，蓋自傷無結果也。」案：實、長對文。長，章也，文章也，外表儀態。詳下文注。實，猶内質。《淮南子·泰族訓》「知械機而實衰」，高注：「實，質也。」《論語·雍也》「質勝文則野」，皇《疏》：「質，實也。」《九章·懷沙》「文質疏内兮」，同此實與章。實、質同質部，照牀旁紐雙聲。質，猶正也，屈子以正爲其内美本質。詳上文「昭質」。

【容】王逸注「但有長大之貌」云云，容，容貌、容態。朱子曰：「容長，謂徒有外好也。」汪瑗曰：「無實容長，謂無蘭之實，而有蘭之名。」蔣驥曰：「容長，猶言虚有其表也。」姜亮夫曰：「容，外表也。」游國恩曰：「無實容長，但言蘭不可恃之故。」又，聞一多曰：「容長，枝葉長大也。」馬茂元曰：「容，指外表。長，多也。」同王注。案：無、容對文，容，非容貌，猶有也，借爲用。《釋名·釋姿容》：「容，用也。」《莊子·胠篋》「容成氏」，《六韜·大明》作「庸成氏」，庸、用通用，容亦通用。又，容、頌古通用。《漢書·儒林傳》「而魯徐生善爲頌」，顔師古注：「頌與容同。」《淮南子·脩務訓》「而不期於《洪範》、《商頌》」，高注：「頌，或作容。」頌，今作誦。《素問·陰陽類論》「頌得從容之道」，注：「頌今爲誦。」誦，用聲。《儀禮·大射儀》「頌磬東面」，鄭注：「古文頌爲庸。」《周禮·眡瞭》作「頌磬笙磬」，鄭注：「頌，古作庸。」庸，用聲。用，有也。上「用此下土」言有此下土也。用長，有文章也。

【長】王逸訓長大。朱子訓好。姜亮夫曰：「長，多也，又壯美也。」游國恩曰：「長有美義。」案：實、長對文。長，借爲章。長、章陽部、定照旁紐雙聲。《説文·木部》：「棖，一曰法也。从木，長聲」《方言》卷三：「棖，法也。」皆章法章字。又，周章或作舟張，章皇或作張皇。棖、張同長聲。長、章例亦通用。章，同《九章·橘頌》「文章爛兮」之章，謂文采。《廣雅·釋訓》：「章，采也。」《文選·赭白馬賦》「鏤章霞布」，李注：「章，采，文也。」今作彰字。無實用章，謂内無質正之美，而外有章華之采也。亦上「變而不芳」也。内美、脩態相悖不副。

是二句言我本以蘭可恃，乃内無芳質而外徒有蘭之華采也，斥蘭變質易性。

委厥美以從俗兮　苟得列乎衆芳

【列】《文選》六臣本作引，注云「五臣作列」。姜校誤以六臣本作列，引五臣本作引。案：王注「苟欲列於衆賢之位」云云，王本作列。

【委】王逸注：「委，棄也。言子蘭棄其美質正直之性，隨從諂佞，苟欲列於衆賢之位，無進賢之心也。」案：下又云：「惟茲佩之可貴兮，委厥美而歷茲。」「委厥美」二見，義亦同。果謂委棄其美質，與「惟茲佩之可貴」相悖。委，猶保也。委厥美，同上「保厥美」。委，借爲歸。《國語·越語》「請委管籥」、「委制於吴」，《吴語》「親委重罪」，韋注並曰：「委，歸也。」又，歸、懷古通用。《禮記·緇衣》「私惠不歸德」，注：「歸，或爲懷。」《詩·匪風》「懷之好音」，毛《傳》：「懷，歸也。」委、懷亦通用。美，非質正之美，指文章。懷厥美，謂懷守其章采。

【苟】王逸注「苟欲列於衆賢之位」云云，言冀欲。王夫之曰：「苟，幸也，幸得之也。」説同。又，錢杲之曰：「苟且得列乎衆賢之中，蓋似賢而非。」言苟且之意。汪瑗曰：「苟，聊且將就之意。」案：非是。苟得，猶誠得、確能也。非苟且，同上「苟余情」之苟，音居力切。

【列】王逸注「苟欲列於衆賢之位」云云，言就列、就位。案：是也。《禮記·服問》「上附下附列也」，鄭注：「列，等比也。」《説文·刀部》：「列，分解也。从刀，𡿪聲。」段注：「齒分骨之⿰齒列從列，引申爲行列之義。」

是二句言蘭懷保其章采，隨從世俗，與之俯仰，誠能與衆芳同列。四句斥蘭「不可恃」、「從俗」、「列乎衆芳」，此等痛語，誠非見人售者所不能言。蓋見任之初，信有賢如蘭者，以師事我，交深情篤。及一日見絀，紛焉改換門户，或落井下石，或出賣告密，競以爲晉見求封之資。曾幾何時，門庭賓客如雲，高朋滿座，宋玉、唐勒、景差之徒隨從前後，及放流，不復在位，莫知其所之。《高唐》、《神女》、《登徒子好色賦》言宋玉爲王侍，復在大夫之位，用事於朝，未見其與師同斥，蓋「不可恃」、「從俗」、「列乎衆芳」，抑或景差、唐勒、宋玉輩歟？

第七十九韻：長、芳

長，借爲章，古音爲[tɕiaŋ]。芳，古音爲[pʻiaŋ]。章、芳古同陽部。

椒專佞以慢慆兮　樧又欲充夫佩幃

慢慆 敦煌《楚辭音》殘卷慢作㦟，音亡諫反。洪《補》、朱《注》、錢《傳》引慢一作謾，洪、錢又引《釋文》作嫚，朱又引一作漫。洪引慆一作諂，朱、錢引一作謟。案：慢、謾一字，慆、謟一字。嫚，後起分別字；漫，借字；㦟，六朝俗字。諂，謟訛字。《北堂書鈔》卷二六、《唐類函》卷六八引作慢慆，《藝文類聚》卷八九、《唐類函》卷一八一引作慢謟，《文選》卷六〇顔延年《祭屈原文》注引亦作慢謟《考異》、姜校同引誤慢謟作謾謟，《東雅堂昌黎集注》卷二注兩引、《爾雅翼》卷一一、《山谷外集詩注》卷五注、《海録碎事》卷五引亦作慢慆。洪《補》慆音它刀切。

樧 敦煌《楚辭音》殘卷音疏黠反，《文選》六臣、洪《補》、朱《注》、錢《傳》樧音殺。《文選》卷六〇顔延年《祭屈原文》注引樧訛作極。《東雅堂昌黎集注》卷二注兩引、《山谷外集詩注》卷五注引亦作樧。

充 《唐類函》卷一八一載《藝文類聚》引作宂，《藝文類聚》卷八九引亦作充。案：宂，俗充字。

夫《文選》五臣、六臣作其。《藝文類聚》卷八九及《唐類函》卷一八一載引作夫。案：斷以句法，曰「導夫先路」、「紉夫蕙茝」、「不難夫離別」、「察夫民心」、「貪夫厥家」等，作「夫」是也。其，古作亓，夫，篆作，形似而訛。

幃　敦煌《楚辭音》殘卷曰：「幃，又褘，又緯，同許韋反。」《文選》六臣幃音惲。朱《注》音暉。又，《文選》卷六〇《祭屈原文》注引作緯。《考異》云：「原本《玉篇·糸部》『緯』字注云，《楚辭》或以爲帷當幃字之訛字，則古有作緯之本。」案：原本《玉篇》注引上「充幃」，非此「佩幃」。幃，本字；褘、緯，借字。

【椒】王逸注：「椒，楚大夫子椒也。」洪《補》曰：「《古今人表》有令尹子椒。」朱季海謂上官大夫字子椒，而改《鹽鐵論·訟賢》子柳爲子椒，楚懷王令尹。案：椒，例上文蘭。比失節易性之士，不當坐實。

【專佞】王逸注「而行淫慢佞諛之志」云云，言佞諛，專字無義可繫。汪瑗曰：「專者，一於此而無他也。佞者，詞色之諂諛也。」馬茂元曰：「專，指專擅政權，作威作福；佞音甯，謂善於諛諂。」案：《説文·寸部》：「專，六寸簿也。一曰紡專。」段君謂專壹字作嫥。錢大昕曰：「嫥，即『琴瑟專壹』之專。」薛均曰：「嫥，壹也。是正字。『專，六寸簿也。一曰紡專。』義皆異。《釋文》云：『董遇本作摶。』『摶，圜也。』亦係假借。按：部首有『叀』字，『專小謹也』。《頁部》又有『顓』字，『頭顓顓，謹貌』。義各有屬，今皆假專字爲之，混而不辨矣。」嫥，專聲，假聲字。專，借作耑。《説文·言部》：「諯，从言，耑聲，讀若專。」《漢書·貨殖傳》「其餘郡國富民兼業顓利」、《佞幸傳》「上聞逡言顯顓權」、《朝鮮傳》「不能顓決」，顏師古注皆曰：「顓與專同。」顓亦耑聲。《白虎通義·通號》曰：「顓，專也。」《典引》引《五經通義》：「顓猶專，通。」《耑部》：「耑，物初生之題也。上象生形，下象其根也。」引申言發端、端直、專一義。婦事夫以耑字作嫥。古借專、顓爲之，嫥字廢不行。《女部》：「佞，巧讇高材也。从女，信省聲。」小徐本云從女、仁聲。段玉裁、朱駿聲、王筠亦謂從女、仁聲。案：仁，借作忍，實爲刃詳上「忍而不能舍」，刀堅也，有剛堅鋭利義。才高莫過口辯辭捷，則字作佞。佞，借聲字。引申言口才，非惡語。《左傳》成十三年「寡人不佞」，孔疏：「佞，是口才捷利之名。」《論語·雍也》「仁而不佞」，孔疏：「佞，口才也。」《禮記·曲禮》「爲近佞媚」，《釋文》：「口才曰佞。」包山楚簡作「信」，從仁、口，口才分別文。引申言諛諂，惡語。專佞，猶一意諂諛。

【慢慆】王逸注：「慆，淫也。言子椒爲楚大夫，處蘭芷之位，而行淫慢佞諛之志，又欲援引面從不賢之類，使居親近，無有憂國之心，責之也。」王氏言慆淫，且未爲慢字釋義。洪《補》曰：「《書》曰：『無即慆淫。』注云：『慆，慢也。』」慢慆，平列複語。案：《説文·心部》：「慢，惰也。从心，曼聲。一曰，慢，不畏也。」惰慢，言不敬、不畏。引申言倨傲義。《易·繫辭》「上慢下暴」，慢，即不恭而傲。《禮記·雜記》「時人倨慢」，倨慢，平列複語。或作僈。《釋文》：「僈本亦作慢。」《釋名·釋言語》：「慢，漫也。漫漫心無所限忌也。」《説文》無漫字。漫，曼也。《文選·北征賦》「遵長城之漫漫」，注：「漫與曼古字通。」《莊子·馬蹄》「澶漫爲樂」，《釋文》：「漫，本作曼。」曼、漫古今字。上言「路曼曼」，猶存古字。《説文》：「曼，引也。从又，冒聲。」曼音無販切，元部。冒，屋部，非諧聲。曼，從又，從冒，會意字。引申言縱逸過度，從曼聲字多藴涵此義。水溢謂之漫，穢語相欺謂之謾，怠惰不恭謂之慢，侮易謂之嫚，繒無文章謂之縵，醬醋敗而失其味謂之⿰酉曼，皮之松皴謂之⿰皮曼，草滋生謂之蔓，無溝畦謂之⿰禾曼。「慢慆」連用，慢，爲不恭、倨傲。又，《説文·心部》：「慆，説也。从心，舀聲。」段注：「説，今之悦字。《尚書大傳》『師乃慆』，注曰：『慆，喜也。』可證許説。《悉蟀傳》曰：『慆，過也。』《東山傳》曰：『慆慆，言久也。』皆引申之義也。古與滔互叚借。」謂慆訓淫、訓過，爲慆悦引申。案：王注慆爲淫，本作滔。慆，借字。《水部》：「滔，水漫漫大皃。从水，舀聲。」引申言淫、言濫、言過。行無檢束，亦謂之滔。《詩·蕩》「天降滔德」，毛《傳》：「滔，慢也。」《江漢》「滔滔武夫」，毛《傳》：「滔滔，廣大貌。」《懷沙》「滔滔孟夏兮，草木莽莽」，王注：「滔滔，陽盛貌也。」舀無漫淫義，借爲道，實爲覃。《史記・禮書》「舀及士大夫」，《大戴禮記・禮三本》作「導及」，《荀子・禮論》作「道及」。王念孫曰：「舀字當爲『覃及鬼方』之覃。」覃、舀幽浸旁對轉，同定紐雙聲。《爾雅・釋言》：「覃，延也。」《詩・生民》「實覃實吁」，毛《傳》：「覃，長也。」《漢書・叙傳》顔師古注：「覃，大也，深也。」水覃覃而大則作滔。滔，假聲字。專佞，對上；慢慆，對下。謂椒於上一意諂諛，投君王所好；於下慢慆不恭，倨傲無禮。

【榝】王逸注：「榝，茱萸，似椒而非，以喻子椒似賢而非賢也。」洪《補》曰：「《爾雅》：『椒、榝醜，莍。』注云：『榝，似茱萸而小，赤色。』子椒佞而似義，猶榝之似椒也。」變言斥子椒。案：椒專佞以慢慆以斥椒，又欲充夫佩幃以斥榝。《説文・木部》：「榝，似朱萸。出淮南。」榝亦楚物。《本草》曰：「蔓椒，一名豕椒，一名豬椒，一名彘椒，一名狗椒。」陶隱居曰：「山野處處有之，俗呼爲樛子，似椒欓。而小不香。一名豨椒。」吴仁傑曰：「茱萸一名榝子，蕪荑一名蔱蘠，蔓椒一名豨榝，三者皆有榝名。《集韻》：『榝，草名，或從草。』《説文》云：『似茱萸。』許叔重在王逸前，故郭璞用許説爲正。顔師古《急就章》注：『亦云茱萸似榝而大。』然則榝但似茱萸耳，與茱萸非一物也。蔓椒既有豨、狗賤名，又小不香，爲此物無疑。」榝，賤草也。惟其類椒，小而不香，亦非惡物。

【幃】王逸注：「幃，盛香之囊，以喻親近。」案：幃，幐也。詳上文「充幃」注。黨人攀附高位，幸爲佞臣，親近君上，而斥之「充夫佩幃」也。

是二句言椒專佞諂諛，以悦於君上，而慢滔倨傲，以欺其下，信勢利之徒。榝又充賢能，攀附權貴，圖取高位，爲佞幸之臣。

既干進而務入兮　又何芳之能祇

而 洪《補》、朱《注》、錢《傳》引一作以。案：干進、務入，平列對文，作而是也。《五百家注昌黎文集》卷一注引「又何芳」一句同今本。

【干進】王逸注：「干，求也。」汪瑗曰：「干，求之遍也。」案：《説文・干部》：「干，犯也。从一，从反入。」段注：「犯，侵也。反入者，上犯之意。」干無求義。段玉裁、朱駿聲、王筠謂作迀。《辵部》：「迀，進也。从辵，干聲。讀若干。」迀，干犯之分别文。迀亦不訓求。《穀梁傳》定四年注曰：「見不以禮曰干。」干，匃也。《亡部》：「匃，气也。亡人爲匃。逯安説。」段注：「气，雲氣也。用其聲叚借爲乞求、乞與字。」朱駿聲曰：「許以通借字訓正字，當訓求也。亡人，會意者，亡逃之人求食於他鄉也。」慧琳《一切經音義》卷二引《蒼頡篇》：「乞謂行匃也。」乞，爲事，而匃爲名。古乞匃連文，平列複語。《漢書・西域傳》「乞匃無所得」，《朱買臣傳》「上計吏卒更乞匃之」。行匃求食不以禮，而借爲干。干、匃元月平入對轉，同見紐雙聲。《禮記・月令》「鶡旦不鳴」，《説文・鳥部》字作「渴鴠」。《方言》卷八作「鳱鴠」。曷、渴匃聲；鳱，旱聲，實干聲。干、匃例亦通用。進，登也。詳上文「競進」注。干進，猶求登高位。

【務入】王逸注「言子椒苟欲自進，求入於君」云云，言務求。汪瑗曰：「務者，事之專也。將入曰進，既進曰入。」案：王注不移。《説文・力部》：「務，趣也。从力，敄聲。」大徐曰：「言趣赴也。」務之訓疾趣，引申言求。敄無疾進義。敄，冒也。《荀子・哀公》「古之王者有務而拘領者矣」，楊注：「務讀爲冒。」《説文》敄作霚，從雨，敄聲。《釋名·釋天》：「霧，冒也。氣蒙亂覆冒也。」敄、冒幽部，明紐。冒，前也，強力以趣則作務，借聲字。入，内也。包山楚簡但作「内」。務入，求内於君。錢澄之曰：「干進，應專佞；務入，應充幃。」最爲達詁。

【芳】芳，衆芳也，比變節易志之士。

【祇】王逸注：「祇，敬也。」王夫之曰：「祇音支，專一也。」王闓運曰：「祇當爲祇，厚也。」又，王引之曰：「祇之言振也。言干進務入之人，委蛇從俗，必不能自振其芬芳，非不能敬賢之謂也。上文云『蘭茝變而不芳』，意與此同。《逸周書·文政篇》『祇民之死』，謂振民之死也。祇與振聲近而義同，故字或相通。《皋陶謨》曰『嚴祇敬六德』，《史記·夏本紀》祇作振。《粊誓》『祇復之』，《魯世家》祇作敬。徐廣曰『一作振』。《内則》『祇見孺子』，鄭注曰：『祇，或作振。』」聞一多曰：「振，揚也。此承上椒榝爲言，而尤側重於榝之充幃，榝在幃中，芬芳不得播揚於外也。」案：祇之訓振，優於舊注，不合文義。祇，借作帶。言衆芳皆不可佩帶。《老子·德經》「深根固柢」，長沙馬王堆帛書本《老子》甲、乙兩本柢字作氐，今本作蔕。《文選·西京賦》「蔕倒茄於藻井」，蔕，即柢假借。《吕氏春秋·古樂》「昔陶唐氏之始，陰多滯伏而湛積」，滯伏，即底伏。《後漢書·馬融傳》「疏越蘊慉，駭恫底伏」，李賢注：「底伏，猶滯伏也。」借滯爲底。蔕、滯同帶聲，例可通用。《老子》六十四章「治人帶事天」，敦煌卷子本《世德河上本》五十九章「帶」字作「蔕」。柢、底氐聲。祇、帶亦通用。帶，佩也，服也。《九歌·山鬼》「被薜荔兮帶女羅」、「被石蘭兮帶杜衡」，《涉江》「帶長鋏之陸離兮」，蓋以叶幃韻，改帶爲祇。

是二句言衆芳皆干進務入，昭質虧損，又何所芳草可佩帶？何所賢智可求？楚信無榘矱相同之君，不足淹留。

第八十韻：幃、祇

陳第曰：「幃，古音怡。」案：幃，微部；怡，之部。幃、怡古不同音。幃，古音爲[ɣiʷə]。祇，通作帶，因韻而借作祇，古音爲[tiei]。幃、祇爲微脂合韻。

固時俗之流從兮　又孰能無變化

流從《文選》六臣本作從流，注云：「五臣作流從。」洪《補》、朱《注》、錢《傳》引一作從流，洪又引從一作徙。案：從流，猶上亂流，合流也。詳注。徙，從訛字。流從，「從流」訛乙。王注「言時世俗人隨從上化，若水之流」云云，王本作從流。《藝文類聚》卷八六、《太平御覽》卷九三二亦作從流。

化敦煌《楚辭音》殘卷音虎瓜反。案：楚音化如和。包山楚簡過字作𨑳，化聲。

【固】王逸注：「言時世俗人隨從上化，若水之流，二子復以諂諛之行，衆人誰有不變節而從之者乎？疾之甚也。」固，無義可繫。張銑曰：「固此諂佞之俗，流行相從，誰能不變節隨時以容身乎？」固，本然之辭。案：固，與下「覽椒蘭」之覽爲互文，借作顧。《大戴禮記·禮察》「爾豈顧不用哉」，豈顧，豈固。《戰國策·趙策》「雖強大不能得之於小弱，而小弱顧能得之強大乎」，顧能，固能。《史記·秦始皇本紀》「天子稱朕，固不聞聲」，固借爲顧，但也。《燕策》「生之物，固有不死者乎」，《史記·陳丞相世家》「人固有好美如陳平而長貧賤者乎」，固有，豈有，借固爲顧。《漢書·衛青傳》「今固且圖之」，固且，《史記·張儀列傳》作顧且。顧，念也。

【流從】當從一本作從流。王逸注從謂「隨從上化」，流爲喻辭，「若水之流」也。增字以解。案：從，猶順也、隨也。《戰國策·秦策》「從而伐齊」，高注：「從，合也。」《爾雅·釋詁》：「從，重也。」《大戴禮記·夏小正》：

「鹿人從者，從羣也。」《禮記·樂記》「率神而從天」，鄭注：「從，順也。」《孔子閑居》「氣志既從」，鄭注：「從，順也。」從流，義同上文「亂流」，合俗、同污也。流，邪僻、邪污也詳上「亂流」注。《禮記·射義》「耆耋好禮，不從流俗」，鄭注：「流俗，失俗也。」流俗，平列複語。從流俗，即從俗。

是二句言我念時世之人皆從俗合污，又誰能無變化乎？

覽椒蘭其若茲兮　又況揭車與江離

揭　敦煌《楚辭音》殘卷音丘桀反。洪《補》、錢《傳》引一作藒，《爾雅》卷八《釋草》邢疏、《古今合璧事類備要》續集卷四一引作藒。案：揭車，草名，揭從艸作藒，後起分别文。《山谷外集詩注》卷五注、《爾雅翼》卷二引亦作揭。

車　敦煌《楚辭音》殘卷音居。

離　《文選》六臣本作蘺，洪《補》、錢《傳》引一作蘺。朱《注》云：「即離如字。」案：蘺，後起專字，古作離。《文選》卷五《吴都賦》注、卷一五《思玄賦》注，《後漢書》卷五九《張衡傳》注、《説文繫傳》卷一二、《古今合璧事類備要》續集卷四一引作離。《爾雅翼》卷二引亦作離。

【椒蘭】王逸椒謂子椒，蘭爲子蘭。洪《補》亦曰：「子椒、子蘭宜有椒、蘭之芬芳，而猶若是，況衆臣若揭車、江離者乎？」《列子》曰『臭過椒、蘭』，《荀子》曰『椒、蘭苾芬』。」案：椒、蘭，總上蓀蕙、樧。舉椒而槩樧，舉蘭而統蓀蕙，槩上「蘭芷變而不芳兮，蓀蕙化而爲茅」、「椒專佞以慢慆兮，榝又欲充夫佩幃」。椒，猶椒與榝。蘭，猶蘭與蓀蕙。屬「文具於前而略於後例」。俞樾《古書疑義舉例》卷二第二十二條。

【若茲】王逸注言若此。《書・大禹謨》「念茲在茲」，孔《傳》：「茲，此也。」《金縢》「茲攸俟」，鄭注：「茲，此也。」茲，茲生，借作之。茲、之同之部，精照旁紐雙聲。之，此也。《詩・桃夭》「之子于歸」，之子，此子也。《日月》「乃如之人兮」，如之，如此也。《離騷》之、茲雜用，抑異於形態歟？抑別於方俗歟？以俟通人方家。

【況】王逸注：「言觀子椒、子蘭變志若此，況朝廷衆臣而不爲佞媚以容其身邪？」以況爲問詞，猶何況。案：是也。「覽椒蘭其若茲兮，又況揭車與江離」，同上「雜申椒與菌桂兮，豈維紉夫蕙茝」句法。況，豈也，胡也。況、胡魚陽對轉，同匣紐雙聲。胡，何也，豈也。古或借況爲之。《左傳》定九年：「思其人猶愛其樹，況用其道而不恤其人乎？」文六年：「先王違世猶詒之法，而況奪之善人乎？」郭沫若釋況爲況且，推脱之辭。非是。

【揭車、江離】王逸注揭車、江離比衆臣，指位於子椒、子蘭下者。洪《補》曰：「揭車、江離，皆香草，不若椒蘭之盛也。」案：椒、榝、蘭、蓀、蕙，比朝中權貴，揭車、江離，位在其下，亦一時之英。是二句言世俗皆變，觀椒、蘭諸芳猶如此，豈又揭車、江離乎？楚國信無明君、賢士。

第八十一韻：化、離

朱子化叶音虎瓜反，陳第曰：「化，古音嬉。」案：化，歌部，虎瓜之行韻，魚部；嬉，之部。化，古音爲[ɣʷai]。離，古音爲[liai]。化、離古同歌部。

惟茲佩之可貴兮　委厥美而歷茲

【惟茲】呂延濟曰:「惟此,原自屬也。」《文選》五臣本惟茲作惟此。案:惟此,屈賦恒語,「惟此黨人其獨異」、「惟此黨人之不諒兮」是也。若作「惟茲」,與下「歷茲」亦複。

【之】洪《補》、朱《注》、錢《傳》引一作其。案:同上「豈余心之可懲」、「相下女之可詒」句法,作之是也。

【惟茲】王逸注:「言己内行忠正,外佩衆香,此誠可貴重,不意明君棄其至美,而逢此咎也。」朱冀曰:「惟,獨也,與上『孰能』二字緊相照應。」案:惟此,恒語,猶但此。當從《文選》五臣本茲作此。惟,但也,特也,僅然之辭。王氏惟釋誠,亦但辭。章太炎曰:「訓詁不可展轉附會,如『格物』本無窮理之意,宋人展轉附會謂格古訓來,來可訓至,至又訓極,又訓盡,故格之訓盡。實非古訓,乃由展轉附會而生。」惟訓孤獨,亦展轉附會。《吕覽·察傳》曰:「狗似玃,玃似母猴,母猴似人,人之與狗則遠矣。」語辭獨爲孤獨,猶人之與狗,相去遠甚。

【貴】王逸謂貴其服飾不從流俗。案:貴,借作遺。《莊子·天下》「道則無遺者矣」,《釋文》:「遺,如字,本作貴。」《釋名·釋言語》:「貴,歸也。物所歸仰也,汝潁言貴聲如歸往之歸也。」遺,猶貽與。《廣雅·釋詁》:「遺,予也。」又:「遺,送也。」可遺,謂瓊佩可遺彼美人。

【委】王逸訓委棄。案:其意與下「芳菲菲而難虧兮,芬至今猶未沫」不相接榫。委厥美,同上「委厥美以從俗」,謂懷其美,借委作懷。美,指瓊佩。

【歷茲】王逸注：「歷，逢也。」借歷作離，歷茲謂「逢此咎」。錢杲之曰：「歷茲，歷至此時。」茲之訓時，通作載。朱子曰：「委而棄之，以至於此。」汪瑗曰：「其棄之一至於此也。」游國恩曰：「歷茲，與前段『歷茲』同，猶言至斯困厄也。」案：「委厥美而歷茲」，言懷其美而離蹤，不與世俗同污。歷茲，即離蹤、離斯、離跂，皆語之轉。《荀子·非十二子》楊倞注曰：「離跂，違俗自絜之貌。」王念孫曰：「離跂、離縱皆疊韻字，大抵皆自異於衆之意也。」訓詁字作櫪㯕，離析、磧歷、離逖、流澌、流塹詳上「歷茲」注。又，《瀛涯敦煌韻輯》卷三：「𧾉鰊，行貌。」亦其變體。

是二句言惟此瓊佩未改其質，猶尚可詒，則懷我之美，離跂以去，不從流俗。

芳菲菲而難虧兮　芬至今猶未沫

菲菲 敦煌《楚辭音》殘卷音孚尾反。《考異》引原本《玉篇·虧部》引作霏霏，姜校轉引其說，亦作霏霏。案：霏霏，雲雨貌。《九章·涉江》「雲霏霏而承宇」是也。此言芳香貌，訓詁字作菲菲也。羅本、黎本《玉篇》引作菲菲，不作霏霏。《文選》卷一五《思玄賦》注、《學林》卷九「沫沫」條引亦作菲菲。

而 洪《補》、朱《注》、錢《傳》引一作以，《文選》卷一五《思玄賦》注引作兮。案：而，形容詞尾，猶然也，不當作以。兮字之訛。羅本、黎本《玉篇·虧部》「虧」字、《學林》卷九「沫沫」條、《文選》卷四三劉峻《重答劉秣陵沼書》注引亦作而。

虧 《文選》六臣本作雽，洪《補》、錢《傳》引一作雽，元刊朱《注》本作䖓。案：虧或作䖘，䖓、雽，俗字。羅本、黎本《玉篇·虧部》引作㱆，《文選》卷一五《思玄賦》注、卷四三劉峻《重答劉秣陵沼書》注，《學林》卷九「沫沫」條引亦作虧。

芬　《文選》六臣注云「五臣有兩芬字」。朱《注》、錢《傳》引一本「芬下復出芬字」。姜校引洪《補》亦作芬芬。非是。案：洪云「芬芳，一作芬芬。」芬芳，王注「芬芳勃勃」之芬芳。非《離騷》文。芬與上芳對文，不作芬芬。作芳者襲王注而訛。又，《文選》卷四三劉峻《重答劉秣陵沼書》注引芬訛作芳，卷一五《思玄賦》注引亦作芬。

沫　敦煌《楚辭音》殘卷本作沫，音亡蓋反，朱《注》本亦作沫。案：沫，沫字形訛。詳注。《文選》卷一五《思玄賦》注、卷四三劉峻《重答劉秣陵沼書》注，《學林》卷九「沫沫」條引亦作沫。

【菲菲】王逸訓勃勃。案：菲菲，楚語，雅言曰芬芬。勃勃，漢時通語。詳上文「菲菲」注。

【難】王逸注「誠難虧歇」云云，難訓難易。案：難虧、未沫，平列對文。難，猶不，借爲那，古字通用。《周禮·占夢》「遂令始難毆疫」，鄭注：「故書難或爲儺。」又，《詩·桑扈》「受福不那」，《說文·鬼部》引作「受福不儺」。那、難例亦相通。那，奈也，何也。促言曰奈、曰那，問辭。《左傳》昭十年：「忠爲令德，其子弗能任，罪猶及之，難不慎也？」言何不慎也？借難爲那。難虧，言豈虧，意謂未虧也。

【沫】王逸注：「沫，已也。」朱子曰：「沫，昏暗也。」以沫爲昧。周拱辰曰：「沫，水沫。衆芳遭水漬，即變色矣。」徐焕龍曰：「沫，没也。」戴震曰：「沫，微也。」畢大琛曰：「沫，汗流也。言佩之芬，猶未如汗流出而散。」又，洪《補》曰：「沫音昧，微晦也。《易》曰『日中見沫』，《招魂》曰『身服義而未沫』。」王觀國曰：「《易·豐卦》曰：『豐其沛，日中見沫。』王弼注曰：『沫，微昧之明也。音莫貝反。』蓋屈平自謂我之芬芳未至於晦昧也。宋玉自謂身服義而未至於晦昧也。五臣以沬爲已，誤矣。《前漢書・王商傳》引《易》曰：「日中見昧，折其右肱。」蓋沬與昧義則同也，故通用之。《玉篇・水部》曰：「沬，亡活、莫蓋二切。」觀國按：「亡活切」者，旁從本末之末，所謂「避浮沫之害」是也。「莫蓋切」者，旁從午未之未，即《易》所謂「日中見沬」，《詩》所謂「爰采唐矣，沬之鄉矣」是也。二字偏旁不同，而《玉篇》同爲一字，而分二切以訓之，誤矣。」案：王注未可輕易。《易・豐卦》：「豐其沛，日中見沬。」沛、沬韻，月部，《易》本作沬，沬，沬字形訛。日中見沬，言日無精也。借作蔑。案：《説文・丱部》：「苜，讀若末。」又：「⿱苜火，火不明也。从苜从火，苜亦聲，讀與蔑同。」沬猶蔑也，通作昧。《左傳》隱元年「公及邾儀父盟于蔑」，《公羊傳》、《穀梁傳》同作「盟於昧」。《左傳》文七年「晉先蔑奔秦」，《公羊》作「先昧」。《商子・弱民》唐蔑，《戰國策・楚策》作「唐昧」。蔑，目無精。日無精亦曰蔑，而制「昧」字。《易經》之沬，實即昧字。沬、昧同音亡活、莫蓋二切，月部。「莫蓋」，非沬字音。王弼注《易經》沬，莫貝切，音同亡活。沬，微部，音無沸切，借作歾。《禮記・檀弓》「用瓦不成味」，鄭注：「味，當作沬。」而《荀子・禮論》「陶器不成物」，物，沬假借。《漢書・李廣蘇建傳》「前以降及物故」，宋祁曰：「物，當從南本作歾，音没。」沬、歾通用。人死謂之歾，引申言終也，已也。未歾作未沬。楚語。《惜往日》：「吴信讒而弗味兮，子胥死而後憂。」弗味，同未沬，言信讒無止也。《招魂》「身服義而未沬」，亦同此。

是二句互文，言我之所佩，芬芳菲菲，至今未歇已也。

第八十二韻：茲、沬

茲，之部。沬，微部。之、微出韻。朱子謂沬音莫之反，以與茲相協，非知音之選。陳第以沬爲沬，謂「沬古音迷」。沬，月部；迷，脂部。沬、迷不同音，不與茲韻。江有誥、王力謂此四句無韻。譚介甫謂此四句本作「惟茲佩之可貴兮，芳菲菲而難虧。委厥美而歷兹兮，芬至今猶未沬」。虧、沬協韻。譚既誤沬作沫，又失「芳菲菲其難虧，芬至今猶未沬」對偶句法。余疑上二句倒乙，本作「委厥美而歷兹兮，惟兹佩之可貴」。貴、沬同微部，協韻。貴，借爲遺，古音爲[ʔʷet]，物部短入。沬，去聲，音無沸切，古音爲[miʷəːt]，物部長入。

和調度以自娛兮　聊浮游而求女

[和] 敦煌《楚辭音》殘卷和音胡戈反。《群經音辨》曰：「和，調也，户戈切。調絜曰和，胡卧切。」案：胡戈、户戈音同。和，通作爰。詳注。

[調] 敦煌《楚辭音》殘卷調音徒幺反，朱《注》音徒料反，錢《傳》音徒弔反。《群經音辨》曰：「調，和也。徒聊切。和適曰調，徒料切。」案：徒幺、徒聊音同，平聲。徒料、徒弔音同，去聲。

[度] 敦煌《楚辭音》殘卷度音徒胡反。《群經音辨》曰：「度，揆也，大各切。度，法制也，徒故切。」案：徒胡、徒故音同，騫公蓋度爲法度。調度，猶踶踱也。詳注。

[聊] 敦煌《楚辭音》殘卷作聊，曰：「聊音了彫反，字從丣，音羊首反。他倣此。」

[女] 敦煌《楚辭音》殘卷、洪《補》、朱《注》女音紐吕反。

【和】王逸注「和調己之行度」云云，以「和調」平列，而度字獨立，和訓調和。洪《補》曰：「和調，重言之也。」

朱子和字獨立，調度連文，曰：「調，猶今人言格調之調；度，法度也。」錢杲之曰：「調度猶程度也。和，中也。」又，劉永濟謂調度平列，調亦度。調度有「調處、處置之義，此文則言安然調處以自娱樂也」。案：和，借爲爰，語辭。調度，踁踱也說詳下。和調度，言爰踁踱。和、爰歌元陰陽對轉，同匣紐雙聲。《論衡·死僞》「簡公將入於桓門」，桓門，即《周禮·大司馬》冬狩田之「和門」。借和爲桓。《漢書·酷吏尹賞傳》「安所求子死，桓東少年場」，顔師古注引如淳曰：「陳、宋之俗言桓聲如和。」桓，爰也，古字通用。《説文·艸部》藼字重文，其一曰萱，《釋文》曰：「萱，或作蘐。」《詩·伯兮》「安得藼草」，《文選》注引《韓詩》字作諠。諠、萱亘聲；蘐，爰聲。爰、桓例亦通用。《唐書·宰相世系表》陳諸字伯爰，王引之曰：「爰，讀爲亘。」《戰國策·齊策》「齊負郭之民有孤狐咺者」，《吕氏春秋·貴直》作狐援，《漢書·古今人表》作狐爰。和、爰例亦通用。陳楚之間語爰如和，陽聲轉陰聲。爰，且也，於是也。《九章·懷沙》「曾傷爰哀，永歎喟兮」，曾、爰對文。王逸注曰：「爰，於也。」王引之以曾爲增，爰爲嗳，非是。爰、聊儷語，爰亦聊且也。

【調度】王逸謂調度爲「調己之行度」；朱子謂調爲格調，度爲法度；錢杲之調度訓程度。案：調度，猶踁踱。調，周聲；踁，至聲。古周、至通用。《尚書·泰誓》中「雖有周親，不如仁人」，孔《傳》：「周，至也。言紂至親雖多，不如周家之少仁人。」《詩·鹿鳴》「示我周行」毛《傳》、《逸周書·謚法解》、《廣雅·釋詁一》、《漢書·叙傳》「夐冥然而不周」顔師古注引劉德語、《後漢書·明帝紀》「以崇建周親」李賢注並曰：「周，至也。」《詩·六月》「軒輊」，《儀禮·既夕禮》作「軒輖」。度，即踱字。踱，度聲，亦通用。踁踱，連語，徘徊不進貌。《史記·司馬相如列傳》「踁踱輵螛」，徐廣曰：「踁踱，乍前乍却也。」《索隱》引張揖曰：「踁踱，疾行皃。」踁踱，躊躇之聲轉。陽鐸對轉字或作滌蕩，《文選·嘯賦》「心滌蕩而無累」是也。《廣雅·釋詁》字作滌潒，訓灑，猶暢舄無累，疾義引申。或作遥蕩，《莊子·天地》「天地遥蕩」是也。《毛詩·宛丘序》作遊蕩。遊，通作淫，故或作婬蕩。《方言》：「婬蕩，遊也。」或作倗儻,《玉篇·人部》:「倗儻,不常也。」亦作雕當,《朱彧可談》:「都下市井,謂作事無據者曰没雕當。」俗詈人無正業曰弔兒郎當,蓋其遺語。字或作趯趟,《玉篇·走部》:「趯趟,踉𧼯也。」踉𧼯即浪蕩,《類篇》作䠀蹌,《廣韻》作踉蹡。聲之轉作佚蕩,《漢書·揚雄傳》「爲人簡易佚蕩」,晉灼曰:「佚蕩,緩也。」《方言》作佚惕,言寬緩舒張。又作倜儻、俶儻、跌蕩、跌宕、佚宕。才高志曠曰跌宕,狂亂跋扈亦曰跌宕,美惡同辭,而歸於寬緩自如則同。聲變字作周章,與躊躇、踟躕、峙躇、趑趄、次且、踔度爲一字。《九章·抽思》「超回志度」,志度,即峙躇。王逸注謂「志其法度」,非也。俗語游蕩、溜達,亦其遺語。和調度,即爰周章,言且周章戲游以自娱樂也。

【浮游】浮游,連語,即浮揚、仿佯之轉。浮游,楚語也。詳上文「浮游」注。

【求女】王逸注「且徐徐浮游,以求同志」云云,謂求同志。朱子曰:「言我和此調度以自娱,而遂浮游以求女,如前所言虙妃、佚女、二姚之屬,意猶在於求君也。」謂求君。趙南星、方桑如、林仲懿謂西行求女異於上三求女,譏斥楚頃襄王七年西迎秦婦,諷謁女門徑之不通,爲求真女。案:求女之女,同上「豈惟是其有女」之女,猶虙妃、佚女、二姚之比,指楚先神女。求女,亦同上求帝、三求女,謂求反其女先,無時世君臣之託寓。游國恩、錢鍾書謂西行求女,爲屈子「矛盾」、「動摇」心理,其潛意識逃生西秦意向,詬辱巍巍人格。夫忠臣去國,不潔其名,屈子以「中正」爲本,生爲「中正」,死亦爲「中正」,其惟「恐脩名之不立」,豈容自疏自棄,忽有走異邦、充逋客之想乎?「假設」之想亦不當有。西行求女,既非眷戀楚君,又非走列國。下承言登昆侖,期西極,翱翔戲遊。昆侖者,屈子所神往樂土樂國。《涉江》曰:「世溷濁而莫余知兮,吾方高馳而不顧。駕青虬兮驂白螭,吾與重華遊兮瑶之圃。登昆侖兮食玉英。與天地兮同壽,與日月兮同光。」昆侖之居,於溷濁時世,象徵聖潔無瑕,於變易習俗,象徵永恒有常;於幽昧政治,象徵光明赫戲。而於楚族宗教,象徵其氏族根本,先祖之居空桑、高丘、下丘在焉。昆侖,屈子精神所憑,每不得志於時世,必轉生登昆侖之想。時世既不足淹留,不妨從靈氛吉占,之昆侖求女祖,乃一死了之,與居空桑之列祖列宗同在。求女，登昆侖之同義語。《詩・碩鼠》曰：「逝將去女，適彼樂土，樂土樂土，爰得我所。」其是之謂也。然則亦非飄飄欲仙，求玉女相與成夫婦。觀屈子畢生行事，在於富國強楚，「帝高陽之苗裔」之宗族精神，爲其奔走之内驅力，畢竟與絶聖棄智、適性逍遥之老莊不同，屈子神馳昆侖、心繫神女，似有出世之想，然則其精神飛翔自始至終爲君國、脩名、善惡、生死世俗倫理所羈絆，而其所求之女莫不有人神雙重之格調，於女祖之外時見時世聖君或賢臣之象，於心理分析，係屈子潛在意識之外化，雖然，求女猶未改其反本女祖本旨，不得徑以求君或求賢說之。

是二句言我乃戲游自娱，聊且浮游流蕩，以求楚族女祖。於此啓下西行自決之夢。

及余飾之方壯兮　周流觀乎上下

觀 敦煌《楚辭音》殘卷觀音古丸反。

上下 敦煌《楚辭音》殘卷上如字，下協韻，音户。洪《補》、朱《注》下音户。案：楚語下音户。

【余飾】王逸注以「余飾」比屈子「年德」。洪《補》曰：「『高余冠之岌岌兮，長余佩之陸離』，所謂『余飾之方壯』也。」案：屈子求女，猶與神交，其佩飾亦類神，非世俗所服。余佩，猶上「初服」之比，祭巫或祭師徼神、娱神之吉宜之飾也。洪《補》差得其旨。

【方】王逸注：「言我願及年德方盛壯之時」云云，言正當義。朱子曰：「方壯，亦巫咸所謂年未晏、時未央之意。」案：方，當也，猶今語「正當」、「正在」。《莊子・養生主》「方今之時」，《呂覽・期賢》作「當今之時」。《賈子・脩政語》「方是時也」，而《孟子・滕文公》作「當是時也」。

【壯】王逸謂「盛壯之時」，朱子謂年未晏、時未央，朱冀謂壯爲妙齡之年，胡文英謂壯比學力方富。案：斷以上下文意，余飾方壯，結上榮華紛盛、瓊佩偃蹇、繁飾菲菲，壯非盛壯之年，猶美也。余飾方壯，亦同上「紛獨有此姱飾」。《九辯》「離芳藹之方壯」，王注「去己盛美之光容」云云，壯言盛美。壯之訓大，引申言美、言盛。或通作莊，《荀子・非十二子》「壯然」，楊倞注：「壯，或當爲莊。」《漢書・古今人表》注：「壯，讀如莊。」《禮記・檀弓》「衛有太史曰柳莊」，《古今人表》作「柳壯」。《古今人表》杜敖，《索隱》作莊敖，又作壯敖。有美義。《文選・神女賦》「貌豐盈以姝莊兮」，《悼李夫人賦》「縹飄姚虖愈莊」，莊皆訓美。又，《藝文類聚》卷一二引袁崧《後漢書》曰：「明帝諱陽，一名莊，字子麗。」莊，猶麗。壯，亦通作將。《禮記・射義》「幼壯孝弟」，注：「壯，或爲將。」《詩・北山》「鮮我方將」，毛《傳》：「將，壯也。」《廣雅・釋詁》：「將，美也。」或借作臧，《九章・懷沙》「羌不知余之所臧」是也。言我所佩衆飾方當盛美，以此求神，神必悦之。

【周流觀】王逸注「周流四方，觀君臣之賢，欲往就之」云云，周流言行、觀言視。案：周流，猶周游，行貌。連語。詳上「周流乎天余乃下」。觀非觀視義，同上「往觀」之觀，往也。周流觀，重言之，但謂往行也。

【上下】王逸注：「上謂君，下謂臣也。」鴦公《楚辭音》曰：「上如字，謂君也。」又，朱子曰：「周流上下，即靈氛所謂遠逝，巫咸所謂升降上下也。」錢杲之曰：「觀乎上下，皆指前事。」案：「周流觀乎上下」，猶上「將往觀乎四荒」。上下，即四荒、四海也，不宜指君臣、天地。此句由現世入冥界關捩語，開下文西行求女。

第八十三韻：女、下

女，古音爲[ŋ̥ia]。下，楚音讀如户，古音爲[ɣra]。女、下古同魚部。

自「何瓊佩之偃蹇兮」至此凡八韻三十二言。屈子聞巫咸之告，復自度時世，知楚國變易，無椉矱所同可求，淹留時俗以待明君出世，既成畫餅，乃不復有入世之念，遠逝求女、反本歸宗，其死志已泰山不移矣。下章承此開啓西行求女，又入其冥界。

靈氛既告余以吉占兮　歷吉日乎吾將行

吉 朱《注》引一無吉字。姜校云：「上文有兩吉字，朱《注》不知所指。」案：兩吉字皆不可省。王注「言靈氛既告我以吉占，歷善日吾將去君而遠行」云云，王本有兩吉字。吉占、吉日，屈賦恒語。《文選》卷七《甘泉賦》注、《五百家注昌黎文集》卷一注引下句亦有兩吉字。

乎 《文選》卷七《甘泉賦》注引脱乎字。

行 敦煌《楚辭音》殘卷行協音胡剛反。洪《補》行音胡郎切，朱《注》叶音户郎反。《群經音辨》曰：「行，履也，户庚切。履迹曰行，下孟切。」案：胡剛，户郎、胡郎與户庚音同。姜亮夫謂鶱公行音遐孟反。不知其所據本。遐孟、下孟音同，名詞，訓行迹。非是。

【吉占】洪《補》曰：「靈氛告以吉占，百神告以吉故，而此獨曰『靈氛』者，初疑靈氛之言，復要巫咸，巫咸與百神無異詞，則靈氛之占誠吉矣。」張詩曰：「獨言靈氛者，以巫咸即以靈氛之占告以吉故也。」顧成天曰：「吉占，遠逝之吉占也。」案：靈氛貞問，習用二卜，始以草筮，後以竹占，二占繇詞以勉屈子升降求女，合屈子反本歸宗，謂之吉占。吉凶與否，全不關生死、去留爲準，亦非謂復要巫咸、百神並降揚靈而後爲吉矣。屈子初不從靈氛吉占以升降遠逝，以「豈唯是其有女」故也。反本女祖，止於高丘、下丘之宅，而氛告之九州、隨處而逝，則生狐疑，而後求巫咸決之。巫咸勉其滯留待時，求明君舉任，而不當自裁。是生抑是死？因咸告乃反復自忖，時世幽昧，舉國皆變，三代君臣相遇，於其時絶無重見之可能，故從氛不從咸，反本之志愈固不移。雖然，屈子從氛亦不從其「歷九州」，以下詔西皇、期西海推之，其猶在日神居垞。又，魏炯若據《尚書》「三人占則從二人之言」，乃謂吉占以靈氛、巫咸皆合故也。果然，何不言從氛、咸而獨從氛耶？

【歷】王逸未注歷字義，蓋因上「歷，逢也」省，歷吉日，猶逢吉日。李周翰曰：「歷，選也。」洪《補》曰：「《上林賦》云『歷吉日以齋戒』，張揖曰：『歷，算也。』」朱子曰：「歷，遍數而實選也。」徐焕龍曰：「歷吉日，日之歷度逢其吉也。」案：歷之訓逢、訓選、訓算，實同。《説文・止部》：「歷，過也，傳也。从止，厤聲。」又：「歲，木星也。越歷二十八宿。」言依次而過，胥相遞傳是爲歷。引申言歷度、時歷義。後起分别字作曆。字或作厤。《堯典》「厤象日月星辰」，《漢書・律曆志》作「歷象」。《易・革》「治厤明時」，厤即曆字。《論語・堯曰》「天之厤數在爾躬」，《漢書・律曆志》作「歷數」。《莊子・天下》「厤物之意」，《釋文》：「厤，古歷字。」引申言步歷、經歷、逢遇。厤，從厂，秝聲。厂，象崖屋形。秝，稀疏適秝，從二禾。適秝，連語，異體字作零丁、伶仃、的皪、洞歷，訓明、訓通，稀疏引申。《玉篇・禾部》：「秝，稀疏厤厤然。」秝秝稀疏可數、可算、可度，而計度於厂屋字爲厤。厤，形聲兼轉注。

【吉日】王逸訓善日，李周翰謂猶「吉辰良日」。案：古人舉事必擇吉日，爲殷周禮俗。據姜亮夫考證，甲卜貞辭及吉金銘辭，丁亥日最多，其次曰庚寅日，謂丁亥、庚寅爲吉日。屈賦記日但用甲乙，《哀郢》「甲之鼂吾以行」是也。《九歌・東皇太一》「吉日兮辰良」，王注：「日謂甲乙，辰謂寅卯。」高誘注《吕氏春秋・正月紀》「乃以元日祈穀于上帝」：「日從甲至癸也，辰從子至亥也。」又據姜亮夫所考，周金千餘器干支記日，丁最多，凡九十五例，庚居次，凡三十八例。所謂吉日者蓋丁、庚是也。丙、己、壬、癸最少，蓋凶日。包山楚簡《卜筮祭禱記録》，似不盡然。禱詞有日者二十四例，乙未日三、癸丑日二、癸卯日一、乙丑日三、己酉日三、乙卯日九，而丙辰日二、己亥日一。於甲乙，乙居多，十五見，其次己三見、癸三見、丙二見。邵㫎卜筮亦擇吉日，楚以乙、己、癸、丙爲吉日，甲、丁等爲凶日，是以屈子言甲日之朝去離郢都，以甲爲凶日也。清華簡《筮法》，占卜宜在春，震巽大吉，坎小吉，艮離大凶，兑小凶，而震配庚，巽配辛，則吉日宜在庚、辛也。

【將】王逸注文「歷善日吾將去君而遠行」云云，將，將欲。案：將，猶則也，乃也。「歷吉日乎吾將行」同上「周流乎天余乃下」句法。將訓乃，書證至富，詳《經傳釋詞》。

是二句言我從靈氛之吉占，歷選吉宜之日則往行。爲遠逝求女、西行反本所準備首事。

折瓊枝以爲羞兮　精瓊爢以爲粻

折　敦煌《楚辭音》殘卷折音支列反，朱《注》音之舌反。案：支列、之舌音同。《太平御覽》卷八六二、《初學記》卷二六、《海録碎事》卷六、《北堂書鈔》卷一四四及卷一四五、《唐類函》卷一七六載引「折瓊枝」一句同今本。

羞　敦煌《楚辭音》殘卷音私由反。

精　《後漢書》卷五九《張衡傳》注、《文選》卷二《西京賦》注《考異》、姜校引同誤作《吴都賦》注、《九家集注杜詩》卷三二注引作屑。案：王注云：「精，鑿也。」王本作精。《文選》卷一五《思玄賦》注、《山谷外集詩注》卷八注及卷一六注、《漢書》卷八七《揚雄傳》注引晉灼言、《書叙指南》卷九、《編珠》卷三一、《太平御覽》卷八五〇、《初學記》卷二

六、《北堂書鈔》卷一四四及卷一四七、《唐類函》卷一七六載《海録碎事》卷六引亦作精。

【爢】敦煌《楚辭音》殘卷作爢，亡皮反，注云「又𥻨同」。《文選》六臣爢音糜，洪《補》亦音糜，又引《文選》音靡，朱《注》音芒悲反。錢《傳》音糜。案：爢、𥻨一字。《北堂書鈔》卷一四四《考異》引誤作卷四〇、姜校引訛作四四、卷一四七，《唐類函》卷一七六，《漢書》卷八七《揚雄傳》注引晉灼，《編珠》卷三一引作靡，《文選》卷一五《西京賦》注引作劘。又，《文選》卷二《西京賦》注、《九家集注杜詩》卷二三注、《後漢書》卷五九《張衡傳》注引作蕊。王逸注：「爢，屑也。」王本作爢。靡、劘音借字，作蕊，以意妄改。又，「屑瑤蕊」，出張衡《思玄賦》，李賢誤作《楚辭》，非《離騷》異文。《書叙指南》卷九、《海録碎事》卷六引亦作爢。《山谷外集詩注》卷八注引誤爢作舉，卷一六注引亦作爢。

【粻】《文選》六臣、洪《補》、錢《傳》粻音張，敦煌《楚辭音》殘卷、朱《注》粻音陟姜反，又音良。案：粻音張、陟姜反同。音良，糧字。蓋朱氏所見或作糧。《文選》卷二《西京賦》注、《九家集注杜詩》卷二三注引粻作糧。王逸注：「粻，糧也。」王本作粻。《北堂書鈔》卷一四四及卷一四七、《唐類函》卷一七六、《漢書》卷八七《揚雄傳》注引晉灼、《後漢書》卷五九《張衡傳》注、《書叙指南》卷九、《海録碎事》卷六、《山谷外集詩注》卷八及卷一六引亦作粻。《太平御覽》卷八五〇引粻作飯，非也。

【羞】王逸注：「羞，脯。」洪《補》曰：「羞、脩二物也，見《周禮》『羞致滋味』。脩則脯也。王逸、五臣以羞爲脩，誤矣。」案：二句儷語，羞、粻互文見義。羞，猶粻屬，謂乾糒。羞無乾糒義。洪氏引《周禮》「羞致滋味」，爲熟食。《方言》：「羞、厲，孰也。」郭璞注：「熟食爲羞。」《儀禮·有司徹》「房中之羞」，鄭注：「房中之羞，其籩則糗餌粉餈；其豆則酏食糝食。庶羞羊臐豕膮皆有胾醢，房中之羞内羞也。内羞在右陰也，庶羞在左陽也。」羞、熟聲之轉。羞，非熟食，通作糗。《惜誦》：「擣木蘭以矯蕙兮，鑿申椒以爲粻今作糧，非是。播江離與滋菊兮，願春日以爲糗芳。」羞、糗幽部，透穿旁紐雙聲。《説文・米部》：「糗，熬米麥也。从米，臭聲。」段注：「《周禮》『羞籩之實，糗餌粉餈』，鄭司農云：『糗，熬大豆與米也。粉，豆屑也。』玄謂糗者，擣粉熬大豆爲餌餈之黏著以坋之耳。按：先鄭云『熬大豆及米』，後鄭但云『熬大豆』，注《内則》又云『擣熬穀』，不同者，黍、粱、朩、麥皆可爲糗，故或言大豆以包米，或言穀以包米豆，而許云『熬米麥』，又非不可包大豆也。熬者，乾煎也；乾煎者，鬻也。鬻米豆舂爲粉，以坋餌餈之上，故曰『糗餌粉餈』。鄭云『擣粉之』，許但云『熬』，不云『擣粉』者，鄭釋經故釋粉字之義，許解字則『糗』但爲『熬米麥』，必待臬之而後成粉也。《粜誓》『峙乃糗糧』，某氏傳云：『糗糒之糧。』《孟子》曰『舜之飯糗茹草』，趙云：『糗，飯乾糒也。』《左傳》『爲稻醴粱糗』，《廣韻》曰：『糗，乾飯屑也。』此皆謂熬穀未粉者也。」程易疇《通藝録》曰：「糗有擣粉者，有未擣粉者。籩實之麷蕡白黑，其糗之未擣粉者與？《既夕篇》之四籩棗糗栗脯，直呼糗餌爲糗，則已擣之糗粉於餌者也。其已擣粉之糗，可和水而服之者，若今北方之麫茶，南方之麫麨，皆其類也。其未擣粉而亦可和水者，則鄭氏注『六飲之涼』，云『今寒粥若糗飯雜水』是也。」案：糗訓乾糒而有擣粉與不擣粉，蓋本二字。《玉篇》糗音丘九、尺沼二反。音「丘九」之糗，訓未擣粉，字作餱。《粜誓》「峙乃糗糧」，《説文》引作「餱糧」。《廣雅・釋器》又作糇。而音「尺沼」之糗，訓擣粉，比六朝俗炒字。《一切經音義》：「炒，古文奇字作煼。」煼，從火，㮃聲，與糗音同。糗、煼名事相因。秦晉謂之煼《方言》卷七，《説文・鬻部》字又作鬻。糗，楚語。包山楚簡《遺策》有「青絟之紀四口糗」，糗亦擣粉乾糒，猶炒米粉之類。

【精】王逸注：「精，鑿也。」吕延濟曰：「精，擣也。」洪《補》引應劭《漢書》注曰：「精，細也。」王夫之曰：「精，舂之精鑿。」又，王念孫曰：「精、糳、稗皆米之細者也。」姜亮夫曰：「此作動詞用，使之細也。」《説文・米部》：「精，擇米也。从米，青聲。」段注曰：「擇米，謂禼擇之米也，引申爲凡最好之稱。撥雲霧而見青天亦曰精。

《韓詩》於《定之方中》云：『星，精也。』」案：許訓「擇米」，猶釋米。借釋爲擇，其訓釋語多存假借。「釋，漬米也。」今謂淅米、汰米。精非鑿擣義。王氏精訓鑿，借爲㨖。《廣雅·釋詁》：「㨖，撞，刺也。」《説文·木部》字作朾，曰：「朾，撞也。」又作挣。《廣雅·釋詁》：「挣，刺也。」王念孫曰：「挣亦㨖也，方俗語有輕重耳。」精與㨖、朾、挣耕部，精端旁紐雙聲。鑿米，猶㨖米，而借精字爲之。「精瓊靡以爲粻」，瓊靡，細微之物，何以精鑿之而使細乎？王注非勝義。精，借作䊋。精、䊋爲錫耕平入對轉，精照旁紐雙聲。䊋之爲精，例精之爲刺、婧之爲竫。《廣雅·釋詁》：「䊋，黏也。」《玉篇·黍部》：「䊋，黏飯也。」或文作糒。《廣雅·釋詁》：「糒，摶也。」平入對轉支部字作粿。《玉篇·米部》：「粿，黏也。」粿瓊靡以爲粻，言黏摶瓊靡以爲餦餭。

【瓊靡】王逸注：「靡，屑也。」案：靡，爢或文，訓爛，本作糜，靡借字。《説文·米部》：「糜，碎也。从米，靡聲。」段注：「《石部》云：『碎，糜也。』二字互訓。凡言粉碎之義當作糜。」名事相因，粉碎之物亦曰糜。瓊靡，或本作瓊蕊，因王注「靡，屑也」改。屑、蕊音義皆通。《説文·米部》：「檖，末也。从米，蔑聲。」段注：「檖者，自其細蔑言之，今之米粉、麪勃皆是」。《廣雅·釋器》亦曰「檖，謂之麪」。王念孫：「麪、檖語之轉，檖猶末也。」麪、檖皆名，糜分别字。

【粻】王逸注：「粻，糧也。」洪《補》引鄭司農曰：「粻音張，食米也。」王夫之曰：「粻，乾糧也。」案：《學林》卷一〇「餳」條云：「《南史·顏峻傳》曰：『宋明帝時，歲旱人飢，中書令顏峻上言，禁餳一月，息米萬斛。』觀國按，《集韻》曰：『餳音唐，精米也。』諸字書皆無餳字，惟《集韻》收此字，蓋因《顏峻傳》有此字而《集韻》收之耳。凡米初出糠秕而未精熟，則謂之麤糲，其得米多。及精熟之，則得米少。禁餳者，惟食麤糲而不得精熟米也。」餳，粻異文，或作餦。《招魂》「粔籹蜜餌，有餦餭些」，王逸注：「餦餭，餳也。」餦餭，餳之緩音，《方言》：「餳謂之餦餭，凡飴謂之餳，自關而東、陳楚宋衛之間通語也。」《説文》作粻程，顔師古《急就篇》注作張皇。精米曰粻，而飴餳必以精米爲之亦曰粻，别作餦。《説文》有糧無粻，曰：「糧，穀食也。从米，量聲。」段注：「《周禮·廩人》：『凡邦有會同師役之事，則治其糧與其食。』鄭云：『行道曰糧。』按：《詩》云『乃裹餱糧』，《莊子》云『適百里者宿舂糧，適千里者三月聚糧』，皆謂行道也。許云『穀食』，則兼居者、行者言，糧本是統名，故不爲分析也。」何以統名之糧又專稱「行道之食」？段君胡突。糧訓行道之食，本作粻。粻，訓乾糒。粻、糧本二字。糧，雖穀食統名，而非乾糒。若糧稱乾糒，則以「糗糧」、「糇糧」連文，《詩·公劉》「乃裹糇糧」、《書·粊誓》「峙乃糗糧」。單言謂之粻。《詩·崧高》「以峙其粻」，《文選·思玄賦》「餐沆瀣以爲粻」，《論語·憲問》「在陳絶粻」。糧，穀食；糗、糇、粻，乾糒。混之不分。此文「精瓊爢以爲粻」之粻，不宜乾糒，讀爲餦。促言曰粻、曰餦，聲之轉爲餳、爲餹。俗字作糖。今以甘蔗作之爲糖，以米蘖作之亦爲糖。屈賦作粻，不作餳、餹，南楚江湘之語。

是二句言備西遊求女之食，其所準借之二事。言我折取瓊枝以爲糗糒之食，糒著瓊糜以爲粻餹。

第八十四韻：行、粻

行，音胡岡反，二等字，古音爲[ɣraŋ]。粻，古音爲[ȶiaŋ]。行、粻古同陽部。

爲余駕飛龍兮　雜瑤象以爲車

爲 敦煌《楚辭音》殘卷爲音于僞反，朱《注》亦音于僞反，洪《補》音去聲。案：于僞，去聲。爲，借作爰。詳注。

【瑶】敦煌《楚辭音》殘卷謂「瑶，或作璠」。案：「璠象」非勝語。王逸「乘明智之獸、象玉之車」云云，以瑶玉爲解，承上「瑶臺」省，王本作瑶。璠，後據義妄改。

【爲】王逸注：「言我駕飛龍，乘明智之獸、象玉之車。文章雜錯，以言己德似龍玉，而世莫之識也。」王氏未爲「爲」釋義，作句首語辭。騫公、洪《補》、朱子讀去聲，介辭。汪瑗曰：「爲余者，命左右侍者之詞也。」徐焕龍曰：「爲余者，命僕夫也。」案：爲，借作爰。爲、爰爲歌元陰陽對轉，同匣紐二等雙聲。《尚書·無逸》「爰暨小人」，《史記·魯世家》作「爲與小人」。《説文·木部》楥字從木，爰聲，謂「讀若指撝」。撝，爲聲。爲、爰例亦通。《玉篇》：「爰，爲也。」《説文·言部》：「諼，詐也。从言，爰聲。」《人部》：「僞，詐也。从人，爲聲。」僞、諼一字。《爪部》：「爲，母猴也。」《蟲部》：「蝯，善援，禺屬。从虫，爰聲。」《甶部》：「禺，母猴屬。」爲、蝯一字，爲、爰可通用。爰之爲爲，猶爰之爲和。楚語陽聲多讀陰聲。爰，句首語助，無義可求。王注不易。

【飛龍】王逸注文「言己德似龍玉」云云，飛龍喻德。劉良曰：「飛龍喻道。」駕龍、乘龍，屈子行遊反本，無時世君臣之意可託。《湘君》曰：「駕飛龍兮北征。」又曰：「飛龍兮翩翩。」神靈陟降所乘。洪《補》曰：「《易》曰：『飛龍在天。』許慎云：『飛龍有翼。』」或名應龍。《天問》「應龍何畫」，王逸注：「有翼曰應龍。」應、翼職蒸平入對轉，同喻四雙聲。洪《補》又曰：「《山海經》云：『應龍處南極，殺蚩尤與夸父，不得復上，故下數旱，旱而爲應龍之狀，乃得大雨。』《山海經圖》云：『犂丘山有應龍者，龍之有翼也。昔蚩尤禦黄帝，令應龍攻於冀州之野。女媧之時，乘雷車，駕應龍；夏禹治水，有應龍以尾畫地，即水泉流通。』」飛龍爲旱神，黄帝之臣，佐夏禹治水。又，《吕氏春秋·古樂》：「帝顓頊生自若水，實處空桑，乃登爲帝，惟天之合，正風乃行，其音若熙熙淒淒鏘鏘。帝顓頊好其音，乃令飛龍作，效八風之音，命之曰《承雲》，以祭上帝。」《格致鏡原》卷四五引《世本》曰：「顓頊命飛龍氏鑄洪鐘，聲振而遠。」爲顓頊之臣。《格致鏡原》卷八一引《焦氏筆乘》曰：「飛龍，鳥名，鳳頭龍尾，其文五色，以象五方，一名飛廉，一名龍雀，漢銅鑄其象，以彰瑞應。」案：《山海經·大荒北經》：「應龍已殺蚩尤，又殺夸父，乃去南方處之，故南方多雨。」龍有翼，係南北文化融合之徵。東夷、楚夷以鳳鳥爲先祖神，而徙居南楚之越夷族自稱出於夏后氏，以龍爲先祖神，楚、越融合而爲兩族共祖，其爲飛龍也。於楚，飛龍猶鳳皇也。楚俗尊鳳賤龍惡虎，不論何種地下實物遺存出土，以鳳鳥爲紋飾，中土日見少，而荆楚日見多，且位在龍之上。湖北江陵馬山楚墓出土文物繡羅單衣，繡以一鳳敗二龍一虎之紋，鳳鳥舒張雙翼，居中顯位，其一翼擊於龍脊，龍作哀號掙扎狀，其一翼擊於虎背，虎作張皇奔逃狀。包山楚左尹邵⿰方它墓内棺壁畫以四鳳四龍爲單元，「鳳居於龍上」，龍但鳳鳥陪襯。出於楚人尊祖崇鳳、排斥異姓民族心理。屈子言飛龍、乘龍、駕龍，異於中土所稱道，皆鳳皇之儔。《説文》飛龍字作龖。又，《韓非子·難勢》：「飛龍乘雲。」《莊子·逍遥遊》：「乘雲氣，御飛龍，而遊乎四海之外。」《史記·趙世家》：「王夢衣偏裻之衣，乘飛龍上天。」飛龍神話於秦漢已播揚中土，不復荆楚宗教性質。

【雜】王逸注「文章雜錯」云云，雜，錯雜。馬茂元言「雜用」。案：雜，訓五色相配，引申言配合。詳上「雜菌桂」注。

雜瑶象，言配飾以瑶象。

【瑶象】王逸注：「象，象牙也。」謂瑶象爲玉與象牙。洪《補》曰：「瑶。美玉也。」朱子曰：「雜用象玉以飾其車也。」案：是也。瑶，美石次玉者，散文玉亦謂之瑶。詳上「瑶臺」注。《墨子》謂「黄帝會鬼神於泰山，駕象車六蛟龍。」司馬相如《上林賦》「乘鏤象六玉虬」，張揖曰：「鏤象，以象疏鏤其車輅。」又，《周禮·御史》巾車五路，有「玉路」、「象路」，鄭玄注曰：「玉路，以玉飾諸末；象路，以象飾諸末。」賈《疏》曰：「凡車上之材，於末頭皆飾之，故云『諸末』也。」雜瑶象以爲車，猶玉路、象路也，飾以玉與象牙諸末也。車，祥車。

是二句言整備遠逝車輅，其所準備之三事，言我乃駕御飛龍，飾用玉與象牙以爲登升祥車也。

何離心之可同兮　吾將遠逝以自疏

疏 洪《補》、朱《注》疏音所菹切。案：疏，通作索，協車韻而借作疏。詳注。

【離心】王逸注「賢愚異心」云云，謂「離心」爲賢愚二心。朱子「上下無與己同心者」云云，謂「離心」兼我與彼。錢杲之「離去其君」云云，謂我心離異，不與衆同。案：汪瑗曰：「離心，如前好惡獨異、不諒而嫉妒之事也。」至確。離心，黨人變節，衆芳蕪穢，奪其本志，不槩屈子。《九章·惜誦》：「衆駭遽以離心兮，又何以爲此伴也？」，亦指衆人反覆變易，不兼賢愚。

【同】王逸注「何可合同」云云，同言合。案：合、同混言不分，析言則異。合，兩口相合，多含匹偶義。詳上「兩美其必合」注。同，物物相當。《晏子春秋·外篇》卷七《景公謂梁丘據與己和晏子諫》：「公曰：『維據與我和夫？』晏子對曰：『據亦同也，焉得爲和？』公曰：『和與同異乎？』對曰：『異。和如羹焉，水火醯醢鹽梅，以烹魚肉，燀之以薪，宰夫和之，齊之以味，濟其不及，以洩其過，君子食之，以平其心。君臣亦然。君所謂可，而有否焉，臣獻其否，以成其可；君所謂否，而有可焉，臣獻其可，以去其否。是以政平而不干，民無争心。故《詩》曰：『亦有如羹，既戒且平；奏鬷無言，時靡有争。』先王之濟五味、和五聲也，以平其心，成其政也。聲亦如味，一氣、二體、三類、四物、五聲、六律、七音、八風、九歌，以相成也。清濁、小大、短長、疾徐、哀樂、剛柔、遲速、高下、出入、周流，以相濟也。君子聽之，以平其心，心平德和，故《詩》曰：『德音不瑕。』今據不然，君所謂可，據亦曰可；君所謂否，據亦曰否。若以水濟水，誰能食之？若琴瑟之專一，誰能聽之？同之不可也如是。公曰：『善。』」同，猶一也。和，合也。《抽思》曰：「人之心不與吾心同。」謂彼此心不一，謂「不同」。《湘君》：「心不同兮媒勞，恩不甚兮輕絶。」心不同，言兩心不一也。引申言專一、等同。同，彼此必一、必等。和、合，異物相調，男女曰合、君臣曰和、小人曰同。此其所以别。

【將】王逸注文「故將遠去」云云，將謂將且。案：將，猶方也，當也。詳上文「退將復脩吾初服」。

【疏】王逸注「故將遠去自疏，而流遁於世」云云，疏言疏遠。吕向曰：「吾將遠去，自疏遠也。」汪瑗曰：「疏，猶遠也。」又，朱子曰：「自疏，則禍患不能相及矣。」案：果訓遠去、遠遁。與「遠逝」犯複。疏，通作索，古字通用。《釋名·釋言語》：「疏，索也。獲索相遠也。」《漢書·趙充國傳》「疏捕山間虜」，顔師古注引蘇林曰：「疏，搜索也。」《荀子·富國》「葷菜百疏」，《王制》「養山林藪澤草木魚鼈百索」，百疏、百索同。《後漢書·馬融傳》「廋疏嶁領」，李賢注：「廋疏，猶搜索也。」車、索不協，借索爲疏。索，娶也。陸游《老學庵筆記》卷一〇：「今人謂娶婦爲『索婦』，古語也。孫權欲爲子索關羽女，袁術欲爲子索吕布女，皆見《三國志》。」索言娶。屈賦在三國先。自索，别索婦也。自，猶别、他。《漢書·張安世傳》：「上曰：『吾自爲掖廷令，非爲將軍也。』」自爲，即别爲、他爲。詳楊遇夫《詞詮》卷六。

是二句言衆人離志離心，不與我同，我方當遠逝而去，别自索求也。下啓亶道昆侖求女，復入夢境也。

第八十五韻：車、疏

車，古音爲[kia]；疏，借作索，古音爲[sia]。車、疏古同魚部。

邅吾道夫崑崙兮　路脩遠以周流

邅 洪《補》、朱《注》邅音池戰切。案：《説文》作䡡。

崑崙 《文選》六臣本作崐崘。六朝俗字。朱《注》崑音古渾反，崙音盧昆反，引一作崐崙。案：崑崙，連語，大而未分貌。以名山則益其山旁而訓詁字作崑崙。詳注。

【邅】王逸注：「邅，轉也。楚人名轉曰邅。」錢杲之曰：「邅，行不進貌。」徐文靖曰：「此所云『邅吾道』者，蓋亦屯邅之意也。」朱冀曰：「邅，屯邅也，乃行不進貌。」蔣驥曰：「邅，遲留也。」案：邅訓轉、訓行不進、訓遲留，實同。屈子遠逝求女，又復邅道崑崙。上登縣圃求天帝，則固在崑崙；已而見拒帝閽，周流而下，相擇淑女，既去崑崙而降至下丘。求女不果，乃託疑靈氛、巫咸，而從靈氛吉占，復登崑崙以索求，故謂之邅，猶回反、復反。足見於生死去留之間反復措意，非一時之懟。邅，轉也。邅、轉元部，同知紐雙聲，本一字。邅，開口；轉，合口。楚音讀合口之轉爲開口之邅，屈賦回轉字作邅。《湘君》「邅吾道兮洞庭」，《九辯》「邅翼翼而無終兮」。邅吾道，同上「來吾導」句法，言我邅道。

【崑崙】王逸注：「《河圖括地象》言：崑崙在西北，其高萬一千里，上有瓊玉之樹也。」洪《補》曰：「《禹本紀》言：『崑崙山高三千五百餘里，日月所相避隱爲光明也。其上有醴泉、華池。』《河圖》云：『崑崙，天中柱也，氣上通天。』《水經》云：『崑崙虛在西北，去嵩高五萬里，地之中也，其高萬一千里。河水出其東北陬。』《爾雅》

曰：『西北之美者。有崑崙虛之璆琳琅玕焉。』又曰：『三成爲崑崙丘。』注云：『崑崙山三重，故以名云。』昔人引《山海經》：『西海之南，流沙之濱，赤水之後，黑水之前有大山，名崑崙之丘，其下有弱水之淵環之。』又曰：『鍾山西六百里有崑崙山，所出五水。』今按《山海經》：『內崑崙虛在西北，帝之下都，方八百里，高萬仞。山有木禾，面有九井，以玉爲檻，面有五門，門有開明獸守之，百神之所在。』郭璞曰：『此自別有小崑崙也。』《淮南子》云：『崑崙虛中有增城九重，上有木禾。珠樹、玉樹、琁樹、不死樹在其西；沙棠、琅玕在其東；絳樹在其南；碧樹、瑤樹在其北。』東方朔《十洲記》曰：『崑陵，即崑崙，中狹上廣，故曰崑崙。有三角：其一角正東，名曰崑崙宮，其處有積金爲墉城，面方千里，城上安金臺五所，玉樓十二。』《神異經》云：『崑崙有銅柱焉，其高入天，所謂「天柱」也，圍三千里，圓周如削，下有回屋僊人，九府所治。』又一説云：『大五嶽者，中嶽崑崙，在九海中，爲天地心，神僊所居，五帝所理。』凡此諸説誕，實未聞也。」案：洪氏引證詳備，崑崙傳聞大致盡此。《山海經》復有西北崑崙，《海外北經》：「禹殺相柳，其血腥，不可以樹五穀種，禹厥之三仞三沮，乃以爲衆帝之臺，在昆侖之北。」郭璞注：「此昆侖山在海外者。」郝懿行以爲仍在海內。不論海內海外，昆侖在西北，不與「帝之下都」西方昆侖混矣。東南方亦有昆侖山。《海外南經》：「昆侖虛在其東，虛四方。一曰在岐舌東，爲虛四方。」畢沅曰：「此東海方丈山也。《爾雅·釋丘》云：『三成爲昆侖丘。』是昆侖者，高山皆得名之。此在東南方，當即方丈山也。《水經注·河水》云：『東海方丈，亦有昆侖之稱。』」昆侖非唯一山一地，聞一多謂「高山皆得名之」。楚人所稱昆侖，宜爲其境內大山。《九章·悲回風》曰：「馮崑崙以瞰霧兮，隱岷山以清江。」崑崙、岷山當係一地。楚人崑崙，猶巫山也，馮而下視，則見清江。巫山在楚西極，帝高陽顓頊居於此，楚人以爲其族發祥地，建高唐觀以祭之。屈子每至萬念俱滅、無可奈何之際，必以神遊昆侖爲其精神歸宿。三登昆侖，亦在嗟歎「世溷濁而嫉賢」後，當係出於其南國宗族情愫。高丘、下丘、咸池、扶桑、空桑之居在崑崙之墟，登陟昆侖，象徵反本始祖之居，達到生命永恒不滅，比壽天地、齊光日月。屈子於死亡形態，猶未脱先民童稚之狀，謂人死唯歸先祖之居耳。於生死、去留之際，雖不乏「中正」理性審擇，及至宗族情感迸發，理性亦退居其後，軀使其沉湘自殺。宗族情愫爲屈子悲劇之本。説者多以《禹貢》崑崙解之，其生扞擱固宜矣。然則何以「高山皆得名之」曰昆侖？曰：昆侖，連語，至大不分貌。狀高山則訓詁字作崑崙。出於先民崇拜大山心理，雖南北不異。《十洲記》作崑陵，《漢書·揚雄傳》作昆鄰，聲之轉。又，《周禮·大宗伯》「神在混淪」，字或從水。倒曰崙囷，《文選》卷一一《魯靈光殿賦》注：「崙囷，特起貌。」或作輪囷，《禮記·檀弓》「美哉輪焉」，注：「輪，輪囷也。」或作倫魁，《文選·甘泉賦》注引應劭曰：「倫魁，桀也。」或作律魁，《集韻》平聲第十五灰韻：「律魁，大也。」或作倖魁，《駢雅·釋詁》：「倖魁，大也。」聲轉作嵬磊。物大而無用曰瓠落《莊子·逍遥遊》，又作廓落《爾雅·釋詁》郭璞注及邢昺疏，《楚辭·九辯》作嵺廓、廖廓，《素問·五常政大論》作寥廓，皆空虚貌，亦有大義。狀聲音宏大曰輘軥《文選·文賦》李注，狀言山峻高曰隆崛、穹隆、兀嶁。

【周流】王逸注「其路遥遠，周流天下，以求同志」云云，猶周旋流行，屬我。黄文焕曰：「路脩遠以周流者，環轉此山，故路倍脩遠也。」徐焕龍曰：「不憚崑崙路，脩遠以周流，只爲離心難同，去之惟恐不遠。」朱冀曰：「謂方啓行時，預先打算，我今望崑崙而税駕，但爲途脩遠，非周流轍環不能到也。」屈復曰：「崑崙之路脩遠，周流而後到。」以「脩遠」屬爲路，而「周流」屬爲我。案：「路脩遠以周流」，同「路幽昧以險隘」、「路脩遠以多艱」、「夏康娱以自縱」、「世幽昧以眩曜」句法，首字作主語，而「脩遠以周流」爲述語，周流非言我周流而行，狀路盤旋委曲貌。或作綢繆、寵嵸、遼巢、幛恅、落索、窶數、牢愁，根於纏繞委曲義。詳上文「周流乎天余乃下」注。路脩遠以周流，言路途脩遠且盤旋委曲。

是二句言我轉道崑崙之山，而路脩遠且長，周流盤曲也。

揚雲霓之晻藹兮　鳴玉鸞之啾啾

揚《文選》六臣本揚下有志字，注云「五臣無志字」。洪《補》、朱《注》引揚下一有志字，朱云「非是」。案：王逸注「披雲霓之蓊鬱，排讒佞之黨羣」云云，王本無「志」字。《漢書》卷八七《揚雄傳》注、《文選》卷七《藉田賦》注引揚下亦無志字。

霓《漢書》卷八七《揚雄傳》注引作蜺。案：蜺、霓通用。《文選》卷七《藉田賦》注引亦作霓。又，慧琳《一切經音義》卷八曰：「蜺，《離騷》或作霓。」其所見本亦作霓。

晻洪《補》、朱《注》、錢《傳》音烏感反。

藹洪《補》、朱《注》、錢《傳》同引一作靄，洪《補》、錢《傳》同引《釋文》作溘，音於蓋反。案：晻藹，連語，義存乎聲，而字無定體。藹、溘通用，《漢書·郊祀歌·赤蛟》十九「書晻溘」，顔師古注：「溘音靄。」朱季海謂作晻溘「此自楚聲」，無根之説。溘，蓋聲；蓋，盇聲。盇，葉部，談部之入。晻盇，同部同聲，古字。音嬗作晻溘、晻藹。《釋文》作溘，蓋古本如此。《漢書》卷八七《揚雄傳》注、《文選》卷七《藉田賦》注引亦作晻藹。

鸞《文選》卷八《上林賦》注引作鑾。又引王逸注亦作鸞。案：王注：「鸞，鸞鳥也。」王本作鸞。其作鑾，因《禮記》鄭注「在鑣曰鸞」改。《後漢書》卷五九《張衡傳》注，《文選》卷一五《思玄賦》注、卷一九《洛神賦》注、卷二八陸機《前緩聲歌》注、卷四六顔延年《三月三日曲水詩序》注，《宋景文公筆記》卷中引亦作鸞。

【啾啾】洪《補》、朱《注》啾音揫。《文選》卷一五《思玄賦》注、卷四六顔延年《三月三日曲水詩序》注,《後漢書》卷五九《張衡傳》注引啾啾下有兮字。案: 無兮字是也。《文選》卷八《上林賦》注、卷一九《洛神賦》注、卷二八陸機《前緩聲歌》注,《宋景文公筆記》卷中引亦無兮字。

【揚】王逸注: 「揚,披也。言己從崑崙將遂陞天,披雲霓之蓊鬱,排讒佞之黨羣,鳴玉鸞之啾啾,而有節度也。」李周翰曰: 「揚,舉也。」朱冀曰: 「揚,飛揚也。」王邦采曰: 「揚,如『不可以簸揚』之揚,遠逝以自疏,直撥雲而見天矣。王注頗得之。」案: 王注不易。通作盪。《詩·揚之水》「不可以簸揚」,簸揚,即播盪。或借作蕩,《書·堯典》「蕩蕩懷山襄陵」是也。

【雲霓】王逸注「披雲霓之蓊鬱,排讒佞之黨羣」云云,以雲霓爲雲,比讒佞之人。李周翰以雲霓爲虹,「晝之於旌旗」者,以爲旌旗之稱。案: 王注不易。雲霓即雲; 霓字,襯辭,無義可求。詳上「帥雲霓」注。揚雲霓,猶排雲破霧,狀言登陞之路艱難委曲及其行儀仗之壯觀。

【晻藹】王逸注: 「晻藹,猶蓊鬱,蔭貌也。」案: 晻藹,連語。蓊鬱,亦其聲變。漢音也。或作晻靄、晻濭、塕薆、黤𪐴、腌藹、晻曖、晻薆、暗藹、掩藹、菴藹、暗薆、堙曖、煙靄、幽藹、翳薈、翳葳、翳蔚、埃壒、埃藹、偃蹇、夭遏、夭閼,不可勝計。其或訓蔽、或訓盛,義同。此文晻藹,狀雲貌,猶紛亂也。又,「揚雲霓之晻藹」,同上「貫薜荔之落蘂」句法,言盪排晻藹之雲也。

【玉鸞】王逸注: 「鸞,鸞鳥也,以玉爲之,著於衡。和,著於軾。」周拱辰曰: 「揚旌旗而鳴玉鸞,則此鸞乃旌旗之鸞也。如《詩·庭燎》之鸞,謂旗之鈴。」聞一多亦謂: 「鸞,鈴也,在旗竿者。……疑古初鸞旗之制本作鳥形立於竿首，兼藏鈴於中以象鳴聲也。」案：《詩·載見》「和鈴央央」，毛《傳》：「和在軾前，鈴在旗上。」《荀子·正論》：「和鸞之聲，步中《武象》，騶中《韶護》。」楊倞注：「和、鸞，皆車上鈴也。」《韓詩外傳》云：「鸞在衡後，和在軾前，升車則馬動，馬動則鸞鳴，鸞鳴則和應，皆所以爲行節也。」鈴在旗、和在軾、鸞在衡。又，《詩·蓼蕭》毛《傳》曰：「在軾曰和，在鑣曰鸞。」《烈祖》鄭《箋》曰：「鸞在鑣。」《説文》作鑾。《金部》曰：「鑾，人君乘車，四馬鑣八。」鑾在衡，和在軾，謂常乘之車。若田臘之車，則鸞在馬鑣。則此祥車之鸞在衡。吕祖謙《讀詩記》引《韓詩》又曰：「在軛曰鸞。」《漢書·司馬相如傳》「鳴玉鸞」，顔師古注引郭璞曰：「在軓曰鸞。」大車曰軛，小車曰衡。軛、衡一物。軓，車軾前木。衡在軾前，以軓代衡。言軛、軓、衡並同。金文省作䜌。《趞曹鼎》：「易趞曹載市、回黃、䜌。」䜌，鸞鈴也。信陽楚簡《遺策》有「一䜌刀」，䜌，亦鸞字。鸞，赤離，鳳皇儔也。屈子登陞之車，車有鸞鳥之鳴，非唯和節度，象鸞鳥爲亡魂使，導引其車也。鑾，從金，鸞省聲，象鸞鳥形。故許氏謂「鸞鈴象鸞鳥之聲」。顔説别有所本。崔豹《古今注》曰：「五輅衡上金爵者朱雀也，鸞口銜鈴，故謂之鑾。」司馬氏《輿服志》曰：「乘輿鸞雀立衡。」皆同顔注。玉鸞，以玉爲之。

【啾啾】王逸注：「啾啾，鳴聲也。鳴玉鸞之啾啾而有節度也。」案：鳴有節度，猶齊肅、恭敬。啾，小兒聲，無齊肅義，借作肅。萩或作蕭、楸或作橚者是也。肅，言持事振敬，重言以狀齊整、嚴肅貌。《爾雅·釋訓》：「穆穆、肅肅，敬也。」又曰：「肅肅、翼翼，恭也。」狀玉鸞鳴聲齊整有節度則曰肅肅。《禮記·少儀》「肅肅雍雍」，鄭注：「肅肅，鸞和聲之形狀。」猶許氏「聲和則敬」。肅，覺部，幽部之入。肅與流韻，轉讀幽部之啾。

是二句言我排雲破霧，扶摇而上，車駕既動，玉鸞鳴聲啾啾，齊肅而有節度也。

第八十六韻：流、啾

流，古音爲[lieu]。啾，本作肅，借作啾，古音爲[tsieu]。流、啾同幽部。

朝發軔於天津兮　夕余至乎西極

於　《九家集注杜詩》卷四注、《補注杜詩》卷五注引作于。案：于，古於字。《文選》卷九《北征賦》注及王狀元《集百家注編年杜陵詩史》卷二九載洙曰引亦作於。

【天津】王逸注：「天津，東極箕、斗之間。漢津也。」洪《補》曰：「《爾雅》曰：『析木謂之津，箕、斗之間，漢津也。』注曰：『箕，龍尾。斗，南斗。天漢之津梁。』《疏》云：『天河在箕、斗二星之間，隔河須津梁以渡，故謂此次爲析木之津。』《天文大象賦》云『天津橫漢以摛光』，注云：『天津，九星，在虛、危北，橫河中，津梁所渡。』」朱子曰：「天津，析木之津，謂箕、斗之間漢津也。蓋箕北、斗南，天河所經，而日月五星於此往來，故謂之津。又有天津九星，在虛、危北，橫河中，即津梁所渡也。」案：郝懿行《爾雅義疏》曰：「今按河漢分南北二道，北指危、室，南橫箕、斗。《爾雅》獨言『箕斗』者，以箕爲木宿，斗爲水宿，二宿相交於漢，有津梁之義，故曰漢津。然則不言析水、獨言析木者，天漢起自尾宿，於辰在寅爲木，故主起處而名爲析木也。《左氏》昭八年《正義》引孫炎曰：『析別水、木，以箕、斗之間，是天漢之津也。』《左傳》及《周語》並云：『析木之津。』韋昭注：『津，天漢也。』析木，次名，從尾十度至南斗十一度爲析木，其間爲漢津，是則經典俱作析木之津。」漢，猶河也。河、漢爲歌元對轉，同匣紐雙聲。在天曰漢，在下曰河。王氏謂「東極箕、斗之間」，東極，但就箕，而不兼斗。斗，南斗，即在南。猶漢津但以析木之津，而不兼析水也。朱冀曰：「天津，借天上之漢津，指楚之漢水也。」非是。天津在箕、斗之間，析木之次，果以列國分野斷之，斗爲吴、越之宿，而箕爲幽燕之宿。《廣雅・釋天》：「尾、箕，燕。斗、牽牛、婺女，吴越。」《周官・保章氏》：「星紀，吴越也。析木，燕也。」《淮南子・天文訓》：「斗，吴之分野。牽牛，一名星紀，越之分野。」《漢書・地理志》：「斗爲吴分，牛、女爲越分。」天津屬北燕與吴越之分野，不宜方楚之漢水。又，王邦采以天津比通君側，余蕭客以朝發天津、夕至西極爲喻行美政而終至老死，皆皮傅牽合。《説文・水部》：「津，水渡也。从水，𦘔聲。𦩶，古文津，从舟、淮。」案：猶水之引渡。𦘔，𦘔飾。淮，淮水名，無渡水義。段君謂「𦩶字從舟，從水，進省聲」，不知其所據。甲文作「」《乙編》三六二八、「⿰氵册」《甲編》三五四〇，象編木横置上，蓋津古文。⿰氵册，不存《説文》，惟《字彙補》曰：「無舟渡水曰⿰氵册。」從水，册聲，栅也，編木横置於水以爲渡字作⿰氵册。津、𦩶，借聲字。

【西極】王逸注：「夕至地之西極，萬物所成，動順陰陽之道，且亟疾也。」爲地之西極，不在天。李周翰曰：「西極，豳國也。」李氏據《爾雅》疏王注「地之西極」。洪《補》曰：「《上林賦》云：『左蒼梧，右西極。』注引《爾雅》：『西至于豳國爲西極。』又《淮南》曰：『西方西極之山曰閶闔之門。』」案：轉道崑崙，至於西極，即崑崙之西天也，冥府之垞，《淮南》所稱「西方西極之山曰閶闔之門」是也。朱駿聲曰：「西極，西皇、西海，疑皆喻秦時六國昏弱，惟秦爲強，游説之士多歸之。」謂比游説之士投西秦。趙南星、徐焕龍、王邦采謂比秦頃襄王七年西迎秦婦。以屈子爲朝秦暮楚逋客，詆其不刊脩名，不亦《離騷》之靳尚、子蘭歟？

是二句言我發軔天津，至於西極，朝夕兼程不息也。

鳳皇翼其承旂兮　高翺翔之翼翼

【翼】《文選》六臣注云翼「五臣作紛字」。洪《補》引《文選》作紛。朱《注》引一作紛。錢《傳》作紛，引一作翼。姜校誤引錢《傳》作翼，引一作紛。姜云：「王逸爲翼字作注，敬也，則王本作翼。且此言旂上所繡爲鳳皇，而狀其莊嚴，何得言紛？則翼字是也。」案：翼、紛義同。詳注。《文選》卷一五《思玄賦》注、《後漢書》卷五九《張衡傳》注引亦作翼。

【旂】洪《補》、朱《注》音渠希切。《文選》卷一五《思玄賦》注、《後漢書》卷五九《張衡傳》注引作旗。案：王注：「旂，旗也。」王本作旂。其作旗者，因王注改。

【之】洪《補》、朱《注》引一作而。案：作之是也。《文選》卷二三王粲《贈蔡子篤詩》注引亦作之。

【鳳皇】王逸注「鳳皇來隨我車」云云，以鳳皇同上「鳳皇既受詒兮」。案：鳳皇，同上「鳳鳥飛騰兮」，鳳，言衆多。鳳皇，衆皇，羣鳥。詳上文「鳳鳥飛騰」注。

【翼】王逸注：「翼，敬也。」又注「翼翼」曰：「和貌。」朱冀曰：「翼，羽翼也。」聞一多訓翼爲「承覆之狀」。案：徐仁甫翼借作翳，猶繽紛。謂翼、翳音同，亦非。翼，職部；翳，質部。不得通用。唐作藩《上古音手册》謂翳及毆、瞖支部。毆、翳、瞖，根於矢聲，屬脂、質部。段玉裁謂在十五部，朱駿聲謂在履部。翼，紛盛貌，字作億。《天問》：「馮翼惟像，何以識之？」《淮南子·天文訓》：「天墜未形，馮馮翼翼，洞洞灟灟。」高誘注：「馮翼，無形之貌。」馮翼，或作愊臆，氣滿貌。單言曰馮、曰臆。《廣雅・釋詁》：「憑，臆，滿也。」《説文》作意，《心部》曰：「意，滿也。」長言曰愊臆。《方言》：「臆，滿也。」郭璞注：「愊臆，氣滿也。」或作愊億，《漢書・陳湯傳》「策慮愊億」是也。或作愊憶，馮衍《顯志賦》「心愊憶而紛紜」是也。或作憑噫，《文選・長門賦》「心憑噫而不舒」是也。或作服臆，《史記・扁鵲傳》「噓唏服臆」是也。或作馮翊，《韓詩外傳》卷五「《關雎》之事大矣，馮馮翊翊，自東自西，自南自北，無思不服」是也。引申言紛盛，借翼爲之。《廣雅・釋訓》：「翼翼，盛也。」《漢書・禮樂志》「馮馮翼翼」，顔師古注：「翼翼，衆貌。」《文選・東京賦》：「京邑翼翼」，李善注：「翼翼，禮儀盛貌。」又，《詩・采芑》「四騏翼翼」，鄭《箋》：「翼翼，壯健貌。」《信南山》「我稷翼翼」，鄭《箋》：「翼翼，蕃廡貌。」「翼其」句法，同「紛其」、「繽其」，衆盛貌。

【承】王逸注「敬承旗旂」云云，承，言奉承。案：承，猶迎也。《莊子・大宗師》「若不足而不承」，李頤注：「承，迎也。」《説文・手部》：「承，奉也，受也。」

【旂】王逸注：「旂，旗也。畫龍虎爲旂也。」洪《補》引《周禮》曰：「交龍爲旂。」不言畫虎。案：《吕氏春秋・胥紀》「載青旂」，高注：「旂，旗名，交龍爲旂。」《詩・采芑》「旂旐央央」鄭《箋》、《韓奕》「淑旂綏章」，毛《傳》：「交龍爲旂。」《釋名・釋兵》：「交龍爲旂。旂，倚也。畫作兩龍相依倚，諸侯所建也。」不言畫虎。王注「虎」字衍文。《説文・㫃部》：「旂，旗有衆鈴以令衆也。从㫃，斤聲。」《續漢書・輿服志》注引《禮記》注：「有鈴曰旂。」《爾雅・釋天》「有鈴曰旂」，孫炎注：「鈴在旂上，旂者畫龍。」《公羊傳》桓十二年「莊王親自手旌」，徐彦疏引李巡曰：「以鈴著旐端。」郭璞謂「縣鈴於竿頭」。旂，旗屬，畫以交龍，故曰「龍旂」；著鈴於竿頭，故又曰「和鈴央央」。旗之用，所以徵召。旗，所以期會也；旌，所以精選士卒也；旃，所以丹表士衆也；旟，所以與衆也。旂，所以令衆也。斤聲字有招引、呼叫義。《荀子・議兵》「招近募選」，四字平列，近，斤聲，猶招、募、選。《左傳》成十六年「乃掀公以出於淖」，《釋文》：「掀，舉也。」掀，欣聲，亦斤聲。《爾雅・釋言》：「祈，叫也。」祈，斤聲。斤，羣也。許氏「令衆」，蓋取羣義。斤、羣文部，見羣旁紐雙聲。旂，借聲字。「旂畫交龍」，交，猶合。龍，隱言攏，謂聚合。故不當畫虎。説者以爲「交龍」象諸侯之建，屈子載旂，於禮僭矣。鳳皇承旂，言羣皇承迎旗旂徵召而紛然來至也。洪《補》曰：「古者旌旗皆載於車上，故逸以承旂爲來隨我車。《遠遊》注云『俊鳥夾轂而扶輪』是也。五臣以爲引路，誤矣。」案：鳳鳥承旂，職在引路，導引達彼先祖之垞。楚俗固以先祖之精鳳皇爲引魂使。包山楚邵㐌墓出土《子母口奩》器壁畫，邵㐌所乘祥車及隨從其後之媵車各載有一旂，前後有九鳥承旂而飛，猶鳳鳥承旂之狀。

【翺翔】洪《補》曰：「《淮南》曰：『鳳皇曾逝萬仞之上，翺翔四海之外。』注云：『鳥之高飛，翼一上一下曰翺，直刺不動曰翔。』」案：翺、翔渾言不分，析言有别。《説文·羽部》：「翺，翔也。从羽，皋聲。」皋，氣皋白，無「一上一下」義，借作敖。《釋名·釋言語》：「翺，敖也，言敖游也。」皋、敖宵部。羣疑旁紐雙聲。鳥之高飛，其翼上下振搏則字作翺，借聲字。宵侯旁轉借浴爲之。《夏小正》：「黑鳥浴。浴者，飛乍高乍下也。」乍高乍下，猶一上一下。又，《説文·羽部》「翔，回飛也。从羽，羊聲」，羊，借作佯。《釋名·釋言語》：「翔，佯也，言仿佯也。」仿佯，行不進貌，於鳥則曰「回飛」。《淮南子》高誘注云「直刺不動」，借刺作翅，直翅不動，狀鳥「回飛」。刺、翅爲支錫平入對轉，清審旁紐雙聲。《淮南子·覽冥訓》「翺翔四海之外」，高注「翼不摇曰翔」，即「直翅不動」。翔，亦借聲字。翺、翔狀鳥飛貌，上下振翅曰翺，直翅不動曰翔。

【翼翼】王逸注：「翼翼，和貌。」錢杲之曰：「翼翼，在旂兩傍輔翼之也。」徐焕龍曰：「兩翅均齊爲翼翼。」朱冀曰：「翼翼者，衛也，美也。」林仲懿曰：「翼翼，閒暇之意。」劉夢鵬曰：「翼翼，舒翅端好貌。」王樹枏引《廣雅》曰：「翼翼，飛也。」案：翼訓敬、訓和，字作異。翼，異聲，例可通用。聞一多曰：「甲骨文異字作『』《前》五·三八·六、『』《前》五·三八·七，象人首載甾《説文》：「甾，東楚名缶曰甾」。案，甾、缶古同字，雙手拱持之狀。金文作『』《單異毁》、『』《盂鼎》、『』《虢叔旅鐘》，小篆作『』，皆形之譌。異爲戴之本字，《虢叔旅鐘》『皇考嚴在上異在下』，

即戴在下也。人有所驚異，輒舉兩手如戴物之狀，故引申孳乳爲驚異、怪異。戴重者立必端、行必遲，恭敬之貌似之，故異又訓敬，經傳通以翼爲之。《論語·鄉黨篇》「趨進翼如也」，皇《疏》：「翼如，謂端正也。」《詩·大明》「小心翼翼」，《箋》：「翼翼，恭敬貌。」最得其朔。鳥以兩翼夾持其身，如人以兩手自拱持之狀，故異孳乳爲翼。《書·臯陶謨》「汝翼」，《史記·五帝本紀》作「汝輔」。《詩·行葦》「以引以翼」，《箋》：「在旁曰翼。」此翼之本義也。」案：至確。翼翼，狀言鳳皇翱翔，則訓鳥飛者是，非施於人事。《文選》王粲《贈蔡子篤詩》「翼翼飛鸞」，李善注：「翼翼，飛貌。」《楚辭》曰『高翺翔之翼翼』。」《後漢書·張衡傳》「紛翼翼以徐戾兮」，李賢注：「翼翼，飛貌。」或借作翊翊。詳《漢書·禮樂志》。《説文·羽部》：「翊，飛貌。」翼訓輔、訓衛，皆翅翼引申，與本旨不洽。

是二句言羣皇紛然承迎旂旗來至，翺翔高飛，振翅翊翊也。

第八十七韻：極、翼

極，古音爲[gɪək]；翼，借作翊，同輿職反，古音爲[rɪək]。極、翊古同職部。

忽吾行此流沙兮　遵赤水而容與

遵赤水 《文選》卷九《北征賦》注、卷一〇《西征賦》注引「遵赤水」一句同今本。

【忽】王逸注「言吾行忽然過此流沙」云云，言忽然。案：忽然，疾貌。「忽吾行」，同「汩余若」、「紛吾有」、「溘吾遊」句法，言吾忽然行也。詳上文「紛吾既有」注。陳本禮曰：「忽，有不知不覺意。」以爲怳忽字，其不審忽爲「行」之疏狀字。

【流沙】王逸注：「流沙，沙流如水也。《尚書》曰『餘波入於流沙。』」洪《補》曰：「《山海經》：『流沙出鍾山西行。』注云：『今西海居延澤。《尚書》所謂流沙者，形如月生五日。』張揖曰：『流沙，沙與水流行也。』顏師古曰：『流沙但有沙流，本無水也。』」案：張氏云「沙與水」，與借作如，言沙流如水。與顏説同。《吕覽·本味》「流沙之西」，高注：「流沙，沙自流行，故曰流沙，在敦煌西八百里。」沈括《夢溪筆談》曰：「嘗過無定河，度活沙，人馬履之，百步之外皆動，澒澒然，如人行幕上。其下足處雖甚堅，若遇其一陷，則人馬駝車應時皆没，至有數百人平陷無孑遺者，或謂此即流沙也。」蔣驥曰：「流沙，今西海居延澤。」舊皆謂流沙在西域。又，流沙分别見於《西山經》泰器山，《北山經》洹山，《東山經》葛山、北姑射山、跂踵山、無皋山，則《大荒南經》、《大荒西經》、《海内經》皆有流沙，固非西域一處。流沙，例同崑崙，在楚西極，非在西海居延澤。

【赤水】王逸注：「赤水，出崑崙山。」洪《補》曰：「《博雅》云：『崑崙虚，赤水出其東南陬，河水出其東北陬，洋水出其西北陬，弱水出其西南陬，河水入東海，三水入南海。』《穆天子傳》曰：『遂宿於崑崙之阿，赤水之陽。』《莊子》曰：『黄帝游乎赤水之北，登乎崑崙之丘。』」案：《山海經·海内西經》：「崑崙之墟在西北，赤水出東南隅，以行其東北，西南流注南海厭火東。」《大荒南經》：「有阿山者，南海之中有氾天之山，赤水窮焉。」又曰：「赤水之東，有蒼梧之野，舜與叔均之所葬也。」《海外南經》曰：「三珠樹在厭火北，生赤水上。」又曰：「三苗國在赤水東，其爲人相隨。」《南山經》曰：「英水出焉，西南流注於赤水。」又《西山經》曰：「又西百八十里曰黄山，無草木，名竹箭，盼水出焉，西流注於赤水。」又曰：「鳥危之水出焉，西流注於赤水。」又曰：「皇水出焉，西流注於赤水。」又曰：「赤水出焉，而東南流注於氾天之水。」不論海内海外，赤水在崑崙東南。登崑崙，先濟赤水。或名丹水。賈生《惜誓》曰：「涉丹水而駝騁兮」，王注：「丹水，猶赤水也。」水以「赤」、「丹」名，與日陽宗教有關，類「甘淵」、「咸池」之儔。

【遵】王逸注：「遵，循也。」案：遵、循混之不分，析之有别。遵，猶沿。真文旁轉，精、喻四旁紐雙聲。沿，順水而行。《左傳》定四年「子沿漢而與之上下」，注：「沿，緣也。」昭十三年「王沿夏」，《釋文》：「順流爲沿。」《一切經音義》卷二二引《字林》曰：「從水而下曰沿，順流也。」遵赤水，順赤水而下。

【容與】王逸注：「容與，游戲貌。」錢杲之曰：「與讀如豫，容與，雍容暇豫也。」林雲銘曰：「容與，亦自娱之意。」朱冀曰：「容與，非遊戲之貌，亦非自娱之意，兩説俱誤。蓋言流沙赤水，阻我前途，且停車以商濟渡之策，不妨從容籌畫，務令計出萬全，如下二句云云。」林仲懿曰：「容與，從容也。」蔣驥曰：「容與，回翔貌。」案：劉夢鵬曰：「容與，徘徊貌。」最爲達詁。《九歌·禮魂》「姱女倡兮容與」，王注「進退容與」云云，訓低回義。沿赤水，以未濟也。不濟者何？無梁津也。是以望羊孫循，計莫之出。聲之變爲猶豫、猶與、夷猶、閼與、儲與、容裔、遊豫、躊躇、峙𡸣、踟躕、躑躅、騠𩦺、趑趄、彳亍、跢跦、蹢躅等，「本因聲以見義，不求諸聲而求諸字，固宜其説之多鑿也」。詳上文「侘傺」、「猶豫」、「調度」諸條注。

是二句言我忽然疾行，越踱流沙，沿順赤水，首鼠不前，無梁津可藉也。下引出使蛟爲梁，使西皇涉渡。

麾蛟龍使梁津兮　詔西皇使涉予

【麾】洪《補》、朱《注》麾音許爲切。案：反切下字「爲」音於僞切，去聲。本作摩，麾，隸省字。或借作撝。詳注。

【使梁津】洪《補》引一作㠯，朱《注》本作以，引以一作使。案：王注「言我乃麾蛟龍以橋西海，使少皞來渡我」

云云，王本作以。其作使者，涉下句改。㠯，古以字。《文選》卷一五《思玄賦》注引作以，津訛作律。《路史・後紀》卷七《少昊紀》注引亦作使。

予 洪《補》、朱《注》引一作余。案：余、予古今字。《楚辭》賓格用予不用余。《路史・後紀》卷七《少昊紀》注、《文選》卷一五《思玄賦》注引亦作予。

【麾】王逸注：「舉手曰麾。或言以手教曰麾。」案：舉手，猶招手。教，令也。《説文・手部》：「摩，旌旗，所以指摩也。从手，靡聲。」摩古字；麾，隸省字。旌旗名。《左傳》成十六年：「楚人謂夫旌，子重之麾也。」《墨子・號令篇》：「城上以麾指之，迹坐擊缶期，以戰備從麾所指。」《雜守》：「見寇舉牧表城上，以麾指之，斥步鼓、整旗以備戰，從麾所指。」麾，皆旌旗名。以旌旗指麾亦謂之麾。《尚書・牧誓》：「右秉白旄以麾。」《博物志》：「武王伐紂渡河，大風波，武王秉麾麾之，風波立濟……武王乃以大白旗麾諸侯。」引申泛言指麾，手不必執旌旗。《詩・無羊》「麾之以肱」是也。麾蛟龍，似無旌旗，是以王注「舉手」、「手教」。許氏謂摩，靡聲。摩、靡聲紐不同，非諧聲。摩，或借作撝。《説文後序》「以見指撝」是也。《一切經音義》卷一、卷一五并曰：「《字詁》曰：『麾，今作撝。』」或借作戲。《漢書・灌夫傳》「要去，戲夫」，晉灼曰：「戲，古麾字。」又曰：「《漢書》多以戲爲麾字。」撝、戲皆曉紐。摩，從手，從靡，會意。靡，披靡。旗，師之耳目，旗之所指，衆則披靡趨之。視旗所嚮而衆披靡以從制字爲摩，會意字。指麾字作指揮，始於六朝。《抱朴子・臣節》「儀蕭、曹之指揮」，《荀子・成相》「吕尚招麾殷民懷」，楊倞注：「招麾，指揮也。」杜甫詩「指揮若定失蕭、曹」。隋唐而下，支微合韻，是以麾、揮不別。

【蛟龍】王逸注：「小曰蛟，大曰龍。蛟龍，水蟲也。」洪《補》曰：「《廣雅》曰：『有鱗曰蛟龍，有翼曰應龍，有角曰虬龍，無角曰螭龍。』郭璞曰：『蛟似蛇，四足，小頭細頸，卵生，子如三斛瓮，能吞人，龍屬也。』」案：《管子・形勢解》：「蛟龍，水蟲之神者也。乘於水則神立，失於水則神廢。」《莊子・秋水》：「夫水行不避蛟龍者，漁父之勇也。」《荀子・勸學》：「積水成淵，蛟龍生焉。」《呂氏春秋・諭大》：「水大則有蛟龍。」高注曰：「魚滿二千斤爲蛟。」《淮南子・原道訓》：「蛟龍水居。」高注：「蛟，讀人情性交易之交，緩氣言乃得耳。」緩氣，洪音也，古肴切。急氣，則音如嬌。《人間訓》：「水致其深，而蛟龍生焉。」《墬形訓》：「介鱗生蛟龍。」高注：「蛟龍，有鱗甲之龍也。」《泰族訓》：「流源千里，淵深百仞，非爲蛟龍也。」又曰：「夫蛟龍伏寢於淵。」高注：「蛟龍，鼉屬也。」《埤雅》曰：「蛟其狀似蛇，而四足細頸，頸有白嬰，大者數圍。」蛟龍居深水，鰐魚原型。鰐有鱗甲，或謂鼉屬。又，《墨客揮犀》卷三曰：「蛟之狀如蛇，其首如虎，長者至數丈，多居溪潭石穴下，聲如牛鳴。岸行或溪谷者時遭其患，見人先以腥涎繞之，既墜水，即於腋下吮其血，血盡乃止。昔有舟人爲蛟所毒，但見於水上嘻笑而入，明日尸出，兩腋下有穴如杯焉。」其與古所傳者異聞。《白帖》卷三引《紀年》云：「周穆王三十七年，伐荆，東至九江，比黿鼉爲梁而渡。」《論衡・吉驗》云：「魚鼈浮爲橋，東明得渡。」又，王念孫曰：「蛟爲龍屬，不得即謂之龍，古書言蛟龍，皆爲二物，無稱蛟爲蛟龍者。且龍皆有鱗，而云『有鱗曰蛟龍』，非確訓也。」案：龍，大名；蛟，小名。古有以小名冠大名，大名唯見其類，無實義可求。《禮記・月令》：「孟夏行春令，則蝗蟲爲災；仲冬行春令，則蝗蟲爲敗。」蝗，蟲屬，小名；蟲，大名。蝗蟲，蝗也。又，《廣雅・釋獸》鼠屬言陽鼠、鼵鼠、鼮鼠、⿰鼠益鼠、⿰鼠同鼠、鼲鼠、⿰鼠令鼠，龍屬有虬龍、螭龍；《釋魚》有鮫魚、鯢魚、白魚。俞樾《古書疑義舉例》但有「大名冠小名例」，而無「小名冠大名例」，可補其所闕。

【梁津】王逸注：「津，西海也。蛟龍，水虫也。以蛟龍爲橋，乘之以渡，似周穆王之越海，比鼉黿以爲梁也。」以「梁津」爲「橋西海」，類「死直」句法。張銑曰：「梁，橋也。言我招蛟龍使爲橋。」津無義可繫。錢杲之曰：

「津，四海之津。」又，徐焕龍以梁津爲津梁倒文。案：王注不易。「梁津」句法同「涉予」。《説文・木部》：「梁，水橋也。从木，从水，刅聲。」從木、從水者，置木於水也。刅，止也，絶也，渡也。梁，會意兼轉注。段注：「梁之字，用木跨水。則今之橋也。《孟子》『十一月輿梁成』，《國語》引《夏令》曰：『九月除道，十月成梁。』《大雅》：『造舟爲梁。』皆今之橋制見於經傳者，言梁不言橋也。若《爾雅》『隄謂之梁』，毛《傳》：『石絶水曰梁。』謂所以偃塞取魚者，亦取亘於水中之義謂之梁。」段於「橋」字注曰：「水梁者，水中之梁也。梁者，宫室所以關舉南北者也。然其字本從水，則橋梁其本義，而棟梁其假借也。凡獨木者曰杠，駢木者曰梁，大而爲陂陀者曰橋，取高舉之義也。」梁，梠也。梠，榍也。《釋名・釋宫室》：「梠，旅也。連旅旅也。」《方言》：「屋梠謂之櫺。」郭注：「雀梠，即屋檐也，亦呼爲連緜。」從吕或旅聲字含連義，脊骨相連曰吕，人相伴曰侣，二十五家相羣而居曰閭，軍五百人曰旅，榍謂之梠，縫衣謂之絽，禾四秉謂之筥，木葉密布者謂之櫚，比木爲橋謂之梁。梠、梁爲魚陽對轉，同來紐雙聲。榍亦謂之梁。《儀禮・聘禮》「公當榍再拜」，《公食大夫禮》「公當榍北鄉」，鄭注：「榍，謂之梁。」梁受名於梠義，而非「取亘於水中之義」。又，《廣雅・釋水》曰：「艁舟，謂之浮梁。」郭璞《方言》注：「即今之浮橋。」王念孫曰：「《説文》：艁，古文造。案：造之言曹也，相比次之名也。造、次一聲之轉，故凡物之次謂之䒃。」梁亦浮橋。比舟連旅是爲梁，根於吕。津，水渡，引申言渡口、要津。詳上文「天津」注。梁津，架橋於渡。津渡，指赤水之渡。言我使蛟龍相連駢，浮於赤水之津，乘之以渡。

【詔】王逸注：「詔，告也。」言我告西皇。汪瑗、王萌、徐焕龍、王邦采謂詔不當爲下告語上，西皇告我或告蛟龍。案：王注未易。詔與上麾爲儷語，使役之辭，屬我。詔，告也，古時上下通用。《左傳》成二年：「欒伯曰：『燮之詔也，士用命也，書何力之有焉！』」杜注：「詔，告也。」《周禮・大宰》「以八柄詔王」，鄭注：「詔，告也。」《禮記・學記》「雖詔於天子」，言告天子。皆下告上、卑告尊。詔之爲上告下、尊告卑者，始於秦。《史記・秦始皇本紀》「二十六年，秦並天下，丞相王綰、御史大夫馮劫、廷尉李斯等議命爲『制』、令爲『詔』」。蔡邕《獨斷》曰：「三代無其文，秦漢有也。」

【西皇】王逸注：「西皇，帝少皞也。」又，聞一多曰：「西皇，蓐收也。」案：蛟龍、西皇儷語，神獸。西皇，猶先皇。西、先古通用。《孟子·離婁下》：「西子蒙不潔，則人皆掩鼻而過之。」趙注：「西子，古之好女西施也。」《戰國策·趙策》、《文選·神女賦》、《七發》西施皆作先施。《漢書·趙充國傳》「先零」、《水經注》、《晉書·阮種傳》、《宋書·鮮卑吐谷渾傳》、《魏書·薛虎子傳》作「西零」。又，《國語·晉語》「玦之以金銑者，寒之甚矣」，韋注：「銑，猶洒也。洒，寒也。」銑，先聲；洒，西聲；西、先通用。顏師古《匡謬正俗》卷八曰：「西，今俗呼東西之西，音或爲先。」先皇，猶上先戒鸞皇，承旗翼翼之鳳皇或在先者，「引魂鳥」爲先導也。

【涉】王逸注：「涉，渡也。」案：《説文》作𣻻，《沝部》曰：「𣻻，徒行濿水也。从沝、步。涉，篆文从水。」段注：「濿，或砅字也。砅本履石渡水之稱，引申爲凡渡水之稱。《釋水》曰：『繇膝以上爲涉。』毛《傳》同。許云徒行者，以別於以車及方之、舟之也。許意《詩》所言『揭』、『厲』皆徒行也，皆涉也。」包山楚簡作，象足涉水。《爾雅·釋水》曰：「濟有深涉，深則厲，淺則揭。揭者，揭衣也。以衣涉水爲厲，繇膝以下爲揭，膝以上爲涉，縣帶以上爲厲。」謂水深在衣帶以下、膝以上渡之曰涉。散文不分，凡渡水皆曰涉。「涉予」，非徒行，有車且梁，言引渡我也。

是二句言我指麾蛟龍，使橋於赤水之津，又告先導之鳳皇來引渡我也。

第八十八韻：與、予

與、予古音同爲[ria]，魚部。

路脩遠以多艱兮　騰衆車使徑待

路脩《記纂淵海》卷八三、《文選》卷九《東征賦》注引「路脩遠」一句同今本。

待洪《補》、錢《傳》引一作侍，朱《注》作待，引一作持姜校引朱本持訛作侍。案：王逸注「使從邪徑以相待」云云，王本作待。

【騰】王逸注：「騰，過也。」錢杲之曰：「騰，上奔也。奔騰衆車，使徑至西海而待己。」汪瑗曰：「騰，迅速貌。」黄文焕曰：「騰，飛騰也。」朱冀曰：「騰，騰空也。」劉夢鵬曰：「騰，行貌。」胡文英曰：「騰，飛騰速駕也。」案：皆非。林仲懿曰：「騰，傳也。」聞一多曰：「『過衆車使徑待』，文不成義，乃又強釋之曰『令衆車先過』，既增字爲訓，復傎到詞位。注書之無法紀者，莫此爲甚。案：《説文·馬部》曰：『騰，傳也。』傳，當讀如《儀禮·士相見禮》『妥而後傳言』之傳。《淮南子·繆稱訓》『子産騰辭』，高注曰：『騰，傳也。子産作刑書，有人傳詞詰之。』《漢書·禮樂志》『騰雨師，灑路陂』，謂傳言於雨師使灑路陂也。《後漢書·隗囂傳》『因數騰書隴蜀』，謂傳書隴蜀也。《北堂書鈔》一〇二引蔡邕《弔屈原文》『託白水而騰文』，謂託白水而傳文也。《文選·洛神賦》『騰文魚以警乘』，謂傳文魚以警乘也。本書騰多用此義。如本篇『騰衆車使徑侍』，《遠遊》『騰告鸞鳥迎虙妃』，《九歌·湘夫人篇》『將騰駕兮偕逝』，《大招》『騰駕步遊』，皆是。」朱季海亦曰：「此騰當訓傳。騰衆車者，謂傳車相屬，如置郵矣。」其説是也。騰，車騎次第代傳之謂，借聲字。詳上文「飛騰」條注。

【徑待】王逸注「使從邪徑以相待」云云，徑，邪徑。待，相待、等待。案：徑，猶直也。錢杲之曰：「使徑至西海而待己。」朱冀曰：「蓋徑者，直遂也。」又，《遠遊》「凌天地以徑度」，洪《補》曰：「徑，直也。」楊樹達曰：「徑爲小道，故直捷，故引申爲直捷之義。」從巠聲字含直義，枝干曰莖，從絲曰經，頭直如莖曰頸，小腿曰脛，牛膝下之骨曰桱，皿器圜而直上曰鋞，虛化爲徑直之辭。待，從一本作侍，侍衛。《遠遊》：「左雨師使徑侍兮，右雷公以爲衛。」侍、衛互文。顔師古《匡謬正俗》卷四曰：「侍人者，謂當時侍衛於君，不限内外，猶言侍者耳。」《説文・人部》：「侍，承也。从人，寺聲。」侍、承爲之蒸對轉，同禪紐雙聲。承，迎也；侍，猶承迎、奉迎。包山楚簡侍省作寺，或作止。

是二句言道路脩長且遠，又多艱虞，乃傳衆車使徑直迎接也。屈子赴水府、歸反先祖，何以「路脩遠以多艱」如是？蓋出於遠古之喪禮。生死婚媾大矣，於古必行「認親」禮以考驗之。稷生棄於冰上，受其飢餒寒冷之苦，乃所謂「出生」考驗禮也；舜娶二姚，「入于大麓，烈風雷雨不迷」，乃所謂「婚媾」考驗禮也。死亡反本先祖，亦有考驗禮。生之不易，死亦不易，在血親認同，反本冥途象徵其族遷徙歷程。據永甯納西族喪禮，人死皆反歸其先祖之居，巫覡誦以《開路經》以導引，詳述冥途之驛站、河流、高山，即其族遷移之經歷。屈子反本冥途，登崑崙、涉流沙、渡赤水、期西海，終至顓頊水府，亦帝高陽氏南徙荆楚之蹟，其綿綿萬載，「篳路襤褸，以啓山林」，以至今日，不亦「脩遠以多艱」乎？

路不周以左轉兮　指西海以爲期

【路不周】《文選》卷一五《思玄賦》注引「路不周」一句同今諸行本。

【不周】王逸注：「不周，山名，在崑崙西北。」案：「路不周以左轉」，同「路幽昧以險隘」、「路脩遠以多艱」句法。路，主語；「不周以左轉」，述語。果以不周爲山名，「路不周」連用，非其勝語。劉夢鵬曰：「路之爲言行也，謂道之也。」周，同上「雖不周於今之人兮」之周，王注曰：「周，合也。」不周，不合也。路不周，謂己行之路與衆車徑迎之路不合，行非一路，是以命其左轉，期會於西海。

【左轉】王逸注：「轉，行也。左轉者，言君行左乖，不與己同志也。」吕延濟曰：「左轉者，君子尚左。」洪《補》曰：「此云『路不周以左轉』，不周在西北海之外，自右而之左，故曰指西海以爲期也。」又，汪瑗謂不周爲北方通名，自不周之西海必右轉。左當右字形訛。案：左轉，轉而左行也。衆車與我所行非一路，則命衆車左行，以與我期會於西海。楚俗尚左、尚東。江陵雨臺山五百餘楚墓，皆東嚮葬，以楚先自東來也。左轉，向東行也，蓋有崇祖之民俗深意在焉。轉，蓋作邅，楚語音轉爲邅，後改作轉。

【指】王逸注：「指，語也。」案：指，役使衆車之辭，通作致，言使至、令至也。詳上文「指九天」注。

【西海】洪《補》曰：「《博物志》云：『七戎、六蠻、九夷、八狄，謂之四海。』言皆近海。漢張騫渡西海，至大秦；大秦之西烏遲國，烏遲國之西，復言有海。西海之濱，有小崑崙，高萬仞，方八百里。」朱珔曰：「『指西海以爲期』，注於『西海』無釋。案：各本《楚辭》，皆不及此。惟宋洪氏邁云：『東北南三海，其實一也，無所謂西海者。《詩》、《書》、《禮》經稱四海，蓋引類言之。《離騷》「指西海」亦寓言爾。』程氏大昌則云：『條支之西有海，先漢使固嘗見之，而載諸史。』《史記·大宛傳》：『于寘之西，水皆西流，注西海。』《漢書·西域傳》：『條支國臨西海。』後漢班超又遣甘英輩親至其地。而西海之西有大秦，夷人與海商常往來，是非寓言也。《日知録》曰：『今甘州有居延海，西寧有青海。』安知漢人所見之海非此類耶？余謂《史記·索隱》引《太康地記》云：『河北得水爲河，塞外得水爲海。』不謂大海也。據《大荒西經》屢言西海，曰『西海之外、大荒之中有方山』，曰『西海陼中有神，人面鳥身』。至其後文云：『西海之南，流沙之濱，赤水之後，黑水之前，有大山，名曰崑崙之丘。』正與此處上文由崑崙、行流沙、遵赤水合。又明藏本《山海經》於『赤水行東北』下，有『西南流注南海』語。流沙見後《招魂》注，亦云『西海』。今《經》於『河水』下云『入渤海』，郝氏謂渤海即瀚海。《水經》云：『崑崙，河水出其東北陬，屈從東南流，入渤海；又出海外，南至葱嶺，出于闐，東注蒲昌海。』于闐，即《大宛傳》之于寘。可知《史》、《漢》之海，即蒲昌海也。凡諸所言海，亦皆在西域。然則屈子稱西海，殆指此等，而未必以今之大海爲有西海矣。」朱氏又駁洪氏曰：「《爾雅》四海爲夷狄戎蠻，鄭注《周禮》『四海，猶四方』，皆不屬水。」案：西海，即《大荒西經》之西海，係神話，蓋在崑崙墟，不必坐實。又，《南山經》曰：「《南山經》之首曰䧿山。其首曰招摇之山，臨於西海之上，多桂、多金玉。」《海内經》：「西海之内，流沙之中，有國名曰壑市。」又曰：「西海之内，流沙之西，有國名曰氾葉。」固非一處。林沅、李光地、游國恩、馬茂元皆謂遊西海爲隱言投西秦，爲屈子潛意識逃逸意向，「也就是詩人内心矛盾的反映」。趙南星、黄文焕、徐焕龍、方楘如等以「期西海」喻頃襄王西迎秦婦，異説紛紜，而去本旨遠甚。西海，蓋咸池之别名，在崑崙西，日入之所，帝高陽之神居。期約西海，猶皈依楚先帝高陽，亦死之隱語。

【期】王逸注：「期，會也。」案：《説文·月部》曰：「期，會也。从月，其聲。𠀇，古文期，从日丌。」段注：「會者，合也。期者，要約之意，所以爲會合也。（从月，）月猶時也。要約必言其時。（从日，）日猶時也。」包山楚簡作「旮」，與古文同。丌，其古文。其，記也。其、記古通用。《詩·揚之水》「彼其之子」，鄭《箋》曰：「其，或作記，讀聲相似。」《禮記·表記》正作「彼記之子」。記，識也。要約必以記識時日，字爲期，借聲字。

是二句言道路不合乃轉以左行，使衆車至西海，與我爲合會之期也。

第八十九韻： 待、期

朱子待叶音徒奇反，又《辯證》曰：「待與期叶，《易·小象》『待』有與『之』叶者，即其例也。」陳第曰：「待，古音持。」戴震曰：「待，古音待以切。」江有誥曰：「待，徒其反。」案：「徒奇」行韻，歌部。非待字古音。待，本作侍，古音爲[zie]；期，古音爲[gie]。侍、期古同之部。

屯余車其千乘兮　齊玉軑而并馳

【屯】洪《補》音徒渾切。

【其】《文選》六臣云，「五臣無其字」。姜校謂「其爲屯之形容字，有之是」。案：有其是也，其，非屯形容字，猶乃也。言我屯聚車乃千乘也。《文選》卷一六《恨賦》注引亦有其字。

【乘】洪《補》乘音實正切，朱《注》音繩正反。案：實正、繩正音同。

【軑】《文選》六臣本、《文選》卷七《甘泉賦》注、《東雅堂昌黎集注》卷八注引作軑。案：軑、軑同。《五百家注昌黎文集》卷八注引亦作軑。方以智《通雅》曰：「軑音大，屬江夏。漢王霸子符徙封軑侯。《後漢書》作軑，音犬。智按：《説文》軑，特計切。《韻會》引漢《地理》有軑縣，徒蓋切。而《唐韻》、《韻會》『銑』韻無『軑』字，可知軑訛。」長沙馬王堆漢墓有「軑侯家」、「軑侯家丞」封泥印記，可與方説相證。然包山楚簡大作𠆧，隸定作犬，軑亦古字也。《玉篇》、《龍龕手鑒》、《集韻》、《禮部韻略》引作軑，六臣、洪《補》、朱《注》軑音大，錢《傳》軑音大計反，又他計反。《漢書·地理志》孟康注軑音汏，《年表》四「軑侯黎朱蒼」，顔師古曰：「軑音大，又音第。」又，《漢書·揚雄傳》「肆玉釱而下馳」，或作釱，軑别字，包山楚簡有「釱」字。軑，當作紲。詳注。

【屯】王逸注：「屯，陳也。」劉良曰：「屯，聚也。」案：《説文·屮部》：「屯，難也。屯象屮木之初生屯然而難，从屮貫一，屈曲之也。一，地也。」「屯然而難」，狀草木出土鬱結屈伸貌，移於愁思菀結不暢，别作忳。引申言屯聚、屯積。戰國楚簡文作「屯」，象草初出形。《鄂君啓節》：「屯三舟爲一舿。」聚合三舟爲一舿。屯車，猶屯舟，楚語。「屯余車」，同「邅吾道」句法，言我屯車。

【齊】王逸注「齊以玉爲車轄」云云，言齊同。洪《補》曰：「齊，同也。言齊驅并進。」案：《漢書·揚雄傳》「肆玉釱而下馳」，祖構此文，以齊爲肆。齊，猶肆，言正也。《史記·樂書》「肆直而慈愛者」，《集解》引鄭注曰：「肆，正也。」齊亦猶正也。齊整之謂齊，又謂之肆；治正謂之齊，亦謂之肆。齊玉軑，猶整勒治理也。

【軑】王逸注：「軑，錮也。一云車轄也。言乃屯陳我車，前後千乘，齊以玉爲車轄，並馳左右。」訓軑爲車轄。洪《補》曰：「《方言》云：『輪，韓、楚之間謂之軑。』」錢杲之曰：「韓、魏謂車輪爲軑。」軑，爲晉語。朱子曰：「軑。輨也，轂内之金也。一云轄也。」戴震曰：「軑，轂端錔也。《方言》：『關之東西曰輨，南楚曰軑，趙、魏之間曰鍊鏅。』齊玉軑，言并轂而馳。」《説文》段注曰：「軑，車輨也。《離騷》『齊玉軑而并馳』，王逸釋爲車轄，非也。《玉篇》、《廣韻》皆云車轄。轄，皆輨之誤也。」訓「輨」爲「轂輲錔」，「錔者，以金有所冒也。轂孔之裏以金裹之曰釭；轂孔之外，以金表之曰輨。輨之言管也。」皆以軑爲車輨名，楚語。案：王逸生於楚、仕於楚，去屈子亦近，諳習楚語，於屈賦凡屬楚語，皆特注明。而「軑」字未言楚語，固不以軑爲楚語。王氏軑訓車轄，許書訓車輨，名異實同。玄應《一切經音義》卷一引《方言》曰：「輨，軑，鍊鏅也。關之東西曰輨，亦曰轄，謂軸頭鐵也。」又卷七引《方言》曰：「輨，亦轄也。轄，謂軸頭鐵也。」玄應所見《方言》猶如是。輨、轄同訓「軸頭鐵」，即轂端錔。包山楚簡作釱，軑古文。軑曰輨，又曰轄，轉語也。輨、轄爲元月平入對轉，見曉旁紐雙聲。未可據《説文》而非王注，亦不得謂《玉篇》、《廣韻》之轄皆輨字訛誤。王注軑訓錮，漢世別説。洪、錢據《方言》軑訓輪，錢繹曰：「軑本轂輨，軝本轂幬，以其繫於輪也，亦通謂之輪，若轂則并合轂與輻牙矣。此皆就方俗之稱名耳。若分別言之，則軑自軑，軝自軝，且不得謂之轂，況於輪乎？」猶小名代大名。《方言》：「輪，韓、楚之間謂之軑，或謂軝。」軝，軝形訛。考古從氏、從氐字相溷，如衹、祗相亂者是也。王應麟《急就篇》補注引《方言》曰：「輪，韓、楚之間謂之軑今本訛作輟，特改之，或謂之軝。」其作軝字未誤。軝，《玉篇》、《類篇》、《集韻》、《正字通》皆作軧。《玉篇》：「軝，丁禮切，輪也。」軑訓輪作軝，軑，假借字。軑或音徒蓋切，或音徒計切。「徒計」之音，即軝字。輪曰軝、曰軑，因方音輕重。軑之訓輪、訓轄、訓輨，皆非勝語。《漢書·揚雄傳》晉灼注：「釱，車轄也。」然則下「風從從而扶轄兮」，上下犯複。軑、轄儷偶，軑，非車轄。案：軑，借爲紲。軑，大聲；紲，世聲。大、世古通用。《春秋傳》桓九年「曹伯使世子射姑來朝」，《正義》曰：「諸經稱世子及衛世叔申，經作世字，傳皆爲大。然則古者世之與大，字義通也。」《左傳》襄二十九年「衛世叔儀」，襄十四年作「大叔儀」。《公羊傳》文十三年「世室屋壞」，《左傳》、《穀梁傳》同作「大室」。《左傳》昭二十五年「樂大心」，《公羊傳》作「樂世心」。《曲禮》「不敢與世子同名」，鄭注：「世，或爲大。」《晏子春秋·外篇》「今公家驕汏」，《荀子·榮辱》「驕汏」作「憍泄」。汏，大聲；泄，世聲。軑，紲例亦通用。《廣雅·釋詁》：「紲，係也。」王念孫曰：「《説文》：『紲，系也。』系與係同，亦作繫。紲之言曳也。庚案：世、曳古通用。《文選·七發》「清升踰跇」，《洞簫賦》字作「踰曳」。《左傳》僖二十四年「行者爲羈紲之僕」，《國語》作羈紲。《素問·六元正紀大論》「嘔泄」，韓愈《譴瘧鬼詩》作「嘔洩」。《左傳》僖二年杜注「漏泄」，襄十四年作「漏洩」。《禮記·月令》「發泄」，《後漢書·順帝紀》作「發洩」。《詩·板》「無然泄泄」，《爾雅》作「洩洩」。怈，曳聲，或作忕，大聲是也。《釋名》云：『紲，制也，牽制之也。』《玉篇》云：『凡繫縲牛馬皆曰紲。』字亦作緤。庚案：《離騷》「登閬風而緤馬」是也。又作靾。《士喪禮記》『乘車革靾』，鄭注云：『靾，韁也。』僖二十四年《左傳》『臣負羈紲』，杜預注云『紲，馬繮也。』《正義》引服虔注云：『一曰犬繮曰紲。』《少儀》『犬則執緤，牛則執紖，馬則執靮』，鄭注云：『緤、紖、靮皆所以繫制之者。』《論語·公冶長》『雖在縲紲之中』，孔《傳》云：『縲，黑索也。紲，攣也。所以拘罪人。』蓋紲爲係之通名，凡係人係物皆謂之紲，不專屬一物也。」是也。紲、曳受名於制。車紲之謂軑。猶舟舵之謂杕。《淮南子·説林訓》「心所説毁舟爲杕」，高注：「杕，舟尾也。」今字作舵，又作柁，亦作枻。《淮南子·道應訓》「佽非謂枻船者曰」，高注：「枻，櫂。」《史記·司馬相如列傳》「揚桂枻」，《集解》引韋昭曰：「枻，檝也。」櫂以制舟名杕，名枻也。玉軑，即玉紲，以玉飾之也。「齊玉軑而并馳」，同《東君》「撰余轡兮高駝翔」。齊玉軑，整勒韁繩也。是二句言我與衆車期會西海之後，乃屯聚千乘，整勒玉紲之繩，並相馳驅，而往征崑崙也。

駕八龍之婉婉兮　載雲旗之委蛇

婉婉 洪《補》引《釋文》、錢《傳》引作蜿蜿，朱《注》作蜿蜿，引一作婉婉。姜校云：「婉、蜿，通用字，作蜿蜿則專指龍鱗之婉婉者耳。」案：《漢書》卷八七《揚雄傳》注引晉灼語、《文選》卷一五《思玄賦》注、王伯大《重編朱校昌黎先生集》卷一《南山詩》注、《五百家注昌黎文集》卷一注引作蜿蜿，《文選》卷二四潘岳《爲賈謐作贈陸機詩》注、《北堂書鈔》卷一六及卷一二〇引亦作婉婉。又，《文選》卷四八司馬相如《封禪文》注引作宛宛，蓋省文。

委蛇 《文選》六臣本作委移，注云「五臣作逶迤」。洪《補》、朱《注》、錢《傳》引蛇一作移，一作逶迤。案：委蛇、委移、逶迤一字，詳注。《漢書》卷八七《揚雄傳》注引晉灼語作委蛇，《文選》卷三《東京賦》注、卷八《上林賦》注引作逶夷，《文選》卷二〇謝靈運《九日從宋公戲馬臺集送孔令詩》注、卷二三阮籍《詠懷詩》注，《分門集注杜工部詩》卷三注及卷八注，王狀元《集百家注編年杜陵詩史》卷三載洙注，《九家集注杜詩》卷一注，《補注杜詩》卷一注，《北堂書鈔》卷一六及卷一二〇注引作逶迤。慧琳《一切經音義》卷四引作逶迤。

【八龍】王逸注：「駕八龍者，言己德如龍，可制御八方也。」呂向曰：「八龍，八節之氣也。」張鳳翼、徐焕龍謂「八龍，八方之龍，龍德之大全也」。案：龍，即上飛龍，上征飛行所乘祥車。八龍，猶八駿也。《詩·干旄》「良馬五之」，《正義》引許慎《五經異義》曰：「天子駕數：《易》孟、京，《春秋公羊》説，天子駕六。毛《詩》説：天子至大夫同駕四，士駕二。《詩》云『四牡彭彭』，武王所乘。『龍旂承祀，六轡耳耳』，魯僖所乘。『四牡騑騑，周道倭遲』，大夫所乘。」又，《禮記·王度記》曰：「天子駕六，諸侯與卿同駕四，大夫駕三，士駕二，庶人駕一。」上文「駟玉虬」，與卿大夫駕四之説合。駕六，肇於秦始皇帝。《史記·秦本紀》曰：「秦始皇帝數以六紀……而輿六尺，六尺爲步，乘六馬。」漢承秦制，天子亦曰駕六馬。鄭玄曰：「玄之聞也，《周禮·校人》：『掌王馬之政，凡頒良馬而養乘之，乘馬一師四圉。』四馬爲乘。此一圉者養一馬，而一師監之也。《尚書·顧命》：『諸侯入應門，皆布乘黄朱。』言獻四黄馬、朱鬣也。既實周天子駕六，《校人》則何不以馬與圉以六爲數？《顧命》諸侯何以不獻六馬？《王度記》曰『大夫駕三』，經傳無所言，是自古無駕三之制也。」《公羊傳》隱六年徐彦《疏》引鄭玄曰：「《易經》『時乘六龍』者，謂陰陽六爻上下耳，豈故爲禮制？《王度記》云『今天子駕六』者，自是漢法，與古異。『大夫駕三』者，於經無以言之。」案：鄭説極是。駕八龍，猶鳳鳥飛騰，狀其多，不得坐以禮制而爲侈也。朱季海曰：「駕八龍雖屬想象之辭，亦足明古者自大夫以上至於天子，初未嘗以駕數多寡爲差等也。」

【婉婉】王逸注：「婉婉，龍貌。」《遠遊》「駕八龍之婉婉兮」，注「虬螭沛艾，屈偃蹇也」云云。婉婉，狀龍行偃蹇低昂貌。訓詁字作蜿蜿，從虫。錢杲之曰：「婉婉，曲折貌。」胡文英曰：「婉婉，屈曲貌。」案：《廣雅·釋訓》曰：「蜿蜿，蝹蝹。動也。」王念孫曰：「《楚辭·大招》『虎豹蜿只』，王逸注云：『蜿，虎行貌也。』行與動同義。重言之則曰蜿蜿。宋玉《高唐賦》云：『振鱗奮翼，蜲蜲蜿蜿。』司馬相如《封禪文》云：『宛宛黃龍，興德而升。』並字異而義同。張衡《西京賦》『海鱗變而成龍，狀蜿蜿以蝹蝹』，皆動之貌也。」蜿蜿、蝹蝹，亦聲之轉。委謂之婉，亦謂之蝹，猶慰謂之詑，亦謂之愠。女柔曲而美亦謂之婉婉，一義相仍。

【載】《説文·車部》：「載，乘也。从車，𢦏聲。」段注：「乘者，覆也。上覆之，則下載之，故其義相成。引申之謂所載之物曰載，如《詩》『載輸爾載』，下載音『才再反』是也。引申爲凡載物之稱。」又爲樹置、植立義。載雲旗，旗植於車。《九歌·少司命》「乘回風兮載雲旗」，《東君》「載雲旗兮委蛇」，《七諫·自悲》「載雌霓而爲旌」，《九懷·通路》「載象兮上行」，《株昭》「載雲變化」，《九歎·遠遊》「載赤霄而凌太清」，皆載旗義。包山楚墓子母口奩器蓋壁畫，所乘祥車亦皆載旗。旗色一青一黄，象雲也。

【雲旗】王逸注：「載雲旗者，言己德如雲，能潤施萬物。」呂向曰：「言我所往，皆與神遊，故可御氣爲駕，載雲爲旗也。」張鳳翼曰：「雲旗者，雲從龍也。」案：《少司命》「乘回風兮載雲旗」，王注曰：「言司命之去乘風載雲，其形貌不可得見。」《東君》「載雲旗兮委蛇」，王注曰：「以雲爲旌旗，委蛇而長。」以雲旗言旗没於雲，或謂以雲爲旗，遊移未能決。洪《補》曰：「《文選》注云：『其高至雲，故曰雲旗。』」承《少司命》注。朱《注》曰：「雲旗者，以雲爲旗也。」因《東君》注。《曲禮》曰：「前有水則載青旌。」青旌者，以青雀羽爲飾。又曰：「前有塵埃，則載鳴鳶，前有車騎，則載飛鴻。」鳴鳶，以鳶羽爲飾；飛鴻，以鴻羽爲飾。旗名因其所飾或所畫物。畫交龍曰旂，熊虎爲旗，龜蛇爲旐。而屈子，乘風駕雲，其旗以雲爲飾，無深意可託。

【委蛇】王逸注「又載雲旗，委蛇而長」云云，言長貌。吕向字作逶迤，亦曰「長貌」。案：旗不宜短長，委蛇，猶旗飄拂貌。洪邁《容齋隨筆》曰：「委蛇字凡十二變。一曰委蛇，本於《詩·羔羊》，二曰委佗，《詩·君子偕老》；三曰逶迱，《韓詩》；四曰倭遲，《詩·四牡》；五曰逶夷，《韓詩》；六曰威夷，潘岳詩『峻阪路威夷』，孫綽《天臺山賦》『路威夷而脩通』；七曰委移，《離騷經》『載雲旗之委蛇』，一本作逶迤，一本作委移。八曰逶移；九曰逶蛇，後漢《費鳳碑》『君有逶蛇之節』，十曰崣蛇，《西京賦》『聲清唱而崣蛇』；十一曰遹迤，漢《逢盛碑》『當爲遹迤』；十二曰威遲，劉夢得詩『威遲堤上行』。韓公《南海廟碑》『蜿蜿蛇蛇』，亦然也。」因聲考之，何啻十二？或作踒跎，《大壯之鼎》「長尾踒跎」是也。或作阿那，《文選·洞簫賦》「則莫不憚漫衍凱阿那腲腇者也」。或作猗那，《文選·班固典引》「亦猶於穆猗那」是也。或作猗儺，《詩·隰有萇楚》「猗儺其枝」，毛《傳》曰：「柔順貌。」或作旖旎，《九辯》「紛旖旎乎都房」，王注曰：「盛貌。」或作安𩋡，《説文·日部》：「𩋡，安𩋡，昷也。」或作婐妮，《説文·女部》「婐，婐妮」是也。倒曰端委，《文選·吴都賦》「蓋端委之所彰」，劉淵林曰：「禮衣委貌。」或作娿娜詳《通俗文》。或作娃婧、嫢婧詳《方言》郭璞注。或作委惰，詳《楚辭·哀時命》王注。或作委隨，詳《七發》。或作隇陝，《廣雅·釋丘》。又作褘褙，漢衛尉《南方碑》。又作委維，《山海經·大荒南經》郭璞注。或作遺蛇，《漢書·東方朔傳》顔師古注。或作委蕤，《國語·周語》韋昭注。或作葳蕤，《文選·蜀都賦》李善注。或作威蕤，《太平御覽》八七三「休徵」部。或作儃回、襢回、低回、遲回、嬋媛、嘽咺，未可勝計。委蛇，根於委曲纏結，狀旗從風拂揚貌。必書以訓詁字，宜作旖旎。《漢書·揚雄傳》「夫何旟旐郅偈之旖旎」，服虔曰「旖旎，從風柔弱貌」是也。

是二句言我駕御婉婉之八龍，載乘旖旎之雲旗也。

第九十韻：馳、蛇

陳第曰：「馳，古音駝。」戴震曰：「馳，古音徒何切。」江有誥曰：「馳，音它。」案：馳，古音爲[siai]。陳第曰：「蛇，古音陀。」戴震曰：「移，古音尤和切，一作『蛇』。」江有誥曰：「蛇音它。」案：蛇，古音爲[ziai]。馳、蛇古同歌部。

抑志而弭節兮　神高馳之邈邈

抑錢《傳》本抑上有聊字，引一無聊字。朱《注》引抑上一有聊字。案：似有聊字是也。王注「猶自抑案」，猶自，猶且也，釋聊義。猶，尚也；自，且也。《論衡·論死》「精神擾自無所知，況其散也」，言精神擾且無所知也。《韓非子·説疑》：「爲人主者，誠明於臣之所言，則雖畢弋馳騁，撞鐘舞女，國猶且存也。不明臣之所言，雖節儉勤勞，布衣惡食，國猶自亡也。」且、自互文。《遠遊》「聊抑志而自弭」，句法同此。《文選》卷五《吴都賦》注、《集注分類東坡先生詩》卷四注、《施注蘇詩》卷一四注引亦無聊字。又，《文選》卷五《吴都賦》注引抑訛作仰。

而《文選》卷五《吴都賦》注引脱而字。

弭節朱《注》、錢《傳》同引一作自弭。姜亮夫曰：「上言車乘，則此言弭節，於義爲暢。且『弭節』《離騷》恒語，作『弭節』者是也。」案：王逸注「弭節徐行」云云，王本作「弭節」。他本作「自弭」，涉《遠遊》「聊抑志而自弭」改。《文選》卷五《吴都賦》注、王十朋《集注分類東坡先生詩》卷四注、《施注蘇詩》卷一四注引亦作「弭節」。

神高馳洪《補》引「神高馳」一作「邁高馳」。錢《傳》作「邁高地」，引一作「神高馳」。朱《注》引一作「邁高地」。案：王注「高抗志行，邈邈而遠」云云，王本作神高馳。

【志】王逸注「猶自抑案，弭節徐行」云云，志字無義可繫。張銑曰：「抑志按節徐行，以候世人。」汪瑗曰：「抑志，謂按抑其西涉之志也。」錢澄之曰：「原之遠逝，至此極矣。山窮水盡，不得不抑志而弭節也。」朱冀曰：「抑，按也。志，謂遠行之志。」魯筆曰：「志，即憂君念國之志，志不可回，姑且遏抑之，勿使鬱結不揚，阻吾遠逝爲樂之興。」夏大霖曰：「抑志者，處富貴不驕侈也。」劉夢鵬曰：「抑志，按止其心。」皆以「抑志」同上「屈心而抑志」。又，張渡《然疑待徵録》曰：「志，當作幟。《漢書·高帝紀》『旗幟皆赤』，師古曰：『史家或作幟，或作志，音義皆同。』是其聲通之證。『抑幟』承『雲旗』句，『弭節』承『八龍』句。上文『揚雲霓之晻藹兮』，洪校云：『一本揚下有志字。』揚志亦即揚幟也。」姜亮夫曰：「張説極通，抑幟弭節，謂車馬徐行，則其幟抑而節弭也。」案：屈賦志字十八見，無作旗幟。抑志，《離騷》二見，《遠遊》一見，恒語。抑志，抑按心志，猶今語控制感情云爾。

【神】王逸注「高抗志行」云云，訓神志。其與志字犯複。徐仁甫神借爲申，言約束。謂「約束高馳」。案：神，矧也。《説文·示部》：「神，天神引出萬物者也。从示，申聲。」《玉篇》引《廣雅》曰：「神，引也。」《禮記·禮運》「列於鬼神」，注：「神者，引物而出。」《考工記·匠人》「建國置槷以縣」，孔疏：「神，即引也。」引，矧也，或作矤，訓長，引字借義。《説文·矢部》：「矤，况詞也。」《爾雅·釋言》：「矧，况也。」况且也，姑且也。王念孫曰：「凡言姑且者，皆倉猝不及細審之意。」况有急疾、猝然義，亦作怳，言怳忽，疾貌。矧亦猶言疾。猝疾怳忽謂之矧，陰陽莫測謂之神，音義并通。神，一作邁。借作沛。《詩·白華》「視我邁邁」，《釋文》：「邁邁，《韓詩》及《説文》並作㤄㤄。」沛有疾義。《漢書·禮樂志》「神哉沛」，顔注：「沛，疾貌。」《九歌·湘君》「沛吾乘兮桂舟」，王注：「沛，行貌。」矧、沛義同。矧高馳，忽然高馳。屈子欲抑志弭節徐行，忽然高馳而去，狀其情志極度昂奮，不能自已。游國恩謂神高馳反映屈子動摇，欲走西秦。豈不畏其陸離之長鋒耶！

【高馳】王逸注：「高抗志行，邈邈而遠，莫能追及。」案：《九歌·大司命》曰「高駝兮沖天」，《東君》曰「撰余轡兮高駝翔」，《涉江》「吾方高馳而不顧」。高馳爲超脱塵世，亦其謂絶世隱語。

【邈邈】王逸注：「邈邈，遠貌。」案：《説文》無邈字，《新坿·辵部》曰：「邈，遠也。从辵，貌聲。」貌，容貌，借作杪。《廣雅·釋詁》曰：「杪、眇、藐，小也。」王念孫曰：「《方言》注云：『杪，言杪梢也。』《説文》：『杪，木標末也。』《漢書·敘傳》『造計秒忽』，劉德注：『秒，禾芒也。』秒與杪同義。下文眇、藐二字，義亦同也。」杪、藐宵部，明紐。引申言遠義，而借貌字爲之。古人制字，或先行假借，而後以借字爲聲，益其形旁，爲同聲形聲字，而其借聲字之古義遂泯也。貌，借字。邈，後起形聲字。重言則爲貌貌，遠貌。或作眇眇，《悲回風》「路眇眇之默默」、「穆眇眇之無垠」是也。或作渺渺，《管子·内業》「渺渺乎如窮無極」是也。或作藐藐，《詩·瞻卬》「藐藐昊天」是也。或作穆穆，《遠遊》「形穆穆以浸遠」是也。戴震引《爾雅》曰：「邈邈，悶也。」謂「蓋神馳而無所終極，踰增煩愠」，非是。

是二句言我本欲抑案心志，弭節徐行，忽然邈邈高馳，不能自制也。

奏九歌而舞韶兮　聊假日以媮樂

[而]《漢書》卷八七《揚雄傳》注引晉灼云作以。

[假]洪《補》、朱《注》、錢《傳》引一作暇。顔師古《匡謬正俗》曰：「《楚詞》云『聊假日以媮樂』，此言遭遇幽厄，中心愁悶，假延日月，苟爲娱耳。今俗猶言假日度時，故王粲云：『登兹樓以四望，聊假日以消憂。』取此義也。今

之讀者不尋根本，改假爲暇，失其意矣。原其辭理，豈閑暇之意乎？」洪《補》亦曰：「李善注仲宣賦，引《荀子》『多暇日』，亦承誤也。」其説是也。王逸注「故假日遊戲」云云，王本亦作假。《思美人》「聊假日以須時」，《九歎・遠遊》「聊假日以須臾」，《九懷・危俊》「聊假日兮相佯」，取式於是，亦作「假日」。《文選》卷一五《思玄賦》注引亦作假。

以 《文選》卷一五《思玄賦》注引作而，顔師古《匡謬正俗》卷七引亦作以。

媮 洪《補》媮音俞。朱、錢音亦同。

【韶】王逸注：「《韶》，《九韶》，舜樂也，《尚書》『簫《韶》九成』是也。」洪《補》曰：「《周禮》有『《九德》之歌、《九磬》之舞』，啓樂有《九辯》、《九歌》。又《山海經》夏后開始歌《九招》，開即啓也。《竹書》云：『夏后啓舞《九韶》。』」謂夏啓樂名。案：《韶》，舜樂名。《書・益稷》：「簫《韶》九成，鳳凰來儀。」孔《傳》曰：「《韶》，舜樂名，言簫，見細器之備。」簫，名，爲舜所造。《湘君》「吹參差兮誰思」，洪《補》引《風俗通》曰：「舜作簫，其形參差，象鳳翼參差不齊之貌也。」舜，日神帝俊，其精曰赤鳳，其樂器「象鳳之翼」，而名簫。簫《韶》連文，猶丩《歌》、丩《辯》之比，簫，象鳳鳥氏。詔，或作招。《吕氏春秋・古樂》「帝舜乃令質脩《九招》、《六列》、《六英》，以明帝德」是也。聞一多曰：「韶字一作磬。《周禮・大司樂》曰『《九磬》之舞』，《九磬》即《九韶》。《説文》鞀，重文作鞉，若鼗，籀文作磬。是韶與紹、磬、鞉、鼗一字。鼗，本鼓名。《周禮》，小師『掌教鼓鼗』，注曰：『鼗如鼓而小，持其柄搖之，旁耳還自擊。』鼗有柄可持，故舞師或持之以導舞。《尚書大傳》曰『倡之以徵，舞之以鼓鼗，此迎夏之樂也』，與『倡之以角，舞之以羽，此迎春之樂也』、『倡之以商，舞之以干戚，此迎秋之樂也』、『倡之以羽，舞之以干戈，此迎冬之樂也』并舉，是㪍爲舞師所持之器明甚。《釋名·釋樂器》曰：『鞉，導也，所以導樂作也。』導樂，即所以導舞矣。蓋樂舞以㪍爲導，因即以爲樂名，而字遂變爲韶。《離騷》之『舞韶』，實即《大傳》之『舞鼓㪍』也。奏《九歌》時，舞《韶》以爲節，故以歌言則曰《九歌》，以樂言則曰《九韶》，其實一而已矣。」其説是也。舜樂《韶》無名九，夏因有虞爲政，舜樂《韶》亦易爲夏樂，而冠以「九」謂之《九韶》。九，丩也，虬也，夏后氏圖騰。是以《韶》又爲夏樂名。《九韶》，謂舜樂者是。

【假日】王逸注「故假日遊戲媮樂而已」云云，假，藉借義，假日，借延時日。段玉裁《説文》注據或本假作暇，訓閒暇。暇日，謂閒暇之日也。案：王注不易。果作「聊暇日」，無述詞，不辭。

【媮樂】王逸注「故假日遊戲媮樂而已」云云，媮樂，言遊戲。洪《補》曰：「媮，樂也。」錢杲之曰：「媮與愉同，悦也。」媮爲悦也。又，戴震曰：「媮，他侯切，苟且也。愉音俞，樂也。二者多錯互。洪氏《補注》媮皆音俞，云樂也。非是。」案：假日、媮樂爲儷語。媮，悦也，樂也。樂，指《九歌》、《韶》是也。果讀媮爲偷，苟且樂之，不辭。媮、偷、愉一字。詳上文「偷樂」。

是二句言我奏舞《九歌》及《韶》，聊且假延時日以媮娱此天樂也。

第九十一韻：邈、樂

陳第曰：「邈音漠。」案：邈、漠古不同部。戴震曰：「邈，莫角切。」邈，古音爲[mauk]。樂，古音爲[lauk]。邈、樂古同樂部。

陟陞皇之赫戲兮　忽臨睨夫舊鄉

【陟陞】《文選》六臣本陞作升，洪《補》、朱《注》、錢《傳》引一無陟字，陞一作升。姜校云：「陟者及也，有陟是。」案：陟陞皇，猶登遐，陟陞同義，非陟及陟不訓及，姜誤陟作涉，詳注。陞本字，升借字。包山楚簡作陞，或省作阩。《文選》卷一五《思玄賦》注引陞作登，黎本、羅本《玉篇·兮部》「羲」字引陟陞作㴇升。㴇，俗涉字，陟字形訛。

【戲】洪《補》云：「戲與曦同。」朱《注》引一作曦。案：赫戲，連語，其作曦者，以訓詁字改，古作戲。《文選》卷一五《思玄賦》注引亦作戲。羅、黎二本《玉篇·兮部》引作赫羲。

【忽臨睨】《文選》卷一一《登樓賦》注、卷一五《思玄賦》注引此句同今本。《文選》六臣、洪《補》、朱《注》睨音五計反。

【鄉】詹安泰曰：「鄉，一本作邦。」案：王逸注曰：「舊鄉，楚國也。」王本作鄉。《遠遊》「留不死之舊鄉」、《哀郢》「鳥飛反故鄉」，舊鄉、故鄉，屈賦恒語。果改作邦，則與下文「行」字出韻。

【陟陞皇】王逸注：「皇，皇天也。」注文「陞天庭、據光曜」云云，陟陞皇，言登天庭，「陟陞」平列複語，「皇」字獨立。汪瑗曰：「陟亦升也。陟升，重言之也。」錢澄之曰：「陟陞同義，言上而益上也。」余蕭客曰：「陟陞，重文。『相觀民之計極』，『相觀』二字重。『覽相觀於四極』，『覽相觀』三字重。秦漢文多如此。」錢杲之曰：「皇，猶大也。登至大光明之處。」朱冀曰：「皇，君也。日，君象也。陞皇者，初日出之名也。日有君象，而臨照萬方。今世俗稱西墜之日爲落照，則東陞之日名之曰陞皇，確切不移，堪爲絶對矣。』「陟」字獨立，「陞皇」連文。劉夢鵬曰：「陞，升；升皇，天也。」姜亮夫曰：「陟者，及也。陞皇連文，皇字本有光芒之象，則陞皇猶言陞日，故下以赫戲狀之也。」又，聞一多謂「皇」上敓「大」字，「陟陞大皇」，猶《莊子》、《淮南子》之「登大皇」。案：陟陞平列複語，陞也，登也。皇，非皇天、君象。何義門曰：「陟陞，猶言陞遐。此終言至死不能或忘楚國，反應前『焉能忍而與此終古』之辭也。」是也。惟「陟陞」非陞遐義。《韓昌黎集·黄陵廟碑》引《竹書紀年》：「帝王之没皆曰陟。陟，昇也。」陟陞，陞也，登也。包山楚簡陞作隥，或作階。皇，通作遐。《漢書·律曆志》「秦兼天下未皇暇也」，皇暇平列複語。《儒林傳》「亦未皇庠序之事也」，顔師古注：「皇，暇也。」《哀帝紀》「未皇寧息」，《神漢杜陽太守周府君功勳之紀銘》「憯寒慄兮不皇計」，皇，暇字假借。《吕氏春秋·先己》「督聽則姦塞不皇」，高誘注：「皇，暇也。」《詩·殷其靁》「莫敢或遑」，《四牡》「不遑啓處」，《杕杜》「征夫遑止」，遑亦暇字假借。或作偟。《爾雅·釋言》：「偟，暇也。」郝懿行曰：「偟者，經典通作遑，皆皇之或體也。皇與假俱訓大，又俱爲暇，其義實相足成。後人見經典皇暇之皇皆作遑，遂以遑爲正體。遑變作徨，又省作偟。」暇與皇、遑、偟爲陽鐸平入對轉，曉匣旁紐雙聲。假、暇亦通用。《説文》段注曰：「古多借假爲暇。《周書·多方》『天惟須夏之子孫』，鄭云：『夏之言假。』《大雅·皇矣》、《周頌·武》二《箋》皆作『須假』，而孔本作暇。《孫卿子》『其爲人也多假日，其出入不遠也』，賈逵《國語》注：『假，閒也。』《登樓賦》『聊假日以銷憂』，李善云：『假，或爲暇。』」假，亦作假。《漢書·揚雄傳》「假言周於天地」，顔師古注：「假，至也。」《説文·彳部》：「假，至也。」又《新𢿌》曰：「遐，通作假。」假之作假、遐，猶偟作徨、遑。陟陞皇，登遐也。或作升遐、升假、登假，登升僊逝，死之隱語，貴賤尊卑共稱之。《禮記·曲禮》曰：「天王崩，告喪，曰：『天王登假。』」鄭注：「登假，若僊去云耳。」《吕氏春秋·本味》：「常山之北，投淵之上，有百果焉，群帝所食。」高誘注：「群帝，衆帝先升遐者。」《文選·西征賦》「武皇忽其升遐」，《晉書·夏侯湛傳》「且九齡而我王母薛妃登遐」，又曰「蔡姬登遐」，謂帝王、皇后、皇妃之死。又，《墨子·節葬》曰：「秦之西有儀渠之國者，其親戚死，聚柴薪而焚之，燻上謂之登遐。」謂庶民之死。而後爲得道成僊之稱。《淮南子·齊俗訓》「其不能乘雲升假亦明矣」，《文選·劇秦美新》「登假皇穹」，《漢書·郊祀志》「登遐倒景」，《後漢書·張衡傳》「涉清霄而升遐」。或作登霞。《遠遊》「載營魄而登霞」是也。或作昇霞。《新論·風俗》引《墨子》登遐作昇霞是也。而《太平廣記》引《博物志》作「登煙霞」。

【赫戲】王逸注：「赫戲，光明貌。」案：赫戲，連語，歌元對轉作赫愃。《禮記·大學》「赫兮喧兮」，《詩·淇奥》作赫咺，《韓詩》作赫宣，《説文·心部》引《詩》作赫愃，《禮部增脩韻略》引《詩》作赫烜，《易林·坤之巽》作赫喧，盛大貌。與訓盛美、光明，義同。劉永濟概言之曰：「赫戲，光明盛大。」訓詁字作赫曦，《黄帝内經·素問·五常政大論》「赫曦之紀」，《文選·西京賦》曰：「戲與曦同。」省作赫羲曹植《誥咎文》，倒曰諠赫《後漢書·酷吏傳》、輝赫《顔氏家訓·省事》、顯赫《後漢書·竇憲傳》、翕赫《文選·甘泉賦》、翕艴《文選·琴賦》《文選·魯靈光殿賦》、熻艴潘尼《琦瑁椀賦》，勢盛貌，與訓光明亦相因。鐸陽平入對轉曰煒煌，《文選·吴都賦》「轂騎煒煌」是也。或作炫煌，《淮南子·俶真訓》「藿蔰炫煌」是也。聲之轉或作羲和，日神因爲名。引申言惑亂義，訓詁字作眩惑、熒惑，緯繣者是也。狀山險峻，字作險巇、險墟、險巇、嶮巇也。而狀人恚怒亦曰赫戲。《廣雅·釋訓》：「赫戲，怒也。」「陟陞皇之赫戲」，同「駕八龍之婉婉」句法，言登陞赫戲光明之煙霞。赫戲，煙霞疏狀字。陟陞皇，猶期約西海。西海，在昆侖之墟，帝丘之海，故曰「陟陞」。登西海亦即反歸帝居、故宅。在屈子，沉湘自殺，象徵魂歸西海，象徵反本帝居故宅。下句陡然跌轉。

【臨睨】王逸注：「睨，視也。猶顧視楚國，愁且思也。」臨訓顧，睨訓視。汪瑗曰：「臨，逼近之意。」姜亮夫曰：「臨，《爾雅》『視』也。睨，《説文》『衺視也』。臨睨連用，亦如『相觀』之連用矣。『忽臨睨』者，不經意而忽然瞰視也。」案：王注不易。臨訓顧，即上「反顧」之顧。居高回視，非泛言回顧。臨，言居高視下。《論語·爲政》

「臨之以莊則敬」，皇《疏》：「臨，謂以高視下也。」《左傳》昭六年「臨之以敬」，孔疏：「臨，謂位居其上，俯臨其下。」登陞赫戲之雲霞，下視人寰，謂之臨。《說文・臥部》：「臨，監臨也。从臥，品聲。」品，非臨諧聲。臨，金文作「□」《盂鼎》、「□」《毛公鼎》，從臥，從□。□，古喦字。甲文喦亦作「□」《前編》七七・二，言高峻義。臥，下視。居高下視字作臨，從臥、喦，會意字。臨、隆古通用。《詩・皇矣》「與爾臨衝」，《韓詩》作「隆衝」。《漢書・地理志》「隆慮」，《荀子・彊國》作「臨慮」。臨、隆同根，訓高、訓大。《說文・目部》：「睨，衺視也。从目，兒聲。」睨，有旁斜、降下義。《莊子・天下》「日方中方睨」，言日西傾而降下。視下亦謂之睨。睨，兒聲，兒有小義，小者爲邪、言傾、言下，聲中有義。「臨睨」平列複語。

【舊鄉】王逸注：「舊鄉，楚國也。」案：楚國，郢都也。《哀郢》：「去故鄉而就遠兮，遵江夏以流亡，出國門而軫懷兮，甲之鼂吾以行。」故鄉，同舊鄉，郢都。下亂曰「國無人」、「何懷乎故都」，蒙此文。《說文・𨛜部》曰：「鄉，國離邑，民所封鄉也，嗇夫別治。封圻之内六鄉，六卿治之。」段注：「封猶域也。所封，謂民域其中；所鄉，謂歸往也。以同音爲訓也。」鄉，隸屬封國。《釋名・釋州國》曰：「萬二千五百家爲鄉。鄉，向也，衆所向也。」謂鄉受義於向。許氏「封圻之内六鄉，六卿治之」云云，本《周禮》。《大司徒》方千里曰國畿，六鄉地在遠郊以内，五家爲比，五比爲閭，四閭爲族，五族爲黨，五黨爲州，五州爲鄉，鄉老二卿，則公一人。鄉大夫，每鄉卿一人。包山楚簡，楚國行政結構爲里、州、縣三制，里有「里公」，州有「加州公」，縣有「縣公」。縣公多爲封君，繫屬朝廷，未見有鄉。鄉，不行於楚歟？楚稱鄉，鄉居之義。周之鄉，猶楚之縣。鄉，甲文作「□」《粹》五四二，金文作「□」《沈子𣪘》，象二人相對於□而享食之形，非從𨛜。鄉，言享食，引申言鄉域名。凡治於鄉者謂之卿，其字亦同根。卿、鄉陽部，曉溪旁紐雙聲。舊鄉，故都別稱，郢也。故宅，楚先祖之垞，昆侖西海也。一虚一實，夢幻、現實交替相疊。

是二句言我方當登遐西海，忽然下視舊鄉楚都，盡在眼底也。

僕夫悲余馬懷兮　蜷局顧而不行

悲 朱《注》引一作思。姜校引朱《本》思訛作忘。案：思亦悲也，王注「僕御悲感」，王本作悲。《文選》卷一六《寡婦賦》注、《古今事文類聚》别集卷二五引亦作悲。

余馬懷 《古今事文類聚》别集卷二五引二句作「僕夫悲予懷兮，馬蜷局而不行」。《文選》六臣注云，「五臣無顧字」。案：王注「我馬思歸」云云，王本作「余馬懷」也。余、予古今字。予不作領格，移馬字於下句首。洪引五臣「蜷局回顧而不肯行」，洪氏所見五臣本有顧字。王注「蜷局詰屈而不肯行」云云，王本無顧字。《文選》卷一六《寡婦賦》注引二句同今本。

蜷局 洪《補》、朱《注》蜷音拳。《東雅堂昌黎集注》卷二注兩引「蜷局」作「拳跼」。案：蜷局，連語，字無定體。詳注。

【**僕夫**】王逸注：「僕，御也。」案：《左傳》昭七年曰：「天有十日，人有十等，下所以事上，上所以共神也。故王臣公，公臣大夫，大夫臣士，士臣皁，皁臣輿，輿臣隸，隸臣僚，僚臣僕，僕臣臺。」僕列第九，雖至賤且鄙，然亦屬官也。孔疏曰：「僕，僕豎，主藏者也。」藏，收藏字，讀如《左傳》昭十九年「以度而藏之」之藏，《釋文》引裴松之曰：「藏，古人謂藏爲去。」去，棄也。「主藏者」，謂司棄除，蓋灑掃事。僕，甲文作「」《後編》下二〇·一〇，金文作「」《趞毁》、「」《旂鼎》、「」《史僕壺》、「」《父辛盤》，上從，古棄字。下從，帚省文。僕，象執帚灑掃。包山

楚簡作𦣞,從臣、僕,謂僕臣屬,所謂「建類一首」。或文作𦣝,從臣,付聲。付,僕字假借,借聲字。楚語僕平聲,與付同也。《説文·類部》曰:「僕,給事者。」蓋引申義。後爲御僕通名。《詩·出車》「召彼僕夫」,毛《傳》:「僕夫,御夫也。」《文選·思玄賦》「僕夫儼其正策兮」,舊注:「僕夫,謂御車人也。」周初器《師毀殷》:「嫠司我西偏東偏僕駿、百工、牧、臣妾。」僕駿複語,駿,古御字。

【余馬】王逸注「我馬思歸」云云,謂我之馬。徐仁甫曰:「余馬懷,謂而馬止也。余猶而。詳見《楚辭文法概要》。」裴學海讀余爲與,謂僕夫與馬同悲懷。案:《遠遊》曰:「僕夫懷余心悲兮,邊馬顧而不行。」襲用此文,僕夫、余、馬並列。余馬,余與馬也。

【懷】王逸注:「懷,思也。屈原設去世離俗,周天帀地,意不忘舊鄉,忽望見楚國,僕御悲感,我馬思歸,蜷局詰屈,而不肯行。」懷,思念義。案:悲、懷儷語,懷,悲也。懷之訓思,猶憂也,非思念。詳上「懷朕情」注。俞樾謂懷借作瘣,謂馬病,言「騷人之旨,即本《詩》也」,而「以懷思屬馬,言甚爲無理」。其爲襯託,言僕夫、馬皆與我同悲,則我益悲矣。言馬悲,擬人法,未足怪。

【蜷局】王逸注:「蜷局,詰屈,不行貌。」洪《補》曰:「蜷,蟲行詰屈也。」案:蜷局、詰屈爲聲轉,連語,屈曲貌。《九思·憫上》作踡跼,今作蜷曲。侯魚旁轉作拮据。《詩·鴟鴞》「予手拮据」,毛《傳》:「拮据,撠挶也。」或作詰曲唐舒元《御史臺新造中書院記》、結曲李群玉詩、卻曲《莊子·人間世》、詰𥏫《古文苑》劉歆《與揚雄書》、踡屈《素問·刺禁論》注、趌趨《説文·走部》、詰屈《文選·魯靈光殿賦》、槷𡲭、《説文·出部》:「𡲭,槷𡲭,不安也。」、臲卼《易·困上·六》,與訓婉順柔曲之偃蹇、夭驕爲一字。龍蟲屈曲而行曰蛣蚰,鳥飛盤回曰頡頏《詩·燕燕於飛》「頡之頏之」,毛《傳》曰:「飛而上曰頡,飛而下曰頏。」,亦其一字。

【顧】王逸注「蜷局詰屈而不肯行」云云,顧字無義可繫。劉良言顧盼。案:顧,言眷曲。《文選·東京賦》「神歆馨而顧德」,薛綜注:「顧,眷也。」於行曰蜷,於心曰眷。「蜷局顧」連用,三字狀語句法。

【不行】注家衆口一詞，謂「不行」，猶不肯去離楚國，爲屈子愛國精神之所在。案：屈子所悲，非謂去離故都、舊鄉也，且於時世，故國，不復有冀望生存之心，唯欲一死以歸其本，何悲之有？所可悲者，臨睨舊鄉。舉世溷濁、蔽美稱惡，其猶未超脱塵世。故所顧所眷，非時世舊鄉，而在乎西極、西海之居。向其登遐西海之際，奏《九歌》舞《韶》，何其樂也。及至出夢，赫戲天國化爲烏有，能不顧戀乎？所謂不行，言不肯出夢之思，不欲自冥界反歸現實，唯願在死亡幻夢中愉樂不醒。雖然，屈子非醉生而夢死，蓋生之痛苦不容其苟活，猶不如一死耳。

是二句言我僕夫及所乘之馬皆悲感不已，蜷曲不行，猶顧戀向者登遐西海之樂也。

第九十二韻：鄉、行

鄉，古音爲［xiaŋ］。行，洪《補》叶音胡郎切，朱《注》叶音户郎反。陳第曰：「行音杭。」案：行，古音爲［ɣraŋ］。鄉、行古同陽部。

自「靈氛既告余以吉占兮」以下至此，凡九韻三十六言，爲第三章第三節，狀屈子西行求女。屈子既絶望於時世，不從巫咸「求榘矱之所周」，而從靈氛求女之占，遠逝西行，終其反本於女先祖之志。自現世至冥界，非唯坦途，言涉渡流沙、赤水，脩遠且多艱，必藉「引魂之鳥」鳳皇之力方得其遂。於是乎，群鳥承旂，前後夾轂而行，先導之皇，翱翔引路，衆車騰告，左右侍從。是時也，八龍蜿蜿，雲旗委蛇，心欲止而不能，高馳不顧，邈邈遠去，直至雲天。於是乎奏《九歌》、舞簫《韶》，假延時日以自娱樂。方其登陞赫戲之上，與先祖之神相合之際，忽然夢醒，但見舊鄉如故，唯溷濁不分、幽昧險隘，則龍馬鳴嘶，僕御悲感，猶不願反歸於時世，眷戀向者登遐西海之樂。屈子至於此時，其投水汨羅之志猶弦上之箭，頃刻即發。「亂曰」以下四句承此言從彭咸所居，亦以畢其志云爾。

卜靈氛、問巫咸、登遐西海求女三節爲第三章。卜氛因求帝、求下女出；求帝、求下女之不果，雖託以見距帝闇或媒理不當，實於生死、去留之間猶有厝意，蓋未能决也，乃卜氛以决之。靈氛勉其求女，取反本女先一途，唯其適九州之告，屈子猶有疑焉，謂死必擇故宅、魂必歸故室，而不作他鄉鬼也。乃問咸以决之。巫咸一反求女，勉告屈子滯留時世，「求榘矱之所周」之聖君，不當輕生自沉。屈子反顧時世，善惡不分，黑白顛倒；蘭芷不芳，荃蕙化茅，如此溷濁之地，不足淹留，不容其苟且求生，乃從靈氛吉占復爲求女，就死地而不顧。屈子駕龍上征，其登遐西海。西海者，咸池别名也，帝高陽之居在焉，楚族之根在焉。屈子出自帝高陽，終亦歸於高丘之宅。及至其登遐赫戲之上，不意睁其惺忪之目，登遐之樂頃刻化爲烏有，但見舊鄉污穢如故，不覺悲從心來。乃眷戀向時之樂，唯願長在冥世不醒也。

合求帝、三求下女、西行求女三章爲全篇之第二大段。帝、女、楚族之先，三求所在，皆未離楚先所居昆侖高丘。三求猶三夢反本歸宗，期於一死，皆不關君臣時世之義。唯屈子因南楚宗教習俗敷演其辭，託言鳳鳥，多詭異譎怪之談，使沉湘之想幻化爲駕龍乘鷖、遨遊春宫、聯姻遠古神女之神遊，是以「死直」之志没於光怪陸離之間，莫之能追，而成千古之謎矣。其與西哲。所云「浪漫」者，亦不可同日語也。

亂曰

【亂】王逸注：「亂，理也。所以發理詞指，總撮其要也。屈原舒肆憤懣，極意陳詞，或去或留，文采紛華，然後結括一言，以明所趣之意也。」洪《補》曰：「《離騷》有『亂』有『重』。亂者，總理一賦之終。重者，情志未申，更作賦也。」錢杲之曰：「治亂曰亂，賦末有亂，所以總治一篇之義。」閔齊華曰：「亂，理也。總理一篇之辭意而結言之也。」朱子曰：「亂者，樂節之名。《史記》曰：『《關雎》之亂，以爲風始。』《禮》曰：『既奏以文，又亂以武。』」

吴仁傑曰：「詩者，歌也，所以節舞者。曲終乃更變章亂節，故謂之亂。《樂記》言『《大武》之舞，復亂以飭歸』，《正義》曰：『亂，治也。復謂《武》曲終，舞者復其行位而整治。』蓋舞者其初紛綸赴節，不依行位。比曲終，則復整治焉，故謂之亂。今舞者尚如此。詩，樂所以節舞者也，故其詩辭之終，亦謂之亂。《商頌》『輯之亂』是已。樂曲之終，亦謂之亂，《關雎》之亂是已。《離騷》有亂辭，實本之詩樂。」李陳玉曰：「凡曲終曰亂。蓋八音競奏，以收衆聲之局，猶之涉水者截流而渡，將到岸也，故亦曰亂。《楚詞》有亂，故知其原入樂譜，非僅詞而已。」蔣驥曰：「舊解亂爲總理一賦之終，今案《離騷》二十五篇，亂詞六見，惟《懷沙》總申前意，小具一篇結構，可以總理言，《騷經》、《招魂》則引歸本旨，未可一概論也。余意『亂』者，蓋樂之將終，衆音畢會，而詩歌之節，亦與相赴，繁音促節，交錯紛亂，故有是名耳。孔子曰『洋洋盈耳』，大旨可見。」桂馥曰：「騷賦篇末皆有亂詞。亂者，猶《關雎》之亂。《樂記》『武亂皆坐，周召之治』也，鄭注：『亂，謂失行列也。』《記》又云：『行其綴兆，要其節奏，行列得正焉，進退得齊焉。』」馥謂亂則行列不必正，進退不必齊。案：騷賦之末，煩音促節，其句調韻腳，與前文各異，亦失行列進退之意。」姜亮夫曰：「亂曰，本樂章節奏之專用術語，指樂終之合奏言。」聞一多曰：「樂終曰亂。」又，郭沫若謂亂即辭字形訛，古文辭作敽，通作司，亂訓治，敽字形訛。又謂「文末繫以『辭曰』，以作尾聲，與《抽思》之『少歌曰』、『唱曰』，義例相同，亦正《楚辭》之名之所由得」云爾。林義光亦謂周器《番生𣪘》之敽，治字古文，秦漢以後敽訛爲亂，音訛爲䜌。亂始兼治、亂二訓。汪瑗曰：「亂者，總理之意。《論語》曰『《關雎》之亂』，注曰：『亂者，樂之卒章也。』《樂記》曰『復亂以武，治亂以相』，注曰：『亂者，卒章之節。』屈子之所謂亂者，蓋昉於此。」亂既總理義，又樂卒章，調和王、朱。案：亂，爲樂卒章名，且有總理義。《爾雅·釋詁》曰：「亂，治也。」《説文·乙部》：「亂，治也。从乙，乙，治之也。从𤔔。」又：「𤔔，治也。幺子相亂，𠬪，治之也。讀若亂同。一曰，理也。」《攴部》：「敽，煩也。从攴，从𤔔，𤔔亦聲。」《言部》：「䜌，亂也。一曰治也。一曰不絶也。从言、絲。」亂、𤔔、䜌一字，訓治、訓理；　煩亂字作𤔔，今作亂，借字。　理亂、煩亂二字。唯《方言》卷二郭璞注曰：「苦而爲快者，猶以臭爲香、治爲亂、徂爲存，此訓義之反覆用之是也。」訓詁家據其説，曰「美惡同辭」，謂理亂、煩亂一字。雖然，疑之斥之者，代有其人，而不信相反爲訓之説。賈昌朝《群經音辨》首發其難曰：「乿，《古文尚書》治字也。𤔔，古文亂字也。孔安國訓亂曰治。按：　許叔重《説文》無乿字，以爲古𤔔字呂員切，曰：『亂也，一曰治也。』經典大抵以亂爲不理，亦或爲理。夫理、亂之義善惡相反，而以理訓亂，可惑焉。若以《古文尚書》考之，似乿、亂字別而體近，豈隸古之初傳寫訛謬，合爲一字，而作治、亂二訓，後之諸儒遂不復辨之歟？」賈氏以乿爲治字古文，乿、亂訛爲一字而相反二訓。唯亂、乿無終卒義，與「總撮」云云不合。考兩周鐘鼎款識亂作𤔔。《虢季盤》「錫用戉，用政𤔔方」，𤔔方，亂邦。《兮甲盤》「毋或納𤔔宄」，𤔔宄，亂宄。《散氏器》「余有爽𤔔」，爽𤔔，爽亂。包山楚簡文作𤔔，長沙子彈庫楚帛書作𤔔，信陽楚簡省作𤔔，漢石經作𤔔。《詩·召旻》「職兄斯引」，鄭《箋》「米之率」，《釋文》：「率，字又作𢓴。」亂訓治理，率字形訛，有脩治義。《易·繫辭下傳》「初率其辭」，侯果注：「率，脩。」《廣雅·釋言》：「率，述也。」述，猶陳述。亂、辭二字互訓。《韓詩外傳》「言辯而不亂」，不亂，言不述。《荀子·不苟》作「不辭」。《史記·鄒陽傳》「不牽於卑亂之語」，《漢書》「卑亂」作「卑辭」。亂非辭字形訛，率述之率。亂多訛作率。《尚書·君奭》「厥亂明我新造邦」，言厥率明我新造邦國。《禮記·緇衣》鄭注：「割申勸甯王之德，今博士讀爲厥亂勸甯王之德。」又，《書·雒誥》「亂爲四輔」，言率爲四輔。又曰「亂爲四方新辟」，言率爲四方新辟。漢石經《尚書》「亂謀面用丕訓德」，言率謀面用丕訓德。率，捕鳥畢，象絲網，上下爲其竿。章太炎《文始》曰：「網絲本易𤔔，網以理之則治。《尚書》『厥亂爲民』，亦作『厥率化民』，非形誤，實聲轉也。」率訓治，引申義；　訓亂，形訛字，非聲轉。率、卒音近義通。《史記·陸賈傳》「率不過再三過」，《漢書》率作卒。《漢書·嚴助傳》「美將率之功」，或本作「將卒」。《尚書·君奭》「率惟茲有陳」，《史記·燕召公世家》作「卒維」。《説文·口部》啐字，從口，率聲。《儀禮·士冠禮》「啐醴」，鄭

注:「古文啐爲啐。」是以亂有卒終義。《樂記》「始奏以文,復亂以武」,又曰:「再始以著往,復亂以飭歸。」始、亂互文,亂,率之訛,借率爲卒。《史記·賈生列傳》「亂曰」或本作「誶曰」,誶,卒也,謂卒章之樂名爲誶。樂卒章之亂,當作卒。率、律,古字通用。《太平御覽》引《春秋元命苞》曰:「律之爲言率也。」《顔氏家訓·書證》、顔師古《匡謬正俗》曰:「率字自有律音。」律亦曰治。樂律字取義於率。《禮記·中庸》「上律天時」,鄭注:「律,述也。」蓋因方音,或訛律爲亂。亂言治,率字之訛。率兼治、終之義,總理一章謂之率,樂卒章之名亦謂之率,字或作誶,屈賦訛作亂。譚介甫謂亂即南字假借,猶「周南」、「召南」之南。無徵不信。

已矣哉　國無人莫我知兮　又何懷乎故都

已矣哉 洪《補》、朱《注》、錢《傳》引一作「已矣」,無哉字。案:王注云:「已矣,絶望之詞。」王本無哉字。《漢書》卷四八《賈誼傳》注、《文選》卷三〇陶淵明《詠貧士詩》注、《施注蘇詩》卷一六注引無哉字,《文選》卷二八陸韓卿《中山王孺子妾歌》注引亦有哉字。

無人 《漢書》卷四八《賈誼傳》注引無作亡。朱《注》人下有兮字,引一無兮字。《文選》卷一五《思玄賦》注、卷二三阮籍《詠懷詩》注引人下有兮字。案:亡、無通用。人下有兮字非《離騷》通例。《施注蘇詩》卷一六注人下亦無兮字。《姜校》引洪、錢二本引一本有兮字。案:洪《補》無此校語。

【已矣哉】王逸注:「已矣,絶望之詞。」陳本禮曰:「突接『已矣哉』三字,大有一痛而絶之意。」又,洪《補》引孔安國《論語》注曰：「已矣，發端歎辭。」案：已矣，置於句首，發端以歎，絶望無可奈何。已，言止，虚化爲已然、決絶之辭。詳上「不吾知其亦已兮」注。《説文·矢部》：「矣，語已詞也。从矢，㠯聲。」段注：「已、矣疊韻。已，止也。其意止，其言曰矣。是爲意内言外。《論語》或單言『矣』，或言『已矣』。《學而》、《子張篇》皆云『可謂好學也已矣』，《公冶長篇》『不可得而聞也已矣』，『已矣乎，吾未見能見其過而内自訟者也』。」已、矣多通用。《史記·魏世家》「夫韓亡之後，兵出之日非魏無攻已」，《戰國策·魏策》已作矣。《漢書·張良傳》「我濟北穀城山下黄石，即我已」，《史記·留侯世家》已作矣。《老子》二章「皆知善之爲善，斯不善已」，《文子·微明》作「斯不善矣」。《墨子·尚賢》「既可得而知已」，《非攻》已作矣。「已矣」連文，平列複語。較之單言，絶望語意益甚。《口部》：「哉，言之閒也。从口，𢦏聲。」段注：「錯云：『若《左傳》「遠哉遥遥」、《論語》「君子哉若人」，是哉爲閒隔之詞。』按：如錯説，則必句中乃爲言之閒，豈句末者非耶？句中哉字皆可斷句。凡兩者之際曰閒，一者之竟亦曰閒。一之竟即兩之際也。言之閒歇多用哉。」《爾雅·釋詁》曰：「哉，閒也。」郝懿行曰：「哉字經典以爲語已之詞，又爲游衍之詞，是皆爲有閒矣。」案：是也。哉，從口，𢦏聲，借作才，始也，亦終也。終已之辭字作哉，借聲也。「已矣哉」連文，較之「已矣」，絶望語意又益一重。

【國】王逸注「以楚國無有賢人知我忠信之故」云云，謂楚國。姜亮夫謂國泛指楚。案：國、故都並舉爲文，國，猶故都郢。《説文·口部》：「國，邦也。从口，从或。」段注：「《邑部》曰：『邦，國也。』按：邦、國互訓，渾言之也。《周禮》注曰：『大曰邦，小曰國。』邦之所居亦曰國。析言之也。《戈部》曰：『或，邦也。』古或、國同用，邦、封同用。」或、國古今字。甲文作或，從口，從戈，象執戈守口，爲國都通名。焦循《群經宫室圖》謂國字有三解：小於邦者爲國；郊内爲國；城中爲國。邦概郊内外，泛稱也；國唯郊内，故從口。

【無人】王逸注：「無人，謂無賢人也。」案：其説確矣。上曰：「世幽昧以昡曜兮，孰云察余之善惡？民好惡其不同兮，惟此黨人其獨異。户服艾以盈要兮，謂幽蘭其不可佩。覽察草木其猶未得兮，豈珵美之能當？蘇糞壤以充幃兮，謂申椒其不芳。」又曰：「時繽紛其變易兮，又何可以淹留？蘭芷變而不芳兮，荃蕙化而爲茅。何昔日之芳草兮，今直爲此蕭艾也！豈其有他故兮？莫好脩之害也。余以蘭爲可恃兮，羌無實而容長。委厥美以從俗兮，苟得列乎衆芳。椒專佞以慢慆兮，樧又欲充夫佩幃。既干進而務入兮，又何芳之能祗？固時俗之流從兮，又孰能無變化。覽椒蘭其若茲兮，又況揭車與江離？」「國無人」，概巫咸以下一段，人，謂舉世之人，君亦在內。屈子果不登遐西海而苟活於舊鄉之國，其君臣上下，無人堪爲同志，苟生比死更難堪，決無違其天性以求生之理。

【知】王逸注「言衆人無有知己」云云，訓識知。案：知，言交接。《墨子·經上》曰：「知，接也。」《莊子·庚桑楚》曰：「知者，接也。」與人交謂之知。《左傳》昭二十八年，叔向一見鬷蔑，遂如「故知」。故知，故交、故友。《九歌·少司命》「樂莫樂兮新相知」，新相知，言新相交。《後漢書·宋弘傳》「貧賤之交不可忘」，《羣書治要》交作知。莫我知，莫我交，言無人與我相交爲同志。

【懷】王逸注「己復何爲思故鄉念楚國」云云，懷，思念。案：屈子於西海之上，不意臨睨舊鄉，雖僕夫、龍馬猶不肯回頭，唯願永駐先祖之居，我又何歸之有？懷，通作歸。《詩·匪風》「懷之好音」，毛《傳》：「懷，歸也。」《禮記·緇衣》「私惠不歸德」，鄭注：「歸，或爲懷。」呂向注「又何須歸於楚國」云云，亦借懷爲歸。何懷故都，不須歸故都以求生也。

【故都】王逸謂楚國。案：是也。姜亮夫曰：「凡言故鄉、舊鄉者，皆寄望於先人靈佑所在之地言，或以言丹陽秭歸之間而以寄情崑崙爲最誠摯。崑崙者，高陽發祥之地言也，即上文臨睨舊鄉之義，則此故都必以説郢爲是。懷故都是本意，睨舊鄉是寄情之言，此屈作一大關鍵問題，故發之於此。」其説謬也。舊鄉、故都一地，楚郢都也。靈氛告語「故宅」，楚族先祖之居，高丘、下丘是也。上舊鄉，此故都，變言避複。《説文·邑部》：「都，有先君之舊宗廟曰都。从邑，者聲。」《左傳》莊二十八年：「凡邑有宗廟先君之主曰都，無曰邑。邑曰築，都曰城。」《一切經音義》卷二一引《字林》曰：「有宗廟先君之主曰都。」《孟子・公孫丑下》「王之爲都者」，趙岐注：「邑有先君之宗廟曰都。」《九章・悲回風》「惟佳人之永都兮」，王注：「邑有先君之廟曰都。」又，《周禮・大宗伯》「乃頒祀於邦國都家鄉邑」，鄭注：「都家之鄉邑，謂王子弟及公卿大夫所食采地。」《載師》「以小都之田任縣地，以大都之田任畺地」，鄭注：「小都，卿之采地；大都，公之采地；王子弟所食邑也。」都，非國都，凡邑有宗廟主，且同姓所食采地謂之都。都小於國。《左傳》隱元年「都城過百雉，國之害也。先王之制，大都不過參國之一；中，五之一；小，九之一」者是也。渾言國、都不分。郢爲楚之都，先王宗廟在焉。屈子爲王族之胄，與楚同姓，稱郢曰舊鄉、曰故都。《廣雅・釋詁》：「都，聚也。」王念孫曰：「都之言豬也。《禹貢》『大野既豬』、『彭蠡既豬』、『熒波既豬』，《史記・夏本紀》并作都。都、豬皆聚也。僖十六年《穀梁傳》云：『民所聚曰都。』」案，都之訓聚，蓋漢世語。都，魚部；聚，侯部。先秦魚侯分用至嚴。都，者聲，蓋借作祏。魚鐸平入對轉，照禪旁紐雙聲。《示部》：「祏，宗廟主也。」石祖之祭，其字作且、作社，引申言宗廟主。且、社、祏一字。邑有宗廟主字作都，借聲字。

是二句言國中莫有交我之人，我心絶望至極，何必復歸故都以苟活乎！

既莫足與爲美政兮　吾將從彭咸之所居

吾將《雲麓漫鈔》卷二引「吾將」一句同今本。

【美政】王逸注「不足與共行美德、施善政者」云云，或言美德、或言善政，兩存之未能决。錢澄之曰：「美政，原所造之憲令，其生平學術，盡在於此。原疏而憲令廢矣，所最痛心者此也。」據王注「善政」而附會之。游國恩曰：「美政，當兼內、外事者。然頃襄之世，內政變革已無復可言；外事之急尤甚於內憂。而屈子深知合從抗秦其望已絶，楚之亡可以立待，故決然自沉以死也。」姜亮夫謂屈子美政內涵自三端見之：思古世聖君、賢臣，而望其君臣如古世聖君賢臣者；再者，選賢任能；三者民本思想。美政一語儼如屈子一生行事總綱，而將屈子一生行跡、思想，皆委於美政，於是題曰「美政思想」，幾與孔子「仁政」、墨子「兼愛」、韓子「法治」相侔。案：美政，承「莫我知」，猶知交。政，非政治、政德、政令，本作正，古字通用。《廣雅・釋詁》：「政，正也。」《周禮・夏官・序官》「使帥其屬而掌邦政」，鄭注引《孝經》曰：「政者，正也。」《論語・顔淵》「政者正也」，皇《疏》：「政訓中正之正也。」《釋名・釋言語》：「政，正也，下所取正也。」《禮記・深衣》「以直其政」，鄭注：「政，或爲正。」《詩・節南山》「不自爲政」，《禮記・緇衣》作「不自爲正」。《左傳》文六年「棄時政也」，《漢書・律曆志》作「棄時正」。《左傳》昭十五年「以爲大政」，《漢書・五行志》作「目爲大正」。《史記・秦始皇本紀》「始皇名爲政」，徐廣云：「政，一作正。」《周禮・凌人》鄭注：「故書正爲政。」《書序》「成王政」，《釋文》：「馬本作正。」正，有匹偶義。《禮記・禮器》「匹士大牢而祭謂之攘」，《釋文》曰：「匹士，或本作正士。」《緇衣》「唯君子能好其正，小人毒其正」，謂君子好其匹，而小人惡其匹也。鄭注：「正，當爲匹字之誤。」漢儒不省正訓匹也。《易・夬》王注「正乃功成也」，《釋文》：「正，亦作匹。」《墨子・節葬下》「存乎匹夫賤人死者」，舊匹爲正。《大取》「貴爲天子，其利人不厚於正夫」，正夫即匹夫。《懷沙》：「懷質抱情，獨無匹兮。伯樂既没，驥焉程兮。」匹、程出韻。匹，本作正。言匹偶義。後人不識，改正爲匹。王逸注：「匹，雙也。」以是知漢世誤正作匹。美正，猶美匹，謂同志也。

【彭咸】王逸注：「言時世之君無道，不足與共行美德、施善政者，故我將自沈汨淵，從彭咸而居處也。」王氏謂從彭所居，猶言沈汨淵而死之意。李陳玉曰：「『雖不周於今之人兮，願依彭咸之遺則。』到此相應。」賀寬曰：

「彼彭咸已往，前依其遺則；今則從而居，所謂九死不悔也。」朱冀曰：「所居，猶云所處。與前『遺則』相應，蓋非死難，處死則難耳。」顧成天曰：「依彭咸之遺則，明志也，結懷世也；從彭咸之所居，遂志也，結襄世也。」清世注家多以「所居」比上「遺則」，言處世，未必水死。案：王説不易。國既無人可恃，苟且求生不如一死；其從彭咸所居，引彭咸爲美匹、同志，非水死則何謂？屈子與彭咸，生不同世，而多有相通之處。二人皆出帝顓頊。此其一。二人皆當溷濁之世、遭昏暴之君，而猶行「中正」之德。此其二。二人皆不忍苟且偷生，殺身以殉志。此其三。二人皆以其族先祖之居爲生命之歸宿，彭咸水死以從帝顓頊玄冥氏，屈子效法彭咸沉湘以遊西海，而反本高丘之宅，歸於帝高陽。此其四。所居，先祖之宅高丘、窮桑也。

【居】居，都也。《詩·大雅·公劉》叙公劉由邰遷豳，公劉經營相度，而終言曰「豳居允荒」，豳居，猶豳都。《師虎毁》「王在杜居」，《蔡毁》「王在雝居」，《史記》卷四《周本紀》「自洛汭延于伊汭，居易毋固，其有夏之居」，又云「營周居于雒邑」。居，指都邑。上言都，此言居，變文避複也。居，指高丘、窮桑，高陽之都也。是二句言故國無人既爲我美匹、同志，生之無能爲，不若從彭咸所居，皈依先祖之都，以求一死也。屈子生繫帝高陽，死歸高丘之居，蓋荆楚宗教習俗耳。

第九十三韻：都、居

都，古音爲[ta]；居，古音爲[kia]。都、居古同魚部。

「亂曰」以下四句總撮求女三夢之旨，言時世穢惡，國中無人可合、可恃，乃師法前脩彭咸，投水一死，歸於先祖之居以殉其志。屈子所求，高丘之居高陽也。真可謂，「衆里尋他千百度。驀然回首，那人却在燈火闌珊處」。篇首出高陽，篇中求高陽，篇終歸高陽，其一腔宗族之情貫注到底，生死去留，皆未離其本。雖然，充屈子之宗親意識，蓋亦不足當後世愛國精神，二者似不可一概相量。宗族、宗教意識以遠古氏族血統爲繫帶，同姓者皆親，而異姓者必斥，固未脱盡其原始先民以氏族爲是非之遺習，其氏族與國家固非一體。設若君爲同姓之主，則以宗親之情事其國；反之，君爲異姓之王，國之存亡與氏族無利害關係，於我亦無可無不可。而君國將危及其氏族，則寧去其國而保其族。愛國則不然，不論君國同姓與否，全不以一氏族舍取爲念，國之存亡皆繫於我。屈子於楚當係前者而非後者。吾非有意貶低屈子精神，亦不敢苟同盲目拔高屈子，而視其爲愛國主義典範也。

全篇三大段，九十三韻，三百七十二句，二千四百九十餘言。屈子凝聚畢生心力，將人格、思想、情愫、身世、行狀、學術、宗教皆熔鑄於一體，而造此宏篇巨製。其施及後世，爲雙重精神，一是道德，一是文學。道德以人格見，文學以宗教著。於道德，屈子「中正」理性人格，使其一生行事必以正直、清白爲本，不容須臾自疏。此大爲後世所稱道，視其精神品格比侔天地、争光日月，亦不爲過。而其於屈子「不惜踵頂之損糜」朱冀《離騷辨》，謂「千古忠臣，當推屈子爲第一」黄文焕《楚辭聽直》。於文學，屈子發自高陽之宗教意識則唤醒一個民族之魂，使《離騷》求女三夢以高陽文化爲其藝術要素，以宗教精神爲其思維方式，一氣寫就「驚彩絶豔」詩化死亡之作，令歷代文人心往神迷而傾倒於其下，故衣被詞人，而「才高者苑其鴻裁，中巧者獵其豔辭，吟諷者銜其山川，童蒙者拾其香草」，開啓一代楚騷文學。且道德與文學，相輔而相成，猶情質之相符，「滿内而外揚」，亦屈子全副精神之所在也。

論屈原之死

一個捱過了長期放逐生涯的憔悴老翁，在江畔徘徊行吟了數年之後，帶着不盡的哀怨和巨大的痛苦，「忿懟」投水自殺，選擇這種極端的方式提前結束其生命的旅途——這便是二千二百餘年前的楚國偉大詩人屈原譜寫於中國文明史册上的最悲壯的一劇，至今强烈地震撼着中華兒女的心靈。

但是，這一震鑠千古的沉湘之舉，似乎就是一個神秘的「斯芬克斯」之謎，不唯古人議論紛紛，毁譽參半，就是今人也感到疑慮重重，傷透腦筋：屈原或許做不到像當時馳騖天下、風頭出足的遊説之士，「瞝九州而相君」（賈誼《弔屈原賦》）；或者像濯水滄浪、高蹈風塵的漁父，嘯歌江湖，與世推移；可是，當一個人果真「要强力地斬斷把人聯繫於生命——即使這個生命伴隨有極大的苦痛和災難——的紐帶，是需要如何大的意志力呀」[一]！於是，有人責難這種自殺行爲，「楚猶存三户，懷石理則那」？説「但他既有自殺的勇氣，爲什麽不把當時的民衆領導起來，向秦人作一殊死戰」？[二]認爲他没有必要、也不應該輕生自殺。那麽，屈原爲什麽要做出如此極端的死亡選擇？究竟是怎樣的精神因素迫使他走上絶路的？

對這一問題，自東漢王逸以後的歷代《楚辭》學者，總是習慣以單一的政治視角來思考，「忠君愛國」已經成爲評論屈原問題的思維定式，要麽説，屈原「生不得力争而强諫，死猶冀其感發而改行」[三]；要麽説，他「不忍見其宗國將遂危亡，遂赴汨羅之淵自沉而死」[四]。可是，屈原在詩作中並不存在類似内容的「遺囑」，在現存記載屈原事蹟的歷史文獻中也不見有與此相似的説法。我不否認屈原的忠君愛國，也承認他的自殺與君國命運不無關係，但是，在楚國危急存亡之秋，忠君報國之士莫不扼腕切齒，争先奔赴沙場，「出不入兮往不返」，「首身離兮心不懲」（《國殤》），而以自殺方式來表現其志的畢竟未見第二人。問題即在於，同是忠君愛國，爲什麽唯有屈原要鬧到非投水自殺不可？這到底是出於一種偶然，還是必然？

「死生之大矣。」在中國歷史上，詩人自殺，嚴格意義上説，僅有屈原一例。所以説，沉湘自殺是最具屈原個體性質的事件，最本真地體現了他獨特的人格個性。在闡發屈原沉湘自殺的諸種因素時，不能滿足於政治背景、歷史時代、階級面貌及其社會環境等外部因素的一般性的考察上，而應該更多地關注屈原這一特定個體的自身因素。本文基於屈原的雙重人格個性和他獨特的死亡觀念，結合人類文化學、宗教神話學及楚國的民俗風尚等，對屈原的沉湘自殺試作一番深入而實際的探討。

一、「内美」：雙重人格悲劇之源

「紛吾既有此内美兮，又重之以脩能。」（《離騷》）屈原之所以成爲異於他人的「這一個」，即在於他有與生俱來的「内美」。

筆者曾指出，屈原「内美」的核心基質是血緣之「正」[五]。現在看來，這一概括只説出了一半。屈原「内美」除其血緣之「正」，還藴含了一種與「正」根本相對的質素，即血緣之「奇」。構建「内美」的「正」與「奇」這兩種基質，具體而完整地體現於《離騷》首八句屈原自叙出生的世系、生辰、初度和嘉好的名字之中。

「帝高陽之苗裔兮，朕皇考曰伯庸。」（《離騷》）帝高陽是楚人最原始的祖先，而分封於漢北古庸國之地的楚國宗室同姓諸侯「伯庸」是屈原的生身父考。這是説，屈原在《離騷》這一自傳體史詩的開頭就認定了自己具有雙重的血緣：一是奇異的高陽氏的文化血緣，一是正統的楚國宗室貴族的生理血緣。屈原祖述帝高陽，在原始宗教的神秘氣氛中，把自己的出生與古老民族的發源史直接聯結起來，仿佛在精神上直接稟受了其族始祖高陽氏的神性的遺傳基因，駕龍乘鳳，出入六合，先天賦予他與天地神靈溝通的法力和孤傲狂放的氣質。然而，屈原實在是伯庸夫婦結合的胎兒，自幼受到正統的南國傳統文化的教育，「訓之以若敖、蚡冒篳路藍縷，以啓山林」[六]，既非「不知其父」之野合之種，又非朝秦暮楚的外來逋客。正統的出生又先天賜予他「獨立不遷」、「深固難徙」的「中正」品格。

誠然，楚國宗室的每一成員都具備了這樣的出身世系，可是，「攝提貞于孟陬兮，惟庚寅吾以降。皇覽揆余初度兮，肇錫余以嘉名。名余曰正則兮，字余曰靈均」（《離騷》），這就非人人所特有的了。在屈原「降」於母體之際，父考「伯庸」仰觀天宇，發現歲星「攝提」與太陽正好在孟春正月的「庚寅」吉宜之日交會於「陬訾」之室，這意味着高陽氏進入了陬訾氏常儀之居，象徵着夫妻相合、日月交逢，屈原便成了日月交合、陰陽相應的結晶，他既焕發着日月的煌煌之光，又含攝了人道的「中正」之質。這兼備三寅躔度的生辰千載難逢，不同尋常，預示着一位非常傑出的偉大人物的誕生。伯庸取其名爲「正則」，「正，平也；則，法也。言正平可法則者，莫過於天」[七]。這表示屈原生來德合天地，行有「中正」之法則。又取其字爲「靈均」。靈，是事神之巫，「楚人名巫爲靈子」[八]。均，古韻字，指合調和諧的樂聲。音樂在古代是最具原始宗教性質的能歌善舞的靈巫傳遞人神之間的信息，達到天人相通的效果。這又表示屈原生來具有神巫的天資，能翱翔於神靈之鄉、出入乎天地之間。要之，「神人合一」的出身世系、異乎尋常的生辰、三寅俱現的躔度及「正則」、「靈均」的嘉好名字等共同編織成「内美」，纔是與衆不同的、爲屈原個體所特有的質素，它是屈原生命屬性的有機部分，是形成他的人格個性的内在精神機制，始終貫穿於他一生的處世行爲中。

一方面是以「正」爲内涵的人格精神把屈原塑造爲謹小慎微、深思厚重的睿智哲人，他在幽昧險隘的濁世中高揚「中正」的理性精神，始終以清醒、敏鋭的目光洞察是非、明辨曲直，始終循規蹈矩，「正道直行」，壹心不豫，推行其「美政」之本。他認爲實現「美政」的關鍵，在於「舉賢而授能兮，循繩墨而不頗」（《離騷》），這要求自己以前代聖賢爲楷模自覺地進行「脩能」。「吾獨好脩以爲常」的屈原即以「中正」爲陶鈞，把自己脩煉成正直廉潔、品行高尚的智能之士，隨時「乘騏驥以馳騁兮，來吾道夫先路」（《離騷》），以存君興國、報效時世爲己任。當目睹楚國這乘「皇輿」正處於「敗績」顛覆之際，他不顧横來之禍，直言謇謇，即使無端遭黜見放，也不後退半步，最後他「定心廣志」（《懷沙》），爲達到「耿吾既得此中正」（《離騷》）的人格的最高境界而九死不悔。另一方面高古而神聖的高陽氏賜予他的奇氣異質，則給了他一個注重情感、好使性氣，又多奇思異想，狂放不羈的個性，使他一往情深地沉溺於遠古的原始巫風的激情中。屈原常常退居到其氏族的洪荒本始觀照人生，或者拔地而起，立於九天雲霄之巔俯瞰時世，那本來爲拯救濁世弊政而架設的、充斥了「中正」理性精神的「美政」藍圖，蒙覆着異彩紛呈、光怪陸離的神秘之霧，堯、舜、禹及咎繇、伊摯、吕尚等歷世明君賢臣一一走進了神話世界的殿堂，於其「儼而祗敬」的政治偶像之上平添了多少粉紅駭緑的宗教色彩！連昏聵不堪的楚懷王也陞格爲「神靈而好脩」的半人半神的人物。屈原自己更是佩蘭紉蕙，飲露餐英，豐姿綽約，狀如藐姑射之山的處子。遠古的日神血脈的激情尤其無法讓屈原的心靈在一個没有幻想、没有神靈的空間栖息，他儼然以日神驕子自居，登乘太陽車，行走太陽路，羲和、望舒、鳳皇、風伯、雲師等神靈怪獸都俯首聽命而來，任他調遣驅役，他還想入非非，與遠古的神女通婚聯姻。

「懷質抱情，獨無匹兮。」（《懷沙》）質，同《離騷》「唯昭質其猶未虧」之昭質，總是與他的「中正」理性聯結在一起的。情，在屈作中内涵相當廣泛、豐富，有忠情、戀情、鄉情、怨情，一言以蔽之，都未超越其氏族感情或宗法血緣感情的範疇。在屈原，作爲「中正」理性之「質」與作爲原始宗教之「情」，在其「内美」意識結構中都是並存俱在的、密不可分的整體。「情與質信可保兮，羌居蔽而聞章。」（《思美人》）那麼，他是怎樣在極不利於自己的處境中保持「情質」内外一致而「聞章」於時世呢？「擣木蘭以矯蕙兮，糳申椒以爲糧。播江離與滋菊兮，願春日以爲糗芳。恐情質之不信兮，故重著以自明。」（《惜誦》）屈原總是通過博採衆芳、强化自我完善的「脩能」方式以表明他「言與行其可迹兮，情與貌其不變」（《惜誦》），達到「滿内而外揚」的理想境界。可是，我們不能不看到，屈原的「内美」、「情質」固然有其崇高、偉大之處，而「内美」的正與奇、情與質本來就是一個現實理性與原始感性的雙重的混合體，以「内美」爲基礎的屈原雙重人格乃是一個兩極相斥的人格悖論。屈原在相互斥棄的兩極之間求其整體性的統一、完美，豈不是一大荒謬、一個悲劇嗎？梁啓超引用易卜生「要整個，不然，寧可什麽也没有」[九]的名言，給屈原這極端人格追求做了入木三分的概括。屈原的不幸之處即在於此：他硬是把已經裂變到極境的兩極「雜糅」爲一體，强作「和調度以自娱」（《離騷》），迫使他在實際生活裏同時扮演着兩種絶然相對的角色：一個是通體焕發着熠熠神光的天外驕子，他峨冠博帶，奇服異飾，唱着遠古巫歌，跳起原始巫舞，神思飄蕩，陞降上下，「撰余轡兮高駝翔」（《東君》）；一個是恬澹平和、知禮守節、進退有則、謙謙有度的正人君子，他「閉心自慎，終不失過」（《橘頌》），本分得不容差池半步。雙重角色各自實現自己的意志和行爲，使屈原陷入了自身無力解脱的重重矛盾之中：一方面，他以往古三代興亡史爲前鑑，主張「國富强而法立」（《惜往日》）的「美政」之本；另一方面，他的「美政」彌漫着原始宗教的巫俗之氣，維繫着根深蒂固的氏族血緣的紐帶，使「法治」在宗法關係中變得軟弱無力，「迂闊而疏於事情」。一方面，他虔誠乞求於神巫占卜，敬信祐善懲惡的天地神鬼，在蒙冤受屈時，總是「令五帝以析中兮，戒六神與嚮服」，「吾使厲神占之兮，曰有志極而無旁」（《惜誦》），篤信「皇天無私阿兮，覽民德焉錯輔」（《離騷》）；另一方面，當「黄鐘毁棄，瓦釜雷鳴；讒人高張，賢士無名」（《卜居》）等荒謬和醜惡在「中正」理性之下曝光時，他又懷疑上帝存在，責斥「天命反側」（《天問》），詛咒「皇天之不純命」（《哀郢》）。一方面，他「思君其莫我忠兮，忽忘身之賤貧」（《惜誦》），美稱君王爲「美人」、「荃」、「靈脩」等，縱然屢遭斥逐，依然是不盡繾綣之情；另一方面，他又怨恨君王「數化」、「浩蕩」、「齋怒」，斥其君王爲「壅君」，不無「秉忠履直之過」[一〇]。一方面，他反復申訴宗國不可去之志，在長期放逐的艱難歲月，一再思戀故土、眷顧郢都，「鳥飛反故鄉兮，狐死必首丘」(《哀郢》)，至死也不離開楚國；另一方面，他又忍不住「願搖起而横奔」(《抽思》)，「欲高飛而遠集」(《惜誦》)，似有適彼異邦之想。一方面，他自我陶醉於亘古未有的先在的「内美」本質，大有舍我其誰的自我崇拜的優越意識；另一方面，他在君王面前，充其量不過是寄寓於君側的媵臣、棄婦，荏弱、渺小得無地可容，貶低乃至否定了自我存在的價值。一方面，他「屈心而抑志兮，忍尤而攘詬」(《離騷》)，從容安詳，沉着平和，善於克制自己情緒；另一方面，他疾惡如仇，發憤抒情，「心踴躍其若湯」(《悲回風》)，遇事少理智，大有一吐爲快、一發不可收拾之勢。雖然，堅持「中正」理性人格的屈原，其精神意向與言必稱堯舜、事必舉三代的「法先王」的儒家道統頗相接榫。可是，帝高陽血脈之情感狂濤把他推向一個「託雲龍，説迂怪，豐隆求宓妃，鴆鳥媒娀女」[一一]的、爲儒家絶對拒斥的詭譎、荒唐的神話世界，他成不了正宗的儒家弟子。相反，屈原雖有「輕舉而遠遊」之想，與主張返璞歸真、適性自由、逍遥於無物我、善惡、是非、生死的老莊處世哲學似甚吻合。可是，他修煉不到道家的超越人生的境界，他的每次「逍遥遊」都受到「中正」理性精神的困擾、牽制，使他的精神飛翔背負着君國、修名等世俗倫理道德的沉重的「十字架」，最後都重重地落在「世溷濁而嫉賢兮，好蔽美而稱惡」(《離騷》)的罪惡世界裏，始終叩響不了虛無之門。不論在政治態度、處世行爲上，還是在精神意向上，屈原總是在相互對立的矛盾兩端容與徘徊。似儒而非儒、似道亦非道的屈原在入世與出世、寧静與狂熱、理智與情感、現實與虛無等矛盾撞擊的狹縫裏苦苦追尋真正屬於他的人生之路。那麽，他的出路在哪兒？「孰吉孰凶，何去何從？」(《卜居》)他最終將會做出怎樣的選擇？

「伏清白以死直兮，固前聖之所厚。」(《離騷》)清白、正直是集中體現了屈原「中正」理性人格的最高的道德準則。在清白、正直的人格理想與生命之間，如果需要他做出二者必取其一的選擇，那麽屈原「寧溘死以流亡」(《離騷》），必然以生命的代價來光大其「中正」人格而義不容辭地選擇死亡。「新沐者必彈冠，新浴者必振衣，安能以身之察察，受物之汶汶者乎？寧赴湘流，葬於江魚腹中，安能以皓皓之白，而蒙世之塵埃乎？」（《漁父》）在《離騷》前半篇，屈原早就下定「余不忍爲此態」的決心，尤其在向重華陳詞以求折中之後，他終於明白了「不量鑿而正枘兮，固前脩以菹醢」的道理，他「重仁襲義」、據義行善，之所以不能在朝廷議政而被棄逐荒陬，是因爲他與身遭菹醢的前脩比干、梅伯等一樣，不幸地遇上了殷紂般的昏君，説明在這樣的時世裏，行正直、守清白與生命不可並存，要麽苟活而棄其正直、清白，要麽爲正直、清白之人格而死。「哀朕時之不當」的屈原自然選擇後者，他雖然涕泣浪浪，但還是默默地接受了「耿吾既得此中正」這樣的結局。「得此中正」是一種怎樣的結局呢？《易·姤》：「九五：以杞包瓜，含章，有隕自天。」《象傳》：「九五，含章，中正也。有隕自天，志不舍命也。」高亨謂不通作否，「閉塞不通」之意，「『含章』者，有正中之德也。文章以正中之德爲質，人有正中之德而後成文章之美。『有隕自天』者，事昏暴之君，正中之志閉塞不得行，故舍棄生命而隕亡也。」[一三]我以爲《象傳》及高注對此卦爻辭的闡釋，可作「耿吾既得此中正」句意的注腳。重華的神諭告訴他，身逢濁世、遭遇壅君而「得此中正」，唯有「菹醢」、自殺一路可走。所以，《離騷》後半篇緊承此意，叙寫他先後三次上征天國的死亡飛行。同時，雙重人格的另一層面——遠古的日神血緣的宗教情感驅使屈原離世棄俗，向其「内美」靠攏、退行。「進不入以離尤兮，退將復脩吾初服。」（《離騷》）屈原「復脩吾初服」，固然有寄寓懷守正直、清白的「中正」人格理想之意，但在我看，「初服」並不是一個簡單的比喻詞，它的突出之處在於異乎尋常之「奇」，是與屈原天然的日神冑子的身份、氣質相映襯的，而他只在與神靈交往的場合上纔正式服用它。屈原每次「上征」飛行、遨遊神居，事先總是有一番精心刻意的「好脩」奇裝異服之舉。《離騷》寫屈原將往觀四方、遠適昆侖縣圃，先有芰荷爲衣、芙蓉爲裳，高冠岌岌，長佩陸離的扮裝；寫他三度周流求女，先有瓊枝繼佩、榮華未落的點綴；篇末寫他神遊西海，先强調要趁「及余飾之方壯兮」，「芬至今猶未沫」。《涉江》開頭一段也是先大加描寫屈原高冠長鋏、帶珠佩璐的「奇服」，而後纔轉入「駕青虬兮驂白螭，吾與重華遊兮瑶之圃」的。對照《九歌》迎神祭巫登場亮相的扮裝描寫，我以爲，「初服」是祭師或祭巫在祭祀鬼神儀式上的特殊裝飾，是一種用以溝通人神、含有原始宗教性質的吉宜之服。生來有靈巫天賦的屈原一旦着一身奇異芳潔的「初服」，心中便陞騰起一種爲日神驕子所特有的優越感，仿佛眼前又重現出「暾將出兮東方」（《東君》）那明艷輝煌的神話圖景，再度投入帝高陽的懷抱。「文質疏内兮，衆不知余之異采。」（《懷沙》）「何瓊佩之偃蹇兮，衆薆然而蔽之。」「既替余以蕙纕兮，又申之以攬茝。」（《離騷》）可是，他的「初服」、連同令他自負自誇的神靈的資質，都無法在現實理性的空間找到賴以落腳的依憑。他愈是戀着那奇異芳潔的「初服」，便愈爲君國疏斥，愈遭時世排擠，愈與社會生活環境格格不入；而這又反過來愈使他如痴似狂，更醉心於「復脩吾初服」。由此形成的逆反心理只能一步一步地把他推向極端——屈原也終於在「神高馳之邈邈」的宗教情感的迷狂中，拋棄了生命肉體，向遥遠的太陽王國追尋永恒的樂園。

雙重人格各自都將屈原引入絶途。屈原投水自殺，既實現了他的「中正」人格的最高意志，比之孔、孟「殺身成仁」、「舍生取義」的殉道精神毫不遜色，是他對生命價值意義的理性肯定；又完成了他的靈魂對肉體生命的最後超越，在日神祖先崇拜的神秘聯想中達到了非理的永恒，體現了他的殉宗情精神。沉湘自殺，是屈原殉道、殉宗情的終極表現，是維護其雙重人格的獨立、完整的最好方式，一切矛盾衝突、一切痛苦因其縱身一跳都將不復存在。由此看來，屈原的悲劇之源先在於日神高陽氏與伯庸夫婦所賦予的「内美」資質中，他的沉湘自殺與其説是社會悲劇，毋寧説是他的人格個性的悲劇。

二、從終彭咸：生命的回歸反本

屈原是能夠觀照自我死亡的「醒者」，在他的死亡意識里，彭咸始終是他效法的偶像：「雖不周於今之人兮，願依彭咸之遺則。」「既莫足與爲美政兮，吾將從彭咸之所居。」（《離騷》）王逸注：「彭咸，殷賢大夫，諫其君不聽，自投水而死。」[一三] 顔師古云：「彭咸，殷之介士，不得其志，投江而死。」[一四] 這説明漢、唐學者對彭咸投水自殺的典故是深信不疑的。「然死亦多術也，何必定取一投水死之古人以爲法乎？」[一五] 古今學者都表示難以理解。

明人汪瑗認爲，彭咸即《神仙傳》中的彭鏗，《史記·楚世家》中的彭祖，又名彭翦、籛鏗，帝顓頊之玄孫，陸終第三子。[一六] 在我看來，古代神話傳説中的「壽星」彭祖歷虞、夏至殷商，長達八百餘年，不可能是一人，而代表了彭姓的一個氏族。生於殷末的彭咸係彭祖之後，他與楚國貴族出身的屈原同宗於帝顓頊，二人在血液里流淌的並無異質。屈原的死亡觀念是充斥了他的雙重人格精神的，他把彭咸投水自殺作爲了結自己生命的「遺則」，既是效法彭咸爲了維護正直、高潔而「諫其君不聽」的殉道精神，體現屈原「中正」理性人格的原則，又是他對「親切而有味」的血緣情感的深切流露，而這種血緣情感更是基於歷史悠遠、古樸奇特的太陽家族文化的。前者毋庸贅言，古今學者都有深刻獨到的闡述，但是後者多爲一般人所忽略，這裏着重討論後者，即其殉宗情的表現。

在華夏民族的文化譜系中，帝顓頊大約是統攝生與死的至高無上的宗教神，他既是居於東土的夷族帝高陽的偶像，又是居於幽都的水神玄冥氏的原型。《吕氏春秋·孟冬紀》：「其帝顓頊，其神玄冥。」高誘注：「顓頊，黄帝之孫，昌意之子，以水德王天下，號高陽氏，死祀爲北方水德之帝。玄冥，官也。少皞氏之子曰循，爲玄冥師，死，祀爲水神。」高氏總體上是依據儒家所歸納的五行系統的學説的，帝顓頊的日神神格消失殆盡，被安置於北極玄宫，其精靈之象只單向地轉化爲主司寒冰的「禺彊」即鯨魚了。高氏注文把「死祀爲北方水德之帝」的顓頊與西方日神少昊氏之子循拉扯在一起，是很值得注意的。循，當從《左傳》昭二十九年字作脩，蓋「蓐收」的合音。蓐收，是主司日入反景的西方之神。這説明顓頊、高陽、少昊及蓐收都是同一太陽家族的祖先神，而帝顓頊生爲東方日神帝高陽，死爲西方日神少昊氏蓐收。《吕氏春秋·仲夏紀》：「帝顓頊生自若水，實處空桑，乃登爲帝。」空桑，又作窮桑。《尸子》：「少昊金天氏邑於窮桑，日五色，互照窮桑。」有學者據此斷定顓頊「擬爲西方之人物」[一七]，其爲西方民族傳説之人先」，楚人之祖來自西方民族云云[一八]。其説不無偏頗。就空桑言，在神話傳説中豈止西方若水一處？《山海經·東山經》：「《東次二經》之首曰空桑之山。」《大荒東經》：「東海之外大壑，少昊之國，少昊孺帝顓頊於此。」《文選·思玄賦》舊注及《左傳》昭二十九年杜注皆謂少昊氏居窮桑，「在魯北」。《史記》張守節《正義》引《帝王世紀》曰：「少昊邑於窮桑，以登帝位，都曲阜。顓頊始都窮桑，徙商丘。」唐張守節《正義》曰：「窮桑在魯北，或云窮桑即曲阜也。」這豈不更有充分佐證説帝顓頊是東方民族的先祖嗎？我以爲太陽崇拜非東方民族的專利，帝顓頊不單爲東方鳥夷人的始祖。古老的太陽族是個相當發達的文化部落，帝顓頊一人集合着陰陽、水火、生死等兩端相對的神格和神力，這或許出於太陽族先民對生死陰陽的神秘的聯想，它直接産生於太陽陞降出没的運行規律與萬物生死的自然形態的神秘互滲。日出東方，象徵着生命的誕生；日入西方，意味着生命的寂滅。生則爲光明之神帝高陽，其精靈之象爲鳳皇、離朱等神禽，其居在空桑；死則爲水神玄冥，其精靈之象爲「魚婦」[一九]等水怪，其居在窮桑。以後太陽部落分化爲以鳥爲圖騰的高陽氏與以魚龍爲圖騰的玄冥氏，因而帝顓頊在神話傳説中被分裂爲鳥、魚的雙重的圖騰意象。顓頊的四代裔孫彭祖氏尊豬爲圖騰物，故彭姓有「豕韋氏」或「豨韋氏」者。豬，古代屬水畜。《禮記·月令》鄭注：「彘，水畜也。」《易·説卦》：「坎爲豕。」《周禮·天官·小宰》賈《疏》：「《説卦》云『坎爲豕』，是豕屬水。」《埤雅》：「坎性趨下，豕能俯其首，又喜卑穢，亦水畜也。」可知彭氏系出水族玄冥氏。今遼寧牛河梁紅山文化女神廟遺址有一件制作精致的豬龍形玉飾出土，抑或彭氏先民圖騰崇拜的實物遺存否？

人類文化學的豐富材料還表明，在原始人的死亡觀念中，不存在真正的死亡形態，人的靈魂是永恒的，能自由離開肉體生命而獨立存在。人死不過是「要回到他的本民或列祖那里去」[二〇]，所以原始先民把死亡解釋爲「回老家」。而在没有私有財産的氏族部落裏，「家」的概念與文明社會的個體家庭是不可同日而語的。原始人的「家」就是一姓之家，一氏族或一血親之家，生活在同一家的成員都是「一個確定的女祖先——即氏族的創立者」[二二]的裔孫。個體生命是「女祖先」給的，最終要還歸於「女祖先」。「回老家」，就是回到其氏族的「女祖先」的身邊去。與屈原同宗於帝顓頊的彭咸，生當殷末亂世，遭遇昏君斥逐，不肯屈其「中正」之志，長期漂泊異鄉。他既不忍隨俗逐流，決意以一死全其名節，又深感無家可歸之孤獨、寂寞，渴望重返故里，回到先祖帝顓頊的身邊去，把肉體生命奉還於「女祖先」，徹底「回復到那自然的、生物的狀態」[二三]，與彭氏的先祖豬龍同遊水中，與水神玄冥共存江河，於是彭咸選擇了投水自殺。這是説，彭咸水死既是他在不逢明時的歷史條件下殉身其志的理性選擇，又帶有野蠻的、古樸的、用生命獻祭於血緣祖先神的宗教巫術的性質，他對死亡形態的認知還處在人類童年期的不成熟的原始感性的階段，彌漫着濃鬱、神秘的「圖騰—神話」的氣氛。

屈原效法彭咸沉湘自殺，當也如是觀。

衆所周知，南方楚族一直較多地保留着原始巫官文化的遺俗，以巫爲中心的原始宗教活動充斥了楚國朝野的社會政治生活的方方面面，「信巫鬼，重淫祀」的楚人對死亡形態的認識水平即體現於巫覡招魂復魄的禮俗、儀式中，《招魂》、《大招》可稱得上是凝聚了楚人的死亡意識之精華的藝術結晶。楚人認爲，亡魂的歸宿不在東西南北、天上地下，「魂兮歸來，反故居些」（《招魂》），「歸來反故室，敬而無妨些」（《招魂》）。所謂「故居」、「故室」，當然不應看作爲死者在世時所居住過的某一具體的居室，而是指廣義的一族之室、一國之居。「自恣荆楚，安以定只。」（《大招》）更確切地説，它是楚人文化血緣意義上的、超驗的精神「故居」：「魂乎歸來，定空桑只。」（《大招》）王逸注列二説，一以「空桑」爲瑟名，一以「空桑，楚地名」。其實，二解不矛盾。琴瑟取材於空桑之地，因以名「空桑」。其地究在何處，又不能確指。空桑，是帝高陽之神居，傳説在昆侖的湯谷中。《玉函山房輯佚書》載《歸藏·啓筮》：「空桑之蒼蒼，八極之既張，乃有夫羲和，是主日月，職出入，以爲晦明。」又曰：「有夫羲和之子，出於陽谷。」陽谷，同湯谷。空桑，日陽之神木，爲日神栖息之所。空桑，日陽族先民之社樹，也是其族之精神故居，類一族之宗廟。楚有空桑之地，必是隨南徙的高陽氏先民移置來的。大凡部落遷移，必挾帶其本有的文化習俗，並在新的居地内扎根、傳布，因而把原居地内的祖先的發祥地、宗廟等搬入了新的居地，在新居地内選擇名山大川立觀建廟以名之。楚有空桑之地，當也如是。它是楚人所共同認可的靈魂依歸的「故居」。屈原自幼沐浴着充斥原始野性的高陽文化的剡剡靈光，他的死亡觀念怎麼也擺脱不了堂皇而天真的高陽氏先民的情調、浪漫而神秘的巫風氣象。司馬遷評述《離騷》時有段精彩的議論：「夫天者，人之始也；父母者，人之本也。人窮則反本，故勞苦倦極，未嘗不呼天也；疾痛慘怛，未嘗不呼父母也。」[二三]我以爲，「天」不妨看作屈原的精神之祖——帝高陽意象，是楚人有關祖先神的宗教意識、情感等歷史與文化的積淀，即同法國人類文化學家列維·布留爾所概括的「集體表象」，它作爲無意識潛藏於屈原的心靈深處。「父母」，是屈原親生父母伯庸夫婦，是他親身體驗過的有關父慈母愛的全部生活的記憶。「人窮而反本」，是説堅持雙重人格而招致窮困不達的屈原，離鄉背井，備嘗長期放逐的艱辛和痛苦，極容易激起他「反本」的衝動，情不自禁地回憶起童貞時代依偎於伯庸之懷的温馨甜蜜的時光，重温業已消失的愛。而且，無意識的衝動把他個體生命融匯到了楚民族的文化歷史的長河中，由其個體童年期一舉追溯到整個楚民族的「遂古之初」（《天問》），因而，「靈皇皇兮既降」（《雲中君》），其精神父母——楚人始祖帝高陽從他的心底冉冉而出。「反本」，不妨説是屈原不自覺走向死亡的同義語。《離騷》首八句開宗明義，既自叙其出生之本，又是暗示其最後「反本」的歸宿。屈原「乀降」自帝高陽，終當「反本」於高陽的空桑之居。因而，屈原既一如彭咸，「誼先君而後身」，「行婞直而不豫」（《惜誦》），不顧個人安危，與時世的罪惡勢力頑强抗争。「知死不可讓，願勿愛兮」（《懷沙》），只要是捍衛其高尚的「中正」人格的需要，他就坦然地把生命肉體從此岸的生存世界引渡到彼岸的死亡天國，絶無後悔之言、恐懼之色。屈原又一如彭咸，睁大了充滿稚氣的雙眼，天真地注視着那一片爲常人所不敢顧望、遥遠而神秘、温馨而冷酷的「故土」，冥思、體驗「從彭咸之所居」，返歸楚人先祖帝高陽的福地——空桑之居的死亡旅途。屈原把死亡僅僅當作到列祖列宗那兒去「復命」而已，生命就看得不足輕重，一旦受到其「中正」理性精神的感召和不幸的人生際遇的衝擊，「寧逝死而流亡兮，不忍爲此之常愁」（《悲回風》），便極容易走向自殺。而且，他始終把楚人的發祥聖地當作自己的唯一依歸來崇拜，他對「故居」的愛、對遠離「故都」的熾烈情思和對始祖帝高陽的敬意，成爲他反復出現於尋求生命歸宿「反本」的重要話題：「去終古之所居兮，今逍遥而來東。羌靈魂之欲歸兮，何須臾而忘反。」（《哀郢》）「唯郢路之遼遠兮，魂一夕而九逝。」（《抽思》）「高陽邈以遠兮，余將焉所程。」（《遠遊》）後人讀着這些灼燙的詩句，很容易把本來含有以自身肉體獻祭於血緣始祖的、帶有濃烈的原始宗教性質的投水自殺，看作純粹的忠君愛國之舉，他那未褪盡野性思維的死亡觀念便升華爲彪炳千古的愛國主義精神，屈原也成爲昭彰萬代的愛國主義詩人了。

三、「上征」飛行：「反本」始祖的死亡夢幻

屈原「從彭咸之所居」的死亡旅途分明在水中，爲什么他在「思舊故曰想像」（《遠遊》）中卻總是發軔蒼梧、夕登縣圃，走「上征」飛行之路呢？不但《離騷》如此，《悲回風》緊接於「淩大波而流風兮，託彭咸之所居」二句之後，也是極寫一路「上征」高攀以至飛行的途程：「上高巖之峭岸兮，處雌蜺之標顛。據青冥而攄虹兮，遂儵忽而捫天。吸湛露之浮源兮，漱凝霜之雰雰。依風穴以自息兮，忽傾寤以嬋媛。馮崑崙以瞰霧兮，隱岷山以清江。」有學者據此説「彭咸之所居」本不在水府，而在天國，甚至對彭咸水死的古訓、屈原投水汨羅的本事也發生懷疑。這真是庸人自擾。從表面看，「上征」飛行與水死是一對非理的矛盾，二者很難得到統一。如果把它放到楚人對死亡形態的認識的民俗文化的背景上觀照，那麼這一非理的矛盾就涣然冰釋了。

在南楚的死亡神話里，儘管有地下「幽都」的名稱，可是它與西方的基督教、印度佛教的「地獄」根本不同。「地獄」是與「天堂」相對的，基督教、佛教都認爲，好人死後升「天堂」，惡人下「地獄」。楚人没有此等區别。在楚人，不論貴賤、善惡與否，人死後統統「反本」、「復命」於始祖帝高陽的「故居」去。帝高陽及老僮、祝融、吴回等楚人的列祖列宗的「故居」莫不在昆侖之上，其裔孫「反本」、「復命」就非得登升「上征」不可。「上天，猶上山也。」（《論衡·紀妖》）鄂西土家族的葬俗出殯埋棺也稱作「上天」或「上山」。所以，《離騷》後半篇「耿吾既得此中正」之後，鋪寫屈原先後三次驚心動魄的「上征」飛行，都把登昆侖山當作「反本」升天的階梯。這三次「上征」飛行，實質上就是屈原對死亡的出神遐想，是先後三個「反本」祖先「故居」的死亡幻夢。那幽暗、冰冷、僵硬、恐怖的死亡自然形態完全爲芳香菲菲、繁飾繽紛的宗教儀式和鳳皇、飛龍、飄風、雲霓等光彩照人的神話形象所掩蓋，古樸、輝煌的楚文化爲屈原從容投水之志注入了奇崛多彩、浪漫豐富的原始宗教的輝煌圖景，因而，死亡被詩化爲求帝、三求女與期約西海，登遐天國的赫戲而熱烈的神遊之樂：

邅吾道夫崑崙兮，路脩遠以周流。
揚雲霓之晻藹兮，鳴玉鸞之啾啾。
朝發軔於天津兮，夕余至乎西極。
鳳皇翼其承旂兮，高翺翔之翼翼。
忽吾行此流沙兮，遵赤水而容與。
麾蛟龍使梁津兮，詔西皇使涉予。
路脩遠以多艱兮，騰衆車使徑待。
路不周以左轉兮，指西海以爲期。

這真是一曲探索死亡歷程的千古絶唱！屈原神遊的終極之所是西海，那是一個蕩漾於昆侖之上的神秘之海，它與日陽所浴的湯谷、咸池或許是同一神話原型，是太陽神的「故居」，所以日神帝少昊以及日神系統的先祖諸神都棲居於是。在屈原，登升西海與投水自殺之間有着不可寓於理的神秘互滲的關係，換言之，投水自殺意味着他的靈魂遨遊日浴之海、「反本」空桑「故居」，所以，「從彭咸之所居」，就非得「上征」飛行不可。通往西海之路委委迤迤，倏遠而多艱阻，要越過千里流沙，淌過浩瀚赤水，穿過數不盡的關隘和梁津。死亡似乎也不那麼容易，要經受種種難以忍受的折磨和考驗。這固然是屈原在内心展開的生與死的劇烈鬭争的延宕，説明他的自殺「非一時忿懟而自沈也」[二四]。反本先祖的歷程常常象徵着其氏族遷徙歷史的綫路。據雲南永寧納西族的葬俗的送魂儀式，人死後要返回到先祖居住過的地方，要請巫師念誦《開路經》以導路。《開路經》除勸説亡靈前往先祖所由來的北方之外，還詳細描述了所謂送魂綫路，即其氏族遷徙的歷史及遷入永寧的經過，亡靈要順着這綫路回到先祖的居住地去。屈原神遊西海，也當是順着高陽氏南遷於楚的綫路飛行的，所以顯得特别倏遠與多艱。

屈原如何才能順利到達彼岸的西海？龍舟、龍車爲其超度亡靈之工具，但光有此還是不夠的，最要緊的是必須借助於日陽精靈鳳皇的導引、帶路。第一次飛行叩閽求帝，但見「鳳鳥飛騰兮，繼之以日夜」；第二次飛行求虙妃，以「蹇脩」鳥蹇脩即巂周音轉，子規也[二五]。爲媒，求有娀佚女、二姚，以鴆、雄鳩、鳳皇爲使；第三次期歸西海，浮游求女，玉鸞啾啾、鳳皇承旂。這些描寫決非只是爲了渲染行遊場面的宏大、壯觀而作隨心所欲的潤筆點綴，而都是有深刻的、特定的民俗宗教意義的。「魂兮歸徠，鳳皇翔只。」（《大招》）鳳鳥與呼魂歸來聯繫在一起，是耐人尋味的。作爲日陽精靈的鳳皇，是楚人的圖騰祖先，其地位至高無上。從西周到戰國，不論何種出土文物，以鳳皇爲花紋的圖案，中原地區日益少見，在楚國卻愈來愈多，始終占據着主導的地位。例如，湖北江陵馬山一號楚墓出土的一件綉羅單衣，綉以一鳳鬭二龍一虎的圖案，鳳皇舒張雙翼，其一翼擊中龍脊，龍作痛苦掙扎狀；另一翅擊中虎背，虎作逃竄狀[二六]。江陵望山一號楚墓、雨臺山楚墓、包山楚墓、河南信陽楚墓都出土過鳳架虎座的鼓架，左右相對的兩隻翹首長鳴的鳳皇，氣宇昂揚地立於兩隻俯伏其下的虎背之上[二七]。這都説明楚人有尊鳳、賤龍虎的習俗和心理特徵。因此，在楚人的喪俗、葬禮中，鳳皇則充當了導引亡靈登升「反本」的天使，而習慣於把鳥與魂魄融合爲一體。清陳元龍《格致鏡原》卷八一引《古今注》今本無此引文曰：「楚魂鳥，一名亡魂；或云楚懷王與秦昭王會於武關，爲秦所執，因咸陽不得歸，卒死於秦，後於寒食月夜，入見於楚，化而爲鳥，名楚魂。」這説明楚懷王終於達到「反本」於先祖之居的目的，怪不得招魂的巫祝要用「秦篝」的鳥籠子作爲「招具」了。出土於湖南長沙陳家大山戰國楚墓的帛畫，就畫有此類導引死者亡魂歸宗的「楚魂鳥」，圖畫的左上部有隻碩大的鳳皇，在死者前方飛翔做導引狀。[二八]包山楚懷王左尹邵𬂀墓，棺蓋及棺板兩側都繪以龍鳳圖案，鳳壓在龍上。龍，象徵左尹上征所乘之舟；鳳，是超度左尹反本先祖之居的引魂天使。在兩湖地區，許多地方的死者入殮要墊用白布制作成鳳鳥狀的「鷄鳴枕」。「至今，侗族送喪時，仍有在棺罩上札一隻白色雁鵝的習慣。」[二九]雁鵝是侗人祖先「沙婆」的化身，是侗人的圖騰鳥、引魂天使。在楚人，亡魂「反本」於祖先，必須有鳳皇作先導，靠它引路纔能到達彼岸的先祖「故居」，否則，亡魂會迷路，即使僥幸地到天國，也將遭到把守天關的虎豹的傷害，遭到帝閽的阻攔。屈原「詔西皇使涉予」，「西皇」與上句「蛟龍」爲對文，是指西方日神少昊的精靈鳥。屈原正是以「西皇」爲引魂鳥纔走完了通向西海的征程。

「陟陞皇之赫戲兮，忽臨睨夫舊鄉。」（《離騷》）「陟陞」爲平列複語，猶説登。皇，通作遑，二字爲魚陽對轉，同匣紐雙聲，例得通用。「陟陞皇」，即登遑[三〇]，是古代表示死亡的忌諱語。當屈原登遑天國之際，龍騰千乘，賓從如雲，《九歌》奏起悦耳動聽的旋律，《九韶》變幻着奇妙多姿的舞列，屈原神采飛揚，高馳邈邈，再也抑制不住内心的興奮，放懷暢快地「愉樂」起來。《遠遊》「泛容與而遐舉兮」以下一段，許多學者指出它是《離騷》「陟陞皇之赫戲兮」一段的續篇，它繪聲繪色地敘述了屈原入帝宮、遊天國的經歷和宏大場面。屈原教祝融先戒，使鸞皇迎虙妃，在咸池奏演《承雲》之曲，娥皇、女英唱着原始的《九歌》，跳着古老的巫舞，「音樂博衍無終極兮，焉乃逝曰俳佪」。死亡，在屈原筆下猶如一曲優美動聽的贊歌，猶如温馨甜蜜的夢。屈原經營上下、周流六合，到過天邊的「列缺」、海底的「大壑」，一直進入「下峥嶸而無地兮，上寥廓而無天」的太初混沌之境。「舒并節曰馳鶩兮，逴絶垠乎寒門。軼迅風於清源兮，從顓頊乎增冰。」他最終投入了帝顓頊之懷抱，達到了生命的完全回歸。這裏，没有悲傷、哭泣，不存在「荒草何茫茫，白楊亦蕭蕭。嚴霜九月中，送我出遠郊」（陶潛《擬挽歌辭》）。那種生命滅寂後的蕭條、蒼涼的氛圍，嵯峨的高墳仿佛就是一座令人神往、流連忘返的瑰麗無比的殿堂。當屈原從出神的死亡夢幻中猛然蘇醒過來時，只見「舊鄉」塵海滚滚，黑暗、溷濁、荒謬、恐怖變本加厲，愈演愈烈，「時繽紛其變易兮，又何可以淹留」，「國無人莫我知兮，又何懷乎故都」（《離騷》）！生存不再有什麽價值意義，連龍馬鳴嘶踡局，僕人顧望卻步，不願從歡樂的帝居下來。神秘的死亡世界誘引他百倍歡愉地奔彭咸水府，迎接那銷魂奪魄的一瞬間的到來。

總而言之，《離騷》、《涉江》、《悲回風》等詩作的超現實的「上征」飛行、遨遊昆侖的神話，都是屈原「反本」於始祖「故居」的死亡夢幻，他對死亡形態的認識和内心體驗是充斥了原始感性、有着輕視而且危害其肉體生命傾向的神秘而亘古的歷史回響。儘管如此，基於這樣的死亡觀念的沉湘自殺，畢竟還有其人格精神的另一層面——「伏清白以死直」的理性的生命價值觀的積極參與。屈原既不同於「不知生，焉知死」的儒家弟子，又不同於毁仁絶智、醉生夢死的道家、神仙家，赫戲的天國景象絶非長生不死的逍遥的伊甸園。屈原選擇自殺是以求得他個體感性生命返歸其本而達到永恒爲宗旨，讓受創傷的靈魂在爲他絶對相信的其族始祖的「故居」中繼續追求崇高的人格理想，完成在他生存的情况下無法實現那先在賦予了他的人格使命，所以，僅僅用「理性的覺醒」或者「情感的衝動」來詮釋屈原的自殺行爲，都將是片面的。

四、「求女」: 皈依天國中的女祖先神

誠如上述,《離騷》後半篇三次「上征」飛行是屈原「反本」於始祖「故居」的死亡遐想,那麼,屈原在死亡遐想中爲什麼要求帝?而求帝不果之後爲什麼「哀高丘之無女」?接着又生發出三求女與西行求女的離奇故事,《離騷》的「帝」、「女」到底是指什麼?

古今學者總是擺脱不了男女比君臣的「比興」窠臼。注家都以「帝」比楚王,而「女」的喻義有喻君與喻臣的兩種説法。或説求女是喻求賢臣[三一],或説求女是喻求賢君[三二]。殊不知《離騷》前半篇至「耿吾既得此中正」,屈原對時世君王絶望至極,從終彭咸的死志誠決,他哪來求賢或求君的心思?再説,憑他這樣一個早爲楚國朝廷廢棄、時時感到「阽余身而危死」的逐臣的身份爲君王求賢輔政,豈非天大笑話?其於情理是絶無可能的。而求女比求遇賢君説愈見其荒謬不通。天無二日,國無二君,莫非楚國朝廷之上除「壅君」外,更有「賢君」存在嗎?且夫尊婦賤、君貴臣卑,在戰國是人所共知的倫理觀念,豈可將臣比作夫君而抬上了天,君比作婦人而屈於卑賤之位?這種比喻是不倫不類的,篤守「中正」理性原則的屈原不至於會糊塗到這種地步。今人游國恩先生謂女以「隱喻可通君側之人」,求女是説求得通君側以達到返歸朝廷的目的[三三]。果以「女」是與屈原同列之臣,可是他所求之神女,身份至爲顯赫,都屬遠古三代聖君之妃,當非區區君側之輩所可比擬的。而且,屈原總是媒妁先行,禮數俱到,如求其通君側之人也用不着鄭重其事。再説,屈原求女都是以須眉男子身份出現,這又不是將自己推上了比擬夫君的君王位置上了嗎?最近有學者説求女只是爲了「尋求知音,尋求理解」[三四]。《離騷》求女之前,屈原早就再三聲明自己「不周於今之人」,「吾獨窮困乎此時」,「衆不可户説」,「世並舉而好朋」,根本無望還有「知音」或「同志」的存在了,而至臨終絶命之際,忽轉生求「知音」理解之想,不免有些唐突、勉强。還有學者説,《離騷》求女是詩人的「自我幻

化」[三五]。屈原在折中重華之後，分明是「固前脩以菹醢」，必死無疑，他爲什麼要「幻化」爲求帝、三求女、西行求女諸多意象呢？其心理背景又是什麼呢？如果撇開男女君臣的比喻，把求女放到「反本」血緣祖先的民俗宗教的意義上思考，問題就不難解決了。

在我看來，「帝」，就是《離騷》篇首的「帝高陽」。《禮記·曲禮下》：「天王崩，告喪，曰，天王登遐。措之廟，立之主曰帝。」帝，有宗廟神主之稱，引申爲始祖神，又引申爲上帝。此文是用始祖神之義。「高丘」，王逸注謂「楚有高丘之山」[三六]，實與「空桑」一樣，都屬神話傳説中的楚人始祖的發祥之地。包山邵阬墓出土簡牘有記卜筮之辭曰：「與禱楚先老僮、祝虩、媸酓各兩羖，亯祭，管之高丘、下丘各一全豢。」[三七]下丘，對高丘言，蓋旁親之先帝所居。高丘，高陽之丘，楚人宗廟也。日神帝高陽的精靈在楚人的圖騰意象中是一隻雌性的赤皇，而非雄性的金鳳，與水族的始祖顓頊的圖騰物爲「死而復蘇」的「魚婦」一樣，屬于女祖先神。求帝，即求女，是向居於高丘的女祖先帝高陽「反本」、回歸。正是由於見阻帝閽，這纔引起他「哀高丘之無女」的感歎，屈原直呼帝高陽爲女。又正因爲高丘無女，接着便有神遊春宮而「相下女之可詒」，三度轉求下女的故事。「下女」即「下丘」之女。屈原所追求的「下女」，每個都與高陽家族有密切關係。洛神虙妃是伏羲氏太昊之女；太昊是正統的太陽神，虙妃爲日神之女。有娀氏簡狄是帝高辛之妃，高辛即帝嚳，帝舜及殷商卜辭中的高祖夔[三八]，是東夷人的先祖日神，簡狄爲日神之妃。姚氏，帝舜之姓。屈原對帝舜懷有誠摯的異乎尋常的宗教之情，所以屈原在極其孤獨的時候總是想到帝舜，把他當作唯一的知音，「重華不可遻兮，孰知余之從容」（《懷沙》）。這大約出於對先祖的崇拜。少康之二姚，也是日神之女。但是三女皆非楚人直系之先，求之不遂當在情理之中。最後西行求女，女是指西方日神帝少昊。由此看來，不論求帝、三求下女，還是西行求女，所求的都是太陽文化家族的女祖先神。屈原求女的真正寓意，只是皈依於其族的女祖先神。

《離騷》叙述屈原求帝、三求下女之不遂之後，並非立即轉入西行求少昊的，中間插入了占卜靈氛與巫咸吉告兩個段落。屈原在三求下女之後爲什麽要向靈氛占卜？占卜靈氛之後，又爲什麽乞求巫咸「揚靈」？「閨中既以邃遠兮，哲王又不寤。」前一句是結求帝、三求下女之不果，後一句是總前半篇不逢明君而見斥於時世；前一句是表示屈原求死不能，後一句是表示他求生又不得。究竟是求女「反本」以死，還是「冀君之一悟」而生？這纔引發他去占卜靈氛而後問巫咸。靈氛勸他遠逝求女，其意固切於「反本」女祖先的死亡夢幻上；而巫咸「吉故」告其滯留待時，「求榘矱之所同」的明君，阻止屈原走向自殺。屈原反復掂量、思索，深感巫咸告語裏那些君臣相遇的故事在當世絶無重現之可能，「變白以爲黑兮，倒上以爲下。鳳皇在笯兮，雞鶩翔舞。同糅玉石兮，一槩而相量。夫惟黨之鄙固兮，羌不知余之所臧。」（《懷沙》）屈原從氛而不從咸。説明他最終還是選擇「從彭咸之所居」，於是歷選吉日，「將遠逝以自疏」，飛行昆侖、期約西海以求女。《離騷》後半篇始終緊扣在求女的母題上，以表現其「反本」、求歸女祖先的死亡主題的。然而，最令人困惑不解的是：屈原爲什麽在「反本」女祖先神的死亡夢幻裏放浪着那麽濃烈、纏綿的男女愛慕的浪漫情調？以至荒謬到要與氏族的遠古的老祖母們求合通婚？

首先，盛傳於楚國朝野的巫山神女薦枕楚頃襄王此類神話以及充斥了男女交合的性愛内容的「淫祀」，成爲風行上下、習以爲常的祭典儀式，楚人在與生死之神交往之間同樣離不開此類男女交合的「淫祀」儀式的文化背景的。當人們透過籠罩在夜祭司掌人間生死的大小司命神的宗教迷霧，楚人那熾熱、粗野的情欲本態便赤裸裸地撲入了人們的眼簾：鍾情於死神大司命的戀人乘龍高馳，與大司命期約於帝高陽居所「空桑」福地。可是，兩情無緣相會，害得這患「單相思」的戀人痛苦不堪，「老冉冉兮既極，不寖近兮愈疏」，「結桂枝兮延佇，羌愈思兮愁人」。司掌人間生育之神少司命以其美貌多情，博得了滿堂「美人」的愛慕。「悲莫悲兮生别離，樂莫樂兮新相知。」一對幽會於「帝郊」而且纔相互認識的戀人是何等快活，可是隨着夜祭的結束，第二天與少司命又不得不分手，各自奔走前程，也許無緣重逢，因而悲痛欲絶。這説明楚人與生死之神的交往，完全爲一種表現男女情欲的「淫祀」所替代。楚人在爲亡人呼魂復魄時，除了有宮室之華麗、遊獵之壯觀、飲食之豐盛、歌舞之艷羡等等節目外，更是少不了多情妖嬈的「女色」：「美人既醉，朱顔酡些。娭光眇視，目曾波些。被文服纖，麗而不奇些。長髮曼鬋，豔陸離些。」（《招魂》）「朱脣皓齒，嫭以姱只。比德好閒，習以都只。豐肉微骨，調以娱只。魂乎歸徠，安以舒只。」（《大招》）這不是「淫祀」鬼神的生動寫照嗎？我以爲屈原在與女祖先神交往的死亡之夢中，不能游離於「重淫祀」的大文化背景之外，恰恰是這「重淫祀」的習俗作爲文化因子注入了屈原的「反本」飛行夢中，使他那「反本」女祖先「故居」的死亡體驗充斥了男歡女愛的情調，而用通情遠古神女——「老祖母」的男女交合的「淫祀」方式表現出來。

其次，在求女的飛行夢幻中，始終跳躍着屈原那顆强烈渴求情欲滿足的躁動不安的心。屈原的愛情生活、個體家庭雖然是一個難猜的謎，可從現存的詩作看，他恐怕是個獨身生活者，誠如梁啓超先生所説，「至少在他放逐到湖南以後，過的都是獨身生活」[三九]，不然，他必定在「發憤以抒情」的詩作中爲後世提供其家庭、妻兒等個體生活的真實内容。但是，屈原也是人，他有正常人所常有的情欲。「懷朕情而不發兮，余焉能忍與此終古」（《離騷》）！他是多麽需要愛，多麽强烈渴望女性的温情！只是他表現情欲的方式大異於人。在生命意識裏，屈原把火辣辣、活潑潑的情欲需要，按其「内美」的雙重人格的意志，轉换爲參與時政的政治能量，因而把「美人」、「荃」、「靈脩」之類極富女性味的情感移置於君王，並把君王當作理想的「美人」進行追求。「結微情以陳詞兮，矯以遺夫美人。昔君與我誠言兮，曰黄昏以爲期。」（《抽思》）這誠如郭老所言，「假使屈子不係獨身，則美人芳草的幽思不會焕發。」[四〇]同樣，屈原也將現世愛情的不幸所釀成的痛苦不自覺地帶入了他「反本」於女祖先神的死亡意識裏，他的堂堂正正的「吉士」身份，以「亡魂鳥」爲媒使，大膽追求爲其所悦的神女，並將男女不偶的怨思傾瀉於「哀高丘之無女」、「理弱而媒拙」、「好蔽美而稱惡」等嗟歎聲中。郭老以詩人的直觀感受，説《離騷》等詩作「有色情的動機在裏面」[四一]。這也並不是褻瀆了屈原的人格。足以表明,《離騷》等詩作的内涵是非常豐富的,屈原潛意識的内在衝動總是順其天性而發,在「發而有言,不自知爲文」的藝術實踐中,時時掙脱理性的枷鎖,向人類展示出一個不爲理性力量所完全制約、「不合傳體」、「譎怪」、「詭異」、「荒淫」的藝術天地[四二],如果必局限於單一的政治視角和思維模式來窺測《離騷》求女的微意,「必欲以後世文章開合承接之法求之,豈可論屈子哉」[四三]!

屈原對後世的巨大影響也是雙重的。一方面,他的「中正」理性人格爲歷代志士仁人推崇到了「不惜踵頂之損磨」[四四]的程度,屈原由一個被時世棄斥的逐臣而升達到了「千古忠臣第一」的峰巔,榮幸地升騰到了殺身成仁的「百世之師」,成爲萬世傳頌的愛國詩人,成爲萬世不刊的楷模。另一方面是他的先在奇異氣質和孤傲狂放的個性,又被正統的衛道者斥爲「露才揚己,顯暴君過」的「輕薄」文人、「猜謗徒」。這姑且不提,當另文討論。但是必須看到,他的求女三夢畢竟喚醒了一個民族之魂,使他慶幸地獲得了充斥高陽精神的原始宗教的文化要素和獨特的思維形式,創造出「氣往轢古,辭來切今,驚彩絶艷,難與并能」[四五]的詩化死亡的傑作。許多年來,多少文人墨客傾倒在光怪陸離的原始宗教的氤氲景象之下,「故才高者苑其鴻裁,中巧者獵其艷辭,吟諷者銜其山川,童蒙者拾其香草」[四六],落拓不得志之士在屈原的悲吟中得到共鳴,以逐臣自比者更是代不乏人。但是,擬《離騷》之作多是「詞氣平緩,意不深切,如無所疾痛而强爲呻吟者」[四七];自比逐臣者也没有一人肯接受屈原的死亡方式。屈原的詩作是無法模仿的,他的沉湘自殺更是不可重複的。這因爲後人即使有類似屈原的人生際遇、社會經歷等,而不同於屈原的以「内美」爲基礎的雙重人格個性及其特有的死亡意識、充斥原始情調的文化習俗,所以在中國文學史上至今不曾真正有過屈原式的自殺悲劇,當然,在將來也不會有人去重複他的悲劇。

附注

［一］《費爾巴哈哲學著作選集》，商務印書館一九八四年版，五四〇頁。
［二］《郭沫若古典文學論文集》，上海古籍出版社一九八五年版，一九四頁。
［三］［二四］洪興祖《楚辭補注》。
［四］［三二］［四七］朱熹《楚辭集注》。
［五］黄靈庚《離騷悲劇論》，《文學評論叢刊》三〇輯。
［六］《左傳》宣公十二年。
［七］［八］［一三］［三一］［三六］王逸《楚辭章句》。
［九］［三九］梁啓超《屈原研究》，《梁任公學術講演集》第三輯，商務印書館發行。
［一〇］羅隱《羅昭諫集·三閭大夫意》。
［一一］［四二］［四五］［四六］劉勰《文心雕龍·辯騷》。
［一二］高亨《周易大傳今注》，齊魯書社一九七九年版，三八〇頁。
［一四］顔師古《漢書·賈誼傳》注。
［一五］俞樾《讀楚辭·楚辭人名考》。
［一六］汪瑗《楚辭集解》。
［一七］岑仲勉《兩周文化論叢》，商務印書館一九五八年版，六〇頁。
［一八］姜亮夫《離騷首八句解——屈原身世參證》，《社會科學戰綫》一九七九年第三期。

［一九］《山海經·大荒西經》："有魚偏枯，名曰魚婦。顓頊死即復蘇。風道北來，天乃大水泉，蛇乃化爲魚，是爲魚婦，顓頊死即復蘇。"
［二〇］《費爾巴哈哲學著作選集》，三七三頁。
［二一］《馬克思恩格斯選集》第四卷，人民出版社一九七二年版，八一頁。
［二二］朱爾希·埃利亞德《神秘主義、巫術與文化風尚》，光明日報出版社一九九〇年版，四八頁。
［二三］《史記·屈原列傳》。
［二五］黄靈庚《離騷訓詁别義》，淮陰師專《文史活頁叢刊》第二六六期。
［二六］《江陵馬山一號楚墓的戰國絲織品》，《文物》一九八二年第七期。
［二七］張正明《楚文化史》，上海人民出版社一九八七年版，彩圖一一；《信陽楚墓》，文物出版社一九八六年版，彩圖一〇。
［二八］熊傳新《對照新舊摹本談楚國人物龍鳳帛畫》《江漢論壇》一九八一年第一期。
［二九］林河、楊進飛《馬王堆漢墓飛衣帛畫與楚辭神話、南方神話比較研究》，《民間文學論壇》一九八五年第一期。
［三〇］黄靈庚《陟陞皇解詁》，《文史》第二二輯。
［三三］《游國恩學術論文集》，中華書局一九八九年版，一五八頁。
［三四］趙逵夫《離騷的比喻和抒情主人公的形貌問題》，《中國社會科學》一九九二年第四期。
［三五］潘嘯龍《論〈離騷〉抒情結構及意象表現》，載《雲夢學刊》一九九三年第一期。
［三七］《包山楚簡》，文物出版社一九九一年版，三六頁。

［三八］郭沫若《卜辭通纂》，科學出版社一九八三年版，三二四頁。
［四〇］［四一］《郭沫若古典文學論文集》，六七二頁。
［四三］錢澄之《屈詁》。
［四四］朱冀《離騷辯》。

寫於一九九三年十月
改於一九九四年六月
修訂於二〇二二年元月

引用書目

【楚辭文獻類】

後漢王逸《楚辭章句》：

敦煌舊抄本隋僧智騫《楚辭音》殘卷，簡稱《楚辭音》殘卷；

明正德十三年高第、黄省曾繙宋《楚辭章句》本，簡稱正德本；

明隆慶五年朱多煃夫容館繙宋《楚辭章句》本，簡稱隆慶本；

明萬曆十四年俞初校刻《楚辭章句》本，簡稱俞本；

明萬曆十四年馮紹祖觀妙齋校刻《楚辭章句》本，簡稱馮本；

明萬曆間朱燮元、朱一龍校刻《楚辭章句》本，簡稱朱本；

明萬曆四十七年劉廣校刻《楚辭章句》本，簡稱劉本；

清《四庫全書》文淵閣、文津閣、文瀾閣所藏《楚辭章句》抄本，簡稱文淵本、文津本或文瀾本；

清光緒間《湖北叢書》繙刻《楚辭章句》本，簡稱湖北本；

日本國寬延三年莊允益校刻《王注楚辭》本，簡稱莊本；

上海古籍出版社二〇一七年版黄靈庚據正德本校點本。

宋洪興祖《楚辭補注》：

明繙宋本，即爲《四部叢刊初編》所輯者；

清乾隆間吴郡陳枚寶翰樓繙刻本，簡稱寶翰樓本；

清道光二十六年長沙《惜陰軒叢書》繙刻本，簡稱惜陰本；

清同治十一年金陵書局繙刻本，簡稱同治本；

日本國寬延二年皇都書林繙刻本，簡稱皇都本；

上海古籍出版社二〇一七年版黄靈庚校點本。

《文選·楚辭》注：

日本國金澤文庫藏唐寫本陸善經《文選集注》殘卷，簡稱唐寫本；

韓國藏奎章閣繙刻宋秀州《文選》六臣注本，簡稱秀州本；

日本國藏宋紹興間明州州學繙刻《文選》六臣注本，簡稱明州本；

宋理宗間建陽繙刻贛州《文選》六臣注本，簡稱建州本；

宋淳熙尤袤校刻《文選》李善注本，簡稱尤袤本；

清胡克家覆刻宋尤袤《文選》李善注本，簡稱胡本；

敦煌吐魯番《文選》抄本殘卷，簡稱吐魯番本。

清毛祥麟《楚辭校文》三卷末一卷。

上海圖書館藏稿本，簡稱毛校本。

清劉師培《楚辭考異》十七卷。

《劉申叔遺書》本，民國二十四年寧武南氏校印本。

日本國西村時彦《楚辭王注考異》。

大阪大學圖書館藏稿本。

朱熹《楚辭集注》宋端平本、景元本。

錢杲之《離騷集傳》上海文瑞樓據南陵徐氏撫宋石印《離騷》三種本。

楊萬里《天問天對解》《豫章叢書》本。

吴仁傑《離騷草木疏》上海文瑞樓據南陵徐氏撫宋石印《離騷》三種本。

汪瑗《楚辭集解》明萬曆四十六年刻本。

趙南星《離騷經訂注》明萬曆四十一年刻本。

陳第《屈宋古音義》學津討源本。

陸時雍《楚辭疏》康熙乙酉有文堂刊本。

屠本畯《離騷草木疏補》明萬曆刻本。

《楚辭協韻》明隆慶六年刻本。

來欽之《楚辭述注》明崇禎刻本。

沈雲翔《楚辭評林》明崇禎十年吴郡八詠樓刻本。

林兆珂《楚辭述注》明崇禎戊寅本刊刻本。

黄文焕《楚辭聽直》明崇禎十六年刊本。

李陳玉《楚辭箋注》清康熙十一年壬子仲春魏學渠刻本。

周拱辰《離騷草木史》明末清初聖雨齋初刻本。

錢澄之《屈詁》清同治三年刻本。

朱冀《離騷辯》清康熙四十五年緑竹鈎精刊本。

劉獻廷《離騷經講録》浙江圖書館藏抄本。

劉夢鵬《屈子章句》清嘉慶五年庚申刊本。

王夫之《楚辭通繹》清同治四年曾氏刊本。

毛奇齡《天問補注》清康熙年間刻《西河合集》本。

蔣驥《山帶閣注楚辭》清雍正五年丁未原刊本。

劉永澄《離騷經纂注》清乾隆年間劉穎刻本。

祝德麟《離騷草木疏辨證》清乾隆年間刻本。

楊金聲《楚辭箋注定本》清順治三年刻本。

高秋月、曹同春《楚辭約注》清康熙二十八年刻本。

方苞《離騷正義》清康熙中刊《抗希堂全書》九種本。

李光地《離騷經注》清康熙五十八年清謹軒刻《安溪李文貞公解義》三種本。

林仲懿《離騷中正》清乾隆十年世錦堂刻本。

顧成天《離騷經解》、《楚辭·九歌解》清乾隆六年刻本。

林雲銘《楚辭證》清康熙三十六年挹奎樓刻本。

夏大霖《屈騷心印》清乾隆三十九年一本堂刻本。
徐焕龍《屈辭洗髓》清康熙三十七年無悶堂刻本。
戴震《屈原賦注》廣雅書局本。
王念孫《讀書雜志餘編下》清同治九年金陵書局重刻本。
《古韻譜》二卷《續修四庫》本。
《楚辭校稿》本藏國家圖書館。
王邦采《離騷經彙訂》廣雅書局本。
屈復《楚辭新注》清乾隆三年戊午弱水草堂原刻本。
陳本禮《屈辭精義》民國十三年掃葉山房影印挹露軒本。
胡濬源《楚辭新注求確》清嘉慶二十五年長沙務本堂刊本。
胡文英《屈騷指掌》北京古籍出版社一九七九年影印本。
朱駿聲《離騷補注》清光緒八年臨嘯閣刊《朱氏叢書》本。
丁晏《楚辭天問箋》廣雅書局本。
江有誥《楚辭韻讀》清嘉慶十四年《音學十書》本。
陳昌齊《楚辭辨韻》《嶺南遺書》本。
李審言《楚辭翼注》江蘇古籍出版社一九八八年版《李審言文集》本。
王闓運《楚辭釋》清光緒二十七年刻本。
鄭知同《楚辭考辨手稿》貴州人民出版社二〇〇四年版。

馬其昶《屈賦微》清光緒二十五年刻本。

李翹《屈宋方言考》民國四十四年芬薰館刊本。

孫詒讓《札迻》卷一二《楚辭王逸注》中華書局一九八九年版。

黄侃《文選評點》上海古籍出版社一九八四年版。

沈德鴻《楚辭注釋》上海商務印書館一九二八年版《新中國文庫》本。

陳直《屈楚辭拾遺》天津古籍出版社一九八八年版。

沈祖緜《屈原賦證辨》中華書局一九六〇年版。

陸侃如《陸侃如古典文學論文集》上海古籍出版社一九八七年版。

徐英《楚辭札記》南京鐘山書局一九五三年版。

聞一多《楚辭校補》見《聞一多全集》第二册，北京三聯書店一九八二年版。

　《離騷解詁》、《九歌解詁》、《九章解詁》、《天問疏證》上海古籍出版社一九八五年版。

姜亮夫《屈原賦校注》人民文學出版社一九五八年版。

　《重訂屈原賦校注》天津古籍出版社一九八七年版。

　《楚辭通故》齊魯書社一九八五年版。

王焕鑣《屈賦校注》稿本見收藏于杭州大學中文系《屈賦微》二卷（中華書局鉛印本）眉批。

蔣天樞《楚辭校釋》上海古籍出版社一九八九年版。

逯欽立《屈原離騷簡論》遼寧人民出版社一九五七年版。

錢鍾書《管錐編·楚辭洪興祖補注》十八則中華書局一九七九年版。

馬茂元《楚辭注釋》湖北人民出版社一九八五年版。
張汝舟《二毋室論學雜著》貴州人民出版社一九九〇年版。
張葉蘆《屈原賦辨惑》錢塘詩社一九九八年内部刊印本。
劉永濟《屈賦音注詳解》上海古籍出版社一九八三年版。
《屈賦通箋》人民文學出版社一九六一年版。
徐仁甫《楚辭別解》見《古詩別解》，上海古籍出版社一九八四年版。
朱季海《楚辭解故》上海古籍出版社一九六三年版。
胡小石《〈楚辭〉郭注義徵》、《〈遠游〉疏證》見《胡小石論文集》，上海古籍出版社一九八二年版。
湯炳正《楚辭今注》上海古籍出版社一九九六年版。
《楚辭類稿》巴蜀書社一九八八年版。
胡韞玉《離騷補釋》《國粹學報》第七〇至七十四期。
劉盼遂《天問校箋》一九二八年清華學校研究院《國學論叢》第二卷第一期。
于省吾《澤螺居楚辭新證》見《澤螺居詩經新證》，中華書局一九八二年版。
徐復《後讀書雜志·楚辭雜志》上海古籍出版社一九九六年版。
衛瑜章《離騷集釋》商務印書館一九二五年版。
吉城《楚辭甄微》中華書局《文史》第十三輯。
鄭文《楚辭淺論》西北師範學院中文系一九八一年内部刊印。
《金城叢稿》齊魯書社二〇〇〇年版。

《離騷槊詁》中華書局《文史》第二十八輯。
游國恩《離騷纂義》中華書局一九八〇年版。
《天問纂義》中華書局一九八二年版。
《游國恩學術論文集》中華書局一九八九年版。
文懷沙《屈原招魂注釋》中華書局《文史》第一輯。
《屈原集正篇附篇》人民文學出版社一九五三年版。
林庚《詩人屈原及其作品研究》上海古籍出版社一九八〇年版。
《天問論箋》人民文學出版社一九八三年版。
孫作雲《天問研究》中華書局一九八九年版。
陳子展《楚辭直解》江蘇古籍出版社一九八八年版。
程嘉哲《天問新注》四川人民出版社一九八四年版。
蕭兵《楚辭新探》天津古籍出版社一九八八年版。
魏炯若《離騷發微》四川人民出版社一九八〇年版。
廖序東《楚辭語法研究》語文出版社一九九五年版。
何劍薰《楚辭拾瀋》四川人民出版社一九八四年版。
王力《楚辭韻讀》上海古籍出版社一九八〇年版。
胡念貽《楚辭選注及考證》嶽麓書社一九八四年版。
蘇雪林《楚騷新詁》臺北編譯館一九七八年版。

饒宗頤《楚辭地理考》商務印書館一九四六年版。
金開誠《屈原集校注》中華書局一九九六年版。
王泗原《楚辭校釋》人民教育出版社一九九〇年版。
郭在貽《楚辭解詁》見《訓詁叢稿》，上海古籍出版社一九八五年版。
詹安泰《離騷箋疏》湖北人民出版社一九八一年版。
聶石樵《楚辭新注》上海古籍出版社一九八〇年版。
董楚平《楚辭譯注》上海古籍出版社一九八六年版。
李大明《楚辭文獻學論考》巴蜀書社一九九七年版。
趙逵夫《屈原與他的時代》人民文學出版社一九九六年版。
《屈騷探幽》甘肅人民出版社一九九八年版。
石川三佐男《楚辭新研究》日本汲古書院平成十四年版。
黃靈庚《楚辭章句疏證》上海古籍出版社二〇一九年第二版。
《楚辭異文辯證》中州古籍出版社二〇〇〇年版。
《清華戰國竹簡楚居箋疏》見上海古籍出版社《中華文史論叢》二〇一二年第一期。
《楚辭要籍叢刊》二十五種上海古籍出版社二〇一七年版。
《楚辭集校》上海古籍出版社二〇〇九年版。
《楚辭與簡帛文獻》人民出版社二〇一一年版。
《楚辭文獻叢刊》二百七種國家圖書館出版社二〇一四年版。

《楚辭文獻叢考》國家圖書館出版社二〇一七年版。

【甲金簡帛文獻類】

《甲骨文合集》郭沫若主編，中華書局一九九九年版。

《殷墟甲骨刻辭類纂》姚孝遂主編，肖丁副主編，中華書局一九八九年版。

《西清古鑑》四〇卷清梁詩正等編，光緒十四年邁宋書館影印本。

《攈古録金文》三卷清吴式芬撰，光緒二十一年家刻本。

《愙齋集古録》清吴大澂輯，商務印書館民國七年石印本。

《殷周金文集成》中華書局一九九四年版。

《陝西金文集成》張天恩主編，三秦出版社二〇一六年版。

《殷虚書契考釋》清羅振玉著，中華書局二〇〇六年版。

《積古齋鐘鼎彝器款識》清阮元撰，光緒五年崇文書局本。

《卜辭通纂》郭沫若著，科學出版社一九八二年版。

《觀堂金文考釋》王國維著，一九二七年版《遺書》本。

《甲骨文斷代研究》見《董作賓學術論著》，董作賓著，臺灣世界書局一九六二年版。

《兩周金文辭大繫》郭沫若著，科學出版社一九八三年版。

《石鼓文研究詛楚文考釋》郭沫若著，科學出版社一九八二年版。

《殷虚卜辭綜述》陳夢家著，中華書局一九八八年版。

《積微居金文説》楊樹達著，中華書局一九九七年版。
《金文編》容庚著，中華書局一九八五年版。
《子彈庫帛書》李零著，文物出版社二〇一七年版。
《甲骨文字詁林》于省吾編，中華書局一九九六年版。
《甲骨文字釋林》于省吾著，中華書局一九七九年版。
《雙劍誃吉金文選》于省吾著，中華書局一九九八年版。
《吴越徐舒金文集釋》董楚平著，浙江古籍出版社一九九二年版。
《楚系青銅器研究》劉彬徽著，湖北教育出版社一九九六年版。
《淅川下寺春秋楚墓》文物出版社一九九一年版。
《上海博物館藏戰國楚竹書》（一）馬承源主編，上海古籍出版社二〇〇一年版。
《上海博物館藏戰國楚竹書》（二）馬承源主編，上海古籍出版社二〇〇二年版。
《上海博物館藏戰國楚竹書》（三）馬承源主編，上海古籍出版社二〇〇三年版。
《上海博物館藏戰國楚竹書》（四）馬承源主編，上海古籍出版社二〇〇四年版。
《上海博物館藏戰國楚竹書》（五）馬承源主編，上海古籍出版社二〇〇五年版。
《上海博物館藏戰國楚竹書》（六）馬承源主編，上海古籍出版社二〇〇七年版。
《上海博物館藏戰國楚竹書》（七）馬承源主編，上海古籍出版社二〇〇八年版。
《上海博物館藏戰國楚竹書》（八）馬承源主編，上海古籍出版社二〇一一年版。
《上海博物館藏戰國楚竹書》（九）馬承源主編，上海古籍出版社二〇一二年版。

《郭店楚墓竹簡》文物出版社一九九八年版。
《九店楚簡》中華書局二〇〇〇年版。
《信陽楚墓》文物出版社一九八六年版。
《江陵馬山一號楚墓》文物出版社一九八五年版。
《那羅延室稽古文字》王獻唐著，齊魯書社一九八五年版。
《江陵雨臺山楚墓》文物出版社一九八四年版。
《信陽楚墓考釋》朱德熙、裘錫圭著，《考古學報》一九七三年第一期。
《包山楚墓》文物出版社一九九一年版。
《江陵望山沙冢楚墓》文物出版社一九九六年版。
《清華大學藏戰國竹簡》（壹）李學勤主編，中西書局二〇一〇年版。
《清華大學藏戰國竹簡》（貳）李學勤主編，中西書局二〇一一年版。
《清華大學藏戰國竹簡》（叁）李學勤主編，中西書局二〇一二年版。
《清華大學藏戰國竹簡》（肆）李學勤主編，中西書局二〇一三年版。
《清華大學藏戰國竹簡》（伍）李學勤主編，中西書局二〇一五年版。
《清華大學藏戰國竹簡》（陸）李學勤主編，中西書局二〇一六年版。
《清華大學藏戰國竹簡》（柒）李學勤主編，中西書局二〇一七年版。
《長沙楚墓》文物出版社二〇〇〇年版。
《新蔡葛陵楚墓》大象出版社二〇〇三年版。

《江陵天星觀一號楚墓》《考古學報》一九八二年第二期。
《楚簡釋要》陳直著,《西北大學學報》一九五七年第四期。
《曾侯乙墓》文物出版社一九八九年版。
《楚帛書》饒宗頤、曾憲通著,中華書局香港分局一九八五年版。
《河南新蔡平夜君墓的發掘》《文物》二〇〇二年第八期。
《雲夢睡虎地秦墓》文物出版社一九八一年版。
《里耶秦簡》湖南省文物考古研究所編著,文物出版社二〇一二年版。
《睡虎地秦墓竹簡》文物出版社一九七八年版。
《龍崗秦簡》中華書局二〇〇一年版。
《岳麓書院藏秦簡》(壹)朱漢民、陳松長主編,上海辭書出版社二〇一〇年版。
《岳麓書院藏秦簡》(貳)朱漢民、陳松長主編,上海辭書出版社二〇一一年版。
《隨州孔家坡漢墓簡牘》文物出版社二〇〇六年版。
《釋青川秦簡木牘》于豪亮著,《文物》一九八二年第二期。
《青川出土木牘文字簡考》李昭和著,《文物》一九八二年第二期。
《馬王堆漢墓帛書》(壹)文物出版社一九八〇年版。
《馬王堆漢墓帛書》(貳)文物出版社一九八三年版。
《馬王堆漢墓帛書》(肆)文物出版社一九八五年版。
《馬王堆漢墓帛書集成》中華書局二〇一四年版。

《戰國縱横家書》文物出版社一九七六年版。
《銀雀山漢墓竹簡》（壹）文物出版社一九八五年版。
《銀雀山漢簡釋文》吴九龍著，文物出版社一九八五年版。
《孫臏兵法》文物出版社一九七五年版。
《阜陽漢簡簡介》、《阜陽漢簡〈蒼頡篇〉》《文物》一九八三年第二期。
《江陵張家山漢簡算術書釋文》《文物》二〇〇〇年第九期。
《張家山漢墓竹簡》《文物》出版社二〇〇一年。
《關沮秦漢墓簡牘》中華書局二〇〇一年版。
《北京大學藏西漢竹書》（壹）上海古籍出版社二〇一五年版。
《北京大學藏西漢竹書》（貳）上海古籍出版社二〇一二年版。
《北京大學藏西漢竹書》（叁）上海古籍出版社二〇一五年版。
《北京大學藏西漢竹書》（肆）上海古籍出版社二〇一五年版。
《北京大學藏西漢竹書》（伍）上海古籍出版社二〇一四年版。
《馬王堆帛書刑德甲乙本的比較研究》《文物》二〇〇〇年第三期。
《馬王堆帛書式法釋文摘要》《文物》二〇〇〇年第七期。
《定縣四〇號漢墓出土竹簡簡介》、《儒家者言》《文物》一九八一年第八期。
《定州漢墓竹簡〈論語〉》文物出版社一九八〇年版。
《竹簡帛書論文集》鄭良樹著，中華書局一九八二年版。

《汗簡古文四聲韻》中華書局一九八三年版。
《戰國楚簡文字編》郭若愚著，上海書畫社一九九四年版。
《劉心源先生奇觚室瓻餘集》湖北省劉心源研究會編，二〇〇一年内部印本。
《楚系簡帛文字編》（增訂本）滕壬生著，湖北教育出版社二〇〇八年版。
《荆楚歌舞樂》楊匡民等著，湖北教育出版社一九九六年版。
《楚人的紡織與服飾》彭浩著，湖北教育出版社一九九六年版。
《楚國的城市與建築》高介華等著，湖北教育出版社一九九六年版。
《古文字通假字典》王輝編，中華書局二〇〇八年版。
《戰國文字編》湯餘惠主編，福建人民出版社二〇〇一年版。
《楚文字編》李守奎編，華東師範大學出版社二〇〇三年版。
《楚地出土文獻三種研究》饒宗頤、曾憲通合著，中華書局一九九三年版。
《夏商周考古學論文集》鄒衡著，文物出版社一九八〇年版。
《先秦兩漢考古學論集》俞偉超著，文物出版社一九八五年版。
《簡帛佚籍與學術史》李學勤著，江西教育出版社二〇〇一年版。
《楚史》張正明著，湖北教育出版社一九九六年版。
《張正明學術文集》張正明著，湖北人民出版社二〇〇七年版。

【傳世文獻類】

《周易正義》十卷魏王弼、韓康伯注，唐孔穎達正義，《十三經注疏》本。

《尚書正義》二十卷漢孔安國傳，唐孔穎達正義，《十三經注疏》本。

《周易集解》十七卷唐李鼎祚撰，中國書店一九八四年影印本。

《尚書大傳》漢伏勝著，《四部叢刊》本。

《尚書今古文注疏》清孫星衍撰，中華書局一九八六年版。

《古微書》明孫瑴著，文淵《四庫》本。

《毛詩正義》七十卷漢毛亨傳，鄭玄箋，唐孔穎達正義，《十三經注疏》本。

《毛詩草木鳥獸蟲魚疏》三國陸璣著，《叢書集成初編》本。

《詩地理考》六卷宋王應麟著，《叢書集成初編》本。

《周禮注疏》四十二卷漢鄭玄注，唐賈公彦疏，《十三經注疏》本。

《儀禮注疏》五十卷漢鄭玄注，唐賈公彦疏，《十三經注疏》本。

《禮記正義》六十三卷漢鄭玄注，唐孔穎達正義，《十三經注疏》本。

《大戴禮記》十三卷漢戴德撰，《四部叢刊》初編本。

《大戴禮記解詁》清王聘珍著，中華書局一九八三年版。

《周禮正義》八十六卷清孫詒讓著，民國二十年笛湖精舍補刻楚學社本。

《春秋左傳正義》六十卷晉杜預注，唐孔穎達正義，《十三經注疏》本。

《春秋左傳注》楊伯峻編著，中華書局二〇〇〇年版。

《春秋公羊傳注疏》二十八卷漢何休注，唐徐彦疏，《十三經注疏》本。
《春秋穀梁傳注疏》二十卷晉范寧注，唐楊士勛疏。《十三經注疏》本。
《論語注疏》二十卷魏何晏注，宋邢昺疏，《十三經注疏》本。
《孝經注疏》九卷唐玄宗注，宋邢昺疏，《十三經注疏》本。
《爾雅注疏》十卷晉郭璞注，宋邢昺疏，《十三經注疏》本。
《孟子注疏》十四卷漢趙岐注，宋孫奭疏，《十三經注疏》本。
《論語正義》清劉寶楠著，中華書局一九五四年版《諸子集成》本。
《孟子正義》清焦循著，中華書局一九五四年版《諸子集成》本。
《荀子集解》唐楊倞注，清王先謙集解，中華書局一九五四年版《諸子集成》本。
《老子注》魏王弼注，中華書局一九五四年版《諸子集成》本。
《帛書老子校注》高明撰，中華書局一九九六年版。
《老子校釋》朱謙之撰，中華書局一九八七年版。
《莊子集解》清王先謙著，中華書局一九五四年版《諸子集成》本。
《莊子集釋》晉郭象注，清郭慶藩集釋，中華書局一九五四年版《諸子集成》本。
《列子注》晉張湛注，中華書局一九五四年版《諸子集成》本。
《墨子閒詁》清孫詒讓注，中華書局一九五四年版《諸子集成》本。
《晏子春秋》張純一校注，中華書局一九五四年版《諸子集成》本。
《文子疏義》王利器著，中華書局二〇〇〇年版。

《穆天子傳》晉郭璞注,《四部叢刊》本。
《素問》宋王冰注,《四部叢刊》本。
《靈樞經》《四部叢刊》本。
《新語》漢陸賈著,中華書局一九五四年版《諸子集成》本。
《新語校注》王利器著,中華書局一九八六年版《新編諸子集成》本。
《淮南子》漢劉安著,漢高誘注,中華書局一九五四年版《諸子集成》本。
《鹽鐵論》漢桓寬著,中華書局一九五四年版《諸子集成》本。
《鹽鐵論校注》王利器校注,中華書局一九九二年版《新編諸子集成》本。
《法言》漢揚雄著,中華書局一九五四年版《諸子集成》本。
《太玄經集注》漢揚雄著,宋司馬光集注,中華書局一九九八年版《新編諸子集成》本。
《論衡》漢王充著,中華書局一九五四年版《諸子集成》本。
《論衡校釋》(附劉盼遂集解)黄暉撰,中華書局一九九〇年版。
《孫子十家注》魏曹操等注,中華書局一九五四年版《諸子集成》本。
《吴子》戰國吴起著,中華書局一九五四年版《諸子集成》本。
《吕氏春秋》秦吕不韋著,漢高誘注,中華書局一九五四年版《諸子集成》本。
《尹文子》周尹文著,中華書局一九五四年版《諸子集成》本。
《韓非子集解》清王先慎集解,中華書局一九五四年版《諸子集成》本。
《管子》春秋管仲著,唐尹知章注,中華書局一九五四年版《諸子集成》本。

《商君書》戰國商鞅著，中華書局一九五四年版《諸子集成》本。
《慎子》戰國慎到著，中華書局一九五四年版《諸子集成》本。
《潛夫論》漢王符著，中華書局一九五四年版《諸子集成》本。
《申鑒》漢荀悦著，中華書局一九五四年版《諸子集成》本。
《孔叢子》漢孔鮒著，《漢魏叢書》本。
《説苑》漢劉向著，《四部叢刊》本。
《説苑校證》向宗魯校證，中華書局一九八七年版。
《孔子家語》《四部叢刊》本。
《韓詩外傳箋疏》屈守元箋疏，巴蜀書社一九九六年版。
《白虎通義》漢班固著，《四部叢刊》本。
《獨斷》漢蔡邕著，《百子全書》本。
《西京雜記》晉葛洪著，《四部叢刊》本。
《劉子校注》林其錟等集校，上海古籍出版社一九八五年版。
《劉子集校》傅亞庶著，中華書局一九九八年版《新編諸子集成》本。
《抱朴子》晉葛洪著，中華書局一九五四年版《諸子集成》本。
《世説新語》宋劉義慶著，梁劉孝標注，中華書局一九五四年版《諸子集成》本。
《顔氏家訓》北齊顔之推著，中華書局一九五四年版《諸子集成》本。
《顔氏家訓集解》王利器著，上海古籍出版社一九八〇年版。

《齊民要術》後魏賈思勰著，《四部叢刊》本。
《經籍纂詁》清阮元編，中華書局一九九五年版。
《故訓匯纂》宗福邦等編，商務印書館二〇〇三年版。
《爾雅詁林》朱祖延主編，湖北教育出版社一九九七年版。
《小爾雅義疏》清胡承珙著，《四部備要》本。
《爾雅古義》清黄奭輯，《漢學堂叢書》本。
《爾雅新義》宋羅佃撰，《叢書集成》本。
《埤雅》宋羅佃撰，《叢書集成》本。
《爾雅翼》宋羅願著，文淵《四庫》本。
《駢雅》明朱謀㙔撰，《叢書集成》本。
《赤雅》明鄺露撰，《叢書集成》本。
《廣雅詁林》徐復主編，江蘇古籍出版社一九九八年版。
《通雅》清方以智著，中國書店影印本。
《别雅》清吴玉搢著，文淵《四庫》本。
《説文解字》漢許慎著，《四部叢刊》本。
《説文解字繫傳》後周徐鍇撰，《四部叢刊》本。
《説文解字注》清段玉裁注，上海古籍出版社一九八一年影印本。
《説文通訓定聲》清朱駿聲著，武漢市古籍書店一九八三年影印本。

《說文解字義證》清桂馥著,上海古籍出版社一九八六年影印本。
《六書故》宋戴侗著,文淵《四庫》本。
《方言疏證》漢揚雄著,晉郭璞注,清戴震疏證,《萬有文庫》本。
《方言箋疏》漢揚雄著,晉郭璞注,清錢繹疏,上海古籍出版社一九八三年影印本。
《釋名疏證補》清畢沅注,王先謙補注,上海古籍出版社一九八三年影印本。
《說文古籀補》清吴大澂著,清光緒七年刊本。
《玉篇》殘卷羅振玉據日本國藏唐寫本影印及清黎庶昌據日本國唐寫本轉抄,中華書局一九八五年版。
《大廣益會玉篇》梁顧野王著,宋陳彭年等重修,《四部叢刊》本。
《匡謬正俗》唐顔師古著,《萬有文庫》本。
《廣韻》宋陳彭年等修,《四部叢刊》本。
《集韻》宋丁度著,揚州使院重刊本。
《復古編》宋張有著,《四部叢刊》本。
《類篇》宋司馬光著,中華書局一九八四年影印本。
《班馬字類》附《補遺》《四部叢刊》本。
《羣書治要》唐魏徵著,《四部叢刊》本。
《音韻學講義》曾運乾著,中華書局一九九六年版。
《古字通假會典》高亨著,齊魯書社一九八九年版。
《世本》宋衷注,《萬有文庫》本。

《史記》漢司馬遷著，劉宋裴駰集解、唐司馬貞索隱、張守節正義，中華書局一九五九年版三家注點校本。
《史記會注考證》瀧川資言著，北岳文藝出版社一九九八年版。
《漢書》漢班固著，唐顏師古注，中華書局一九六二年點校本。
《漢書補注》清王先謙著，中華書局一九八四年版。
《後漢書》宋范曄著，唐李賢注，中華書局一九六五年點校本。
《後漢書集解》清王先謙著，中華書局一九八四年版。
《三國志》晉陳壽著，宋裴松之注，中華書局一九五九年點校本。
《晉書》唐房玄齡等著，中華書局一九七四年版點校本。
《宋書》梁沈約著，中華書局一九七四年點校本。
《南齊書》梁蕭子顯著，中華書局一九七二年點校本。
《梁書》唐姚思廉著，中華書局一九七三年版點校本。
《陳書》唐姚思廉著，中華書局一九七二年版點校本。
《魏書》北齊魏收著，中華書局一九七四年版點校本。
《北齊書》唐李百藥著，中華書局一九七二年版點校本。
《周書》唐令狐德著，中華書局一九七一年版點校本。
《隋書》唐魏徵著，中華書局一九七三年版點校本。
《南史》唐李延壽著，中華書局一九七五年版點校本。
《北史》唐李延壽著，中華書局一九七四年版點校本。

《舊唐書》後晉劉昫著,中華書局一九七五年版點校本。
《新唐書》宋歐陽修著,中華書局一九七五年版點校本。
《舊五代史》宋薛居正著,中華書局一九七六年版點校本。
《新五代史》宋歐陽修著,中華書局一九七四年版點校本。
《資治通鑑》宋司馬光撰,中華書局一九五六年版點校本。
《資治通鑑釋文》《四部叢刊》本。
《前漢紀》漢荀悦著,《四部叢刊》本。
《後漢紀》晉袁宏撰,《四部叢刊》本。
《逸周書》黄懷信等集注,上海古籍出版社一九九五年版。
《戰國策》漢高誘注,雅雨堂本。
《校正竹書紀年》清洪頤煊撰,平津館本。
《古本竹書紀年輯證》方詩銘等著,上海古籍出版社一九八一年版。
《國語》三國韋昭注,上海書店一九八七年版。
《吴越春秋》《四部叢刊》本。
《列女傳》漢劉向著,《四部叢刊》本。
《帝王世紀》晉皇甫謐撰,浮溪精舍本。
《古史考》三國譙周著,平津館本。
《名義考》明周祈撰,文淵《四庫》本。

《晉書纂注》清姚懷箴著，一九五五年上海私印本。
《三國志文類》宋無名氏撰，文淵《四庫》本。
《荆楚歲時記》梁宗懔著，《説郛》本。
《渚宮舊事》唐余知古著，《四部叢刊》本。
《全上古三代秦漢三國六朝文》清嚴可均輯，中華書局一九八一年版。
《先秦漢魏晉南北朝詩》逯欽立著，中華書局一九八二年版。
《全漢賦》費振剛等輯，北京大學出版社一九九三年版。
《春秋戰國異辭》清陳厚耀著，文淵《四庫》本。
《漢魏六朝百三家集》明張溥輯，文淵《四庫》本。
《東漢文紀》明梅鼎祚輯，文淵《四庫》本。
《羣書考索》宋張如愚撰，文淵《四庫》本。
《樂府詩集》影宋刊本。
《風俗通義》魏應劭著，吴樹平點校，天津古籍出版社一九八〇年版。
《魏文帝集》見清嚴可均輯《全上古三代秦漢三國六朝文》，中華書局一九八一年版。
《曹子建文集》《四部叢刊》本。
《南方草木狀》晉嵇含著，《左氏百川學海》本。
《山海經》晉郭璞注，《四部叢刊》本。
《古今注》晉崔豹著，《百子全書》本。

《襄陽耆舊傳》晉習鑿齒著,《説郛》本。
《汝南先賢傳》晉周斐著,《説郛》本。
《搜神記》晉干寶著,中華書局一九七九年汪紹楹校點本。
《文心雕龍》梁劉勰著,楊明照校注,上海古典文學出版社一九五八年版。
《詩品》梁鍾嶸著,文淵《四庫》本。
《弘明集》梁僧佑著,《大正藏》本。
《廣弘明集》唐道宣著,《四部叢刊》本。
《法苑珠林》唐道世玄惲撰,《四部叢刊》本。
《山海經注》晉郭璞著,《四部叢刊》本。
《山海經新校正》清畢沅著,上海古籍出版社一九八六年版《二十二子》本。
《水經注》後魏酈道元著,《四部叢刊》本。
《水經注疏》後魏酈道元注,清末楊守敬、熊會貞疏,段熙仲點校,陳橋驛復校,江蘇古籍出版社一九八九年版。
《玉燭寶典》隋杜臺卿著,《古逸叢書》本。
《編珠》隋杜公瞻著,高氏刊本。
《一切經音義》唐慧琳著,中華書局一九九三年版《中華大藏經》本。簡稱《慧琳音義》。
《古文苑》宋章樵注,《四部叢刊》本。
《全唐詩》清彭定求、楊中訥等編,中華書局一九六〇年版。
《全唐文》清董浩等編,上海古籍出版社一九九〇年版。

《史通》唐劉知幾著，明王洙訓詁，中華書局一九六二年版。

《北堂書鈔》唐虞世南著，南海孔氏刊印本。

《藝文類聚》唐歐陽詢著，上海古籍出版社一九六五年版點校本，簡稱《類聚》。

《初學記》唐徐堅著，中華書局一九六二年版校印本。

《白孔六帖》唐白居易原本、宋孔傳續撰，文淵《四庫》本。

《太平御覽》宋李昉等著，上海涵芬樓影宋本，簡稱《御覽》。

《蘇氏演義》唐蘇鶚著，《萬有文庫》本。

《封氏聞見記》唐封演著，《萬有文庫》本。

《兼明書》五代丘光庭著，《萬有文庫》本。

《事類賦注》宋吴淑著，冀勤、王秀梅、馬蓉點校，中華書局一九八九年版。

《東坡志林》宋蘇軾著，《萬有文庫》本。

《野客叢書》宋王楙著，王文錦點校，中華書局一九八七年版。

《墨客揮犀》宋彭乘著，《萬有文庫》本。

《夢溪筆談》宋沈括著，文物出版社一九七三年據古迂陳氏家藏影印本。

《文昌雜録》宋龎元英著，《學津討源》本。

《太平廣記》宋李昉等著，中華書局一九八四年排印本。

《海録碎事》宋葉廷珪著，文淵《四庫》本。

《錦繡萬花谷》宋無名氏著，文淵《四庫》本。

《書叙指南》宋任廣著，文淵《四庫》本。
《古今事文類聚》宋祝穆著，文淵《四庫》本。
《方輿勝覽》宋祝穆著，中華書局二〇〇三年排印本。
《記纂淵海》宋潘自牧著，文淵《四庫》本。
《全芳備祖》宋陳景沂著，文淵《四庫》本。
《古今合璧事類備要》宋謝維新著，文淵《四庫》本。
《古今合璧事類備要》别集、外集宋虞載著，文淵《四庫》本。
《唐文粹》宋姚鉉著，光緒庚寅秋九月杭州許氏榆園校刊本。
《路史》宋羅泌撰、羅苹注，《四部備要》本。
《麈史》宋王得臣著，上海涵芬樓重印明抄本。
《容齋隨筆》宋洪邁著，《四部叢刊》本。
《邵氏聞見録》宋邵伯温著，《萬有文庫》本。
《能改齋漫録》宋吴曾著，《萬有文庫》本。
《學林》宋王觀國著，中華書局一九八八年出版，田瑞娟據明武英殿點校本。
《西溪叢語》宋姚寬著，《萬有文庫》本。
《林下偶談》宋吴子良著，《唐宋叢書》本。
《嬾真子》宋馬永卿著，《稗海》本。
《通志草木略》宋鄭樵著，商務印書館一九三五年版《通志》本。

《項氏家説》宋項安世著，《聚珍版叢書》本。
《考古質疑》宋葉大慶著，《萬有文庫》本。
《雲麓漫鈔》宋趙彦衛著，《萬有文庫》本。
《重修政和證類本草》《四部叢刊》本。
《分門集注杜工部詩》《四部叢刊》本。
《九家集注杜詩》宋郭知達注，文淵《四庫》本。
《詁訓柳先生文集》宋韓醇注，文淵《四庫》本。
《增廣注釋音辯唐柳生集》唐柳宗元撰，宋童宗説注，宋張敦頤音辯，宋潘緯音義，《四部叢刊》本。
《五百家注昌黎文集》宋魏仲舉集注，文淵《四庫》本。
《東雅堂昌黎集注》宋廖瑩中集注，文淵《四庫》本。
《李太白集分類補注》宋楊齊賢集注，文淵《四庫》本。
《山谷内集詩注》宋任淵注，文淵《四庫》本。
《山谷外集詩注》宋史容注，文淵《四庫》本。
《山谷别集詩注》宋史季温注，文淵《四庫》本。
《王荆公詩注》宋李壁注，《四部叢刊》本。
《太平寰宇記》宋樂史等著，《古逸叢書》本。
《輿地廣記》宋歐陽忞著，文淵《四庫》本。
《岳陽風土記》宋范致明著，文淵《四庫》本。

《浪語集》宋薛季宣撰，文淵《四庫》本。
《雞肋集》宋晁補之撰，文淵《四庫》本。
《雪山集》宋王質撰，文淵《四庫》本。
《龍雲集》宋劉弇撰，文淵《四庫》本。
《漢藝文志考證》宋王應麟撰，文淵《四庫》本。
《演繁露》宋程大昌撰，文淵《四庫》本。
《緯略》宋高似孫撰，文淵《四庫》本。
《吕祖謙全集》宋吕祖謙撰，浙江古籍出版社二〇〇七年版。
《困學紀聞》宋王應麟纂，商務印書館一九五九年版。
《書齋夜話》宋俞琰撰，文淵《四庫》本。
《示兒編》宋孫奕撰，《知不足齋叢書》本。
《齊東野語》宋周密撰，文淵《四庫》本。
《寓簡》宋沈作喆撰，文淵《四庫》本。
《永樂大典》中華書局印影本。
《雲笈七籤》道藏本。
《雨航雜録》明馮時可撰，《叢書集成》本。
《七修類稿》明郎瑛撰，《叢書集成》本。
《五雜俎》明謝肇淛撰，《叢書集成》本。

《天中記》明陳耀文編，文淵《四庫》本。
《本草綱目》明李時珍撰，臺北文化公司一九九二年影印本。
《焦氏筆乘》明焦竑撰，中華書局二〇〇八年版。
《丹鉛雜録》一〇卷、《續録》八卷明楊慎著，《叢書集成初編》本。
《歸有光全集》明歸有光撰，上海人民出版社二〇一五年版。
《弇山堂別集》明王世貞撰，中華書局一九九五年版。
《黄宗羲全集》清黄宗羲撰，浙江古籍出版社二〇一二年版。
《黄生全集》清黄生撰，安徽大學出版社二〇〇九年版。
《全祖望集彙校集注》清全祖望撰，朱鑄禹彙校集注，上海古籍出版社二〇〇〇年版。
《異辭録》清劉體智撰，中華書局一九八六年版。
《揅經室集清阮元撰，中華書局一九九三年版。
《雙硯齋筆記》清鄧廷楨撰，中華書局一九八七年版。
《問字堂集　岱南閣集》清孫星衍撰，駢宇騫點校，中華書局一九九六年版。
《遜志堂雜鈔　乙卯劄記》(外二種)清吴翌鳳、章學誠撰，吴格、馮惠民點校，中華書局二〇〇六年版。
《訂譌類編》清杭世駿撰，中華書局一九九七年版。
《讀書偶識》清鄒漢勳撰，中華書局二〇〇八年版。
《過庭録》清宋翔鳳撰，中華書局一九八六年版。
《質疑删存》清張宗泰撰，中華書局二〇〇六年版。

《讀書偶記　消暑録》清趙紹祖撰，中華書局一九九七年版。
《明文海》清黄宗羲編，浙江圖書館藏抄本。
《日知録》三十二卷清顧炎武著，乾隆五十八年刻本。
《顧炎武全集》清顧炎武撰，上海古籍出版社二〇一一年版。
《易説》清惠士奇著，文淵《四庫》本。
《義門讀書記》清何焯著，中華書局一九八七年版。
《癸巳類稿》清俞正燮著，光緒十九年刻本。
《寄園寄所寄》清趙吉士撰，《叢書集成》本。
《九曜齋筆記》清惠棟著，《叢書集成》本。
《春秋戰國異辭》清陳厚耀著，文淵《四庫》本。
《陔餘叢考》清趙翼撰，中華書局一九六三年版。
《讀書雜志》清王念孫著，《四部備要》本。
《高郵王氏遺書》清王念孫等撰，羅振玉輯印，江蘇古籍出版社二〇〇〇年版。
《經義述聞》清王引之著，《四部備要》本。
《經傳釋詞》清王引之著，中華書局一九五八年版。
《拜經日記》清臧庸著，《拜經堂叢書》本。
《錢大昕全集》清錢大昕著，江蘇古籍出版社一九九七年版。
《文選集釋》清朱珔著，上海受古書店中一書局本。

《文選旁證》清梁章鉅著，清光緒八年吳下重刊本。
《札樸》清桂馥著，中華書局一九九二年版點校本。
《焦循全集》清焦循著，廣陵書社二〇一六年版。
《三餘偶筆》清左暄著，清嘉慶桂林書屋刊巾箱本。
《古書疑義舉例五種》清俞樾等，中華書局一九五六年版。
《讀書雜釋》清徐鼒著，咸豐十一年福寧初刻本。
《越縵堂讀書記》清李慈銘撰，中華書局一九六三年版。
《字詁義府合按》清黄生著，中華書局一九八四年版。
《蛾術編》清王鳴盛著，上海書店二〇一二年版。
《程瑶田全集》清程瑶田著，黄山書社二〇〇八年版。
《春在堂全集》清俞樾著，鳳凰出版社二〇一〇年版。
《國故論衡》章太炎著，《章氏叢書》本。
《新方言》章太炎著，《章氏叢書》本。
《飲冰室合集》梁啓超著，中華書局一九八八年版。
《章太炎全集》章太炎著，上海人民出版社二〇一四年版。
《積微居小學金石論叢》楊樹達著，中華書局一九八三年版。
《積微居小學述林》楊樹達著，中國科學出版社一九五四年版。
《四庫提要辨證》余嘉錫著，中華書局一九八〇年版。

《目録學發微》余嘉錫著,中華書局二〇〇七年版。
《余嘉錫論學雜著》余嘉錫著,中華書局一九六三年版。
《義府續貂》蔣禮鴻著,中華書局一九八一年版。
《同源字典》王力著,商務印書館一九八二年版。
《吕思勉讀史札記》吕思勉著,上海古籍出版社一九八二年版。
《史記地名考》錢穆著,商務印書館二〇〇一年版。
《長水集》譚其驤著,人民出版社一九八七年版。
《魏晉南北朝史札記》周一良著,中華書局一九八五年版。
《蔣禮鴻集》蔣禮鴻著,浙江教育出版社二〇〇二年版。
《郭在貽文集》郭在貽著,中華書局二〇〇二年版。
《詩詞曲語辭匯釋》張相著,上海古籍出版社二〇〇九年版。
《葑闇文存》沈文倬著,商務印書館二〇〇六年版。
《魏晉南北朝史札記》周一良著,中華書局一九八五年版。
《史記斠證》王叔岷著,中華書局二〇〇七年版。
《中國古代服飾研究》沈從文著,商務印書館二〇一一年版。
《中國古代輿服論叢》孫機著,上海古籍出版社二〇一三年版。

詞目索引

一、本索引收録《離騷校詁》中校詁之所有詞目。

二、本索引以詞目拼音爲序，首字同音的複詞按首字的筆劃數排列。首字相同的複詞則按其第二字、第三字的拼音順序排列。

三、詞目之後的數字，表示該詞目在本書中的頁數。例如：

埃風……四三二

即表示「埃風」一詞的校詁在本書的第四三二頁。

C

D

E

F

G

H

J

K

L

M

R

S

T

W

X

Y

Z

初版評文

訓釋精當，新見迭出——簡評黄靈庚《離騷校詁》

潘嘯龍

黄靈庚出版了洋洋七十八萬餘言的專著《離騷校詁》（中州古籍出版社一九九六年五月版）。此書的特色，首先體現在它對《離騷》文字的校勘，遠較前人詳盡、周到的巨大弋獲上。據黄氏自述，他原先以爲聞一多的《楚辭校補》、姜亮夫的《屈原賦校注》，在考索《楚辭》異文上已極爲完備，在這方面後人「似已無事可爲」。但黄氏是位有心人，在偶然的檢索中却發現姜氏所列異文，與劉師培《楚辭考異》「基本相同」，「且劉誤姜亦誤，一字不差」；姜校也有參照聞一多《校補》者，也多處出現「聞誤姜亦誤」的實例。黄氏由此慨嘆，「號稱異文最全的《屈原賦校注》，並没有認真地親自到唐宋以前的文獻資料中調查過，其所列異文是從劉、聞二書中轉引的……」（引自黄氏《回顧我的〈楚辭〉研究生涯》，待刊）。黄氏因此乾脆從頭做起，把唐宋以前的各種文獻資料幾乎翻遍。這就使本著所得異文較姜氏「不啻多出三倍」（本書《例言》稱「不啻十倍」）且糾正了聞、姜諸校的許多失誤。如《藝文類聚》卷三十引「怨靈脩之浩蕩兮」，劉、姜同謂「靈」字作「零」，黄氏檢影宋本、明刻本等均作「靈」字不誤；《路史・後紀・疏仡紀》卷一三《夏后紀上》注引「夏康娱以自縱」，劉、姜並謂「娱」作「豫」，黄氏查四庫本、備要本均作「娱」。對此，黄氏一一作了糾正。在糾謬的同時，本書廣泛搜采零句異文，並作出自己的新判斷。如「余既滋蘭之九畹兮」之「滋」字，書中援引三證，以明「滋，即蒔字假借」、「相更代種謂之蒔」，並校定《離騷》古本滋當作「蒔」。書中還援引近年出土的楚墓簡文，以校《離騷》本文。如「齊玉軑而并馳」之「軑」，或作「軑」，大多注家均以「軑」是「軑」的俗寫。黄氏引證包山楚墓簡文有「鈦」字，判斷「蓋軑字古文，後人誤大爲犬，而隸作軑也」，既證明了方以智以「軑」爲訛字（即非「俗寫」）的正確，又探明了其誤之原因，可謂一大收穫。類此均可見出黄氏校勘《離騷》用力之勤，較之劉師培、聞一多、姜亮夫諸家，在搜采異文、訂正文字上有着較大的突破和弋獲。

本書的第二個特色，則在於對《離騷》字、詞的訓詁釋義精當深入、新見迭出。由於黄靈庚對傳統小學花了十多年的探研功夫，本書的字詞訓釋既充分尊重和吸收前賢的研究成果，又時有自己獨到的發明。如「鷙鳥之不羣兮」之「鷙鳥」，舊注多以爲指鷹隼之類猛禽。黄氏則吸收了聞一多考證《關雎》時，從鳥的品性「執一」、「不貳」，而以雎鳩又名摯鳥的見解，將之運用到《離騷》此句之訓釋，提出「鷙通摯」，此句之「鷙鳥」即雎鳩之類，以其專一不二之性，喻比忠貞不二之士。其説新穎可喜。又如「湯禹儼而祗敬兮」之「湯禹」，姜亮夫先生曾提出古無禹湯倒作湯禹之例，因訓湯爲「大」，湯禹即指大禹。黄氏則援引《吕氏春秋》、《韓非子》、《漢書・宣元六王傳》等多例，證明古有「倒言湯禹之例」；而後吸收余嘉錫《世説新語箋疏》關於「凡以二名同言者，如其字平仄不同，而非有一定之先後，如夏商、孔顔之類，則必平聲居先，仄聲居後，此乃順乎聲音之自然」的新見，提出「湯禹」亦屬其例；平聲「湯」居先，上聲「禹」居後。這是黄氏發揮前賢新見以解決《離騷》疑點的出色範例。

至於本書對有關字詞的獨到解説，可謂層見迭出。如釋「固時俗之工巧兮」之「工巧」，黄氏徵引諸多文獻實例證明：「工爲工師、臣工之通名」，「巧，即謂工」；「『工巧』二字連文，平列同義，工匠之通名」，「時俗工巧，言世俗工匠」。解説信而有據，並對此一句意作了全新的闡釋，發前人之所未發。又如釋「解佩纕以結言兮」之「結言」，前人多以「締結」、「收結」訓「結」。黄氏則引古籍證「古文紒爲結」，「結、介二字例得通用」，結言即「介言」，即「紹紒聘問之言」。既翻出新意，又持之有據。黄氏釋詞還重視「破假借」，對舊注提出了不少富於啓迪的異議。如「扈江離與辟芷」之「辟」字，舊注多以「幽僻」作解，游國恩還從《離騷》文例「凡句中用一動詞者，則用『與』爲連詞；用兩動詞者，則用『以』爲連詞」，證明此句之「辟爲形容詞而非動詞」。『辟芷』之構詞法與『幽蘭』同」。黄氏則舉《惜誦》「播江離與滋菊」爲例駁游説，證明用「與」爲連詞句亦可用「兩動詞」。進而從字之音讀入手，揭示從辟之字或有繫綴之義，「辟，緝」的本字當作「并」，訓詁字作「絣」，絣、辟二字屬「支耕平入對轉、同幫紐雙聲，例得通用」，從而定「辟」爲動詞，意爲「聯綴、聚合」。又如「又何芳之能祗」句，舊注「祗」或爲「敬」、或讀如「振」字，黄氏以爲此二解均離開了實際語境，並以從氏聲與從帶聲的字可以通用的實例，提出「祗、帶亦通用。帶，佩也，服也……蓋以葉韡韻，改帶爲祗」。像這類「破假借」而另尋新義的探索，在全書幾近百例。雖不無可商之處，但從總體看卻是黄氏訓釋《離騷》詞義上的一大推進。

本書釋義還十分注重對「連綿字」的異文變體和「禮俗」的探研。黄氏認爲作爲一位「先秦的民間詩人」，屈原詩作中采用了許多生動活潑的民間語言，「連綿字」的較多運用，便是證據之一。連綿字有「存乎其聲，不在其形」的特點，當以聲求之。如「貫薜荔之落蕊」，前人多以香草果實或花蕊解説「落蕊」。黄氏則注意到此句與下句「索胡繩之纚纚」的「儷偶爲文」關係，「落蕊」與「纚纚」互文見義，同屬「疏狀形容詞」，不能解爲花實或花心。根據「定語倒置句法」，此句猶「言貫落蕊之薜荔」，「落蕊，連語，言委垂好貌」。施之於人的某種精神狀態，亦可「狀言疲憊委靡不振」，並以爲與「路亶」、「鹿亶」、「隴種」、「東籠」、「落籜」、「落拓」等均爲「一聲之變」或「雙聲之轉」，其異文變體又作「潦倒」、「獨漉」、「藍攙」、「拉搭」、「邋遢」、「獨離」等。探討頗爲深透，提供了對連綿字「落蕊」的一大新解。又如以「跮踱」訓「調度」，其異體又作「躊躇」、「踟蹰」、「趑趄」、「次且」、「志度」、「佚宕」、「佚蕩」等，亦爲「連綿字，乍行乍却貌」。黄氏以此方法，探討了諸如「猖披」、「敗績」、「顑頷」等諸多連綿字義，均有獨到的發明。在禮俗的考察上，則可從解説靈氛占卜的二「曰」見其一斑。對《離騷》所用這二「曰」之義，古今注家大多未能説清。黄氏則以「殷商卜辭，有『習二卜』之法」，以及「尋《曲禮》有言『卜筮不過三』」和包山楚簡貞辭爲例，證明古世「貞卜有『三占從二』」的禮俗。又引包山楚簡謂「屈宜習之以彤筌爲左尹邵尬貞」之文，指出「以彤筌貞卜，蓋亦折竹卜之法。習，亦襲卜之謂」，可見楚人也有「習二卜」之俗。由此判斷靈氛爲主人公占卜是運用了「襲卜法」，其「所以用兩『曰』字者，以貞問二卜也。初用草以筮；次用竹以貞。二占之貞詞，用兩『曰』字以別之」。此説以古代禮俗和出土文物爲證，爲靈氛占語二用「曰」字作出了確定不移的正解，足可破千古之疑。

運用神話學、宗教學的原理和資料，對《離騷》人物、主要情節構思以及屈原的死亡觀念，提出一系列新解，可以説是本書又一引人注目的特色。黄氏提出楚之先祖顓頊族「本東土夷族最原始之先民，顓頊爲古之日神之號」，「而後其族或南遷江漢者，是爲楚先」。又謂「彭咸」係「彭祖之後，他與楚國貴族出身的屈原同宗於帝顓頊」。「彭咸水死既是他在不逢明時的歷史條件下殉身其志的理性選擇，又帶有野蠻的、古樸的、用生命獻祭於血緣祖先神的宗教巫術的性質。」黄氏還從屈原「多奇思異想、狂放不羈的個性，使他一往情深地沉溺於遠古的原始巫風的激情中」，以及他的理性的「美政」，同時「彌漫着原始宗教的巫俗之氣」等判斷，屈原的死亡觀念正與彭咸一樣，既帶有理性的「中正」人格的最高意志，體現了孔孟「殺身以成仁」、「捨生取義」的殉道精神，又「含有以自身肉體獻祭於血緣始祖的、帶有濃烈的原始宗教性質」。黄氏正是從這一認識出發，對《離騷》後一大部分的情節構思作了完全不同於前人的解説：將主人公的三次飛行，説成是「屈原對死亡的出神遐想，是先後三個『反本』祖先『故居』的死亡幻夢」； 將「求帝，即求女」解爲「是向居於高丘的女祖先帝高陽『反本』、回歸」； 將「龍舟、龍車」解爲「超度亡靈之工具」，圖騰祖先「鳳鳥」則「充當了導引亡靈登升『反本』的天使」； 將最後的「西行求女」，解爲象徵着「從現世至冥世」，並反映了「楚族遷徙」的歷史，是「順着高陽氏南遷於楚的綫路飛行」； 將「陟陞皇」解爲「登遐」，即「表示死亡的忌諱語」，「僕夫悲余馬懷」數句，是表明詩人「從出神的死亡夢幻中猛然蘇醒」時，「不願從歡樂的帝居下來」，故結句的「吾將從彭咸之所居」，意謂着「神秘的死亡世界誘引他百倍歡愉地奔彭咸水府，迎接那銷魂奪魄的一瞬間的到來」。（見本書注解及所附書末論文《論屈原之死》）黄氏曾自稱此書「對《離騷》整體内容的闡述與傳統的見解有很大的區別……見解新穎，爲聞所未聞」。 人們從上述解説可看到，黄氏在對《離騷》後半部分的整體闡述上，確實突破了傳統解説的藩籬，從神話、宗教學的新角度，作出了人們「聞所未聞」的新闡發。

這就是黄靈庚奉獻給楚辭學界的新著《離騷校詁》。 也許是二十多年前刻苦抄録古今《楚辭》注本的艱難生涯，錘煉了黄氏攻研《楚辭》的耐心和堅毅； 也許是郭在貽、張世禄諸前輩的循循指點，陶冶了黄氏治學的樸厚和謹嚴。 作爲這二者的結晶，此書校勘《離騷》異文，洋洋焉甚有一種彙聚百川浩蕩歸海的氣象，足令前賢驚喜而呼「後生可畏」； 此書訓釋《離騷》詞義，徵引豐富、新見迭出，巍巍焉甚有一種新峰破雲巔連天際的壯觀，足令同行、後輩爲之神往！ 過去人們常以爲，要在考據和小學上突破前賢，對於新時代的莘莘學子來説，幾近癡人説夢； 所以他們也許只能在「引進」新學説、開拓新視野方面有所作爲。 黄靈庚則以自己的《離騷校詁》向學界證明： 傳統樸學的黄金時代未必只在乾、嘉，新時代的學子，只要肯下功夫、甘於寂寞，同樣可以在前賢開墾過的領域獲得超越前人的成果。 對於此書校勘、訓詁的成就，只要不抱偏見，是誰也看得見上述評價之非爲虚美的，儘管在局部詞義的解説中容或有可商之處。 此書當然也有缺憾，我以爲主要在運用神話、宗教學於《離騷》後半部分的解説，及對屈原「死亡觀念」的推斷上，黄氏似乎違背了他在校勘、訓釋上講求證據的樸學之風，而帶有了脱離屈原思想和《離騷》内容實際的臆想，使那些「聞所未聞」的解説，也同時難以令人置信。這一缺憾似乎也正啓迪人們：在運用現代新説於古典作品的闡釋時，還必須注意審慎和適度。

原載《雲夢學刊》一九九七年第三期